# 高考高分语文专题解密

## ——十年高考语文专题研究

吕　丽　编著

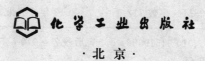

化学工业出版社

·北京·

**图书在版编目（CIP）数据**

高考高分语文专题解密——十年高考语文专题研究/
吕丽编著. —北京：化学工业出版社，2012.3
ISBN 978-7-122-13423-3

Ⅰ. 高… Ⅱ. 吕… Ⅲ. 中学语文课-高中-升学
参考资料 Ⅳ. G634.303

中国版本图书馆 CIP 数据核字（2012）第 019261 号

责任编辑：张兴辉 装帧设计：尹琳琳
责任校对：陈 静

出版发行：化学工业出版社（北京市东城区青年湖南街 13 号 邮政编码 100011）
印 刷：北京云浩印刷有限责任公司
装 订：三河市宇新装订厂
787mm×1092mm 1/16 印张 28¼ 字数 712 千字 2012 年 5 月北京第 1 版第 1 次印刷

购书咨询：010-64518888（传真：010-64519686） 售后服务：010-64518899
网 址：http://www.cip.com.cn
凡购买本书，如有缺损质量问题，本社销售中心负责调换。

定 价：69.00 元

# 前言

语文学科作为高考必须面对的一门重点学科，历来备受莘莘学子关注和重视，因其高考试题题型新颖、内容涵盖广和知识点分散等特点，加之高考作文命题灵活多变，夺取高考语文学科高分殊属难求。

"师者，所以传道授业解惑也"。作为"吕丽高考语文讲堂"的创始人，十三年来我始终站位高考语文教学研究一线，孜求专注于高考语文命题方向、考题类型和大纲必考知识点归纳和积累，全心致力于教学法、答题方法技巧的求索和研究，以方法研究为切入点，深入剖析高考语文试卷，依据考题类型划分为十个专题，提炼总结出高考语文"题型板块解析法"、"训练真题演练法"、"定点微察法"和"语用语境分析法"等针对高考语文实战行之有效的方法和技巧，力求方法为先，授人以渔，以逻辑性强、环环紧扣的方法技巧，助力学生夺取高考语文高分，进而赢得高考。经过潜心研究和实践教学，十年来已有近万名参加"吕丽高考语文讲堂"的学生从中受益，并积累了弥足珍贵的第一手语文应试资料，并建立了从1973年至2011年完备的高考语文试题题库。

十年栉风沐雨，十年高考情怀。每一年考前专题辅导，我都为学生们积极努力的学习态度，激昂高涨的学习热情所感动，深为其不得方法夺取语文高考考分困难而忧虑，力求通过自身言传身教、授予方法，事半功倍，快速提分，赢得高考。每一年应邀参加高考语文评卷，我都为学生们不掌握高考语文答题方法和技巧、答案要点不突出、不明确，导致丢分影响高考成绩而深感惋惜和遗憾，力求通过自身搭建的"吕丽高考语文讲堂"教学研究平台让更多的学生掌握方法，从中受益，直击高考，赢得高分。每一年高考成绩公布之时，满载着耕耘和收获的喜悦，我都为学生们注重掌握方法，活学活用，取得优异成绩倍感欣喜和自豪，更为其"十年寒窗苦读，一朝金榜题名"步入国家高等学府而骄傲和感动，作为一名普通的人民教师深感欣慰和肩负的教书育人的责任。

本书为"吕丽高考语文讲堂"系列丛书之一，与我编著的《高考高分作文解密——十年高考语文作文研究》一书一脉相承，相得益彰，均为集高考真题演练、方法技巧解析和多年教学素材积累为一体的高考语文专用辅导书、直击高考语文专业工具书。书中对十年来全国各省高考语文试题进行了细致的分类，囊括了"吕丽高考语文讲堂"十三年积累的第一手语文教学实践素材，对高考应试学生具有较强的指导性、针对性和实用性，虽不能涵盖高考语文教学的全部内容，但作为一名踏实朴素的人民教师，凭借我对三尺讲台的尊敬和忠诚，凭借我对坐在我课堂学生负责任的良心，我坚信本书对全力备考的高中学生是具有实用价值和借鉴意义的。

编者

# 目 录

## 专题七　实用类文本阅读

## 答　案　解　析

# 成　语

　　高考对熟语的考查是语文试卷中最稳定的一类试题，语文试题一直没有间断过对熟语识记、辨析和运用的考查。熟语是固定词组的总和，它包括成语、谚语、歇后语和惯用语。从十年高考试卷的分析来看，主要是对正确使用成语的考察。一般多为客观选择题1道，分值为3分。熟语辨析尽管年年必考，却一直是高考语文题中的一个难点，是考生最容易失分的高考语文选择题之一。

## 第一节　高考成语考纲定位

### 一、考纲规定

　　《2012年普通高等学校招生全国统一考试新课程标准语文科考试大纲》对于成语考点的规定是：正确使用词语（包括熟语），表达应用E级（指对语文知识和能力的运用，是以识记、理解和分析综合为基础，在表达方面发展了的能力层级）。

### 二、考点解读

　　熟语是语言在长期发展过程中逐渐形成的、为人们所熟悉、一般不能任意改变其结构的定型的词组或句子，包括成语、谚语、歇后语、惯用语等。熟语一般具有两个特点：（1）结构上的稳固性，构成成分不能随意更换，如"明日黄花"不能改为"昨日黄花"；（2）意义上的整体性，熟语的意义是特定的，不能只从字面去解释，如"周瑜打黄盖"是"一个愿打，一个愿挨"之意，使用中与"周瑜""黄盖"无关。

　　熟语有两个来源：（1）来自人们口头广泛流传的现成语言，以谚语、歇后语、惯用语为主，大多总结了历代劳动人民的生活斗争经验或对自然的认识，往往诙谐生动，含蓄隽永，极具生活的情趣性；（2）来自书面语言，包括古代各种著作（神话传说、寓言故事、历史著作、诗文、小说等），这类熟语以成语为多，一般言简意赅，形象生动，富于艺术表现力。

　　（一）成语

　　成语是一种固定词组，音节以四字为主，大部分是古代流传下来的，有的来自古代口语，如"唇亡齿寒""同病相怜"；有的来自古代寓言，如"守株待兔""叶公好龙"；有的来自历史故事，如"卧薪尝胆""四面楚歌"；有的来自古代诗文，如"巧言令色""不可救药"；也有来自现代文章著作的，如"古为今用""力争上游""争分夺秒"等。

　　（二）谚语

　　谚语也叫"俚语""俗语""俗话""直言"，是人们口头广泛流传的现成语句，往往传达了人们在征服自然、改造自然和社会的实践中积累的丰富的知识和经验，简练通俗，意思完整。口耳相传和凝聚着前人的智慧与经验是它的两个基本特点。

　　谚语与成语的区别是：成语大部分是书面语，谚语是口头俗语；成语一般作句子成分，谚语是完整句子；成语形式比较固定，谚语较为灵活，容许某些改变。如"画虎画皮难画骨，知人知面不知心"（《古今小说》一），或作"画龙画虎难画骨，知人知面不知心"（《金瓶梅》第七十六回）；"当局者迷，旁观者清"（《儿女英雄传》第二十六回），或作"旁观者清，当局者迷"（《醒世恒言》九）。

谚语源于生活，口耳相传，内容涉及人类生活的方方面面：

（1）交友处世：积德招福，缺德惹祸；君子之交淡如水；浇花浇根，交人交心。

（2）劝学：活到老，学到老；书中自有黄金屋。

（3）军事：置之死地而后生；三十六计，走为上计。

（4）民俗：五里不同俗，一地一乡风；入庙拜佛，入乡随俗。

（5）卫生健康：两头净，不生病；饥时饱，必送命。

（6）道德情操：仁义值千金；人穷志不短。

（7）行为规范：为臣要忠，为子要孝；一失足成千古恨。

（8）世态人情：世情看冷暖，人世逐高低；贫在闹市无人问，富在深山有远亲。

（9）善恶美丑：恶有恶报，善有善报。

（10）自然气象：朝霞不出门，晚霞行千里。

谚语由于口耳相传，长期经受生活的检验，许多优秀的谚语在人们的现实生活中还有指导作用。在修辞上，谚语简练明快，能增加语言的概括力；说理时恰当运用，能增强文章说服力。

### （三）歇后语

歇后语是"由存在引注关系的前后两个部分组成"的熟语。前一部分是"引子"，后一部分是"注释"。表义上"引子"起辅助作用，表示某种附加义；"注释"部分是表义重点所在，它表示整个歇后语基本义。如"墙上挂狗皮——不像画（话）"，前部分"墙上挂狗皮"只是引子，如果没有后半部分，谁也不明白是什么意思；后半部分，谐音双关，点明整个歇后语的含义。

歇后语可分两大类：（1）会意型。比如："老鼠进风箱——两头受气""寿星佬上吊——活得不耐烦了""王八吃西瓜——滚的滚，爬的爬"，这类歇后语后一部分从意义上对前一部分进行解释说明。（2）谐音型。比如："老虎驾车——谁赶（感）""两手进染缸——左也蓝（难）右也蓝（难）""荷花塘里着火——藕燃（偶然）"，这类歇后语后一部分利用音同或音近的字来表达语义。

不管会意型还是谐音型，歇后语产生语义的基本途径是双关。比如，"老鼠进风箱——两头受气"，表面上是说想象中老鼠钻进风箱后，不管风箱是推还是拉都要被风灌的样子；其实是说一个人处于矛盾的双方中，两面不讨好，到处受委屈。"老虎驾车——谁赶"，用"谁赶"对"老虎驾车"作字面上的解释，实际上它的真正含义是指某件事情没有人敢去做。

从修辞上说，歇后语的前后两部分的地位就颠倒过来了。歇后语的艺术效果主要有两个：形象生动和风趣幽默，这主要体现在"引子"部分。"引子"部分如下三个特点都有助于形成这种艺术效果：（1）取材广泛，人物鬼神、动物植物、食品器物、民俗等等，无所不包。（2）想象新奇，善于运用各种手法塑造出种种人们意想不到的超越常规的形象。如"泥菩萨洗澡——越洗越脏""老虎戴佛珠——假充善人"（拟人）；"八十年不下雨——好晴（情）""三张纸画张脸——好大的面子"（夸张），"猪八戒演讲——大嘴说大话""乌龟变黄鳝——解甲归田"（想象）等等。（3）深具悬念性。如"老鼠给猫理胡子"，"引子"能引发人们许多联想，人们就会想到"大胆"，"不怕被吃掉吗"等，但看到后半部分"拼命巴结"，才恍然大悟。

### （四）惯用语

惯用语是具有特定含义、形式短小、口语性很强的固定词组。谚语和歇后语通过陈述来表义，惯用语是通过描述来表义。

惯用语有如下几个特点：

第一，语义具有双层性，除字面意义外，必须具有深层次的比喻义或引申义。如"打预防针"，字面指注射防病的药水，常用来比喻对人的思想毛病加以预防；"财神爷"本意是迷信中让人致富的神，引申为掌管钱财或能给人钱财的人。

第二，口语色彩和感情色彩都十分浓厚。如"拍马屁""寄生虫""白开水""抓辫子""吃独食""穿小鞋""小心眼"等，全都具有口语色彩。它们的感情色彩，褒扬、赞许的极少，如"老黄牛"；谐谑、讽刺和贬义的占绝大部分，如"红眼病""戴高帽""耍嘴皮""咬耳朵""眼中钉"等等；中性的惯用语也很少，如"破天荒""打游击"。

第三，结构上以三字格为主，也有少数二字或多字的，如"下海""吃醋""下课"属二字格；"放马后炮""喝迷魂汤""喝西北风""钻牛角尖""打退堂鼓"属四字格，"一推六二五"属五字格，另外还有"解铃还需系铃人""远水救不了近火""两虎相斗必有一伤""狗嘴里吐不出象牙"等多字格。

惯用语在使用中一般不用字面意义，其深层涵义（引申义或比喻义）几乎成了它的基本义。如"跑龙套"本指在戏剧中扮演随从或兵卒的角色，但作为惯用语，一般是用来比喻在工作中做一些不负主要责任的杂事、小事，当它用本义时，它只是戏剧中的术语，不是惯用语。"开小差"作为惯用语一般使用其引申义"私自脱离工作岗位或思想不集中"，而不用其本义"军人私自脱离队伍逃跑"。

# 第二节　高考成语答题技巧

现代汉语中的成语可谓浩如烟海，要掌握每一个成语，是绝对不现实的。但我们可以从以下几个方面入手来掌握成语，这或许会使我们对正确使用成语的理解上升到一个理性认识的阶段。

## 一、成语考查重点

1. 望文生义

高考中有一些大家不常见的成语，这时切忌望文生义，很多的时候，字面的意思与它本来的意思是大不相同的。如果按字面的意思来理解就会出错。

【例1】成都五牛队俱乐部一二三线球队请的主教练及外援都是清一色的德国人，其雄厚财力令其他甲B球队望其项背。

"望其项背"意思是"能够望见别人的颈项和脊背"，表示赶得上或比得上，多用于否定式，这里误解了词义，使用不恰当。高考考过的类似的成语还有："首当其冲""五风十雨"等。

2. 谦敬不明

有些成语的使用有表谦和表敬的区别，如果在理解时忽视了这方面的内容，就会出现错误。

【例2】在"校园文化艺术节"开幕式上，李校长抛砖引玉的即兴发言，博得了全场一片掌声。

"抛砖引玉"，谦词，比喻用粗浅的、不成熟的意见引出别人高明的、成熟的意见。由解释可以看出这个成语的主语只能指自己，上句中指"李校长"是错误的。高考考过的类似的成语还有："蓬荜生辉"、"鼎力相助"等。

3. 不合语境

具体的语境往往有区别语义的功能，我们在学习的过程中不能忽视语境，否则就会用词不当。

【例3】只要你设身处地，到抗洪抢险第一线去，你就不能不为我们子弟兵那种舍己为人的精神所感动。

"设身处地"的意思是"设想自己处在别人的地位或境遇中"，而句子的语境是要"到抗洪抢险第一线去"，不是设想，因此此处不能用"设身处地"，只能用"身临其境"才妥当。

**4. 搭配不当**

一个词语依据的某种语法关系，往往有较固定的搭配方式，如果脱离这种搭配，则容易出错，有些成语的使用也有其特定规则，比如说修饰语与中心词不搭配，动词与宾语不搭配，有的本身就不能带宾语等等。

【例4】如果对中国人民的严正声明和强烈抗议置之度外，一意孤行，必将自食其果。

"置之度外"和"置之不理""置若罔闻"词义相近，"置之度外"常常和介词"把"搭配，"置之不理""置若罔闻"常常和介词"对"搭配，因此例4中要就把"对"改为"把"，要就把"置之度外"改为"置若罔闻"，才能是正确的。这样的词还有："司空见惯""耳濡目染"不能带宾语；"同心同德""深思熟虑"不能作修饰语，等等。

**5. 褒贬不当**

成语的感情色彩可谓褒贬分明，如"无微不至"与"无所不至"，仅一字之差，感情色彩却截然不同，因此，我们在运用时，要因目的、场合、对象的不同而异，用于赞扬、夸奖的使用褒义成语，用于贬斥、批评的使用贬义成语。否则，成语运用就不恰当了。

【例5】齐白石画展在美术馆开幕了，国画研究院的画家竞相观摩，艺术爱好者也趋之若鹜。

本句旨在突出"画家"，尤其是"艺术爱好者"观摩"齐白石画展"的热情，而句中却用"趋之若鹜"（像鸭子一样成群跑过去。比喻很多人争着赶去）这个含贬义的成语来表示，运用不恰当是不言而喻的，可用"纷至沓来"。高考考过这样的成语还有："处心积虑""殚精竭虑""蠢蠢欲动"等等。

**6. 扩大范围。**

成语有一定的使用范围，有些成语的误用正是由于分不清范围的大小。如：

【例6】这次汇报演出，反映了我国文艺舞台百花齐放，姹紫嫣红的繁荣景象。

"姹紫嫣红"只用来形容花，而不能修饰"我国文艺舞台出现的繁荣景象"，上句显然超出该词的使用范围，因而误用。该句应用"万紫千红"，其不但可用来形容花木，还可用来形容人、文章，或比喻景象繁荣昌盛，事物丰富多彩。

**7. 语意重复**

这种类型的误用主要表现在句子中已含有该成语的部分意思的词语，造成整个句子犯有重复的毛病，如不加细辨，就会发生误判。如：

【例7】看到他这种滑稽的表情，坐在身旁的一名外国记者忍俊不禁扑哧一声笑起来。

"忍俊不禁"是"忍不住笑"的意思，而句中"扑哧一声笑起来"与"忍俊"的意思一样，因而造成重复，可删去"扑哧一声笑起来"，句子才简明。

**8. 忽略本义**

不少成语的词义后来都被引申了，但它的本义偶尔还会出现，当一个成语重新回到本义时，我们不能轻易认为它用错了。

【例8】关于金字塔和狮身人面像的种种天真的、想入非非的神话和传说，说明古埃及人有着极为丰富的想象力。

"非非"，佛家语，指一般人认识所达不到的境界。现比喻脱离实际，幻想不能实现的事情，含贬义。在此句中，使用的是本义，更有利于表现古埃及人想象力的丰富。类似的成语高考考过的还有："灯红酒绿"、"淋漓尽致"、"不三不四"，等等。

## 二、高频错误成语分类举隅

下面列举高考试卷中经常出现的不同类型错误成语，供考生复习使用。

**（一）易望文生义的成语**

（1）耿耿于怀：心事萦绕，不能忘怀。

（2）胸无城府：形容待人接物坦率、真诚。

（3）三人成虎：比喻流言惑众，蛊惑人心。

（4）目无全牛：比喻技艺高超。也比喻洞察事理，办事精熟。

（5）令行禁止：有令必行有禁必止。形容法纪严明，严格执行。

（6）不刊之论：不可改动或不可磨灭的言论。

（7）首当其冲：比喻最先受到攻击或灾难。

（8）不足为训：指不值得作为准则或典范。

（9）文不加点：形容文思敏捷，写作技巧高超。

（10）罪不容诛：指杀了也抵不了其所犯的罪行。形容罪大恶极。

（11）屡试不爽：屡次试验，都没有差错。

（12）万人空巷：多形容庆祝、欢迎等盛况或新奇事物轰动一时。

（13）振聋发聩：比喻高超的言论能使麻木糊涂的人觉醒。

（14）涣然冰释：比喻疑虑、误会等一下子完全消除。

（15）大快人心：指坏人坏事受到惩罚，使人们心里感到非常痛快。

（16）久假不归：长期借去，不归还。

（17）身无长物：指除自身外再没有多余的东西。形容贫穷。

（18）不名一文：连一文钱都有，形容极为贫穷。

（19）莘莘学子：众多的学子。

（20）侧目而视：形容敬畏、憎恨等神情。

（21）明日黄花：多用来比喻过时的事物。

（22）师心自用：指固执己见，自以为是。

（23）事半功倍：形容费力小，收效大。

（24）洛阳纸贵：形容好的著作，风行一时，广为流传。

（25）不情之请：不合理的请求。常用作求助于人时的客套话。

（26）每况愈下：指情况越来越坏，越来越糟糕。

（27）穷兵黩武：用尽全部兵力，任意发动战争。形容极端好战。

（28）匪夷所思：不是平常人所能想像的。

（29）七手八脚：形容很多人一起动手。也形容人多手杂，非常忙乱的样子。

（30）苦心孤诣：指尽心竭力钻研达到别人所达不到的地步。

**（二）褒贬易误用的成语**

**贬义词**

（1）弹冠相庆：指即将做官而互相庆贺。

（2）粉墨登场：比喻登上政治舞台。

（3）无所不为：没有什么不做。指什么事都干。

（4）死灰复燃：比喻失势的人又重新得势。也比喻已经消灭的事物又重新活动起来。

（5）炙手可热：比喻气焰盛，权势大。

（6）上行下效：指上面的人怎么做，下面的人就跟着怎么做。

（7）亦步亦趋：比喻因缺乏主见，任何事都模仿、追随他人。

（8）趋之若鹜：比喻很多人争相追逐、趋附。

（9）处心积虑：存着某种想法，早已有了打算。形容用尽心思的谋划。

（10）评头品足：泛指对人对事等多方议论、挑剔。

（11）改头换面：比喻只改变形式，而内容、实质不变。

（12）沆瀣一气：比喻气味相投者结合在一起。

（13）摇旗呐喊：比喻为别人助长声势。

（14）翻云覆雨：比喻玩弄手段，反复无常。

（15）坐而论道：指空谈大道理而不见行动。

（16）一团和气：指态度温和而不讲原则。

（17）颐指气使：形容有势力的人的傲慢神情。

（18）以邻为壑：比喻把困难、灾祸推给别人。

**褒义词**

（1）叹为观止：赞美所看到的事物好到了极点。

（2）有口皆碑：比喻人人称颂。

（3）目牛无全：比喻技艺纯熟或谋划高明。

（4）雨后春笋：比喻新事物大量迅速地涌现出来。

（5）蔚然成风：形容一种事物逐渐发展流行，形成风气。

（6）凤毛麟角：比喻珍贵而稀少的人或事物。

（7）不刊之论：不可改动或不可磨灭的言论。

（8）文不加点：形容文思敏捷，写作技巧高超。

（9）耳提面命：形容严格要求殷切教诲。

（10）苦心孤诣：指尽心竭力钻研达到别人所无法达到的地步。

**（三）具有双重含义的成语**

（1）灯红酒绿：①形容夜饮聚会的情景。②多用来形容寻欢作乐的腐化生活。

（2）短小精悍：①指人矮小而又精明。②指文章简短而又精炼。

（3）想入非非：①指意念进入玄妙虚幻的境界。②形容脱离实际，幻想不能实现的事。

（4）按图索骥：①比喻做事死守教条，而不懂得变通。②比喻依据一定的线索去寻找事物。

（5）左右逢源：①比喻做事很顺利。②比喻办事圆滑。

（6）不绝如缕：①形容形势十分危急。②形容声音微弱而悠长。

（7）暗送秋波：①比喻美女暗中以眉目传情。②比暗中讨好别人或暗中勾搭。

（8）行云流水：①形容诗文书法等自然流畅，不受拘束，就像飘浮着的云和流动着的水一样。②形容事物流传不远，易于消失。

（9）风花雪月：①指华丽空洞的诗文或言论。②比喻男女欢爱的风流事。

（10）瞻前顾后：①形容做事谨慎。②形容顾虑太多，处理事情犹豫不决。

**（四）使用对象易误用的成语**

（1）巧夺天工：人工的精巧胜过天然。形容技艺精妙高超。（人工的东西）

（2）美轮美奂：形容房屋高大华美而众多。（建筑物）

（3）汗牛充栋：形容藏书或著作极多。（书籍）

（4）浩如烟海：形容事物数量繁多，极其丰富。（书籍、文献）

（5）相敬如宾：比喻夫妻之间互相尊敬，平等相待。（夫妻）

（6）青梅竹马：多指男女间幼时的亲密感情。（男女）

（7）两小无猜：指男女儿时在一起玩耍，天真无邪，互不猜疑。（男女）

（8）豆蔻年华：指少女十三四岁时的青春年华。（十三四岁的少女）

（9）相濡以沫：比喻在困境中用微薄的力量相互帮助。（用于患难中）

（10）萍水相逢：比喻素不相识的人偶然相遇。（原来不认识的人）。

# 第三节　高考成语必备清单

**A** 哀鸿遍野：比喻呻吟呼号、流离失所的灾民到处都是。哀鸿，哀鸣的大雁，比喻悲哀呼号的灾民。

安步当车：古代称人能安贫守贱。现多用以表示不乘车而从容不迫地步行。安，安闲。

安土重迁：安于本乡本土，不愿轻易迁移。重，看得很重。

嗷（áo）嗷待哺（bǔ）：形容饥饿时急于求食的样子。嗷嗷，哀号声；哺，喂食。

爱莫能助：虽然同情，但无能力帮助。爱，同情，怜悯（误：喜爱）；莫，没有什么。

爱屋及乌：因喜爱一个人连带喜爱他房屋上的乌鸦。比喻因为爱某人而对与某人有关的人或事物也产生好感。乌，乌鸦；及，到，涉及。

安之若素：指遇到不顺利情况或反常现象像平常一样对待，毫不在意。

**B** 筚（bì）路蓝缕：驾着柴车，穿着破旧的衣服去开辟山林。筚路，柴车；蓝缕，破衣服。形容创业的艰苦。

抱残守缺：形容保守不知改进。

白驹过隙：比喻时间过得很快，就像骏马在细小的缝隙前飞快地越过一样。白驹，骏马。

杯弓蛇影：比喻疑神疑鬼，妄自惊慌。

杯水车薪：用一杯水去救一车着了火的柴。比喻无济于事。

别无长（cháng）物：没有多余的东西。形容穷困或俭朴。

不足挂齿：不值得一提。谦虚说法。

不足为训：不值得作为效法的准则。训，准则。

不可理喻：没法跟他讲道理。形容蛮横或固执。理喻，使明白。

不胫而走：比喻消息传得很快。胫，小腿。

不孚众望：不能使群众信服。孚，使人信服。

不为（wéi）已甚：指对人的责备或处罚适可而止。已甚，过分。

不即不离：不接近也不疏远。即，接近。

不卑不亢：对待人有恰当的分寸，既不低声下气，又不傲慢自大。卑，低下；亢，高。

不稂（láng）不莠（yǒu）：比喻人不成才，没出息。稂、莠，田里的野草。

不落窠臼：比喻有独创风格，不落旧套。

不容置喙（huì）：不容别人插嘴。喙，嘴。

不塞（sè）不流，不止不行：比喻旧思想旧文化不予以破坏，新思想、新文化就不能树立起来。

不以为然：不认为是对的，含有轻视意。然，对，正确。

不刊之论：形容不能改动或不可磨灭的言论。刊，削除，修改。

不瘟不火：指戏曲不沉闷乏味，也不急促。瘟，戏曲沉闷乏味；火，比喻紧急、急促。

不虞之誉：没有预料到的赞扬。虞，预料；誉，称赞。

不经之谈：不经，不合常理。指荒唐的、没有根据的话。

便宜行事：指因时因地自行处理，不必请示。

**C** 侧目而视：斜着眼睛看人，不敢用正眼看。形容拘谨畏惧而又愤怒的样子。

出神入化：形容技艺达到了绝妙的境地。

城下之盟：敌军到了城下，抵抗不了，跟敌人订的盟约。泛指被迫签订的条约。

诚惶诚恐：惶恐不安。原是君主时代臣下给君主奏章中的套语。

曾几何时：时间没有过去多久。

蚕食鲸吞：用各种方式侵占吞并。蚕、鲸，名词作状语。

沧海一粟（sù）：比喻非常微小。粟，谷子。

从善如流：接受善意的规劝，如同水流向下那样迅速而自然。

曾经沧海：意思是见过大海的水，别的水就很难谈得上了。比喻曾经见过大世面，不把平常事物放在眼里，曾，曾经；经，经历；沧海，大海。

差强人意：现在表示大体上还能够使人满意。差，稍微，大致；强，振奋。

长篇累牍：篇幅很长，内容很多。多含贬义。

长袖善舞：长衣袖便于舞蹈。比喻做事的条件越好越容易成功。后多用来形容有财势、有手腕的人善于钻营取巧。善，擅长。

春秋笔法：指文笔曲折，意含褒贬的文字。

从长计议：放长时间商量考虑。即不急于作决定，并非放远眼光。

惨淡经营：原指作画前苦心构思，安排画面。现指竭尽心力谋划并从事某件事情。惨淡。形容费尽心力。

沧海桑田：大海变为田地，田地变为大海。比喻世事变化巨大。

踌躇满志：对自己的现状或取得的成就非常得意。踌躇，得意的样子。

**D** 大快人心：坏人坏事受到惩罚或打击，使大家非常痛快。

大而无当：虽然大，但是不合用。

大智若愚：某些有才智有才能的人不露锋芒，表面看来好像很愚笨。多含褒义。

大器晚成：指能担当大事的人物要经过长期的锻炼，所以成就比较晚。后来也指年纪较大后才成才或成名。

当仁不让：遇到应该做的事就要勇于承担，不谦让，不推托。仁，正义，正义的事，引申为应该做的事。

得陇望蜀：比喻贪得无厌，含贬义。

登堂入室：比喻学识或技能由浅入深，循序渐进，逐步达到很高水平。

顶礼膜拜：比喻崇拜到极点，含贬义。

东山再起：东晋谢安退职后在东山做隐士，后来又出任要职。比喻失势之后，重新恢复地位。

豆蔻年华：指女子十三四岁的年纪。语出唐代杜牧诗。

对簿公堂：指公堂上受审。对簿，受审问。簿，文状起诉书之类。

多事之秋：事变很多的时期。

大放厥词：指大发议论，夸夸其谈。含贬义。厥，其。

箪食瓢饮：一箪的食物，一瓢的饮料。古代指贫困的生活。

党同伐异：和自己同派的就偏袒，不同派的就攻击。

得意忘言：原来是说语言是达意的，已得其意，就不再需要语言了。后来用以表示互相默契，心照不宣。

得鱼忘筌：比喻成功以后就忘了赖以成功的事物、条件。

灯红酒绿：形容寻欢作乐的腐化生活。也形容都市或娱乐场所夜晚的繁华景象。

等而下之：形容比某一事物更差。

待价而沽：等待好价格出售。比喻等待有人重用才肯出来做事。沽，卖。

等闲视之：按平常的事情看待，不加重视（多用于否定句）。等闲，平常。

**E** 耳濡目染：耳朵经常听到，眼神经常看到，不知不觉地受到影响。濡，沾湿。

耳熟能详：听的次数多了，熟悉得都能够详尽地说出来。

耳提面命：不但当面告诉他，而且揪着耳朵叮嘱。形容恳切地教导。语出《诗经》。

**F** 繁文缛（rù）节：不必要的仪式或礼节繁多。也比喻多余琐碎的手续。文，礼节，仪式；缛，繁多，烦琐。

匪夷所思：指言谈行动超出常情，不是一般人所能想象的。夷，平常。

分庭抗礼：原指宾主相见，站在庭院的两边，相对行礼。现在用来比喻平起平坐互相对立。

纷至沓来：纷纷到来，连续不断地到来。

粉墨登场：化妆上台演戏。今多比喻登上政治舞台（含讥讽意）。

俯拾皆是：只要弯下身子来捡，到处都是。形容地上的某一些东西、要找的某一例证、文章中的错别字等很多。也说"俯拾即是"。

罚不当罪：处罚得不适合所犯的罪行，多指处罚得过重。

翻云覆雨：此喻反复无常或玩弄手段、权术。此词属贬义。

焚膏继晷（guǐ）：形容夜以继日地发愤读书或勤奋学习。

逢人说项：遇人便赞扬项斯，比喻到处赞扬某人或某事的好处，亦指为人到处说情。"项"指唐代诗人项斯。

凤毛麟角：凤凰的毛，麒麟的角。比喻稀有、珍贵的人才或事物。凤，凤凰，传说中的鸟王；麟，麒麟，传说中的珍异动物。

奉为圭臬：把某些事物、言论奉为唯一的准则。圭臬，古代根据日影测定节气和时间的天文仪器，比喻事物的准则。

辅车相依：颊骨和齿床互相依靠，比喻两者关系密切，互相依存。辅，颊骨；车，牙床。

风靡一时：形容事物极为盛行，像风吹倒草木一样。风靡，顺风而倒。

风雨如晦：风雨交加犹如黑夜一样，比喻社会黑暗。晦，黑夜。

釜底抽薪：从锅底下抽去柴火，比喻从根本上解决问题。釜，锅；薪，柴火。

釜底游鱼：在锅底游的鱼，比喻处境极危险的人。

负隅顽抗：背靠险要的地势顽固抵抗，比喻依仗某种条件顽固抵抗（含贬义）。负，依靠；隅，山水弯曲处。

附庸风雅：指缺乏文化修养的人依附于文化人，装出自己很有修养的样子。附庸，依附；风雅，本指《诗经》中的《国风》和《大雅》《小雅》，后泛指文化。

**G** 感同身受：心里很感谢，如同亲身感受到恩惠一样。多用于代人向对方致谢。

高屋建瓴（líng）：形容居高临下，不可阻挡的形势。建，倾倒；瓴，水瓶。

革故鼎新：去掉旧的，建立新的。

各行其是：各自按照自己以为正确的一套做。是，对，正确。

狗尾续貂：比喻拿不好的东西接到好的东西后面，显得好坏不相称（多指文学作品）。

功亏一篑（kuì）：比喻事情只差最后一点没有完成。亏，缺少；篑，土筐。

故步自封：比喻安于现状，不求进步。故步，走老步子；封，限制住。"故"也作"固"。

光怪陆离：形容奇形怪状，五颜六色。光怪，光彩奇异；陆离，色彩繁杂。

管窥蠡（lí）测：比喻对事物的观察和了解很狭窄，很片面。蠡，贝壳做的瓢。

鬼斧神工：形容建筑、雕塑等技艺的精巧。也说"神工鬼斧"。

过眼烟云：比喻很快就消失的事物。

改头换面：比喻仅仅改换形式，内容并未改变。

改弦更张：比喻改革制度，变更方法。改弦，调整乐器上的弦，使声音和谐。

改弦易辙：比喻改变方向、态度、计划或办法。

甘之如饴：认为它甜，就像吃饴糖一样。形容甘愿承受艰难、痛苦。饴，麦芽糖。

肝胆相照：指对人忠诚，以真心相见。

刚愎自用：指为人固执、任性，自以为是而独断独行。

高山景行：比喻道德高尚，行为光明正大。景行，大路。

高山流水：比喻知己或知音，也比喻乐曲高妙。

高谈阔论：形容大发议论，后也用于贬义。

隔岸观火：比喻对别人的危难不加援救，而在一旁看热闹。对岸失火，隔河相望。

功败垂成：事情将要成功的时候，遭到了失败。含有惋惜的意思。

孤芳自赏：比喻自命清高，自我欣赏。也指脱离群众，自命不凡。

过江之鲫：形容赶时髦的人很多。

过犹不及：指做得过分和做得不够一样都不好。过，超过；犹，犹如；不及，不足。

管窥之见：从竹管的孔中窥视到的。比喻不全面、不高明的见解（多用作谦词）。

**H** 海市蜃楼：比喻人世繁华的虚幻，虚幻的事物。

邯郸学步：比喻模仿不到家，却把自己原来会的东西忘了，语出《庄子》。

沆瀣（hàng xiè）一气：比喻臭味相投的人结合在一起。

好为人师：喜欢以教育者自居，不谦虚。

鹤发童颜：形容老年人气色好。

怙（hù）恶不悛（quān）：坚持作恶，不肯悔改。怙，依靠，依仗；悛，悔改。

涣然冰释：形容疑虑、误会、隔阂等完全消除。涣然，消散的样子；冰释，像冰一样消融。

讳莫如深：隐瞒得再没有比它更深的了。

骇人听闻：使人听了非常吃惊。多指社会上发生的坏事。

涸辙之鲋：比喻处境十分困难的人。

囫囵吞枣：把枣儿整个吞下去，不加咀嚼，不辨滋味。比喻学习上笼统接受，不加分析，不求充分理解。与"生吞活剥"有别。

汗牛充栋：用牛运书，牛要累出汗来；用屋子放书，要堆满屋子。形容藏书极多。

毫厘不爽：毫、厘，都是微小的计量单位。爽，差错。形容一点差错也没有。

毁家纾难：指拿出家产以救国难。纾，缓解、消除。

祸起萧墙：萧墙，古代宫室内作为屏障的小墙，借指内部。比喻祸害起于内部。

**J** 济济一堂：形容很多有才能的人聚在一起。济济，众多。

集腋成裘：积少可以成多。

计日程功：可以数着日子计算进度。形容在较短期间就可以成功。程，计算。

间（jiān）不容发：距离极近，中间不能放进一根头发。比喻情势危急到了极点。

见微知著：见到微小的迹象，就能察知发展的趋势。微，小，指刚显露出来的苗头；著，明显。

江郎才尽：比喻才思枯竭。

江河日下：江河的水天天向下游流。比喻情况一天天坏下去。

胶柱鼓瑟（sè）：比喻拘泥固执，不知变通。柱，瑟上调弦的短木，被粘住，就不能调整音高。

金科玉律：必须遵守、不能改变的信条。多含贬义。

积重难返：多指恶习、弊端发展到难以革除的地步。

矫枉过正：指矫正弯曲的东西，超越了限度，反而又弯向另一面。比喻纠正错误和偏向超过了限度。矫，使弯的变直；枉，弯曲。

竭泽而渔：比喻只图眼前利益，不考虑将来发展。竭泽，使湖泊池水枯竭；渔，捕鱼。

经天纬地：比喻治理国家。多用来形容人治国的才能极大。经纬，纺织物上的纵向和横向的线。

噤若寒蝉：形容不敢说话。噤，闭口不出声；寒蝉，指晚秋的蝉。

敬谢不敏：以自己能力不够为理由恭敬地推辞。谢，推辞；不敏，不聪明，没有才干。

鸠占鹊巢：斑鸠夺了喜鹊的窝，比喻霸占他人的财物。鸠，斑鸠，不善筑巢。

久假不归：长久借用而不归还。假，借。

具体而微：主要内容或基本结构全都具备，只是形状或规模较小。

**K** 开门揖盗：比喻引进坏人，自招祸患。揖，作揖，表示欢迎。

空穴来风：有了洞穴才有风进来。比喻消息和传说不是完全没有原因的。现在多用来比喻消息和传说没有根据。

侃侃而谈：指谈话不慌不忙。侃侃，从容不迫的样子。

空中楼阁：比喻脱离实际的理论或虚构的事物。

口碑载道：满路都是称颂的声音。

脍炙人口：美味的食品人人爱吃，比喻优秀文艺作品，人人赞美和传诵：脍，切细了的肉；炙，烤熟的肉。

狂犬吠日：疯狗对着太阳乱叫，比喻坏人诋毁好人。

**L** 励精图治：振作精神，想办法，把国家治理好。

梁上君子：代称窃贼。语见《后汉书》。

两小无猜：男女小的时候在一起玩耍，天真烂漫，没有猜疑。

寥若晨星：稀少得好像早晨的星星。

林林总总：形容繁多。

鳞次栉（zhì）比：像鱼鳞和梳子的齿一样，一个挨着一个地排列着，多用来形容房屋等密集。

令人发指：形容极度愤怒。发指，头发直竖起来。

炉火纯青：比喻学问、技术或办事达到了纯熟完美的地步。

屡试不爽：屡次试验都没有差错。爽，差错。

良莠不齐：比喻好人和坏人混在一起。

洛阳纸贵：指文章风行一时。

李代桃僵：僵，枯干。李树代替桃树枯死，比喻兄弟互爱互助。后比喻以此代彼或代人受过。

令行禁止：有令即马上执行，有禁则马上停止。形容执行法令雷厉风行。

**M** 买椟还珠：比喻没有眼光，取舍不当。椟，匣子。语出《韩非子》。

满目疮痍：形容受到严重破坏的景况。疮痍，创伤。

美轮美奂：形容房屋高大华丽。轮，形容高大；奂，鲜明盛大的样子。

莫逆之交：指彼此情投意合，友谊深厚。莫逆，没有抵触，形容思想感情一致。

目无全牛：比喻技艺到了极其纯熟的地步、得心应手的境界。不是指没有全局观念或"不见泰山"。

目无下尘：形容为人骄傲，看不起群众。

满城风雨：城里到处刮风下雨。原指重阳节前的秋景，后比喻消息传遍各处，人们议论纷纷。

明火执仗：点着火把，拿着武器，公开抢劫。现多泛指毫无顾忌地干坏事。仗，古代兵器的统称。

**明日黄花**：黄花，菊花。指重阳节以后的菊花，即将枯萎，没有什么观赏价值了。后比喻已经过时或失去现实意义的事物。

**明修栈道，暗度陈仓**：指以明显的行动掩人耳目，暗中又采取其它手段达到目的。

**莫衷一是**：不能决定哪一个是对的，指各有主张，不能统一。衷，决断；是，对，正确。

**墨守成规**：指思想保守，守着现成的规矩不肯改变（含贬义）。

**沐猴而冠**：猴子戴帽子，装成人的样子。比喻品质卑劣，只虚有其表。沐猴，猕猴。

**每况愈下**：指情况越来越坏。

**P**　**蓬荜增辉**：谦辞。表示由于别人到自己家里来或张挂别人给自己题赠的字画等而使自己非常光荣。蓬荜，"蓬门荜户"的省略。也说"蓬荜生辉"。

**披肝沥胆**：比喻真心相见，倾吐心里话。披，揭开。

**否（pǐ）极泰来**：比喻情况从极坏转好。否，凶；泰，吉。

**抛砖引玉**：比喻自己先发表粗浅的意见或文章，以引出别人的高见或佳作。往往用于自谦。

**评头品足**：泛指对人对事说长道短，多方挑剔。含贬义。

**扑朔迷离**：比喻事物错综复杂，不易看清真相。

**Q**　**期期艾艾**：形容口吃。语见《史记》和《世说新语》。

**七手八脚**：形容大家一起动手，人多手杂的样子。

**罄竹难书**：把竹子用完了都写不完。比喻事实（多指罪恶）很多，难以说完。罄，尽。

**七月流火**："流火"指火星西沉。是天气转凉之意，不是说天气炎热。

**前无古人**：从来没有人这样做过的，空前未有的。

**巧言令色**：形容花言巧语，假装和善的样子。

**趋之若鹜**：像野鸭一样，一群群跑过去。多指追逐不正当的事物。

**强人所难**：指硬要别人做他做不了的事。

**奇文共赏**：原指新奇的文章共同欣赏；现多指内容荒谬的文章，大家共同批判。

**曲突徙薪**：指把烟囱改建成弯的，搬开灶旁的柴禾，以避免发生火灾。比喻事先采取措施，防患于未然。曲，使弯曲；突，烟囱；徙，迁移；薪，柴。

**曲高和寡**：曲调高深，能跟着唱的人就少。原指知音难得；现比喻言论或作品不通俗，读懂的人很少。和，跟着别人唱。

**R**　**忍痛割爱**：忍受痛苦放弃自己心爱的东西。

**如履薄冰**：如同踩在薄冰上面一样。比喻做事非常小心谨慎，存有戒心。履，踩，踏。

**如丧考妣（bǐ）**：像死了父母一样的伤心和着急，含贬义。考妣（bǐ），（死去的）父亲和母亲。

**如数家珍**：比喻对所讲的事情十分熟悉。

**忍俊不禁**：忍不住要发笑。

**日薄西山**：太阳临近西山快要落下。比喻衰老的人、腐朽的事物，就要死亡。薄，迫近。

**如火如荼**：原形容军容整齐、盛大。现形容气势旺盛，气氛热烈。荼，一种开白花的茅草。

**如坐春风**：好像置身于春风之中。比喻受到良好的教诲。

**入木三分**：原指写字的笔法强劲有力。现比喻思想议论或描写深刻有力。

**S**　**三缄（jiān）其口**：形容说话过分谨慎，不敢或不肯开口。缄，闭。

**三人成虎**：比喻谣言或讹传一再反复，就有使人信以为真的可能。

色厉内荏（rěn）：外表强硬，内心空虚。荏，软弱。

闪烁其词：指说话稍微露出一点想法，但不明确。也形容说话躲躲闪闪，吞吞吐吐。

身无长（cháng）物：再没有别的东西。形容除此之外空无所有。长物，多余的东西。

身体力行：亲身体验，努力实行。

生灵涂炭：形容政治混乱时期人民处在极端困苦的环境中。涂炭，烂泥和炭火。

失之东隅，收之桑榆：比喻这个时候失败了，另一个时候得到了补偿，语出《后汉书》。东隅，东方日出处，指早晨；桑榆，日落时太阳的余光照在桑树、榆树之间，指傍晚。

尸位素餐：空占着职位，不做事而白吃饭。

拾人牙慧：拾取人家只言词组当做自己的话。

石破天惊：多用来比喻文章议论新奇惊人。

始作俑者：孔子反对用俑殉葬，他说，开始用俑殉葬的人，大概没有后嗣吧。指恶劣风气的创始者。

豕突狼奔：像野猪和狼那样逃路。

矢志不移：发誓立志，永不改变。

首当其冲：比喻首先受到攻击或遭遇灾难。冲，要冲。

事倍功半：形容花费的气力大，收到的成效小。

适逢其会：恰巧碰到那个时机。

深藏若虚：深深地藏起来，看起来好像什么也没有。比喻有真才实学的人不在人前卖弄。

深孚众望：很能使众人信服。孚，使人信服。

生吞活剥：原指生硬搬用别人诗文的词句，现比喻生硬地接受或机械地搬用经验、理论等。

上行下效：上面的人怎么做，下面的人就学着怎么做（多含贬义）。行，做；效，模仿。

首屈一指：指扳指头计数时，首先弯下大拇指，表示位居第一。首，首先；屈，弯。

数典忘祖：比喻忘掉自己本来的情况或事物的本源。数，数说；典，典籍、史册。

述而不作：只阐述前人的学说，自己并不创作。述，阐述、讲述；作，创作。

**T** 弹冠相庆：指一人当了官或升官，他的同伙也互相庆贺将有官可做。语出《汉书》。

韬（tāo）光养晦：比喻隐藏才能，不使外漏。韬，弓或箭的套子，比喻隐藏。

桃李不言，下自成蹊（xī）：比喻只要为人真诚、忠实，就能感动别人。蹊，路。

天网恢恢：天道像一个广阔的大网，作恶者逃不出这个网，也就是逃不出天道的惩罚。恢恢；形容非常广大。

醍醐（tí hú）灌顶：比喻灌输智慧，使人彻底醒悟。醍醐，旧指从牛奶中提炼出来的精华，佛教比喻最高的佛法。

投鼠忌器：想扔东西打老鼠，又怕打坏了东西。比喻欲除恶而有顾忌，不敢放手干。

谈笑风生：说笑之中风趣横生。风生，风趣横生。

螳臂当车：螳螂用前腿阻拦车子前进。比喻不自量力，去做办不到的事。螳臂，螳螂的前腿，呈镰刀状；当，阻挡。

天经地义：指天地间经久不变、不容置疑的法则和道理。经，长久不变的法则；义，公正的道理。

天衣无缝：传说中天仙的衣服没有接缝。比喻事物自然完美，没有破绽；也比喻诗文浑然一体，没有雕琢的痕迹。

投桃报李：送给我桃子我以李子回报。比喻友好往来，相互赠答。投，送给；报，回报。

退避三舍：比喻主动让步，不与人争。退避，退让回避；舍，古时行军三十里为一舍。

**W**　玩物丧志：只顾玩赏所喜好的东西，因而消磨掉志气。

万人空巷：家家户户的人都从巷子里出来了。用来形容庆祝、欢迎等盛况。

微言大义：精微的语言和深奥的道理。

为虎傅翼：替老虎加上翅膀。比喻帮助坏人，增加恶势力。傅，添加。

为渊驱鱼，为丛驱雀：水獭想捉鱼吃，却把鱼赶到深渊去了；鹞鹰想捉麻雀吃，却把麻雀赶到丛林中去了。后来比喻不善于团结人或笼络人，把可以依靠的力量赶到敌对方向去。

未雨绸缪：天还没下雨，就先修好门窗。比喻事先做好准备。

蔚为大观：丰富多彩，成为盛大的景象（多指文物等）。

文不加点：形容写文章很快，不用涂改就写成。点，涂上一点，表示删去。

五风十雨：五天刮一次风，十天下一次雨。形容风调雨顺。

瓦釜雷鸣：声音低沉的沙锅发出雷鸣般的响声。比喻庸人居于高位。

外圆内方：比喻人外表平易近人，能灵活应付，实际却很认真严肃。

危言危行：说正直的话，做正直的事。

望洋兴叹：原指看到人家的宏大而感到自己的渺小，现多比喻因力量或条件达不到而感到无可奈何。望洋，仰望的样子；兴，发出；叹，赞叹。

危言耸听：故意说些夸大吓人的话，使人听了震惊。危言，吓人的话；耸，惊动。

尾大不掉：尾巴太大不易摆动，比喻属下势力太大，难于指挥。掉，摆动。

无可非议：没有什么可以批评责难的，表示言行合情合理，并无错误。非议，批评、责难。

无可厚非：不能过分责备。表示虽有缺点，但是可以原谅。厚，重，过分；非，责难。

无人问津：没有人打听渡口，比喻无人过问或无人关心。津，渡口。

无所不为：没有不干的事（含贬义）。为，做、干。

无所不至：没有不到的地方。也指什么事都干得出来（含贬义）。至，到。

**X**　喜结金兰：高兴地成为结拜兄弟姐妹。

相濡以沫：泉水干涸，鱼靠在一起以唾沫相湿润。语见《庄子》。后比喻同处困境，相互救助。

相敬如宾：形容夫妻互相尊敬像对待宾客一样。

宵衣旰（gàn）食：天不亮就穿衣起来，天黑了才吃饭。形容勤于政务。

胸无城府：比喻襟怀坦白，没有什么隐藏。城府，城市和官府。

煊（xuān）赫一时：在一个时期内，名声威势很盛。煊赫，气势很盛。含贬义。

虚与委蛇（wēi yí）：对人虚情假意，敷衍应酬。虚，假意；委蛇，敷衍。

洗心革面：比喻彻底悔改。洗心，洗涤污秽的心；革面，改变原来的面貌。

瑕瑜互见：比喻既有缺点，也有优点。瑕，玉上的斑点；瑜，玉的光彩。

心照不宣：形容彼此心里都明白，不必明说。心照，不必对方明白说出而心中自然清楚了解；宣，公开说明。

休戚与共：欢乐和忧愁共同承担，形容彼此同甘共苦。休，欢乐；戚，忧愁。

休养生息：指在战乱或大变革之后，减轻人民负担，安定生活，发展生产。休养，休息调养；生息，人口繁殖。

下车伊始：旧指新官刚到任；现指刚到一个新地方或新工作岗位。下车，新官到任。

细大不捐：小的大的都不抛弃。

**Y**　一蹴（cù）而就：踏一步就成功。形容事情轻而易举，一下子就能完成。蹴，踏。

一傅众咻（xiū）：一个人教，众多的人干扰，形容环境对人影响极大。傅，教导；咻，喧闹。

一鳞半爪：比喻零星片断的事物。

贻笑大方：让有见识的内行笑话。贻，遗留。

颐指气使：不说话而用面部表情来示意。指有权势的人随意支使人的傲慢神气。

以耳代目：把听来的当成亲见的。形容不亲自调查研究，专门听信别人的话。

以邻为壑：拿邻国当做排洪水的沟壑。比喻把自己的困难或灾害转嫁给别人。

意兴阑珊：形容兴致将尽。

洋洋大观：形容美好的事物丰富多彩。

养尊处优：处于尊贵的地位，过着优裕的生活。

仰事俯畜：对上侍奉父母，对下养活妻子儿女。泛指维持一家生活。

寅吃卯粮：寅年吃了卯年的粮。比喻入不敷出，预先借支。寅、卯，地支的第三、四位。

杳如黄鹤：比喻一去不见踪影。语出崔颢《黄鹤楼》。杳，见不到踪影。

饮鸩止渴：喝毒酒解渴。比喻采取极有害的方法来解决眼前困难，不顾后果。鸩，一种毒鸟。

余能可贾（gǔ）：还有力量没有用完。贾，卖。

越俎代庖：比喻超过自己的职务范围，去处理别人所管的事情。俎，祭器；庖，厨子。

言近旨远：话说得浅近，但含义很深远。

以儆效尤：用对一个坏人或一件坏事的处理来警告那些学着做坏事的人。以，用；儆，告诫；尤，过错；效尤，学坏样子。

言不由衷：话不是从内心发出的，形容心口不一。衷，内心。

阳春白雪：古代楚国的一种艺术性较高、难度较大的歌曲。比喻高雅的、不通俗的文艺作品。常跟"下里巴人"对举。

一筹莫展：没有一点计策能施展，形容束手无策，一点办法也没有。筹，古代用来计数和计算的竹签，引申为计策；展，施展。

鱼目混珠：用鱼眼睛冒充珍珠，比喻以假乱真，以次充好。混，冒充。

**Z**　在劫难逃：原指命中注定要遭受灾祸，想逃也逃不了。现在有时借指不可避免的灾害。劫，佛教把天灾人祸等厄运称为"劫"或"劫数"。

昭然若揭：真相全部暴露，一切都明明白白。昭，明显；揭，举。

振聋发聩（kuì）：比喻用语言文字唤醒糊涂麻木的人，使人们清醒过来。聩，耳聋。

捉襟见肘：拉一下衣襟就露出胳膊肘。形容衣服破烂，也比喻顾此失彼，难以应付。

濯濯童山：光秃秃无树木的山。濯濯，光秃秃的样子；童，秃。

炙手可热：手一挨近就感觉到热。比喻气焰很盛，权势很大。

紫气东来：表示祥瑞，语出《列仙传》。紫气，祥瑞之气。

罪不容诛：判死刑还抵不了他的罪恶。形容罪大恶极。诛，判处死罪。

自怨自艾（yì）：原意是悔恨自己的错误，自己改正。现在只指悔恨。艾，治理、改正。

自出机杼：比喻诗文、书画创作构思新颖。

崭露头角：突出地显露出才能和本领。崭，突出。

栉风沐雨：用风梳头，用雨洗发。形容奔波劳碌，历尽艰辛。栉，梳发；沐，洗发。

# 第四节　十年高考成语精炼

十年高考成语精炼全面汇集了（2000～2011）十余年来全国各地 118 道成语高考真题，

类型广泛，内容丰富，充分学习与练习，不仅可以提高学生辨别成语错误类型的能力，同时也可以在高考中提升语言表达与运用能力，使考生受益匪浅。

## 吕丽高考语文讲堂·成语·第1练 【2011高考12题】

1. 下列各句中，横线处的成语使用恰当的一项是（　　）　　　　　　　　　　　　　　　**【全国Ⅰ】**

A. 我读过弗莱的著作，很喜欢他那<u>高屋建瓴</u>的气势和包罗万象的体系，更欣赏他努力摆脱主观印象式品评的文学批评方法。

B. 奚羽先生指导弟子写论文时强调，学术论文要有的放矢，论证严密，语言准确而简洁，不能<u>模棱两可</u>，也不能繁文缛节。

C. 这是一家国家级出版社，近几年来，出版了很多深受读者尤其是在校大学生喜爱的精品图书，不少作家都对它<u>趋之若鹜</u>。

D. 虽然已经是晚上了，但候车大厅里依然人来人往，热闹非凡，大喇叭的广播声、商贩的叫卖声、孩子的哭泣声<u>不绝如缕</u>。

2. 下列各句中，横线处的成语使用恰当的一句是（　　）　　　　　　　　　　　　　　　　**【安徽】**

A. 从人们早就<u>耳濡目染</u>的传统曲目《天仙配》、《女驸马》，到让人耳目一新的现代佳作《徽州女人》、《雷雨》，这一发展历程表现出黄梅戏艺术旺盛的生命力。

B. 我省有关部门负责人多次就环境保护问题发表讲话，旨在加大环境监督的执法力度，强化环境保护的参与意识，因为环境与我们每个人的生活<u>休戚与共</u>。

C. 作为中国高温合金的奠基人，师昌绪先生多次领导攻关会战，<u>运筹帷幄</u>，斩关夺隘，在我国航空发动机材料的研究方面倾注了大量心血，建立了卓越功勋。

D. 近年来，人们购买中国自主品牌轿车的热情<u>蔚然成风</u>，主要是因为国产品牌质量不断提高，同时也可能与某些国际品牌多次发生因质量问题被召回的事件有关。

3. 下列句子中，横线处的成语使用正确的一项是（　　）　　　　　　　　　　　　　　　　**【北京】**

A. 这位明星曾带给观众很多快乐，不少"粉丝"竞相模仿他的表演，但这次他因醉酒驾车而触犯法律的行为却<u>不足为训</u>。

B. 下午，今年的第一场春雨<u>不期而遇</u>，虽然没有电视台预报的降水量大，但还是让京城一直干燥的空气变得湿润了一些。

C. 伴着落日的余晖，诗人缓步登上了江边的这座历史名楼，极目远眺，晓霞尽染，鸿雁南飞，<u>江河日下</u>，诗意油然而上。

D. 这本应是一场实力相当的比赛，然而北京国安足球队经过90分钟与对手的激战，却<u>兵不血刃</u>，最终以3：0取得胜利。

4. 下面语段中画线的词语，使用不恰当的一项是（　　）　　　　　　　　　　　　　　　　**【广东】**

近年来，我国历史文学巨匠的诗文专集、选集及各种汇编的整理问世，更是卷帙浩繁，<u>蔚为大观</u>。随着国际文化交流的日益繁盛，各国文学读物大量出现，使人<u>自顾不暇</u>，这里有各种文化珍品的精译精编，有各国新作的争奇斗艳，也有选材不严的作品，<u>鱼目混珠</u>，为读者所诟病，但就其主流来看，文学翻译家的辛勤劳动，大有益于我们文学的"外为中用"，大有助于文学新人的迅速成长，因此也是值得重视的。

A. 蔚为大观　　　　　B. 自顾不暇　　　　　C. 鱼目混珠　　　　　D. 诟病

5. 依次填入下列横线处的词语，最恰当的一组是（　　）　　　　　　　　　　　　　　　　**【湖北】**

她＿＿＿＿＿盲人和正常人一样也能做很多事情，这正是她只身来到拉萨旅游的原因，她喜欢这座＿＿＿＿在历史和信仰中的圣城，＿＿＿＿看不见，她也能感受到这里绵延的雪山，清冽的空气、闪耀着金光的寺庙和那些＿＿＿＿向大昭寺缓缓前行的信徒。

A. 相信　沉醉　既然　顶礼膜拜　　　　　B. 自信　沉溺　即使　诚心诚意

C. 坚信　沉浸　尽管　三步一叩　　　　　D. 确信　沉迷　虽然　毕恭毕敬

6. 下列各句中，横线处的成语使用不恰当的一句是（　　）　　　　　　　　　　　　　　　**【湖南】**

A. 山浪漫转，曲径轻摇，柳色乍染，黄莺初啼，几间茅屋在白云深处若隐若现，这一切令人<u>耳目一新</u>。

B. 故乡的槐树，成簇成片，遍布四野，似乎散漫凌乱，却又井然有序；似乎<u>千篇一律</u>，却又各具情致。

C. 满耳的阵阵蛙鼓，激昂亢奋地喧闹着，将静夜和旷野喧嚣得如同这季候一般，热情洋溢，<u>生机勃勃</u>。

D. 野花肆意开放，花丛间常可见一队队小巧伶俐的麻褐色野兔，在那里追逐嬉戏，天真烂漫，<u>活灵活现</u>。

7. 下列各句中，横线处的成语使用不恰当的一项是（　　）　　　　【辽宁】

A. 应广大读者的要求，他为那本很受欢迎的获奖小说写了续篇，但遗憾的是，续篇<u>相形见绌</u>，不能让人满意。

B. 由于有关部门的严肃查处，摩托车非法运营现象暂时消失，但要避免其<u>东山再起</u>，必须有制度化的举措。

C. 观众期盼已久的歌剧《三兄弟》近日在人民大剧院上演，其音乐大气磅礴，<u>跌宕起伏</u>，让人赞叹不已。

D. 在我父亲的记忆里，那是一段极为特殊、不堪回首的岁月，人事的变迁如<u>白云苍狗</u>，谁也无法预料。

8. 下列各句中，横线处的成语使用恰当的一项是（　　）　　　　【山东】

A. 对于这座神秘的古代墓葬，专家们希望能从<u>漫无边际</u>的史料中找到一些关于它的蛛丝马迹。

B. 从长辈们的<u>闲言碎语</u>中，他了解到父亲乔明志曾经是一位屡建奇功、威名赫赫的抗日英雄。

C. 在 44 年的记者生涯中，他创作了一批优秀的新闻作品，在中国新闻史上留下了<u>浓墨重彩</u>的一笔。

D. 市场调查发现，国内一些商家销售的红木家具质量<u>良莠不齐</u>，有关部门提醒消费者选购时要谨慎。

9. 下列各句中，横线处词语使用恰当的一句是（　　）　　　　【四川】

A. 我刊以介绍自然风光、名胜古迹为主，内容丰富，图文并茂，融知识性、趣味性、可读性于一炉，欢迎广大读者到各地邮局<u>征订</u>本刊。

B. 官府的横暴和百姓的苦难，深深刺激着杜甫的心灵，他以<u>悲天悯人</u>的情怀写下的"三吏"、"三别"，至今仍能引起人们的情感共鸣。

C. 在岗位技术培训之后，小李成了生产明星，2010 年，他完成的全年工作量超过规定指标的<u>百分之四十</u>，获得了所在企业的嘉奖。

D. 九寨海之奇，奇在水，奇在云，奇在雾，奇在乍晴乍雨，波光云影，色彩斑斓，如梦如幻，不由得不让人惊叹大自然的<u>巧夺天工</u>。

10. 下列各句中，横线处的成语使用不恰当的一项是（　　）　　　　【新课标】

A. 近代中国内忧外患，强烈的社会责任感促使知识分子自觉自愿又<u>步履维艰</u>地开始了从器物技术到思想文化的现代性追求。

B. 经过长达两个星期的鏖战，本届世界锦标赛最终<u>尘埃落定</u>，中国队在赛程极其不利的情况下，克服重重困难，获得冠军。

C. 有人认为天才之作总是合天地之灵气，<u>妙手偶得</u>，据说《蓝色多瑙河》就是作者在用餐时灵感一来随手写在袖口上的。

D. 碳排放过量会给地球生态环境带来严重的危害，如果不设法加以遏制，必然会威胁人类生存，全球性大灾难<u>指日可待</u>。

11. 下列各句中，横线处的词语运用错误的一项是（　　）　　　　【浙江】

A. 竹叶和阳光彼此恋慕所闪出的光，使人坠入了无我境地；<u>纵令</u>不闪光，竹叶自身或浅黄、或翠绿的色彩，不也令人陶醉吗？

B. 老校区遗留着一中旧时的氛围，参天的古木，平滑的石道，随处可见的老旧建筑……一切<u>浓重</u>得无需装饰就可做电影的背景。

C. 日常交往中，平等是人与人之间<u>投桃报李</u>、礼尚往来的前提，高高在上、盛气凌人只会使人与人彼此疏离、产生隔阂。

D. 班长在征文比赛中得了第二名，大家都夸她是才女，她却<u>求全责备</u>，谦虚地说年级里水平比她高的同学有很多，自己的文章还存在很多不足。

12. 下列语句中，横线处词语使用不恰当的一项是（　　）　　　　【重庆】

A. 去凤凰，是在一个细雨绵绵的日子，凤凰的美便<u>弥漫</u>在这烟雨中，湘西的千年文化也在这烟雨迷蒙中荡漾开来。

B. 网络热词不仅以独特的方式即时反映了社会现实生活，而且还表现了人们思想观念的变化。

C. 当今社会，人们获取信息的渠道多种多样，数字阅读、网络阅读方兴未艾，图书馆的传统职能正逐渐发生变化。

D. 他上学那会儿就是瘦死的骆驼比马大的那种人。按照规定，他可以申请贫困生助学贷款，但他却硬撑着不肯申请。

## 吕丽高考语文讲堂·成语·第 2 练　【2010 高考 14 题】

1. 下列各句中，横线处的成语使用正确的一项是（　　）　　　　　　　【全国Ⅰ】

A. 现在我们单位职工上下班或步行，或骑车，为的是倡导绿色、地毯生活。尤为可喜的是，始作俑者是我们新来的局长。

B. 几年前，学界几乎没有人不对他的学说大加挞伐，可现在当他被尊奉为大师之后，移樽就教的人简直要踏破他家的门槛。

C. 他是当今少数几位声名卓著的电视剧编剧之一，这不光是因为他善于编故事，更重要的原因是他写的剧本声情并茂，情节曲折。

D. 旁边一位中学生模样的青年诚恳地说："叔叔，这些都是名人的字画，您就买一幅吧，挂在客厅里不仅美观大气，还可附庸风雅"。

2. 下列各句中，横线处的成语使用恰当的一句是（　　）　　　　　　　【安徽】

A. 今年春节期间，镇里举行了一场别无二致的茶话会，向返乡过节的流动党员们通报了本镇一年来经济发展的喜人形势。

B. 在文化强省战略指引下，我省动漫产业迈入高速发展的新阶段，去年我省与沿海省份动漫原创产品的产值已经等量齐观。

C. 第四届全国体育大会组织者在赛事安排上独出心裁，创造性地采取走进小区、现场体验等方式，以突出全民互动的特点。

D. 发展低碳经济首当其冲的是要坚持节约资源、保护环境的基本国策，协调资源利用和环境保护的关系，实现可持续发展。

3. 下列各句中，横线处的成语使用恰当的一句是（　　）　　　　　　　【江苏】

A. 司机张师傅冒着生命危险解救乘客的事迹，一经新闻媒体报导，就被传得满城风雨，感动了无数市民。

B. 近年来，在种种灾害面前，各级政府防患未然，及时启动应急预案，力争把人民的生命财产损失降到最低限度。

C. 这些"环保老人"利用晨练的机会，将游客丢弃在景点的垃圾信手拈来，集中带到山下，分类处理。

D. "生命的价值在于厚度而不在于长度，在于奉献而不在于获取……"院士的一番话入木三分，让我们深受教育。

4. 下列各句中，横线处的词语运用错误的一项是（　　）　　　　　　　【浙江】

A. 她到任不久便发现这个部门人浮于事：多数人在完成任务后，以各种无聊的事情打发时间，让别人看起来自己很忙而不被说三道四。

B. 在演讲比赛中，他口若悬河，滔滔不绝，但所讲内容与事先定下的主旨并不相关，显得小题大做，榜上无名也就理所当然了。

C. 象棋人机大战凸显了计算机思维与人类思维的差别，观战的内行觉得计算机的走法其实很普通，但我这个象棋方面的半瓶醋却对各种奥妙困惑不已。

D. 他性格内向，不善于陌生人打交道，刚见到她的时候，脸都涨红了，期期艾艾了好一会儿，也不知在说些什么。

5. 下列各句中，横线处词语使用恰当的一句是（　　）　　　　　　　【四川】

A. 传统的"严父慈母"在一些三口之家中逐渐演变为"慈父严母"。以前严厉的父亲如今在这些家庭中扮演着唱红脸的角色。

B. 该县有关部门决定在今后两年内斥资对这位名人的故里进行修复，把它们打造成精品，以吸引外地游客，使当地旅游人气更旺。

C. 经过多年的深入研究，该课题组撰写了专题报告，对我国票据法的特色及其立法决策中的几个问题进行了分析论述。

D. 他准备出售自己珍藏多年的字画，并把出售所得捐赠给西南干旱地区，但后来字画不慎遗失使他的计划成了<u>纸上谈兵</u>。

6. 下列各句中，横线处的成语使用不恰当的一项是（　　）　　　　　　　　　　【全国Ⅱ】

A. 这名运动员看上去一副<u>弱不胜衣</u>的样子，实际上，他身体健，骨骼强健，耐力和速度非一般人可比。

B. 在座的各位都是本领域的顶尖专家，我们请大家来，就是想听听各位的高见，大家不必客气、就<u>姑妄言之</u>吧。

C. 他闲来无事，就经常上网发一些<u>蜚短流长</u>的帖子，结果不仅弄得与同事邻里的关系很紧张，甚至还惹上了官司。

D. 唐玄宗虽早就觉察到安禄山有反叛之心，但并没有及时除掉他，反而<u>放虎归山</u>，让他出任范阳节度使，这未免有点蹊跷。

7. 下列各句中，横线处的成语使用不恰当的一项是（　　）　　　　　　【海南、宁夏、陕西等】

A. 有些人取得一点成绩，便<u>自命不凡</u>，洋洋自得，尾巴都翘到天上去了，这样的人终究不会有大的作为。

B. 看到果农家里<u>汗牛充栋</u>的黄灿灿的橙子，我深感欣慰，因为这说明我们开发的新品种产量高，质量好。

C. 对那<u>些少不更事</u>的年轻人，我们不仅要多加指导，还要给他们更多的锻炼机会，使他们尽快地成熟起来。

D. 开发商们对商品房面积的计算方式一直<u>讳莫如深</u>，由此导致的开发商与业主之间的经济纠纷经常发生。

8. 下列句子中，横线处的成语使用不恰当的一项是（　　）　　　　　　　　　　　【北京】

A. 在积极应对自然灾害的同时，人们强烈感受到吸取经验教训的重要性，希望在未来的日子里能<u>防患于未然</u>。

B. 军事专家认为极超音速导弹是反恐战争中非常有价值的"猎杀者"，一旦锁定目标，恐怖分子就<u>无地自容</u>了。

C. 设计人员必须严格执行上级部门的有关决议，"创意"只能在规定范围以内驰骋，不能<u>信马由缰</u>，这是设计人员起码的职业操守。

D. 双方无论研究方法多么不同，只要根本目标不相悖，就总有<u>殊途同归</u>的日子，在认识事物的过程中有这样那样的分歧是正常的。

9. 下列语句中，横线处的词语使用不恰当的一项是（　　）　　　　　　　　　　　【重庆】

A. 2010 年 4 月 6 日，《鲁迅箴言》由三联书店出版。365 条箴言，让读者感受到了鲁迅文字的力量和韵致。

B. 张强一下子站了起来："说吧！'有风方起浪，无潮水自平。'谁的是谁的非，<u>当面锣对面鼓</u>，快说吧！"

C. 上海世博会展示了众多国家和地区科技、文化的精华，像这样规模空前的活动，我们能够有机会<u>躬逢其盛</u>，实在难得。

D. 上清寺是最具传奇色彩的地方，周公馆、桂园、人民大礼堂、三峡博物馆……<u>举手投足</u>间都可以窥见历史的遗踪和时代的发展。

10. 下面语段中画线的词语，使用不恰当的一项是（　　）　　　　　　　　　　　【广东】

中国历代文人视为至宝的笔、墨、纸、砚，是中国传统文化的代表性符号。它们虽然有着不同的发展轨迹，<u>但殊途同归</u>。它们在艺术创作中淋漓尽致地表现了中国古代书画艺术的神韵，记录了岁月的<u>斗转星移</u>，体现了古代文人的生活情趣。今天，它们并没有因为现代高科技手段的<u>甚嚣尘上</u>而销声匿迹，而是继续在书画艺术中展示着华夏民族的质朴和灵动。

A. 殊途同归　　　　　B. 斗转星移　　　　　C. 甚嚣尘上　　　　D. 销声匿迹

11. 下列各句中，横线处的成语使用不恰当的一句是（　　）　　　　　　　　　　　【湖南】

A. 中国国家馆在东方的晨曦里，在<u>美轮美奂</u>的世博园建筑群中，发出耀眼的中国红。

B. 大力提倡低碳绿色的生活方式，开发高效低耗无污染的新能源，政府<u>责无旁贷</u>。

C. 在飞驰的高速列车上，人们津津乐道地谈论着乘坐高铁出行带来的快捷与方便。

D. 万涓聚作汇河，便有了一泻千里的豪放；江河汇成海，便有了一望无际的壮阔磅礴。

12. 下列各句中，横线处的成语使用恰当的一项是（    ）　　　　　　　　　　　　【江西】

A. 想当初，慈禧太后的陵寝造得多么坚固，曾几何时，还是禁不住军阀孙殿英的火药爆破，落了个一片狼藉。

B. 导演冯小刚把《集结号》中最重要的角色给了谷志鑫，其他演员几乎成了举重若轻的人物。

C. 上届冠军挪威队以全胜战绩出线，表现十分出色，其卫冕雄心及雄厚实力令人刮目相看。

D. 露卡在美国算是穷人，经常得到政府机构的接济和帮助，但她并不总是拾人牙慧，而是主动为社会做些好事。

13. 下列各句中，横线处的成语使用正确的一项是（    ）　　　　　　　　　　　　【辽宁】

A. 这位油画家的高原风貌主题油画虽然很受欢迎，但是他不轻易创作，因此，他挂在画廊墙上待价而沽的作品并不多。

B. 他儿子正值豆蔻年华，理应专注于科学文化知识的学习，没想到却整天沉迷于网络游戏，现在连初中都读不下去了。

C. 奶奶去世已经十年了，但她生前对我的疼爱之情我却一直铭记于心，耿耿于怀，这份情和爱我任何时候都不会忘记。

D. 近期的一场大火使我们损失惨重，连回家的路费都没有了，恳请各位高抬贵手，接济我们一点，以便我们渡过难关。

14. 下列语句中，横线处的词语使用最恰当的一项是（    ）　　　　　　　　　　　【山东】

A. 在浦东国际机场边检大厅，有这样一位服务标兵，她无论出现在哪里，脸上始终挂着一抹微笑，真诚、甜美、亲戚，让人难以释怀。

B. 这六位老人，年纪最小的也已 82 岁，都是参加过抗战的老兵。如今，虽已是古稀之年，但他们都还精神矍铄，思路清晰，回忆起当年，感慨万千。

C. 虽然面临的困难和不利因素很多，但是，作为这项改革实验的始作俑者，我们有信心也有能力把这项工作进行下去，并且做得越来越好。

D. 地震异地安置区首批"农家乐"开业，灾区民房重建基本完成，学生提前搬入新校园……纷至沓来的重建喜讯报告着灾区的重生。

## 吕丽高考语文讲堂·成语·第 3 练　【2009 高考 13 题】

1. 下列各句中，横线处的成语使用不恰当的一项是（    ）　　　　　　　　　　　【全国Ⅰ】

A. 邻里之间的是非大多是由日常生活中的一些琐屑小事引起的，不必寻根究底，你还是大事化小、小事化了吧。

B. 深处春秋鼎盛的时代，我们这些身强力壮的青年应该奋发有为，积极向上，刻苦学习，为国家和社会多作贡献。

C. 这位代表说的虽不是什么崇论宏议，但他说的话发自肺腑，句句实在，没有套话和假话，因此我们要更加重视。

D. 今年有四到六成的作品流拍，成交总额同比减少一半，这说明以往超过底价数十倍成交的火爆场面已明日黄花。

2. 下列各句中，横线处的成语使用不恰当的一项是（    ）　　　　　　　　　　　【全国Ⅱ】

A. 研究结果表明，那些心态平和、性格开朗、胸怀宽广的人比那些愁眉苦脸、孤独紧张、忧心忡忡的人出现精神疾患的概率要少 50%。

B. 对手在战略上的调整使该公司必须作出选择：要么连手业内巨头，强势逼宫，使对手就范；要么急流勇退，套现获利，回归软件市场。

C. 自第三分钟朴智星被断球后，曼联队在五分钟内竟然无法控制局面，而阿森纳队排山倒海般地高速狂攻，压得曼联喘不过气来。

D. 新版电视剧《四世同堂》引起争议，有人认为该剧加进了太多现代元素，把一幅老北京市井生活画卷变得南腔北调，丢掉了原著的灵魂。

3. 下列句子中，横线处的成语使用不恰当的一项是（    ）　　　　　　　　　　　　【北京】

A. 马金凤幼年从艺时嗓音毫无优势，后来却以清亮驰名，耄耋之年行腔依然高亢悦耳，她 81 年的舞台生涯中有多少值得探寻的奥秘啊！

B. "魔幻现实主义大师" 加西亚·马尔克斯获得诺贝尔文学奖的名著《百年孤独》，一度在国内各大书店<u>查无踪迹</u>，据说是因为版权问题。

C. 国外一些公司不明说裁员，而是给出几种让员工很难接受的"选择"，使员工只得主动请辞，有人说这是<u>明修栈道，暗度陈仓</u>。

D. 远处连绵的山峰上一道残破的城墙依稀可见，山下面有条深谷，怪石峥嵘，溪流湍急，无路可通，正所谓<u>一夫当关，万夫莫开</u>。

4. 下面语段中画线的词语，使用不恰当的一项是（　　）　　　　　　　　　　　　　　【广东】

欣逢您四十华诞，我们谨向您——亲爱的母校，致以热烈的祝贺。

四十年来，您培养的<u>莘莘学子</u>，或纵横商海，<u>运筹帷幄</u>，或潜心学界，激扬文字……在各行各业的建设中，总是<u>首当其冲</u>。

亲爱的母校，是您厚实的沃土孕育了我们的未来，是您严谨的学风和优良的传统赋予了我们奋发向上的力量，是您把我们这些懵懂少年培养成今天的<u>栋梁之材</u>。

A. 莘莘学子　　　　　B. 运筹帷幄　　　　　C. 首当其冲　　　　　D. 栋梁之材

5. 下列各项中，横线处的词语使用不恰当的一项是（　　）　　　　　　　　　　　　　【湖北】

A. 刚刚苏醒的大地上，袅袅炊烟<u>弥漫</u>开去，远处传来汪汪的狗吠声，一切显得那么静谧。

B. 历史如同一条长河，从源头连绵不断地流去，每一个阶段都具有<u>特立独行</u>的标志。

C. 演讲是一种艺术。演讲中<u>势如破竹</u>的滔滔雄辩，侃侃而谈，未必能赢得高明的听众。

D. 水面镶嵌在高峡深谷中，平滑得像绸缎一般，稍微抖一抖，波纹便荡漾起来，<u>精致</u>且迷人。

6. 下列各句中横线处的成语使用不恰当的一句是（　　）　　　　　　　　　　　　　　【湖南】

A. 道德是一切制度运行的社会土壤，道德与法律在一个国家的文明框架中，<u>唇齿相依</u>，缺一不可。

B. 虽然计算机应用的范围越来越广，但拥有了它并不意味着一切工作都会那么轻而易举，<u>一挥而就</u>。

C. 传统节日是一宗重大而特殊的民族文化遗产，其文化内涵和相关习俗不应该与现代社会<u>格格不入</u>。

D. 将往昔林林总总的记忆吐露在纸上，我意识到完成了我生活中最重要的行动，我注定为记忆而生。

7. 下列名句中横线处的成语使用恰当的一句是（　　）　　　　　　　　　　　　　　　【江西】

A. 有人把那些只读书而<u>不假思索</u>的人称为"书橱"，也有人称这种人为"书虫"、"书迷"、"书呆子"。

B. 这位先生关于近代欧洲文化的大作，几乎每一页都会有文字让我感到莫名的激动，以至情不自禁地<u>拍案叫绝</u>。

C. 歹徒在向人勒索巨额钱款时猝死于作案现场，他一生恶贯满盈，真是<u>死得其所</u>。

D. 他的讲演深入浅出、居高临下地阐述了青年的前途与国家现代化事业之间的关系，反响十分热烈。

8. 下列各句中，横线处的成语使用不恰当的一项是（　　）　　　　　　　　　　　　　【宁夏】

A. 新年联欢宴会在喜气洋洋的乐曲声中拉开帷幕，一时间，<u>觥筹交错</u>，笑语喧哗，欢乐的气氛弥漫了整个宴会大厅。

B. 如果一般读者不认为我的这本小册子言不及义，编辑出版工作者又觉得它有可借鉴之处，那么我就<u>心满意足</u>了。

C. 眼下在某些地区，"走穴"正成为一些学者<u>乐此不疲</u>的事情，因为这既能提高知名度，又可带来不菲的经济收入。

D. 日出而作，日落而息，他们就这样日复一日、年复一年地劳作生活在这片广袤的土地上，真有点令人<u>匪夷所思</u>。

9. 下列各句中，横线处的成语使用最恰当的一句是（　　）　　　　　　　　　　　　　【山东】

A. 在某些传染病暴发初期，医学专家最感到<u>左右为难</u>的是，如何判断和预测疫情的规模和发展趋势，以便为公共决策提供更多的科学依据。

B. 大型实景舞剧《长恨歌》的演员们充分利用华清池的空间，以优美的舞姿把发生在一千多年前的爱情悲剧演绎得<u>动人心弦</u>，幻若梦境。

C. 再完美的机制也得靠人去操作，一旦机会主义，暴利主义成为心底横行之猛兽，即便要付出天大的代价，破坏制度与规则者也会<u>前赴后继</u>。

D. 广交会为企业提供了内外贸对接的契机，但这种对接不可能<u>一挥而就</u>，绝大多数出口企业由于不熟悉国内市场，即使有意内销也无从着手。

10. 下列各句中，横线处词语使用恰当的一句是（　　　）　　　　　　　　　　　　　　　　【四川】

A. 这几位大学毕业生虽然工作经验欠缺，实践能力不足，但在国家相关政策的扶持下，他们决心自主创业，<u>牛刀小试</u>，开创一番新事业。

B. 阳春三月的一天早晨，宜宾合江门广场迎来了越来越多的游客，一位年逾花甲的老人在广场上表演太极拳，引来无数行人<u>侧目观看</u>。

C. 2009 年 5 月 9 日，我国著名相声演员李文华老人溘然长逝，这让他的老搭档姜昆深感<u>失之交臂</u>，沉浸在极度的悲痛之中。

D. 林和靖"<u>梅妻鹤子</u>"，隐居杭州孤山，固然很清高，但也要写出"疏影横斜水清浅，暗香浮动月黄昏"的绝唱，才能成为名人。

11. 下列语句中，横线处的词语使用恰当的一项是（　　　）　　　　　　　　　　　　　　　　【重庆】

A. 他是一个处事谨慎的人，一向奉行<u>君子之交淡如水</u>的原则，所以很少交朋友，即使有朋友，也不愿交往过深。

B. 亚冠联赛小组赛上，鲁能泰山队的另一个对手韩国首尔 FC 队以 6：1 取得了胜利，从目前的形式来看，泰山队的亚冠之旅<u>格外</u>艰险。

C. 平遥人过去在外经商的极多，赚了钱，要往家里送，很不安全，还要雇保镖，于是便生出这票号，专管<u>对换</u>银钱。

D. 老张按照惯例把买回来的对虾和猪肉分别称了称，才发现他买的对虾被<u>偷工</u>减料了，足足少了半斤。

12. 下列各句中，横线处的成语使用不恰当的一项是（　　　）　　　　　　　　　　　　　　　　【辽宁】

A. 女性作者的文笔，常以柔情似水、细腻委婉见长，虽非个个如此，但说大多数是这样，应该算是<u>持平之论</u>。

B. 政府有关部门应该考虑如何更好地发掘、利用<u>博大精深</u>的中华传统文化，以便尽快增强我国的"软实力"。

C. 这是一位已故著名作家的作品，由于各种原因一直没有发表，这次出版对编辑来说也有点<u>敝帚自珍</u>的意味。

D. 关于他的籍贯和生平，研究的人虽然很多，但一直<u>言人人殊</u>，始终没有一个定论，因此这个问题还可研究。

13. 下列各句中，横线处的成语使用恰当的一句是（　　　）　　　　　　　　　　　　　　　　【安徽】

A. 李娟、楚金玲等 5 人在这次全国选拔中<u>脱颖而出</u>，以主攻手人选的身份进入中国排协公布的新一届国家女排 20 人大名单。

B. 现在少数媒体放着有重要新闻价值的素材不去挖掘，反倒抓住某些明星的一点逸闻就<u>笔走龙蛇</u>，这种做法真是令人费解。

C. 新课程标准要求我们在高中语文教学中努力贯彻新的教育教学理念，坚决摒弃那种不尊重学生的<u>耳提面命</u>式的教学方法。

D. 国际金融危机给世界经济带来了极大冲击，曾经富庶的大西洋某岛国如今经济状况已<u>如履薄冰</u>，濒临"国家破产"。

## 吕丽高考语文讲堂·成语·第 4 练　【2008 高考 14 题】

1. 下列各项中，横线处的成语使用不恰当的一项是（　　　）　　　　　　　　　　　　　　　　【全国Ⅰ】

A. 土耳其举重选手穆特鲁身高只有 1.50 米，多次参加世界男子举重 56 公斤级比赛，拿 4 金牌如<u>探囊取物</u>，人送绰号"举重神童"。

B. 冬天老年人要增加营养，也要适当运动，在户外锻炼时一定要<u>量入为出</u>，以步行为宜，时间最好选在傍晚，还要注意保暖，防止着凉。

C. 中国茶艺与日本茶道各有特点，但<u>异曲同工</u>，都强调"和"的精神。中日两国青少年也应以和为贵。为中日睦邻友好多作贡献。

D. 北京周边的旅游胜地，笔者去过不少。但六月中下旬的绿树繁花中仍有冰高悬在危崖上，这一<u>出人意表</u>的奇景却是第一次见到。

2. 下列各句中，横线处的成语使用不恰当的一项是（　　　）　　　　　　　　　　　　　　　　【全国Ⅱ】

A. 新来的王老师为人不苟言笑，同事们一般都不跟他嘻嘻哈哈，只有谭校长有时还会跟他开点<u>无伤</u>

大雅的玩笑。

B. 近几年，来中国演出的外国艺术团<u>络绎不绝</u>，不过人们对俄罗斯芭蕾舞团的《天鹅湖》还是情有独钟，屡看不厌。

C. 美国博物馆的收费可谓<u>各尽所能</u>：有的一部分收费，有的分时段收费，还有的是否交费、交费多少由参观者自行决定。

D. 中、日、韩三国参加这次围棋比赛的运动员，水平都在<u>伯仲之间</u>，谁能胜出，就要看谁具有更好的竞技状态和心理素质了。

3. 依次填入下列各句横线处的词语，最恰当的一组是（　　）【江西】

① 改革开放 30 年后的今天，干部队伍_____化建设已经有了制度保障。

② 现代科技的发展日新月异，_____从前的幻想今天都有可能成为现实。

③ 到半夜，小说终于脱稿了，他_____地摸着胡子，长长地松了口气。

A. 年轻　以至　踌躇满志　　　　　　　　B. 年青　以致　踌躇满志

C. 年轻　以致　自鸣得意　　　　　　　　D. 年青　以至　自鸣得意

4. 下列各句中，横线处的成语使用恰当的一句是（　　）【安徽】

A. 时间真如<u>行云流水</u>，申奥成功的情景仿佛就在昨天，转眼间，举世瞩目的北京奥运会距离我们已经不到一百天了。

B. 眼下，报刊发行大战硝烟渐起，有些报纸为了招徕读者而故意编造一些<u>骇人听闻</u>的消息，其结果却往往弄巧成拙。

C. 著名学者季羡林先生学贯中西，兼容百家，在诸多研究领域都卓有建树，被人们誉为学界泰斗，真可谓<u>实至名归</u>。

D. 有段时间，沪深股市指数波动非常大，有时一天上涨几百点，有时一天下跌几百点，涨跌幅度之大令人<u>叹为观止</u>。

5. 下列各选项中，横线处的词语使用恰当的一项是（　　）【重庆】

A. 英勇而机智的荆轲，筹划了一个<u>有始有终</u>的行动方案，为了吸引秦王嬴政上钩，就必须砍下樊於期的头颅，作为晋见时奉献的礼品。

B. 有关部门整顿房地产市场，那些<u>八字还没一撇</u>就热热闹闹售房的开发商，终于尝到了自己酿造的苦酒。

C. 文化领袖的形成，不只需要本人的天赋和努力，还需要一个让公众认同的过程。<u>任凭</u>一两件事，不足以积累起文化领袖所需的声望。

D. 漫步万盛石林景区，石林、溶洞、飞瀑显露出鬼斧神工的魅力，浓郁淳朴的苗家风情及风姿绰约的民族歌舞增添了人文情趣。

6. 下列各句中，横线处的成语使用恰当的一句是（　　）【江苏】

A. 为了不让下一代输在起跑线上，年轻的父母纷纷送孩子去练钢琴，学围棋，上英语兴趣班，真是费尽心思，<u>无所不为</u>。

B. 随着社会经济的进一步发展，<u>安土重迁</u>的观念越来越深入人心，即使富庶地区的人们也乐意告别家乡，外出闯荡一番。

C. 书法是中国传统的艺术形式，风格各异的书法精品，或古朴，或隽秀，或雄浑，或飘逸，将汉字之美表现得淋漓尽致。

D. 老李从小就养成了勤学好问的良好习惯，遇到问题，总是<u>不耻下问</u>，及时向同事、亲朋好友甚至左邻右舍请教。

7. 下列各句中，横线处的成语使用不恰当的一句是（　　）【四川】

A. 有的父母习惯在饭桌上表扬或批评孩子，一边吃饭，一边<u>轻描淡写</u>地说几句，显得不够重视，孩子也没听进去，效果自然会差一些。

B. "迎奥运文明礼仪之光·北京欢迎您"展览，以漫画和歌谣这些人民大众<u>喜闻乐见</u>的艺术形式为载体，展现了北京的名胜古迹、市容新貌。

C. 微笑像和煦的春风，微笑像温暖的阳光，它蕴涵着一种神奇的力量，可以使人世间所有的烦恼都<u>涣然冰释</u>。

D. 今天我们提倡的创新，并不是要抛开先哲圣贤的成果<u>另起炉灶</u>，而是要站在前辈的肩膀上一步一个脚印地前进，并努力超越前人。

8. 下列各句中横线处的词语，使用最恰当的一句是（　　）　　　　　　　　　　【山东】

A. 中药是在中医学理论指导下用以防治疾病的药物，以植物为最多，也包括动物和矿物，其药效一般比较缓和。

B. 虽然平时工作很忙碌，但只要有时间，我就整顿家务，让家里变得洁净、整齐、漂亮。

C. 海滨公园是附近居民喜爱的运动场所，在花海中无论是散步、慢跑还是骑车锻炼都令人神气十足。

D. 诗评家所谓"老杜饥寒而悯人饥寒者也"，跟白居易"饱暖而悯人饥寒者也"是不同的，饥寒让杜甫刻骨铭心，所以他写出的诗句更加深刻感人。

9. 下面语段中划线的成语，使用恰当的一项是（　　）　　　　　　　　　　　　【广东】

公共汽车正在行驶中，前面一骑摩托车的男子突然变向横穿马路，眼看两车就要相撞。在这千钧一发之际，只听"嘎——"的一声，公共汽车司机紧急刹车，避免了一场车祸的发生。车上乘客目睹了这一扣人心弦的一幕，议论纷纷，怨声载道。那翻倒在地的摩托车男子迅速爬起来，一阵东张西望之后，未见交警身影，继而义无反顾，翻身上车，扬长而去。司机不禁怒形于色，大声斥责那违反交通规则的男子。

A. 扣人心弦　　　　　　B. 怨声载道　　　　　　C. 义无反顾　　　　　　D. 怒形于色

10. 下列各句中，横线处词语能被括号中的词语替换且不改变句意的一项（　　）　　　【浙江】

A. 中国高等教育用不到十年的时间实现了从精英教育到大众教育的跨越，但大发展过程中，难免会泥沙俱下，出现各种各样的问题。（鱼龙混杂）

B. 她不属于学院派，自然少受那些清规戒律的约束，其创作往往天马行空，充满神奇瑰丽的想象。（金科玉律）

C. 最近，浙江手机上网资费全面下调，广大用户对此额手称庆。专家预测，未来通过手机收看体育赛事或许会成为一种潮流。（弹冠相庆）

D. NBA季后赛中，由于缺少了主力姚明，火箭队内线空虚，在防守上往往顾此失彼，实力明显削弱。（捉襟见肘）

11. 下列各句中，横线处的词语使用不恰当的一项是（　　）　　　　　　　　【宁夏、海南】

A. 鸽子能利用地球磁场来导向，相映成趣的是，研究人员新近发现一种细菌也能感应地球磁场，这种细菌在磁场中的行动方向就像是一个罗盘针。

B. 热情的张阿姨听说小王是自己女儿的朋友，便拉着小王的手全神贯注地跟她拉起了家常，一直聊到深夜，害得小王都没赶上末班车。

C. 专家指出，只要采取"绿色生活方式"，使家里的每件物品都物尽其用，就可将家庭产生的垃圾量降低25％，化学洗涤用品的使用量减少三分之二。

D. 这些优秀作品并没有在获奖后被束之高阁，而是在政府扶持下尝试走市场化的道路，丰富文化市场，让本地群众享受到原汁原味的本土文化。

12. 下列句子中，横线处的成语使用不恰当的一句是（　　）　　　　　　　　　　【北京】

A. 许多分析人士认为，微软收购雅虎这场角逐，可谓两败俱伤，而让他们强大的对手谷歌渔翁得利。

B. 环境专家试图用向湖里放鱼的方法治理湖水污染，因为这里的渔业资源已经到了竭泽而渔的地步。

C. 一些老师担心，如果学生满足于网上搜索素材，很容易使写作流于复制和拼贴，这并非杞人忧天。

D. 上山路上，我们常打开等高线图察看，有的同学还用军事望远镜煞有介事地东张西望，引来不少人围观。

13. 下列各句中，横线处的词语使用不恰当的一项是（　　）　　　　　　　　　　【辽宁】

A. 瑞士国土面积不大，但民族众多，语言也多，法语、德语、意大利语等都是日常生活通行的语言，不少人都能随心所欲地使用几种语言。

B. 牡丹园小区餐厅明天将开始营业，消息传出，小区居民口耳相传。以前他们到最近的餐厅要步行半个多小时，现在出门走几步就能吃上饭了。

C. 岭南的书法艺术历史悠久，但由于气候潮湿等原因，唐代以前的书法作品鲜有传世，即使是宋元墨迹，今天能见到的也是寥落晨星。

D. 灾情就是命令，地震救援人员们冒着大雨，跋山涉水，克服重重困难，终于按规定时间抵达四川震中灾区，并立即投入了救援工作。

14. 下列各句中，横线处的词语使用不恰当的一句是（　　）　　　　　　　　　　【湖北】

A. 听到这个噩耗，老人家瘫坐在地上号啕痛哭，双手也情不自禁地颤抖起来。

B. 王宝强在电影《天下无贼》中成功地扮演了胸无城府、朴实憨厚的傻根这一角色。

C. 双塔镇医生王东东为了敛财，公然宣称注射他的免疫球蛋白即可预防 EV71 疫病。

D. 同学之间应该团结友爱、互相帮助、互相体谅，绝不能因一点小事就耿耿于怀。

## 吕丽高考语文讲堂·成语·第5练 【2007高考14题】

1. 下列各句中，横线处的成语使用不恰当的一句是（　　）　　　　【全国Ⅰ】

A. 这些战士虽然远离家乡，远离繁华，每天过着艰苦单调的生活，但是他们一个个甘之若饴，毫无怨言。

B. 近年来，新闻学专业越来越热，许多学生也跟着蠢蠢欲动，纷纷选学这一专业，希望将来能做一名新闻工作者。

C. 故乡变化真大，高楼拔地起，小路变通街，不毛的小山被夷为平地，建成了现代化的开发区，真是沧海桑田啊！

D. 我国的智力残疾人已有 1000 万，其中相当一部分是因缺碘造成的，所以坚持食用含碘盐并不是一件无足轻重的小事。

2. 下列各句中，横线处的词语使用恰当的一项是（　　）　　　　【全国Ⅱ】

A. 在这次举行的"当代书法展上"，各种书体与风格的作品等量齐观，保证了展览的专业性与流派的代表性。

B. 近年来，随着流域经济的快速发展，松花江污染问题也日渐严重，因此恢复松花江的生态功能间不容发。

C. 在今年的"排队推动日"活动中，虽仍有凤毛麟角的几个"不自觉者"，但广大市民不论乘车还是购物都能自觉排队。

D. 听说这家晚报和当地电信部门将联合举办高校招生大型电话咨询会，请有关专家答疑解惑，考生和家长都喜出望外。

3. 下列各句中，横线处的成语使用恰当的一句是（　　）　　　　【安徽】

A. 为纪念中国话剧百年诞辰，话剧界一些前辈粉墨登场，重新排演了《雷雨》等经典剧目。

B. 风格鲜明、体系完整、精细雅致的徽州文化，在洋洋洒洒的中华地方文化中独树一帜。

C. 在野外发现化石固然重要，而要把它完美无缺地取出并加以研究，就显得更为重要了。

D. 集电话、计算机、相机、信用卡等功能于一体，手机在生活中的作用被发挥得酣畅淋漓。

4. 下列各句中横线处的成语，使用不恰当的一句是（　　）　　　　【江苏】

A. 为了保护自然环境，这项工程的设计人员决定改弦更张，重新设计，选择更为恰当的施工方案。

B. 工会准备组织职工去九寨沟旅游，大家兴致勃勃，小张更是推波助澜，积极鼓动年轻人提出要搞生态自助游。

C. 在签名售书活动开始前，作者诚恳地说，书中不少看法都是一孔之见，欢迎大家批评指正。

D. 为防止有毒豆制品再次流入市场，有关部门迅速采取釜底抽薪的办法，查封加工窝点，堵住了生产的源头。

5. 下列各句中，横线处的词语运用正确的一句是（　　）　　　　【浙江】

A. 我国不少理工科院校把大学语文排斥在必修课之外，而近年来，外国留学生报考 HSK（中国汉语水平考试）的人数大幅度上升，真可谓"外来的和尚好念经"。

B. 求学期间，他春风得意，事事顺心，没料到踏入社会后，几桩生意下来，就被骗得血本无归，于是他总是感叹遇人不淑，命途多舛。

C. 同学们，考入大学仅仅是一个新的起点，让我们志存高远，学海无涯苦作舟，在老师们的推波助澜下，直挂云帆济沧海！

D. 等我赶到赛场，乒乓球赛已经结束，遇见小李，我忙打听战绩，他说："我们几个本来就是'马尾巴串豆腐'，碰到强手，当然是'孔夫子搬家'了！"

6. 下列各句中，横线处的成语使用恰当的一句是（　　）　　　　【山东】

A. 既然提升中国公民旅游文明素质是精神文明建设的一项重要任务，那么"绿色旅游"这种注重修正行为习惯的休闲方式，又怎能等闲视之？

B. 被动挨打的尴尬，疲于奔命的惊险，猝不及防的惊喜，绝处逢生的狂欢，让上海申花在中超联赛首场就经历了"最长的一天"。

C. 英国的一项科学研究显示，播放一些古典音乐能促使食客情不自禁地<u>慷慨解囊</u>，有助于增加酒店的收入。

D. 关于这个问题，无论伊朗还是美国，其媒体报导都与美国官方、军方的表态<u>自相矛盾</u>。

7. 下列各句中，横线处的成语使用不恰当的一项是（　　）　　　　　　　　　　　　　　【四川】

A. 近两三年来，某市大型商场所赠营业面积相当于过去十年所赠营业面积的三倍，但前往购物的消费者却寥寥无几，出现了<u>僧多粥少</u>的局面。

B. 沿着岷江且行且看，既能感受都江堰<u>鬼斧神工</u>、动人心魄的伟大，又能领略沿江两岸鲜为人知的民族文化，体会别样的风土人情。

C. 西昌是攀西地区的交通枢纽和物资集散地，也是攀西资源综合开发的重点区域，<u>不言而喻</u>，这里开发潜力巨大，具有广阔的发展前景。

D. 10 月 2 日，北京故宫接待量达到 11.48 万人次，是最大接待量的 2.3 倍；游人<u>摩肩接踵</u>，难以感受紫禁城的庄严气氛。

8. 下列各句中，横线处的熟语使用恰当的一句是（　　）　　　　　　　　　　　　　　　【江西】

A. 今天，江西、湖南一带烈日炎炎，紫外线辐射强烈，大家最好不要外出，在家<u>休养生息</u>。

B. 极端个人主义者总以为人都是为自己的，在他们心目中，那些舍己为人、公而忘私的行为是<u>不堪设想</u>的。

C. 我默念了一下射击要领，下定决心，"砰"地打响第一枪，眼睛<u>情不自禁</u>地眨了二下，身体也随之一震。

D. 几十年来，我们兄弟姐妹的事总是<u>按下葫芦又起瓢</u>，让母亲直到晚年还有操不完的心。

9. 下列句子中，横线处成语使用不恰当的一句是（　　）　　　　　　　　　　　　　　　【北京】

A. 没有人仅因富甲<u>一方</u>而被长久纪念，相反，人们念念不忘的，大都是超脱于物质利益的追逐的人。

B. 在军阀混战的北平沦陷期间，碧云寺孙中山衣冠冢得以保全，这多亏中山先生生前卫士谭惠等人<u>恪尽职守</u>，矢志护灵。

C. 自行车队被两只高大威猛的藏獒追赶得几入绝境，最后靠下坡高速骑行才得以摆脱，队员们至今仍<u>心有余悸</u>。

D. 暮春时节是潭柘寺"二乔玉兰"的盛花期，4 月上旬，这两株玉兰的树冠上就布满了<u>含英咀华</u>的花蕾。

10. 下列语句中横线处的熟语使用恰当的一项是（　　）　　　　　　　　　　　　　　　【辽宁】

A. 儒学是儒家的学说，有孔子所创立。<u>薪尽火传</u>，经过漫长的岁月，儒学得以延续和发展。

B. 今天看来，亚里士多德的这个论断是错误的，然而在古代，亚里士多德有很高的声望，他所说的话不应<u>无可置疑</u>。

C. 这真是<u>大人不见小人怪</u>，我犯了这点儿小错误，经理没有批评我，你倒挑起我的毛病来了。

D. 王懿荣与"龙骨"第一次相遇，就<u>刮目相看</u>，从中发现了甲骨文，并成为把甲骨文考订为商代文字的第一人。

11. 下列各句中，横线处词语使用不恰当的一句是（　　）　　　　　　　　　　　　　　【湖北】

A. 中国女足姑娘昨日到达武汉，游东湖，爬磨山、逛江城闹市，赏江滩夜景，难得在大赛前奢侈地偷得<u>一日闲情</u>。

B. 正是凭借<u>坚忍</u>精神，张骞打通西域，玄奘西行取经，鉴真东渡传教，郑和七下西洋，苏东坡吟唱"大江东去"，曹雪芹谱写"红楼"悲歌。

C. 我站在畦间的沟里四望，嫩绿的叶子齐整地一顺偃在畦上，好似一幅图案画，心中顿生一种<u>不可名状</u>的快感。

D. 由于发表网络歌曲的门槛很低，网友原创的歌曲都可以传到网络上去，这也造成了网络歌曲创作的<u>鱼目混珠</u>。

12. 下列各句中横线处的成语使用不恰当的一句是（　　）　　　　　　　　　　　　　　【湖南】

A. 回到住所，我<u>饶有兴味</u>地翻看着一张张剧照，耳边又隐隐奏起城隍庙小戏台的流云之响和绕梁之声。

B. 在《哈利波特》系列电影中，导演借助<u>匪夷所思</u>的特技，为银幕前的我们打开了一扇扇魔法的大门。

C. 附庸风雅的人主观意图是为了装点门面，但他们不去学野蛮，却来学风雅，也总算见贤思齐，有心向善，<u>无可厚非</u>。

D. 由于构思精巧，章法严密，这幅巨型国画表现的人物与场景虽然众多，但却具有内在联系，画面上各部分<u>水乳交融</u>。

13. 下列各句中横线处的词语，使用恰当的一句是（　　）　　　　　　　　　　　　　　【广东】

A. 父亲收藏的那些产于不同时代、具有不同造型、来自不同国家的玩具汽车，把小小的书房挤得满满当当，<u>间不容发</u>。

B. 我们不能因为有姚明等人加盟美国 NBA，就<u>妄自菲薄</u>地说，我国的篮球运动足以与欧美篮球强国抗衡了。

C. 沈从文早在 20 世纪 30 年代就因在《边城》中描绘了一个独特的湘西世界，展现了豪爽与浪漫的湘西风情而<u>名噪一时</u>。

D. 我俩考虑问题时，我习惯从大的方面着眼，我总是从具体方法入手，虽然<u>南辕北辙</u>，但总能殊途同归。

14. 下列各句中，横线处的成语使用恰当的一句是（　　）　　　　　　　　　　　　　　【宁夏】

A. 电话给人们带来了莫大的方便，但打电话有时并不是最好的联系方法，有些事情非得<u>耳提面命</u>，一边说一边比划才能真正讲清楚。

B. 为了让人们体验与世界冠军比赛的感受，这家科技馆<u>独出心裁</u>地设置了与冠军赛跑的模拟互动平台，引起了观众的浓厚兴趣。

C. 看完电影《虎口脱险》后，大家给小王<u>对号入座</u>，说他就像影片中的那个有才能的音乐指挥，常常因粗心做出一些有惊无险的事。

D. 在丛飞病重期间，受过他资助的人，没有一个来探望他，但他<u>虚怀若谷</u>，毫不介意，还劝大家不要责怪这些人，这种胸怀令人钦佩。

## 吕丽高考语文讲堂·成语·第 6 练　【2006 高考 12 题】

1. 下列各句中，横线处的成语使用恰当的一句是（　　）　　　　　　　　　　　　　　【全国 I】

A. 许多农民巧妙地将服装厂剪裁后废弃的"下脚料"做成帘子，当作蔬菜大棚的"棉被"，这真是<u>一念之差</u>，变废为宝。

B. 王大伯十分喜爱小动物，只要见到流浪的小猫小狗，他都要想办法把它们喂饱，有的人对此感到不解，他却<u>乐此不疲</u>。

C. 文艺演出现场，身着盛装的表演者光着脚、微笑着，一边跳着傣族舞，一边向人们泼水致意，在场群众纷纷<u>拍手称快</u>。

D. 厂长动情地说："为了扭转目前的不利局面，我们将采用一种新的对策，希望大家共同努力，<u>功败垂成</u>，在此一举！"

2. 下列各句中，横线处的成语使用不恰当的一句是（　　）　　　　　　　　　　　　　　【全国 II】

A. 这样的小错误对于整个题目的要求来说是无伤大雅、<u>不足为训</u>的，我们决不能只纠缠于细枝末节而忘了根本的目标。

B. 在灿若群星的世界童话作家中，丹麦作家安徒生之所以<u>卓尔不群</u>、久享盛誉，是因为他开启了童话文学的一个新时代。

C. "神舟"五号和"神舟"六号载人飞船的连续成功发射与顺利返回，为我国航天航空事业作出的巨大贡献，必须<u>彪炳千古</u>。

D. 盗挖天山雪莲日益猖獗的主要原因是，违法者众多且分布广泛，而管理部门又人手不足，因此执法时往往<u>捉襟见肘</u>。

3. 下列各句中，横线处的成语使用恰当的一句是（　　）　　　　　　　　　　　　　　【安徽】

A. 那本介绍学习方法的书出版后，受到中小学生和家长们的热烈欢迎，一时<u>洛阳纸贵</u>。

B. 科技发展带来的便利是<u>不容分说</u>的，千里之外的问候，只要一个短信瞬间就能完成。

C. 假以时日，我们可以<u>巧立名目</u>，开发大批新颖别致的旅游项目，为景区再添光彩。

D. 学习了他的先进事迹后，我们每一个青年都应该<u>追本溯源</u>，看看自己做得如何。

4. 下列语句中横线处的熟语使用恰当的一项是（　　）　　　　　　　　　　　　　　【辽宁】

A. 面对晚唐政治上的败落，诗人杜牧替古人担忧，写出了流传千古的《阿房宫赋》。

B. 有些散文语言自然朴素，浑然天成，而细细品味，就会发现作者苦心经营的妙笔。

C. 培根和笛卡儿提出的科学方法论对近代科学技术的发展起到了敲门砖的作用。

D. 不管走到哪里，她总是穿金戴银，珠圆玉润，一身珠光宝气，令人感到十分庸俗。

5. 下列各句中，横线处的成语使用不恰当的一句是（    ）    【四川】

A. 伴随人类基因组计划的进展，生物芯片技术应运而生，并以完整的技术身份促进了基因组学的发展，带动了生物芯片技术的产业化。

B. 足球比赛正在激烈进行着，只见一个防守队员快步赶上，抱住对方进攻队员的肩膀，从后面强行掀倒对方，而裁判却对此熟视无睹。

C. 金沙遗址是成都地区继三星堆之后又一个重大的考古发现，对破解扑朔迷离的古蜀历史文化之谜有着非同寻常的意义。

D. 在岷江、大渡河、青衣江交汇处的凌云山上，雕琢有一尊高达 71 米的栩栩如生的弥勒佛像，这就是闻名世界的乐山大佛。

6. 下列各句中，横线处的成语使用恰当的一句是（    ）    【山东】

A. 各类配套完善的高新园区的建成使用，不仅带动了房地产开发，取得了经济效益，而且在潜移默化中聚集着人气，改善人居环境。

B. "中国印·舞动的北京"中的运动人形刚柔相济，形象友善，在蕴含中国文化的同时，充满了动感，体现了"更快更亮更强"的奥林匹克精神，以及以运动员为核心的奥林匹克运动原则。

C. 近年来禽流感在国内时有发生，危害极大，各级政府必须筚路蓝缕，积极做好预防，以免给人民的生命财产带来损失。

D. 显然，打造"信用政府"和发展"民营经济"这两大热点，在民众的关注下不期而遇了。

7. 下列各句中，横线处成语使用恰当的一句是（    ）    【广东】

A. 我们来到实习工厂，厂领导对我们的生活早已作了周密安排，他们对我们的关心真是无所不至。

B. 在利己主义者看来，没有谁不为自己，在他们心目中，现实生活中大量涌现出舍己为人、公而忘私的新人、新事，是不堪设想的。

C. 在学习、工作中，人总会碰到这样或那样的问题，碰到问题多向别人请教，这样才会有进步，俗话说得好，众人拾柴火焰高。

D. 我们对秦陵开展现代意义上的考古调查已经四十多年，多次震惊中外的考古大发现，只是冰山一角，大量珍宝还深藏地下。

8. 下列句子中，横线处的成语使用不恰当一句是（    ）    【北京】

A. 大英博物馆近来因财力吃紧，裁减工作人员，与中国文物有关的职位首当其冲，这样，中国文物的巡展活动自然难以开展。

B. 有的国家靠"采购"外籍运动员提高在国际赛事中的名次，使本土选手减少了在更高舞台上历练的机会，这真是买椟还珠。

C. 有些地方的球迷，对主队的平庸表现绝不漫骂，而是将大家耳熟能详的老歌即兴换上新词，齐声歌唱，委婉地表达不满。

D. 专家认为，能无所顾忌地发表自己的想法而且面对困难不胆怯的孩子，往往具有领导者的潜质。

9. 下列各句中，横线处成语使用不恰当的一句是（    ）    【湖北】

A. 在学校举行的元旦文艺晚会上，我们班的女生自编自演了一个话剧，两位同学将剧中人物演得绘声绘色，博得了观众的热烈掌声。

B. 随着两个儿子的出世，家庭状况更是捉襟见肘，她不得不去打工赚钱贴补家用，可她一个没有文化的农村妇女，挣的钱少得可怜。

C. 他搜集了许多经济学方面的图书来看，仿佛走进了令人应接不暇的名胜区，每跨一步总要点头叫绝，赞叹地说"平生初见"。

D. 这些人垂头丧气，连眼皮也不敢抬，个个噤若寒蝉，都挤到角落去找遮掩的座位，正襟危坐，就像待审的犯人。

10. 下列各句中，横线处的词语使用全都恰当的一句是（    ）    【江苏】

A. 西班牙、比利时、保加利亚等国政府，连日来纷纷发表公报或声明，再次申明坚持一个中国原则，谴责台湾当局的"台独"行径。

B. 狼的顽强的生命是靠与凶狠的公马、凶悍的猎狗、凶残的外来狼群和凶猛的猎人生死搏斗而存活下来的。

C. 电视剧《亮剑》在黄金时段播出后，在社会上引起强烈的反响，人们对它评头论足，大加赞赏。

D. 清晨，我来到天安门广场，当五星红旗升起的时候，在场的群众自发地唱起庄严的国歌，强烈的爱国热情使我感同身受，心潮澎湃。

11. 下列各句中，横线处的词语运用正确的一句是（ ） 【浙江】

A. 马大嫂为人热情，工作兢兢业业，总是<u>不胜其烦</u>地为小区居民做好每一件事。

B. 我终于登上了<u>魂牵梦萦</u>的黄山，奇松异石、流云飞瀑宛然在目，令人赞叹不已。

C. 正是这些变通的劳动者，凭借着理想与信念，<u>胼手胝足</u>，夙兴夜寐，创造了一个个奇迹。

D. 他鲁莽草率，刚愎自用，走到哪里哪里就被他闹得一团糟，真可谓"<u>人中吕布，马中赤兔</u>"。

12. 下列句子中横线处的成语使用不恰当的一项是（ ） 【重庆】

A. 奶奶在城里呆了许多年，很少出门，从不逛街。有一次乡下的亲戚来了，她竟然<u>毛遂自荐</u>，要带他们上街去玩。

B. 午后，我独自在花间小径上穿行，<u>猝不及防</u>地被一只蝴蝶在面颊上点了一个触吻，一时，心头略过了几许诗意般的遐想。

C. 李老汉是一个知恩图报的人。别人给他的帮助与恩惠，哪怕仅仅只是一句安慰的话，他也<u>睚眦必报</u>。

D. 植物也有"喜怒哀乐"，养植物跟养宠物一样，对它经常给予关爱，让它"心绪"良好，它就会<u>投桃报李</u>，令你心旷神怡。

# 吕丽高考语文讲堂·成语·第7练 【2005高考12题】

1. 下列各句中，横线处词语使用不恰当的一句是（ ） 【全国Ⅰ】

A. 我国企业遭遇的知识产权国际纠纷越来越多，但国内能够应对这些诉讼的高级人才却是<u>百里挑一</u>，极其缺乏。

B. 2008年北京奥运会不仅要办成体育竞技盛会，而且要办成各国运动员欢聚一堂、多元文化<u>精彩纷呈</u>的人类文化庆典。

C. 该研究所在其<u>旁征博引</u>的2005年度报告《重要现象》中写道，中国在世界经济强劲增长的过程中起了重要作用。

D. 近日面世的《共和国万岁》邮票珍藏大系，版面设计<u>新颖别致</u>，邮票藏品丰富多样，可谓"邮苑奇葩，传世珍藏"。

2. 下列各句中，横线处的成语使用不恰当的一句是（ ） 【全国Ⅱ】

A. 我们真诚地希望常昊夺取世界冠军之后<u>再接再厉</u>，不断带给人们惊喜。

B. 我国正在紧锣密鼓地进行"神舟"六号飞行的各项准备工作。

C. 市中心许多商业广告牌被庆祝反法西斯战争胜利日的宣传画<u>取而代之</u>。

D. 近十多年来，我国的城市"夜景观"建设<u>琳琅满目</u>，发展十分迅速。

3. 下列各句中，横线处的成语使用不恰当的一句是（ ） 【全国Ⅲ】

A. 近年来，在各地蓬勃兴起的旅游热中，以参观革命圣地、踏访英雄足迹为特色的"红色旅游"<u>独树一帜</u>，呈升温之势。

B. 某建筑公司会计程某，为填补贪污挪用公款的亏空，不惜再次把巨额公款投入股市，她的这种做法无异于<u>饮鸩止渴</u>。

C. 美国黑人电影明星福克斯和弗里曼在第七十七届奥斯卡奖角逐中<u>当仁不让</u>，分别夺得最佳男主角奖和最佳男配角奖。

D. 中国改革开放以来取得的巨大成就，特别是连续十几年经济持续高速增长的表现，让各国经济界人士都<u>叹为观止</u>。

4. 下列各项中，横线处词语使用恰当的一项是（ ） 【湖北】

A. 小李新买的房子装修得十分豪华，钢丝纱窗，大理石地面，漂亮的吊灯，真是<u>琳琅满目</u>。

B. 有缺点错误就要及时改正，否则就会<u>养虎遗患</u>，铸成大错。

C. 他有<u>便宜从事</u>的职权，地方性和局部性的问题，可以全权处理。

D. 有志气的青年在困难面前一定十分沉着，想办法加以克服，而不会诚惶诚恐，被困难吓倒。

5. 下列句中横线处的成语使用不恰当的一句是（　　）　　　　　　　　　　　　　　　【湖南】

A. 走进白云观，庄致和见那道人骨瘦如柴，仿佛大病初愈的模样，却又目光如电，炯炯有神，心中不免暗暗吃惊。

B. 入夜，月色溶溶，水天寥廓，我们或坐在树下谈笑自若，或坐在船上叩舷高歌，或立在小石桥上对月凝思。

C. 他唾沫四溅地讲了半小时，话音刚落，站在他身边的几个人便拼命地鼓掌，其他的人，都噤若寒蝉，面面相觑。

D. 那鼓声，如骤雨，如旋风，气势磅礴，震撼着你，使你惊异于击鼓人那瘦小的躯体，居然可以释放出如此大的能量！

6. 下列各句中横线处的词语使用恰当的一句是（　　）　　　　　　　　　　　　　　　【广东】

A. 科举时代的莘莘学子，寒窗苦读，为的就是金榜题名，为的就是荣华富贵。

B. 小王同学站起来说道："陈教授刚才那番话抛砖引玉，我下面将要讲的只能算是狗尾续貂。"

C. 我们不要被眼前这几十吨重的庞然大物所吓倒，只要大家齐心协力，毕其功于一役，就一定能把这部机器装上车。

D. 我的家乡有一片竹林，万竿碧竹，郁郁葱葱，蔚为壮观。这景色让我久久难以释怀。

7. 下列各句中，横线处的成语使用不正确的一项是（　　）　　　　　　　　　　　　　【北京】

A. 该会计师事务所的一份研究报告指出，中国机床制造业一些有实力的集团为向国外市场渗透采取了更加咄咄逼人的收购策略。

B. 随着贝克特等人的先后逝世，荒诞戏剧作为一个流派也渐渐偃旗息鼓了，但其创作成就和产生的影响依然存在。

C. 从被科尼法官讲述的一起案件深深触动，到把科尼的故事写成《复活》，托尔斯泰惨淡经营了整整12年之久。

D. "千年杜鹃王"是森林公园工作人员在马岗子海拔2160米处发现的，树围达175厘米，鲜为人知。经专家鉴定，其树龄已在900年以上。

8. 下列各句中，横线处的成语使用恰当的一句是（　　）　　　　　　　　　　　　　　【山东】

A. 他们到底扶持起了多少畜牧企业没有人记得清，只记得他们所到之处，大量畜牧企业脱颖而出。

B. 年轻的城市，更需要青春和活力，更需要丰富的想象力和摧枯拉朽的创造力，更需要不断超越的勇气。

C. 她扮演的众多角色尽管各不相同，但都有一种共同的东西，那就是舍我其谁的傲气和不达目的绝不罢休的豪气。

D. 这次来美国参加国际会议，要积极参加活动，既能向各国的同行学习，又能走马观花地感受美国的生活。

9. 下列各句中横线处的词语使用恰当的一句是（　　）　　　　　　　　　　　　　　　【浙江】

A. "书山有路勤为径"，在知识爆炸的今天，我们更要努力攀登书山，而不能高山仰止。

B. 我们的某些规章制度还不很健全，有的"聪明人"便打起了擦边球，以此谋取私利。

C. 时下，网络文学蓬勃发展，痞子蔡就是屈指可数的网络写手之一。

D. 周末，我和同桌一起去攀岩，虽然崖壁陡峭，我们仍然摩肩接踵，奋力攀登。

10. 下列各句中横线处的成语使用恰当的一句是（　　）　　　　　　　　　　　　　　【江西】

A. 张之才一见自己的父亲受了这样大的委屈，忍俊不禁，拿起菜刀追出门去，要和渔霸算账。

B. "权钱交易"、"权权交易"等时下的腐败病症，在文艺界虽不说样样俱全，但该领域遭受"感染"却是不容置喙的事实。

C. 对于孩子的毛病，他总是不以为然，觉得这些毛病无关紧要，不必大惊小怪。

D. 晴朗的夏夜，躺在广阔的草原上望着天上恒河沙数般的星星，惬意极了。

11. 下列各句中横线处的成语使用恰当的一句是（　　）　　　　　　　　　　　　　　【江苏】

A. 他最近的状态一直不佳，接连几次考试都不理想，屡试不爽，心情糟透了。

B. 辩论会上，选手们唇枪舌剑，巧舌如簧，精彩激烈的场面赢得了现场观众阵阵掌声。

C. 出于自身利益的考虑，一些地区画地为牢，实行地方保护主义，人为地分割和控制煤炭资源。

D. 导演对筹拍的这部电视剧主要角色的人选讳莫如深，记者得不到任何信息，大失所望。

12. 下列语句中熟语运用恰当的一项是（ ） 【辽宁】

A. 我不是笼统地反对在文学作品中使用方言，因为适当地使用方言，能够使人物形象鲜活，乡土气息浓郁；我只是反对不分青红皂白地在文学作品中滥用方言，因为方言过多在一定程度上会影响读者对作品的理解。

B. 昨天早晨，我和多年失去联系的小刘在街上不期而遇，开始都觉得面熟，却不敢相认。"这可真是大水冲了龙王庙，一家人不认一家人啊！"当彼此叫出名字后，他笑着说。

C. 老王和老李曾非常要好，20多年前，两人产生了矛盾，一直互不理睬。退休后，一件偶然的事，消除了他们多年的隔阂，两人和好如初，白头如新，大家也为之高兴。

D. 他们常年在恶劣的环境中从事科学研究工作，尽管如此，他们从未退缩过，仍然坚苦卓绝地奋斗着，并乐此不疲。这种精神是值得我们学习的。

## 吕丽高考语文讲堂·成语·第8练 【2004高考14题】

1. 下列各句中，横线处的成语使用不恰当的一项是（ ） 【吉林、黑龙江、四川、云南】

A. 和煦的春风带来生机盎然的季节，学校社团的招新活动再次成为一道亮丽的风景线，男女同学纷至沓来，踊跃报名。

B. 机场附近山顶的大量无线发射台严重影响飞行安全，目前虽有一些已搬下山，但这对实现机场净空不过是九牛一毛。

C. 东方大学城在短短四年内就以2.1亿元自有资金获取了13.7亿元巨额利润，这种惊人的财富增长速度确实匪夷所思。

D. 很多教师和学生都有这样的经验和体会，在考试前一定要保持轻松的心态，采用疲劳战术和题海战术只能事倍功半。

2. 下列各句中横线处的成语使用不恰当的一句是（ ） 【山东、河南、河北、安徽、江西】

A. 这两位进城打工的农民遭到保安人员的非法拘押和刑讯逼供，他们在被毒打后忍无可忍，不得不承认偷了商场的物品。

B. 世界上很难再找到像巴黎这样的城市：古典高雅的韵味和现代时尚的潮流完美地融为一体，既充满反差，又相得益彰。

C. 根据犯罪嫌疑人的供述，警方决定顺藤摸瓜寻找在幕后操纵的黑手，最终全面破获了这起产供销一条龙的制贩毒大案。

D. 虽然中国队小组赛初战告捷，但从比赛中整个球队在战术意识、进攻手段和体能上的表现来看，也只能说是差强人意。

3. 下列各句中，横线处的成语使用不恰当的一句是（ ） 【青海】

A. 这些年每每听到亲友去世的消息，总令我无比伤感，尤其是这回相濡以沫的老伴远行，对于我这个年已九十且神经衰弱的老人，真像天塌了一样。

B. 这位文学老人被誉为"农民诗人"，他最善于在田间地头和锅台灶边捕风捉影，从普通百姓的日常小事中发现劳动之乐、生活之趣和人性之美。

C. 从我国目前的实际情况看，"高薪"不一定能收到"养廉"的效果，因为贪官污吏本来就是欲壑难填，并不是因为收入维持不了生计才搞腐败的。

D. 一项社会调查显示，现在很多中学生在学校里见到老师都能亲切问好，而见到烧锅炉的、打扫厕所的和食堂打饭的工人师傅，却都不屑一顾。

4. 下列句子中，横线处成语使用恰当的一句是（ ） 【北京】

A. 这些食品是交给姐姐保管的，可她并不是一个从长计议的人，常常领着我们将下一日的提前消耗掉，造成寅吃卯粮的局面。

B. 这件事对我无异于晴天霹雳——一块珍藏多年价值连城的璧玉，顷刻变成一块一文不名的瓦片。

C. 他最近出版了一本文不加点、几乎没有注释的旧体诗集子，这样的书，读起来确实累人。

D. 早在30年代，他就因创作长篇小说《梦之音》而名噪一时，成为京派作家的后起之秀。

5. 下列各句中横线处的熟语使用不恰当的一句是（ ） 【天津】

A. 我始终没来得及按照总编的要求修改这个剧本，几年来我一直耿耿于怀，深感有负他的嘱托。

B. 虽然交通事故的发生率已经每况愈下，但我们仍不能有丝毫大意。

C. 在现代社会生活中，电视和计算机这一对时代的宠儿，对我们来说几乎是<u>不可或缺</u>的。

D. 这些风言风语总不会是从天上掉下来的，"<u>无风不起浪，无根不长草</u>"嘛。

6. 下列选项中横线处的词语使用不恰当的一项是（　　）　　【重庆】

A. 离投票的日子越来越近了，虚虚实实，真真假假，凡是有损施瓦辛格形象的<u>陈芝麻烂谷子</u>都被翻出来了。

B. 还想让你老爸保你过关吗？老实告诉你吧，他已是<u>泥菩萨过河——自身难保</u>了，谁也救不了你！

C. 不久前，王刚又<u>杀回马枪</u>，再返中央电视台主持节目，舍"动物"而去找"朋友"，又迅速吸引了不少观众的眼球。

D. 就你摊的那些活儿，我<u>三下五除二</u>就可以把它弄清爽！谁像你，几天也拿不下来。

7. 下列各句中横线处的熟语使用恰当的一句是（　　）　　【广东】

A. 老张今年 65 岁，<u>短小精悍</u>，思维敏捷，干起活来一点也不比年轻人差。

B. 这种首饰的款式非常新颖、时尚，一经推出，不少爱美的女士<u>慷慨解囊</u>抢购。

C. 当中国女排捧回冠军奖杯时，举国<u>弹冠相庆</u>，无不佩服陈忠和教练的坚韧和勇气。

D. 他三天两头到厂长办公室<u>磨洋工</u>，希望厂里解决职工子女上学难的问题。

8. 下列各句中横线处的熟语使用正确的一句是（　　）　　【福建】

A. 对曾经纵横中国五百年的晋商，我们今天只能透过那些<u>纸醉金迷</u>的晋商大院来遥想他们当年踏漠北、下南洋的辉煌。

B. 光明村委会提出，在旅游淡季积极开展果品销售，将旅游业和果业的开发有效地结合起来，这与专家的意见<u>不谋而合</u>。

C. 近年来，一些正值<u>豆蔻年华</u>的大学生沉迷在网吧里，从而荒废了学业，浪费了青春，真让人痛惜不已。

D. 写文章首先要言之有物，否则，无论文字如何优美，也只是<u>金玉其外</u>、<u>败絮其中</u>，不能打动读者。

9. 下列各句中横线处的成语，使用不恰当的一句是（　　）　　【湖南】

A. 他心爱的书籍，经过再三处理，还是没有地方放置，只能堆在地上或塞入床下，生活的屈辱和窘困，<u>无出其右</u>。

B. 个别民警认为工作时间饮点酒是小事一桩，就<u>不以为意</u>，结果因违犯公安部颁布的"五条禁令"而受到查处。

C. 要真正营造一个细胞生长的<u>世外桃源</u>也不是一件易事，除了要有合适的培养基之外，还需要许多其他条件。

D. 中央书记处书记到党校看望正在这里学习的纪检监察系统的学员，<u>不厌其详</u>地询问他们在基层工作的情况。

10. 下列各句中，横线处的成语使用不恰当的一句是（　　）　　【湖北】

A. 这里有我汗水浸过的土地，这里有我患难与共的亲友，这里有我<u>相濡以沫</u>的妻子，这里有我生命的根。

B. 他们<u>差强人意</u>的服务质量，不仅给小区居民的生活带来诸多不便，而且有损职能部门在公众中的形象。

C. 为了缩短时间，突击队躲开楼房林立的大院，潜入瓦房<u>鳞次栉比</u>的胡同，出其不意，取快捷方式，奔袭望海楼。

D. 木船在风浪中剧烈地摇晃着，那人却稳稳地站立着，就像一个身怀绝技的骑士，骑在一匹桀骜不驯的野马上，任凭野马狂奔，他却<u>泰然自若</u>。

11. 下列各句中横线处的词语使用不恰当的一句是（　　）　　【浙江】

A. 这事你现在做不了，就不要<u>勉为其难</u>，以后有条件再做不迟。

B. 他谦虚地说："我既不擅长唱歌，也不喜欢运动；除了画画，就<u>别无长物</u>了。"

C. 随着再就业工程的实施，许多下岗职工坚信<u>山不转水转</u>，自立自强，重新找到了人生的位置。

D. 在国企改革中，某些人"<u>明修栈道，暗度陈仓</u>"，打着企业改制的幌子，侵吞国有资产。

12. 下列各句中，横线处的成语使用恰当的一项是（　　）　　【江苏】

A. 我国许多城市都建立了食品质量报告制度，定期向社会公布有关部门的检验结果，从而使那些劣质食品<u>在劫难逃</u>。

B. 交易会展览大厅里陈列的一件件色泽莹润、玲珑剔透的玉雕工艺品，受到了来自世界各地客商的青睐。

C. 只见演员手中的折扇飞快闪动，一张张生动传神的戏剧脸谱稍纵即逝，川剧的变脸绝技赢得了观众的一片喝彩。

D. 现在，许多家长望子成龙的心情过于急切，往往不切实际地对孩子提出过高的要求，其结果常常是弄巧成拙。

13. 下列语句中横线处熟语使用最恰当的一项是（　　）　　　　　　　　　　　　　【辽宁】

A. 做任何工作都不能孤军奋战，必须团结合作。墙倒众人推，我们只要齐心协力，互相帮助，就一定能克服工作中的种种困难。

B. 初春的校园，篝火晚会上，大家陶醉在这春意阑珊的氛围中，有的在唱着，有的在跳着，有的在谈着……欢乐围绕在每个人的身边。

C. 来到公司的第一天，我好像什么都不懂，什么都不会做，忙得头昏眼花。已经过了下班的时间，我还在七手八脚地忙乎着。

D. 他虽然很年轻，作品也不多，但在漫画创作方面已是小有名气，受到同行的普遍赞赏。

14. 下列句子中，横线处的成语使用不恰当的一项是（　　）　　　　　　　　　　　　【春招】

A. 17年卧薪尝胆，2003年中国女排终以11战全胜成绩夺回世界杯赛冠军的称号。

B. 也许是大家都知道巴金老人对玫瑰情有独钟，一束束象征热情与朝气的红玫瑰将冬日里巴金的病房装点春意盎然。

C. 1998年初，国际足联秘书长布拉特宣布参加国际足联主席的竞争，欧洲足球主席约翰也积极参与竞选，一时间国际足联主席一职炙手可热。

D. 他多次在千钧一发之际逃过仇敌追杀，但百密一疏，一年前不慎泄露行踪，最终未能幸免于难。

## 吕丽高考语文讲堂·成语·第9练　【1992～2003 高考13题】

1. 下列句子中，横线处的成语使用不恰当的一句是（　　）　　　　　　　　　　　　【1992 年】

A. 翘首西望，海面托着的就是披着银发的苍山。苍山如屏，洱海如镜，真是巧夺天工。

B. 虽然没有名角亲自传授指点，但他长年在戏园子里做事，耳濡目染，各种戏路子都熟悉了。

C. 每当夜幕降临，饭店里灯红酒绿，热闹非常。

D. 高县长说："全县就你一个人当上了全国劳模，无论怎么说也是凤毛麟角了！"

2. 下列句子中，横线处的成语使用正确的一句是（　　）　　　　　　　　　　　　　【1995 年】

A. 这些年轻的科学家决心以无所不为的勇气，克服重重困难，去探索大自然的奥秘。

B. 陕西剪纸粗犷朴实，简练夸张，同江南一带细致工整的风格相比，真是半斤八两，各有千秋。

C. 第二次世界大战时，德国展开了潜艇战，于是使用水声设备来寻找潜艇，成了同盟国要解决的首当其冲的问题。

D. 关于金字塔和狮身人面像的种种天真的、想入非非的神话和传说，说明古埃及人有着极为丰富的想象力。

3. 下列句子中，横线处的成语使用恰当的一句是（　　）　　　　　　　　　　　　　【1997 年】

A. 那是一张两人的合影，左边是一位英俊的解放军战士，右边是一位文弱的莘莘学子。

B. 这次选举，本来他是最有希望的，但由于他近来的所作所为不孚众望，结果落选了。

C. 齐白石画展在美术馆开幕了，国画研究院的画家竞相观摩，艺术爱好者也趋之若鹜。

D. 这部精彩的电视剧播出时，几乎万人空巷，人们在家里守着荧屏，街上显得静悄悄的。

4. 下列各句中，横线处的成语使用恰当的一句是（　　）　　　　　　　　　　　　　【1998 年】

A. 成都五牛俱乐部一二三线球队请的主教练及外援都是清一色的德国人，其雄厚财力令其它球队望其项背。

B. 为了救活这家濒临倒闭的工厂，新上任的厂领导积极开展市场调查，狠抓产品质量和开发，真可谓处心积虑。

C. 今年初上海鲜牛奶市场燃起竞相降价的烽火，销售价格甚至低于成本，这对消费者来说倒正好可以火中取栗。

D. 北京大学"五四剧社"为百年校庆排练的话剧《蔡元培》是否会以全新的风格出现在舞台上，大家都拭目以待。

5. 下列各句中，横线处的成语使用恰当的一句是（ 　　 ） 　　　　　　　　　　【1999 年】

A. 五十年来，我国取得了一批批举世瞩目的科研成果，这同几代科技工作者<u>殚精竭虑</u>、忘我工作是密不可分的。

B. 博物馆里保存着大量有艺术价值的石刻作品，上面的各种花鸟虫兽、人物形象栩栩如生，<u>美轮美奂</u>。

C. 家用电器降价刺激了市民消费欲的增长，原本趋于滞销的彩电，现在一下子成了<u>炙手可热</u>的商品。

D. 美国国务卿奥尔布赖特的中东之行，并未从根本上解决美伊之间的矛盾，海湾地区的局势也不会从此<u>一劳永逸</u>。

6. 下列各句中，横线处成语使用恰当的一句是（ 　　 ） 　　　　　　　　　　　【2000 年】

A. 古人中不乏刻苦学习的楷模，悬梁刺股者、秉烛达旦者、闻鸡起舞者，在历史上<u>汗牛充栋</u>。

B. "崇尚科学文明，反对迷信愚昧"图片展，将伪科学暴露得<u>淋漓尽致</u>，使观众深受教育。

C. 本刊将<u>洗心革面</u>，继续提高稿件的编辑质量，决心向文学刊物的高层次、高水平攀登。

D. 谈起计算机、互联网，这个孩子竟然说得头头是道，<u>左右逢源</u>，使在场的专家也惊叹不已。

7. 下列各句中，横线处的词语使用恰当的一句是（ 　　 ） 　　　　　　　　　【2000 年春】

A. 二噁英成了当令词汇以后，各种媒体对它的"包装"可谓<u>五花八门</u>。有的写成"二恶英"，有的写成"二恶因"，有的写作"二巫英"。

B. 刚刚兴起跳交际舞的时候，我和妻极看不惯。不但自己不入"舞流"，而且还颇有<u>微言</u>。

C. 自从中国颁布实施外商投资法规以来，不少外商<u>蠢蠢欲动</u>，纷纷来中国投资。

D. 据专家测算，在首都市内的空气污染中，汽车尾气的排放可算<u>首当其冲</u>，竟占了污染总量的 45%。

8. 下列各句中，横线处的成语作用恰当的一句是（ 　　 ） 　　　　　　　　　【2001 年】

A. 当时暴雨如注，满路泥泞，汽车已无法行走，抢险队员们只好<u>安步当车</u>，跋涉一个多小时赶到了大坝。

B. 她从小就养成了自认为高人一等的优越感，即使在医院里要别人照顾，也依然<u>颐指气使</u>，盛气凌人。

C. 会议期间，农科院等单位在会场外摆出了鲜花盆景销售摊。休息时，摊前<u>车水马龙</u>，产品供不应求。

D. 您刚刚乔迁新居，房间宽敞明亮，只是摆设略显单调，建议您挂幅油画，一定会使居室<u>蓬荜生辉</u>。

9. 下列各句中，横线处的成语使用不恰当的一句是（ 　　 ） 　　　　　　　　【2001 年春】

A. 本来还不错的一篇文章，让你们这样改来改去，反而改得<u>不三不四</u>了。

B. 为了这个新产品的问世，他可是<u>不遗余力</u>，辛勤的汗水终于换来了成功的喜悦。

C. 下面，就让我们一起来欣赏古瓷的细润秀美、古玉的丰腴有泽和古钱的<u>斑驳陆离</u>吧。

D. 每天早晨，他都要一个人跑到花园里，<u>指手画脚</u>地练动作，抑扬顿挫地背台词。

10. 下列各句中横线处的成语，使用恰当的一句是（ 　　 ） 　　　　　　　　　【2002 年】

A. 面对<u>光怪陆离</u>的现代观念，他们能从现实生活的感受出发，汲取西方艺术的精华，积极探索新的艺术语言。

B. 几乎所有造假者都是这样，随便找几间房子、拉上几个人就开始生产，于是大量的垃圾食品厂就<u>雨后春笋</u>般的冒出来了。

C. 整改不光是说在口头上，更要落实到行动上，相信到下一次群众评议的时候，大家对机关作风的变化一定都会<u>有口皆碑</u>。

D. 加入世贸组织（WTO）后汽车价格变化备受关注，但作为市场主力的几家汽车大厂，三四个月以来却一直<u>偃旗息鼓</u>，没有太大动作。

11. 下列句子中，横线处成语使用最恰当的一句是（ 　　 ） 　　　　　　　　　【2002 年春】

A. 昨天晚上，忽然狂风大作，暴雨如注，我被<u>振聋发聩</u>的雷声惊醒了。

B. 《康熙王朝》是一部以史实为依据的鸿篇<u>巨制</u>，它囊括了康熙在位时所有的重大历史事件。

C. 最近，那位足球明星在场上情绪低落，心不在焉，传球和防守都<u>差强人意</u>，真是令人失望。

D. 当年中国音乐家往外走，现在世界著名音乐大师<u>趋之若鹜</u>地进入中国。

12. 下列各句中横线处的成语使用不恰当的一句是（ 　　 ） 　　　　　　　　　【2003 年】

A. 滥挖天山雪莲现象日益<u>猖獗</u>的原因之一是，违法者众多且分布广泛，而管理部门人手不足，因此执法时往往捉襟见肘。

B. 今年头场雪后城市主干道上都没有发生车辆拥堵现象，在这种秩序井然的背后，包含着交通部门未雨绸缪的辛劳。

C. 一项社会调查显示，如果丈夫的收入低于妻子，一部分男性难免会感到自惭形秽，甚至无端地对自己进行心理折磨。

D. 老王家的橱柜里摆满了他多年收藏的各种老旧钟表，每当他向慕名来访的参观者介绍这些宝贝时，总是如数家珍。

13. 下列句子中，横线处成语使用不恰当的一句是（　　）　　　　　　　　　　　【2003 年春】

A. 时下，田园风光游、农家乐等乡村旅游很流行，满足了人们走近自然、返璞归真的愿望。

B. 由于太平洋暖流的影响，去年春天来得早，春节刚过，北海公园就涣然冰释，让喜欢滑冰的人大失所望。

C. 本届影展表现出参赛者对民俗摄影的深刻理解，参赛作品的题材从日常生活习俗、人物服饰到节庆活动应有尽有，真是蔚为大观。

D. 这部电视剧虽然遭到了一些人的尖锐批评和指责，但是批评者认为，作者的创作动机是无可厚非的。

专题二

# 病　句

病句，是指句子不符合现代汉语语法规则，或修辞不当，或不合事理逻辑等的句子。辨析病句，是指对病句的辨别与认识，它是语言表达的基本能力，是修改病句的基础。修改病句，是就语病的动手修改而言的，它是语言表达较高的能力要求。

## 第一节　高考病句考纲定位

### 一、考纲规定

《2012年普通高等学校招生全国统一考试新课程标准语文科考试大纲》对于病句考点的规定是：能够辨析并修改病句。包括六种类型：语序不当、搭配不当、成分残缺或赘余、结构混乱、表意不明、不合逻辑。表达应用E级（指对语文知识和能力的运用，是以识记、理解和分析综合为基础，在表达方面发展了的能力层级）。

### 二、考点解读

"辨析并修改病句"是每年高考必考的考点。高考大纲指出的六种病句类型：语序不当、搭配不当、成分残缺或赘余、结构混乱、表意不明、不合逻辑，在每年的高考中都不同程度地涉及，下面就近两年高考试题做以总结，以探求高考命题的规律。

（一）病句题常考的两种类型

1. 客观判断题

【例1】下列各句中，没有语病的一句是（　　　）

A. 21世纪的中国有没有希望，关键在于既要坚定地继承和发扬中华民族的优良传统，又要广泛地学习外国先进的科学文化。

B. 提高早餐质量十分重要，早餐营养应提供占人体每天所需总量三分之二的维生素和矿物质，因而我们对待早餐一定不要马虎。

C. 那几天阴雨连绵，造成他家住的平房因年久失修而大面积漏雨，屋内连个下脚的地方都没有，妻子只在这时才写信向他发一两句牢骚。

D. 为及时征求和收集广大人民群众对我省"十一五"规划的意见和建议，省统计局日前在省内组织了一系列大型社会调查活动。

【解析】本题主要考查辨析病句的能力。A项的病因是一面与两面搭配不当，"有没有"是两面，而"关键在于"是一面，可在"在于"后加上"是否"，也可把"有没有"改为"要有"。B项的病因是搭配不当和表意不明，主要问题在第二分句。其一，不是"早餐的营养""应提供"，而是"早餐""应提供营养"；其二，"每天所需总量三分之二的维生素和矿物质"由于语序不当造成歧义，应该为"每天所需的维生素和矿物质总量三分之二"。全分句改为"早餐应提供占人体每天所需的维生素和矿物质总量三分之二的营养"。C项的病因

是结构混乱,有两种改法:其一:去掉"造成",变为"那几天阴雨连绵""他家住的平房漏雨",其二是把"阴雨连绵"改为"连绵的阴雨""造成……平房……漏雨"。只有D项是正确的,所以答案是D。

2. 主观改错题

【例2】下面文字在语言表达方面有多处错误,请找出两处加以改正。

1992年,世界上第一条手机短信在英国发送成功,拉开了短信文化的先河。我国于1998年开通手机短信,使用短信的手机用户层出不穷。随着手机短信由多媒体到纯文本形式的进化,我国手机短信用户在2011年达到一个新的高峰。

错误改正

第一处

第二处

【解析】本题是语段修改题,综合考查学生辨析修改病句和正确使用词语的能力。第一处"拉开了短信文化的先河",属于搭配不当。应改为"拉开了短信文化的序幕"或"开了短信文化的先河"。第二处"使用短信的手机用户层出不穷"属成语误用。应改为"使用短信的手机用户与日俱增"或"使用短信的手机用户逐年增加"。第三处"随着手机短信由多媒体到纯文本形式的进化"属语序不当或不合逻辑。改为"随着手机短信由纯文本到多媒体形式的进化"。

(二)病句辨析的十大要点

高考大纲指出的六种病句类型(语序不当、搭配不当、成分残缺或赘余、结构混乱、表意不明、不合逻辑)在每年的高考中都不同程度地涉及,那么如何在众多的句子中很快辨析出句子是否有毛病呢?我们不妨抓住句子中一个或几个标志性的词语或者说敏感的部位,姑且称为看点,在病句辨析上就不难得分。下面就以部分典型病句为例,谈谈病句辨析的十大看点。

1. 两面词

有些句子的语病往往就在两面词上,句中如果出现"能否""是否""有没有""能不能""成败""好坏""优劣"这类词,考生就要仔细分析该句是否有"一面对两面"或"两面对一面"的语病。

例如:能否贯彻落实科学发展观,对构建和谐社会,促进经济可持续发展无疑具有重大的意义。

分析:"能否"与"具有重大的意义"前后不对应,应去掉"能否"。

2. 代词

病句试题中,如出现代词,我们要特别注意。要看清代词指代的对象。如果文中涉及两个以上的对象,而下文使用的代词往往只指代其中之一,就会造成表意不明的错误。

例如:三妹拉着葛姐的手说,她老家在偏远的山区,因为和家里赌气才跑到北京打工的,接着她又哭泣起自己的遭遇来。

分析:表意不明,人称代词"她"指代不明,是"三妹",还是"葛姐",还是另外的人?把第一个"她"改为"我",第二个"她"去掉。

3. 介词

由于滥用介词和介词……方位词格式,易造成主语残缺或主客体颠倒等语病。因此我们要看清介词和介词短语的使用。

例如:自1993年北京大学生电影节诞生以来,已经累计人超过计划100万人次参与了影片的观摩。

分析:滥用介词"自……以来",造成主语残缺,应当把"北京大学电影节"放到开头做主语。

**4. 否定词**

很多句子的语病出现在否定词上，常见错误有多重否定中由于多用了否定词，而表意相反了，或者多重否定句与反问句连用造成表意不明。

例如：在激烈的市场竞争中，我们所缺乏的，一是勇气不足，二是谋略不当。

分析：缺乏的不是"勇气不足"，不是"谋略不当"，而是缺乏"勇气和谋略"应改为"一是勇气，二是谋略"。

**5. 并列词语**

有些句子的语病出现在并列词语上，有时并列短语中的某一个词语与相应的词语搭配不当；有时并列词语出现交叉关系和种属关系；有时并列词语间有一种前后对应关系，因不恰当的排列造成对应关系混乱。

例如：市委要求，各学校学生公寓的生活用品和床上用品由学生自主选购，不得统一配备。

分析："生活用品"包括"床上用品"，两者属于属种关系，不能并列，可去掉"床上用品"。

**6. 多义词**

有些句子的语病就出现在词语的多义性上，有些词语因其意义和用法具有多义性，出现在句子中，往往会造成误解。

例如：山上的水宝贵，我们把它留给晚上来的人喝。

分析："晚上来的人"有两个意思："晚上上来的人"和"迟上来的人"。在这里引起歧义。可理解为"晚上上来的人"，也可理解为"迟上来的人"。表意不明。

**7. 关联词语**

有些病句的病因，往往出现在关联词语上：有的搭配不当，有的位置不当，有的强加关联词语，有的不合语境等。

例如：蒙古族同胞长期生活在马背上，随身携带精制的小刀，既可以用来宰杀、切割牛羊的肉，肉烧熟了，又可以用它作餐具。

分析：句中"又"承前面的主语"小刀"，就应该放在"肉烧熟了"之前，可改为"既可以用来宰杀、解剖、切割牛羊的肉，又可以在肉烧熟了后用它作餐具。"

**8. 数量短语**

有些病句的病因出现在数量短语上，如降低、减少不能用倍数，却用了倍数；约数后不能有重复表述的文字却有；修饰不当，或前后矛盾等。

例如：七彩瀑布群，位于香格里拉县尼汝村的一个群山深处，一条名为"尼汝河"的高原融雪河流和陡峭的山峰造就了这一旷世奇观。

分析：这里的"一个"不能修饰"群山"，应把数量短语"一个"删去．

**9. 多层定语或状语**

当句字有多层定语和多层状语时，往往造成语序不当或产生歧义。

例如：南昌八一起义纪念馆里陈列着好多种当年周恩来使用过的东西。

分析：句中定语"好多种"位置不当，应放在"东西"的前面。

**10. 副词**

有副词修饰强调的句子，应该审查是否有不合逻辑和语意重复的毛病。

例如：由北京人民艺术剧院编排的大型历史话剧《蔡文姬》定于5月1日在首都剧场上演，日前正在紧张排练之中。

分析："日前"是"几天前"，表示过去，不能与表示进行状态"正在"一词连用。

## 第二节　高考病句答题技巧

高考说明要求掌握的病句类型有六类，现归纳如下：语序不当、搭配不当、成分残缺和赘余、结构混乱、语意不明、不合逻辑。

### 一、语序不当

1. 名词附加语的多项定语次序不当；

名词附加语是指多项定语次序不当。多项定语的正确次序一般可按以下次序排列：

a. 表领属性的或时间、处所的；

b. 指称或数量的短语；

c. 动词或动词短语；

d. 形容词或形容词短语；

e. 名词或名词短语。另外，带"的"的定语放在不带"的"的定语之前。

例：一位优秀的有20多年教学经验的国家队的篮球女教练。

正确次序：国家队的（领属性的）一位（数量）有20多年教学经验的（动词短语）优秀的（形容）篮球（名词）教练。

再如：

① 在新中国的建设事业上，发挥着他们无穷的蕴藏着的力量。

（"蕴藏着的"移到"无穷的"前面。）

② 许多附近的妇女、老人和孩子都跑来看他们。

（"附近的"移到"许多"前面。）

③ 里面陈列着各式各样列宁过去所使用的东西。

（"列宁过去所使用的"移到"各式各样"前。）

④ 夜深人静，想起今天一连串发生的事情，我怎么也睡不着。

（把"一连串"移到"事情"前）

⑤ 这种管子要不要换，在领导和群众中广泛地引起了讨论。

（"广泛"应移到"讨论"前，"地"改为"的"）

下面句子里数量的表示法不妥。

⑥ 工作者的多数是农村来打工的。

（"多数"移到"工作者"之前，去掉"的"）

⑦ 解放前，约有百分之七十的中国农业人口是贫农。

（"中国农业人口"移到"约有"之前，去掉"的"。）

2. 动词的附加语的多项状语次序不当；

动词的附加语是指多项状语次序不当。复杂状语排列大致为：

a. 表目的或原因的介宾短语；

b. 表时间或处所的；

c. 表语气（副词）或对象的（介宾短语）；

d. 表情态或程序的。另外，表示对象的介宾短语一般紧接在中心语前。

例如：在休息室里许多老师昨天都同他热情地交谈。

正确次序：许多老师昨天（时间）在休息室里（处所）都（范围）热情地（情态）同他（对象）交谈。

再如：

① 迎面吹来的寒风不禁使我打了个寒战。（"不禁"应移到"打"的前面。）

② 美国有十五个州禁止黑人在娱乐场所与白人享有平等的地位。（"与白人"移到"平等"的前面。）

③ 这期研究班是全国职工教育管理委员会和国家经委联合于今年 5 月底举办。（表示时间的介词结构"于今年 5 月底"应提到表示情态的状语"联合"前边。）

3. 虚词的位置安排得不恰当；特别是"把"字短语位置不当。

虚词的位置多表现为副词和连词位置不恰当：

① 留在幼儿园的孩子们，都一个一个甜蜜地睡在新钉起来的木板床上。

（表范围的副词"都"应放到表数量的"一个一个"后。）

② 如果趁现在不赶快检查一下代耕工作，眼前地就锄不好。

（"不"应移到"趁现在"前。）

③ 要是一篇作品里的思想是有问题的，那么文字即使很不错，也是要不得的。

（"即使"应移到"文字"前。照原句断章取义，就变成只是文字要不得了）

## 二、搭配不当

搭配不当主要有下列类型：主谓搭配不当、动宾搭配不当、状语和中心语搭配不当、一面与两面搭配不当、否定与肯定搭配不当。

1. 主谓搭配不当

① 本世纪初，是我国实现进入 WTO 的目标。

（"本世纪初是目标"是主谓搭配不当。应改为"进入 WTO 是我国本世纪初要实现的目标"。）

② 中国人民的解放在民族关系起了基本的变化。

（"中国人民的解放"没有"起变化"。"起变化"的是"民族关系"。正确的表达应是个兼语句要改"在"为"使"）

③ 我觉得这个答复，和对这些问题的调查处理，都是一种不负责任的态度。

（应该把"是"改做"表现出"。）

2. 动词和宾语搭配不当

① 他多么渴望一个学习机会呀！

（"渴望"后缺少动词"有"。）

② 但也存在着几个缺点需要我们努力。

（我们所能"努力"的不是"缺点"，是"改正"。）

3. 状语和中心语搭配不当

这次大会上，对工资问题交换了广泛意见。

（并不是意见广泛而是交换的范围广泛，应改做"广泛地交换了意见"。）

4. 一面与两面搭配不当

① 做好生产救灾工作，决定于干部作风是否深入。

（"做好"是一面性的，"是否深入"是两面性的。此外，"作风是否深入"也讲不通，应该是"干部是否深入群众"。这句话有两种改法：把第一个分句改为两面性的"生产救灾工作做得好不好，决定于干部是不是深入群众"。或第二分句改成一面性的，不过句子结构要调整为"干部深入群众是做好救灾工作的决定条件"。）

② 艺人们过去一贯遭白眼，如今却受到人们的热切的青睐，就在这白眼和青睐之间，他们体味着人间的温暖。

（"白眼"和"青睐"指相反的两面，但底下的"温暖"只适用于一面。）

5. 否定与肯定搭配不当

① 我想这应该是不必叙述的，没有谁不会想象不出的。

（"没有谁不会想象不出"等于说"谁都想象不出"，推测原意应是"谁也想象得出"。）

② 我们并不完全否认这首诗没有透露出希望，而是说这希望是非常渺茫的。

（"不完全否认"等于"部分承认"，基本上还是承认。因此这句话说"我们承认这首诗没有透露出希望"，刚好和作者的本意相反。改法有两种"我们也承认这首诗也透露了一些希望……"或"我们并不否认这首诗也透露了一些希望……"）

③ 会员家属除凭发出的入场券外，并须有家属徽章，无二者之一即不能入场。

（"无二者之一即不能入场"从字面意思上推，可有"有二者之一即可入场"的意思。跟原意不符，应该说"二者缺一即不能入场"。）

## 三、成分残缺和赘余

成分残缺主要有下列类型：缺少主语、缺少谓语、缺少宾语、缺少修饰成分。成分赘余主要有下列类型：堆砌、重复、可有可无、应删去"的"字。

1. 成分残缺

（1）缺少主语

① 由于她这样好的成绩，得到了老师和同学们的赞扬。

（"得到"的主语是什么？改为"由于这样好的成绩，她得到了……"）

② 十月十四日，抱着向航空系学习的想法，我们的黑板报也创刊了。

（"抱着"的主语显然是蒙后的"我们"，但后句的主语是"黑板报"，不是"我们"，应把后句改为"我们也办起了黑板报"。）

③ 通过这次学习，使我受到深刻的教育。

（"使"的主语应是"学习"，由于有"通过"这个介词，使主语丧失了。）

（2）缺少谓语

① 可见对工人阶级的关心负责的态度到何等的薄弱程度。

（"到"在这里不能做谓语的主要成分，只能将"薄弱"提上来，可"态度"是不能薄弱的，句子应改为"……的关心和负责薄弱到何种程度"。）

② 最近又发动了全面的质量大检查运动，要在这个运动中建立与加强技术管理制度等一系列的工作。

（在"建立"前少了个谓语"完成"。）

（3）缺少宾语

① 虽然每天工作很忙，但还是抓紧和同学研究或自己看书。

（"抓紧"什么？"时间"一词不能省。）

② 我们要尽一切力量使我国农业走上机械化、集体化。

（"走上"要求有一个名词做它的宾语，"机械化"、"集体化"都是动词，句子应是"走上……的道路"。）

（4）缺少修饰成分

要想作出杰出的成就，就必须付出劳动。

（"劳动"前应加"艰苦""辛勤"之类的修饰语，同时，前一分句又是"动宾不当"。）

2. 成分赘余

（1）堆砌

① 要考虑我国政治与文化环境的需要，发展我们的出版业。

（"环境"应删去。）

② 现在渔民自己选出了行政组长，负责掌握渔民的生活及生产的管理。

（"掌握"应删去。）

（2）重复

① 一年来，妇女工作已打下了相当的工作基础，获得了一定的工作经验。

（第二、第三个"工作"应删去。）

② 其实这是过虑的想法。

（"虑"就是想，应删去"的想法"。）

（3）可有可无

① 不知不觉就走了十里路左右的距离。

（应删去"的距离"。）

② 父亲逝世离现在已整整九年了。

（应删去"离现在"。）

（4）应删去"的"字

① 出人意料的，今年三月，物价的下跌，后来慢慢地稳定了。

（加了"的"，句子转为短语，意思也变了，不是物价稳定，而是"下跌"稳定了。）

② 由于历代动乱和气候潮湿，几乎所有当时的绘画遭受毁灭。

（"历代"和"动乱"中间也中加"的"而没有加，为句子整齐，"气候"和"潮湿"中间也就不必加"的"。）

## 四、结构混乱

结构混乱，又叫句式杂糅，主要有以下类型：举棋不定、藕断丝连、中途易辙、反客为主、结构含混。

1. 举棋不定

① 多年来曾被计划经济思想束缚下的人们也觉悟起来。

（应该在"曾被……束缚……"和"在……束缚下的……"两种格式中选用一个。）

② 这种慷慨悲歌的壮举的背后，还是自信心不够的表现。

（应该在"……的背后还是自信心不够"和"……壮举还是自信心不够的表现"里选用一个。）

2. 藕断丝连

① 我们向政府提意见是人民的责任。

（把"我们向政府提意见"和"向政府提意见是人民的责任"凑在一块儿，应该删去"我们"。）

② 你可知道，要出版一本译作是要经过多少人的努力以后，才能与读者见面的。

（是把"要出版……的努力"和"一本译作……见面的"凑在一块儿，用哪一句都可以。）

3. 中途易辙

① 例如杜重远以《闲话天皇》这篇文章，认为是冒犯了日本皇帝，置之于狱，就是例子。

（应该改作"因为杜重远写了……文章，就认为他是……"。原句使不知道这件事始末的人误认为杜重远把别人送进监牢，非常不妥。）

② 中国人民自从接受了马列主义思想之后，中国的革命就在毛泽东同志领导下大大改了样子。

（"中国人民……马列主义思想之后"就怎么样？作者不接下去说，却用"中国革命"另起一句。应该改为"自从中国人民……之后"。）

4. 反客为主

① 因此，当匪徒们偷袭游击队的时候，被游击队反包围了，歼灭了无数匪军。

（"被游击队反包围"的主语是"匪军"，但"歼灭了无数匪军"的主语只能是游击队，作者却把它一气呵成，不加闪待。应该把末一分句改作"歼灭了一大部分"或"不计其数"；这样"歼灭"是接着"被游击队"下来的，就连贯了。）

② 恐怖分子的阴谋活动是应当加以揭露，而且能够把它揭露的。

（就上半句说，谁"加以揭露"，当然是"我们"，但这个词隐而未现，正式主语应当是受揭露的"恐怖分子的阴谋活动"。可是下半句的"能够把它揭露的"主语就不可能还是"恐怖分子的阴谋活动"，而只能是"我们"。这一句应该在"是应当"前加"我们"。）

5. 结构含混

① 真人真事的创作方法，近几年来曾提倡过，而且产生了许多写真人真事的作品。

（句中的"产生"可以算无主句，也要以拿"创作方法"做主语，作者的意思也许是第一种，那么上半句应该改做"近几年来曾倡导过真人真事的创作方法"。）

② 在旧社会，他利用开当铺进行残酷的高利贷剥削人民。

（这句的错误是把"利用开当铺进行残酷的高利贷剥削"和"利用开当铺残酷地剥削人民"两种说法糅在一起，修改只留一种说法。）

## 五、语意不明

1. 费解

① 到北京参观奥运村及新改造后的"地铁"是我这次旅行的归途。

（"参观"怎么会是"归途"？作者的意思是说"……是我预定在归途中要做的事"。）

② 从六十岁到九十九岁的老太太被特许坐着车子参加游行。

（从字面上看，好像 59 岁以下和 100 岁以上的都没有坐车参加游行的权力。作者的意思大概是"60 岁以上的"。）

2. 歧义

（1）两种解释一正一误。

① 一辆乳黄和深红色的电车飞驰过去。

（容易使人误会为两辆颜色不同的电车。应该把"和"字改为"夹"字，或者在"一辆"后面加"漆了"二字。）

② 在几天时里，我们的身体和精神都有很大的收获，体重逐日增加（最高的达五公斤），精神非常愉快。

（很可能使人误会是逐日增加的量最高有 5 公斤，这当然不是事实。应该把"逐日"改作"都有"。

（2）两种解释都可能。

① 现全渠已勘测完毕 144 华里。

（没说全渠有多长，如果全长 144 华里，那么该说"全渠 144 华里，现已勘测完毕"；

如果 144 华里只是全渠的一部分，那么不能说"完毕"，该说"现全渠已勘测了 144 华里。"）

② 介绍菲律宾的一种权威著作。

（可以解释为"介绍——菲律宾的一种权威著作"，也可以解释为"介绍菲律宾的——一种权威著作"。）

③ 校长、副校长和其他学校领导出席了这届迎新会。

（是"其他学校"，还是"其他领导"，发生歧义。）

## 六、不合逻辑

1. 自相矛盾

① 过了一会儿，汽车突然渐渐地停下来了。

（"突然"和"渐渐"矛盾。）

② 这增强了中国人民与侵略斗争的无比力量。

（既然已经"无比"，如何还能"增强"？应删去"无比"。）

③ 他是多少个死难者中幸免的一个。

（既然"幸免"，自然是没有死，怎么能说是"死难中的一个"呢？应改为"多少人死难了，他是幸免的一个。"）

2. 范围不清

① 从事业的发展上看，还缺乏各项科学专家与各项人才。

（各项人才包括科学家，不宜并列，该说"各学科的专家与其他人才"。）

② 他们一面拼命地向上爬，一面又不免跌落深渊。

（"一面……一面……"表示两件事同时进行，句中的两件事显然不是同时的，应改为"他们虽然拼命向上爬，但是终不免跌落深渊。"）

3. 强加因果

① 最近我这位朋友去了一趟南方回来，结果他的思想依然如故。

（去了南方回来思想变了，可以说是去了一趟南方的结果，现在"思想依然如故"，怎么能说是去了一趟的"结果"呢？）

② 因为他来自北方，思想根本上还是旧的一套。

（为什么来自"北方"思想就旧？且"北方"到底是相对什么而言的？）

4. 主客倒置

① 在那个时候，报纸与我接触的机会是很少的。

（应该是"我和报纸的接触"。）

② 去年的学习情绪和今年比较起来大不相同。

（我们比较一先一后两件事，一般总是以后者为主体，应是"今年的学习成绩和去年……"。）

## 第三节　高考病句分类解析

| 序号 | 病句淘金——动笔就增分 | 自主校正 |
| --- | --- | --- |
| 1 | 现在，当昔日的辉煌悄然成为一种记忆，我们不难可以从中总结出他们辉煌的一些理由。 | "不难可以"语序不当，应为"可以不难"。 |
| 2 | 民族的、优秀的传统和生动活泼、富有时代感反映人民生活的作品，当然会受到人民群众的欢迎和认可。 | "欢迎和认可"语序不当，应为"认可和欢迎"。 |
| 3 | 联合国教科文组织总干事松浦晃一郎日前撰文说，如果世界各国不采取及时措施，全球将面临淡水危机，由此可能引发"争水之战"的悲剧。 | "不采取及时措施"语序不当，应为"不及时采取措施"。 |
| 4 | 圆明园东路不仅要拓宽、变直，而且将成为首条京城设封闭公交专用车道的五幅路。 | "首条京城"语序不当，应为"京城首条"。 |
| 5 | 新建成小区内设社区医院，许多附近的居民都可以前去求医问药。 | "许多附近的居民"语序不当，应为"附近的许多居民"。 |
| 6 | 上海团干部认为青少年的社会生存靠什么？靠健康的人格，全面的素质。 | 语序不当，应为"青少年的社会生存靠什么？上海团干部认为……"。 |
| 7 | 据贵州省文化厅官员介绍，少数民族比例占到该省总人口三成以上，民族文化资源丰富，其中尤以苗、布依、侗族特色鲜明。 | 语序不当，应将"该省"移至"少数"之前。 |

续表

| 序号 | 病句淘金——动笔就增分 | 自主校正 |
|---|---|---|
| 8 | 我国西昌卫星发射中心今天凌晨把一颗气象探测卫星用"长征三号"火箭准确地送入预定轨道。 | "用'长征三号'火箭把一颗气象探测卫星"语序不当,应为"用'长征三号'把一颗气象探测卫星"。 |
| 9 | 她娇嫩的脸上不仅有一块块伤痕,胳膊、大腿和背部还有尚未愈合的创伤。 | 语序不当,"不仅"应在句首。 |
| 10 | 要知道,在把事情没有弄清楚之前,你这样随意地批评指责,会造成很坏的影响,这是一种极不负责任的态度。 | 语序不当,"没有"应置于"把"前。 |
| 11 | 针对国际原油价格步步攀升,美国、印度等国家纷纷建立或增加了石油储备,我国也必须尽快建立国家的石油战略储备体系。 | 第一个"建立"与宾语"石油储备"搭配不当。 |
| 12 | 近年来,我国加快了高等教育事业发展的速度和规模,高校将进一步扩大招生,并重点建设一批高水平的大学和学科。 | 动词"加快"与宾语"规模"搭配不当。 |
| 13 | 这家工厂虽然规模不大,但曾两次荣获省科学大会奖,三次被授予省优质产品称号,产品远销全国各地和东南亚地区。 | 主语"工厂"与"被授予省优质产品称号"搭配不当。 |
| 14 | 今年春节期间,这十省的210辆消防车、3千多名消防官兵,放弃休假,始终坚守在各自执勤的岗位上。 | 主语"消防车"与谓语"放弃休假"搭配不当。 |
| 15 | 今年年初美英两国曾集结了令人威慑的军事力量,使海湾地区一度战云密布。 | 定语"令人威慑"与中心语"军事力量"搭配不当,可将定语改为"令人恐惧"。 |
| 16 | 他们在遇到困难的时候,并没有消沉,而是在大家的依赖和关怀中得到了力量,树立了克服困难的信心。 | 第二个"在"与宾语"……中"搭配不当,应将其改为"从"。 |
| 17 | 请家教、上辅导班、买参考书,许多家长良好的动机非但没有唤起孩子的学习热情,反而起到了相反的效果。 | 动词"起到"与其宾语"效果"搭配不当 |
| 18 | 他对公司被评为"百佳企业"所作出的努力和贡献,获得了领导和同事的一致赞颂。 | 主语"努力和贡献"与谓语"获得……赞颂"搭配不当。 |
| 19 | 采用各种办法培养现代企业人员的水平,尤其是青年一代的水平,是我国许多企业的当务之急。 | 动词"培养"与其宾语"水平"搭配不当。 |
| 20 | 拿我们国有企业来说,就是要不断加大改革的力度和范围,通过深化企业改革,更好地适应市场,才能创造出新的生产力水平。 | "创造出新的生产力水平"中"创造"与"水平"动宾搭配不当。 |
| 21 | 参加这次探险活动的他已写下遗嘱,万一若在探险中遇到不测,四个子女都能从他的巨额遗产中按月领取固定数额的生活费。 | "万一"就有"若"的意思,用语重复赘余。 |
| 22 | 随着社会的不断进步,科技知识的价值日益显现,人类已进入知识产权的归属和利益的分成,并开始向科技工作者身上倾斜。 | 动词谓语"进入"后的宾语残缺,应在"分成"后加"的社会"。 |
| 23 | 本栏目将各地电视台选送的歌舞曲艺、风情民俗、文化娱乐和体育活动等方面的节目加以重新编排、组合和润色,进行的再创作。 | "进行的再创作"中的"的"多余。 |
| 24 | 《消费者权益保护法》深受广大消费者所欢迎,因为它强化了人们的自我保护意识,使消费者的权益得到最大的保护。 | "深受……所欢迎"中的"所"赘余。 |
| 25 | 昨天是转会截止日期的最后一天,中国足协又接到25名球员递交的转会申请。 | "截止日期"就是"最后一天"。成分多,二者可删去其一。 |
| 26 | 为了全面推广利用菜籽饼喂猪,加速发展养猪事业,这个县举办了三期饲养员技术培训班。 | "喂猪"后面加"……的经验","三期饲养技术培训班"应为"三期饲养技术培训班"。 |
| 27 | 通过和世界各国经济的交往,一定能使我国的经济得到高速的发展。 | 主语残缺,末句应为"我国的经济一定能得到高速的发展"。 |
| 28 | 他平时总是沉默寡言,但只要一到学术会议上谈起他那心爱的专业时,就变得分外活跃而健谈多了。 | 表程度的状语和补语连用从而造成赘余,将"多"字去掉。 |
| 29 | 看罢我留的字之后,父亲竟不顾衰弱的身体,冒着大雪,骑着那辆破旧的自行车追我到学校。 | "看罢"与"之后"语意重复。 |
| 30 | 以网络技术为重要支撑的知识经济革命极大地改善了人们的生产生活方式,加速了社会文明。 | 动词"加速"的宾语残缺,应在后面补出"进步"。 |
| 31 | 俄罗斯也进行了一些改革,如禁止政府官员使用进口汽车,推行住房商品化,以及精简包括电力公司、铁路公司等大型国有企业等。 | 结构混乱,"推行"后面的宾语还没有说完就又接上了"精简"的内容。且"包括"后面缺宾语"在内的"。 |

续表

| 序号 | 病句淘金——动笔就增分 | 自主校正 |
|---|---|---|
| 32 | 如何才能让大家都富起来呢？关键的问题是知识在起决定性作用。知识的贫乏必然造成财富的贫乏，财富的充足往往是以知识的充实为前提的。 | "关键的问题是知识在起决定性作用"句杂糅。 |
| 33 | 这次网络短训班的学员，除北大本校人员外，还有来自清华大学等15所高校的教师、学生和科技工作者也参加了学习。 | 前面的问题已经说完了，后面又多说了"参加了学习"，属于句式杂糅。 |
| 34 | 许多患者被确诊为恶性肿瘤后，情绪低落，使患者失去了治疗信心，造成心理障碍，病情进一步恶化。 | 结构混乱，主语中途易辙。 |
| 35 | "久在樊笼里，复得返自然。"陶渊明田园牧歌似的感受和理想，在今天读这篇速写时仍禁不住心潮涌动。 | 结构混乱，中途改变了主语。 |
| 36 | 照片拍得是否好，诗歌写得是否有味，是由一个人的思想认识、艺术修养的高低所决定的。 | 句式杂糅，可去掉"由"。 |
| 37 | 郑板桥之所以达到"胸有成竹"的境界，是因为他"四十年来画竹枝，日间挥写夜间思"而达到的。 | 句式杂糅，可将"而达到的"去掉。 |
| 38 | 最近医学研究认为，健忘症是脑神经细胞退化的反映，是神经元变性蛋白异常所致，如果发展下去，就将会有患痴呆症的可能。 | "就将会有患痴呆症的可能"句式杂糅。 |
| 39 | 欧洲人发现太阳黑子比美洲晚得多，最早记载是公元801年才看到的。 | 结构混乱，第一个分句陈述对象是"欧洲人发现太阳黑子"，第二个分句成了"最早记载"。 |
| 40 | 艺术欣赏中的审美体验往往只可意会不可言传，一经点破，那含蓄蕴藉的美感常常会遭到破坏的危险。 | 句式杂糅，应删去"的危险"。 |
| 41 | 她给人的感受说来也怪，并不像班主任，既谦和又宽容。 | 表意不明。一种理解为她既谦和又宽容，另一种理解是班主任谦和又宽容。 |
| 42 | 由北京人民艺术剧院复排的大型历史话剧＜蔡文姬＞定于5月1日在首都剧场上演，日前正在紧张的排练之中。 | "日前"即几天前，此表意不明。 |
| 43 | 出席今天纪念大会的还有本市两位已故市长的子女以及一些文艺界的知名人士。 | "两位"有歧义。 |
| 44 | 近些年来，国外教育机构不仅在寻求与我国包括民办高校在内的各类学校合作，而且许多人也开始将注意力投向民办教育，并以此作为创业的新起点。 | "不仅"位置不当，致使"许多人"存在歧义。 |
| 45 | 我认为，应该尽可能使用简化汉字，不要滥用繁体字，这样会给汉字规范化和青少年学习增加困难。 | "这样"一词指代不明。 |
| 46 | 由于长城外风沙的侵入，榆林城也遭受袭击，在建国以前，榆林地区外30公里都变成沙漠了。 | "在建国以前"时间概念含混，致使表意不明。 |
| 47 | 车上一个男子拿出两支红黑铅笔，用100元人民币套住猜赌。 | "两支红黑铅笔"表意不明。 |
| 48 | 这种由康柏软件公司研制的KM-Ⅲ型软盘，最高存储量为1.44兆以上个字节。 | 表意不明，应去掉"以上"。 |
| 49 | 如果真的神灵能够保佑我们，那还要我们刻苦学习、努力工作干什么呢？ | "真的神灵"有歧义。 |
| 50 | 铁道部春运办预计春节后第二个客流高峰将在元宵节即后2月17日至2月19日出现，高峰发送旅客将不低于400万人次左右。 | "不低于400万人次左右"表意不明。 |
| 51 | 我们的报刊、杂志、电视和一切版物，更有责任做出表率，杜绝用字不规范的现象，增强使用语言文字的规范意识。 | "出版物"与"报刊、杂志"是属种关系，两个概念并列，有概念不清的逻辑错误。 |
| 52 | 3月17日，6名委员因受贿丑闻被驱逐出国际奥委会。第二天，世界各大报纸关于这起震惊体坛的事件都作了详细的报道。 | 不合逻辑。6名委员"被驱逐出国际奥委会"的原因是"受贿"，而不是"丑闻"。 |
| 53 | 雷锋精神当然要赋予它新的内涵，但谁又能否认现在就不要学习雷锋了呢？ | 否定不当，可去掉一重否定。 |
| 54 | 晚会上，他们神情自若，舞姿潇洒，谁能相信他们不是年过花甲甚至年逾古稀的老人呢？ | 否定不当。"不是"应为"是"。 |
| 55 | 我在体育馆捡到书包一个，内有钢笔一支，圆珠笔两支，圆规一个，文具一宗，望失主到政教处认领。 | 概念不清，"文具"包括"钢笔、圆珠笔和圆规"。 |

续表

| 序号 | 病句淘金——动笔就增分 | 自主校正 |
|---|---|---|
| 56 | 　经过高中三年的勤奋学习,你一定能昂首走进久违的大学城。 | "久违"表示好久没见,是久别重逢时的套语,不合逻辑。 |
| 57 | 　据农业部估计,今年水果产量预计将比去年增加80%,总产量达到5000万吨,再创历史记录。 | "预计"表示未然,"总产量达到……记录"表示已然,二者矛盾。 |
| 58 | 　这些青年作家、小说家在艺术之都的自由空气熏陶下茁壮成长,创作颇丰。 | "青年作家"与"小说家"是交叉关系,不能并列。 |
| 59 | 　就像当年乡镇企业、民营企业迅速成长,从被国有企业垄断的市场中分到了越来越多的市场份额一样,一个重新洗牌的时代即将到来,中国的银行业格局已经发生变化。 | "即将"与"已经"矛盾,后两个分句应调换语序。 |
| 60 | 　许多青年人热心于世界科技的发展,他们有志成为世界知名学者,他们对国际的重大问题给予了极大的关注。 | 转移话题,前面谈科技问题,后面说政治问题了。 |

# 第四节　十年高考病句精练

　　十年高考病句精练全面汇集了（2000～2011）十余年来全国各地141道高考病句真题,类型广泛,内容丰富,充分学习与练习,不仅可以,同时也可以在高考中提高考生病句的准确判断能力,而且可以提升自己分析语病能力,会使广大考生受益匪浅。

## 吕丽高考语文讲堂·病句·第1练　【2011高考15题】

1. 下列各句中,没有病句的一句是（　　）　　　　　　　　　　　　**【新课标全国】**
   A. 人才培养的质量是衡量一所大学办得好不好的重要因素,大力提升人才培养水平是高等教育改革发展的战略课题。
   B. 为了更好地提高服务质量,我们必须坚持以人为本,最大限度地为旅客创造和谐的候车环境、快乐的人性化服务。
   C. 这种感冒新药经过在北京、上海、南京、杭州、开封等地医院的400多个病例中临床试用,80%反映确实有疗效。
   D. 校庆在即,学校要求全体师生注重礼仪,热情待客,以带给从全国各地回母校参加庆祝活动的校友感到宾至如归。

2. 下列各项中,没有语病的一项是（　　）　　　　　　　　　　　　　　**【湖北】**
   A. 新世纪以来,国内出版业遭受了以互联网技术、移动技术、数字化阅读技术为代表的信息技术,呈现出复杂多变的博弈局面,传媒结构发生了微妙变化。
   B. 汉绣注重构图,讲究纹饰,花鸟虫鱼、龙虎凤凰、飞禽走兽,皆可绣以为纹,写实与抽象融为一体,形成了独特的风格。
   C. 三年来,地震灾区人民创造了抗震救灾史上的空前奇迹,奏响了惊天动地、气势磅礴的时代壮歌,铸就了自强拼搏、敢于胜利的历史丰碑。
   D. 信息数字化对个人生活发生了十分直接的影响,如果名字里用了一个计算机字库里没有的字,那么报名、取钱、贷款、登机……都难以办成。

3. 下列各句中,没有语病的一句是（　　）　　　　　　　　　　　　　　**【辽宁】**
   A. 会计专业的学生无论是中专生、大专生、本科生,毕业后如要从事会计类职业,必须通过考试取得会计从业资格证书才能上岗。
   B. 林小云在学校有"心算第一人刀"的美誉,有人说这是训练的结果,也有人说她的速算能力其实可以从家庭遗传的角度得以解释。
   C. 如果想刻画一种语言具有什么特征,拿另一种语言来跟它进行比较是最好的方法,通过比较可以很好地发现并感受语言的差异。

D. 建立制度很重要，但我们不能满足于把制度写在纸上、贴在墙上、挂在嘴上，还需要有制约和监督机制，以提高制度的执行力。

4. 下列各句中，没有语病的一项是（　　）　　　　　　　　　　　　　　　　　　　　【浙江】

A. 在网络时代到来以后，争鸣性质的学术文章，更强调要得到作者本人认可的文本为学术争论的起点。

B. 中国正在经历一场从"吃饱"向"吃好"、"吃健康"的转变，在这一历史进程中，能否保证公众的食品安全，取决于政府的执政水平，事关老百姓的切身利益。

C. 最近，国家发改委下调了青霉素、罗红霉素等 162 个品种、近 1300 个剂型的药品，平均降幅是调整前规定价格的 21％。

D. 由于核废料衰变缓慢，所以一旦发生地质变动，或者因建筑、地铁建设等人为因素的影响，导致核废料泄漏事件，那么后果将不堪设想。

5. 下列各句中没有语病且句意明确的一句是（　　）　　　　　　　　　　　　　　　　【天津】

A. 旺盛的国内需求正在成为跨国巨头获取暴利的重要市场，尤其是针对中国的石油、铁矿石以及基础能源等方面表现得异常突出。

B. 时光的流逝不能让我淡忘对故乡浓浓的思念，反之，随着年龄的增长，对故乡的思念愈发日久弥坚。

C. 说起饺子，每一个中国人都不感到陌生，中国的饺子对外国人也充满了难以抗拒的诱惑。

D. 因为有了幽默感，他们更善于与其他人沟通，即便表达了反对意见，别人也不会反感。

6. 下列各句中，没有语病的一句是（　　）　　　　　　　　　　　　　　　　　　　　【山东】

A. 朝鲜艺术家这次来华表演的歌剧《红楼梦》，受到了中国观众的热烈欢迎，给予了很高的评价。

B. 《尚书》记载，东方的夷人部落民风淳朴，人们好让不争且取予有度，因此这个部落被称为"君子之国"。

C. 据西藏自治区统计局发布的最新数据显示，在自治区常住人口中，藏族人口占九成以上，为 271.6 万人。

D. 随着大运会的日益临近，深圳随处可见志愿者忙碌的身影，迎接大运会已成为展现志愿者风采的广阔舞台。

7. 下列各句中，没有语病的一句是（　　）　　　　　　　　　　　　　　　　　　　　【四川】

A. 今年暑假，我市将举办第 12 届中学生运动会，我校参加这届运动会的 20 名男运动员和 16 名女运动员，均是由班级和年级层层选拔出来的优秀选手组成。

B. 2010 年 4 月 10 日，第 8 颗北斗导航卫星的发射进入倒计时，西昌卫星发射中心各个岗位的操作人员对火箭起飞前进行了最后的检查，满怀信心等待着发射时刻的到来。

C. 现代高新技术在图书馆领域的广泛应用，引发了图书馆运行机制的变革，其结果将会出现一个全新图书信息交流系统，从而对图书馆的发展产生重大影响。

D. 为增强全体员工的文明服务意识，进一步提高职业道德素质，我省某商业银行将采取强有力的措施，在本本系统内广泛推行文明服务用语和服务忌语。

8. 下列句子中，没有语病的一项是（　　）　　　　　　　　　　　　　　　　　　　　【广东】

A. 北接陆上丝绸之路、南连海上丝绸之路，将于 2014 年申遗的"中国大运河"，包括京杭大运河、隋唐大运河以及浙东运河所组成。

B. 《野鸭子》最打动人的是对真善美的热情讴歌，透过剧情的审美体验，让人们信服了一个事实、一条真理：世上还是好人多，人间自有真情在。

C. 成功的基础是奋斗，奋斗的收获是成功，所以，天下唯有不畏艰难而奋斗的人，才能登上成功的高峰。

D. 我先来得展厅后面一座小山上，映入眼帘的，是一个巨大的由一块茶色玻璃构成的覆斗形上盖，它保护着古墓的发掘现场。

9. 下列各句中，没有语病的一句是（　　）　　　　　　　　　　　　　　　　　　　　【江苏】

A. 不断改善并切实保障民生，才能真正保持社会的和谐与稳定，进一步提高国民的幸福指数，实现长治久安的目标。

B. 所谓"生态自觉"，其要义固然包含了对生态的反省，但更重要的是对人在世界中的地位，以及人的行为合理性的反省。

C. 目前，我国是联合国"人类非物质文化遗产名录"中入选项目最多的国家，这一成绩主要靠的是社会各界的共同努力取得的。

D. 为纪念建党 90 周年，"唱支山歌给党听"歌咏比赛将于 7 月 1 日举行，届时校长和其他学校领导也将登台参加比赛。

10. 下列各句中，有语病的一句是（　　） 【湖南】

A. "感动中国"将镜头对准生动的现实生活，聚焦于推动当代中国发展进步的主体力量，解读了平凡中的伟大。

B. 微博一经推出，就以其强大的即时通信功能，受到了广大网民的追捧，它正有力地介入我们的社会生活。

C. 新生代农民工除了关注工资待遇外，对工作环境和社会保障条件也越发重视，那些环境恶劣、保障缺失的企业，他们将说"不"。

D. 全面建设小康社会，建设社会主义现代化国家，实现中华民族伟大复兴，为我国广大有志青年提供了创造精彩人生的广阔舞台。

11. 下列各句中，没有语病的一项是（　　） 【江西】

A. 中华全国总工会紧急拨款 100 万元，用于对在黑龙江省鹤岗新兴煤矿爆炸事故中遇难矿工家属的慰问。

B. 领导班子是否廉明，能否坚持以人为本的执政理念，是推动一个地方社会经济健康发展的前提。

C. 这个垃圾处理厂原设计日处理垃圾 1000 吨，现在，平均日处理垃圾达到了 2300 吨，早就处于超负荷运转了。

D. 在宣泰战斗中，我军歼灭国民党军两个团，生俘团长一名，缴获了大批枪支弹药和武器物资。

12. 下列各句中，没有语病的一句是（　　） 【全国Ⅱ】

A. 不同的生活习俗、自然条件以及地理环境，使各地的民居在平面布局、结构方法、造型等方面呈现出淳朴自然，而又有着各自的特色。

B. 历时三年的第六次全国人口普查是一次成功的国情大盘点，其数据将为我国社会经济发展规划的制定和政府的相关决策提供重要参考。

C. 失眠是指因睡眠时间不足、质量不佳对身体产生损害而出现的不舒服的感觉，应对失眠需要了解相关的睡眠卫生知识，进行自我调护。

D. 学校开展经典诵读活动有利于教风和学风建设，而中小学是人生品格形成的重要时期，所以这样的活动应着力于中小学就要抓紧抓好。

13. 下列句子中，没有语病的一句是（　　） 【北京】

A. 高速公路上交通事故的主要原因是司机违反交通规则或操作不当造成的，交通部门要加强安全宣传，提高司机的安全意识。

B. 在"人类非物质文化遗产保护行动"中，中国民间文艺家协会确定将抢救民间木版年画列为民间文化遗产抢救工程之一。

C. 崇安髭蟾是武夷山区特有的两栖类珍稀动物，生活在海拔一千米左右的高山溪水中，最初因五十年在崇安发现而得名。

D. 食醋富有氨基酸、钙、磷、铁和维生素 B 等成分，因此具有美容功效，皮肤吸收之后，可改善营养缺乏，促使皮肤美白细腻。

14. 下面一段文字有四处重复累赘，请予删除（只填序号）。要求：删除后应简明连贯、不损害原意。

【重庆】

清晨 7 时，重庆的①天空微微发亮，参加 2011 年重庆马拉松赛的运动员已陆续赶到比赛的起点南滨公园②。为即将开始的③2011 年重庆④马拉松赛热身。在起点处，参加比赛的运动员正在进行准备⑤，慢跑，拉伸韧带，一举一动都显示出专业素养。虽然比赛还没有开始⑥，尚在安排之中⑦，但空气中已经透露出一丝如箭在弦⑧的紧张。

应当删除的是：

15. 下面五个句子中四个有成语，请先写出有语病句子序号，然后加以修改。 【安徽】

① 中国有超过 300 多万平方公里的辽阔海域，还有众多的内陆海域，水下文化遗产丰富。这些遗产在整个文化遗产保护事业中占有重要地位。

② 近年来，随着新农村建设的快速推进以及农村精神文明建设的大力发展，农村文化建设有了长足的发展，农民文化生活也越来越丰富。

③ 在丁俊晖走出其运动生涯的一段低谷后，本赛季战绩辉煌，夺得温布利大师赛冠军，并在世锦赛上闯入四强，平了亚洲选手在世锦赛上的最好成绩。

④ 从 2010 年 9 月 1 日起，安徽省所有基层医疗机构都降低了药费，省医改办提供的数据显现，我省基本药物采购价相对于国家零售指导价总体下降了 52.8%。

⑤ 日本动静电力公司正全力以赴地处理福岛核电站，这场事故或许能在短期内得到妥善处理，但东京电力公司所面临的信任危机能否在短期内消除，值得期待。

| 序号 | 修　　改 |
| --- | --- |
|  |  |
|  |  |
|  |  |

## 吕丽高考语文讲堂·病句·第 2 练　【2010 高考 16 题】

1. 下列句子中，没有语病的一句是（　　）　　　　　　　　　　　　　　【北京】

A. 记者近日发现，公园晨练的老年人中流行一种由松树精华做成的"神仙茶"，对这种带点儿树皮味的绿色茶剂赞不绝口。

B. 挪威国宝级乐队"神秘园"将再度来京演出，实现了外国演出团在京演出超过 7 次的记录，在其演出的艺术历程中也是唯一的一次。

C. 连年亏损的美国《新闻周刊》正待价而沽，境内外华人都鼓动中国人出手收购，将这份引以为豪的美国期刊经营权收入囊中。

D. 报告指出，中国及印度的一些跨国公司眼下正不遗余力的开拓国际市场，新加坡、俄罗斯等则紧随其后，国际市场的竞争格局在发生变化。

2. 下列句子中，没有语病的一项是（　　）　　　　　　　　　　　　　　【广东】

A. 以"城市，让生活更美好"为主题的上海世博会，让肤色不同、语言不同的人们在这样一个巨大的平台上共同寻找答案。

B. "低碳生活"这一理念，经过我国改革开放以来经济建设的成功和失败的实践，无可争辩地证实了这一理念的正确。

C. 刘老先生热心支持家乡的教育、慈善等公益事业。他这次返乡，主动提出要与部分福利院参加高考的孤儿合影留念。

D. 成千上万的亚运志愿者都在忙碌着，他们在共同努力，完成举办一次令亚洲乃至世界都瞩目的文明亚运的理想。

3. 下列各项中，没有语病的一项是（　　）　　　　　　　　　　　　　　【湖北】

A. 当今的环境保护技术不仅做到了生产过程不浪费资源，不污染环境，保证产品使用的清洁高效，而且产品使用后废弃物的有效回收和循环利用。

B. 一旦确定了某个特定节日的纪念物，商家、企业就可以设计、生产、经营相关的物品，电视、报纸、杂志等媒体就有了重点宣传的目标。

C. 虽然现在所学的一些专业课，对我们很陌生，学起来比较吃力，不过我相信，在老师的帮助下，只要下苦功，就一定能够学好。

D. 某院医护人员在不知情的情况下，将携带有艾滋病病毒的血液输入到患者体内，致使这些患者旧病未除，又染新疾，造成了严重的后果。

4. 下列各句中，没有语病的一句是（　　）　　　　　　　　　　　　　　【湖南】

A. 随着经济全球化进程不断加快，国际人口流动更加频繁，推动全球人力、资本、信息等生产要素的加速流动、优化。

B. 有氧运动是以增强有氧代谢能力为目的的耐力性运动，它可以有效地锻炼呼吸系统和心血管系统吸收、输送氧气。

C. 许多水果都有药用功效，如柠檬中含有柠檬酸、柠檬多酚及维生素 C 等成分就具有很强的抑制血小板聚集的作用。

D. 让老百姓吃饱、吃好、吃得安全，永远是农业发展的根本任务，它并不随着农业自身发展阶段的变化而有所改变。

5. 下列各句中，没有语病的一项是（    ）  【江西】

A. 素有"庐山第一景"之称的石门涧，是庐山的西大门。这里一年四季泉水叮咚，鸟语花香，青松翠柏，云蒸雾绕。

B. 某文化局长因工作需要调任交通银行行长，收入提高了十几倍；后改任财政局长，收入又降到了行长任上的十几分之一。

C. 10 月份以来，江东村家家户户房前屋后银杏树叶飘舞，满地金黄，吸引了来自全国各地慕名而至的游客。

D. 为了使这项住房政策真正受惠于低收入家庭，香港政府制定了非常严格的申请程序，一旦发现诈骗，处罚极其严厉。

6. 请找出下列三项中有语病的一些项，并针对语病进行修改。（    ）  【重庆】

A. 从靠近北极的西伯利亚向南延伸，直到中国东部的平原，有一条很长的鹤类迁徙路线。

B. 一位海洋生物学家说，大量泄漏石油步步逼近墨西哥湾海岸线，会对当地渔业产生巨大影响。

C. 全长 2.4 公里的大型石灰岩洞穴内，钟乳石琳琅满目，质地之纯净，形态之完美，国内少见，很有保护和研究价值。

有语病的一项（    ）

修改（                                          ）。

7. 下列各句中，没有语病的一句是（    ）  【辽宁】

A. 剑潭村委会班子认为，在现代化形势下，财富的充足和可持续增长需要以知识的充实为前提，要让村民真正富起来，关键在于知识起决定性作用。

B. 随着网络技术迅猛发展对信息流通形式形成的巨大刺激，产生了网络互动这个平台，开拓了民意表达的公共空间，增进了政府和人民的良性互动。

C. 美国警方公布了"9·11"恐怖袭击事件发生时的航拍照片，这些极具震撼力的照片，让公众有机会感受从空中目击世界贸易中心大楼倒塌的一幕。

D. 会议围绕充分发挥学生信息员的作用、加强教学质量监控、促进教风和学风建设，健全了学生信息源组织机构，布置了今年评教评学的主要工作。

8. 下列各句中，没有语病的一句是（    ）  【全国Ⅰ】

A. 大师的这段经历非常重要，但流传的说法不一，而所有的当事人、知情人都已去世，我们斟酌以后拟采用大师儿子所讲的为准。

B. 我们说话写文章，在把零散的词语串成一个可以用来传递信息、完成交际任务的句子的时候，是需要遵循一定的语法规律的。

C. 这个法律职业培训基地由省司法厅和南海大学合作建立，是全国首家有效联合政府行政职能和高效教育资源而成立的培训机构。

D. 近期发热患儿增多，我院已进入门诊超负荷状态，为使就诊有序，决定采取分时段挂号，如果由此给您带来不便，敬请谅解。

9. 下列各句中，没有语病的一句是（    ）  【全国Ⅱ】

A. 随着"天河一号"的问世，我国成为继美国后第二个能够研制运算速度为每秒千万亿次的超级计算机的国家，在这一重要科学领域中跻身前列。

B. 该厂狠抓生产质量，重视企业文化，十几年来凝聚了一批技术骨干，所生产的内衣产量成为全国同行业销售额率先突破十亿大关的一个著名品牌。

C. 对于那些指责这些学说缺乏理论支持、说它不以实验而以先验方式作一般性推理的人，这表明他们对这一学说缺乏深入认识，还没有掌握其精髓。

D. 那个年代的手抄本很难得，书中的故事对我产生了潜移默化的影响，爱国心、人生观、事业心、爱情观以及手抄本那漂亮的字迹也让我非常喜欢。

10. 下列语句中，没有语病的一项是（　　）　　　　　　　　　　　　　　　　　　　　【山东】

A. 中午还是阳光灿烂，但到下午5时左右，老天突然变脸，市区狂风大作，天昏地暗。据气象部门监测，这次特强沙尘暴瞬间风力达11级，地表能见度0米。

B. 记者来到卧龙镇人民政府南侧的中国卧龙大熊猫博物馆前，只见这座被称为"中国唯一大熊猫博物馆"坐落在风景秀美的山下，周围流水淙淙，绿树成荫。

C. 世博园开园以来，无论是风和日丽还是刮风下雨，参观的人流络绎不绝。截至5月9日17时30分，累计检票入园已达19.59万人次。

D. 昨天上午，一位老人突然晕倒在购物中心，后经迅速赶到的120急救中心医护人员以及商场保安、在场群众的救护下，老人得到及时抢救，最终脱离了危险。

11. 下列各句中，没有语病的一句是（　　）　　　　　　　　　　　　　　　　　　　　【四川】

A. 曹操的性格具有双重性，他的雄才大略与奸诈凶狠对于任何一个扮演他的演员来说都具有挑战性，也是个难得的表演机会。

B. 我国计划在2011年向太空发射目标飞行器"天宫一号"的实验，这一消息引起世界各国极大关注，被全球各大媒体争相报道。

C. 尽管作为欧盟成员国的希腊经济总量有限，其债务危机不足以使美国经济受到直接冲击，但是仍然会间接影响美国经济的复苏进程。

D. 灾后重建三年目标任务两年基本完成的原因：一是十八个对口援建省市支援的结果，二是灾区干部群众自力更生所取得的成绩。

12. 下列各句中没有语病且句意明确的一句是（　　）　　　　　　　　　　　　　　　　【天津】

A. 天津东临渤海，华北诸河汇流海河，东流出海，是沿海各省通往京城和华北腹地河流交通的枢纽。

B. 20世纪后期，学者们有条件广泛接触西方人文社会科学，尽管在对其介绍和评价等方面有不少值得商榷之处，但他们取得的成绩还是应当肯定的。

C. 我突然记起黄发垂髫初懂事理的时候，母亲告诫我的一句话：早起的鸟儿有食吃。

D. 纪念馆分序厅、抗倭、抗英、抗法、抗日、尾厅等六部分组成，充分显示了中华儿女不畏强暴、自强不息的民族精神。

13. 下列各句中，没有语病的一项是（　　）　　　　　　　　　　　　　　　　　　　　【浙江】

A. 栖息地的缩减以及遍布亚洲的偷猎行为，使得野生虎的数量急剧减少，将来老虎能否在大自然中继续生存取决于人类的实际行动。

B. 解决地沟油回流餐桌的根本在于加快地方立法，一方面制定强制统一收购餐厨垃圾的方法，另一方面通过立法协调环保、城管、工商等部门对餐厨废油的管理力度。

C. 近来，有些地方发生了利用短信诈骗银行卡持卡人的案件，且欺诈手法多样，出现了借口中奖、催款、退税等为名的新型欺诈。

D. 有专家认为，保护圆明园遗址的首要任务绝不是复建，哪怕是"部分"复建，而是研究、发掘它展现出的遗存或废墟的价值。

14. 下列个句中，没有语病的一句是（　　）　　　　　　　　　　　　　　　　　【海南、宁夏】

A. 最近相关部门对两个小区的住房进行空气质量检测，结果有一半住房甲醛超标，而引发甲醛超标最主要的原因是居民不合适的装修造成的。

B. 李先生认为服饰公司侵犯了自己的权利，将之诉至法院，要求停止伤害，并提出30000元人民币的经济索赔和2000元人民币的精神损害抚慰金。

C. 国家质检总局提出，"十一五"期间要形成10个左右拥有自主知识产权、国际竞争力较强、知名度较高、在国际市场占有一定份额的世界级品牌。

D. 长沙、株洲、湘潭城市群建设的启动，对道路、交通、媒体、通讯等行业提出了新的要求，与此相关，长沙商业圈无疑也将面对重新洗牌的机会。

15. 找出下面文字中的五处语病，先写出有语病句子的序号，然后加以修改。　　　　　　【安徽】

① 在空军航空兵某师飞行大队长孟凡升参加一次集训时，驾机升空不到两分钟，突然发现飞机发动机转速异常、温度下降。

② 他迅速反应到发动机有重大问题。

③ 在生死考验的瞬间，他立即与指挥员报告。

④ 收到指令，他果断操纵飞机寻找场地，在确认飞机无法迫降后，才请示跳伞。

⑤ 为了避开村庄，直到允许跳伞的最后时刻之际，他才跳伞。

⑥ 伞刚打开，人就着地了。

⑦ 孟凡升多次在短短的 48 秒内主动放弃跳伞机会，有效避免了更大损失。

⑧ 48 秒，生死关头见素质，更见精神！

16. 下面一则稿约四处画线部分中有两处语言表达不当，请找出来并作修改。　　【山东】

本刊是全国中文核心期刊，主要刊登文学、历史、哲学等方面的论文。为丰富内容，提高质量，特向广大作者征稿。要求：观点鲜明，不超过 8000 字①，逻辑清楚，格式正确。

来稿一经采用，即奉薄酬②。来稿一律不退，三个月未接到用稿通知，请自行处理。敬请广大作者赐稿③。来稿请寄：××市××路××号《×××》编辑部×××敬启④　　邮编：××××

《×××》编辑部

××××年×月×日

## 吕丽高考语文讲堂·病句·第 3 练　【2009 高考 16 题】

1. 下列各句中，没有语病的一句是（　　）　　【全国Ⅰ】

A. 引起世界关注的甲型流感病毒虽然不易致命，但传播速度快，如果不想办法找到它的演变原理，病情很容易迅速蔓延，给人类健康带来巨大威胁。

B. 3 月 5 日那天，我市万名青年志愿者走上街头学雷锋活动，这次活动的总口号是"弘扬雷锋精神，参与志愿行动，服务青年创业，建设和谐城市"。

C. 社区主任接受采访时表示，去年大家做了很多调解工作，今年会更多地为受到情感和生活困扰的人们提供帮助，让他们不再那么痛苦，那么不知所措。

D. 这次发展论坛在上海举行，参加论坛的中外各界人士在论坛期间就环境保护、人才培养、普及教育等众多议题为期两天发表意见并进行各种交流。

2. 下列各句中，没有语病的一句是（　　）　　【全国Ⅱ】

A. 根据公司的战略发展规划，需要引进大批优秀人才，包括服装量体师、团购业务员、技术总监，高级设计经理等大量基层和高层岗位。

B. 营救告一段时间后，他们把重点转向照顾幸存者，现在又在为避免地震滑坡形成的 35 个堰塞湖可能的灾害而奔忙，一刻也停不下来。

C. 由于单位优势逐渐丧失，身处僻壤的水电八局职工子弟，开始选择城市作为实现人生的目标，尤其是 8 后的这一代更迫切地希望融入城市。

D. 去年的大赛我们的工作得到了好评，今年的比赛从命题、决赛、海选到颁奖，我们又被指定参与活动的全过程．一定要高度重视，不可疏忽。

3. 下列句子中，没有语病的一句是（　　）　　【北京】

A. 南京郊外的阳山，有三块经人工雕塑、长达 40 米的巨大石头，专家认为这是朱棣为给朱元璋修建神功圣德碑选的碑材。

B. 该集团的资金大都是外界筹措，利息之高令人难以想象，然而高额利息使该集团在资金运转上所承受的压力越来越大。

C. 疫苗的研制是工程浩大的项目，耗时数年的潜心研究不可或缺，而且绝不是一个人的战斗，而是一场指向整个人类的战斗。

D. 朝夕相处，谁也不能发生矛盾，但一发生矛盾，就各执己见，争吵不休，互不通融，这其实是一种最愚蠢的见解。

4. 下列各句中没有语病且句意明确的一句是（　　）　　【天津】

A. 90 个有特殊编号的"奥运缶"在北京结束了网络竞价，以总价 1283.65 万元成交，每个缶的均价都超过了 14 万元。

B. 尽管在刚过去的"五一"小长假里已经使出浑身解数大搞促销活动，各商家在"母亲节"档期里仍然力度不减，再次掀起促销波澜。

C. 植物营养学就是研究如何通过施肥等措施提高作物产量、改善农产品品质的，因此植物营养不仅对粮食质量安全，而且对粮食数量安全至关重要。

D. 学校能否形成良好的、有促进功能的校园文化，学习者能否真正适应并融入它，这对教学活动的有效开展起着重要作用。

5. 下列各选项中，没有语病的一项是（　　）　　　　　　　　　　　　　【重庆】

A. 现代医学一再证明，当一个人精力衰退、对事物缺乏好奇心与兴趣时，循环系统功能也会跟着退化。

B. 来自海内外 40 多个国家、地区和国内 31 个省、直辖市、自治区的 1800 多位闽籍工商界精英汇聚福州。

C. 昨日，市文物局组织了 39 名专家赶到重建的龚滩古镇，对已经完工的工程通过了验收。

D. 漫步小径，风送来一阵扑鼻的香味。环顾四周，我看见一枝露出高墙的腊梅正在那里释放幽香。

6. 下列句子中，没有语病的一项是（　　）　　　　　　　　　　　　　【广东】

A. 青少年是上网人群中的主力军，但最近几年，在发达国家中 60 岁以上的老年人也纷纷"触网"，老年人"网虫"的人数激增。

B. 据中科院研究所初步鉴定，这头金色牦牛是世界上新发现的一种野生动物，并命名为"金丝牦牛"。

C. 近年来，在秀丽的南粤大地上，拔地而起的九洲城、海南琼苑、凤城大厦等一批多功能新型建筑物，令人流连忘返，构思奇特，巧夺天工。

D. 水果营养丰富，但是它的表面常常粘附着对人体有害的细菌和农药，所以食用水果前应该洗净削皮较为安全。

7. 下列各项中，没有语病的一项是（　　）　　　　　　　　　　　　　【湖北】

A. 许多高中毕业生填志愿时，是优先考虑专业还是优先考虑学校，很大程度上是受市场需求、社会导向、父母意愿、个人喜好等因素的影响造成的。

B. 5 月 4 日在北京国家大剧院举行了《红色箴言》大型诗歌朗诵会，通过众多著名表演艺术家炉火纯青的朗诵艺术，在场的大学生热血沸腾，深受震撼。

C. 大观园旅游纪念品商场里摆满了名人字画、根雕作品、导游地图、古玩、佩饰等多种工艺品，琳琅满目，美不胜收。游客们精挑细选，讨价还价，热闹极了。

D. 冬天日短，等到干完活儿回来，已是夕阳西下，薄雾给村子罩上了一层朦胧的面纱。母亲像往日一样，从灶屋里端出了热腾腾的饭菜，招呼我们赶紧吃。

8. 下列各句中没有语病的一句是（　　）　　　　　　　　　　　　　【湖南】

A. 2008 北京奥运会开幕式，以"和"字为核心创意，既溶入了中国传统文化的精髓，又彰显了奥运新理念，获得了观众的好评如潮。

B. 大学毕业生不应该只是关注一己之屈伸，一家之饥饱，真正需要关注的是作为接受高等教育的个体对于群体、社会、他人的责任和义务。

C. 小品《不差钱》对"不差钱"的反复宣称，既表达了对某些宰人商家的抗议，也反映了正在奔小康的农民提高自己社会地位的自觉自为。

D. 在这部对话式作品中，作者阐明了对尊重生命、敬畏自然、坚持信仰、爱憎分明等被现代性所遮蔽的人类理想精神的张扬。

9. 下列各句中，没有语病的一句是（　　）　　　　　　　　　　　　　【江苏】

A. 随着全球气温升高，飓风、洪水、干旱等极端气象事件的频率和强度正在增加，气候变暖已成为全人类必须共同面对的挑战。

B. 对"80 后"作家来说，存在的最大问题就是要克服彼此间的同质化倾向，张扬自己的艺术个性才是他们的发展之路。

C. 尽管国际金融危机的影响还在蔓延，但随着一系列经济刺激计划的逐步落实，中国经济出现回暖迹象，人们对经济复苏的信心开始回升。

D. 由于青少年心智尚未成熟，好奇心又强，对事物缺乏分辨力，容易被大众媒介中的不良信息诱导，从而产生思想上、行为上的偏差。

10. 下列各句中，没有语病的一句是（　　）　　　　　　　　　　　　　【江西】

A. 语文课堂其实就是微缩的社会言语交际场，学生在这里学习将来步入广阔社会所需要的言语交际本领与素养。

B. 王夫人丧子后好不容易再次得子，无论从母性本能还是从自身权益出发，王夫人对宝玉都弥足珍贵。

C. 几天前，他刚接待过包括省委书记在内的一批省市领导来到县里，专门调研返乡农民工问题。

D. 现代科学技术发展日新月异，研究领域不断拓展；科学无禁区，不过并非没有科学伦理的规范。

11. 下列各句中，没有语病、句意明确的一句是（ ） 【山东】

A. 目前国际金融危机的影响仍在持续，尽管国内外旅游业面临的压力和不确定性都在加大，但中国旅游业繁荣与发展的基本面貌并未改变。

B. 或许连作者都没想到，由于这一篇哀悼家鹤的纪念文章刻在石上，使得文本的命运与石头的命运牵连在一起，为后人留下了诸多难解之谜。

C. 房地产市场之所以陷入长达一年的萧条，除了市场周期性调整的因素外，还在于部分开发商追求暴利，哄抬房价，也是泡沫加速破裂的重要原因。

D. 海峡两岸关系协会与海峡交流基金会今天下午针对第三次陈江会谈的各项协议文本，举行了最后一次预备性磋商，历时大约一个多小时。

12. 下列各词中，没有语病的一句是（ ） 【四川】

A. 这位曾经驰骋乒坛的名将已经回到了祖国，现就任于北京大学医学部教授，从事运动医学的教学与研究，为国家的体育事业贡献他的力量。

B. 参加研制神舟七号飞船的全体科技工作者，在相关部门大力支持下，在全国人民的热切关注中，经过不懈努力，神舟七号飞船终于成功发射。

C. 西班牙将投资 8.2 亿欧元，在我省建立世界上最大并具竞争力的硅金属工厂，其生产能力、技术手段和产品质量，均将达到世界领先水平。

D. 去年六月以来，成都市锦江区的廖先生和两位朋友多次去灾区送温暖，迄今为止，他们共走访了二十多个社区，近四百户家庭和三千多公里路程。

13. 下列各句中，没有语病的一项是（ ） 【浙江】

A. 只有积极引导牧民开展多种经营，控制牲畜数量，减少对牧草的需求，退牧还草，才能为从根本上拯救纯种野牦牛提供可能。

B. 墨西哥国立自治大学日前举行甲型 H1N1 流感病毒专题研讨会，有专家认为墨西哥即将进入炎热的夏季，这或许有助于降低流感病毒的扩散。

C. 在本月热播的几部以南京大屠杀为题材的影片中，还原出许多历史细节，让我们深切地感受到电影主创者直面人间惨剧的勇气。

D. 林萍是一位普通的保险公司职员，她为非亲非故的女孩捐献肝脏的事迹感动了广大网友自发在网上留言，大家热情的称其为"宁波的骄傲"。

14. 下列各句中，没有语病、句意明确的一句是（ ） 【安徽】

A. 诚信教育已成为我国公民道德建设的重要内容，因为不仅诚信关系到国家的整体形象，而且体现了公民的基本道德素质。

B. 以"和谐之旅"命名的北京奥运火炬全球传递活动，激发了我国各族人民的爱国热情，也吸引了世界各国人民的高度关注。

C. 今年 4 月 23 日，全国几十个报社的编辑记者来到国家图书馆，参观展览，聆听讲座，度过了一个很有意义的"世界阅日"。

D. 塑料购物袋国家强制性标准的实施，从源头上限制了塑料袋的生产，但要真正减少塑料袋污染，还需消费者从自身做起。

15. 下列各句中，没有语病的一句是（ ） 【辽宁】

A. 这次羽毛球邀请赛在新建的贺家山体育馆举行，参赛选手通过小组赛和复赛、决赛的激烈角逐，最后张碧江、邓丹捷分别获得了冠亚军。

B. 树立以病人为中心的服务观念，为病人提供高质量的服务，可让病人得到更多的心理安慰，也有利于提高医院的社会声誉和经济效益。

C. 由于规划周密、准备充分，去年在北京举办的第 29 届奥运会成为奥运会中历届参赛国最多、开幕式演艺最精彩的一次盛会，好评如潮。

D. 在中国，尽管把恐龙化石当做"龙骨"并作为一味中药已有很长历史了，但从科学角度对之进行发现和研究，则是从 20 世纪才开始的事。

16. 下列各句中，没有语病的一句是（　　）　　　　　　　　　　　　　　　　　　　【海南、宁夏】

A. 太阳队近来的表现不能令人满意，糟糕的防守问题一直没有改善，比赛连连失利，甚至在与弱旅勇士队比赛时，也饮恨败北。

B. 目前，北大、清华等高校国防生的培养，初步形成了科学文化学习与军政训练并重、院校教育培养于军人实践锻炼结合的格局。

C. "锦"是一种丝织品，在古代，由于珍贵的原材料、繁琐的生产工艺，使得织品数量有限，是达官贵人才能享用的时尚奢侈品。

D. 为了更好地调动教师的积极性，我们一定要做好考核教师的教学成绩，对于贡献突出和甘于奉献的教师要给予适当的物质奖励。

## 吕丽高考语文讲堂·病句·第 4 练　【2008 高考 16 题】

1. 下列各句中，没有语病的一句是（　　）　　　　　　　　　　　　　　　　　　　　　　　【全国Ⅰ】

A. 葛振华大学毕业后回农村当起了村支书，他积极寻找本村经济的切入点，考虑问题与众不同，给村里带来一股清新的气息。

B. 荞麦具有降低毛细血管脆性、改善微循环、增加免疫力的作用，可用于高血压、高血脂、冠心病、中风发作等疾病的辅助治疗。

C. 王羽除了班里和学生会的工作外，还承担了广播站"音乐不断"、"英语角"栏目主持，居然没有影响学习成绩，真让人佩服。

D. 阅览室图书经常出现"开天窗"现象，我们可以从这一现象反映两个问题，一是阅读者素质有待提高，一是管理力度有待加强。

2. 下列各句中，没有语病的一句是（　　）　　　　　　　　　　　　　　　　　　　　　　　【全国Ⅱ】

A. 金乌炭雕工艺精湛，采用纯天然颜料着色，具有高雅、时尚、个性的艺术享受，还能吸附有毒有害气体，是一种环保艺术品。

B. 该县认真实施"村村通"这一全省规划的八件实事之一，到 10 月底，在全地区率先解决了农村百姓听广播看电视难的问题。

C. 中俄两国元首在致辞中一致表示，要以举办"国家年"为契机，增进两国人民的相互了解和友谊，深化两国各领域的交流合作。

D. 听说博士村官潘汪聪要给大家讲农技课，大家兴致很高，还没到时间，村委会会议室就挤满了很多村民来听课，场面好不热闹。

3. 下列各句中，没有语病的一句是（　　）　　　　　　　　　　　　　　　　　　　　　【新课标全国】

A. 城关中学的学生在老师带领下，为山区百姓义务投递邮件，几年来没有丢失一封信，推动了村民之间的联系，弥补了当地交通发展的局限。

B. 馨园社区居委会在展示的普法板报中，用通俗易懂的语言剖析了生动典型的案例现实，让读者在轻松的阅读中领略到法律精神的独特魅力。

C. 粮食不同于其他产品，其生产环节明显的季节性决定了它不能像工业产品流通一样可以零库存周转，因而储备粮食以备不时之需十分重要。

D. 为了露出琉璃瓦深蓝色的瓦体，去年盖的办公楼没有在屋檐外设墙体遮挡，这是成为楼顶覆冰融化时容易整体滑落砸到过路人的原因之一。

4. 下列句子中，没有语病的一句是（　　）　　　　　　　　　　　　　　　　　　　　　　　　【北京】

A. 我国水墨画的主要成分是墨，加以清水，在宣纸上浸染，互渗，通过不同浓淡反映不同审美趣味，被国人称为"墨宝"。

B. 一名韩国官员透露，有关成员国已达成一致意见，同意建立该项基金，以防止 1997 年那样的金融危机不要再次发生。

C. 由于环境污染，常继发厌氧细菌的严重感染，极易发生破伤风，致使在当地或运送外地途中救治不及而死亡。

D. 世界卫生组织这份一年一度的报告，提供了儿童与成人的死亡率、疾病谱以及吸烟饮酒等健康风险因素的最新资料。

5. 下列各句中没有语病且句意明确的一句是（　　）　【天津】

A. 公民美德是社会公民个体在参与社会公共生活实践中，应具备的社会公共伦理品质或实际显示出的具有公共示范性意义的社会美德。

B. 我们一定能在奥运之际展现出古老文明大国的风范，那时我们的城市不仅会变得更加美丽，每一个人也会更讲文明。

C. 一些房产中介表示了同样的担心，他们认为购房者一定要考虑房屋的地理位置和房源条件，不可盲目跟风。

D. 为庆祝戛纳电影节 60 华诞，电影节组委会特别邀请了曾经摘取过戛纳金棕榈奖的 35 位导演，每人拍摄一部 3 分钟的纪念短片。

6. 下列各句中，没有语病的一句是（　　）　【辽宁】

A. 中国皮影戏的艺术魅力曾经倾倒和征服了无数热爱它的人们，它的传播对中国近代电影艺术也有着不可忽视的启示作用。

B. 这篇文章其中分析了形式，辨证地回答了在大开放、大交往、大融合、大世界里，我们迫切需要一种全心的观念来协调各种关系。

C. 交通台日前播报说，有的人在小轿车内开着空调过夜，由此发生窒息死亡事件每年都有发生，应该引起司机朋友们的高度重视。

D. 大学毕业后去农村应聘村官的人当中，多数人希望能在建设新农村这一大环境中找到施展才华、创立事业、实现理想的有效途径。

7. 下列各句中，没有语病、句意明确的一句是（　　）　【山东】

A. 这幅图片再现了身穿节日盛装的姑娘们围绕在熊熊篝火旁一起歌舞狂欢，汗水浸湿了她们的衣衫。

B. 根据意大利法律规定，贝卢斯科尼在总理任期内不能担任俱乐部主席，否则他就有可能做有违公众利益的行为。

C. 只有当劳动与兴趣、爱好乃至理想有机地结合在一起的时候，潜藏在每个人身上的想象力和创造力，才能够最大程度地发挥出来。

D. 我校这次为四川地震灾区募捐的活动，得到了许多学校老师和同学的积极响应，在不到一天的时间内就募集善款三万余元。

8. 下列各句中，没有语病的一句是（　　）　【江苏】

A. 任何一种文明的发展都是与其他文明碰撞、融合、交流的过程，完全封闭的环境不可能带来文明的进步，只会导致文明的衰落。

B. 推行有偿使用塑料袋，主要是通过经济手段培养人们尽量减少使用塑料袋，这无疑会对减少白色污染、净化环境产生积极作用。

C. 奥运火炬登顶珠峰，必须克服低温、低压、大风等不利的特殊气候条件，充分考虑登山队员登顶时可能遇到的各种困难。

D. 将于 2013 年建成的京沪高速铁路，不仅能使东部地区铁路运输结构得到优化，而且有利于铁路运输与其他交通方式形成优势互补。

9. 下列各句中，没有语病的一句是（　　）　【浙江】

A. 5 月 8 日，俄罗斯国家杜马以压倒性票数批准新任总统梅德韦杰夫对俄前任总统普京的总理提名，梅德韦杰夫于当日签署了任命书。

B. 这种无纺布环保袋经过工艺处理后，具备了防水、易清洗、容量大、满足消费者对环保袋的客观需求的优势。

C. 在交融与冲突并存的文化环境中，能否用东方雕塑语言来表达这个精神，恰恰是中国当代雕塑所欠缺的。

D. 奥运圣火登顶珠峰的瞬间，无论是参与登顶的勇士，还是全世界观看这一壮举的人们，无不毫无例外地感受到了心灵的震撼。

10. 下列各句中没有语病的一句是（　　）　【江西】

A. 本报热切期待您：（1）惠赐大作；（2）提供话题；（3）推荐作者；（4）提出批评建议。

B. 中华人民共和国公民在年老、疾病或者丧失劳动能力的情况下，有从国家和社会获得物质帮助的权利。

C. 三年来的"旅游兴市"竟成为今天发展核电的障碍，这可能是地方政府当初始料未及的。

D. 他潜心研究，反复试验，终于成功开发了具有预防及治疗胃肠病的药粥系列产品。

11. 下列各句中，没有语病、句意明确的一句是（　　）　　　　　　　　　　　　　【安徽】

A. 诚信教育已成为我国公民道德建设的重要内容，因为不仅诚信关系到国家的整体形象，而且体现了公民的基本道德素质。

B. 以"和谐之旅"命名的北京奥运火炬全球传递活动，激发了我国各族人民的爱国热情，也吸引了世界各国人民的高度关注。

C. 今年 4 月 23 日，全国几十个报社的编辑记者来到国家图书馆，参观展览，聆听讲座，度过了一个很有意义的"世界阅日"。

D. 塑料购物袋国家强制性标准的实施，从源头上限制了塑料袋的生产，但要真正减少塑料袋污染，还需消费者从自身做起。

12. 下列各句中，没有语病的一句是（　　）　　　　　　　　　　　　　　　　　　【湖北】

A. 第二航站楼交付使用后，设备可达到国际领先水平，旅客过安检通道的时间，将从目前的 10 分钟缩短至 1 分钟，缩短了 10 倍。

B. 在那些艰难的日子里，不管他的身体有多差，生活条件再不好，精神压力有多大，他都坚持创作。

C. 艾滋病（AIDS）是一种传染病，其病毒通过性接触或血液、母婴等途径传播，侵入人体后，使人体丧失对病原体的免疫能力。

D. 社区服务中心为孩子们准备了跳绳、羽毛球、拼图、棋类、卡拉 OK 等 19 项体育活动，并将 20 万元活动经费发放到各社区。

13. 下列各句中有语病的一句是（　　）　　　　　　　　　　　　　　　　　　　　【湖南】

A. 超越种族、信仰、社会制度的差异，增进各国人民之间的相互了解，促进和平、友谊与团结，在尊重世界多样性的基础上实现人类和谐发展，已成为奥林匹克精神的深刻内涵。

B. 文艺复兴揭开了欧洲腾飞的序幕，工业革命拉大了欧洲与中国的距离，当火车在欧洲大地高歌猛进的时候，中国的辽阔土地上，木制独轮车还在吱吱呀呀地唱着千年的凄凉。

C. 风云变幻的 20 世纪已经过去，那些为中国的命运呐喊的诗界前辈也已经走远，在新的世纪，面对商品经济大潮的冲击，我们应该如何拨开喧嚣的迷雾，高扬起前辈诗人使命意识的旗帜？

D. 我国的文化遗产是我们民族悠久历史的证明，是我们与祖先沟通的重要渠道，也是我们走向未来的坚实根基，我们应当永远保持对古代文明成果的尊重和珍惜，以及祖先的缅怀和感恩。

14. 下列各句中，没有语病的一句是（　　）　　　　　　　　　　　　　　　　　　【四川】

A. 从调查的结果来看，该校学生的课余活动主要有班级野炊、年级文体比赛、校际联欢会等内容丰富，形式多样。

B. 教育在综合国力的形成中处于基础地位，国力的强弱越来越多地取决于劳动者素质的提高，取决于各类人才培养的质量与数量。

C. 市政府决定配合奥运项目的实施，重点抓好地铁建设、危旧房改造、污水处理等工程工作，加快现代化大都市建设的进程。

D. 学习方法可能因人而异，但勤奋、努力等良好的学习态度和合理的时间安排却是每个想取得成功的学生所必须具备的。

15. 下列各选项中，没有语病的一项是（　　）　　　　　　　　　　　　　　　　　【重庆】

A. 当冰雪皑皑之际，唯独梅花昂然绽放于枝头，对生命充满希望和自信，教人精神为之一振。

B. 那跳跃着鸣禽的绿林，树上缠绕着藤蔓的绿叶，以及时隐时现的山岚雾霭，把我整个心灵都吸引了过去。

C. 坐火车到威尔士北部最高的斯诺登尼亚山峰去观赏高原风光，是威尔士最主要的一个景点。

D. 1984 年 12 月 26 日，中国首次南极考察队抵达南极洲。12 月 31 日，南极洲上第一次飘起了五星红旗。

16. 下列句子中，没有语病的一项是（　　）　　　　　　　　　　　　　　　　　　【广东】

A. 对这部小说的人物塑造，作者没有很好地深入生活、体验生活，凭主观想象加了一些不恰当的情节，反而大大减弱了作品的感染力。

B. 煨桑是一种既古老又普遍的藏俗，有着固定的仪式：先把柏树枝和香草堆在山头或河岸的空地上，中间放上糌粑或五谷，然后洒上几滴水，点燃以祭祀神灵。

C. 我们平时所用的调味品醋，含有氨基酸、钙、磷、铁和维生素 B 等成分，被皮肤吸收后可以改善面部皮肤营养缺乏。

D. 高速磁悬浮列车没有轮子和传动机构，运行时与轨道不完全接触，列车的悬浮、驱动、导向和制动都靠的是利用电磁力来实现的。

## 吕丽高考语文讲堂·病句·第 5 练 【2007 高考 17 题】

1. 下列各句中，没有语病的一句是（　　） **【全国 I 】**

A. 人与人之间总会有不同的邂逅和相逢，正是不同的人的生活轨迹不停地相交，才编织成这大千世界纷繁的生活。

B. 近年来，我国专利申请一年比一年多，专利申请的持续快速增长，表明国内研究开发水平和社会公众专利意识在不断提高。

C. 这里，昔日开阔的湖面大部分已被填平，变成了宅基地，剩下的小部分也在以 10% 的速度每年缩减着，令人痛心。

D. 由 20 多个国家的生物学家参与的"生命百科全书"研究项目，计划将世界上 180 万种已知物种的所有信息编纂成册。

2. 下列各句中，没有语病的一句是（　　） **【全国 II 】**

A. 这篇文章介绍了传统相声所用的押韵、谐音、摹声等方面的详细的语音技巧和表达效果，内容丰富，饶有趣味。

B. 工作之余，他不仅是个小提琴爱好者，大家公认的演奏能手，也是个文学爱好者，能写出很好的美妙诗篇。

C. 可燃冰是海底极有价值的矿产资源，足够人类使用一千年，有望取代煤、石油和天然气，成为 21 世纪的新能源。

D. 挑选合适的培训基地是该市"阳光工程"的重要环节，这一环节也正是最容易出现弄虚作假的现象，市政府特别重视。

3. 下列句子，没有语病的一句是（　　） **【北京】**

A. 素质可以理解为人在先天条件的基础上，在家庭、社会的影响下，经过后天的教育所形成的稳定的心理品格。

B. 很少有以 7 毫米以下口径制造狙击步枪的国家，因为狙击要求威力大，精度高，但中国狙击步枪偏选择了小口径。

C. 几组蝴蝶展框吸引了参观者，大家都以为这是标本，看到展框上方"仿真蝴蝶微型风筝"的标志，使大家恍然大悟。

D. 在翻阅中国话剧 100 周年纪念活动资料时，他萌生了创作一部寻找中国话剧源头的剧本的意念。

4. 下列各句中没有语病且句意明确的一句是（　　） **【天津】**

A. 王维在继承传统的基础上，努力创造的具有鲜明个性的意境，丰富和提高了山水诗的表现技巧，对诗歌发展作出了贡献。

B. 为确保大熊猫入港随俗，科研人员专门安排它们接受语言训练，提升普通话、广东话和英语的能力，为在香港定居做好准备。

C. 许多投资者不了解证券投资和基金产品的风险，没有区别股票和基金产品与储蓄、债券的差异，贸然进行证券和基金投资。

D. 作为古海岸与湿地同处一地的国家级自然保护区，七里海是京津唐三角地带极其难得的一片绿洲，被誉为天津滨海地区既大又美的花园。

5. 下列各句中没有语病的一句是（　　） **【广东】**

A. 考古学家对两千多年前在长沙马王堆一号墓新出土的文物进行了多方面的研究，对墓主所处时代有了进一步的了解。

B. 纵观科学史，科学的发展与全人类的文化是分不开的，在西方是如此，在中国也是如此。

C. 读完徐志摩的《我所知道的康桥》，读者就会被这诗一般的语言所谱写的回忆梦幻曲所感染，使读者感到余味无穷，不忍释手。

D. 王林呆在实验室里半个月，好像与世隔绝了，所以他回到家，强迫自己看了十天的报纸。

6. 下列各句中，没有语病的一句是（　　） 【江苏】

A. 一代代艺术家通过对中华民族优秀艺术传统的继承、提高、升华，才有了艺术新形式、审美新形态的诞生和发展。

B. 国家知识产权局有关负责人认为，国内专利申请的持续快速增长，表明我国公众的专利意识和研究开发水平不断提高。

C. 苏通大桥建造的初衷是，拉近苏北、苏南的距离，进一步推动江苏省沿江开发战略的实施，具有十分重要的意义。

D. 全球温室气体减排无论幅度大小，都为减缓地球温度的不断上升和海平面的持续上涨提供了可能。

7. 下列各句中，没有语病的一句（　　） 【湖北】

A. 中国印章已有两千多年的历史，它由实用逐步发展成为一种具有独特审美的艺术门类，受到文人、书画家和收藏家的推崇。

B. 我国大部分磷化工骨干企业集中在磷资源比较丰富的云、贵、川、鄂和靠近外贸出口市场而技术力量又相对较强的上海、天津、江苏、浙江等地区。

C. 《全宋文》的出版，对于完善宋代的学术文献、填补宋代文化研究的空白、推动传统文化研究的意义特别重大。

D. 改革开放搞活了经济，农贸市场的货物琳琅满目，除各种应时的新鲜蔬菜外，还有肉类、水产品、鱼、虾、甲鱼、牛蛙及各种调味品。

8. 下列各句中有语病的一句是（　　） 【湖南】

A. 当我在一个白夜从易卜生的故乡斯凯恩乘车返回奥斯陆的时候，沿途那幽深的有野鹿出没的森林里，那起伏着绿色松涛的山谷里，到处都响着娜拉出走时的关门声。

B. 文学经典是历史的回声，是审美体验的延伸，也是后代作家超越自我的精神刻度，作家只有在与经典大师的竞争中，才能拓展文学的想像空间，为未来提供崭新的审美体验。

C. 三峡围堰爆破使用的是世界上最先进的数码雷管，每个雷管都有惟一的编号，就像我们的身份证有自己的号码一样，而且人们还能像给手机设定闹铃那样，给每个雷管单独设定起爆时间。

D. 中国史学家在世纪之交进一步提升了自己的辨析能力，越来越显示出相当高的学术含量，从对外国史学的一般性介绍走向研究和判断的层面，从而为中外史学家的真正对话提供了可能和前提。

9. 下列各句中，没有语病、句意明确的一句是（　　） 【安徽】

A. 政府应进一步加大改革力度，整合并均衡教育资源，真正让每个孩子都能接受平等的教育、优质的教育。

B. 根据气象资料分析，长江中下游近期基本无降雨过程，仅江苏和浙江的部分地区可能有短时小到中雨。

C. 初始阶段，由于对滩海地区的地质条件整体认识存在误区，导致了勘探队多次与遇到的油层擦肩而过。

D. 树立和落实科学发展观，发展和重视农业产后经济，应当成为解决我国"三农"问题的重要组成部分。

10. 下列各句中，没有语病的一句是（　　） 【浙江】

A. 我国正在实施公民旅游素质提升工程，在又一个"黄金周"到来之际，每位游客尤其是出境游客应该意识到自己是祖国的"形象大使"。

B. 随着科技的发展，一种新型手机已经问世，它使用了太阳能电池，具有指纹识别功能，能耗较低，有光即可充电。

C. 北京奥运会火炬接力的主题是"和谐之旅"，它向世界表达了中国人民对内致力于构建和谐社会，对外努力建设和平繁荣的美好世界。

D. 根据"全国国民阅读调查"数据显示看，国民阅读量少的原因是多方面的，但对比阅读率较高的国家可以发现，主要是从小没有养成良好的阅读习惯。

11. 下列语句中，没有语病的一句是（　　） 【四川】

A. 对家庭盆栽植物的摆放，专家提出如下建议：五针松、文竹、吊兰之类最好摆在茶几、书桌上比较合适，而橡皮树、丁香、腊梅等最好放在阳台上。

B. 在新形势下，我们应该树立新的文化发展观，推进和挖掘文化体制创新和特色文化内涵，着力开发富有时代精神和四川特色的文化产品。

C. 联合国设立"国际家庭日"的目的，是为了促使各国政府和民众更加关注家庭问题，提高家庭问题的警觉性，促进家庭的和睦与幸福。

D. 近年来，我省各级政府将群众生活水平是否得到提高和群众利益是否得到维护作为衡量工作得失的主要标准，干部重经济增长、轻群众生活的观念开始改变。

12. 下列各句中，没有语病的一句是（　　）　　【重庆】

A. 请柬的封套上古色古香地印着青铜器，上面整齐地排列着身披铠甲、手持盾牌的秦军战士。

B. 生活是一幅丰富多彩的画卷，如果得不到你的欣赏，那不是它缺少美，而是你缺少发现。

C. 厚道有如参天的大树，替你遮挡暑热炎凉；厚道有如母亲的怀抱，替你抚慰喜怒哀乐。

D. 当地造纸厂偷排未经处理的废水，严重污染环境，导致鱼虾绝迹，各种水生作物大量减产和绝产。

13. 下列语句没有语病的一项是（　　）　　【辽宁】

A. 玛丽安在路边的碎石堆里偶然发现了几个形状奇特的化石牙齿，兴奋异常，却始终认不出那是属于什么动物的。

B. 在经济快速发展的形势下，我们要关注一些行业战线过长、生产力过剩、造成新的资源配置不合理。

C. 1977 年 12 月 10 日，中国积聚了 10 年之久的 570 万考生走进高考考场，这在历史上是规模空前的。

D. 早上出门的时候，他看到建筑工地上的挖掘机、装载机和十几辆翻斗车正在工作人员的指挥下挖土。

14. 下列各句中，没有语病的一句是（　　）　　【江西】

A. 市政府关于严禁在市区养犬和捕杀野犬、狂犬的决定得到广大市民的热烈拥护和支持。

B. 参加这项比赛的选手平均年龄 19 岁，平均身高 1.68 米，平均文化程度大专以上。

C. 南昌至上海、杭州的火车动车组票价分别为 228 元、179 元，而对应的普通列车硬座票价为 106 元、81 元，相比之下，普通列车硬座票价要低一倍多。

D. 承担全面建设小康社会的历史任务，开创中华民族伟大复兴的光明前景，难道谁能否认这是当代中国青年肩负的崇高使命吗？

15. 找出下面文段在语言表达方面的两处错误，并加以改正。（　　）　　【福建】

徜徉在天安门广场，人民英雄纪念碑那巍峨的碑体、优美的轮廓、饰有卷云与垂幔的碑顶，无一不让人顿生瞻仰、思念之情。这座纪念碑是由杰出建筑学家梁思成主持设计的。这一点，想必尽人皆知；对于他的助手、当代中国建筑大事吴良镛也参与了有关设计方案的讨论，或许鲜为人知。

16. 下列各句中，没有语病的一句是（　　）　　【宁夏、海南】

A. 本次展览征集了近千幅家庭老照片，这些照片是家庭生活的瞬间定格，却无不刻有时代的痕迹，让人过目难忘。

B. 运动员的高超技能可以通过日常的刻苦训练获得，而良好的心理素质却要通过临场的无数次竞技才能练就出来。

C. 在质量月活动中，他们围绕以提高产品质量为中心，进行了综合治理，尤其加强了对工艺流程、验收程序的监控。

D. 为丰富城市生活，市政公司全面规划，修建了三个文化广场，其中一个是将二十多米的深坑夷为平地而建成的。

17. 下列各句中，没有语病的一句是（　　）　　【山东】

A. 说实话，当时对自己的稿子能否被刊用，没抱太大的希望，因为那时经常在该报发表文章的都是一些大家。

B. 济南惨案纪念钟于 4 月 28 日凌晨从广州运抵济南，至此，济南惨案纪念园的布展工作全部完成，5 月 3 日将开门迎客。

C. 每周四发的薪水，往往在周五、周六两天里就被挥霍一空，有些上班族甚至连下周二、周三的伙食费都提前预支了。

D. "五一"期间，植物园在"百花展"系列游园活动中将展出郁金香、牡丹、连翘等花卉，并举办民族舞蹈表演和荷兰风车展。

## 吕丽高考语文讲堂·病句·第6练 【2006高考15题】

1. 下列各句中，没有语病的一句是（　　）　　　　　　　　　　　　　　　　　　　　【安徽】
A. 这项基金，是对公益林管理者发生的管理、抚育、保护和营造等支出给予一定补助的专项资金。
B. 六年间，我国航天技术完成了从单舱到三舱，从无人到有人，从"一人一天"到"两人五天"的进步。
C. 目前，我市已做出规划，通过优惠的政策和到位的服务，多方引进资金，开拓经济发展的新途径。
D. 那些在各条战线上以积极进取、不折不挠对待生活和工作的人，才是我们尊敬和学习的对象。

2. 下列句子没有语病的一句是（　　）　　　　　　　　　　　　　　　　　　　　　　【北京】
A. 英国一本杂志编的《野性大地》，摄影质量令人惊异，打开扉页那七八幅跨页图片，如同名角亮相，开场便一鸣惊人。
B. 鲸的"歌声"能表达很复杂的意思，但远不能与人的语言相提并论，因为鲸的"歌声"里没有能够代表具体的或抽象的事物的名词。
C. 漫步桃园，那一排排、一行行、一树树的桃林让人流连忘返；观赏后还可去自费采摘，那柔软多汁的大桃更让你大快朵颐。
D. 某些商家违背商业道德，利用中小学生具有的好奇心理和在考试作弊并不鲜见的情况下，为"隐形笔"大做广告。

3. 下列各句中没有语病的一句是（　　）　　　　　　　　　　　　　　　　　　　　　【广东】
A. 看完那部电视剧后，除了荧屏上活跃着的那些人物给我留下的印象之外，我仿佛还感到一个没有出场的人物，那就是作者自己。
B. 工厂实行了生产责任制以后，效率有了显著的提高，每月废品由原先一千只下降到一百只，废品率下降了九倍。
C. 各级财政部门要提高科学管理水平，特别是对农村基础设施建设经费的管理上，要做到心中有数，全盘考虑，周密安排。
D. 我们一方面要加强培养人才的工作，另一方面要把现有的中午知识分子用好，把他们的积极性充分调动起来。

4. 下列各句中，没有语病的一句是（　　）　　　　　　　　　　　　　　　　　　　　【湖北】
A. 对调整工资、发放奖金、提高职工的福利待遇等问题，文章从理论上和政策上作了详细的规定和深刻的说明，具有很强的指导意义和可操作法。
B. 艾滋病有性传播、血液传播、母婴传播等三大传播途径，我们需要采取紧急行动制止它的传播，否则不采取紧急行动，将会迅速蔓延，给人类健康带来巨大的威胁。
C. 由于我国的国际影响和汉语在国际事务中的作用越来越大，联合国大会第二十八届会议一致通过，把汉语列为大会和安理会的六种工作语言之一（其他五种是英语、法语、俄语、西班牙语和阿拉伯语）。
D. 与空中航路相对应，在沿途的地面上，平均间隔300公里左右就设有一处雷达、通讯导航和众多空管中心等设备，为"天路"上的飞行提供服务。

5. 下列各句中有语病的一句是（　　）　　　　　　　　　　　　　　　　　　　　　　【湖南】
A. 经过艰难跋涉，我们发现，如果没有科学发展观作指导，任何理顺国家、市场、社会关系的举措，都将事倍功半。
B. 人们认为，团队有效性的关键因素不只是个体贡献的简单相加，而是能使队员行动一致、互相配合的团队协作技能。
C. 自然界中存在着一种共生现象，如燕千鸟从鳄鱼牙中啄取水蛭，为鳄鱼提供口腔卫生服务，同时它自己也得到了所需的食物。
D. 世界各地的人们都把当地的主要河流称为母亲河，是因为这些河流不仅是他们赖以生存的基础，而且是区域文化的摇篮。

6. 下列各句中，没有语病的一句是（　　）　　　　　　　　　　　　　　　　　　　　【江苏】
A. 去年入冬以来，少数目无法纪的人，任意偷窃、哄抢电线电缆厂大量物资，损失在百万元以上，目前警方已经立案侦查。
B. 如何避免比赛过程中出现的不合法、不透明的暗箱操作现象，已经成为困扰本届组委会的首要问题。

C. 建设部要求，各地要把风景名胜资源保护工作放在极其重要的位置，采取切实有效措施，保护风景名胜资源的真实性和完整性。

D. 地铁紧张施工时，隧道突然发生塌方，工段长俞秀华奋不顾身，用身体掩护工友的安全，自己却负了重伤。

7. 下列各句中，没有语病的一句是（　　）　　　　　　　　　　　　　　　　　　　　【江西】

A. 由于计算机应用技术的提高和普及，为各级各类学校开展多媒体教学工作提供了良好的条件。

B. 采取各种办法，大力提高和培养工人的现代技术水平，是加快制造业发展的一件迫在眉睫的大事。

C. 这家乒乓球馆设施齐全，可为乒乓球爱好者提供不同档次的球台、球拍、球衣、球鞋等乒乓器材。

D. 政治体制能不能和日益市场化的经济体制相适应，是当今中国能否实现社会和谐的关键问题。

8. 下列语句没有语病的一项是（　　）　　　　　　　　　　　　　　　　　　　　　【辽宁】

A. 你不要轻视了静坐于酒馆一角独饮的老翁或巷头鸡皮鹤首的老妪，他们说不定就是身怀绝技的奇才异人。

B. 一个天使般的微笑若能化解一个人多年的苦闷，就应该是无价的，也应该是解决困境的有效方法之一。

C. "2006中国沈阳世界园艺博览会"是世界园艺博览会历届占地面积最大、活动最丰富、演艺最精彩的一次盛会。

D. 这些陈旧的观念不清除，将会直接阻碍我们进一步深化改革的进行。对此，我们必须要有一个正确的认识。

9. 下列各句中，没有语病的一句是（　　）　　　　　　　　　　　　　　　　　　　【全国Ⅰ】

A. 青藏铁路纵贯青海、西藏两省区，跨越青藏高原，是连接西藏与内地的一条具有重要战略意义的铁路干线。

B. 这家老字号食品厂规模不大，但从选料到加工制作都非常讲究，生产的食品一直都是新老顾客备受信赖的。

C. 天安门广场等七个红色旅游景点是否收门票的问题，国家旅游局新闻发言人已在记者招待会上予以否认。

D. 中央财政将逐年扩大向义务教育阶段家庭经济困难的学生免费提供教科书，地方财政也将设立助学专项资金。

10. 下列各句中，没有语病的一句是（　　）　　　　　　　　　　　　　　　　　　【全国Ⅱ】

A. 天津市为大部分农民工办理了银行卡，建立工资"月支付，季结算"，维护了广大农民工的合法权益。

B. 来这里聚会的无论老少，都被他清晰思路、开朗的性格、乐观的情绪及坚定的信心深深地感染了。

C. 不少学生偏食、挑食，导致蛋白质的摄入量偏低，钙、锌、铁等营养素明显不足，营养状况不容令人乐观。

D. 节约的目的不仅仅在于节约钱财，更在于节约大自然赋予我们的有限资源，以保护十分脆弱的生态环境。

11. 下列各句中，没有语病的一句是（　　）　　　　　　　　　　　　　　　　　　　【山东】

A. 据了解，节日前夕济南各大公园积极美化、创意布置园区，盛装迎接国庆节的到来。

B. 奥运吉祥物福娃以其憨态可掬的形象向世界各地的孩子们传递着友谊、和平、积极进取以及人与自然和谐相处的美好愿望。

C. 有关专家认为："十美十丑"行为评选活动，是对青少年学生进行"八荣八耻"教育的一种好形式工，对于孩子养成正确的行为习惯具有重要的导向作用。

D. 近年来，龙口市各行政村以南山岗精神为动力，在新农村建设中励精图治、辛勤耕作，描绘着家园未来美好的远景。

12. 下列各句中，没有语病的一句是（　　）　　　　　　　　　　　　　　　　　　　【四川】

A. 21世纪的中国有没有希望，关键在于既要坚定地继承和发掘中华民族的优良传统，又要广泛地学习外国先进的科学文化。

B. 提高早餐质量十分重要，早餐营养应提供占人体每天所需总量三分之二的维生素和矿物质，因而我们对待早餐一定不要马虎。

C. 那几天阴雨连绵，造成他家住的平房因年久失修而大面积漏雨，屋内连个下脚的地方都没有，妻子只在这时才写信向他发一两句牢骚。

D. 为及时征求和收集广大人民群众对我省"十一五"规划的意见和建议，省统计局日前在省内组织了一系列大型社会调查活动。

13. 下列各句中没有语病且句意明确的一句是（    ）                    【天津】

A. 滨海新区纳入国家发展战略布局，为本市的跨越发展提供了广阔空间，但也应该看到，我们面临的竞争更为激烈。

B. 获取信息的能力，成为学生自主学习的前提和基础，也是决定和衡量学生学习能力和水平高低的重要标志。

C. 打开莎士比亚戏剧集，如同打开百宝箱，使人眼花缭乱，处处迸发出智慧的火花，闪现着艺术的光芒。

D. 如果把天津建卫 600 年比作一部恢弘的史诗，那么三岔河口就是这部史诗的主旋律和最激昂的篇章。

14. 下列各句中，没有语病且句意明确的一句是（    ）                    【浙江】

A. 科学工作者需要开阔的心胸，就是和自己学术观点不一样的同行也应坦诚相待，精诚合作。

B. 健康休闲是一种以恢复身心健康状态、丰富生活、完善自我为目的的闲暇活动。

C. 曾记否，我与你认识的时候，还是个十来岁的少年，纯真无瑕，充满幻想。

D. 上海音乐厅精心打造"五一"晚会，奉献给观众的俨然是一桌名家荟萃、名曲云集的文化大餐。

15. 下列句子中没有语病的一项是（    ）                    【重庆】

A. 通过仪器来观察世界开阔了人们的视野，由此也改变了我们对物质世界的认识。

B. 新牌坊立交桥的建成将大大缓解交通高峰期的堵车问题。

C. 由于适当的温度有助于化学反应速度，工期将选在气温较高的 5、6 月份。

D. 这些事故给人民生命财产造成重大损失，究其原因，主要是一些主管领导和管理部门对安全生产没有引起高度重视。

## 吕丽高考语文讲堂·病句·第 7 练　【2005 高考 15 题】

1. 下列各句中，没有语病的一句是（    ）                    【全国Ⅰ】

A. 自 1993 年北京大学生电影节诞生以来，已经累计有超过 100 万人次参与了影片的观摩。

B. 市教委要求，各学校学生公寓的生活用品和床上用品由学生自主选购，不得统一配备。

C. 能否贯彻落实科学发展观，对构建和谐社会，促进经济可持续发展无疑具有重大的意义。

D. 今年的电力供需紧张状况将有所缓解，拉闸限电现象会相应减少，但整体上看仍然偏紧。

2. 下列各句中，语意不明确的一句是（    ）                    【全国Ⅰ】

A. 隆重简短的欢送仪式之后，这架飞机开始了大陆民航 56 年来的首次台湾之旅。

B. 为满足广大游客的需要，华夏旅行社设计并开通了 20 余条红色旅游精品线路。

C. 他在某杂志生活栏目上发表的那篇关于饮食习惯与健康的文章，批评的人很多。

D. 在美国家庭中，汉语已成为继英语和西班牙语之后又一种得到广泛使用的语言。

3. 下列各句中，语意明确的一句是（    ）                    【全国Ⅱ】

A. 印度洋海啸发生后，中国政府进行了迄今为止最大规模的对外救援行动。

B. 今天老师又在班会上表扬了自己，但是我觉得还需要继续努力。

C. 祁爱群看见组织部新来的援藏干部很高兴，于是两人亲切地交谈起来。

D. 因患病住院，83 岁高龄的黄昆和正在美国的姚明没能到场领奖。

4. 下列各句中，没有语病的一句是（    ）                    【全国Ⅲ】

A. 日前，国土资源部公布了第二批通过规划审核的 43 个国家级经济技术开发区名单。

B. 李明德同志在担任营长、团长期间，多次被评为训练先进单位和后勤保障模范单位。

C. 如果我所管的"闲"事能给群众带来哪怕一点点的幸福和快乐时，我也很幸福，很快乐。

D. 法律专家的看法是，消费者当众砸毁商品只是为了羞辱或者宣泄自己的不满。

5. 下列各句中，没有语病的一项是（    ）                    【北京】

A. 七彩瀑布群，位于香格里拉县尼汝村的一个群山深处，一条名为"尼汝河"的高原融雪河流和陡峭的山峰造就了这一旷世奇观。

B. 该报指出,这次会晤的主要意义,在于善意姿态、长远战略和历史方向,多于具体互惠措施的落实。

C. 经过不懈的努力,国家图书馆在搜集、加工、存储、提供古典文献方面,已经形成具有中国特色的藏用并重的格局。

D. 强强联合制作的大戏,让人们不仅看到了中国戏曲的整体进步,而且看到了中国戏曲在现代化问题上迈出的可喜一步。

6. 下列各句中没有语病且句意明确的一句是（　　） 　【天津】

A. 在激烈的市场竞争中,我们所缺乏的,一是勇气不足,二是谋略不当。

B. 成功者在设定想要达到的每一个目标时,总是要先找出设定这些目标的理由来说服自己。

C. 山上的水宝贵,我们把它留给晚上来的人喝。

D. 幸福是一个人在一定的社会关系中,对生活产生的种种愉快、欣慰的感受,以及对人生意义的理解和评价。

7. 下列各句中,没有语病的一句是（　　） 　【山东】

A. 她的歌声清亮、甜美、质朴、亲切,焕发着泥土的芳香,把人们带到了那美丽富饶的河西走廊。

B. 近年来,随着教育教学改革的不断深化,高校学生的培养深受社会广大用人单位的欢迎,就业率明显提高。

C. 实施名牌战略,精心打造世界知名品牌,是加入WTO之后,面对机遇与挑战并存的形势,我国各大企业相继制定的发展策略。

D. 学校抓不抓青少年理想教育的问题,是关系到祖国建设事业后继有人的大事,必须引起高度重视。

8. 下列各项中,没有语病的一项是（　　） 　【湖北】

A. 她因不堪忍受雇主的歧视和侮辱,便投诉《人间指南》编辑部,要求编辑部帮她伸张正义,编辑部对此十分重视。

B. 老陈严肃而诚恳地说:"说实话,那些越是年轻的时候有一腔热血,到岁数大了,就越是不愿承认自己老了。"

C. 大李慌忙站起身说:"小米你千万别再'李大爷李大爷'这么叫了,我听着不自在。哟,找你李大爷有什么事……嘿,你瞧,把我也绕进去了。"

D. 三妹拉着葛姐的手说,她老家在偏远的山区,因为和家里赌气才跑到北京打工,接着她又哭泣起自己的遭遇来。

9. 下列各句中有语病的一句是（　　） 　【湖南】

A. 一项新的研究成果显示,动物不但具有独特的性格,而且性格相当复杂,它们性格的复杂性甚至能够与人类的相媲美。

B. 进入21世纪,随着经济全球化进程的加快和知识经济的深入发展,国与国之间的竞争越来越集中到知识和人才方面。

C. 电视的普及,在给现代人带来丰富多彩的视听艺术的同时,也悄然改变着人们在印刷媒介时所形成的审美趣味和欣赏习惯。

D. 生物入侵就是指那些本来不属于某一生态系统,但通过某种方式被引入到这一生态系统,然后定居、扩散、暴发危害的物种。

10. 下列各句中,没有语病的一句是（　　） 　【江西】

A. 南昌八一起义纪念馆里陈列着好多种当年周恩来使用过的东西。

B. 科学的发展逼得反科学的人不得不戴上伪科学的面具来反对科学。

C. 只有弄清几十年来在前进道路上的是非得失,认识教育规律,我们才能改革教育,使之适应会发展的要求。

D. 五一路乒乓球馆是经体育局和民政局批准的专门推广乒乓球运动的团体。

11. 下列各句中没有语病的一句是（　　） 　【江苏】

A. 人们的悲哀在于,应该珍惜的时候不懂得珍惜,而懂得珍惜的时候却失去了珍惜的机会。

B. 这次外出比赛,我一定说服老师和你一起去,这样你就不会太紧张了,可以发挥得更好。

C. "新课标"要求,在教学中,教师的角色要由传统的"满堂灌"向学生学习的参与者和促进者转变。

D. 很多人利用长假出游，怎样才能避免合法权益不受侵害，有关部门对此作了相关提示。

12. 下列各句中没有语病的一句是（    ）    【浙江】

A. 哺乳期妇女如果仅仅依靠服用补品中的含碘量，就有可能缺碘，若不及时添加含碘食品，则有可能导致婴儿脑神经损伤或智力低下。

B. 在这部作品中，并没有给人们多少正面的鼓励和积极的启示，相反，其中一些情节的负面作用倒是不少。

C. 当今世界，自主知识产权所占比重是衡量一个国家科学发展水平的标志，而科学技术进步与否是国家富强的标志。

D. 如何体会企业文化的深刻内涵，认识用优秀文化提升企业竞争力的重要性，是摆在每一位中国企业家面前的重要课题。

13. 下列各句中没有语病的一句是（    ）    【广东】

A. 他每天骑着摩托车，从城东到城西，从城南到城北，把 180 多家医院、照相馆、出版社等单位的废定影液一点一滴地收集起来。

B. 科学工作者认为，目前国内具有如此独特的适于华南虎种群自然繁衍的生态环境，已经不多了。

C. 明朝嘉靖之后，世风日下，贪污被视为正常，清廉反被讥笑，因而，在官员离任时，人们常以宦囊的重轻来评判他们能耐的大小。

D. 蒙古族同胞长期生活在马背上，随身携带精美的小刀，既可以用来宰杀、解剖、切割牛羊的肉，肉烧熟了，又可以用它作餐具。

14. 找出下面文字在语言表达方面存在的两处错误，并加以改正。    【福建】

2005 年春节联欢晚会上，由邰丽华领舞、21 名聋哑人表演的千手观音让观众惊叹不已。在精湛的舞台灯光与背景音乐的烘托下，演员们绘声绘色的表演，使台下数千观众如痴如醉。这些聋哑人不仅以优美的舞姿，更以顽强的毅力和执着的人生追求深深地震撼了人们。

错误改正

第一处：

第二处：

15. 阅读下面一段话，完成（1）（2）题。    【辽宁】

a 今天是大熊猫过生日，b 几个好朋友来到他家庆祝。c 当大熊猫吹灭蜡烛后，d 朋友们问他刚才许了什么愿。e"从我懂事时起，就有两个最大的愿望，"f 大熊猫轻声回答道：g"一个是把我的黑眼圈能治好，h 还有一个是照张彩色照片。"

（1）找出在标点、结构方面有毛病的语句。

（2）任选三个有毛病的语句修改，不能改变原意。

## 吕丽高考语文讲堂·病句·第 8 练    【2004 高考 14 题】

1. 下列各句中，语意明确的一句是（    ）    【全国，山东、河南、河北、安徽等】

A. 松下公司这个新产品 14 毫米的厚度给人的视觉感受，并不像索尼公司的产品那样，有一种比实际厚度稍薄的错觉。

B. 美国政府表示仍然支持强势美元，但这到底只是嘴上说说还是要采取果断措施，经济学家对此的看法是否定的。

C. 世界抗击艾滋病会议的代表中有中国中央电视台台长和东方电视台台长，香港凤凰卫视总裁也应邀列席了会议。

D. 这一桩发生在普通家庭中的杀人悲剧在亲戚当中也有着不解和议论，要说小莉的妈妈不爱她家里人谁也不相信。

2. 下列各句中，没有语病的一句是（    ）    【湖北】

A. 本报《没有苗圃的园丁》一文，报道了宁夏海原县一位代课教师每月只拿 50 元工资，在没有校舍的情况下挤出自家一间房坚持办学的感人事迹。

B. 古人类学家贾兰坡早期及国家文物局近期分别主持的两项重大考古发现表明，永定河这条天然走廊是"古人类移动的路线"。

C. 侵入我国的寒潮的路径，不是每一次都一样的，这要看北极地带和西伯亚的冷空气哪一部分气压最高，我国哪一部分气压最低所决定的。

D. 在这次民族联欢节中，举行了各种民族体育比赛，主要有赛马、摔跤、抢花炮、赛歌等，丰富多彩的比赛受到来宾的热烈欢迎。

3. 下列各句中有语病的一句是（　　）　　　　　　　　　　　　　　　　　【广东】

A. 如果某些大国不改变其在处理国际问题时狂妄自大的态度，那么，谁也难以预料这世界是否还会有和平的一天。

B. 旨在培养中小学生爱国热情的德育打卡制度，由于一些单位和个人的认识问题，出现"走过场"现象，的确让人叹息。

C. 冲突双方在民族仇恨的驱使下，虽然经过国际社会多次调解，紧张的局势不但没有得到缓和，反而愈演愈烈。

D. 通常，在脑肿瘤患者手术前，医生要获得其大脑的扫描图像，以便确定肿瘤的位置和了解肿瘤附近血管的状况。

4. 下列各句中没有语病的一句是（　　）　　　　　　　　　　　　　　　　【重庆】

A. 卫生部专家组根据临床表现以及实验室检查和流行病学调查结果，诊断该患者为传染性非典型肺炎疑似病例。

B. 现在，我又看到了那阔别多年的乡亲，那我从小就住惯了的山区所特有的石头和茅草搭成的小屋，那崎岖的街道，那熟悉的可爱的乡音。

C. "英语广播讲座"之所以能给我很大的帮助，我认为把讲课和练习结合起来是它突出的优点。

D. 国产轿车的价格低，适于百姓接受，像"都市贝贝"市场统一售价才6.08万元，"英格尔"是6.88万元，新款"桑塔纳"也不过十几万元左右。

5. 下列各句中，没有语病的一句是（　　）　　　　　　　　　　　　　　【北京】

A. 曼城足球队要防曼联队"恐怖左翼"的重任，邓恩不行，贝尔马迪不行，赖特·菲利普斯更不行，只有孙继海行。

B. 中纪委监察部的派驻机构要把加强监督作为第一位的职责，切实加强对领导干部的监督，防止权力失控、决策失误和行为失范。

C. 由于技术水平太低，这些产品质量不是比沿海地区的同类产品低，就是成本比沿海的高。

D.《语文大辞典》编委会，为了使辞典有较高的质量，在躬耕修典三个春秋的编纂。

6. 下列各句中，没有语病的一项是（　　）　　　　　　　　　　　　　　【江苏】

A. 有人认为科学家终日埋头科研，不问家事，有点儿不近人情，然而事实却是对这种偏见的最好说明。

B. 政府执法部门的各种罚没款必须依法上缴，不能截留自用，其经费来源只能来自国家财政拨款。

C. 黄昏时分，站在山顶远远望去，只见水天相接处一片灯光闪烁，那里就是闻名中外的旅游胜地——水乡古镇东平庄。

D. 现在许多小学允许学生上课时喝水、上厕所，甚至在老师讲课中插嘴，这些历来被看作违反纪律的行为已经得到纠正。

7. 下列各句中，没有语病的一句是（　　）　　　　　　　　　　　　　　【福建】

A. 在当今商品经济的时代，当诗歌失却往昔荣耀而逐渐远离我们的时候，读到这样一首清纯明净、催人奋然前行的祖国颂歌，真是难得的精神享受。

B. 一切事物的发展都是有起有伏、波浪式前进的，这是由于事物的内部矛盾以及自然和社会的种种外因影响所决定的。

C. 文艺作品语言的好坏，不在于它用了一大堆华丽的词，用了某一行业的术语，而在于它的词语用得是地方。

D. 有的文章主旨比较隐晦，不是用明白晓畅的文字直接揭示出来，而是借用某种修辞手段或表现手法，含蓄地描写出来。

8. 下列新闻标题中，语意明确的一句是（　　）　　　　　【全国老课程，内蒙古、海南、西藏、陕西等】

A. 数百位死难者的亲属出席了隆重的葬礼

B. 近期汇市美元对日元的汇率有小幅攀升

C. 教师节中老师希望学生别送礼品送祝福

D. 这是名模孙燕摄于2002年11月的照片

9. 下列语句中，没有语病的一项是（　　）　　　　　　　　　　　　　　　　【辽宁】

A. "东北小品火起来了！"当全面了解赵本山、潘长江等辽宁喜剧演员的小品演技及其效果时，你才能把握这句话深刻而宽广的内涵。

B. 他在家乡主编的致富信息小报，信息量大，可读性强。每月印出来后，不到一小时的时间里，数百份小报就被老乡们索要一空。

C. 辽宁老工业基地的装备制造水平和技术队伍的素质通过神舟飞船上的一块块仪表板充分体现出来。

D. 他做事认真，待人诚挚，在生活和工作中，确实用自己的行动塑造了巨大的人格力量，感动和引导着周围的人们。

10. 下列各句中没有语病的一句是（　　）　　　　　　　　　　　　　　　　　　【湖南】

A. 由于加强了生产过程中的生态环境监控，该基地每年的无公害蔬菜的生产量，除供应本省主要市场外，还销往河南、河北等省。

B. 滥用外来语所造成的支离破碎的语境，既破坏了汉语言文字的严谨与和谐，影响了汉语表意功能的发挥，也消解了中国文化精深而丰富的内涵。

C. 山鸡椒的花、叶和果实均含芳香油，从油中提取的柠檬醛，为配制食用香精和化妆品香精的主要原料，都离不开它。

D. 与作家不同的是，摄影家们把自己对山川、草木、城市、乡野的感受没有倾注于笔下，而是直接聚焦于镜头。

11. 下列各句中没有语病的一句是（　　）　　　　　　　　　　　　　　　　　　【天津】

A. 孩子的教育问题，是一个复杂的过程，它远不是一两句话就能奏效的。

B. 知识分子一般眼界比较开阔，富有正义感，民族的荣辱、国家的盛衰，往往更能激起他们的一腔报国之情。

C. 我们在本月中旬前后有个重要会议，所以现在就要好好准备。

D. 地震发生之后，当地政府及解放军部队全力救助，目前灾区群众已住进了临时帐篷，防止余震再次发生。

12. 下列各句中，没有语病的一句是（　　）　　　　　　　　【全国，吉林、四川、黑龙江、上海等】

A. 近日新区法院审结了这起案件，违约经营的小张被判令赔偿原告好路缘商贸公司经济损失和诉讼费三千多余元。

B. 美国2003年调整了签证政策，规定申请留学签证的申请时间要在所申请学校开学前的3个月到2个星期内进行。

C. 最近的一项社会调查显示，不少网络游戏带有暴力情节和色情内容，这无疑会严重影响青少年的身心健康。

D. 面对有5名具有NBA打球经验的美国队，中国队并不怯阵，整场比赛打得气势如虹，最终以三分优势战胜对手。

13. 下列各句中没有语病的一句是（　　）　　　　　　　　　　　　　　　　　　【浙江】

A. 围绕"农民增收"这一目标，该信用社大力支持农村特色经济的发展，重点向特色化、优质化、技术化农户优先发放贷款。

B. 随着通讯日渐发达，手机几乎成为大家不可缺少的必需品，但使用量增加之后，关于手机质量的投诉也越来越多。

C. 入世后，面对强大的竞争对手，通过强强联合的方式来实现文化产业的集团化，无疑是一个重要的举措。

D. 处理好人与自然的关系，要靠政府的力量，同时也不能不发挥民间力量在舆论动员、监督检查等方面起到无可替代的作用。

14. 下列各句中，没有语病的一句是（　　）　　　　　　　　　　　　　　【全国，甘肃、青海等】

A. 投资环境的好坏，服务质量的优劣，政府公务人员素质的高低，都是地区经济健康发展的重要保证。

B. 依据纪律处罚办法，决定给予该队员停止参加今年余下所有甲级队比赛资格，并罚款人民币4万元。

C. 铭文中记载有关西周王朝单氏族内容的铜器，在这27件眉县青铜器发现之前已先后出土了40

多件。

D. 观摩了这次关于农村经营承包合同法的庭审以后，对我们这些"村官"的法律水平有了很大的提高。

## 吕丽高考语文讲堂·病句·第9练 【1992～2003高考17题】

1. 下列没有语病的一句是（ ） (1992年)

A. 我本想这次能在家乡同你见面，回家后才知道由于你正忙着搞科研，不回来了。

B. 为什么对于这种浪费人才的现象，至今没有引起有关部门的重视呢？

C. 无论干部和群众，毫无例外，都必须遵守社会主义法制。

D. 经过老主任再三解释，才使他怒气逐渐平息，最后脸上勉强露出一丝笑容。

2. 下列各句在表达上没有语病的一句是（ ） (1993年六省市)

A. 这个文化站已成为教育和帮助后进青年，挽救和培养失足青年的场所，多次受到上级领导的表彰。

B. 电子工业能否迅速发展，并广泛渗透到各行各业中去，关键在于要加速训练并造就一批专门术人才。

C. 你知道每斤蜂蜜中包含蜜蜂的多少劳动吗？据科学家统计，蜜蜂每酿造一斤蜜，大约要采集50万朵的花。

D. 先生侃侃而谈，他的音容笑貌虽然没什么变化，但眼角的皱纹似乎暗示着这些年的艰辛和不快。

3. 下列各句中，没有语病的一句是（ ） (1993年)

A. 为了防止这类交通事故不再发生，我们加强了交通安全的教育和管理。

B. 不管气候条件和地理环境都极端不利，登山队员仍然克服了困难，胜利攀登到顶峰。

C. 该市有人不择手段仿造伪劣产品，对这种坑害顾客骗取钱财的不法行为，应给以严厉打击。

D. 马教授领导的科研组研制出能燃用各种劣质煤并具有节煤作用的劣质煤稳燃器，为节能作出了重大贡献。

4. 下列各句，没有语病、句意明确的一句是（ ） (1994年)

A. 县里的通知说，让赵乡长本月15日前去汇报。

B. 睡眠三忌：一忌睡前不可恼怒，二忌睡前不可饱食，三忌卧处不可当风。

C. 文件对经济领域中的一些问题，从理论上和政策上作了详细的规定和深刻的说明。

D. 一个好的比喻，或为形似，或为神似，或为形神兼似，总是离不开相似这一根本特点。

5. 下列各句，没有语病的一句是（ ） (1995年)

A. 他马上召集常委会进行研究，统一安排了现场会的内容、时间和出席人员，以及会议中应注意的问题。

B. 某工厂以技术进步为动力，不断致力于新产品、新技术、新工艺、新材料的研制开发。

C. 当前和今后一个相当长的时间内，每年进入劳动年龄的人口数很大，安排城镇青年劳动力就业是一项相当繁重的任务。

D. 在古代，这类音乐作品只有文字记载，没有乐谱资料，既无法演奏，也无法演唱。

6. 下列各句，没有语病、句意明确的一句是（ ） (1996年)

A. 在专业研究、实验方面有优势的单位，有派出讲学人员、接受访问学者、举办训练班以及对其他协作单位提供帮助的义务。

B. 我们能不能培养出"四有"新人，是关系到我们党和国家前途命运的大事，也是教育战线的根本任务。

C. 大家对护林员揭发林业局带头偷运木料的问题，普遍感到非常气愤。

D. 有关部门对极少数不尊重环卫工人劳动、无理取闹、甚至殴打侮辱环卫工人的事件，及时进行了批评教育和严肃处理。

7. 下列各句，没有语病的一句是（ ） (1997年)

A. 为了全面推广利用菜籽饼或棉籽饼喂猪，加速发展养猪事业，这个县举办了三期饲养员技术培训班。

B. 他们在遇到困难的时候，并没有消沉，而是在大家的信赖和关怀中得到了力量，树立了克服困难的信心。

C. 储蓄所吸收储蓄额的高低对国家流动资金的增长有重要的作用，因而动员城乡居民参加储蓄是积累资金的重要手段。

D. 他平时总是沉默寡言，但只要一到学术会议上谈起他那心爱的专业时，就变得分外活跃而健谈多了。

8. 下列各句中，没有语病的一句是（ ） （1998 年）

A. 昨天是转会截止日期的最后一天，中国足协又接到 25 名球员递交的转会申请。

B. 雷锋精神当然要赋予它新的内涵，但谁又能否认现在就不需要学习雷锋了呢？

C. 今年年初美英两国曾集结了令人威慑的军事力量，使海湾地区一度战云密布。

D. 这些软件如果单卖共要 1000 元，可合在一起才 340 元，价钱便宜了近三分之二。

9. 下列各句中，没有语病的一句是（ ） （1999 年）

A. 今年春节期间，这个市的 210 辆消防车、3000 多名消防官兵，放弃休假，始终坚守在各自执勤的岗位上。

B.《消费者权益保护法》深受广大消费者所欢迎，因为它强化了人们的自我保护意识，使消费者的权益得到最大限度的保护。

C. 她把积攒起来的 400 元零花钱，资助给贫困地区的失学儿童赵长波，确保他能够支付读完小学的学费。

D. 3 月 17 日，6 名委员因受贿丑闻被驱逐出国际奥委会。第二天，世界各大报纸关于这起震惊国际体坛的事件都作了详细报道。

10. 下列各句中，没有语病的一句是（ ） （2000 年）

A. 这次网络短训班的学员，除北大本校人员外，还有来自清华大学等 15 所高校的教师、学生和科技工作者也参加了学习。

B. 我们的报刊、杂志、电视和一切出版物，更有责任做出表率，杜绝用字不规范的现象，增强使用语言文字的规范意识。

C. 在新的千年里，中华民族这条巨龙一定会昂首腾飞于无限的天际，创造出令世界惊异的奇迹来。

D. 这家工厂虽然规模不大，但曾两次荣获省科学大会奖，三次被授予省优质产品称号，产品远销全国各地和东南亚地区。

11. 下列各句中，没有语病的一句是（ ） （2000 年春）

A. 由于《古文观止》具有特色，自问世以后近三百年来，广为传布，经久不衰，至今仍不失为一部有价值的选本。

B. 随着科学技术日新月异的发展，电脑已成为人们不可或缺的工具，在人们的学习和工作中发挥着重要的作用。

C. 人们一走进教学楼就会看到，所有关于澳门历史的图片和宣传画都被挂在走廊两边的墙壁上。

D. 最让人高兴的是，在全厂职工团结协作，日夜奋战下，全年的生产指标终于超额完成了。

12. 下列各句中，没有语病的一句是（ ） （2001 年）

A. 在科学技术是第一生产力的观念深入人心的今天，谁能不信高科技会给人类带来福音？正因为这样，难怪骗子们也要浑水摸鱼，打出高科技的幌子了。

B. 如何才能让大家都富起来呢？关键的问题是知识在起决定性作用。知识的贫乏必然造成财富的贫乏，财富的充足往往是以知识的充实为前提的。

C. 由北京人民艺术剧院复排的大型历史话剧《蔡文姬》定于 5 月 1 日在首都剧场上演日前正在紧张的排练之中。

D. 近年来，我国加快了高等教育事业发展的速度和规模，高校将进一步扩大招生，并重点建设一批高水平的大学和学科。

13. 下列各句中，没有语病的一句是（ ） （2001 年春）

A. 不难看出，这起明显的错案迟迟得不到公正判决，其根本原因是党风不正在作怪。

B. 我虽然和他只有一面之缘，但从他那里学到了许多东西，包括他的学识和人品。

C. 可惜，这部在他心中酝酿了很久，即将成熟的巨著未及完篇，就过早地离开了我们。

D. 公园里展出的有象征中华民族腾飞的"中华巨龙"等冰雕艺术品，也有取材于《西游记》、《海的女儿》等神话和童话故事。

14. 下列各句中，没有语病的一句是（ ） （2002 年）

A. 随着社会的不断进步，科技知识的价值日益显现，人类已进入知识产权的归属和利益的分成，并已开始向科技工作者身上倾斜。

B. 本栏目将各地电视台选送的歌舞曲艺、风情民俗、文化娱乐和体育活动等方面的节目，加以重新编排、组合和润色，进行的再创作。

C. 俄罗斯也进行了一些改革，如禁止政府官员使用进口汽车，推行住房商品化，以及精简包括电力公司、铁路公司等大型国有企业等。

D. 终身教育制度的确立，不仅为那些因这样那样原因未能完成学业的人打开了一扇门，也为那些对知识有着更高需求的人提供了机会。

15. 下列句子中，有语病的一句是（　　）　　　　　　　　　　　　　　　　　**(2002 年春)**

A. 目前，电子计算机已经广泛应用到各行各业，这就要求我们必须尽快提高和造就一批专业技术人员。

B. 水稻基因组在已知的各类植物基因组中是最大的，共 4、3 亿对碱基，约为人类基因组的七分之一。

C. 世界银行指出，美国发生的"9·11"恐怖袭击事件将会延长东南亚地区经济萧条的时间，从而对该地区的贫困人口造成伤害。

D. 不久前，中国入世谈判代表龙永图做客中央电视台"对话"栏目，就入世后价值规律问题发表了独到的见解。

16. 下列各句中没有语病的一句是（　　）　　　　　　　　　　　　　　　　　**(2003 年)**

A. 当时全校不止有一个文学社团，我们的"海风社"是最大的，参加的学生纵跨三个年级，并出版了最漂亮的文学刊物《贝壳》。

B. 参加这次探险活动前他已写下遗嘱，万一若在探险中遇到不测，四个子女都能从他的巨额遗产中按月领取固定数额的生活费。

C. 针对国际原油价格步步攀升，美国、印度等国家纷纷建立或增加了石油储备，我国也必须尽快建立国家的石油战略储备体系。

D. 这一歌唱组合独立创作的高品质词曲以及演唱中表现出的音乐天分和文化素养，很难让人相信这是平均年龄仅 20 岁的作品。

17. 下列句子中，有语病的一句是（　　）　　　　　　　　　　　　　　　　　**(2003 年春)**

A. 海豚是海洋世界里最聪明的动物，它们有着丰富的情感和复杂的内心世界，与人类非常友好。

B. 我国 80 年代高新技术开发区的创办，被誉为 20 世纪在科技产业化方面最重要的创举。

C. "耶路撒冷"是和平之城的意思，却又是遭受劫难最多的城市，可是长期的冲突并没有使其去迷人的魅力，从而使旅游者望而却步。

D. 在中国，计算机五十年代就在军事领域里应用了，但是，它成为一种各个领域广泛使用的工具，还是最近二十来年的事。

# 专题三

# 语 句 衔 接

　　近几年来，高考语文试题加大了对语句衔接能力的考查。这类题目考查的主要是语言表达中简明、连贯、得体的要求，重点是连贯的要求，即在一定的上下文中句子与句子的衔接，常以选择题形式出现。这类试题难度较大，考生往往不知从何处下手。

　　语句衔接题能力性、应用性、综合性较强，是语言运用方面的考查重点，也是学生备考复习时的一个难点，做这类试题，应按照"瞻前顾后，上联下串"的基本思想，从时间顺序、空间顺序、逻辑顺序、和事理顺序等方面去分析和思考，力求做到在思想内容方面事理通达，在表达形式方面文理顺畅。具体来讲，语句连贯、衔接紧凑的语句应该做到：话题一致、结构严密、情景和谐、事理相通。其实，考生们在解决这类试题时，只要抓住关键，往往可以化难为易，轻松解题。

## 第一节　高考语句衔接考纲定位

### 一、考纲规定

　　《2012年普通高等学校招生全国统一考试新课程标准语文科考试大纲》对于语言表达的规定是：简明、连贯、得体、准确、鲜明、生动。表达应用E级（指对语文知识和能力的运用，是以识记、理解和分析综合为基础，在表达方面发展了的能力层级）。其中连贯是对语句衔接考点要求。

### 二、考点解读

　　连贯是指语言的表达，能调整词与词、句与句之间的关系，做到话题统一，鲜明地表达出一个中心意思；句序合理，连接紧密妥帖；注意前后衔接与呼应，语气通达，文气流畅。

　　解答语句衔接题的基本原则是分析语境。所谓语境，即语言环境，可分为外部环境（说话的现实情境，运用语言进行交际的一定的具体场合）和内部语境（专指一个语言因素出现的上下文）。解答语句衔接题主要分析内部语境，也就是衔接材料本身和衔接处的上下文。分析内部语境也主要是分析语境的限制作用。

　　语句衔接题主要的考查，是以"判断语句衔接（最）恰当"的形式出现。这一考查形式，实际是对"语言表达简明、连贯、得体"的综合运用能力的一种具体考查。所谓"连贯"，是指语言的表达，要注意句与句之间的组合与衔接，做到话题统一，句序合理，衔接和呼应自然。

　　语言的衔接连贯从语句的内容上来看常常包括两大类型，一是语意的连贯，二是结构的连贯。从考查的形式上看，则有四种方式：即排序复位、复位语句、排列语序、添加关联词语。

　　（1）排序复位。排序复位试题常常是把一段话中的几个位置留出来，要求我们读懂提供的几处不同的语言环境，再将所给出的一些语句进行排序之后的复位。解答这类试题，必须充分阅读出给定的语境，确定不同位置上的特定的语意要求，以保持话语的一致性与连贯性。

（2）复位语句。语句复位是高考试题经常采用的题型。语句复位与语句排序相比，则多了较大的语言环境，常常是在一个较大的至少是多于一个语句的环境中来确定不同语句的位置，因此，作答这一类的试题，应该充分利用语言环境的制约之后才来考虑语句回归语境中的位置。即从句子内容出发，从文章、段落中找出合适的位置对选择出的语句进行复位。复位语句试题考查的内容与排序试题相比，则需要对给出的语言环境进行认真的推敲，充分认识大的语境意思，然后才去进行语句的复位，不能够忽略给出的前后语言环境，负责，就很容易驴唇不对马嘴。

（3）排列语序。语段内部的句子排列次序是有一定的规律，不可随意更改。或以时间先后为序；或以人们的认识规律为序；或以事物发展前后为序；或以空间先后为序；或以主次轻重为序等等。

（4）添加关联词语。添加关联词语使之连贯，是最近几年高考精简试题数量后还不时进行的有关连贯衔接的试题考查方式。不添加关联词语，意思也基本能够出来，但一添加上去，各个语句之间的表意重心的立体感一下子就出来了，语势与语脉都得到了大大的强化，增强了语言表达效果。不单独考查关联词语的使用，将其归类到衔接与连贯上来，是更加有利于语言实用能力的考查。

必要从大的语意把握入手进行切分，不要陷入小的语言片段难以自拔，否则难以理清其句间的关系，难以保证其清晰的语意与语气的连贯与衔接。

## 第二节　高考语句衔接答题技巧

语段内部的句子排列次序是句子根据语意的需要进行的正确组合，这种组合具有不可随意更改的逻辑性，所以句序安排也有一定的规律：或以空间先后为序，从上到下，从左到右，从外到内；或以时间先后为序；或以事物发展前后为序；或以人们的认识规律为序，由表及里、由浅入深，由感性认识到理性认识；或以主次轻重为序。

### 一、答题要领

（1）综观材料，把握材料的中心。

（2）弄清材料的陈述对象，语段的结构特点，感情基调，以及主要句子的句式特点等。

（3）语句的连贯不能只注重语言形式的连贯，主要应看句子的内容是否前后照应，意思是否连贯顺畅。

### 二、答题重点

1. 抓中心

① 一个句群，虽然由若干句子组成，却表述一个中心。句序的安排必然围绕这一中心问题。因此抓住了句群的中心，就抓住了要害，对句序的认识就会由暗到明。

② 分析句子的性质和作用（如总领句、总结句、过渡句、解说句、观点句、材料句等），是抓准中心的重要手段，一个句群的中心，大多用一个关键句表达。这一关键句往往放在句首，也有放在句尾的。

2. 抓思路

① 从总体上看，句群小层次一般呈现出相并（并列、对照）、相承（顺接、层进）、相属（总分关系）的关系。从局部看，句与句之间往往呈现出并列、承接、解说、对比、递

进、转折、因果、总分等逻辑关系。理顺句序，要尽可能多地确定出必然相连的句子。找到"句链"。

② 从文体来看，记叙文的句序常常以时间空间为顺序，议论文的句序，常常把观点放在前面，把材料句放在中间，把总结句放在后面；结构形式或总分、或并列、或对照、或层进；说明文同议论文一样，往往把事理句放在前面把材料句放在后面，因为材料是用来说明事理的，材料的内部又遵循一定的顺序（时间、空间、逻辑）。

3. 抓标志

语言标志常常表现为：

① 关联词语的呼应。或并列、或转折、或条件、或假设、或递进、或因果……

② 暗示性词语的使用。"换句话说"，表示等同关系，位在后，"同时"表示并列，位在后，"与此同时""与此相反""反过来说"，表示相反、相对关系，中间不可插入别的词语；"首先""其次""再次"，表示主次轻重的顺序，不可倒置；"先前"与"后来"，"过去""现在"与"将来"，表示时间先后；"总之""综上所述""由此看来"，表示要提出结论；"诸如此类"，表示综合；"所谓"表示有所解释；"例如"表示举例……

③ 关键词语的重复出现，相同的句式重复出现。

④ 句子之间的对应关系（内容上、形式上），也往往体现语言顺序的一致性，肯定、否定的一致性。

⑤ 话题要统一，陈述对象前后一致。议论角度一致。

【例1】雁门关在晋北崇山峻岭中。它虽说早已只剩下颓墙断垣，但雄风不减当年。_____，如血的残阳给它涂上了一抹无可言状的朦胧。

A. 晋王李克用墓在关左的朔风白草中沉寂不语；龟裂的古道在关前向西拐去。

B. 关左，晋王李克用墓在朔风白草中沉寂不语；关前，龟裂的古道向西拐去。

C. 晋王李克用墓在关左的朔风白草中沉寂不语；关前，龟裂的古道向西拐去。

D. 关左，晋王李克用墓在朔风白草中沉寂不语；龟裂的古道在关前向西拐去。

【答案B】本题陈述的中心是雁门关，只有B项是围绕这一中心的

4. 内容要衔接

【例2】既有条件，读书万万不能狭窄。凡能找到的书，都要读读。若读书面窄，思路就不广。但是，切切不要忘了精读，真正的本事掌握，全在于精读。你若喜欢上了一本书，不妨多读：_____。三遍读过，放上几天，再去读读，常又会有再新再悟的地方。

A. 第一遍可静心坐下来读，这叫吟味；第二遍囫囵吞枣，这叫享受；第三遍可要一句一句想着读，这叫深究。

B. 第一遍可一句一句想着读，这叫深究；第二遍就静心坐下来读，这叫吟味；第三遍便要囫囵吞枣读，这叫享受。

C. 第一遍可囫囵吞枣读，这叫享受；第二遍就静心坐下来读，这叫吟味；第三遍便要一句一句想着读，这叫深究。

【答案C】依照"粗读""精读""研究"的思路判断。

5. 前后要照应

【例3】我"腾"地跳下炕，拿了洗脸盆，盛满清水，端放在院子中央。勾头一瞧，哟_____！调皮鬼，还躲躲闪闪跟我捉迷藏呢。

A. 月光果然映入水盆里了。

B. 水盆里果然映入了月光

C. 月亮果然跳进水盆里了。

D. 水盆里果然跳进了月亮。

【答案C】从最后一句看，陈述对象应是月亮，B、D陈述对象不统一，选C更形象

6. 手法要对应

【例4】认真阅读的结果，不但随时会发现晶莹的宝石，（　　）于是收取那些值得取的，排除那些不足取的，自己才会渐渐成长起来。

A. 也不免发现令人遗憾的粗劣句子。

B. 也随时会发现粗劣的瓦砾。

C. 也随时会发现令人遗憾的粗劣句子。

D. 也会随时发现温润的璞玉。

【答案B】因为题干中将优美的句子比喻成了"晶莹的宝石"，所以后文对粗劣的句子也应当采用比喻的说法，使之风格一致。由此可见，应当选填B项。

## 第三节　高考语句衔接精讲解析

连贯是语句之间的联系问题。语言运用，首先要讲究正确，符合语法规范，符合语言运用的习惯。除此之外，还要讲究语言的顺畅、和谐，讲究文气的贯通，甚至讲究风格的一致，这些要求主要属于连贯方面的要求。概括起来说，所谓连贯，指语句之间意义和结构贯通，即内容方面的一致性与形式上的关联紧密。

"连贯"是从语言组合衔接上对语言运用提出的要求，一篇之中，先说哪一段，后说哪一段；一段之中，先说哪一句，后说哪一句；一句之中，哪个词语在前，哪个词语在后；段与段、句与句之间的衔接、过渡、照应，都须做合理的安排，注意上下文的衔接与照应，语意连贯才能话题统一，语序合理；文章才前后贯通，语意通达，一气呵成。

### 一、考题类型

1. 嵌入题

【例1】依次填入下面一段文字横线处的语句，衔接最恰当的一组是（　　）

天鹅悠闲自在、无拘无束，它时而在水上遨游，_____——它似乎是很喜欢接近人的，只要它觉得我们不会伤害它。

①时而沿着水边，②回到有人的地方，③时而到岸旁嬉戏，④享受着与人相处的乐趣，⑤时而离开它的幽居，⑥藏到灯芯草丛中，

A. ③①⑥⑤②④　　　B. ①④⑤⑥③②　　　C. ①②③⑥⑤④　　　D. ③②①④⑤⑥

【答案A】做这类题，一般先要明确用作衔接的语句与整个长句或句群存在某种对应关系。关键要抓住对应关系。作答时按照音节和谐先摘出③；根据语段结尾的提示选出②和④，按逻辑②在④前；①⑤⑥的顺序应抓一些提示词：①中的"水边"一词提示⑥句中的"灯芯草"，⑤句中的"离开"与②句中的"回到"呼应。

2. 排列题

【例2】把下列句子组成语意连贯的一段文字，排序最恰当的一项是（　　）

①《禹贡》主要以山脉、河流和海洋为自然分界，把所描述的地区分为九州，不受当时诸侯割据形势的局限，把广大地区作为一个整体来研究，分别阐述九州的山川、湖泽、土壤、物产等，是自然区划思想的萌芽。

②此后，主要论述疆域、政区建制沿革的著作不断涌现，除正史有地理志外，各省、府、州、县也多编有地方志。

③《山经》以山为纲，综述远及黄河和长江流域之外的广大地区的自然条件。

④班固所著《汉书·地理志》是中国第一部疆域地理著作。

⑤中国最早的区域地理著作是战国前后出现的《山经》和《禹贡》。

A. ⑤③①④②　　B. ⑤③①②④　　C. ④②③⑤①　　D. ④②③①⑤

【答案 B】本题考查语言表达连贯衔接的能力。排序题，主要看上下语句的连贯，很明显⑤③①是连贯的三个句子，由此即可排除 C、D 两项，再判断②和④的顺序，从②可以判断出④是其所举的一个例子，按总分结构进行排序。

3. 调整词序

在分述几个对象或同一对象的几个方面时，要注意句子或短语格式的一致性。这样，既可以增强语势，又可以加强语句的通畅性。如：

【例 3】阅读下面一段文字，调整画线部分的语序，并做到各短语格式一致、匀整对称。

成年累月的战事，每况愈下的社会治安，经济的不断衰退，动荡不安的政局，生存环境的日益恶化，使世界上越来越多的人的正常生活受到威胁，甚至连生命财产都没有保障。

【解析】为保持格式的一致性，各短语应都组合成以动词为修饰语、以名词为中心语的偏正结构，即："①成年累月的战事，②动荡不安的政局，③不断衰退的经济，④每况愈下的社会治安，⑤日益恶化的生存环境。"

语言连贯，具体要注意以下几个方面：①话题前后要统一。②表述角度要一致。③思路要连续不断。句子的顺序、语段的顺序要合理安排。事物之间都有一定的顺序，如时间顺序、空间顺序、程序顺序、事理顺序、逻辑顺序等。按照这些顺序合理地安排文章，语言表达才能连贯。要根据不同的文体来选用相应的顺序，以合理安排句与段。④合乎逻辑性。⑤注意行文的照应性，格式的一致性，分承的对应性，风格的趋同性，音节的匀整性。

## 二、把握要点

语句衔接对命题、做题的水平要求极高，对学生的思维能力要求也很高。一般情况下做这一类题目，首先分清语境类句组与非语境类句组的差别。对于语境类句组，要注意其观点倾向、上下文的特定情境或题目的特殊要求。对于非语境类句组的衔接，首先应对所有语句进行总体分析，确定其基本内容，主要表达方式，各句之间的时间、空间或逻辑关系，然后抓住带有衔接性、标志性的词语，再通过推理，判断，恰当安排的思考过程，调动自己关于句群和段式的知识，对句子进行适当的调试。

1. 话题一致

话题一致是保持语言连贯的基本要求。在一个长句或句群中，只有话题和陈述的角度一致，中心才会明确，语意才能贯通。如果中间转换了话题或陈述对象（主语），势必会影响到语意的连贯。

【例 1】填入下面横线上的两句话，与上下文衔接最恰当的一项是（　　）

泰山的南天门又叫三天门，创建于元代，至今已有六百余年。　　　　　　　，为"门辟九霄仰步三天胜迹，阶崇万级俯临千嶂奇观"。

A. 元代石刻"天门铭"在门外西侧。一副石刻对联在门的两旁。

B. 门外西侧有元代石刻"天门铭"。门两旁有石刻对联一副。

C. 元代石刻"天门铭"在门外西侧。门两旁有石刻对联一副。

D. 门外西侧有元代石刻"天门铭"。一副石刻对联在门的两旁。

【答案 B】从起句来看，该语段要表达的话题是南天门的景象，因此要陈述的对象自然也只能是"南天门"，那么与语段能衔接起来的语句，其主语应该是"门"，从四个备选答案中排除 A、C 两项。再分析 B、D 两项的不同之处，D 项的下一句偷换了主语，"一副石刻"成了陈述对象，这样也要排除 D 项。B 项"门外""门旁"与前文主语一致，话题统一，并且 B 项最后"对联一副"与横线后面内容自然衔接。

2. 结构严密

语句结构严密主要涉及以下一些内容：

① 语言中常有些排比句、对偶句，这就要求结构上的统一，破坏了这种统一，也就失去了连贯性。

② 用主动句还是被动句，用陈述句还是用疑问句，合起来说还是分开来说，等等，也常常会涉及连贯问题。

③ 复句中的分句与分句之间有因果、并列、递进、转折、条件、选择、假设等关系，若注意不到这一特点，将破坏分句间的逻辑联系，并造成结构混乱、语序不当，从而影响句意的连贯。

**【例2】**填入横线处恰当的一组语句是

甲：小河上的薄冰融化已尽，小草从暖湿的泥土中苏醒，_____，造化的神功又一次使人们惊异了。

乙：阳光融化了河冰，细雨润泽了山色，_____，造化的神功又一次使人们惊异了。

① 春风吹绿了柳枝　　　　　　② 春风把柳枝吹绿

③ 柳枝被春风吹绿　　　　　　④ 柳枝在春风里染绿

A. ①③　　　　B. ②③　　　　C. ④①　　　　D. ③①

**【答案C】**甲句中用"冰"和"草"做主语，与选项中的"柳"是同类事物，可初步选定③④，再按句式一致原则，排除用被动句式的第③句，故甲处应该选④。

乙句中用"阳光"和"细雨"做主语，"春风"与它是同类事物；因此初步选定①②，再从句式来看，排除用"把"字句的②，最后选定①。

**3. 情景和谐**

语言带有情感。文字中所渗透的感情或喜或悲、或爱或憎、或褒或贬、或激昂或沉郁，文字所描写的景象或繁盛或凄凉、或热烈或肃杀。这样就要求上下文在整体上要做到情感意境和谐并保持一致。

**【例3】**为画线处选择适当的句子，使上下文衔接。

_____崖壁下有好几处坟地，坟前立着的石碑许多已经破碎，字迹模糊；枯水季节，伏在江里的石头有的已经露出水面，周围一片寂静。

A. 一列青黛斩削的石壁夹江高矗，被夕阳烘炙成一道五彩斑斓的屏障。

B. 没有太阳，天气相当冷，藤萝叶子多已萎落，显得这一带崖壁十分瘦削。

C. 在夕阳的照射下，枯草和落叶闪着不定的光，崖壁像一道巨大的屏，矗立在江对岸。

D. 一行白帆闪着透明的羽翼，从下游上来，山门半掩，一道阳光射在对岸的峭壁上。

**【答案B】**此题给出的语句中，荒坟残碑，瘦水枯石，构成了一种凄冷沉寂的情调。而A项的五彩斑斓，C项的夕阳落照，都是暖色调，D项"透明的羽翼"则透着"亮"色，这三项都与原句的语境不符合。只有B项无论从情景氛围，还是从描写景物的空间顺序上看，都是最恰当的。这一道题，除情调问题外，也有事理逻辑上的问题：A项说石壁"夹江高矗"，C、D两项都说"对岸"，而原句境中交代的是坟前石碑"字迹模糊"，如果真在"对岸"，如何看得清"字迹模糊"？

**4. 事理相通**

用语保持事理的逻辑性。说话要"合乎逻辑"才能保持连贯。事理不通，语言必然不通。前面说了一面，后面承接两面，或者反过来，前面说了两面，后面突然变成一面；前面从好处说，突然转到坏处说，或者反过来，前面从坏处说，突然转到从好处说；没有因果的说成因果，没有递进的说成递进，等等，都会使句间失去连贯。一般来讲，影响事理相通的因素有：概念不清、前后矛盾、判断不当、多重否定不当、因果关系不当、前后对应不当等。

**【例4】**填到横线上，与上下文意吻合，衔接最好的一句（　　　）

对于爱好文科的考生，加强文科辅导是必要的，但是否可以忽视理科的学习呢？还要不

要他们学习数学、物理、化学和生物呢？_____

    A. 从长远观点看，我们认为这样做是很不恰当的。

    B. 如果我们缺乏战略眼光，就可能作出错误的回答。

    C. 为了使学生有合理的知识结构，我们的回答是肯定的。

    D. 只要认真想一想中等教育培养的目标，我们就会说：不可以。

**【答案 B】** 简明、连贯的语言要做到句与句之间概念清楚、判断准确、前后一致、关系明了。给定的语句含有两个不同的问题，从语意上看：前一个问题的回答应该是否定的，后一个问题的回答应该是肯定的。再看给定的选项：A、D 是完全否定的，C 是完全肯定，显然与原句中的关键词"是否""要不要"不照应，排除 A、C、D 三项，正确的答案就只有 B 了。

## 第四节　十年高考语句衔接精练

    十年高考语句衔接精练全面汇集了（2000～2011）十余年来全国各省份 64 道高考语句衔接真题，覆盖面广，内容丰富。目的是通过语段结构关系的客观规定性训练提升考生语言理解能力、逻辑思维能力和语言表达能力，也同时考查考生的思维判断能力。

### 吕丽高考语文讲堂·语句衔接·第 1 练　【2011 高考 6 题】

1. 依次填入下面一段文字横线处的语句，衔接最恰当的一组是（　　　）　　　**【新课标】**
我国是食品生产和消费大国，_____，_____，_____，_____，_____。这样才能有效解决食品安全领域损害群众利益的突出问题，切实增强消费安全感。

    ① 强化执法措施，严惩违法犯罪分子

    ② 食品产业涉及环节多，哪一环出现漏洞都会给食品安全带来严重威胁

    ③ 创新食品安全监管机制

    ④ 坚决淘汰劣质企业，以震慑所有企业使之不敢越雷池半步

    ⑤ 保障食品安全需要生产经营者诚信自律，更需要严格的法律制度约束和有效监管

    ⑥ 因此，必须保持严厉打击违法违规行为的态势，及时消除各环节的隐患

    A.②⑥①③④⑤　　　　B.②⑤⑥①④③　　　　C.⑤②⑥③①④　　　　D.⑤⑥②④③①

2. 依次填入下面一段文字横线处的语句，衔接最恰当的一组是（　　　）　　　**【全国】**
今天的日子很短，正在自己的脚下悄悄地流逝 _____，_____。_____，_____，_____，经营好每一个今天就等于经营好昨天和明天。

    ① 今天的事应该今天完成，不能推到明天

    ② 脚踏实地，全身心地经营好今天，才会有一个个实在的昨天

    ③ 因此，面对今天，我们不要太多地怀念过去

    ④ 接力棒交得好，才能走向辉煌的明天

    ⑤ 如果总是站在今天望明天，结果明天也会悄悄地溜走

    ⑥ 今天是昨天和明天的接力处

    A. ⑤①⑥②④③　　　　B. ⑤⑥①④③②　　　　C. ⑥④③②①⑤　　　　D. ⑥②③①④⑤

3. 依次填入下面一段文字横线处的语句，衔接最恰当的一组是（　　　）　　　**【辽宁】**
循环经济是对生产、流通和消费过程中进行的减量化、再利用、资源化活动的总称。它_____，_____，_____，_____，_____，_____，有助于构建资源节约型、环境友好型社会。

    ① 是转变经济增长模式的一个突破口

    ② 有效地利用资源和保护环境

    ③ 促进以最小的资源消耗、最少的废物排放和最小的环境代价

    ④ 通过建立"资源—产品—再生资源"和"生产—消费—再循环"的模式

    ⑤ 换取最大的经济效益

⑥ 也是贯彻科学发展观的一个重要举措

A.①④⑤③②⑥　　　B.①⑥④③⑤②　　　C.④②③⑤①⑥　　　D.④⑤⑥③②①

4. 在文中①②横线上填入下列语句，衔接最恰当的一项是（　　）　　　【北京】

金沙江大峡谷旁有一座远近闻名的纳西古城。＿＿＿＿＿＿①＿＿＿＿＿＿。是纳西人最原始的聚居地。我们步行了一个多小时，古城出现在前面。＿＿①②＿＿＿，上面镌刻着"宝山石头城"五个大字。

A.　①古城建在一块庞大独立的蘑菇状岩石上
　　②远远地就能看出那拱形城门的别具一格

B.　①一块庞大独立的蘑菇状岩石上建着古城
　　②远远地就能望见那别具一格的拱形城门

C.　①一块庞大独立的蘑菇状岩石上建着古城
　　②远远地就能看出那拱形城门的别具一格

D.　①古城建在一块庞大独立的蘑菇状岩石上
　　②远远地就能望见那别具一格的拱形城门

5. 根据语意，填入空白处最恰当的一项是（　　）　　　【浙江】

余光中在接受采访时说："一位作家笔下，如果只能驱遣白话文，那么他的文笔就只有一个'平面'。如果他的'文笔'里也有文言的墨水，在紧要关头，例如要求简洁、对仗、铿锵、隆重等等，就能招之即来，文言的功力可济白话的松散和浅露。一篇五千字的评论，换了有文言修养的人来写，也许三千字就够了。一篇文章到紧要关头，如能'文白相济'，其语言当有立体之感。所以我的八言座右铭是：'＿＿＿＿＿'"

A. 文以为常，白以应变。　　　　　　B. 文白相济，见真求新。

C. 白以为常，文以应变。　　　　　　D. 白话为本，力求立体。

6. 把下列句子组成语意连贯的语段，排序最恰当的一项是（　　）　　　【广东】

① 使用语言，不仅要用得对，在语法上不出毛病，而且要力求得好，要有艺术性，有感染力，这就要讲究运用语言的艺术，也就是要讲究一点修辞。

② 有意用不符合语法常规的办法取得某种修辞效果是许可的，然而这只是偶一为之，并且要有些特定的条件。

③ 如果语言不符合语法，说都说不通，就没有什么好的修辞可言。

④ 语言是用来传递信息、交流思想、表达情感的。

⑤ 好的修辞，必然是符合语法规律的。

A.④①⑤③②　　　B.④③⑤①②　　　C.⑤②①④③　　　D.⑤③④①②

## 吕丽高考语文讲堂·语句衔接·第2练 【2010高考9题】

1. 依次填入下面一段文字横线处的语句，衔接最恰当的一组是（　　）　　　【全国Ⅰ】

近几十年来，＿＿＿＿＿，＿＿＿＿＿，＿＿＿＿＿，＿＿＿＿＿，＿＿＿＿＿，＿＿＿＿＿。随着中国国力的增强，关于中国的国际地位、作用和责任的讨论方兴未艾。

① 也高于同时期世界的平均水平

② 中国日益成为世界关注的焦点

③ 现代化建设取得了举世瞩目的成就

④ 中国的综合实力大幅度提高

⑤ 尽管对增长的原因有不同的看法，然而谁也无法否认增长的事实

⑥ 中国经济的增长速度远远高于发达国家

A.②④③⑥①⑤　　　B.②⑤⑥③④①　　　C.⑥⑤④②③①　　　D.⑥①②④⑤③

2. 依次填入下面一段文字横线处的语句，衔接最恰当的一组是（　　）　　　【全国Ⅱ】

在21世纪的今天，正确对待人与大自然的关系比以往任何时候都重要。＿＿＿＿＿，＿＿＿＿＿，＿＿＿＿＿；＿＿＿＿＿，＿＿＿＿＿，＿＿＿＿＿，结果也受到了大自然的报复。

① 有的国家希望做到"天人合一"

② 人类衣食住行所需的一切资料都取自大自然

③ 有的国家对待大自然的基本态度是"征服自然"

④ 然而，大自然的容忍是有限度的，它是会报复的

⑤ 他们把大自然看做伙伴，可惜他们的行动没能跟上

⑥ 从表面看，大自然真的被他们征服了

    A. ②③①④⑤⑥        B. ②③⑥④①⑤        C. ③①⑤②④⑥        D. ③④②①⑥⑤

3. 下列依次在①②③处填入的词语和句子，语意和衔接都最恰当的一项是（　　）　　【北京】

白莲水库是群山中的一座大型水库，最大的一条干渠通向山脚下的白莲浦，＿＿①＿＿着那里的苍生万物。白莲水库的水是绿蓝绿蓝的，＿＿②＿＿，触须沿途四散，＿＿③＿＿着白莲浦方圆几十里的农田。

    A. ①滋养     ②流到渠里就一路变成白色的游龙     ③浸润

    B. ①养育     ②变成白色游龙就一路流到渠里     ③浸渍

    C. ①养育     ②流到渠里就一路变成白色游龙     ③浸润

    D. ①滋养     ②变成白色游龙就一路流到渠里     ③浸渍

4. 依次填入下面一段文字横线处的语句，衔接最恰当的一组是（　　）　　【安徽】

2004 年以来，我省生产总值连年保持两位数的增长率，＿＿＿＿＿＿，＿＿＿＿＿＿。＿＿＿＿＿＿，＿＿＿＿＿，＿＿＿＿＿＿。＿＿＿＿＿。

① 目前，合肥经济圈、合芜蚌试验区、皖江城市带的规划建设就是内外力结合的重要举措

② 也要借助充足的优秀人才、一流的技术水平、先进的管理经验等"外力"因素

③ 经济已处于加速崛起的重要阶段

④ 要解决这一问题

⑤ 然而我省经济发展中结构性问题依然存在

⑥ 既要依靠丰富的自然资源、独特的区位优势、较好的产业基础等"内力"因素

    A. ③①④⑥②⑤        B. ⑤①③④⑥②        C. ③⑤④⑥②①        D. ⑤④①⑥②③

5. 依次填入下面一段文字横线处的语句，衔接最恰当的一组是（　　）　　【广东】

作品的独创性亦称作品的原创性，具体表现在两个方面：一是作者的直接创作活动产生了作品。＿＿＿＿。＿＿＿＿＿＿＿。二是作品表现出作者的个性特点。＿＿＿＿＿。不同的人对同一题材的创作也是常见的现象。＿＿＿＿＿＿＿。作品的独特性是针对作品的表达形式而言，并不延及作品的主题思想，也不涉及未加提炼，加工的社会生活本身。＿＿＿＿＿。

① 只要是独立创作的作品，即使使用了相同的材料，也会产生出与他人作品不同的表达特征

② 作者运用自己独到的眼光，技巧，独立地选择了自己满意的色彩，旋律，动作，语言等，形成对自己的思想，观点，感情的表达形式

③ 作者的作品活动表现为对素材的取舍、运用，素材是构成作品的原始材料，他本身不是作品

④ 但只要是作者本人独立创作的必然表达出与他人不同的个性特点

⑤ 任何人的创作都离不开对前人文明成果的传承、借鉴，也离不开同时代人的互相影响

    A. ②①⑤③④        B. ②④③①⑤        C. ③②⑤④①        D. ③④②⑤①

6. 依次填入下面一段文字横线处的语句，衔接最恰当的一组是（　　）　　【陕西】

玉树藏族自治州，＿＿＿＿＿，＿＿＿＿＿，＿＿＿＿＿，＿＿＿＿＿，＿＿＿＿＿，＿＿＿＿＿，玉树既是"三江源头"，也是"藏獒之乡"和"虫草之乡"。

① 东南与四川省甘孜藏族自治州毗连

② 是长江落差最大的标志点

③ 与海西蒙古族藏族自治州、果洛藏族自治州等地相通

④ 平均海拔 4000 米以上，最高点 6621 米

⑤ 位于青藏高原腹地，青海省南部

⑥ 气候高寒

    A. ②④⑥⑤①③        B. ③①②⑤⑥④        C. ⑤③①④②⑥        D. ④⑥⑤①③②

7. 依次填入下面一段文字横线处的语句，衔接最恰当的一组是（　　）　　【辽宁】

上海世博会的组织者，＿＿＿＿＿，＿＿＿＿＿，＿＿＿＿＿，＿＿＿＿＿，＿＿＿＿＿。目前已经有 170 多个国家和国际组织确认参展网上世博会。

① 并使之成为世界第一个网上世博会

② 让互联网把上海世博会变成"永不落幕的世博会"

③ 开创性地推出了"网上中国 2010 年上海世博会"

④ 充分利用互联网的独特优势

⑤ 在举办实体世博会的同时

⑥ 实现实体世博会和网上世博会的有机联动

A.④⑥⑤③①②　　B.④②⑤⑥①③　　C.⑤④③①②⑥　　D.⑤③④⑥②①

8. 依次填入下面一段文字横线处的语句，衔接最恰当的一组是（　　）　　【江西】

数学作为文化的一部分，其最根本的特征是它表达了一种探索精神。_____　_____。

① 人总有一个信念：宇宙是有秩序的

② 可是，离开了这种探索精神，数学是无法满足人的物质需要的

③ 因此人应该去探索这种深层的内在的秩序，以此来满足人的物质需要

④ 数学的出现是为了满足人类的物质生活需要

⑤ 数学家更进一步相信，这个秩序是可以用数学来表达的

A.④②①⑤③　　B.①③⑤④②　　C.④②③①⑤　　D.①③④②⑤

9. 依次填入下面一段文字横线处的语句，衔接最恰当的一组是（　　）　　【重庆】

印象中，成熟的向日葵，花盘都是低垂的，_____。_____，_____，_____。_____，_____。

① 一阵晨风拂过

② 可我家的这几株向日葵初出茅庐

③ 所以有诗人赞叹，愈是成熟，愈是谦虚

④ 在绿叶一片低沉而嘈杂的合唱中，传出她们清亮而高亢的欢叫

⑤ 依然高昂着头，开心而单纯地笑着，就像稚气未脱的乡野小妹子

⑥ 尚不懂得伟大的谦虚，也不懂得虚伪的世故

A.③②⑥⑤①④　　B.④②①⑤⑥③　　C.②⑥⑤①④③　　D.③①⑤②⑥④

## 吕丽高考语文讲堂·语句衔接·第3练　【2009高考8题】

1. 依次填出下面一段文字横线处的语句，衔接最恰当的一组是（　　）　　【全国Ⅰ】

狗是忠义、勇敢而又聪明的动物。_____，_____。_____，_____。_____，_____，使狗成为人的得力助手。

① 专门训练军犬、警犬，把狗用于军事、案件侦破等方面

② 它的嗅觉细胞数量是人的24倍，可以分辨大约两万种不同的气味

③ 比如牧民的狗，为了保护羊群，敢于同恶狼猛斗

④ 人们充分利用狗的这种特殊的天赋

⑤ 狗可以听到10万赫兹以上的声音

⑥ 代替主人做一些危险的事

A.③②①⑥⑤④　　B.③⑥⑤②④①　　C.⑤④①③②⑥　　D.⑤②④⑥①③

2. 依次填入下面一段文字横线处的语句，衔接最恰当的一组是（　　）　　【全国Ⅱ】

"中国结"的全称是"中国传统装饰结"，_____。_____，_____，_____。_____，因此绳结也是中国古典服饰的重要组成部分。

① 人们很早就开始用绳结来装饰器物，为绳结注入了美学内涵

② 当时的绳结是人们日常生活中的必备用具

③ "中国结"的起源可以追溯到上古时期

④ 它是中华民族特有的一种手工编制工艺品，具有悠久的历史

⑤ 此外，绳结还应用在人们的衣着，佩饰上

⑥ 同时也具有记载历史的重要功用，因而在人们的心目中很神圣

A.③②④⑥⑤①　　B.③①②⑤⑥④　　C.④①③②⑤⑥　　D.④③②⑥①⑤

3. 依次填入下面一段文字横线处的语句，衔接最恰当的一组是（　　）　　【辽宁】

"开卷有益"是说打开书就一定会有收获。_____。_____，_____，_____。_____，如果你勤读书、读好书，你就一定能真正体会到读书的乐趣。

① 使人们不断完善，走向进步

② 当然，有的书是有缺点的，要善于选择

③ 确实，书是人类最好的朋友、最好的老师

④ 书是人类获得知识的重要途径

⑤ 歌德曾说过"读一本好书就是和许多高尚的人谈话"

⑥ 读书能帮助人们看清世间的美与丑

A.②⑥⑤④①③　　　　B.③⑥②⑤①④　　　　C.④③①⑥②⑤　　　　D.⑤③④⑥①②

4. 依次填入下面一段文字横线处的语句，衔接最恰当的一组是（　　）　　　　【江西】

在儒家传统中，孔孟总是形影相随，＿＿＿＿　＿＿＿＿　＿＿＿＿　＿＿＿＿　＿＿＿＿

① 既有《论语》，则有《孟子》。

② 孔曰"成仁"，孟曰"取义"，他们的宗旨也始终相配合。

③ 今人冯友兰，也把孔子比做苏格拉底，把孟子比做柏拉图，

④ 既有大成至圣，则有亚圣。

⑤《史记》说："孟子序诗书，述仲尼之意。"

A.④②①③⑤　　　　B. ①②④⑤③　　　　C.①④②③⑤　　　　D. ④①②⑤③

5. 把下列带序号的句子组合成语意连贯的一段话并填入线处。　　　　【浙江】

理学家为什么崇古抑律？＿＿＿＿＿＿。古体与律体之辨跟诗歌史联系起来，就是古体的典范——汉魏晋诗与律体的典范——唐诗之辨。

① 那么，为什么讲求声律、对偶等形式技巧就是品格低呢？

② 他们认为，诗歌的审美方面、形式技巧方面对于人的道德修养没有正面的价值。

③ 以这种价值观去看诗歌的体裁样式，古体诗就高于律诗。

④ 既然诗歌的审美方面没有价值，本来可以不讲，但是如果要进入到诗歌领域去谈诗的话，那么，形式方面人为的工巧因素越多，其价值就越低。

⑤ 抛开诗歌的内容不论，单从形式上看，近体诗要讲求声律、对偶等，这些讲求在理学家看来，是其在品格上低于古体诗的重要原因。

6. 依次填入下面一段文字横线处的语句，衔接最恰当的一组是（　　）　　　　【海南、宁夏】

第十届全国中学生运动会会徽造型＿＿＿＿，＿＿＿＿。＿＿＿＿；＿＿＿＿，＿＿＿＿；＿＿＿＿，象征着青少年朋友在中运会上充满激情、满怀希望、实现梦想。

① 会徽还将"十"和"中"巧妙的融入其中

② 色彩上采用红、绿、蓝三种颜色

③ 指出本届运动会的特征

④ 体现了本届运动会"阳光运动"的主题

⑤ 犹如一个在奔跑或舞动的阳光少年

⑥ 仔细看又有一个变形的汉字"长"，点明运动会的地点

A.④②⑥①⑤③　　　　B.④③⑥②①⑤　　　　C.⑤④⑥①③②　　　　D.⑤③②①④⑥

7. 根据语境，下列排序最恰当的一项是（　　）　　　　【广东】

示现本是佛教用语，指的是佛菩萨应机缘而现种种化身。＿＿＿＿。＿＿＿＿。如杜甫《月夜》诗："今夜鄜州月，闺中只独看。""闺中只独看"，就是诗人运用示现修辞手法来描绘想象中的情景。＿＿＿＿。＿＿＿＿。语言的示现，同追述的示现相反，是把未来的事情说得好像摆在眼前一样。＿＿＿＿。示现作为一种修辞现象，值得我们关注。

① 修辞学中的示现是指把实际上不见不闻的事物，说得如闻如见的一种修辞手法

② 至于悬想的示现，则是把想象中的事情说得在眼前一般，同时间的过去未来全然没有关系

③ 后来人们把这一词语用在修辞学中，当作一种辞格的名称

④ 在修辞学中，示现一般分为三类：追述的、预言的和悬想的

⑤ 追述的示现，是把过去的事迹说得仿佛还在眼前一样

A.①④⑤②③　　　　B.①③④⑤②　　　　C.③①④⑤②　　　　D.③④⑤①②

8. 为上联"心平浪静，秋月芙蕖湘水碧"选择下联，最合适的一项是（　　）　　　　【湖南】

A. 志远天高，春风杨柳麓山青　　　　　　　　　B. 情深海阔，夏日荷花潇江红

C. 气壮山威，鲲鹏展翅楚云飞　　　　　　　D. 身正才卓，冬雪松竹衡岳高

## 吕丽高考语文讲堂·语句衔接·第 4 练　【2008 高考 9 题】

1. 依次填入下面一段文字横线处的语句，衔接最恰当的一组是（　　）　　　　　　　　　　　【全国 I】

任何国家在任何时候都不能忽视粮食安全问题。中国多年来 _____，_____，_____，_____，_____，_____。

① 实现了粮食供应从长期短缺到总量基本平衡、丰年有余的历史性转变

② 以占世界 7％的耕地养活了占世界 22％的人口

③ 使粮食产量不断攀升

④ 坚持以自力更生为主的粮食安全战略

⑤ 推广良种、改善水利条件、精耕细作

⑥ 在上世纪末突破 5 亿吨大关

A.④⑥②⑤③①　　　　　B.④⑤③⑥①②　　　　　C.⑤①⑥④③②　　　　　D.⑤④③⑥②①

2. 依次填入下面一段文字横线处的语句，衔接最恰当的一组是（　　）　　　　　　　　　　　【全国 II】

铁路客车动车组先进的计算机网络控制技术_____，_____，_____，_____，_____。列车防火系统也很先进，重要设施都附有防火装置

① 并与地面通讯，实现地面对列车的监控

② 能实现对动车组各个系统的控制

③ 一旦出现异常情况，动车组即可自动减速或停车

④ 同时对系统进行监视和故障诊断

⑤ 无需人为干预

A.②①⑤④③　　　　　B.②④①③⑤　　　　　C.⑤④③②①　　　　　D.⑤④①③②

3. 把下列带序号的句子组合成语意连贯的一段话并填入横线处。（只填序号）　　　　　　　　　　【浙江】

奥林匹亚的废墟之美，究竟属于哪种美呢？_____，_____，_____，_____，_____。

① 因而残垣断壁失去部分的构图，也就容易让人通过想象获得。

② 也许废墟和残垣断壁本身就是美，这种美与其整体建筑结构左右对称有关。

③ 不论是帕台农神庙还是厄瑞克特翁庙，我们推想它失去的部分时，不是依据实感，而是依据这种想象。

④ 我们的感动，就是看到残缺美的感动。

⑤ 这想象的喜悦，不是所谓空想的诗，而是悟性的陶醉。

4. 把下列句子组成语意连贯的一段文字，排序最恰当的一项是（　　）　　　　　　　　　　　【广东】

①《禹贡》主要以山脉、河流和海洋为自然分界，把所描述的地区分为九州，不受当时诸侯割据形势的局限，把广大地区作为一个整体来研究，分别阐述九州的山川、湖泽、土壤、物产等，是自然区划思想的萌芽。

② 此后，主要论述疆域、政区建制沿革的著作不断涌现，除正史有地理志外，各省、府、州、县也多编有地方志。

③《山经》以山为纲，综述远及黄河和长江流域之外的广大地区的自然条件。

④ 班固所著《汉书·地理志》是中国第一部疆域地理著作。

⑤ 中国最早的区域地理著作是战国前后出现的《山经》和《禹贡》。

A.④②③①⑤　　　　　B.④②③⑤①　　　　　C.⑤③①②④　　　　　D.⑤③①④②

5. 依次填入下面一段文字横线处的语句，衔接最恰当的一组是（　　）　　　　　　　　　　　【辽宁】

红星小学门卫王煦被区教育局评为"十大感动校园人物"，他的事迹中最突出的一条是认识全校 500 多个学生并能叫出他们的名字，为家长提供了很多方便。_____，_____。_____，_____。_____，_____。门卫感动校园，体现的就是一种服务育人的精神。

① 学校里的教师是在教书育人

② 这不只是像背书那样背出来的

③ 要叫出全校学生的名字，实在不容易

④ 校园内的管理、服务也无不在体现育人的功能

⑤ 能叫出几个学生的名字，很简单

⑥ 这是关爱学生、日积月累的自然结果

　　A.①④⑤②③⑥　　　　B.②⑥①④⑤③　　　　C.③⑥②①⑤④　　　　D.⑤③②⑥①④

6. 依次填入下面横线处的语句，衔接最恰当的一组是（　　）　　　　　【四川】

人格_____，_____。_____，_____，_____。

① 它要求一个人应有高尚的道德追求

② 勇于承担对他人、对社会的道德义务

③ 是做人的尊严、价值和品质的总和

④ 正确处理个人与他人、个人与社会的关系

⑤ 是指人与动物相区别的内在规定性

⑥ 做到自尊、自爱、自强、自律

　　A.③⑥①④⑤②　　　　B.③⑤①②③④　　　　C.⑤②①⑥④③　　　　D.⑤③①②④⑥

7. 依次填入下面一段文字横线处的语句，衔接最恰当的一组是（　　）　　　【四川灾区】

国家古籍保护中心建成后，将_____，_____，_____，_____。中心还将负责建立中华古籍保护网，在网上及时发布、定期更新全国普查成果。

① 并组织专家对全国珍贵古籍进行定级

② 同时汇总古籍普查成果

③ 负责全国古籍普查登记工作

④ 形成全国统一的中华古籍目录

⑤ 建立中华古籍综合信息数据库

　　A.③④①⑤②　　　　B.③②⑤④①　　　　C.⑤③④①②　　　　D.⑤④②①③

8. 将下列语句依次填入文中的横线处，使语句衔接语意连贯。　　　　　【海南、宁夏】

明式家具，崇尚简约、天然之美_____，_____，_____，牢固结实；不过多地进行装饰，不过多地渲染技艺，不过多地雕琢_____，_____，_____。

① 结构全不用钉

② 以木材天然纹理和色泽为美

③ 加工工艺精密

④ 简洁而典雅

⑤ 用榫铆接合得天衣无缝

⑥ 符合中国"道法自然"的传统审美情趣

9. 下列各项中最适合填在横线上的一项是（　　）　　　　　　　　　　　【湖南】

每逢春节等中华传统节日，"舞龙"都是一个备受欢迎的节目。_____。可以说，不论天涯海角，凡是华人聚集的地方都能看到"龙"的身影。

　　A. 中华儿女都是"龙的传人"，中国人在海外被称为唐人

　　B. "龙"是中华民族的图腾，中华儿女都是"龙的传人"

　　C. "龙"是中华民族的图腾，中华儿女都是炎黄的子孙

　　D. 中国人都是"龙的传人"，中国皇帝都称"真龙天子"

## 吕丽高考语文讲堂·语句衔接·第5练　【2007高考7题】

1. 依次填入下面一段文字横线处的语句。衔接最恰当的一组是（　　）　　　【全国Ⅰ】

天鹅悠闲自在、无拘无束，它时而在水上遨游，_____—它似乎是很喜欢接近人的，只要它觉得我们不会伤害它。

①时而沿着水边，②回到有人的地方，③时而到岸旁嬉戏，④享受着与人相处的乐趣，⑤时而离开它的幽居，⑥藏到灯芯草丛中，

　　A.③①⑥⑤②④　　　　B.①④⑤⑥③②　　　　C.①②③⑥⑤④　　　　D.③②①④⑤⑥

2. 把下列语句填入文中横线处。使语句衔接语意连贯，只填序号。　　　　【全国Ⅱ】

①_____，②_____，人口不过二十万，③_____；④_____，⑤_____，枕着清澈的多瑙河水，⑥_____；这是一个孕育了音乐奇才的小城，莫扎特让城中一木一石无不浸润音乐的魅力。

　　A. 面积不过八十公顷　　　　　　　　　B. 这是一个古老的小城

　　C. 偎依在白雪皑皑的阿尔卑斯山峰之间　　D. 这是一个迷人的小城

E. 却有着千年的沧桑历史　　　　　　　　F. 美得让人不忍离去

3. 把下面几个句子组成语意连贯的一段文字，排序正确的一项是（　　）　　　　　【安徽】

① 在古代，这个信念有些神秘色彩。

② 在一切比较深入的科学研究后面，必定有一种信念驱使我们。

③ 对于数学研究则还要加上一点：这个世界的合理性，首先在于它可以用数学来描述。

④ 可是发展到现代，科学经过了多次伟大的综合，如欧几里得的综合，牛顿的综合，爱因斯坦的综合，计算机的出现，哪一次不是或多或少遵循这个信念？

⑤ 这个信念就是：世界是合理的，简单的，因而是可以理解的。

A. ②①④③⑤　　　　B. ①④②③⑤　　　　C. ②⑤③①④　　　　D. ①④②⑤③

4. 把下列句子组成意思完整、前后衔接、语序最恰当的一段话。只写句子序号。　　　　　【山东】

① 百般不能排解思情，不妨往诗文中寻个消遣处。

② 王维的乡思亦有画意，来日绮窗前，寒梅着花未？

③ 从古至今，乡愁是诗人的惆怅。

④ 没有什么再像乡愁一样令我悲伤，这么美丽的文字，这么伤感的情怀，只有诗人才能表达。

⑤ 诗云：今夜月明人尽望，不知秋思落谁家。

序号：_____

5. 将下面6个句子，按恰当的顺序填入横线处。（只填序号）　　　　　【北京】

紫禁城位于北京的中心，_____，什刹海位于紫禁城的西北面，那里是娱乐休闲的好去处。

① 顶上盖有色彩灿烂的瓦。

② 背后是景山，

③ 还可以看到附近的鼓楼。

④ 周围绕有城壕与金色瓦顶的墙垣，

⑤ 由景山可以看到北京的中轴，

⑥ 山上共有五座亭台，

6. 把下列句子组成语意连贯的一段话。（写序号即可）　　　　　【辽宁】

① 科学家为了迎接"挑战"，根据超导材料的"完全抗磁性"原理，让轮子和钢轨"分离"，发明了高速磁悬浮列车

② 磁悬浮列车在正式运行之前，还需要有一个依靠轮子行驶一段距离、时速达到100千米以产生足够大的磁场的启动阶段

③ 磁悬浮列车由于不存在轨道对车轮的摩擦阻力，因而可突破传统列车时速300千米的极限。所以，这种新型列车有着广阔的发展前景

④ 传统列车提速有一个极限——时速300千米，超过它，就会造成车轮和钢轨的剧烈摩擦，从而引发严重事故

⑤ 它利用磁极相同产生的排斥力大于地球引力使车辆向上悬浮，并利用磁极相异产生的吸引力驱动车辆高速前进

序号：

7. 将下列语句依次填入文中的横线处，使上下文语意连贯。只填序号。　　　　　【海南、宁夏】

几十年来，霍金的身体禁锢在轮中，_____，_____，_____，_____。他以极度残疾之身，取得极其辉煌的科学成就，成为自爱因斯坦以来引力物理学领域最大的权威。

① 他执著地寻求着"我们从何处来，我们往何处去"的答案

② 震动了整个理论物理学界

③ 发现了一个又一个宇宙运行的重大奥秘

④ 思维却邀游于广袤的太空

## 吕丽高考语文讲堂·语句衔接·第6练　【2006高考4题】

1. 填入下面横线处的句子，与上下文衔接最恰当的一组是（　　）　　　　　【全国Ⅰ】

遍布华夏的古村落，作为乡土建筑的精华，_____，_____，_____，_____。_____，_____，承载着丰富的历史文化信息，对中国人的价值观念、生活方式的形成产生过深刻的影响。

① 却辉映着辉煌的过去

② 鲜明地折射出中国悠久的历史

③ 具有很高的文物价值

④ 它们看似陈旧

⑤ 生动地展现着民族文化的丰富多样

⑥ 成为了解中国文化和历史的一个重要窗口

  A. ④①③⑥②⑤        B. ②⑤⑥①④③        C. ③⑤②⑥④①        D. ⑥④①③②⑤

2. 填入下面横线处的句子，与上下文衔接最恰当的一组是（　　）　　【全国Ⅱ】

都灵冬奥会的花样滑冰双人滑的比赛中，张丹、张昊在冲击世界上最高难度的后内接环四周抛跳时失误，张丹重重地摔在冰面上，膝盖严重受伤。_____，_____，_____。他们勇敢的精神和精湛的技术征服了全场观众，也征服了现场裁判，最终赢得一枚银牌。

① 所有人都以为这对组合将退出比赛

② 在所有的人都以为这对组合将退出比赛的时候

③ 简单包扎后的张丹与张昊双双重新回到冰上继续比赛

④ 冰上却出现了张昊和简单包扎后的张丹

⑤ 人顺利地完成了其他高难度动作

⑥ 其他高难度动作完成得很顺利

  A. ①③⑤        B. ①④⑥        C. ②③⑤        D. ②④⑥

3. 填入下面横线处的语句，衔接最恰当一项是（　　）　　【浙江】

情趣是感受来的，起于自我的，可经历而不可描绘的；意象是观照得来的，起于外物的，有形象可描绘的。_____。

  A. 情趣是基层的生活经验，意象则起于对基层经验的反省。情趣如自我容貌，意象则为对镜自照。

  B. 情趣是起于对基层经验的反省，意象则是基层的生活经验。情趣如自我容貌，意象则为对镜自照。

  C. 情趣是基层的生活经验，意象则起于对基层经验的反省。情趣如对镜自照，意象则为自我容貌。

  D. 情趣是起于对基层经验的反省，意象则是基层的生活经验。情趣如对镜自照，意象则为自我容貌。

4. 把下列句子组成意思完整、前后衔接、语序最恰当的一段话。（只写句子的序号）　　【山东】

① 雪落在城外，也落在城内。

② 温暖的房间里，有人用汤匙慢慢搅动一杯蜜汁。

③ 隔看结冰的河流，对岸是华灯灿烂的城市。

④ 杯勺碰响的和声里，浓浓淡淡的花香冲遇开来，难起多少鲜艳的回忆。

⑤ 蜜是花的情感，是融化的琥珀。

⑥ 这是当天从资料人那里买来的。

序号：_____

## 吕丽高考语文讲堂·语句衔接·第7练　【2005高考9题】

1. 把下列句子填在后面的横线上，组成前后衔接的一段话。　　【全国Ⅱ】

① 它们好像在外面等候了多时。

② 在这里看星星，星星在你眼前亮起，一直亮到脑后。

③ 满天的星星肃然排列，迎面注视着你。

午夜走出帐篷，我被眼前的景象惊呆了。_____、_____、_____你仿佛把头伸进一座古钟里面，内里嵌满活生生的星星。我顿时明白了《敕勒歌》中为什么有"天似穹庐"的句子。

2. 把下列带序号的句子组合成语意连贯的一段话并填入横线处。　　【浙江】

李泽厚认为，汉字以"象形"、"指事"为本源。_____正是这个方面使汉字的象形在本质上有别于绘画，具有符号所特有的抽象意义、价值和功能。

  ① 一个字表现的不只是一个或一种对象，而且也经常是一类事实或过程，也包括主观的意味、要求和期望。

  ② "象形"有如绘画，来自对对象概括性极大的模拟写实。

  ③ 这即是说，"象形"中也已蕴涵有"指事"、"会意"的内容。

  ④ 然而如同传闻中的结绳记事一样，从一开始，象形字就已包含有超越被模拟对象的符号意义。

3. 注意下列句子相互间用语的逻辑照应，把它们组合成语意连贯的一段话。　　【湖北】

① 窗子和门的根本分别，决不仅仅是有没有人进来出去。

② 我们都知道，门和窗有不同的作用。

③ 窗子有时也可作为进出口用，譬如小偷或小说里幽会的情人就喜欢爬窗子。

④ 譬如从赏春一事来看，我们不妨这样说：有了门，我们可以出去；有了窗，我们可以不必出去。

⑤ 当然，门是造了让人出进的。

答：

4. 把下列句子组成前后衔接、意思完整的一段话。 【全国Ⅲ】

① 出现在我们面前的是一座美丽的小城。

② 城中有一条小河流过，河水清澈见底。

③ 到了札兰屯，原始森林的气氛就消失了。

④ 白砖绿瓦的屋舍悠然地倒映在水中。

⑤ 走出小城，郊外风景幽美，绿色的丘陵上长满了柞树。

⑥ 丛生的柳树散布在山丘脚下。

答：_____

5. 将下面四个语句按恰当顺序填入横线处（只填序号），使之前后照应和衔接。 【重庆】

语言总是和社会发展同呼吸、共命运。自从 20 世纪 80 年代以来，_____，_____，_____，_____，而这一切又都在语言上刻下了印记。

① 同世界各国的交往频繁了

② 人们的思想观念也在不断地更新和变化

③ 经济发展了

④ 中国社会的改革开放一步步向纵深推进

6. 按顺序排列下面的语句，组成语意连贯的一段话，正确的一项是（ ） 【广东】

① 人类世界所创造出来的奇异图案浮露在鼎身上，各种图腾以一定的秩序排列着，构成一个无言的小宇宙

② 饕餮的脸孔、凤凰的姿势、龙虎的纹身、鱼兽的混种、牛芊的肢体……幻觉的、写实的、神话的或者生活的

③ 沸腾的铜、锡、铅合金按一定的比例构成了青铜器的配方，一旦倒入"陶范"中，就会形成设计者心中的器物

④ 沸腾后的冷却使熔液成为一个厚重的鼎，在合金形式的锁扣下，鼎身周围凝塑出各式各样的图像

⑤ 铜的性格，因为锡与铅的加入而默默改造了，熔点降低而冷却后的硬度增加

A. ④②①③⑤　　　B. ③④②⑤①　　　C. ①④②③⑤　　　D. ③⑤④②①

7. 把 3 个备选的句子分别填入方括号（只填序号），使下面这段景物描写语意连贯，画面完整。

【北京】

到了德胜桥。〔 　〕，两岸青石上几个赤足的小孩子，低着头，持着长细的竹竿钓那水里的小麦穗鱼。〔 　〕，几只白鹭，静静立在绿荷丛中，幽美而残忍的，等候着劫夺往来的小鱼。北岸上一片绿瓦高阁，清摄政王的府邸，依旧存着天潢贵胄的尊严气象。〔 　〕，池中的绿盖，摇成一片无可分割的绿浪，香柔柔的震荡着诗意。

就是盲人也可以用嗅觉感到那荷塘的甜美，有眼的由不得要停住脚瞻览一回。

① 一阵阵的南风，吹着岸上的垂杨

② 西边一湾绿水，缓缓从净业湖向东流来

③ 桥东一片荷塘，岸际围着青青的芦苇

8. 把下面几个句子组成语意连贯的一段话，排序正确的一组是（ ） 【辽宁】

① 每一种话语体系，都代表了特定的视界。

② 我们说了上千年的古话，说了上百年的洋话，被迫形成了一种优势：说洋话，古人说不过我们；说古话，洋人说不过我们。

③ 用洋人的视界看古事，用古人的视界看洋事，都可能看到当事人看不到的东西。

④ 这是一个巨大的创新空间。

⑤ 我们可以有两个视界，两个既有重合之处，又有独到之处。

⑥ 更何况还有他们未曾见过的中国新事。

⑦ 创新来源于新发现，或者看到了新东西，或者看到了旧东西的新空间。

A. ②①⑤③⑥④⑦      B. ①⑤②③④⑦⑥      C. ⑦④②①③⑥⑤      D. ①⑤③⑥②④⑦

9. 填入下面画横线处的语句，与上下文衔接最恰当的一项是（    ）      **【湖南】**

澄河产瓜鱼，_____背部有细骨一条，烹制后骨亦酥软可吃，极鲜美。这种鱼别处其实也有，有的地方叫水仙鱼，北京偶亦有卖，叫面条鱼。但我的家乡人认定这种鱼只有我的家乡有，而且只有文游台前面澄河里有。

A. 长四五寸，通体雪白，莹润如羊脂玉，无鳞无刺

B. 通体雪白，长四五寸，无鳞无刺，莹润如羊脂玉

C. 长四五寸，通体雪白，无鳞无刺，莹润如羊脂玉

D. 莹润如羊脂玉·长四五寸，通体雪白，无鳞无刺

## 吕丽高考语文讲堂·语句衔接·第8练    **【2004高考5题】**

1. 把下面4句话按恰当顺序填入横线处（只填序号），并在括号中填入同一个连词，使之成为语义连贯的一段话。      **【北京】**

凡事过犹不及，_____，（        ）变成明哲保身，（        ）变成圆滑世故，（        ）变成是非不分。

① 超越了这个度

② 真理超越一步就是谬误

③ 值得赞许的成熟就可能走向反面

④ 成熟也是有度的

2. 注意下列句子相互间用语的逻辑照应，把它们组合成语意连贯的一段话。（只填序号）      **【湖北】**

① 修建一所房屋或者布置一个花园，要让住在别地的朋友知道房屋花园是怎么个光景，就得画关于这所房屋这个花园的图。

② 编纂关于动物植物的书籍，要让读者明白动物植物外面的形态跟内部的构造，就得画种种动物植物的图。

③ 读者看了，明白了，住在外地的朋友看了，知道了，就完成了它的功能。

④ 这类的图，绘画的动机都在实用。

⑤ 咱们画图，有时候为的实用。

答：_____

3. 依次填入下面两句横线处的语句，与上下文衔接最恰当的一项是（    ）      **【福建】**

建筑是凝固的诗：_____；_____。诗有古诗和现代诗，建筑也有古今之分，泾渭分明。

在缓缓流逝的时间长河中，总有一些记忆像卵石般沉淀下来，_____，_____。爱，特别是母爱，对他来说，就是这样一份沉甸甸的卵石。

① 或神采飞扬，透着现代的气息        ② 或庄重沉稳，带着岁月的沧桑

③ 压迫着人们的心灵              ④ 改变着人生的轨迹

A. ①②③④      B. ①②④③      C. ②①③④      D. ②①④③

4. 按顺序排列下面几个句子，组成语意连贯的一段话，排序正确的一项是（    ）      **【广东】**

① 哈萨克白色的毡房错落在草地上，草地上白色羊群、棕色马群与湛蓝天空上的白云相映成趣。

② 汽车颠来荡去，让人很不舒服，放眼窗外，却赏心悦目。

③ 地势渐渐升高，白杨林荫道不见了，道路变得崎岖不平。

④ 远方天山雪峰银光闪闪，近山却郁郁葱葱，山顶针叶林，山腰阔叶林，接近山麓则是绿草如茵

⑤ 汽车驶出伊犁哈萨克族自治州首府伊宁市，沿白杨夹道的公路向东飞驰，丰饶的原野一如内地。

A. ⑤④①②③      B. ⑤③②④①      C. ⑤②①③④      D. ④①③②⑤

5. 把后面的句子依次填到空白处衔接恰当的一项是（    ）      **【北京、安徽】**

（1）上海交响乐迷中近六成的人收入并非十分丰厚（        ）。

（2）在防洪抢险中，（        ），终于保住了大坝，战胜了洪水。

① 难以承受百元上下甚至数百元的票价。

② 难以承受数百元甚至百元上下的票价

③ 经过四个多小时的搏斗，同志们奋不顾身地跳进汹涌澎湃的激流。

④ 同志们奋不顾身地跳进汹涌澎湃的激流，经过四个多小时的搏斗。

A. ①③　　　　　　　B. ②③　　　　　　　C. ①④　　　　　　　D. ②④

## 吕丽高考语文讲堂·语句衔接·第 9 练　【2000～2003 高考 7 题】

1. 把后面的句子填到两段话的横线上，最恰当的一组是（　　）　　　　　　　　【北京】

寂寞未必就是不幸，到可能是一种磨炼，甚至能使人的精神境界得到升华。在一定的意义上也可以说，大凡有成就的人，_____

人有了物质才能生存，人有了理想才谈得上生活。_____动物生存，而人则生活。

① 往往是最有才华的人，又都是耐得住寂寞的人。

② 不一定是最有才华的人，而往往是耐得住寂寞的人。

③ 你要了解生活与生存的不同吗？

④ 生活与生存这两个概念迥然不同。

A. ①③　　　　　　　B. ②③　　　　　　　C. ①④　　　　　　　D. ②④

2. 给下列句子排序，恰当的一项是（　　）　　　　　　　　　　　　　　　【春招北京】

① 病痛是人类必须面对的最残酷、最强大和最无情的敌人

② 它从人刚刚诞生的那一刻起，就像影子一样追随着人们的脚步

③ 如果没有各种各样的疾病，人类一大半"正常死亡"都可以避免

④ 病痛是人类与生俱来的敌人

⑤ 与这样的敌人战斗，人类自身的意志、毅力和高贵性才得以展现

A. ①⑤④③②　　　　B. ②④①⑤③　　　　C. ④②③①⑤　　　　D. ①②④③⑤

3. 在横线处填入短语，顺序最恰当的一项是（　　）　　　　　　　　　　　　【北京】

保护动物，已不是人们陌生的话题。人类的发展，也早已达到可以把其他动物玩弄于手掌中并主宰它们命运的程度，但当_____、_____、_____、_____的时候，人类真正考虑过动物和人在生命意义上的平等吗？

① 老虎服服帖帖在舞台上表演

② 用于实验的动物为科学献身

③ 兔子小鸡成为孩子们的玩物

④ 耕作的动物在田间地头劳作

A. ④①②③　　　　　B. ①③④②　　　　　C. ①④③②　　　　　D. ③①②④

4. 依次填入下列两句中横线处的语句，与上下文语意连贯、音节和谐的一组是（　　）　【全国】

(1) 每逢深秋时节；_____松竹山茶，色彩绚丽，美景尽览。

(2) 远眺群山环抱，_____近看小河流水，茶园藏绿，松竹并茂。

① 置身山顶，俯瞰槐榆丹枫，③ 白云缭绕，层林叠翠；

② 置身山顶俯瞰，槐榆丹枫，④ 层林叠翠，白云缭绕；

A. ①②　　　　　　　B. ①④　　　　　　　C. ②③　　　　　　　D. ②④

5. 依次填入下面横线处的句子，与上下义衔接最恰当的一组是（　　）　【北京、安徽、内蒙古】

我独坐在书斋中，忘记了尘世间一切不愉快的事情，怡然自得以世界之广，宇宙之大，此时却仿佛只有我和我的书友存在。_____，_____，_____，_____。

① 阳光照在玉兰花的肥大的绿叶子上

② 连平常我喜欢听的鸟鸣声"光棍好过"，也听而不闻了

③ 窗外鄰鄰碧水，丝丝垂柳

④ 这都是我平常最喜爱的东西，现在也都视而不见了

A. ③①④②　　　　　B. ①②③④　　　　　C. ①③④②　　　　　D. ③④①②

6. 填入下面横线处的句子，与上句衔接最恰当的一组是（　　）　　　　　　【北京、安徽】

公安干警及时赶赴现场侦察，中午 12 时，_____。

A. 在家里犯罪嫌疑人被抓获，全部赃物和赃款也同时起获

B. 在犯罪嫌疑人家里将其抓获，全部赃物和赃款也同时起获

C. 犯罪嫌疑人在家里被抓获，并起获了全部赃物和赃款

D. 在犯罪嫌疑人家里将其抓获，并起获了全部赃物和赃款

7. 与上下文衔接最恰当的一组是（　　）　　　　　　　　　　　　　　　　　【全国】

读书原为自己受用，多读不能算是荣誉，少读也不能算是羞耻。＿＿＿＿＿＿＿＿＿＿，必能养成深思熟虑的习惯，以至于变化气质；＿＿＿＿＿＿＿＿＿＿，譬如漫游"十里洋场"，虽珍奇满目，徒惹得眼花缭乱，空手而归。＿＿＿＿＿＿＿＿＿＿，如暴发户炫耀家产，以多为贵。这在治学方面是自欺欺人，在做人方面是趣味低劣

① 多读如果彻底

② 少读如果彻底

③ 多读而不求甚解

④ 少读而不求甚解

⑤ 世间许多人读书只为装点门面

⑥ 世间许多读书人只为装点门面

A. ②③⑤　　　　　　B. ①③⑥　　　　　　C. ②④⑤　　　　　　D. ①④⑥

专题四

# 语　用

　　近几年高考试题越来越注重书本知识与生活世界的连接与沟通，语言运用题中出现了按语、对联、广告词、串场词、给新闻加标题、提取关键词等等一系列新题型，为高考试卷注入了新鲜血液。2011年高考语文试题对语用的考查不但加大了力度，而且题型新颖别致，开放灵活，富有创新性，能多角度检测考生的语文综合素养。

## 第一节　高考语用考纲定位

### 一、考纲规定

　　《2012年普通高等学校招生全国统一考试新课程标准语文科考试大纲》对于语言表达考点的规定是：
　　(1) 扩展语句，压缩语段。
　　(2) 选用、仿用、变换句式。
　　(3) 正确运用常用的修辞方法。
　　常见修辞方法：比喻、比拟、借代、夸张、对偶、排比、反复、设问、反问。
　　(4) 语言表达简明、连贯、得体、准确、鲜明、生动。
　　表达应用E级（指对语文知识和能力的运用，是以识记、理解和分析综合为基础，在表达方面发展了的能力层级）。

### 二、考点解读

　　语用在外延上包括《考试说明》所规定的扩展语句、压缩语段，选用、仿用、变换句式，正确运用常见的修辞方法，做到简明、连贯、得体等表达技能。
　　语言表达包括6个子考点，"准确、鲜明、生动"是新课标高考大纲中的新考点之一，它既反映语言运用的要求，也体现语言运用水平的高层次，与"简明、连贯、得体"并称为语言运用的两大原则。
　　（一）准确
　　准确，就是要分寸适度；用恰当的词语和表达方式确切无误地传达作者的感受、印象和认识。
　　【例1】下面一段文字中有语言表达不准确的地方，请指出来，并改正。
　　第二次世界大战结束初期，所有资本主义国家的经济都处于崩溃的边缘，而美国却由于发了战争的横财，经济获得了巨大的发展。
　　【解析】既"所有资本主义国家的经济都处于崩溃的边缘"，为什么却说作为资本主义国家的美国，经济却又得到了巨大的发展呢？准确的表述应该是将"所有"改为"绝大多数"。
　　（二）鲜明
　　鲜明，就是要情感鲜明，观点鲜明，个性鲜明，见解独到、分明。

**【例2】** 结合下面提供的情境，比较下面两组句子，说说哪一个句子表达得更加鲜明，为什么？

情境：在月色下，泛舟江面，欣赏如画夜景。

① 淡黑的起伏的连山，都远远地向船尾跑去了，一轮皎洁的明月，挂在天空，凉风习习。

② 一座座连绵起伏的山，都远远地向船尾跑去了。月亮挂在天边，凉风习习。

**【解析】** ①的表达更加鲜明。"淡黑、皎洁"分别写出了"连山"和"月亮"的色彩；而②却缺少这些色彩，所以不如①表达鲜明。

（三）生动

生动，就是要用词恰当，用典妥当，修辞效果好。

语言表达生动，需要做到：①要使用描绘性的词语和具体形象的写法。②多用贴切的比喻和拟人等修辞格。③采用提纯的语言。④词语搭配要新颖。⑤使用感情色彩强烈的语言。

**【例3】** 从"语言表达做到生动"的角度比较下面两个句子的异同。

① 当你克服了自卑，增强了自信，你就会有一种无所畏惧的美丽，一种永不退缩的美丽。

② 当你克服了自卑，增强了自信，你就会有一种秋霜枫独红、冬雪梅独傲的美丽，一种真金百炼色不回的美丽。

**【解析】** 两句虽都表现自信所带来的"美丽"，但句①只是一般的概念，"美丽"是抽象而模糊的。而句②用"枫树""梅花"和"真金"的意象来演绎"无所畏惧""永不退缩"就具体可感，有了一种盎然的诗意。

（四）简明

简明，就是以尽可能少的语言符号，传递尽可能多的信息，并取得最佳效果。

1. 避免啰嗦，不说废话

**【例4】** 为使下面的语段简明顺畅，必须删掉一定的词语：

2011～2012年度，我校将扩大招生人数①，由原来的23个教学班级②增加到31个。由于我校的教室十分③严重④不足，因此急需新建教室。现在，虽然我们已多方进行⑤筹措，但经费问题仍然难以解决。用什么办法能解决眼下⑥的燃眉之急⑦呢？

**【解析】** 文中"班级"表义不准确，应删掉"级"。"十分…'严重"属语意重复，从上下文表义需要来看，删掉③较好。"进行"也属冗赘词语，删去⑤。用"眼下"来修饰"燃眉之急"属语意重复，删去⑥，"的"也要相应删去。结果为②③⑤⑥。

2. 避免晦涩，便于理解

**【例5】** 回答：地方法院究竟允许不允许在学校附近修建剧场？

地方法院今天推翻了那条严禁警方执行市长关于不允许在学校附近修建任何等级的剧场的指示的禁令。

**【解析】** 通过"层层剥皮"即市长不同意——禁令不许执行市长指示——法院推翻了禁令，从而可以知道，地方法院不允许在学校附近修剧场。

3. 避免歧义，防止误解

A. 他背着总经理和副总经理偷偷地把这笔钱分别存入了银行。

B. 这次考试不难，但他准备得不够充分，差点儿就没及格。

C. 局长嘱咐几个学校的领导，工作一定要有起色。

4. 避免杂糅，表意明确

**【例6】** 这次网络短训班的学员，除北大本校人员外，还有来自清华大学等15所高校的教师、学生和科技工作者也参加了学习。

【解析】前句说"短训班的学员"，后句到"科技工作者"就应结束，不可以两句话一起说。

（五）连贯

连贯，就是语言表达要兼顾中心话题、合理的语序和恰当的语言表达形式这三个方面。

1. 抓中心句（总领句、总结句、过渡句、解说句、观点句、材料句等），是抓准中心的重要手段，一个句群的中心，大多用一个关键句表达。这一关键句往往放在句首，也有放在句尾的。

2. 抓"句链"。理顺句序，要尽可能多地确定出必然相连接的句子。找到"句链"。

3. 抓标志

比如关联词语、暗示性词语、相同的句式、陈述对象前后一致、句子之间的对应关系等。

【例7】保护动物已不是人们陌生的话题。人类的发展，也早已达到可以把其他动物玩弄于掌中并主宰它们命运的程度，但当_____、_____、_____、_____的时候，人类真正考虑过动物和人在生命意义上的平等吗？

①兔子小鸡成为孩子们的玩物　　　　②耕作的动物在田间劳作
③老虎服服帖帖在舞台上表演　　　　④用于实验的动物为科学献身
A.①②④③　　　　B.②③①④　　　　C.③①②④　　　　D.②④①③

【解析】连续并列的几个短语，不妨进行分类，并与上下文对应。此句的关键词是"玩弄于掌中"和"主宰它们命运"，因此①③一组，②④一组，故选C。

（六）得体

得体就是根据语境条件使用语言，说话时的场合、背景、双方的身份。包括符合表达者身份和接受者的接受因素，符合特定的场合、目的需要，有分寸感三个方面。

## 第二节　高考语用答题技巧

1. 扩展语句

（1）一致性原则：即扩展的语句要尽量保持与原句的情境、结构、风格、语气各方面协调一致。

（2）合理性原则：即扩展的内容要合情合理，不能偏离话题，离开重点，背离生活。

（3）新颖性原则：即扩展的语句不仅要包孕原句的内容，而且要使语意在原句的基础上更充分、更具体、更形象、更透彻。常需要用多种修辞手段进行大胆的创造。

2. 压缩语段

（1）弃枝取干

所谓"弃枝取干"，就是在压缩语段时，删除原文段中的次要信息，保留其中最主要的信息。

（2）避虚就实

从近年高考压缩语段试题的供材类型看，新闻语段是首选材料。深入辨析，可以发现好多新闻语段并非句句都是新闻，往往虚实相间。这类语段，在压缩时，可采用"避虚就实"的方法。

（3）整合要点

有些语段，信息要点比较分散，其内涵是若干要点组合而成。在压缩语段时，要对文中信息要点加以整合，使得答案全面、完整、不遗漏。体现这一原则的最好的例子是提取"关键词"。

3. 仿写

仿写也叫仿句，是按照题目已经给出的语句的形式，再另外写出与之相仿的新句，仿句只是句式仿用，内容则要创新。所以有人说，仿写句子的基本原则是形似质新。用我的话来说，就是仿写的原则是：形式是他们的，内容是我们的。在这点上正好和改变句式相反，后者的原则是：内容是他们的，形式是我们的。因此，仿写既要形式模仿，又要内容创新。二者缺一不可。一模有一道仿写的试题。

4. 选用、变换句式

这种句式的特点，一是有较多的理解的成分，要把原句彻底消化掉，原句表达和隐含的所有信息都要心中有数；二是考生较多地需要语法观念；三是对考查学生的文字组织能力有较好的功效。用得较多的题型有长短句的互换，整句与散句的互换，句子重组等。近年来重组句子出现得比较多。

改变句式有三个基本要求：一是改变后的句式要符合规定（比如要你改变成复句就不能再是单句），二是改变后的句子必须通顺，不能出现新的语病；三是必须忠于原文，原句的信息不能有丝毫的改变或增删。就是说：内容是考官给的，形式是考生自己的。

## 第三节　高考语用精讲解析

### 一、仿写

句子的仿写已经成为一个热点，是对考生语言表达的综合测试。"仿用句式"就是按照题目已经给出的语句的形式，再另外写出与之相仿的句子。只是句式仿用，文字内容不能完全一样。仿句类试题往往带有很大的综合性，不只是单纯对句子结构方式的模仿，同时还会兼及内容和修辞等多方面的要求，难度自然要大大增加。

"仿写"解题的具体过程是：先看题干要求，再看语言材料即例句的内容，然后看句式或表现手法，最后下笔。

仿用句式，要找全句式上的模仿点。近年来高考考仿用句式，经常与"正确运用常见的修辞手法"结合在一起考查，仿用句式时，要同时符合修辞方面的要求。从修辞角度看，主要有比喻句、排比句、对比句、对偶句等形式；从句式角度看有假设句、因果句、条件句、转折句等形式，也就是侧重于整句，常见的题型主要有以下四种：

1. 嵌入式

所写句子夹在已供材料中间，一般限定了句子表达的思维空间，要求与前后语句搭配得当，句式或前或后要相同。

【例1】在下面横线处填入适当的语句，组成前后呼应的排比句。

人民共和国迎来了她五十诞辰。六十年像一条长河，有急流也有缓流；六十年像一幅画卷，有冷色也有暖色；＿＿＿＿＿＿，＿＿＿＿＿＿；六十年像一部史诗，有痛苦也有欢乐。长河永远奔流，画卷刚刚展开，＿＿＿＿＿＿，史诗还在续写。我们共和国正迈着坚定的步伐，跨入新的时代！

仔细分析所给的句式，应有以下三个特点：

(1) 比喻。文中列出三个类似的比喻句子（像），那么也要造类似的比喻句才可以。可以写"六十年像一首歌曲"，"六十年像一个赛场"，"五十年像一部戏剧"，"六十年像一条大路"等等。

(2) 前抑后扬。从"有急流也有缓流"，"有冷色也有暖色"可以看出，前者表低落，后者表扬起，那么在拟定新句子的时候，可以注意到这个特点。与上面对照，可以写"有低音也有高音"，"有失误也有成功"，"有平静也有高潮"，"有弯曲也有笔直"等等。

（3）前后照应。"长河永远奔流"照应"有一条长河"等，那么续文也应照应上文的内容，可以写"乐曲渐趋高潮"，"赛事正趋激烈"，"剧幕徐徐拉开"，"大路继续向前"等等。

【参考答案】五十年像一首歌曲，有低音也有高音 乐曲渐趋高潮。

2. 续写式

根据例句的内容和句式，续写一个或多个句子。

【例2】在画线部分填上恰当的话，使分号前后内容、句式对应，修辞方法相同。

① 悲观者说，希望是地平线，就算看得见，也永远走不到；

乐观者说，希望是_____，_____，_____。

② 乐观者说，风是帆的伙伴，能把你送到胜利的彼岸；

悲观者说，风是_____，_____。

【参考答案】①（希望是）启明星，即使摘不到，也能告诉人们曙光就在前头。②（风是）浪的帮凶，能把你埋葬在大海深处。

3. 命题式

设定一个语言材料，再另外命题确定内容，按照例句式仿写。

【例3】仿用下面两个比喻句的句式，以"时间"开头，写两个句式相同的比喻句。

书籍好比一架梯子，它能引导我们登上知识的殿堂。书籍如同一把钥匙，它将帮助我们开启心灵智慧之窗。

① 此题仿写的句子内容上与例句无关，只是句式要求一样。要求认真看清例句的句式特点：即两个并列的比喻句。做题要善于联想，做到比喻得当。

② 试题的基本要求有两点：一是必须以"时间"作为本体；二是必须写出两个并列关系的比喻句。如果再仔细分析，本题的要求还有三点：一是比喻中本体必须出现，可以是明喻或暗喻，但不能是借喻；二是每句话的两个分句均为主谓句，后一个分句为兼语式；三是前后两分句的语意必须衔接，后一个分句应对前一个分句从功能及作用上作出合理的解释。如将书籍比作梯子，下面紧接着就写梯子能"引导"人"登"上殿堂，又如将书籍比喻成"钥匙"，下面就说它能"开启"心灵之窗。

【参考答案】时间好比一个良医，它能教我们医治流血的伤口。时间如同一位慈母，它将帮助我们抚平心灵的创伤。时间好比清风，它能帮助我们驱散心头的愁云；时间好比细雨，它能协助我们涤去心灵的杂质。

【例4】下列两个句子都写到"虚伪"。前一句直接表述，言简意赅；后一句连续类比，形象生动。请在"友谊""勇敢""信任"中任选一个词，仿写两句话。（4分）

（1）虚伪和欺诈产生罪恶。（［美］爱迪生）

（2）蚜虫吃青草，锈吃铁，虚伪吃灵魂。（［俄］契诃夫）

【标准】

① 不在题目规定的"友谊""勇敢""信任"中任选一个词仿写，该题不得分。

② 要求（1）（2）两句所选的词一致。如果不一致，最高只能得2分（总分4分）。

③（1）句式要求：联合词组【友谊（勇敢）（信任）＋□□】＋动宾词组。

④（1）内容要合理，明显不合理的如"勇敢和坚定产生光明"，不得分。

⑤（1）句式不符，内容合理举例："友谊是心灵的桥梁""关心和信任，给人温暖""勇敢和努力定会成功""患难中的友谊是真正的友谊""勇敢和友谊让你成功"，均得1分。

⑥（2）句式相仿，要求：其一，陈述对象作主语的主谓宾结构。但用"是""像（似）（仿佛）"组成的句子不属"相仿"范围。其二，构成排比，所用的三个动词不要求相同。

⑦（2）类比恰当，要求：其一，前面两句至少有一句是具体的实在的事物的说明。其

二，因为以"友谊""勇敢""信任"作为陈述对象，因此它的含义是积极的，前两句应与之一致。值得注意的是，照抄原句中的任何一句，即不得分。

⑧（2）举例：

土地出小草，鸡蛋出小鸡，勇敢出英雄。（得2分）

蝌蚪变青蛙，蚕变蛾子，友谊变真情。（得2分）

佛靠一炷香，树靠一张皮，友谊靠沟通。（得2分）

森林丢弃沙漠，大海丢弃陆地，勇敢丢弃懦弱。（扣1分，"丢弃"用得不恰当）

糖类给人能量，脂肪给人热量，友谊给人力量。（扣1分，扣句式）

风推动帆，水托起舟，友谊送你到幸福的彼岸。（扣1分，扣句式）

路是地上的通道，桥是河上的通道，友谊是思想上的通道。（扣1分，扣句式）

亲情是定心丸，温情是小棉袄，友谊是雪中炭。（扣2分，扣句式，扣类比）

【参考答案】勇敢和无畏等于胜利。刀剑克硬木，水克火，勇敢克困难。

4. 开放式

不提供语言材料，只有内容或形式的要求，所写句子的内容或形式隐含在答题者的阅读视野中。

【例5】以"成功"和"失败"为中心，写一段排比句

【简析】此题只限定的内容，排比的形式可多种多样，比较灵活。如比喻式排比，对比式排比等。主要是要有丰富的联想能力。

【参考答案】虚心的人往往成功，懒惰的人常常失败；自信的人往往成功，自卑的人常常失败。

## 二、广告

广告曾被称为"纸上的推销术"。换言之，广告词是广告的灵魂，广告的魅力就是语言表达的魅力。拟写公益广告词体现了"简明、连贯、得体"的考点要求，切合"正确使用常见的修辞手法"的要求，同时还凸现了语文"生活化、实用化、人文化"的特征。好的广告词都尽可能用"美"和"善"的人格目标进行诱导，唤起人的潜在欲望，或激起人的崇高感，从而使外在的行为要求变成一种内在的自觉意识，"安全才能回家"远比"严禁超速行驶"来的有力量。

拟写广告词这一综合性的题型体现了对语文知识和语言实践相结合的高度重视，能引导同学们切实提高自身的语文素养，关注社会、个人和生活，凸现人文意蕴。

（一）广告词的分类

1. 公益广告词

公益广告是广告的一种，它是对某些行业中的特定对象，或对公共场合中的社会公众作出的特定要求。好的公益广告词一般有三个方面的标准：

（1）语言简明，主题鲜明

广告词太长了一般不容易记住，因此要尽可能做到语言高度浓缩，篇幅短小精练；广告是说给大众百姓的，因此，用词又要平白简易通俗，大众化，而且朗朗上口，有时越是市井语言越是容易被老百姓接受记牢，故作高雅反而不利传播。

【例1】请拟一条以"食品安全"为内容的公益广告词。要求主题鲜明，形象生动，语言简明。（在10～20个字之间）

【参考答案】民以食为天，安全重泰山。

（2）感情真挚，语气真诚

【例2】请拟一条以"注意交通安全"为内容的公益广告词。要求主题鲜明，感情真挚，

构思新颖，语言简明。（20个字以内）

**【参考答案】** ①高高兴兴出门去，平平安安回家来；②手握方向盘，时刻想安全！

（3）构思新颖，富有创意。

广告是用创意说话，它拒绝平庸。因此，要从思维的最佳切入角度，用富有艺术的手法，寻找心灵振奋的激发点，把话说到人的心坎上，引起共鸣，从而实现"一语惊醒梦中人"的目的。

**【例3】** 请拟一条以"公民义务献血"为内容的公益广告词。要求主题鲜明，感情真挚，构思新颖，语言简明。（在10～20个字之间）

**【参考答案】** ①"一针见血"，生命会因你而再次跳动。（双关，语言简短，切中要害）②民族在奉献中崛起，生命在热血里绵延（对偶）③血，生命的源泉，友谊的桥梁（比喻）

2. 商业广告词

经典的广告词总是丰富的内涵和优美的语句最曼妙的结合。商业广告词是品牌的灵魂，对消费者理解品牌内涵、建立品牌忠诚具有不同寻常的意义。不少世界级顶尖品牌的声誉，就是由人们耳熟能详的经典广告词传播的。如雀巢咖啡广告词：味道好极了！这是人们最熟悉的广告词，琅琅上口，简单而意味深远。雀巢公司以重金在全球征集新广告词，结果发现竟然没有一句能够比它更经典，所以永久地保留了这句广告词。又如戴比尔斯钻石广告词：钻石恒久远，一颗永流传。这句广告词不仅道出了钻石的真正价值，而且也从另一个层面把爱情的价值提升到一个美妙的高度。

商业广告词的撰写，可以注意两点：

（1）从产品的特征切入。如舒肤佳护肤品的广告词"舒肤佳，爱心妈妈，呵护全家"，让人想起爱心呵护，倍感温暖，以浓厚的人情味引起共鸣，收到了很好的广告效益。商业广告词的撰写，

（2）从产品的功能切入。如某打字机的广告词"不'打'不相识"，用武侠电影中英雄好汉们因过招而相识的语句，字面简洁，语气铿锵，雅俗共赏。

（二）广告词的拟写方法

1. 语言朴实自然

公益广告要质朴无华，随和亲切，充满人文关怀；商业广告要从整体策略上、从营销传播的目的上、从消费者需求的感受上着眼，不夸饰，不矫情。如"牙好，胃口就好，身体倍儿棒，吃嘛嘛香"（蓝天六必治牙膏），口语化，生活化；再如"回家的感觉真好！请您注意行车安全"（广深高速公路），自然亲切，充满人性关怀。

2. 借用修辞手段

对偶：说地地道道普通话，做堂堂正正中国人！（推广普通话广告词）

顶真：车到山前必有路，有路必有丰田车。（丰田汽车广告词）

比喻：普通话——13亿颗心与心之间的桥梁。（推广普通话广告词）

双关：趁早下班（斑），请勿逗（痘）留。（谐音双关的化妆品广告词）

拟人：显然刚被飞利浦吻了一下。（飞利浦剃须刀广告词）

引用：轻轻的我走了，正如我轻轻的来。（阅览室标语）

夸张：本产品在世界各地的维修工作是最寂寞的。（某空调广告词）

3. 注意音韵节奏

人间自有真情在（zài），献出热血播种爱（ài）。

一点热血助他人（rén），一颗爱心好精神（shén）。

生命在呼唤，血液在期待（dài），献出您的爱（ài）。

"来也匆匆，去也冲冲"（厕所广告）、"你手下留情，我回赠芳馨"（公园公益广告）、

"要想富，少生孩子多种树"（计划生育广告）音韵和谐，朗朗上口；"一滴血，一份爱，一生情"（公民义务献血广告）、"民以食为天，国以税为本"、"喝了娃哈哈，吃饭就是香"（儿童乳酸饮料）节奏明快，通俗易记。

4．特殊方法

（1）借用/借鸡生蛋型（化用或借用歌词名句）。

鲜血诚宝贵，救人品更高。（源自裴多菲诗句"生命诚可贵，爱情价更高"）

但愿人长久，热血注心田。（源自苏轼的词"但愿人长久，千里共婵娟"）

（2）恐惧警告。恐惧诉求型展现"不作为"的危害，描述某些使人不安、担心、恐惧的事件或发生这些事件的可能性，但要注意广告展现恐惧程度要适当。

世界上的最后一滴水将是人类的眼泪！

人有旦夕祸福，谁敢说：我不要输血？

有人正在病床上渴盼血液，如果没有献血者……

## 三、主题词

所谓主题词，就是用来标明图书、文件等主题的词或短语。

由于受试卷篇幅的限制，高考试题不可能将图书或某些大篇幅的文件作为命题的材料来考查主题词的拟写。但是，为某一重要的会议或活动拟写主题词是非常简便易行的考查方法。事实上，我们学习语言的终极目的就是为了应用于生产生活或解决生活中的各种实际问题。从测量学角度来看，选择简单的会议或活动来考查考生拟写主题词的能力，既是考查考生灵活运用语言解决实际问题的有效途径，也是考查考生面对实际科学创新能力的有效办法。

【例1】毕业前夕，班里举行一次以"友谊"为主题的班会，请你在黑板上写两句话，以彰显主题，营造气氛。要求每句话不少于7个字，两句话字数相等，句子结构大体一致。（6分）

【解析】考题设问情境的明示信息非常明确，以"友谊"为主题，目的是彰显主题、营造气氛，"每句话不少于7个字，两句话字数相等，句子结构大体一致"是结构和字数上的要求。除了明示性信息，还必须注意隐含信息，即信息的接受者是班上的同学，信息的发出者是同学中的一员，语言使用的场合是适合于班会。

【参考答案】①你我心贴心手牵手，彼此友谊天长地久。②今日同学相聚共话美好未来，明日大家分手齐说深厚友谊。③ 同学相聚话友谊，展望未来说深情。④带走知识和智慧，留下友谊和真情。

## 四、长短句变换

长变短就是把原来单句中的修饰成分变成几个复句分句或一个句组，变换后的短句既可以是单句，也可以是复句或句群，但必须是一句或一段中心明确、内容完整、语句连贯的话。短变长，则主要是把复句形式的几个句子组合成结构复杂的单句。

（一）变换原则

长短句变换要遵守"不得改变原意"、"可适当增删词语"、"可调整语序三个原则"。"不得改变原意"，这是句式变换的最基本原则。特别是有否定词"不""无""没有""否则"等或"禁止""推翻""反对""主张"等词同用在一句中的时候，考生稍不留心就会把句意弄反了。

（二）解题步骤

【例1】俄罗斯科学家最近设计出一种外形为不透光的黑色管状物，具有重量轻、能小、精确度高、抗干扰能力强的特点和数字摄像、使航天器准确识别方向等功能的新型星际"指南针"。

（1）提取主干法

把长句的主干成分提取出来，使之成为一个短句。无论多复杂的长句，总是只有一套大的主谓宾结构，即使里边还有其他主谓宾结构，它们也只是充当了大主谓宾结构的句子成分，所以长变短首先要提取句子的主干。

此句的主干——大主谓宾结构是：俄罗斯科学家设计出新型星际"指南针"。

（2）梳理枝叶法

将复杂的修饰语（多层定语或多层状语）根据表达的意思切分成几个短句。多层定语、状语的排列是有一定顺序的：

① 多层定语的一般排列顺序是：领属＋数量＋各种短语＋形容词＋名词；

② 多层状语的一般排列顺序是：时间＋地点＋副词＋形容词＋表对象的介宾短语。

根据可操作性原则，复杂的修饰语一定是由至少一个主谓短语、动宾短语或复句分句形式构成，因此本句我们至少可以切分出这样两个意义相对独立的语句，即"外形为不透光的黑色管状物"（小主谓宾结构）和"具有重量轻、能小、精确度高、抗干扰能力强的特点和数字慑像、使航天器准确识别方向等功能"（小动宾短语）。

（3）拆分组合法

将并列成分拆分，且重复跟并列成分直接相配的成分，形成叠用句式，变成并列的分句。例句中切分出的第二个短句比较长，其中的谓语中心词"具有"支配了两个宾语"特点"和"功能"；若进行进一步拆分，让"具有"与两个宾语"特点"和"功能"分别搭配一次，还可得出两个短句："具有重量轻、能小、精确度高、抗干扰能力强的特点""具有数字摄像、使航天器准确识别方向等功能"。

（4）复指置换法

借助复指，把长句附加成分变成分句，然后用一个代词去取代它。为保持话题一致，使内容衔接自然顺畅，根据不改变长句原意的原则和不一一对应原则，有时需添加必要的主语和必要的"润滑剂"——上下文间的衔接词语，如"这样""它""因而""却"等必要的复指代词或关联词；有时还可改变词序句序，重新排序组句；有时还需重复某些词语或者删去一些不必要的虚词、重复性词语，然后组合成符合要求的语段。

这样此句变换的结果可为：①俄罗斯科学家最近设计出一种新型星际"指南针"。②这种新型星际"指南针"的外形为不透光的黑色管状物。③它具有重量轻、能小、精确度高、抗干扰能力强的特点。④它还具有数字摄像、使航天器准确识别方向等功能。

短句变长句的方法则大体与长句变短句相反（主要用还原法），关键是确立一个主干句，同时注意逻辑事理关系；另外要弄清下定义的一般格式：被定义概念＝种差＋属概念。

## 五、解说词、欢迎词、手机短信

1. 解说词

解说词一般用于图片、幻灯、展览、纪录影片、新闻实况录音、电视等的解说。解说词的主要表现方法是叙述和说明，有时是叙述、说明、描写、抒情、议论相结合。优秀的解说词，往往采用夹叙夹议，或与抒情相结合的形式。

写解说词要求语言简洁明了，能把事物的本质特点及相关内容解说清楚，让读者或观众能获得对事物的深刻、鲜明的印象。它是把语言的实用性和艺术性结合起来进行考查的一种创新题型。

【例1】请为你班方队撰写一段校运动会入场式上经过主席台时的解说词。

【要求】不得出现校名、人名及其他相关的信息，不超过80字。

【分析】解说词不仅有介绍、说明作用，还要有一定的感染力，要引起强烈的共鸣。当然，除了形象的语言外，如果还能运用排比、对偶、反复等修辞手段，并注意语言的音韵与节奏，效果会更佳。

【示例】迈着矫健、自豪的步伐向主席台前走来的是高三（5）班的代表方队。看，他们脸上洋溢着微笑，眉宇间蕴藏着拼搏的锐气。他们决心在本届运动会期间搏击风浪，再创佳绩！

2. 欢迎辞

欢迎辞是用来对来者表示欢迎的言辞，它好比一场戏的序幕，一篇文章的序言，一次演讲的开场白，恰到好处的欢迎辞往往能给人留下良好印象。

【例1】今年4月，中国国民党荣誉主席连战回到福建祭祖，请你以福建学子的身份写一段真切自然、简洁得体的欢迎辞。（不得出现与考生真实身份有关的人名、市县名及山水地理名等信息；不超过60字）

【分析】欢迎辞内容应根据国籍、团体、时间、地点及身份的不同而有所区别，不可千篇一律。一方面要符合自己福建学子的身份，另一方面要使对方感到真切、热情。总之，欢迎辞用词要得宜，表达要得体，感情要真挚。

【示例】尊敬的连战先生，我们福建学子热烈欢迎您回乡祭祖，愿您"寻根之旅"顺利、圆满和愉快，期盼您和家人常回家看看。

3. 手机短信

手机短信的最大特点就是短小精悍和具有较强的情境性，它要求编写手机短信时，语言必须简练、隽永，以最少的字数传达最多的信息，直接考查学生的语言运用能力。另外，在同一情境下进行短信写作，要具有创造性的思维能力，能善于运用新颖的形式、别致的话语、巧妙的修辞手法来表达自己的真情实意，它能反映出编写者语言运用能力和创造性思维能力的高低。

手机短信作为一种新生事物，作为人们生活的一个组成部分，终于走进了高考。一般而言，短信的语言、内容必须要注意场合、礼貌，要符合双方的身份。好的短信应讲究文采，要注意修辞手法的运用。

【例1】请在保留主要信息的基础上，将下面一则手机短信压缩到15字以内。

我正在车上，环境嘈杂，通话不方便。9点到达目的地。等我到了目的地，会给你打电话，你也可以给我打电话。

【分析】这一题型呈现出新与旧的有机交融。所谓的新，它是以手机短信的形式出现，紧扣时代脉搏；所谓的旧，一者此题型与拍电报本质上是一码事，二者它考查的是压缩语段。这种既有所继承又有所创新的特点，体现出了这道题的价值。

【参考答案】车将于9点到达，届时电话联系。

此外，语言运用还有人物评价、赞美词、邀请语、编写贺卡词、题写赠言、编写串联词、新闻点评等多种类型，希望考生复习时注意类型习题的广度和解题要点。

# 第四节　十年高考语言运用精炼

十年高考语言运用精炼全面汇集了（2000～2011）十余年来全国各省份64道高考语言运用真题，覆盖面广，内容丰富。目的是通过语段结构关系的客观规定性训练提升考生语言理解能力、语言组合能力和语言表达能力，也同时训练考生的思维判断能力。

**吕丽高考语文讲堂·语用·第1练　【2011高考15套】**

【第1套·新课标全国】

16. 下面这个长句改成几个较短的句子，可以改变语序，增删词语，但不得改变原意。（5分）

巴黎之行让我对法国作家和诗人维克多·雨果为建立法国文学创作者的著作权保护机构——法国文学家协会所做的工作，为促成制定保护文学艺术作品著作权的国际公约——伯尔尼公约做出的杰出贡献有了更深的了解。

答：_____

17. 仿照下面的示例，自选话题，另写三句话，要求使用比喻的修辞手法，句式与示例相同。（6分）

平凡是泥土，孕育着收获，只要你肯耕耘；

平凡是苗圃，孕育着烂漫，只要你肯浇灌；

平凡是细流，孕育着浩瀚，只要你肯积聚。

答：_____

_____

_____

【第2套·全国】

18. 请在下面一段文字中的横线处填入恰当的词语，使整段文字语意连贯，逻辑严密，层次分明。（5分）

从读大学到当老师，我跟随郭先生十几年了。这十几年间，每每有不懂的问题，就去先生家，①____有问，必有答。先生偶有记不清楚的，②____亲自去图书馆查来，抄得整整齐齐地给我。这些年来，问的问题不计其数，③____也不乏幼稚之处。④____张开嘴后自己都悔之不已，但是先生却认认真真地为我解答；有时先生才说两句我就表示懂了，先生⑤____要我说出来，看我想的对不对。

答：①____ ②____ ③____ ④____ ⑤____

19. 把下面的这个长句改写成几个较短的句子，可以改变语序、增删词语，但不得改变原意。（4分）

总结是一个组织或个人在工作、学习告一段落后，进行回顾、检查、分析和评价，从中找出成功的经验或失败的教训，悟出个中的道理，得出规律性的认识，并用以指导今后的工作而形成的书面材料。

答：_____

20. 仿照下面的示例，自选话题，另写三句话，要求使用比喻的修辞手法，句式与示例相同。（6分）

谅解是一股和煦的春风，能消融凝结在人们心中的坚冰；

谅解是一场绵绵的细雨，能洗涤飘落在人们心头的尘埃；

谅解是一束温暖的阳光，能驱散积聚在人们心上的阴云。

答：_____

_____

_____

【第3套·辽宁】

16. 把下面这个长句改写成几个较短的句子，可以改变语序、增删词语，但不得改变原意。（5分）

他的著作用康德、叔本华的美学思想，就境界的主客体及其对待关系、境界的辩证结构及其内在的矛盾运动、境界美的分类与各自特点，对境界这一中国传统的美学范畴进行了详细的阐释。

答：_____

17. 仿照下面的示例，自选话题，另写三句话，要求使用比喻的修辞手法，句式与示例相同。（6分）

人生如一首诗，应该多一些悠扬的抒情，少一些愁苦的哀怨；

人生如一幅画，应该多一些亮丽的着色，少一些灰暗的点染；

人生如一支歌，应该多一些激昂的欢唱，少一些悲观的咏叹。

答：_____

_____

_____

【第4套·天津】

22. 请把下面的句子组成连贯的一段话，只写序号。

① 随着各种高效储能技术的成熟和智能电网的兴起，太阳能携手海浪和海风，向我们输送源源不断的电力。

② 同时，化石能源的燃烧导致了大量二氧化碳的排放，加剧了全球气候变化，这已经是公认的全球性头号环境问题。

③ 说不定人们会用墙体太阳能发电系统为自己的电动汽车充电，我们的住宅和办公楼更为节能、舒适。

④ 而新能源在不远的将来会大踏步走进我们的生活。

⑤ 工业化国家通过大量使用化石能源提高了自身的福利水平，而广大发展中国家则需要不断提高能源消费水平，存量有限的化石能源其实是在加速消耗中。

答：_____

23. 请从以下 7 个词语中任选 4 个，写一段话，要求语意完整合乎情理，不超过 48 字。(4 分)

给力　雷人　粉丝　妙趣横生　山重水复　美不胜收　怡然自得

答：_____

24. 根据以下材料，按要求作答（6 分）

2012 年 9 月，第九届全国大学生运动会将在天津举行，预计有来自全国 31 个省、市、自治区及港澳地区的 7000 余名运动员、教练员、裁判员参与盛会，下面是此次大运会的吉祥物"津津"。

(1) 请你以东道主的身份，根据左图向大家介绍吉祥物"津津"，要求描述形象，并说明寓意。(4 分)

答：_____

(2) 请为第九届全国大学生运动会拟一条宣传语。(2 分)

答：_____

## 【第 5 套·湖南】

19. 阅读下面的文字，完成题目。

2010 年第六次全国人口普查主要数据公布

本报北京 4 月 28 日电　国家统计局局长马建堂今天宣布，第六次人口普查数据显示，全国总人口为 1370536875 人。其中：普查登记的大陆 31 个省区市和现役军人的人口 1339724852 人，与 2000 年第五次全国人口普查相比，十年增加 7390 万人，与 1990 年到 2000 年的十年之间人口净增长量 1.3 亿相比，减少了约 5600 万人。十年人口数字的变化反映出，我国人口过快增长的势头得以控制，人口素质不断提高，城镇化进程步伐加快，同时也面临着人口老龄化的趋势在加快，流动人口规模不断扩大，出生人口性别比偏高等挑战。

根据第六次人口普查的结果，全国男性人口占 51.27%，女性人口占 48.73%。居住在城镇的人口为 66557 万人，占总人口的 49.68%，同 2000 年人口普查相比，城镇人口比重上升 13.46 个百分点。按常住人口分，人口数量排在前五位的是广东省、山东省、河南省、四川省和江苏省。

（选自《人民日报》2011 年 4 月 29 日头版，有删节）

请从上述消息中，自选一个角度，写一篇 200 字左右的新闻短评。(9 分)

答：_____

20. 阅读下面的文字，完成题目。

老吾老，以及人之老；幼吾幼，以及人之幼。（《孟子·梁惠王上》）

视人之国若视其①国，视人之家若视其家，视人之身若视其身。（《墨子·兼爱中》）

［注］①其：反身代词，指自己。

简要分析上述两段文字含义的异同及所体现的儒、墨两家思想的异同，并联系现实谈谈你的看法。200 字左右。(9 分)

答：_____

## 【第 6 套·江西】

20. 参照下面鲁迅先生的画像，结合你对鲁迅的了解，刻画你心目中鲁迅的形象。(15 分)

要求：

1. 使用第二人称，侧重肖像描写。

2. 运用比喻、排比两种修辞手法。

3. 结构相对完整，语言简明、连贯、得体。

4. 不少于 200 字。

答：_____

**【第7套·福建】**

16. 阅读下面的文字，按要求回答问题。(3分)

从荧①（píng）到银幕，从歌剧院到博物馆，从舞台到广场……几年五一假期，文化市场分外火爆，既有演唱会这样的新时尚，又有免费演出等惠民之举。②，文化市场的蓬勃发展，掩盖不了文化资源分布不均的事实。不仅发达地区与欠发达地区之间存有文化落差，不同年龄阶段的观众所能享受的文化服务也有不小差异。因此③，如果坚持文化的惠普性④？我们在欢呼成绩的同时⑤，还需冷静思考的⑥。

(1) 在①处根据拼音填写正确的汉字。(1分)

(2) 在②处填上一个恰当的关联词语。(1分)

(3) 文中③—⑥处的标点符号有一处错误，请指出并改正。(1分)

答：第_____（只填序号），改为_____。

17. 阅读下面的材料，回答问题。(10分)

某翻译家在《文艺报》上撰文指出：有人说中国人称自己的国家为"中国"，表示自己是坐镇在世界中央的天朝，说明中国人自傲。但从国名的中文翻译来看，译名却能够表达中国人的感情。例如，"英国"为什么不译作"阴国"？"美国"不译作"霉国"？"德国"为什么不译作"歹国"？这是因为中国人要从同音字中选出具有最美好含义的字来命名这些国家。用什么字呢？用"英雄"的"英"、"美丽"的"美"、"道德"的"德"、"法律"的"法"、"芬芳"的"芬"、"祥瑞"的"瑞"……而外国，比如英国，用英文译别国的国名，只用音译，译名中不含有褒贬意义。

(1) 请用一句话概括该翻译家的观点。(3分)

答：_____

(2) 请简要阐述你对上述材料的看法。(150字左右)(7分)

答：_____

**【第8套·安徽】**

17. 下面一段文字后的四个选项中，能准确概括文字内容的一项是（　　）。(3分)

琴声渐起。我仿佛看见一滴滴饱满的水珠儿洒落在含苞待放的桃花上，又恋恋不舍地挂着丝儿似的落下来，犹如一个活泼的小精灵。这是一条奔腾不息的大河，它裹挟着泥沙、卵石，翻滚着向前奔去，撞击着河岸，向阻挡它的一切势力发起猛烈搏击。那河上还有勇敢的艄公，正在与恶浪搏斗。一阵清风穿过树林，一粒沙子从屋檐上滚落，掉在门前那口空水缸里，清脆悦耳，回音似磬。琴声欲止，似一朵烟花静静地绽放。

A. 琴音似水　　　B. 琴音遐想　　　C. 琴声悠扬　　　D. 琴声如风

18. 下面五个句子中四个有成语，请先写出有语病句子的序号，然后加以修改。(4分)

① 中国有超过300多万平方公里的辽阔海疆，还有众多的内陆水域，水下文化遗产丰富。这些遗产在整个文化遗产保护事业中占有重要地位。

② 近年来，随着新农村建设的快速推进以及农村精神文明建设的大力发展，农村文化建设有了长足的发展，农民文化生活也越来越丰富。

③ 在丁俊晖走出其运动生涯的一段低谷后，本赛季战绩辉煌，夺得温布利大师赛冠军，并在世锦赛上闯入四强，平了亚洲选手在世锦赛上的最好成绩。

④ 从2010年9月1日起，安徽省所有基层医疗机构都降低了药费，省医改办提供的数据显现，我省基本药物采购价相对于国家零售指导价总体下降了52.8%。

⑤ 日本东京电力公司正全力以赴地处理福岛核电站事故，这场事故或许能在短期内得到妥善处理，但东京电力公司所面临的信任危机能否在短期内消除，值得期待。

| 序　号 | 修　改 |
|---|---|
|  |  |
|  |  |
|  |  |

19. 下面是某班黑板报上的一段文字。请参考上下文，在横线上仿写出恰当的句子。

我不想知道你的电脑多么高级，我只想知道它是不是你了解世界的窗口。

我不想知道你的语言有多么华美，① _____

② _____，③ _____

我不想知道你的理想多么远大，我只想知道他是不是你学海航行的灯塔。

20. 暑假里，几名高中学生相约去拜访班主任李老师，宛风给老师打电话预约。请你补写出以下电话内容的空缺部分。要求：符合语境，简明得体。(5分)

宛风：① _____

李老师：噢，宛风啊。

宛风：② _____

李老师：好啊！欢迎欢迎！

宛风：③ _____

李老师：那就今天下午 3 点到我办公室吧。

宛风：④ _____

李老师：好的，再见。

## 【第 9 套·重庆】

18. 请找出下列三项中有语病的一项，并针对语病进行修改。

(1) 与过度利用自然资源相关造成的现象，如全球变暖、土地荒漠化、臭氧层空洞扩大等，都给人类生存带来了严重危害。

(2) 湖南长沙马王堆三号汉墓出土的帛书《驻军图》中，标有"箭道"二字的城堡上，可看到有道路蜿蜒而下。

(3) 按照一定顺序准确无误地将一长串数字记住，比牢记内容相互关联的文本或图像难度更大。

有语病的一项是：_____ (2分)

针对性修改：_____ (2分)

19. 请从下面四个选项中选出恰当的喻体填在横线上（只填序号），并简要说明理由。

①黑墨　　②黑钻石　　③黑夜　　④黑葡萄

(1) 此刻，她那_____般的眼睛深情地注视着他，带着瓷城女子半洋半土、半文半野的气味。

(2) 透过墨镜望去，姑娘的脸呈平滑的褐色，眼睛像_____似的，闪烁着奇异的光亮。

(1) _____，理由：_____。

(2) _____，理由：_____。

20. 下列图标是对汉字"书写"现状的调查。请仔细阅读，完成后面的题目。

平时手写机会

4.4% 几乎不手写
23.6% 很少
25.7% 较多
46.3% 不多

提笔忘字的经历

45.2% 经常，好多字都不知道怎么写
13.6% 基本上没有
41.2% 还好，想想能记起来

(1) 从图中汉字"书写"的现状可以得出怎样的结论？（要求：不出现数字，字数 10~20 字）

答：_____ (2分)

(2) 针对这一现状，请从社会和学校角度指出其产生的原因。（要求：字数分别在 10~20 字）

① 社会_____ (1分。)

② 学校_____ (1分。)

21. 下面一段文字有四处重复累赘．请予删除（只填序号）。要求：删除后应简明连贯、不损害原意。

清晨 7 时，<u>重庆的①</u>天空微微发亮，参加 2011 年重庆马拉松赛的运动员已陆续赶到比赛的起点南滨公园<u>②</u>，为即将开始的③ 2011 年重庆<u>④</u>马拉松赛热身。<u>在起点处，参加</u>比赛的运动员<u>正在进行准备⑤</u>，慢跑，拉伸韧带，一举一动都显示出专业素养。<u>虽然比赛还没有开始，⑥尚在安排之中⑦</u>，但空气中已经透露出一丝如箭在弦⑧的紧张。

应当删除的是：＿＿＿＿＿＿＿＿＿＿

**【第 10 套·湖北】**

20. 从今年 5 月 1 日起，我国在室内公共场所实行全面禁烟。请你为校园内的"禁烟提示牌"编写一条温馨提示语。（4 分）

要求：①符合场景；②语言表达简明、生动、得体；③不超过 20 字。

答：＿＿＿＿＿＿＿＿＿＿＿＿＿＿＿＿＿＿＿＿＿＿＿＿

21. 分析下图，得出结论。并合理推断其原因。

要求：① 语言表达准确、简明；②结论和原因均不超过 25 字。（4 分）

宜万铁路开通前后恩施州公路、铁路和民航客运量对比图

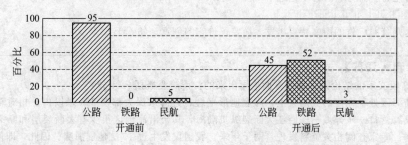

(1) 结论：＿＿＿＿＿＿＿＿＿＿＿＿＿＿＿＿＿。（2 分）

(2) 原因：＿＿＿＿＿＿＿＿＿＿＿＿＿＿＿＿＿。（2 分）

22. 某中学文学社举办"感动心灵——我最崇敬的课文人物"评选活动，请从入选的蔺相如和刘和珍中任选一位，为其写一则颁奖词。（4 分）

要求：①请先将所选人物姓名写在答题卡上，然后写颁奖词；②符合人物特征；③语言表达生动、连贯、得体；④至少运用一种修辞手法。

答：＿＿＿＿＿＿＿＿＿＿＿＿＿＿＿＿＿＿＿＿＿＿＿＿

**【第 11 套·四川】**

18. 阅读下面的材料，概括要点回答中国建设世界一流大学缺少"什么"。不超过 25 字。（4 分）

4 月 23 日，"2011 大学校长全球峰会"在清华大学举行。其中，"中国建设世界一流大学"成为热议的话题。多位大学校长接受记者采访时表示：目前，中国顶尖大学在吸纳拥有国际学术背景人才、借鉴发达国家的教学制度和成功经验等方面缺乏全球化视野；许多人安于现状，在科研方面全方位地紧盯世界一流水平的意识不够，仅满足于在国内获奖或在国内刊物上发表论文。他们建议，政府主管部门要扮演好自己的角色，为学校营造出宽松的发展环境；全社会对于大学发展应抱有平和的心态，少一些急功近利。

答：＿＿＿＿＿＿＿＿＿＿＿＿＿＿＿＿＿＿＿＿＿＿＿＿

19. 高中语文教材中的许多文化景点或文学意象，常常会引发我们的情思。请从下列词语中选择一个作开头，仿照例句写一句话。要求：①体现景点或意象特征；②句式一致；③运用拟人和反问的修辞手法。（5 分）

康桥 边城 雨巷 蜀道

例句：赤壁，你的雄奇伟岸，你的大气磅礴，你的壮丽多姿，不正好激荡起我心中的豪情吗？

答：＿＿＿＿＿＿＿＿＿＿＿＿＿＿＿＿＿＿＿＿＿＿＿＿

20. 2010 年 12 月 31 日，著名作家史铁生因突发脑溢血逝世。他捐赠的肝脏在天津成功移植给了一位患者。请你以这位患者的名义给史铁生写一段感激的话。要求：①语言简明、连贯、得体；②不写称呼语；③不超过 100 字。（6 分）

答：＿＿＿＿＿＿＿＿＿＿＿＿＿＿＿＿＿＿＿＿＿＿＿＿

**【第12套·浙江】**

6. 仿照下面的示例，另写一段话。（4分）

世上有多少这样的事呢？树在，叶去；叶在，花去；花在，香去；香在，闻它的人去。

世上有多少这样的事？_____

7. 请看以下图文材料，根据要求答题。（5分）

由于人类不必要的装饰需要，全球象牙贸易恣意蔓延，100多万只大象因此失去了生命。

（1）根据所提供的材料，设计一句放在画面上方的广告宣传语，形成一则完整的公益广告。要求：鲜明地表达广告主旨，有号召力；不超过15字。（2分）

答：□□□□□□□□□□□□□□□

（2）从这则公益广告的图文特点出发，简要评价它的创意。（3分）

答：_____

**【第13套·江苏】**

3. 下面这段文字的结论是从哪些方面推导出来的？请简要概括。（4分）

我国大陆海区处于宽广的大陆架上，海底地形平缓，近海水深大都在200米以内，相对较浅。从地质构造上看，只有营口——郯城——庐江大断裂纵贯渤海，其余沿海地区很少有大断裂层和断裂带，也很少有岛弧和海沟。专家查阅相关资料发现，两千年来，我国仅发生过10次地震海啸。因此，即使我国大陆海区发生较强的地震，一般也不会引起海底地壳大面积的垂直升降变化，发生地震海啸的可能性较小。

答：_____

4. 为纪念辛亥革命100周年，学校拟在校园网主页增设"辛亥英烈"专栏。请写出鲁迅小说中以秋瑾为原型塑造的辛亥革命志士形象姓名及作品名，并为该专栏写一段不超过25个字的按语。（5分）

（1）姓名：_____　作品名：_____

（2）按语：_____

**【第14套·山东】**

16. 将下列句子组合成语意连贯、合乎逻辑的一段话，并将序号填入横线处。

① 有一些远虑，可以预见也可以预作筹划，不妨就预作筹划，以解除近忧。

② 不过，远虑是无穷尽的，必须适可而止。

③ 有一些远虑，可以预见却无法预作筹划，那就暂且搁下吧，车到山前必有路，何必让它提前成为近忧。

④ 总之，应该尽量少往自己心里搁忧虑，保持轻松和光明的心境。

⑤ 还有一些远虑，完全不能预见，那就更不必总是怀着一种莫名之忧，自己折磨自己了。

⑥ 中国人喜欢说：人无远虑，必有近忧。这固然不错。

答：_____

17. 用简明的语言概括下表所包含的主要信息，填在方格中。表述中不得出现具体数字。

| 发展前景 | 人数 | 百分比 |
| --- | --- | --- |
| 部分网络语言会进入汉语词典 | 336 | 26.7 |
| 网络语言会代替传统语言 | 84 | 6.7 |
| 网络语言经过规范,会进入日常生活 | 818 | 64.9 |
| 网络语言最终会消亡 | 22 | 1.7 |

（摘自《中国语言生活状况报告2009》）

从上表可以看出，除极少数人认为网络语言最终会走向消亡外，□□□□□□□□□□□□□□□□□□□□□□□□□□□□□□（不超过 30 个字），□□□□□□□□□□□□□□□□□□□□□□□□□□□□□□（不超过 30 个字），甚至还有小部分人认为个性化的网络语言会逐渐取代传统的语言。

综上所述，被调查者对网络语言的态度：□□□□□□□□□□□□□□□□□□□□□□□□□□□□□□（不超过 30 个字）。

18. 假如你是广播电台少儿栏目的主持人，请根据少儿听众的特点，重新表述下面一段文字的画线部分。不得改变原意。不超过 80 个字。（5 分）

蔚蓝的天空，万里无云。碧绿的草地上，一条小溪潺潺流过，水中的卵石清晰可见。溪边坐着一位长髯老者，面容清瘦，双面炯炯有神。

答：_____

【第 15 套·广东】

22.（1）请在下列关联词语中，选取最恰当的 3 个，分别填入句子的空格中。（3 分）

既然　不管　尽管　无论　既而　因而　然而

①古代的一些现实主义作家，并不完全是唯物主义者，但是他们②是现实主义者，思想中就不能不具有唯物主义成分，③他们能够从艺术描写中反映出一定的客观现实。

答：①_____　②_____　③_____

（2）将下面的 3 句话整合为一个单句（含标点符号不超过 35 个字）。（3 分）

① 真的东西总是同假的东西相比较而存在的。

② 善的东西总是同恶的东西相比较而存在的。

③ 美的东西总是同丑的东西相比较而存在的。

答：_____

23. 班上举行节日文化主题班会，李明同学先介绍了"元宵节"（正月十五），接下来韩梅同学介绍"中秋节"，这时班会主持人要说一段话，将前后两位同学的节日介绍串联起来。请你为班会主持人写一段这样的话，要求衔接自然、语意连贯，不少于 60 个字（含标点符号）。（6 分）

答：_____

## 吕丽高考语文讲堂·语用·第 2 练　【2010 高考 14 套】

【第 1 套·全国Ⅰ】

19. 根据下面的文字，补写后面总括性的句子，每句补写部分不超过 15 个字。（5 分）

关于低碳经济的解释较多，例如："低碳经济是以低能耗、低污染、低排放为基础的经济模式"，"低碳经济就是能源高效利用、清洁能源开发、追求绿色 GDP"，"低碳经济是通过技术创新、制度创新、产业转型、新能源开发等多种手段，达到经济社会发展与生态环境保护双赢的一种经济发展形态"，"低碳经济是能源技术和减排技术创新、产业结构和制度创新，以及人类生存发展观念的根本性转变"。在低碳经济的背景下，"低碳技术"、"低碳发展"、"低碳生活方式"、"低碳社会"、"低碳观念"等一系列新概念应运而生。

可见，作为具有广泛社会性的前沿经济观念，低碳经济其实① ，低碳经济也涉及② 。

答：①_____

　　②_____

20. 仿照下面的示例，自选话题，另写三句话，要求使用比喻的修辞手法，句式与示例相同。（6 分）

谦恭是一种圆润而不腻耳的音响；谦恭是一种甘甜而不燥舌的美味；谦恭是一种明亮而不刺眼的光辉。

答：_____

【第 2 套·全国Ⅱ】

20. 仿照下面的示例，以"博大"为话题，另写三个句子，要求内容贴切，所写的句子形成排比，句式与示例相同。（6 分）

成熟是一种临危不乱的从容；成熟是一种宠辱不惊的淡定；成熟是一种卓尔不群的大气。

答：_____

【第 3 套·广东】

22. 近代西方社会发展史表明，数学活动的中心（数学史上的代表人物及他们的突出成就）在地理上总是与当时政治、文化、经济发达的中心大致吻合。请根据以下图表所示的情况，补充下面文段中 A、B 处空缺的内容。要求：内容完整，语言简洁，语意连贯。

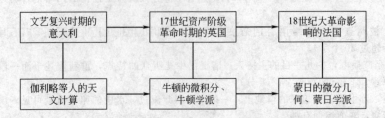

从 15 世纪开始，数学活动的中心由于资本主义的萌芽又返移欧洲，并随着资产阶级革命中心的转移而在欧洲不同国家之间转移。文艺复兴时期。伽利略等人在天文计算的成就标志着数学活动中心转移到了意大利；这个活动中心　A　　　　　　　；B　　　　　　　数学活动中心　　　　。

**【第 4 套·山东】**

16. 下面是一段介绍菊花的材料。请概括其主要内容，以"菊花"开头写一段文字，不超过 50 字。（4 分）

　　菊花，是经过长期的人工选择培育出来的一种观赏花卉，在我国有三千多年的栽培历史。根据花序大小和形状的不同，菊花可分为单瓣、重瓣、扁形、球形等；根据花期的尽早，可分为早菊花、秋菊花、晚菊花等；根据花径的大小，可分为大菊、中菊、小菊；根据瓣型不同，又可分为平瓣、管瓣、匙瓣三类十多个类型。千姿百态的花朵、姹紫嫣红的色彩使菊花具有了独特的观赏价值。不仅如此，有些菊花还可食用，可冲饮，可入药，有良好的保健功能。在百花凋零的秋冬季节，菊花傲霜怒放，被视为高雅不屈的象征，成为历代文人艺术创作的重要题材。

答：＿＿＿＿＿＿＿＿＿＿＿＿＿＿＿＿＿＿＿＿＿＿＿＿＿＿＿

17. 请仿照给出的句子，另写一句话。要求语意连贯，句式一致。（4 分）

在孤独中，书是朋友，读书使平淡的生活丰富多彩。

答：＿＿＿＿＿＿＿＿＿＿＿＿＿＿＿＿＿＿＿＿＿＿＿＿＿＿＿

**【第 5 套·湖北】**

22. 欣赏漫画《低碳生活》（"低碳生活"指低能耗、低污染、低排放的生活方式）。请仿照画面二的文字，补写其余两处。

　　要求：①紧扣画面内容；②写两个 5 字句；③句末押韵。（4 分）

| 画面一 | 画面二 | 画面三 | 画面四 |

　　＿＿＿＿＿＿＿＿　食物少煎烤　　　住房环保型　＿＿＿＿＿＿＿＿
　　＿＿＿＿＿＿＿＿　清蒸油烟少　　　节能灯照明　＿＿＿＿＿＿＿＿

**【第 6 套·重庆】**

20. 有人用"千里为重，广大为庆"来解释"重庆"二字。请你以此开头，续写一副对联。要求能够体现重庆精神，上下联续写部分分别在 8～20 字之间。

千里为重，＿＿＿＿＿＿＿＿＿＿＿＿＿＿＿＿＿＿＿＿＿＿＿
广大为庆，＿＿＿＿＿＿＿＿＿＿＿＿＿＿＿＿＿＿＿＿＿＿＿

21. 根据下面的情景和要求，代拟一段对话。

情景：一青年学生与一老教师相约登山，各负一行囊。学生要替老师背负。老师婉拒，学生坚持。

要求：（1）老师要说出婉拒的理由，学生坚持的理由要有针对性；

（2）符合情景与身份，语言得体。

老师婉拒说：_____

学生坚持说：_____

**【第7套·陕西】**

16.下面是关于"感恩教育"的评论文章中的一段文字。请根据上下文，补写画线处的内容。要求紧扣主题，语意连贯，表达明确，每处不超过15个字。（5分）

近年来，不少学校开展的感恩教育活动都要求学生给父母洗一次脚。这引发了有关人士的质疑：①  ？中华民族是一个有着数千年文明史的伟大民族，知恩图报是我们的传统美德。②  无疑是正确的，但是，如果不考虑学生的年龄以及生理与心理的差异和特点，只是简单地采取③  ，恐怕不但达不到预期的教育效果，④  。感恩教育是一项长期的工作，而且涉及很多方面，它需要⑤  。

答：_____

17.仿照下面的示例，自选话题，另写三句话，要求内容贴切，句式与示例相同。（6分）

种子如果害怕埋没，那它永远不能发芽；

雏鹰如果害怕折翅，那它永远不能高飞；

钻石如果害怕琢磨，那它永远不能生辉。

答：_____

_____

**【第8套·江西】**

20.请概括下列一段文字的主要内容。（不超过25个字）（4分）

用激光使水蒸气"冷凝"成为雨滴，称为激光造雨。研究表明，利用激光脉冲从空气当中的原子里分离出电子的过程有助于生成羟基原子团，这些原子团可将空气中的硫和二氧化氮变成能够"附着"水蒸气的凝结核，进而使水蒸气"冷凝"成水滴。这就和浴室中的镜子表面出现水雾的原理相同。比起在大气层中撒播盐粒或碘化银颗粒等人工降雨方式，激光造雨是一种更加"清洁"的选择。此项技术尚处初级阶段，能否大规模推广应用，有待进一步研究。

答：_____

21.请说明下面这幅漫画的内容及其寓意。（不超过65个字）（5分）

**【第9套·辽宁】**

16.在下面文字中的画线处填上适当的关联词语，使整个段落语意连贯，层次清楚，逻辑严密。（5分）

孩子上学后，父母应及时向他们讲述如何管理和使用零花钱。_____①_____孩子随着年龄增长，消费欲望渐趋强烈，需要用钱的地方也越来越多。这时_____②_____不加以教育和引导，他们就可能会乱花钱，家长要经常关注孩子的消费行为，以免孩子过度消费_____③_____产生某种不良后果。一般情况下，家长只可救"急"，不必救"穷"，比如当孩子遇上非用钱不可_____④_____又无钱可用的情况是，可让孩子预支一部分零花钱，_____⑤_____一定要跟他说清楚：预知的部分必须在下次的零花钱中扣除。

17. 仿照下面的示例，自选话题，另写两个句子，要求使用比喻的修辞手法，句式与示例相同。(6分)

情谊就像一座山，重要的不在于它的高低，而在于厚重；

援助就像一场雨，重要的不在于它的大小，而在于适时。

答：_____

_____

## 【第10套·浙江】

5. 概括下面这段文字的主要内容。（不超过25字）(3分)

对于五四时期的新文学阵营而言，所谓"新"，代表着晚近的先进的事物，代表着现在和未来的发展方向，而"旧"则是落后的腐朽的事物，是应该抛弃和埋葬的，可是在旧文学阵营的眼中，所谓"新"，只是新潮的、还未经过时间考验的东西，往往昙花一现，其中有太多需要去掉的夸饰和虚伪，而"旧"则是经过历史检验的真理，是过去的精华所在。

□□□□□□□□□□□□□□□□□□□□□□□□□

6. 余光中先生说：一个方块字是一个天地，美丽的中文不老。许多汉字自身的构成就能诠释含义、激发联想。请仿照示例拆拼汉字，并用富有文采的语言描述它。要求是：至少运用一种修辞方法。(4分)

【例1】墨：大地滋养出一个黑色的精灵，在古朴的宣纸上翩翩起舞。

【例2】鸿：江边盘旋的那只孤独的鸟啊，每一声哀鸣都在诉说游子的心曲。

尘：_____

舒：_____

## 【第11套·四川】

18. 根据下面的材料，用一个单句介绍某市的概况（40字内）(5分)

材料一：某市至今已有几千年的历史，历代为郡、州、府、道治所，现为国家历史文化名城。

材料二：某市铁路、公路四通八达，机场开通国内十多条航线。

材料三：某市景色优美，有景区被评为中国 AAAA 风景旅游区。

材料四：某市的国内生产总值和财政收入在我国地级市中名列前茅。

答：_____

19. "采菊东篱下，悠然见南山"中的"南山"是陶渊明不经意间所见，请对诗中"南山"之景展开合理想象，进行生动描写，表达诗人的"悠然"之情。（100字内）(6分)

答：_____

20. 仿照给定的句子续写两句话。要求：续写部分与给定的句子构成排比，表达保护生态环境的主题。

(4分)

树是水土的卫士，让它绿化大地山川。

答：_____

## 【第12套·广东】

23. 某校举行由学生把所学课文改编成独幕剧的演出晚会。下面是演出的节目单：

晚会节目单

1.《孔雀东南飞》(原作汉乐府民歌《孔雀东南飞》)　演出：高一（2）班

2.《雷雨》(原作曹禺《雷雨》)　　　　　　　　　演出：高二（5）班

（其他略）

节目主持人在主持节目时常常在节目之间加上衔接的话，以增强晚会的整体感。请你在《孔雀东南飞》与《雷雨》之间，为主持人设计一段这样的话。要求：所写内容与串联的节目密切相关，衔接自然，不少于60字。

答：_____

## 【第13套·天津】

22. 学校成立若干学生社团，请你从下列选项中选出三副内容适合的对联，分别送给戏剧社、文学社和摄影小组，以示祝贺。（在答题卡相应位置上填写序号）(3分)

① 现出庐山真面目　　　留住秋水旧丰神

② 藏古今学术　　　　聚天地精华
③ 常向秋山寻妙句　　　又驱春色入毫端
④ 天涯雁寄回文锦　　　水国鱼传尺素书
⑤ 看我非我，我看我，我也非我　　　装谁像谁，谁装谁，谁就像谁

答：_____

23. 根据下面材料提供的信息，拟一条一句话新闻。（限 36 字以内）（3 分）

在建的津门津塔将成为天津新的地标式建筑。津门的设计理念源于法国著名建筑拉德芳斯门。两座顶部相连的高楼构成巨大的"门"字形，象征着天津建设北方经济中心和世界港口大都市的包容与开放，津塔高 336.9 米，地上 75 层，地下 4 层，其外形设计则采用中国传统的折纸风帆造型，是现代建筑科技与中国文化元素的有机融合，这组建筑将于 2010 年内建成并投入使用。

答：_____

24. 给下面这组漫画配上一个恰当的标题。并分别解说每幅画面，要求：标题不得为"无题"。而解说应符合情景。每幅画面的解说不得超过 12 字。（6 分）

答：

【第 14 套·全国 Ⅱ】

18. 从以下 12 个词中选取最恰当的 8 个，分别填入答题卡相应的位置上。选词不得重复。（4 分）

停止　　损害　　设立　　具有　　核实　　侵害
咨询　　维护　　存在　　叫停　　保护　　免受

"网络游戏未成年人家长监护工程"是文化部指导下的企业自律行为。先期试点的六家网络企业将建立服务页面，① 专线电话等，为家长或其他监护人对未成年人的网游监管提供② 与服务。家长可实名举报沉迷于网络游戏的未成年人的游戏账号，网络游戏企业③ 之后，将根据家长的要求，依法限制或④ 对该未成年人提供相关的网络服务。

目前，一些网络游戏不同程度地⑤ 低俗、暴力、色情等方面的内容，这严重⑥ 了那些沉迷于网游的未成年人的身心健康。实施网游监护工程的目的是要⑦ 未成年人的身心健康及其合法权益，使他们⑧ 不良网络游戏的侵害。

19. 在下面文字中的画线处填上适当的关联词语，使整个段落语意连贯，层次清楚，逻辑严密。（5 分）

人们都知道爱因斯坦创造了举世闻名的相对论学说，　① 　很少有人确切地了解这种理论。跟我们所熟知的经典物理学相比，相对论学说中有关新概念的表述充满了数学公式和演算，　② 　目前常见的有关相对论的科普书籍一涉及重要概念，　③ 　在表达上或含糊不清，或繁琐难懂。　④ 　这也不能全怪那些作者，　⑤ 　用非数学语言来表述那些新概念的确不是一件容易的事。

20. 下面一则稿约四处画线部分中有两处语言表达不当，请找出来并作修改。（4 分）

本刊是全国中文核心期刊，主要刊登文学、历史、哲学等方面的论文。为丰富内容，提高质量，特向

广大作者征稿。要求：观点鲜明，不超过 8000 字，逻辑清楚，格式正确①。来稿一经采用，即奉薄酬②。来稿一律不退，三个月未接到用稿通知，请自行处理。敬请广大作者赐稿③。

来稿请寄×××市××路××号《×××》编辑部×××敬启④邮编××××××

《×××》编辑部

××××年×月×日

答：_____

## 吕丽高考语文讲堂·语用·第3练 【2009高考17套】

**【第1套·全国Ⅰ】**

18. 下面文字中画线部分的词语，有的使用不当，请指出并改正，使修改后的这段文字衔接自然，语意连贯，逻辑严密。（4分）

三仙姑对女儿小芹一直管得很严。小芹①长大后，跟小二黑②好上了，三仙姑说什么也不同意。

她③知道后，就一个人悄悄跑到前庄上去找小二黑④，恰巧小二黑这时也正要找她。

于是两个人就商量对付她⑤的方法。她⑥把小芹娘⑦怎样装神弄鬼的事从头至尾向小二黑细说了一遍。

答：_____

19. 下面是"沈阳全民读书月"活动的标识，请从构形角度说明标识的创意，要求语意简明，句子通顺，不超过 65 个字。（5分）

沈阳全民读书月
SHENYANG READING MONTH

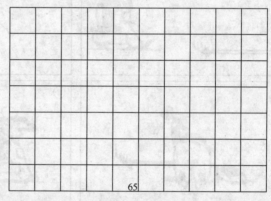

|  |  |  |  |  |  |  |  |  |
|---|---|---|---|---|---|---|---|---|
|  |  |  |  |  |  |  |  |  |
|  |  |  |  |  |  |  |  |  |
|  |  |  |  |  |  |  |  |  |
|  |  |  |  |  |  |  |  |  |
|  |  |  |  |  |  |  |  |  |
|  |  |  |  |  |  |  |65|  |  |

20. 仿照下面的实例，自选话题，另写三个句子，要求所写句子形成排比，句式与示例相同。（6分）

工作是等不来的，有无机会，看你怎么争取；业绩是要不来的，有无成效，看你怎么努力；前途是盼不来的，有无出路，看你怎么奋斗。

答：_____

**【第2套·全国Ⅱ】**

18. 下面文字中画线部分的词语，有的使用不当，请指出并改正，使这段文字语言简明，衔接自然，语意连贯。（4分）

苏泽广真是哭笑不得，苏泽广①觉得儿子合图还不懂事，把家托付给他②是徒劳的，便失望地起身。然而他刚要离开，他③突然跳下椅子，合图④吹灭了桌前的蜡烛，"扑通"一声跪在地上，抱住他⑤的腿，在黑暗中说："爸爸，你放心吧，你⑥要是不回来，我⑦管这个家！"

_____

19. 利用所给词语写一段话，介绍"征集全民健身口号"活动的结果，要求语意完整，句子通顺，字数在 50～60 之间。（4分）

来源广　　一个月　　入选口号　　千余条　　"我运动，我快乐"

答：_____

20. 仿照下面的示例，自选话题，写三个句子，要求所写句子形成排比，句式与示例相同。（7分）

金钱不必车载斗量，够用就好；友谊不必甜言蜜语，真诚就好；人生不必惊天动地，踏实就好。

答：_____

**【第3套·北京】**

21. 照要求，把下面的三句话改写成一句话，并保留原有信息（可酌情增减词语）。（4分）

《红楼梦》是我国古代最伟大的长篇小说。

曹雪芹是长篇小说《红楼梦》的作者。

封建制度的黑暗腐朽和没落被《红楼梦》揭露了。

① 以《红楼梦》为主语

答：＿＿＿＿＿＿＿＿＿＿＿＿＿＿＿＿＿＿＿＿＿＿＿＿＿＿＿＿

② 以曹雪芹为主语

答：＿＿＿＿＿＿＿＿＿＿＿＿＿＿＿＿＿＿＿＿＿＿＿＿＿＿＿＿

22. 今年 10 月 1 日，北京将举行盛大的阅兵式和群众聚会游行，隆重庆祝中华人民共和国建国 60 周年。有市民建议，受阅部队中应有"抢险抗灾部队方阵"和"维和部队方阵"，群众游行队伍中应有"志愿者队伍"和"城市外来务工者队伍"。

请从上述"方阵"或"队伍"中选择一个，拟写一段现场解说词。

要求：突出该方阵或队伍的特征，赞誉其风貌；语言简洁得体；不少于 100 字。（6 分）

答：＿＿＿＿＿＿＿＿＿＿＿＿＿＿＿＿＿＿＿＿＿＿＿＿＿＿＿＿

**【第 4 套·江苏】**

3. 根据下面一段文字，概括说明什么是"洼地效应"（不超过 30 个字）。（4 分）

区域竞争的焦点更多地集中在综合环境的竞争上。这里的"环境"既包括政务环境、市场环境、法制环境、人文环境等"软环境"，也包括绿化覆盖率、空气质量、居住条件、基础设施水平等"硬环境"。谁的环境好，"洼地效应"就明显，吸引力就强，项目、资金、技术、人才等生产要素聚集就快，发展就快。

"洼地效应"指：＿＿＿＿＿＿＿＿＿＿＿＿＿＿＿＿＿＿＿＿＿＿

4. 汶川大地震过去一年了，地震博物馆已经建成。请你在博物馆的留言簿上写一段话，表达对生命或对自然的感悟和思考。要求运用排比手法，不超过 30 个字。（5 分）

答：＿＿＿＿＿＿＿＿＿＿＿＿＿＿＿＿＿＿＿＿＿＿＿＿＿＿＿＿

**【第 5 套·天津】**

22. 请从下面论文简介中提取 3 个反映其主要信息的关键词语。（3 分）

这篇文章对中国文明进程中具有重要意义的"士"在先秦时期的演进做了全景式的追寻，有助于人们对"士"的源起及早期衍变形成一个完整而清晰的印象。

关键词语：＿＿＿＿＿　＿＿＿＿＿　＿＿＿＿＿

23. 阅读下列文字，按要求作答。（4 分）

旅途是一幅展开的山水长卷。**大漠孤烟直**，长河落日圆，松间明月，石上清泉……一路走来，尽收眼底；细细品味，意趣盎然。那岸边的垂柳，柔条如发，随风摇曳；＿＿＿＿＿，＿＿＿＿＿，＿＿＿＿＿。置身于旭日清风的抚慰，流连于茂林修竹的环抱，静听鸟语，轻嗅花香，有何胸中块垒不可化解？有何尘世污秽不可荡涤？

（1）"大漠孤烟，长河落日"化用了唐朝诗人＿＿＿＿＿＿＿＿《使至塞上》的诗句。

（2）"茂林修竹"出自晋人王羲之的《＿＿＿＿＿＿＿＿＿＿》。

（3）仿照"岸边的垂柳，柔条如发，随风摇曳"一句，在下面横线处将上文补写完整。

答：＿＿＿＿＿＿＿＿＿＿＿＿＿＿＿＿＿＿＿＿＿＿＿＿＿＿＿＿

24. 阅读以下材料，按要求作答。（5 分）

本报综合消息　2009 年 3 月 28 日晚 8：30～9：30，世界各地进行了名为"地球一小时"的"熄灯接力"活动。当晚，津城有 2 万多个家庭、1600 多个社区、700 多家企业和单位参加了这一活动。据业内人士说，在这一时段，参加活动的每个家庭少用 1 度电，即可节约 2 万多度电。而生产 2 万多度电，需要 7000 多千克标准煤，会向大气排放 18000 多千克二氧化碳、80 多千克二氧化硫、40 多千克氮氧化物。

（1）为明年举办这一活动拟一句推广语。

答：＿＿＿＿＿＿＿＿＿＿＿＿＿＿＿＿＿＿＿＿＿＿＿＿＿＿＿＿

（2）你从以上报道中得到什么启示？（40 字内）

答：＿＿＿＿＿＿＿＿＿＿＿＿＿＿＿＿＿＿＿＿＿＿＿＿＿＿＿＿

**【第 6 套·江西】**

20. 将下面 3 个句子整合为一个单句。（可调整语序、适当增删词语，不能改变原意）（4 分）

① 王力先生认为，中国旧体诗以音步、平仄相间构成抑扬美。

② 王力先生认为，中国旧体诗的音乐美分为抑扬美和回环美。

③ 王力先生认为，中国旧体诗以同韵字来来回回的重复构成回环美。

答：_____

21. 请展开想象，写一段描绘某种情境的话，其中必须包含"流水"、"星辰"和"读"3个词语。（50个字左右）（5分）

答：_____

**【第7套·重庆】**

18. 大型电视纪录片《再说长江》称重庆为"水火山城"。请分别用15～30字解读"水"与"火"的寓意。（4分）

"水"的寓意：_____

"火"的寓意：_____

19. 在下面横线处各补上一句话。要求：语意连贯，句式一致，形成完整的排比句。（4分）

人要懂得尊重自己，尊重自己所以不苟且，不苟且所以有品位；人要懂得尊重别人，_____，

_____；人要懂得尊重自然，_____，_____。

20. 用"帕格尼尼"作为首句的开头，将下列长句改成由4个短句组成的句子。要求：保持原意，语句通顺，语意连贯，可适当增减个别词语。（4分）

世界级小提琴家帕格尼尼是一位从上帝那里同时接受天赋与苦难两项馈赠而又善于用苦难的琴弦把天赋演绎到极致的奇人。

答：_____

21. 阅读下面语段，按要求回答问题。（只填序号）（4分）

看到"好朋友"①三个字，我第一个想到的就是——②小朵。忘记了我们是③什么时候认识的了，可能大概④是一个天空飘着朵朵白云的日子吧。"物以类聚"⑤一语似乎是为我们两人⑥诞生的，因为⑦我们都是属于⑧排骨级的人物。唯一不同的是她比我更瘦——⑨我充其量算一个肉排，因此⑩，小朵别号"金箍棒"⑪，大家都亲切地叫她——⑫棒妹儿。

（1）语段中③④⑥⑦⑧⑩处，必须删去的一处是_____；不能删去的一处是_____。

（2）语段中①⑤⑪三处引号，用法不同的一处是_____；②⑨⑫三处破折号，用法不同的一处是_____。

**【第8套·广东】**

22. 下面的图表一和图表二，是有关机构对我国不同群体通过电视获取科技信息情况的调查。请根据图表反映的情况，补充下面文段中A、B、C处空缺的内容（不出现数字），使上下文语意连贯。

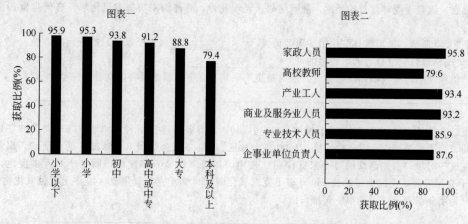

根据2005年中国公众科学素养调查，对我国不同群体获取科技信息主要渠道分析的结果显示：女性通过电视科普节目获取科技信息的比例高于男性；不同年龄的群体通过电视科普节目获取的科技信息比例也有差异；____A____，其中小学以下文化程度的比例高达95.9%；家政人员是电视科普节目的观众主体，而高校教师的比例相对较低，可见____B____。上面的分析结果告诉我们，如果____C____，电视科普节目就会更有针对性。

23. 华南大学向南粤中学赠送了一批图书和电脑,南粤中学举行了全校师生参加的捐赠仪式。下面是学生代表的致谢词,请你补出空缺的部分。要求正文写出对捐赠方的欢迎、感谢及其事由等内容。

_____ :

_____

_____我们知道,今天我们接受的不仅仅是物质上的捐赠和支持,更重要的是接受了一种鼓励一种鞭策。这种精神力量将激励我们更加努力地学习,以更优异的成绩回报社会。

最后,_____

【第9套·浙江】

5. 把下列带序号的句子组合成语意连贯的一段话并填入横线处。(只填序号)(3分)

理学家为什么崇古抑律?_____古体与律体之辨跟诗歌史联系起来,就是古体的典范——汉魏晋诗与律体的典范——唐诗之辨。

① 那么,为什么讲求声律、对偶等形式技巧就是品格低呢?

② 他们认为,诗歌的审美方面、形式技巧方面对于人的道德修养没有正面的价值。

③ 以这种价值观去看诗歌的体裁样式,古体诗就高于律诗。

④ 既然诗歌的审美方面没有价值,本来可以不讲,但是如果要进入到诗歌领域去谈诗的话,那么,在形式方面人为的工巧因素越多,其价值就越低。

⑤ 抛开诗歌的内容不论,单从形式上看,近体诗要讲求声律、对偶等,这些讲求在理学家看来,是其在品格上低于古体诗的重要原因。

6. 为下面这幅图片拟写解说词,要求至少运用两种修辞方法,能揭示画面的内涵。(不少于50字)(4分)

□□□□□□□□□□□□□□□□□□□□□□□□□□□□□□□□□□□□□□□
□□□□□□□□□□

7. 根据语境,在下面空格中补写妈妈说的话,要求语言表达鲜明、得体。(不超过50字)(5分)

儿子:妈妈,今天我捡到50元钱,想分五次交给老师。

妈妈:为什么不一次上交呢?

儿子:老师说过,捡到东西上交,就有一次品德加分,我分五次交,就会有五次加分了。

妈妈:□□□□□□□□□□□□□□□□□□□□□□□□□□□□□□□□□□□□□□□□
□□□□□□□□□

【第10套·四川】

18. 下面是一张汶川特大地震中抢运伤员的照片。这张照片震撼人心,请对此写几句简明得体、鲜明生动的话,表达你的颂扬之情。(100字以内)(6分)

19. 下面是一篇科技论文的摘要，根据其信息内容提取四个关键词。（4分）

本文针对直接法和二步法合成聚乳酸的共性，从单体纯度、催化剂选择到共沸脱水、微波辅助、超临界流体介质，以及到固相聚合、反应挤出、扩链等各个方面，对近年来聚乳酸合成研究的新进展进行了综述，指出各种新方法、新技术的复合应用是提高聚乳酸分子量、降低其成本的关键。

答：_____ _____ _____ _____

20. 仿照下面这句话，另选一种景物进行描写。要求句式基本一致，并运用比拟、比喻和排比的修辞手法。（5分）

层层的叶子中间，零星地点缀着些白花，有袅娜地开着的，有羞涩地打着朵儿的；正如一粒粒的明珠，又如碧天里的星星，又如刚出浴的美人。

答：_____

**【第11套·湖北】**

20. 对"幸福"的理解因人而异。请仿照示例，将下面作品中两个人物的话补写完整，表达人物对"幸福"的理解。要求：①符合人物的思想性格。②句式相近，每句话补写的字数不超过30字。（4分）

示例：

《守财奴》中的葛朗台说：我的幸福就是金子，守住金库的钥匙，就守住了我的幸福。

(1)《项链》中的玛蒂尔德说：我的幸福就是_____

(2)《荷花淀》中的水生说：我的幸福就是_____

21. 下面是一段介绍王羲之书法的文字，请用比较工整的语句（如排比）概括王羲之在书法史上的主要贡献。要求：①符合原意。②不超过30字。（4分）

在书法史上，王羲之是一位富有革新精神的大书法家。他早年从卫夫人学书，后改变初学，草书学张芝，楷书学钟繇，在书法上达到了"贵越群品，古今莫二"的高度。中晚年时，他不满当时用笔滞重、结体稚拙的局面，锐意改革，书风大变。他对楷书的结构、点画等加以变革，使楷书趋于匀称俊俏，挺拔多姿；他开创了今草，其草书用笔多变，流畅而富有韵致，比起前人有了质的飞跃；他的行书婉转灵动，俊逸妍美，从此行书取得了与篆隶楷草并列的地位。

答：_____

22. 为庆祝新中国成立60周年，学校拟编辑出版诗歌征文集。现有两个备选书名《献给母亲的歌》和《山河岁月欢乐颂》，你喜欢哪一个？请写下你喜欢的书名并说明理由。（4分）

我喜欢的书名：《_____》

理由：_____

**【第12套·湖南】**

5. 为上联"心平浪静，秋月芙蓉湘水碧"选择下联，最合适的一项是（   ）

A. 志远天高，春风杨柳麓山青　　B. 情深海阔，夏日荷花潇江红

C. 气壮山威，鲲鹏展翼楚云飞　　D. 身正才卓，冬雪松竹衡岳高

**【第13套·山东】**

16. 概括下面一则消息的主要信息，不超过35字。（4分）

《人民日报》巴厘岛5月3日电　东盟10国与中日韩财长会议在印度尼西亚巴厘岛发表联合公报宣布，亚洲区域外汇储备库将在今年年底前正式成立并运行，以解决区域内的短期资金流动困难，并作为现有国际金融机构的补充。

根据公报提供的数据，在规模为1200亿美元的亚洲区域外汇储备库中，中日韩3国出资80%，东盟10国出资20%。其中，中国、日本各占32%，韩国占16%。具体金额为中国384亿美元、日本384亿美元、韩国192亿美元。

17. 请仿照下面诗歌前两节的格式，续写第三、四节。（4分）

我是雪

我被太阳翻译成水

我是水

我把种子翻译成植物

_____

_____

18. 请说明下面漫画的画面内容，并揭示其中的寓意，不超过55字。（4分）

答：_____

_____

**【第14套·安徽】**

18. 下图有三个板块，请先用一句话对三个板块的内容作整体概括，再各用一句话作分别概括。（7分）

（图片选自2009年4月5日《安徽日报》）。

整体概括（18字以内）：_____

分别概括（每句12字以内）：① _____

② _____

③ _____

19. 将下面的短语组成两副七字对联，并填写在相应的横线上。（4分）

芝兰绕阶　黄牛耕地　翠柳迎春　桃李满园

千里绿　春绣锦　座凝香　万山金

新春对联

答：_____

教师办公室对联

答：_____

20. 下面是甲、乙两位同学关于"自主学习"的问答。请仿照乙同学对"能学"所作解释的句子的形式，在横线上填入恰当的解释文字。（4分）

甲同学：你能告诉我"自主学习"有哪些要点吗？

乙同学：好的。我认为自主学习有四个要点，就是能学、想学、会学、坚持学。"能学"是指学习者有一定的知识基础，并且具备基本的学习能力；"想学"是指_____；"会学"是指_____；"坚持学"是指_____。

**【第15套·福建】**

15. 从下列材料中选取必要的信息，为"心理咨询"下定义。（3分）

① 心理咨询是给咨询对象以帮助、启发和教育的活动

② 这种活动必须运用心理学的理论、知识和方法来妥善处理各种心理问题

③ 这种活动通过言语、文字或其他信息传播媒介来达到咨询目的

答：_____

16. 阅读下面两则材料，回答问题。（7分）

材料一：近年来清明节祭奠亲友，一些地方从烧冥钞、纸人、纸马，发展到烧纸电视机、纸数码相机，甚至烧纸汽车、纸别墅……

材料二：今年清明节前，某市首个在线祭祀网站开通。清明节时，许多市民纷纷登录该网站，上传纪念图片，发布纪念文章，祭奠逝去的亲友，表达哀思。

（1）用一句话概括以上材料的内容。（2分）

答：_____

（2）你对上述现象有何看法？请简要回答。（5分）

答：_____

**【第16套·辽宁】**

15. 依次填入下面一段文字横线处的语句，衔接最恰当的一组是（3分）

"开卷有益"是说打开书就一定会有收获。＿＿＿＿。＿＿＿＿，＿＿＿＿，＿＿＿＿，＿＿＿＿。＿＿＿＿，如果你勤读书、读好书，你就一定能真正体会到读书的乐趣。

① 使人们不断完善，走向进步

② 当然，有的书是有缺点的，要善于选择

③ 确实，书是人类最好的朋友、最好的老师

④ 书是人类获得知识的重要途径

⑤ 歌德曾说过"读一本好书就是和许多高尚的人谈话"

⑥ 读书能帮助人们看清世间的美与丑

A. ②⑥⑤④①③　　　　　B. ③⑥②⑤①④

C. ④③①⑥②⑤　　　　　D. ⑤③④⑥①②

16. 请在下面一段文字中的横线处填入恰当的虚词，使整段文字语意连贯，逻辑严密，层次分明。（5分）

　①人类来说，理想的居住环境是山水园林城市，当然，最富有魅力的城市还是历史文化名城。有的历史文化名城是国家的首都；有的②不是首都，③在这里曾发生过具有历史意义的重大事件；有的在经济、文化、宗教等方面曾经产生过重大影响。④有一点很关键，就是历史文化名城保留了比较多的文化遗迹，⑤，是不是历史文化名城，主要看它是不是有丰富的历史遗迹和深厚的文化底蕴。

17. 仿照下面的示例，自拟两个对象，另写三个句子，要求使用比喻和比拟来表现两个对象之间的关系。（6分）

我的祖国和我，像海和浪花一朵；

浪是海的赤子，海是浪的依托；

每当大海在微笑，我就是笑的漩涡。

答：_____

**【第17套·宁夏、海南】**

15. 依次填入下面一段文字横线处的语句，衔接最恰当的一组是（3分）

第十届全国中学生运动会会徽造型＿＿＿＿＿，＿＿＿＿＿。＿＿＿＿＿；＿＿＿＿＿，＿＿＿＿＿；＿＿＿＿＿，象征着青少年朋友在中运会上充满激情、满怀希望、实现梦想。

① 会徽还将"十"和"中"巧妙地融入其中

② 色彩上采用红、绿、蓝三种颜色

③ 指出本届运动会的特征

④ 体现了本届运动会"阳光运动"的主题

⑤ 犹如一个在奔跑或舞动的阳光少年

⑥ 仔细看又有一个变形的汉字"长"，点明运动会的地点

A.④②⑥①⑤③　　　　　　B.④③⑥②①⑤

C.⑤④⑥①③②　　　　　　D.⑤③②①④⑥

16.下面一则文稿在表达上有五处不妥当，请指出并改正。(5分)

通　告

为提高电话网的通讯能力，我公司将对辖区电话局的交换机进行升级改造，现依据《中华人民共和国电信条例》，将有关事项宣布如下：

敝工程将与2009年6月10日20时至11日8时施工，在此期间会影响青山区电话用户的正常通话。交换机升级后，用户原有的一些业务功能（如闹钟、呼叫转移等）需要重新设置；热线和呼出限制的设置方法也有变化。

如有疑问，欢迎提出。本公司客服电话：87654321。

对工程施工给贵用户造成的不便，我们深表不安。请予理解和支持。

天网通信有限公司青山分公司<br>2009年6月7日

答：_____

17.仿照下面的示例，自拟一个描写对象，写一组句子，要求所写句子使用夸张、比喻和拟人的修辞手法。(6分)

这满山遍野的桃花，开得热火朝天，惊天动地，是一幅立体的画，一首无声的诗，把青春挥洒得淋漓尽致。

答：_____

## 吕丽高考语文讲堂·语用·第4练　【2008高考16套】

### 【第1套·全国Ⅰ】

18.下面是一封求职信的主要内容，其中有四处用词不当，请找出来并加以修改。(4分)

日前惠顾你社网站，得知招聘编辑的消息，我决定应聘。我是广天学院新闻专业2008届本科毕业生，学习成绩优秀，身体健康，表达能力强。现寄上我的相关资料，如有意向，可尽快与我洽谈。

(1)将_____改为_____；(2)将_____改为_____；

(3)将_____改为_____；(4)将_____改为_____。

19.请根据所给材料，把下列两个语句补充完整。要求对材料内容分别进行概括。(5分)

地震、风灾、冰灾、海啸等灾难的发生，是不以人类的意志为转移的；但是人类可以在灾难面前万众一心、积极应对，而不是畏惧退缩、怨天尤人。

我们不能选择_____，但我们能够选择_____。

20.红星中学高一(2)班将召开"畅想奥运"的主题班会，下面是主持人开场白的开头和结尾，请你补出中间部分。要求紧扣主题、言简意赅、有文采。50个字左右。(6分)

各位同学，今天我们召开一个"畅想奥运"的主题班会。_____

_____希望大家踊跃发言，表达我们对奥运会的祝福与期望。

### 【第2套·全国Ⅱ】

18.水库中学星星文学社请作家杨笑天来做报告。下面是张田甜社长开场白中的一个片段，其中有四处不得体，请你找出来并进行修改。(4分)

今天我们很荣幸地邀请到著名作家杨笑天先生来作报告，前几天，我们两位已把大家的作品送给杨先生，他也都拜读了，下面杨先生会针对我们大作中存在的问题进行具体指导。

(1)将_____改为_____；

(2)将_____改为_____；

(3)将_____改为_____；

(4)将_____改为_____。

19.下面一段文字中画横线的词语，有的必须删去，有的不能删去，有的可删可不删。请将必须删去的和不能删去的找出来，把各自序号分别写在相应的横线上(5分)

为了感谢广大读者朋友们①长期以来对本刊的②支持，进一步地③提高本刊的④质量，更好地满足大家的⑤阅读要求，现本刊拟⑥决定开展读者调查活动，读者意见已⑦附在本期中，本刊⑧希望广大读者认真地⑨填写读者意见，并⑩及时寄回本刊编辑部。

(1) 必须删去的是：_____

(2) 不能删去的是：_____

20. 请仿照下面的示例写三个句子，要求三个句子构成排比，语意逐步加强。(6分)

一朵浪花，是一个跳动的音符；一排浪花，是一组激昂的旋律；一江浪花，是一部欢乐生命的乐章。

答：_____

**【第3套·北京】**

21. 公元2008年5月12日，我国四川省汶川一带发生里氏8级强烈地震，举世震惊。全国上下众志成城，抗震救灾。请为下面一幅图片配写几句话，抒写你的真挚感情。

**【要求】**紧扣画面，鲜明生动，连贯顺畅，不超过45个字。(4分)

答：_____

22. 为迎接北京奥运会，学校拟制作"奥运史话系列展板"。请依据下面资料写一段话，并拟一个恰当的标题，作为其中关于中华人民共和国参加第23届奥运会这块展板的文字说明。(6分)

第23届奥运会于1984年7月28日—8月12日在美国洛杉矶举办。7月29日首枚金牌诞生——中国射击运动员许海峰在男子手枪60发慢射决赛中以566环的成绩获得冠军，成为中国首位奥运会金牌得主。140个国家和地区派团参加本届比赛。参加的单位、运动员人数和比赛单项数目，均超过以往各届。中华人民共和国体育代表团共有225名运动员参加了16个大项的比赛。本届奥运会破11项世界纪录。获得金牌10枚以上的国家，依次是美国(83枚)、罗马尼亚(20枚)、联邦德国(17枚)、中国(15枚)、意大利(14枚)、加拿大(10枚)、日本(10枚)。就参加夏季奥运会而言，此前，中华人民共和国只在1952年派团参加芬兰赫尔辛基第15届奥运会，未获奖牌。

**【要求】**根据需要提取信息，语言简明准确，不超过80字。

答：_____

**【第4套·天津】**

22. 在下文的横线上填上正确的标点符号。(3分)

水稻是自花授粉作物，____自花授粉作物自交不衰退，因而杂交无优势____的论断就写在美国著名遗传学家辛诺特____邓恩合著的经典著作____20世纪五六十年代美国大学教科书____遗传学原理____中，因此竟然有人嘲笑袁隆平____提出杂交水稻课题是对遗传学的无知____

23. 在下列句中的横线上填上恰当的成语。(4分)

(1) 在足球赛中，传球技术再高，控制球能力再强，若缺乏临门一脚的射门技术，也会____。

(2) 联合国安理会有明确的职权范围，不应____，介入其他机构处理的事情，特别应尊重联合国大会的权威。

(3) 为迎接奥运，出租车司机学普通话、说普通话已____，令来津的游客刮目相看。

(4) 灾情就是命令，时间就是生命。面对险情，面对生命的呼唤，普通百姓没有丝毫的迟疑和退缩，用自己最朴素无华的行动，将中华民族"一方有难，八方支援"的传统美德诠释得____。

24. 以"溪"、"海"和"潭"为意象写一段文字，要求表达某种感悟，至少运用一种修辞手法，不超过60字。(5分)

答：_____

**【第5套·山东】**

16. 某中学校刊的一个栏目选定了以下四篇文章，请你为该栏目拟一个恰当的话题。要求：参照下列任一题目的结构进行概括，不超过15字。（3分）

①《诚信为你带来幸运》  ②《善良是你快乐的源头》

③《节俭使你安稳无忧》  ④《宽容让你成大器》

17. 阅读下面材料，根据语境在横线上补写恰当的语句。要求：语意连贯，表达得体，不超过30字。（4分）

一位诗人在某学校给学生作有关诗歌创作的学术报告，准备朗诵一首诗时，发现诗作放了学生的课桌上，于是走下讲台去拿。他在上阶梯教师的台阶时，不小心摔倒了，学生们顿时愣住了，目光一下子都集中到了他身上。

诗人站起来稳住身体，指着台阶对学生们说："_____。"这一机智而又富于哲理的话语，不仅为诗人解除了尴尬，而且赢得了热烈的掌声。

答：_____

18. 下面这幅摄影作品展现的是刘璇在自由体操比赛中的精彩瞬间。请从比喻、比拟、排比、对偶中任选种修辞方法，对画面进行生动形象的描写，不超过50字。

**【第6套·广东】**

22. 下面是一段关于大众阅读价值取向变化的文字，请用三句话概括它三个方面的内容。

图书畅销这一现象的背后反映出人们在阅读方面出现的某种值得注意的价值取向。近年来，由于受市场经济中"短、平、快"消费模式的影响，一种以讲故事的形式来谈论学术的做法颇为流行，美其名曰"文化快餐"，对知识的获取满足于感性的把握。在某类读书人群中，阴柔之风过盛，阳刚之气不足，人们对于离奇古怪的小故事具有很强的猎奇心理，对于雄浑壮丽的大历史却缺乏兴趣。一些出版部门受利益的驱使，热衷于对历史人物的风流韵事、阴谋权术的渲染，以"戏说"满足读者的猎奇窥秘心理。也有些人满足于对中国传统文化的品玩，只强调回归传统，忘记了在"返本"的过程中更重要的是"开新"，忘记了弘扬优秀传统文化的前提是进行全面而深刻的自我批判。功利主义的阅读价值取向忽略了人的深层的精神需求和文化追求，正在误导着年轻一代。

(1) 第一方面：□□□□□□□□□□□□□□□（含标点符号，不超过15个字）

(2) 第二方面：□□□□□□□□□□□□□□□（含标点符号，不超过15个字）

(3) 第三方面：□□□□□□□□□□□□□□□（含标点符号，不超过15个字）

23. 下面是一幅剪纸画。请以其中一个人物的身份写一段文字，表现画面"情深"的意蕴。要求语言鲜明、生动，运用两种以上（含两种）的修辞方法。

答：_____

**【第7套·辽宁】**

18. 下面是某学生向老师祝寿时发言的一个片段，其中有四处不得体，请找出来并加以修改。（4分）

这次我们专程从全国各地光临母校，给我们至今健在的恩师俞老师做寿。俞老师视名利淡如水，看事业重如山，八十高龄还在作学问。俞老师又把最近出版的大作赠送给我们几个高足，我们都感到十分欣慰……

(1) 将＿＿＿＿＿＿改为＿＿＿＿＿＿；(2) 将＿＿＿＿＿＿改为＿＿＿＿＿＿；

(3) 将＿＿＿＿＿＿改为＿＿＿＿＿＿；(4) 将＿＿＿＿＿＿改为＿＿＿＿＿＿。

19. 请从"知识"、"兴趣"中任选一个为内容，仿照下面的示例写两个句子。要求每个句子都采用比喻的修辞方法，两个句子之间在语意上形成对比。(5分)

时间，是海绵里的水，只要你勤奋地挤，总会有所收获；

时间，是指缝中的沙，如果你不太在意，就会全都漏光。

答：＿＿＿＿＿＿＿＿＿＿＿＿＿＿＿＿＿＿＿＿＿＿＿＿＿＿＿＿＿＿＿＿＿＿＿＿

20. 穆家寨中学高三（1）班将于下周举行以"读书乐"为主题的读书心得交流会。下面是主持人开场白的开头和结尾，请你补出中间部分。要求紧扣主题、言简意赅、有文采。50个字左右。(6分)

各位同学，今天我们召开一个读书心得交流，主题是"读书乐"＿＿＿＿＿＿＿＿＿＿＿＿＿＿

＿＿＿＿＿＿＿＿＿＿＿＿＿＿＿＿＿＿＿＿＿＿＿＿＿＿希望各位踊跃发言，让大家分享你的阅读心得。

**【第8套·湖北】**

20. 下面是鲁迅小说《药》中的一段景物描写。请从表达效果的角度予以点评。要求：语言表达准确、简明、连贯，不超过40字。(4分)

西关外靠着城根的地面，本是一块官地；中间歪歪斜斜一条细路，是贪走便道的人，用鞋底造成的，但却成了自然的界限。路的左边，都埋着死刑和瘐毙的人，右边是穷人的丛冢。两面都已埋到层层叠叠，宛然阔人家里祝寿时候的馒头。

点评：＿＿＿＿＿＿＿＿＿＿＿＿＿＿＿＿＿＿＿＿＿＿＿＿＿＿＿＿＿＿＿＿＿＿＿＿

21. 下面这首诗的每一句都可以想像成一个电影镜头，前两个镜头的脚本已写出，请续写后两个。要求：①按照诗意来设计场景和人物的神态动作；②想像合理；③每个镜头脚本的字数不超过40字。(4分)

采莲子
【唐】皇甫松
船动湖光滟滟秋，贪看年少信船流。
无端隔水抛莲子，遥被人知半日羞。

**【场景】**湖边。采莲船上。

**【人物】**采莲女，小伙子，女伴。

镜头一：秋日湖上，波光粼粼。一位美丽的姑娘驾着采莲船从荷花丛中划出。左右顾盼。

镜头二：忽见岸上有位英俊少年。姑娘悄然心动，痴痴地看着他，竟忘记了摇桨，任凭船儿飘荡。

镜头三：＿＿＿＿＿＿＿＿＿＿＿＿＿＿＿＿＿＿＿＿＿＿＿＿＿＿＿＿＿＿

镜头四：＿＿＿＿＿＿＿＿＿＿＿＿＿＿＿＿＿＿＿＿＿＿＿＿＿＿＿＿＿＿

22. 学校筹办2008年奥运火炬传递的宣传专刊，请为此专刊拟写一个通栏标题。要求：①采用对偶句式，且上下句分别含有"点燃激情"和"传递梦想"的字样；②每句字数在15～25字之间。(4分)

上句：＿＿＿＿＿＿＿＿＿＿＿＿＿＿＿＿＿＿＿＿＿＿＿＿＿＿＿＿＿＿

下句：＿＿＿＿＿＿＿＿＿＿＿＿＿＿＿＿＿＿＿＿＿＿＿＿＿＿＿＿＿＿

**【第9套·安徽】**

18. 根据下面的新闻材料，拟一条一句话新闻(不超过15字)。(4分)

淮河、巢湖一直是国家水污染防治的重要流域。安徽省根据今年年初国家淮河流域水污染防治考核组提出的评估意见，采取措施进一步开展淮河、巢湖流域的水污染防治工作。据了解，今年，安徽将加快重点环保工程建设，要求已列入淮河、巢湖流域"十一五"计划而未开工的城镇污水处理厂项目，4月底以前必须全面开工建设，年底前实现两流域所有市、县全部建成管网配套的污水处理厂的目标。同时要求各级地方政府的相关部门积极协调，加强环境监管，提高环境监察、监测和统计能力，加大对环境违法行为的处罚力度，鼓励环保建设中的制度创新、技术研发和信贷倾斜。

□□□□□□□□□□□□□□□

19. "言外之意"指话里暗含着的、没有直接说出的意思。请阅读下列语段，将言外之意写在横线上。

（4分）

（1）一位不知名的画家向著名画家门采尔诉苦说："为什么我画一幅画只需要一天工夫，而卖掉它却要等上整整一年呢？"门采尔很严肃地说："倒过来试试吧，亲爱的！"

门采尔的言外之意是：_____

（2）钢琴之王李斯特到克里姆林宫去演奏。演奏开始了，沙皇还在和别人说话。于是，李斯特停止了演奏。沙皇问他为什么不演奏了，李斯特欠了欠身子说："陛下说话，我理应恭听。"

李斯特的言外之意是：_____

20. 按要求把下面的句子扩写成一段话。（7分）

这个冬季，天气异常寒冷。

要求：①正面描写与侧面描写相结合。②至少运用两种不同的修辞方法。③不少于80字。

答：_____

【第10套·福建】

14. 阅读下面文字材料，按要求答题。（6分）

美国卡地夫大学的科学家近日起程，前往调查大西洋深处地壳失踪之谜。

通常情况下，地幔由数公里厚的地壳所覆盖，但科学家发现，在大西洋中部约有数千平方公里范围内的地壳似乎大面积失踪，地幔直接暴露在水下3000米左右的海底。卡地夫大学地球、海洋与行星科学学院的海洋地质学家克里斯认为，这有如发现了地球表面的伤口。<u>他表示，该处虽不是地壳失踪的唯一之处，但可能是最有意义的一处。</u>一般来说，当板块撕裂后，地幔将涌出，形成岩浆。而这种通常的情况没有发生，说明一定存在某种原因。科学家希望了解该处的地壳是否从来就不存在，还是因为发生大规模地层断裂所致。如果事实果真如此，科学家希望搞清楚，这种现象是怎么形成的以及为什么会形成这种现象。

为了回答这些问题，克里斯将参加由特勒姆大学海洋地球物理系教授罗杰·塞尔所领导的研究小组，搭乘库克号科学考察船，前往佛得角群岛和加勒比之间的区域通行考察。科学家将利用声纳技术形成海底声纳图像，并利用海下机器人钻取岩芯样本。科学家认为，这次考察将为深入研究和了解地幔提供一个难得的机会，并可能加深对板块构造的理解。

（1）从上面文字材料中提取三个关键词（3分）

_____　　_____　　_____

（2）阅读第二段中画横线的句子，联系上下文，说说克里斯为什么认为"可能"？为什么认为"最有意义"？（3分）

答：_____

15. 在下面横线上分别续写一个含"明"字的成语，然后加以解释。（2分）

在汉语里，含有"明"字的成语可以表示褒扬、赞美，例如"光明正大"，形容襟怀坦白，行为正派；再如①_____。含有"明"字的成语也可以表示批评、贬责，例如"明抢暗偷"，斥现公开抢劫、暗中偷盗的行为；再如②_____。

16. 今年4月12日，国际货币基金组织和世界银行分别就全球粮食价格飙升可能引发的后果发出预警。阅读下面图表，请你就我国粮食问题写一条宣传标语（16字以内）

中国粮食产量情况

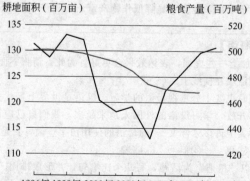

注：灰线为耕地面积，黑线为粮食产量。

答：_____

17. 明天是我国传统的端午节，学校准备举办"端午节晚会"。请你以晚会节目主持人的身份，在横线上写一段开场白。（5分）

要求：①主题鲜明，语言生动；②80字左右。

尊敬的老师、亲爱的同学；晚上好！_____下面请欣赏晚会的精彩节目。

**【第11套·重庆】**

18. 根据下列要求为漫画《孵蛋图》配上一段文字。（4分）

要求：（1）能够揭示漫画的寓意；（2）句式整齐，有讽刺意味；（3）20～40字。

答：_____

19. 据媒体报道，2008年5月8日9点18分，奥运祥云火炬成功登顶珠穆朗玛峰。冲顶过程中，一朵白云始终停留在珠峰上空。火炬点燃不久，一道彩虹在珠峰上空出现。请以此为内容，展开想象，运用拟人的修辞手法做一副对联。（4分）

答：_____

20. 用四个反问句重组下面的语句。可以增减个别词语，但须保留原意，并保持语意连贯。（4分）

每个人都是一根蜡烛，既然你被点燃了，就应该去点燃更多的人，你自己并不会燃烧得更快，世界却因此变得更加光明美好。

答：_____

21. 在文中横线处填上恰当的关联词语，使上下文连贯起来。（4分）

汶川地震，制造了一场极其可怕的灾难，①会让我们经历苦痛，②我们的希望不会沉沦，③会升腾。④从灾难发生那一刻起，我们都在为那些灾难中的生命祈祷，⑤这场灾难产生如何可怕的破坏力，我们也都有理由相信，随着我们所有人的力量向同一个方向聚集，爱心与力量⑥能够在最短的时间内传递到灾区。

**【第12套·江西】**

20. 按照下面句子的结构和修辞方法（……有了……，好比……，是……），另写一个句子。（字数不限，句意连贯）（4分）

山上有了小屋，好比一望无际的水面飘过一片风帆，是单纯的底色上一点灵动的色彩。

答：_____

21. 用"……使……"这个句式概括下文说到的与气候有关的各种因素及其对世界作物产量造成的影响。（不超过25个字）（5分）

19世纪以来，世界平均气温已经升高0.7摄氏度。研究显示，温度升高会使作物产量减少。在低纬度地区，气温即使升高1～2摄氏度，都有可能导致作物减产。在中高纬度地区，气候较为凉爽，如果气温升高3摄氏度，再加上空气中二氧化碳含量高，倒有可能增加大米和小麦的产量。可是这些地区由于降雨方式的改变和污染造成普遍缺水，就使得这点好处荡然无存。此外，燃烧矿物燃料产生的污染物与光发生作用在地球表面生成的臭氧含量增加，也会明显降低作物产量。

答：_____

**【第13套·宁夏、海南】**

22. 下面一段文字如果加上一些虚词，表达效果会更好。为此，请将下面的虚词插入文中适当的地方。插入后，将紧接虚词后的词语填在横线上。（5分）

注重学英语是好事，同时也要十分重视母语的学习。汉语是世界上最优美、最富表现力、最有魅力的语言之一。中国进一步改革开放，学习汉语的外国人越来越多，我们自己应该学好汉语，用好汉语。某些人以能讲英语为荣，说话时夹上许多"洋文"，而母语的使用白字连篇，真是出尽"洋相"。

①总要_____ ②却是_____ ③更_____ ④但_____ ⑤随着_____

23. 仿照下面的示例，以"机遇"为话题，写几个比喻句，并形成排比。（6分）

苦难对于天才是一块垫脚石，对于强者是一笔财富，对于弱者是一道万丈深渊。

答：_____

**【第 14 套·四川】**

18. 用一句话概括下面材料的主要信息。不超过 16 个字。(4 分)

2008 年北京奥运会的举办不仅能为北京吸引更多的游客,还将为亚洲其他国家和地区吸引更多的游客。据调查,有 74% 的游客考虑在观看完北京奥运后去日本、新加坡、泰国和中国香港旅游。

答:□□□□□□□□□□□□□□□□

19. 在下面横线处,仿照前面画波浪线的句子,各补写两个例子。(6 分)

人们从读书学做人;从往哲先贤那里,人们学得他们的品格。从孔子学得仁爱的情怀,从鲁迅学得批判的精神,____,____;从古今中外的著述中,人们可以感受到司马迁《史记》的严谨态度,文天祥《正气歌》的浩然正气,_____,_____。一个读书人,是一个有机会拥有超乎个人生命体验的幸运人。

20. 请以"小学、中学、大学、社会"为内容,仿照下面的示例另写四个句子。要求每个句子都采用比喻的修辞方法,四个比喻在语意上构成一个系列。(5 分)

童年是一张白纸,青年是一篇诗歌,中年是一本散文,老年是一部百科全书。

答:_____

**【第 15 套·四川灾区】**

18. 下面一段文字如果加上一些虚词,表达效果会更好。为此,请将下面的虚词插入文中适当的地方。插入后,将紧接虚词后的词语填在横线上。(4 分)

高科技从未停止改变人们的生活。到了未来的某一天,不再是你背书包,而是书包背你了;如果你敢在键盘上敲脏话,电脑会"伸出手"制止你;运动也会变得省事,即便是在你睡觉的时候也会有机器帮你锻炼身体。

①更____ ②或许____ ③因为____ ④就____

19. 从"微笑"、"诚实"中任选一个为内容,仿照下面的示例写一句话。要求使用拟人修辞方法,并在语意上形成递进关系。(5 分)

阳光是一位热情的向导,不仅指引我们前进的方向,也给我们温暖与力量。

答:_____

20. 在 2008 届同学毕业之际,九松坡中学高三(1)班将于下周举行"岁月如歌——我的高中生活"主题班会。下面是主持人开场白的开头和结尾,请你补充完整。要求紧扣主题、言简意赅、有文采。50 字左右。(6 分)

各位同学,今天我们班召开"岁月如歌——我的高中生活"主题班会。_____

_____

现在,就让我们对三年来的人生轨迹作一番回顾吧!

**【第 16 套·浙江】**

22. 把下列带序号的句子组合成语意连贯的一段话并填入横线处。(只填序号)(3 分)

奥林匹亚的废墟之美,究竟属于哪种美呢?_____

① 因而残垣断壁失去部分的构图,也就容易让人通过想象获得。

② 也许废墟和残垣断壁本身就是美,这种美与其整体建筑结构左右对称有关。

③ 不论是帕台农神庙还是厄瑞克特翁庙,我们推想它失去的部分时,不是依据实感,而是依据这种想象。

④ 我们的感动,就是看到残缺美的感动。

⑤ 这想像的喜悦,不是所谓空想的诗,而是悟性的陶醉。

23. 根据下面的情境,补写流水与树根的对话。(4 分)

一天,流水遇到了树根。

流水讽刺树根说:_____

树根谦和地回答:_____

到了春天,流水穿过山涧,走过草地,惊讶地看到树根滋养出的鲜花装点了大地。

24. 从下面这则关于四川大地震的新闻材料中提炼一个论点,并概括出一个能证明论点的事实论据。(5 分)

听到乐刘会的呼救声,救援人员闻讯赶到。此时乐刘会压在废墟中已近 70 个小时,援救过程中她断断续续告诉记者：

"被困时，我没有掉过一滴眼泪。"

"我就等着你们来救我，我相信你们会来救我。"

"我听到外面有人在说话，我就不停地喊救命……"

"没有（你们的）声音，我就不喊了。我要节省力气。"

"我坚持着。我现在还活着，我很高兴。"

"我希望大家不要为我担心，我在里面会自己保护自己的。"

在废墟中，她告诉其他被埋的同事："一定要坚持，肯定会有人来救我们。"正是靠着坚定的信心，她熬过了漫长的时间。

5 月 15 日　下午 4 点，被埋 72 个小时后，乐刘会终于获救。当躺在担架上的乐刘会看到妈妈时，她再也忍不住了，放声痛哭。

论点：□□□□□□□□□□（不超过 10 个字）（2 分）

论据：（不超过 50 个字）（3 分）

答：_____

## 吕丽高考语文讲堂·语用·第 5 练　【2007 高考 16 套】

**【第 1 套·全国Ⅱ】**

19. 下面是一位记者对接受采访的某著名作家之子说的一段开场白，其中有 4 处不得体，请找出并在下面相应的位置上进行修改（5 分）

大家知道家父是一位著名的作家，作品广为流传，在文坛小有名气。我在上中学时候就读过他的不少作品，至今还能背诵其中的段落。您是他老人家的犬子，能在百忙中有幸接受采访，我们对此表示感谢。

(1) 将①改为②；

(2) 将③改为④；

(3) 将⑤改为⑥；

(4) 将⑦改为⑧；

20. 2008 年北京奥运会火炬上的祥云图案，寓含"渊源共生，和谐共融"之意，请以"祥云与奥运"为内容，展开想象，运用比喻或拟人的修辞手法写一段话，不超过 50 字。（6 分）

**【第 2 套·北京】**

22. 将下面 6 个句子，按恰当的顺序填入横线处。（只填序号）（3 分）

紫禁城位于北京的中心，_____什刹海位于紫禁城的西北面，那里是娱乐休闲的好去处。

① 顶上盖有色彩灿烂的瓦。

② 背后是景山，

③ 还可以看到附近的鼓楼。

④ 周围绕有城壕与金色瓦顶的墙垣，

⑤ 由景山可以看到北京的中轴，

⑥ 山上共有五座亭台，

23. 下面这则新闻报道向北京市民披露了两条重要信息。请概括出这两条信息。（每条不超过 25 字）（4 分）

**【本报讯】**近来，北京市民对南水北调工程的进展情况更加关注。北京市水务局负责人就此发表谈话：南水北调中线工程引水起点为湖北丹江口水库，终点为北京颐和园团城湖，总干渠 1277 公里。其中，北京段起点在房山拒马河，经房山区，穿永定河，过丰台，沿西四环北上至颐和园团城湖，全段输水管道线路长 74.8 公里。中线工程竣工后长江水才可进京，竣工时间最后敲定为 2010 年。为保障在长江水抵京前北京的用水，南水北调工程北京段将在今年年底完工，2008 年 4 月具备通水条件；届时，该段可作为应急调水通道，从河北省的岗南等 4 个水库引水，每年大约可向北京供水 4 亿立方米。这对奥运会筹备工作将起到积极的作用。

第一条信息：_____
第二条信息：_____

24. 为接待国外游客，有关部门请你写一段话，向观光者介绍你所熟悉的某地区（区县、乡镇或街道）的某一文化观光景点的特色。（5分）

要求：①语言通顺、得体；不少于60字。②切合"文化观光"的主旨。③不得透露考生姓名和所在学校。

答：_____

_____

_____

**【第3套·天津】**

22. 给下面一段话加上标点符号（答案依次写在文后的横线上）。（2分）

语言是思维的工具。著名哲学家、物理学家爱因斯坦说①一个人的智力发展和他形成概念的方法在很大程度上是取决于语言的②③爱因斯坦文集④第一卷⑤第395页⑥一个没有很好掌握语言这一思维工具的人，其智力发展会受到很大的限制。

①_____②_____③_____④_____⑤_____⑥_____

23. 在下面横线处，续写两句话。（4分）

兰因春而存在，而春也因有了兰的幽美，才多了些温煦，少了些清寒；

荷因夏而存在，而夏也因有了荷的淡雅，才多了些凉爽，少了些燥热；

_____

_____

24. 根据下表写一则短讯，报道本市2007年"五一"黄金周的旅游情况。（6分）

| | 全市接待游客 | 本地游客 | 外地游客 |
|---|---|---|---|
| 2006年游客（万人次） | 246.85 | 153.49 | 93.36 |
| 2007年游客（万人次） | 296.80 | 194.94 | 101.86 |
| 同比增长率 | 20.23% | 27.01% | 9.10% |

答：_____

**【第4套·山东】**

16. 把下列句子组成意思完整、前后衔接、语序最恰当的一段话。（只写句子序号）（3分）

① 百般不能排解思情，不妨往诗文中寻个消遣处。

② 王维的乡思亦有画意：来日绮窗前，寒梅着花未？

③ 从古至今，乡愁是诗人的惆怅。

④ 没有什么再像乡愁一样令我悲伤，这么美丽的文字，这么伤感的情怀，只有诗人才能表达。

⑤ 诗云：今夜月明人尽望，不知秋思落谁家。

序号：_____

17. 今年6月9日是我国第二个"文化遗产日"，学校开展了保护文化遗产的宣传活动。如果你是该校的志愿者，发现游客在景区文物上刻字留言，你将如何劝阻？请针对以下不同对象，各写一句话。要求：语言得体，有说服力，每句不超过30字。（4分）

（1）对同龄人：_____

（2）对年长者：_____

18. 下列图表是对我国少儿电视节目有关情况的抽样调查结果。请仔细阅读，用简明语言完成后面的题目。（5分）

（1）由图表得出结论：_____

（2）针对结论提出建议：_____

**【第5套·广东】**

22. 下面是2008年奥运会四个比赛项目的标识图形。请你选取一个，围绕图形内容，紧扣动态特征，展开联想，写一段话。要求语言通顺，运用两种以上（含两种）的修辞手法，不少于40字（含标点符号）。（6分）

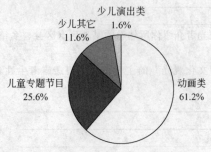

图 1　少儿节目中各类节目收视份额

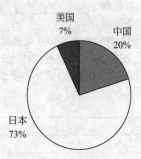

图 2　播出时长前 15 名动画片来源格局

23. 下面的材料从四个方面对粤剧作了介绍，请筛选信息，保留各方面的主要内容，压缩成一段文字，不超过 90 字（含标点符号）。（6 分）

粤剧起源于明代，深受昆曲、南戏的影响，清朝顺治之后，以梆子、皮黄为基础，融合弋阳腔、昆曲之长，吸收了南音等广东民间曲调，逐渐发展成为南方的一大剧种。它的唱腔丰富，以梆子、二黄为主，兼用民间说唱音乐。唱有大喉、平喉、子喉之分，调有正线、反线和乙反线之别。伴奏乐器原只有二弦、高胡等民族乐器，后来加进了小提琴等西洋乐器，对增强戏剧效果，起到了很好的作用。粤剧的行当，原只有生、旦、丑、末、净等十个，后来生角又演变为文武生、武生、小武等。粤剧是最能体现广东特色的剧种。

**【第 6 套·辽宁】**

22. 把下列句子组成语意连贯的一段话。（写序号即可）（3 分）

① 科学家为了迎接"挑战"，根据超导材料的"完全抗磁性"原理，让轮子和钢轨"分离"，发明了高速磁悬浮列车

② 磁悬浮列车在正式运行之前，还需要一个依靠轮子行驶一段距离、时速达到 100 千米以产生足够大的磁场的启动阶段

③ 磁悬浮列车由于不存在轨道对车轮的摩擦阻力，因而可突破传统列车时速 300 千米的极限。所以，这种新型列车有着广阔的发展前景

④ 传统列车提速有一个极限——时速 300 千米，超过它，就会造成车轮和钢轨的剧烈摩擦，从而引发严重事故

⑤ 它利用磁极相同产生的排斥力大于地球引力使车辆向上悬浮，并利用磁极相异产生的吸引力驱动车辆高速前进

23. 下图是 2000 年至 2006 年我国国内生产总值增长率和世界平均增长率的统计表。请用简明的文字概括其异同点。（不超过 40 字）并对此表所反映的我国国内经济发展状况加以简要评述。（不超过 20 字）（5 分）

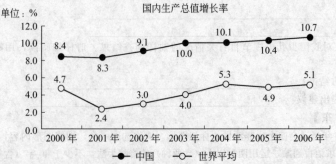

24. 仿照下面的句式和辞格，另写一句话。（3分）

假如我是一朵雪花，翩翩地在半空里潇洒，我一定认清我的方向，飞扬，飞扬，飞扬……

答：_____

_____

**【第7套·湖北】**

20. 右图是第八届中国艺术节节徽。该图案以编钟为主体，既体现了中华文化的源远流长，又体现了举办地湖北深厚的文化底蕴。下方的波浪既是象征湖北云梦水泽地域特色的传统云水纹饰，又是象征吉祥如意的祥云，形似一个横着的阿拉伯数字"8"。中间的圆形图案是中国艺术节节徽，是每一届艺术节设计节徽时必须采用的。请结合节徽图案的含义，为"八艺节"主会场拟一副对联。平仄不作要求，不超过30字。（4分）

答：_____

_____

21.《林教头风雪山神庙》和《杜十娘怒沉百宝箱》分别刻画了林冲和杜十娘两个人物形象。请各用一个单句对这两个形象作简要概括。要求对形象的理解正确，表达简明通顺，每句不超过25字。（4分）

（1）林冲是一位_____形象。

（2）杜十娘是一位_____形象。

22. 为迎接2008年北京奥运会，请以"这是一个欢乐的世界"开头，续写一段歌词。要求每行语句不与第一段完全重复，句式基本对应，大体押韵（4分）

这是一个欢乐的世界，

沐浴奥运风，我们青春豪迈，

心连着心，手拉着手，

朋友走到一起来，

共着一个梦想，

友谊的圣火传递千秋万代。

这是一个欢乐的世界，

_____

_____

_____

_____

**【第8套·安徽】**

18. "雪藏"是近年来产生的新词。根据它在下列各句中的意思，分别用一个词语置换（每处不超过4个字）。（3分）

（1）某歌星多年前因直言而"得罪"公司经纪人，从此被公司雪藏，不知双方何时才能握手言和。
□□□□

（2）为确保最后一场小组赛能尽遣精锐上场，该队正在考虑明日与法国队交手时雪藏部分主力。
□□□□

（3）这个原先颇有一定知名度的乡镇企业，在雪藏了五六年之后，一举跻身"中国百强企业"之列。
□□□□

19. 某电视台邀请几位专家就一些产业部门的垄断问题进行讨论。请根据专家的回答推断并概括主持人的提问语（不超过15个字）。（4分）

主持人：□□□□□□□□□□□□□□□

专家A：光引导消费者是不够的，只有以法律为武器，才能从根本上达到反垄断的目的。因此有关部门必须加快反垄断法律法规的制定。

专家B：前一段时间，我在美国住了一年，对他们的反垄断法有了更多了解，反垄断法对维护美国市场经济秩序，起了至关重要的作用。在欧盟也是如此。我们需要借鉴他们的经验。

20. 某校拟制作安徽名人宣传橱窗，同学们已搜集到下列材料。请你据此写一段陶行知简介（不超过70个字），再就人物言行、品质或贡献的某一点进行评价（不超过30个字）。（8分）

① 原名文濬，后改知行，又改行知。1891年生于安徽歙县。1914年毕业于金陵大学。后留学美国哥伦比亚大学。1920年任中华教育改进社总干事。1946年去世。

② 提倡并致力平民教育，提出"生活即教育"、"社会即学校"、"教学做合一"等主张，形成"生活教育"思想体系。著有《陶行知全集》、《普及教育》等。

③ 先后创办晓庄学校、育才学校和社会大学。九一八事变后，组织国难教育社，创办"山海工学团"。主张采用"小先生制"，实行"即知即传"。1934年创办《生活教育》半月刊。

④ 他的教育名言有"捧着一颗心来，不带半根草去"、"千教万教教人求真，千学万学学做真人"等。毛泽东说他是"伟大的人民教育家"。

人物简介：□□□□□□□□□□□□□□□□□□□□

人物评价：□□□□□□□□□□□□□□□□□□□□

**【第9套·福建】**

15. 找出下面文段在语言表达方面的两处错误，并加以改正。（4分）

徜徉在天安门广场，人们英雄纪念碑那巍峨的碑体、优美的轮廓、饰有卷云与垂幔的碑顶，无一不让人顿生瞻仰、思念之情。这座纪念碑是由杰出建筑学家梁思成主持设计的。这一点，想必尽人皆知；对于他的助手、当代中国建筑大事吴良镛也参与了有关设计方案的讨论，或许鲜为人知。

| 错　　误 | 改　　正 |
|---|---|
| 第一处： | |
| 第二处： | |

16. 根据下面的示例，请另选一组事物，运用联想和对比，表达自己对生活的某种认识（不拘泥于句式，40字以内）。（3分）

示例：鲜花虽然娇艳，但经不起风吹雨打；小草看似寻常，却更能承受酷暑严寒。

答：_____

17. 给下面这则新闻拟写一个标题（不超过12字）。（3分）

卫生部4月30日发出公告，决定撤销全国牙病防治指导组，同时将在疾病预防控制局成立口腔卫生处，负责全国牙病防治管理工作。

据介绍，全国牙防组是1988年经卫生部批准成立的牙病防治组织。牙防组自成立以来，在改善大众口腔健康状况、提高群众自我口腔保健水平、监测口腔疾病发展等方面都发挥了积极作用。

公告指出，随着近年来政府公共服务职能的不断强化和行业民间组织的快速发展，牙防组已难以适应卫生事业发展的要求，卫生部决定予以撤销。牙防组撤销后，原承担的工作由卫生部统一安排，群众性牙病预防保健技术工作和有关事务性管理工作，将以委托形式交专业社团或机构承担。

标题：_____

**【第10套·重庆】**

19. 在下面横线处各补上一句话。要求：每句话不少于7个字，两句字数相等，结构大体一致，整个句子意思连贯。（4分）

快乐似花，_____；痛苦如草，_____。你要享受快乐，更要准备迎接痛苦，医治痛苦，转化痛苦，让痛苦成为你坚强生命的一部分。

20. 有人说："有时候拥有善良比拥有真理更重要。"请根据这句话的意思，续写一段文字。要求：续写的话与引文衔接自然，语言通顺。字数在70～90之间。（6分）

答：_____

21. 在文中横线处填上恰当的关联词语，使上下文连贯起来。（5分）

头渡小镇精巧①秀丽，藏在一片狭长的山谷之中，一边是金佛山的主峰，一边是柏枝坡的山峦。②处于两个巨人的脚下，③让人感到的不是局促的压抑，而是一种舒缓的安定，像如歌的行板，④风吹雨打，⑤世事变迁，⑥在大山的怀抱中酣然高卧。

**【第11套·江苏】**

18. 下面的文字说明了利用"溶瘤病毒"消除肿瘤的过程，请概括这个过程的三个阶段。（6分）

据有关专家介绍：如果将一种经过基因工程加工的"溶瘤病毒"注射入肿瘤部位，病毒就会成千上万地高速复制，最终撑破肿瘤细胞，肿瘤也就溶解了。但也因此使部分肿瘤细胞进入血液，随着循环系统进入其他部位，从而导致肿瘤的转移。此时，如果对病人肿瘤部位加热，人体会大量产生一种叫热休克蛋白的特殊物质。而热休克蛋白可以训练人体免疫系统识别肿瘤细胞，进而在全身"追杀"肿瘤的残部。经过这样一个过程，就能达到消除肿瘤的目的。

(1) 第一阶段：_____（不超过15个字）

(2) 第二阶段：_____（不超过15个字）

(3) 第三阶段：_____（不超过20个字）

19. 一位学者指出，"○"是一个早已普遍使用的汉字，它形简而意赅，直观而独特，但许多重要的汉语辞书却没有收录。请用一个生动形象的句子表达让"○"字尽快收录到汉语辞书中这样的意思。（4分）

要求：(1) 切合题意。(2) 运用比喻或比拟的修辞方法。

_____

20. "同一个世界，同一个梦想"，是2008年北京奥运会的主题口号。请在下面的横线上分别填写适当的句子，作为学校一次迎奥运主题活动主持人的开场白。（5分）

甲　2008，我们将迎来一次体育的盛会，

乙　2008，我们将迎来五大洲的宾朋。

合　我们的口号是："同一个世界，同一个梦想！"

甲　我们来自不同的国家，

乙　①_____

甲　我们有着不同的肤色，

乙　②_____

合　但我们生活在同一个世界。

甲　同一个地球孕育了我们的生命，

乙　③_____

合　我们——有着相同的梦想追寻。

甲　我们都渴望和平与安宁，

乙　④_____

甲　我们珍视友谊和荣誉，

乙　⑤_____

甲　让我们的世界更完美，

乙　让我们梦想成真！

合　同一个世界，同一个梦想，让我们迎接奥运圣火在北京点亮。

**【第12套·江西】**

20. 按表达要求在规定空格内将下列词语组成句子。（不能增减词语）（4分）

5月3日校长是在会上向灾区提议捐款全校师生

(1) 以"5月3日"为表达重心

答：□□□□□□□□□□□□□

(2) 以"校长"为表达重心

答：□□□□□□□□□□□□□□

21. 以"走进考场"为开头写一段话。要求：表意相对完整，语言连贯得体，至少使用两种修辞手法，其中一种必须是排比，不少于50个字。（5分）

答：_____

**【第13套·海南、宁夏】**

21. 将下列语句依次填入文中的横线处，使上下文语意连贯。只填序号。（3分）

几十年来，霍金的身体禁锢在轮椅中，＿＿＿＿＿＿，＿＿＿＿＿＿，＿＿＿＿＿＿，＿＿＿＿＿＿。他以极度残疾之身，取得极其辉煌的科学成就，成为自爱因斯坦以来引力物理学领域最大的权威。

① 他执著地寻求着"我们从何处来，我们往何处去"的答案

② 震动了整个理论物理学界

③ 发现了一个又一个宇宙运行的重大奥秘

④ 思维却遨游于广袤的太空

22. 仿照文中开头一句话的句式，在横线处写两个句子。要求所写句子都运用比拟的修辞方法，并与开头的一句话构成排比句式，使文段语意完整。（6分）

没有大海的粗犷豪放，可以有小溪的轻盈从容；＿＿＿＿＿＿＿＿＿＿＿；＿＿＿＿＿＿，＿＿＿＿＿＿。生活向每一个人敞开胸怀，我们总能在那里找到自己的色彩，自己的价值。

23. 阳光社区准备推荐董劲松为市级"十大公德人物"候选人，拟写了下面的推荐材料，请在横线处用赞扬的语言概括董劲松的事迹，将这则推荐材料补充完整。不超过25个字。（5分）

董劲松，男，阳光社区保洁员。由于他的辛勤工作，我社区连续5年获得区级"卫生先进单位"的称号。他主动帮助居民解决遇到的困难，长年义务照料3位孤寡老人。他还担任业余治安巡逻员，多次勇敢地与歹徒搏斗，5次负伤，为保护社区群众生命财产安全作出巨大贡献。董劲松同志＿＿＿＿＿＿＿＿＿＿＿＿＿＿＿。因此我们认为，"十大公德人物"这一称号，他应是当之无愧的。

**【第14套·四川】**

18. 根据下列要求为漫画《大扫除》写一段文字。（5分）

要求：(1) 概括说明画面主要内容。(2) 点明漫画寓意。(3) 40～60字。

答：＿＿＿＿＿＿＿＿＿＿＿＿＿＿＿＿＿＿＿＿＿＿＿＿＿＿＿＿＿＿＿＿＿＿＿

19. 根据括号内的要求写一段树叶与阳光的对话。（6分）

早晨，树叶与阳光亲密地交谈。

树叶（感激地）：＿＿＿＿＿＿＿＿＿＿＿＿＿＿＿＿＿＿＿＿（排比）

阳光（谦逊地）：＿＿＿＿＿＿＿＿＿＿＿＿＿＿＿＿＿＿＿＿（比喻）

20. 下面有两个口语交际的情景，请任选一个，用简明、得体的语言反驳其错误言论。（4分）

(1) 有人随地吐痰，别人批评他："随地吐痰不卫生。"他貌似有理地说："有痰不吐更不卫生。"

答：＿＿＿＿＿＿＿＿＿＿＿＿＿＿＿＿＿＿＿＿＿＿＿＿＿＿＿＿＿＿＿＿＿＿＿

(2) 有人上公交车不排队，往前挤。别人批评他："不要挤嘛，讲一点儿社会公德。"他嬉皮笑脸地回

答："我这是发扬雷锋的钉子精神，一要有钻劲，二要有挤劲。"

答：＿＿＿＿＿＿＿＿＿＿＿＿＿＿＿＿＿＿＿＿＿＿＿＿＿＿＿＿＿＿＿＿＿＿＿

**【第15套·浙江】**

22. 针对下面反方的说法，写一个反问句，把正方的话补充完整。（4分）

反方：如果美是客观存在的，那么请问：诗人李白感受到的月亮之美，难道和你是一样的吗？

正方：如果美不是客观存在的，那么请问：＿＿＿＿＿＿＿＿＿＿＿＿＿＿＿

23. 下面是一份虚拟的稿件处理单，请你在"终审意见"栏上写不予发表的理由。（不超过80字）（6分）

稿件处理单

| 题名 | 一个平淡故事的悬念 | | | 文体 | 小说 |
|---|---|---|---|---|---|
| 作者姓名 | 王某 | 职业 | 作家 | 通讯地址 | 北京 |
| 一审意见 | 这篇小说虽然写得一般,但作者王某是著名作家,对提高我刊的知名度和发行量极为有利。建议作为重点稿件刊发。<br><br>责任编辑:张××<br>×年×月×日 | | | | |
| 二审意见 | 此稿从质量看不像著名作家王某所写,而且据了解,近两个月王某一直在美国,不可能从北京寄稿,作者不留详细地址,显然是另一个王某。不过张编辑的意见也有一定道理。是否刊发,请王主编酌定。<br><br>编辑部主任:李××<br>×年×月×日 | | | | |
| 终审意见 | □□□□□□□□□□□□□□□□□□□□□□□□□□□□□□□□□□□□<br>□□□□□□□□□□□□□□□□□□□□□□□□□□□□□□□□□□□□<br>□□□□□□□□□□□□□□□□□□□□□□□□□□□□□□□□□□□□<br><br>执行主编:王××<br>×年×月×日 | | | | |

24. 阅读下面一则寓言,写出寓意。(3分)

庄周梦见自己变成蝴蝶,感到自由自在,于是他积极修炼,终于化成了蝴蝶。蝴蝶日日为食物奔波,还要防备天敌。蝴蝶很怀念曾经是庄周的日子。

答:＿＿＿＿＿＿＿＿＿＿＿＿＿＿＿＿＿＿＿＿＿＿＿＿＿＿＿＿＿＿＿＿＿＿＿＿＿＿＿＿＿＿＿＿
＿＿＿＿＿＿＿＿＿＿＿＿＿＿＿＿＿＿＿＿＿＿＿＿＿＿＿＿＿＿＿＿＿＿＿＿＿＿＿＿＿＿＿＿

**【第16套·全国Ⅰ】**

18. 穆天宇给余爷爷留一张便条,本想写得有点文采,却有4处用词不得体。请将不得体的词语找出来并进行修改。(4分)

余爷爷:

惊悉阁下病了,父亲让我登门造访,未能见面。现馈赠鲜花一束,祝早日康复!

小宇
6月7日

①将＿＿＿＿＿＿改为＿＿＿＿＿＿;②将＿＿＿＿＿＿改为＿＿＿＿＿＿;
③将＿＿＿＿＿＿改为＿＿＿＿＿＿;④将＿＿＿＿＿＿改为＿＿＿＿＿＿。

19. 下面一段文字中画横线的词语,有的必须删去,有的不能删去。请把它们找出来,将序号分别写在相应题号的横线上。(5分)

夏天到了,人们喜欢吃一些生冷的①食品,外出就餐的②频率也③高了,这④都将⑤给肠道传染病的⑥发生埋下了隐患。某市的一项专题调查显示:79％的⑦痢疾患者有过⑧不洁饮食史,他们食用的⑨不洁物多为不干净的⑩熟食,冷荤或剩米饭等;从饮食地点看,51％的患者曾在外就餐,13％为⑪有野炊经历。

(1)必须删去的是:＿＿＿＿＿＿＿＿＿＿＿＿＿＿＿＿＿＿＿＿＿＿＿＿＿

(2)不能删去的是:＿＿＿＿＿＿＿＿＿＿＿＿＿＿＿＿＿＿＿＿＿＿＿＿＿

20. 请以"梦想与现实"为内容,仿照下面的示例写两个句子。要求每个句子都采用比拟的修辞方法,两个句子之间构成对偶。(6分)

太阳热烈、奔放,带着万丈光芒,给生灵以活力;月亮温馨、宽容,带着无际清辉,给万物以安宁。

答:＿＿＿＿＿＿＿＿＿＿＿＿＿＿＿＿＿＿＿＿＿＿＿＿＿＿＿＿＿＿＿＿＿＿＿＿＿＿＿＿＿＿＿＿

**吕丽高考语文讲堂·语用·第6练 【2006高考15套】**

**【第1套·全国Ⅰ】**

18. 在文中横线处填上恰当的关联词语,使上下文连贯起来。将答案写在文段下面对应的序号后。(4分)

语言的形式，①能是美的，②它有整齐的美，抑扬的美，回环的美。这些美都是音乐所具备的，③语言的形式美也可以说是语言的音乐美。在音乐理论中，有所谓"音乐的语言"；在语言形式美的理论中，④应该有所谓"语言的音乐"。⑤音乐和语言不是一回事，⑥二者这间有一个共同点：音乐和语言是靠声音来表现的。

①＿＿＿②＿＿＿③＿＿＿④＿＿＿⑤＿＿＿⑥＿＿＿

19.下面的材料从四个方面对二胡作了介绍，请筛选信息，保留各方面的主要内容，压缩成一段文字，不超过60个字。（5分）

二胡是中国的一种很奇妙的乐器，是胡琴的一种，比京胡大，也叫南胡。二胡的构造很简单：由一根长约80厘米的细细的木制琴杆、内外两根琴弦、琴杆下端的蒙着蟒皮或蛇皮的琴筒构成，琴筒呈茶杯形，用木或竹制成，蟒皮或蛇皮是制作二胡的重要材料；用马尾做的琴弓演奏，这与小提琴同样用马尾做琴弓是一样的。二胡声音低沉圆润，听起来略带忧伤，常用来表达比较深沉的情感。二胡产生的历史悠久，又比较容易学习，因此是深受中华民族喜爱的乐器，是中国民间普及率比较高的乐器。

二胡是＿＿＿＿＿＿＿＿＿＿＿＿＿＿＿＿＿＿＿＿＿＿＿＿＿＿＿＿＿＿＿＿＿＿＿

＿＿＿＿＿＿＿＿＿＿＿＿＿＿＿＿＿＿＿＿＿＿＿＿＿＿＿＿＿＿

20.请在"家园"和"思念"中任选一个词，仿照下面示例的形式写三个句子。要求每个句子都采用比喻和比拟两种修辞写法，三个句子的内容有内在联系。（6分）

示例：春天像刚落地的娃娃，从头到脚都是新的，它生长着。

春天像小姑娘，花枝招展的，笑着，走着。

春天像健壮的青年，有铁一般的胳膊和腰脚，领着我们上前去。

答：＿＿＿＿＿＿＿＿＿＿＿＿＿＿＿＿＿＿＿＿＿＿＿＿＿＿＿＿＿＿＿

＿＿＿＿＿＿＿＿＿＿＿＿＿＿＿＿＿＿＿＿＿＿＿＿＿＿＿＿＿＿＿

＿＿＿＿＿＿＿＿＿＿＿＿＿＿＿＿＿＿＿＿＿＿＿＿＿＿＿＿＿＿＿

**【第2套·全国Ⅱ】**

六、（15分）

18.请筛选、整合下面文字中的主要意思，拟写一条"魔术"的定义。要求语言简明，条理清楚，不超过50个字。（5分）

魔术这种杂技节目以不易被观众察觉的敏捷手法和手段，使物体在观众眼前出现奇妙的变化，或出现或消失，真可谓变化莫测。这种表演常常借助物理、化学的原理或某种特殊的装置表演各种物体、动物或水火等迅速增减隐现的变化，令观众目不暇接，产生奇幻莫测的神秘感觉。魔术广受人民群众的喜爱。

魔术是＿＿＿＿＿＿＿＿＿＿＿＿＿＿＿＿＿＿＿＿＿＿＿＿＿＿＿＿＿＿＿＿＿

＿＿＿＿＿＿＿＿＿＿＿＿＿＿＿＿＿＿＿＿＿＿＿＿＿＿＿＿＿＿

19.2006年5月9日中国科学技术馆新馆奠基。请根据下面的示意图，对中国科学技术馆新馆的所在位置作一个介绍。要求方位表述准确，用语富于变化。（5分）

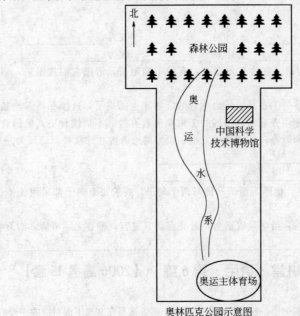

奥林匹克公园示意图

答：_____

20. 请以"和谐"为内容写三句话。要求每句话都使用比喻，三句话构成排比。（5分）

答：_____

_____

_____

**【第3套·北京】**

22. "小葱拌豆腐"本是老百姓喜爱的一道家常菜，后来衍生出一句家喻户晓的歇后语。不久前，某行政部门征公益广告创意，以一盘"小葱拌豆腐"为主体图案的广告创意，因有积极的比喻意义被采纳了。请你为该"主体图案"配一句恰当、简明的广告语，不少于8字。（3分）

答：_____

23. 新闻点评就是用简约的文字对新闻进行评论，请点评下面这则新闻。要求：见解独到，是非分明，不超过30字（4分）

新学期初，某大学爱心社联合十多所高校，推出了为期3天的"爱心大巴"免费接站活动，在北京站前接送同学。由于受到返校大学生的怀疑、猜测，乘客寥寥，而无偿提供的矿泉水和小点心也因无人问津成了摆设。学子们的爱心变成了伤心。

点评：_____

24. 请以"我的一条建议"为标题写出一段文字，为办好北京奥运进言献策。（5分）

要求：①内容合理、具体、语言通顺，不少于80字。

②不得写出建议人的单位、姓名。

我的一条建议

_____

**【第4套·天津】**

22. 阅读下面的文字，写出三个适于评价"约旦河"、"盐海"的成语。（3分）

约旦河滚滚注入盐海。盐海对约旦河说："你整天奔波，活得太累了吧？什么时候你也能像我一样舒服地徜徉在柔和之中，犹如富贵太太靠在沙发里一样？"约旦河答道："想永远保持新鲜，就不能整日躺在那里做梦！"若干年后，约旦河依然年轻秀美；而盐海呢，人们给它取了一个绰号，名叫"死海"。

答：_____ _____ _____

23. 请将下面的译文改写成三个短句。（3分）

传统的现代派绘画——由毕加索、康定斯基、马蒂斯以不同的方式发展起来的抽象艺术是以高度发达的审视技能以及对其他绘画和艺术史的熟谙程度为先决条件的。

①：_____

②：_____

③：_____

24. 请为你班方队撰写一段校运动会入场式上经过主席台时的解说词。（6分）

要求：不得出现校名、人名及其相关的信息，不超过80字。

答：_____

**【第5套·山东】**

20. 把下列句子组成意思完整、前后衔接、语序最恰当的一段话。（只写句子的序号）（3分）

① 雪落在城外，也落在城内。

② 温暖的房间里，有人用汤匙慢慢搅动一杯蜜汁。

③ 隔看结冰的河流，对岸是华灯灿烂的城市。

④ 杯勺碰响的和声里，浓浓淡淡的花香冲逸开来，唤起多少鲜艳的回忆。

⑤ 蜜是花的情感，是融化的琥珀。

⑥ 这是白天从养蜂人那里买来的。

序号：_____

21. 第十一届全国运动会将于2009年在我省举行，请为本次运动会拟写主题口号。要求：具有鲜明的时代特征和体育精神，体现山东人民的精神风貌，言简意赅、便于记忆、朗朗上口。不超过20字。（3分）

答：_____

**22.** 请说明右图漫画的画面内容，并揭示其中的寓意，50 字左右。（8 分）

答：＿＿＿＿＿＿＿＿＿＿＿＿＿＿＿＿＿＿

砍

**【第 6 套·广东】**

**19.** 提取下面一段话的主要信息，写出四个关键词语。（4 分）

从甲骨文到草书、行书的各种书法艺术，间接地反映了现实某些方面的属性，将具体的形式集中概括为抽象的意象，通过视觉来启发人们的想象力，调动人们的情感，使人们从意象中体味到其间所蕴含的美。这也是一些讲书法的文章里常说的"舍貌取神"——舍弃客观事物的具体现象特征，而摄取其神髓。

答：＿＿＿＿＿＿＿＿＿＿＿＿＿＿＿＿＿＿＿＿＿＿＿＿＿＿＿＿＿

**20.** 科学家培根等人曾提出一种科学知识增长的模式（如下图）。请你用简洁的语言表述这一模式。（5 分）

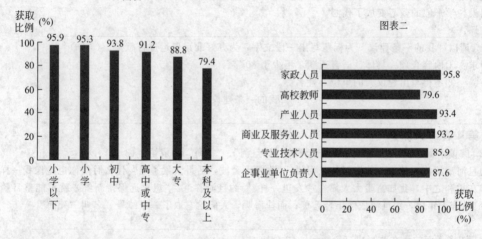

答：＿＿＿＿＿＿＿＿＿＿＿＿＿＿＿＿＿＿＿＿＿＿＿＿＿＿＿＿＿

**21.** 北京、广州等城市最近兴起了一种名为"图书漂流"的读书活动。一些公共场所书架上的图书贴着纸条，纸条上写着"您可以随意取阅，读完后，请把它放回'漂流书架'；您如果有想'放漂'的图书，也可随时上架"。请你也"放漂"中国古代四大名著中的一本，写一段话—引起读者的阅读兴趣，并提醒他继续参与"图书漂流"活动。要求字数在 90 字以内（含标点符号）。（6 分）

答：＿＿＿＿＿＿＿＿＿＿＿＿＿＿＿＿＿＿＿＿＿＿＿＿＿＿＿＿＿

**【第 7 套·辽宁】**

**22.** 请根据下列语句，给"流星雨"下定义。（3 分）

要求：必须为单句，语序合理，不得丢掉语句中的信息（可增删词语）。

① 流星雨是流星群与地球相遇时产生的一种自然现象。

② 流星雨发光的原因是受大气摩擦。

③ 流星雨发出的光亮如同从一点迸发出的焰火。

④ 流星雨如下雨一般。

答：＿＿＿＿＿＿＿＿＿＿＿＿＿＿＿＿＿＿＿＿＿＿

**23.** 请欣赏右边这幅漫画，给它拟一个恰当的标题（10 字以内，不得以"无题"为标题），并写出你对这幅漫画的感想（30 字以内）。（5 分）

（摘自《工人日报》卢军作）

要求：思想健康，表意明确，语句连贯得体。

答：＿＿＿＿＿＿＿＿＿＿＿＿＿＿＿＿＿＿＿

**24.** 请以"爱护动物"为主题，运用比拟的修辞手法，写一句公益广告词（20 字以内）。（3 分）

答：_____

_____

### 【第8套·湖北】

20. 提取下列材料中的要点，整合成一个单句，解释"端午节"。（不超过35字）（4分）

① 端午节是我国民间的一个传统节日，又称端阳节。

② 端午节的时间是在每年的夏历五月初五这一天。

③ 端午节的起源说法不一，但大多认为源于纪念投汨罗江自沉的战国时楚国爱国诗人屈原。

④ 过端午节人们通常要赛龙舟，今年湖北就举行了龙舟竞赛活动，香港、澳门也派了代表队参加。

⑤ 过端午节时南方各省区人们通常要吃粽子，这是用箬叶包裹糯米而煮成的一种食品。

端午节是_____

21. 学校举行课本剧汇报演出，请你结合剧情内容为主持人写两段串联词，将下面三个节目串联起来。要求衔接自然，简明得体，每段不超过40字。（4分）

第一个节目《雷雨》演出结束——

串联词（1）：_____

下面请观看第二个节目《罗密欧与朱丽叶》，由高二（1）班演出。

串联词（2）：_____

下面请欣赏高二（4）班演出的《西厢记·长亭送别》。

22. 《荆楚中学报》设有四个版面，请在版面名称之后填写体现版面宗旨的句子。要求第二版与第一版、第四版与第三版字数相同，结构一致。（4分）

| 第 次 | 版面名称 | 版面宗旨 |
|---|---|---|
| 第一版 | 校园新闻 | 聚焦学校大事　发布热点新闻 |
| 第二版 | 班级采风 | |
| 第三版 | 校际链接 | 信息交流　汇四面八方新资讯 |
| 第四版 | 文学园地 | |

### 【第9套·安徽】

18. 请在保留主要信息的基础上，将下面一则手机短信压缩到15字以内。（3分）

我正在车上，环境嘈杂，通话不方便。9点到达目的地。等我到了目的地，会给你打电话，你也可以给我打电话。

_____

19. 请围绕"节约"这一话题，用"少一点……，多一点……"的句式写三句话，每句话的前后要整齐匀称。（6分）

（1）_____

（2）_____

（3）_____

20. 请从下列历史人物或文学形象中任选一组，说明你更喜欢其中哪一位，并陈述理由。（6分）

第1组：孔子与庄子　　第2组：项羽与刘邦

第3组：李白与杜甫　　第4组：林黛玉与薛宝钗

［要求］①对所选组中两个人物或形象进行比较

②不出现常识性错误

③字数在50～70字之间

答：_____

_____

_____

**【第 10 套·福建】**

16. 下面文字在语言表达方面有多处错误，请找出两处加以改正。（4 分）

1992 年，世界上第一条手机短信在英国发送成功，拉开了短信文化的先河。我国于 1998 年开通手机短信，使用短信的手机用户层出不穷。随着手机短信由多媒体形式到纯文本形式的进化，我国手机短信用户在 2005 年达到了一个新的高峰。

| | 错误 | 改正 |
|---|---|---|
| 第一处 | | |
| 第二处 | | |

17. 为下面的短文续写一个画龙点睛的结尾。（4 分）

创造时尚的人

一天，在英国小镇莱切，一个青年人走到一家化工厂楼下时，被楼上倒下来的一桶化学物质弄脏了头发。他没钱去理，就那么留着，红红黄黄地留了几天，惹得大街上许多青年人纷纷追逐，然后又去效仿。结果，有理发店抓住时机，专门找人研制出各种染发的颜料，满足了新奇者的愿望。这一现象一直扩大到全球，成为一种典型的时尚。

在巴西，一个乡下女孩进城时，她的姥姥在她的裤子上绣了几朵花，这本来是很土很落后的手工艺，早就被淘汰了。可老太太实在没钱打扮自己的孙女，只能力所能及地绣上几朵花。但没想到，那时候城里的女人正为"没得穿"而发愁，她们看到女孩子的裤子时，不觉眼睛一亮，爱美的城里女人纷纷效仿。于是，满大街都是绣了花的裤子。这种裤子先是在欧洲流行，后来又传到了亚洲。

18. 今年 4 月，中国国民党荣誉主席连战回到福建祭祖，请你以福建学子的身份写一段真切自然、简洁得体的欢迎辞。（不得出现与考生真实身份有关的人名、市县名及山水地理名等信息；不超过 60 字）（4 分）

答：

**【第 11 套·重庆】**

20. 在下列材料的横线处依次填入恰当的标点符号。（4 分）

1995 年，27 岁的孙炯去北京参加全国优秀导游考试①遇到一道考题②英国小说家 J ③希尔顿的小说④消失的地平线⑤里写到的⑥香格里拉⑦源自哪种语言⑧法语、英语⑨还是喜马拉雅山麓的一种方言⑩答案是最后一个

21. 从 A 句或 B 句中任选一句，仿照例句完成喻体部分。要求：两个喻体的内容构成对比关系。（4 分）

例句：济南与青岛有什么不相同的地方呢？假若济南是穿肥袖马褂的老先生，那么青岛便是着摩登时装的美少女。

A 句：现实世界与网络世界有什么不相同的地方呢？假若现实世界是_____，那么网络世界便是_____。

B 句：语文与数学有什么不相同的地方呢？假若语文是_____，那么数学便是_____。

22. 简要说明下图漫画的寓意，并为它拟定一个标题。要求：寓意的字数在 15～30 之间；标题不超过 4 个字，标题与寓意之间具有相关性。（5 分）

（1）寓意：_____　（3 分）

（2）标题：_____（2分）

23.两个同学要去参加运动会，他们都邀请好友为其助阵。请分别拟出两个同学的邀请语。要求：话语得体，符合规定的语言表达方式。（4分）

（1）一位同学幽默地说：_____。

（2）一位同学含蓄地说：_____。

## 【第12套·江苏】

18.请用"银河"、"树影"、"蛙声"等词语写一段情景交融的文字。要求想象合理，语言连贯，不少于40个字。（5分）

_____

_____

19.请参照下面材料中画线的部分，另选我国两个传统节日（如春节、清明节、端午节、重阳节等），仿写句子。要求字数相同，句式相似。（5分）

黄土黄，那是江北世世代代淳朴的厚实；清水清，那是江南祖祖辈辈悠然的淡雅，荡漾着千年的风物与风华。唯在中秋，江南江北，共赏一轮明月；或在元宵，将一锅锅汤圆，煮成千年不变的甜甜蜜蜜与团团圆圆。

答：_____

20.下面是一位年轻导游为台湾省某中学生旅行团所作的解说词，表述有不妥之处。请推敲一下，提出3点修改意见。（5分）

①先生们，女士们：欢迎大家第一次来中山陵游览！②今天我为大家导游，感到很荣幸。③中山陵是孙中山先生长眠之处，④也是海峡两岸同胞心中的圣地。⑤苍松翠柏环抱着它，⑥霞光丽日辉映着它，⑦青山绿水依傍着它。⑧去年连战先生曾来这里拜谒，⑨表达了对中山先生的缅怀敬仰之情。⑩现在，让我们怀着崇敬的心情，登上台阶，故地重游，⑪瞻仰中山先生的陵寝，⑫重温先生的教诲吧！

答：_____

_____

_____

## 【第13套·江西】

20.以"地上的狮、虎"为开头，重组下面的句子。（可适当增删词语，但不能增减信息）（4分）

天鹅在水中为王，是凭着一切足以缔造太平世界的所有美德，如高尚、尊严、仁厚，等等；而地上的狮、虎，空中的鹰、鸢就不是这样，都只以善战称雄，以逞强行凶统治群兽。

答：地上的狮、虎，_____

_____

21.概括下面一项研究的结论。（不超过35个字）（4分）

对哥斯达黎加4000余人的一项研究发现，大约一半人具有让"咖啡因"在体内停留的遗传特点，被认为是"'咖啡因'代谢缓慢者"。这些人喝咖啡容易导致心脏病的发作。另一半人则有相反的遗传特点，这种特点使他们的身体能迅速对"咖啡因"进行代谢，喝咖啡反倒能帮助他们降低心脏病发作的危险。一位参与研究的人说，此项发现能解释为什么早先那些检验"咖啡因"对心血管系统影响的研究会出现不同的结果。

答：_____

_____

_____

22.给"写得好"加上一定的上下文，使它分别符合下面的表达要求。（可以只有上文或下文，字数不限）（4分）

例：表达的是"赞扬"：文章有气势，有文采，写得好！

（1）表达的是"嘲讽"：_____

（2）表达的是"威胁"：_____

## 【第14套·四川】

18.请根据下列文字概括我国自主研发的磁浮列车的优点。不超出20字。（3分）

最近，我国自主研发的第一辆具有自主知识产权的磁浮列车成功通过了室外实地运行联合试验。列车采用的是常导电磁吸引力控制悬浮原理，运行中列车悬浮 8～10 毫米，时速在 80～160 公里之间。由于磁浮列车是在路轨上悬浮行驶，没有轨轮的机械磨损，因此列车运行平稳而安静。据了解，与时速可达 500 公里左右的高速磁浮列车相比，这种中低速磁浮列车成本低，适合城市内部和市郊卫星城之间的快速运输。

答：＿＿＿＿＿＿＿＿＿＿＿＿＿＿＿＿＿＿＿＿＿＿＿＿＿＿＿＿＿＿＿＿

19. 在"生活/事业"、"友谊/信任"两组词语中任选一组，仿照例句，另写一句话。要求句式相同或相近，修辞手法相同，内容有意蕴。（6分）

例句：理想是一把尺，量出一个人眼光的长短；追求是一杆秤，称出一个人灵魂的轻重。

答：＿＿＿＿＿＿＿＿＿＿＿＿＿＿＿＿＿＿＿＿＿＿＿＿＿＿＿＿＿＿＿＿

20. （6分）

2006 年 2 月，在意大利都灵举行的冬季奥运会上，中国双人花样滑冰运动员张丹（女）和张昊（男）这对很有希望获得金牌的年轻小将，在完成重大比赛中尚未有人尝试过的高难度动作——"抛四周跳"时，20 岁的张丹不慎摔伤膝盖。在大家都以为他们会放弃比赛的时候，张丹只经过 5 分钟的短暂处理就重新回到冰面上，忍着伤痛与张昊一起流畅地完成了余下的动作，获得了银牌。请你根据以上情境，对张丹、张昊说一段赞美的话。要求说话连贯、得体，语言有文采。不超过 60 字。

你对张丹、张昊说：＿＿＿＿＿＿＿＿＿＿＿＿＿＿＿＿＿＿＿＿＿＿＿＿

**【第 15 套·浙江】**

22. 标点符号往往能引发人们的联想，例如："省略号像一条漫长的人生道路，等着你去书写它留下的空白。"请以一种标点符号（省略号除外）为描述对象，写一个比喻句，形象地阐发某种生活道理。（3分）

答：＿＿＿＿＿＿＿＿＿＿＿＿＿＿＿＿＿＿＿＿＿＿＿＿＿＿＿＿＿＿＿＿

23. 现在有一位你最喜欢的作家来学校举办文学讲座。作为听众，请你完成下面两题。（6分）

（1）同这位作家谈谈你读了他某一作品的感受。（不超过 100 个字）（4分）

答：＿＿＿＿＿＿＿＿＿＿＿＿＿＿＿＿＿＿＿＿＿＿＿＿＿＿＿＿＿＿＿＿

（2）向这位作家提一个能引起师生兴趣的问题。（2分）

答：＿＿＿＿＿＿＿＿＿＿＿＿＿＿＿＿＿＿＿＿＿＿＿＿＿＿＿＿＿＿＿＿

24. 阅读下面的文字，回答问题。（4分）

如果说，书本凝聚着古往今来的知识积累，那么，树木就压缩着一去不返的逝水流年。如果说，书本是用文字承载着人类的智慧，那么树木就是用□□记录着地球的历史。因此，读书，让我们得以了解自己，了解人生；读树，让我们懂得把握现在，把握明天。所以，读树与读书一样，是大有益处的事情。

（1）将文字中缺漏的词语填入下面的空格中。（2分）

□□

（2）就文中加点的两个词语能否互换作出判断并说明理由。（2分）

### 吕丽高考语文讲堂·语用·第 7 练　【2005 高考 14 套】

**【第 1 套·全国 I】**

18. 提取下面一段话的主要信息，在方框内写出四个关键词。（4分）

据报道，我国国家图书馆浩瀚的馆藏古籍中，仅 1.6 万卷"敦煌遗书"就有 5000 余米长卷需要修复，而国图从事古籍修复的专业人员不过 10 人；各地图书馆、博物馆收藏的古籍文献共计 3000 万册，残损情况也相当严重，亟待抢救性修复，但全国的古籍修复人才总共还不足百人。以这样少的人数去完成如此浩大的修复工程，即使夜以继日地工作也需要近千年。

关键词：□□　□□　□□　　□□

19. 班里举行一次主题为"远离毒品"的班会，请你在黑板上写两句话，以彰显主题，营造气氛。要求每句话不少于 7 个字，两句话字数相等，句子结构大体一致。（6分）

答：＿＿＿＿＿＿＿＿＿＿＿＿＿＿＿＿＿＿＿＿＿＿＿＿＿＿＿＿＿＿＿＿

20. 王孝椿准备 6 月 16 日在阳光饭店为爸爸过 70 岁生日，想请爸爸的老战友刘妙山夫妇那天中午 12 点来一起吃饭。请以王孝椿的名义给刘妙山夫妇写一份请柬。要求称呼得体，表述简明，措辞文雅。（不超过 40 个字）（5分）

王孝椿恭请

六月七日

**【第2套·全国Ⅱ】**

18. 把下列句子填在后面的横线上，组成前后衔接的一段话。（只填句子的序号）（3分）

① 它们好像在外面等候了多时。

② 在这里看星星，星星在你眼前亮起，一直亮到脑后。

③ 满天的星星肃然排列，迎面注视着你。

午夜走出帐篷，我被眼前的景象惊呆了。_____你仿佛把头伸进一座古钟里面，内里嵌满活生生的星星。我顿时明白了《敕勒歌》中为什么有"天似穹庐"的句子。

19. 日常交际中，注重礼貌用语、讲究措辞文雅是中华民族的优良传统。请写出下列不同场合中使用的两个字的敬辞谦语。（6分）

示例：探望朋友，可以说"特意来看您"，更文雅一点，也可以说"特意登门拜访"。

(1) 想托人办事，可以说"请您帮帮忙"，也可以说"□□您了"。

(2) 请人原谅，可以说"请原谅"、"请谅解"，也可以说"请您□□"。

(3) 询问长者年龄，可以说"您多大岁数"，也可说"您老人家□□"。

20. 学校举行"我最喜欢的一篇高中语文课文"的推荐活动，请你填写下面的表格，推荐一篇课文。要求表述简明连贯，突出课文特点。（6分）

课文题目：_____

推荐理由（不超过50个字）：_____

**【第3套·全国Ⅲ】**

18. 把下列句子组成前后衔接、意思完整的一段话。（只写句子的序号）（3分）

① 出现在我们面前的是一座美丽的小城。

② 城中有一条小河流过，河水清澈见底。

③ 到了扎兰屯，原始森林的气氛就消失了。

④ 白砖绿瓦的屋舍悠然地倒映在水中。

⑤ 走出小城，郊外风景幽美，绿色的丘陵上长满了柞树。

⑥ 丛生的柳树散布在山丘脚下。

答：_____

19. 日常交际中，注重礼貌用语、讲究措辞文雅是中华民族的优良传统。请写出下列不同场合中使用的两个字的敬辞谦语。（6分）

示例：探望朋友，可以说"特意来看您"，更文雅一点，也可以说"特意登门拜访"。

(1) 邀请朋友到家做客可以说"下午我在家等您来"，也可以说"下午我在家□□您□□。"

(2) 把自己的著作送给别人，也可以在书上写"请您多提意见"，也可以写"××先生□□。"

20. 毕业前夕，班里举行一次以"友谊"为主题的班会，请你在黑板上写两句话，以彰显主题，营造气氛。要求每句话不少于7个字，两句话字数相等，句子结构大体一致。（6分）

**【第4套·北京】**

22. 把3个备选的句子分别填入方括号（只填序号），使下面这段景物描写语意连贯，画面完整。（3分）

到了德胜桥。【　】，两岸青石上几个赤足的小孩子，低着头，持着长细的竹竿钓那水里的小麦穗鱼。【　】，几只白鹭，静静立在绿荷丛中，幽美而残忍的，等候着劫夺来往的小鱼。北岸上一片绿苇高阁，清摄政王的府邸，依旧存着天潢贵胄的尊严气象。【　】，池中的绿盖，摇成一片无可分割的绿浪，香柔柔的震荡着诗意。

就是盲人也可以用嗅觉感到那荷塘的甜美，有眼的由不得要停住脚瞻览一回。

① 一阵阵的南风，吹着岸上的垂杨

② 西边一湾绿水，缓缓从净业湖向东流来

③ 桥东一片荷塘，岸际围着青青的芦苇

23. 在下面语段的横线处仿写。要求：举出两个带有"半"字的常用语并对其中蕴含的理趣作简要说

明。（4分）

"半"字是一个很普通的字，可在日常生活中，一个"半"字的巧妙运用，却可以表达出诸多理趣。比如："行百里者半九十"，意在提醒人们最后的坚持尤为重要。又如，＿＿＿＿＿＿意在＿＿＿＿＿＿，再如，＿＿＿＿＿＿意在＿＿＿＿＿＿。＿＿＿＿＿＿＿＿＿＿＿

以上这些话，借助"半"字，生动地道出了耐人寻味的生活体验或人生感悟。

24. 在下面一段话后续写。要求：①先用一句话拟写出一种你自己不认同的看法，②然后写出自己的看法和充分的理由，③不超过100字。（5分）

据报道，某位以独特的"搞笑"风格塑造了众多小人物的著名影星，被某大学聘为教授。对于他能否胜任，人们有着不同的看法。

答：＿＿＿＿＿＿＿＿＿＿＿＿＿＿＿＿＿＿＿＿＿＿＿＿＿＿＿＿＿＿＿＿＿＿＿＿＿＿＿＿＿＿＿

＿＿＿＿＿＿＿＿＿＿＿＿＿＿＿＿＿＿＿＿＿＿＿＿＿＿＿＿＿＿＿＿＿＿＿＿＿＿＿＿＿＿＿＿＿

## 【第5套·天津】

22. 汉语中"AB""AABB""ABAB"式的词语，请另举出与示例相同的两组词语。（2分）

例：热闹　热热闹闹　热闹热闹

答：＿＿＿＿＿＿＿＿＿＿＿＿＿＿＿＿＿＿＿＿＿＿＿＿＿＿＿＿＿＿＿＿＿＿＿＿＿＿＿＿＿＿＿

23. 请描述下面漫画的画面内容，并写出它的寓意。（4分）

24. 请你向张老师推荐一本书，说明推荐理由。要求不超过60字。（6分）

答：☐☐☐☐☐☐☐☐☐☐☐☐☐☐☐☐☐☐☐☐☐☐☐☐☐☐☐☐☐☐☐☐☐☐☐☐☐☐☐☐

## 【第6套·山东】

22. 将下面的句子改写成几个短句（可调整语序、适当增减词语），做到既保留全部信息，又语言简明。（4分）

事实证明，各级领导干部经常到基层调研是了解真实情况、把领导经验和群众智慧结合起来，倾听群众的呼声，调动和激发广大人民群众的积极性和创造性，使领导干部增长知识才干，从而使决策严格地做到科学和从实际出发一种很好的方法和制度。

答：＿＿＿＿＿＿＿＿＿＿＿＿＿＿＿＿＿＿＿＿＿＿＿＿＿＿＿＿＿＿＿＿＿＿＿＿＿＿＿＿＿＿＿

＿＿＿＿＿＿＿＿＿＿＿＿＿＿＿＿＿＿＿＿＿＿＿＿＿＿＿＿＿＿＿＿＿＿＿＿＿＿＿＿＿＿＿＿＿

23. 请拟一条以"食品安全"为内容的公益广告词。要求主题鲜明，形象生动，语言简明。（在10～20个字之间）（4分）

答：＿＿＿＿＿＿＿＿＿＿＿＿＿＿＿＿＿＿＿＿＿＿＿＿＿＿＿＿＿＿＿＿＿＿＿＿＿＿＿＿＿＿＿

24. 以"关爱"为开头，仿写两个句子。要求：两句都要与例句句式一致、字数相等，第二句还要跟后一例句的修辞方法相同。（4分）

[例句] 关爱是一个眼神，给人无声的幸福。

　　　　　　　　关爱是一缕春风，给人身心的舒畅。

答：＿＿＿＿＿＿＿＿＿＿＿＿＿＿＿＿＿＿＿＿＿＿＿＿＿＿＿＿＿＿＿＿＿＿＿＿＿＿＿＿＿＿＿

＿＿＿＿＿＿＿＿＿＿＿＿＿＿＿＿＿＿＿＿＿＿＿＿＿＿＿＿＿＿＿＿＿＿＿＿＿＿＿＿＿＿＿＿＿

＿＿＿＿＿＿＿＿＿＿＿＿＿＿＿＿＿＿＿＿＿＿＿＿＿＿＿＿＿＿＿＿＿＿＿＿＿＿＿＿＿＿＿＿＿

**【第 7 套·广东】**

21. 用不超过 20 字概括下面这段文字的主要内容。（3 分）

2004 年 12 月 5 日 10 时 50 分，随着最后一组数据核对完成，我国自主研制的 SARS 灭活疫苗 I 期临床试验圆满结束。科技部、卫生部、国家食品药品监督管理局共同宣布：临床试验中，36 位受试者均未出现异常反应，其中 24 位接种疫苗的受试者全部产生了抗体，这表明我国自行研制的疫苗是安全的，初步证明是有效的。I 期临床试验的完成，标志着 SARS 疫苗研究的难关已基本攻克，这些研究成果不仅为进一步研究创造了条件，也具备了在紧急状态下保护高危人群的潜力。这是我国 SARS 科技攻关取得的一项标志性重大成果，也是世界上第一个完成 I 期临床试验的 SARS 疫苗。

答：_____

_____

22. 把下面的长句改写成 4 个较短的句子，使意思表达得更清楚。（可以改变语序，增删词语，但不得改变原意）（4 分）

俄罗斯科学家最近设计出一种外形为不透光的黑色管状物，具有重量轻、能耗小、精确度高、抗干扰能力强的特点和数字摄像、使航天器准确识别方向等功能的新型星际"指南针"。

答：_____

_____

23. 仿照下面的比喻形式，另写一组句子。要求选择新的本体和喻体，意思完整。（不要求与原句字数相等）（6 分）

智者的思索是深深的泉眼，从中涌出的水也许很少，但滴滴晶莹；庸者的奢谈是浅浅地沟渠，由此通过的水或许很多，却股股浑浊。

答：_____

_____

_____

**【第 8 套·辽宁】**

23. 阅读下面一段话，完成（1），（2）题。（4 分）

①今天是大熊猫过生日，②几个好朋友来到他家为他庆贺。③当大熊猫吹灭生日蜡烛后，④朋友们问他刚才许了什么愿。⑤"从我懂事时起，就有两个最大的愿望，"⑥大熊猫轻声回答道：⑦"一个是把我的黑眼圈儿能治好，⑧还有一个是照张彩色照片。"

（1）找出在标点、结构等方面有毛病的语句。（只填序号）（1 分）

_____

（2）任选三个有毛病的语句加以修改，不能改变原意。（3 分）

_____

24. 阅读下面一则寓言，用一个精练而深刻的语句总结其寓意。（不超过 10 个字）（4 分）

螃蟹妈妈对儿子说："我的孩子，你别再横爬了，直爬多好看啊！"小螃蟹回答说："好妈妈，一点儿不假。如果你教我直爬，我一定能学着做。"螃蟹妈妈用了各种方法尝试直爬都不行，于是她才明白起初那样要求孩子有多愚蠢。

答：_____

_____

_____

**【第 9 套·湖北】**

22. 注意下列句子相互间用语的逻辑照应，把它们组合成语意连贯的一段话。（只填序号）（3 分）

① 窗子和门的根本分别，决不仅仅是有没有人进来出去。

② 我们都知道，门和窗有不同的作用。

③ 窗子有时也可作为进出口用，譬如小偷或小说里幽会的情人就喜欢爬窗子。

④ 譬如从赏春一事来看，我们不妨这样说：有了门，我们可以出去；有了窗，我们可以不必出去。

⑤ 当然，门是造了让人进出的。

答：_____

23．仔细观察下面这幅漫画，按要求作答。

（1）简要说明你对漫画内涵的了解。

答：_____

_____

（2）为漫画拟定一个标题。（不超过10个字）

注意：不能以"无题"为题。

答：_____

24．湖北省旅游局即将组团赴香港宣传湖北。请结合湖北人文、地理特点，为该团拟写一则推介湖北旅游资源的广告词。内容中应包含三峡、武当山和黄鹤楼。（不超过40个字）（5分）

答：_____

_____

## 【第10套·福建】

17．找出下面文字在语言表述方面存在的两处错误，并加以改正。（4分）

2005年春节联欢晚会上，由邰丽华领舞、21名聋哑人表演的《千手观音》让观众惊叹不已。在精湛的舞台灯光与背景音乐的烘托下，演员们绘声绘色的表演，使台下数千观众如痴如醉。这些聋哑人不仅以优美的舞姿，更以顽强的毅力和执著的人生追求深深地震撼了人们。

|  | 错误 | 改正 |
|---|---|---|
| 第一处 |  |  |
| 第二处 |  |  |

18．请为下面的消息拟一条导语。（不超过40字）（3分）

最近，法国科学研究中心和欧洲南方天文台说，天文学家去年利用位于智利的超大望远镜拍摄到另一个"太阳系"行星的照片。这颗系外行星的体积是太阳系最大行星（木星）的5倍，温度是它的10倍。这颗系外行星围绕一颗年轻的棕矮星与行星很难区分。天文学家早先说过他们发现了一个距离地球230光年的物体围绕棕矮星运动，亮度仅为后者的1/100。但他们不能确定这个物体是一颗棕矮星，还是绕棕矮星运行的系外行星。可今年早些时候的观测报告根据它一年来的运动轨迹证明，该物体确实是系外行星。这也是迄今为止第一次拍到系外行星的照片。

导语：_____

19．根据下面一副对联的上联，对出下联，并拟出恰当的横批。（4分）

上联：华夏儿女文武双全建伟业

下联：_____

横批：_____

20．"五四"青年节，希望中学邀请校友高明同学回母校演讲。根据以下材料，请你以学生主持人的身份把他介绍给同学们。（不超过80字）（5分）

材料：高明，男，1985年5月1日出生于干部家庭。父亲，46岁，中共党员，大学毕业，机关工作人员。母亲，45 岁，大专毕业，小学教师。高明 2004 年毕业于希望中学，现为福建大学外语学院一年级学生。身高 175 厘米，圆脸，小眼。从小喜欢文学，爱好书法、体育等。小学时获得校"优秀班干部"称号和"故事大王"比赛一等奖，初中时获得县硬笔书法比赛二等奖，高二时获得市演讲比赛一等奖，大学时获得省大学生演讲比赛一等奖。为了这次回校演讲，他阅读了《演讲与口才》、《大众幽默》等刊物，写了一大本读书笔记，精心准备了演讲稿《放飞青春》。

答：_____

_____

_____

**【第 11 套·重庆】**

22. 下面两段话中各有两处错误，请将修改后的两段话写在横线上。（4 分）

（1）重庆工艺美术的真正兴盛是明末清初。明末清初，重庆的挑花刺绣迅速崛起，与成都一道成为蜀绣的重要产地。

改正：_____

（2）"科技下乡"的热潮，受到广大农民的热烈欢迎。县"科技下乡"小分队来到桃花乡，大约半个小时左右，近千份科技信息资料就被老乡们索要一空。

改正：_____

23. 以下面句子为本体，写出一句与之句式相同并构成比喻关系的话。（2 分）

所有的努力并非都能成功，但不努力绝不可能成功。

写的话是：_____

24. 根据要求，分别写一段话，每段话都要包括下面三个词语，词语顺序可以不分先后，且字数在 20 到 30 字之间。要求思想健康，语意连贯。（4 分）

想象　雾　倾听

（1）表现"欢快"：_____

（2）表现"忧愁"：_____

25. 阅读下面的文字，然后按要求作答。（5 分）

语言总是和社会发展同呼吸、共命运，彼此息息相关。自从 20 世纪 80 年代以来，____，____，____，____，（　）这一切（　）都在语言上刻下了印记。

（1）将下面四个语句按恰当顺序填入横线处（只填序号），使之前后照应和衔接：

① 同世界各国的交往频繁了

② 人们的思想观念也在不断地更新和变化

③ 经济发展了

④ 中国社会的改革开放一步步向纵深推进

（2）为使语意连贯，适合填入两处括号中的关联词依次是：_____　_____

（3）为使语意简明，文中应该删削的是：_____

**【第 12 套·江苏】**

20. 下面是有关"基因地理"项目的报道，请说明该项目的研究途径和最终成果。（4 分）

一项名为"基因地理"的全球科学研究计划在北京启动。来自 10 个国家的人类遗传学家，将用 5 年时间共同探寻人类在地球上的迁徙史，并绘制一张尽可能详尽的人类迁徙地图。如果说 10 年前启动的国际人类基因组计划主要关注人类的公共信息，那么"基因地理"项目则着眼于人与人之间的遗传差异。已有的遗传学证据表明，人类起源于非洲。随着人们的流动和杂居，人的基因会发生变异，分析测试特定地区人的基因样本，可以找到他们遗传基因的不同特征，从而发现人类的迁徙轨迹。

（1）研究途径：_____（不超过 24 个字）

（2）最终成果：_____（不超过 12 个字）

21. 现代著名散文家柯灵对微型小说的创作要领有如下形象的比喻：

（微型小说）"关节处一着棋活，妙手成春；结穴处临去秋波那一转，令人低回不尽。"

请你将柯灵的话用平易朴实的语言重新表述。（不超过 40 个字）（4 分）

答：_____

22. 在"沙砾"、"星星"、"蜡烛"中任选一种，仿照下面《溪流》的格式，写一组句子。（5 分）

溪流

没有江河奔腾的浪花，
也没有大海壮阔的波澜，
但山石间的那点叮咚
是你欢快的旋律。

答：_____
_____

### 【第13套·江西】

22. 将下面句子加横线的部分变换成四个"是"字句。（可适当增减词语，保留全部信息，语意连贯）（2分）

书斋外面是阳台，阳台外面有<u>碧湛湛的海和青郁郁的山</u>。

答：书斋是外面是阳台，阳台外面_____

23. 请概括下列一段文字的主要内容。（不超过25个字）（4分）

金属也会"疲劳"。这种疲劳可以引起车轮断裂，火车颠覆。据统计，金属构件有80%以上的损坏是由疲劳引起的。金属的内部结构不均匀，有的地方会成为应力集中区。内部缺陷处还会有许多小裂纹。在力的持续作用下，裂纹增大，直到材料不能继续负载应力，构件就会毁坏。在金属构件中添加各种"维生素"（稀土元素），采取"免疫疗法"等，是增强金属抗疲劳能力的有效办法。金属疲劳也能产生妙用，利用它的断裂特性制造的应力断裂机，可以切削许多过去难以切削的材料。

答：_____
_____

24. 写一张给亲属的节日或生日贺卡。要求：感情真挚自然，语言连贯得体，至少使用一种修辞手法，不出现真实姓名，正文50个字左右。（6分）

答：_____
_____

### 【第14套·浙江】

23. 请根据漫画内容设计一条公益广告语。要求：体现画意，通俗易懂，有一定文采。（不超过16个字）（2分）

公益广告语：□□□□□□□□□□□□□□□□

24. 把下列带序号的句子组合成语意连贯的一段话并填入横线处。（只填序号）（2分）

李泽厚认为，汉字以"象形"、"指事"为本源。_____正是这个方面使汉字的象形在本质上有别于绘画，具有符号所特有的抽象意义、价值和功能。

① 一个字表现的不只是一个或一种对象，而且也经常是一类事实或过程，也包括主观的意味、要求和期望。

②"象形"有如绘画，来自对对象概括性极大的模拟写实。

③ 这即是说，"象形"中也已蕴涵有"指事"、"会意"的内容。

④ 然而如同传闻中的结绳记事一样，从一开始，象形字就已包含有超越被模拟对象的符号意义。

25. 阅读下面的文字，然后回答问题。(6分)

我翻阅《茶经》，①寻思着是什么样的感动让陆羽写下了这本书？②是喜欢喝茶？③还是在品酌之中体会茶汁沿喉缓缓而下，④与血肉之躯融合之后的那股甘醇？⑤

茶是本无名姓的，人替它取了名，是拟人化了。不管名字代表它的出身、焙制过程，抑或冲泡时的香味，总是人的【甲】深情厚谊（自作多情）。人就是霸道，喜欢用自己的一套逻辑强加到茶身上，连累得茶也有尊卑高低了。

喝茶时顺便看看林中茶，是件有意思的事。蜷缩是婴儿，舒放自如为【乙】豆蔻年华（韵味最佳），肥硕即是阳寿将尽。一撮叶，一看一生。

(1) 将标点不恰当的两项填入下面的□中。(只填序号)(2分) □□

(2) 从表达效果出发，就甲、乙两处是否要替换成括号内的词语作出判断并简要分析。(4分)

【甲】处：＿＿＿＿＿＿＿＿＿＿＿＿＿＿＿＿＿

【乙】处：＿＿＿＿＿＿＿＿＿＿＿＿＿＿＿＿＿

## 吕丽高考语文讲堂·语用·第8练 【2000～2004高考16套】

**【第1套·全国Ⅰ】**

22. 将下面的句子改写成几个短句(可调整语序、适当增减词语)，做到既保留全部信息，又语言简明。(4分)

古人类学是研究化石猿猴和现代猿猴与人类的亲缘关系、劳动在从猿到人转变中的作用、人类发展过程中体质特征的变化和规律等有关人类起源和发展问题的一个分支学科。

答：＿＿＿＿＿＿＿＿＿＿＿＿＿＿＿＿＿＿＿＿＿＿＿＿＿＿＿＿＿＿＿＿＿＿

＿＿＿＿＿＿＿＿＿＿＿＿＿＿＿＿＿＿＿＿＿＿＿＿＿＿＿＿＿＿＿＿＿＿＿＿

23. 请拟一条以"说普通话"为内容的公益广告词。要求主题鲜明，态度真诚，构思新颖，语言简明。(在10～20个字之间)(4分)

答：□□□□□□□□□□□□□□□□□□□□□

24. 下面都是春联的上联，请选择其中一题对出下联。(4分)

第一题

扫千年旧习＿＿＿＿＿＿＿＿＿＿＿＿＿＿＿

祖国江山好＿＿＿＿＿＿＿＿＿＿＿＿＿＿＿

第二题

冬去春来千条杨柳迎风绿＿＿＿＿＿＿＿＿＿＿＿

**【第2套·全国Ⅱ】**

22. 将下面的句子改写成几个短句(可调整语序、适当增减词语)，做到既保留全部信息，又语言简明。(4分)

由中国质量万里行促进会组织的、紧密结合当前市场经济热点和市场消费环境，围绕打击假冒、信用建设、质量兴国、名牌战略等社会热点、焦点问题，以"诚信·科技·质量·名牌"为主题，聚集各个领域专家学者进行互动交流的"中国3·15论坛"，将于3月9日在京拉开序幕。

答：＿＿＿＿＿＿＿＿＿＿＿＿＿＿＿＿＿＿＿＿＿＿＿＿＿＿＿＿＿＿＿＿＿＿

＿＿＿＿＿＿＿＿＿＿＿＿＿＿＿＿＿＿＿＿＿＿＿＿＿＿＿＿＿＿＿＿＿＿＿＿

23. 请拟一条以"公民义务献血"为内容的公益广告。要求主题鲜明，感情真挚，构思新颖，语言简明。(在10～20个字之间)(4分)

答：＿＿＿＿＿＿＿＿＿＿＿＿＿＿＿＿＿＿＿＿＿＿＿＿＿＿＿＿＿＿＿＿＿＿

24. 下面都是春联的上联，请选择其中一题对出下联。(4分)

第一题

春晖盈大地＿＿＿＿＿＿＿＿＿＿＿＿

科学能致富＿＿＿＿＿＿＿＿＿＿＿＿

第二题

国兴旺家兴旺国家兴旺

_____

**【第3套·全国Ⅳ】**

22. 根据下面句子的语境，写出两个适用于句中横线处的熟语（歇后语、俗语或成语均可），答在序号后面。(2分)

庄山林说完了，转过身去喝水。可王杏花偏偏有个_____的习惯，就又追问了一句："这个消息究竟是从哪里来的？"

① _____

② _____

23. 为了使新闻播报更加平易自然，编辑准备在每条新闻之间加上一些承上启下的话。请你帮助他们在下面三条新闻之间，设计两段这样的话。要求衔接自然，转换巧妙。(6分)

① 沈阳人要不了多久将有第二个"身份证"，因为沈阳市公安局将把市民的指掌纹集中起来，建立全民指掌纹数据库。(《华商晨报》)

_____

② 上海市灾害天气预警信号发布制下月开始实施，凡遇有台风、暴雨、高温、低温等灾害性天气，上海市中心气象台将统一发布预警信号，以便市民及时调整衣食住行等活动计划。(《解放日报》)

_____

③ 发生在广东揭东县、湖南武冈市、安徽马鞍山市雨山区和新疆生产建设兵团农12师的4起高致病性禽流感疫情已被扑灭，昨天疫区封锁被解除。(新华社)

24. 下面两题都是春联的上联，请选择其中一题对出下联。(4分)

第一题

① 处处春光好，_____。

② 一代园丁乐，_____。

第二题

东风送暖大江南北春光好，_____。

**【第4套·北京】**

23. 把下面4句话按恰当顺序填入横线处（只填序号），并在括号中填入同一个连词，使之成为语义连贯的一段话。(4分)

凡事过犹不及，_____，(  )变成明哲保身，(  )变成圆滑世故，(  )变成是非不分。

① 超越了这个度

② 真理超越一步就是谬误

③ 值得赞许的成熟就可能走向反面

④ 成熟也是有度的

24. 举出一个北京日常口语词语，并就其形象生动的特点作简要解说。(4分)

细琢磨北京日常的口语词语，往往能看出北京人的智慧。说出话来，仿佛看得见、摸得着，非常形象，十分生动。比如，天刚黑，就是"擦黑儿"，刚和"黑"擦了边儿，多有分寸！又如，_____

_____

25. 照应给出文句的意思，续写一段话。(4分)

听高雅的音乐，可以陶冶人的性情，可以激励人的斗志，可以抚慰受伤的心灵。你看，_____

_____

**【第5套·天津】**

22. 阅读下面的文字，调整画线部分的语序，使全句协调连贯。(可适当删减文字，不得改变语意)(2分)

为加快传播速度、增强时效性，承载容量得以加大、前沿性得以提升，①发行量得以逐步扩大、规模效益得以提高，②本刊决定从2004年起改为半月刊。

① 改为：_____

② 改为：_____

23. 概括下面一段材料的主要内容。（不超过48字）（4分）

钛合金强度大，重量轻，耐热性能好，适用于船只、汽车、航空航天工业，被人们视为未来材料。新型波音777客机采用了约9％的钛合金材料。然而，钛合金的加工难度极大，如加工一个钛合金船用涡轮压缩机轮需要50个小时，而加工一个铝合金的同样部件仅需5个小时。德国布伦瑞克大学的科学家采用了一种专门热处理方法，将氢原子渗入材料，掺氢的钛合金相对软化。对软化的钛合金进行切削加工，加工设备所承受的机械和热负载明显降低，切削力仅需过去的50％，大大降低了加工成本。加工完毕后，再经专门的热处理工序，材料的特性则回到原先状态。科学家称，该方法非常适用于大批量的钛合金铸件加工。

答：_____

24. 仿照下面的比喻形式，另写一组句子。要求选择新的本体和喻体，意思完整。（不要求与原句字数相同）（6分）

童年是旭日，_____

老年是夕阳，_____

岁月充满变幻的风云，_____

理想则是人生永远的北斗。_____

## 【第6套·广东】

22. 阅读下面的图表，完成后面的题目。（3分）

某校图书馆学生阅览室共有10万册图书，在最近的一次图书状况调查中，调查人员发现：

| 图书状况 | 完好无损 | 损坏较轻 | 损坏较重 | 损坏严重 |
|---|---|---|---|---|
| 图书数目（册） | 20000 | 25000 | 40000 | 15000 |

请根据图表所反映的情况，写出两条结论：

_____

23. 用不超过25个字概括下面这段文字的主旨。（3分）

近代，西方自然科学和社会科学迅猛发展，而中国在这些方面落后了。我们应当立志图强、奋起直追，虚心向西方学习，凡是好的、有用的都应该学，这是没有疑问的。但我们如果因此丢弃了"自我"，失去了自我的根基，忘记了"我们自己是谁"，那恐怕就要成为民族罪人了。历史证明，一个民族一旦失去了自己的文化传统，尤其是标志文化特质、体现文化灵魂的哲学思维传统，那就很难"自立于世界民族之林"，终究要被淘汰出局。况且我们中华民族有着优秀的历史文化传统和独特的哲学思维个性，更应该发挥所长，为创造人类的新文化和新哲学做出应有的贡献。

24. 下面是一副对联的上联，请对出下联。（6分）

荔枝龙眼木瓜，皆是岭南佳果。

## 【第7套·辽宁】

22. 在下面语段的横线处补写总结句，使语段的意思完整明确。不超过30字（4分）

牛顿看到成熟的苹果从树上掉下来，研究它的原因，发现了万有引力的秘密，开创了物理学的一个新时代。瓦特从水开时蒸汽顶起壶盖的现象中受到启发，发明了蒸汽机。马克思从人们每天都在进行的亿万次的商品交换中发现了现代资本主义发生、发展和灭亡的规律，为无产阶级社会主义革命指明了广阔的道路……他们都能_____。

23. 以"我国近代考古开始较早的地区之一"为开头，把下面语段中加横线部分重组成一个语义连贯的长句。不得改变原意，可删减少量词语，但句中不能使用标点符号。（4分）

古代的辽西区，以西辽河和大凌河流域为主，波及到京津塘地区。这一地区是探索燕山南北地区文明起源和发展的重要地区，也是我国近代考古开始较早的地区之一。1921年就有考古工作者对锦西沙锅屯遗址进行发掘，1930年又有人对西辽河流域的史前文化做过调查……

我国近代考古开始较早的地区之一_____。

24. 在横线处仿写前面的句子，构成一组排比句。（4分）

每一汪水塘里，都有海洋的气息；＿＿＿＿＿＿＿＿＿＿＿，＿＿＿＿＿＿＿＿＿＿＿；＿＿＿＿＿＿＿＿＿＿＿，

＿＿＿＿＿＿＿＿＿＿。所以诗人说："一株三叶草，再加上我的想象，便是一片广阔的草原。"

**【第8套·湖北】**

22. 注意下列句子相互间用语的逻辑照应，把它们组合成语意连贯的一段话。（只填序号）（3分）

① 修建一所房屋或者布置一个花园，要让住在别地的朋友知道房屋花园是怎么个光景，就得画关于这所房屋这个花园的图。

② 编纂关于动物植物的书籍，要让读者明白动物植物外面的形态跟内部的构造，就得画种种动物植物的图。

③ 读者看了，明白了，住在外地的朋友看了，知道了，就完成了它的功能。

④ 这类的图，绘画的动机都在实用。

⑤ 咱们画图，有时候为的实用。

答：＿＿＿＿＿＿＿＿＿＿＿＿＿＿＿＿＿＿＿＿＿＿＿＿＿＿＿＿＿＿＿＿＿＿＿

23. 改写下面这个长句，使之成为两个或几个短句，以加强表意的明晰性。（可以添加必要的词语，但不得改变原意）（3分）

这次血腥事件，使越南战争变成了美国的一场使数十万美国士兵横渡太平洋前来参战并使其中数万人丧失性命的战争。

答：＿＿＿＿＿＿＿＿＿＿＿＿＿＿＿＿＿＿＿＿＿＿＿＿＿＿＿＿＿＿＿＿＿＿＿

＿＿＿＿＿＿＿＿＿＿＿＿＿＿＿＿＿＿＿＿＿＿＿＿＿＿＿＿＿＿＿＿＿＿＿＿＿＿

24. 下面四个比喻，意思连贯，本体、喻体分别含有递降关系。请选择新的本体和喻体，仿写四个句子。（不要求与原句字数相同）（6分）

祖国是一座花园，　　　＿＿＿＿＿＿＿＿＿＿＿＿＿＿

北方就是园中的腊梅；　＿＿＿＿＿＿＿＿＿＿＿＿＿＿

小兴安岭是一朵花，　　＿＿＿＿＿＿＿＿＿＿＿＿＿＿

森林就是花中的蕊。　　＿＿＿＿＿＿＿＿＿＿＿＿＿＿

**【第9套·湖南】**

22. 把下面的句子改写成排比句。（4分）

音乐家常把灵感变为跳跃的音符，文学家呢，他们优美的辞章往往缘于灵感，至于画家，他们完满的构图也常常与灵感相关，而一般人的灵感，则常是霎时的喜悦。

答：＿＿＿＿＿＿＿＿＿＿＿＿＿＿＿＿＿＿＿＿＿＿＿＿＿＿＿＿＿＿＿＿＿＿＿

23. 根据下面的提示，仿写句子。（4分）

山对海说：你博大辽远，深邃宽容，是值得我尊敬的老师。

海对山说：＿＿＿＿＿＿＿＿＿＿＿＿＿＿＿＿＿＿＿＿＿＿＿＿＿＿＿＿＿＿＿＿

24. 用饱含激情、简洁有力的语言，为"青春万岁"大型文艺晚会的主持人写几句串台词，引出下面的节目。（不超过60个字）（4分）

＿＿＿＿＿＿＿＿＿＿＿＿＿＿＿＿＿＿＿＿＿＿＿＿＿＿＿＿＿＿＿＿＿＿＿＿＿＿

＿＿＿＿＿＿＿＿＿＿＿＿＿＿＿＿＿＿＿＿下面请听大合唱：《年轻的朋友来相会》

**【第10套·福建】**

22. 下列两个句子标点不同，导致二者意思有哪些差异？（3分）

① 由于旧城改造，市政府决定仿照法律规定对城南区的部分土地实行征用，并给予补偿。

② 由于旧城改造，市政府决定仿照法律规定对城南区的部分土地实行征用并给予补偿。

答：＿＿＿＿＿＿＿＿＿＿＿＿＿＿＿＿＿＿＿＿＿＿＿＿＿＿＿＿＿＿＿＿＿＿＿

＿＿＿＿＿＿＿＿＿＿＿＿＿＿＿＿＿＿＿＿＿＿＿＿＿＿＿＿＿＿＿＿＿＿＿＿＿＿

＿＿＿＿＿＿＿＿＿＿＿＿＿＿＿＿＿＿＿＿＿＿＿＿＿＿＿＿＿＿＿＿＿＿＿＿＿＿

23. 请补写一句与上联字数相等、结构相似的下联。（平仄不论）（3分）

上联：爱国诚信乃做人根本

下联：＿＿＿＿＿＿＿＿＿＿＿＿＿＿＿＿＿＿＿＿

24. "神舟五号"圆了中华民族的飞天梦,请你以下列身份接受记者对此事的采访,谈自己的感想。

要求:谈话符合人物身份,表达自然、得体、流畅,每段话不少于30个字。(6分)

(1)中学生:＿＿＿＿＿＿＿＿＿＿＿＿＿＿＿＿＿＿＿＿＿＿＿＿＿＿＿

(2)中学教师:＿＿＿＿＿＿＿＿＿＿＿＿＿＿＿＿＿＿＿＿＿＿＿＿＿＿

## 【第11套·重庆】

22. 修改下面这段话中的两处错误,使其语义明确,符合原意。(2分)

由于环境保护压力的增大,能源需求的增加,天然气作为"对环境友好"的能源,其地位冉冉升起。然而,由于体制的原因,守着储量丰富的重庆大气田,始终"气不足"、"气不顾"。

改为:＿＿＿＿＿＿＿＿＿＿＿＿＿＿＿＿＿＿＿＿＿＿＿＿＿＿＿＿＿＿＿

23. 给下面这则材料拟一个简明的标题。(4分)

塑料袋消费者中的一些人不是因为缺乏环保意识,而是贪图个人方便。在他们眼中,"塑料袋"等同于"方便袋"——现买东西即送袋子,省事省力又免去了上班拎布兜、菜篮的尴尬。殊不知,环境保护是利人利己、造福子孙的大事,每人每天使用一两个塑料袋,享受一两次方便,十几亿人口的大国将产生多么庞大的白色垃圾,给后人造成多大的麻烦。消费塑料袋看起来不过是芝麻大点的小事,但却与祖国的环保事业息息相关。

标题:□□□□□□□□□□□□(不超过12个字)

24. 仿照下面的比喻形式,以"爱心"和"机遇"开头,各写一句与例句句式相同的话。(6分)

例句:人生不发返程车票,一旦出发了,绝不能返回。

(1)爱心＿＿＿＿＿＿＿＿＿＿＿＿＿＿＿＿＿

(2)机遇＿＿＿＿＿＿＿＿＿＿＿＿＿＿＿＿＿

## 【第12套·江苏】

22. 下面一段文字中,介绍了"古代史分期"的主要学说及其代表人物,请用一句话加以概括。(不超过50个字)(4分)

中国何时进入封建社会,争论了几十年。中国历史博物馆落成时,"中国通史陈列"按照从战国时期进入封建社会的观点布展。在这个问题上,范文澜、翦伯赞表现出豁达的态度,对扩大这一学说的知名度起了很大的作用。翦伯赞在撰写《中国史纲要》教材时,曾有过犹豫和为难,甚至准备采用郭沫若的学说,以使教材表述与"中国通史陈列"体系相一致。后来,上级部门鼓励翦伯赞按照他们主张的观点来写,于是中国从西周时期进入封建社会的学说写进了教材。但尚钺的学说一直不受重视,曾遭重点批判。就是在这种情况下,一位权威学者仍将"魏晋封建论"与其他两论并列,实属难能可贵。

答:＿＿＿＿＿＿＿＿＿＿＿＿＿＿＿＿＿＿＿＿＿＿＿＿＿＿＿＿＿＿＿

＿＿＿＿＿＿＿＿＿＿＿＿＿＿＿＿＿＿＿＿＿＿＿＿＿＿＿＿＿＿＿＿＿

23. 根据语言环境,用口语方式转述下面书面材料的内容。(4分)

材料:徐凡,男,江苏南京人,东方大学文学院教授[1]。是我国红学界后起之秀[2],尤以考证作者身世见长[3]。专著《曹雪芹家世考》、《大观园人物论》、《〈红楼梦〉导读》(获优秀教育图书奖)在海内外享有盛誉[4]。

要求:①内容适当。②表达得体。③符合口语特点。④将转述的话写在相应的横线上。

学校邀请徐凡与学生座谈时,你以文学社成员的身份向同学们介绍说:

①＿＿＿＿＿＿＿＿＿＿＿＿＿＿＿＿＿＿＿

②＿＿＿＿＿＿＿＿＿＿＿＿＿＿＿＿＿＿＿

③＿＿＿＿＿＿＿＿＿＿＿＿＿＿＿＿＿＿＿

④＿＿＿＿＿＿＿＿＿＿＿＿＿＿＿＿＿＿＿

24. 在"橡皮"、"圆规"、"直尺"中任选两种,仿照例句,各写一句话。(句式、字数可以和例句不同)(4分)

例句:粉笔:身躯缩短了,生命的轨迹却延长了。

答:＿＿＿＿＿＿＿＿＿＿＿＿＿＿＿＿＿＿＿＿＿＿＿＿＿＿＿＿＿＿＿

## 【第13套·浙江】

22. 提取下列材料的要点,整合成一个单句,对"二十四史"作一解说。(可适当增删词语,不得改变

原意）（3分）

① 为封建统治阶级提供历史借鉴是二十四史的编撰目的。

② 封建统治者称二十四史为"正史"。

③ 纪传体是二十四史采用的体例。

④ 对中国四千多年来的历史，二十四史所作的记录是比较系统的。

答：二十四史是_____

23. 艾滋病主要有三种传播途径：性传播、血液传播和母婴传播。下面是一段关于血液传播的报道，请根据文意写出两条防范艾滋病的结论性意见。（4分）

随着现代医学的发展，输血或血液制品的应用越来越广泛，通过输血和血液制品，挽救了无数患者的生命，但是如果输了被 HIV 污染的血液或血液制品，HIV 就直接进入了血液循环。血液制品如Ⅷ因子浓缩剂是从许多供血者的血浆中提取的，因此污染 HIV 的机会更大。美国供血者中约 6％带有 HIV，故上世纪 80 年代初，美国生产的Ⅷ因子浓缩剂曾在世界各地的血友病患者中造成感染。法国一个血液中心 被 HIV 污染，导致几千名受血者感染艾滋病。现在发达国家都加强了对供血者的检筛工作。如果供血者 感染 HIV 后，供血时处于窗口期，则查不出 HIV 抗体。目前尚不能对所有供血者检测 HIV 抗原，因为检测 HIV 抗原设备复杂，费用昂贵。

鉴于此，_____，_____。

24. 按要求完成下列两小题。（5分）

（1）根据语意仿写。要求比喻恰当，句式相近。

我向往一种生活状态，叫做——安详，安详就像夕阳下散步的老人，任云卷云舒；我也憧憬另一种生活状态，叫做——_____，_____，_____。

（2）请为图书馆的对联补拟下联。

上联：学问藏今古　下联：_____

**【第 14 套·2003 全国】**

23. 把下列句子组合成语意连贯的一段话。（只填序号）（2分）

① 在南坡，带状颁的原始云杉林海连绵不断，棵棵巨杉像一把把利剑，直插云天。

② 在北坡五花甸草原上，你可以看见新疆细毛羊群和奔驰的伊犁马群。

③ 在遮天蔽日的杉林下，马鹿、狍鹿、棕熊、雪豹等野生动物出没其间。

④ 吃完早饭后，继续南下，就进入了喀什河和巩乃斯河的草原带和森林带。

⑤ 各种森林鸟类，鸣声不断。

答：_____

24. 提取下列材料的要点，整合成一个单句，为"遗传"下定义。（4分）

① 遗传是一种生物自身繁殖过程。

② 这种繁殖将按照亲代所经历的同一发育途径和方式进行。

③ 在这一过程中，生物将摄取环境中的物质建造自身。

④ 这种繁殖过程所产生的结果是与亲代相似的复本。

答：_____

25. 依照示例，改写下面两条提示语，使之亲切友善、生动而不失原意。（6分）

提示语（公园里）禁止攀折花木，不乱扔垃圾。

改写为：除了记忆什么也不带走，除了脚印什么也别留下。

提示语（教学楼内）禁止喧哗，不许打闹。

改写为：_____

提示语（阅览室里）报刊不得带出，违者罚款。

改写为：_____

**【第 15 套·2002 全国】**

23. 下面的句子前后脱节，请添加必要的词语，使它完整连贯。（2分）

我们学校已成为一所现代化的学校，除计算机室、语音教室外，校园宽带网、多媒体教室等先进的教学设备，崭新的实验大楼也已落成。

答：_____

24. 阅读下面一段文字，调整画线部分的语序，并做到各短语格式协调一致、匀整对称。(4分)

成年累月的战事，每况愈下的社会治安，<u>经济的不断衰退</u>，动荡不安的政局，<u>生存环境的日益恶化</u>，使世界上越来越多的人的正常生活受到威胁，甚至连生命财产都没有保障。

答：_____

_____

25. 仿照下面的比喻形式，另写一组句子。要求选择新的本体和喻体，意思完整。(不要求与原句字数相同)(6分)

要求：第一句的比喻领有下面三个比喻，四个比喻构成一个完整的意思，四个比喻合理贴切。

海是水的一部字典： _____

浪花是部首， _____

涛声是音序， _____

鱼虾、海鸥是海的文字。 _____

**【第 16 套·2001 全国】**

25. 把下面的长句改成较短的句子，使意思表达得更为清楚。(不得改变原意，可以添加必要的词语)(2分)

现在许多国家都已经能够生产可以独立操作机床、可以在病房细心照料病人、可以在危险区域进行作业的机器人。

改为：_____

_____

26. 在画线部分填上恰当的话，使分号前后内容、句式对应，修辞方法相同。(6分)

① 悲观者说，希望是地平线，就算看得见，也永远走不到；

乐观者说，希望是_____，_____，_____。

② 乐观者说，风是帆的伙伴，能把你送到胜利的彼岸；

悲观者说，风是_____，_____。

27. 下面是发掘杭州雷峰塔地宫的一段报道。请将关于地宫开启过程的文字进行压缩，不出现具体时间，不超过 35 个字。(4分)

上午 9 时整，考古队进入现场开始发掘。打开地宫并不容易，直到 9 时 45 分，考古人员才将压在地宫洞口的 750 公斤重的巨石移开，露出 93 厘米长宽、13 厘米厚的大理石盖板。盖板上没有任何文字，但考古人员在紫红色的泥土中发现了 10 枚唐开元通宝铜钱。10 时 5 分盖板基本清理完毕。10 时 30 分盖板绘图完毕。11 时整盖板还没有打开，发掘现场发现越来越多的钱币。11 时 11 分，最激动人心的时候到了，考古人员开始用撬杠撬开盖板。11 时 18 分，考古人员翻开大理石盖板，地宫口终于打开了！

答：□□□□□□□□□□□□□□□□□□□□□□□□□□□□□□□□□□□□□

# 专题五

# 社会科学、自然科学类文章阅读

科技文是说明性质的文章，内容上一般总要说明一件物品，或是介绍一个过程，或是陈述一项发现，或是传播一种思想，或是教授一门知识等。科技文章往往具有一定的学术性，文章的阐述也是通过专业术语来说明的，具有一定的难度。

一般来说，高考现代文阅读的文章不太长，八九百字左右；句子也不算太多，二十个左右，基本上只有三五个段落。要想真正迅速准确地理解文章内容，有效提取信息，必须切实读懂文章的每一个句子，理清行文结构脉络，整体把握文意。

## 第一节　高考社会科学、自然科学类文章阅读考纲定位

### 一、考纲规定

《2012 年普通高等学校招生全国统一考试新课程标准语文科考试大纲》对于现代文阅读考点的规定是：

阅读一般论述类文章。

1. 理解 B【指领会并能作简单的解释，是在识记基础上高一级的能力层级】。

（1）理解文中重要概念的含义。

（2）理解文中重要句子的含意。

2. 分析综合 C【指分解剖析和归纳整理，是在识记和理解的基础上进一步提高了的能力层级】。

（1）筛选并整合文中的信息。

（2）分析文章结构，把握文章思路。

（3）归纳内容要点，概括中心意思。

（4）分析概括作者在文中的观点态度。

### 二、考点解读

科技文，是指研究自然科学与技术的文章。高考中选用的科技文往往反映的是当今人类最先进的科技水平和最新的科研成果。一般来说，社会科学类文章，常常指教育学、文化学、经济学、历史学、美学等学科的文章。自然科学文章，主要指研究自然科学及科技发明或发现方面的文章（包括一般的科普文章）。

科技说明文的考查内容主要是以下几个方面：①新科技、新发明的内涵；②新发明的依据；③新科技、新发明的特点；④人们对新发明的评价；⑤新科技、新发明的操作程序、有关的设备、人员等；⑥新科技、新发明的意义及应用；⑦新发现的内容及意义；⑧新发现的过程及人们对它的态度等。

高考科学类文章并不注重考查考生对科技知识的了解或掌握情况，而是从语文阅读理解的角度，考查考生对"高浓度信息"的快速阅读理解与把握的能力。

（一）理解

① 理解文中重要词语的含义，表述为"对……的理解正确（不正确）的一项是"。"重要词语"是就这个词语在文中的作用而言的，如果考生没有能够正确理解这些词语，就无法准确地把握文意。因为词语是构成文章的基本建筑材料，理解词语在文章中的含义是阅读的基础。

② 理解文中重要句子的含义，常表述为"对文中划线处理解准确（不准确的一项是）"或"对……这句话理解正确（不正确）的一项是"，"重要的句子"是指这些句子对于理解文章具有重要的作用。考查的重点从内容看是内涵较为丰富的句子，从结构看是结构比较复杂的句子，从作用看是提示中心或起过渡作用的中心句、首括句、总结句等。

（二）分析综合

① 筛选并整合文中的信息，此考点常表述为"下列说法符合（不符合）原文意思的一项是"，往往要对原文信息进行综合梳理。在此过程中，须分析文章结构，把握文章思路，进而从文章中辨别、筛选并整合重要的信息，必须在阅读时把注意力放在文章重要内容上，要学会归纳内容要点，概括中心意思。一段或一篇文章的重要内容包括：文章的基本概念和新的知识，对重要概念和知识的解释和阐述，最能表达作者写作意图即文章主旨的语句等。

② 根据文章内容进行推断和想象，此考点表述一般为"根据原文提供的信息，以下推断不正确（正确）的一项是"。读文章不仅要会读而且要思考，探究文章以外的知识，为学习和研究打下坚实的基础。所谓推断，是命题人要求考生根据文中的信息从已知到未知，由条件到结论，由原因到结果地得出结论，它侧重于考查学生的逻辑推理能力。

# 第二节　社会科学、自然科学类文章阅读答题技巧

高考科技文阅读题应准确把握科技文阅读题中的十大对应关系。解题的基本思路是"采集有效信息——比照题干要求——判断选项正误"。综观 2011 年 16 道高考试卷中的科技文阅读试题可以发现，命题者常将选项的干扰点设置在如下十大对应关系上：

1. 部分与整体

命题者设计选项时在事物的数量范围上设置干扰，故意将阅读材料中对部分事物情况的判断表述为对与其具有某种同类属性的所有事物情况的判断。

2. 已然与未然

"已然"是事物已经产生的情况，"未然"是事物即将出现的情况。命题者设计干扰项时，有时会故意将"即将出现的情况"表述或推断为"已经产生的情况"。

3. 先期与后期

命题者在事物、现象产生、出现的时间上设置干扰，他们有时将先期表述为后期，有时将后期表述为先期，有时将先期或后期表述为"先期和后期"。

4. 主要与次要

事物的变化发展就矛盾而言有主要矛盾和次要矛盾，就原因而言有主要原因和次要原因，就表现而言有主要方面和次要方面。命题人设计干扰项时，有时会将这些"主要"的一面和"次要"的一面倒置。

5. 选择与兼备

事物产生某种结果都有一定的原因或条件，有时这些原因或条件之间是选择关系，任何一个原因或条件都可产生这种结果；有时这些原因或条件是兼备关系，只有同时具备了才会产生这种结果。命题者设计干扰项时，有时将"选择"关系表述成"兼备"关系，有时将

"兼备"关系表述成"选择"关系。

**6. 原因与结果**

命题者设计选项时在事物的因果关系上设置干扰，或将因果关系颠倒，或强加因果关系。

**7. 言此与言彼**

命题者设计选项时在表述对象上设置干扰，有时题干要求从"此"对象入手作分析，而错项却从"彼"对象入手分析；有时题干要求从事物"此"方面入手作分析，而错项却从"彼"方面入手分析。

**8. 肯定与否定**

命题者设计选项时在事物的性质上设置干扰，故意将阅读材料中肯定了的事物加以否定，或将否定了的事物加以肯定。

**9. 客观与夸大**

命题者设计选项时，不尊重阅读材料中事物的客观性，故意夸大事物实有的能力、功能和效用。

**10. 有据与凭空**

阅读材料中本无此意，而命题者却在设计的选项中故意凭空臆造出这种说法。

# 第三节　高考社会科学、自然科学类文章精讲解析

## 一、阅读要领

**1. 备意识，善通读**

仔细通读全文，是快速找到命题点和答题点的根本，通读要卓有成效，还应具备三种意识：

① 整体意识。即要依据科技文总分、分总或递进的基本结构，对说明主体、结构层次等有个整体感知，切忌对全文作零零碎碎的"只见树木，不见森林"式的阅读，而应着力"宏观"把握，才有可能对具体的每小题准确作答。

② 题文结合意识。高考命制的题目，涉及的往往是全文的经脉骨干，且题目的设置又往往呈现出文章的先后顺序或先局部后整体的特点，所以结合题目读原文，可收到既快速把握了全文内容，又能有效熟悉题目的效果。

③ 重点勾画意识。高考制题，主要检测两个不同层面的理解能力，即对术语性名词、特定词句的理解能力，对重要文意的判断、推理能力。显示在题目上，会涉及诸如概念名词，指代词，关联词，表时间、范围、推测、程度、肯定否定等的副词，对这些词，要边读边勾画，以便于解题。

**2. 重审读，准定位**

高考制题，题干题支往往针对文中重要名词术语内涵的理解，文中重要语句的理解，文中准确表意的词句的实际掌握。对此，要重视审读，准确找到题干题支所在的语段，再结合语境仔细研读，吃透语意；在此，还需特别强调的是，需提防一种设题"陷阱"，即"似是而非""似非而是"。

如：**【题干】**根据文中信息，对"力比多"概念的相关解说，不合文意的一项（　　）

**【选项】**C. "力比多"是表现为人类情绪中的一种欲望，具体体现为性欲、食欲等。

**【原文】**"力比多"……其本质是一种欲望，既表现为性欲、食欲，也表现于情绪的欲望；

【解析】审读题干选项，准确定准原文，再审读吃透语意，可知 C 项 "似是而非"，因为解读原文可知，"性欲""食欲""情绪"三者是并列关系，而非从属关系，且人的"性欲""食欲"不一定属于"情绪"。

3. 借方法，巧甄别

科技文题目涉及的信息多，面广，往往散见于多个段落；且题项句常常不完全等同文中原句，而是作了转述或局部整合。要准确求解，必须按图索骥，找寻根底，即返回到相关语句，在原文处仔细对照、斟酌，甄别出差别。当然，甄别也要借"巧"力，即借助高考制题设误的常用"手段"——"偷梁换柱""以偏概全""无中生有""因果倒置""或然未然""断章取义""画蛇添足""张冠李戴"等，来高效答题。

如：【题干】根据原文相关信息，以下分析和推断不正确的一项是（　　）

【选项】C. 荣格提出的人格类型说，被后来的许多心理学家所认可，并成为现代心理学中划分人格维度最基本的标准，有着重要的实践意义。

【原文】荣格依据意识的两种心态、四种功能的不同组合，提出了其独特的人格类型说。其中揭示的内倾、外倾这一人格维度为后来多数心理学家所公认，现已成为现代心理学中划分人格维度最基本的标准，具有重要的实践意义。

【解析】按图索骥，找准原文，凭"偷梁换柱"检索主要术语，易知 C 错。因原文中被许多心理学家所公认的是"人格维度"不是"人格类型"。

## 二、阅读步骤

（1）读。通读全文，争取完全读懂。在读的过程中，如有个别语句不能够读懂，用笔勾画下来，继续阅读后面的内容，然后结合上下文，认真揣摩，力争把握全文的基本内容。自然科学类文章的篇幅一般多在 1100 字左右，原文可能没有题目，这给我们把握文章主旨造成一定困难；而篇幅较短，阅读量小，又相对减小了难度。做题之前一定要通读全文，迅速形成整体印象，初步了解主要信息。要边读边理解，每读完一个长句或段落之后，可以在自己的头脑中"复述"一遍，以加深认识。在通读全文时，应重点留意段的首句，因为这些句子大多揭示了本段的主要内容，常常与全文主旨密切相关。一篇科技说明文一般在四段左右，把握首句，可以在很短的时间内获得许多重要的信息。

（2）筛。筛选出文中的关键词句，以备解题之需。关键词主要包括：文中重点阐述的名词术语；表示事物之间逻辑关系的关联词语；对说明新知识、新发现、新理论的形成、发展过程及作用有重要意义的修饰语、限制语（主要是表程度、数量、范围、特征、功能的副词，如"目前"、"将"、"部分"、"全部"、"大概"、"也许"、"可能"、"最……"、"除……之外"等）；有指代意义的词，如"其"、"这"、"如此"、"与此相反"等。关键句则主要包括表示文章或文段主要意思的中心句、要点句，表明结构层次的连结句以及使用双重否定、疑问语气的句子。自然科学类文章答题有一个基本原则：答案就在原材料中。为此，必须根据题意，从原材料中找出与各个选项相对应的句段，并从这些句段中提炼出有效信息，找准已知条件，作为解题的依据，这是答题的关键。有的题目是命题者故意忽视原文中"可能"、"大概"、"也许"、"差不多"、"将会"等修饰限制语，把尚未确定或还未实现的事情说成既成事实，或者"或然"与"必然"不分，或者"已然"与"未然"混淆，以假当真。

（3）代。在认真阅读题干和题支的基础上，将题干和题支所涉及到的信息代入原文，找出原文中与题干和题支相对应的对应句（一般情况下即前面所列的关键句）。有时对应句可能不止一处，但一般只有一处是符合要求的，因此要仔细进行辨别，筛选出需要的内容。如果确实不止一处，则要进行整合，使之互相补充。同时还要弄清对应句与上下句、全段乃至全文的关系，在其中所处的地位是什么。即弄清点与面的关系，做到"句不离段，段不离篇"。

（4）比。一定要注意题干和题支所涉及到的信息与原文所存在的"变"与"不变"。如果题支在原文基础上出现了修饰、限制、补充成分的增减，那么就要特别小心是否出现了范围的扩大或缩小，程度的加深或减轻，数量的增加或减少，是否改变了原有的因果关系、先后顺序、主次关系，是否将或然性、可能性变为了必然性，预见性变为了现实性，将来时变为了完成时等等。另外，还要对比题支之间的异同，找出准确对应题干的题支。

（5）除。排除干扰项，验证答案。确定、选择一个选项的过程，就是排除其他三个选项的过程。每个题目中设置的干扰项，都是可以从原文中找出依据排除的。但是因为有时原文的表述不尽科学或不尽准确，很多同学在排除的时候，往往不依据原文而凭借其他方面的知识或是自己想当然，结果导致失分。这里强调一点，排除的依据只能忠实于原文。解答自然科学类文章阅读题，可以从排除干扰项（即不符合文意或题意的选项）入手。而要寻找出干扰项，就得了解干扰项的设置方法。一般而言，设置干扰项主要是在概念、判断上做文章，其主要方法有：偷换概念、以偏概全、无中生有、本末倒置或源流倒置、夸大其辞、答非所问。

# 第四节　十年高考社会科学、自然科学类文章精练

十年高考社会科学、自然科学类文章精练全面汇集了（2000～2011）十余年来全国各地的社会科学、自然科学类文章阅读128道高考真题，覆盖面广，内容丰富，充分学习与练习，不仅可以学习到科学知识，同时也可以在高考中拓宽自己的视野，会使同学们受益匪浅。

## 吕丽高考语文讲堂·科技文阅读·第1练　【2011高考13题】

**【第1篇】**阅读下面的文字，完成1～3题。　　　　　　　　　　　　　　**【全国】**

很多人说：什么是意境？意境就是"情""景"交融。其实这种解释应该是从近代开始的。王国维在《人间词话》中所使用的"意境"或"境界"，他的解释就是情景交融。但是在中国传统美学中，情景交融所规定的是"意象"，而不是"意境"。中国传统美学认为艺术的本体就是意象，任何艺术作品都要创造意象，都应该情景交融，而意境则不是任何艺术作品都具有的。意境除了有意象的一般规定性之外，还有自己的特殊规定性，意境的内涵大于意象，意境的外延小于意象。那么意境的特殊规定性是什么呢？唐代刘禹锡有句话："境生于象外。""境"是对于在时间和空间上有限的"象"的突破，只有这种象外之"境"才能体现作为宇宙的本体和生命的"道"。

从审美活动的角度看，所谓"意境"，就是超越具体的有限的物象、事件、场景，进入无限的时间和空间，从而对整个人生、历史、宇宙获得一种哲理性的感受和领悟。西方古代艺术家，他们给自己提出的任务是要再现一个具体的物象，所以他们，比如古希腊雕塑家追求"美"，就把人体刻画得非常逼真、非常完美。而中国艺术家不是局限于刻画单个的人体或物体，把这个有限的对象刻画得很逼真、很完美。相反，他们追求一种"象外之象"、"景外之景"。中国园林艺术在审美上的最大特点也是有意境。中国古典园林中的楼、台、亭、阁，它们的审美价值主要不在于这些建筑本身，而是如同王羲之《兰亭集序》所说，在于可使人"仰观宇宙之大，俯察品类之盛。"

我们生活的世界是一个有意味的世界。陶渊明有两句诗说得好："此中有真意，欲辩已忘言。"艺术就是要去寻找、发现、体验生活中的这种意味。有意境的作品和一般的艺术作品在这一点上的区别，就在于它不仅揭示了生活中某一个具体事物或具体事件的意味，而且超越了具体的事物和事件，从一个角度揭示了整个人生的意味。所以，不是任何艺术作品都有意境，也不是任何好的艺术作品都有深远的意境。清代王夫之就比较过杜甫的诗和王维的诗。他认为杜甫诗的特点是："即物深致，无细不章"，有人写诗就是怕写不逼真，杜甫则太逼真了。而王维诗则能取之象外，所以他说杜甫是"工"，王维是"妙"。

中国艺术的这种意境，它给人的美感，实际上包含了一种人生感、历史感。康德曾经说过，有一种美的东西，人们接触到它的时候，往往感到一种惆怅。意境就是如此，这是一种最高的美感。当然这不等于

说西方艺术没有意境，西方艺术中也有这样的作品，例如俄罗斯民歌《伏尔加船夫曲》，它不仅唱出了俄罗斯民族的苦难，而且唱出了人类共同的苦难，所以它引起了全世界听众的共鸣。

（摘编自叶朗《说意境》）

1. 下列关于"意境"和"意象"的表述，不符合原文意思的一项是（　　　）

A. 王国维在《人间词话》中把"意境"的内涵解释为"情景交融"，可见从近代开始人们就把"意境"和"意象"混为一谈了。

B. 中国传统美学认为艺术的本体就是意象，所有艺术作品都要情景交融，创造意象，因而并不是任何艺术作品都能够具有意境的。

C. 所谓"意境的外延小于意象"，意味着有意境的艺术作品跟有意象的艺术作品比较起来，在数量上总是处于劣势。

D. "道"是宇宙的本体和生命。意象在时间和空间上都有十分有限，而意境是对有限的意象的突破，所以意境能够体现"道"。

2. 下列理解，不符合原文意思的一项是（　　　）

A. 西方古代艺术家的旨趣是要在作品中重现世界上的具体物象，所以古希腊雕塑家认为把人体刻画得极其逼真、十分漂亮才是美。

B. 中国古代艺术和西方古代艺术不同，中国艺术家要突破有限的对象，在"象外之象"、"景外之景"的意境中，抒发他们一种哲理性的感受和领悟。

C. 陶渊明的两句诗"此中有真意，欲辨已忘言"，表明他已经认识到身处一个有意味的世界，并且正处在辨析、体验这种意味之中。

D. 俄罗斯民歌《伏尔加船夫曲》之所以能够引起全世界听众的共鸣，是因为它唱出了人们对于社会和人生的深刻体验和感受。

3. 根据原文内容，下列推断不正确的一项是（　　　）

A. 中国园林的审美价值，在于让人通过它们感受到更大空间的美，所以游览者往往能够产生一种对于整个人生或历史的感受和领悟。

B. 从有意境的作品和一般的艺术作品有区别这一点来看，生活中的具体事物或具体事件往往有两种意味，而其中涉及整个人生的意味才是最美的。

C. 王夫之说杜甫是"工"王维是"妙"，他显然是根据中国传统美学来评价杜甫和王维的，如果让西方艺术家来评判，结论可能恰恰相反。

D. 康德所说的"一种惆怅"，表明他作为西方人也感觉到了一种与意象有很大不同的"美的东西"。这种东西其实就是中国人所说的"意境"。

【第2篇】阅读下面文字，完成1～3题。　　　　　　　　　　　　　　　　　　　　　　【浙江】

日本这次大灾难让所有人对科技文明的脆弱有了深刻的体验。现代人看上去很强大，他能建核电站，能建规模很大、功率很高的水电站，因为他有许多关于这方面的科技知识，但仅仅这些知识对人类的存在而言就是真理吗？显然不是，只有当这种技术的后果呈现在人类面前，被人类充分意识到，人类才看到自然向我们敞开的完整真理，黑格尔说"真理是整体的"就有这个意思。"改造自然"是科技文明的一个基本观念，但它却蕴含着摧毁我们生存根基的各种危机。今天越来越多的人意识到，自然是不可改造的，人与自然的关系不是改造与被改造的关系，而是人类适应与协调自己与自然的关系。"改造自然"的本质是人要以自己的意志和愿望为目标，让自然服从自己，而不是在天地间不可逆转的规律之内，争取人与自然的共济。结果，人类强行向自然索取的地盘全部都被自然以诸如洪水、海啸等各种方式抢回去了。每每谈到这点，我都要对中国先人曾经的睿智心生敬意。早在两千多年前中国人创造的都江堰四六分水的治水法，直到今天都令人叹为观止。它是一个体现人类与自然天人合一的规则。"堰"意味着对水的因势利导，在达到人的引水目的的同时，并不违背水的自然本性。而坝则意味着对水的强硬抗衡，对水流方向的强力阻遏，是人与自然的迎面撞击。哲学家指出，这才是现代技术的本质。

但从哲学角度看，对我们生存性命攸关的根本自由是我们对真理开放的自由，行动的自由乃是后发于它的。如果我们看不清我们的真实处境，我们的思想还被各种偏见、流行的概念所蒙蔽，那行动对我们造成的后果就可能是灾难性的。对真理开放并不是一件容易的事，我们往往也不能摆脱怪癖的意志、扭曲的心理、知识的局限所造成的视野的偏狭，也许，退后一步，放弃（至少是暂时放弃）那种疯狂的自我表现，包括由此而生的扭曲行为，倾听自然，还事物以本来面目，存在的真理就可能向我们敞开。

其实，在这个科技飞速发展的时代，我们生活中正在发生许多我们在思想上尚未做好准备的变革。以遗传工程为例，难道我们已经想好我们打算排列出何种遗传基因组合吗？我们完全可以掌握遗传工程的手段，但并没有产生出把这种手段用于造福人类最高利益的人的智慧。哲学家在这里是想提醒我们这样一个事实：除了技术性思维外，我们还必须进行另一种完全不同的思维，以洞察到我们真实的存在，明白了这项新技术对我们的存在究竟意味着什么。这次的核灾难是自然向人类的又一次敞开：人怎样对已主宰人类的技术施加影响？

1. 下列不属于"对真理开放并不是一件容易的事"的原因的一项是（　　　　）

A. 我们往往不能摆脱怪癖的意志、扭曲的心理所造成的视野的狭隘。

B. 洪水、海啸等诸多自然灾害使越来越多的人意识到，自然是不可改造的。

C. 科技飞速发展，但人类并不清楚怎样对已主宰人类的技术施加影响。

D. 真理是整体的，而我们对技术、知识的认知常常存在局限。

2. 下列各项中，最能概括全文主旨的一项是（　　）

A. 人类应顺从自然。

B. 真理是整体的。

C. 人类应与自然共济。

D. 使真理向人类敞开。

3. 联系全文，指出最后一段画线句中"另一种完全不同的思维"的具体内涵。（3分）

---

**【第 3 篇】** 阅读下面的文字，完成 1～3 题。　　　　　　　　　　　　　　　　**【安徽】**

所有的艺术创作，开拓的都是一个艺术的空间；而艺术的空间说到底是一个想象的空间。想象空间不同于现实空间，但又是以现实空间为基础的。这里有两层意思：一是说，艺术家若没有对现实空间的感受，就不可能产生艺术的想象，就不可能开拓出想象空间来。一个自幼目盲的人，是不可能创作出游戏的绘画作品的；一个自幼耳聋的人，也是不可能创作出优秀的音乐作品的。二是说，想象空间之所以是想象空间，归根到底是以现实空间为依据的。我们说一个艺术家的想象力十分丰富。是说他主观想象的世界与直感到的现实空间，有着极大的差别。没有现实空间的参照，是无所谓想象力丰富还是不丰富的。想象空间与现实空间既有着不可分割的联系，也自然就有了彼此的关系问题。

在这里，想象可以有两种不同的形式：一是通过想象构造出的世界在表现形态上更加类似于现实空间，让读者像进入一个特定的现实空间一样，进入到作家所构筑的艺术世界之中去。这个世界实际上是一个想象的世界，但并不让人感到奇异或怪诞。二是通过想象构造出的，是明显不同于现实空间的另一类空间。对于这样一个想象空间，人们是陌生的，如梦如幻。但也正因为如此，它才让人领略到一种奇幻或怪诞的美感。实际上，这两种空间都是想象空间。但因为前一种在读者的感受中，大致等同于现实世界，所以我们常常将其作为现实空间本身来分析和理解，不认为它是虚幻不实的。而后一种在读者的感受中，就根本不同于现实世界，带有明显的梦幻感觉，所以我们常常直接称之为梦幻空间。一部《红楼梦》就同时具有这两种不同的想象形式：太虚幻境构筑的是一个梦幻空间；而对贾府人物及其生活环境的描写，则是有关于现实空间的想象空间。

想象空间虽然是在现实空间的基础上产生的，但想象空间与现实空间却有着根本的差别。具体而言，现实空间不是一个人按照个人的意愿随意创造出来的，而是外在于任何一个个体人先行存在的。它给任何一个个体人，都提供了一定的自由活动的空间，但这种空间，又是极其有限的，是不能满足任何一个个体人的全部要求的。总体而言，对于任何一个个体的人，现实空间都是不完全自由、不完全舒适的。想象空间则不同了。想象空间不是外在于它的创造者的，而是它的创造者自由想象的产物。尽管他所创造的这个想象空间本身，也不是完全自由的，但想象空间对于它的创造者而言，则是自由的。假若《红楼梦》真的是曹雪芹的一部"自传"，曹雪芹就是贾宝玉。贾宝玉在贾府那个现实空间中是不自由的；而曹雪芹在创作《红楼梦》的过程中，体验的却是创造的自由。《红楼梦》的读者在阅读《红楼梦》的过程中，获得的也是自由的体验；他们已经不受贾府这个现实空间的束缚，他们是在超越贾府这个现实空间的视点上，来俯视这个空间的。所以想象空间是对现实空间的超越——现实空间是不自由的，想象空间则能满足人对自由的要求。

（选自王富仁《现代中国异域小说研究·序》，有删改）

1. 从原文看，下列对"想象空间"的理解，不正确的一项是（　　　　）

A. 想象空间是以现实空间为基础创造出来的艺术世界。

B. 想象空间是在读者的直接感受中大致等同于现实世界。

C. 想象空间是作家进过自由创造开拓出的想象的世界。

D. 想象空间可以让读者在阅读过程中获得自由的体验。

2. 下列对原文结构和内容的分析，正确的一项是（　　　）

A. 第一段用自幼目盲人的人创作优秀绘画作品受到限制的例子，说明艺术家开拓出的想象空间与现实空间是不同的。

B. 第二段指出了两种不同的想象形式能构筑不同的想象空间，《红楼梦》中太虚幻境就是通过两种想象形式构筑的。

C. 第三段用对比的方式分析现实空间和想象空间的根本差别，前者是客观存在的，后者则是创造者自由构造的。

D. 文章用先分后总的方式阐述了想象空间的基础、想象的两种形式、现实空间和想象空间的差别等三个问题。

3. 下列对原文中作者观点的概括，正确的一项是（　　　）

A. 想象空间与现实空间差别越大，越能说明艺术家想象力强、创作水平高。

B. 类似于现实空间的想象空间与现实关系密切，让人产生如梦幻的感觉。

C. 梦幻空间以想象空间为依据，他们都与现实空间存在着不可分割的联系。

D. 想象空间能够超越人们感到不自由的现实空间，能让人在其中感到自由。

【**第4篇**】阅读下面的文字，完成1～3题。　　　　　　　　　　　　　　　　【山东】

衡中西以相融　何家英

一提传统，就只讲民族本位；一讲创新，就只提西洋东洋。我总觉得这是个天大的误会。不同的文化背景，自由不同的传统，也有各自的创新；他们发生碰撞，互相影响，彼此融合，就会形成一个大传统。当然，这中间有一个"体用"问题：立足民族之体，巧取东西洋为用。作为一个中国画家不应该顾此失彼，而应该从容对待，既不画地为牢，也不盲目追随。我的这一思路既是对时尚潮流的反思，也是对自己创作的要求，即要求把思路化为笔痕。基于此，必须沉潜下来，埋头虚心，力求在"大传统"中获得滋养。准确地说，是想在东西方不同的传统中探求相同的规律、彼此的契合点。

中国画，至少是中国工笔画，其精神意度、方式方法，在很大程度上是与西方绘画相通的。当然，这里大体上是指晋唐画风。晋唐画风能达到造型饱满、气势磅礴、高逸充盈、朴素自然，原因何在？除了才气、学养、心态，是不是原生的深刻的直觉感受起了重要作用呢？我在想，晋唐人所创立的艺术范式是从切身的感受中生发的，其间一定经历了反复观察、审视、理解和提炼的艰苦过程。明清时期，工笔人物画都与晋唐不同，甚至走向了反面，变得纤弱而萎靡。我们有一个伟大的传统，却被轻弃；我们还有一个惰性的"传统"，却被继承。惰性的传统使我们把晋唐的传统简化为一个形式套路，一个抽去了内涵的外壳，这真荒谬。所以一定要回归，回到晋唐，继承优秀的传统。

其实，我们对西画传统的"借鉴"也是有惰性的。五花八门的"主义"，莫名其妙的"观念"，都被"拿来"。只做表面文章，不管实质问题，这不正是惰性的表现吗？所以，我觉得与其接受那些大而无当的观念，不如借鉴些具体方法解决问题，西画的观察、审视、理解与提炼和晋唐传统并无二致，可对应、契合。很多西画作品能更直观的给予我们实践上的参照，并很实在地启悟心智。

而上述两者，单靠把玩套路或借鉴"主义"是意识不到的，相应的问题也解决不了，而有一个大传统的价值支撑则很容易在本质上把握，从而走上正途，至少不至堕入迷途。我意在表明，表面上是两个传统，本质上则是<u>一个规律</u>，这个规律恰恰就在相互碰撞、影响、融合中呈示清晰：要概括性而非概念化，要充实充分而非僵化。不囿于一个狭窄的视点，使眼光扩大；不拘于一个狭隘的观念，使思想自由；不溺于可悲的惰性，而勇于发现；不空谈花哨的"主义"，而脚踏实地。在比照中思考，在观察中发现，就能深入本质而导引实践，就会使工笔人物画开出新生面，获得新境界。

（节选自《谈艺论文》，有删改）

1. 关于"衡中西以相融"，下列表述不符合文意的一项是（　　　）

A. 中西不同的传统发生碰撞、影响、融合，就会形成一个有利于实践的大传统。

B. 在绘画领域，应权衡中西传统，着眼于相通之处，力求获得滋养。

C. 观察和比照中西传统，就能发现其中共同的规律，从而深入本质，引导实践。

D．"衡"与"融"强调的重点，就是在中国绘画中更多地体现西画的艺术范式。

2．对晋唐画风的理解，下列表述正确的一项是（　　　）

A．造型饱满、气势磅礴、高逸充盈、朴素自然是晋唐画风的特点，也影响到了西洋画风。

B．晋唐画风达到的高度取决于画家所处的时代和画家原生的深刻的直觉感受。

C．观察、审阅、理解和提炼在晋唐画风的形成中起到了关键作用，在西方绘画中也同样重要。

D．"惰性"使晋唐的传统简化为一个形成套路，因此晋唐画风在很大程度上与西方绘画风格相通。

3．下列表述符合原文内容的一项是（　　　）

A．传统为"体"，创新为"用"两者契合就能达到一个全新的高度。

B．明清时期工笔人物画轻弃了晋唐人的精神意度和艺术形式，变得纤弱而萎靡。

C．只做表面文章，不管实质问题，是在继承晋唐绘画传统或借鉴西画传统时表现出来的"惰性"。

D．单靠把玩套路或借鉴"主义"是狭隘的，它完全背离了晋唐以后中国画的传统。

**【第5篇】**阅读下面的文字，完成1～3题。　　　　　　　　　　　　　　　**【天津】**

人类衣食住行这类维持生存的生活方式没有太大不同，即使有不同，也没有根本的意义。比如，用筷子还是用刀叉或者直接用手抓吃饭，对于人类的命运不会有太大的影响。但是主张义先利后还是义后利先，主张人是目的还是手段，把自然看作是与自己同属一个整体还是与己无关的对象，却足可影响人类甚至整个地球的命运。因此，这里不考虑作为物质现象的中国文化，而考虑这些现象中所渗透的中国的思想原则和精神原则，或者说，中国之道。

中国文化从产生的时候起，就推崇德性，倡导恃德者昌，恃利者亡，这是我们祖先的信念。我们的先人推崇的那些开天辟地的圣贤，其共同的特点就是舍己为人，克己让人，给人类造福，他们都有博大的胸怀，以天下为一家，以中国为一人，牺牲自己，成全众人。被我们中国人奉为文明始祖的人，无论盘古、女娲，还是伏羲、神农，或黄帝、尧、舜，他们的共同特点，就是创造文明，与民兴利，公而忘私，品德高尚。

中国文化在其漫长的历史发展中也有种种不足为人道的地方，但是它的文化精神就总体而言是高尚的，是不会过时的，只要人类希冀在和平与平等的世界上生活的话。中国精神或中国之道的核心可以概括为如下几项：天人合一的宇宙观、天下为公的政治理想、和而不同的共同生活原则和思想原则、义利之辨的道德理念、己立立人与己达达人的淑世情怀、四海一家与天下太平的世界愿景等。这些中国之道并非中国文化所独有，但却是中国文化的核心和中国文化能够复兴的根据。这些理念与西方现代性的许多原则是不相容的，却是人类生存下去不可或缺的，现代中国文化要有不同于现代西方文化的感召力，只有建立在这些普适的理念基础上，而不能以已证明是有根本问题的某些西方现代性原则为基础。

当然，中国文化的复兴绝不是说只是将这些理念单纯再重申一下，而是要将它们予以现代的阐发，因为文化复兴实际是文化重建，这就需要我们不是把西方文化作为敌对的东西或对立的东西，而是要把它作为助缘。中国之道的理念若是普适的，它就能吸纳其他文化的优秀成果，就一定会有兼容性。重建中国文化不是恢复传统文化，而是发展中国文化。

1．下列有关本文中的"中国之道"的说法，不准确的一项是（　　　）

A．中国之道是指渗透着原则和精神原则的现象。

B．中国之道并不存在于所有中国文化现象之中。

C．中国之道的核心包括天下为公、天人合一、和而不同等思想。

D．中国之道建立在普适理论基础上的高尚的文化精神。

2．下列对文本内容的理解，正确的一项是（　　　）

A．任何生活方式都不足以影响人类的命运，无关乎中国的思想原则和精神原则。

B．中国文化一贯推崇的德性，即是中国文化的核心，也是复兴中国文化的核心根据。

C．只要中国文化不过时，人类就能在和平与平等的世界上生活。

D．体现中国文化精神一系列理念与西方现代性原则具有不相容性。

3．根据文中提供的内容，下列推断不合理的是（　　　）

A．坚持中国之道，并能吸纳其他文化的优秀成果，中国文化才能够发展。

B．西方文化中也可能包含中国之道的某些内容。

C．西方现代性原则不具备有利于人类生存下去的普遍意义。

D．现代中国文化要具备不同于现代西方文化的感召力，就必须重建中国传统文化。

**【第6篇】**阅读下面的文字，完成1～3题。　　　　　　　　　　　　　**【新课标】**

《诗经》原来是诗，不是"经"，这在咱们今天是很明确的。但在封建社会里，诗三百篇却被尊为"经"，统治阶段拿它来做封建教化的工具。

从西周初期到春秋中叶，诗三百篇是一种配乐演唱的乐歌。这些乐歌一方面用于祭祀、宴会和各种典礼，当作仪式的一部分或娱乐宾主的节目。另一方面则用于政治、外交及其他社会生活，当作表情达意的工具，其作用和平常的语言差不多，当然它更加曲折动人。例如周代有一种"献诗陈志"的做法，当一些人看到国君或者同僚做了什么好事或坏事，就做一首诗献给他们，达到颂美或者讽谏的目的。还有人由于个人遭受冤屈或不幸，也往往通过诗来发泄和申诉。应该说明，"献诗陈志"是要通过乐工的演唱来献给君上或同僚的，所以卿士"献诗"总和"瞽献曲"或者"瞍赋"、"矇诵"并提。

在人民群众的生活里，诗歌也常用于表情达意，例如《诗经·邶风·新台》和《诗经·秦风·黄鸟》等，都是针对具体的现实问题而发的。古代史传中还有一些不在三百篇之内的"徒歌"，例如《左传·宣公二年》记载宋国将军华元被郑国人捉了去，后来逃回来，人民讥笑这位败军之将，做了一个歌儿对他唱。这样的歌，从性质上说和"献诗陈志"没有什么分别。不过士大夫献诗，是特地做了乐工唱的；庶人的作品则先是在社会上流传，给采访诗歌的人收集去了，才配上乐曲，达到统治阶级的耳中。

在外交宴会等场合，宾主各方往往通过"赋诗"来表达愿望和态度。"赋诗"时点出现成的诗篇，叫乐工们演唱，通过诗歌的问答，了解彼此的立场，这就叫"赋诗言志"。这种"赋诗"往往不管原作本身的内容和意义，仅仅是把赋诗者的观点和愿望寄托在诗中某几句之上，来作比喻和暗示，所以是一种典型的断章取义。《左传·襄公二十六年》记晋侯为了卫国一个叛臣的缘故，把卫侯羁押起来，齐侯和郑伯到晋国去说情，郑国的子展就赋《诗经·郑风·将仲子》一诗。《将仲子》本来是一首爱情诗歌，这当中有"人之多言，亦可畏也"的话，是说女的爱着男的，又怕旁人说闲话；子展却借用来说，晋侯纵然有理由，但"人言可畏"，别人看来总是为了一个叛臣。

三百篇到了孔子的时代，由于新声代替古乐，造成了诗与乐的分家，诗也就由乐歌逐渐变为纯粹的语言艺术了，"赋诗"、"献曲"也不大见到了。诗三百篇在社会上的实际用途缩小了，封建士大夫就逐渐把诗的意义和封建教化的原则联系起来。比如公孙丑问《伐檀》诗中，为什么君子不耕而食？孟子回答道："国君用了他，就得到安富尊荣；子弟信从他，就学会孝悌忠信。君子不劳而食，还有谁比他功劳更大呢？"封建统治阶级就是这样"以意逆志"，最后把诗尊为"经"。直到五四运动以后，这部伟大的诗集才冲开了各种乌烟瘴气，在思想和艺术上放射出夺目的光辉。

（摘编自中华书局"知识丛书"金开诚《诗经》）

1. 下列关于原文第一、二两段内容的表述，不正确的一项是（　　　）

A.《诗经》中的作品原来是普通的诗歌，并没有深刻的含意，但是封建统治阶级却把它尊为经典，用它来做封建教化的工具。

B. 在春秋中叶以前，诗三百篇曾经作为一种配乐演唱的乐歌，成为祭祀、宴会和各种典礼的一部分仪式或娱乐宾主的节目。

C. 所谓"献诗陈志"，一种情况是指卿士通过贡献诗歌，向国君或同僚陈述自己的心意，以达到颂美或者讽谏的目的。

D. 在古籍记载中，卿士"献诗"经常和"瞽献曲"、"矇诵"等一起出现，是因为卿士做诗以后，总是通过乐工的演唱来呈献。

2. 下列理解和分析，不符合原文意思的一项是（　　　）

A. 宋国人民讥笑败军之将华元的诗歌，也是用来作为表情达意的工具，所以从性质上说，跟卿士的"献诗陈志"没有什么不同。

B. 古人在"赋诗言志"时所言的志，往往不为原诗所具有，而是赋诗者采用断章取义的办法，寄托在诗中某些句子之上的。

C. 子展借用《诗经·郑风·将仲子》"人之多言，亦可畏也"一句话，他的意思是叛臣的一面之词令人担心，请晋侯不要听信。

D. 到孔子时代，新音乐逐渐兴起，古乐逐渐失传，由此造成诗与乐分家，《诗经》也就变成纯粹的语言文学作品，而与音乐无关了。

3. 根据原文内容，下列理解和分析不正确的一项是（　　　）

A. 在西周初期到春秋中叶的政治、外交和其他社会生活中，《诗经》被当作表情达意的工具，往往能收到平常语言所无法达到的效果。

B. 上古时候，人民群众的作品如果给采访诗歌的人收集去了，就可能进入诗三百篇中，不然则仍然是没有曲调的"徒歌"。

C. 古人在"赋诗言志"时采用的都是现成的诗篇，其含意大家都清楚，所以能够通过诗歌的来回问答，了解彼此的立场。

D. 孟子解释《伐檀》说，君子使国君得到安富尊荣，使子弟学会孝悌忠信，所以君子可以不劳而食。这就曲解了《诗经》的原意。

**【第7篇】**阅读下面的文字，完成1～3题。　　　　　　　　　　　　　　　　**【江西】**

### 文化时间

① 时间有"向"的概念，并不是一直都有的。潮水、冬夏二至、季节、星辰的循环往来，这些现象使许多原始人把时间看作一种基本上不断循环的有机节奏。他们想，既然时间跟天体的循环运转分不开，时间本身也应该是循环的。白天跟随黑夜，新月代替旧月，冬天过了是夏天，为什么历史就不这样？中美洲的玛雅人相信历史每260年重复一次，这个周期他们叫拉玛特，是他们日历的基本单位。

② 时间的循环模式是希腊各宇宙学派的一个共同点。亚里士多德在他的《物理学》中说："凡是具有天然运动和生死的，都有一个循环。这是因为任何事物都是由时间辨别，都好像根据一个周期开始和结束；因此，甚至时间本身也是一个循环。"斯多葛学派的人相信，每当行星回到它们初始相对位置时，宇宙就重新开始。公园4世纪的尼梅修斯主教说过："苏格拉底也好，柏拉图也好，人人都会复生，都会再见到同样的朋友，再和同样的熟人来往。他们将再有同样的经验，从事同样的活动。"好像所有历史的事件都装在一个大轮子上一样，循环不已。

③ 英国天体物理学家爱丁顿提出的"时间之箭"引起了我们内心的恐惧，因为它意味着不稳定和变迁。它所指向的是世界的末日，而不是世界的重新再生。罗马尼亚人类学者、宗教史学者埃里阿德在他名为《永恒回返的神话》的书里，认为世上从有人类以来，多半的人都觉得循环时间更令人安慰，而将它紧抱不放。这样，过去也是将来，没有真正的"历史"可言，于是死心塌地地承认再生和更新。

④ 犹太基督教传统把"线性"（不可逆）的时间，直截了当地建立在西方文化里，由于基督教相信耶稣的生、死和他的上十字架受难，都是唯一的事件，都是不会重复的，西方文化终于把时间堪称是穿越在过去和未来之间的一条线。基督教出现以前，只有犹太人和信仰拜火教的波斯人认同这种前进式的时间。

⑤ 不可逆时间深刻地影响了西方思想，为达尔文的进化论开辟了道路，从而把我们和原始生物在时间上连接起来。总之，线性时间概念的出现和因之而起的观念改变，为现代科学的产生打下了思想基础。

⑥ 文化时间的循环模式和线性模式，在生物时间中可以找到对应。细胞的分裂，以及体内各种不同节奏——从高频的神经脉冲到悠闲的细胞更新——所组成的交响乐，都牵涉到循环式时间；而不可逆时间则体现于从生到死的老化过程之中。日常用的钟表也具有这两个不同的时间面貌。一方面，不停的钟摆或晶体振荡积累成一边所谓的"时间"，在地球上这时间就表现为12小时或24小时的周期。另一方面，各种耗散现象，诸如电池的干涸，发条的松弛，都告诉我们时间是一去不回头的。

（节选自柯文尼、海菲尔德《时间之箭》，有删改）

1. 下列关于"文化时间"的表述，正确的一项是（　　　）

A. 文化时间是指不同时代的人们根据自己对时间的不同理解而赋予时间以文化意义，其中包含了后来形成的"向"的概念。

B. 文化时间包括循环模式和线性模式，犹太基督教传统对线性模式的认识是在循环模式的基础上形成的。

C. 文化时间是西方文化的组成部分，不同文化学派形成的不同时间概念和认识把现代人和原始生物在时间上连接起来。

D. 文化时间的循环模式和线性模式在生物时间中都可以找到对应，文化时间与生物时间这两个概念在性质上是相同的。

2. 下列对文章内容的理解，不恰当的一项是（　　　）

A. 当时间被理解成循环模式，任何事物都由时间辨别，所有的自然现象、人和历史都将经历循环往复的周期。

B. 当时间被理解成线性模式，则意味着时间被看成是穿越在过去和未来之间的一条线，不可逆转，这是犹太基督教最早提出的观点。

C. 相对于线性模式而言，循环模式更容易为人们接受和认同，因为它所具有的"复生"观念更能给人以安慰。

D. "时间之箭"意味着不稳定和变迁，指向的是世界的末日；而"没有真正的'历史'"则意味着过去也就是将来，指向的是世界的重新再生。

3. 从全文看，下列表述不符合作者观点的一项是（　　）

A. 许多原始人通过对自然界循环现象的观察建立起对事件的认识，并用这种认识来解释历史，由此形成了最初的文化时间。

B. 文化时间不同模式的形成取决于不同的文化观念，希腊各宇宙学派和犹太基督教徒传统对时间的认识大相径庭。

C. 人从生到死体现的不可逆时间理论，改变了人们的观念，为达尔文生物学说研究人类进化开辟了道路。

D. 从文化层面解读时间，冬夏交替标志着时间的循环往复，而日常生活中钟表的旋转、发条的松弛却告诉我们时间一去不回头。

**【第8篇】阅读下面的文字，完成1～3题。** 　　　　　　　　　　**【湖南】**

培育一位电影明星，无论从经济成本还是从时间成本看都是昂贵的，一个明星的成长有漫长的过程，还要有天赋和种种机缘。当然还有更为紧要的前提，即明星必须扮演某个角色，借角色而成名，如扮演埃及艳后、扮演安娜·卡列尼娜或特工"007"等。只有作为成功的角色的明星，才能成为生活中的明星。

自从有了电视，情形有了难以料想的变化，明星的概念也大大泛化。一方面从明星生产的角度看，周期更短，速度更快，一部电视连续剧，可以使演员每天晚上出镜，抵得上十来部电影。另一方面，即更关键之点是有了电视，明星不一定需要借助角色成名，明星可以是扮演自身，就像电视主持人。再例如，姚明扮演姚明，刘翔扮演刘翔。亦即当明星不一定需要借助于外在的角色，可以直接登场，以明星自身的名义登场。由此，电视不仅生产了演艺明星，还生产体育明星、演讲明星，还有大众明星。到了大众明星秀这一步，明星已经不是遥不可及，他们早已脱下神秘的面纱，成为邻家男孩和女孩。当看电视成为日常生活的一个部分，明星就是日常生活的一个部分。既然明星不一定要扮演某一个角色，明星的门槛就大大降低，明星的大门洞然敞开。

明星是社会流行趣味的代表，这种流行趣味不是由哪一位才趣卓著的人物独自创造出来的，而是由商业文明和大众传媒合谋并通过明星自觉和不自觉的配合，共同创造的。这就是当代电子文化的特征。当代文化的辉煌是工业文明的辉煌、是物质生产技术文明的辉煌，而这些辉煌的替身或者说集合点就是明星。

明星是流行趣味的代表，大众仰望明星，大众在此岸，而明星在彼岸。从此岸到彼岸应该有一段漫长的距离，跨越这一距离，需要付出很大的努力，还要机缘凑巧。但是陡然间，随着电子媒介技术进一步发展和电视娱乐节目，大众能直接参与明星生产，自己当明星，他们参加各类选秀节目，哪怕是只当15分钟的明星。明星秀成为一种社会风潮，不但是青年人跃跃欲试，连成年人和儿童也加入到这一浪潮中，势头汹涌。一旦明星不需要以扮演什么角色为条件，那就星途坦荡，而且是条条大道通明星。特别是有了网络视频，人们不一定要上电视节目才能当明星，也用不着任何资格审查才能踏上明星之路，只需将自己制作的视频制品拿到网络上传播，就有成功的可能，这大大增加了当明星的概率。也难怪，当年麦克卢汉在对比电影和电视时会说："看电影时，你坐在那儿看银幕，你就是摄影机的镜头；看电视时，你则是电视屏幕。……看电影的时候，你向外进入世界；看电视的时候，你向内进入自己。"正是电视和网络的出现，使影像电子文化成为日常生活最主要的组成部分，并和日常生活场景紧紧地交织在一起，深深地镶嵌在我们的情感和记忆中。就像今天的孩子在若干年后会发现，自己的童年生活早已被细心的父母记录在各类摄像和视频中，自己早就充当了家庭生活的小明星，潇洒地生活在大人们的摄像镜头和屏幕里。

（节选自蒋原伦《今夜星光灿烂》，《读书》2011年第2期）

1. 下列有关明星概念"泛化"的说法，不正确的一项是（　　）

A. 有了电视和网络，明星的生产，变得周期更短，速度更快。

B. 电视上的明星，只需扮演自身，不要借助于外在的角色。

C. 电视娱乐节目使明星大众化，明星秀成为一种社会风潮。

D. 影像电子文化进入家庭日常生活，人人都可以充当明星。

2. 下列对文章内容的理解，正确的一项是（　　）

A. 成功的电影明星凭借天赋和种种机缘，可以缩短其成长的过程，而不一定要借角色成名。

B. 明星的门槛降低，与明星培育的成本无关，主要原因在于上电视不一定要扮演某个角色。

C. 创造流行趣味要商业文明和大众传媒合谋并要明星配合，明星则可成为这种趣味的代表。

D. 有了网络视频，明星变得不再神秘，人们只要将视频制品在网上传播，就必定成为明星。

3. 综观全文，请谈谈你对麦克卢汉所说"看电视的时候，你向内进入自己"的理解。

答：_____

**【第 9 篇】阅读下面的文字，完成 1～3 题。** 【辽宁】

天文学并不是新开拓的科学，它的渊源可以追溯到人类的远古时期，我们从现代天文学的基本概念中很容易发现它的痕迹。也许在文字产生以前，人们就知道利用植物的生长和动物的行踪来判断季节，这种物候授时是早期农业生产所必需的，甚至到上一世纪 50 年代，中国一些少数民族还通行这种习俗。物候虽然与太阳运动有关，但由于气候变化多端，不同年份相同的物候特征常常错位几天甚至更多，物候授时比起后来的现象授时就要粗糙多了。观象授时，即以星象定季节。比如《尚书·尧典》记载，上古的人们以日出正东和初昏时鸟星位于南方子午线标志仲春，以日落正西和初昏时虚星位于南方子午线标志仲秋，等等。

当人们对天文规律有更多的了解，尤其是掌握了回归年长度以后，就能够预先推断季节和节气，古代历法便应运而生了。据史料记载，夏商时期肯定已有历法，只是因为文字记载含意不明，其内容还处于研究之中。春秋战国时期，流行过黄帝、颛顼、夏、商、周、鲁等六种历法。它们的回归年长度都是 365.25 日，但历元不同，岁首有异。

从西汉到五代是古代天文学的发展、完善时期，出现了许多新的观测手段和计算方法。南北朝的姜岌以月食位置来准确推算太阳的位置，隋朝刘焯用等间距二次差内插法来处理日月运动的不均匀性。唐代一行的大衍历，显示了古代历法已完全成熟，它记载在《新唐书·历志》中，按内容分为七篇，其结构被后世历法所效仿。西汉天文学家落下闳以后，浑仪的功能随着环的增加而增加；到唐代李淳风时，已能用一架浑仪同时测出天体的赤道坐标、黄道坐标和白道坐标。除了不断提高天体测量精度外，天文官员们还特别留心记录奇异天象的发生，其实后者才是朝廷帝王更为关心的内容，所谓"天垂象，见吉凶"，把它看成上天给出的瑞象和凶象，并加以趋避。

1. 下列对于天文学早期情况的表述，不正确的一项是（　　）

A. 天文学不是一门新的科学，它在人类的远古时期就已经形成了，我们很容易从现代天文学的基本概念中发现它的一些知识和观念。

B. 为了农业生产的需要，人们很早就已经能够利用植物的生长和动物的行踪来判断季节，这种情况甚至到上一世纪中叶在某些民族中还存在。

C. 上古时期的人们根据太阳的运行，以及初昏时南方子午线不同星辰的出现，来确定仲春和仲秋等等，这种观象授时比物候授时更加精确。

D. 对于天文规律的更多了解，尤其是回归年长度的掌握，推动了古代历法的产生，标志着此时的古代天文学已经能够预先推断季节和节气了。

2. 下列理解，不符合原文意思的一项是（　　）

A. 我国春秋战国时期，先后流行过黄帝、颛顼、夏、商、周、鲁等六种历法，它们的回归年长度相同，但是不同历法的历元和岁首多有不同。

B. 古代天文学在西汉到五代时期发展得更为完善，南北朝姜岌、隋朝刘焯等人采用了新的计算方法，西汉落下闳、唐代李淳风等人采用了新的观测手段。

C. 唐代大衍历的产生说明中国古代历法已经发展成熟，《新唐书·历志》的记载表明，大衍历的内容共分为七篇，结构也为后世的历法所效仿。

D. 宋元时代是中国古代天文学的鼎盛时期，颁行的历法最多、数据最精、大型仪器最多、恒星观测最勤，且多有处于当时世界领先地位者。

3. 根据原文的内容，下列理解和分析不正确的一项是（　　）

A. 史料记载表明，我国夏商时期已有历法；但是今人尚未完全弄懂这些史料的含意，所以夏商时期历法的具体内容还正在研究之中。

B. 比起天体测量精度来，古代帝王更关注奇异天象，因为他们认为上天是有意志的，从天象观测能够得知上天预示的祸福，这样就可以趋吉避凶。

C. 在明代，中国的天文仪器只能满足肉眼测量的极限，采用凹凸镜片的望远镜技术产生于欧洲，这是中国天文学停滞不前的重要原因之一。

D. 中国古代天文学擅长代数计算，未能从几何结构进行研究，因此在解决天体位置与推算值两者弥合问题上，只注意表象，不能深入探讨。

【第10篇】阅读下面的文章，完成1～4题。　　　　　　　　　　　　　　　　　　　　【湖北】

中国建筑的"文法"　梁思成

一个民族的建筑有它自己的构造规则或组合方式，如同语言的"文法"。中国建筑就具有特殊的"文法"。

我们的祖先在选择了木料之后逐渐了解了木料的特长，创始了骨架结构初步方法——中国系统的"梁架"。这以后他们发现了木料性能上的弱点。当水平的梁枋将重量转移到垂直的立柱时，在交接的地方会产生极强的剪力，那里梁就容易折断。于是他们用许多斗形木块的"斗"和臂形短木的"拱"，将上面的梁枋托住，使它们的重量一层一层递减集中到柱头上来。梁柱间过渡部分的结构减少了剪力，消除了梁折断的危机，这是一种"文法"，而斗、拱、梁、枋、椽、檩、槛柱、槁窗等，就是主要的"词汇"了。

斗和拱组合而成的组合物，近代叫做"斗拱"。至迟在春秋时代，斗拱已很普遍地应用。它不仅可以承托梁枋，而且可以承托出檐，增加檐向外挑出的宽度。《孟子》里就有"榱题数尺"之句，意思说檐头出去之远。这种结构同时也成为梁间檐下极美的装饰。可能在唐以前，斗拱本身各部已有标准的比例尺度，但要到宋代，我们才确实知道斗拱结构各种标准的规定，全座建筑中无数构成材料的比例尺度都以一个拱的宽度作度量单位，以它的倍数或分数来计算。宋时把每一结构的做法，把天然材料修整加工到什么程度的曲线，榫卯如何衔接等都规格化了，形成了类似"文法"的规矩。

中国建筑的"文法"还包括关于砖石、墙壁、门窗、油饰、屋瓦等方面，称作"石作做法""小木作做法""彩画做作法"和"瓦作做法"等。

屋顶属于"瓦作做法"。它是中国建筑中最显著、最重要、庄严无比、美丽无比的一部分，瓦坡的曲面，翼状翘起的檐角，檐前部的"飞椽"和承托出檐的斗拱，给予中国建筑以特殊风格和无可比拟的杰出姿态，这都是内中木构使然，因为坡的曲面和檐的曲线，都是由于结构中的"举架法"的逐渐垒进升高而成。盖顶的瓦，每一种都有它的任务，有一些是结构上必需的部分，略加处理便同时成为优美的瓦饰，如瓦脊、脊吻、重脊、脊兽等。

油饰本是为保护木材而用的。在这方面中国工匠充分地表现出创造性。他们使用各种颜色在梁枋上作妍丽繁复的彩绘，但主要的却用属于青绿系统的"冷色"而以金为点缀，所谓"青绿点金"，柱和门窗则只用纯色的朱红或黑色的漆料，这样，建筑物直接受光面同檐下阴影中彩绘斑斓的梁枋斗拱，更多了反衬的作用，加强了檐下的艺术效果。

至于建筑物之间的组合，即对于空间的处理，我们的祖先更是表现了无比的智慧。院落组织是中国建筑在平面上的特征，无论是住宅、官署、寺院、宫廷、商店、作坊，都是由若干主要建筑物，如殿堂、厅舍，加以附属建筑物，如厢耳、廊庑、院门、围墙等周绕联络而成一院，或若干相连的院落，这种庭院，事实上是将一部分户外空间组织到建筑范围以内，这样便适应了居住者对于阳光、空气、花木的自然要求，供给生活上更多方面的使用，增加了建筑的活泼和功能。数千年来，无论贫富，在村镇或城市的房屋没有不是组成院落的。一样，在一个城市部署方面，我们祖国的空间处理同欧洲系统的不同，主要也是在这种庭院的应用上。

1. 下列对斗拱作用的表述，不符合原文意思的一项是（　　　　）

A. 整座建筑物无数构成材料的比例尺度，是根据它们相对于拱的宽度，按倍数或分数计算出来的。

B. 用斗拱承托梁枋，是为了减缓梁枋直接压在木柱上所产生的剪力，以消除梁折断的危机。

C. 斗拱既有实用价值又有审美价值，既可以用来承托梁枋和出檐，也可以用来装饰美化建筑物。

D. 檐下彩绘的梁枋斗拱，在阳光的直接照射下，色彩显得更加绚丽，艺术效果格外强烈。

2. 下列涉及中国建筑"文法"的表述，不符合原文意思的一项是（　　　　）

A. 中国建筑屋顶的辉煌，表面上出自瓦脊、脊吻、重脊和脊兽等的奇妙组合，实际上全都源自建筑物内部的木构。

B. 盖顶的瓦，有一些具有双重功能，既能在结构上发挥作用，也能成为美化屋顶的饰物，如瓦脊、脊吻、重脊、脊兽等。

C. 梁枋上妍丽繁复的彩绘，使用了各种颜色，主要的用属于青绿系统的"冷色"，并以金为点缀，这就是"青绿点金"。

D. 如果说"彩画作做法"是中国建筑特有的一种"文法",那么木柱和门窗上朱红或黑色的漆料,就应该是它的"语汇"。

3. 下列对文章最后一段内容的理解和推断,准确的一项是(　　)

A. 在中国,无论官署寺院还是住宅作坊,都是由若干主、辅建筑物按一定的布局规则组合而成的一个庭院。

B. 把阳光、花木等引入到建筑范围内,打通内外,让居住者尽享无限空间带来的生趣,并使建筑更加活泼和适用。

C. 数千年来,遍及中国的构型各异的建筑,从富丽堂皇的宫廷到简陋朴素的民居,无一不是同一结构的院落。

D. 院落组织有主有次,主次分明,错落有致,显示了古代中国人在空间处理上非凡的想象力和创造性。

4. 本文阐述了中国建筑的多种"文法",请列举其中的三种。

---

**【第 11 篇】阅读下面的文章,完成 1、2 题。**　　　　　　　　　　**【北京】**

生物能源在我国农村被广泛使用。直接燃烧秸秆做饭烧水是最普遍的使用方式,但这种方式,资源利用率低,污染严重。随着生物能源技术的发展,利用农村丰富的秸秆资源,为农户乃至城镇居民生活提供清洁、高效的生物能源已成为可能。

在 A 市 J 庄我们参观了户用秸秆气化炉的使用。这种气化炉比家用的液化气罐大不了多少。它通过燃气管和焦油滤清器接到灶台上。滤清器由两个串联的圆柱体小罐(直径约 10 厘米、高约 30 厘米)组成,能解决气化过程中因焦油含量高而导致管道堵塞和二次污染的问题,这种气化炉适用燃料广泛,秸秆、树枝、杂草都可粉碎适用。这类燃料的热值比原煤低一些,但一般原煤燃烧有 20%～30% 的灰分,而这种炉子的灰分只有 2%～3%,一个四口之家,只需一吨秸秆(干物质)就能满足一年烧水做饭的能源需求。

生物质发电,也是开发利用生物能源的重要途径。生物质直接燃烧发电和生物质气化发电的技术,目前都比较成熟。国外重点发展的是比较大规模的直燃发电系统,在 S 县我们参观了国家发改委核准的一个直燃发电示范项目。该项目去年并网发电,已稳定运行 9 个多月,累计发电量达 1.5 亿千瓦时,实现了我国生物质发电规模化发展过程中零的突破。

利用生物能源还可直接制取液态燃料,在 D 县我们参观了一个通过秸秆酶解来生产燃料乙醇的示范项目。秸秆本身包含纤维素,半纤维素和木质素,如不将他们分离开是没办法酶解的。以前用酸解法分离,产生大量废水,环保问题很难解决,现在用汽爆工艺代替了酸解工艺。汽爆之后,就可利用其中的纤维素进行酶解(酶解所用的纤维素酶是自行研制的),酶解后纤维素就变成了葡萄糖,同时加入酵母,就将葡萄糖变成工业乙醇,然后提纯、脱水,就生产出燃料乙醇。汽爆所用燃料,可全部使用秸秆废渣,两吨渣子可顶一吨原煤,基本不含硫,很清洁,这个示范项目的几个关键技术已通过中国科学院技术鉴定。

农村生物能源供给使用体系的构建,需要综合考虑的问题还很多,但无疑具有广阔前景。

1. 下列说法符合文意的一项是(　　)

A. 焦油滤清器的研制,使柴草直接燃烧所产生的灰分远远少于原煤。

B. 我国生物质直燃发电和气化发电在规模发展方面都取得了重要突破。

C. 利用秸秆酶酵解生产燃料乙醇的示范项目所采用的生产工艺利于环保。

D. 我国农户,村镇,县市能源供给使用体系的构建已取得了重要成果。

2. 文中谈到秸秆酶解生产燃料乙醇有"几个关键技术",请根据文意简答这是些什么技术。

---

**【第 12 篇】阅读下面的文字,完成 1～3 题。**　　　　　　　　　　**【四川】**

古气候研究敲响气候变暖警钟

过去 5 亿年里,地球高温期一般与大气中二氧化碳浓度较高的时期相吻合,反之亦然。目前,科学家正研究地球历史上的气候变迁,以预测今后大气中二氧化碳浓度上升时地球气候会发生怎样的变化,而不仅仅依靠计算机模型的预测。

研究地球历史上的气候变迁可利用各种各样的线索。岩石可以揭示它们形成时期的环境信息,如许多岩石只能在有液态水的地方才会形成。测量南极冰盖中微气泡里的二氧化碳含量,能了解过去大气中二氧化碳的浓度，但可回溯的时间并不长。要了解更久远时期大气中二氧化碳浓度，必须用间接方法，如建立模型来研究各种长期影响大气中二氧化碳水平的因素。这些模型能显示数千万年来大气中二氧化碳平均含量的变化，但是无法提供短期波动的信息。测量植物叶片化石的气孔密度，也可以了解过去大气中二氧化碳的浓度。另外，还可以测量浅海贝类化石中硼、钙的比例，因为这个比例和这些贝类生长时的海洋酸度有关，而海洋酸度又与大气中二氧化碳水平相关联。

研究过去的气候变化能够更好地了解地球的气候敏感性。气候敏感性，是指当大气中二氧化碳浓度增加一倍时的辐射强迫所产生的全球平均温度变化。根据相关研究，如果其他条件保持不变，大气中二氧化碳含量每增加一倍，地球平均气温将上升1摄氏度。但是，当地球气候变暖时，很多因素都会跟着一起变化。例如，气候变暖使大气中包含更多水蒸气，而水蒸气是一种强力的大气保温气体；气候变暖还会减少积雪和缩小海洋的覆盖范围，这将导致被反射回太空的太阳辐射减少，从而导致气温进一步升高。

联合国有关机构最近预测：在考虑了这些反馈效应之后，计算机模型得出的气候敏感性在2～4.5摄氏度之间，最佳估计值为3摄氏度。其实，计算机模型只考虑了对变暖效应的快速反馈，而那些几十年或几百年之后才会显现的反馈，例如陆地冰原范围的变化则被忽略了。因此，真正的气候敏感性可能比计算机模型预测的更高。

由于现有的气候模型无法考虑长期反馈的影响，要获得更确切的气候敏感性，唯一的途径是研究过去大气中二氧化碳浓度增加对地球气候的影响。为了使结果更准确，科学家研究了和现在相似的上新世早期（约450万年前），当时大气中二氧化碳浓度约为400ppm（1ppm＝百万分之一），仅比现在高一点，但当时的地球平均气温却比现在高3摄氏度，海平面比现在高25米，而永久冰盖面积也比现在小。对上新世的研究发现，当时的气候敏感性为二氧化碳浓度每增加一倍，平均气温升高4.5摄氏度。

如果现在大气中二氧化碳浓度增加一倍，那么可以预见，短期内地球平均气温会升高3摄氏度左右，而且在接下去的几百年里，气温还将持续攀升，被全球气候变暖困扰的人类将面临更大的危机。

1. 下列关于"气候敏感性"的理解，不正确的一项是（　　）

A. 在大气中二氧化碳浓度增加一倍的条件下，气候敏感性越高表明地球平均气温上升幅度越大。

B. 要获得更确切的气候敏感性，目前只能够研究过去大气中二氧化碳浓度的增加对气候的影响。

C. 联合国有关机构用计算机模型预测气候敏感性时，充分考虑了随着气候变暖而变化的各种因素。

D. 不同时期气候敏感性不完全相同，研究上新世早期气候敏感性对认识今天气候变暖颇有价值。

2. 下列理解，符合原文意思的一项是（　　）

A. 在地球过去的气候变化中，全球平均气温上升必然伴随大气中二氧化碳浓度上升；反过来，全球平均气温降低则意味着大气中二氧化碳浓度降低。

B. 地球平均气温的上升会造成地球积雪的减少和海冰覆盖范围的缩小，这样将使得来自太空的太阳辐射减少，从而会导致地球平均气温进一步升高。

C. 植物叶片气孔的疏密程度与其生长时大气中二氧化碳的浓度相关，根据植物叶片化石的气孔疏密程度，可分析这种植物生长年代大气中二氧化碳浓度。

D. 对上新世早期的研究发现：地球大气中二氧化碳浓度即使幅度不大的上升也会造成平均气温升高，进而导致海平面上升，从而使永久冰盖面积缩小。

3. 根据原文内容，下列推断不正确的一项是（　　）

A. 地球上有一些岩石是能够在没有液态水的地方形成的。

B. 分析南极冰盖微气泡里面的气体能够间接了解数千万年以来的大气成分。

C. 测量贝类化石中硼、钙的比例有助于了解特定年代大气中二氧化碳浓度。

D. 变暖效应的长期反馈使地球气温上升可以持续几百年。

**【第13篇】**阅读下文。完成1～3题。　　　　　　　　　　　　　　　　　　　　　　　**【重庆】**

在前不久举行的世界报业和出版业展览会上，德国一份堪称"革命性"的个性化报纸——"niiu"吸引了大家的眼球。这份报纸的内容可以在网上根据读者的个性化要求量身定做，并以最符合读者阅读习惯的纸张形式印刷出来，还能像传统报纸一样投递到户。

一切很简单：订户只需在第一天下午两点钟前登录"niiu"的网站，从其合作伙伴（包括德国国内外部分报纸和网站）中选择感兴趣的内容，提交后系统将自动排版。由专门的公司负责处理印刷，连夜生成一份独一无二的16页彩版日报。这无疑就像素来只供应固定套餐的食堂开始提供菜式丰富的自助餐一样令人兴奋。翌日8时许，订户就可以一边翻阅自己"主编"的报纸，一边享用早餐了。

仅仅 30 天，"niiu" 就吸引了超过 1000 人上网订阅，远超预期。"niiu" 作为一个跨越两种媒介形态的互动产物，既可被视为纸质媒体转型的有益尝试，也可被视为网络媒体的大胆试水。"niiu" 的成功说明，网络媒体和纸质媒体之间可以超越竞争与对抗，做到互补共赢。

"niiu" 的模式有两个主要特点。第一，充分利用了纸质媒体的优势，并对纸质媒体具有积极的促进作用。网络媒体提供的新闻时常被人批评缺乏公信力，而 "niiu" 的合作伙伴多是具有广泛影响力的优秀报纸，使其内容得到保障。"niiu" 的内容供应商依据其被选择的内容数量获取利润，从而增加了额外收入，提高了"隐性"发行量。这种网上发行还促使传统媒体在提升新闻品质上更下功夫，增强竞争力。此外，传统媒体还可以通过分析 "niiu" 订户选择文章的偏好，辅助调整报纸的内容定位。第二，这种新的形式开拓了纸媒的潜在阅读群，使广告投放更加精准，并带动了"网际"印刷。"niiu" 的目标读者群主要是学生，因为他们更愿意尝试和接受新生事物，这种新形式为重构报纸与年轻人之间的关系做出了有益的尝试。对广告商而言，个性化报纸使他们有可能实现更具有针对性、更有效的广告投放，使广告效益最大化。"niiu" 还实现了网络媒体与印刷行业之间的新合作，推动"网际"印刷技术的发展。

利用新科技、新理念，赋予读者更大权利，让读者参与到报纸定制中来，既旧又新的 "niiu" 给了我们一个网络时代报纸生存的全新答案。

1. 下列有关 "niiu" 报纸的表述，不符合原意的一项是（　　　）

A. 根据读者从网上选择的不同内容编成的报纸。

B. 根据读者不同阅读习惯而选择不同纸张形式的报纸。

C. 由订户自己主编内容、网站排版和印刷的报纸。

D. 利用了新科技、新理念，既旧又新的报纸。

2. 下列对 "niiu" 模式可能产生的效果的表述，不准确的一项是（　　　）

A. 它让网络媒体和纸质媒体在竞争与对抗中实现了互动、互补和共赢。

B. 它让内容合作伙伴可以依据其被选择内容的数量而获取额外收入，也提高了其报纸的发行量。

C. 它让传统媒体调整了内容定位，也吸引了广告商更有针对性更为有效的广告投放。

D. 它充分利用了纸质媒体的优势，让读者参与到报纸定制中来，开拓了纸质媒体的潜在阅读群。

3. 下列推断，符合原文内容的一项是（　　　）

A. "niiu" 让报纸从固定套餐变成了菜式丰富的自助餐，能改变读者阅读习惯，养成鲜明个性。

B. "niiu" 在短短的 30 天时间就吸引了超过 1000 人上网订阅，远超预期，说明世界报业和出版业"革命"的成功。

C. "niiu" 要求合作伙伴要有内容的保障和广泛的影响力，这将使网络媒体提供的新闻缺乏公信力的现状得到改变。

D. "niiu" 进行的有益尝试和大胆试水，将会逐渐获得更多愿意接受新生事物的订户的喜爱。

## 吕丽高考语文讲堂·科技文阅读·第 2 练　【2010 高考 16 题】

**【第 1 篇】**阅读下面的文字，完成 1～3 题。　　　　　　　　　　　　　　　　**【全国 II】**

我们这里所说的文化并不等于已经铸就的、一成不变的"文化的陈迹"，而是要在永不停息的时间长流中，不断以当代意识对过去的"文化既成之物"加以新的解释，赋予新的含义。因此，文化应是一种不断发展、永远正在形成的"将成之物"。显然，先秦、汉魏、盛唐、宋明和我们今天对于中国文化都会有不同的看法，都会用不同时代当时的意识对之重新界定。毋庸置疑，在信息、交通空前发达的今天，所谓当代意识不可能不被各种外来意识所渗透。事实上，任何文化都是在他种文化的影响下发展成熟的，脱离历史和现实状态去"寻根"，寻求纯粹的本土文化就不可能也无益处。正如唐宋时代的人不可能排除印度文化影响，复归为先秦两汉时代的中国一样。因此我们用以和世界交流的，应该是经过当代意识诠释的、能为现代世界所理解并在与世界交流中不断变化和完善的中国文化。

要交流，首先要有交流的工具，也就是要有能够相互沟通的话语。正如一根筷子在水中折射变形一样，当中国文化进入国外时，中国文化必然经过外国文化的过滤而发生变形。包括误读、过度诠释等；外国文化进入中国也同样如此，常听人说唯有中国人才能真正了解中国，言之之意似乎外国人对中国的了解全都不值一提。事实上，法国的伏尔泰、德国的莱布尼兹都曾从中国文化受到极大的启发，但他们所了解的中国文化只能通过传教士的折射，早已发生了变形；今天我们再来研究伏尔泰和莱布尼兹，却又可以为我们提供一个崭新的视角，来对自己的文化进行别样的理解。这样，就在各自的话语中完成了一种自由的文化对话。这里所用的话语既是自己的，又是在对方的文化中经过某种变形的。

当然也还可以寻求其他途径，例如可以在两种话语之间有意识地寻找一种中介，解决人类共同面临的问题就可以是这样一种中介，如文学中的"死亡意识"、"生态环境"、"乌托邦现象"等，不同文化体系的人对于这些不能不面对的共同问题，都会根据他们不同的历史经验、生活方式和思维方式做出自己的回答。只有通过这样的对话，才能得到我们这一时代最圆满的解答。在这种寻求解答的平等对话中，新的话语就会逐渐形成，这种新的话语既是过去的，也是现代的；既是世界的，也是民族的。在这种话语逐步形成的过程中，世界各民族就会达到相互的真诚理解。

（摘编自乐黛云《比较文学与比较文化十讲》）

1. 下列关于文中所说的"文化"和"中国文化"的表述，不符合原文意思的一项是（　　　）

A. 文化并不是历史上已经形成并且固化的一种"陈迹"，而是要随着时代的发展，不断地用当代意识赋予这种"陈迹"以新的解释和含义。

B. 文化是一种不断发展、永远在形成之中的"将成之物"，所以先秦、汉魏时代的人们看到的中国文化跟我们今天看到的并不相同。

C. 在信息、交通空前发达的今天，人们的意识中不可能没有外来的成分，我们用来跟世界交流的，正是经过这种意识诠释的中国文化。

D. 唐宋时代的人不可能排除印度文化的影响，所以唐宋时代的文化也不可能再像先秦两汉文化一样属于纯粹的中国文化。

2. 下列关于文化交流的理解和分析，不符合原文内容的一项是（　　　）

A. 当中国文化进入外国时就会发生过滤和变形，外国文化进入中国也是这样，其表现形式有误读、过度诠释等。

B. 在文化交流中，实际上并不需要外国人像中国人那样了解中国；否则，我们就难以对自己的文化作出别样理解。

C. 只有既是属于自己文化的，又是在对方的文化中经过某种变形的话语，才是两种文化的交流中唯一能够相互沟通的话语。

D. 解决不同文化体系的人所共同面对的问题，例如文学中的"死亡意识"、"生态环境"等，这可以成为不同文化之间交流的中介。

3. 下列推断，不符合原文内容的一项是（　　　）

A. 从文化交流和比较看，寻求纯粹的本土文化既是不可能也无益处的，因此研究历史上外来文化对本土文化的影响也是没有必要的。

B. 伏尔泰、莱布尼兹利用已经折射了的中国文化，为中国人提供了一个崭新的视角，可见有的时候中国人并不真正了解中国。

C. 对于人类共同面临的问题，不同文化体系的人会有不同的问答，而平等的对话正是获得我们这一时代最圆满的解答的唯一途径。

D. 从"相互沟通的话语"、"各自的话语"等说法来看，文中所谓的"话语"应该是指文化交流双方的立场观点、思想意识等。

**【第2篇】**阅读下面的文字，完成1～4题。　　　　　　　　　　　　　　　　**【湖北】**

### 中国古代的天文　李政道

古代西方人的一种观念是"天圆地方"，我们老祖宗却认为"天圆地圆"，有黄道、赤道。多年前，诗人屈原在其著作《天问》中引证天是圆的，地也是圆的。他说：九天之际，安放安属？隅隈多有，谁知其数？

九天是指坐标，就是昊天（东）、阳天（东南）、赤天（南）、朱天（西南）、成天（西）、幽天（西北）、玄天（北）、鸾天（东北）、钧天（中间向上），一共是九个坐标位置。屈原说，如果天圆地平，就会相交，成"九天之际"。"安放安属？"相交的点放在哪里呢？"隅隈多有，谁知其数？"天地相交显然不合理。因此，天是圆的，地一定也是圆的。天如蛋壳，地如蛋黄，各自可转。所以中国古代天文就是赤道、黄道两个圆轨道。

他下面再问：天是圆形的，还是椭圆形的？

东西南北，其修孰多？南北顺椭，其衍几何？

其中东西是经度，南北是纬度。他问的是经度长一些，还是纬度长一些。实际上，地球的赤道直径与南北两极的距离相差 22 公里，屈原当然没有求出来，不过他这种解析问题的能力及有关天圆地圆的推测都令人佩服。

《周礼》说："以苍璧礼天，以黄琮礼地。"璧的外围是圆的，中间有圆孔，代表天。可是，为什么天中有礼？琮的造型更奇怪了，外面是方的，中间也有一个圆孔穿过去。外边为什么是方的？为什么璧代表天，琮代表地？另外，商代还有一种玉器叫璇玑，造型很像璧。璧，璇玑，琮，他们的关系是什么？《虞书·舜典》注疏："璇，美玉也；玑为转运，径八尺，圆周二丈五尺强，王者正天文之器。"

璇玑是一个大的天文仪器。我们今天看到的璇玑玉器，直径仅约 33 厘米，可能是模型，是商代的文物。那么璇玑怎样做天文仪器呢？

每颗恒星和行星，都要转圈，都各自沿着一个圆在走。但大球面上有一点不动，就是天球面和地球的轴的相交点，叫做正极。我们可以设想，璇玑或璧、琮的前身可能是一个旋转式天文仪器，目的就是把这个旋转轴的指向定准于正极。怎样做到这个要求呢？

我的猜想是：假如要定准正极，一定要有一根长管。如果转盘的直径是 8 尺，那么管子的长度应约是转盘直径的 2 倍，这个管子对着正极。再做一个形状像璇玑的大盘子；边上有三个凹口，每一个凹口正好对着一个星。星在天空转，这个盘子随着星转，竹管是不动的，要定正极的位置，必须通过管子对着正极，然后让盘子随天转动，把三颗星的位置扣住。

竹管一定要和地固定，方法是用一些大石头把它绑起来，每块大石头成方形，约高一尺。竹管四周均有大石块，这样造型的古代天文仪器就有两个部分：一是大璇玑那样的盘子，凹口对着星，随天上的星面转，代表天；是这些大石块绑住的长竹管，跟地永恒，代表地，假如用很细的针在竹管一端开一个直径为 2 毫米的孔，管子长 15 尺左右，它测量正极分类的精确性能达到 0.013 度。

我还有一个想法，就是在商朝时正极没有任何明确的星。人们为了纪念炎黄古代天文学的成功，就制作了璇玑这种小型玉器。后来把璇玑变得更简单：一部分变成璧，竹管和外包的大石块就变成琮。因而"以苍璧礼天，以黄琮礼地"。

（选自《中国国家天文》创刊号，有删改）

1. 从原文看，下列对古人"天圆地圆"观念解说，不正确的一项是（    ）
A. 中国古人很早就有天圆地圆的观念，如把天比作蛋壳，把地比作蛋黄，认为存在赤道和黄道两个圆形的轨道。
B. 东西是经度，南北是纬度，经度与纬度哪个长一些呢？作者认为，这样提问本身就表明在屈原心目中天和地都是圆的。
C. 璧为圆形，中有圆孔，代表天，琮为方形，中有圆孔，代表地。《周礼》所谓，"以苍璧礼天，以黄琮礼地"可为印证。
D. 璧为圆形，可以代表天，可是，琮为方形，怎能代表地呢？作者认为琮的方形是特意加上去的，起装饰作用。

2. 下列对中国最初的天文仪器的设想的表述，符合原文意思的一项是（    ）
A. 一根用来对准正极的长竹管，一个边上开有三个凹口的状如璇玑的转盘，把这个转盘固定在长竹管上，这可能就是中国最初的天文仪器。
B. 用一些方形大石块把一根长竹管固定在地上，把一个边上开有三个凹口的状如璇玑的转盘穿在长竹管上，这可能就是中国最初的天文仪器。
C. 中国最初的天文仪器由两部分构成，一是大璇玑那样的边上开有三个凹口的大盘子，二是固定长竹管的一些方形大石块。
D. 在中国最初的天文仪器璇玑中，从直接观察天象的作用看，用来固定长竹管的那些方形大石块是必不可少的。

3. "后来，把璇玑变得更简单：一部分变成璧，竹管和外包的大石块就变成琮。"下列对这句话的理解和推断，准确的一项是（    ）
A. 璇玑是一个大的天文仪器，璧和琮都是直接从这种天文仪器简化而来的。
B. 由于璧和琮都是从璇玑简化而来的，所以都保留了观测天文现象的功能。
C. 代表天的璧和代表地的琮，可能都是从玉器璇玑简化而来的。
D. 今天所能见到的璧和琮，都是礼器和饰物，是由竹管和大石块简化而来的。

4. 作者根据哪两类证据推论出中国古人"天圆地圆"的观念？

**【第3篇】**阅读下面的文字，完成1～3题。　　　　　　　　　　　　　　　**【安徽】**

一切传统都是过去的东西，但并非一切过去的东西都是传统。可是，过去确是传统的一个重要特征，我们不能离开过去与现在的关系而谈传统。

传统都有其"原本"，原本是传统的始发言行。传统的始发言行有其特定的原初行动者、特定的受动者，还有其特定的叫作参照系的现实环境。在传统的原本中，所有这些都是特定的、不能代替的。

随着时间的推移和历史的进展，原本逐步地被认为是具有权威性的、天经地义的、带有信仰性质的东西而为群体所接受，成为凝聚群体的力量，这样，原本也就逐步地形成为传统。特别值得注意的是，传统逐步形成的过程也是一个逐步远离原本的过程。这里所说的远离，是指原初行动者、受动者和当时的参照系已消失而成为过去。这样，传统在形成过程中就取得了相对独立于原本所处的参照系以及原初说话人、原初受话人的自主性。

正是这种远离或自主性，打破了原本的限制，扩大了原本的范围，丰富了原本的含义。这里的关键在于解释。在新的参照系之下对原本作新的解释，这就是传统远离原本的原因。任何一个写下来的作品，一旦公之于世，它就是向广大的人群说话，不仅是向同时代人说话，而且是向后来人说话。作为受话人的读者不仅有同时代人，而且有后来人。读者可以对写作的原本作出各不相同的回应，这些回应都是根据读者自己所处的参照系对原本所作的新解释。可以说，传统的原本在形成为传统的过程中，不断地参照变化了的环境。在后来的一连串读者面前展开一系列不断更新的世界。写作的原本是如此，行动的原本也是这样。传统的行动痕迹往往出乎原初行动者的始料之所及，自有后来人的评说——解释。

这样看，传统形成的过程本身便是一个传统不断更新、不断开放、不断壮大的过程。传统本来就具有两面性，它在形成和发展过程中，既因新的参照系与之相摩擦而不断更新自己，又因其偏执性而抗拒摩擦，力图使自身永恒化。可以说，传统既是摩擦的结果，又是对摩擦的抗拒。那种把传统一味看成凝固不变而无更新的观点是错误的、不符合史实的。因此，在对待传统的问题上，我们应当根据新的参照系，对旧传统作出新的评价和解释，这样才能使传统展开为有生命的东西。

（选自张世英《我看国学——传统与现代》，有删改）

1. 从原文看，下列对"原本"的理解，正确的一项是（　　　）

A. 原本是传统的具有特定原初行动者、受动者、参照系的始发言行。

B. 原本指权威性的、天经地义的、带有信仰性质的凝聚群体的东西。

C. 原本是原初行动者、受动者和参照系已消失并成为过去的过程。

D. 原本指有自主性的相对独立于原初参照系、说话人、受话人的传统。

2. 下列各项，不属于分析"传统远离原本"原因的一项是（　　　）

A. 在新的参照系之下对原本作新的解释，这就势必造成传统不断地远离原本。

B. 读者对写作原本作出各不相同的回应，根据所处参照系对原本作出新解释。

C. 因有后来人的评说解释，传统的行动痕迹往往出乎原初行动者始料之所及。

D. 传统在形成和发展过程中，因新参照系的作用而具有更新与抗拒的两面性。

3. 下列对原文中作者观点的概括，正确的一项是（　　　）

A. 传统原本中的原初行动者、受动者、参照系都是唯一的、不能代替的。

B. 因时间推移和历史进展，传统远离原本后就自然丧失了原本的特征。

C. 过去是传统的一个重要特征，但传统内涵却在新参照系下发生突变。

D. 在对待传统问题上，我们应当根据新的参照系作出新的评价和解释。

**【第4篇】**阅读下面的文字，完成1～3题。　　　　　　　　　　　　　　　**【福建】**

诗产生于西周的礼乐政治活动而非原始宗教仪式，是政坛言说的产物，与歌并不同源。但却有着歌的一些元素。不过，它们的联系不在文字形式而在音乐。在西周，诗的言说主体的身份为朝廷官员，言说对象为君臣。言说内容自然也不能脱离政治，故"诗"一开始就承担着政治言说的特殊功能。《国语·周语上》载厉王时的邵公说："天子听政．使公卿至于列士献诗……而后王斟酌焉，是以事行而不悖。"可见诗在西周时期的功能是补察时政。周代的礼乐政治重要的一点，就是通过礼乐教化向臣民灌输礼乐伦理道德观念，所以周代设有专门的机构来负责这一工作。《礼记·孔子闲居》载孔子说："诗之所至，礼亦至焉，礼之所至，乐亦至焉。"可见，在周代，战国以前的人将诗看作是礼乐的一部分。诗所承载的是礼乐道德的价值取向。

歌则不同。早期的歌的本质是音乐，适合抒情而不适合言事。歌是一种大众表达情感意愿的形式，而非专门用来表达和传播礼乐伦理道德，不可能用来教化百姓。因而，原有的歌在内容和形式上都显然已不能满足教化需要。于是，有了"诗"这一专门用于朝廷政治文体的产生和"歌"向"诗"的转变。

这一转变，在"歌"之外确立了一种新的韵文形态，即诗的形态。这一形态与歌不同：一是它的本质不再是音乐而是"文学"。二是诗一产生就被赋予了政坛君臣关系政治言说的性质。这一性质，除决定"诗"最初的作者主要应是朝廷的官员外，还确立了"诗"作为国家政治意识形态的工具性。因而，诗的言说主体的身份是朝廷官员而非普通百姓，言说的内容为政治而非个体的情感。三是诗多非即时即事的言说，多先为文学创作。且由于政治言说形式具有一定的规定性，故诗句式齐整，口语成分和杂言较少，如《大雅》、《小雅》。

由于原始宗教祭祀少不了乐，音乐在原始宗教中具有神圣性，又能起着愉悦作用。所以，适应看礼乐政治而产生的"诗"，很自然地继承了宗教礼乐仪式之歌"音乐＋语言"这一形式。将诗与音乐结合，有助于提高诗的地位。另外，当时的书写工具不发达，借助音乐可以使诗便于传播，更广泛地发挥教化作用。诗与音乐融为一体，更有利于承担礼乐政治的职能。

不过，即使是诗使用文字与音乐结合这一形式，诗也与歌不一样。歌的语言和音乐的融合是原生态的存在。歌产生时，音乐与语言是相伴相随的，没有音乐不能谓之歌。诗则是先有文字，后来配乐用于仪式的演唱。由于诗纳入了周代"乐"的系统，音乐和诗的对接才被固定下来，但配诗之乐是后来附加的。

（选自赵辉《歌与诗的起源及原始功能异同》，有删改）

1. 下列有关先秦"诗"与"歌"的比较，不符合原文意思的一项是（　　）

A. 诗是政坛言说的产物并为西周的礼乐政治服务的，而早期的歌是大众表达情感意愿的形式。

B. 诗与歌虽然在原始功能上不同，但诗却有歌的一些元素，它们的联系方式只在音乐。

C. "歌"向"诗"的转变，是因为原有的歌在内容和形式上都不能满足通过礼乐教化臣民的需要。

D. 诗是先有文字，后来配乐用于仪式的演唱，而歌产生时是先有音乐，后才有语言的。

2. 下列对文章有关内容的表述，不符合原文意思的一项是（　　）

A. 诗在西周言说主体的身份是朝廷官员，所以诗就具有了政坛君臣关系政治言说的性质。

B. 从周代到战国以前，人们把诗看作是礼乐的一部分，因为它所承载的是礼乐道德的价值取向。

C. 早期的歌是适合于抒发个体的情感，借助音乐可以使歌便于传播，更广泛地发挥教化的作用。

D. "诗"在继承了宗教礼乐仪式之歌"音乐＋语言"这一形式后，诗与音乐就开始结合起来。

3. 请结合文本，简述"诗"在西周的作用。

答：_____

**【第5篇】阅读下面的文字，完成1～4题。**　　　　　　　　　　　　　　　　　　　**【广东】**

不可无"我"　钱谷融

① 艺术活动，不管是创作也好，欣赏也好，总离不开一个"我"。在艺术活动中，要是抽去了"我"，抽去了个人的思想感情，就不称其为一种艺术活动，也就不会有感染人、影响人的艺术效果了。

② 当然，离不开"我"，并不是只有"我"。"我"是时时处在"非我"的包围影响中的"我"。所谓"非我"，就是"我"以外的一切人以及包围着"我"的客观实现。

③ 文学艺术总应该是生活现实的反映，而不能只是作者的自我表现。但文学艺术的反映，不同于其他形式的反映，它必须是具体的，形象的反映。不使自己化为张三李四，不感受体验着张三李四的思想感情，就写不出张三李四来；不使自己融入客观现实之中，不呼吸着客观现实的气息，不感受着客观现实的脉搏，就写不出生动的客观现实来，所以，创作者首先必须要有一个"我"化为"非我"的过程。

④ 另一方面，文艺作品之所以要写出张三李四等任务来，要反映客观现实，不是无所谓的，不是为张三李四而写张三李四，为反映客观现实而反映客观现实；它是有目的的，它是为感染人、打动人写张三李四，为影响现实改造现实而反映现实的。所以，艺术家又不能使自己完全化为张三李四，完全没入客观现实之中，而一旦定要不失"我"之所以为"我"，要能在对张三李四的描写中，在对客观现实的反映中，表现出"我"的鲜明的是非爱憎之感来。所谓要在"非我"之中表现"我"，无非就是要在作品中渗入作者自己的思想感情。而这，我认为正是创作的主要之点。创作者正是为了要表现他对周围人物、对客观现实的态度，表现他对社会的歌颂或抗争，才来进行创作的。所以，在创作活动中，决不可无"我"。

⑤ 表演艺术最能说明这样创作的辩证法。俗话说"装龙像龙，装虎像虎"。<u>演员演岳飞应该像岳飞，演秦桧就应该像秦桧</u>。<u>但只是像岳飞像秦桧，而不能也不应该使自己就变成岳飞，变成秦桧</u>。演员不应被

完全丢掉自己。他应该让人透过他的表演，感知到他对他所演的角色的爱憎感情，而完成他的最高任务。

⑥ 对于欣赏者来说，他所面对的是一件艺术品，是一个艺术世界，要能欣赏它，首先必须走进这个世界中去。不跑进去，而只站在外面，站在旁边，那是既不能领会作品中人物的思想感情，也不能领会作者创作的意图和甘苦的。但是叫你跑进去，并不是叫你完全跟着作品中的人物跑，把作品中的人物的思想感情当作你自己的思想感情。也不是叫你完全听任作者的摆布，对他所表现的是非爱憎态度表示绝对的顺从。而是应该走进这个世界，又不能迷失在这个世界中，要发现这个艺术世界语现实世界的联系，要能在这个"非我"世界中，找回你的自我来。要对作品中人物的所作所为，对作者所灌注在作品中的是非爱憎之感，表示出你个人的独立的态度来，显示出你的鲜明的个性——"我"来。所以，在欣赏活动中，也不可无"我"。

⑦ 艺术活动不可无"我"这一特点，可以最鲜明地从无论是创作还是欣赏，都首先要有一个体验的过程上看出来。对于创作者来说，不但在他提笔之前，必须先有丰富的生活、真切的体能；就是在他提笔之后，他的思维过程、创作过程，也还同样是体验的过程。他必须有一种如同身临其境、亲见其人的感觉，才能进行创作。对于欣赏者来说，他要是不能首先体验创作都所灌注在这一作品中、灌注在他的人物向上的思想感情，他不是能领会欣赏这一作品。而他的领会欣赏的过程，同时也不是体验的过程，至少是同体验的过程不可分的。总之，要是没有真实的体验，缺乏一种"感同身受"的态度，不把"我"浸染于其间，那是艺术的门外汉，是既谈不上创作，也谈不上欣赏的。

（选自《钱谷融文论选》，有删改）

1. 下列说法中不符合文意的两项是（　　　）

A. 艺术活动中决不可无"我"，所以艺术只是作者的自我表现。

B. 对作家来说，作品以艺术形象反映客观现实，也是在艺术世界中表现"我"。

C. 在艺术创作中，要在"非我"中表现"我"，就是要体现出作者的爱憎感情与思想态度。

D. 在艺术欣赏中，对作者在作品中所表现的是非爱憎，表示绝对的顺从，就是在建立"我"。

E. 在艺术欣赏中，表示出你的独立思考和爱憎感情，就是从"非我"世界中找回了"我"。

2. 根据文意，下列判断不正确的一项是（　　　）

A. 为演好孙悟空，演员需要事先观察并模仿猴子的动作与神态，这是在创作前体验"非我"。

B. 清代一女子迷恋《红楼梦》中的贾宝玉，最终抑郁成疾而死，这是她在欣赏活动中迷失了"我"。

C. 一千个人眼里就有一千个哈姆雷特，这是欣赏者在"非我"中迷失了"我"。

D. 在《琵琶行》中，白居易叙写琵琶女的遭遇，感慨"同是天涯沦落人"，这是创作者在"非我"中表现了"我"。

3. 从艺术活动中"我"与"非我"关系的角度，分析第五段画线部分的内容。

---

4. 艺术活动中为什么"不可无'我'"？请从创作和欣赏两方面回答。

---

**【第6篇】阅读下面文字，完成1～3题。**　　　　　　　　　　　　　　**【海南】**

"书"本是指文字符号，现在提到的"书"不是从文字符号讲，也不是从文字学"六书"来讲，而是从书法艺术讲。书法对中华民族有很深远的影响，"书"与"金"、"石"与"画"并称，在中国文化中占很重要的位置。书法是一种艺术，而且是广大人民喜闻乐见的艺术。中国的汉字刚一出现，写字的人就有"写得好看"的要求和欲望。如甲骨文就是如此，虽然字形繁难复杂，但是不论单个的字还是全篇的字，结构章法都要好看。可见，自从有写字的行动以来，就伴随着艺术的要求，美观的要求。

不论是秦隶还是汉隶，都是刚从篆书演变过来的，写起来单调而且费事。所以到了晋朝，真书（又叫楷书、正书）开始出现并逐渐定型。真书虽然各家写法不同、风格不同，但字形的结构是一致的。在历史上篆书、隶书等使用的时间都不如真书时间长久，真书至今仍在运用，就是因为它字形比较固定，笔画转折自然，并且可以连写，多写一笔少写一笔也容易被人发现。真书写得萦连便是行书，再写得快一点就是草书。草书另一个来源是从汉朝的章草，就是用真书的笔法写草书，与用汉隶的笔法写章草不同，到东晋以后与真书变来的草书合流。

真书的书写很方便，所以千姿百态的作品不断涌现，艺术风格多样，出现了各种字体，比如颜体、柳体、欧体、褚体等。在这以前没有人专门写字并靠书法出名的，就连王羲之也不是专门写字的人，古代也没有"书法家"这个称呼。当时许多碑都是刻碑的工匠写的，到了唐朝开始文人写碑成风。唐太宗爱写字，写了《晋祠铭》《温泉铭》两个碑，还把这两个碑的拓本送外国使臣。当时的文人和名臣如虞世南、欧阳询、褚遂良以及后来的颜真卿、柳公权等都写碑，这样书法的流派也逐渐增多，他们的碑帖一直流传至今。其实，今天看见的敦煌、吐鲁番等地出土的文书、写经等，其水平真有超过传世碑版的。唐朝一般人的文书里，也有书法比《晋祠铭》《温泉铭》好的，但是那些皇帝、大官写出来的就被人重视，许多无名书法家的作品就不为人所知了。

古代称好的书法作品为"法书"，是说这件作品足以为法，"书法"、"书道"、"书艺"是指书写的方法：现在合二为一了，一律叫做"书法"。书法在人们的生活中发挥着很大的作用，从书法作品、艺术装饰到书信往来都要用到书法，同时书法活动既可以培养艺术情操，又可以调心养气，收到健身的效果。北朝人曾经说过："尺牍素书，千里面目"。看到一封来信，感到很亲切，如见其人。书法被人作为人的品格和形象的代表，自古以来就是这样。

（摘编自启功《金石书画漫谈》）

1. 下列关于"书"的表述，不符合原文意思的一项是（　　）

A. 在汉语中，"书"既可以指文字符号，也可以是文字学的"六书"之"书"，本文则是从书法艺术上来讲，所谓"书"就是书法。

B. 在甲骨文中，不论是单个的字还是全篇的字，结构章法都已经很好看了，可见汉字刚一出现，就有了"书"这一方面的要求。

C. 在历史上，"书"与"金"、"石"与"画"并称，它们同样因为影响深远，而在中国文化中占很重要的位置。

D. 真书书写方便，千姿百态的作品不断出现，形成颜体、柳体等不同的字体，这些字体是依据"书"的艺术风格划分出来的。

2. 下列理解，不符合原文意思的一项是（　　）

A. 秦隶和汉隶都是从篆书演变过来的，写起来单调而且费事。于是到了晋朝后，真书应运而生，并且一直使用到今天。

B. 真书写得萦连便是行书，行书再快一点就是草书，这是草书的一个来源。草书的另一个来源是章草，是用汉隶笔法写章草而形成的。

C. 在古代，起初没有专门写字并且因为书法而出名的人，直到唐朝文人写碑成为风气，欧阳询、颜真卿、柳公权等人由此成为书法家。

D. 在古代"书法"是指书写的方法，"法书"是指好的书法作品，到现在则把这两者合而为一，都称为"书法"。

3. 下列理解和分析，不符合原文内容的一项是（　　）

A. 在字形的繁难复杂方面，秦隶和汉隶要超过真书，甲骨文又要超过秦隶和汉隶，可以说这是真书使用时间特别长久的根本原因。

B. 古时候书法流派不多，当时甚至没有"书法家"这一称呼，而到唐代书法大盛，流派逐渐增多，看来书法的发展跟社会的崇尚有很大的关系。

C. 在唐代有些无名书法家的水平也很高，唐人碑版的书法其实并不代表当时的最高水平，只是因为它们是皇帝、大官所写，才为世人所推崇。

D. 中国人自古就把书法作为人的品格和形象的代表，所以北朝人所谓"尺牍素书，千里面目"，也就是今人所谓"见字如见其人"的意思。

**【第7篇】**阅读下面的文字，完成1～3题。　　　　　　　　　　　　**【江西】**

竞技庆典是古罗马文化中一种独一无二的仪式，它集竞技、宗教庆祝、胜利游行、血腥表演为一体，是几百年间最为流行的全民娱乐方式。

为罗马辩护的学者试图把竞技庆典中的血腥表演归结为古代民族中非常普遍的以活人献祭的宗教行为。然而，史料显示，罗马社会中使用人牲的现象比较罕见，通常只用牛羊献祭，只有在国家安全受到明显威胁时，出于迷信的原因，才象征性地处死少数异族人。更有说服力的证据是，罗马人往往将活人献祭视为野蛮民族的愚昧行为，以此作为自身"文明性"的反衬。公元2世纪至5世纪罗马人与基督徒的论战也从反面证明了罗马人憎恶人牲的立场。在论战中，双方都互相指责对方以活人献祭，以此确立自己在道德和文化方面的优越地位，将对方钉上野蛮人的耻辱柱。

如果说罗马人的部分屠杀行为具有某种宗教色彩，那也是与军国主义捆绑在一起的。作为一个政教合一的国家，公开处决战俘的确有向庇佑罗马的诸神感恩的意味，但这并不是主要方面。正如普拉斯所断言，"竞技庆典从本质上说是为生者举行的仪式，而不是为死者举行的献祭"。对于以军事立国的罗马民族来说，这些屠杀行为首先是国家强力的展示。但屠杀行为竟会演变成娱乐节目，则与罗马人纵容和欣赏的态度有密切关系。罗马的所有阶层都对血腥表演极为痴迷。上至皇帝、元老院议员，下至身无分文的城市贫民，都热衷于观看人兽搏斗、集体处决和角斗士对决等节目。这些被处死的人主要是战俘、罪犯和奴隶，他们被称为"有害之人"，换言之是罗马帝国的害虫。因此，他们的死在罗马观众心中激不起任何同情，按照塞内加的说法，屠杀他们只是出于"游戏和娱乐"的动机。正因为这样的屠杀没有触动罗马人的道德底线，所以他们才毫不掩饰、甚至自豪地在雕刻和马赛克艺术中加以描绘。

虽然仁慈一直是罗马人崇尚的道德准则，罗马历史上却从来没有大规模的抵制血腥表演的运动。更令人惊讶的是，扮演社会良心角色的知识分子同样没有在原则上否定这样的血腥表演。西塞罗虽然在一封信中批评了庞培的竞技庆典，但他只是轻描淡写地表示，这样的表演对于一个有教养的人来说毫无乐趣可言。塞内加是竞技庆典最严厉的批评者。但他并不是从根本上反对表演性的屠杀，只是反对以娱乐为唯一目的的屠杀。他认为残酷的集体处决是绝对正义的惩罚。他真正担心的是如此密集、强烈的暴力表演对观众道德的腐蚀作用，所以他强调，竞技庆典中的死亡一定要体现出勇敢的品质和道德的警戒效果。另外一些哲学家甚至称赞此类表演有助于培养罗马公民的勇气和斯多葛主义所追求的忍耐精神。

（选自李永毅、李永刚《死亡盛宴：古罗马竞技庆典与帝国秩序》，有删改）

1. 下列对文中"竞技庆典"的理解，准确的一项是（　　）

A. 竞技庆典是古罗马文化中最为流行的全民娱乐方式，罗马人都从中得到乐趣。

B. 竞技庆典本质上不是为死者举行的献祭，而是为生者举行的仪式。

C. 竞技庆典由人兽搏斗、集体处决和角斗士对决三项血腥表演构成。

D. 竞技庆典有助于培养罗马公民的勇气和斯多葛主义所追求的忍耐精神。

2. 下列对原文有关内容的分析和概括，正确的一项是（　　）

A. 为了确立自己在道德和文化方面的优越地位，基督徒和罗马人在祭祀活动中只用牛羊献祭，将活人献祭视为野蛮民族的愚昧行为。

B. 为了展示国家强力，罗马民族上至皇帝、元老院议员，下至身无分文的城市贫民，都热衷于观看血腥表演。

C. 崇尚仁慈虽然一直是罗马人的道德准则，但是在古罗马文化中，它与欣赏娱乐性的血腥表演是并行不悖的。

D. 罗马知识分子担心，尽管血腥表演没有触动罗马人的道德底线，但密集、强烈的暴力表演会对道德产生腐蚀作用。

3. 根据原文提供的信息，以下推断正确的一项是（　　）

A. 罗马人在祭祀中很少使用人牲，并以此作为自身"文明性"的表现，这就表明罗马人已经具有敬畏生命的情怀。

B. 罗马所有阶层都对血腥表演极为痴迷，把人兽搏斗、集体处决和角斗士对决当作娱乐节目，可以说对人类的屠杀符合他们的道德准则。

C. 罗马社会通常只用牛羊献祭，而且往往将活人献祭视为野蛮民族的愚昧行为，因此，很难将竞技庆典中的屠杀理解为一种宗教行为。

D. 罗马知识分子没有在原则上否定血腥表演，甚至对此称赞有加，可见他们普遍缺乏社会良心。

**【第 8 篇】阅读下面的文字，完成 1～3 题。**　　　　　　　　　　　　　　　　**【辽宁】**

《诗经》、《楚辞》都是不朽的作品，说它们不朽，无非是说它们比一般文学作品享有更长的寿命，而并不具有哲学上"永恒存在"的意思。拿屈原的作品来说，汉朝初年的贾谊被感动得痛哭流涕，今天，试找一位大学中文系的青年来读一下，他们的感受总难达到贾谊的程度，即使这位青年也有深沉的苦闷，满腹牢骚。《红楼梦》也是一部名著，和《诗经》、《楚辞》一样产生过广泛的影响。"五四"前后青年男女知识分子没有读过《红楼梦》的占少数，现在青年读《红楼梦》的比例虽然要少得多。

以上现象，借用电信通讯的概念，可以称作"文化影响衰减"现象。远距离的通讯联络，讯号逐渐衰减，距离越远衰减越明显。为了防止衰减，中国设有接力站，使讯号得到增益。衰减现象之所以出现，是因为古人的处境与今人不同，古人的思想感受有与今人相同之处，也有与今人不同之处。世代相去越远，古今人感受的差别越大。

中国哲学有极丰富的文化遗产，孔子、老子等思想流派到今天还有影响。我们常听人说孔子思想影响了中国两千多年，要继承中华民族的优良传统，首先要发扬孔子的哲学。也有人认为孔子的思想与今天中国的现代化关系不大。倒是有些保守思想是孔子哲学造成的。这两种看法都有根据，现在从文化影响衰减现象来看，我不相信世界上有一种文化现象两千多年永远长寿而不衰减的。

以孔子为代表的儒家影响长久不衰，完全是凭借了两次接力站的补充，得到增益的结果。第一次增益，西汉的董仲舒抬出孔子为号召，增加了汉朝流行的天人感应、阴阳五行说，建立了宗教神学，在他的带动下，中国哲学史上出现了全国性的第一个高潮。思想史随着社会生活的变革而变革的，当董仲舒的哲学不能应付佛教、道教的冲击，孔子独尊的地位保不住了，宋朝的朱熹起了第二次接力作用，把魏晋隋唐时期已经趋于衰减的儒家振兴起来。朱熹把儒家学说变成儒教，形成了儒教经学。为了壮大自己，儒教吸取了佛教、道教的心性修养内容，从而丰富了儒家经学。

经典文句是凝固的。它的影响会随着时移世变而衰减，但对经典的解释却可以随时改变、充实，使他免于衰减，记载孔子言行的可靠经典是《论语》，这部书不过一万多字，他对后世的影响主要来自各家的解释、阐发。朱熹的《四书集注》就经常用注释的形式来崇高、阐发自己的思想，为了取得权威性的理论根据，不得不抬出孔子作为招牌，以述为作，是古代学者通用的办法。辨明这个事实，就不难看清董仲舒的孔子是汉代的孔子，朱熹的孔子是宋代的孔子。"五四"时期提出"打倒孔家店"，要打倒的不是鲁国的孔丘，而是经过朱熹改造的巩固封建社会的儒教。长久不衰的不只是孔子一家，道家老子也活了两千多年。道家老子也是一个招牌。

（摘编自任继愈《文化遗产的寿命》）

1. 下列表述的内容，不属于"文化影响衰减"现象的一项是（　　　）

A. 《诗经》、《楚辞》虽然被人们称为不朽的作品，但在事实上它们只是比其他古代文学作品存世的时间更加长久一些罢了。

B. 屈原的作品可以使汉初的贾谊感动得痛哭流涕，但是无法使今天的青年有同样深切的感受，尽管这个青年可能也有痛苦的遭遇。

C. "五四"时期，《红楼梦》在青年男女知识分子当中曾经产生过广泛的影响，但是现在，《红楼梦》在青年中的影响则要小得多。

D. 古人的处境跟今人有所不同，所以古人的思想感受也就可能跟今人有所不同，时代距离越远，古人和今人思想感受的差别就越大。

2. 下列关于孔子思想和儒家学说的理解，不符合原文内容的一项是（　　　）

A. 虽然孔子的思想在当时和后代都有影响，但是实际上按"文化影响衰减"的说法来看，单凭孔子思想自身，影响的力量只会越来越小。

B. 孔子的思想在秦汉之际出现了衰减，西汉董仲舒把当时流行的天人感应、阴阳五行学说加进孔子思想中，使儒家学说在全国形成了一个高潮。

C. 魏晋隋唐时期孔子思想出现了第二次衰减，宋朝的朱熹把儒家学说变成了儒教，并吸取了佛教、道教的心性修养内容，大大丰富了儒家经学。

D. 孔子的思想主要表现在《论语》一书中，由于这部书只有一万多字，不可能造成深远的影响，造成深远影响的主要是后代各家的解释和阐发。

3. 下列理解和分析，不符合原文内容的一项是（　　　）

A. 当我们说孔子思想影响了中国两千多年的时候，是董仲舒、朱熹等人的思想影响也一起考虑在内而这样说的。

B. 有人说，今天中国有些保守思想是孔子哲学造成的，其实这种保守思想应该是后人加入的，并不是当初鲁国孔丘原来的思想。

C. 以述为作，就是通过注解古代经典的形式来阐发自己的思想，为了获得权威性的理论根据，朱熹《四书集注》一书就采用了这种办法。

D. 中国哲学有着丰富的文化遗产，老子的道家思想和孔子的儒家思想同样长寿，当然道家思想中也同样存在着后人的接力作用。

【第9篇】阅读下面的文字，完成1～3题。　　　　　　　　　　　　　　　　【山东】

人生的四种境界　张世英

按照人的自我发展历程、实现人生价值和精神自由的高低程度，人生境界可分为四个层次，即欲求境界、求知境界、道德境界和审美境界。

最低境界为"欲求境界"。人生之初，在这种境界中只知道满足个人生存所必需的最低欲望，故以"欲求"称之。当人有了自我意识以后，生活于越来越高级的境界时，此种最低境界仍潜存于人生之中。现实中，也许没有一个成人的精神境界会低级到唯有"食色"的欲求境界，而丝毫没有一点高级境界。以欲求境界占人生主导地位的人是境界低下而"趣味低级"的人。

第二种境界为"求知境界"。在这一境界，自我作为主体，有了进一步作为认知客体之物的规律和秩序的要求。有了知识，掌握了规律，人的精神自由程度、人生的意义和价值就大大提升了一步。所以，求知境界不仅从心理学和自我发展的时间进程来看在欲求境界之后，而且从哲学与人生价值、自由之实现的角度来看，也显然比欲求境界高一个层次。

第三种境界为"道德境界"。他和求知境界的出现几乎是同时发生，也许稍后。就此而言，把道德境界列在求知境界之后，只具有相对的意义。但从现实人生意义与价值的角度和实现精神自由的角度而言，则道德境界之高于求知境界，是不待言的。发展到这一水平的"自我"具有了责任感和义务感，这也意味着他有了自我选择、自我决定的能力，把自己看作是命运的主人，而不是听凭命运摆布的小卒。但个人的道德意识也有一个由浅入深的发展过程：当独立的个体性自我尚未从所属群体的"我们"中显现出来之时，其道德意识从"我们"出发，推及"我们"之外的他人。

人生的最高精神境界是"审美境界"。这是因为此时审美意识超越了求知境界的认识关系，它把对象融入自我之中，而达到情景交融的意境；审美意识也超越了求知境界和道德境界中的实践关系。这样，审美境界即超越了认识的限制，也超越了功用、欲念和外在目的以及"应该"的限制，而成为超越于现实之外的自由境界。

在现实的人生中，这四种境界错综复杂地交织在一起。很难想象一个人只有其中一种境界而不掺杂其他境界，只不过现实的人，往往以某一种境界占主导地位，其他次之。于是我们才能在日常生活中区分出某人是低级境界、低级趣味的人，某人是高级境界、高级趣味的人，某人是以道德境界占主导地位的道德家，某人是以审美境界占主导地位的真正诗人、真正的艺术家……

（节选自 2009 年 12 月 31 日《光明日报》，有删改）

1. 关于"人生境界"的理解，符合原文意思的一项是（　　）

A. 它存在于人的自我发展历程中，体现着实现人生价值和精神自由的高低程度。

B. 它由四个层次组成，从幼年到成年，人的每一个时期都要经历这四个层次。

C. 现实的人生中，它是一个整体，是由从低到高的四种境界错综复杂地交织在一起的。

D. 每个人的人生境界表现错综复杂，不同层次的人生境界分别主导着人生的不同阶段。

2. 对于"求知境界"与"道德境界"关系的表述，不符合原文意思的一项是（　　）

A. 作者把"道德境界"列在"求知境界"之后，并不意味着前者就一定比后者出现得晚。

B. 达到了"求知境界"，人具备了知识，掌握了规律，为"道德境界"的产生创造了条件。

C. 责任感与义务感使"道德境界"不同于"求知境界"，并高于"求知境界"。

D. "求知境界"虽也把"自我"作为主体，但这个"自我"却不同于"道德境界"中的"自我"。

3. 下列表述，符合原文意思的一项是（　　）

A. "欲求境界"是人生的最低境界，这种境界是任何一个具有高级境界的人所极力排斥的。

B. "求知境界"中的"自我"已不再仅满足于个人生存所必需的最低欲望，而对规律与秩序有了认知的要求。

C. "道德境界"中的人不再关注自我，而已经有意识地把"我们"作为自我选择、决定时的中心了。

D. "审美境界"是人生最高的精神境界，到了这一境界就能自由地超越并摒弃其他三种境界。

**【第 10 篇】** 阅读下面的文字，完成 1～3 题。　　　　　　　　　　　　　　　　　　【四川】

### 书画的装裱

书画装裱是伴随着书画创作产生和发展的一种特殊的工艺。

至迟在两晋时代，书画装裱进入初创时期，在选材、样式及技法上还并不完善。南北朝时，书画装裱有了初步发展，产生了卷轴这种装裱样式。唐代，以人物、山水、楼宇为题材的大幅绘画勃然兴起，书画装裱获得了很大发展，产生了卷轴和册页这两种新的装裱样式。五代历史非常短暂，但绘画艺术却取得了明显的进步，对后世产生了深远的影响。这一时期，由于画绢幅面的扩大，大型绘画的创作成为可能。一些作品成为屏风的装饰，而后人可能在屏风修理过程中，将其以单幅作品的形式进行装裱和收藏。

宋代书画名家层出不穷，书画装裱飞跃发展。宋代帝王十分喜好书画，在宫廷内设立翰林图书院，以奉绘事；同时又设立装裱书画的作坊，制定装裱书画的格式。此时，书画装裱工艺进入成熟阶段，装裱样式有了新的发展，产生了著名的"宣和装"手卷。随着丝织技术的发展，各种质地花纹的织物为书画装裱提供了丰富的物质基础，被广泛用作装裱材料。不过，著名书画家米芾认为：绢比纸耐磨，书画展开和卷起过程中二者的相互摩擦容易导致书画磨损。因而，他主张以纸来托裱书画，他的这种观点对后世书画的保存产生了重要影响。

明代是我国绘画发展的重要时期，书画装裱进入发展的黄金时期。明朝皇帝把仁智殿作为御用画院，并设立了专门从事书画装裱的机构。此时，江南地区出现了一批通晓诗文书画的文人雅士，文人画有了很大的发展。在这种背景下，以苏州为发祥地的"苏裱"开始兴起并广受推崇，书画装裱出现了"普天之下独逊吴中"的景象。在书画装裱样式方面，原有的手卷、册页等在装裱样式上更加完备，挂轴画已经基本定型并开始普及，万历年间在挂轴的基础上，产生了对联这种新的装裱样式。在装裱理论方面，周嘉胄所著的《装潢志》成为中国历史上第一部专门的书画装裱理论著作。

书画装裱因为所在的地区以及使用的工具、材料的不同，加上装裱格调、工艺的差异，形成了不同的流派和风格。清代出现的"京裱"与"苏裱"并称为中国书画装裱的两个主要流派。

"京裱"古朴庄重，讲求防燥、防裂；"苏裱"工艺精湛，用料考究，讲求防霉、防蛀，直至今日，这两个流派仍然影响着中国的书画装裱。

书画装裱能够更好地表现书画的艺术魅力，使书画得以长期保存，对繁荣传统文化发挥着独特作用。《五牛图》《清明上河图》等珍贵名画能够幸存至今，很大程度上是经过装裱与修复的缘故。

1. 下列关于"书画装裱"的理解，不符合原文意思的一项是（　　）

A. 书画装裱选材、样式及技法的不完善使书画装裱发展迟缓。

B. 各种质地花纹的织物使书画装裱材料有了更大的选择空间。

C. 书画创作的繁荣能促进书画装裱工艺的不断发展和成熟。

D. 统治者的重视促进了宋明两代书画装裱工艺的不断发展。

2. 下列表述，符合原文意思的一项是（　　）

A. 用纸托裱画作的装裱方式使得我国古代珍贵名画能够幸存至今。

B.《装裱志》是我国书画装裱进入发展的黄金时期的重要标志之一。

C. 地理气候的差异使我国不同地区就有不同的装裱流派和风格。

D."京裱"和"苏裱"两大流派代表我国书画装裱工艺的最高水平。

3. 根据原文提供的信息，以下推断正确的一项是（　　）

A. 五代时期大型绘画因为画绢幅面扩大而只能装裱单幅作品。

B. 讲求防燥与讲求防霉对书画装裱材料有着不尽相同的要求。

C. 社会对"苏裱"的推崇使江南地区文人画在国内独领风骚。

D. 清代古朴庄重的"京裱"的出现能够使书画装裱成本下降。

【第11篇】阅读下面的文字，完成1～4题。　　　　　　　　　　　　　　　【浙江】

中国山水画起源的一个重要原因，就是那些士大夫艺术家试图把山水自然搬入自己的居室来赏，来游，他们要使自己的精神走入这图画里。王维有一句诗"枕上见千里"，谋求的就是这种卧身而榻而尽观大千世界的境界，所以中国山水画论里就有一个"卧游"的术语。后来中国艺术中出现了园林和盆景，都是这种艺术理论的进一步发展与具体实现。说到底，就是将无限大的自然山水缩小到人的感官所能够把握的状态，这也决定了中国山水画的一个基本特征是人与自然的结合，天人合一，物我同一。历代的山水画家都试图在自然山水与人之间寻找这种关系，并在这两者之间大做文章。总的来说，整个古典时期，在山水画的意境处理上，大多脱离不开"山水自然"加"渔樵隐士"的基本构思和构图模式。中国山水画中的人往往是艺术家自我的化身，或者说是自然山水的灵魂与知音。"白发渔樵江渚上，惯看秋月春风"，山水中的"渔樵"并非真正的渔夫樵人，而是一种精神载体。宗炳有一句话"山水以形媚道"，人只有到山水之中，从自然的千姿万态里才能领会"道"之真味，所以中国画里的山水本质上都在强调心中之山水。

农耕文化的悠久历史使得中国人倾向于家居生活，然而对于自然山水的审美需求与此发生矛盾。隐居山林、与鸟兽为伍是一个很不实际的幻想，那么就有了居室文化的山水艺术，园林、盆景、山水画都可以看做这一思想的体现。有人讽刺明代的文人董其昌，说他是"山林富贵两不误"，实际上这是文人生活的一个极好的概括。中国另一特具代表意义的画科花鸟画，与山水画差不多在同一时期（魏晋）产生。花鸟作为审美对象在本质意义上与山水相同，属于主体之外的自然、可观外物。然而，花易凋零，鸟为活体，是主题难以把握掌控的东西，所以就有了花鸟画。

艺术反过来必然要影响生活，由于中国文人将自然艺术化、将艺术生活化，那么这种影响就更加深刻。丰子恺先生在《从梅花说到艺术》中引用了一句哲语："人们不是为了悲哀而哭泣，乃为了哭泣而悲哀的。"在艺术上也有同样的情形，人们不是感到了自然的美而表现为绘画的，乃是表现了绘画之后才感到自然的美。换言之，"绘画不是模仿自然，自然是模仿绘画的。"中国的园林艺术是文人将自然仿效绘画的最好例证。

1. 下面对中国园林艺术的特征说明，最恰当的一项是（　　）
A. 强调生活艺术体。
B. 强调心中之山水。
C. 强调艺术模仿自然。
D. 强调主体之外的自然。

2. 下面对文章引用丰子恺先生所引哲语的作用，理解最正确的一项是（　　）
A. 说明悲哀与哭泣的关系，强调哭泣比悲哀更加重要。
B. 说明自然与艺术的关系，强调艺术对自然的模仿。
C. 说明生活与艺术的关系，强调艺术对生活的反作用。
D. 说明园林与绘画的关系，强调园林对绘画的仿效。

3. 联系上下文，解释"卧游"的内涵。

_____

4. 根据全文内容，给本文拟一个提问式标题。

_____

**【第 12 篇】** 阅读下面的文字，完成 1～3 题。　　　　　　　　　**【湖南】**

志愿精神可以表述为一种具体化或日常化的人文精神。作为促进社区发展、社会进步和社会成员个人身心完善的一种价值观念和社会心理，志愿精神在日常生活层面的实际体现形式就是志愿行动。志愿精神的兴起，作为一种独特的社会文化形式，体现了在不同层面上的功能。

志愿精神的兴起和志愿行动的产生，在社会运行层面上将发挥出其特有的作用。

志愿精神和志愿行动对于人的社会化能够发挥独特的作用，使社会成员接受基本的社会准则，塑造具有社会取向的价值观，从而形成潜在的服务社会的行动倾向，这就是它的社会教化功能；志愿精神和志愿行动能够起到将不同群体的社会成员进行凝聚和团结的作用，它提供了同一个场景和机遇，使他们共同参与到同一项活动中，甚至还会起到聚合各种社会资源的作用，这就是它的社会整合功能；志愿精神和志愿行动能够对社会成员发挥号召作用，而且这种召唤常常是以无声的形式进行的，但是，其超越性的社会关怀又是使具有这种精神的人无法抗拒的，从而会最终在行动上表现出来，这就是它的社会动员功能；志愿精神和志愿行动能够以其实际的效应，广泛地宣传并大力地弘扬最具有普遍性的、作为最能够表达优秀文化成分的社会价值观念和民族精神，而且在越重大的社会事件中，这种特征就会表现得越鲜明，这就是它的社会导向功能。

志愿精神的兴起和志愿行动的产生，在人的发展层面上也会发挥其特有的作用。

志愿精神和志愿行动体现了社会成员对价值合理性的追求。现代化的物质成就在很大程度上得益于对工具合理性的追求，然而，现代化进程的悖论特征之一就在于，对工具合理性的关注常常极大程度地抑制了价值合理性。因此，为了防止社会发展和人的发展进程中出现畸形走势，强调价值合理性的意义就会显得极其重要。而志愿精神和志愿行动的意义之一就是体现出了社会成员以及社会本身对于价值合理性所作的追求。

志愿精神和志愿行动表达了社会成员对人本化取向生活的向往。在现代化进程加速的时候，社会运行节奏加快，社会竞争状态加剧，社会流动范围扩大，个体价值取向增强等，使得社会成员对于高情感的向往和对于集体生活的需求表现得日益突出。而在表达志愿精神或参与志愿行动的过程中，过一种富有意义的集体生活，实现自己帮助他人和服务社会的善良愿望，可以充分地表现出其中内含的人本化取向的生活目标。

志愿精神和志愿行动成为促进社会成员全面发展的重要途径。从社会角度看，志愿精神和志愿行动成为社会凝聚其成员的一种重要场域；从社会成员角度看，志愿精神和志愿行动则成为社会提升其成员素质的一个平台。正是在自愿参与公益事业或提供公共服务的实际行动中，社会成员实现了其精神境界的提升，完成了其价值观念的变化和人生经验的丰富，甚至促进了其自身知识的扩展和技能的增强，而这一切的经历及其感受也必将成为生命中一份宝贵的精神财富。

1. 根据原文内容，下列志愿行动所体现的功能与其他三项不属于同一层面的一项是（　　）

A."一方有难，八方支援"，在玉树抗震救灾行动中，全国各族人民心系灾区，目前已为灾区捐款45亿多元人民币。

B."赠人玫瑰，手有余香"，"快乐天使"们长期坚持照顾孤残儿童，实现了帮助他人的善良愿望，收获了快乐和幸福。

C."一个也不能少"，希望工程志愿者们以他们的满腔热忱和无私行动，唤起了社会各界人士对失学儿童的真诚关爱。

D."老吾老以及人之老"，社区服务志愿者"一对一"定人到户帮助孤寡老人，弘扬了中华民族爱老敬老的优良传统。

2. 根据原文内容，下列有关认识不正确的一项是（　　）

A. 志愿精神通常具有自愿性、公益性和亲身参与性的人文内涵。

B. 志愿行动是人文精神的一种具体化和日常化的实际体现形式。

C. 社会成员追求工具合理性在很大程度上有助于物质成就的获得。

D. 社会成员在当前特定社会背景下对强竞争和高情感将更为向往。

3. 简要谈谈，如果缺乏志愿精神和志愿行动，在社会发展进程中，对人的发展会有怎样的影响。

---

**【第13篇】阅读下面的文章，完成1、2题。**　　　　　　**【北京】**

艺术和科学的共同基础是人类的创造力，它们追求的目标都包含着某种普遍性。

艺术，例如诗歌、绘画、音乐等等，用创新的手法去唤起每个人的意识或潜意识中深藏着的、已经存在的情感。如李白在《把酒问月》中写道："青天有月来几时？我今停杯一问之……今人不见古时月，今月曾经照古人。古人今人若流水，共看明月皆如此。"而三百多年后，苏轼（公元1037～1101年）的《水调歌头》写道：明月几时有？把酒问青天……人有悲欢离合，月有阴晴圆缺，此事古难全。但愿人长久，千里共婵娟。在咏诵这些诗的时候，它们的相似之点和不同之处同样感动着读者。尽管李白、苏轼生活的时代和今天的社会已经完全不同了，但这些几百年乃至一千年前的诗在今天人们的心中仍然能够引发强烈的感情共鸣。

同样，我们现在阅读莎士比亚的著作，或者观赏莎士比亚的戏剧，不论是原文或译文，也有着和几百年前英国的读者和观众相似的情感共鸣。情感越珍贵，反响越普遍，跨越时空、社会的范围越广泛，艺术就越优秀。

科学，例如天文学、物理学、化学、生物学等等，对自然界的现象进行新的准确的抽象，这种抽象通常被称为自然定律。定律的阐述越简单、应用越广泛，科学就越深刻。尽管自然现象不依赖于科学家而存在，但对自然现象的抽象和总结是一种人为的，并属于人类智慧的结晶，这和艺术家的创造是一样的。

在科学中，人们研究物质的结构，知道所有物质都是由分子、原子构成，原子又都由原子核和电子构成，原子核又由质子、中子组成，质子、中子又由夸克组成等等。人们认识了物质的基本结构，进而去认识世界和宇宙。

科学技术的应用形式会不断发生新的变化，但其科学原理并不随这些应用而改变，这就是科学的普遍性。

在19世纪和20世纪之交，科学上有两个关键性的发现，它们看上去似乎有些神秘，与我们的日常生活无关。一个是迈克耳孙和莫雷在1887年做的光速实验，另一个是普朗克在1900年发现的黑体辐射公式。前者是爱因斯坦狭义相对论的实验依据，后者为量子力学奠定了基础。正是有了相对论和量子力学，20世纪的科技发展，如核能、原子物理、分子束、激光、X射线技术、半导体、超导体、超级计算机等，才得以存在。因此，科学原理应用越广泛，在人们社会生活中的表现形式也越多样化。

1. 下列说法符合题意的一项是（　　）

A. 人类意识或潜意识中深藏着的情感是人类创造力的基础。

B. 举李白、苏轼作品为例，表明体裁不同的作品也能引起热闹的共鸣。

C. 科学的深刻性以及应用的广泛性，与其定律阐述的简单性形成反比。

D. 相对论与量子力学推动了核能等 20 世纪新科技的发展。

2. 根据文意，简要说明艺术和科学所追求的普遍性分别是什么。

_____

**【第 14 篇】阅读下文，完成 1～3 题。** 　　　　　　　　　　　　　【重庆】

枝蔓状城市——以城市边缘化和信息技术、虚拟技术为特征的后现代城市，将既不会是奴隶社会的"城堡式"城市，也不会是封建社会的"城池式"城市，当然也会与现代工业社会高楼耸立的中心化城市相区别。

在枝蔓状城市布局中，即便是眼下北京绞尽脑汁建造起来的多层环状结构也将不大适应。中心化城市的各种弊端，诸如交通堵塞、人口拥挤、环境污染、空气浑浊、疾病易于传播、犯罪案件增多、居住环境恶化、管理难度增加和公众交通锐减等，限制了城市的进一步发展。而现代高科技可以自由地用虚拟空间、网络空间取代地理空间或物理空间，因此人们也就没有必要再拥挤在一个地域。于是自然而然就开始了从市区向市郊的转移，许多工厂、学校、研究机构都迁向市郊。市区再也没有工厂和生产基地，而变成纯粹的物质交换和消费的场所。又由于信息技术、网络技术、电信技术的发展，中心化城市的传统布局被彻底打散。

现在世界各地迅速崛起许多边缘城市，就属于中心化城市的后现代演变。中心化城市逐渐演变为主城市和边缘城市。主城市和边缘城市相互联系、相互作用而又各自独立，它们更多的是经济、文化和教育上的紧密联系。城市的边缘化，就是城市由中心向四周的蔓延和扩展，扩展到与非城市区域相接壤的既是城市又是乡村的地区。这里，现代商业交易和办公活动也走向郊区化、边缘化，生产规模、生产程序、劳动力市场和销售状况呈分散状。主城市与边缘城市通过铁路、地铁、高速公路、航空路线等组成的多模式运输系统以及卫星天线进行沟通。

这种城市的边缘化在许多发达国家已经形成规模，比如今天的美国就已经形成大洛杉矶都市区以及波士顿——劳伦斯——洛厄尔、旧金山——奥克兰——圣何塞等都市区。它们还会进一步像周边地区扩展，通过原料网、生产网、销售网、消费网、信息网和电脑网的连接而延伸到整个地球，成为名副其实的全球化城市。

1. 下列对于"枝蔓状城市"的理解不准确的一项是（　　　）

A. 以城市边缘化和信息技术、虚拟技术为特征的后现代城市。

B. 没有工厂和生产基地，成为纯粹的物质交换和消费场所的城市。

C. 彻底打散中心化城市的传统布局，利用各种网络相互连接的城市。

D. 相互联系、相互作用而又各自独立，在经济、文化和教育上联系紧密的城市。

2. 下列对中心化城市的后现代演变的表述不符合原文意思的一项是（　　　）

A. 许多工厂、学校、研究机构都迁向市郊，不再拥挤在市区。

B. 城市蔓延扩展到与非城市区域相接壤的地区，这里既是城市又是乡村。

C. 现代商业交易和办公活动走向郊区化、边缘化，生产销售、劳动力市场呈分散状。

D. 主城市与边缘城市通过多模式运输系统以及卫星天线进行沟通，成为全球化城市。

3. 根据原文提供的信息，下列推断正确的一项是（　　　）

A. 在枝蔓状城市布局中，主城市和边缘城市的差别将趋于消失。

B. 铲除中心化城市的诸多弊端有待于城市的后现代演变。

C. 在枝蔓状城市中，人们手里地理空间或物理空间的限制将越来越少。

D. 随着中心化城市的边缘化，产生地域化和劳动力低廉化将成为现实。

**【第 15 篇】阅读下面的文字，完成 1～3 题。** 　　　　　　　　　　【全国 I】

情绪异常是一种非常复杂的现象，长期以来，各个领域的学者从自己的学科出发，对此现象纷纷做出各自的解释，但是始终未获解决。现在生物学家也开始涉足这个问题，并从生物学的角度加以探讨，他们的见解让人耳目一新。

我们经常说人的情绪多变，其实我们往往不是自己情绪的真正主人。在人体内，存在着许多调控我们情绪的化学物质，我们的喜怒哀乐受到它们的控制。比如说，有时候我们会莫名其妙地感到心烦，究其原因是一种叫做"梅拉多宁"的激素在作怪；如果这种激素分泌过多，会导致心情烦躁、沮丧等。据研究，梅拉多宁也是导致一种叫"冬季抑郁症"疾病的元凶。得这种病的人，在冬季尤其是阴霾、缺少阳光的日子里，容易情绪低落、郁郁寡欢，甚至做出极端行为，为什么生活中有些人那么快乐，令人羡慕？这又涉及到一种叫"多巴胺"的化学物质。多巴胺是神经元中传导神经兴奋的一种化学物质，当多巴胺传导顺畅的时候，大脑内部就会产生一系列化学变化，使我们产生快感。

现代生物学家发现，大量的细菌寄生在我们呼吸道和消化道中，它们中的半数的中性菌，对我们既无害也无益，比如肠杆菌、酵母菌及肠球菌；约有 10% 是有害菌，如葡萄球菌、幽门杆菌等；还有约 30% 是有益菌，如乳酸菌、双歧杆菌等。对有害菌我们也不必担心，因为它们的活动严格受到有益菌和中性菌的管制。

别小看这些寄生在肠道内的小小细菌，它们对改变我们的情绪和行为有着不可忽视的作用。一方面，这些细菌影响人体的营养代谢，如果消化不良，会引起情绪异常；另一方面，假如人体的代谢紊乱，这些细菌会制造出硫化氢、氨等气体来毒害我们的神经，从而导致我们情绪异常，甚至做出极端行为。科学家做过这样一个实验：当给猪喂高密度的发酵乳杆菌时，猪不仅长得快，而且争食咬斗现象明显减少。这是因为猪的肠道内有益菌受到强化之后，对猪的神经有毒害作用的气体硫化氢和氨等的生长大幅度下降，于是改善了猪的行为。

近年来，人们情绪异常和行为失控的发生频率逐年升高，从肠道内细菌的生存环境来看，导致这一现象主要有两个原因，一是农药、食品添加剂和抗生素等的滥用。这些药物或化学物质进入人体会大量杀死肠道细菌，导致人的代谢紊乱和消化不良，从而引发情绪异常和精神疾病。二是这几年生活水平提高后，部分人吃得太饱。由于摄入的过量高蛋白在人体内缺少有益菌或中性菌为其分解、代谢，它们会在杂菌的分解下产生大量的硫化氢、氨等对神经有毒害作用的物质。这些物质会破坏人体中起抑制冲动作用的五羟色胺的合成，导致人的情绪异常，产生过激行为。

(摘编自 2010 年 4 月 29 日《科技文摘报》)

1. 下列关于情绪异常及其研究状况的表述，不符合原文意思的一项是（　　）
A. 所谓情绪异常是指情绪低落、沮丧、烦躁、发怒，乃至做出极端行为等。心情愉快则是人的正常状态，不属于情绪异常。
B. 人的情绪异常是一种非常复杂的现象，此前各个领域的学者虽然从不同的学科出发，提出了各种解释，但是始终未能解决问题。
C. 与其他领域学者的研究不同，现在生物学家们另辟蹊径，从生物学的角度来研究，从而解决了情绪异常的防治问题。
D. 科学研究已经表明，人体内的一些化学物质会影响人们的喜怒哀乐，所以许多时候人们并非自己情绪的真正掌控者。

2. 下列理解和分析，不符合原文意思的一项是（　　）
A. 人们有时候会出现烦躁、沮丧等情绪，其原因是体内的激素梅拉多宁的分泌超过了正常的水平。这种情况更严重的例子就是冬季抑郁症。
B. 正常情况下人体肠道内的有益菌和中性菌会有效管制有害菌的活动，当有益菌和中性菌的数量大量减少时，这种管制就会削弱。
C. 如果给猪投喂高密度的发酵乳杆菌，猪肠道内有益菌的数量大幅度增加，那么硫化氢和氨等有害气体的生成就会大量减少。
D. 残存农药、食品添加剂和抗生素等杀死大量肠道细菌，高蛋白物质就会被分解出大量硫化氢和氨等有害物质，导致人的情绪异常。

3. 下列推断，不符合原文内容的一项是（　　）
A. 只有当人体内多巴胺的量超过一般水平，神经兴奋在神经元中才能得到有效的传导，人的大脑才能产生化学变化，从而获得快感。
B. 即使人们不食用含有农药、食品添加剂和抗生素等的食物，而食用纯"绿色"食品，我们体内的肠道细菌也可能会导致情绪异常。
C. 肠道内的杂菌会分解高蛋白物质，产生硫化氢、氨等毒害神经的气体，这就是说，可以通过杀灭这些杂菌来预防或治疗情绪异常。
D. 近年来，某些人行为失控的现象屡有发生，看来控制农药、食品添加剂和抗生素的使用也应该是解决此类现象的有效措施之一。

【第 16 篇】阅读下面的文字，完成 1～3 题。　　　　　　　　　　　　　【天津】

20 世纪中叶，由于环境问题的产生和日益严重，西方有识之士开始从道德的角度关注生态环境现象，提出生态伦理观念，并积极倡导和开展环境教育与生态道德教育，我国的环境教育起步于 20 世纪 70 年代初，而在此基础上进一步提出生态道德教育，则是近十年来的事，作为教育领域的一门新兴学科，生态道德教育还处于摸索阶段。

生态理论以珍爱、尊重和保护生态环境为核心，以可持续发展为落脚点，以促进人与自然协同进化为评价标准，生态道德是指将生态理论思想付诸实践的主体思想素质和精神评价机制。生态环境伦理道德的提出与构建是人类道德文明进步与完善的标志，是新时期人类处理环境和生态问题的新视角、新思想，是人类道德的新境界。所谓"生态道德教育"，就是将生态伦理学的思想观念变成人们的自觉行为选择，是用人类持有的道德自觉精神协调人与自然关系和人与自然关系背后的人与人之间的利益关系，保护自然环境，维护生态环境的动态平衡，促进人、社会、环境的协调与可持续发展。生态道德教育作为一种新型的道德教育活动，其实质就是要求广大受教育者以伦理道德理念去自觉保护环境，维持生态平衡和不可再生资源的可持续利用。

生态教育是一种新的德育观，是继承、发展和超越传统道德教育之后的崭新教育范式。传统德育是一种以"知识性"为主导理念的模式。这种"知性论"德育的哲学取向是主客体二元分立的人际观、自然观与心灵观，其关注点重在师生之间的理论知识型纽带关系，忽略了生与生之间、师与生之间的道德体验关系，其德育过程中的操作流程是信奉外部道德规范知识传输的实践样态，而生态德育从生态意识、生态智慧和生态德行这三重生态的视界重新定位道德教育过程中的关系，强调道德教育回归生活实际，在生态体验视界中深度领悟生存实践的关系。它试图把长久以来无法解释和无法确认的人类自身、人类与自然之间的行为中的一系列棘手问题的认识与处理，纳入德育视野，以一个崭新的思路去培养一种具有更高人类品性的新人。

1. 下列对"生态道德教育"的理解，不正确的一项是（    ）

A. 生态道德教育要求人类以一种新视角处理环境和生态问题，是一种适应现代人类生存需要的崭新模式。

B. 生态道德教育的目标是促进人、社会、环境的协调与可持续发展。它既要协调人与自然的关系，也要协调人与自然背后的人与人之间的利益关系。

C. 生态道德教育是用人类特有的道德自觉精神，教育人们认识和领悟人类道德伦理观念的天然合理性，从而成为具有更高人类品性的新人。

D. 生态道德教育是要将生态伦理学的思想观念变成人们的自觉行动，引导人们以道德理念去自觉维系生态环境的平衡与不可再生资源的可持续利用。

2. 下列对本文有关内容的理解，正确的一项是（    ）

A. 生态德育突破了传统德育的范围，主张道德教育回归现实生活，强调人的生态体验，重视培养人的生态意识。

B. 生态伦理思想要求人们在处理现实生活中人与人之间的伦理关系时，回归自然，不搞繁琐而无必要的礼节。

C. 从道德角度关注生态环境的理念，与中国古代所谓"知者乐水，仁者乐山"的思想是一致的。

D. 传统德育关注的是人在人类社会中的生存状态，而生态德育关注的是人在自然界中的生存状态。

3. 根据本文提供的信息。下列推断不合理的一项是（    ）

A. 虽然生态道德教育在我国起步较晚，但是可以预见这门新兴学科一定会引起越来越多的有识之士的重视，并在社会生活中产生实际效益。

B. 生态道德教育可以培养大众的环保意识，使之自觉维护生态系统的动态平衡，是解决当前人类环境危机的重要途径之一。

C. 提倡生态道德教育，可以逐渐削弱生态环保领域的强制性惩处力度，转换该领域执法机构的工作职能。

D. 生态道德观念把人类道德理想上升到一个更高的境界，这就意味着一个不珍爱自然、不自觉维护生态环境的人，不是完美健全的人。

## 吕丽高考语文讲堂·科技文阅读·第 3 练 【2009 高考 15 篇】

【第 1 篇】阅读下面的文字，完成 1～3 题。 【全国 I】

甲骨文的："王"字基本上可以分为两种形式，一种上面不加一横，董作宾称之为"不戴帽子的王"，见于武丁卜辞和武乙、文丁卜辞，另一种上面有一横，为"戴帽子的王"，行用于其他各时期。孙诒让《契文举例》所依据的刘鹗《铁云藏龟》以武丁卜辞最多，其中的"王"字，孙诒让释为"立"，卜辞无法通读。到罗振玉的《殷墟书契考释》才释出此字。罗振玉首先把《说文解字》所收的古文和全文进行对比，释出"戴帽子的"是"王"字；接着指出，其异体作省其上画的形式，"亦'王'字"，"且据所载诸文观之，无不谐也。"

"王"字释出来了，使一大批卜辞可以读通，也证实了这是殷王室的遗物。但是这个字的构成一直困扰着古文学家们。有的说，此字像一个顶天立地的大人，所以是"王"；也有人说下面像火，火盛像王德，故以为"王"。如此等等，其说不一。直到 1936 年，吴其昌根据青铜器丰王斧的铭文和器形，并列举甲骨文、金文很多"王"字的写法，第一次提出"王字之本义，斧也"，才解决了这一问题。

从字形看，"王"字是横置的斧钺的象形。从甲骨文、金文的写法中还可以看出，最下一笔的初形不是平直的"一"，而是具有孤刃之形，上端的一横或两横像斧柄或多属斧钺或多属斧钺阑。"王"字像斧钺之形是因为"王"这个称号是从氏族社会的军事首领演化来的，国家出现以后，才成为最高统治者的专名。而斧钺正是军事统率权的象征，在原始社会晚期的军事首领墓葬中，曾发掘的随葬的玉钺、石钺，其遗风一直延续到夏、商、周三代，《史记·殷本纪》记载，殷王曾封周族首领姬昌为西伯，"赐弓矢斧钺"，授予他对周围小国的征伐之权。

那么为什么一定要用横置的斧钺呢？这也是由这产生的时代决定的。横置是斧钺实施砍杀功能的状态，而最早军事首领的权力只限于战场上。荷马时代的希腊人领袖握有的权力不大，亚里士多德说："假如阿伽门农王获得在战场上杀死逃兵的权力，那么在战后的评议会上却只能忍受责骂。"这就是"王"要用一个正在执行斩杀的横置斧钺来表示的原因。

但这一切距离许慎太遥远了，《说文解字》"王"字下说："古之造文者，三画而连其中谓之王。三者，天、地、人也，而参通之者，王也。"这显然是后人的臆测了。

（摘编自罗琨《甲骨文解谜》）

1. 下列理解，不符合原文意思的一项是（　　）

A. 在甲骨文中，所谓"戴帽子的"和"不戴帽子的""王"字，是指"王"字最上面有没有一横。

B. 罗振玉通过比较《说文解字》的古文"王"字和金文"王"字，释读出了甲骨文的"王"字。

C. 对于"王"字的形体构造有种种说法，最后吴其昌提出"王"是斧钺的象形，才解决了这一问题。

D. 古代只有氏族社会的军事首领才拥有斧钺，所以人们采用斧钺之形的"王"字来表示军事首领。

2. 下列理解和分析，不符合原文意思的一项是（　　）

A. 所谓"且据所载诸文观之，无不谐也"，是说"王"字释读出来以后，含有"王"字的句子可以读通了，没有不顺畅的。

B. 斧钺作为随葬品的遗风一直延续到夏、商、周三代，其始终可以被置放在军事首领和最高统治者的墓葬中。

C. 亚里士多德的话是说，荷马时代希腊阿伽门农王的权利仅限于战场上，离开了战场，这种威力就不复存在。

D. 许慎《说文解字》根据后代的字形，误解了"王"字的结构，以为其中三横代表了天、地、人三者。

3. 根据原文内容，下列推断不正确的一项是（　　）

A. 孙诒让之所以未能释出"王"字，一个原因是刘鹗的《铁云藏龟》中所收"王"字字形单一，难以进行比较研究。

B. 在罗振玉之前，由于未能释出甲骨文的"王"字，所以人们无法证实卜辞是三千年前殷王室的遗物。

C. 从甲骨文、金文看，最早时候军事首领的权利只限于战场上，不但荷马时代的希腊如此，中国也是如此。

D. 甲骨文、金文距离许慎太遥远了，不然的话，许慎是可以释读出甲骨文的"王"字，并正确解释它的字形结构的。

**【第 2 篇】** 阅读下面的文字，完成 1～4 题。　　　　**【全国Ⅱ】**

现在一提到"经"，就给人以庄重严肃的感觉，实际上"经"字的本义只是纺织上的一条条竖线，而横线则叫"纬"，没有"经"，"纬"就无所依托，因此在汉代被命名为"经"的应该是朝廷最重视的文献。不过，清代今文经学派认为只有孔子亲手所定之书才能称作"经"，而古文经学派则认为《诗》《书》《礼》《乐》等都是周代官书，"官书用二尺四寸之简书之"，所以称作"经"。

汉代凡是重要的文献、官书、大都用二尺四寸的竹简书写。《春秋》属于"经"，简长二尺四寸；《孝经》据说是汉人所著，低了一等，简长短了一半；解经的文字，如《左传》《公羊传》《穀梁传》则用六寸的简来写。即便是书写在绢帛上，也分二尺四寸和一尺二寸两种，用整幅或半幅的绢帛横放直写。可见，当时书籍虽非印刷出版，但其抄写也必须遵从社会规定的格式。

与社会流行的二尺四寸的大书比较起来，《论语》只是个"袖珍本"，才八寸。《论语》虽然记孔子的言行，但并非孔子所作。当初孔子弟子记录孔子的言行，受教的时间长，要记的文字多，采用八寸的竹简，也是为了记录简捷，携带方便。作为官方发表的文书和"经"，简长二尺四寸，与现代人所用的书桌的宽度差不多了。南北朝以前没有桌子，宽达二尺四寸的书只能放在案子上，需要把臀部放在小腿上，正襟危坐地看，很累。而"袖珍本"则不同，拿在手中或坐或卧，甚至箕踞也可以看，虽然其庄重性大大降低了，但用现代的话说，也更"人性化"了，与读者更接近了。

从作用上看，《论语》即是小学教科书，又可以终生涵咏。汉代最初级的读物《仓颉篇》《急就篇》等都是识字课本。以《急就篇》为例，三十四章二千余字，生字密度很大，内容也涉及社会生活诸方面。这些书编写目的比较单纯，就是识字。《论语》就不同了，《论语》的文字基本上是当时的口语，平易好懂；其中的道理多为常理常情，儿童易于理解，那些较深奥的也可以在以后的岁月中慢慢体会；《论语》多有故事，又富有感情，老幼咸宜，所以它是可以读一辈子的书。唐代诗人杜甫有诗云："小儿学问止《论语》，大儿结束学商旅。"这是嘲笑夔州人好经商，没有读书习惯。现今则把读《论语》看作有学问，这也算是学术变迁，世风推移的反映了。

1. 下列关于"经"的理解，不符合原文意思的一项是（　　　）
A. 所谓"经"是指古代经典，其实"经"最初只是指纺织上的经线，经是无所谓庄重不庄重的。
B. 在纺织时，"经"是"纬"得以依傍的根基，受朝廷重视的文献被命名为"经"也是同样的道理。
C. 清代今文经学派认为古代经典被命名为"经"，这跟孔子亲定有关，而跟"经纬"这"经"没有关系。
D. 古代经学派认为《诗》《书》《礼》《乐》等都是周代官书，都用二尺四寸的简书写，所以称为"经"。

2. 下列表述，不符合原文意思的一项是（　　　）
A. 在汉代，《孝经》虽然称为"经"，但是一般认为等级较低，所以简长才一尺二寸。
B.《左传》《公羊传》《穀梁传》是解经的书，所以尽管很重要，也只能使用六寸的简。
C. 宽达二尺四寸的经书必须放在案子上，正襟危坐地读，虽然很庄重，但是也很累。
D.《急就篇》生字密度很大，内容也较复杂，《论语》则文字朴质易懂，修养意味较浓。

3. 根据原文内容，下列推断不正确的一项是（　　　）
A. 在汉代，虽然命名为"经"的都是朝廷最重视的文献，但是并非所有最受重视的文献都叫"经"。
B.《论语》采用"袖珍本"形式，除了为了记录简捷、携带方便外，它当初未被当作经书也是一个原因。
C.《论语》的内容本来是很庄重严肃的，但是因为采用了八寸的竹简，所以变得比较"人性化"了。
D. 从杜甫的诗句"小儿学问止《论语》"来看，一直到唐代，《论语》仍然被作为初等教育的教科书。

**【第3篇】阅读下面文章，完成1~3题。**　　　　　　　　　　　　　　　　　　　**【北京】**

昆曲本是吴方言区域里的产物，现今还有人在那里传习。苏州地方，曲社有好几个。退休的官僚，现任的善堂董事，学校教员，中年田主少年田主，还有诸如此类的一些业余的唱区家，都是那几个曲社里的成员。至于职业的演唱家，只有一个班子，就是上海"大千世界"的仙霓社。逢到星期日，没有什么事情来逼迫，我也偶尔跑去看他们的演唱，消磨一个下午。

演唱昆曲是厅堂里的事情。地上铺了一方红地毯，就算是剧中的境界；唱的时候，笛子是主要的乐器，声音当然不会怎么响，但是在一个厅堂里，也就各处听得见了。搬上旧式的戏台去，即使在一个并不宽广的戏院子里，就不及平剧①那样容易叫全体观众听清。如果搬上新式的舞台去，那简直没有法子听，大概坐在第五六排的人就只看见演员拂袖按髻了。

昆曲那些戏本子虽然也有幽期密约，盗劫篡夺，但是总要归结到教忠教孝，劝贞劝节，神佛有灵，人力微薄。就文词而言，据内行家说，多用词藻故实②是不算稀奇的，要像元曲那样亦文亦话才是本色。但是，即使像了元曲，又何尝能够句句像口语一样听进耳朵就明白？再说，昆曲的调子有非常迂缓的，一个字延长到了十几拍，那就无论如何讲究辨音，讲究发声跟收声，听的人总之难以听清楚那是什么字了。所以，听昆曲先得记熟曲文；自然，能够通晓曲文里的故实跟词藻那就尤其有味。

昆曲的串演，歌舞并重。舞的部分就是身体的各种动作跟姿势，唱到哪个字，眼睛应该看哪里，手应该怎样，脚应该怎样，都由老师傅传授下来，世代遵守着。动作跟姿势大概重在对称，向左方做了这么一个舞态，接下来就向右方也做这么一个舞态，意思是使台下的看客得到同等的观赏。譬如《牡丹亭》里的《游园》一出，杜丽娘小姐跟春香丫头就是一对舞伴，自从闺中晓妆起，直到游罢回家止，没有一刻不是带唱带舞的，而且没有一刻不是两人互相对称的。这一点似乎比较平剧与汉调来得高明。前年看见过一本《国剧身段谱》，详记平剧里各种角色的各种姿势，实在繁复非凡；可是我们去看平剧，就觉得演员很少有动作，如《李陵碑》里的杨老令公，直站在台边尽唱，两手插在袍肚里，偶尔伸出来挥动一下罢了。昆曲虽然注重动作跟姿势，也要演员能够体会才好，如果不知道所以然，只是死守着祖传表演，也就跟木偶戏差不多。

（取材于叶圣陶 1934 年所作《昆曲》，有删改）

[注] ①平剧：即京剧，当时亦称国剧。②故实：以往的有历史意义的事实；典故

1. 下列说法符合文意的一项是（　　）
　A. 昆曲的内容有的诲淫诲盗，有的也教忠教孝，劝贞劝节。
　B. 昆曲里好的戏文词藻故实颇丰，而且文言白话兼而有之。
　C. 昆曲的舞注重手脚之间的协调，是为了准确地表现唱词。
　D. 昆曲人物舞台站位互相对称，因其舞台布景讲究对称性。

2. 下列说法不符合文意的一项是（　　）
　A. 昆曲的爱好者一般具有较高的文化修养和一定的经济条件。
　B. 昆曲演出的效果与观众事先对曲目内容的熟悉程度有很大的关系。
　C. 昆曲演出原是厅堂里的事，因此不太适应新式舞台的要求。
　D. 昆曲演出要求演员注重动作姿势，致使有些演出如木偶戏一般。

3. 简要概括本文谈到的昆曲的长处与局限。

---

**【第 4 篇】** 阅读下面的文字，完成 1～3 题。　　　　　　　　　　　　**【安徽】**

近年来，"通俗历史热"不断出现于媒体的报道之中。作为一种关涉史学的文化现象，我们有必要从历史学的角度对其进行考察。

"通俗历史热"是商品经济和文化教育发展到一定程度后定会出现的一种现象。实际上通俗历史并非"新生事物"，它以讲说形式流传的历史已经相当久远了。它广泛流行于民间，是民众了解过去、熟悉历史、满足自身历史求知欲的主要途径。一般情况下，这种历史的口头讲说是以十分平静的方式存在于民众的日常生活之中的，很少"走热"。但是，当商品经济趋于发达、文化教育发展迅速的时候，人们在从事赖以谋生的职业活动之外，带有文化色彩的业余需求会随之增长，对作为文化存在常见形态之一的历史知识，其"求解"欲望也会趋于强烈。这种社会需求的增长促使与时代发展息息相关的史学不得不进行必要的适时性调整，从而在隔尘绝俗的精英式研究之外，衍生出一种以满足公众意愿为基本出发点的通俗化的历史叙述——口头的或文字的，并作为用以"交换"的精神产品出现在市场之上而日益"走热"。两宋讲史及宋元平话的一度活跃便是其中典型的事例。在当今市场经济逐步成熟、文化教育普及程度大为提高、高等教育开始走向大众化的时代，人们的业余文化需求显著增长，久远的尘封旧事引起了人们日益浓厚的兴趣。这使通俗历史在当下有了"升温"的沃土，其"历史的惯性"开始充分显现出来。客观地说，对于广大民众而言，在古奥难懂的传统史著和"学术模式"的现代史书皆难"卒读"的情况下，通俗化的历史几乎成为他们"探寻过去"的唯一选择。

这种现象的出现，对史学终极功能的实现是非常有利的。史学的职任是记录人类社会的发展历程，总结其发展规律，以保证社会的良性运转，促进社会的文明与进步，满足人类社会发展的需求。这是史学作为一门学科的"终极追求"。这种目的的追求决定了史学传播范围与学科效应的正比例关系，即传播范围愈广，对社会走向文明与进步、对推动人类社会发展所起的作用也愈大。而在社会道德的层面上，长久以来，史学都带有浓厚的"天职文化"色彩，视道德教化为天然职任。它通过"贬恶扬善"以优化民风，激活有利于社会进步与文明的向善意识，从而使俗静民和成为一种"常态"并最终惠及大众和社会。同时，历史知识的广泛传播，对社会整体智慧的提高也是不无裨益的。不可否认，中国古代很多具有普适性的行为规

范与道义原则，只有用通俗的现代语言加以表达与阐释，才能使这种优秀的传统文化在今天最大限度地得到活化，成为社会道德与精神的组成部分。也就是说，"通俗历史热"促进了优秀传统文化在现代社会的有效传承，对史学社会功能的实现，对社会的文明与进步，都是极为有利的。正因为如此，通俗历史的讲说与著述之"趋热"，应当受到欢迎和鼓励。

当然，历史的通俗化不等于低劣化、庸俗化或文化的退化，这已经被历史所证明。"通俗历史热"的深入发展，要求通俗历史在外在形式变化的基础上，走向记述内容与历史观念等核心部分的变化。具体而言，就是要把讲说与记述的重点，由"庙堂"转向民间，由官场转向社会。更多地关注下层、关注民众，以体现史家应有的现代眼光，这才是更高层次的、成熟形态的通俗历史。

（摘编自李小树《关于"通俗历史热"的历史学考察》）

1. 从原文看，下列关于"通俗历史热"在当今出现的原因的表述，不正确的一项是（　　）

A. 通俗历史以十分平静的讲说形式广泛流行于民间的历史已相当久远了。

B. 市场经济和文化教育的迅速发展促使人们对业余文化的需求显著增长。

C. 人们对久远的尘封旧事兴趣日益浓厚，对历史的"求解"欲望趋于强烈。

D. 古奥难懂的传统史著和"学术模式"的现代史书，让广大民众难以"卒读"。

2. 下列对原文内容的理解，不正确的一项是（　　）

A. 通俗历史以满足公众的意愿为基本出发点，作为一种用于"交换"的精神产品出现在市场之上，它的"走热"有着特定的社会文化背景。

B. 为适应时代发展，满足广大民众在业余文化方面的迫切需求，史学不得不走出隔尘绝俗的精英式研究误区，适时调整了研究目的和方式。

C. 通过"贬恶扬善"的方式以优化民风，激活有利于社会进步与文明的向善意识，这是史学的"终极追求"在社会道德层面上的具体表现。

D. 中国古代很多具有普适性的行为规范与道义原则，只有用通俗的现代语言加以表述与阐释，才能在今天得到最大限度的活化和有效传承。

3. 下列对原文中作者观点的概括，正确的一项是（　　）

A. "通俗历史热"可以扩大史学传播范围，传播范围越广，就越有利于社会整体智慧的提高，从而完成史学学科的全面建设。

B. 既然通俗化的历史已经成为广大民众"探寻过去"的唯一途径，通俗历史讲说与著述的"趋热"就应当受到欢迎和鼓励。

C. 在商品经济和文化教育发展到一定程度后，通俗历史就必然会"走热"，这种"走热"现象十分有利于史学终极功能的实现。

D. 通俗历史应当由外在形式的变化走向记述内容与历史观念等核心部分的变化，以改变低劣化、庸俗化或文化退化的现状。

【第5篇】　阅读下面的文字，完成1～3题。　　　　　　　　　　　【辽宁】

① 在古代文论中，我们常常见到"文"和"质"这一对词语。它们被用来评论作家作品，概括一定时代的文学风貌，还被用来说明文学的发展等，因此准确理解它们的含义十分重要。

② "文"字的本义是指线条交错或者色彩错杂，由此引申出华丽、有文采的意思。而"质"字，凡事物未经雕饰便叫做"质"，犹如器物的毛坯、绘画的底子，因此含有质朴、朴素的意思。这一对词语最初不是用于评论文学，而是用来评论人物的。《论语·雍也》记载，孔子曾说过"质胜文则野，文胜质则史。文质彬彬，然后君子"的话。这段话中的"文"、"质"，人们一般解释为："质"是指"诚"一类内在的道德，"文"则是指文化知识一类外在的东西，"文"和"质"是形式和内容的关系。其实按孔子原意，这里的"文"、"质"是指文华和质朴，都是就一个人的文化修养、言谈举止、礼仪节操而言的。一个人若是缺少文化修养，言辞拙朴，不讲礼仪，便如同"草野之人"；相反，若是过分地文饰言辞，讲究繁文缛礼，就如同那些掌管文辞礼仪的史官了。这里不存在本末内外的关系。

③ 以"文"、"质"二字论文学、论社会政治生活，与用它们来论人物有着密切关系。《韩非子·难言》论述向国君进谏之难："繁于文采，则见以为史。……以质信言，则见以为鄙。"这句话可能就是本诸《论语》。其中"繁于文采"即"文"，"以质信言"即"质"，分别指两种不同的语言风格。再后来，东汉班彪说《史记》"辩而不华，质而不俚，文质相称，盖良史之才也"，很可能也是从《论语》的话而来。"质而不

俚"是说文风质朴而不至于俚俗鄙野。"文质相称"是说文饰润色恰到好处，无过与不及之弊。魏晋以后文论中用"文"、"质"二字，多数情况下也都是指作品的外部风貌而言；只有少数场合可理解为近似于今日所谓的形式和内容。

④ 总之，古代文论中经常出现的"文"、"质"这对词语，大致上具有一以贯之的含义。古代批评家要求文学作品能够呈现出一种文质彬彬的动人风貌。当他们不满于文坛风气过于靡丽时，便强调"质"的方面；而当文风过于质朴时，又有人出来强调"文"的方面。"文"、"质"这对概念，体现了古人对文学作品的审美要求和他们对文学发展规律的认识。

（摘编自王运熙《中国文学批评史上的文质论》）

1. 下列有关"文"和"质"的表述，不符合原文意思的一项是（　　）

A. "文"和"质"这一对概念在评论作家作品、概括时代文学风貌等方面具有重要作用，所以必须准确理解它们的含义。

B. 在中国古代，"文"是华丽有文采之意，"质"含有质朴、朴素之意，这两个字从一开始就是用来评论人物的。

C. 人们一般认为，"文质彬彬"就是形式和内容互相协调，其中"质"是指内在的道德，"文"是指外在的表现。

D. 孔子认为，"文"有文华之意，"质"是质朴之意，"文质彬彬，然后君子"就是文华与质朴相配得当才能成为君子。

2. 下列理解和分析，不符合原文意思的一项是（　　）

A. "质胜文则野，文胜质则史"，这里"文"和"质"是就一个人的文化修养等而言的，"野"和"史"也没有本末内外的关系。

B. 韩非子说"以质信言，则见以为鄙"，其中"以质信言"是指以质朴的语言进谏，"鄙"则与孔子话中的"野"意思相同。

C. 班彪说《史记》"文质相称"，这可能是借用了《论语》的意思，从文学角度对《史记》外部风貌作出了高度评价。

D. 魏晋以后文论中"文"、"质"二字的含义也大都沿用了孔子的意思，只是少数场合可以大体理解为形式和内容。

3. 根据原文内容，下列理解和分析不正确的一项是（　　）

A. 《韩非子·难言》指出，如果分别采用"文"或"质"不同风格，就无法达到向国君进谏的目的。这是"文"、"质"涉及社会生活的一个例子。

B. "文"和"质"这一对概念的含义，不但在古代文论中大致上是一以贯之的，它跟最初评论人物时的意义也是一脉相承的。

C. 从古代文论来看，如果人们在文学创作中兼用华美和质朴的语言，那就会使文学作品呈现出一种文质彬彬的动人风貌。

D. 当古代批评家不满于文坛风气，要求加强"文"或"质"的时候，就意味着当时文坛可能已经过于质朴或过于靡丽了。

**【第6篇】阅读下面的文字，完成1～3题。**　　　　　　　　　　　　　　　　**【江西】**

艺术是臆造空中楼阁来慰情遣兴。诗人在做诗时的心理活动到底像什么样，我们最好拿一个艺术作品做实例。比如王昌龄的《长信怨》："奉帚平明金殿开，且将团扇共徘徊。玉颜不及寒鸦色，犹带昭阳日影来。"

王昌龄不曾留下记载，告诉我们他做诗时的心理历程。但是我们用心理学的帮助来从文字上分析，也可以想象大概。他作这首诗时必定使用了想象。

想象就是在心里唤起意象。想象有再现的，有创造的。一般的想象大半是再现的。艺术作品不能不用再现的想象。比如这首诗里"奉帚"、"金殿"、"玉颜"、"寒鸦"、"日影"、"团扇"、"徘徊"等，在独立时都只是再现的想象，诗做出来总须旁人能读懂，"懂得"这是能够唤起以往的经验来印证，用以往的经验来印证新经验大半凭借再现的想象。

但是只有再现的想象决不能创造艺术。艺术既是创造的，就要用创造的想象。创造的想象也并非无中生有，它仍用已有的意象，不过把它们加以重新配合。王昌龄的《长信怨》精彩全在后两句，这后两句就是用创造的想象做成的。每个人都见过"寒鸦"和"日影"，却从来没有人想到诗的主人班婕妤的"怨"可以见于带昭阳日影的寒鸦。但是这话一经王昌龄说出，我们就觉得它实在是至情至理。从这个实例来看，创造的定义就是：平常的旧材料之不平常的新综合。

王昌龄的题目是"长信怨"。"怨"，是一个抽象的字，他的诗却画出一个如在目前的具体的情境，不言怨而怨自见。艺术不同于哲学，它最忌讳抽象。

从理智方面看，创造的想象可以分析为两种心理作用：一是分想作用，一是联想作用。

"分想作用"就是把某一个意象和与它相关的许多意象分开而单提出来，诗的分想作用是选择的基础。有分想作用而后有选择，只是选择有时就已经是创造。

不过创造大半是旧意象的新综合，综合大半借"联想作用"。联想是知觉和想象的基础。艺术不能离开知觉和想象，就不能离开联想。我们曾经把联想分为"接近"和"类似"两类。比如这首诗里所用的"团扇"这个意象，在班婕妤自己第一次用它时，是起于类似联想，因为她见到自己色衰失宠类似秋天的弃扇；在王昌龄用它时则起于接近联想，因为他读过班婕妤的《怨歌行》，提起班婕妤就因经验接近而想象到团扇的典故。不过他自然也可以想到她和团扇的类似。

因为类似联想的结果，物固然可以变成人，人也可以变成物，物变成人通常叫做"拟人"。《长信怨》的"寒鸦"是实例，鸦是否能寒，我们不能直接感觉到，我们觉得它寒，便是设身处地地想。不但如此，寒鸦在这里是班婕妤所羡慕而又妒忌的受恩承宠者，它也许是隐喻赵飞燕。

人变成物通常叫做"托物"，班婕妤好自比"团扇"，就是托物的实例。"托物"者大半不愿直言心事，故婉转以隐语出之。

（选自朱光潜《谈美》，有删改）

1. 下列对文中"想象"的理解，正确的一项是（　　）
A. 想象就是在心里唤起意象，也就是用以往的经验来印证新经验，从而创造出艺术作品。
B. 创造的想象是用已有的意象重新配合来创造艺术，再现的想象则是通过再现以往的意象来独立创造艺术。
C. 只有再现的想象决不能创造艺术，这是因为它并非平常的旧材料之不平常的新综合。
D. 创造的想象心理作用分为分想与联想，有分想作用而后有选择，选择就是创造，诗有时只要有分想作用就可以做成。

2. 下列从创造的想象角度对王昌龄《长信怨》一诗的理解和分析，不正确的一项是（　　）
A. 诗中"奉帚"、"金殿"、"玉颜"、"寒鸦"、"日影"、"团扇"、"徘徊"等，在独立时都不是创造的想象，可见《长信怨》的创作不一定用创造的想象。
B. "怨"，是一个抽象的字，而王昌龄的"玉颜不及寒鸦色，犹带昭阳日影来"却运用创造的想象画出一个如在目前的"怨"的情境，从而完成了一次艺术创造。
C. 诗中"团扇"这一意象的使用，在班婕妤的笔下起于类似联想，而王昌龄诗中则起于接近联想，所以同一意象不同的作者使用时可以有不同的类型。
D. 班婕妤没有将君恩的中断与失宠之悲直接表露，而以"团扇"自比，托物以言其志，这也是一种创造的想象。

3. 根据本文信息，下列古诗词中不属于"拟人"的一项是（　　）
A. 随风潜入夜，润物细无声。
B. 废池乔木，犹厌言兵。
C. 双兔傍地走，安能辨我是雄雌。
D. 黄鹤之飞尚不得过，猿猱欲度愁攀援。

**【第7篇】**阅读下面的文字，完成1～4题。　**【浙江】**

（1）大学教育的主旨，在于培育能积极推动民族进步的一代新人。"一代新人"具有领受现代文明之精神、在道德上自觉自律的独立人格、民族关怀和社会责任感，同时又能够在平凡的工作中发挥其个性和才华，为社会的文明发展作出脚踏实地的贡献。因此，<u>今天重提"知识分子"这一概念，具有特别重要的意义</u>。

（2）专家与知识分子这两个概念并不重合。术业有专攻，固然是重要的，但未必就能从中形成一个知识分子的精神气质、天下关怀的人生态度和敢于怀疑、敢为天下先的批判精神。如果大学只能培养出与社会的多元职业结构相一致的各类专家，那么，我们民族的精神存在将不再可能在一个特定的人群中获得其自我意识和自我表达。一旦民族的所有成员都被充分融入到社会的利益体系中去，社会的良知就将失去其表达器官，民族的命运将被无声地操纵于资本逻辑之手。

（3）大学通识教育的一个最重要的目标，就是守护知识分子代代相继的可能性。而这个目标，在今天已被逐渐遮蔽了。对大学的教学成果和学生的学习成绩的评价标准，已被纳入了学分制的轨道。这是一种单纯的功能主义的教学体制。要限制其弊端已经非常困难。因此，对于通识教育的培养目标和教学方法的探索，正是一条可以救治眼下的机械、呆板的学分制弊端的现实道路。

（4）年轻一代的大学生不得不在市场经济中获得自己的一席之地，这是十分现实的事情。但这并不意味着一定与志存高远的人生理想相矛盾，绝不意味着他们将来仅仅是能够谋生或得到较高收入的专业人士。真正的青春饱含生命的热情，能够运用思想、提出理想并且为实现理想而从事生命奋斗。

（5）守护中国知识分子的继续存在，是理解大学推行通识教育意义的必要高度。通识教育成果与否，将对中国大学的前进和它们在全球化背景中的国际地位具有深远的影响。

（6）一个没有文化自觉的大学，在国际竞争中的实力，在根本上就是可疑的。如果我们更关注的只是大学的当下排名，却遗忘了在这种排名背后的真实基础，这将是令人感到悲哀的。任何一所大学，其国际排名的真实基础，都在于有一个卓然自立、具备文化创造力的知识分子群体的存在，这个群体能够为自己民族的文明发展、并仅仅因此也能为人类文明的进展作出贡献。

1. 下列对"今天重提'知识分子'这一概念，具有特别重要的意义"的原因解释最恰当的一项是（　　　）

A. 知识分子具有独立的人格、民族关怀和社会责任感。

B. 知识分子是与专家并不重合的概念，具有独特含义。

C. 大学过分注重培养适应社会多元职业结构的各类专家。

D. 大学要注重培养学生在市场经济中获取自己地位的能力。

2. 下列对"文化自觉"的理解不正确的一项是（　　　）

A. 重视对通识教育培养目标和教学方法的探索。

B. 重视对具有文化创造力的知识分子群体的培养。

C. 注重培养大学生高远的人生理想并激发其生命热情。

D. 注重全球化背景下的国际地位与国际竞争中的实力。

3. 下列观点符合文意的一项是（　　　）

A. 大学教育的重要目标在于培养具有民族精神的知识分子而非术业有专攻的专家。

B. 通识教育的价值之一在于突破单纯功能主义的教学体制，力保知识分子群体的存在。

C. 目前大学教育的最大问题在于偏离社会良知，导致民族命运被操纵于资本逻辑之手。

D. 通识教育的推行，能够提升中国大学的国际地位和大学生在市场经济中的竞争力。

4. 请用一句话概括本文的主旨。

---

**【第8篇】阅读下面的文字，完成1～3题。**　　　　　　　　　　　　　　　　**【海南、宁夏】**

（1）唐诗现在又开始让人感觉真切和亲切了，这是经历了和传统文化分别的痛苦之后才有的内心感觉。经历了千年，唐诗还留下那么多，可以想象当时的创作盛况。那么多唐诗显然不可能都是为了功名而写作的。它是一种流行的东西，是社交场合的一种交流方式，更多时候就像现在的歌词。王之涣和高适、王昌龄几个去歌台舞榭，听歌女唱他们的诗。几轮下来，独独听不到王之涣的诗。王之涣指着歌女中最美的一个，对在座的诗人们说，如果她唱的不是他的诗，他从此就不写诗了。那个最美的歌女出场唱的果然是王之涣的《凉州词》"黄河远上"那一首。这说明我们所景仰的唐诗，在当时很可能多是传唱的歌词。当时写诗的人太多了，即使是李白，也可能就是在盛唐被歌唱了一些年。在晚唐大概唱不过小李杜和温庭筠吧？杜甫的诗，可能文本些，难以流行；杜甫的崇高地位，在他死去数十年后才建立，应该和唐诗本真的歌词性质有关。

（2）从这个意义上说，三十年来中国内地流行歌词的长盛不衰是值得欣喜的。人在这个世界上生活着，悲欢冷暖，酸甜苦辣，都会感动在心，用心去歌唱。歌唱的内容就是人的现实和梦想，譬如生命、爱情、母亲、故乡、离别、重逢、游历和从军等等。这些在唐诗里也都写遍了。李谷一首唱的《乡恋》，对于故乡的依恋和怀念，和李白的《静夜思》是一样的精致平实。谷建芬作曲的《烛光里的妈妈》和孟郊的《游子吟》可以匹敌，《思念》和李商隐的无题诗，美感是相通的。还有北京奥运会主题歌《我和你》和王勃的"海内存知己，天涯若比邻"相比，也是不见逊色的。

（3）把现在的歌词和唐诗比较，只是想说明两者是同样的东西。尽管不在同一时空，两者的文化身份是一样的。虽然两个时代的作品也无法混淆，同样的留别的诗，徐志摩的《再别康桥》和罗大佑的《追梦人》就不一样。但徐志摩的文本的诗无愧于时代，罗大佑的歌词同样无愧于时代。至于说历代的歌唱同样珍贵，为什么唐诗让我们心存景仰，甚至是徐志摩的诗总觉得要比现在的歌词好多了？且以唐三彩为例。唐人见到的唐三彩一定和我们见到的不一样。我们见到的唐三彩要美得多，是时间和距离产生了美。当时的唐三彩和唐诗一样流行、时尚，时时面对的东西美不到哪里去。迎面的歌唱可能不被看重，千百年的歌唱会滋润和鼓舞同样歌唱着的心。

（摘编自陈鹏举《诗与歌词》）

1. 下列对于唐诗的理解，不符合原文意思的一项是（　　　）

A. 让人们感到真切和亲切的唐诗，是中国传统文化的重要组成部分，为中国人的情感所难以割舍。

B. 在唐朝，人们盛行写诗和传唱诗，所以可以肯定，其中有一些诗并不是为了求取功名而创作的。

C. 现在人们所景仰的唐诗，在唐朝既被用作一种社交方式，又被作为流行歌曲的歌词，其中尤以后者为多。

D. 即使是大诗人李白的诗的传唱，到晚唐也就渐渐不再流行了，唐朝诗人之多，于此可见一斑。

2. 下列关于现在的流行歌词和唐诗的比较，符合原文意思的一项是（　　　）

A. 历史上唐诗最终为宋词元曲所取代，而三十年来中国的流行歌词却能长盛不衰，这是值得欣喜的。

B. 现在的流行歌词和唐诗一样，写的都是人的现实和梦想，都会使人感动在心，用心去歌唱。

C. 李谷一首唱的《乡恋》和李白的《静夜思》，在表现对故乡的依恋和怀念方面可谓异曲同工。

D. 比起王勃的"海内存知己，天涯若比邻"来，北京奥运会的主题歌《我和你》显得更为出色。

3. 根据原文内容，下列推断不正确的一项是（　　　）

A. 王之涣说，如果最美的歌女唱的不是他的诗，从此就不写诗了。这说明王之涣的诗当时曾被广泛传唱。

B. 杜甫的诗，可能表现得文本一些，这应该跟唐诗本真的歌词性质有一定的关系，所以难以流行。

C. 在唐代，唐三彩和唐诗一样也是流行的、时尚的东西，因而当时的人们是不会把它看得很珍贵的。

D. 时间和距离能够产生美，可以想见，现在流行歌曲的歌词在若干年后应该也会被人们推崇的。

**【第 9 篇】阅读下列文字，完成 1～3 题。**　　　　　　　　　　　　　　　　**【山东】**

**"断桥"考**

唐代诗人张祜《题杭州孤山寺》中有"断先桥荒藓合，空院落花深"的诗句，这被视为今日西湖十景之"断桥"的最早文献记录。

断桥在南宋咸淳年间因隶属宝祐坊而改称宝祐桥。因"断桥"不断，当时也出现了用谐音"段桥"解释为"段家桥"的说法，如周密《武林旧事》卷五"断桥"下就说"又名段家桥"。但因为在"断桥"不断的问题上没能达成共识，所以后来人们围绕"断桥"的名义问题聚讼纷纭。

翻阅典籍，除西湖断桥之外，诗文中说道"不断之'断桥'"的还有几例。如金赵秉文《墓归》诗云："行过断桥沙路黑，忽从电影得前村。"明邵经邦《断桥》诗云："闻到桥名断，从来金勒①过。"清顾于观《南楼四咏》诗云："门前空有断桥在，十日人无款竹扉。"可见"不断之'断桥'"在古代是比较常见的，并非杭州西湖所独有。

然而桥既不断，为什么称为"断桥"呢？据考证，这里的"断桥"实即"簖桥"，而"簖桥"则是与捕鱼蟹之"簖"相伴的一种桥，它主要是用来协助捕鱼蟹的。每年秋冬之交，螃蟹会进行生殖洄游，到江海交界的浅滩中繁殖后代，渔人便利用螃蟹的这种生活习性加以捕捉。他们把芦蒿、竹竿等编连起来的"簖"插在江河之中，挡住螃蟹向下游行进的路，然后螃蟹必沿"簖"爬上来，以求越过下行，而渔人就在"簖"侧的桥上捕捉它们（当然也有划船前往捕捉或收笼的）。这种捕蟹方法在江南一带尤为常见，陆游《稽山行》有"村村作蟹簖，处处起鱼梁"（"梁"亦可作"簖"）之语。清潘衍桐《两浙輶轩续录》载海盐少女李壬《由武原至梅里》诗云："沿塘两岸遍桑麻，画舫朝移日又斜。望见簖桥心便喜，急收帆脚到侬家。"这里的"簖桥"就是指与放置鱼簖、蟹簖有关的桥，这种说法在部分地区至今还在。但因放置鱼簖或蟹簖过多对河流及湖面的水流影响较大，古代官府就已有所限制。近代以来，这种捕鱼蟹的方法，随着人工养殖业的兴起而逐渐被淘汰。

杭州西湖为钱塘江的泄湖，在中唐以前，钱塘江与西湖的水域连成一片，湖中水流因孤山分流，携带的泥沙逐渐形成了"白堤"。流经孤山的两股水流在宝石山东南端合流而出，"白堤"也便成为一道天然

"鱼梁"。渔人在"白堤"东端设簖来捕鱼蟹,而且依簖设桥,以方便捕捉鱼蟹和到孤山的交通,这样的桥叫做"簖桥",也在情理之中。张祜的诗句中写作"簖桥",因为那时"簖"字或许还没有产生,或许很少有人使用。五代以后,特别是自吴越王钱镠筑埭海塘以来,钱塘江的鱼蟹经西湖而洄游的现象消失,渔人也就逐渐不再用簖捕捉鱼蟹了。随着杭州都城文化的发展和西湖旅游形象的提升,"断桥"已失去设簖捕捉鱼蟹功能的本义,但"断桥"之名却由于文人作品的称颂和民间口耳相传而得以沿用。

(节选自关长龙《"断桥"考》)

〔注〕①金勒:金饰的带嚼子的马笼头,这里借指骑马者。

1. 下列选项中关于"簖桥"的说明,不正确的一项是(　　)

A. "簖桥"是与渔人用芦蒿、竹竿等编连起来捕鱼虾的"簖"相伴的一种桥。

B. "簖桥"的主要功能是方便渔人用簖捕捉鱼蟹。

C. "白堤"东端的"簖桥"即今日西湖断桥,原是为方便渔人捕捉鱼蟹而设。

D. "簖桥"在张祜的诗中写作"断桥"的原因是那时"簖"字可能还没有产生,也可能很少有人使用。

2. 下列不属于用"簖"捕捉鱼蟹的方法逐渐被淘汰的原因的一项是(　　)

A. 古代官府对在河流及湖面放置鱼簖或蟹簖有所限制。

B. 近代以来,人工养殖业的兴起。

C. 五代以后,钱塘江的鱼蟹经西湖而洄流的现象消失了。

D. 杭州都城文化的发展和西湖旅游形象的提升。

3. 下列表述不符合原文意思的一项是(　　)

A. 唐代诗人张祜的《题杭州孤山寺》是目前所能见到的记载西湖断桥的最早文献。

B. 西湖十景之"断桥"在南宋时又称宝祐桥,还曾因"断""段"谐音而被称作"段家桥"。

C. 第三段列举了赵乘文等人的诗,说明除西湖断桥之外,在古代其他地方也有"不断之断桥"。

D. 第四段引用海盐才女李壬的诗,说明近代以前江南一带用鱼簖或蟹簖捕鱼蟹的方法很常见。

**【第10篇】阅读下面的文字,完成1~3题。** 　　　　　　　　　　　　　　**【福建】**

尺　度　　彭程

对于绝大多数的人物、行为、时间,在绝大多数的情形下,有两个字是躲避不开的:尺度。几乎多有的领域、一切事物,都因尺度的介入、参与而存在、运行,自足自立。

尺度具有相对性。在某个人群某种环境中被视为天经地义的尺度,换一种背景来看,可能匪夷所思,莫名其妙。驰骋于想象王国的作家悲壮的叫喊"不创造毋宁死",而另一边,浸润了实证精神的科学家会奇怪,如此虚幻的勾当何以会让人付出整个身心。这时,尺度之不同简直成为一道墙垣了。所以这个世界上才会有那么多的隔膜、误解乃至对抗,小到一个家庭中长幼之间的代沟,大到亨廷顿所说的"文明的冲突"。

尺度具有普遍性,但是也不时会有意外,仿佛当今赛事频爆冷门。当代哲学家维特根斯坦放弃巨额家族遗产,因为它们妨碍了他的哲学思考。明代作家袁中郎辞去苏州行政长官之职,因为他的趣味是无羁无绊,与山水相唱和。这些人当然是常人眼里的"另类",但你不能说他们没有尺度。也许梭罗概括的最到位:"如果谁没有跟随队伍的步伐,很可能他听到了另一种鼓点。"他们对传统的尺度不以为然,心中有着自己独特的标高。越是杰出者就越勇于冲破流俗,因为他们的目力更能洞察事物的本质,更能窥见大美所在。相比人云亦云者,他们更乐于自己决定怎样迈步。这就接近了一个重要的观念:尺度的核心是个性。或者说,个性决定了尺度的美貌。一条因果之链连接了二者。而所谓个性,不过是源自对生活的独特领悟和由此而生的特异的行为姿态。在常人难以理解之处,特立独行者凭借自己的尺度成就了不寻常的人生。

越是在这个复制的时代,独特的个性就越显得重要。而个性的极致是与尺度的臻于极致互为表里的。然而我们看到的情形却不容乐观,众多的生命样式都仿佛在一个模子里铸成,更令人忧虑的是人们对此每每视而不见。据说随着基因工程等现代科技的发展,人除了得享长寿外,甚至可以定制自己的器官形体,你大可选择梦露的容貌、乔丹的体型。这当然令人雀跃,但为什么很少听人谈及要为自己选择独特的生存尺度呢?为什么不努力将尺度设定得更合理、更美好、更杰出呢?

1. 下列对文章的分析和概括,不正确的两项是(　　)

A. 作者认为,几乎所有领域、一切事物,都有尺度存在;即使是常人眼里的"另类",也有他们自己的尺度。

B. 第三段列举维特根斯坦、袁中郎的"另类"事例,并引用梭罗的名言,是为了证明"尺度具有普遍性"的观点。

C. 由于现代可以运用基因工程等高科技克隆梦露的容貌、乔丹的体型，因此作者认为这是一个"复制的时代"。

D. 作者在文末运用两个问句，对忽视个性的流俗表达了深切的忧虑，就个性化生存发出了热切的呼唤，引人深思。

E. 本文开篇提出"尺度"的话题，接着论述其"相对性"，在阐析其"普遍性"中的"意外"，而后提示出"尺度的核心是个性"。

2. 第二段中提到"尺度之不同简直成为了一道墙垣了"，作者为什么这样说？

_____

3. 结合本文，举例阐述你对"个性决定了尺度的相貌"这句话的理解。

---

**【第 11 篇】** 读下面的文字，完成 1～3 题。　　　　　　　　　　**【天津】**

① 居民健康问题已经成为国际社会与各国政府所关注的主要社会问题，实施基于居民健康的社会发展战略已成为推进社会和谐发展的重要措施，它不仅可以促进全社会的参与、统筹优先配置社会资源，而且可以协调政府和社会各部门之间的责任与发展目标，还可以规范居民个人的生活行为，充分体现了与其他社会公共政策的互补性。

② 基于个人健康—健康社会—健康城市—健康国家的理念，建立由"个人健康"发展到"健康国家"的战略思想，这不仅构建了新的社会健康价值理念，而且立足于国家层面，为医疗卫生服务的发展明确了新的方向，也使卫生改革与发展的传统模式得以创新。

③ 基于居民健康的国家发展战略，其核心是研究影响居民健康的决定因素以及改善居民健康状况所需要的政策及环境。这一战略是一个跨部门、与各项社会政策相关的发展战略，也是一种将健康决定因素与其相关政策有机结合起来的发展战略。它不仅建立了具体而明确的指标体系，而且具有比较准确可信的实证数据支持，并有与之配套的完整的评价与监督指标体系，这样不仅能够随时了解战略的实际进程，也能够不断纠正战略实施过程中所出现的偏差。

④ 每个国家都是根据各自的国情，结合其医疗卫生服务体制的特点，以及居民健康状况的实际情况而制定其战略，并具有自己的特色。同时，各国的"健康国家"战略计划均为分阶段、逐步提升的发展进程，一般以 10 年为一个阶段。

⑤ "健康国家"战略是一个具有坚实科学背景的发展战略，它是基于公共卫生、流行病学、临床医学、卫生经济与卫生政策的学科，针对居民健康问题进行广泛研究，对居民健康发展高度关注的发展战略，也是不同政府部门和不同学科之间相互配合、共同研究、合作实施的高层次社会发展战略，这一战略以其充分的协调潜力而有助于改善居民的健康状况。

1. 下列对"健康国家"发展战略的理解，不正确的一项是（　　）

A. "健康国家"发展战略的核心，是研究影响居民健康的决定因素以及改善居民健康状况所需要的政策及环境。

B. "健康国家"发展战略构建了新的社会健康价值理念，是对传统卫生改革与发展模式的突破。

C. "健康国家"发展战略是结合各自国家医疗卫生服务体制的特点，分阶段发展、逐步提升的。

D. "健康国家"发展战略是解决当今国际社会和各国政府所关注的居民健康问题的战略。

2. 下列对本文有关内容的理解，正确的一项是（　　）

A. 规范居民个人的生活行为，可以构建个人健康—健康社区—健康城市—健康国家的理念。

B. 研究居民健康状况，能够随时了解"健康国家"发展战略的实际进程，不断纠正战略实施过程中出现的偏差。

C. 实施基于居民健康的"健康国家"发展战略，需要协调各部门、各相关政策、各相关学科。

D. 每个国家都在实施"健康国家"战略计划，并以 10 年为一个发展阶段。

3. 根据本文提供的信息，下列推断不合理的一项是（　　）

A. 以居民健康为基础的社会发展战略，要求从个人层面来考虑国家医疗卫生体系的发展方向。

B. 建设"健康国家"是一个系统工程，是逐层递进、不断完善的发展过程，不会一蹴而就。

C. 推行基于居民健康的社会发展战略，有利于提高全社会的健康意识，合理利用社会资源。

D. 我们必须根据国情，从实际出发，实施具有中国特色的"健康国家"发展战略。

【第12篇】读下面的文字，完成1～3题。【湖北】

## 数 字 海 洋

(1) 海洋是地球生命的摇篮，是人类生存与可持续发展的重要空间。建设数字海洋，就是充分运用高科技手段，有效获取和利用信息，实现海洋信息化。在科学家们看来，数字海洋是通过立体化、网络化、持续性的全面观测海洋，获取海量数据来构建一个虚拟的海洋世界。它能够将海洋化学、生物、物理等要素数据变成人类利用海洋、保护海洋的有效工具；并通过对当前海洋景观的直接表达和对未来海洋场景的预测、预现，促使人类对海洋开发利用的方式更趋合理。

(2) 数字海洋建设由三个层次的内容构成：一是数据立体实时和持续采集。对海洋的立体观测包括空间观测，即利用各类遥感新技术，对海面及海面下一定深度范围内的海洋特性进行全面观测；海面观测，即由海面观测网对海洋实行全天候观测；海底观测，即由海底工作平台等智能终端组成海底观测网，对海洋深处的各种海洋要素数据进行精确而持续的采集。现代网络技术和能源技术使得这种立体观测能够长时间持续进行。二是信息网格集成。数字海洋通过网格技术协同数据采集、集成信息处理、统一运行计算，使网络上的所有资源合力工作，从而完成传统方式无法完成的海洋活动中的各种复杂计算，建立功能强大的各种应用与决策模型，实现对海洋的深入精确认识。三是知识综合应用。不同用户对海洋信息的需求和应用不尽相同。建设完整的数字海洋体系，必须在海量信息集成平台上，搭建公共性强、综合性广、功能齐全的基础海洋信息服务平台和产品开发的综合应用平台，按照资源合理开发利用的原则，实现海洋信息的一次采集、一次集成、统一开发、各家共用的理想目标。不同用户既可从中获取各自所需的专业信息，又可根据自身需要对相关信息进行二次开发。

(3) 数字海洋建设带来了人类认识、管理、开发海洋的一场革命。首先，海洋是一个变化复杂的整体，仅仅依靠海洋观测站等传统方式，人们对海洋的认识往往是有限的、滞后的，缺乏对海洋变化过程的了解。数字海洋的数据立体实时和持续采集，以及信息网格集成，使科学家能够实际掌握海洋变化过程，实现人类对海洋认识的质的飞跃。其次，现代海洋管理包括海洋权益、海洋资源、海洋环境三类海洋行政管理。数字海洋的应用可以实现海洋管理的信息化、网络化和智能化。例如在维护海洋权益上，数字海洋的实时立体观测体系，能够对我国沿海200海里内的经济专属区海域进行全天候无遗漏的实时监测，任何违反我国法律的海洋活动，都将在第一时间内被反映到我国海监指挥中心，以便及时形成维权决策，确保国家海洋利益不受侵犯。最后，海洋是人类赖以生存的第二疆土，以获取和控制资源为目标的海洋开发历来是沿海国家的重点发展战略。数字海洋具有强大的信息集成和综合展示功能，可以为具体的海洋开发项目提供大范围、精确的海洋环境数据，并能用来对项目的需求、效益、成本，以及对周边海域的影响等进行综合测评，为决策者提供最佳方案。这既避免了海洋开发的盲目性，也为海洋的可持续发展提供了保障。

1. 下列对"数字海洋"的说明，不正确的一项是（　　）

A. 数字海洋是运用高科技手段全面、持续地观测海洋，从而采集到的有关海洋世界的各种数据。

B. 数字海洋是以信息技术为支撑，在对海洋信息综合处理的基础上构建出来的一个虚拟海洋世界。

C. 数字海洋拥有海洋化学、生物、物理等有关海洋世界的多种信息，能够为不同用户提供服务。

D. 数字海洋不仅可以直接反映现实的海洋世界，还可以根据有关需求预测未来海洋世界的状况。

2. 下列有关数字海洋建设内容的表述，符合原文意思的一项是（　　）

A. 借助现代网络技术和能源技术，建立海面观测、海底观测的完整的立体观测体系，进行数据采集。

B. 通过信息网格集成来建立各种应用与决策模型，完成传统方式无法完成的各种复杂计算。

C. 建设基础海洋信息服务平台和产品开发的综合应用平台，针对不同用户进行二次开发。

D. 建设数字海洋要注意完整性，以实现海洋信息的一次采集、一次集成、统一开发和各家共用。

3. 下列对"数字海洋建设带来了人类认识、管理、开发海洋的一场革命"的理解，不准确的一项是（　　）

A. 建设数字海洋使人类以全新的方式观测海洋、获取信息，为人类深入地认识海洋奠定了坚实的基础。

B. 通过数字海洋建设，采用信息网格集成来处理观测数据，科学家实际掌握海洋变化过程就能成为现实。

C. 建设数字海洋适应了时代需要，通过实现海洋管理的信息化、网络化和智能化，完成了海洋管理任务。

D. 通过数字海洋建设所提供的有效手段，人类对海洋的开发利用更趋合理，从而保障海洋的可持续发展。

4. 根据原文提供的信息，下列推断不正确的一项是（　　）

A. 数字海洋之所以能对未来海洋场景进行预测、预现，与它强大的信息集成和综合展示功能有关系。

B. 开发海洋资源与保护海洋环境并不存在矛盾，因为数字海洋可提供科学的开发和保护海洋的最佳方案。

C. 海洋资源受海洋权益保护，维护我国海洋权益就是维护我们自己的切身利益，我们应当具有这种意识。

D. 只有实现海洋的可持续发展，才能保障整个地球的可持续发展，也才会有人类自身的可持续发展。

**【第 13 篇】** 阅读下文，完成 1～3 题。　　　　　　　　　　**【重庆】**

浩瀚无垠的海洋似乎是永远也不会干涸的。大海中的水是怎么来的呢？

有学者认为，这些水是地球本身固有的。在地球形成之初，地球水就以蒸气的形式存在于炽热的地心中，或者以结构水、结晶水等形式存于地下岩石中。那时，地表的温度较高，大气层中以气体形式存在的水分也较多。地球在最初的 5 亿年，火山众多且活动频繁，大量的水蒸气及二氧化碳通过火山口喷发出来，冷却之后便渐渐形成河流、湖泊和海洋，即所谓的"初生水"。

为了寻求地球水的渊源，人们把目光投向了宇宙。科学家托维利提出的假说：地球上的水是太阳风的杰作。太阳风即太阳刮起的风，但它不是流动的空气，而是一种微粒流或带电质子流。根据托维利的计算，从地球形成至今，地球已从太阳风中吸收了多达 17 亿吨的氢，若把这些氢和地球上的氧结合，就可产生 153 亿亿吨水。

科学家路易斯·弗兰克也提出一个新理论：地球上的水可能来自迄今为止还未观测到的由冰组成的小彗星。他在分析卫星图片时发现了一些黑色小斑点，而这些黑斑是高层大气中大量分子聚集而形成的气体水云。他认为，小黑斑现象是许多小彗星不断地把水从高层注入大气，形成彗星云团，而后化作雨降至地面。不久，在 600 多千米上空，他又发现了带状发光物，即含水破碎物留下的"尾流"。而这一高度又恰好是此类彗星可能徘徊的地带。1990 年，一块冰体从天而降，落在中国江苏省无锡梅村乡。我国专家经潜心研究后认为，此冰块就是来自彗星。弗兰克理论还为一些未解之谜提供了解释。例如可能就是由大量的小彗星倾泻而下，造成地球气候剧变，才使恐龙及其他一些物种灭绝。1998 年美国科学家打开了一块来自彗星的陨石，结果竟在里面发现了少量的盐水水泡！不久又发现另一块陨石里布满了奇怪的紫色晶体，这些晶体里竟然有水！

对于小彗星是否为地球带来过大量降水，科学家们正在不断地观察，不断地试验。

1. 下列对"所谓的'初生水'"表述准确的一项是（　　）

A. 存在于炽热的地心中的水蒸气。

B. 存于地下岩石中的结构水、结晶水。

C. 大气层中以气体形式存在的水分。

D. 由火山喷发的水蒸气冷却后形成的。

2. 下列选项中，不能支持弗兰克理论的是（　　）

A. 地球上的水有可能来自由冰组成的小彗星。

B. 在彗星可能徘徊的地带发现了含水破碎物留下的"尾流"。

C. 经我国专家研究，落在中国无锡梅村乡的冰块来自彗星。

D. 有的陨石里含有盐水水泡或含水的紫色晶体。

3. 根据原文提供的信息，下列推断不正确的一项是（　　）

A. 根据托维利假说，人类有可能利用太阳风获取更多的水。

B. 根据弗兰克理论，人类有可能借助彗星云团进行人工降雨。

C. 对地球水源的研究，有助于预见地球气候还将发生剧变。

D. 对地球水源的研究，有助于了解其他行星是否有水存在。

**【第 14 篇】** 阅读下面的文字，完成 1～3 题。　　　　　　　　　　**【四川】**

### 抗生素滥用与 DNA 污染

（1）青霉素问世后，抗生素成了人类战胜病菌的神奇武器。然而，人们很快发现，虽然新的抗生素层出不穷，但是，抗生素奈何不了的耐药菌也越来越多，耐药菌的传播令人担忧。2003 年的一项关于幼儿园口腔卫生情况的研究发现，儿童口腔细菌约有 15％是耐药菌；97％的儿童口腔中藏有耐 4～6 种抗生素的细菌，虽然这些儿童在此前 3 个月中都没有使用过抗生素。

（2）从某种意义上说，现代医学正在为它的成功付出代价。抗生素的普遍使用有利地抑制了普通细菌，客观上减少了微生物世界的竞争者，因而促进了耐药性细菌的增长。

（3）细菌耐药基因的种类和数量增长速度之快，是无法用生物的随机突变来解释的。细菌不仅在同种内，而且在不同的物种之间交换基因，甚至能够从已经死亡的同类散落的 DNA 中获得基因。事实上，这些年来，每一种已知的致病菌都已或多或少获得了耐药基因。研究人员对一株耐万古霉素肠球菌的分析表明，它的基因组中，超过四分之一的基因，包括所有耐抗生素基因，都是外来的。耐多种抗生素的鲍氏不动杆菌也是在与其他菌种交换基因中获得了大部分耐药基因。

（4）研究人员正在梳理链霉菌之类土壤微生物的 DNA，他们对近 500 个链霉菌品系的每一个菌种都检测了对多种抗生素的耐药性。结果，平均每种链霉菌能够耐受七八种抗生素，有许多能够耐受十四五种。对于实验中用到的 21 种抗生素，包括泰利霉素和利奈唑胺这两种全新的合成抗生素，研究人员在链霉菌中都发现了耐药基因。研究发现，这些耐药基因与致病菌中耐药基因有着细微的差异。有证据表明，耐药基因在从土壤到重危病人的旅途中，经过了许多次转移。

（5）人类已经认识到滥用抗生素对自身健康的严重威胁，并且也认识到在牲畜饲养中大量使用抗生素的严重危害。在饲料中添加抗生素，可以促进牲畜的生长，但同时也会是牲畜体内的病菌产生耐药性。世界卫生组织呼吁，为防止滥用抗生素而导致细菌产生耐药性，抑制耐药菌的传播，世界各国应限制对牲畜使用抗生素。欧盟决定从 2006 年 1 月起，全面禁止将抗生素作为牲畜生长促进剂。

（6）人畜粪便如果流入河道，或是作为饲料的一部分被撒入农田，其中的细菌就更加容易繁殖和传播其耐药基因。目前，研究人员正在调查，人畜粪便是如何在耐抗生素基因的蔓延中起作用的。

（7）抗生素滥用造成的 DNA 污染威胁着人类的健康。

1. 对上文画线句子中"付出代价"的理解，不正确的一项是（　　　）

A. 各种耐药菌的快速传播现状令人担忧。

B. 现在抗生素无法对付的细菌越来越多。

C. 细菌耐药基因的种类和数量增长速度很快。

D. 细菌能从死亡同类散落的 DNA 中获得基因。

2. 以下理解符合原文意思的一项是（　　　）

A. 耐万古霉素肠球菌的耐药基因是可以从其体外获得的。

B. 土壤中链霉菌品系的每一个菌种对抗生素都有耐药性。

C. 只要彻底杀死各种细菌就可阻断耐药基因的传播途径。

D. 欧盟已经全面禁止在牲畜饲养过程中使用各种抗生素。

3. 根据原文提供的信息，以下推断正确的一项是（　　　）

A. 人类需要不断开发各种新型抗生素来战胜各种不同的耐抗生素病菌。

B. 土壤中的耐药基因经过多次转移，传播给人后其耐药性会逐步下降。

C. 检测牲畜排泄物中有无耐药基因即可判定其饲料是否添加了抗生素。

D. 只要科学、合理地使用抗生素，人们就不会感染各种耐抗生素病菌。

【第 15 篇】阅读下面的文段，完成 1~3 题。　　　　　　　　　　　　　　　　【湖南】

① 几个世纪以来，科学一直被看成一种为人类带来幸福的力量，以牛顿力学为代表近代科学引发的工业革命为人类创造了巨大的物质财富；20 世纪初，以相对论和量子理论为代表的物理学革命，从宏观和微观的尺度上，把人们对客观世界的认识推向了高峰。在一片胜利的欢呼声中，科学作为一种新的"偶像"登上神坛。

② 1845 年 8 月，在日本广岛上空爆炸的原子弹开始打破人们对科学的迷信。当原子弹造成的种种惨象通过媒体传播时。那些参与制造原子弹的科学家们陷入了深深地内疚之中。他们开始感到，科学研究的领域也存在着潘多拉的盒子。

③ 20 世纪后半叶，以 DNA 双螺旋结构的发现为开端的分子生物学革命逐渐成了科学舞台上的主角。20 世纪 60 年代初，遗传密码被破译。1969 年，DNA 限制性的内切酶被发现。1971 年，斯坦福大学的保罗·伯格将猿猴病毒 40（SV40）的 DNA 引入大肠杆菌并与其 DNA 重组，获得了一种新的带有 SV40 基因的大肠杆菌，由于 SV40 对鼠类动物具有致癌性，还可以在试管内使人的正常细胞转达化为癌细胞，因此伯格的重组大肠杆菌就有可能具有致癌性。

④ 大肠杆菌广泛存于人体肠道内，如果含有 SV40 基因的大肠杆菌在人群间传播，可能造成难以预料的后果。美国著名分子病毒学家罗伯特·普兰克了解了伯格的工作后，立即与他通电话，指出这种大肠杆菌可能成为传播人类肿瘤的媒介，并建议他暂停此项研究。这使伯格特犹豫，他深知 DNA 重组技术的革命意义，但他也为此项研究可能带来的严重后果担忧，他与其他生物学家讨论后，毅然决定暂停此项研究。

⑤ 但是，DNA 重组的研究并未停止，并在其他实验室不断取得新突破。随着研究的进一步推进，基因重组技术引起的伦理问题日益引起政府和公众的关注。1974 年 7 月，在美国科学院的支持之下，伯格等著名分子生物学家联名发表了一封建议信，呼吁在全世界范围内无条件禁止一切有可能导致无法预知后果的基因重组研究。因为"伯格信件"的倡议，1975 年 2 月，16 个国家的 140 位著名科学家在美国加州举行会议，参会者一致认为："尽管基因重组技术会促进分子生物学的革命性进展，可是运用这项技术所产生的生物新类型，可能对人类健康造成直接和意想不到的危害，因此必须对此严加控制。"美国哥伦比亚广播公司专门对此做了一个题为《DNA 争论：科学反对它自己》的专题节目，向公众普及科学伦理。

⑥ 在伯格信件中，积极从事该领域研究的杰出科学家主动提出对自己的研究工作进行限制，这在科学史上还是第一次，它显示了那一代科学家巨大的道德勇气和强烈的社会责任感，堪称科学史上的重大事件。

（选自《环球科学》2009 年第 2 期，有删改）

1. 下列关于"伯格信件"的阐述，与原文意思不符合的一项是：（　　）
A. 伯格信件是伯格等分子生物学家在美国科学院的支持下于 1974 年 7 月联名发表的一封建议信。
B. 伯格信件提议在全世界范围内无条件禁止一切基因重组研究以避免可能导致的无法预知的后果。
C. 在伯格信件中，伯格等杰出科学家主动提出对他们从事并取得成果的领域的研究工作进行限制。
D. "伯格信件"这一科学史上的重大事件显示了那一代科学家巨大的道德勇气和强烈的社会责任感。

2. 下列说法，符合原文意思的一项是（　　）
A. 文章中称科学为一种新的"偶像"，这是对在欢呼中登上神坛的科学的批判。
B. DNA 重组技术虽然具有革命意义，但也有可能给人类健康带来严重的后果。
C. 杰出的科学家主动停止了自己的科学研究，日益引起政府和公众的广泛关注。
D. 加州会议参会者一致认为，必须严格控制分子生物学革命产生的生物新类型。

3. 本文原标题为"科学反对它自己"，依据文章，对该标题理解不正确的一项是（　　）
A. 科学反对它自己并不意味着反对它的全部，而是反对它有悖于科学伦理的部分。
B. 只是限制那些有可能危害人类的科学研究，才能真正推进科学的发展，造福人类。
C. 防止科学技术在运用中对人类造成危害，有赖于科学家的道德勇气与社会责任感。
D. 新科学反对旧科学，科学就是在不断否定过去的研究成果的过程中得到进步的。

## 吕丽高考语文讲堂·科技文阅读·第 4 练　【2008 高考 17 题】

**【第 1 篇】**阅读下面的文字，完成 1～3 题。　　　　　　　　　　　　　　**【全国 I】**

盖天说与浑天说是中国古代天文学上两大主流学派的理论，两派都创造了许多天文仪器，用于观测、记录、研究和演示天象。浑天学派的浑天仪和浑象奇瑰雄浑，在历史上备受推崇，盖天学派的圭表也广为世人所知。其实，盖天派还创制了一种盖天图仪，同样闪烁着先哲智慧的光芒，然而遗憾的是，这种盖天图仪在中国天文学史上却鲜有提及，所以今天仍有必要介绍和探讨。

盖天说是中国一种古老的天文学理论，传说出自周人之手的《周髀算经》说："天象盖笠，地法覆盘。"古人于伞盖之下，仰观其形有若天穹，于是绘制星辰图像于其上，就成为一幅盖天图。与盖相类者有笠，笠无柄，顶戴于头遮日防雨。用笠制作法天之器，作用与盖相同，故有"盖笠"一词。但笠小盖大，盖上可以绘制更多星辰，这大约就是后代名称"盖天"的原因吧。

盖天图仪之形与天穹相似，人可站立其下仰视，也可以回转盖图以示天空星辰旋转，还可以斜置以演示北极倾斜之状。既简单又直观，可谓古人观天最理想的器具。这种图，天区星度布局比较均匀，完全不像后来的平面盖天图误差那么大。但古代完整的盖天图仪并没有流传下来，我们只能就相似的车盖等来探讨其形制。《隋书》中记有一辆南齐帝车："及平齐，得其舆辂，藏于中府。……有乾象辇，羽葆圆盖，画日月五星，二十八宿，天街云罕。"乾象即天象，这正是盖天图仪的形制。另一类盖天图绘于古墓葬中，汉至隋唐的许多墓室设为穹顶，上绘天象，虽稍简陋，但屡见不鲜。

流传古籍中的平面盖天图，则是将球面图形加以平面化，其好处是制作简易，方便携带。但这样一来所绘星位必然因照顾角度而牺牲距离，而与实际天象不合，于是广受诟病。其实，在表现天象方面，浑天派也有缺点。浑象上绘出的星图是目视星空的反象，相当于人从天外向下俯视。从这一点说，它还不如盖天图直观形象。

中国历史上曾多次发生浑盖之争，由于浑天说占据了主导地位，盖天图仪遂长期为人们所忽视。今天再进行浑盖之争当然已经毫无意义，但如果把盖天图仪纳入人类天文学史，则依然是很有意义的。

（摘编自秦建明《盖天图仪考》）

1. 下列关于作者写作本文原因的表述，不正确的一项是（　　）

A. 盖天学派跟浑天学派一样，也是中国古代天文学的主流学派，创造了许多天文仪器。

B. 浑天学派的浑天仪和浑象，以及盖天学派的圭表在历史上备受推崇，广为世人所知。

C. 盖天图仪和浑天仪等，都是古代用于观测、记录、研究和演示天象的重要天文仪器。

D. 盖天图仪是盖天学派创制的，这一仪器闪烁着先哲智慧的光芒，但后人却鲜有提及。

2. 下列理解和分析，不符合原文意思的一项是（　　）

A. 作为天文学理论的盖天说诞生甚早，在春秋时代周朝人所著的《周髀算经》中就有"天象盖笠，地法覆盘"的说法。

B. 盖天图仪状如伞盖，上绘日月星辰，人可站立其下仰视。盖图可以旋转、倾斜，演示星辰运动状态。

C. 古代完整的盖天图仪实物已经失传，但在古人的车盖、墓室穹顶上仍绘有盖天图，形制与其相似。

D. 平面盖天图虽然所绘星位因照顾角度而牺牲了距离，但是比起浑象来，仍然显得直观形象，而且容易携带。

3. 根据原文的内容，下列推断不正确的一项是（　　）

A. 所谓"盖天图"是说像伞盖一样的天象图，但古代也有用笠制作的法天之器，所以应该也有以"笠"为名的图。

B. 虽然从古人车盖和墓室穹顶上所绘制的盖天图可以探知古代盖天图仪的主要形制，但是盖天图仪原物必定更加复杂。

C. 正因为浑象上绘出的星图是人们目视星空的反象，所以浑象上星辰的位置、距离也有不符合实际天象的。

D. 历史上曾多次发生浑盖之争，最后浑天说占据了主导地位，但盖以仰视，浑以俯视，应该说两者各具其妙。

**【第2篇】阅读下面的文字，完成1～3题。**　　　　　　　　　　　**【全国Ⅱ】**

在明王朝统治中国的276年间，白银经历了一个不同寻常的货币化过程。明初，明朝禁用金银交易，到了明后期，白银则已经通行于全社会。迄今为止，对于这一货币化过程，中外学术界无不以《明史》正统初年明英宗"弛用银之禁"、"朝野率皆用银"的诏令为根据，以为是朝廷推行的结果。实际上，明代白银的货币化是自民间开始，到明英宗以后才逐渐为官方认可、自上而下地展开。随着白银成为合法货币，白银迅速渗透到了社会的每一个角落，使得市场前所未有地活跃起来。到了嘉靖年间，整个中国对白银产生了巨大的需求，标志着这一货币化过程基本完成。

此时，一方面明朝国家财政白银入不敷出，另一方面从皇族到平民都对于白银的大量需求。在国内白银开采和供应远远不能满足要求的情况下，人们开始将寻求的目光投向海外。中国外来白银最早的源头是日本，虽然日本出产的金银在16世纪中叶以前就有向外出口的记载，但那时日本向中国输出的主要是刀剑、扇子、屏风、硫磺等。情况的转变是自16世纪40年代开始。当时，来自中国福建、广东、浙江的船只不断到达日本九州。它们的目的不再以物易物，而是以物易银。有需求就有开发和供给。也正是这一时期，日本银矿的开发得到了迅速发展，16世纪后半叶日本的输出品中，白银独占重要地位，而对中国丝与丝织品的巨大需求，则构成了银产量激增的日本方面的原因。在美洲方面，当西方走向世界寻求财富时，最早寻找的是黄金，但也是从16世纪40年代开始，西班牙在美洲转而开采白银且产量激增。当时到达菲律宾的西班牙人几乎立刻了解到中国商品对于他们的意义，立即开始与中国海商的贸易。美洲白银不仅从马来西亚流向中国，带动了整个东南亚贸易。也从欧洲运至印度，再流到中国，以换取中国的丝绸、瓷器、水银、麝香、朱砂等。从1540年到1644年这一百年间，日本白银产量的绝大部分和美洲白银产量的一半流入了中国，葡萄牙学者加良斯·戈迪尼奥因此将中国形容为一个"吸泵"。

明代白银的货币化，意味着中国由自给自足的农业经济向商品经济转变，同时也使中国更多更主动地走向世界。以贵金属白银为象征，明代中国与两个历史转折的开端相联系，一个是中国古代社会向近代社会转型的开端，另一个就是世界经济全球化的开端。

（摘自万明《明代白银货币化：中国与世界连接的新视角》）

1. 下列对于"明代白银货币化"的理解，正确的一项是（    ）

A. 由于明初朝廷禁用金银进行交易，因此白银货币化的进程并没有开始。

B. 正统初年明英宗颁布"弛用银之禁"的诏令，表明白银开始货币化。

C. 明代白银货币化虽然是从民间开始的，但后来朝廷的推行加快了它的进程。

D. 明代嘉靖年间，整个中国对白银的巨大需求促使白银成为了合法货币。

2. 下列理解和分析，不符合原文意思的一项是（    ）

A. 明代嘉靖年间，由于国家经济恶化，财政困难，最终形成了白银入不敷出的局面。

B. 16 世纪中叶以前日本向中国输出刀剑、扇子、屏风、硫磺等，白银并不占主要地位。

C. 戈迪尼奥之所以称中国为"吸泵"，是因为明代中国吸纳了全球数量庞大的白银。

D. 白银货币化标志着中国农业经济向商品经济的转变，和中国商品的进一步走向世界。

3. 根据原文的内容，下列推断不正确的一项是（    ）

A. 16 世纪中叶以后，在日本各种输出品中，最受中国欢迎并得到大量交易的是白银。

B. 西方走向世界的重要原因是寻求黄金，因此西班牙早期在美洲的主要矿产是黄金。

C. 美洲白银不仅从菲律宾，也从欧洲经过印度流入中国，这就带动了更多地区的贸易。

D. 晚明时期，中国对于白银的巨大需求，是当时世界经济全球化开始形成的根本原因。

**【第 3 篇】** 阅读下面的文字，完成 1、2 题。　　　　　　　　　　　　　　　　　【福建】

民间艺术与民俗生活息息相关，离开民俗就如同离开母体，民间艺术将孤立难存。只是由于时代观念的变迁和原有生活方式的改变，民俗也随之发生了变化。传统民间艺术要永葆青春，就要设法在变化了的民俗生活中，重新找到自己的存在价值。比如，近年来一种两三公分见方的"福"字很流行，常用来贴在电脑屏幕上方。别小看这小小的"福"字，它可以使数千年来民族传统中的"过年"的情怀一下子点燃起来。这种现象还告诉我们，在时代转型期间，其实不是人们疏离了传统，而是传统的情感无所依傍，缺少载体。可喜的是，一些重要的传统节日如今已成为法定休假日，有的传统节日还在复苏，与这些传统节日相关的民间艺术也将随之有了宽广的用武之地。

许多传统的民间艺术发展到今天，已经发生了质的变化，由生活中的应用文化转化为历史文化，成为一种历史的记忆、标志、符号，乃至经典。就像马家窑的陶器，原来只是再寻常不过的容器，现在却被视为艺术珍品，摆在博物馆的玻璃柜里，甚至要装上报警器保护起来。但是，也有许多传统的民间艺术离开我们今天的生活还不远，我们还不应"历史地"去对待它们，而应当采取积极的方式，为这些民间艺术注入时代的活力，让它们重新回到今天的生活中来。也就是说，传统民间艺术的传承应当顺应时代的转型，做到既适应变化了的生活，富有时代的朝气，又根植于民族文化的土壤，保持着独特的民族风格。

1. 下列理解不符合原文意思的一项是（    ）

A. 民间艺术要保持长久的生命力，就要在民俗生活的变化中调整自己，找到自己的存在价值。

B. 在时代转型期间，传统的情感并没有消失，只是人们的心灵再也无法承载这份传统的情感了。

C. 许多民间艺术在发展过程中渐渐失去了它的实用功能，转化为历史文化，有的还成为经典。

D. 应该通过努力，让那些还没有完全从生活中消失的传统民间艺术，重新回到我们今天的生活。

2. 下面列举的现象，与文中"传承传统民间艺术"的主张不一致的一项是（    ）

A. 在唐装中加入一些现代元素，使这种服装兼具古典韵味和时代气息。

B. 研究和借鉴马家窑陶器的传统制作工艺，用以开发新的陶器产品。

C. 把传统京剧《将相和》改编为西方话剧，增进中外文化艺术交流。

D. 春节时，用"福"字剪纸代替过去的门神，使传统的情感有所寄托。

**【第 4 篇】** 阅读下面的文字，完成 1～3 题。　　　　　　　　　　　　　　　　　【山东】

图腾与社会制度的产生

从历史上各民族的图腾崇拜来看，图腾是某种社会组织或个人的象征物。在此基础上形成的图腾制度，是规范人行为层次的社会组织系统。正如英国人类学者里弗斯所说，图腾制度是一种社会组织制度。拉德克利夫也认为图腾制度为有关社会提供了一种基本的组织原则。

图腾制度是图腾文化的一个方面，它不仅是一种社会组织制度，而且是最早的社会组织制度。

　　图腾产生之前的原始群尚处在自然状态中，各群体之间没有什么必然的联系，因此也就不可能有什么组织原则。图腾产生之后，每一个群体以一种图腾作为名称和标志，而且同一部落的各群体的图腾互相不重复。这是当时约定俗成的社会组织原则。法国学者倍松说，图腾制度"把各个'个人'都区分属类，造成一种'图腾的户籍制'，所以这种制度是一种真正的社会组织制度，而且以母亲的血缘关系的维持为基础"。所以，图腾制度可以说是最早的社会组织制度。

　　斯库耳克拉夫特用"图腾制度"来表示氏族制度。对此，摩尔根认为："倘若我们在拉丁语和希腊语中都找不到一个术语来表达这种历史上已经出现过的制度的一切特征和性质，那么，'图腾制度'这一术语也是完全可以接受的，而且使用这个术语亦自有其便利之处。"在这里，斯库耳克拉夫特和摩尔根都认为图腾制度就是氏族组织制度。其实，两者之间是不能画等号的。图腾制度产生于氏族之前，而氏族形成后，继续沿用过去形成的图腾制度。所以在氏族社会，尤其是母系氏族社会，普遍实行图腾制度。

　　图腾制度有三个基本特征。第一，每一个社会组织都以图腾——动物、植物、无生命的自然物或自然现象——作为名称和标志。第二，同一部落的各个群体，图腾互相不重复。如印第安人波塔瓦塔米部落有十五个氏族，其图腾分别为十五种不同的动物。第三，同图腾者皆为亲属。根据图腾组织制度，一个部落内各群体的图腾各不相同，但不同部落的群体，图腾允许重复。在约四十个印第安部落中，以熊和狼为图腾的氏族分别有三十多个。这些部落不同而图腾相同的氏族，不管是否有血缘关系，彼此都视为亲属，认为同出于一个图腾祖先，相互间是兄弟姐妹之间的关系。我国白族虎氏族成员也认同同图腾者皆为亲属，如出门在外，虽素不相识，但只要是以虎为图腾的，便亲如兄弟，生死与共。

　　图腾制度在形成之后，随着图腾文化的发展而日臻完善，并随着图腾文化的衰亡而被其他社会组织制度所代替。

　　1. 本文认为图腾制度是最早的社会组织制度，以下不属于其依据的一项是（　　　）

　　A. 拉德克利夫认为图腾制度为有关社会提供了一种基本的组织原则。

　　B. 图腾产生之后，处在自然状态中的原始群的每一个群体以一种图腾作为名称和标志，形成了当时的社会组织原则。

　　C. 图腾制度把处于自然状态的原始群中的各个"个人"都区分属类，造成一种"图腾的户籍制"。

　　D. 图腾制度以母亲的血缘关系的维持为基础，是一种真正的社会组织制度。

　　2. 下列对图腾制度的解释，正确的一项是（　　　）

　　A. 作为一种社会组织制度，图腾制度产生于氏族制度之前，是当时用来规范人行为层次的社会组织系统。

　　B. 每一个社会组织都以动物、植物、无生命的自然物等实物为图腾作为自己的名称和标志。

　　C. 同一氏族的各个部落的图腾不能互相重复，是图腾制度约定俗成的社会组织原则。

　　D. 部落不同而图腾相同的群体，同出于一个祖先，彼此都视为亲属，相互间是兄弟姐妹之间的关系。

　　3. 下列表述符合原文意思的一项是（　　　）

　　A. 图腾制度是图腾文化的一个方面，整个图腾体系就是一种社会组织制度。

　　B. 摩尔根认为，倘若在拉丁语和希腊语中都找不到一个术语来表达氏族组织制度的一切特征和性质，用"图腾制度"这一术语也是可以的。

　　C. 氏族形成后，继续沿用图腾制度，所以在氏族社会全都实行图腾制度。

　　D. 图腾制度形成之后，随着图腾文化的发展而日臻完善，但随即为其他社会组织制度所代替。

　　**【第5篇】**阅读下面的文字，完成1～4题。　　　　　　　　　　　　　　　　　　　　**【广东】**

诗与直觉　　朱光潜

　　无论是欣赏或是创造，都必须见到一种诗的境界。这里"见"字最紧要。凡所见皆成境界，但不必全是诗的境界。一种境界是否能成为诗的境界，全靠"见"的作用如何。

　　诗的"见"必为"直觉"。有"见"即有"觉"，觉可为"直觉"，亦可为"知觉"。直觉必须是对于个别事物的知，"知觉"必须是对于诸事物中关系的知，亦称"名理的知"。例如，看一株梅花，你觉得"这是梅花"，"它是冬天开花的木本植物"，"它的花是香的，可以摘来插瓶或送人"等等，你所觉到的是梅花与其他事物的关系，这就是它的"意义"。意义都从关系见出，了解意义的知都是"名理的知"，都可用"A为B"公式表示出来。认识A为B，便是知觉A，便是把所觉对象A归纳到一个概念B里去。就名理的知而言，A自身无意义，必须与B、C等发生关系才有意义。我们的注意不能在A本身停住，必须把A当作一块踏脚石，跳到与A有关系的事物B、C等等上去。但是所觉对象除开它的意义之外，尚有它本身形象。在凝神注视梅花时，你可以将全副精神专注于它本身的形象，就像注视一幅梅花画似的，无暇思索它的意义或是它与其他事物的关系。这时你仍有所觉，这就是梅花本身形象在你心中所现的"意象"。这种"觉"就是克罗齐所说的"直觉"。

诗的境界是用"直觉"见出来的，它是"直觉的知"的内容而不是"名理的知"的内容。比如说崔颢的《长干曲》，你必须在一顷刻中把它所写的情境看成一幅新鲜的图画，或是一幕生动的戏剧，让它笼罩住你的全部意识，使你聚精会神地观赏它，玩味它，以至于把它以外的一切事物都暂时忘却。在这一顷刻中你不能同时有"它是一首唐人五绝"、"它用平声韵"、"横塘是某处地名"、"我自己曾被一位不相识的人认为同乡"之类的联想。这些联想一发生，你立刻就从诗的境界迁移到名理世界和实际世界了。

这番话并非否认思考和联想对于诗的重要。作诗和读诗，都必用思考，都必起联想，甚至于思考愈周密，诗的境界愈深刻；联想愈丰富，诗的境界愈完美。但是在用思考起联想时，你的心思在旁驰博骛，决不能同时直觉到完整的诗的境界。思想与联想只是一种酝酿工作。直觉的知常进为名理的知，名理的知亦可酿成直觉的知，但决不能同时进行，因为心本无二用，而直觉的特色尤在凝神注视。读一首诗和作一首诗都常须经过艰苦思索，思索之后，一旦豁然贯通，全诗的境界于是像灵光一现似的突现在眼前，使人心旷神怡，忘怀一切。这种现象通常被人称为"灵感"。诗的境界的突现都起于灵感。灵感亦并无神秘之处，它就是直觉，就是"想象"，也就是禅家所谓的"悟"。

一个境界如果不能在直觉中成为一个独立自主的意象，那就还没有完整的形象，就还不成为诗的境界。一首诗如果不能令人当作一个独立自主的意象看，那还有芜杂凑塞或空虚的毛病，不能算是好诗。古典派学者向来主张艺术须有"整一"，实在有一个深埋在里面，就是要使在读者心中能成为一种完整的独立自主的境界。（本文有删改）

1. 根据文意，下列说法错误的两项是（　　　）

A. 事物之间存在着联系，从事物间的联系中概括出来的意义，都不属于"直觉"。

B. "知觉"可用"A 为 B"的公式表示，就"名理的知"而言，A 自身没有意义。

C. "'直觉的知'的内容"的获得并非易事，全靠读者的思考与联想来完成。

D. 灵感就如同禅家所说的"悟"一样，常常突现于眼前而非艰苦思索的结果。

E. 在古典派学者看来，"独立自主的境界"应当包含在艺术须有的"整一"之中。

2. 下面对诗的赏析，符合"直觉的知"的一项是（　　　）

A. 在欣赏《诗经·蒹葭》时，注意到了韵脚变化和重章叠唱的特点。

B. 在欣赏曹操《观沧海》时，领悟到了诗人当时的志向与理想。

C. 在欣赏杜甫《望岳》时，感觉到了泰山的巍峨高大、雄伟壮丽。

D. 在欣赏白居易《钱塘湖春行》时，体味到了西湖深厚的文化积淀。

3. 在"诗的境界"形成的过程中，只能有"直觉的知"而不能有"名理的知"。这种说法正确吗？为什么？

_____

4. "见"升华为"诗的境界"涉及哪些方面的内容？

---

**【第 6 篇】阅读下面的文字，完成 1～3 题。**　　　　　　　　　　　　　　　　**【海南、宁夏】**

所谓"变形"，是相对于"常形"而言。"常形"是指现实生活中客观物象的正常自然形态；"变形"是指客观物象反映在艺术中的形态的改变。在现实生活中，由于种种原因，物象的形态有时会出现变异，例如两头蛇、三脚鸡等，这种"变形"虽然怪异，但不是艺术美学研究的对象。艺术美学所研究的，是正常的自然形态在艺术变形中的变化及其美学意义。

艺术上的"变形"分为广义和狭义两种。从广义上说，任何种类和流派的艺术，不论其创作思想和手法多么不同，它所塑造的形象较之原形都会有某些强调、选择、集中乃至改变。从这个意义上说，变形乃是艺术反映生活的一种普遍现象。不过一般地说，艺术上关于"变形"的观念是指狭义的"变形"，它表现为客观物象的几何图形所发生的改变。例如杜甫的《古柏行》："霜皮溜雨四十围，黛色参天二千尺。"宋代科学家沈括（字存中）分析道："四十围乃是径七尺，无乃太细长乎？此亦文章病也。"沈括生得太早一些，他不懂得艺术变形的美学意义。比沈括稍晚的王观国有所不同，他说："'四十围'、'二千尺'者，姑言其大且高也。诗人之言当如此，而存中乃拘拘然以尺寸较之，则过矣。"其实，古代诗歌中这类"变形"甚多，诸如"黄河之水天上来"、"飞流直下三千尺"、"白发三千丈"等等都是。当然古代诗人很懂得运用夸张的手法，可是未必有自觉的"变形"观念。

宋元以来，"变形"的美学观念已经引起了人们的注意。到明清戏曲中，舞曲程式和脸谱等都是对生活常态的改变。如脸谱中用红表忠诚，白表奸诈，舞蹈动作鸣冤叫屈时甩发，生离死别时跪步等，这些"变形"大大丰富和增强了戏曲艺术的表现手法和表现力。

艺术作品中的"变形"是创作者主观感受的一种强化，因此艺术家们常用"变形"来表达自己的思想感情。例如清初八大山人的《鱼鸭图卷》，鱼、鸭的眼眶变成了圆形，眸子有的画成绿豆小点，有的画成圆弧线，传达出"白眼看天"的蔑视情绪。这种"变形"美学的本质，是对于传统道德，特别是对于理学的反叛，是人性的高标，个性的张扬。

（摘编自曾祖荫、曾新《怪异：明清启蒙美学之特征》）

1. 下列关于"变形"的表述，不正确的一项是（    ）

A. 客观物象在现实中具有正常的自然形态，艺术上所谓的"变形"，是指客观物象在艺术中表现出来的形态的改变。

B. 在现实生活中客观物象的形态偶然会出现变异，由于这一现象不是艺术美学研究的对象，所以人们并不把它称为"变形"。

C. 关于"变形"，艺术美学所研究的是正常的自然形态在艺术表现中所发生的变化，以及这种变化的美学意义。

D. 艺术上所说的"变形"往往是指狭义的"变形"，即指在艺术表现中客观物象的几何图形所发生的改变。

2. 下列理解，不符合原文意思的一项是（    ）

A. 杜甫诗"黛色参天二千尺"、李白诗"白发三千丈"等，都只是夸张手法，不见得是自觉的"变形"观念。

B. 相对于现实生活，明清戏曲中的舞蹈程式和脸谱是一种典型的"变形"，这种"变形"有利于戏曲的发展。

C. 艺术上的"变形"是创作者主观感受的强化，艺术家们只有采用这种办法，才能强烈地表达自己的思想感情。

D. 清初八大山人的《鱼鸭图卷》表现了一种蔑视情绪，反映了他对于传统道德，特别是对于理学的反叛意识。

3. 根据原文的内容，下列分析不正确的一项是（    ）

A. 艺术上的"变形"是相对于客观物象的"常形"而言的，可以说"变形"来源于"常形"，有时甚至"变形"就是"常形"。

B. 在艺术上，广义层面上的"变形"是艺术反映生活的普遍现象，而狭义层面上的"变形"只是前者的一种特殊现象。

C. 王观国认为沈括对于杜甫诗的批评是"拘拘然以尺寸较之，则过矣"，看来王观国已经有了一定的"变形"美学观念。

D. 大致上，中国古代的"变形"美学观念在宋元时代受到人们注意，而到明清时候这种观念在实践中得到了大量的运用。

**【第7篇】** 阅读下面的文字，完成1～4题。    **【湖南】**

为什么我们容易区分上下，但却不容易分辨左右？一位哲人说过，"人，诗意地栖居于大地"，我们头顶蓝天，脚踩大地，这是区分上下的最为直观方便的参照系。但左右就不同了，左和右并无明显的参照系。小时候，大人教我们：拿筷子的是右手，端碗的是左手。两只手的功能的不对称，帮我们分辨了左右。可见，要区分左右之不同，首先得有赖于某种不对称的基准。

人类能够区别左右，奥秘就在于人类的左右大脑是不对称的！动物的大脑是对称的，因而动物不能区分左右。这一设想最初由奥地利物理学家马赫提出，如今已有实验证明，马赫的洞见是正确的。我们的右脑与直觉、情感有关，左脑与逻辑、语言有关。一个简单的测试就可以证明这一点。给出这样的问题：所有的猴子都会爬树，豪猪是一种猴子，豪猪会爬树吗？这是一个三段论，大前提正确，但小前提却是错的。对于左侧休克的病人来说，他的右脑仍然起作用，于是他回答：豪猪怎么能爬树呢？它不是猴子，它的刺多得像一只刺猬。但对于右侧休克的病人来说，他的左脑依然起作用，他的回答则全然不同：豪猪是一种猴子，它当然会爬树。这个测试明白无误地告诉我们，右脑与具体情景有关，因而右脑正常的病人能够记得豪猪的模样，它当然不是猴子；而左脑则与逻辑有关，因而左脑正常的病人能够运用演绎逻辑来推理，但他却不知道豪猪长什么样。日常生活中的我们，偶尔也会有这样的体验，一时想不起某物或某景的抽象名词，但却能在大脑中生动地再现其具体模样。这就是左右大脑分工的不同。人类正常的思维活动有赖于左右脑的合作，否则这个世界在我们眼中就会变得荒唐不堪。

人类生活在一个近似对称的世界之中，人体就呈明显的两侧对称。但这种对称又不时会被打破，众所周知，体内的器官分布就呈现某种不对称，如心脏偏于左侧。或许因为我们处处遭遇对称，因而科学家对于自然规律的对称性有一种痴迷。然而，更加重要的却是，在所有创造性的活动中，首先必须打破的恰恰是这种原始的对称性。以哲学史上有名的"布里丹的驴子"为例，当它置身于两堆同等距离的干草之间时，将难以在向左走与向右走之间做出抉择。它置身于对称性之中，若不打破这种对称性，它就会被活活饿死。当然，现实中的驴子决不会饿死，由于某种细微差别的影响，它会以不可预测的行动去打破这种逻辑上的对称。

就此而言，随着不对称性而来的，就是创造和活力。以性别为例，基于雌雄相异的两性生殖，为生命界带来无穷的变异或活力。而人类的两情相悦，更是生活而不是活着的见证。以时间为例，未来和过去的不对称，才让我们的生活始终都充满希望。

（选自《科技导报》2008年第2期，有删改）

1. 本文谈论的核心问题是（　　）
A. 人类大脑的特征　　　　　　　　B. 对称性
C. 分辨左右的意义　　　　　　　　D. 不对称性

2. 下列各项中，"豪猪爬树"测试所直接证明的一项是（　　）
A. 人类能够区别左右，奥秘就在于人类的左右大脑是不对称的。
B. 我们人类的右脑与直觉、情感有关，左脑与逻辑、语言有关。
C. 左侧休克的病人和右侧休克的病人的左右大脑分工是不同的。
D. 人类正常的思维活动有赖于左右脑的合作，否则就荒唐不堪。

3. 下列表述符合原文意思的一项是（　　）
A. 文章第一段明确指出：无论是区分上下还是区分左右，都依赖于打破对称性，找到在功能上更直观方便并且不对称的参照系。
B. 动物不能区分左右，因为动物的大脑是对称的。奥地利物理学家马赫提出并通过实验证明了这个结论，马赫的洞见是正确的。
C. 科学家对于自然规律的对称性有一种痴迷，原因或许就在于人类生活在一个近似对称的世界之中，我们处处遭遇对称。
D. 现实中的驴子即使身处两堆同等距离的干草之间也决不会饿死，因为它会凭借其大脑的不对称性，打破逻辑上的对称。

4. 根据原文的信息，下列推断正确的一项是（　　）
A. 左右大脑的不对称是我们人类区别于动物的特征之一。
B. 人类区别左右的能力不是天生的，而是后天教育的结果。
C. 人类所有的创造和活力，都来源于所处世界的对称性。
D. 我们之所以充满希望，就是因为未来必定比过去更美好。

**【第8篇】**阅读下面的文字，完成1～3题。　　　　　　　　　　　　　　　【辽宁】

书院教育，是宋元明时期最具特色的教育组织动工。"书院"一词，最早出现于唐代。不过，那时的书院主要还只是编书、藏书以及读书的场所。作为具有一定规模的教育场所的书院，是到宋代才出现的。当时，刚刚经历五代十国战乱，文化教育亟待振兴，一些思想家也需要自己的宣传阵地，以私人讲学为核心的书院教育，就顺应这种时代需要而出现了。宋代书院教育，以其官私结合的教育体制以及完善的教育组织形式，呈现出与古代私学大不相同的面貌。不仅如此，书院教育与宋代官学之间也有较大区别。虽然书院也选用儒家经典作为教材，但它更侧重于引导生徒修养品性、增长才识，而不是为了适应科举。不过，书院的教学内容又都不出北宋官学以及科举所要求的范围，也正因为如此，书院能够得到宋代官府的鼓励，并获得长足的发展。

书院教育直接影响了宋代学术的发展，成为宋代理学发展的摇篮。一方面，书院中掌教的"山长"，一般都会把自己的思想定为书院的教育宗旨，以此来聚集生徒，开展讲学活动。书院生徒在聆听山长集中讲学、向山长请教以外，还有充分的时间组织自学和学术讨论，这种浓厚的探讨学问的风气为思想和学术的发展留出了很大余地。另一方面，书院中的讲学内容既包括掌教者个人的学术思想，也包括正统的儒家经学思想，还包括一些后来逐渐为官方所接受的民间思想。书院因此而成为各种思想和学术交流的场所，书院之间更以学术论辩、讲学交流等形式，促成不同思想和学术的深入研讨和互相影响，从而为宋代理学的成熟准备了条件。此外，南宋时期一些理学家开始掌教各大书院，推动了书院教育与学术研究结合的进程，也促进了理学的传播与深入发展。著名的理学家陆九渊曾经受邀前往白鹿洞书院讲学，他讲授《论语》"君子喻于义，小人喻于利"一章，听讲的人很感动，甚至于有听讲者为之落泪。书院交流的盛况以及书院教育推行理学思想所形成的影响，由此可见一斑。

（摘编自袁行霈等主编《中华文明史》）

1. 下列有关"宋代书院教育"的表述，不正确的一项是（　　）

A. 宋代书院教育作为一种教育组织形式，以官私结合体制和私人讲学为主要特点。

B. 宋代书院教育是顺应战乱后文化教育亟待振兴，以及思想传播的需要而出现的。

C. 宋代书院教育中选用的教材与官学相似，但其人才培养的标准与官学大相径庭。

D. 宋代书院教育的教学内容能够符合官府的要求，因而能有机会获得长足的发展。

2. 下列对原文的理解和分析，不正确的一项是（　　）

A. 唐代和宋代都有"书院"这一名称。不过，唐代的书院和宋代的书院是名同实异的关系。

B. 宋代书院中的生徒要集中聆听山长讲学、向山长请教，并在山长的组织下开展自学和讨论。

C. 书院中的私人讲学、学术讨论及书院间的学术论辩、讲学交流，是宋代书院中常见的教育活动。

D. 南宋时期一些理学家开始掌教各大书院，书院的这种变化，有利于书院教育与学术研究的相结合。

3. 根据文意，下列推断有误的一项是（　　）

A. 作为教育体制的宋代书院，与此前的古代私学既相区别，又有一定的联系。

B. 宋代书院中的生徒，对当时朝廷科举考试的总体要求，大致上也能够适应。

C. 一些民间思想，往往通过书院教育的途径来实现逐渐为官方所接受的目的。

D. 在书院的讲学交流中，不同思想和学术相互影响，都有机会得到发展完善。

**【第9篇】阅读下面的文字，完成1～3题。**　　　　　　　　　　　　**【江西】**

"白日梦"

① 白日做梦，一向是个带有嘲笑、挖苦和讽刺意思的贬词。殊不知，常做白日梦的有截然不同的两种人：凡夫俗子和超尘拔俗者。一个懒汉，每当他穿过荒野总是幻想能踢到裸露在地表上的一块黄金而成为富翁，这便是典型的世俗白日梦；而超尘拔俗的"白日梦"则往往是科学、艺术和哲学创作的发酵。第一流的科学家、艺术家和哲学家都是一些杰出的醒着做"梦"的人。

② 牛顿就是这种人。他因看到苹果落地而联想到月球绕地球的运动，联想到苹果的加速度同月球的加速度是同属一类的观念，发现重力仅仅是万有引力的特例。牛顿作这一从地到天的联想需要有何等宏伟的想象力啊！在常人看来，那仿佛是疯狂，是幻觉，是梦中才会出现的情景。

③ 物理学的理想实验按其性质也是绝妙的"白日梦"。惯性定律就是一个。因为它不能直接从现实世界中的实验得来，只能从观察中再根据想象和推理作出。我敬爱爱因斯坦，就是出于我把他看成是个白日梦幻者——理想实验大师的缘故。

④ 艺术作品的"白日梦"性质更突出。浪漫派诗人、音乐家和画家爱梦幻世界远胜于爱现实世界。艺术世界比现实世界好，因为它更富于理想性，更接近人所追求和向往的境界。

⑤ 从某种意义上说，大哲学家也是醒着做白日梦的人。老子的梦是有关宇宙的本原和根本法则，即不可捉摸的"道"。柏拉图将人比作洞穴中被捆缚住、只能朝前看的囚犯。其身后有一堆火，他们只能从墙上看到自己和身后物体的影子，并把这些影子看成是实在的。当一名犯人逃到阳光底下，第一次看到真实的世界时，才认识到他过去一直被影子所欺骗。真正的哲学家正是从洞穴中逃到真理阳光下的囚犯。

⑥ 精神病患者的幻觉症也是一种白日梦。那么，它同科学家、艺术家和哲学家的白日梦有何不同呢？区别之一是：<u>前者是个不可逆过程，后者是可逆过程</u>。科学家、艺术家和哲学家的创作是从现实世界出发最后又能落脚到现实世界。当舒曼的《梦幻曲》一回到现实，萦绕在千万人的心坎，人们即能分享到"来如春梦不多时，去似朝云无觅处"的美感和魅力。精神病患者自认为是女皇的幻觉则是不能实现的，别人无法同它发生共鸣。

（选自赵鑫珊《哦，美丽的"白日梦"》有改动）

1. 下列对文中"白日梦"的理解正确的一项是（　　）

A. "白日梦"分为世俗白日梦和超尘拔俗的白日梦，做前一种梦的是凡夫俗子，做后一种梦的都是第一流的科学家、艺术家和哲学家。

B. "白日梦"从前是个带有嘲笑、挖苦和讽刺意思的贬词，而现在只用于指美丽的幻想。

C. 柏拉图将人比作洞穴中的囚犯，他们始终把影子当成实在的，一直被影子所欺骗，是从不做"白日梦"的人。

D. "神六"科学家设计飞船遨游蓝天的构想就是第一流的"白日梦"。

2. 下列对"前者是个不可逆过程，后者是可逆过程"这句话理解正确的一项是（　　）

A. 科学家、艺术家和哲学家的白日梦都是可逆的，而精神病患者的白日梦是不可逆的。

B. 科学家、艺术家和哲学家的白日梦都是可以实现的，而"不可逆过程"的白日梦是不能实现的。

C. "可逆过程"的白日梦都具有魅力，能给人美感，而"不可逆过程"的白日梦不具有魅力，也不能给人美感。

D. "可逆过程"的白日梦都能使别人同它发生共鸣，而"不可逆过程"的白日梦却不能使别人同它发生共鸣。

3. 下列说法不符合文意的一项是（　　）

A. 做超尘拔俗"白日梦"的一流的科学家必须有极强的观察、联想、想象、推理能力。

B. "梦幻世界"就是"艺术世界"，它比现实世界好，因为它更富于理想性、更接近人所追求和向往的境界。

C. 无法超尘拔俗者还是凡夫俗子都会做"白日梦"，只不过凡夫俗子所做的大多是"黄金美梦"。

D. 超尘拔俗者的"白日梦"往往是不太被常人理解的，却常常是创作活动的发酵。

【第 10 篇】阅读下面的文字，完成 1～4 题。　　　　　　　　　　　　【浙江】

众所周知，生物多样性是地球生命体系稳态延续的基本前提。但人类社会的活动由于受到价值定位的影响，总会对某些生物物种过分偏爱，而对另一些生物物种漠然视之，甚至对某些物种厌恶有加，因而在地球生命体系中并存的生物物种，在人类社会中总会受到各不相同的待遇。这种不公正性，首先表现为人类社会控制下的生物群落，在物种数量上比自然生态系统中要少得多；其次表现为不同物种受到的待遇也互有区别，而且无视其原生特性；再次表现为相互间的关系得按照人类的意志加以调控。这些特征体现了人类社会对地球生命体系的偏离。这样的偏离积累扩大后，最终都会影响到地球生命体系的生物多样性。

不同文化对生物物种的价值定位，完全屈从于相关民族文化稳态运行的需要，而这样的需要又具有多重性，因而不同民族文化对生物的价值定位并不具有通约性。比较不同民族文化对生物物种的价值定位，其间也无规律可言。目前愈演愈烈的农田化进程和作物种植、牲畜饲养的单一化，恰好是全球范围内文化辐合趋同演替的自然结果。要消除这些威胁，更好地维护生物多样性，出路只有一个，那就是人类的食品结构必须尽可能多样化，尽可能从更多的生物物种中获取食物来源。而做到这一点的根本保证，也只能是民族文化的多元并存。

在文化辐合趋同演替的背景下，人类生产食品的办法也会日趋单一化。目前，在全球范围内，最为通行的作物保护措施就是化学农药的使用。但任何化学农药都会不加区别地消灭一切除作物和家养动物以外的物种，这对生物多样性的破坏是不言而喻的事实。然而，随着文化的辐合趋同，人类无法找到一种更好的化学农药的替代品，以至于生物多样的保护成了一纸空文。

生物多样性维护的另一个重要的威胁是化肥的滥用。人类在使用化肥时关注的仅是作物本身，对使用化肥的负面效应即使了解，也往往是不加理会。化肥的使用对于土壤微生物的存活是一个重大威胁，而这又会导致其它众多生物的生存压力。加上过量化肥对水体的污染，还会威胁到水生动植物的生存。然而，在文化辐合趋同的背景下，这些对生物多样性的明显威胁却无法得到缓解与消除。工业文明的食物生产模式在这一背景下，被不加区别地大范围推广，这同样会使生物多样性的维护更加艰难。

为了维护生物的多样性，人类社会应当拥有尽可能多的食物来源渠道和食物生产办法，以便分散对不同生物物种的生存压力。要使食物生产的多样化成为可能，同样需要民族文化的多元并存。因此，文化的辐合趋同本身就是对生物多样性的损害。如果没有认识到这一负面效应，维护生物多样性永远只能是一个理想，而无法落到实处。

1. 对体现"人类社会对地球生命体系的偏离"的特征，表述不正确的一项是（　　）

A. 人类社会对地球生命体系中并存物种不公正是受到价值定位的影响。

B. 在物种数量上，人类社会控制下的生物群落远远少于自然生态系统中的生物群落。

C. 人类社会对待不同物种或厌恶、或漠视、或偏爱，且无视其原生特性。

D. 人类按照自己的主观意志调节控制物种与物种之间的相互关系。

2. 对文化辐合趋同造成的结果，理解不恰当的一项是（　　　）

A. 食物来源集中于较少的生物物种，食品结构相对单一。

B. 农田化进程愈演愈烈，作物种植、牲畜饲养单一化。

C. 人类生产食品的办法日趋单一化，如作物保护措施单一。

D. 工业文明的食物生产模式使生物多样性的维护更加艰难。

3. 根据全文内容，最适合做这篇文章标题的一项是（　　　）

A. 文化辐合趋同对人类生态安全的威胁　　　B. 文化辐合趋同对生物多样性的危害

C. 生物多样性与文化多样性　　　　　　　　D. 生物多样性与合理利用地球资源

4. 根据原文提供的信息，以下推断不正确的一项是（　　　）

A. 地球生命体系的稳态延续与民族文化的辐合趋同之间存在冲突。

B. 生物多样性的保护之所以成为一纸空文，是因为客观上存在的困难以及人类的漠视。

C. 文化的辐合趋同意味着对地球生命体系的破坏，它对人类弊大于利。

D. 民族文化的多元并存是维护生物多样性的根本保证，也是地球生命体系稳态延续的客观要求。

【第 11 篇】阅读下面的文字，完成 1～3 题。　　　　　　　　　　　　　　【安徽】

### 我们的宇宙外面是什么

在宇宙学中，有一个非常重要的常数、叫做宇宙学常数。这个常数在我们的宇宙中起着一种斥力的作用，使得我们的宇宙加速膨胀。20 世纪 80 年代末，诺贝尔奖获得者、美国理论物理学家温伯格指出，如果宇宙学常数显著地大于它现在所具有的数值，那么它的排斥作用就会过于巨大，以致万有引力根本不可能把物质吸引到一起形成恒星和星系。

据此，一些科学家提出了所谓"人择原理"。也就是说，我们的宇宙为什么是这个样子，那是因为它必须是这个样子，生命才有可能产生，人类才有可能存在。或者说，一些物理常数的数值为什么必须那么大，那是因为只有当它们的数值等于那么大的时候才会有人类存在。

"人择原理"是当代物理学中争论最激烈的问题之一。大多数物理学家认为，在我们的宇宙中，自然规律之所以是这个样子，应该有着某种跟人类毫无关系的深层原因。"人择原理"最激烈的反对者说，这个原理是不科学的，它起着帮助"创世论"的作用，意味着有某个类似于上帝的设计者为最后创造出生命和人类，对即将通过大爆炸生成的宇宙作了细致的调节。

但是，另一些物理学家则认为"人择原理"另有蹊径。他们认为我们的宇宙只不过是许多可能存在着的宇宙中的一个。事实上，许多物理学家和宇宙学家已经开始相信我们的宇宙不是独一无二的，而是许许多多宇宙中的一个。按照这种"多重宇宙"思想，有无数不同的宇宙和无数可能的自然规律。它们并非都生成恒星和星系。即使恒星和星系能够生成，它们那里的不同的自然规律也不一定会让恒星制造出那些对于生命来说至关重要的元素。

当然，按照多重宇宙观点，我们的宇宙就不是惟一复杂到足以支持有意识的生命存在的宇宙。英国天文学家里斯认为，在多重宇宙中，数量众多的不适合人类居住的宇宙构成了一个巨大的"海洋"，在这个"海洋"中可能散布着一些"岛屿"，这些"岛屿"被称为"可居住宇宙"。在各个可居住宇宙中物理常数的数值仅仅略微有些不同，都在允许生命存在的范围之内。我们的宇宙应该是一个普通的可居住宇宙，并无特别之处。

多重宇宙使得"人择原理"成为一种概率原理，从而具有了科学依据。有一种能够把量子力学和广义相对论调和在一起的新理论，叫做弦论。这种理论主张一切物质都由极其细小的弦组成，这些弦具有一定的能量，在十维的时空中进行振动。弦论所描述的宇宙远不止一个，可达 10500 个。这是一个我们无法想像的巨大的数字。在这么多的宇宙之中，每个宇宙都有不同的物理特性，可居住宇宙的出现即使只有极其微小的频率，它的绝对数量也必定是一个非常大的数字。

诚然，弦论是一种尚未被实验和观测证实的理论。可是，且不说弦论，实际上里斯走得比这更远。他认为在那些可居住宇宙的"岛屿"上，确定基本物理学和宇宙学状况的物理常数也许可以与我们的宇宙有很大差别。例如，它们或许有更重的电子，或许由一次较冷的大爆炸演化而来，或许光会以较低的速度传播，或许万有引力会更强大。如果真是这样，那可居住宇宙出现的概率就大多了，但它们相互之间的差别也就十分巨大。

(节选自王家骥《别样宇宙花亦红》，略有改动。)

1. 从原文看，下列对"人择原理"有关内容的解说，不正确的一项是（　　）

A. "人择原理"是一种以物理学为依据试图解释我们的宇宙生命诞生原因的理论。

B. "人择原理"认为我们的宇宙的自然规律与生命产生、人类存在之间有必然关系。

C. "人择原理"符合多重宇宙理论观点，是用以解释可居住宇宙的普遍适用的原理。

D. "人择原理"受到指责的一个重要原因，是它很容易被持"创世论"观点的人利用。

2. 从原文看，下列对"实际上里斯走得比这更远"这句话的理解，正确的一项是（　　）

A. 里斯发展了一种能够把量子力学和广义相对论调和在一起的弦论。

B. 里斯接受了多重宇宙观点并通过实验和观测创建了新的理论体系。

C. 里斯已为"人择原理"和可居住宇宙找到了更多的物理常数的证据。

D. 里斯认为物理常数与生命产生之间的关系未必局限于已有的认识。

3. 依据原文提供的信息，下列推断不正确的一项是（　　）

A. 虽然科学家都以我们的宇宙为参照来推求其他可居住宇宙的存在，但结论不尽相同。

B. 尽管"人择原理"受到了普遍的质疑，但是它对促进弦论的发展却起到了较大的作用。

C. 即使真正弄清了生命产生与物理常数的关系，也未必能准确描述可居住宇宙的数量。

D. 虽然科学家对多重宇宙和可居住宇宙的认识不尽相同，但他们的认识正在逐步深入。

**【第 12 篇】**阅读下面的文字，完成 1～3 题。 **【四川灾区】**

上世纪六十年代，在山东出土了一件龙山文化时期的空足白陶鬶。它的基本器型特点是，有一个从颈部向上延伸的长而大的流，有两前一后三个中空的足，还有一个连接颈部与后足的把手。流，本来指水道，引申指容器内液体倒出时所经由的嘴，是一种在 6000 多年前仰韶文化时期就出现的工艺。流的功用，是能比较方便地把液态的东西倒进某处。不过，仰韶文化时期的流都是横出的，不像这件从颈部延伸出来。这件陶器的口部没有盖子，如果用来盛酒或其他散发气味的液体，气味就容易逸失，据此可以判定它是盛水的器物。陶器上有三个中空足，这种中空足出现的时代要比实心足晚得多，最初是为煮饭的鼎设计的，目的是扩大受热的面积，节省薪柴的用费，后来才应用在烧水的陶器上。在扩大受热面积以后，出于减少整体热量损失的考虑，人们又渐渐缩小陶器的口部，以至于形成明显的器身与颈部之分；同时为了方便倾倒，就延伸口部成流，最终成为这件陶器的长直筒形式。

在古代，人们一直饮用河中井中的生水，5000 年前龙山文化时期的人们却已经用火来烧水，这意味着什么呢？把水烧沸，就可以杀死水中的微生物，减少疾病的发生。在今天，这是人人都懂的道理；但在古代，却应该视之为一种革命性的观念。这类陶常普遍发现于龙山文化时期的遗址，说明当时人们已经普遍用它烧开水，已经初步掌握了一些预防疾病的知识。

很多动物有天然的本能，知道利用某些植物可以治疗身体创伤。同样，在远古时期人类就已经能够有意识地采用草药敷治某些外伤。这是因为常见的外伤病症清楚，借助经验就可以判断并进行治疗。但如果是内科疾病，看不见摸不着，远古的人们难以找到发病的原因，就无法对症下药。一般认为，只有当人们对内科疾病有了认识，并能遵循一定的方针治疗时，才可以说该时代已经有了医学的萌芽。对饮水进行消毒不属于外科的范围，是预防内科疾病的行为，因此似乎可以认为它是中国古代医学的萌芽。

后来，陶鬶的口被人们封起来，只留下一个小小的管状流，最终为一种称为"盉"的新器型所取代。在公元前 2000 年以后，就再也见不到类似空足白陶鬶的器物了。

(摘编自许进雄《文物小讲》)

1. 下列关于空足白陶鬶的表述，不正确的一项是（　　）

A. 空足白陶鬶的流从颈部向上延伸，有这种流的陶鬶在 6000 多年前的仰韶文化时期已经可以见到。

B. 空足白陶鬶的口部没有盖子，不利于保持酒或其他液体的气味，所以它应该是用来盛水的容器。

C. 空足白陶鬶上应用了中空足的设计，这与鼎的中空足一样，目的就是扩大受热的面积，节省燃料。

D. 空足白陶鬶颈部的长直筒形状，是人们为了减少加热过程中热量的损失，缩小陶器的口部而形成的。

2. 下列对于龙山文化时期用火烧水的意义的理解，不正确的一项是（　　）

A. 把水加热至沸腾，能够杀死水中的有害微生物，从而大大减少人们患病的可能。

B. 龙山文化时期用火烧水的现象较普遍，说明当时人们大多有对饮水进行消毒的意识。

C. 内科疾病看不见摸不着，难以找到发病原因，用火烧水则表明已经找到内科病因。

D. 用火烧水体现了古人对内科疾病已有一定的认识，这可能是中国古代医学的萌芽。

3. 根据原文的内容，下列推断不正确的一项是（　　）

A. 陶鬶的流从颈部向上延伸出来，与横出的流相比，虽器型有别，但功用相同。

B. 从实心足到中空足，是为了扩大受热面积，从横出的流到小小的管状流，也是如此。

C. 盉取代陶鬶，在保温、防尘，以及防止气味逸失等性能方面有一定的改善。

D. 空足自陶瓷这样的器型从开始流行到不再使用，时间大概延续了 1000 年左右。

**【第 13 篇】阅读下面的文字，完成 1～4 题。**　　　　　　　　　　　　**【湖北】**

根据《国际湿地公约》，湿地是指自然的或人工的，长久的或暂时的沼泽地、湿源、泥炭地或水域地，拥有静止或流动的水体，包括低潮时水深不超过 6 米的滨海水域。湿地通常具备三个要素：水成土、临时或长期的水淹条件、耐湿生物或水生生物（尤其是植物）。这就将人们惯常理解的，仅指水域与陆地之间过渡地带的湿地概念，扩大至在空间上与之紧密相连的河流、湖泊等水体，使其形成整体，这有利于湿地生态的综合保护。滨海湿地和由河流湿地、湖泊湿地构成的内陆湿地，属于自然湿地；为满足人类需要而建成的水库、渠道、水田、塘堰等，属于人工湿地。我国湿地资源丰富，占世界湿地资源的十分之一。

湿地，与森林、海洋并称地球三大生态系统，具有不可替代的重要功能，与人类生存发展休戚相关。湿地是许多野生动植物（包括许多濒危物种）的"家园"，是全球生态系统中的巨大基因库。湿地也是蓄水防洪的天然"海绵"，能保持大于其土壤自身质量 3 至 9 倍甚至更高的蓄水量，能在短时间内蓄积洪水，然后慢慢将水排出。湿地还是有毒物质的降解容器。当人类活动造成的各种有毒物质进入湿地时，许多湿地植物和湿地中的微生物群落，能对其进行降解和转化，净化环境。这是湿地享有"地球之肾"美誉的重要原因。

湿地资源丰富，是人类的"衣食父母"。湿地提供的动物产品，如鱼虾等，是人类重要的蛋白质来源。产自湿地的谷物养活了全球 50％的人口。取自湿地的芦苇是重要的造纸原料。湿地的水资源不仅为人类提供用水保障，也提供了"舟楫便利"。湿地资源还可以通过多种方式转换能量，如水力或泥炭发电。另外，湿地景观独特，是人们理想的旅游、休闲场所。

但长期以来，人类对湿地生态系统的整体性和多功能性认识不足，为了眼前或局部利益而透支湿地资源。例如，将大量湿地排水后改作他用，导致湿地面积锐减；过度捕捞、采挖湿地动植物，破坏了湿地生态平衡；上游湿地的林木砍伐造成水土保持功能退化，使中下游泥沙淤积，湿地蓄洪功能下降；工农业和生活污水随意排放，严重污染湿地水体。现在人们已经意识到保护湿地的紧迫性，并积极探索科学的方法。美国密西西比河沿岸农业带产生的大量硝酸盐和其他化学物质，不仅导致流域水质恶化，刺激藻类泛滥，还在入海处的墨西哥湾形成一个面积 20000 平方千米的无氧区。专家们认为，流域内湿地的大量丧失导致入海径流氮负荷过重，是造成无氧区的主要原因。有专家提出，解决问题的根本办法是在全流域进行大规模湿地生态重建。全面恢复湿地生态系统功能。这个建议已得到认可。

由于湿地类型多样，其功能和价值不尽相同，因此湿地生态的恢复和重建要有具体目标，因"地"制宜。例如，用于控制污染的人工湿地可大量种植芦苇、香蒲、莎草等植物，通过收割再利用或沉积的方式去除水体中大部分的营养盐，这是分散和净化工农业及生活污水的有效办法。作为鸟类或鱼类栖息地的湿地，其生态保护要特别注意保持自然状态下的"原型"状貌。以水文调节为目的的湿地建设，重在加强湿地的滞水能力。为人们提供旅游休闲场所的湿地建设，则更应重视优美环境的营造。当然，各类湿地生态的构建在承担主要功能的同时，完全可以实现多种功能的有机融合。

1. 下列对"湿地"的说明，不准确的一项是（　　）

A. 湿地指长期被静止或流动的水体覆盖的地域，如沼泽地、湿源、泥炭地或水域地。

B. 湿地中的人工湿地有水库、渠道、水田、塘堰等，与人类的生存与发展密切相关。

C. 湿地通常被认为是指水域与陆地之间的过渡地带，这只是对湿地的一种狭义理解。

D. 湿地中的水体与湿地的其他组成部分难以分割，共同构成了湿地整体的生态系统。

2. 下列对"湿地，与森林、海洋并称地球三大生态系统，具有不可替代的重要功能，与人类生存发展休戚相关"的理解，不准确的一项是（　　）

A. 自然环境独特的湿地，为许多野生动植物提供了"家园"，也为人们提供了理想的旅游、休闲场所。

B. 自然资源丰富的湿地，是人类的"衣食父母"，为人类生存发展提供了所有物资，如食物、饮水、能源等。

C. 生态系统完善的湿地，就像一块天然"海绵"，既有很大的蓄水量和很快的蓄水速度，又能将水慢慢排出。

D. 生物构成多样的湿地，可以利用生物自身的功能有效降解和转化有毒物质，因而有"地球之肾"的美誉。

3. 下列表述完全符合原文意思的一项是（　　　）

A. 湿地面积的锐减，将会对与之相关的生态系统安全构成威胁，带来严重的后果。

B. 捕捞和采挖湿地动植物破坏了湿地的生态平衡，从而导致湿地生态功能的减弱。

C. 湿地生态系统具有整体性，上游湿地生态的破坏必然带来下游湿地水质的污染。

D. 各类湿地生态功能完全不同，因此湿地生态的恢复和重建必须要有具体的目标。

4. 根据原文提供的信息，下列推断正确的一项是（　　　）

A. 我国湿地资源丰富，占世界湿地资源的十分之一，因此我国淡水资源的人均占有量也很高。

B. 人类应当汲取了为了眼前或局部利益而牺牲湿地的教训，不要再为自身利益去利用湿地资源。

C. 只要大量种植芦苇、香蒲、莎草等植物，就能充分保持湿地在自然状态下的"原型"状貌。

D. 只有着眼于全面地恢复湿地生态系统的功能，对各类湿地生态的恢复和重建才会真正有效。

**【第14篇】** 阅读下文，完成1～3题。　　　　　　　　　　　　　　　　**【重庆】**

什么是人体生物钟？科学家研究证实，每个人从他诞生之日直至生命终结，体内都存在着多种自然节律，如体力、智力、情绪、血压等的变化，人们将这些自然节律称作生物节律或生命节律。人体内还存在一种决定人们睡眠和觉醒的生物节律，它根据大脑的指令，以24小时为周期发挥作用。

早在19世纪末，科学家就注意到了生物体具有"生命节律"的现象。科学家们将体力、情绪与智力盛衰起伏的周期性节奏绘制成三条波浪形的人体生物节律曲线图。到了20世纪中叶，生物学家又根据生物体存在周期性循环节律活动的事实，创造了"生物钟"一词。

生物钟的位置到底在何处？一般认为，生物钟应该存在于大脑中，但对于其具体位置的说法却又各不相同。有人认为，生物钟的确切位置在下丘脑前端，视交叉上核内，该核通过视网膜感受外界的光与暗，使之和体内的时钟保持同一节奏。也有人认为，生物钟现象与体内的褪黑素有密切关系，由于褪黑素是松果腺分泌的，因此生物钟也应该位于松果体上。

生物钟是受外界因素的影响，还是由人体自身内在的因素决定的？长期以来，科学家们一直在争论。外源说认为，某些复杂的宇宙信息是控制生命节律现象的动因。美国学者弗兰克·布朗博士认为，人类对广泛的外界信息，如电场变化、地磁变化、重力场变化、宇宙射线、其他行星运动周期、光的变化、月球引力等极为敏感，这些变化的周期性，引起了人的生命节律的周期性。内源说认为，生命节律是由人体自身内在的因素决定的。人在恒温和与外界隔绝的地下，也表现出近似于24小时的节律。长久以来，生物钟的作用机制一直是个谜。科学家们只知道生物钟可以控制人类睡眠和觉醒的周期、体内激素分泌、新陈代谢速率、体温等多种生理行为，但对生物钟的组成和其通过什么形式完成上述工作一直未能搞清。

加利福尼亚大学的一个科研小组在《细胞杂志》上撰文称，他们发现了人体生物钟是如何发挥作用的：生物钟通过在细胞内部制造蛋白而控制着负责不同功能的基因发挥各自的作用。它的这一系列活动促使着人们感觉饥饿、享受睡眠、改变体温等。这看上去仿佛是人体生物种非常熟练地掌握了整个DNA链上的每一个环节，并在白天或黑夜某个必要的时段中按下所需的按键来控制人体各个器官的运作。

1. 从原文看，下列对"生物钟"的理解最准确的一项是（　　　）

A. 一种决定睡眠和觉醒的生物节律。　　　　B. 体力、情绪与智力盛衰起伏的周期性节律。

C. 生物体中存在的周期性循环的生命节律。　D. 感觉饥饿、改变体温的生命节律。

2. 根据原文提供的信息，对"生物钟"的形成没有影响的一项是（　　　）

A. 通过视网膜感受光与暗的视交叉上核。　　B. 人体内松果腺所分泌的褪黑素。

C. 广泛的外界信息的周期性变化。　　　　　D. 体内激素分泌、新陈代谢速率。

3. 根据原文提供的信息，下列推断不正确的一项是（　　　）

A. 生物钟的研究可以在运动员成绩的提高方面有所作为。

B. 生物钟的研究可以为合理安排作息时间提供帮助。

C. 生物钟的研究可以自由改变人的生活与工作状态。

D. 生物钟的研究可以加深对人体细胞蛋白制造的认识。

**【第15篇】** 阅读下面的文字，完成1～3题。　　　　　　　　　　　　　　　**【天津】**

绿色经济是一种新经济，它既是以知识为基础的经济，又是人类创造绿色财富的经济。从政治经济学的角度来看，绿色经济包括绿色生产、绿色流通、绿色分配、绿色消费。绿色经济以高科技为手段，一方面通过科技力量的巨大作用使高科技的绿色产品极大地占有市场，成为经济生活中的主导部分，使广大低收人者能够买得起绿色产品，实现社会公平；另一方面，它又要在自然资源承载能力的范围内，把技术进步限定在有利于人类、有利于人类与大自然相互关系的轨道上，使社会生产、流通、分配、消费过程不损害环境与人的健康，即按照人类生活或生存的方式来求得人与自然之间的和谐。

绿色经济不仅包含生态文明和循环经济的内容，同时还追求以最小的资源耗费得到最大的经济效益，在绿色、健康的基础上使自然资源和生态环境得到最大限度的可持续利用和保护，实现利润的最大化。绿色经济以人为本，其主旨是服务于人的需要和发展，它兼顾了个人利益和社会利益、当代人利益与子孙后代的利益，是一种更高层次的人类利己主义。经济持续发展的关键在于生态环境与资源的永久可利用性，而绿色经济终强调经济发展的生诚化，追求的不是简单重视自然资源的价值，而是从动态上强调对生态环境和自然资源的永久可利用。

作为一种超越"唯生态主义"的经济，绿色经济不会单纯地用保护环境和生物多样性的眼光来看待经济的持续发展，更不会以牺牲经济的发展和社会福利的改善来换取生态环境，而是希望通过人与自然的和谐发展，来更好地实现人类自身的健康发展。

绿色经济与循环经济不同，二者虽然在节约资源、减少污染，循环利用等方面有着共同之处，但绿色经济是以科技手段来实现绿色生产、绿色流通、绿色分配等内容，在动态中达到人与自然的和谐。虽然循环经济也强调"以人为本"，但是，循环经济最主要是通过资源和环境的关注和改善来实现的，它并不具有绿色分配的内容——保证最低收入的人能够购买和消费绿色产品，而绿色经济理论则在强调社会公平方面比循环经济的内容要丰富得多。

1. 下列对"绿色经济"理解正确的一项是（　　　）

A. 绿色经济发展的关键是如何利用高科技手段开发自然资源。

B. 绿色经济围绕以最小资源耗费换取最大经济效益这一中心，使人与自然和谐。

C. 绿色经济把技术进步规范在一定的轨道上，这与实现经济效益最大化并不矛盾。

D. 绿色经济的突出特征是节约资源、减少污染、保护生态环境。

2. 下列表述不符合本文意思的一项是（　　　）

A. "唯生态主义"为了保护自然资源和生态环境，可以牺牲经济的发展和社会福利的改善。

B. 绿色经济服务于人的需要和发展，并不反对个人利益，它体现的其实是一种高层次的人类利己主义。

C. 循环经济主要通过对资源和环境的关注、改善来实现以人为本的追求。

D. 作为一种以知识为基础且能创造绿色财富的新经济，绿色经济涵盖并超越了"唯生态主义"和循环经济。

3. 根据本文提供的信息，下列推断不合理的一项是（　　　）

A. 发展绿色经济意味着即使是最低入的人也能够购买和消费绿色产品。

B. 实现绿色生产、绿色流通、绿色分配、绿色消费，可求得人与自然之间的和谐。

C. 绿色经济既可最大限度地利用自然资源，又可更好地实现个人利益，实现双赢。

D. 绿色经济是一种较理想的经济形态，在社会公平的内容方面比循环经济更全面。

**【第 16 篇】阅读下面文章，完成 1～3 题。**　　　　　　　　　　　　　　**【北京】**

人类利用聚乙烯材料指称塑料袋使用的历史不过 50 年，但近年对塑料袋的指责却不绝于耳。全世界每年要消耗 5000 亿到 1 万亿个塑料袋。废弃的塑料袋造成了很大的环境污染问题，掩埋它们会影响农作物吸收营养和水分，污染地下水；如果焚烧塑料袋则会产生有毒气体，影响人体健康。所以，科学家十分关注如何处理那些垃圾塑料袋的问题。

一般来说，将垃圾生物降解是解决其污染问题的有效方法。科学家用"呼吸运动计量法"来测量垃圾的降解率。他们在一个富含微生物的容器中例如作为测试样本的垃圾，例如报纸或香蕉皮，使他们暴露在空气中，微生物会一点点地吸收着样本，并释放二氧化碳，单位时间内生成二氧化碳的水平是衡量降解率的一个重要指标。测试结果发现，报纸需要 2 到 5 个月完成生物降解，香蕉皮则只需要几天就足够了。然而当科学家用同样的方法对塑料袋进行测试时，却发现它毫无变化，根本没有二氧化碳生成，科学家们还提出，在阳光下聚乙烯内部的聚合链将发生破裂，因此，聚乙烯可以见光分解，但这个过程可能漫长得无法确定。

人们想了很多办法寻求塑料袋的替代品。纸袋很容易降解，自然成为首选。然而，制作纸袋需要耗费木材，一旦舍弃塑料袋而选择纸袋，大量的树木将被砍伐。生产一个纸袋所需的能量，相当于生产一个塑料袋的4倍。纸袋比同样大小的塑料袋重4倍，这意味着运输过程中纸袋成本还会更高。另外，制造同等用途的纸袋要比塑料袋多生产70%的空气污染和50倍的水污染。同时，处理垃圾纸所需要的空间也更大。目前处理垃圾的方式是将垃圾掩埋并利用水泥隔绝，接触不到空气、水和阳光，纸袋的生物降解过程会极为缓慢。看来，不论是使用纸袋还是塑料袋，要保护环境，恐怕都得注意不要随意丢弃，而要循环、重复利用。统计材料表明，饲料带的回收和再生产比纸袋的回收和再生产所需要的能量要少91%。

目前，科学家们也在抓紧研制廉价易得且能够降解的塑料。我们期望，不远的将来垃圾塑料袋的处理就不再是问题了。

（取材于《塑料袋的科学迷思》）

1. 下列说法符合文意的一项是（    ）

A. "呼吸运用计量法"是测试垃圾降解率的唯一有效方法。

B. 在太阳光照射下，微生物的参与能加速塑料袋的分解。

C. 可降解垃圾在空气中与无微生物作用，产生化学变化实现生物降解。

D. 同样大小的纸袋与塑料袋相比，前者的运输成本比后者低很多。

2. 下列推断不符合文意的一项是（    ）

A. 塑料袋污染环境的主要原因是它的难以降解性。

B. 使用纸袋比使用塑料袋要有利于保护环境。

C. 未来的可降解的塑料袋的成分不大可能是聚乙烯。

D. 现在看来，使用塑料袋比使用纸袋节约能源。

3. 根据文意回答问题：在可降解的塑料袋发明之前，解决塑料袋污染环境问题最有效的方式是什么？为什么？

---

**【第17篇】** 阅读下面的文字，完成1～3题。 **【四川】**

目前，我国"煤变石油"的产业化进程正在有序进行之中。也许有人会问，煤和石油，一个是黑乎乎的固体，一个是油亮亮的液体，两者从形态上看似乎并无相同之处，为什么要将煤转化为石油？转化又是怎样实现的？

随着我国经济的快速发展，国内能源消费需求量越来越大。由于我国对石油进口的依存度较大，所以国际油价上涨、中东政局变化等因素，都会对我国石油能源安全构成潜在危险。同时由于石油具有流动性好，便于开采、输送和使用的特点，近年来国内石油消费量的增幅大大超过了石油产量的增幅。而煤作为能源，与石油同属化石能源，只是由于古植物和地质条件的不同，最后生成的形态才与石油大不相同。从现有数据看，煤在我国的可开采量及供应年限远远大于石油。于是有人考虑将煤转化为石油，以满足国内市场对石油的需求。虽然"煤变石油"需要有足够的投入，但是从经济效益来看，这种考虑还是可行的。基于这样一些认识，人们开始研究各种转化方式，间接液化技术就是其中较为有效的方法之一。

煤的间接液化过程可以分三步进行。第一步制取原料气。把经过适当处理的煤送入反应器，在一定温度和压力下通过气化剂使煤不完全燃烧，这样就能以一定的流动方式将煤转化成一氧化碳和氢气混合的原料气，灰分形成残渣排出。第二步进行催化反应。将制取的原料气净化，在催化剂作用下，让其发生化合反应，合成类似石油的碳氢化合物。在这个过程中，催化剂起着关键的作用。早些时候，国外有一家公司曾经研制出一种成分为锌、硅、钾、铜的产效比较高的催化剂，其所得化合物的组成为：汽油32%、柴油21%、石蜡烃47%。第三步对催化反应的产物进行进一步的提质加工。就如刚开采出来的石油一样，经过催化反应出来的油也有很多指标不合格，如十六烷值含量、硫含量、水分以及粘度、酸度等，所以还需要对它进行处理，使它达到合格标准，满足市场需要。目前，我国的这种"煤变石油"技术达到了国际先进水平，大约每四吨煤可产出一吨油。

（摘编自周清春《煤是怎样变成油的？》）

1. 下列关于我国"煤变石油"工程实施原因的表述，不正确的一项是（    ）

A. 我国石油消费依赖进口，需求量不断增大，导致石油能源供给出现危机。

B. 煤与石油一样，都属于化石能源，但在我国煤的储量要比石油丰富得多。

C. 尽管成本相对比较高，但是从经济效益的角度看，煤变石油还是可行的。

D. "间接液化"等技术的出现，为实现"煤变石油"的目标提供了技术保证。

2. 下列对煤的"间接液化技术"的分析和概括，不正确的一项是（　　）

A. 经过适当处理的煤、具有一定温度和压力的反应器，以及气化剂，是制成原料气的几大条件。

B. 催化反应中的化合过程，能够使原料气实现液化，是间接液化技术实施中的一个重要步骤。

C. 使用国外某公司研制的催化剂，那么可以生产出 32％的汽油、21％的柴油和 47％的石蜡烃。

D. "间接液化"是一个将煤加以气化，经净化后再借催化剂进行化合反应，最终生成油的过程。

3. 根据原文信息，下列推断正确的一项是（　　）

A. 国内石油能源消费存在着潜在的危险，应用煤的"间接液化技术"就是要彻底改变石油进口的局面。

B. 人们更加偏好使用石油，所以国内能源消费中煤炭消费量的增幅，远远小于国内煤炭生产量的增幅。

C. 那些刚从地底下开采出来的石油，要达到合格标准，还有一些成分需要进行必要的提质加工处理。

D. 在目前我国的技术条件下，煤在变成石油的过程中，其自身的损耗实际上大约有四分之三。

## 吕丽高考语文讲堂·科技文阅读·第5练　【2007 高考 17 题】

**【第 1 篇】**阅读下面的文字，完成 1～3 题。　　　　　　　　　　　　　　　**【全国Ⅰ】**

《保护非物质文化遗产公约》给"非物质文化遗产"所下的定义是："指被各群体、团体有时被个人视为其文化遗产的各种实践、表演、表现形式、知识和技能及其有关的工具、实物、工艺品和文化场所。"它强调两个重要的条件：一是"各个群体和团体随着其所处环境、与自然界的相互关系和历史条件的文化不断使这种代代相传的非物质文化遗产得到创新，同时使他们自己具有一种认同感和历史感，从而促进了文化多样性和人类的创造力"；二是"在本公约中，只考虑符合现有的国际人权文件，各群体、团体和个人之间相互尊重的需要和顺应可持续发展的非物质文化遗产"。

非物质文化遗产的表现形式多种多样，例如口头传说和表述，表演艺术，社会风俗、礼仪、节庆，有关自然界和宇宙的知识和实践，传统的手工艺技能等。所有这些形式都与孕育它的民族、地域生长在一起，构成不可拆解的文化综合体。

以我国的古琴艺术为例。作为非物质文化遗产，古琴艺术的价值不只在于古琴这种乐器本身，也不限于古琴曲目和弹奏技术，更重要的在于以古琴为聚合点而构建的传统美学特质及哲学意味，并且这种美学特质和哲学意味贯穿于中华雅文化的发展当中。由于钟子期和俞伯牙高山流水的故事是以古琴为依托的，所以不仅深邃感人，而且历久弥新。可以说，知音意识和获得知音的愉悦成为雅士阶层不可分割的一种人生内容。于是音乐境界与生命境界、乐品与诗品文品都互相沟通。而遵循"大音希声"的哲学原理，古琴艺术又将儒家的中正平和、道家的清静淡远融汇于乐曲之中。

每一项真正符合标准的非物质文化遗产都不可能以一个物质符号（比如古琴乐器本身）独立存在。相对于物质符号而言，非物质文化遗产中那些无形的环境、抽象宇宙观、生命观更具价值。非物质文化遗产是人类遗产非常重要的资源，就语言、民间音乐、舞蹈和民族服装来说，它们都能让我们从更深刻的角度了解其背后的人和这些人的日常生活。非物质文化遗产涉及的范围非常广泛，每一个人都跟它脱不开关系，因为在每个人身上都存在着他所在社会的传统。

1. 下列对"非物质文化遗产"定义的理解，不正确的一项是（　　）

A. 非物质文化遗产可以是被群体或团体认同的文化遗产，也可以是被个人认同的文化遗产。

B. 随着人们所处环境、与自然界的相互关系和历史条件的变化，非物质文化遗产具有不断创新的特点。

C. 对于世界上那些已经被认定的非物质文化遗产，各个群体和团体都应该具有认同感和历史感。

D. 非物质文化遗产应该体现各群体、团体和个人之间相互尊重的需要，顺应可持续发展的要求。

2. 下列表述不符合原文意思的一项是（　　）

A. 非物质文化遗产无论有多少表现形式，都应该与孕育它的民族、地域构成不可拆解的文化综合体。

B. 古琴艺术被列为非物质文化遗产，凭借的是它所蕴含的美学特质和哲学意味，而非其乐器本身、曲目及弹奏技术。

C. 包含着儒家中正平和旨意和道家清静淡远韵味的古琴艺术，追求的是一种"大音希声"的境界。

D. 借助语言、民间音乐、舞蹈和民族服装等非物质文化遗产，可以更深刻地了解一个民族及其日常生活。

3. 根据原文的信息，下列推断正确的一项是（　　）

A. 雅士阶层之所以能够将音乐境界与生命境界、乐品与诗品文品沟通，正是由于他们具有欣赏古琴艺术的水平。

B. 一个实物，如果不与非物质的形式，如表演、表现形式、技能等相联系，就不能独立成为非物质文化遗产。

C. 由于非物质文化遗产中存在着无形的环境、抽象的宇宙观、生命观，所以它比其他形式的文化遗产更值得保护。

D. 非物质文化遗产涉及的范围非常广泛，每个人身上都存在着他所在社会的传统，所以每个人身上都有非物质文化遗产。

**【第 2 篇】阅读下面的文字，完成 1～4 题。** 【浙江】

从乐器的角度看，声音好当然是第一位的。但怎样的琵琶声音才算好呢？这实在是个用语言和文字难以表述的问题。不过办法总是有的，直接、正面的回答不上来，可以用间接、侧面的，最现成而著名的答案是白居易在其名篇《琵琶行》中的那句"大珠小珠落玉盘"。然而，即便是专业琵琶界，有谁真听到过珍珠落在玉盘里的声音呢？再说，就算有人真听到过，多半也会失望的，因为"珠落玉盘"所发出的压根就不是"乐音"。那么为什么一千多年来，人们不但认可而且还无数次地引用这句话呢？我想它至少说出了琵琶在发音上的三个要点：颗粒状的发音形态；弹拨乐器而具有某些打击乐器的发音效果；声音上要具备珠和玉的美学品质。

我国历来把"珠"和"玉"视为"珍宝"，或者说它们是中国人"美的理想"。在大自然中，很少有接近球形正圆体的天成之物，而"珠"能接近正圆体，这恐怕是珠能引起美感的原因之一，所谓"物以稀为贵"。也正因为如此，所以越接近正圆体的珠就越珍贵，称为"走盘珠"，其可贵即在浑圆与饱满。而"玉"则致密、细腻，是一种"温润而有光泽的美石"，握在手里还有一种沉甸甸的分量感，这里"温""润""泽"都带有三点水，这使人联想起悦耳的"乐音"有"水灵灵"的特性。其实珠也是一种美石——珍珠贝的"结石"，它与玉都有一种光彩，这光彩粗看并不"耀眼"、"逼人"，但细察则"绚烂之极"，即所谓东方人的含蓄之美。说"在声音上要具备珠与玉的美学品质"，具体地也是笨拙地说，就是声音要具有圆润、饱满、结实、细腻、有份量、有光泽、水灵灵等性质。把一类事物的特性比附到另一类不同的事物上去，或者说把一种感官对象的性质移到另一种感官对象上去，这在修辞学上叫"通感"或"移觉"。例如，用"高""低"和"明亮""甘甜"来称呼和形容声音。事实上作为听觉对象的声音，并不具有空间上的高低位置以及视觉对象和味觉对象才有的明亮、甘甜的性质，之所以这样来称呼和形容，就是"通感"的原理在起作用。

用"珠落玉盘"来描述琵琶的声音，浅层是"比喻"以"拟声"，深层是"通感"以"会意"。它不但在制作上，同时也在演奏上为琵琶的基本音质作了"指归"——"珠玉之美"。这话也许反过来说更有力，在中国的民族乐器中，其发音最具珠玉之美的，是琵琶。

其实，单从制作上来要求好的琵琶声音，历来也是有正面、直接而具体的标准的，那就是行话所说的："尖"，指高音区的发音明亮；"堂"，指低音区的发音洪亮；"松"，指按弹时发音灵敏，余音强而长；"脆"，指发音清脆；"爆"，指发音坚实而有分量。中国传统的琵琶音乐，文曲讲究余韵，武曲注重声势。因丝弦张力小的缘故，也许在"余韵"和"声势"方面往往会感到不足，所以提出了从字面上看有点矫枉过正的五项标准，尤其是那个"尖"字，越来越难以使人认可，故已有人把它改为"亮"了。但对钢弦琵琶而言，这五条标准怕的不是做不到，而是过了头。所以能把这五条标准结合"珠玉之美"这一条来综合考察，对怎样的琵琶声音才算好的理解，应该是有裨益的。

1. 下面各项陈述中，最能说明"通感"特征的一项是（　　）

A. 弹拨乐器而具有某些打击乐器的发音效果。

B. 玉使人联想起悦耳的"乐音"有"水灵灵"的特性。

C. 珠与玉的光彩，有着东方人的含蓄之美。

D. 在中国民族乐器中，琵琶最具珠玉之美。

2. 下面对"珠落玉盘"用来形容琵琶声能引起美感的原因解释，不当的一项是（　　）

A. 珠是接近球形正圆体的天成之物，玉是温润而有光泽的美石。

B. 珠和玉的光彩粗看并不"耀眼"、"逼人"，但细察则"绚烂之极"。

C. 人们把空间上的高低位置以及视觉对象和味觉对象转移到琵琶声上。

D. 浅层是"比喻"以"拟声",深层是"通感"以"会意"。

3. 文章开头说难以正面、直接回答什么样的琵琶声是好的,但最后一段又说历来有正面、直接而具体的标准,下面对此分析正确的一项是(　　)

A. 起到先抑后扬的作用,从而强调"五字标准"的长处。

B. 起到以退为进的作用,从而强调"五字标准"的缺陷。

C. 起到正反对比的作用,能够说明"五字标准"的优点。

D. 起到前后比较的作用,能够说明"五字标准"的局限。

4. 根据全文内容,下面说法不恰当的一项是(　　)

A. 如果从"乐音"的角度考虑,以"大珠小珠落玉盘"形容琵琶声并不合适。

B. 浑圆之珠,温润之玉,光彩绚烂,给人以美感,成为中国人"美的理想"。

C. 中国传统的琵琶音乐,文曲讲究余韵,武曲注重声势,故而最具珠玉之美。

D. 与丝弦琵琶相比,钢弦琵琶发音更"尖"、更"脆",余音更长,声势更大。

**【第3篇】阅读下面的文字,完成1~3题。**　　　　　　　　　　　　**【江西】**

书斋　　凝石

　　书斋,顾名思义,是读书的房间,同时也是藏书的地方,还是书写的地方。读书、藏书、书写是书斋的基本功能。后来,文物古玩的收藏和鉴赏常在这里进行,诗词歌赋和书法绘画乃至篆刻的切磋和研讨也常常在这里进行。书斋是以个人名义建立,以主人和密友为主体,进行文化艺术活动的中心。书斋姓"文",所以别名称作"文房"。

　　早在春秋时期,与朝廷兴建的学校——"官学"不同,诸子百家大兴私人讲学之风,诸子家中的讲学之处往往白天是课堂,晚上就成了读书的地方。这应该就是书斋的雏形。汉代儒家学者和诗赋作家,均有自己的书斋从事文化艺术活动。因此,可以说汉代是书斋兴起的时期。唐代是一个相对自由、开放、多元化的时期,文化艺术繁荣而发达,学术氛围也比较宽松。可以说盛唐是书斋成熟的时期,如杜甫在成都的"草堂",就是典型的文人书斋。

　　在中国传统宅院中,书斋往往是民居中唯一的精神场所。它一般位于宅院的僻静之处,如有后花园,必与之相邻,以形成高雅恬淡的良好环境。

　　书斋有三大特点。一是文化传承的汇集点。书斋的主体——读书人或做学问的人,在这里藏书,在这里读书,在这里思索;以往优秀的文化,在这里以研读、考证、校注、阐发的方式得以传承;中华民族的文明之光在这里化整为零,熊熊燃烧,然后又影响社会的发展进程,使文化得到最好的传承和发展。二是个性创造的发酵池。书斋是个人的领地,是书斋主人个性得以施展的空间。在这里,他们的创造力得以迸发,从而产生出新的思想,创造出新的艺术,使得文化发展的链条上,不断有闪动的灵光。三是人与自然和谐的典范。书斋宜明朗、清净,不可太宽敞。明净可以使人心情舒畅、神气清爽,太宽敞便会损伤目力。窗外四壁,藤萝满墙,中间摆上松柏盆景,或剑兰一二盆。石阶周围种上青翠的芸香草。书斋中宜设长桌一张,放古砚一方,置笔筒一个,墙壁上挂古琴一把;书斋右边设一书架,书架上陈列《周易古占》等书及字帖画卷。人独坐于书斋之中,或对日吟诵,或秉烛夜读,于书斋里享受一份清福,从学问中得到一份快乐。

　　进入21世纪,人们对传统的兴趣在逐步衰减。有些人认为,作为传统文化标志的书斋也将被"读图时代"的电脑和网络所替代。然而,从文化发展的宏观趋势上看,在新的时代,书斋仍将成为现代社会持续存在的文化现象。随着社会发展带来的人们物质生活条件的改善,必然促进精神文化生活品位的提高,这为书斋的普及提供了基础。

　　今天,历史传统和科技时尚在现代书斋已和谐地统一在一起。书斋永远是中国文人的精神家园。

(转引自《新华文摘》2007/2,有删改)

1. 根据文意,下列对中国传统"书斋"的表述,不正确的一项是(　　)

A. 书斋是文人读书、藏书、写书、作画以及从事其他文化艺术活动的地方。

B. 书斋姓"文",其中所设书桌、文具、字帖画卷等都体现了主人的兴趣爱好和精神追求。

C. 书斋空间一般较小,大多位于宅院的僻静之处,环境优雅,明朗清净。

D. 书斋是私人讲学的地方,白天是课堂,晚上便是书房。

2. 下列对"书斋永远是中国文人的精神家园"这句话的理解,不符合原文意思的一项是(　　)

A. 书斋是私人空间，置身其中，可以充分展示个性，施展才华，并且从学问中得到快乐。

B. 书斋的格局、布置和装饰大多体现了中国古人"天人合一"的思想，这也正是中国文人一直追求的精神境界。

C. 书斋作为一种传统文化，已深入到中国文人精神生活的方方面面，成为他们精神生活的重要内容，并将永远存在。

D. 书斋往往是传统民宅中唯一的精神场所，历代文人在这里辛勤耕耘，研究学问，优秀的民族文化得以传承和发扬。

3. 下列表述符合原文意思的一项是（　　　）

A. 书斋发源于春秋，兴起于汉代，成熟于盛唐，杜甫草堂就是成熟时期文人书斋的典型。

B. 汉代是书斋的形成期，儒家学者和诗赋作家的文化艺术活动都在自己的书斋中进行。

C. 21世纪是信息时代，作者担心作为传统文化标志的书斋也将被"读图时代"的电脑和网络所替代。

D. 现代社会物质生活条件的改善，使人们精神文化生活品位的提高和书斋的普及成为必然趋势。

【第4篇】阅读下面的文字，完成1～4题。　　　　　　　　　　　　　　【湖北】

### 彩陶——中国远古文化的辉煌代表

陶器是新石器时代人类最重要的发明之一，也是现代人了解原始文化的最重要的依据之一。考古发掘显示，世界各地绝大多数新石器时代的陶器，都或前或后不约而同地经历了素陶、彩陶、釉陶的发展阶段。所谓彩陶，是远古先民在制作好的陶胚内外壁上用矿物颜料绘制各种纹饰，然后入窑烧制定型的一种带彩陶器。彩陶集实用和雕塑、绘画、烧制等各种艺术、工艺于一体，展现了那个时代人类物质生产和精神生活的最新成果和最高水平，反映了原始社会数千年的社会状况和人的生存情境。可以说，彩陶是一本浓缩的、独特的"史书"。

中国是世界上最早发明陶器的地区之一，并在距今大约8000年前就出现了彩陶。中国彩陶的发展、繁荣和衰亡历经4000年之久。尽管彩陶文化并非一种考古文化，但在中国新石器时代的文化遗存中，除了各种各样的石器外，绝大多数是以陶器为其重要表征的。其中，色彩绚丽、图形优美、造型多样、工艺精湛、数量较多的各种彩陶，更成为这一时段最有系统、最具规模、最有价值的文化遗存，并因此而成为华夏远古文化的一种鲜明特征。"仰韶文化"的命名就是以在遗址中发掘的红底黑彩的陶片作为重要证据，而"仰韶文化"之所以又被划分为两种类型，即以鱼纹为主的半坡类型和以鸟纹、花卉纹为主的庙底沟类型，也是以遗址出土的彩陶坟饰作为区分的主要标志。

据估计，中国出土的彩陶约有5万多件，很可能是世界上出土彩陶数量最多的国家。这些彩陶绝大多数都是日常实用器皿，如盆、碗、壶、罐等，分布的地域几乎遍布全国。这些彩陶的形体虽然简单，但在造型设计上却颇具匠心。制作时对器物的各部分运用不同的比例变化。构成各种柔和优美的轮廓曲线，其式样繁多，并随各地习俗的不同而各具特色。在图案设计方面，中国的史前彩陶都能结合不同器形的特点和装饰部位的不同，或疏或密，或繁或简，饰以不同纹样。图案丰富多彩。有的宜于俯视，有的适于平观，将器物的实用性质和使用的审美效果结合起来。其中大量出现的编织纹和几何形纹，具有彩纹和底色相互衬托虚实相映的作用，形成"双关图案"。这种构图方式一直延续至今，成为中国传统工艺美术的一种基本装饰手法。

探索中国文明的起源。无论是文字的始创、艺术的发端，原始巫术的产生，还是远古神话与图腾崇拜的出现，都离不开彩陶。因为彩陶除了作为原始人类日常生活器物之外，还是原始宗教、图腾崇拜的重要器物；彩陶的器形和陶壁上的纹饰，即体现了远古先民对美和艺术的追求，也是原始文字创造的一个重要源泉。在作为中国史前文化起源研究依据的几类原始文化遗存，如玉石器、彩陶、雕塑和岩画中，玉石器和雕塑的数量都较少，岩画的年代又往往引起争论。唯有彩陶数量最多，年代也最准确，因而最具有可靠性和系统性。可以说，彩陶是中国远古文化的辉煌代表。

1. 下列对"彩陶"的解释，不正确的一项是（　　　）

A. 彩陶是一种陶壁上有各种纹绘的远古陶器，其纹饰的特点有时作为原始文化类型划分的依据。

B. 彩陶是一种集实用、审美等文化功能于一体的远古陶器，在中国原始文化遗存中具有代表性。

C. 彩陶是中国远古先民发明的一种带彩陶器，在距今大约8000年前就已经出现。

D. 彩陶是在素陶基础上发展而来的一种带彩陶器，体现了中国远古先民对美的追求。

2. 下列对"彩陶是一本浓缩的、独特的'史书'"这句话的理解，错误的一项是（　　　）

A. 彩陶保留着几千年原始社会人类生活变经的痕迹，反映了新石器时期人类历史发展的状况。

B. 彩陶呈现出不同地域的新石器时代人类生活的不同特点，再现了原始人类生活的独特情境。

C. 彩陶包含多重原始文化意蕴，为探索人类文明的起源提供了重要信息。

D. 彩陶上的纹饰具有原始文字的性质和作用，原始人类用它来记载历史。

3. 下列表述完全符合原文意思的一项是（　　　　）

A. 世界各地新石器时代的陶器，不论先后，都经历过素陶、彩陶、釉陶的发展阶段，中国是出现陶器最早的地区之一。

B. 中国的彩陶制作精美，文化信息丰富，出土数量众多，分布地域广泛，年代最为准确，是中国远古文化的辉煌代表。

C. 彩陶的形体虽然简单，但造型却颇具匠心，例如让编织纹和几何形纹的彩纹与底色相互衬托，产生出虚实相映的双关效果。

D. 与其他几类原始文化遗存相比，只有彩陶能同时为探索文字的始创、艺术的发端、原始巫术的产生等文明起源问题提供依据。

4. 根据原文提供的信息，下列推断不正确的一项是（　　　　）

A. 彩陶是中国远古文化的辉煌代表，也是其他经历过彩陶阶段的国家远古文化的辉煌代表。

B. 彩陶文化并非一种考古文化，因为从考古学来说，彩陶文化其实是从属于新石器时代文化的。

C. 彩陶的制作颇具匠心，体现了远古先民的审美追求，但它的制作主要还不是出于审美的需要。

D. 彩陶虽然是原始人类生产的一种器物，但它的一些制作经验却对后世工艺美术的发展产生了深远影响。

**【第5篇】**阅读下面的文字，完成1～3题。 **【安徽】**

"艺术默契"与京剧的伴奏　　金开诚

任何艺术的创作与欣赏之间都存在着相互依存、相互制约、相互促进的关系。这种关系在艺术形式上的深刻表现之一，就是创作者与欣赏者之间存在着心照不宣的"默契"。"默契"的形成和发展是谅解、定势、求美、求新等心理因素交互作用的结果。谅解和求美是"默契"的基础。同时，因为有心理定势在起作用，所以"默契"具有稳定性；又由于创作和欣赏双方都要求出新，所以"默契"又不是凝固不变，而是变动发展的。但这变动乃是在创作与欣赏的相互作用中自然出现的；任何一方如果突然间严重破坏"默契"，那么创作与欣赏的相互依存关系便趋于破裂，艺术作品也就不能取得应有的社会效果。

就京剧的伴奏而言，使用简单的民族乐器早已形成"默契"。这种"默契"还不仅仅是出于谅解与定势，而且也符合求美求新的愿望。因为对许多老观众来说，主要以京胡伴奏唱腔自有其美妙的感受，特别像徐兰沅、王少卿为梅兰芳伴奏，在老观众心目中都已到了"尽善尽美"的地步，增加更多的音响只会起消极的作用。客观地看，这些伴奏与演唱之间也确有水乳交融之妙。虽然这样的珠联璧合已不易见于当世，但因心理定势的关系，老观众仍感到以苍劲或细腻的琴声来伴奏各种风格唱腔是最符合听觉要求的。同时老观众也并不保守，在伴奏的发展中，京胡加上了二胡，又加上了月琴；名琴师们还不断设计一些花过门、花点子，并在托腔[①]时准确运用琴声与唱腔的离合变化，这都已被接受并受到欢迎，所以双方的"默契"事实上也是处在发展之中的。但是，当伴奏突然变为庞大的交响乐队时，由于背离原有的"默契"太大了，所以表示不能欣赏。这种不能欣赏，是受到不以人的意志为转移的"默契"运动规律的制约的，不能简单地视为因循守旧、看不惯新生事物。

不过，艺术"默契"虽然是创作者与欣赏者之间的事情，是在创作与欣赏这个大系统内所出现的一种规律性互动，却也必然受到系统之外的种种社会历史因素的制约。现在只就新观众对京剧演唱与伴奏的听觉感受来说，由于听的能力缺乏训练而未能入于唱腔与伴奏的精细之处，整个听觉既然处于极为粗略的宏观状态，就不能不感到京剧的唱腔与伴奏是过于单调以至于陈旧的。但从美学上说，京剧的佳妙是客观存在的，它的确蕴藏着中华民族创造的大量艺术精华。因此许多创作人员和热心人士深感到对它的继承与发扬负有历史的责任，为此而进行种种探索以求改革振兴，试用交响乐队来伴奏京剧清唱就是这类探索的一种。这种探索，特别需要得到懂行的老观众在精神上的赞助与支持，这也是一种社会性的默契。

[注]　①托腔：戏曲演出时用乐器衬托演员的唱腔。

1. 下列对"艺术默契"的理解，符合原文意思的一项是（　　　　）

A. 艺术默契是创作者和欣赏者双方对京剧艺术所持有的一种理解和认识。

B. 艺术默契的稳定是由创作者和欣赏者双方的谅解、求美心理决定的。

C. 艺术默契的变动是由创作者和欣赏者相互依存关系趋于破裂而导致的。

D. 艺术默契的形成是受到艺术运动的规律和种种社会历史因素制约的。

2. 下列对京剧伴奏有关内容的表述，不正确的一项是（　　）

A. 使用以京胡为主的简单民族乐器为京剧伴奏，获得许多老观众的充分认可。

B. 增加了二胡、月琴等民族乐器，标志着传统京剧伴奏的逐渐变化和发展。

C. 使用交响乐队为京剧伴奏，就完全背离了创作者和欣赏者之间的默契。

D. 京剧伴奏引进新乐器新形式，是为了振兴传统京剧艺术而作出的新的尝试。

3. 根据原文提供的信息，下列推断正确的一项是（　　）

A. 要接受现代庞大的交响乐队为传统的京剧演唱伴奏的表演形式，老观众就需要抛弃因循守旧的观念。

B. 只就听觉感受来说，即使训练听力并改变听觉的粗略状态，新观众也很难进入京剧艺术的佳妙境界。

C. 用交响乐队来伴奏京剧清唱，意味着京胡、二胡、月琴等简单的民族乐器将逐渐退出京剧艺术的舞台。

D. 有懂行的老观众的精神支持和缺乏听力训练的新观众的用心贴近，京剧探索中新的默契就可能形成。

**【第6篇】阅读下文，完成1～3题。**　　　　　　　　　　　　　　　　　　　　　　　　　　　　**【重庆】**

如果把唐宋墓中出土的陶制玩具与当下乡村的泥玩具放在一起，就会惊奇地发现它们几乎一模一样，为什么？

民间艺术是历久难变的。这因为，民间的审美是共性的审美，必须是这一地域人们的审美都变化了，它才会悄悄地发生改变。在漫长的古代农耕社会，人们生活的内容和方式基本上是一成不变的。深藏在谷壑里的山庄，或是江河相隔的村落，大多是在封闭状态中静静地生息与传衍。因之，许多古老的文化形态总是在民间存活得很久很久。比如闽地的南音、云南的纳西古乐，无怪乎人们称它们为古文化的活化石了。

当然，民间艺术并非全都不变。一般的规律是，交通方便的地方，比较容易发生变异。一方面外来文化的涌入，冲击了人们的审美习惯；另一方面则由于现代城市的崛起。城市文化是十分敏感的，是一种强大的不断更新换代的审美的源，向广大乡间放射，产生影响。

当前，现代化、工业化、乡村城镇化以及媒体、科技、生活方式、时尚，都对我们传承久矣的民间艺术产生根本性的冲击。一部分民间艺术处于濒危，正在消亡；那么，另一部分依然"活着"的民间艺术是怎样的呢？

那些摆在旅游景点小摊上的艳丽又奇特的布挂、面具、布老虎，那些画在民俗村屋梁房柱上的怪异的图案，以及竖在那里的匪夷所思的图腾柱、旗幡与神像，或是一群群穿着半似民族服装、半似戏装的年轻人跑过来跳一段不知所云的舞蹈……谁会知道这些民间艺术的真伪，反正有点特点就行。

在全球化商品经济的时代，民间文化大概只有转化为旅游对象才能生存与延续下来。民间艺术原本是一种地域的生活文化，一种民俗方式，当它转变为一种经济方式时，便在本质上发生变异。那种自发的、纯朴的、天真的精神情感不见了。代之以涂红抹绿，添金加银，着力于对主顾的招徕与诱惑。它的特色被无度地夸张着，它内在的灵魂与生命却没有了。

商品化使民间艺术发生的变异正在全国各地普遍发生着。这种貌似"茁壮成长"的民间艺术，在文化意义上却是本质性的消亡。难道民间艺术只有这样一种出路吗？世界上还有另一种对待自己传统和文化的方式——那就是保持住民间艺术中那种对生活的虔诚与执着，把它视为一种传统精神。他们是真正懂得自己民间艺术的价值和美感的。为此，民间艺术一直是他们民族情感与精神的载体之一。

人们知道，在当今这样做何其困难。所以，普查与记录原生态的民间艺术就是迫不及待要做的事了。这不只是为了记录一种文化形态，一种充满情感的美，更是为了见证与记载的一种历史精神。

（节选自冯骥才《民间艺术的当代变异》）

1. 从原文看，下列对"民间艺术"的理解不准确的一项是（　　）

A. 一种地域的生活文化、民俗方式　　　　B. 一种对生活的虔诚与执着的传统精神

C. 一种民族情感与民族精神的载体　　　　D. 一种文化形态和历史精神的体现

2. 下列选项中，不能反映"民间艺术"处于濒危状况的一项是（　　）

A. 出土的陶制玩具与当下乡村的泥玩具几乎一模一样。

B. 商品经济时代的城市文化造成了民间艺术的巨大变异。

C. 现代旅游业的发展使许多民间艺术转化为旅游对象。

D. 认真开展原生态民间艺术的普查与记录已迫不及待。

3. 根据原文提供的信息，下列推断正确的一项是（　　　）

A. 人们生活内容和方式的改变，终将导致民间艺术的消亡。

B. 古老文化的原始形态保护得越好，民间艺术越能得以延续。

C. 为了保护民间艺术，应当禁止将民间艺术形式用于商业目的。

D. 加大旅游经济投入，将改变旅游业中民间艺术严重变异的状况。

**【第7篇】阅读下面的文字，完成1～3题。** 　　　　　　　　　　　　　　**【山东】**

"龙城"还是"卢城"

秦时明月汉时关，万里长征人未还。

但使龙城飞将在，不教胡马度阴山。

这首传诵千古的《出塞》，抒发了王昌龄追昔抚今的感慨。一般认为，诗中的"飞将"指西汉名将李广，他长期戍守北部边境，以勇敢善战著称，匈奴呼之为飞将军，一听到他的名字就畏惧、惊退。那么，诗中的"龙城"又指何处呢？

历来唐诗集多作"但使龙城飞将在"。清朝沈德潜《唐诗别裁集》也持此说，认为"唐人边塞诗中所用的地名，有但取字面瑰奇壮丽而不甚考地理方位者"。此处的"龙城飞将"，"乃合用卫青、李广事，指扬威敌境之名将，更不得拘泥地理方位。而诗中用龙城字，亦有泛指边关要隘者。"就是说，"龙城"不过是象征性的地名，并非特指某一具体城邑。

宋朝王安石《唐百家诗选》，将"龙城"改为"卢城"。为何做此改动呢？阎若璩《潜邱札记》作了解释："李广为北平太守，匈奴号曰飞将军，避不敢入塞。右北平，唐为北平郡，又名平州，治卢龙县。唐时有卢龙府、卢龙军。"所以龙城就是右北平，应为卢城。中国社会科学院文学研究所编写的《唐诗选》即取此说，将"但使龙城飞将在"改作"但使卢城飞将在"，认为卢城即现今河北卢龙。但是，无论汉朝还是唐朝，右北平从来就没有称过卢城，只有《汉书·西域传》中有一个无雷国，其王"治卢城，去长安九千九百五十里"。显然，此卢城不是右北平。况且，《汉书·卫青霍去病传》记载的那次威震敌胆的龙城大捷是卫青指挥的，并未提及与李广有关。

清朝孙洙《唐诗三百首》引《晋书·张轨传》的记载：匈奴曾筑姑臧城，"地有龙行，故曰龙城"。据此说，"龙城"是指姑臧城，即今天的甘肃武威。

张际在《"龙城"考》中则认为，据《史记》《汉书》等多处记载，龙城是匈奴祭祀龙神、祖先之地，地方并不固定，但在匈奴境内统称为"龙城"。汉代史籍往往采用音译，分别写成"龙城""笼城""茏城""龙庭"，"龙城"可能是音近而误讹为"卢城"，两词实为同义。西汉初年，匈奴连年犯境，汉朝无力抵御，直到汉武帝时，国力强盛起来，才命卫青、霍去病等实施反击。元光六年的龙城一战，首战告捷，一扫汉朝70多年的屈辱，大大振奋了军心民心。龙城之战成为汉朝军民心目中威震敌境、雪耻大胜的象征。李广是屡建战功、威震敌胆的英雄，是汉家大将的杰出代表。因此，王昌龄将大捷的象征——龙城，冠于西汉名将的象征——李广头上，将卫青和李广的业绩糅合在诗中，表达杀敌制胜、扬威敌境的意思。

王昌龄取"龙城"一词，还出于音律的需要，而且字面又瑰奇雄丽，选用了它，使诗句达到了音、义、色俱佳的境地。

1. 《唐诗选》不取"龙城"而用"卢城"，以下不属于其依据的一项是（　　　）

A. 宋朝王安石在《唐百家诗选》中将"龙城"改为"卢城"。

B. 李广曾做右北平太守，右北平在唐为北平郡，治所卢龙县就是"龙城"。

C. 中国社会科学院文学研究所的编写者们认为，"卢城"就是今河北卢龙。

D. 汉代史籍采用音译，"龙城"与"卢城"音近而生误讹，两词实为同义。

2. 从体会"但使龙城飞将在"寓意的角度看，以下表述中不含象征意味的一项是（　　　）

A. 唐人边塞诗中所用地名，有但取字面瑰奇雄丽而不甚考地理方位者。

B. 诗中用"龙城"字，亦有泛指边关要隘者。

C. "龙城"是指姑臧城，即今天的甘肃武陵。

D. 将卫青和李广的业绩糅合在诗中，表达杀敌制胜、扬威敌境的意思。

3. 下列表述符合原文意思的一项是（　　　）

A. 沈德潜认为，"龙城飞将"是把卫青的事迹加到了李广身上，不能过于拘泥。

B. 无论汉朝还是唐朝，从来就没有任何一个地方被称为"卢城"。

C. 张际认为，龙城是匈奴祭祀龙神、祖先的地方，因其地点并不固定，故而在匈奴内统称为"龙城"。

D. 王昌龄用"龙城"一词，除着眼于诗句的深刻寓意、字面的瑰奇雄丽，也是出于诗歌音律的需要。

**【第8篇】**阅读下面的文字，完成1~4题。 **【江苏】**

从筚路蓝缕到蔚为大观，汉学的发展经历了一个漫长的过程。在这个过程中，"汉学是什么"的问题一直存在。德国汉学家奥托·弗兰克最为宽泛的定义，或许最容易得到认同，即汉学是关于中国人和中国文化的研究。作为一门学科，汉学的内核比较清晰，边界则相对模糊。这与汉学发展情况有密切关系。日本在14~15世纪萌生了传统汉学，作为一种区域性汉学，它的历史有700来年；从1582年利玛窦来华算起，传教士汉学的历史约为400余年；以1814年法兰西学院设立第一个汉学教席为标志，学院式、专业化的汉学已走过了将近200年的历程；"二战"之后，美国汉学转向对现代中国的关注与研究，至今也有了60多年的学术积累。由于时代和文化观念等原因，各种形态的汉学研究当然各有不同；然而，天下殊途而同归，百虑而一致。一代代汉学研究者为中国文化走出遥远的东方、成为世界历史发展的积极动力，做出了重大贡献。

形态各异的汉学研究应当共同持守一个内在品质——对话精神。中国与西方的认识方式，思维逻辑乃至整体的文化观念，存在这样那样的差异和不同。比如，西方式的执着，可能推衍出渐进的认识，强调主体与客体的关系，强调对象描述的精确性；中国式的洒落，则通向了圆融和体悟，描述对象时往往在清晰中又带有某种模糊。但二者并没有孰优孰劣，孰是孰非，只有因"差异"生发的对话与启迪、互补与和谐。通过"差异"而达到"中和"，这样的"和而不同"才能成全一个相生共融、丰富多彩的世界。不同文化又包含诸多相似的元素，有共同的追求和理想。"汉学"这门学问，正是以差异为前提，以人类所渴望的正义、公平、自由等基本价值为基础，启发着文化间的对话和共识。

对话赋予了汉学深远的文化意义。当汉学在世界范围内营构中国形象并影响到不同文明对中国的理解时，中国学界对海外汉学的关注也在日益增长，海外汉学已经成为中国学界面对的一个重要研究领域。也许可以说，这标志着一个无法回避的大趋势：中国不再仅仅是被认识和想象的对象，更是通过这种认识和想象加强自我理解的价值主体。任何一种文明都已经无法在单一的语境中自给自足。互为观照的基本格局，不仅使汉学研究，也将使整个世界进入文明对话的新范式。海外汉学与中国本土学术进行对话，才能洞悉中国文化的深层奥秘；中国学人向世界敞开自己，才能进一步激活古老的传统和思想的底蕴。

1. 下列关于汉学的说法，不符合文意的一项是（ ）

A. 汉学的主要内容是关于中国人和中国文化的研究，这是多数研究者可以接受的说法。

B. 汉学虽然有容易得到认同的宽泛定义，但具体的发展进程又使它的边界相对模糊。

C. 汉学的历史分为区域性汉学，传教士汉学，学院式、专业化汉学，美国汉学四个阶段。

D. "汉学是什么"的困惑一直存在，是因为学者们对汉学这一概念的界定存在分歧。

2. 下列对中西文化观念"差异"的解说，不符合文意的一项是（ ）

A. 西方注重主客体关系和精确描述对象，中国则倾向于圆融和体悟，清晰性和模糊性共存。

B. "差异"指的是作者所说的"殊途而同归"中的"殊途"、"百虑而一致"中的"百虑"。

C. 文化观念有差异，但没有优劣是非的区别，它们可以通过对话弥补各自的不足。

D. 文化观念的差异以及共同的追求和理想，是启发两种文化对话和共识的前提和基础。

3. 下列对于"海外汉学"和"中国文化"关系的理解，不符合文意的一项是（ ）

A. 中国文化始终从海外汉学研究中获得对自身更深入更全面的理解。

B. 海外汉学给中国学界提供了从不同角度认识中国文化的镜子。

C. 海外汉学要加深对中国文化的认识，必须加强与中国本土学术的对话。

D. 不同文明对中国文化的理解，与海外汉学在世界上所营构的中国形象有密切关系。

4. 依据文中信息，下列推断不正确的一项是（ ）

A. "二战"之前美国汉学就已经存在，但那时它的侧重点不是对现代中国的关注与研究。

B. 中国学人对海外汉学的研究也将成为海外汉学的研究对象，这会使汉学变得更为丰富。

C. 随着汉学的不断发展，不同文明对中国人和中国文化的认识将会更加深入。

D. 汉学研究曾经推进中国文化的世界传播，现在的作用则是通过对话激活古老的传统和思想的底蕴。

**【第9篇】**阅读下面的文字，完成1～4题。 **【广东】**

### 创新与想象　王生平

艺术贵在创造，科学贵在创新、艺术是情感的表达，追求的是美；学是理性的事业，追求的是真。二者似乎不搭界，但都离不开人类的想象力，是相互渗透、相互补充的。

艺术不是科学，但艺术创作却具有科学的品格，所谓增之一分则太长，减之一分则太短，就是这个意思。古人的"两句三年得，一吟双泪流"的深沉慨叹；今人把"你是没有骨气的文人"中的"是"改成"这"，而提议者被尊为"一字之师"；著名钢琴家因演奏成名的钢琴曲错了一音而后悔。这一切都说明了艺术上的一字之差、半拍之慢，是美感强弱的构成因素、决定成分。尽管艺术采用的是形象的表达方式，但它的表达也有一个基本的技巧适中问题，也要符合客观的规律即科学问题。无科学性，艺术表达就不会有美感，也就难以为人所理解。

科学不是艺术，但科学发现也常有某种艺术创造的品格，即使有了新的突破、价值和意义，也会是"睫在眼前常不见"，只是有些"美妙"感，至于到底是什么东西，还是不能说清楚、道明白。杨振宁20世纪50年代关于"交换规范场论"的论文就经历了一个由不理解到理解的过程。"在20世纪50年代，我们只觉得这篇文章很美妙。到了60年代，才觉察到它的重要性。我到1964年以后才清楚认识到它跟数学的关系"。（《杨振宁文集》）电报的发明者美国人莫尔斯原本就是画家，1832年10月他在由法国返回美国的轮船上，一名叫杰克逊的医生在介绍一种叫"电磁铁"的新器件时说："实验已经证明，不管电线有多长，电流都可以神速地通过。"正是这句话使莫尔斯沉浸在神奇的幻想之中，他大胆设想：既然电流可以在瞬间通过导线，那么我们是否可以用电流来远距离传输信息呢？这个想法使他坐卧不安，从此以后，他告别了艺术，投身到科学领域，专门研究电流传输信息的问题，最终发明了电报。美国发明家郝奥发明缝纫机的针头，德国化学家凯库勒发现"苯环"结构，都是在"无意识"的梦中完成的。钢筋混凝土的发明者既不是著名的建筑师，也不是卓越的力学家，而是一位整天摆弄花草的法国园艺家约瑟夫·莫尼埃。这些事例意味着，科学发现并不只是理性思维的产物，它还依赖于艺术的想象力、创造力，依赖于人们的灵感和顿悟。

上述的创造和发现说明，艺术与科学、美与真，有重叠、有交融，二者是形象思维与理性思维的统一。王国维曾提到了这一现象，他通过讨辛弃疾词《木兰花慢》——"可怜今夕月，向何处、去悠悠？是别有人间，那边才见，光影东头"的研究，认为"词人想象，直悟月轮绕地之理，与科学家密合，可谓神悟"。1964年8月，毛泽东在同周培源、于光远谈哲学时也认为，"这首诗含有地圆的意思"。西方物理学家海森堡说"美是真理的光辉"，而爱因斯坦直接把科学发现称为"自由创造"，表达的均是同样的意思。为什么会这样？因为审美与科学殊途而同归：同归于历史、实践和生活，分途在求真、抽象与求美、具体的社会分工上。分工的优点是产生了专业和特长，缺欠是出现了职业的痴呆。中外先贤、学者给了我们以忠告。达尔文说，若有来生，不再成为制造公司的机器，每周要读诗、赏画、学音乐。工程院院士许国志诗云："他生倘得从吾愿，甘为诗书再献身。"由于社会在发展、历史在前进，又由于生活、实践是整体的、不能分割的，产生了专业和特长的强强联盟，消化着消极的弊病，使二者互补成为主流，于是便有了科学与艺术的相得益彰态势。科技美学的诞生标志着这一点，而美育学科的建立，则意味着我国在促进人的自由而全面的发展方面将大有作为。

艺术与科学的关系启示我们，不论是理论创新、科技创新还是其他创新，都不仅需要科学的逻辑推理，而且需要艺术的想象力和创造力；不仅需要理性，而且需要感性、直觉、顿悟。因此，我们要不断提高理性思维能力，不断提高艺术品味和形象思维能力，这也是人的全面发展的重要内容。

1. 根据文意，以下说法正确的两项是（　　　）

A. 艺术追求的是美，但也离不开真。

B. 有了科学性，艺术表达就会有美感。

C. 科学家在追求"真"的同时，有时也会感受到"美"。

D. 科技创新主要是形象思维的产物，但也离不开理性思维的辅助。

E. 文中所说的"职业的痴呆"，是指对自己从事的职业缺乏了解。

F. 科学与艺术是相互依存的，二者没有本质的区别。

2. 下列各项中不能作为论据证明"艺术与科学、美与真，有重叠、有交融"的是（　　　）

A. 美国人莫尔斯发明了电报。

B. 毛泽东说，《木兰花慢》含有地圆的意思。

C. 随着社会的发展，科技美学诞生了。

D. 艺术创新需要感性、直觉与顿悟。

3. 本文第二段和第四段都谈到了艺术的科学性问题，这是重复吗？请说明理由。

_____

4. 从事科学研究与艺术创作的人，要分别怎么做，才更有利于创新能力的培养，才更有利于促进人的全面发展？

_____

**【第 10 篇】**阅读下面的文字，完成 1～3 题。　　　　　　　　　　**【海南、宁夏】**

现在不断有人提问，为什么在我们这个堪称伟大的时代里却出不了伟大的作家？对此我的想法是，现在是一个无权威的、趣味分散的时代，一个作家很难得到全民集中的认可。事实上，要成为一位大家公认的伟大作家，需要时间的考验，甚至包括几代人的阅读和筛选。而且在今天这样一个时代，消费与享受往往消磨作家敏锐的洞察力和浪漫的激情，以至那种具有巨大原创力的作品很难产生。当然，当代中国缺少伟大的作家，除了这些外在的方面，也有作家自身主体弱化的问题。比如市场需求之多与作家生活经验不足的矛盾、市场要求产出快与文学创作本身求慢求精的矛盾等等。而这当中，正面精神价值的匮乏与无力，无疑是当下文学创作中最为重要的缺失。

所谓正面精神价值，指的就是那种引向善、呼唤爱、争取光明、辨明是非，正面造就人的能力。这种价值在文学作品中的体现，与作家对民族的精神资源的利用密切相关。我们民族的精神资源很丰富，但是也还需要作必要的整合和转化，才能化为作家内心深处的信仰，运用到创作中去。还有一些作家表现出"去资源化"的倾向，他们不知如何利用资源，索性不作任何整合与转化，以为只要敢于批判和暴露，就会写出最深刻的作品。但如果都是暴力、血腥，就让人看不到一点希望，而真正深刻的作品不仅要能揭露和批判，还要有正面塑造人的灵魂的能力。还有另外一种主体精神弱化的现象，很多作品没完没了地写油盐酱醋和一地鸡毛，缺少一种人文关怀。作家的责任是把叙事从趣味推向存在，真正找到生命的价值所在。当他们丧失了对生活的敏感和疼痛感，把创作变成了制作，批量化地生产的时候，文学就不会有什么真正的生命了。

老舍先生曾将长篇小说《大明湖》浓缩成《月牙儿》，篇幅几近短篇，却也创造了了中国现代文学中公认的经典。他幽默地说："我在经济上吃了亏，在艺术上占了便宜。"如果今天的作家都肯下这种苦功，那么消费的时代再汹汹然，我们仍然可以对震撼人的好作品的出现满怀期望。

1. 从原文看，下列不属于"当代中国缺少伟大的作家"外在原因的一项是（　　）

A. 现在是一个缺乏权威的时代，也是一个受众趣味分散的时代。

B. 要成为一个伟大的作家，需要相当长的时间才能得到普遍的公认。

C. 在今天，消费与享受往往会消磨作家敏锐的洞察力和浪漫的激情。

D. 作家对生活的体验还不够，同时文学创作本身的规律是求慢求精。

2. 从原文看，下列理解和分析，正确的一项是（　　）

A. 我们的民族精神资源很丰富，现在面临的问题是如何保持原貌并移植到创作中。

B. 所谓"去资源化"，就是作品只有批判和揭露，而没有充分利用社会生活的资源。

C. 充斥暴力和血腥的文学作品使人看不到一点希望，这是正面精神价值缺失的结果。

D. 作品中有油盐酱醋和一地鸡毛这样的描写，表明作家没有担负起自己的社会责任。

3. 下列理解和分析，不符合原文意思的一项是（　　）

A. 作家作品中正面精神价值的匮乏或无力，是当代中国文学创作中最应该引起重视的问题。

B. 是否善于利用我们民族丰富的精神资源，决定了作家作品中正面精神价值的能否体现。

C. 要保持文学生命，作家就应该对生活具有敏感和疼痛感，坚持把叙事从趣味推向存在。

D. 老舍把《大明湖》浓缩成《月牙儿》，说明下苦功夫创作，才能出现震撼人心的好作品。

**【第 11 篇】**阅读下面的文字，完成 1～3 题。　　　　　　　　　　　　**【全国Ⅱ】**

生物多样性是一定时间、一定地区所有生物物种及其遗传变异和生态系统的复杂性的总称。它是由地球上生命与环境相互作用并经过几十亿年的演变进化而形成的，是地表自然地理环境的重要构成成分之一。生物多样性与其物理环境相结合而共同构成的人类赖以生存和发展的生命支持系统，是社会经济发展的物质基础，对于维持自然界的生态平衡、美化和稳定生活环境具有十分重要的作用。生物多样性在基因、物种和生态系统等方面对人类的生存所具有的现实和潜在意义难以估量。因此，1992 年在巴西里约热内卢联合国环境与发展大会上，150多个国家的政府首脑签署通过了人类历史上第一个《生物多样性公约》。这是一项全球性保护生物多样性的战略宣言，目的是为了当代和后代人的利益，为了生物多样性的固有价值，尽最大可能维持、保护和利用生物多样性。

生物物种多样性在地球上分布很不均匀，这主要是由水热条件的差异、地形的复杂性和地理隔离程度造成的。许多热带岛屿和其他一些陆地地区全年高温多雨，地理位置相对孤立，境内地表复杂，使得这里生存的生物种类最多。

自从35亿年前地球上出现生命以来，由于各种自然原因，难以计数的生物已经灭绝，现存的500～1000万种生物仅是过去曾经生活过的几十亿种中的少数幸存者。物种灭绝和生态系统被破坏，由此造成的遗传多样性的损失是不可逆的，也是不可弥补的。这不只是直接减少了人类可利用的生物资源，还可能造成更严重的后果。一般认为，一种生物物种的灭绝，将给以其为生存条件的其他10～30种生物的生存带来威胁。

生物多样性是人类起源与进化的基础，生物等自然资源的持续利用是保障社会经济持续发展的重要条件。但是，由于长期以来人类对生物环境的破坏、对自然资源的过度利用、保护不力等原因，生物多样性遭受的损失令人触目惊心。因此，采取有力措施保护生物多样性已成为十分紧迫的任务。

1. 从原文看，下列对"生物多样性"的说明，不正确的一项是（　　　）
A. 生物物种的遗传变异和生态系统的复杂性是生物多样性的重要方面。
B. 生物多样性是在漫长的演变进化中，由生命与环境相互作用而形成的。
C. 生物多样性是生物在几十亿年的漫长过程中形成的生物群体的总称。
D. 生物多样性有利于维持生态平衡，是人类社会经济发展不可或缺的物质基础。

2. 下列表述，符合原文意思的一项是（　　　）
A. 水热条件、地形以及地理的隔离程度等因素，与生物物种多样性的分布有着十分密切的关系。
B. 地球上多数生物物种灭绝的主要原因，在于人类对生物环境的破坏、对自然资源的过度利用。
C. 生物资源的利用必然导致物种的灭绝和生态系统的破坏，其造成的遗传多样性的损失是不可逆的。
D. 一种生物物种的灭绝，就会使10～30种生物物种灭绝，从而使人类可以利用的生物资源越来越少。

3. 依据原文的信息，下列推断正确的一项是（　　　）
A. 只有利用生物遗传变异特点，改造生物基因，才能为人类创造出适宜的生存环境。
B. 《生物多样性公约》的签订，将使现有的生物都得到充分的维持、保护和利用。
C. 由生物物种多样性分布不均的原因得知，沙漠和极地地区的生物物种比较贫乏。
D. 目前，保护生物多样性的当务之急是大力培育动植物的新品种，弥补物种的缺失。

**【第12篇】**　　　　　　　　　　　　　　　　　　　　　　　　　　　　　　　**【福建】**

一、阅读下面的文字，完成1、2题。

建设节约型社会离不开政府的努力。政府应以政策工具调控市场，以强大的市场力量逼迫市场主体选择节能环保的发展模式。中国是一个大的经济体，高能耗与低能效相叠加，使能源环境的矛盾变得更加突出。如果说目前这一发展时期能源需求高增长带有客观必然性，那么，能源低效率是不能容忍的。

降低能耗强度的根本途径是改善产业结构和提高能源效率。我们有巨大的经济增长潜力，但不改变资源依赖型发展环境、速度导向型增长方式，就不能建立可持续的经济增长机制。十一五《纲要》提出未来五年单位国内生产总值能耗降低20％左右的目标，实现这一目标需要全社会的行动，但各个市场主体的行为主要受经济力量的驱动。

面对能源环境的严峻形势，分解节能指标、严格政绩考核是实现节能目标的一种重要措施。但面对不同企业、不同产业、不同地区的极其复杂状况，以政府人员的判断层层下达指标，很难做到科学合理。重要的是政府的政策，包括价格、法规、技术标准、经济激励等措施，通过市场起作用，着重建立全社会的节能环保机制，取得四两拨千斤的效果。

市场主体的节能环保是一种经济行为；实现节能目标，要素价格和环境监管起着关键的作用。因此，生产要素价格通过市场充分地反映稀缺程度和严格的"环境成本内部化"监管，附以税费的激励，是实现节能环保目标最重要的经济驱动力。

1. 依据文意，不属于"节能环保"措施的一项是（　　　）
A. 改善产业结构，提高能源效率，从而降低能耗强度。
B. 实现未来五年单位国内生产总值能耗降低20％左右的目标。

C. 通过分解节能指标，严格政绩考核，实现节能目标。

D. 政府的政策通过市场起作用，建立全社会的节能环保机制。

2. 下列理解不符合原文意思的一项是（　　）

A. 经济发展时期，能源需求高增长是不可避免的，能源的低效率是必须改变的。

B. 建立可持续的经济增长机制，必须改变资源依赖型发展环境、速度导向型增长方式。

C. 以政府人员的判断层层下达指标，在复杂状况下，难以做到科学合理。

D. 市场主体的节能环保，带来了经济驱动力，促进了节约型社会的建设。

二、阅读下面的文字，完成3、4题。

"立体光子结晶"作为可以操控光波的新材料，已经引起人们的广泛关注。所谓"光子结晶"是指其构造精细，如光波一般，且晶粒呈立体排列的某种结晶材料。由于其具有周期性的排列方式，所以当反射光波时，对特定波长的光线就可以进行增强或者减弱的操作或控制。

日本大阪大学的高原淳一助教授使用光子结晶，开发出了环保型的白炽节能灯泡。由于普通的白炽灯泡会产生红外线而发热，所以其能量转换和使用效率很差。如果能够有效地阻止灯丝上红外线的放出，而让电能更多地转换成可见光，就可以制造出高效节能型照明灯泡了。

高原淳一助教授和日本京都大学风险商用实验室的川弘助手等，正在开展采用"自我组织化"技术，制造光子结晶的研究工作。所谓"自我组织化"，是指分子或小液珠等具有自我形成某种有规律结构的能力。比如，雪花的结晶会呈现出星形或六边形等的结晶，就是白雪的结晶，通过"自我组织化"而形成的。利用自我组织化现象，就有可能以较低价格，制造出光子结晶来。

高原淳一助教授首先采用硅珠开始研究。利用含有硅粒的液体，将物体浸泡后，再晾干，反复多次进行实验。终于通过自我组织化现象，得到了出色的光子结晶。利用该项技术，把灯泡覆盖上某种光子结晶，就可以制造出七色辉映的灯泡。而且如果对这种灯泡放射出的光线进行检测的话，就会发现其红外线放射已被有效地抑制了一些。

高原淳一助教授指出："现在虽然尚未实现利用自我组织化技术制造出钨丝上的光子结晶，其技术实用化仍然需要一些时间。但是，在构建精细加工理论研究方面，采用自我组织化技术，降低加工费用，推出更多更好的环保产品的研究，正在不断取得进展。"

3. 下列对"光子结晶"的理解，不恰当的一项是（　　）

A. "光子结晶"是指构造精细、晶粒呈立体排列、可以操控光波的新材料。

B. "光子结晶"具有周期性的排列方式，可以控制特定波长的光线的强弱。

C. "光子结晶"作为一种光学新材料，其能量转换和使用效率较高。

D. "光子结晶"能有效抑制从灯丝中放射出红外光波，让电能更多地转换成可见光。

4. 根据文中提供的信息，以下理解正确的一项是（　　）

A. 利用分子或小液珠的自我组织化现象，就能以较低价格制造出光子结晶。

B. 研究表明，只用采用硅珠，才能制造出色的光子结晶。

C. 研究表明，把灯泡覆盖上某种光子结晶，可以制造出七色辉映的灯泡。

D. 运用精细加工理论，采用自我组织化技术，人们制造出了钨丝上的光子结晶。

**【第 13 篇】**　　　　　　　　　　　　　　　　　　　　　　　　　**【天津】**

一、阅读下面的文字，完成1～3题。

发展中国家的一些企业家对专利有一种顶礼膜拜的心态。对内以为只要有了专利就保护了自己的知识资产，对外则将人家注册的专利视为神圣不可侵犯的。世界上每天都有几百个专利注册成功，也有相当一些专利在诉讼中被判无效。知识产权是私权，本质上是保护排他性权益，有争议是正常的。我们应该尊重的是保护知识产权的原则和被这些原则认可的技术发明，同样也尊重法律给予他人争辩乃至否定这种保护的权利。所以对具体专利的保护与对自然遗产、文化传统的保护在性质上决不能同日而语。

缺乏竞争意识的知识产权战略追求的只是获得专利，这种"唯专利论"让企业围着知识产权转。一些企业、科研机构现在知道着力培养帮助注册专利的人才，而对培养在市场竞争中游刃有余、懂技术又有法律资格的专利律师，尚未提到议事日程。然而，市场经济告诉我们，虽然花很大代价保护专利，但在利益驱动下，竞争对手往往会千方百计地来破解对专利的保护。

在当今中国，绝大多数企业和科研机构尚处在技术积累期，还必须鼓励多申请专利。在目前已经注册的专利中属于发明类的较少，而属于实用新型的和外观设计的较多，这种状况一时难以改变，无须责难。

特别是不要轻易把某些专利判定为垃圾专利，因为专利不一定以开发产品或服务为最终目的，全世界的专利总量中只有很小一部分可以实现经济价值。有些专利是出于企业的长期战略考虑暂时不会去产品化，有些仅仅是防止别人进入的篱笆，还有些专利注册行为是为了迷惑对方，或是准备与对方权利交换用的。

企业的专利战略如果从市场竞争出发，就会有无比丰富的内容。在一定条件下不申请专利也是一种知识产权战略。对十分容易被模仿而又难以赢得诉讼的，不申请专利而将这种技术作为商业秘密加以保护可能更加有利。与专利不同，商业秘密没有义务公开技术内容，保护时间可以没有期限。放弃一部分专利也是一种竞争手段。IBM 公司宣布建立一个专利共享平台，放弃价值千万美元的 500 多项专利，供社会免费使用。这些专利与开源软件开发有关，这样能够做大以开源软件为基础的大量下游企业，为公司自己的产品扩大了市场，其结果恰恰是对竞争对手微软公司的产品构成了重大的挑战。

1. 下列不属于"唯专利论"表现的一项是（　　）

A. 把专利数量和规模作为企业知识产权战略追求的目标，着力培养专利注册人才。

B. 认为有了专利即可有效保护自己的知识资产，别人无权争辩或否定。

C. 积极申请专利，而对有些专利并不急于实现其经济价值。

D. 将所有的技术发明都及时地申报专利，并为之付出很大代价加以保护。

2. 下列对本文所主张的知识产权战略的理解，不正确的一项是（　　）

A. 将符合知识产权原则的技术发明注册为专利，并采取一系列策略维护自己的专利权。

B. 对专利制度难以保护的、易被模仿又难以胜诉的技术发明，可以不申报专利，而将其作为商业机密加以保护。

C. 可以通过部分专利共享，做大下游企业，提高市场竞争力。

D. 面对市场竞争，把培养懂技术又有法律资格的专利律师列为远期目标。

3. 下列对本文有关内容的分析，正确的一项是（　　）

A. 在专利总量中小部分可以实现经济价值，防止对手涉足或迷惑对手的专利则具有战略价值。

B. 在技术积累期，采取鼓励申请专利的措施后，大多数企业的专利中发明类的多了，实用类的少了。

C. 基于市场竞争的知识产权战略，应主要采取专利以外的手段，比如暂时不将专利产品化、主动放弃部分专利等。

D. 保护具体的专利是为了体现专利的公益性，与之不同的是，保护自然遗产、文化传统则是体现其排他性。

二、阅读下面的文字，完成 4～6 题。

科技的进步把人类的种种幻想变成现实，上古时代异想天开的"造人"神话，将在当代科学家手中实现。以人造肌肉为主要材料制成的"类人机器人"正款款向我们走来。

科学家发现，非金属材料能在电流的作用下运动，于是产生了制造人造肌肉的构想。研究证明，通过电流刺激，高分子材料能自动伸缩和弯曲，从而可用来制造人造肌肉。这种人造肌肉用粘合性塑料制成，是把管状导电塑料集束成肌肉一样的复合体，在管内注入特殊液体，导电性高分子在溶液中释放出离子，这种复合体在电流的刺激下完成伸缩动作。通过控制电流强弱调整离子的数量，可以有效地改变它的伸缩性。相反，通过改变复合体的形状也可以产生电。

人造肌肉具备人体肌肉的功能。在人造肌肉中，一根直径为 0.25 毫米的管状导电塑料可承重 20 克，相同的体积，人造肌肉比人体肌肉的力量强壮 10 倍。传统引擎驱动的机器人，除了关节之外，四肢没有任何可以活动的关联处，能量上自然是捉襟见肘。如果有了人造肌肉，机器人四肢就会更加发达，能将分子能量的 70% 转化为物理能量，其功率远远大于传统引擎机器人。近年来，一种名为 Birod 的生物机器人已问世，它可以负载超过自身许多倍的重量。科学家正在研制用于未来士兵装备的人造肌肉。这种人造肌肉一旦装入手套、制服和军靴，士兵就会有超人的力量，举重物、跳过高墙均不在话下。

利用人造肌肉可以发电的原理，科学家正在开发一种"脚后跟"发电机，即把人造肌肉安装在军靴的鞋跟上，通过步行、跑步等运动就能发电。未来，凡是需要小型电动引擎的制造业，人造肌肉都有用武之地。

人造肌肉灵活柔软，还可以用来制造医用导管和在救灾中大显身手的蛇形机器人。目前已经有了利用人造肌肉制成的机器鱼，它在水中游动的姿态与真鱼没什么差别，"耐力"可保持半年时间。机器鱼既没有马达、机轴、齿轮等机械装置，也没有电池，完全是靠伸缩自如的高分子材料自行驱动。

4. 下列对"人造肌肉"有关内容的理解，正确的是（　　）

A. 人造肌肉可使高分子材料自动伸缩和弯曲。

B. 人造肌肉的伸缩程度在电流发生变化时可以发生变化。

C. 人造肌肉的巨大能量来源于其伸缩动作所产生的能量。

D. 人造肌肉比人体肌肉力量更强，从而具有比人体肌肉更好的性能。

5. 下列表述符合本文意思的一项是（　　　）

A. 人造肌肉的特征是可自动伸缩和弯曲，在自动伸缩和弯曲时产生电。

B. 装有人造肌肉的机器人能在各个领域发挥作用，是因为人造肌肉具有灵活性。

C. 装有人造肌肉的机器人四肢更发达，其功率比传统引擎驱动的机器人的功率大。

D. 人造肌肉使类人机器人在军事和民用方面代替传统机器人完成了任务。

6. 根据本文提供的信息，下列推断不合理的一项是（　　　）

A. 高分子材料在一定条件下释放出的离子数量与人造肌肉的伸缩程度有关。

B. 采用了人造肌肉的机器人能将分子能量转化为物理能量，能自行驱动和负重。

C. 未来装有人造肌肉的军靴既可使士兵具有强大的力量，又可充当小型发电机。

D. 用人造肌肉制成的机器鱼，可以在没有外力作用的条件下持续不断地游动。

**【第 14 篇】阅读下面的文字，完成 1～4 题。**　　　　　　　　　　　　　　　　　**【湖南】**

最近在死海中发现了一种叫嗜盐菌的极小微生物，对它的研究，让科学家们探知了更多有关生物技术和癌症的秘密，也许还有助于解决一个难题：如何让宇航员在太空旅行中免受宇宙射线的伤害。宇宙射线能穿透宇航员的身体，损伤人体细胞中的 DNA，引发癌症和其他疾病，DNA 损伤也是生活中地球上的人类患各种癌症的原因之一。

嗜盐菌似乎是修复 DNA 损伤的高手。为了解其中的奥秘，马里兰大学在美国航空航天局的资助下进行了一系列研究。研究人员用辐射轰击法破坏嗜盐菌的 DNA，使其分裂成碎片，但它们在几个小时内就能将所有的染色体"召集"到一起，重新恢复正常功能。嗜盐菌为何能有如此顽强的生存能力？马里兰嗜盐菌研究项目主任乔斯林·迪鲁吉罗认为，根本的原因于嗜盐菌是在一个原本就不适合生命生存的地方生存和进化的。死海海水的盐浓度是正常海水的 5～10 倍，多数海洋生命在死海里会很快死亡。高盐浓度导致与辐射类似的后果，使有机体的细胞，特别是细胞中的 DNA 受损。在这种含盐量极高的极端环境中生存和进化，正是嗜盐菌能够承受辐射和其他恶劣环境的原因。在强烈的紫外线光束的照射下，多数微生物会全部死亡，但 80% 的嗜盐菌活了下来，且能继续正常生存和繁殖，研究人员还做了一个实验，将含有嗜盐菌细胞的海水置于模拟太空的真空环境里，结果水分很快蒸发，留下的盐分形成了含有微量水分的结晶体，嗜盐菌细胞躲藏在这些像一个个小房子似的盐的晶体里，能避免进一步的干燥缺水，可以在很长的一段时间内处于半休眠状态。如果盐的晶体有机会重新溶入有水环境中，嗜盐菌细胞会重新活跃起来，修复由于缺水引起的 DNA 损伤，迅速恢复正常的生存活动。

嗜盐菌为何能在这一系列实验中存活下来？迪鲁吉罗研究小组和西雅图系统生物技术研究所的科学家们用现代基因测试工具观察嗜盐菌细胞 DNA 受损的全过程，发现嗜盐菌在受到强烈紫外线照射和被置于模拟太空的真空环境后，其整套"分子修复工具"都被激活了。所谓"分子修复工具"是一种叫做酶的蛋白质。嗜盐菌里有着一定数量承担修复工作并"随时待命"的酶，当受到致命剂量的辐射照射时，这些"埋伏"着的酶会很快出动，对 DNA 进行"抢救"，然后其他种类的酶继续其修复工作，并激活产生这些酶的基因。迪鲁吉罗研究小组还发现，在嗜盐菌 2400 个基因的基因组里包含了好几套独特的 DNA 修复"工具"。嗜盐菌的这些 DNA 修复"工具"，有的其他动植物也有，有的则是细菌才有的，还有的是一种叫做 archaea 太古代微生物（嗜盐菌所属的种类）所特有的，嗜盐菌则拥有所有这些修复"工具"，此外，它还有几种别的物种所没有的新奇的 DNA 修复"工具"。所有这些 DNA 修复"工具"，对研究人类的 DNA 修复功能具有重要意义，也许能为增强人体修复 DNA 受损的自然能力开辟新的途径，并将极大地造福于太空旅行的宇航员，因为 archaea 太古微生物中的许多修复蛋白质为真核细胞（包括你我在内的生命组成形式）中的修复蛋白质非常相似。

1. 依据原文，不属于科学家们所做的嗜盐菌实验的一项（　　　）

A. 观察嗜盐菌在高盐浓度环境中是否具有承受强辐射的能力

B. 观察嗜盐菌在其 DNA 被破坏之后能否重新恢复正常功能

C. 观察嗜盐菌细胞在模拟太空的真空环境中是否能继续生存

D. 观察嗜盐菌细胞 DNA 在受损过程以探索其被恢复的奥秘

2. 下列关于"嗜盐菌"的表述，不符合原文意思的一项是（　　　）

A. 科学家们已经发现，即使 DNA 被分裂成为碎片，嗜盐菌的染色体也能够在较短的时间内被"召集"起来。

B. 因为嗜盐菌原本就是在一个不适合于生命生存的恶劣环境中生存和进化的，所以它具有极强的抗辐射能力。

C. 在模拟太空的真空环境里，多数微生物包括部分嗜盐菌会死亡，但绝大部分的嗜盐菌细胞会重新活跃起来。

D. 嗜盐菌是 archaea 太古微生物中的一种，它的许多修复蛋白质与人体真核细胞中的修复蛋白质非常相似。

3. 依据原文，下列表述正确的一项是（　　　）

A. 迪鲁吉罗研究小组与西雅图系统生物技术研究所的科学家通过观察嗜盐菌细胞 DNA 受损的全过程，发现它有好几套独特的 DNA 修复"工具"

B. 在嗜盐菌中，"随时待命"以对受损的 DNA 进行"抢救"的酶，与继续进行修复工作的其他种类的酶，都属于"分子修复工具"

C. 在强烈的紫外线光束照射下，只有 80% 的嗜盐菌的整套"分子修复工具"被激活，它们会很快出动，对那些受到损伤的 DNA 进行"抢救"

D. 在极端的干燥环境甚至真空环境中，嗜盐菌也能继续生存并正常繁殖，因为其承担修复工作并"随时待命"的酶会修复细胞中的 DNA 损伤。

4. 依据原文信息，下列推断正确的一项是（　　　）

A. 高盐浓度导致与辐射类似的后果，在强烈紫外线辐射下嗜盐菌的存活率达 80%，因此在高盐浓度海水嗜盐菌的存活率也约为 80%。

B. 实验证明嗜盐菌在模拟太空的真空环境中仍能继续生存，可见嗜盐菌在完全无水的极端干燥环境中也可存活下来，或处于半休眠状态。

C. 如能获取嗜盐菌特有的 DNA 修复"工具"并将其移植到人体中，那么人类也能在致命的紫外线照射下和极端干燥的真空环境里生存。

D. 美国航空航天局之所以愿意资助嗜盐菌的研究项目，一个重要原因是希望它有助于解决宇航员因受宇宙射线伤害而引发各种疾病的难题。

**【第 15 篇】阅读下面文字，完成 1～4 题。**　　　　　　　　　　　　　　　　　**【北京】**

"Core Competence"通行的中译是"核心竞争力"，但它的准确译法应该是"核心能力"。所谓"核心能力"，不是公司独有的某种技术或工艺，也不是公司内部某个人或某个部门的能力，而是指公司整合不同的生产技能和技术后形成的一种综合能力，是公司集体学习、运作的结果。核心能力是内在的、无形的、本源性的，它难以被竞争对手所复制。一个公司凭借核心能力才能持续为客户提供独特的价值和利益，才能不断催生新产品、开辟新市场。

了解了"核心能力"的基本含义，我们就能发现目前将"Core Competence"译成"核心竞争力"的误区所在。人们常常说，"渠道是我们的核心竞争力"，"某营销人员一年销售业绩上千万，他是公司的核心竞争力"，"丰富的劳动力资源是公司的核心竞争力"。在这里，"核心竞争力"的译法把人们的注意力过多地引向了"渠道"、"劳动力资源"等外在的、有形的因素，而忽略了核心能力的内在性与本源性。<u>一个公司在市场上有竞争优势，并不一定表明该公司核心能力强</u>，特别是当竞争的环境不公平，或当该公司采取不正当竞争手段的时候。

进一步说，当一个公司过分依靠外在因素在市场上表现出巨大的"竞争力"的时候，往往是这个公司的内在能力开始蜕化、衰减的时候。优越的资源对于一个公司、一个国家来说的确是一种福音，但同时也可能是一种"诅咒"。这让人想起西方学者关于"石油的诅咒"的说法。由于可以卖石油，一些富油的国家不追求高效的经济体制，不追求创新，他们就躺在石油上坐吃山空，对于这些国家而言，石油资源就成了一种诅咒。一个公司如果一味依靠外在优势进行竞争或只专注于当下的竞争（如打价格战），就难以逃脱这种被"诅咒"的命运。

因此，公司必须从关注外在、表层、有形和现在，转向关注内在、深层、无形和未来。"核心能力"的概念体现的正是这种追求。核心能力的形成是一种由表及里的、动态的、精益求精的过程。公司必须注意保持核心能力的活力，否则也难逃"被诅咒的命运"。能使公司在较长一段时间内获得强大竞争优势的"核心能力"，一旦让公司形成路径依赖，也会产生核心能力硬化的问题。当环境发生巨变时，公司因难以应对而猝然倒下。这就是"核心能力的诅咒"。

（取材于吴伯凡《"核心竞争力"：福音与诅咒》）

1. 下列对"核心能力"的理解，符合文意的一项是（　　　）

A. 核心能力与顾客所看重的价值和利益无关。

B. 核心能力不是指个人能力，而是指公司独有的技术。

C. 核心能力被竞争对手复制的可能性很大。

D. 核心能力是一种综合能力，它的形成不可能一蹴而就。

2. 下列说法不符合文意的一项是（　　　）

A. 文中所谓的"核心竞争力"，是对"核心能力"这一概念的误读与误用。

B. 公司如果一味依靠外在竞争优势或只致力于当下竞争，其前途堪忧。

C. 劳动力资源丰富、营销人员优秀能使公司在竞争中保持永久优势。

D. 对于任何公司或国家来说，优越的资源都可能带来负面的影响。

3. 根据文意填空。

文章说"一个公司在市场上有竞争优势，并不一定表明该公司核心能力强"，这是因为公司的竞争优势可能来自 _____ ，以及其它外在因素。

4. 文章认为核心能力既是一个公司的"福音"，却也可能是"诅咒"，为什么？

---

**【第 16 篇】阅读下面的文字，完成 1～3 题。** 　　　　　　　　　　　　　　　　　**【辽宁】**

法国社会学家埃吕尔承认技术应用有负面作用，但他认为这只能通过技术来消除。埃吕尔说："我们在尽力揭露技术发展招致麻烦的一面……我深信，所有这些麻烦都会随着技术本身的不断发展而被消除，并且，确实也只有依靠技术的发展才能消除。"技术对消除、减弱技术的负面效果，当然有重要作用，例如要在煤中脱硫，就应当研究和应用脱硫的技术，只有主观愿望是不行的。但脱硫技术不会从燃烧煤的过程中自动生长出来，研究与应用脱硫技术，仍然是人的决策。认为随着技术的发展，技术应用的负面作用会自然消除，是没有根据的，也是有害的。

另一位学者弗洛姆说，现代技术系统有两个指导原则：第一原则是"凡技术上能够做的事都应该做"，第二原则是"最大效率与产出原则"。弗洛姆所说的第二原则，就是所谓的效率原则。他所说的第一原则提出了一种技术逻辑——"能够做"等于"应该做"。这两条原则结合起来，就是凡技术能够做的都应当去做，而且还要尽量强化它的效果。即使是恶的技术，也应当采用，并且努力强化它的恶果。这当然是荒唐的逻辑。"能够"是对技术功能的判断，是事实判断；"应该"是价值判断、伦理判断。"能够"不等于"应该"，正如"应该"不等于"能够"。同样，技术不能取代道德，就像道德不能取代技术。如果凡技术能够做到的事，我们都应当去做，那我们就放弃了对技术应用后果的评价和责任。

人与技术的关系只能是创造与被创造、开发与被开发、应用与被应用、控制与被控制、管理与被管理的关系。人是主体，技术是客体。人是目的，技术是手段。技术应当为人谋利，而不应当损害人的利益。是人主宰技术的命运，而不是技术主宰人的命运。技术的研究与应用要遵守技术的自然逻辑，即人造物进化的逻辑，也可以说是技术自身的逻辑；更要遵守技术的社会逻辑，或称社会逻辑，这是社会全面进步和人的全面发展的逻辑。技术的社会逻辑高于技术的自然逻辑，当这两种逻辑冲突时，技术的自然逻辑服从技术的社会逻辑。技术本身的善恶、技术应用后果的善恶，只能根据大多数人的根本利益来判定。人类的最高目标，不是发展和应用技术，而是人类的全面发展，技术只是为这个目标服务的手段。技术越发展，越应该强调对技术的人文关注。

1. 下列不属于作者对弗洛姆"第一原则"评价的一项是（　　　）

A. 第一原则事实上混淆了事实判断与价值判断、伦理判断。

B. 第一原则提出了一种技术逻辑，而这一逻辑是片面的。

C. 如果应用这一原则，那么，势必会放弃对技术应用后果的评价和责任。

D. 第一原则强调了凡技术能做的都应当去做，而且要尽量强化它的效果。

2. 根据文意，下列对"人是主体，技术是客体"的理解，最准确的一项是（　　　）

A. 人主宰技术的命运，人对技术的研究和应用应遵循技术的自然逻辑。

B. 人类的最高目标是人类的全面发展，而技术必须为这个最高目标服务。

C. 人是目的，技术是手段，人和技术是创造与应用、开发与控制的关系。

D. 技术应当为人谋利，所以应大力发展技术来满足人们的需要。

3. 根据原文，下列真正属于作者观点的一项是（　　　　）

A. 要降低技术的负面作用，应强化人对技术应用的责任感，根据大多数人的根本利益判定技术应用的后果。

B. 随着技术的不断发展，技术的负面作用就会被消除，而且只有依靠技术的发展，技术的负面作用才会被消除。

C. 一个明显的事实是，技术不能取代道德，就像道德不能取代技术，如果技术能做到的事，我们就应该去做。

D. 技术应用的负面作用，责任不在技术而在人，在于人怎样应用，所以要遵守技术的社会逻辑，而非自然逻辑。

**【第 17 篇】**阅读下面的文字，完成 1～3 题。　　　　　　　　　　　【四川】

### 瓦斯的开发和利用

我国是煤炭生产大国，瓦斯突出的矿井约占煤炭矿井的一半。瓦斯是煤矿安全的最大威胁，全国煤矿重大安全事故 70% 以上都与瓦斯爆炸有关。

其实，瓦斯是储存于煤层中的非常规天然气，又名煤层气，它并非仅仅是人类需要驯服的"杀手"。人们常把瓦斯利用喻为"变废为宝"——将本来空排的废气变为清洁能源。长期的能源短缺和能源价格上涨是中国经济增长中一个抹不掉的阴影，所有可以利用的能源都是宝贵的。但是，瓦斯开发利用的意义远远超过单纯的"变废为宝"。

瓦斯中的甲烷含量很高，甲烷的温室效应在全球气候变暖中的份额为 15%，仅次于二氧化碳；而且，等量甲烷造成的温室效应是二氧化碳的 21 倍。国家发改委公布的数据显示，全国煤层气利用率仅为 23%，这意味着大多数的煤层气正朝天排放，其温室效应不容忽视。

有研究认为：从 20 世纪中期至今，观测到的大部分温度上升与人类活动生成的温室气体排放有关的可能性超过 90%。据估计，受气温上升影响，到 2030 年，中国种植业生产能力可能会下降 5%～10%；北方水资源短缺以及南方洪涝灾害都将加剧。

要缓解温室效应，瓦斯的开发利用已刻不容缓。而且，这一工作可获得国际上的财务支持——"情节发展机制"（CDM）支持发达国家与发展中国家进行"温室气体交易"。在《京都议定书》框架下，各减排义务国可以选择内部消化减排目标，也可以从市场上购买排放额度。由于发展中国家的减排代价较低，发达国家可以用资金或技术在发展中国家减排，减排的数量可用于抵扣本国的温室气体减排量。

由于历史的原因，我国目前煤炭开采权和煤层气开采权分置，获中央特许权的煤层气开发企业有全国相当面积的煤层气开发权和对外合作权。约占山西省含煤面积 60% 以上的煤层气气权都被两家中央企业登记。这种气权、矿权分置在现实中引发了诸多利益冲突，有媒体曾对此进行报道，并借用莎士比亚名剧《威尼斯商人》中"割肉不许流血"的难题来形容气权、矿权之争。

实践证明，瓦斯开发的特许权造成了瓦斯开发的垄断，增加了瓦斯开发利用的难度和成本。气权、矿权分离为煤炭生产的"先抽后采综合利用、采气与采煤一体化"设置了障碍；气权、矿权合作的艰难也影响了煤层气开发利用的速度。瓦斯与煤炭伴生，气权、矿权分置使煤矿企业的地面预抽无法实施，"先抽后采综合利用"和"采气与采煤一体化"也就无法进行。

瓦斯的开发利用在安全和环保方面的效应远大于单纯的资源收益，所以不能简单地将瓦斯作为一种能源来进行开发。政府应以有效的政策支持来加快瓦斯的开发利用，以应对气候变化带来的挑战，并让瓦斯从"夺命杀手"成为战略资源。

1. 对文中画线句子的理解，正确的一项是（　　　　）

A. 积极开发和利用瓦斯，不仅能将本来空排的废气变为清洁能源，更重要的是这样可以有效减少煤矿瓦斯爆炸事故，并在一定程度上抑制能源价格上涨。

B. 积极开发和利用瓦斯，不仅能将白白排放的废气变为清洁能源，更重要的是这样有利于降低瓦斯对煤矿安全的威胁，并能有效地减少温室气体排放量。

C. 积极开发和利用瓦斯，不仅可以缓解我国能源供需矛盾，更重要的是这样可以避免瓦斯开发的垄断，并有利于获得国际上的财务支持。

D. 积极开发和利用瓦斯，不仅有利于消除煤矿安全的最大威胁，更重要的是这样有利于实现温室气体减排目标，并促进我国解决煤矿的气权、矿权分置问题。

2. 以下理解符合原文意思的一项是（　　）

A. 对我国煤炭开采权和煤层气开采权分置所导致的煤矿企业可以采气却无法采煤的情形，有媒体用《威尼斯商人》中"割肉不许流血"的难题来形容。

B. 有研究认为：很长时间以来，人们所能观测到的 90％以上的温度上升可能与人类活动产生的温室气体排放有关。

C. 获得中央特许权的两家煤层气开发企业，目前在全国拥有相当于陕西省含煤面积 60％以上的煤层气开发权和对外合作权。

D. 煤矿企业对储存于煤层中的瓦斯采用朝天排放的方式，能够降低煤矿发生爆炸的危险性，但将产生温室效应，从而造成严重的环境问题。

3. 根据原文提供的信息，下列推断不正确的一项是（　　）

A. 解决煤炭开采权和煤层气开采权分置问题有利于促进我国煤矿企业对煤层气实施地面预抽。

B. 发达国家将资金用于减少我国煤矿瓦斯的直接排放所获得温室气体减排数量可抵扣其温室气体减排量。

C. 实现"采气与采煤一体化"使我国煤矿企业加快瓦斯开发利用的速度并获得显著经济效益。

D. 税收、价格等政策支持可以引导我国煤矿企业提高瓦斯开发利用率和瓦斯开发利用的技术水。

## 吕丽高考语文讲堂·科技文阅读·第 6 练　【2006 高考 17 题】

**【第 1 篇】**阅读下面的文字，完成 1～3 题。　　　　　　　　　　　　　　**【全国Ⅱ】**

大运河保护迫在眉睫

长达一千多公里的京杭大运河，与绵延的万里长城，作为举世闻名的古代中国人创造的伟大工程，都是华夏民族的历史丰碑和永远的骄傲。长城早已被列为全国重点文物保护单位，并跻身于《世界文化遗产名录》，而大运河的文物保护问题至今尚未得到应有的重视。

大运河在广开海运之前是我国古代的一条重要交通命脉，开凿运河是为了最大限度地进行沟通交流。大运河在开凿过程中利用了春秋时代吴王夫差开通的沟，在隋炀帝时最终完成，唐宋繁盛一时，元代截弯取直，明清屡加疏浚。在漫长的历史时期，大运河一直是一条南粮北运、商旅交运、水利灌溉的生命线。

大运河涉及黄河与长江这两个古代文化、文明的核心地区，连接着燕文化、齐鲁文化、吴越文化等中国历史上重要的文化区域，其沿岸是古代中国人口集中、文化遗址密集的地区。各个时代，大运河贯穿之地都留下了丰富的文化古迹，被誉为"古代文化长廊"，其文物价值与意义非同寻常。不仅如此，大运河在开凿的长度、年代上还创下了傲视环宇的纪录，特别是沿岸几十座城市有着独特的人文景观和民俗风韵，保存了极其特色的内河文化。

但是，作为华夏先民智慧与创造力结晶的大运河，今未被列入全国重点文物保护单位，也没有一部专门的法律法规肯定和保障它的历史地位。

大运河的保护现状确定令人忧患。除千百年来河堤决口、泥沙淤塞、水量匮乏等自然因素外，更有乱开支渠、截住流用水、管理不善等人为因素。由于不少河段利用了天然湖泊和自然河流，很多人认识不到大运河也是文化遗产或文物古迹，而出于局部利益考虑随意改拆遗存的现象时有发生，分省分段的管理体制也使大运河的保护无法形成综合性的全盘规划。

大运河虽然历尽沧桑，却衰而未亡，江南河段仍然泽被今人；已开工的南水北调工程也涉及到大运河的保护、管理和利用。因此，亟需通过文物调查与文化保护研究。提交完整的大运河总体调研与保护报告。

作为中国古代文明的重要载体和人类历史上伟大的水利工程之一，大运河及其沿岸相关古迹不仅应在南水北调工程中得到有效保护，而且也应作为一个整体来申报世界文化遗产。

1. 从原文看，下列关于大运河保护迫在眉睫原因的说明，错误的一项是（　　）

A. 河堤决口，泥沙淤塞，河段缺水，大运河已经是衰败不堪。

B. 乱开支流，截流用水，管理不善，大运河的保护现状令人忧患。

C. 出于局部利益的考虑，大运河沿岸的文物古迹常被随意改拆。

D. 分省分段的管理，使大运河的基本调研与保护报告无法提交。

2. 下列表述，不符合原文意思的一项是（　　）

A. 大运河实际上上下是连结中国古代几个重要文化区域的桥梁和纽带。

B. 从开凿时间和规模上看，大运河是世界同类工程所无法企及的。

C. 部分河段借用湖泊和河流，影响到大运河的文化遗产地。

D. 大运河的文物价值至今没有得到专门的法律法规的肯定和保护。

3. 依据原文提供的信息，下列推断正确的一项是（        ）

A. 大运河申报世界文化遗产，将有利于提升沿岸文物古迹的文化价值，传扬其"古代文化长廊"的美誉。

B. 申报世界文化遗产成功后，大运河将更有利于沟通交流，昔日南粮北运、商旅交通的胜景将得以恢复。

C. 南水北调工程的实施将有利于大运河沿岸文物古迹的保护，从而加速大运河申报世界文化遗产的进程。

D. 申报成为世界文化遗产以后，历史上极具内河文化特色的大运河将会呈现出新的人文景观和民俗风韵。

**【第2篇】** 阅读下面的文字，完成1～4题。                          **【浙江】**

尽管具有人类学意义的工作相当卖老——有两个例子，古希腊历史学家罗多德，或北非学者阿拉伯·布·尔顿，在公元前5世纪和公元14世纪撰写的对他人的描述——但作为独立研究领域的人类学是相对晚近的西方文明的产物。例如，在美国，学院或大学（在罗彻斯特大学）普通人类学含学分的第一次课程直到1879年才开设。倘若人们一直关心他们自己及其起源，以及其他人，那么为什么成体系的人类学学科这么长时间才问世呢？

这一问题的答案就像人类历史一样复杂。在某种程度上说，它与人类的技术局限有关。在大部分历史中，人们一直受限于他们的地理范围。没有到世界遥远地方旅行的手段，对远远不同于人们自己的文化和民族的观察是艰难的——如果不是不可能的话——冒险。大范围的旅行通常是少数人独享的特权；只有当适当的运输和通信方式得到发展，对其他民族和文化的研究才盛行。

这并不是说，人们一直没有注意到世界上与他们自己在看法和行为上不同的其他民族的存在。例如，圣经《旧约全书》与《新约全书》充分提到各种各样的民族，其中有犹太人、埃及人、赫梯人、巴比伦人、埃塞俄比亚人、罗马人，等等。这些民族之间的差异，比之他们中任何人与澳大利亚、亚马逊森林、北极的北美原住民等的差异，就显得逊色了。借助于向真正遥远地方旅行的手段，人们有可能第一次遇到这类根本不同的民族。正是与迄今未知民族的大量接触——这开始于欧洲人试图把其贸易和政治统治扩大到世界各地之时——人们的注意力才集中于人类各种各样的差异。

使人类学缓慢成长的另一个重要因素是，欧洲人只是逐渐认识到，在所有这些差异的掩饰下，他们可能与任何地方的人共享基本的"人性"。不与欧洲人共享基本文化价值的社会被贴上"未开化的"或"野蛮的"标签。直到18世纪中叶，相当多的欧洲人才开始认为这类人的行为与对他们自身的理解是完全相关的。这样一个时代到来了：人们越来越努力根据自然法来解释事情，对以权威文本为根据的传统解释表示怀疑，对人类多样性的兴趣日渐浓厚。

1. 对插入语"如果不是不可能的话"的作用分析正确的一项是（        ）

A. 强调在不同时期对同一文化同一民族观察的艰难性。

B. 强调在不同时期对同一文化同一民族观察的可能性。

C. 强调在同时期对不同文化不同民族观察的艰难性。

D. 强调在同时期对不同文化不同民族观察的可能性。

2. 下面不属于导致人类学缓慢成长的原因的一项是（        ）

A. 广阔的地理范围，造成交往的局限。            B. 落后的旅行手段，造成沟通的不便。

C. 显著的民族差异，导致理解的困难。            D. 迟缓的认识发展，导致研究的滞后。

3. 下面对"人类多样性"理解最恰当的一项是（        ）

A. 不同民族的文化差异及其在年龄、性别、性格等方面的不同。

B. 人类的不同起源和人们对不同民族、不同文化的独特看法。

C. 民风习俗的差异和对"未开化的"或"野蛮的"民族的认同。

D. 不同的民族在文化价值观念上的差异及其独特的行为方式。

4. 根据全文内容，下面说法不恰当的一项是（        ）

A. 具有课程意义的人类学工作出现效率，但含有学分的人类课程形成较晚。

B. 人们较早关注到与己不同的民族的存在，但关注人类各种各样的差异却较晚。

C. 北极的北美原住民与赫梯人之间的差异比犹太人与埃及人之间的差异要显著。

D. 长期以来欧洲人没有意识到"野蛮人"的行为与对他们自身的理解密切相关。

**【第3篇】** 阅读下面的文字，完成1～3题。　　　　　　　　　　　　　　　**【安徽】**

### 中国文化的天人合一思想

中西文化的基本差异之一就是，在人与自然的关系问题上，中国文化比较重视人与自然的和谐统一，而西方文化则强调，人要征服自然、改造自然才能求得自己的生存和发展。中国文化的这种特色，有时通过"天人合一"的命题表述出来。中国古代思想家一般都反对把天与人割裂开来、对立起来，而主张天人协调、天人合一。

天人合一问题，就其理论实质而言，是关于人与自然的统一问题，或者说是自然界和精神的统一问题。应当承认，中国传统文化中的天人合一思想，内容十分复杂，其中既有正确的观点，也有错误的观点，我们应当大胆肯定。中国古代思想家关于天人合一的思想，其最基本的涵义，就是充分肯定自然界和精神的统一，关注人类行为与自然界的协调问题。从这个意思上说，天人合一思想的，是非常有价值的。

恩格斯对自然和精神的统一问题，有过一系列精辟的论述。他说："我们一天天地学会更加正确地理解自然规律，学会认识我们对于自然界的惯常行程的干涉所引起的比较近或比较远的影响。"他还说："自然界和精神是统一的。自然界不能是无理性的……而理性是不能和自然界矛盾的。""思维规律和自然规律，只要它们被正确地认识，必然是互相一致的。"恩格斯的这些论述，深刻地揭示了自然和精神统一问题的丰富内涵。根据恩格斯的这些论述，考察中国古代的天人合一思想，不难看出，这种思想有着深刻的合理性。

中国古代的天人合一思想，强调人与自然的统一，人的行为与自然的协调，道德理性与自然理性的一致，充分显示了中国古代思想家对于主客体之间、主观能动性和客观规律之间关系的辩证思考。根据这种思想，人不能违背自然规律，不能超越自然界的承受力去改造自然、征服自然、破坏自然，而只能在顺从自然规律的条件下去利用自然、调整自然，使之更符合人类的需要，也使自然界的万物都能生长发展。另一方面，自然界也不是主宰人类社会的神秘力量，而是可以认识、可以为我所用的客观对象。这种思想长期实践的结果，是达到自然界与人的统一，人的精神、行为与外在自然的统一，自我身心平衡与自然环境平衡的统一，以及由于这些统一而达到的天道与人道的统一，从而实现完满和谐的精神追求。中国文化的天人合一思想，对于解决当今世界由于工业化和无限制地征服自然而带来的自然环境被污染、生态平衡遭破坏等问题，具有重要的启迪意义；对于我们今天正在进行的社会主义现代化建设，更有着防患于未然的重大现实意义。

（选自张岱年等主编的《中国文化概论》，有删改）

1. 下列关于"天人合一思想"的理解，符合原文意思的一项是（　　　）

A. 它是中国古代思想家理性地思考人与自然关系后形成的共识。

B. 它具有民族色彩鲜明、内涵丰富深刻而内容十分复杂的特点。

C. 它已解决了主观认识与客观世界相统一的问题。

D. 它所关注的核心问题是人类如何广泛地利用自然。

2. 下列对文中恩格斯有关论述的理解，错误的一项是（　　　）

A. 阐述了人类与自然界之间协调统一的问题。

B. 提醒人们不要随意干涉自然界的惯常行程。

C. 认为思维规律和自然规律可以具有一致性。

D. 丰富了天人合一思想并指出了它的局限性。

3. 根据原文提供的信息，下列推断不正确的一项是（　　　）

A. 对人与自然关系的认识，中国古代天人合一思想有优于西方文化的地方。

B. 现代人重视和研究天人合一思想，是基于对现实及发展问题的思考。

C. 肯定天人合一思想的合理性，并不意味着对其思想内容的全盘接受。

D. 以天人合一思想为指导，可解决当今世界因工业化带来的各种社会问题。

**【第4篇】** 阅读下面的文字，完成1～3题。　　　　　　　　　　　　　　　**【山东】**

### 干 栏 居

干栏居是一种将房屋同桩柱架离地面的宫室形式。《新唐书·平獠传》称：山有毒草、沙风、蚑蛇，人楼居，梯而上，君曰"干栏"。《说文》中的"泽中守草楼"它应是干栏形式。与其认为干栏居是巢居的演化。倒不如说干栏居就是巢居的一种较高级形式，并且与楼阁的起源有着密切关系。

干栏居以下部架空的桩柱或"干栏"得名，但与上部房屋的结构形制并无确定关系，故就整体建筑而言，干栏居并不能算作一种结构类型。

浙江余姚河姆渡，在距今约 7000 年前的第四期原始聚落遗址上，发现了现知最早的干栏居遗迹。桩柱可分为圆桩、矩形桩和板桩等，直径或边长在 10～20 厘米之间，入地 60～80 厘米。桩柱上用主渠和次梁架起厚约 10 厘米的地板，一般高出地面 80 厘米到 1 米左右，地桩以上的房子为"长屋"形式，进深约 7 米，檐下还有宽约 1.1 米的室外走廊。

河姆渡干栏居的"长屋"，是长江流域史前的一种特殊的家族聚居形式，即以家族长辈的房子为中心，左右毗连的小辈房子"一"字形延伸开来。河姆渡干栏居的长度约 30 米，而属于大汶口文化的安徽尉迟寺长屋遗址长达 25 间，有 80 米左右，淅川下王岗长屋遗址竟长达 100 米左右。此外，成都十二桥发现的干栏居（相当于商代），立体建筑面积在 1200 平方米以上。

干栏居也可建于水面上，如湖北蕲春毛家嘴遗址（相当于西周），便是在水塘上立桩架屋的。

中国古代木构建筑的结构构件结合部位，是一种榫卯的结点构造。梁与柱的交接，是在梁柱端做出榫头，有燕尾榫和销钉榫等，较之集居的绑扎技术迈进了一大步。板之间的连接已用企口技术。这种榫卯构造在蕲春毛家嘴干栏居遗址中用得更为娴熟，榫卯就迄今掌握的材料看，最早发现于河姆渡的干栏居遗构中。

干栏居及其长屋，广泛地存在于我国南方以及东南亚等古代稻作文化圈中，并一直沿用到近世，从河姆渡遗址中的榫卯构造可以推定，中国古代木构宫室产生的主要源头之一，是在长江流域，这里的宫室建筑以先进的榫卯构造方式，取代了原始的绑扎构造。

（节选自《中华文化通卷？建筑志？宫殿建筑》）

1. 下列关于"干栏居"的表述正确的一项是（　　）

A. 干栏居是巢居的一种较高级形式，属宫室演化过程中的一种建筑类型。

B. 楼阁建筑应是居定向宫室演化过程中的高级阶段，它的起源就是干栏。

C. "干栏居"不因上部房屋的结构形制取名，而是因为下部架空的桩柱或"干栏"得名。

D. 就整座建筑而言，干栏居形制的建筑并不是一种房屋结构类型。

2. 下列表述完全符合原文意思的一项是（　　）

A. 浙江余姚河姆渡，在距今约 7000 年前的第四期原始聚落的遗址，是最早的干栏居遗迹。

B. 河姆渡干栏居的"长屋"，是古代长江流域的一种特殊的家族聚居形式。

C. 中国古代木构建筑的榫卯的结点构造，在蕲春毛家嘴干栏居遗构中用得更为娴熟。

D. 河姆渡遗址中的干栏居建筑使用的是先进的榫卯构造方式，由此推断，长江流域是中国古代木构官宫的主要发源地之一。

3. 根据原文提供的信息，下列推断错误的一项是（　　）

A. 干栏居采用将房屋用桩柱架离地面的建筑形式，与原始巢居一样，都具有躲避野兽、蛇虫侵扰的作用。

B. 文章开头引用古代的两则材料来说明干栏居，其中《说文》"泽中守草楼"中的干栏居形式与湖北蕲春毛家嘴遗址干栏居基本属同一种类型。

C. 以家族长辈的房子为中心左右毗连的小辈房子"一"字形延伸开来的"长屋"，属家族聚居形式，它体现了宫室建筑的某些特征。

D. 从古代干栏居及其长屋广泛分布的区域及建筑形制来看，防潮和防寒是其主要功能。

**【第 5 篇】阅读下面的文字，完成 1～3 题。**　　　　　　　　　　　**【江苏】**

木版年画并不完全等同于年画。广义的年画是一种岁时的绘画，而狭义的用木版印刷的年画则是一种年俗艺术。只有大众过年时对年画有一种不可或缺的需求，即民俗需求，木版年画这一画种才会真正在确立起来。

木版年画的雏形有避邪的内容，也有祈福的含义。等到祈福的愿望成为年画的主题，并进入了风俗范畴，木版年画的题材就变得汪洋恣肆了。一切对生活的欲求与向往，比如生活富足、庄稼丰收、老人长寿等等，都展现在年画上。其中，金钱是民间年画中最常见的形象。杨家埠、武强和杨柳青的木版年画都有挂满金钱的摇钱树，但这并不能说是一种拜金主义，在物质匮乏的农业社会，它只是生活幸福的理想化的符号罢了。就其本质而言，年画是理想主义的图画。特别是在送旧迎新的日子里，这些画面分外具有感染力和亲切感，给人们带来安慰、鼓励和希冀，充分展示了人们的生命理想与生活情感。所以，年画中最重要的价值是精神价值。

年画中另一层民俗内容是在张贴上。民俗是经过约定俗成，最终成为一种共同遵守的生活规定与文化规范。年画的张贴时间、处所及其张贴的具体部位和内容都有严格规定。在规定的时间，把特定的年画贴在规定的位置上，是一种民俗行为。

木版年画往往是在民间进行道德伦理规范、生活知识教育和文化艺术传播的重要工具。木版年画涉及历史、宗教、神话、传说、戏曲等，反映社会生活之广阔，可谓无所不包。木版年画描绘过的戏曲多不胜数，不少在年画上绘声绘色出现过的剧目如今早已绝迹不在。至于那种无以数计的描写民俗风情的年画，带着不同地域与时代的气息，记录了大量珍贵的人文信息，更是木版年画留给我们的宝贵财富。特别需要注意的是，这些画面都出自农民独特的视角。农民是木版年画的原创者，他们的画笔与刻刀直接反映着自己的爱憎、趣味、生活态度、文化心理以及价值观。深刻地外化农民心灵的年画，大量深藏在年画的遗存中。然而，这些遗存却不为人知地散落民间。

特别值得注意的是，清末民初那些表现当时社会情景与重大事件的木版年画，体现出农民的政治敏感和思维视野，其价值不亚于大都市的时事画刊。它们一反传统，十分写实。

年画是消费品，没人保存，也没人将其视为历史文化。即使到了20世纪年画走向消亡仍不为世人重视与收藏。如今要在民间发现一幅老画或一块古版，竟然大多仍是不曾见过的孤品！存世于中外的年画应该数以万计，在如此浩瀚的木版年画作品中，蕴藏着的是我国农业社会民间立体的影像、广角的生活与社会，还有过往不复的精神情感以及永恒的人文价值。

1. 下列关于"木版年画"的说法，不正确的一项是（ ）
A. 木版年画都是用木版印刷的年画，是一种年俗艺术。
B. 木版年画是由于民俗的需求才真正确立起来的画种。
C. 木版年画从思想内容上说，都是理想主义的图画。
D. 木版年画中最重要的价值是精神价值。

2. 下列理解和表述，不符合原文意思的一项是（ ）
A. 文章明确了木版年画的概念，阐述了它的主题、题材和功用等，并强调了它的人文价值。
B. 木版年画中的金钱形象并非表现拜金主义，它只是农业社会人们生活幸福的理想化的符号。
C. 木版年画的张贴时间、处所及具体部位是有严格规定的，已经约定俗成。
D. 木版年画所反映的古代人民的那种生命理想与生活情感已经过往不复。

3. 根据文中信息，以下推断不恰当的一项是（ ）
A. 祈福愿望成为年画的主题，并进入了风俗范畴，因此木版年画的传统不会改变。
B. 从历史上看，木版年画在当时是一种生活消费品而不是纯粹的艺术品。
C. 木版年画上绘声绘色出现过的许多剧目，如今早已绝迹不存，这些年画为研究古代戏曲提供了相关资料。
D. 尽管木版年画在20世纪已走向消亡，但其遗存仍大量散落于民间，发掘与抢救这份遗产是当务之急。

**【第6篇】阅读下面的文字，完成1～3题。** 【广东】

在西方经济学中，古典自由主义对效率的论证单纯而彻底，这是因为它的论证不考虑生产以外的其他因素。古典自由主义效率论证的理论认为，效率主要来自市场的自由竞争，受其代表人物亚当·斯密所说的"看不见的手"的支配。它假定人是利己的，在竞争中要追求直接的自我利益的最大化，古典自由主义者称这为个人经济理性。亚当·斯密在《国富论》一书中就说，财富来源于人们的竞争性劳动。人们之所以不遗余力去追求财富，是因为个人行为的基本动机是追求自己的生存和发展，使自己拥有的资源得到最大化的扩张，所以根本不需要国家或者法律来操心人们的经济事务。只要不约束人们的行为动机和利益追求，那么市场自然就会达到资源的最佳配置，每个人肯定会把自己寻求财富和利益的行为发挥到极致，使之尽可能符合经济理性和要求。

不过，古典自由主义对效率的论证有很大的缺陷。因为它只关心效率的生产性和积累性方面，它只考虑到个人的求利行为动机及其经济理性化程度，没有充分地考虑到其他可能影响人们行为的动机因素（如追求社会荣誉）或环境因素（如社会政策）。此外，在许多情况下，个人行为的经济理性并不能自然导致整个社会行为的经济合理性。事实可能恰恰相反，如果每一个人都按个人的经济理性从事市场经济活动，它的结果很可能是集体的或整个社会的经济行为的非理性或无理性。二十世纪二三十年代发生的世界性经济危机就说明了这一点。当时许多产品卖不出去，以致发生将生产出来的牛奶倒进大海这类事情。事实上，并不是因为整个社会的经济繁荣导致了商品的绝对过剩，而是由于整个社会的经济无序导致了市场萧条的恶果。这种经济无序状态来自于整个社会经济秩序的非理性。所谓的个人的经济理性是以自我目的为核心来推理、论证的。这种个人的经济理性就个人的人生哲学来说可能是合理的，但对整个社会来说却未必合理。可见，古典自由主义对效率的论证没有考虑生产以外的其他因素，无法提供一种完备而有效的经济效率论证体系。还值得一提的是，古典自由主义不但假定人是自私的，而且也假定自然世界的物质资源是无限可用的。对资源有限性事实的忽略，导致近现代世界经济发展付出了过于高昂的生态环境代价，也是造成现代生态危机和能源危机的一个重要因素。

（节选自《百科知识》2006 年第 1 期）

1. 下列不属于"古典自由主义"观点的一项是（　　）

A. 人具有利己的本性，在竞争中追求的是自我利益的最大化。

B. 个人行为的基本动机是追求生存与发展，所以人们才不遗余力地追求财富。

C. 个人经济理性以自我目的为核心，这从个人人生哲学来说是合理的，但对整个社会来说却未必合理。

D. 个人在追求利益的最大化中能使市场的资源配置自然地达到最佳，每个人的经济行为都会最大限度地符合经济理性的要求。

2. 下列理解与表述符合原文意思的一项是（　　）

A. 古典自由主义鼓励个人财富的扩张，不主张国家或法律干预个人事务。

B. 亚当·斯密认为"看不见的手"推动着人们通过竞争性的劳动追求自我利益，并使市场资源配置调整到最佳。

C. 二十世纪二三十年代的世界经济危机说明，个人经济行为的非理性会导致市场萧条的结果。

D. 古典自由主义论证效率时所不考虑的生产以外的因素，包括个人追求私利和社会荣誉的行为动机及其理性化的程度等方面。

3. 根据文中信息，下列推断正确的一项是（　　）

A. 因为每个人都按个人经济理性从事市场经济活动，所以社会经济的无序竞争导致了商品的绝对过剩。

B. 古典自由主义的效率理论建立在人是自私的、物质资源是无限可用的假定基础上，所以它直接导致了现代生态危机和能源危机。

C. 个人行为的经济理论并不能自然导致整个社会行为的经济合理性，所以个人对财富的追求也不能使社会财富增加。

D. 尽管古典自由主义的效率论证体系有欠缺，但所主张的个人经济理性对提高效率还是有作用的。

**【第 7 篇】**阅读下面的文字，完成 1～4 题。　　　　　　　　　　　　　　　　**【北京】**

天坛之美

始建于明永乐十八年的天坛，是世界建筑艺术的珍品。它具有一种独特的意境，它以教练的艺术形成式表现了博大深邃的精神内涵，体现了中国古人对宇宙的思考和想象。

天坛的意境美，可以归纳为：高、圆、清。

"高"是天的一种特性。天坛的建筑是连续性的逐渐上升的完整体，从南北中轴线上看，南端的圜丘高 5.18 米，皇穹宇高 19.2 米，祈年殿上升到 38 米，成为中轴线的高峰。故宫太和殿是永乐以前全城最高的建筑，是帝王的象征，而祈年殿比太和殿还高出 3 米，成为天帝的象征。

祈年殿的主体建筑四周，墙外低楼，空间开阔，祈年殿和圜丘的整个外轮廓直接与天空连接，祭坛仿佛高入云霄，人站在祭坛上也好像升上青天。天坛的崇高感中，蕴含着敬天的思想。

"圆"不仅指外形，而且是一种科学境界。在中国古代美学中，圆代表着生命光转，蕴含着宇宙万物，体现了一种"天行健"的思想以及祥和的精神。

天坛建筑群的一个突出特征是大量圆的造型。圜丘、皇穹宇、祈年殿都是圆形，每一个建筑又形成很多同心圆、一直扩展到与穹隆形的天空成为一个圆融的整体。

"清"是天的一种特征，也是中国古代的一种美学范畴，体现一种人格精神或艺术境界，例如清新、清真、清淡、清妙等。"清"由"青"而来，通常我们称天是"青天"、"蓝天"、"苍天"。天坛的基本色调整体是青色，不论是天空还是琉璃瓦都属于青色。"青"是祥和、安宁的象征，也体现了一种空灵的美。

天坛建筑中，祈年殿、皇穹宇都采用蓝色琉璃瓦，深蓝的琉璃和浅蓝的天空形成色彩上深浅的对比、更显示出天的澄清、明朗。反过来天的澄清、明朗，又与祈年殿的外轮廓虚实相生，唤起观赏者的审美想象。

以上高、圆、清三点体现了天坛的崇高、祥和、清朗的独特意境。如果比较一下，就会发现：故宫拥有庞大的建筑群，以气势取胜，天坛的建筑少而精，以宁静深远而著称；故宫以封闭式的一道道门、一道道墙为特点，而天坛以天高地阔的开放式为特点；故宫的空间造型是方的，而天坛则是柔和的圆；故宫的颜色以红为重，而天坛则是幽静的青绿色。天坛之美，耐人深思。

（取材于杨辛《天坛》）

1. 下列理解，符合文意的一项是（　　　）
A. 天坛的建筑风格是以气势高耸、铺天盖地取胜。
B. 故宫太和殿是明清两代北京的最高建筑，是帝王的象征。
C. 天坛的大量圆形建筑表现了中国古人生生不息的宇宙观。
D. 天坛的琉璃瓦采用蓝色，与蓝天相互融合，虚实相生。

2. 根据文意，下列对天坛建筑"高"这一特性的理解，正确的一项是（　　　）
A. 渐次升高，表示对上天的挑战。
B. 节省占地面积，突出幽静之美。
C. 高入云霄，表达"羽化登仙"的愿望。
D. 突出崇高感，强化敬慕上苍的心情。

3. 作者从审美角度，指出天坛的意境是崇高、祥和、清朗，请你根据文章提示的故宫的建筑特点，也从审美角度，用三个双音词概括一下故宫的建筑意境。

_____　　_____　　_____

4. 天坛大约有十万株树，你认为这些树木的作用与本文所概括的"高、圆、清"三点中的哪一点关系最大？为什么？

**【第8篇】**阅读下文，完成1～3题。　　　　　　　　　　　　　　　　　　　　　**【重庆】**

文化危机深化到一定程度，必定引起深刻的文化转型。所谓文化转型，是指特定时代、特定民族或群体赖以生存的主导性文化模式为另一种新的主导性文化模式所取代。在这种意义上，文化转型同文化危机一样，并不是经常发生的社会历史现象，无论是个体的文化习惯的改变、价值信念或信仰的改变，还是特定群体或特定社会某些文化特质或文化理念的一般意义上自觉的或不自觉的更新，都不能算作文化转型，只有在大的历史尺度上所发生的主导性文化观念、文化理念、价值体系、文化习惯的总体性的、根本性的转变，才是我们所说的文化转型。按照这种尺度，人类迄今所经历的最深刻的文化转型就是现代化进程中的文化转型，即传统农业文明条件下自在自发的经验型的文化模式被工业文明条件下的自由自觉的理性文化模式所取代。这即是人们通常所说的文化的现代化或人自身的现代化。

文化的变化呈现出多样化的特征。例如，我们生活世界中的具体的文化要素、文化特质、文化形式即使在文化模式的常规期或稳定期也会或快或慢地变化，一些习惯、惯例、文艺形式、仪式等等甚在总体文化模式没有发生根本性变化时，也会自己经历生灭的变化。但这种变化不是我们所说的文化模式在总体上所经历的裂变与危机。再如，当一种文化中的个体通过交往或迁移而生活于另一种文化之中时，它也必须经历痛苦的文化模式转换问题；同样，当一个个体经历生命中的不同的生理时期，必须经过个体文化模式的阶段性转变，这些也同样不是我们所说的文化转型。就是两种不同的文化通过人的交往或交流发生接触和碰撞，也会引起某一方或双方人的衣食住行、语言符号、审美情趣的一些具体改变。即使这样，也还不一定是真正的文化转型。

应当看到，文化转型和文化危机密不可分。一方面，同文化模式的常规期和稳定期相比，文化危机和文化转型共同构成了文化模式的剧变期或革命期。在文化模式的剧变期中，文化危机和文化转型是同一个历史进程彼此密切相连的两个阶段，如果说，在总的文化冲突与剧变时期中，文化危机代表着量变的过程，文化转型则是这一量变过程达到一个转折的关节点而引起的质变。另一方面，文化危机和文化转型本身就是交织在一起的，文化危机是文化转型的过程，文化转型是文化危机的结果。即是说，一种深刻的文化转型不是一蹴而就的事情，它本身就表现为一个过程，无论是现实社会运动或人的生活层面上的文化失范或文化冲突，还是社会精英层面对于现实文化危机的自觉反思或批判，都是文化转型过程的重要内涵。

1. 下列对于"文化转型"的理解，不准确的一项是（　　）

A. 特定的时代、民族或群体赖以生存的主导性文化模式所发生的根本性的改变。

B. 在大的历史背景下所发生的主导性文化模式的总体性转变。

C. 文化冲突与文化变革在量变过程中发生的具有转折意义的质变。

D. 社会和生活的文化失范或文化冲突，社会精英对现实文化危机的自觉反思或批判。

2. 根据原文，下列真正属于"文化转型"的一项是（　　）

A. 传统的自在自发的经验型文化模式转变为现代的自由自觉的理性文化模式。

B. 特定群体或个体文化习惯的改变和价值信念或信仰的改变。

C. 在文化模式的常规期或稳定期的文化要素、文化特质、文化形式的变化。

D. 通过交往或迁移而生活于另一种文化之中的文化个体所经历的文化模式转变。

3. 根据原文所提供的信息，以下推断不正确的一项是（　　）

A. 文化的现代化或人的现代化是一种自由自觉的理性文化模式。

B. 两种不同的文化在交往或交流的接触过程中也会发生变化的碰撞和转变。

C. 文化模式的革命意味着由文化危机而达到文化转型。

D. 文化危机与文化转型密不可分，文化危机一旦出现，就标志着文化转型的到来。

**【第9篇】阅读下面的文字，完成1～3题。**　　　　　　　　　　　　　　　　　　　　**【天津】**

学习型社会是以学习求发展、全民学习和终身学习的社会。这一概念的雏形是由美国学者赫钦斯提出的。1968年他在《学习化社会》一书中提出的学习化社会理想，浸透着他古典自由主义的文化精神，是对当时教育上国家主义、功利主义和科学主义等现代资本主义文化价值取向的批判性回应。

1972年，联合国教科文组织国际教育委员会发表了《学会生存》的报告，采纳了赫钦斯这一概念，并将其作为教育革新的"根本方向"。较之赫钦斯对学习化社会的理解，联合国教科文组织国际教育委员会的理解更加紧密地与社会现实结合在一起，体现了强烈的现实主义精神。1986年，著名教育学者胡森的《再论学习型社会》，将"终身学习"看成是继续教育的一个主题，以应对现代社会的急剧变化、人口从农村到城市的大规模流动、失业以及"知识爆炸"等带来的挑战。这些论述进一步提升了学习型社会概念在教育理论研究、教育政策和教育实践方面的影响力。这种从教育与变革社会的关系出发来看待终身教育、终身学习和学习型社会的思想，在联合国教科文组织21世纪教育委员会1996年发表的《教育——财富蕴藏其中》一书中再次得到强调，认为终身教育是适应职业生活和个人发展的节奏和阶段的条件。该书还使用了胡森所创制的"教育社会"的概念，突出每个人的个人生活和社会生活都有要学的东西和要做的事情，强调现代教育传播手段、职业生活、文化与娱乐活动的教育潜力，畅想"每一个人轮流当教员和学员"。

1998年，兰森教授在《处在学习型社会》一书中，将学习型社会的基本内涵概括为四个方面：学习型社会是一个需要了解其自身特点和变化规律的社会，一个需要了解其教育方式的社会，一个全员参与学习的社会，一个学会民主地改变学习条件的社会。他认为，学习型社会就是一个快速改变的社会，他把学习型社会作为一种社会形态来看待，这个观点在一定程度上反映了20世纪末对学习型社会的新认识。

1. 下列对"教育社会"特点的理解，不正确的一项是（　　）

A. 社会能够满足每个人为适应生活而不断学习以充实自己的需求。

B. 每个人都可以当教员，但首先需要当学员。

C. 学习可以通过各种非传统的教育方式进行。

D. 现代教育传播手段、文化娱乐活动等发挥出比以往更大的教育作用。

2. 不同时期对"学习型社会"的认识，下列表述不正确的一项是（　　）

A. 1968年，《学习化社会》一书提出的"学习化社会"的理想，包含着对当时教育上的现代资本主义文化价值取向的批判。

B. 1972年，联合国教科文组织国际教育委员会在《学会生存》的报告中，把对学习型社会的认识和社会现实紧密地结合在一起。

C. 1986年，胡森从教育理论研究和教育实践等方面认识学习型社会，将继续教育的主题归结为终身学习。

D. 1996年，联合国教科文组织21世纪教育委员会采用胡森的"教育社会"的概念，强调学习型社会应利用多样化的教育手段，促进人的终身学习。

3. 下列对本文内容的理解分析，正确的一项是（　　　）

A. 赫钦斯以古典自由主义的文化精神提出学习化社会的理想，对社会现实采取超然的态度。

B. 联合国教科文组织21世纪教育委员会鉴于当时的教育未能与社会相结合，从而提倡教育革新。

C. 胡森面对"知识爆炸"等对社会的挑战，提出要以终身教育的理念来指导社会变革。

D. 兰森认为学习型社会是一种新的社会形态，把对学习型社会的认识提升到一个新高度。

【第10篇】阅读下面的文字，完成1～3题。　　　　　　　　　　　　　　　【全国Ⅰ】

### 地球气候成因新说

1997～1998年，南美西海岸发生无法预报的海流循环，导致沿岸海水的温度大幅上升，引起气候非典型的破坏性剧变，这就是厄尔尼诺现象。这种现象促使科学家开始专心致志地研究"海洋—大气层"原理。

水的密度是空气的800倍，水的热容量是空气的4倍。3米厚的海洋的热容量等于整个大气层的热容量。但是，大气层能量变换的速度是海洋能量变换的数倍。在"海洋—大气层"系，海洋是惯性媒质，变化缓慢，大气层则变化多端，其全球的稳定性依靠海洋来保持。由此可以得出结论，在全球气候的形成上，世界洋水域起着重要作用。

人们根据世界洋水域双层（表层和深层）循环原则，开始研究"全球海洋输送"理论。北大西洋是海洋多层循环最活跃的地区，那里就像"锁孔"，钥匙在里面转动，造成地球上气候的不稳定。北半球气候最近10年的变化完全符合"全球海洋输送"理论。

科学家承认，目前在海洋洋流循环方面还有许多问题无法回答，但已经清楚的是，世界洋水域对大气层的热力和动力状态的影响，远远超过人类活动对气候产生的影响。

为了填补"海洋—大气层"原理方面的知识空白，世界气象组织推出一项名为"阿尔戈斯"的国际研究方案。这项方案包括建立一个全球海洋观察网，使用漂流浮标监视海水的变化。漂流浮标分布在世界各地海域，上面安装有测量海水温度和盐度的传感仪。科学家认为，正是海水的温度和盐度这两个因素影响着大气层。

浮标在指定水域的海面固定后，同卫星取得联系。然后，浮标用自身携带的水泵吸入海水，潜至2000米深处后，压力仪发出指令停止下潜，浮标开始在海流中收集信息。10天后浮标浮出海面，将收集到的信息发送给在轨道上运行的卫星。发送完毕后，浮标重新下潜，进入下一个探测周期。与此同时，卫星把接收到的信息发送到气象中心供研究人员分析研究。这项研究已经取得初步结论：太平洋和印度洋的热带海洋水域急剧变暖，上面的大气层也相应开始变暖。

今天，世界各地海域共有3000个漂流浮标在日夜工作。科学家希望利用得到的资料，最终绘制"海洋气象图"。

1. 从原文看，下列对"阿尔戈斯"方案相关内容的说明，正确的一项是（　　　）

A. 由3000个随洋流上下浮动的浮标组成全球海洋观察网，监测海水变化。

B. 用装有海水温度和盐度传感仪的浮标，在深海海流中收集相关信息。

C. 用轨道上运行的卫星接收浮标采集的信息，控制浮标工作的全过程。

D. 分析和研究浮标探明的深层海水热容量的信息，绘制"海洋气象图"。

2. 下列表述，不符合原文意思的一项是（　　　）

A. 海水温度的变化速度远远低于大气温度的变化速度，原因是海水密度远远大于大气密度。

B. 在"海洋—大气层"系里，海洋被动而大气层主动，海洋变化缓慢，大气层则变化多端。

C. 活跃的循环洋流像一把钥匙，在北大西洋这一"锁孔"中转动，导致北半球气候的不稳定。

D. 海洋洋流的温度和盐度，改变了大气层的热力状态和动力状态，从而影响地球气候的形成。

3. 依据原文的信息，下列推断正确的一项是（　　　）

A. 根据"海洋—大气层"原理，陆地上大面积水域的热容量，对周边地区的气温也起着一定的调节作用。

B. 依据"全球海洋输送"理论，重新调控热带海洋洋流的流向，将有可能在全球范围内形成宜人的气候。

C. 关注北大西洋这一"锁孔"，人们就可以有效地预报地球的气候变化，从而避免气象灾害带来的失。

D. "阿尔戈斯"方案可以解决海流循环无法预报的难题，如利用这一成果，将有可能消除厄尔尼诺现象。

**【第11篇】阅读下面的文字，完成1～3题。**

### 生物发光的奥秘

说到生物世界里的发光现象，人们首先会想到萤火虫，但是除了这种昆虫外，还有许多生物也能发光，人们发现，不同的生物会发出不同绿色的光来，所有的植物在阳光照射后都会发出一种很暗淡的红光，微生物一般都会发生淡淡的蓝光或浅绿光，某些昆虫会发出黄光。仔细地划分一下，生物发光可分两类：一类是被动发光，如植物，那些微弱的红光不过是没能参与光合作用的多余的光，这种光对植物是否有着生物学上的意义目前还是个谜，但一般的看法是这种光无意义，就像涂有荧光物质的材料经强光照射后再置于黑暗中发光那样；另一类是主动发光，尽管一些主动发光的意义目前还未全部认识清楚，但有一点是可以肯定的，绝大多数生物的主动发光是有用途的。光是一种能量，主动发光是对能量的一种消耗。生物的生存策略有一个最基本的共同点，那就是在维持生命的正常活动中最大限度地去节省能量，因此主动发光必定是主动受光生物生存的一个重要手段。

1885年，杜堡伊斯在实验室里提取出萤火虫的荧光素和荧光素酶，指出萤火虫的发光是一种化学反应，后来，科学家们又得到了荧光素酶的基因。经过科学家们的研究，萤火虫的发光原理被完全弄清楚了。我们知道，化学发光的物质有两种能态，即基态和激发态，前者能级低而后者能级很高。一般地说，在激发态时分子有很高并且不稳定的能量，它们很容易释放能量重新回到基态，当能量以光子形式释放时，我们就看到了生物发光，如果我们企图使一个物体发光，我们只需要它足够的能量使它从基态变成激发态就行了。但生物要发光则需要体内的酶来参与，酶是一种催化剂，并且是高效率的催化剂。它可以促使化学反应的发生，给发光物质提供能量，且能保证消耗的能量尽量少而发光强度尽可能高。在萤火虫体内，ATP（三清腺酸苷）水解产生能量提供给荧光素而发生氧化反应，每分解一个ATP氧化一个荧光素就会有一个光子产生，从而发出光来。目前已知，绝大多数的生物发光机制是这种模式。不过在发光的腔肠动物那里，荧光素则换成了光蛋白，如常见发光水母的绿荧光蛋白，这些绿荧光蛋白与钙或铁离子结合发生反应从而发出光来。

1. 根据文意，下列对"生物发光"的理解，正确的一项是（　　）

A. 生物发光可以分为两类：一类是无意义的被动发光，一类是具有意义的主动发光。

B. 生物发光指的是生物在激发状态时因能量释放而形成的一种发光现象。

C. 生物发光是一种化学发光现象，它只有在两种能态同时出现的情况下才能产生。

D. 生物发光在发光的腔肠动物那里也需要通过发生化学反应来提供能量。

2. 下列理解符合原文意思的一项是（　　）

A. 由于植物吸收的光部分未参与光合作用，因此有些植物只能发出暗淡的红光。

B. 因为杜堡伊斯找到荧光素酶的基因，才使得萤火虫的发光原理被完全弄清楚。

C. 科学家在分析物质的化学发光原理时，一般认为在激发态时分子横亘容易释放很高且不稳定的能量然后重新回到基态。

D. 被动发光的生物拥有更多的基态，主动发光的生物拥有更多的激发态。

3. 根据原文提供的信息，下列推断正确的一项是（　　）

A. 只要一个ATP和一个荧光素发生氧化反应，萤火虫体内就会有一个光子产生。

B. 生物之所以会发出不同颜色的光，是因为体内拥有荧光素或光蛋白。

C. 生物发光需要体内的酶来参与，生物体内的酶越多，发出的光越强。反之亦然。

D. 萤火虫发光原理的揭示，为人类开发利用高效节能的新光源提供了有益的启示。

**【第12篇】阅读下面的文字，完成1～4题。**

### 深海呼吸

研究发现，具有深海潜水本领的动物们，首先具有一个神奇的肺。即使是被压扁变形收缩至原来体积的15%，也不会受到任何伤害，并且可以在短时间内自行恢复，而人类的肺却无法做到这一点。在分析海豹的肺组织时发现，因为它表面覆盖着一层由特殊化学物质构成的活性剂，所以海豹的肺才如此坚韧有力，在轻松对付高压的同时，还能自如地舒展恢复。

摄取和储存氧气的能力是决定生物能否长时间深潜的主要标志。与陆地动物的区别是，潜水动物在屏住呼吸时主要依赖储存在肌肉中的氧气，而陆地动物却是依靠停留于肺部的氧气。实验数据显示，企鹅在下潜至 510 米深时，可将体内全部氧气的 47％ 储存在肌肉中。我们人类却不具备潜水途中储存氧气的能力，平时在我们肌肉中只能储存体内 15％ 的氧气。

在海豚、海豹和抹香鲸等深潜高手的肌肉中，肌红蛋白的含量都格外高。肌红蛋白是一种将血液中的氧吸收并储存起来的蛋白质，它为肌肉提供以后可使用的能量。因此，它们的肌肉在不需要进行呼吸的情况下还能坚持长时间的工作。此外，为了节约能量，在下潜时它还具有降低心率的神奇本领。在美国的加利福尼亚大学，两组科研人员得出的结论颇为接近。7 头小海象在陆地上的平均心跳为每分钟 107 次，当它们在海水中下潜是，心跳下降到每分钟 39 次，下降了 64％。在它们潜水的初期，心率一般急剧降低，随着它们下潜的深度不断加大，心率随之缓慢下降，极限记录是每分钟 3 次。

人在深潜过程中，容易发生减压病。造成减压病的原因是，在下潜时，越来越大的压力会将他脏中的氮气压迫进他的血液或别的组织液中。当他快速返回水面时，氮就会骤然间从溶液中冒出来，这对于所有正常的生理活动都是毁灭性的打击，包括神经功能和血液循环。所以，潜水者在从水下上升时，除必须遵守潜水表或计算机数据要求外，每上升 5 米作几秒钟的安全停留，便可以避免减压病的发生。

深潜动物们为什么不得减压病呢？哈佛大学的动物学家吉米·瑞恩，不久前揭示了这一谜底。卡瑞恩发现生活在南极洲附近的海豹，它们可以下潜到七八百米的深度。但不论它们下潜多么深，体内的氮的浓度基本不变。原因是它们的肺被强大的水压迅速地压扁了，一开始就阻止了大量的氮气进行血液。所以深潜动物们免去了减压病的烦恼。

1. 下列关于深海潜水动物肺的特性和功能的理解，不正确的一项是（　　）
A. 与人类不同，深海潜水动物的肺可在保留极少氧气的情况下不受损伤。
B. 与人类不同，深海潜水动物的肺在水压下变形后可迅速恢复。
C. 深海潜水动物的肺覆盖着一层活性剂，因而缩展自如，具有降低心率的神奇功效。
D. 深海潜水动物的肺覆盖着一层活性剂，因而坚韧有力，具有抗击高压的神奇功效。
2. 下列关于深海潜水动物体内肌红蛋白的表述，不正确的一项是（　　）
A. 深海潜水动物体内肌红蛋白的含量，明显高于一般陆地动物。
B. 深海潜水动物体内肌红蛋白是使其肌肉储存氧气的决定性物质。
C. 深海潜水动物在不需要呼吸时，肌红蛋白为肌肉提供能量以便持续工作。
D. 深海潜水动物在从水下上升时，肌红蛋白为肌肉提供能量以避免减压病。
3. 根据原文提供的信息，下列表述不符合原文意思的一项是（　　）
A. 人类不能长时间深海潜水的原因之一是不能将氧气储存于肌肉中。
B. 人类不能长时间深海潜水的重要原因是不具有急剧降低心率的能力。
C. 深海潜水动物不会得减压病，因为它们的肺部覆盖着一种特殊的活性物质，在被强大水压压扁收缩时，阻止了大量氮气进入血液。
D. 深海潜水动物由于肌肉含有一种特殊的肌红蛋白，能将血液中的氧吸收储存起来，提供以后使用的能量，所以可在不需要呼吸时坚持工作。
4. 根据原文提供的信息，下列推断正确的一项是（　　）
A. 人与深海潜水动物一样，不得快速从水下上升，否则将会危及生命安全。
B. 深海潜水动物具有深潜能力的根本原因，在于它们的肌肉能够摄取储存大量氧气。
C. 人与深海潜水动物存在潜水能力差异的根本原因，在于人不能利用肺来进行深海呼吸。
D. 人与深海潜水动物一样，在下潜的过程中，肺部的氮浓度基本不会发生变化。

**【第 13 篇】** 阅读下面的文字，完成 1、2 题。　　　　　　　　　　　　　　**【福建】**

老鼠不仅有 99％ 的基因和人类相似，而且在胚胎发育、疾病类型甚至行为上都和人类有可比之处。科学家开始一项耗资 1 亿英镑的计划：培育不计其数的转基因老鼠。这项计划的目标是在老鼠身上造出糖尿病、心脏痛、癌症及精神病等人类主要疾病，揭示上述疾病的遗传根源和环境基础，找到新药物和新疗法。这项计划的协调人维斯特教授说："欧盟已经认识到老鼠遗传研究之中的无穷潜力。"

"欧洲老鼠"计划是三年前完成的人类基因组计划的后续。那项耗费巨资的 DNA 排序计划揭示了人体两万种基因的构成。但是，科学家目前仍然不知道其中一半基因的作用或者这些基因能制造哪些蛋白质。

科学家承认，老鼠和人类如此相似的事实的确令人惊讶。医学研究委员会遗传学分部的布朗博士说："表面看人类和老鼠显然没什么可比性，但其实它们像我们一样常常生病，而且显示出同样的症状。"在一个与人类基因组计划类似的计划之下，构成老鼠基因组的两万种基因都已经排出序列。

"欧洲老鼠"计划将使用一种称作"黑六品系"的老鼠。这类老鼠已经广泛用于实验室，而且完全出自同系交配。每只雄鼠都是其它雄性"黑六"的克隆，每只雌鼠也都是其它雌性"黑六"的克隆。参加"欧洲老鼠"计划的科学家将从这些"黑六"中提取胚胎，消除或改变其中一种基因，再把经过遗传改性的胚胎放回雌鼠子宫，创造一个每名成员体内都有一个变异基因的新种群。科学家将对"黑六"体内的两万种基因重复这个过程。剑桥生物信息科学研究所的伯尼博士说："最后，这就将使我们得到两万种老鼠，而且每种体内都有一个变异基因。"

然后，科学家将观察这些基因变异对每种老鼠的外观和行为产生哪些影响。这样，他们就能发现每种基因有什么作用，由此了解相应的人类基因。科学家还希望弄清不同的基因组合对不同的人有哪些影响。人类的主要疾病不是由一种基因而是由多种基因共同作用形成的，这之中还有环境因素。

1. 下列对"欧盟已经认识到老鼠遗传研究之中的无穷潜力"的理解，不正确的一项是（    ）
A. 老鼠遗传研究将揭示人类主要疾病的遗传根源和环境基础。
B. 老鼠遗传研究将找到人类主要疾病的新药物和新疗法。
C. 老鼠遗传研究将排出构成老鼠基因组的两万种基因的序列。
D. 老鼠遗传研究将弄清不同的人类基因组合对不同的人的影响。

2. 根据文中提供的信息，以下推断正确的一项是（    ）
A. "欧洲老鼠"计划是人类基因组计划的后续，它将消除人类疾病，延长人类寿命。
B. 如果"欧洲老鼠"计划能使科学家知道人体两万种基因的作用，就能提高人类智力。
C. 如果能够发现"黑六"体内每种基因的作用，相应的人类基因的作用就能得以了解。
D. "欧洲老鼠"计划的研究和实施将极大改善人类的生存环境，提高人类的生命质量。

**【第 14 篇】阅读下面的文字，完成 1～3 题。**　　　　　　　　　　　**【天津】**

锰结核主要分布在水深 4～6 公里的深海盆的海底，在东太平洋的克拉里昂断裂带与克里帕顿断裂带之间储量特别大，大约平均每平方米 100 公斤以上，总量估计可达 30 亿～50 亿吨。锰结核是一种＿＿＿＿＿。它外形浑圆，一般是褐色的，往往以贝壳、珊瑚、鱼牙、鱼骨为核心，其它物质成层状生长，包裹核心，含有锰、铁、铜等 20 多种金属元素。到目前为止，关于锰结核的金属元素供应源有多种说法。早期比较流行的是，大陆或岛屿上岩石风化后分解出的金属离子，被风或河流带入海洋。后来也有人提出，是海底火山、海底风化和水溶液为它提供了所需的金属元素。海水本身是盐类溶液，也可能是最重要的金属元素供应源。宇宙尘埃等外空物质也能形成锰结核的元素供应源。近年来，海底多金属矿泉被大量发现，有人提出可能这些矿泉带来的矿物质才是锰结核形成的基本物质基础。

在深水环境下，锰结核不停地生长，单体锰结核生长速度极慢，可全世界的锰结核增长总量十分可观。科学家估计，太平洋的锰结核一年之内生长的铜就可供世界用 3 年！

关于锰结核的生长机理，存在着较大的分歧。概括起来，主要有三种假说：一是自生化学沉积说，认为海底的 pH 值增高时，氢氧化铁会围绕一个核心沉淀，这种沉淀物可吸附锰离子并产生催化作用，促使二氧化锰不断生成。二是生物成因说，它的理论根据是，用扫描电子显微镜观察锰结核的表面和内部细微构造时，发现结核表面有很多由底栖微生物形成的空管和微窟窿，当其形成管子时，摄取了大量的微结核于壳内。三是火山活动说，认为火山爆发喷发出大量气体，伴随着锰、铁、铜及其它微量金属，这些金属进入海水中后，沉淀出铁的含水氧化物，使锰和其它金属经过氧化富集、沉淀，形成锰结核。

现在已经估计出，锰结核大约每千年生长 1 毫米，有的甚至每万年生长 1 毫米，其生长速度远远低于海底沉积物的堆积速度。可是为什么锰结核没有被厚厚的海洋沉积物埋起来，还有待于人类去发掘。

1. 根据上下文，下列对"锰结核"的解释，填入横线处最恰当的一项是（    ）
A. 以海中生物残骸为核心、其他物质层状堆积形成的矿石
B. 火山爆发喷发出的含金属元素的气体的凝结物
C. 表层含有大量二氧化锰、氢氧化铁等物质的沉淀物
D. 含有丰富的锰、铁、铜等金属元素的海底团块

2. 下列表述不符合原文意思的一项是（    ）
A. 锰结核一般是褐色的，在锰结核的"核"上，含有多种金属元素的物质一层包裹一层，外形浑圆。
B. 锰结核含有锰、铁等 20 多种金属元素，它的表面有许多由底栖微生物形成的空管和微窟窿。
C. 锰结核的金属元素供应源是大陆或岛屿的岩石、海底火山喷发的气体、本身是盐类溶液的海水以及

宇宙尘埃等。

D. 锰结核的年增长总量非常大，但就单体的锰结核增长速度看，非常缓慢，远远低于海底沉积物的堆积速度。

3. 根据本文提供的信息，下列推断合理的一项是（　　）

A. 海中的氢氧化铁围绕一个核心沉淀，当海底的 pH 值增高时，能促使二氧化锰的生成，并最终形成锰结核。

B. 锰结核主要分布在深海盆的海底，这与其金属元素供应源和生长机理密切相关。

C. 海底火山爆发喷出的炽热气体，能将海中的锰、铁、铜及其他微量金属析出，形成锰结核。

D. 锰结核的生长速度不同，体积大小不一，彼此相差很大，因此无法估计锰结核的年生长量。

**【第 15 篇】阅读下段文字，完成 1～4 题。** 【湖南】

生物体的衰老和寿命有许多因素，一般认为，生物体的代谢能力、抗逆境能力起着重要作用，但近年来对一些模式生物如线虫、果蝇的研究表明，基因控制着衰老过程。在果蝇群体中，通过系统地选择晚生育的个体，成功地获得了寿命长的品系，这些果蝇的代谢能力明显提高。此外，有的体内抗氧化酶活力增加，有的对饥饿、干燥、高温的耐受能力提高，但这种寿命的延长是在发育长期停滞于幼虫阶段，且幼虫密度很高、食物受到极大限制的环境条件下选择出来的。也就是说，与延长寿命有关的基因要在这种逆境条件下才会表达，才能发挥其功能。同时，这些抗逆境的能力分属不同的代谢途径，因此衰老有多种机制，延长寿命的途径决不止一种。果蝇研究的结果表明，衰老和寿命是多基因控制的。

线虫是在完成发育以后，主要是在生殖以后开始出现衰老的，与线虫的衰老和寿命有关的基因突变以后可使寿命延长 6 倍或更多倍，这表明生物体存在着与寿命长短相关的单个基因，在果蝇上也发现了与寿限有关的基因。

人类有一种早衰综合征，患者儿童期情况很正常，在青春期间生长延缓，以后很快就出现衰老。这种疾病的基因已被克隆，基因编码的 1432 个氨基酸的序列，同 DNA 螺旋酶这种蛋白质的氨基酸的序列有很高的相似性。这种结构的相似性又表明这两种蛋白质也许有相似的功能。DNA 螺旋酶参与 DNA 的代谢，因此，推测 DNA 代谢发生缺陷可能是病人出现早衰的一个因素。这个例子说明，单基因突变可能也是人类衰老的机制之一。

总之，衰老和寿限都是由遗传和环境相互作用决定的，环境因子的作用是随机的，而对环境作出反应的能力则是遗传的。与衰老有关的基因或是参与细胞的生存和损伤修复，或是参与对老年性疾病的易感性。因此，可从单基因遗传和多基因遗传两种研究策略来探究衰老和寿命的遗传机制，提示相关基因的功能，尽可能消除寿限的限制因子。最近有人说，把人的基因组图谱弄清楚了，人可以活上 500 岁甚至 1200 岁。依据无非是上面提到的果蝇和线虫的实验结果，并以此来推算人类的寿限。但这种说法忘记了上文中一个很重要的事实。如果人能活到 1200 岁，那么要到 400 岁、500 岁才会长大成人、结婚生子。此外，有些基因改变后将导致代谢活动缓慢，活力降低，试想一个人如果反应迟钝、生机索然地活上几百岁，那还有什么意思？让人减少疾患，健康而长寿地生活，才是遗传学家在 21 世纪追求的目标。

1. 不能说明"生物体的衰老和寿命由许多因素决定"的一项是（　　）

A. 一般认为，生物体的代谢能力、抗逆境能力起着重要作用。

B. 果蝇寿命的延长是以相关基因在一定条件下的表达为前提的。

C. 除遗传外，环境因子对生物体的寿命也产生影响。

D. 生物体的衰老和寿命是由其基因组图谱所决定的。

2. 下列说法与原文意思相符的一项是（　　）

A. 科学家们在逆境条件下成功地在果蝇中选出了寿命长的品系。

B. 人或其他生物体的活动缓慢、活力降低必然导致其基因的改变。

C. 线虫的与寿命有关的基因的突变都可使其寿命延长 6 倍或更多倍。

D. 目前还不能断定 DNA 代谢发生缺陷是导致早衰综合征的因素。

3. "但这种说法忘记了上文中一个很重要的事实"所指的一项是（　　）

A. 果蝇的发育长期停滞于幼虫阶段。

B. 果蝇的幼虫密度很高。

C. 果蝇的食物受到极大限制。

D. 果蝇的寿命受多基因控制。

4. 根据原文内容，下列推断正确的一项是（　　　）

A. 人们之所以不能确定单基因突变与人类衰老的关系，是因为只采取单基因遗传研究的策略，而没有把单基因遗传研究与多基因研究结合起来。

B. 尽管引起人类早衰综合征的基因已被研究者克隆，但并不表明人们已经找到治疗该病的有效方法，基因研究要造福人类，依然任重而道远。

C. 既然线虫的某些基因的突变可使其寿命延长，那么人类也只需用基因突变的方式，就能消除寿限的限制因子，以达到延长自己寿命的目的。

D. 从某些生物体到人类，研究者在基因方面作了比较广泛和深入的探索，科学的日新月异使我们相信，在不远的将来，长生不老不再是神话而是现实。

**【第16篇】**阅读下面的文字，完成1～4题。　　　　　　　　　　　　　　　　　**【辽宁】**

从前，稍微精确一点说，两亿年前，世界上还没有花。后来，有了蕨类和苔藓，有了松类和苏铁类。但是，这些植物并不形成真正的花和果，其中一些是无性繁殖，以种种手段来克隆自己。有性繁殖是经过相对发展的事情，通常与花粉被释放到风中或水里有关。由于一些纯粹偶然的机会，花粉找到了到达这一种类其他成员那里的途径，一颗小小的、原始的种子就产生了。与现在相比，这个有花之前的世界是一个更为缓慢、简单与沉睡的世界。进化缓慢地持续。世界上的性太少了，它发生在那些靠得很近和种属紧密相连的植物之间。这种保守的繁殖途径就产生了一个生物学上较为简单的世界，因为它所产生的新鲜事物或者变化相对较少。

由于缺乏果实和大种子，不能支撑许多温血的生物，爬行类动物统治着世界。不管什么时候只要变得寒冷，生命就会减缓为一种爬行。当时的世界看起来更为质朴，比起现在来还要绿，缺乏花果所能带来的色彩和形状模式（更不必提气味了）。美还不存在，也就是说，事物被观看的方式与欲望毫无关系。

花改变了一切。被子植物——那些能够形成花，然后又形成被包裹住的种子的植物——在白垩纪出现了，它们以极快的速度在世界上传播。现在，不再需要依赖风或水到处运送基因了，植物已经可以谋取动物的帮助了。这是一份共同进化的巨大合同：用营养来换取运送。有了花的出现，各种全新水平的复杂性就来到了这个世界，有了更多的相互依赖，有了更多的信息，有了更多的交流，有了更多的试验。

植物的进化依据新的动力来进行，这就是不同物种之间的吸引。现在自然选择就更为喜欢那些能够固定住花粉传递者注意力的花，那些能够吸引住采集者的果了。其他生物的种种欲望在植物进化中变得极为重要了。道理很简单：那些成功地满足了这些欲望的植物会有更多的后代。美作为一种生存策略出现了。

新的规则加快了进化的速度。更大、更明亮、更甜、更为芬芳，在新的规则下，所有质都很快得到了回报。专门化也得到了回报。由于植物的花粉是被放置在昆虫身上来传递的，这就有可能传递到错误的地方（比如传到那些没有关系的物种的花上），造成一种浪费。所以，能够尽可能地在看和闻上与其他物种区分开来也成为一种优势。最好是能够掌握单独一种专心致志、愿意献身的花粉传播者。动物的欲望于是就被解析、细分了，植物们则与之相应而专门化了。于是，前所未有的花的多样性就出现了，它们绝大部分有着共同进化和美的标志。

花变成了果实和种子，而这些也在地球上再次创造生命。靠着生产糖分和蛋白质来诱惑动物去扩散它们的种子，被子植物就增加了世界上食物能量的供应，使得大型的温血哺乳动物有可能出现。没有花，在没有果实的叶子世界里活得很好的那些爬行动物很可能还在统治着世界；没有花，我们可能就不存在。是花产生了我们这些它们的最大钦佩者。

1. 本文讲述的核心问题是（　　　）

A. 花与美　　　　　　　　　　B. 花与生物进化

C. 无性繁殖与有性繁殖　　　　D. 进化方式与进化速度

2. 下列对"花改变了一切"这句话的理解，错误的一项是（　　　）

A. 花使植物得到了动物的帮助，因而有性繁殖不只发生在种属紧密相连的植物间。

B. 花变成了果实和种子，增加了食物能量的供应，为动物种类的增多提供了条件。

C. 花的出现改变了缓慢、简单与沉睡的世界，各种全新水平的复杂性来到这个世界。

D. 花满足了动植物的欲望，动物的欲望被解析、细分，植物也随之相应而专门化了。

3. 下列与"新的动力"有关的表述中，错误的一项是（　　　）

A. 能够成功地满足其他生物欲望的植物，后代会更多。

B. 昆虫受到花的吸引，有时会将花粉传到错误的地方。

C. 为满足动物的欲望，花粉以极快的速度广泛传播。

D. 拥有花粉的植物和传播花粉的动物之间存在吸引。

4. 根据原文提供的信息，下列推断正确的一项是（　　）

A. 为了不失去已掌握的单独的一种花粉传播者，花的特征会越来越鲜明。

B. 在共同进化中，动物使花的种类越来越多，这将导致无性繁殖逐渐消失。

C. 不能生产满足大型温血哺乳动物需要的糖分和蛋白质的植物将会渐渐被淘汰。

D. 花的色彩与气味是植物专门化的标志，花有一一对应的动物作为专门的传播者。

**【第 17 篇】阅读下面的文字，完成 1～3 题。**　　　　　　　　　　　　　**【四川】**

### 溴 甲 烷

溴甲烷，又称溴代甲烷或甲基溴，是一种无色无味的液体。它具有强烈的熏蒸作用，能杀灭许多有害生物，是一种高效、广谱的杀虫剂。它对土壤具有很强的穿透能力，能穿透到未腐烂分解的有机体中，从而达到灭虫、防病、除草的目的。土壤熏蒸后，残留的溴甲烷能迅速挥发，短时间内即可播种。因此，溴甲烷是目前最受农民欢迎的一种土壤熏蒸剂。由于溴甲烷无色无味，为了保证使用者的安全，常常在这种熏蒸剂中加入约 2% 的催泪剂作为警报剂。

但是，前段时间，联合国环境规划署发表一项声明，敦促全世界进一步限制使用溴甲烷。

与真菌、细菌、病毒、昆虫等生物相比，人可能更脆弱。所以，作为一种对有害生物所向披靡的杀虫剂，它对人的毒害也是显而易见的。它是一种强烈的神经毒剂，可对人的皮肤、肺、肾脏和肝脏造成直接的损伤。中毒严重者可出现心脏衰竭、休克等症状，个别中毒者还会双目失明。

据统计，目前世界上溴甲烷用于土壤消毒的量约占溴甲烷消费总量的 70%。经溴甲烷消毒后的土壤，有助于农作物的生长。然而，溴甲烷在杀灭病原菌的同时，也杀灭了土壤中一些对农作物生长有益的生物，而这些生物对于调节土壤的微生态、抑制病原菌的种群数量和改善土壤结构都是至关重要的。所以，经溴甲烷熏蒸处理后，土壤中的生物种类急剧减少，形成一种"生物真空"的临界状态。由于没有其他种类生物的竞争和牵制，农作物的病原菌势必大量繁殖、积累，这就影响了农作物的正常生长；反过来，又不得不加大溴甲烷的用量，从而进入恶性循环。更为严重的是，溴甲烷在使用过程中，会排放到大气中，影响大气臭氧层，破坏大气环境。

正是由于溴甲烷存在"不光彩"的一面，一些国际组织和发达国家呼吁尽快禁止使用溴甲烷。1997 年 9 月，《蒙特利尔议定书》第九次缔约方会议决定：发达国家于 2005 年停止生产并禁用溴甲烷；发展中国家从 2005 年起，每年溴甲烷的生产量和消耗量不超过 1995～1998 年间平均用量的 80%，并且将于 2015 年最终淘汰溴甲烷。

由于世界各国对禁用溴甲烷十分重视，加上《蒙特利尔议定书》的限制，许多国家和地区都在采取相应的措施。目前，已经有 15 个发达国家明确表态不再使用溴甲烷。不过，如果这一承诺不能兑现，87 个发展中国家将不可能在 2015 年放弃使用溴甲烷。

1. 根据文意，下列对溴甲烷最受农民欢迎原因的表述，不正确的一项是（　　）

A. 溴甲烷是一种能杀灭各种有害生物的高效、广谱的杀虫剂。

B. 溴甲烷是一种对土壤具有很强的穿透能力的土壤熏蒸剂。

C. 溴甲烷能穿透到未腐烂分解的有机体中，起到很好的防病作用。

D. 溴甲烷熏蒸土壤后挥发迅速，很快就可播种，不误农时。

2. 从上下文看，下列对溴甲烷"'不光彩'的一面"的理解，不正确的一项是（　　）

A. 溴甲烷在使用过程中，会挥发到大气中，破坏大气臭氧层，恶化大气环境。

B. 溴甲烷无色无味，作为熏蒸剂使用时，容易使人放松警惕，从而存在安全隐患。

C. 溴甲烷虽然能杀灭病原菌，但同时也杀灭了土壤中一些对农作物生长有益的生物。

D. 溴甲烷可使有的中毒者出现心脏衰竭、休克、双目失明等症状。

3. 以下理解符合原文意思的一项是（　　）

A. 熏蒸土壤时，溴甲烷能穿透到未腐烂分解的有机体中，抑制病原菌的种群数量和改善土壤结构，从而形成一种"生物真空"的临界状态。

B. 《蒙特利尔议定书》第九次缔约方会议决定：发展中国家从 2005 年起，每年生产和消耗的溴甲烷总量不能超过 1995～1998 年四年间用量的 80%。

C. 从溴甲烷的特性来看，在实际使用中，除了用作土壤熏蒸剂之外，溴甲烷还可以用于其他物品的熏蒸和消毒。

D. 因为 87 个发展中国家将在 2015 年放弃使用溴甲烷，所以目前已有 15 个发达国家明确表态不再使用溴甲烷。

## 吕丽高考语文讲堂·科技文阅读·第 7 练 【2005 高考 15 题】

**【第 1 篇】** 阅读下面的文字，完成 1～3 题。 **【全国 I 】**

考古学家在山西省垣曲县发现了商代城邑遗址，引发出商代历史地理上的一些重要问题。

中条山横亘于山西南端，这里山势和缓，并没有想像中的悬崖峭壁。它的北面是汾运盆地，南面是黄河谷地。从侯马到垣曲，正是跨越了这两个地区。在地理位置上，中条山正处在中国文明起源的黄金地段。中国在古代习称"华夏"，而"华"与"夏"都同中条山有关。"华"字得自华山。"夫中条之山者，盖华岳之体也"，古人把中条与华山看作一体，只是被黄河割开。华夏的"夏"，得自"大夏"、夏朝。在考古学上，代表夏朝的"'二里头文化'地兼中条山的两面。历史文献中说中条山以北有"夏墟"，南面偏东一带是"有夏之居"。看来夏朝的地域，确实是跨越中条山南北的。地理学强调"人地关系"，夏族与中条的"人山关系"也应当具有独特的内容。已有考古学家撰文，讨论中条山脉在资源上如何支持了夏族的兴旺。至少，中条山有丰富的铜矿，中部北侧又有巨大的盐池。历史地理学家关于河流哺育古代文明的论述已经很多，而山脉如何对文明做出贡献尚缺乏讨论。

山间奇材，往往是山脉的重要价值所在。不过，从地理空间关系的角度说，山脉的意义则多在于阻隔或护卫。从宏观人文地理格局上观察，从中条北面翻越到南面与从南面翻越到北面，意义是不一样的。中条山北面的汾运盆地是一个群山环绕比较封闭的地区，这里的人们可以过安定的日子，但若求大的发展，就必须冲破自然屏障，向南跨越中条，进入黄河谷地，进而东向伊洛，春秋时代的晋国走的就是这样一条强国之路。反之，从南面北越中条，往往是强者的入侵行为，商朝势力曾向北扩张，虽有改朝换代的政治意义，但不算是了不起的社会巨变。

史书所记尧舜的传说多在中条以北，这或许暗示着夏族的渊源所在。因为夏朝的影响力的强大，汾运盆地便成为法统观念上的崇高区域。商人灭夏，定要翻越中条占有汾运盆地，意义不仅是获得这片肥田沃土，还要在法统观念上最后征服夏人。从动态地理格局上观察，垣曲商城可能是商朝势力翻越中条的一个进退据点。

1. 下列作为文中画线部分的证据，错误的一项是（ ）

A. 山西南端的中条山山势和缓，并没有想象中的悬崖峭壁。

B. 中国在古代习称"华夏"，而"华"与"夏"都同中条山有关。

C. 古人早已看出中条山与华山本为一体，只是被黄河割开。

D. 考古学上代表夏朝的"二里头文化"地兼中条山南北两面。

2. 下列理解符合原文意思的一项是（ ）

A. 关于中条山脉如何对中国文明做出贡献的研究，至今仍然是一片空白。

B. 从地理空间关系的角度说，中条山的意义在于联结汾运盆地和黄河谷地。

C. 中条山北面的汾运盆地尽管群山环绕，比较封闭，仍不失为一片肥田沃土。

D. 商人要想在法统观念上灭夏，占有汾运盆地，垣曲无疑是一个必经之地。

3. 根据原文提供的信息，下列推断正确的一项是（ ）

A. 作为自然屏障的中条山成功地阻隔了商人的入侵，护卫着夏人的安全。

B. 相对而言，历史地理学界对"人河关系"的研究较为深入，取得了一定成果。

C. 晋人向南翻越中条，不仅具有改朝换代的政治意义，也是了不起的社会巨变。

D. 历史文献中关于"夏墟"和"有夏之居"的记载，说明夏族发祥于汾运盆地。

**【第 2 篇】** 阅读下面的文字，完成 1～4 题。 **【湖北】**

七音十二律是由西方传入中国的吗？

一个争论已久的话题是：十二音律和七声音阶在中国是独立发展自成体系的，还是由西方传入中国的。所谓十二律，是中国古代的律制，律是指音调，比如用十二个长度不同的竹管。吹出十二个音调不同的标准音，用以确定乐音的高低，这十二个标准音就叫做十二律，它相当于现代音乐的十二个调。在一首乐曲中，我们一般只使用其中的七个音来构成音阶，即所谓七声音阶。公元 1780 年，传教士钱德明发表了一篇论文，认为古希腊的毕达哥拉斯发明的七声音阶是从中国抄袭的。钱德明的观点当即遭到了欧洲学者的排斥。法国人沙宛在 1898 年说，中国的音律是公元前 4 世纪由亚历山大东征军传入的。

1962 年，李约瑟在他的书中说，音律的知识起源于古巴比伦，然后向东西两个方向传播，向东传入了古中国，向西传入了古希腊。在没有考古证据的情况下，人们仿佛默认了这样一个说法。1978 年曾侯乙墓出土了大型编钟，这个有关音律起源的争论，又一次喧嚣开来。因为曾侯乙的双音编钟（即在一个钟上可以敲出两个构成三度谐和关系的乐音，这是要有成熟的音乐理论与精湛的制作工艺作为支持的），证实了在公元前 5 世纪，中国的音律知识，已经远远超过了同时期的古希腊。这种在短期内所不可能达到的成就，使人们开始怀疑音律从古巴比伦传入的可能性。有意思的是，我们可以把两个文明古国中音律方面的成就做一番比较。

从古巴比伦的苏米尔出土的陶片上，可以看到竖琴与琴师弹拨的图刻。这些文化遗物的时代，大约在公元前 2500 年到公元前 2000 年之间，很明显当时的弦乐已经有相当的发展。而多数科技史家认为，和谐音律的认识，最可能源于弦乐。在同时期的中国出现的乐器有笛、陶钟和陶埙。商代出土的乐器种类开始增多了，但没有墓，有二十五弦瑟，十弦及五弦器。这些很先进的弦乐器，不是短时期内能形成的，也就是说中国弦乐器的起源，可能会更早，而源于商代的那些有多种发音的乐器，是可以做音律的测量与分析的。李纯一先生曾对商代不同地区的埙、编磬和编钟做了系统的研究，结论是，那时可能已具备了标准音概念，也就是有了十二律的音乐体系。

<u>古代中国的音律和天文知识，有着密不可分的关系。</u>十二律是和十二个月对应的。在公元前 14 世纪的中国，有关闰月的制法已有初步的系统，商代天文学家已经知道利用大小月，用一年十二个月并设置闰月来协调月相与季节的关系。在公元前 6 世纪以前，中国已经发明了十九年七闰制，并有系统地进行应用。而古巴比伦人掌握十九年七闰的规律是在公元前 5 世纪，比中国整整晚了一个世纪。这从一定程度上否定了中国从古巴比伦学习十二律音乐体系的说法。

另外，中国古代把二十八宿平均分为 4 组，每组 7 宿，分别与东南西北四个方位，青红白黑四种颜色，以及龙乌龟蛇几种动物形象相配，称作四象或四律、四宫。曾侯乙衣服箱上的二十八个宿名，顺时针围绕着一个斗字，这个斗字代表着北斗七星。在西方，古巴比伦平面球形图的出现大约在公元前 1200 年。1900 年潘切斯教授利用大英博物馆收集的一些残片复原了平面球形星图。人们对照古巴比伦平面星图和中国的二十八宿，并没有一个直接相对应的含义，由此可以显示，古中国的天文体系的形成与发展，是独立生成的，这对十二律及七声音阶的起源，有一个值得启发的参照。

1. 七音十二律长期以来被默认为是西方创建的。下列对造成这种现象的根本原因，理解准确的一项是（　　）

A. 西方学者始终认为音律的知识起源于西方，故而极力排斥传教士钱德明提出的古希腊七声音阶是从中国抄袭的观点。

B. 法国人沙宛认为中国的音律是公元前 4 世纪由亚历山大东征军传入的。

C. 李约瑟认为音律的知识起源于古巴比伦，向东传入了古中国，向西传入了古希腊。

D. 从古巴比伦的苏米尔出土的陶片图刻上可以明显看出当时的弦乐已有相当的发展，而中国缺乏考古的直接证据。

2. 原文以对中国古代乐器的研究为依据，倾向于否定七音十二律是从古巴比伦传入中国的。下列表述不属于原文推论依据的一项是（　　）

A. 与古巴比伦音乐文物所属年代同时期的中国，已经出现的乐器有笛、陶钟和陶埙。

B. 曾侯乙双音编钟证实中国的音律知识远远超过同时期的古希腊，这是短时期内不可能达到的成就。

C. 从曾侯乙墓中出土的弦乐器都很先进，说明中国弦乐器的起源应该更早。

D. 李纯一先生对商代多种乐器的系统研究表明，那时中国可能已有了十二律的音乐体系。

3. 下列对"古代中国的音律和天文知识，有着密不可分的关系"理解不正确的一项是（　　）

A. 中国古代对十二音律和十二月相的认识大体上是对应的。

B. 中国古代把七宿平均分为四组，每组七宿，这与七声音阶的构成并非巧合。

C. 中国古代对音律的认识其实是应用了商代就有的对闰月的认识。

D. 中国古代天文体系的形成和发展是独立生成的，与之相应的七音十二律音乐体系也不大可能是传自西方的。

4. 根据原文所提供的信息，下列推断不正确的一项是（　　）

A. 曾侯乙编钟的出土，使有关音律起源的争论有了新的依据。

B. 对曾侯乙编钟的研究表明，至少在公元前 5 世纪，中国在音律方面的成就处于世界前列。

C. 中国发明十九年七闰制比古巴比伦人早了一个世纪，因此中国对音律的认识可能也要早于古巴比伦。

D. 对古中国和巴比伦音律成就的比较，说明其对音律的认识可能是各自独立发展、自成体系的。

**【第 3 篇】阅读下面的文字，完成 1～4 题。　　　　　　　　　　　　　　　　　　　【北京】**

### 戏剧与戏曲

"戏"字在几千年前的商周鼎文中就出现了，意思是指一种祭祀性仪式。秦汉时期，娱乐性表演又称"百戏"，包括乐舞、杂技、魔术、马戏等。后来，娱乐性的玩耍时叫"游戏"。所以"戏"原本有仪式、百戏、游戏的含义。

戏剧是人物扮演故事的表演艺术。表演是手段，故事才是核心。有了"故事"，戏剧便区别于广泛意义上的"戏"与"百戏"。故事内涵在戏剧中的存在和被强调，意味着文学性成分的增强，于是，便有了剧本。尽管戏剧是一种剧场中的表演艺术，没有剧本也可以有戏剧，但是，文学的参与使思想内涵深化了。

戏曲是中国传统的、民族性的戏剧艺术。它把中国传统的诗、歌、舞、乐、技的手段在舞台上综合运用起来，表演故事，有别于西方的话剧、歌剧、舞剧。

前些年，流行"世界三大戏剧体系"的说法：一是苏俄的斯坦尼斯拉夫斯基体系，一是德国的布莱希特体系，一是中国的梅兰芳体系（或称中国戏曲表演体系）。简单地说，所谓斯坦尼体系，指的是幕景化的、模拟现实场景的、创造生活幻觉的话剧表演体系；所谓布莱希特体系，指的是将舞台视为流动空间的、无场景无场次的、使演员与观众产生意识交流，即所谓演员与角色的"间离效果"，并带有某种哲理意味儿的戏剧体系。斯坦尼和布莱希特 30 年代在苏联都观看过梅兰芳的演出，不约而同地大为赞叹，都认为梅兰芳的表演可以印证他们各自的理论。后来，就有人称中国戏曲为"梅兰芳表演体系"。

实际上，斯坦尼体系和布莱希特体系与梅兰芳所代表的中国传统戏曲是不同文化背景的产物，三者并列，在理论上，逻辑上都不严密。如果要讲体系的话，那么中国戏曲是"神形兼备"（即写意）的戏剧表演体系。在世界戏剧史上，东西方古典戏剧（或传统戏剧）可以进行比较，但不宜将西方现代戏剧与中国传统戏剧加以类比。

中国戏曲有古老的传统，通常以公元 12 世纪左右的杂剧和南戏为戏曲成熟的标志，从那时起，戏曲的艺术传统一脉相承，从未间断，到现在已有 800 余年历史。目前中国戏曲有 300 多个剧种，剧目数以万计，戏曲工作者数十万人。如此深厚的文化积淀、如此庞大的艺术队伍，任何一个国家都无法相比。

（取材于周华斌《什么是戏曲》）

1. 下列判断，符合文意的一项是（　　　）

A. 在戏剧中，表演是手段，故事才是核心，所以没有剧本就没有戏剧。

B. 戏曲是中国传统艺术，与话剧、歌剧、舞剧不同，不属于严格意义上的戏剧。

C. 西方戏剧的代表是斯坦尼和布莱希特体系，而中国戏剧的代表是梅兰芳体系。

D. 虽然"戏"字出现很早，但中国戏曲的成熟至今还不到 1000 年。

2. 根据《红楼梦》等四大古典名著改编的电视连续剧，从表演体系来说，与其最为接近的一项是（　　　）

A. 斯坦尼斯拉夫斯基体系。

B. 布莱希特体系。

C. 梅兰芳体系。

D. 写意体系。

3. 填空

戏曲与百戏相比，增加了＿＿＿＿＿和＿＿＿＿＿，保留了＿＿＿＿＿和＿＿＿＿＿。

4. 作者是否赞同"世界三大戏剧体系"的说法，为什么？

答：＿＿＿＿＿＿＿＿＿＿＿＿＿＿＿＿＿＿＿＿＿＿＿＿＿＿＿＿＿＿＿＿＿＿＿＿＿＿＿＿＿＿＿

**【第 4 篇】　　　　　　　　　　　　　　　　　　　　　　　　　　　　　　　　　【天津】**

一、阅读下面的文字，完成 1～3 题。

从起源的角度说，文化是"人化"，它相对于"自然"，是人的主体性或本质力量的对象化；从功能的角度说，文化的最主要功能是"化人"，教化人、塑造人、熏陶人。人是文化的创造者，也是文化的创造物，通过文化的继承、传播和创造，促进人的社会化、文明化、个性化，从而塑造健全的人、完善的人。

文化是由多种层次存在和表现的复杂系统。人们首先感知到的是较浅显、具体的层次，属显性文化，包括人的社会活动及其产品。一个人的某种活动、"做什么"，不是文化；一个群体在一个时期内的共同行为、都"做什么"，就成了一种文化现象。一个深埋于地下的石块不是文化，一个经过远古人群加工改造的石块作为活动的产品就成了文物。显性文化反映了文化的更深层次，即一个群体在一个时期内的活动规范、方式。人的活动效果既取决于"做什么"，更取决于人的活动规范、方式"怎么做"。

文化的最深层次是价值观，这是文化的核心，与一定时期群体共同的理想、信念密切相关。他要解决的是"为什么做"的问题，是人的活动的取向、目的问题。正是价值观的不同，"为什么做"的问题，最终决定了人们"做什么"和"怎么做"。人的活动是由价值观所指导的，人的活动及其结果，说到底，不过是人的价值观的外在表现。由于价值观是文化的核心，因此，我们也可以说，所谓文化，说到底，就是指一个社会中的价值观，是人们对于理想、信念、取向、态度所普遍持有的见解。中西文化的不同，古今文化的不同，一切文化的不同，最根本的是价值观的不同。文化的社会作用，最主要的是价值观的作用。任何一个社会群体，都有属于自己的文化，都有群体成员共同拥有和信奉的价值观。任何一个社会个体，都是文化的产物，都有自己接受和遵循的社会群体的价值观。任何社会群体的形成，都是由于社会个体的文化认同，由于一种大家共同认可的价值观、一个共同追求理想目标而走到一起的。价值观是群体认同的基石，是群体力量或弱点的根源。

1. 下列对文化的理解，不正确的一项是（　　　）

A. 文化是人的主体性或本质力量的对象化。

B. 文化是一个复杂系统，它是以深浅不同的多层次存在和表现的。

C. 文化的浅显层次是指一个群体在一个时期内的活动规范、方式。

D. 文化的最深层次是人们对于理想、信念、取向、态度所普遍持有的见解。

2. 下列对"文化的核心是价值观"这一观点的理解，不正确的一项是（　　　）

A. 人类活动是文化的外在显现，受价值观的指导。

B. 价值观的不同，决定了古今文化、中西文化的差异。

C. 文化具有群体性特征，价值观是群体认同的基石。

D. 每个社会个体的价值都能形成社会总体认同的价值观，也就是文化的核心。

3. 下列对本文有关内容分析，不正确的一项是（　　　）

A. 本文分别从起源、功能、构成等角度对文化进行了阐述。

B. "人化"之人是文化的创造者，"化人"指人是文化的创造物，二者体现了人与文化相互作用的关系。

C. 经过远古人群加工改造的石块属于显性文化，它反映了远古文化的更深层次。

D. "做什么"和"怎么做"决定了"为什么做"，这是人的价值观的外在表现。

二、阅读下面的文字，完成 4～6 题。

关于恐龙灭绝原因的争论，目前主流观点有两派：一派认为是由陨石撞击地球造成的；另一派认为恐龙死于大陆洪流玄武岩，即长时间大规模的玄武岩岩浆火山喷发。但越来越多的证据似乎表明生物大灭绝往往伴随着这双重灾难同时发生。

近来，德国摩根研究小组认为，引发恐龙灭绝的是一种被称为"凡尔纳爆炸"的巨大爆炸。这一理论的优势在于能够对为何生物大灭绝似乎总与大陆洪流玄武岩和陨石撞击地球同时发生这一现象作出解释。

摩根提出，假如某种大陆洪流玄武岩是由克拉通下面的地幔热柱（即地球深处涌起的熔岩流）形成的，那么，就能够制造出类似于陨石撞击地球所产生的各种标记。

克拉通又称稳定地块，通常指那些已达到地壳稳定状态的大陆地块。这些地块一般来说极其厚实坚固。克拉通每 1 亿年左右就会发生一次分裂，有证据表明在最近的三次生物大灭绝期间，陆块分裂的情况都曾发生过，而克拉通一旦裂开，长期积蓄在克拉通下的气体就会在瞬间爆发出来，飞快升腾的气体通过地壳的裂缝在地球表面突然爆炸，有毒气体顷刻间污染大气。爆炸过后，地幔热柱内的气体便以超过音速的速度喷涌，炸飞地幔热柱顶端的岩石。这种爆炸释放的能量可能相当于 1200 亿吨烈性炸药，如果这种能量一下子突然释放，甚至能把 200 亿吨岩石发射到高空大气层中，然后把它们抛到地球表面的任何一点，造成类似于陨石撞击地球的标记。这种可怕的喷发机制让摩根想起凡尔纳的科幻小说《从地球到月球》中的一种能将物体发射入太空的巨型枪，故将此爆炸命名为"凡尔纳爆炸"。

摩根承认，现在还难以区分出陨石撞击和"凡尔纳爆炸"留下的遗迹。为此还需要找到存在气体释放管道的痕迹。摩根相信，相关管道痕迹就埋在喷流出来的洪流玄武岩的岩石下面。有朝一日，或许这些证据能在地震图片和重力勘测中显示出来。

4. 下列有关克拉通的表述，不正确的一项是（　　）

A. 克拉通分裂常伴随着陨石撞击地球的发生。

B. 克拉通是一种厚实坚固、状态稳定的大陆地块。

C. 克拉通下存有大量的气体和岩浆。

D. 克拉通分裂即稳定地块的裂开，其发生周期约为 1 亿年。

5. 下列对于"凡尔纳爆炸"理论的理解，不正确的一项是（　　）

A. 根据"凡尔纳爆炸"理论，陨石撞击地球不是造成恐龙最终灭绝的原因。

B. "凡尔纳爆炸"是指克拉通分裂时积蓄其下的气体引起的巨大爆炸。

C. "凡尔纳爆炸"的喷发机制是摩根受《从地球到月球》小说中的巨型枪原理的启发而发现的。

D. "凡尔纳爆炸"释放的能量可能相当于 1200 亿吨炸药，可以把岩石抛到高空，岩石落回地面时撞出大坑。

6. 根据本文内容，下列推断正确的一项是（　　）

A. 伴随长时间大规模的玄武岩浆火山喷发，地表形成了很多陨石坑。

B. 摩根提出的"凡尔纳爆炸"理论取代了目前关于恐龙灭绝原因的两大主流观点。

C. 陨石撞击地球与"凡尔纳爆炸"现象不同，因此，我们现在可以根据撞击遗迹确定其属何种现象。

D. 如果"凡尔纳爆炸"理论符合事实，那么，洪流玄武岩的岩石下面就存在气体释放管道的痕迹。

**【第 5 篇】阅读下面的文字，完成 1～3 题。**　　　　　　　　　　　　　　　　**【全国Ⅱ】**

### 植物睡眠之谜

自然界有许多植物的叶子会运动，比如含羞草、合欢等豆科植物白天张开叶子，晚上会合上叶子"睡眠"；捕绳草的叶子能闭合起来，捕食苍蝇等昆虫。像含羞草、合欢等植物的这种"睡眠运动"自古以来就受到人们关注，可是植物为什么会睡眠，却一直是个不解之谜。

18 世纪，法国生物学家德梅兰把含羞草放到光线照不到的洞穴里，发现它的叶子依然以 24 小时为周期开合。这说明含羞草体内存在一种不受外界光线等环境因素影响的"生物钟"。19 世纪，达尔文在《植物的运动本领》中说，植物在晚上闭合叶子睡眠是"为了保护自己免受夜晚低温之害"。20 世纪 80 年代，德国希尔德奈希特的研究报告指出，叶子的开合是由一种称为"膨压素"的植物激素控制的。此后，日本上田实等人从植物中抽出包含数千种化合物的萃取物，最后成功分离出两种活性物质，一种是可使植物叶子张开的"兴奋物质"。

植物睡眠之谜之所以长期不得其解，就是因为此前没有人想到使叶子开合的竟是两种不同的生理活性物质。人们进一步了解到，豆科植物叶下珠的安眠物质是一种含葡萄糖的配醣体，白天配醣体水解，安眠物质浓度降低，夜晚配醣体重新合成，兴奋物质浓度相对降低，而配醣体的合成分解是由叶下珠体内的生物钟控制我。相反，铁扫帚的兴奋物质是配醣体，在夜晚配醣体水解，兴奋物质浓度降低，叶子随之闭合。如果用人工合成的半乳糖代替葡萄糖，由于半乳糖在铁扫帚体内不会水解，反而会成为一种睡眠阻断剂，使铁扫帚始终不能睡眠，以致两个星期之后因缺水枯萎而死。

解开植物睡眠之谜，将为某种"绿色"农药的诞生铺平道路。目前的除草剂还无法让田菁等豆科杂草枯萎而不损害豆科植物，研究人员已经人工合成了使田菁失眠的睡眠阻断剂，实验结果是田菁第三天就整株枯死。由于这种阻断剂只对田菁起作用，因此不会影响大豆的生长。

1. 从原文看，以下对"植物睡眠"的理解，正确的一项是（　　）

A. 指植物的叶子为适应外界环境而自动闭合起来的现象。

B. 指含羞草、合欢等植物晚上把叶子自动闭合起来的现象。

C. 指所有豆科植物都具有的晚上把叶子闭合起来的现象。

D. 指豆科植物和捕绳草等所具有的叶子闭合起来的现象。

2. 从原文看，以下研究最能揭开"植物睡眠之谜"的一项是（　　）

A. 德梅兰提出含羞草体内存在着不受外界环境因素影响的"生物钟"。

B. 达尔文指出植物在晚上睡眠是为了保护自己免受夜晚低温之害。

C. 希尔德奈希特提出植物睡眠是由植物体内的"膨压素"控制的。

D. 上田实等人提出植物体内存在着可使叶子闭合的"安眠物质"。

3. 以下理解符合原文意思的一项是（　　）

A. 叶下珠体内的生物钟控制了其安眠物质和兴奋物质的合成与分解。

B. 铁扫帚安眠物质的配醣体在夜晚合成，于是兴奋物质浓度相对降低。

C. 合欢、田菁等豆科植物如果长期得不到睡眠的话，就将枯萎而死。

D. 目前只让田菁枯萎而不损害大豆生长的"绿色"农药已经研制出来。

**【第6篇】** 阅读下面的文字，完成1～4题。 **【浙江】**

　　早在1949年，一位名叫Donald Hebb的心理学家提出了一个简单法则，来说明经验如何塑造某个特定的神经回路。受巴甫洛夫著名的狗实验的启发，Hebb的理论认为在同一时间被激发的神经元间的联系会被强化。比如，铃声响时一个神经元被激发，在同一时间食物的出现会激发附近的另一个神经元，那么这两个神经元间的联系就会强化，形成一个细胞回路，记住这两个事物之间存在着联系。

　　不是所有输入信号都能激发神经细胞产生自己的信号。神经元就像个微处理芯片，它通过突触接收大量的信号。并且不断地把从突触接收到的输入信号进行整合。但不同的是，微处理器有许多输出途径，神经元则只有一个，就是它的轴突。所以，神经元对输入信号的反应方式只有一个：要么通过轴突激发一个冲动，向回路中相邻的一个神经元发出信号，要么相反，不发出信号。

　　当神经元接收这样一个信号时，它的树突上的跨膜电位差轻微地升高，这种膜电位的局部改变被称为神经元突触的"激发"。当突触快速、高频地激发，就会发生过性强化，即在短时记忆形成过程中观察到的变化。但是通常单个突触短暂地激发不足以使一个神经元发放冲动，即术语称的动作电位。当神经元的许多突触一起激发，共同的作用下就会改变神经元膜电位，产生动作电位，把信号传递到回路中的另一个神经元。

　　Hebb认为，就像管弦乐队的一个不合拍的演奏者一样，如果神经元上的一个突触不能和其他的突触同步激发，就会被当作蹩脚的角色剔除。但是那些同步激发的突触—其强度足以使神经元发放动作电位—就会被强化。这样一来，大脑根据神经冲动流的方向，发展神经回路，逐步精化和完善，建立起大脑神经元间的网络联系。

　　从Hebb的理论出发分析该过程的确切机制，你会再次面对这样的问题，即在大脑铺设网络联系过程中，能强化或减弱突触联系的酶和蛋白必定是由某种特定的基因合成的，所以我们就开始寻找能激活这种基因的信号分子。

　　因为大脑中，神经系统中的信号表现为神经冲动的活动，所以我提出了一个假设，冲动发放必定能打开或关闭神经细胞中特定的基因。为验证这个假设，我和我们实验室的博士后学者Kouichi Itoh进行了下面的实验：取出胎儿小鼠的神经元进行体外细胞培养，在培养皿中以电极刺激神经细胞。以不同形式刺激使之发放动作电位，然后检测时形成神经回路或者适应环境有重要作用的基因所转录的mRNA总量，结果证明我们的假设是正确的。我们只需通过选择电生理刺激器上适宜的刺激频率就能打开或关闭特定的基因，就像你选择特定的频率收听某个无线电台的广播一样简单。

1. 下面不属于Donald Hebb提出的"简单法则"的一项是（　　）

A. 同一时间被激发的神经元间的联系会被强化。

B. 当神经元的许多突触一起激发，共同的作用下就会改变神经元膜电位。

C. 同步激发的突触—其强度足以使神经元发放动作电位—就会被强化。

D. 冲动发放必定能打开或关闭神经细胞中特定的基因。

2. "就像管弦乐队的一个不合拍的演奏者一样"这个句子中，"管弦乐队"喻指的是（　　）

A. 神经回路　　B. 神经元膜　　C. 神经细胞　　D. 神经冲动

3. 下面是对神经元工作原理的简单概括，恰当的一项是（　　）

A. 神经元通过突触接收信号，并对信号进行整合，再通过轴突激发一个冲动，向四邻的每一个神经元发出信号，或不发出信号。

B. 神经元接收到信号后，多个突触同步激发，使神经元发放冲动，把信号传递给细胞回路中的另一个神经元。

C. 神经元通过突触接收信号，其突触与其它神经元上的突触一起激发，从而建立起大脑神经元间的网络联系。

D. 神经元突触的"激发"，引起树突上的跨膜电位差轻微地升高，当突触快速、高频地激发，就会发生短时记忆形成过程中观察到的变化。

4. 根据全文信息，以下判断正确的一项是（　　　）

A. 神经元总是将接收来的信号整合以后产生自己的信号，这种信号通过轴突传递。

B. 动作电位的产生，是形成细胞回路，建立大脑神经元之间网络联系的重要条件。

C. 在信息传递与整合的过程中，有一些神经元被淘汰，另有一些神经元得到强化。

D. 神经细胞在不同电极形式的刺激下，其特定的基因所转录的 mRNA 的总量不变。

**【第7篇】** 阅读下面的文字，完成 1～4 题。　　　　　　　　　　　　　　　**【江西】**

### 太　阳　风

太阳风是 1958 年由人造卫星测得，并为美国科学家帕克等人首先发现的。1962 年，"水手 2"号飞船获得的资料进一步证实了"太阳风"的存在。1964 年，美国著名科幻作家阿瑟·克拉克发表了一篇杰作《太阳帆船》，公开提出利用太阳光子流形成的太阳风扬帆碧空，实现星际航行。这个设想很有"刺激性"，很鼓舞人。1994 年 11 月 2 日美国航天航空局为此专门发射了一艘无人驾驶的宇宙飞船，耗费 2 亿美元，用来对太阳风进行为期 3 年以上的观测研究。

那么，什么是太阳风呢？所谓太阳风，指的是____。太阳是由太阳核、对流层、光球层、色球层和日冕层共同组成的。日冕层是太阳大气的最外层，由稀薄的等离子体组成，粒子密度为每立方厘米 1000 万至 10000 万个，温度约为 15000 摄氏度。由于太阳温度极高，引起日冕连续不断地向外膨胀，驱使这些由低能电子和质子组成的等离子体不停地向行星际空间运动。这些带电粒子运动的速度达到每秒 350 公里以上，最高每秒达 1000 公里。尽管太阳的引力比地球的引力要大 28 倍，但这样高速的粒子流仍有一部分要冲脱太阳的引力，像阵阵狂风那样不停地"吹"向行星际空间，所以被人们形象地称之为"太阳风"。

科学家根据对太阳风的基本特征的了解，现已查明：太阳风的风源来自"冕洞"。"冕洞"是日冕表面温度和密度都较低的部分，在 X 射线和紫外线下看起来比周围地带要暗，就像是一个个的黑洞，不间断地出现在太阳"两极"地区。随着太阳旋转而旋转的冕洞，如同草地上浇水的水龙头，把太阳内部爆发产生的"高速等离子流"抛向太空。由于太阳自转会合周期是 27 天，因此，每隔 27 天，源于冕洞的"太阳风"就会"扫过"或"吹向"地球一次。"太阳风"从太阳"吹"向地球，一般只需要 5 至 6 天的时间。它一直可以"吹送"到冥王星轨道以外"日冥距离"（约合 50 个天文单位，即 50×1.49 亿公里）的 4 倍处，才被星际气体所制止。

强劲的太阳风"吹"向地球的时候，会对地球产生一系列的影响。最明显的是引起地球磁场的变化。强大的太阳风能够破坏原来条形磁铁式的磁场，将它压扁而不对称，形成一个固定的区域—磁层。磁层的外形像一只头朝太阳的"蝉"，"尾部"拖得很长很长。而太阳风的带电粒子流可以激发地球上南北极及其附近上空的空气分子和原子。这些微粒受激后，能发出多种形态的极光。巨大的冲击还能强烈地扭曲磁场，产生被称为"杀手"的电子湍流。这种电子湍流不但能钻进卫星内部造成永久性破坏，还能切断变电器及电力传送设施，造成地面电力系统全面崩溃。太阳风的带电粒子流还会使地球上空电离层受到干扰，引起磁爆，给无线电短波通讯、电视、航空和航海事业带来不利影响。太阳风也会引发磁层亚爆。在磁层亚爆期间，距离地球表面 36000 公里的高空处可能会产生强烈的真空放电和高压电弧，给同步轨道上的卫星带来灾难，甚至导致卫星殒灭。1998 年 5 月发生的一次太阳风使美国发射的一颗通讯卫星失灵，导致美国 4000 万个寻呼用户无法收到信息。

1. 根据上下文，下列对"太阳风"的解释，填入横线处最恰当的一项是（　　　）

A. 从太阳日冕层中发出的强大的带电粒子流。

B. 从太阳发出的强大的高速运动的带电粒子流。

C. 从太阳日冕层中发出的强大的高速运动的带电粒子流。

D. 从太阳发出的会引起地球磁场变化的强大的带电粒子流。

2. 下列对文中画线句子的理解，正确的一项是（　　　）

A. 地球磁场原本是条形式的。

B. 磁层中有固定的区域，其形状是扁而不对称的。

C. 没有太阳风的影响，地球磁场是不会变化的。

D. 地球磁层的形成需要具备强大的太阳风和地球磁场两个因素。

3. 下列表述不符合文章意思的一项是（　　　）

A. 阿瑟·克拉克公开提出了利用太阳风实现星际航行的大胆设想，美国航天航空局则耗费2亿美元来对太阳风展开进一步的观测研究。

B. 太阳是由太阳核、对流层、光球层、色球层和日冕层共同组成的，其温度极高可达15000摄氏度。因而会引起日冕连续不断地向外膨胀。

C. 尽管太阳的引力很大，但速度极快的带电粒子流还是有一部分像狂风那样"吹"向行星际空间。

D. 强劲的太阳风强烈地扭曲磁场所产生的电子湍流能对人类生活产生极大的破坏性。

4. 根据本文提供的信息，下列推断错误的一项是（  ）

A. 强劲的太阳风一旦引发磁层亚暴，将导致地球同步轨道上的卫星失灵甚至殒灭。

B. 开展对太阳风的研究工作，对于无线电广播通讯、电视、航天航空和航海事业的发展都具有积极的意义。

C. 地球南北极一带上空的空气分子和原子受到太阳风的带电粒子流的激发，是多种形态的极光形成的重要原因。

D. 对太阳风的研究，可以包括两个方面的内容：一方面是如何减轻太阳风对地球的不利影响，另一方面是如何利用太阳风蕴藏的巨大潜能。

**【第8篇】阅读下面的文字，完成1～3题。** **【全国Ⅲ】**

### 计算机能思维吗？

1997年5月11日，美国纽约曼哈顿一幢高楼里正在进行一场被媒体称为"人机大战"的国际象棋比赛。对局的一方是1985年以来一直独霸棋坛的俄罗斯棋王卡斯帕罗夫，另一方是美国IBM公司推出的"天下第一"下棋机器—名为"深蓝"的超级计算机。尽管卡斯帕罗夫一开始就声称他是"为尊严而战"，但最后"深蓝"还是以3.5比2.5的总比分取胜。对此，世界舆论一片哗然。

人们历来认为，人类之所以能主宰地球、驾驭生物，就是因为人有智慧、能思维。弈棋往往被视为人类最有代表性的纯智慧活动，世界棋王常常被视为人类智慧的象征。今天，棋王易位于计算机，人们不禁要提出疑问：机器能思维吗？思维是人类的专利吗？人类的智慧已经进化发展了成千上万年，而智能机器充其量只有几十年的历史，如果再发展几百年，我们也许很难想像那时的人工智能的水平和情景。看来，如果有朝一日机器在我们自以为优越的那种重要品质上超过我们，我们就要向自己的创造物双手捧出那惟一的特权！有人甚至认为，按照目前的发展速度，总有一天电脑要超越人脑，使人类成为机器的奴隶。到那时人们讨论的已经不是人类思维的尊严问题，而是人类命运的问题了。

机器能不能思维？这不仅是一个科学命题，而且是一个哲学命题。"深蓝"曾于1996年跟卡斯帕罗夫交过一次手，结果以1胜2平3负败北。随后IBM的专家们一方面努力从硬件上提高"深蓝"的运算能力和速度，另一方面加深"深蓝"对棋局的"理解"，终于使其棋力大增，最后战胜棋王。难怪卡斯帕罗夫在赛后说，这次比赛"是一群人运用电脑来向一个人的智慧和反应挑战"。机器的"思维"本质上是人赋予的，人的思维是自然界、宇宙间最复杂的系统之一。机器固然能具有可形式化的逻辑、理性特征，但人脑还有意志、灵感、性情和精神，这些却是计算机所无法企及的。

1. 对文中画线的句子的理解，正确的一项是（  ）

A. 当机器在优越品质上超过人类时，人类就将无法控制机器的思维能力。

B. 当机器也具有思维能力以后，人类就将承认思维不再是人类的专利。

C. 如果某一天机器在各方面超过人类，机器就将使人类丧失思维能力。

D. 如果某一天机器具备了人类的重要品质，机器将享有人类的所有权利。

2. 从上下文看，以下对这次"人机大战"特别引人注目的原因的表述，错误的一项是（  ）

A. 人跟计算机进行国际象棋比赛尚属首次，所以引起媒体的关注。

B. 一方是俄罗斯棋王卡斯帕罗夫，一方是"天下第一"下棋机器"深蓝"。

C. 卡斯帕罗夫并非是为他个人而战，比赛涉及到人类的尊严问题。

D. "深蓝"最终以3.5比2.5的总比分取胜，导致世界舆论一片哗然。

3. 以下理解不符合原文意思的一项是（  ）

A. 高速发展的智能机器将来完全可以代替人类的许多智力活动。

B. 有智慧、能思维才使人类取得了主宰地球、驾驭生物的优越地位。

C. "人机大战"实际上是卡斯帕罗夫一个人跟许多人的智力的较量。

D. 计算机在可形式化的逻辑、理性特征方面不能跟人类相匹敌。

**【第 9 篇】**阅读下文，完成 1～4 题。                                    **【福建】**

深海的发现：从"大洋中脊"到"深部生物圈"

人们看惯了绵亘的山岭和曲折的海岸，一般不会问"为什么"的问题。90 年前，A・WEGENER 发现大西洋两侧的非洲和南美洲海岸线可以拼合，又有同样的化石，从而提出"大陆漂移"的假说，但当时回答他的只是嘲笑和冷漠。半个世纪后，深海测量技术发现深海洋底也有高山峻岭，全世界有 8 万公里长的山脊蜿蜒在各个大洋，而大西洋的中脊恰好与非洲和南美洲的海岸线平行，人们这才恍然大悟，原来大陆和大洋的岩石圈是分成若干"板块"的整体。

同样，沐浴在阳光下的人们，看惯了飞禽走兽、树木花草，决不会对"万物生长靠太阳"产生怀疑，又是深海洋底"黑暗生物圈"的发现，开辟了新的视野。上世纪 70 年代，"ALVIN"号深潜器在东太平洋发现了近百度的高温区，原来海底有"黑烟"状的含硫化物热液喷出，冷却后形成"黑烟囱"耸立海底。更为有趣的是在热液区的生物群。现在，这类热液生物群在各大洋被发现的地点已经数以百计，离我们最近的就在日本冲绳海槽。

黑暗食物链的基础，是在还原条件下进行化合作用制造有机物质的原核心生物，据推测与生命起源时的生物群相近。不只是海底，近年来发现在数千米深海海底下面数百米的深处，还有微生物在地层的极端条件下生存。这种"深部生物圈"虽然都由微小的原核生物组成，却有极大的数量，有人估计其生物量相当于全球地表生物总量的 1/10。

"深部生物圈"的发现，大大拓宽了"生物圈"的分布范围。原来从极地冰盖到火山热泉，从深海海底到地层深处，生物的分布几乎无处不在，人类迄今研究和熟悉的，只不过是生物圈中的一小部分。不但海底，海水层里也是一样：运用新技术，发现了普通显微镜下看不见的微微型浮游生物。

深海大洋的发现，纠正了我们对生物界的偏见：我们用肉眼甚至用光学显微镜见到的只是地球生态系统的上层，只占生物圈的一小部分；地球生态系统的真正基础，在于连细胞核都没有的原核生物。生物的一级人类，应当是古菌、细菌与真核生物三大类，而我们熟悉的动、植物只是真核生物中的一部分。

生物圈概念的扩展，也改变了地球科学与生命科学的关系。传统地质学里生物的"主角"是大化石，而实际改造地球的首先是原核生物，它们几乎没有形态化石可留，只靠生态过程影响着化学元素周期表里几乎所有的元素，在三四十亿年的地质历史上默默无声地"耕耘"，直到今天才有可能得到重新的评价。总之，深海大洋的研究，不仅是地球科学，也是生命科学的突破口。

1. 根据文章，下列对"大洋中脊"或"深部生物圈"有关内容的阐释，不正确的一项是（       ）
   A. 与非洲和南美洲的海岸线平行的大西洋海底山脊，构成了大西洋的"中脊"。
   B. "大洋中脊"的发现证明了"大陆漂移"的假说和"板块"现象的存在。
   C. 组成"深部生物圈"的原核生物生存于深海海底及其下面数百米的深处。
   D. 海洋"深部生物圈"的数量极多，其生物量是全球地表生物总量的 1/10。
2. 对"我们对生物界的偏见"的理解，正确的一项是（       ）
   A. 混淆了地球生态系统的上层与基础，把原核生物看作是这个系统的上层。
   B. 对生物圈的认识局限在只占生物圈一小部分的地球生态系统的上层。
   C. 以为地球生态系统的真正基础，在于那些连细胞核都没有的原核生物。
   D. 把生物分为古菌、细菌和真核生物，把动、植物看作是真核生物的一部分。
3. 下列理解符合原文意思的一项是（       ）
   A. 原核生物作为生命起源时的生物群，能在还原条件下进行化合作用转化为有机质。
   B. 热液生物群可生存于因含硫化物热液喷出而形成近百度高温的深海海底。
   C. "深部生物圈"的分布范围可以拓宽到极地冰盖、火山热泉、深海海底和地层深处。
   D. 微微型浮游生物是运用新技术对"深部生物圈"进行探测的又一新的发现。
4. 根据原文提供的信息，以下推断正确的一项是（       ）
   A. 深海测量中对"大洋中脊"的发现，为后来"黑暗生物圈"的发现开辟了新视野。
   B. 现代地质学研究要重视的几乎没有形态化石的原核生物而不再是大化石。
   C. 数十亿年来原核生物在改造地球方面所起的重要作用，已开始得到人们的重视。
   D. 对深海大洋的研究，将是今后开展地球科学和生命科学研究的主要途径。

**【第 10 篇】**阅读下文，完成 1～3 题。                                    **【重庆】**

机器人工程师总是从自然中寻找灵感。然而，在过去几年里，他们的研究重点开始改变了。科学家们不像先前那样为制造更好的机器人而研究动物，而是为更好地了解动物而研究机器动物。

　　过去 10 年里，自动装置技术的发展以及电脑部件的不断缩小，意味着小型自动装置可以具备日益强大的处理能力。机器动物与真的动物相比具有很多优点。在对它们的人造大脑实行操作时，你无需考虑道德难题或动物权益问题。而且，人们可以利用它们揭示支配很多动物行为的神经元。这种技术的原理相当简单。如果你得出了一种动物的某种行为可能由大脑的某个部分控制的理论，你就可以制造一个自动装置，设计它的电路来模仿这种大脑构造。然后你在实验室像对待真的动物一样，利用同种观察、测量和重复技术考察其行为。在这种情况下，如果它的行为和真正的动物相同，你很可能会有所收获。

　　《人工动物学》的作者之一欧文·霍兰解释说："如果这种理论对一个自动装置适用，你就可以确定你理论的某些部分是正确的。但如果它不适用，那么几乎肯定是你错了。"通常，证明理论的错误更加有用，因为这会揭示理论存在的问题并缩小研究人员寻找答案的范围。如果对机器动物的实验显示理论是正确的，这种理论可以反过来应用于生物学，为研究人员进行真动物实验提供有价值的起点。

　　能够揭示是什么促成了动物行为的机器动物的一个例子是斯特林大学芭芭拉·韦布博士的机器蟋蟀。在夏季繁殖期，雄性蟋蟀用歌声吸引雌性蟋蟀。尽管生物学家们进行了多年研究，却仍未找到蟋蟀控制这种行为的神经系统，但他们估计这大约需要 20 个神经元。韦布采用了一种新方法。她制造了一个自动装置，线路设计与蟋蟀的一小部分神经系统相仿，试验它是否能像真的蟋蟀一样找到一个交配对象。

　　韦布的机器蟋蟀证明，机器动物无需外形相似就可以像真的动物那样行动。它具备了雌性蟋蟀寻找爱侣所依据的全部基本特征。

　　在韦布的实验中，机器蟋蟀能很容易地找到正确的路径，走向正在用歌声吸引它的雄蟋蟀。这令很多生物学家感到惊奇。这个装置表明，这种看似复杂的行为只需要 4 个神经元就足够了。

　　研究人员乐观地认为，仿生自动装置的前景令人鼓舞。芭芭拉·韦布博士说："机器动物还不能完全代替真的动物，但我确实认为将来它会大有用武之地。随着技术的不断改善，我们将能够制造更多这种复杂系统。"

　　1. 第 4 段中加点的"这种理论"在文中具体所指的是（　　　）

　　A. 机器人工程师从自然中寻找的灵感。

　　B. 自动装置具备的日益强大的处理能力。

　　C. 一种动物的某种行为可能由大脑的某个部分控制的理论。

　　D. 利用同种观察、测量和重复技术考察其行为所获得的结论。

　　2. 下列对"这种技术的原理相当简单"的理解，正确的一项是（　　　）

　　A. 电脑部件的不断缩小，有利于对机器动物的人造大脑实行操作。

　　B. 制造一种自动装置，设计它的电路模仿大脑构造来控制动物行为。

　　C. 像对真的动物一样，利用同种观察、测量和重复技术来考察机器动物的行为。

　　D. 机器蟋蟀找到正确路径，走向吸引它的雄蟋蟀，原估计需要 20 个神经元，实际只需要 4 个神经元就足够了。

　　3. 根据原文，下列不属于机器动物优点的一项是（　　　）

　　A. 在对它们的人造大脑实行操作时，无需考虑道德难题或动物权益问题。

　　B. 可以利用它们揭示支配很多动物行为的神经元。

　　C. 为研究人员进行真动物实验提供有价值的起点。

　　D. 无需外形相似就可以像真的动物那样行动。

　　4. 根据原文所提供的信息，以下推断不正确的一项是（　　　）

　　A. 随着研究重点的改变，机器人工程师不再从自然中寻找灵感，而转入了对机器动物处理能力的研究。

　　B. 无论机器运行和真的动物的行为是否相同，都能为更好地了解动物提供有价值的东西。

　　C. 韦布的机器蟋蟀试验证明，机器动物对动物行为研究有重要贡献。

　　D. 虽然科学家们用机器动物完成了某些动物实验，但取代所有实验中的真动物尚需时日。

　　【**第 11 篇**】阅读下面的文字，完成 1～4 题。　　　　　　　　　　　　　　　　【**湖南**】

　　人脑在生命头几个月进程中的发育是生物学上自我构成的最为值得提及的形式之一。从诞生的那一刻起，人就来到了一个充满刺激的世界。猛烈的外界刺激潮水般涌入婴儿的睡-醒周期的时间节拍。他的睡-

醒行为是受他的大脑神经元结构控制的。新生儿的大脑于是自己生成一个时间程序，让外界感官刺激依照这一时间程序而通过，避免过多的刺激涌入，对新的印象进行整理并在睡眠的相应阶段加以深化。在这里，各种各样、形形色色的具有超常周期与昼夜周期的内源节律共同出力编织睡-醒阶段的模式。随着时间一个月一个月地过击，大脑一天一天地发育，睡-醒行为的内在时间程序也不断变化。这个时间程序以此反映婴儿大脑的不断发育情况。但人类大脑的自我构成功能并非只从诞生时刻才开始。在诞生的这一时刻，自我构成功能已经在发育的道路上走过一大截路了。新生儿的那些令人惊奇的行为便是有力的证明。新生儿生命的寿命还在出生之前若干星期，亦即还在母腹中就已开始了。

　　母亲只要觉察到腹中胎儿在动，就每天念两遍童话《国王、老鼠和奶酪》。她大声地念，慢慢地念——从头到尾要3分钟。就这样，到了分娩的那一天，婴儿出生后竟然就知道这个童话！

　　新生儿的这种非凡的能耐不难加以证实。在橡皮奶头里装上一个压力传感器，用以记录吮吸动作。然后给婴儿戴上一个耳机，有选择地播放两则童话给他听。两则童话都由婴儿的母亲采念——而且念的速度、声音大小、语调全都一样。这两则童话分别用立体声磁带给录制下来。婴儿吮吸得较通常速度快时，让他听到一则童话；他吮吸得较慢时，让他听到另一则童话。在这种方式下，新生儿能够区分他喜欢听哪一则童话。两则童话中一则是本原的，另一则在形式上作了些改动—只是把所有角色的名字都作了改换。新生儿连细微的差别都发现了，在试验进行几分钟后就找到了他要改变自己吮吸频率的方向—他可以通过改变吮吸频率使耳机传来他想要听的那则童话。他所想要听到的始终是本原童话，亦即他在母腹中常常听到的那则童话。

　　上面所描述的方法以多种形式运行，目的在于弄清新生儿对说话声音和语言形式之间差别进行感知的能力到底有多大。如果让婴儿母亲与另一位女人读同一篇故事，小小的婴儿总是喜欢选自己亲生母亲的声音，而不选另一位女人的声音。会两种语言的母亲，她的新生儿能区分她的两种语言，又喜欢从中选择自己还在母腹中时听得最多的那种语言。但是，如果两则童话故事由新生儿的父亲与另一位陌生男子来念，那么，新生儿就不知道该怎么选择了。就是说，父亲的声音与另一位男子的声音在新生儿听来是同样陌生的。

　　这一检验结果证明了母亲声音对腹中胎儿的强烈影响。只有母亲的声音才能够让腹中胎儿从母腹内的背景噪声中鲜明地听出来，而外界的声音则"消逝"，听不见。胎儿的听觉器官在孕期的最后3个月完全形成，亦即具备完全的听觉功能。由此可知，还在这一时期，话音模式就已经传入胎儿的中枢神经系统了。显而易见，母亲的话音特征已留在了胎儿的大脑中——这是大脑留下的第一批记忆痕迹。正是这第一批记忆痕迹使新生儿能够重新识别曾经听到过的话音模式并与其他话音区别开来。

　　1. 下面关于"时间程序"的说法正确的一项是（　　）

　　A. 时间程序是由潮水般涌入新生儿大脑的强烈的外界刺激共同编制而成。

　　B. 时间程序通过大脑对新的印象进行整理并在睡眠的相应阶段加以深化。

　　C. 恒定的内在时间程序主要表现在新生儿的睡-醒阶段这一固定的模式上。

　　D. 睡-醒行为的内在时间程序不断变化，并以此反映婴儿大脑的发育情况。

　　2. 不能证明"人类大脑的自我构成功能并非只从诞生时刻才开始"这一说法的一项是（　　）

　　A. 母亲只要觉察到腹中胎儿在动，每天大声念两遍同一则童话，到分娩的那一天，婴儿生下来后就知道这个童话。

　　B. 新生儿通过改变吮吸奶头的速度，对他母亲念的本原童话录音和另一则在形式上做了改动的童话录音进行选择。

　　C. 如果母亲会两种语言，她的新生儿能够区分这两种语言，并喜欢从中选择自己还在母腹中时听得最多的那种语言。

　　D. 无论让胎儿听他父亲还是另一个陌生男子念的童话，新生儿都不知道如何选择，就是说他们的声音是同样陌生的。

　　3. 下列说法与原文意思不相符的一项是（　　）

　　A. 大脑的自我构成功能在新生儿诞生前就已经在发育的道路上走过一大截路了。

　　B. 新生儿听不见外界的声音，是因为只有母亲的声音才能够对他产生影响。

　　C. 科学实验结果表明，新生儿具有对说话声音和语言形式差别进行感知的能力。

　　D. 第一批记忆痕迹使新生儿能识别曾经听过的语音模式并与其他话音区别。

　　4. 据原文所提供的信息，以下推断正确的一项是（　　）

A. 通过对人幼年生长期时间程序产生规律的研究，我们可以得知，新生儿的睡眠与清醒昼夜周期是不可能改变的。

B. 实验清楚地表明．新生儿生命的寿命早在出生之前就已经开始了，因此我国现行对人寿命长短计算的方式是错误的。

C. 实验表明，人类大脑的自我构成功能并非只从诞生时刻才开始，由此可见，人的早期智力开发可以提前到出生前。

D. 胎儿的听觉器官在母亲怀孕的最后三个月完全形成，所以好的胎教模式对人脑自我构成功能的产生起到重要的作用。

**【第 12 篇】阅读下面的文字，完成 1～4 题。** 【山东】

### 你利用花，花也利用你

我们为何给人送花？赠人以花可表达抚慰之情或柔情蜜意，也可用于恭喜庆贺或请求宽恕。我们天生就知道送花有一种强大的心理效应，然而在接受鲜花的心理效应方面还没有进行过多少科学研究，尽管花卉已经形成了一个规模可观的国际产业。

进化心理学的研究表明，花卉能够激发我们积极的情感和其他深层心理变化，在这一点上人类与其他任何物种几乎都不一样；更让人好奇的是，花卉可能利用了它对人类的这种独特影响来不断进化。进化生物学认为，植物往往为了吸引众多不同物种而进化，从而使其不断传播开来。但是这种理论提出，植物—人类共同进化的根据是花儿带来的感情奖赏。

拉特格拉斯大学的一个心理学家和遗传学家小组的研究表明，我们人类就是花卉进行繁衍战略的一部分。他们认为，人类至少 5000 年来一直在广泛种植花卉，与其他植物相比，它们拥有非常大的进化优势。他们还指出，花卉的形状和香味能够引起强烈的情感反应，这不只是一个简单的巧合。

为了验证其论点，这个研究小组给 150 位妇女带去不同的礼物，其中包括鲜花、水果和糖果等。结果发现，得到鲜花的妇女比得到其他礼物的妇女要兴奋得多，而且这种效应持续了数日。再者，得到鲜花的妇女比之前更积极地回答问题。他们通过另外的实验发现，鲜花不仅能够拉近人们之间的距离，能使人露出笑容、开口交谈，而且还能促进认知功能，比如提高记忆力等。有些人得到鲜花后的情感表现甚至完全出乎研究人员的意料。

科学家们提出了各种进化理论来解释鲜花带来的这种非同寻常的心理效应。有一种理论认为，人类对风景和植物的欣赏跟人类原始时期的生存条件有关，当时人们要根据环境线索来寻找食物。由于花儿这种美丽的东西跟食物采集息息相关，人类变得"从感情上"欣赏这种美，所以会喜欢花。在鲜花盛开的地方就意味着将来会结出果实供人食用，这样的地方也可能比较适合人类繁衍生息。然而拉特格拉斯大学的心理学家们认为，鲜花各种不同的感觉因素在共同影响人的情绪，因此鲜花是"超级刺激物"，通过多通道感觉相互作用，直接影响人的情绪，而这些引起感觉注意的因素多数会造成我们的心理状态出现深度变化。

对人类基本没有食用或其他生存价值的开花植物，利用对人的情感作用实现了与人类的共同进化，这跟狗的进化情况很相像。开花植物就相当于作为人类伙伴的动物。所以，下次你给别人送花就知道，你利用花的时候，花也在利用你。

1. 下列各句中，不属于"花也在利用你"的一项是（ ）

A. 花卉可能利用了其能激发人积极的情感和其他深层心理变化这一影响来不断进化。

B. 花可用来表达抚慰之情或柔情蜜意，也可用于恭喜庆贺或请求宽恕。

C. 开花植物利用花儿给人带来的感情奖赏不断进化。

D. 我们人类就是花卉进行繁衍战略的一部分。

2. 根据文意，下列各句中不属于鲜花带来的"心理效应"的一项是（ ）

A. 得到鲜花比得到其他礼物更能让人兴奋。

B. 得到鲜花后人更愿意与他人交谈、沟通。

C. 鲜花能够使人与人之间的关系更加密切。

D. 鲜花通过多通道感觉相互作用引起人的心理变化。

3. 下列理解不符合原文意思的一项是（ ）

A. 包括鲜花在内的植物，往往为了吸引众多不同的物种而进化。

B. 无论是鲜花的形状还是鲜花的香味，都能引发人强烈的情感反应。

C. 原始人类对花儿的喜爱，与原始人类的生存条件密切相关。

D. 对接受鲜花的心理效应问题，心理学界已经做过大量的科学研究。

4. 根据本文提供的信息，下列推断正确的一项是（　　　）

A. 进化心理学与进化生物学对开花植物进化的认识是一致的。

B. 鲜花不仅能使人露出笑容，而且还能提高记忆力，促进思维功能发展。

C. 科学研究证实，鲜花跟食物采集息息相关，所以人类"从感情上"喜欢花。

D. 对人类来说，开花植物既没有食用价值，也没有其他基本生存价值。

**【第 13 篇】阅读下面的文字，完成 1～4 题。**　　　　　　　　**【江苏】**

动物细胞生长繁殖的规律是左右对称发展。细胞系统左右两侧细胞的生长繁殖总是互相竞争，右侧增长引起跟左侧不对称不平衡，促使左侧细胞生长繁殖；其生长繁殖的惯性使其超过右侧，又促使右侧细胞生长繁殖以趋于平衡，就是在这样的"对称—不对称—对称"中，两侧竞相生长繁殖，直至成形。动物进化是由机体的不对称向两侧对称发展，而两侧对称发展正是从低级动物通向包括人类在内的高级动物的至关重要的一环。现在为多数人所知的最早的两侧对称多细胞动物化石，是在距今 5.4 亿年前的寒武纪地层中发现的。大量的多细胞动物化石在寒武纪地层中的发现，表明地球上的生命在这个时期发生过一次大规模的演化，古生物学家称之为"寒武纪大爆发"。1909 年，在加拿大落基山脉的布尔吉斯页岩中，发现了 5.15 亿年前的软体组织动物化石，证明现生动物界的所有门类在寒武纪时已经出现。

然而，2004 年 11 月我国古生物学家在贵州瓮安县北斗山区的岩石层中，发现了 5.8 亿年前生活在海洋中的两侧对称多细胞动物的化石。这一新发现在古生物学界激起了巨大的波澜，为我们翻开了地球早期生命演化史册的重要一页，首次将两侧对称动物化石的可靠记录提前约 4000 万年而到了寒武纪之前。

北斗山区发现的化石中的这种多细胞动物非常小，它的体长只有 0.2 毫米，还不及两根头发丝的宽度，肉眼无法看清，只能通过显微镜观察。尽管这一古老动物躯体很小，科学家还是辨别出了它内部的几个器官：一对体腔和成对排列的感觉窝，消化道前端有向腹部开口的口部和紧接其后为多层构造的咽壁所包绕的咽道等。它的形状像是压扁了的龟壳，机体由外胚层、内胚层和完全中胚层组成。它的组织构造的复杂性表明它已经处于成年期的发育阶段。这一化石是迄今为止已知的最古老的真体腔两侧对称动物化石的代表，而真体腔动物的起源至今仍是科学之谜。

由于这种两侧对称动物很小，它所生存的时期又非常特殊，相当于地球演化过程中严冬刚刚过去、早春悄然而至的瞬间，于是我国古生物学家就将这一化石命名为"小春虫"，并冠以化石产地名，称为"贵州小春虫"。

1. 下列关于"小春虫"的说法，不正确的一项是（　　　）

A. "小春虫"是我国古生物学家在贵州发现的 5.8 亿年前的两侧对称多细胞动物化石。

B. "小春虫"是在比多细胞动物大规模演化的寒武纪还早的岩石层中发现的。

C. "小春虫"化石是根据这种动物的体形特点和它生存的时期、季节、地点来命名的。

D. "小春虫"这种动物的外形像压扁的龟壳，它虽然很小，但已经有了三胚层的构造。

2. 关于发现"小春虫"化石的意义，下列表述错误的一项是（　　　）

A. 可以作为否定"寒武纪大爆发"理论的一个有力的例证。

B. 翻开了地球生命进化史研究的新的一页。

C. 验证了动物细胞生长繁殖总是左右对称发展的自然规律。

D. 首次将两侧对称动物化石的可靠记录推到了 5.8 亿年前。

3. 下列理解与表述，不符合原文意思的一项是（　　　）

A. 文中介绍了我国迄今发现的最古老的两侧对称动物化石"小春虫"的有关情况，包括它的组织构造、命名由来以及这一发现的重大意义。

B. 1909 年加拿大落基山脉发现的 5.15 亿年前的软体组织动物化石，有力地证明了"寒武纪大爆发"理论。

C. 称"小春虫"为两侧对称动物，是因为它的外形、内部器官呈对称状态，其内部器官的对称主要表现为具有一对体腔和成对排列的感觉窝。

D. "小春虫"这种两侧对称多细胞动物，组织构造相当复杂，已经处于成年期的发育阶段，表明这种动物已经生长成形。

4. 根据文中信息，以下推断不正确的一项是（　　　）

A. 研究以"小春虫"为代表的多细胞动物化石，将有助于我们探索人类起源的奥秘。

B. "小春虫"已经具有了原始状态的感觉器官，表明它具备了对外界的感应能力。

C. "小春虫"可能是通过位于消化道前端的口部和紧接其后的咽道来获取土壤中养料的。

D. "小春虫"的发现，表明真体腔可能是两侧对称动物的一个特征，这将为研究真体腔动物的起源提供重要线索。

**【第14篇】阅读下面的文字，完成1~3题**　　　　　　　　　　　　**【广东】**

王安石曾赋诗咏梅："遥知不是雪，为有暗香来。"在这里，当白梅和落雪引起人们视觉上的混淆时，发挥重要辨别作用的就是嗅觉。人类能够识别和记忆大约1万种不同的气味，其生理机制却一直是个谜。为此，许多科学家孜孜不倦地进行研究，以求找到解开奇妙的嗅觉世界之谜的钥匙。

在嗅觉的早期研究中，气味的识别，一般被认为是气味分子与嗅觉受体相结合的结果。1977年，科学家发现这种受体存在于嗅觉神经元伸入鼻腔黏膜的嗅纤毛上。一旦将这些嗅纤毛移除，嗅觉能力也将随之丧失。这说明嗅纤毛是嗅觉系统运行的起点。

但是，气味分子又是如何转化为嗅觉信号传递到大脑的呢？美国科学家理查德·阿克塞尔和琳达·巴克发现，当气味分子与嗅觉受体结合后，作为化学信号的气味分子经过属于GTP蛋白（通称G蛋白）的嗅觉受体的复杂作用，转变为电信号后，便沿着嗅觉神经开始一场接力跑。这些信号先从鼻腔进入颅内，最后被传至大脑嗅觉皮层某些精细区域，在那里它们被翻译成特定的嗅觉信息，即被人们感知。这就是阿克塞尔和巴克为我们描述的完整的嗅觉信号通路理论。

其实，在上世纪80年代末期，科学家就发现在探测气味的神经元中存在着一套G蛋白信号通路，而且前人的生物化学和生理学研究成果也暗示G蛋白可能参与了嗅觉信号的传导过程。当阿克塞尔和巴克在构建嗅觉信号通路理论时，他们发现嗅觉受体属于G蛋白受体家族，蒙在嗅觉系统这个谜团上的"盖头"终于被掀开了一角。

作为优秀的科学家，阿克塞尔和巴克并没有在这里停下脚步。他们将嗅觉系统的研究提升到了分子水平，尤其是侧重基因方面的研究。他们认为人类能够识别众多气味分子，其自身必有多种能识别这些气味分子的属于G蛋白的嗅觉受体，并且还存在着编码这些蛋白的基因家族。阿克塞尔和巴克这种创造性的研究为他们2004年获得诺贝尔生理学或医学奖奠定了基础。

1. 下列对阿克塞尔和巴克的嗅觉信号通路理论理解错误的一项是（　　）

A. 气味分子在属于G蛋白的嗅觉受体的作用下从化学信号转变成为电信号。

B. 嗅觉信号通路的末端是大脑嗅觉皮层中的某些精细区域。

C. 嗅觉信号通路理论阐述的是气味分子转化为嗅觉信号传递到大脑的过程。

D. 作为化学信号的气味分子到达大脑嗅觉皮层某些精细区域被翻译成嗅觉信息。

2. 下列对文中嗅觉研究成果的承接顺序表述正确的一项是（　　）

A. 在发现嗅纤毛是嗅觉系统运行的起点后，科学家进一步认识到气味的识别是气味分子与嗅觉受体相结合的结果。

B. 在嗅觉信号通路理论提出后，科学家又发现了探测气味的神经元中存在着一套G蛋白信号通路。

C. 在生物化学和生理学研究成果暗示G蛋白可能参与了嗅觉信号的传导后，科学家发现了在探测气味的神经元中有一套G蛋白通路。

D. 在得知G蛋白可能参与嗅觉信号的传导过程后，科学家即确认嗅觉受体属于G蛋白受体家族。

3. 根据原文提供的信息，以下推断正确的一项是（　　）

A. 从2004年诺贝尔生理学或医学奖的评选可以看出，基因研究很有可能成为嗅觉系统研究的重要方向。

B. 王安石的咏梅诗和阿克塞尔、巴克的嗅觉研究说明，中国人关注的是审美，外国人关注的是科学。

C. 人类能够识别约1万种气味，按照阿克塞尔和巴克的理论，人类自身也应该有约1万种属于G蛋白的嗅觉受体。

D. 嗅觉研究的历史说明，科学研究应该继承前人的研究成果，沿袭前人的研究方向和研究方法，这样才能取得进展。

**【第15篇】阅读下面的文字，完成1~4题。**　　　　　　　　　　　　**【辽宁】**

澄明的夜空给予人们宇宙的宁静感是一个错觉，宇宙本身就是从混乱中诞生，也可能最终走向一个混乱的结局。虽然这个理论从根本上背离从古典时期到浪漫主义时期关于宇宙是最完美的艺术作品的概念，要接受它有一定的难度，但这毕竟是客观存在。20世纪物理学大师劳厄说过一番话，对于如何看待物理学中美的观念的发展和变迁是很有见地的。他说："物理学从来不具有一种对一切时代都是完美的、完满的形式；而且它也不可能具有完美的、完满的形式，因为它的内容的有限性总是和观察量的无限丰富的多样性相对立的。"

如果把劳厄话中物理学这个词儿改成艺术，把观察量这个词儿改成艺术对象，于是他的话变成："艺术从来不具有一种对一切时代都是完美的、完满的形式；而且它也不可能具有完美的、完满的形式，因为它的内容的有限性总是和艺术对象的无限丰富的多样性相对立的。"这番话对于如何看待艺术中美的观念不是同样很有见地的吗？

是不是一切新的探索最终都归结到美呢？不一定。在艺术上如此，在科学上也如此。在科学上一切探索都最终要受实验的考验，而在艺术上则是时间的考验。如果它们确是被挖掘到的世界的一个新的方面，那它们是美的。美不能先验地规定，就像毕达哥拉斯和开普勒那样。大师也会犯错误的，有时还是大错误。20世纪的一位数学大师外尔说："我的工作总是尽力把真和美统一起来，但当我不得不在两者中选一个时，我通常选择美。"

正是他关于美的先验的标准使他相信左和右在宇宙里是对称的，从而放弃了他发现的一个重要理论——中微子的两分量理论，在这个理论中左和右是完全不对称的。然而李政道和杨振宁的工作证明，这个被发现者放弃的理论其实是正确的。外尔的观点在科学界是很典型的，他的朋友爱因斯坦也是一样，爱因斯坦认为，美是探求理论物理学中重要结果的一个指导原则。不过，在平衡美学的追求与科学的探索时，我想，当年第谷对开普勒的忠告是非常值得记取的。

在回顾已经过去的20世纪时，人类有理由为文明在这一百年里的突飞猛进感到自豪，但也应当充分地认识到一个事实，就是我们解决的问题远没有我们发现的问题多，我们驰骋过的领域远没我们未曾涉足的领域和艺术在一点上有很大的差异，那就是，重大的艺术成就总是给人们带来慰藉，而重大的科学成就则并非必定如此。

不过，从美的观点来看，怡人的美和悲怆的美同样动人，同样有追求的价值。

1. 下列有关"美"的表述，符合文意的一项是（　　　）
A. 美在科学研究领域中应该是先验的规定。
B. 美是探求理论物理学中重要结果的一个指导原则。
C. 美和真在科学研究领域中有时是可以统一的。
D. 经受住实验和时间考验的探索才是美的。

2. 下列说法符合原文意思的一项是（　　　）
A. 事实表明，一切新的探索最终不是怡人之美，便是悲怆之美。
B. 重大科学成就和重大艺术成就的差异就在于前者不能给人们带来慰藉。
C. 宇宙从混乱状态中诞生，也必将走向一个混乱的结局。
D. 人类未知的领域十分广阔，可以设想，人们的美学观也会得以继续发展。

3. 本文讨论的主要问题是（　　　）
A. 科学与艺术的关系
B. 物理学与美学的关系
C. 探索与美的关系
D. 真与美的关系

4. 根据原文所提供的信息，下列推断正确的一项是（　　　）
A. 劳厄对于物理学中美的观念很有见地，这表明他对于如何看待艺术中美的观念同样是很有见地的。
B. 重大的艺术成就和重大的科学成就都值得人们去追求，因为从美的观点来看，怡人的美和悲怆的美同样动人。
C. 科学的发现往往具有完美的、完满的形式，因为它的内容的有限性总是和世间事物的无限丰富的多样性相对立的。
D. 第谷在平衡美学的追求和科学的探索方面的建议是非常有道理的，并且对开普勒产生了积极的影响。

## 吕丽高考语文讲堂·科技文阅读·第8练　【2004高考17题】

**【第1篇】**阅读下面的文字，完成1～4题。　　　　　【吉林、黑龙江、四川、云南】

### 白　鹤　梁

白鹤梁是一段长约1600米、平均宽约15米的石梁，位于重庆市涪陵区北面的长江中，因从前经常有许多白鹤栖息于梁上而得名。白鹤梁多数时候隐没于江中，只有在枯水期才显露出来。从唐代广德元年（公元763年）以来，先人们以在石梁上刻石鱼的方法记录了长江的枯水水位；石梁上还有许多诗文碑刻，也写到了石鱼出水的时间和石鱼距离枯水线的尺度等。这些石鱼和碑刻是非常珍贵的水文资料，为探索过去1200年以来长江上游枯水期的发生和水量的变化规律提供了极其准确的科学依据，因此白鹤梁被誉为"世界第一古代水文站"。加上白鹤梁上的题刻大多出自历代名家之手，具有极高的艺术欣赏和保留价值，因此白鹤梁成为三峡库区唯一一处国家级文物保护单位。

白鹤梁的表层由硬质砂岩和软质页岩组成，由于砂岩下的泥质容易被水流淘空，悬空的砂岩体容易蹦落或翻转，再加上风化、船只撞击等因素，因此尽管白鹤梁的石鱼和题刻保存尚好，但也开始出现一些环境地质灾害。同时，白鹤梁的标高是138米，而三峡工程坝前水位将达175米，白鹤梁在三峡工程最终竣工以后将永远沉没于水下，如此高的水位也将使它经受不住强大的水压而导致损坏。如何保护白鹤梁成为水利专家们心中的一件大事。

从1994年起，国家开始组织专家为保护白鹤梁出谋划策，先后有天津大学、长江水利委员会、三峡建设委员会和武汉大学等提出了各种方案。天津大学的"水下博物馆"方案认为，可以建一个密封的椭圆形双层壳体，罩在石梁上，人们可以通过隧道进入壳体进行参观、考察和维护。但是这一方案技术难度大，费用高，而且被放在水下几十米深的壳体要承受很大水压，一旦破损，就会损坏石梁，因此被否决了。最后提交审议的石三峡建设委员会的方案：将白鹤梁就地淤埋，等将来我们的子孙后代有能力时再去发掘和利用，而在岸边水位变动区仿造一个白鹤梁。

不知什么原因，向来与文物保护工作没有接触的葛修润院士参加了专家评审会，于是他在出差路过北京时专门去国家文物局查看了相关资料，发现即将接受评审的惟一方案不妥，实际没有很好地实现文物保护的初衷。葛院士在总结各方案优缺点的基础上，结合自己丰富的专业知识，提出了新方案。新方案与天津大学的方案类似，不同的是天津大学采用的是有压容器，即罩住白鹤梁的壳体要承受很大的水压，而新方案是无压容器，即把过滤后的江水注入壳体内，使壳体内外的水压达到平衡。这样技术难度小了，费用低了，最重要的是不再存在毁坏石梁的危险。2003年2月13日，葛院士为白鹤梁专门度身定做的"水下宫殿"正式动工。白鹤梁也可以"永见天日"了。

1. 根据文意，下列白鹤梁被誉为"世界第一古代水文站"的原因，错误的一项是（　　　）

A. 古人在石梁上刻画的石鱼，记录了1200年以来长江的枯水位。

B. 石梁上许多古代诗文碑刻反映了石鱼的出水时间和距离枯水线的尺度。

C. 为探索长江上游枯水期的发生和水量变化的规律提供了极其珍贵的历史资料。

D. 石梁上反映长江的题刻大多出自历代名家之手，具有艺术欣赏和保留价值。

2. 根据文意，属于白鹤梁急需保护的理由的一项是（　　　）

A. 白鹤梁的石鱼和诗文碑刻记载的水文资料可能会遗失。

B. 白鹤梁表层砂岩下的泥质岩容易被水流淘空，悬空的岩体容易蹦落或翻转。

C. 由于风化、船只撞击等因素，白鹤梁已出现一些环境地质灾害。

D. 白鹤梁将会承受不住三峡工程完工后高水位的强大压力。

3. 下列理解符合原文意思的一项是（　　　）

A. 白鹤梁平时隐没在水中，每年枯水期才露出水面一次。

B. 白鹤梁上的石鱼和题刻不但出自历代名家之手，而且是珍贵的水文资料。

C. 直到三峡工程开工的时候，白鹤梁上的石鱼和题刻保存得还算完好。

D. "就地淤埋，岸边复制"也是保护白鹤梁的一种行之有效的方案。

4. 根据本文提供的信息，以下推断错误的一项是（　　　）

A. 在三峡工程建成以后，即使在长江的枯水期水库的坝前水位也将高于13米。

B. 天津大学的方案之所以被否决，最重要的原因是存在毁坏石梁的危险。

C. 在葛院士的方案中，人们可以进入罩在石梁上的壳体进行参观、考察和维护。

D. 除了葛院士的方案，其他各单位所提出的方案都不能使白鹤梁"永见天日"。

**【第2篇】** 阅读下面的文字，完成1～4题。　　　　　　　　　　　　　　**【青海】**

### 茶马古道

今天人们所说的"茶马古道"，源自古代的"茶马互市"，即先有"互市"，后有"古道"。而"茶马互市"是我国历史上汉藏民族间一种传统的贸易形式，唐代文献中就已经有所记载。

到宋代，内地茶叶生产飞跃发展，其中一部分茶叶"用于博马，实行官营"，在四川的名山等地设置了专门管理茶马贸易的"茶马司"。宋朝统治者为什么如此重视"茶马互市"呢？当时契丹、西夏和女真等少数民族的崛起对两宋政权造成严重威胁，迫使朝廷同西南地区少数民族保持友好关系，以便集中力量与西北少数民族政权抗衡。在这种情况下，"茶马互市"除了为朝廷提供一笔巨额茶利收入补充军费之需外，更重要的是，既满足了国家对战马的需要，又维护了宋朝西南边境的安全。

那么，藏族为什么也很重视"茶马互市"呢？因为藏族非常喜欢饮茶。招待客人，首先端出来的就是茶；外出旅行，必带的也是茶；累了，饮几口热茶能立即消除疲劳；病了，饮一口浓茶能解毒去病；用煮过的茶叶喂牲畜，马吃了长膘快，牛吃了增加奶量。尤其藏族平时食用肉、乳较多，喝茶可以解油腻、助消化。对于长期以自给自足的自然经济为主的藏族来说，他们并不需要外界供给很多东西，但茶叶却是绝对不可缺少的。

唐宋以后，汉藏人民之间通过"茶马互市"建立起来的友谊，一直延续到元、明、清。元代为了加强对藏区的管理，在"茶马古道"沿线推行"土官治土民"的土司制度，把以"茶马互市"为主的交通线路定为正式驿路，并设置驿站。从此"茶马古道"既是经贸之道、文化之道，又是治藏安藏之道。

到了清代，"茶马互市"作为一种重要制度逐渐从历史地平线上消失，取而代之的是"边茶贸易"制度。藏族对茶叶的需求有增无减，对其他产品如丝绸、布料、铁器等的需求也开始增加；而内地对藏区马匹的需求虽然减少，却对藏区皮革、黄金，以及虫草、贝母等珍贵药材的需求大幅增加。这样，汉藏之间的贸易范围更加广泛，骡铃声声，马蹄阵阵，"茶马古道"沿线的民间贸易更加繁荣。

"茶马古道"作为连接内地与康藏地区的交通大动脉，历经唐、宋、元、明、清，虽然最终消失，但它对促进康藏地区经济发展、加强汉藏民族融合、维护国家统一的历史作用不容低估。

1. 下列关于"茶马古道"的表述，错误的一项是（　　　）

A. 所谓"茶马古道"是汉藏两族之间由于长期以茶易马而形成的贸易通道。

B. 在宋代，"茶马古道"上的巨额茶利收入是当时全国军费的主要来源。

C. "茶马古道"到元代已成为一条经贸之道、文化之道和治藏安藏之道。

D. "茶马古道"为发展经济、团结人民和国家统一发挥了很大的历史作用。

2. 关于宋朝统治者重视"茶马互市"的目的，下列表述错误的一项是（　　　）

A. 与藏族等民族保持友好关系，以便同西北少数民族政权抗衡。

B. 以茶易马，可以满足国家连年战争中对马匹的迫切需要。

C. 汉藏之间的贸易往来，有利于维护宋朝西南边境的安全。

D. 藏族非常喜欢饮茶，以马易茶可以满足他们对茶叶的需求。

3. 下列表述不符合原文意思的一项是（　　　）

A. 为了官营茶马贸易的需要，宋朝在四川一些地方设置了"茶马司"。

B. 茶叶在藏区可谓物尽其用，除供人饮用外，煮过的茶叶还拿来喂牲畜。

C. 历史上，藏族自给自足的自然经济不需要外界供给除茶叶以外的东西。

D. "边茶贸易"取代"茶马互市"，促使汉藏民间贸易更加繁荣兴旺。

4. 根据原文提供的信息，下列推断正确的一项是（　　　）

A. "古道"晚于"互市"，因此"茶马古道"的形成不应该早于唐代。

B. 元代推行的"土官治土民"的土司制度，扩大了藏族地区的民族自治权。

C. 清代以后，"茶马古道"由于"边茶贸易"的兴起而在历史地平线上消失。

D. 内地对藏区皮革、黄金以及药材的需求大幅增加，使马匹的交易量减少。

【第3篇】阅读下面的文字，完成1～4题。　　　　　　　　　　　　　　【湖南】

中国传统医学界由汉、藏、蒙等多个民族的传统医药学共同组成，它既有东方传统医药学的神秘之处，又往往有现代医药学所不及的奇特功效，它含有神话、传说的成分；它的许多原理至今也无法用现代医学理论进行科学的解释，但这种"神秘"的医药学，却常常有着神奇的功效，比如藏医，很长一个时期，它的传授是在寺庙中以隐秘的方式进行的，它用青藏高原所独有的植物、动物、矿物和食物对患者进行治疗，对包括癌症、中风在内的多种令现代医学棘手的疾病有着较好的疗效。

中国传统医药学和西方现代医药学，是两种不同的科学体系，表现出两种不同的思维模式，例如中医（汉医学），它对疾病的诊治，主要从整体着眼，针对功能采取多方面的调节性的治疗，而建立在西方现代科学技术基础之上的西医学，则是从局部出发，针对结构采取比较单一的治疗。中医既重视外邪致病，也重视七情内伤，充分考虑到了生理、心理、社会诸多因素在疾病发生、发展和变化过程中的作用；它通过望、闻、问、切等手段，按症候将病人分类定型；处方用药时，既考虑到病人所患的疾病，又考虑病人所属的症型，通过君、臣、佐、使，进行灵活的辨证论治。而西医，更注重的是病理方面的因素。它借助仪器设备，从组织、细胞乃至分子水平来阐述人体的结构、功能及其变化规律。

西医学在充分发挥现代科学技术优势的同时，往往由于认识手段的局限，导致素材的不足而难以把握事物的整体规律。而中医学，它虽然不能借助仪器设备对疾病作出精确的科学的解释，但在把握疾病的整体思维上显示出它的优势。例如，前几年，有人提出了下丘脑存在免疫—神经—内分泌整合中心的学说，这反映出西医学在更深入的层次上认识生命本质的同时，对机体整体的调控研究也日趋重视；但它对于免疫、神经、内分泌这三个原来认为独立的系统之间是如何相互作用、相互影响、又相互协调以维持机体稳定，这一整合功能失常用什么措施纠正等问题，还是解释得不够清楚。而中医学对于肾阳虚症的研究，发现这一症型的患者存在着潜在的以下丘脑免疫—神经—内分泌功能减退为主的病变，其影响可波及免疫功能，波及下丘脑、垂体所属的靶腺。中医采用补肾疗法，可以缓解患者的临床症状，对神经、内分泌、免疫系统的功能也有明显的改善作用。

中国、埃及、罗马和印度的传统医药学，是世界知名的四大传统医药体系，在历史的变迁中，唯独中国的传统医药学经受了考验，传承下来。中国传统医药学因迥异于西方现代医学，常被人认为是非科学的。客观地说，它的确还有一些不成熟的地方。但随着社会的发展、科技的进步和研究的深入，中国传统医药学将不再神秘而为更多的人所接受。现在，美、德等许多国家都开始接受中药，英国所开设的中国传统医药诊所，就已经发展到近 3000 个。

1. 中国传统医药学为什么显得"神秘"，下列理解不正确的一项是（　　）

A. 它往往与古老的神话和传说紧密结合在一起。

B. 它长期以来以隐秘的方式在寺庙中代代相传。

C. 站在西医学的角度看，它有难以解释的地方。

D. 很多西方人对于中国传统医药学还不了解。

2. 关于中医学与西医学的比较，下列说法中符合原文意思的一项是（　　）

A. 西医学提出了下丘脑存在整合中心的学说，中医学解决了这一学说应用中的问题。

B. 中医学能治疗包括中风在内的所有疑难杂症，西医学对这些病则感到束手无策。

C. 中医学考虑多方面的因素进行辨证论治，西医学主要针对病理因素进行治疗。

D. 中医学借助望、闻、问、切收集全部素材，西医学借助仪器设备收集的是部分素材。

3. 下列说法与原文意思相符的一项是（　　）

A. 传统的中国医药学即东方医药学不光指汉族、藏族的医药学。

B. 中医学使用青藏高原特有的药物治疗，有西药所不及的功效。

C. 原来人体中免疫、神经、内分泌系统各自独立，没有联系。

D. 现代西医学已经能够从分子水平阐述人体的结构和功能。

4. 根据原文所提供的信息，以下推断不正确的一项是（　　）

A. 中国传统医药学能生存下来的重要原因，是因为它有独特的体系，而埃及、罗马、印度的传统医药学因特点相近，已被现代医药体系所取代。

B. 西方许多国家对古老的中医学正逐步地从排斥转向理解，看来，中医学走向现代化、走向世界，已经是一种趋势。

C. 西医学对生命本质的认识、对机体整体调控的研究也在不断地深入。中医学要走向世界，现在既是机遇，也面临挑战。

D. 西医学在很多方面超出了中医学，尽管它对很多问题仍然解释不清，对有些病的疗效并不显著，但在当今世界上，还是最受人们欢迎的。

**【第 4 篇】** 阅读下面的文字，完成 1～4 题。　　　　　　　　　**【广东】**

### 咖 啡 和 茶

人类以咖啡和茶作为饮料，有着悠久的历史。这两种植物中均含有咖啡碱，对人体能起到消除疲劳、振奋精神、促进血液循环、提高劳动效率和思维活力等多种作用。

咖啡由茜草科的一种常绿灌木所结的果实加工而成。咖啡有"黑色金子"之美称，全球年消费量为茶叶的 3 倍。咖啡产于热带和亚热带，其原产地在非洲的埃塞俄比亚。早在公元前 2000 年，埃塞俄比亚的阿交族人就已经在咖法省的热带高原采摘和种植咖啡了，尔后咖啡就逐渐成了人们的饮料。咖啡的名称来源于"咖法"这个地名。一提到咖啡，埃塞俄比亚人总是自豪地说："咖啡是我们送给全世界的一件礼物。"而今南美洲的巴西是咖啡的最大生产国，其咖啡产量约占世界的三分之一。咖啡是一种结果早、可连续收获几十年、经济价值高的特种经济植物。干燥的咖啡种子中一般含有 1％～2％的咖啡碱，咖啡的香味主要来自咖啡种子中的香精油和咖啡醇。在我国，海南、云南、广东、广西、福建和台湾等地已引种栽培。饮用咖啡要讲究科学，早晨在咖啡中添加牛乳，既能提神又可增加营养；下班后喝上一杯，可加速脉搏跳动，消除疲惫，振奋精神；饭后饮上一杯，可促进肠胃蠕动，帮助消化。但产妇、孕妇及胃病、皮肤病、心血管疾病患者，最好不要喝咖啡。

茶叶由山茶科的一种灌木（或小乔木）的嫩叶经发酵或烘烤焙制而成，是中国人民对世界的一大贡献。茶作饮料在我国已有两千多年的历史，约成书于公元前 300 年的《尔雅》一书中，就已有茶叶的记载。唐代茶叶专家陆羽，撰写了世界上最早的一部茶叶专著《茶经》；世界各地的栽茶技艺、制茶技术、饮茶习惯等都源于我国。现在，茶被称为绿色保健饮料，全世界饮茶的人数约占世界总人口的一半。我国人民不但最早发现并利用了茶这种植物，而且拥有世界上最多的茶叶品种，在茶叶制作工艺上更是不断创新发展。在我国，茶叶可依据制作过程中多酚类物质氧化程度的不同，分为红茶、绿茶、青茶、黄茶、白茶和黑茶六大类。红茶中多酚类物质氧化最多，称为完全发酵茶，如产于安徽省祁门的"祁红"。绿茶在制作过程中尽量减少多酚类物质的氧化，保持鲜叶的原色，富含维生素，称作不发酵茶，如产于黄山市的"屯绿"、苏州的"碧螺春"。青茶为半发酵茶，白茶为微发酵茶，黄茶和黑茶为后发酵茶。茶叶中含有多种营养成分，具有特殊的医疗保健作用。新制成的茶叶中含有 4％的咖啡碱，以及茶单宁、维生素、芳香油等。其中茶单宁可使细菌中的蛋白质凝固，有杀菌之功效。茶叶中的钾、磷、钙等元素，有利于促进人体的新陈代谢。经常饮茶除了可以兴奋中枢神经、降低胆固醇、防止动脉粥样硬化外，对龋齿、癌症、慢性支气管炎、痢疾、肠炎、贫血及心血管疾病均有较好的预防作用。

（节选自李鹏翔《三大植物饮料》，有删改）

1. 下列对咖啡或茶叶的解释，不正确的一项是（　　　　）

A. 咖啡的名称来源于"咖法"这个地名，咖啡产于热带和亚热带，至今已有四千多年的栽种历史。

B. 茶叶由山茶科的一种灌木（或小乔木）的嫩叶经发酵或烘烤焙制而成，在我国至少已有两千三百年的历史。

C. 咖啡是一种结果早、可连续收获几十年的高价值特种经济植物，它由茜草科的一种常绿灌木所结的果实加工而成。

D. 在茶叶的制作过程中，茶叶发酵的程度和茶叶中多酚类物质的氧化程度有密切联系，根据不同的发酵类型，我国的茶叶可分为六大类。

2. 下列对"咖啡有'黑色金子'之美称"和"茶被称为绿色保健饮料"这两句话的理解，准确而全面的一项是（　　　　）

A. 咖啡含有香精油、咖啡醇和 1％～2％的咖啡碱，其价格十分昂贵。茶含有咖啡碱，还有茶单宁、维生素和芳香油等，是一种保健饮料。

B. 咖啡和茶都是具有一定保健作用的重要饮料，二者分别是埃塞俄比亚人和中国人对世界饮料的重大贡献。

C. 咖啡是黑色的，具有很高的经济价值；茶含有多种营养成分，对人体有一定的保健作用。

D. 这两句话用"黑色金子"比喻咖啡，而用"绿色保健饮料"指代茶，这意味着咖啡比茶具有更高的经济价值。

3. 下列对原文内容的理解，不正确的一项是（　　　　）

A. 咖啡和茶都能消除疲劳，振奋精神，加速脉搏跳动，降低胆固醇，对龋齿、癌症、肠炎等疾病均有较好的预防作用。

B. 人类喝茶的历史比喝咖啡的历史短得多，现在茶叶的年消费量约为咖啡的三分之一，但世界上饮茶的人数约占总人口的 50％。

C. 茶和咖啡两者都是人类的重要饮料，对人的身体有一定好处，但对心血管疾病患者而言，最好饮茶，不要喝咖啡。

D. 中国不仅是世界上最早具有栽茶技艺、制茶技术和饮茶习惯的国家，而且也是世界上拥有最多茶叶品种的国家。

4. 根据原文所提供的信息，以下推断正确的一项是（　　）

A. 茶被称为绿色保健饮料，而绿茶在制作过程中又保留了鲜叶的原色，因而绿茶是茶叶中的精品。

B. 我国的白茶中多酚类物质的氧化状况接近"碧螺春"，而和"祁红"有较大区别。

C. 在茶叶制作过程中，茶叶发酵的程度和维生素含量成正比，发酵程度越低，维生素含量越少。

D. 咖啡和茶都具有显著的经济价值和实用价值，可以在我国广泛地种植。

【第5篇】阅读下面短文，回答1～4题。　　　**【山东、山西、河南、河北、安徽、江西】**

### 人体干细胞

人类胚胎干细胞是人类胚胎发育早期——囊胚中未分化的细胞。囊胚外表是一层扁平细胞，可发育成胚胎的支持组织如胎盘等；中心的腔称为囊胚腔，腔内侧有内细胞群。内细胞群在形成内、中、外三个胚层时开始分化，内胚层分化形成肝、肺和肠等，中胚层分化形成骨骼、血液和肌肉等，外胚层分化形成皮肤、眼睛和神经系统等。由于内细胞群能发育成完整的个体，因而这些细胞被认为具有全能性。

成人身上也有干细胞，主要分布于骨髓、血液、大脑、胰腺等处，比如骨髓和血液中就有造血干细胞。但是，这些成年干细胞非常稀少，较难分离和纯化。它们的作用基本上是确定的，例如骨髓中的造血干细胞在体内环境下的使命就是分化成各种血液细胞。虽然近年来发现成年干细胞也具有一定的可塑性，例如在体外培养时，可通过改变条件让骨髓干细胞分化成神经细胞，但是目前还未发现成年干细胞能像胚胎干细胞那样具有分化出所有类型细胞的能力。同时，成年干细胞在体外难以扩增，而胚胎干细胞可以在体外扩增达三四百代。因此生物学家们普遍认为胚胎干细胞的研究更有价值，美国生物学家戴利说："20世纪是药物治疗的时代，21世纪则是细胞治疗的时代。"

目前，胚胎干细胞研究的一个重点是用来产生神经细胞，以修复受损伤的神经系统。美国霍普金斯大学一个实验室用病毒感染老鼠的脊髓神经，使之瘫痪，然后从人的胚胎组织分离出来干细胞，在体外培养一段时间后，再注射到瘫痪老鼠的脊髓中。三个月后经过治疗的老鼠能蹒跚走路，而未经治疗的老鼠依然如故。解剖结果显示，这些来自人类胚胎的干细胞已经布满了老鼠的脊髓，并具有成熟的神经细胞的特征。

胚胎干细胞另一个研究重点是用于产生能分泌胰岛素的胰腺组织，再将这些胰腺组织移植到体内，以根治糖尿病。去年西班牙的研究者就将胰岛素基因转入小鼠的干细胞中，使之具有分泌胰岛素的能力，再将这些干细胞植入患糖尿病的小鼠胰腺中，结果小鼠的糖尿病症状消失了。

胚胎干细胞还有多种可能的用途。不过，医学界的美梦还需要一段时间才能变成现实。胚胎干细胞分化的组织是否会在人体内无限度地增殖，甚至形成肿瘤，科学家必须小心提防，以免未得其利，先受其害。而分离干细胞必须"杀死"胚胎，这是否属于谋杀，也正在成为媒体和饭桌上争吵不休的话题。

1. 文中生物学家认为"胚胎干细胞的研究更有价值"，下列不属于生物学家判断依据的一项是（　　）

A. 成年干细胞主要分布于骨髓、血液、大脑、胰腺等处。

B. 成年干细胞非常稀少，较难分离和纯化。

C. 成年干细胞并不具有分化出所有类型细胞的能力。

D. 成年干细胞在体外难以扩增到三四百代。

2. 下列理解不符合原文意思的一项是（　　）

A. 造血干细胞和骨髓干细胞都属于成人身上的成年干细胞。

B. 成年干细胞在体内的分化方向是确定的，在体外培养时其分化方向则是不确定的。

C. 所谓"细胞治疗的时代"，主要是指利用胚胎干细胞治疗疾病的时代。

D. 利用胚胎干细胞产生能分泌胰岛素的胰腺组织以治疗糖尿病，已取得初步研究成果。

3. 根据本文提供的信息，下列推断不正确的一项是（　　）

A. 已经证实，把胰岛素基因转入人类胚胎干细胞可以产生能分泌胰岛素的胰腺组织。

B. 从人的胚胎组织分离出来的干细胞可以培养成为其他动物的多种组织细胞。

C. 胚胎干细胞具有无限度增殖的危险，所以目前还没有条件在人体上进行移植。

D. 胚胎干细胞研究在医学上有令人鼓舞的前景，但在社会伦理上却遇到了很大麻烦。

4. 下列对"人类胚胎干细胞"这一概念的理解，符合文意的一项是（　　）

A. 人类胚胎干细胞即人类胚胎发育早期囊胚外表的扁平细胞和囊胚腔内侧的内细胞群。

B. 人类胚胎干细胞就是人类胚胎发育早期囊胚腔内侧的内细胞群。

C. 人类胚胎干细胞是人类囊胚中可发育成胎盘、肝、肺、骨骼、皮肤等的全能性细胞。

D. 人类胚胎干细胞不仅指人类囊胚中未分化的细胞，也指成人身上的成年干细胞。

【第6篇】阅读下面短文，回答1～4题。 【广西】

## 化 学 制 剂

地球上生命的历史也就是生物与它们的环境相互作用的历史。动植物的形体和习性在很大程度上是由环境造成的，而反向作用，即生物对其所在环境的实际影响则相对较小。只有到了20世纪，作为物种之一的人类才获得了足够的力量，有效地改变他所在的世界——大自然。

在过去的四分之一世纪里，这种力量不仅增大到令人不安的程度，而且性质也发生了变化。人类对环境最可怕的破坏，是那些有害甚至致命的物质对空气、土地、河流、海洋造成的污染。在当今对环境的普遍污染中，化学药品和辐射线共同改变着生物的根本性质。喷洒在农田、森林或花园里的化学药品长期留在土壤中，进入活的生物体内，在一种有害和死亡的连锁反应中从一个生物体传到另一个生物体。有时候，这些化学药品会随着地下溪流神秘地流淌，直到冒出地表，通过空气和阳光的化合作用构成新形式。植物毒死了，牲畜得病了，曾经一度纯净的井水，也给饮用它的人群造成了危害。

适应这些化学药品所需要的时间应该用大自然的尺度来衡量——人的一生太短暂，而它所要求的是若干个世纪。但即使经过漫长的时间，人们能够奇迹般地适应了它们，也无济于事，因为各个实验室还在源源不断地冒出新的化学药品，并投入使用。这些药品的数字实在令人震惊：每年有500种新的化学药品需要人和动物的身体以某种方式与之适应。其后果还不容易被我们所预料，因为它完全超出了我们对生物学的理解和经验。

40年代中期以来，为了杀死老鼠等啮齿动物以及害虫、杂草而研制出来的基本化学药品就超过200种。这些粉末、喷雾液、烟雾剂在农场、花园、森林和家庭中都普遍使用。它们不加选择地杀死任何昆虫，不管它是"好"是"坏"。这种剧毒物质覆盖在叶片表面上，或者滞留在土壤中，能使鸟儿不再歌唱，鱼儿不再遨游。可是，人们使用这些药品，其目的仅仅是消灭屈指可数的几种害虫、杂草或老鼠等。

药物喷洒的发展过程似乎卷入了一个永无终点的螺旋。自从敌敌畏被允许民用以后，杀虫剂便逐步升级。因为有的昆虫已演化出对某一杀虫药具有抗药性的新品种，于是，人们又发明一种更毒的药剂，接着，再发明一种比这种药剂还要毒的药剂。然而，难道有人会相信，可以向地球表面倾泻这么多毒物而又适宜于一切生物生长吗？

1. 根据文意，下列对文中的"足够的力量"的理解，正确的一项是（ ）
A. 人类所获得的空前的改变社会环境的力量。
B. 地球上的生物施加给自然环境的反向作用力。
C. 环境对地球上生物的作用和地球上生物对环境的反作用。
D. 人类在20世纪所取得的足以改变自然环境的力量。
2. 下列不属于人类对环境的直接影响的一项是（ ）
A. 动植物的形体和习性在很大程度上是由环境造成的，而生物对其所在环境的实际影响则相对较小。
B. 自40年代中期以来，逾200种基本化学药品被研制出来，用于杀死老鼠等啮齿动物以及害虫、杂草。
C. 喷雾液、花粉、烟雾剂等化学药品的普遍使用，能够不加选择地杀死任何昆虫，不管它是"好"是"坏"。
D. 那些药品中的剧毒物质覆盖在叶片表面上，或者长期滞留在土壤中，能使鸟儿不再歌唱，鱼儿不再遨游。
3. 下列表述，不符合原文意思的一项是（ ）
A. 地球上生命的历史也就是包括人类在内的生物与它们所在的环境相互作用、相互影响的历史。
B. 化学药品中那些有害甚至致命的物质严重污染了空气、土地、河流、海洋，这是对环境最可怕的破坏。
C. 适应化学药品需要若干个世纪，而人生太短暂，所以人类能够适应化学药品的想法是根本行不通的。
D. 无论化学药品的毒性有多大，有些害虫总有办法演化出具有抗药性的超级品种。
4. 原文提供的信息，下列推断正确的一项是（ ）
A. 动植物的形体和习性在很大程度上是由环境造成的，人类也就可以通过自己的努力提高动植物的质量。

B. 化学药品和辐射线能够改变生物的根本性质，所以治理环境污染的首要任务就是控制化学药品和辐射线。

C. 仅仅为了消灭屈指可数的几种害虫、杂草、老鼠等，可见人类研制化学药品是得不偿失。

D. 药物喷洒的发展过程卷入了一个永无终点的螺旋，所以化学药品也将会永无止境地研制下去。

【第7篇】阅读下面的短文，完成1～4题。　　　　　　　　　　　　　　　　【北京】

科学家最近的发现将有助于解释记忆存储这一最不为人所知的大脑活动。其中的关键因素是一种以朊毒体（prion）形式活动的蛋白质。发表在《细胞》月刊上的研究报告说，这种蛋白质在朊毒体状态时会发挥好的作用，而此前普遍的看法是，有朊毒体活动的蛋白质是有毒性的，至少不能起到正常作用——正如疯牛病等神经变性疾病的研究所揭示的那样。

怀特黑德生物医学研究所负责人苏珊·德奎斯特说："我们已经对记忆存储的原理有了一些了解，但一直不清楚关键的存储手段是什么。此次研究揭示了可能的存储手段，不过让人惊奇的是，'朊毒体活动'竟然在其中发挥着作用。"

蛋白质功能的关键是其形状，大多数蛋白质在共存期间只保持一种形状。朊毒体则是能突然改变形状或发生错误交叠的蛋白质。它们不仅自身发生错误交叠，还会影响同一类型的其他蛋白质也出现这种现象。就已知的情况来看，这类错误交叠的蛋白质会停止正常功能，然后死亡或是对细胞——最终对组织——产生致命作用。

因此研究人员在发现这种名为CPEB的蛋白质具有特定朊毒体特征时感到非常惊讶。它与维持长期记忆有关，位于中枢神经系统突触上，这是大脑中连接神经的枢纽。

记忆就被存储在这一约有1万亿个神经细胞和突触的复杂网络中。随着经历和知识的不断增多，新的枢纽形成，老的则不断加强。CPEB合成的蛋白质会随着记忆的形成加强突触，使突触可以长期保存这些记忆。

研究人员从海参中提取了CPEB，将它与其它蛋白质混合，然后观察它们在多种酵母模型中的活动。结果发现，CPEB改变了形状，并使其它蛋白质也随之发生了变化——功能恰似朊毒体。更令人意想不到的是，CPEB在朊毒体状态下仍然发挥了它的正常功能——蛋白质合成。

研究表明，在哺乳动物的神经突触中，CPEB的朊毒体特征可能就是使突触和神经细胞存储长期记忆的机制，科学家计划对这一理论做进一步的研究。

1. 下列对"朊毒体"的理解，符合文意的一项是（　　）

A. 是在疯牛病等神经变性疾病研究中发现的一种病毒。

B. 是一种能突然改变形状或发生错误交叠的蛋白质。

C. 是位于中枢神经系统突触上的一种蛋白质。

D. 是哺乳动物的神经突触中用以存储记忆的细胞。

2. 对"这种蛋白质在朊毒体状态时会发挥好的作用"理解正确的一项是（　　）

A. 朊毒体在发生错误交叠时仍保持了正常的功能。

B. 朊毒体在记忆存储过程中会发挥好的作用。

C. CPEB在朊毒体状态下仍保持了它的正常功能——蛋白质合成。

D. CPEB合成的蛋白质会随着记忆的形成加强突触，使突触长期保存这些记忆。

3. 下列推断符合文意的一项是（　　）

A. CPEB在朊毒体状态下仍能发挥正常功能的事实，证明此前人们对朊毒体的认识是错误的。

B. 了解CPEB在记忆存储过程中所起的作用，客观上对揭示疯牛病等神经变性疾病的病理不无帮助。

C. CPEB合成的蛋白质会随着记忆的形成加强突触，这实际上就是"朊毒体活动"在发挥作用。

D. 由于可能的记忆存储机制已经发现，人类大脑中记忆活动的奥秘很快就会揭开。

4. 文中揭示的可能的记忆存储手段是什么？请简要回答。

【第8篇】阅读下面的文字，完成1～4题。　　　　　　　　　　　　　　　　【天津】

技术跨越发展是指后进国家吸收世界先进技术，开展自主创新，跨越技术发展的某些阶段，直接应用、开发新技术和新产品，形成优势产业，在技术和经济方面实现迅速追赶。

历史已经证明，技术跨越是后进国家追赶先进国家的必由之路。第一次产业革命以来，世界技术和经济中心从英国转移到德国，再转移到北美，无不是依靠技术创新实现技术跨越的结果。二次世界大战之后，日本大量吸收西方先进技术，并实施反向工程，向国际市场推出有竞争力的产品，从而实现了针对欧美的技术和经济赶超。到了 20 世纪 80 年代后期，日本在不少技术领域赶上或超过了美国，并成为世界第二经济大国。东亚的一些国家和地区仿效日本技术创新模式，也迅速发展成为新兴工业化经济体。斯堪的纳维亚诸国是技术相对落后的发达国家，但是，他们采用了跨越策略，现在一举成为电信产业先进国，出现了爱立信、诺基亚等世界知名公司，这些国家的社会信息化水平也名列前茅。

近年来，技术跨越策略也受到一些国际机构的重视。世界银行在其 1998～1999 年发展报告《知识与发展》中说，在知识成为战略性资产之日，正是由于存在着巨大的技术差距，<u>发展中国家遇到了迅速赶上发达国家的大好机遇</u>。在电信领域，吉布提、马尔代夫、毛里求斯和卡塔尔等发展中国家直接采用新技术，它们跨越了金属导线和信号模拟阶段，实现了电信网络数字化。而先进工业化国家仍有半数电话网络使用高成本的落后技术。

我们对绿色革命记忆犹新。绿色革命首先发生在南亚，是发展中国家利用世界知识宝库实现农业技术跨越的一个范例。绿色革命发祥地印度很快成为粮食、棉花和其他经济作物的出口国。由于推广绿色革命，亚洲和南美的粮食产量从 20 世纪 60 年代以来增加了一倍以上。

事实上，目前很多发展中国家都全面或者局部地运用了技术跨越策略。世界贸易组织前总干事鲁杰罗指出，因为发展中国家普遍运用跨越策略，世界经济力量正在从北向南和从西向东转移。英国和美国实现工业化所花的时间分别为 150 年和 100 年，而亚洲仅用了不到一代（三十年）的时间。约占世界人口 30％的 10 个发展中国家，在从 1980 年到 1995 年的 15 年内实现了人均收入倍增。世界银行预测，从现在到 2020 年，发展中国家的经济增长率可达 5％～6％，这意味着，它们占世界国内生产总值的份额，将从 1992 年的 16％提高到那时的 30％。这些数字说明发展中国家将通过技术跨越达到经济增长的高速度。

1. 下列对"技术跨越发展"有关内容的理解，不准确的一项是（　　）
A. 后进国家采用技术跨越发展策略，是追赶先进国家的必由之路。
B. 后进国家吸收世界先进技术是实现技术跨越发展的前提之一。
C. 后进国家直接应用、开发新技术和新产品，是技术跨越发展的目的。
D. 后进国家实现技术跨越发展，可以跨越技术发展的某些阶段，形成优势产业。

2. 文中作为发展中国家占世界国内生产总值的份额，将从 1992 年的 16％提高到 30％的依据，正确的一项是（　　）
A. 亚洲和南美的粮食产量从 20 世纪 60 年代以来增加了一倍以上。
B. 亚洲实现工业化仅用了不到美国所花时间的三分之一。
C. 约占世界人口 30％的 10 个发展中国家，在从 1980 年到 1995 年的 15 年内，实现了人均收入倍增。
D. 世界银行预测，从现在到 2020 年，发展中国家的经济增长率可达 5％～6％。

3. 下列对"发展中国家遇到了迅速赶上发达国家的大好机遇"这句话的理解，不准确的一项是（　　）
A. 由于存在着巨大的技术差距，发展中国家有着技术跨越发展的巨大空间。
B. 发展中国家大量吸收西方先进技术，可以向国际市场推出有竞争力的产品。
C. 由于存在着巨大的技术差距，发展中国家可以直接采用新技术，实现技术跨越发展。
D. 在知识成为战略性资产之日，发展中国家可以利用世界知识宝库，实现技术跨越发展。

4. 根据原文所提供的信息，以下推断不正确的一项是（　　）
A. 发展中国家实现技术跨越的结果，将造成先进工业化国家使用高成本的落后技术。
B. 后进国家与发达国家之间存在的巨大技术差距，是可以通过技术跨越发展来缩小或消灭的。
C. 后进国家可以通过技术跨越发展反超先进工业化国家。
D. 技术跨越发展策略的实施，将会使世界技术和经济中心再次发生转移。

**【第 9 篇】** 阅读下面的文字，完成 1～4 题。　　　　　　　　　　　　　**【重庆】**

人类对技术的乐观或悲观倾向由来已久，但普林斯顿大学历史学家爱德华·泰讷的说法可能会使你大吃一惊：技术不仅没有给人类缔造福祉，反而极大地报复了人类。

泰讷写道：就在我们欢庆又把自然世界的混乱削减了几分之时，我们制造的新机器开始脱离我们的控制，获得自身生命，通过"报复效应"让我们尝到屈辱的教训。

报复效应与副作用不同：副作用是坏的影响，例如，服用抗抑郁药会导致腹泻。而报复效应的影响也很坏，但坏得让人啼笑皆非：抗抑郁药让人变得更加抑郁。核能发电是一种有效的能源，但它会产生污染，这是一种副作用；然而切尔诺贝利核反应堆爆炸的发生，却是由于该电站在试验一种新的安全防护系统，这就是典型的"报复效应"。

泰纳拿出了许多事实证明他的论断。

火蚁是生活在美国东南部的一种毒蚁，因人被这种蚁咬伤后，会产生烧灼般的痛感，故名。伴随着DDT及其他强力杀虫剂的发明，美国政府曾于第二次世界大战后在东南部地区大量喷洒杀虫剂，试图一举灭绝火蚁。但30年后，政府不得不承认自己的失败。由于杀虫剂杀死了火蚁的各种天敌，事实上反而帮助了火蚁的繁衍。在这场人类技术对火蚁的大战中，技术被证明是它自身最大的敌人。

美式足球的头盔，最初设计时是用来在激烈的对抗中保护运动员头部的，但在引进赛场之后，却造成了大量脊柱受伤的事故，原因是运动员自动地把他们的新装备当作进攻的工具。旨在使足球运动更安全的技术实际应用起来，反而增加了该运动的危险性。

最熟悉的例子也许莫过于抗菌素的使用了。本世纪早期，在抗菌素研制方面所取得的突破使一些人乐观地预测说，长期以来困扰人类的一些古老疾病将被彻底消灭。而现在，抗菌素的大量使用使细菌的抗药性空前提高，我们面对一波又一波致命的"超级虫"，却拿不出新的抗菌素来击败它们！

根据同样的逻辑，围绕着一个城市所修建的道路越多，交通就越拥挤。

据澳大利亚的一份报告，在过去10年，电脑技术非但没有像人们期待的那样创造出无纸办公室，反而使纸张的耗费量增加了4倍。这份报告说，每名办公室人员平均一年要用掉30公斤纸。为了满足商界对纸张的需求，1995年澳洲有165万棵树被砍伐。报告说，70%的普通办公用纸被扔掉后，没有得到循环利用，而是被当作填埋凹地的垃圾。

技术反噬人类的事例，还可以举出许多。但我们与其把泰纳的说法当成一种绝望的声音，不如把它视为一种警告。日益复杂的技术文明常会带来无法预料的结果，这些结果与人们当初的良好愿望大相径庭。

然而无论如何，科学要向前发展，人类也日益进步。

1. 根据文意，下列对"报复效应"的理解，准确的一项是（　　　）

A. 技术不仅没有给人类缔造福祉，反而极大地报复了人类。

B. 我们制造的新机器开始脱离我们的控制，让我们尝到屈辱的教训。

C. 旨在解决现实问题的技术，反而使这些问题更加难以解决，并带来无法预料的后果。

D. 切尔诺贝利核反应堆由于试验一种新的安全防护设施，反而引起核反应堆爆炸。

2. 文章第四段说"泰讷拿出了许多事实来证明他的论断"，下列各项，不能证明他的论断的一项是（　　　）

A. 美国政府试图用杀虫剂灭绝火蚁，反而帮助了火蚁的繁衍。

B. 旨在使足球运动更安全的技术实际运用起来，反而增加了该运动的危险性。

C. 围绕着一个城市所修建的道路越多，交通就越拥挤。

D. 澳洲70%的普通办公用纸被扔掉后，没有得到循环利用，而是被当作填埋凹地的垃圾。

3. 下列对"我们与其把泰讷的说法当成一种绝望的声音，不如把它视为一种警告"这句话的理解，正确的一项是（　　　）

A. 我们不能因为泰讷的说法而对技术绝望，但应对技术可能带来的无法预料的后果保持警惕。

B. 泰讷的说法表现出对技术绝望的悲观倾向，我们对科学技术的看法应该是乐观的，但也应该吸取泰讷说法中的有益因素。

C. 我们一旦把泰讷的说法当成一种绝望的声音，也就起到了它的警告作用。

D. 泰讷的说法不是对技术绝望，而是对人类滥用技术的严厉警告。

4. 根据原文所提供的信息，以下推断正确的一项是（　　　）

A. 技术是人类创造的，最终却将毁灭人类。

B. 技术的报复效应虽然无法预料，却不能阻挡科学的发展和人类的进步。

C. 人类创造的每一项技术，都不可避免地产生报复效应与副作用。

D. 如果电脑技术进一步普及，将给澳大利亚的森林带来毁灭性的灾难。

【第10篇】阅读下面的短文，回答1～4题。　　　　　　　　　　　　　　【福建】

磁共振现象为成像技术提供了一种全新思路：将人体置于特殊磁场，用无线电射频脉冲激发人体内氢原子核，引起氢原子核共振，并吸收能量；在停止射频脉冲后，氢原子核按特定频率发出射电信号，并将吸收的能量释放出来，被人体外的接收器收录，经电子计算机处理获得图像。

许多原子核的运动类似"自旋体",不停地以一定的频率自旋。如果把物体放置磁场,原子核可以在磁场中旋转。磁的强度和方向,决定原子核旋转的频率和方向。在磁场旋转的原子核有一个特点,即可以吸收频率与旋转频率相同的电磁波,使原子核的能量增加;当原子核恢复原状时,就会把多余的能量以电磁波的形式释放出来;用适当的电磁波照射它,然后分析它释放的电磁波,就可以得知构成这一物体的原子核的位置和种类,据此绘制物体内部精确的立体图像。

水约占人体体重的2/3,在人体不同组织和器官中,水分比例不一样。有趣的是,许多疾病的病理过程会导致水分变化,而这种变化恰好能在磁共振图像中反映出来。因为水由氢和氧原子构成,氢原子能够起到类似显微指南针的作用。在身体暴露于一个强磁场,无线电波的脉冲传递到位后,原子核的能量便开始改变。在脉冲之后,原子核返回先前的状态,一个共振波便发射出来。这样,原子核振荡的微小变化就可以探测出来。通过先进的计算机编程,可以创建一个包括不同水含量和水分子运动的反映组织化学结构的三维图像。从而在被观察的身体部位产生非常清晰的组织或器官图像,有利于弄清疾病的病理变化。

由于磁共振成像与X射线、CT等原理完全不同,故对人体没有损害,几乎适用于全身各系统不同疾病的检测;尤其对颅脑、脊椎和脊髓疾病的检测,更能显示它优于CT。它可以不用血管造影剂即显示血管结构,故对血管、肿块、淋巴结和血管结构之间的鉴别更加独到。它对软组织的分辨能力高于CT数倍,能够敏感地检测出组织成分中水含量的变化,因而常比CT更有效亦更早地发现病变。磁共振成像技术的优越性,使得这项新的影像学技术越来越显示出强大的生命力。

1. 对"无线电射频脉冲"在磁共振成像技术中的作用,理解准确的一项是(　　)

A. 它在激发人体内氢原子核时,能引起氢原子核在磁场中旋转,导致原子核旋转频率的改变和共振的产生,同时吸收能量。

B. 它在激发人体内氢原子核时,能引起氢原子核在磁场中旋转,导致原子核旋转频率的改变和射电信号的发出,同时释放能量。

C. 它能激发人体内氢原子核,引起氢原子核共振并吸收能量,停止后,氢原子核会按特定频率发出射电信号并释放能量。

D. 它能激发人体内氢原子核,引起氢原子核共振和能量变化,停止后,射频脉冲会按特定频率把射电信号和能量释放出来。

2. 根据原文,下列表述不属于磁共振成像原理内容的一项是(　　)

A. 在磁场旋转的原子核可以吸收频率与旋转频率相同的电磁波,使原子核的能量增加。

B. 许多疾病的病理过程会导致水分变化,而这种变化恰好能在磁共振图像中反映出来。

C. 在磁场旋转的原子核恢复原状当时,就会把多余的能量以电磁波的形式释放出来。

D. 分析被电磁波照射后的原子核所释放出来的电磁波,就可得知该原子核的位置和种类。

3. 下列对"氢原子核能够起到类似显微指南针的作用"这句话的理解,正确的一项是(　　)

A. 当人体于特殊磁场中接受的无线电射频脉冲终止后,体内氢原子核能够导致水分的变化,反映身体疾病的病理过程。

B. 当人体于特殊磁场中接受的无线电射频脉冲终止后,体内氢原子核会发射出共振波,显示原子核振荡的微小变化。

C. 在人体于特殊磁场中接受无线电射频脉冲的前后,体内氢原子核便会产生微小振荡,发射出共振波。

D. 在人体于特殊磁场中接受无线电射频脉冲的前后,体内氢原子核能够通过磁共振图像反映出人体疾病的水分变化。

4. 根据原文所提供的信息,以下推断正确的一项是(　　)

A. 磁共振成像技术对软组织的分辨能力高于CT数倍,因此在磁共振成像技术中,人体氢原子核发出的射电信号和释放的能量也高于CT数倍。

B. 因为磁共振成像技术对人体没有损害,几乎适用于全身各系统不同疾病的检测,所以它一出现就替代了X射线照射、CT成像等疾病检测手段。

C. 许多疾病的病理过程会导致水分变化,因此人们生病后,只要注意饮水,调节人体的水分,就可以通过磁共振成像技术更好地诊断疾病。

D. 由于磁共振成像技术能产生反映组织化学结构的三维图像,因此它不仅使人类获得非常重要的疾病诊断工具,而且还会对外科手术的正确施行提供帮助。

【第 11 篇】阅读下面的文字，完成 1～4 题。　　　　　　　　　【湖北】

太 空 行 走

在地面上，行走是指用双腿克服地球引力，轮流迈步，从一处地面走向另一处地面。但在太空轨道飞行的失重环境中，失重将行走的概念完全搞乱了。在航天器密封座舱中行走，只要用脚、手或身体任何部位触一下舱壁或任何固定的物体，借助反作用力，就可以飘飞到任何想去的地方。座舱里充满空气，划动四肢也可前进，因此行走范围是立体的。

随着航天事业的发展，有大量工作需要航天员走出密封座舱，这是一件非常困难的事。太空是高真空、强辐射和极端温度环境，还有微流星体伤害，必须身着舱外活动航天服以保证生命安全，但也不能立即走出密封座舱，因为还要吸纯氧排氮。由于氧气助燃，容易引起火灾，所以密封座舱中一般不用纯氧，而用以氧、氮为主的混合气体。这样，航天员体内便存在大量的氮。这些氮不像氧和二氧化碳那样会与血红蛋白和缓冲物质起化学作用，而是物理地溶解在血液和脂肪组织中。目前，密封座舱中一般采用与地面相同的 1 个大气压，即 760 毫米汞柱，而舱外活动航天服一般采用 210 毫米汞柱压力。这样，穿上航天服后，体外压力降低，溶解在脂肪组织中的氮便游离出来。由于脂肪组织中的血液供应较差，流动量不大，不能将氮气迅速地通过血液带到肺部排出，因而会在血管内外形成气泡，堵塞血管，形成气胸。这就是减压病。为了防止减压病，必须在出舱前吸纯氧，使体内的氮气逐渐排出。吸纯氧的时间长短，根据密封座舱中氮的含量多少而定。若氮气与地面大气中的比例相同，即占 78.09％，则需要吸纯氧 3 小时。如果将舱外活动航天服的压力提高到 380 毫米汞柱以上，穿上它出舱行走，也不会产生减压病，但制造这种舱外活动航天服，不仅材料、工艺等方面的要求更高，而且会增加穿着后活动的困难。

在太空中，八面无着，双脚无用武之地，必须靠太空机动器来移动身体的位置。目前用的是喷气设备，安放在舱外活动航天服背部，叫喷气背包，通过三个自由度六个方向上的喷嘴喷气，以达到向任何方向运动的目的。另外，太空真空环境中没有空气传播声音，因此，在太空行走时，必须靠航天服背部的无线电通信背包与同事联系。困难还不止这些，比如，太空里没有任何参照物，人容易迷失方向，失去远近感。

当然，太空行走不仅仅是在太空轨道飞行时的行走，还有在其他天体上的行走。比如在月球上行走。登月航天员的经验告诉我们，由于月面没有空气，因而没有空气阻力，加上重力只有地球重力的 1/6，如果像在地球上那样双脚轮流迈步，走起来会轻飘飘的，一蹬地身体就会弹得老高，一步能跨出老远，感觉很别扭，还不如像袋鼠一样双脚并齐、向前踊跃蹦跳感到舒适。假如到木星那样巨大的行星上去，其比地球大 300 多倍的质量所产生的重力及其厚密的大气，将会使人动弹不得。

1. 下列对"太空行走"的理解，准确的一项是（　　）

A. 航天员在航天器密封座舱失重环境中行走，其范围是立体的，可以飘飞到任何地方。

B. 航天员在密封座舱外高真空、强辐射和极端温度环境中行走，靠太空机动器来移动身体。

C. 航天员在重力和大气环境与地球的重力和大气环境悬殊的月球、木星等其他天体上行走。

D. 航天员在太空轨道飞行的失重环境中和在重力、大气环境与地球悬殊的其他天体上行走。

2. 下列对防止减压病的方法的表述，不符合原文意思的一项是（　　）

A. 吸纯氧排氮或者提高舱外活动航天服的压力。

B. 吸纯氧排氮并且将舱外活动航天服的压力提高到 380 毫米汞柱以上。

C. 如果舱内氮气的含量与地面大气中的比例相同，则需吸 3 小时纯氧。

D. 将舱外活动航天服的压力提高到 380 毫米汞柱以上。

3. "随着航天事业的发展，有大量工作需要航天员走出密封座舱，这是一件非常困难的事。"下列对这句话的理解，不正确的一项是（　　）

A. 缺乏传播声音的空气，须借助无线电背包与同事联系。

B. 没有任何参照物，不易确定正确的方向。

C. 没有空气阻力，行走起来轻飘飘的。

D. 易遭受微流星体伤害，须身着舱外活动的航天服。

4. 根据原文所提供的信息，下列推断正确的一项是（　　）

A. 航天员在航天器密封座舱中行走，因为是在失重环境中进行的，所以可以"倒走横行"。

B. 在太空中，航天员依靠太空机动器来移动身体，因此可以飘飞到任何想去的地方，行走范围是立体的。

C. 航天员在月球上行走，由于没有空气阻力，重力也只有地球重力的 1/6，所以与地面行走一样，而且是"健步如飞"。

D. 假如借助科技手段消除了木星上厚密的大气带来的阻力，那么航天员在木星上行走就不会陷入"动弹不得"的窘境。

**【第 12 篇】**阅读下面的文字，完成 1～4 题。　　　　　　　　　　　　　　　**【浙江】**

和许多的生命现象一样，免疫系统也有两面性，它不但能排除外来因素的侵袭，又能因免疫系统的失控而导致疾病的发生。在免疫系统受损时，免疫力低下，机体易患病；但当免疫力过强时，也会导致疾病产生。

超敏反应（llypersen-sitivity response）指机体受同一抗原物质再次刺激后产生的一种异常免疫反应。诱发超敏反应的抗原称为过敏原（sensibiligen），如异种动物血清、各种微生物、寄生虫及其代谢产物、植物花粉和动物毛皮、青霉素、磺胺类药物以及染料、生漆和多糖等物质，此外受电离辐射、烧伤等影响，而使结构或组成发生改变的自身组织抗原，以及由于外伤或感染而释放的自身隐蔽抗原也可以成为过敏原。过敏反应是临床最常见的一种超敏反应，典型的如哮喘病，有明显的个体差异和遗传倾向。超敏反应又分很多类型，输血反应、新生儿溶血病、类风湿性关节炎等也都是超敏反应的表现。

正常人血清中可以有针对多种自身抗原的自身抗体，但它们的效价很低，因而不足以破坏自身正常成分，但却可以协助清除衰老蜕变的自身成分，故有人称之为"生理性抗体"。在健康人中，自身抗体出现的频率随年龄增长而增高。60 岁以后有 50％以上的人有自身抗体，如抗核抗体、抗线粒体抗体等。但是，自身免疫反应如果达到一定强度以致能破坏正常组织结构并引起相应临床症状时，就称为自身免疫病（anto-immune disease）。如包括全身性红斑狼疮、甲状腺功能亢进、类风湿病在内的自身免疫病有数十种之多。它的发病因素受到遗传、自身免疫调节机制、年龄、性激素等影响。其中，患者又以女性患者居多。不少自身免疫病目前尚无很有效的治疗方法，其中有些还严重地威胁着病人的生命。

免疫系统的完整性是机体免疫防御、自稳和监视功能的基本保证。但免疫系统的各个部分都可能发生缺陷，任何一个成分的缺失或功能不全都可导致免疫功能障碍，由此而引起的疾病称为免疫缺陷病（immunodeficiency disease）。由遗传因素或先天性免疫系统发育不全引起的免疫障碍称为先天性或原发性免疫缺陷，如原发性 B 淋巴细胞缺陷造成的无丙种球蛋白血症，特征是血循环中缺乏 B 淋巴细胞及丙种球蛋白。由后天因素而引起的免疫功能障碍称为获得性或继发性免疫缺陷，最典型的即艾滋病及一些恶性肿瘤。

1. 对"过敏反应"的解释，最准确的一项是（　　　）

A. 过敏反应是指输血反应、新生儿溶血病、类风湿性关节炎等临床最常见的疾病。

B. 过敏反应是由个体差异和遗传带来的一种临床最常见的超敏反应，如哮喘病。

C. 过敏反应是临床最常见的机体受同一抗原物质再次刺激后所产生的一种异常免疫反应。

D. 过敏反应是由异种动物血清、各种微生物、寄生虫、青霉素等过敏原诱发的超敏反应。

2. 根据原文，下列明显属于免疫力过强引起的疾病的一项是（　　　）

A. 衰老蜕变　　　　　　　　　　B. 类风湿病

C. 无丙种球蛋白血症　　　　　　D. 艾滋病

3. 下列对"因免疫系统的失控而导致疾病的发生"这句话理解错误的一项是（　　　）

A. 自身免疫反应达到一定强度就可能破坏正常的组织结构，引发某种自身免疫病。

B. 免疫系统的失控导致自身抗体出现的频率增高，引起相应的临床症状。

C. 免疫系统各个部分任何一个成分的缺失或功能不全都可导致免疫功能障碍。

D. 免疫系统发生的缺陷有可能导致艾滋病及一些恶性肿瘤的发生。

4. 根据原文所提供的信息，以下推断不正确的一项是（　　　）

A. 由于外伤或感染而释放的自身隐蔽抗原可以诱发超敏反应。

B. 在健康人中，青年人自身抗体出现的频率比老年人低。

C. 一般说来，患自身免疫病的男性比女性少。

D. 自身免疫病目前尚无有效的治疗方法，在临床上仍属不治之症。

**【第 13 篇】**阅读下面的文字，完成 1～4 题。　　　　　　　　　　　　　　　**【江苏】**

天然气（主要成分是甲烷）和水混合时产生的晶体物质，外貌极似冰雪，点火即可燃烧，故称之为"气冰"或"固体瓦斯"。它在自然界的分布十分广泛，海底以下 0 到 1500 米的大陆架和北极等地的永久冻土带都有可能存在，已探明的储量是传统化石能源（包括煤、石油、天然气等）的两倍。"气冰"可视为被高度压缩的天然气资源，每立方米能分解释放出 160～180 标准立方米的天然气。

专家认为，形成"气冰"至少要满足三个方面的条件。首先是温度，海底温度在 2℃ 至 4℃ 时，适合"气冰"的形成，高于 20℃ 则分解。其次是压力，在 0℃ 时，只需要 30 个大气压就可以形成"气冰"。如果在海底，海深每增加 10 米，压力就增大 1 个大气压。因此，海深 300 米就可达到 30 个大气压。海越深，压力越大，"气冰"就越稳定。第三是气源，海底古生物尸体的沉积物，被细菌分解会产生甲烷，或者是天然气在地球深处产生并不断进入地壳。在此情况下，天然气可在介质的空隙中和水生成"气冰"；甲烷分子被若干个水分子形成的笼型结构接纳，生成笼型固体结晶水合物，分散在海底岩层的空隙中。在常温常压下，"气冰"则分解为甲烷和水。

埋藏于海底岩石中的"气冰"，和石油、天然气相比，它不易开采和运输，世界上至今还没有完善的开采方案。有专家认为，开采这种水合物会给生态造成一系列严重问题。因为"气冰"中存在两种温室气体——甲烷和二氧化碳。甲烷是绝大多数"气冰"中的主要成分，同时也是一种反应快速、影响明显的温室气体。"气冰"中甲烷的总量大致是大气中甲烷数量的 3000 倍。作为短期温室气体，甲烷比二氧化碳所产生的温室效应要大得多。有学者认为，在导致全球气候变暖方面，甲烷所起的作用是二氧化碳的 10～20 倍。如果开采时甲烷气体大量泄漏于大气中，造成的温室效应将比二氧化碳更加严重。而"气冰"矿藏哪怕受到最小的破坏，甚至是自然的破坏，都足以导致甲烷的大量释放。这种气体进入大气，无疑会使地球升温更快。

另外，陆缘海边的"气冰"开采起来十分困难，至今尚没有非常成熟的勘探和开发的技术，一旦发生井喷事故，就会造成海水汽化，发生海啸翻船。此外，"气冰"也可能是引起地质灾害的主要因素之一。由于"气冰"经常作为沉积物的胶结物存在，它对沉积物的强度起着关键作用。"气冰"的形成和分解能够影响沉积物的强度，进而诱发海底大陆架滑坡等地质灾害。由此可见，作为未来新能源的"气冰"，<u>也是一种危险的能源</u>。"气冰"的开发利用就像一柄"双刃剑"，需要小心对待。

1. 下列对"气冰"这一概念的理解，准确的一项是（　　）

A. 是天然气和水在一定的温度和压力条件下与介质混合产生的晶体物质。

B. 是细菌分解海底古生物尸体所产生的以甲烷为主要成分的天然气，在介质中生成的固体结晶水合物。

C. 是天然气和水在一定的温度和压力条件下混合时产生的晶体物质。

D. 是天然气被水分子形成的笼型结构接纳，在地壳深处的空隙中与介质生成的笼型固体结晶水合物。

2. 下列对"气冰""是一种危险的能源"的理解，不正确的一项是（　　）

A. 和石油、天然气等能源相比，"气冰"在开采和运输过程中，可能给生态造成一系列严重问题。

B. "气冰"有利有弊，本身就像一柄"双刃剑"，从目前的情况看，"气冰"的危害远大于功用。

C. 如果开发"气冰"资源发生井喷事故，无论对海洋生态还是对海上航行，都会构成极大的威胁。

D. "气冰"在常温常压下会分解为甲烷和水，能够影响沉积物的强度，进而可能诱发海底地质灾害。

3. 下列解说，符合原文意思的一项是（　　）

A. "气冰"的气源有海底古生物尸体的沉积物被细菌分解后产生的甲烷，还有在地球深处产生并进入地壳的天然气。

B. 与温室气体二氧化碳相比，在导致当前全球气候变暖方面，"气冰"所起的作用决不比二氧化碳小。

C. 如果不进行人工开采，"气冰"矿藏就不会遭到破坏，也不会导致甲烷气体泄漏、增加温室效应。

D. 开发已探明的"气冰"资源比开采石油、天然气等传统化石能源困难，这是由陆缘海边的特殊地质条件决定的。

4. 根据原文所提供的信息，以下推断不正确的一项是（　　）

A. 如果拥有了完善的开采技术，储量巨大的"气冰"成为新一代能源是完全可能的。

B. 我国有辽阔的海域，根据地质条件分析，理论上应该有"气冰"存在的可能。

C. 开采过程中，必须确保"气冰"处于一定的压力状态下，以免甲烷气体泄漏。

D. "气冰"利用的前景广阔，但开采困难，短期内还难以找到开发的技术方法。

**【第 14 篇】**阅读下面的文字，完成 1～4 题。　　　　　　　　　　　　**【辽宁】**

20 世纪 80 年代，"网际互联协议"使得人们可以连接任意两台计算机，这样，一个巨大的网络——因特网——在全球蔓延开来。20 世纪 90 年代，随着"超文本传输协议"的出现，人们可以链接任意两个文件，这样，一个庞大的在线图书馆兼大卖场般的万维网在因特网上迅速形成。到了今天，新的协议又出现了，它就是"网格协议"。网格协议使得人们几乎能够链接与计算机有关的其他任何东西：数据库、虚拟和可视化工具，甚至是计算机本身的计算能力。

美国阿贡国家实验室的伊恩·福斯特说："人类正在迈向一个新的未来，计算机资源的实际位置已不再重要。"福斯特和南加州大学信息学院的卡尔·克塞曼是网格计算领域的先驱者，他们主张网格计算类似于电网，而且需要有一个协议来支持。这种协议是实现网格计算的基本条件，因为它能够保证异构系统工作起来像单一的系统那样协调，能够使家庭和公司的计算机有能力进入到网络中寻找和调用资源而_____。他们与其他人一起开发了 Globus Toolkit 这种能在各种平台上运行的网格计算软件，并使之成为实际上的网格计算标准，也就是网格协议。

克塞曼说："设想一下，如果你是一个应急小组的领导，正在处理一起重大有毒化学物泄漏事故，你可能想要了解事故的有关情况，如泄漏物中含有哪些化学物，预报的天气状况如何，它们对事故处理有什么影响，现在的交通状况怎样，它对疏散线路有什么影响……要在今天的因特网上找到这些问题的答案，是一件十分麻烦的事，因为登录步骤的繁琐和软件的不兼容随时可以使你陷入困境，而如果采用网格计算，问题的解决将变得易如反掌。网格协议不但为人们发现、访问和调用几乎所有的在线资源提供了标准的平台，而且也为安全和认证等要求提供了相应的解决方案。"

网格计算技术的最直接应用之一是网格计算机的研制和开发。目前，世界各地正在建造很多台网格计算机，它们都得到了许多行业巨头，如 IBM 公司、SUN 公司和微软公司等的大力支持。事实上，所有这些计算机都采用了 GlobusToolkit，拥有前所未有的计算能力，可广泛应用于遗传学、粒子物理学、地震工程学等领域。由美国国家科学基金会投资 8800 万美元建造的 Tera Grid 就是这样的一台网格计算机。它将在今年年底前建成，设计运算速度可达每秒 21 万亿次浮点运算，建成后将成为当今地球上运算速度最快的计算机之一。

由于福斯特和克塞曼对网格计算的巨大贡献，他们关于网格计算协议和标准的工作开始于 1995 年，因而，加利福尼亚通信和信息技术学院院长拉里·斯马尔和其他一些科学家称 1995 年为网格计算运动的起始年。福斯特和克塞曼的工作使得网格计算变得现实可行。随着网格计算技术的进一步发展，人们将能随时随地把整个网络整合成一台功能异常强大的超级计算机，实现计算资源、存储资源、数据资源、信息资源和专家资源等诸多资源的全面共享。

1. 下列有关"网格协议"的理解，不符合原文意思的一项是（　　）
A. 网格协议实际上是一种网格计算标准。
B. 网格协议使人们能够链接虚拟和可视化工具等许多东西。
C. 网格协议能够确保异构系统工作协调。
D. 网格协议能提供标准平台，但与计算机本身的计算能力无关。

2. 根据原文意思，下列各项中，最适合填入文中第二自然段横线处的一项是（　　）
A. 不在乎与对方的计算机是否连接　　B. 不在乎对方的计算机位于何处
C. 不在乎对方的资源是否在线　　　　D. 不在乎对方是否签署了网格协议

3. 下列各项中，最适合做文章标题的一项是（　　）
A. 网格计算技术及其应用　　　　　　B. 网格计算机与网络资源的全面共享
C. 网格计算机与网格计算技术　　　　D. 网格协议及网格计算方法

4. 根据原文所提供的信息，以下推断正确的一项是（　　）
A. 与网格计算相类似的电网是需要有一个协议来支持的异构工作系统，它工作起来像单一系统那样协调。
B. 网际互联协议和超文本传输协议都未能从根本上解决因特网上登录步骤繁琐和软件不兼容的问题。
C. 有了网格计算机，应急小组的领导就一定能够成功地处理重大有毒化学物泄漏等事故，从而减少事故造成的损失。
D. 今天的因特网由于没有网格协议的支持还不能应用于遗传学、粒子物理学和地震工程学等领域。

**【第 15 篇】阅读下面的文字，完成 1～4 题。**　　　　　　　　　　　　**【2003 年全国】**

人类正面临着全球变暖的挑战。联合国的一份报告向我们描述了气候变化产生的灾难性后果：森林消失和沙漠扩大，将使非洲成为受影响最广的地区；热带流行的疟疾和寄生虫病将向北蔓延，使欧洲出现流行病，地中海地区由于严重缺水会半沙漠化，滑雪运动在欧洲将荡然无存；在英国，肆虐的冬季风暴将变得司空见惯，东部的某些地方可能变得过于干旱而无法种植各类作物。另外，一些河流水量将大大减少甚至干涸，饮用水源遭到破坏；昔日绕道而行的台风将频频袭击日本，致使短时间内大量降水，洪水泛滥，城市淹没，山体滑坡，交通中断。而最为严重的影响，将是地球上数以百万计的人由于海岸线受侵蚀、海岸被淹没和农业生产遭破坏而被迫离开家园。

最新的一项研究表明，到本世纪末，地球平均气温将比现在升高 3℃。这一预测是以近年来地球气温升高的现象和温室效应为依据的。温室效应在物理学上是指透射阳光的密闭空间由于与外界缺乏对流等热交换而产生的保温效应。大气层中的二氧化碳是主要的温室气体，它可以减少地表热量向空间散失，使大气层保持一定的热能。二氧化碳在大气层中的含量直接影响着地表气温，当大气层中的二氧化碳增加时，地表气温就相应升高。科学认为，大气中的二氧化碳在地球环境的演化中起了极其重要的作用，如果没有大气层的保温作用，全球气温将为 -40℃，而现在全球平均气温为 16℃。科学家们预言，人类如不采取果断和必要的措施，到 2030 年，大气中二氧化碳的含量将比 1850 年工业革命时增加一倍。

导致大气层中二氧化碳含量上升的原因是显而易见的。工业革命开始以后，化石燃料（煤炭、石油、天然气）的燃烧量越来越大，使大气中二氧化碳的浓度不断增加。同时，雷击、虫害砍伐造成的森林火灾、草地衰退和森林破坏也使能够吸收二氧化碳的绿色植物遭到破坏。所以，要控制全球变暖，必须改变能源结构，大力植树造林。有科学家指出，只有以核燃料代替化石燃料，才能从根本上防止温室效应的加剧。

气候是人类赖以生存的条件，<u>全球气候变暖是人类自身活动所造成的灾难</u>。我们必须树立全球共同性的大气环境观念，为自身的生存和发展，爱护头顶的这片蓝天。

1. 下列对"温室效应"这一概念的理解，准确的一项是（  ）
A. 指由于与外界缺乏对流等热交换，能够受阳光的一定的密闭空间中所产生的一种保温效应。
B. 指二氧化碳等温室气体剧增以后，又与外界缺乏对流等热交换，从而使地表气温相应升高的效应。
C. 指在接受阳光的密闭空间中能够影响地表气温的二氧化碳增加，使地表气温相应升高的效应。
D. 指大气层中主要的温室气体，通过减少地表热量向空间散失，在特定密闭空间中产生的保温效应。

2. 根据原文，全球气候变暖带来的影响最严重的一项是（  ）
A. 河流水量减少甚至干涸，饮用水源遭到破坏，导致不少地区沙漠扩大，疾病流行。
B. 肆虐的冬季风暴将变得司空见惯，一些地区会因为过于干旱而无法种植各类作物。
C. 数以百万计的人因海岸线受侵蚀、海岸被淹没和农业生产遭破坏而被迫离开家园。
D. 台风频频袭击，致使短时间内大量降水，洪水泛滥，城市淹没，山体滑坡，交通中断。

3. 下列对"全球气候变暖是人类自身活动所造成的灾难"这句话的理解，不正确的一项是（  ）
A. 世界各国迟迟不采取果断和必要措施，不改变能源结构和大力植树造林，以致大气层的温室效应越来越严重。
B. 1850 年工业革命以来，大量开采和燃烧煤炭、石油天然气等化石燃料的结果，大大增加了大气层中温室气体的含量。
C. 由于人类无限制的破坏，地球上大片森林和草地急剧消失，沙漠进一步扩大，使得地表气温也随之不断升高。
D. 因雷击和虫害而造成的森林火灾，草地衰退，导致能够吸收二氧化碳的植被日益减少。而人类对此却束手无策。

4. 根据原文所提供的信息，以下推断不正确的一项是（  ）
A. 非洲是受全球变暖影响最广的地区，人类如果能从根本上防止温室效应的加剧，那么非洲因此而受益的面积也将最广。
B. 一旦人类能够控制大气中二氧化碳的含量，从根本上防止温室效应加剧，那么滑雪运动在欧洲将能继续，台风将远离日本。
C. 为避免增加大气层中二氧化碳含量，一些科学家主张用核燃料替代化石燃料，可见使用核燃料不会产生二氧化碳。
D. 假如大气层中二氧化碳的浓度持续降低，全球气温就有可能持续降低，人类也许将面临另一场全球变冷的挑战。

【第 16 篇】阅读下面的文字，完成 1～4 题。　　　　　　　　　　【2002 年全国】

### 沙　尘　暴

人类总是依据自身的利益评价外部事物，将之分成优劣好坏，而大自然则另有一套行为规范与准则。现在人们闻之色变的沙尘暴，即由于强烈的风将大量沙尘卷起，造成空气混浊，能见度小于千米的风沙天气现象，其实古已有之。它本是雕塑大地外貌的自然力之一，是大自然的一项工程，并且在全球生态平衡中占有一席之地。

在地质史上，风力对草原带的风化物质进行筛选分类：凡搬不动的粗大砾石，留在原地形成砾石戈壁滩；颗粒适中的粗沙和细沙被吹移到附近就聚集成沙漠；颗粒微小的粉沙细土和微尘，则被强上升气流扬上天空，作中长距离的输送。我国黄土高原的黄土层就是沙尘经数百万年堆积而成的，华夏文明就是在这块沙尘累积的黄土地上诞生和发展起来的。澳大利亚的沙尘乘着南半球的西风掠过塔斯曼海，使新西兰火山岛上的土壤更为肥沃，因而被称作"澳大利亚出口的珍贵产品"。从非洲内陆吹向地中海的强风帮助古罗马人使用帆船从埃及运回小麦，但也将撒哈拉大沙漠的沙尘带到意大利、西班牙和法国。沙尘暴固然使空气中的可吸入颗粒物增加，然而由于沙尘含有碱性，又可中和大气中酸性物质，减缓酸雨的发生。

风是地球上空的传送带，它将大陆的沙尘吹向海洋，又将海洋的水汽吹向大陆。沙尘和水汽相遇，便能结合为云，最终化作降水。可见，沙尘不仅在土壤的分布和补充上扮演着重要角色，而且在全球的水循环上也扮演着重要角色。可以说，<u>沙尘也是决定全球生态平衡的因子</u>。

然而，近百年来，沙尘暴却已成为影响人类生产生活的一大灾害。构成我国沙尘暴的物质材料，多来自干旱、半干旱的草原区。在人为活动的干预下，特别是由于森林大量砍伐，土地过度开垦，工厂盲目建设，排放不加控制，结果造成生态巨变：原来有沙漠的地方沙漠扩大了；没有沙漠的地方沙漠产生了；内陆河流程缩短，水量减少，沼泽地消失；河流两岸的绿色走廊枯萎死亡。这样，来自大西北的沙尘暴，一路上还源源获得裸地上新的沙尘源的补充，而且混入了工矿企业排放的有害成分和来自草原上牲畜粪便中的病菌病毒。总之，在受到人为因素的干扰后，自然界的风蚀速度已远远大于土壤的生成速度，一连串的灾害也就由此产生。

歌德说过："大自然是不会犯错误的，错误永远是人犯下的。"这或许能给我们某种启示。

1. 下列对沙尘暴的解释，最准确的一项是（　　）

A. 沙尘暴是由于风将大量沙尘卷起，使空气混浊，能见度小于千米的风沙现象。

B. 沙尘暴是雕塑大地外貌的自然力之一，是大自然保持全球生态平衡的一项工程。

C. 从地质史上看，沙尘暴是风力对草原带有的风化物质进行筛选分类的结果。

D. 沙尘暴是那些颗粒适中的粗砂和细砂被大风吹移到附近就地聚集成沙漠形成的。

2. 下列对"沙尘也是决定全球生态平衡的因子"这句话的理解，错误的一项是（　　）

A. 沙尘这种天气现象古已有之，它在全球生态平衡中起着一定的作用。

B. 沙尘逐渐积聚形成沙尘暴，在全球范围内起了保持生态平衡的作用。

C. 沙尘含有碱性，能使大气中的酸性物质得到平衡，从而减缓酸雨的发生。

D. 沙尘不仅在土壤的分布和补充上，而且在全球水循环上也扮演着重要角色。

3. 下列对沙尘暴灾害加剧的原因，表述不正确的一项是（　　）

A. 强上升气流把颗粒微小的粉沙细土和微尘扬上天空，作中长距离的输送。

B. 森林大量砍伐，土地过度开垦，工厂盲目建设，排放不加控制，造成生态巨变。

C. 沙尘暴中混入了工矿企业排放的有害成分和来自牲畜粪便中的病菌病毒。

D. 在受到人为因素的干扰后，自然界的风蚀速度已远远大于土壤的生成速度。

4. 根据原文所提供的信息，以下推断正确的一项是（　　）

A. 沙尘暴曾给新西兰、意大利、法国等国家带来好处，因而必将被人类所利用。

B. 风将大陆的沙尘吹向海洋，又将海洋的水汽吹向大陆，这将会使海平面逐渐升高。

C. 既然是人为因素加剧了沙尘暴的危害，人类也就完全有能力减少这种灾害的发生。

D. 大自然是不会犯错误的，因此人类应当顺应大自然，而不要企图去改变大自然。

**【第17篇】**阅读下面的文字，完成1～4题。　　　　　　　　　　　**【2001年全国】**

### 铜奔马正名

作为中国旅游标志的东汉铜奔马是1969年在甘肃武威出土的；据云当时被定名为"马踏飞燕"，也有学者引经据典，将其定名为"马超龙雀"。最后可能因为众说纷纭，无奈之下取名为"铜奔马"。"铜奔马"一名虽然简明扼要，但有马无燕，未惬人意。

最近有人在《光明日报》上撰文，更考定此物应名"飞廉铜马"。其根据有二：一是《后汉书·董卓传》中有"飞廉铜马之属"的记载，二是《三才图会》里的飞廉图，便是一只飞鸟"。愚意此说更属不妥。

首先，《三才图会》一书乃明朝嘉靖、万历间人所作，且《四库提要》认为其中采撰浩博，然间有冗杂虚构之病。其次，关于"飞廉"，注家多有出入。《墨子·耕柱》云："夏后启使飞廉折金于山川。"《史记·

秦本纪》云："飞廉善走，父子俱以材力事殷纣。"以上两书显然认为飞廉是人。但是《淮南子·真训》高诱注："飞廉，兽名，长毛有翼。"《楚辞·离骚》王逸注："飞廉，风伯也。"洪兴祖补注："飞廉，神禽，能致风气。"可见飞廉到底是人是神，是兽是禽，古人也无定论。两汉之间神话颇多，汉代画像石中常有人骑神兽、驾神龙升天的景象，亦有骑马的形象，但神兽归神兽，马归马，在这些图案中各有其形。武威铜马是一件写实的作品，马足下的飞鸟亦然，所以很难将其与神话中的飞廉相提并论。至于《后汉书·董卓传》所说，当是飞廉归飞廉，铜马归铜马，非指一物，故文后有"之属"一词。

　　然而，武威铜马足下确有一鸟，其象征之意为人所关注。一提到马，人们很快想到奔腾如飞，而飞燕的速度同样也是毋庸置疑的。历朝多有以燕喻良马之诗文，如南朝沈约诗有"紫燕光陆离"句，注："紫燕，良马也。"梁朝简文帝诗云："紫燕跃武，赤兔越空。"二句中赤兔指良马，紫燕亦指良马。李善注谢灵运诗云："文命自代还，有良马九匹，一名飞燕骝。"在古代，武威铜马足下的飞燕无疑是用来比喻良马之神速，这种造型让人一看便知其意，所以铜马应直截了当取名为"紫燕骝"或"飞燕骝"，此名恰合古意，最为雅致贴切。

　　1. 以下不属于作者为铜奔马正名的原因的一项是（　　　　）
　　A. 作为中国旅游标志的东汉铜奔马，其名称一直众说纷纭。
　　B. "马踏飞燕"、"马超龙雀"二名跟铜奔马造型相合，但未被采用。
　　C. "铜奔马"一名中虽然有奔马，但是没有飞燕，不能令人满意。
　　D. "飞廉铜马"一名，比起"铜奔马"、"马踏飞燕"等更逊一筹。
　　2. 以下不属于作者否定"飞廉铜马"一名时所用证据的一项是（　　　　）
　　A. 《三才图会》一书撰作时代太晚，且有冗杂虚构之病。
　　B. 飞廉是人还是神，是兽还是禽，古人的说法并不一致。
　　C. 两汉之间神话颇多，汉代画像石中就有人骑神兽、神龙的景象。
　　D. 《后汉书·董卓传》"飞廉铜马之属"中，飞廉和铜马应是两物。
　　3. 对原文最后一段中有关内容的理解，正确的一项是（　　　　）
　　A. 从古到今的诗文中，有许多用燕子比喻良马奔腾如飞的例子。
　　B. "二句中赤兔指良马"的"二句"指"紫燕光陆离"、"紫燕跃武"二句。
　　C. 铜奔马足下有一鸟，文中透露出这种造型的用意表明奔马速度快于飞燕。
　　D. 作者认为，"紫燕骝"、"飞燕骝"的名称符合古人原意，又切合铜奔马的造型。
　　4. 根据原文所给的信息，以下推断不正确的一项是（　　　　）
　　A. 《四库提要》虽然比《三才图会》晚出，却是一部权威性的著作。
　　B. 高诱、王逸、洪兴祖三人都是我国古代学问渊博的注释家。
　　C. 在汉代画像石中，凡是有人骑马形象的图案，就不属于神话故事。
　　D. 在体会古人创意这一点上，"飞廉铜马"和"紫燕骝"两个命名是相似的。

# 专题六

# 文学类文本

## 第一节　考纲定位

### 一、考纲规定

《2012 年普通高等学校招生全国统一考试新课程标准语文科考试大纲》对于文学类文本阅读考点的规定是：阅读鉴赏中外文学作品。了解小说、散文、诗歌、戏剧等文学体裁的基本特征及主要表现手法。文学作品的阅读鉴赏，注重审美体验。感受形象，品味语言，领悟内涵，分析艺术表现力；理解作品反映的社会生活和情感世界，探索作品蕴涵的民族心理和人文精神。

1. 分析综合 C【指分解剖析和归纳整理，是在识记和理解的基础上进一步提高了的能力层级】

（1）分析作品结构，概括作品主题。

（2）分析作品体裁的基本特征和主要表现手法。

2. 鉴赏评价 D【指对阅读材料的鉴别、赏析和评说，是以识记、理解和分析综合为基础，在阅读方面发展了的能力层级】

（1）体会重要语句的丰富含意，品味精彩的语言表达艺术。

（2）欣赏作品的形象，赏析作品的内涵，领悟作品的艺术魅力。

（3）对作品表现出来的价值判断和审美取向作出评价。

3. 探究 F【指对某些问题进行探讨，有见解、有发现、有创新，是在识记、理解、分析综合的基础上发展了的能力层级】

（1）从不同的角度和层面发掘作品的意蕴、民族心理和人文精神。

（2）探讨作者的创作背景和创作意图。

（3）对作品进行个性化阅读和有创意的解读。

### 二、考点解读

文学类文本阅读主要考查散文或小说的阅读，而以中国现代散文为重点。一般采用主观性试题。4 题 25 分，双选 1 题 5 分，问答 3 题共 20 分，其中有一道探究性试题。

分析文章的结构就是弄清文章的段落层次、开头结尾、过渡照应等问题，把握行文思路。概括作品主题考查的是对具体内容的概括能力。

小说的人物、情节、环境三要素，散文"形散神聚"的特点，戏剧的矛盾冲突，诗歌的凝练、抒情性、形象性，文体特征是阅读解题必须思考的因素。

《考纲》所说的表现手法是指包括修辞手法、表达方式在内的艺术手法，主要考查其表达效果。

"重要语句"通常指：①结构比较复杂，对理解文章有影响的语句；②即人们常说的

"文眼"中心句、总结句、过渡句等；③内涵较为丰富的语句。品味精彩语句的表现力，就是分析这一类语句的修辞作用。

欣赏形象通常指通过什么手法刻画了什么形象，通过什么形象抒发了什么情感。作品的内涵，通常是指作品中表现出来的观点、思想感情倾向。

文学经典往往是时代精神的折射，民族精神的体现，甚至是通向全人类的普遍文化心理。文学形象具有包孕性，这就使得文学作品呈现出多层次的丰富意蕴，读者视角在历史、哲学和审美三个层面的转换，往往可以发现新意蕴。个性化阅读就是要求考生充分调动自己的生活经验和知识积累，探究文学作品的丰富意蕴。

考查的能力点有：分析作品结构，概括作品主题；分析作品体裁的基本特征和主要表现手法；体会重要语句的丰富含意，品味精彩语言的表现力；鉴赏作品的形象、内涵，领悟作品的艺术魅力；对作品表现出来的价值判断和审美取向作出评价；从不同的角度和层面发掘作品的丰富意蕴；探讨作品中所蕴涵的民族心理和人文精神；对作品进行个性化阅读和有创意的解读，并能在感悟体验文本的基础上独立思考并提出自己的见解。

## 第二节　高考文学类文本阅读答题技巧

### 一、文学类文本阅读必须确立的意识

1. 立足文本的意识

为了确保试题的信度，命题人会着重考查考生理解文章主旨与作者要表现的主旨是否一致，考查考生揣摩文章在选材、构思、技法运用等方面的匠心和作者写作时的用心是否一致，因而这类题目虽然以主观题的形式出现，但答案基本是客观的，观点在作者，答案在文中。所以，在解题时必须立足文本，遵循"答案就在文本中"这一"黄金法则"，着力于确认整合文本信息，切忌凭借已有的阅读和人生体验，先入为主，随意阐发。

2. 主题先行的意识

从写作的角度来看，作者精心选材、着力构思、巧用技法，其用意都在于表现主题，突出主题，因而一篇完整的文章，主旨必然统率材料并影响其他方面。因此，在解题时，一定要有主题先行的意识。只有准确把握了文章的主题，才能在答题时不至于离题万里，有时即使回答不全面，也能把握主要部分。

3. 紧扣语境的意识

托物言志类散文，要明确：所托何物、该物有何特点、借此物言何志；借景抒情类散文，要明确：所写景物有何特点、借景物抒发了什么感情；微型小说，要明确：情节安排有何特点、环境描写如何、人物有何性格、借人物表达了什么主旨。

无论是对关键词语、重点句子的含义的理解，还是归纳内容要点、概括中心意思，抑或是鉴赏文学作品的形象、语言和表达技巧，都必须紧扣语境，在具体的语境中寻找答题依据，整合有效信息，从而组织出符合要求的答案。

### 二、文学类文本阅读的技巧

1. 学会以文解文，尽量从原文中抽取词句组织答案

问题从文章中产生，答案也一定隐藏文中。解题时要时刻记住从文章本身去思考，去搜索答案。切不可先入为主，主观臆断。即使有一些题明确要求用自己话回答，也是对文段中有关词句的组合或转化。

2. 重视文段阅读

文章总是要围绕一个中心，分为几层意思，一层一层表述。一个文段也是这样，它相对独立完整，许多考题就是针对文段设置的。要能够抓住文段中心句，尤其是段首、段尾句。

3. 读懂题目要求，明确答题角度

题干本身往往就提示了阅读区间、解题思路、答题角度，所以必须认真阅读题目，确定好思考角度，不能文不对题，答不对问。

4. 列出答题要点

例如理解"表达技巧及其作用"题，要注意三个方面：一是使用了什么方法（修辞或表现手法），二是表达了什么内容，三是收到了什么效果。

5. 筛选与整合题要抓标志性词句

这些语句有显性指代语、理性总结语、过渡衔接句等。整合的方法有：有效文句迁移法、关键词句合成法、深层信息提炼法等。

## 三、文学类文本阅读的解题步骤

1. 投石问路扫文题

首先目扫全文，确体裁、明大意，其次看题目考什么，时间一两分钟即可。目的是带着文体的一般常识和要求去读，这样能很快把握文体结构和内容。在内容上要抓住文中如何具体通过记人、叙事、描景、状物、阐理来表达什么情感，什么思想。

2. 曲径通幽勾要点

通读全文，从标题、作者到正文，到后面的注释，边边角角都要看完。边读，边把重要语句用符号标出来。文学讲究含蓄曲折，而试题往往触一发而动全身，故要紧抓文中的人、事、景、物、情五要素，从语言入手，逐段逐层阅读。

文学作品考查的重点在于正确把握、鉴赏作品的主要文意、观点及写作技巧，读时就要抓住这些。画出体现思路线索、情态的词语以及议论、抒情性语句。特别是要：

① 抓悬念句（设置矛盾，提出问题）来追根溯源；

② 抓提挈句（概括提起）使纲举目张；

③ 抓序数词，理清思路；

④ 抓比较对比，归纳主题；

⑤ 抓象征法，特别是托物言志、借景抒情的这类散文要从景、物的外表特征去感受蕴含的精神本质，然后扣住文中揭示精神的句和段，从而弄明白文章思路和文意。

3. 按图索骥细解题

一般说来出题者都会尊重人们的阅读规律，由浅入深、由点到面来出题，故答题要依序进行。

（1）审题干，明要求。

应反复琢磨题干，多读两遍，力求全面细致。明确答题范围（如题目规定"从全文来看"一般都要联系全文的主旨）和答题角度，好使答案与要求高度一致。题干限定了考生答题的内容，提示了思维的方向，审题切不可大而化之。应准备一支铅笔，在题干关键处作轻微的标志（答完后即擦去）。

（2）确定文中相关区域，圈点勾画出来。

解题时，要根据要求大致确定答题区域，逐字逐句推敲、揣摩。瞻前顾后，根据上下文作整体思考。一般讲答案就在原文，或明或隐，切不可凭空去想。多数答案从文中"抠得出"，应尽量从原文中寻找答案，或减缩，或跳跃，或抽取，或归纳整理，或转化，或引申。要从原文中去寻找根据，找线索，找隐含信息。总之，尽量利用文中语句作为答题的基本材料，并与题目要求高度一致，即"按图索骥"。

（3）在草稿上写全、写顺，再加工后确定，写在答题处。

回答时可先打草稿，仔细审查，注意用规范完整（要点全、内容实、文句简）的语言来表述答案，并要检查有无错别字。在表述上应注意以下技巧：

① 力求分条作答。主要指两种情况，一是题目有几个小问题，那不同的几个小问题的答案要放在不同的段落，以示条理清楚；二是一个问题的答案如果有几个要点，那么各个要点最好用序数词标示出来。这样做的好处是让阅卷老师一目了然，对采分点不会有任何遗漏。

有些题目对此有明显要求，如果题干中有"分条作答""哪几个方面""哪些""哪几种""分别"等词语，那么就是提示考生要分条作答。即使没有明确要求，如果答案较复杂，要点较多，也要将答案分条列出。

注意由分值来推断答案给分点的数目。阅读题往往1分或2分对应一个给分点。如果分值是3分或3分以上，就需细心推敲给分点的数目，以求答案要点完备无缺。注意答案要点在内容上要独立，不可包容。

② 注意字数限制。有的题目对答案的字数有限制，如"不超过20个字""20个字左右""不少于20个字"等。需要明确，我们是在考语文，不是考数学。如果是考数学要求不超过20个字，那写5个字都是符合要求的；要求不少于20个字，那写100个字也是正确的。但是考语文就完全不一样。一般来说，命题者都是根据自己拟出的答案的字数来对考生提出字数要求的，"不超过20个字"最好写18个字左右，"20个字左右"最好写18～22个字，"不少于20个字"，一般写25个字左右，其他字数要求以此类推。如果考生的答案和字数要求相差甚远，那很可能遗漏了重要的采分点，甚至有时思考问题的角度都会错了。

③ 注意文通字顺。尽可能用原文作答，并与题干指向一致。可先在试卷上草拟答案，认真检查；语句不通顺的，要字斟句酌加以修改，力求文通字顺，表达流畅；如果有错别字，要改正过来。

## 四、文学类文本阅读的答题模式

模式一：词句含义类

（1）明确该词或句子所在位置。

（2）根据要求确定答题区间。思考角度为：

| 题干已明确答题区间 | 根据要求搜索上下文或全文 |
|---|---|
| 题干未明确答题区间 | 词句为文章题目，一般从全文搜索 |
| | 词句在文中某段落，根据其位置，搜索上下文或全文 |

（3）根据词句特点确定其含义，思考角度为：

| 含修辞的词语和句子 | 结合其修辞手法确定其含义 |
|---|---|
| 一般性词语或句子 | 结合该词语的词典义解释其在文中含义，结合该句子表层义解释其内在含意 |
| | 根据上下文的具体语境，解释该词语和句子的含义 |

模式二：作用（效果）类

（1）明确该词语或句子所在位置。

（2）解释词义或句义并确定其作用或表达效果。分析表达效果可以考虑以下角度：

| 表现人物心情 | 表达思想感情 |
|---|---|
| 体现人物性格 | 烘托人物气氛 |
| 描写生动形象 | …… |

模式三：结构（思路）类

（1）宜从文章结构形式到内容主旨再到思想感情，多角度思考。思考角度如下：

| 开头结尾的谋划 | 详略主次的安排 |
|---|---|
| 行文线索的贯穿 | 过渡照应的勾连 |
| 伏笔悬念的设置 | …… |

（2）结合文章内容主旨或思想感情分析其作用。一般用语有：

| | | |
|---|---|---|
| 篇首 | 统摄全篇，领起下文 | 奠定基调，渲染气氛 |
| | 设置悬念，埋下伏笔 | 开篇点题，照应题目 |
| 篇中 | 详略得当，主次分明 | 承上启下，贯穿全篇 |
| | 先抑后扬，对比映衬 | 文章铺垫，文章线索 |
| 篇尾 | 照应开头，呼应上文 | 深化主旨，卒章显志 |
| | 点明中心，升华感情 | 画龙点睛，言尽意远 |
| 其它 | 充实内容，寄托感情 | …… |

（3）选择恰当角度和作用的用语，从内容和结构两个方面作答。

模式四：归纳要点类

（1）应注意题干要求，是着重从全文归纳，还是就某一段或几段归纳，确定筛选归纳要点的区间。

（2）确定归纳要点的层数。从题目的分值看，4分多为2层，6分多为3层，考生可以根据筛选区间内的要点确定合适的层数。

（3）概括归纳要点并注意：①注意抓住各段的中心句；②注意承上启下的过渡句，按过渡句的提示写段意；③对于没有中心句的段落，要分析语句间的关系，分析把握其内容的重点尤其是关键词语；④分析归纳时，要整体把握，从全文出发，高瞻远瞩，不偏不漏，不纠缠于细枝末节。

模式五：表达方式类

（1）确认指定语段所用的具体表达方式。

（2）明确五种表达方式（记叙、议论、说明、描写、抒情）的具体分类及作用，以便答题时明确方向。如下表：

| | | |
|---|---|---|
| 描写 | 肖像描写 | 以形传神 |
| | 动作描写 | 表现人物性格特点 |
| | 语言描写 | 言为心声，表现人物性格特点 |
| | 心理描写 | 揭示人物内心世界 |
| | 景物描写 | 渲染气氛，烘托人物，寄托感情 |
| | 白描 | 简笔勾勒，简洁准确传神 |
| | 工笔细描 | 精雕细刻，纤毫毕见，具体生动 |
| | 细节描写 | 准确传神鲜明 |
| 议论 | 叙后议论 | 画龙点睛，点明题旨 |
| | 比喻论证 | 生动形象，通俗易懂 |
| 抒情 | 直接抒情 | 直抒胸臆，淋漓尽致 |
| | 间接抒情 | 寓情于景，情景交融 |

（3）确认所指定语段运用何种表达方式，结合文章具体分析。

**模式六：人称运用类**

可以针对某一人称的运用命题，也可以针对行文中人称的变化命题，或者针对称谓的变化命题。

（1）确认人称的运用或变化。

（2）了解每一种人称的作用，明确答题的方向。如下表：

| 第一人称 | 叙述亲切自然,便于直接抒情,能自由地表达思想感情,给读者以真实、生动之感 |
| --- | --- |
| 第二人称 | 呼告抒情,便于感情交流,增强文章的抒情性和亲切感。可以造成拟人效果 |
| 第三人称 | 能比较直接客观地展现丰富多彩的生活,不受时间和空间限制,反映现实比较灵活自由 |

（3）结合内容分析其具体作用。

**模式七：技巧运用类**

（1）确认所用表现技巧。

（2）明确常见表现手法的作用。如下表：

| 衬托 | 突出所要表现的事物特点 |
| --- | --- |
| 渲染 | 为行文设置铺垫,营造氛围 |
| 象征 | 通过某一具体事物来表现与之有某种联系的概念、思想感情。引申事理,形象而含蓄,耐人寻味 |
| 铺垫 | 为主要情节做准备或酝酿高潮到来之前的一系列非主要情节。它可以显示情节发展的必然性,增强作品的感染力和说服力;可以制造悬念,引起读者的兴趣和关注 |
| 扬抑 | 在变化的反差中突出事物,两相对照,形成起伏之势,给读者强烈印象,增强作品的艺术效果 |
| 悬念 | 在情节发展中设置某种疑端或矛盾冲突,使人产生关心事物发展或人物命运的心理活动,引人入胜 |
| 伏笔 | 对作品中将要出现的人物或事件在不大引人注意的地方预先作出暗示或提示,到适当的时机给予呼应,以收到前后连贯、结构严谨的效果 |
| 联想想象 | 联想想象经常在一起使用,可以使文章内容更为丰富,形象更丰满、生动,增添文章的艺术表现力 |
| 动静结合 | 动衬静,静衬动,起烘托作用,相得益彰 |
| 托物言志 | 假托某种具体事物来表达作者特定的主张或哲理。含蓄(把要抒发的感情、阐发的思想借助于对某事物或物品的描摹议论表达出来),能给人留下思考的余地和想象的空间 |

（3）明确所用表现手法并结合文句内容作答。

| 虚实结合 | 抓住重点,以实衬虚,或以虚衬实,突出事物的本质特征,从而更鲜明地刻画人物的性格,凸现事物、景物的特点,更集中地揭示题旨 |
| --- | --- |
| 借景抒情 | 通过景物的描写,来衬托作者或喜或悲的情感 |
| 开门见山 | 文章开头直入正题,不拐弯抹角 |
| 点面结合 | 叙写事件全过程是面,抓住某一特殊情节或细节是点,两者结合能反映出事物的全貌,又能突出重点,表达事件的普遍意义和特殊意义 |
| 以小见大 | 抓住最能体现大主题、看似平凡细小却包含典型意义和生活哲理的小事件来叙写,感人且具有社会意义 |

**模式八：修辞手法类**

（1）确认所用的修辞手法。这类语句作用题，首先要确认所用的修辞手法，在答题时点明所用修辞手法。

（2）明确答题方向。答题时，要明确每一种修辞手法的作用。一般说来，描绘类的修辞手法作用为使描写对象生动形象，主要有比喻、拟人、夸张；结构类的修辞手法作用为突出强调，主要有对偶、排比、反复；表达类的修辞手法作用为增强语气，主要有反问和设问。

（3）确认修辞手法，明确答题方向后，结合语句内容分析其具体作用。

| 比喻 | 生动形象,化无形为有形 |
|------|------------------------|
| 夸张 | 极力地表现,表达感情更强烈 |
| 拟人 | 人格化、生动化、形象化,表达亲切,有情趣 |
| 对偶 | 句式整齐,结构统一,有节奏感 |
| 排比 | 增强语言气势,一气呵成,突出强调 |
| 反复 | 强调作用,紧凑、有气势,表达效果强烈 |
| 反问 | 加强语气,表达鲜明,起强化作用 |

# 第三节  高考文学类文本阅读精讲解析

## 一、小说阅读

### （一）把握、透析小说的主题

文学作品的作用就是要感奋人、激励人、愉悦人，使人从中得到教益，所以正确把握小说的主题是评价文学作品最重要的环节，是实现小说社会功能的关键所在。在小说中，由于作者浓墨重彩皆泼洒于主要人物身上，因此，主要人物也就是"主题性人物"。在故事小说中，主要人物是故事的主角，他的际遇遭逢、命运归宿常常联系着社会生活的某种本质，显示着作品主题的价值。在性格小说中，主要人物是某种典型性格的代表和化身。这种典型性格及其生成发展的历史，是作品主题所要展示的内容。在心理印象小说中，主要人物是特定环境的主要感受者和由此产生的特定心理的主要反映者。主要人物的心理状态，往往具有对特定社会环境客观认识的普遍价值，是作品的主题所在。所以，把小说中的主要人物分析透彻了，作品的主题也就不言自明了。

小说的主题就是小说通过对现实生活的描绘和艺术形象的塑造所表现出来的中心思想。主题是小说的灵魂，分析小说的主题时，一要从人物、情节、环境出发，进行认真的考察。

### 1. 把握小说的人物形象

分析人物形象，就要分析作者对人物的描写——外貌描写、语言描写、行动描写、心理描写等方面来评价人物的性格特征，进而发掘各色人物的善恶美丑的精神世界，挖掘出作者在人物形象上积淀的爱憎之情。小说主要通过鲜明而独特的人物形象来打动读者、感染读者。小说中的人物并非就是现实中的"真人"，是作家经过典型化处理的"人"。所谓"典型化"，就是作家以概括现实生活、塑造典型形象的方法，对纷繁复杂的社会生活现象进行分析选择集中概括，剔除其中非本质的东西，突出其中本质的主要方面，并加以充分的想像和合理的虚构，以此创造出具有鲜明独特个性而又能反映一定社会本质的人物形象，达到反映生活、表达作者主观情感的目的。

人物在事件中的表现，需要通过各种描写方法来刻画。心理描写有助于揭示人物思想性格、烘托气氛、突出人物的精神世界等；细节描写也是揭示人物性格特征的一个重要手段，它通常包括人物言谈举止细节、生活情景细节、自然景物细节等。细节的最大特点就是"细"，这"细"包括两层意思：其一，它是生活中的细小事物；其二，对它的描写必须是细致入微的。另外，细节应当是典型的，能以一当十地反映生活及表现人物性格。语言描写，包括人物独白和人物对白的描写。人物语言描写要求个性化和本质化，即在用词、语气、表达方式上显出人物的性格特点、文化水平、思想修养、职业身份、内心世界等。为了达到这样的目的，在描写人物的独白、对话时，常适当加入一些关于人物的心态、声调和口吻的提示。如孔乙己的语言是独一无二的，他的"多乎哉？不多也""窃书不能算偷"打上了封建读书人的鲜明烙印。

在阅读小说时，可以从四个方面揣摩：

（1）重视小说中人物的身份、地位、经历、教养、气质等，因为他们直接决定着人物的言行，影响着人物的性格；

（2）将典型人物置于典型环境中去理解；

（3）通过人物的肖像、行动、语言、神情等方面分析人物；

（4）通过人物间的关系分析人物性格。

2. 理清小说的故事情节

在阅读小说时，要注意情节的设计如何有力地表现人物性格，情节的发展是否由人物性格的内在力量所推动，人物的行动和行动方式是否由其独特的性格决定。

作品的主题思想需要在情节的发展过程中展现出来，有的小说甚至有多条线索多种矛盾相互交错，要准确地理解作品的主题，必须理清作品的线索和情节。分析情节，要善于把握故事发生的开端、发展、高潮、结局这四个环节，并能概括各部分的要义，为提炼主题思想做准备。同时，我们还须从情节的发展中把握人物形象，因为情节是人物性格形成和发展的历史，在事件发展的过程中，才能显现出人物灵魂深处的东西来，离开了情节，就不知道人物怎样做事，也就无法分析人物性格特征。要了解人物性格，必须透过情节中发生的事情这种外在现象，去剖析现象背后的本质。

要分析情节，先要抓线索，情节的发展离不开线索的贯穿。《想讨一本书》这篇文章就是以"书"为线索贯穿全文，推动情节发展的。有时，故事情节比较复杂的文章还会有两条线索，如鲁迅的《药》就设置了两条情节线索。文章可以事物为线索，也可以感情或心理活动为线索。如巴金的《灯》开头是"窒闷"，中间有"心渐渐安定""呼吸也畅快了许多"，结尾有"对着山那边微笑了"，抓住了这些，文章的情节和思路就得到了整体把握。其次抓时空变化（或情节发展脉络）。例如阅读鲁迅的《祝福》，抓住祥林嫂几次来鲁镇的不同时空及其肖像言行的变化，就可以较准确地把握全文的情节和思路，进而把握祥林嫂被封建礼教一步步摧垮的深刻主题。

分析小说结构注意从概括段意入手，理清各部分之间的联系。开头和结尾是小说结构的重要部分，这两部分往往在全文中起引入、总领或总结的作用，明确了它们与前后文的关系，就能把握其基本思路。同时，要注意文中的过渡和照应。过渡，是指上下文之间的衔接转换；照应，是指前后文的关照呼应。一旦把握了小说的过渡与照应，文章的整体思路也就容易把握了。

3. 分析小说的环境描写

环境描写，包括社会背景、自然环境和人物活动的场所。人物的性格通过环境得以凸显，环境是为人物而设置的。小说中的人物是生活在特定的历史背景和特定的生活环境之中的，人物的思想感情总要打上时代的烙印，留下环境的痕迹。小说追求相对完整的人物形象塑造，就要着力于人物所处的环境的描绘，人与人之间所酿成的气氛和整体意境的形成，无不包含着某种真挚的思想情感。很多作品所浸含着的往往就是作者自己的情思和意绪。

环境是形成人物性格、促使人物行动的指定场所和范围。小说中的环境描写，有时是为了表现故事发生的时间、地点和社会条件，用于烘托人物活动的时代意义，有时是为了渲染气氛，从侧面表现人物的性格，它是整个作品中不可分割的构成部分，对于增强故事的真实性是至关重要的。因此在分析人物形象的时候也要分析环境，要连带写景的部分一起分析，可从五方面进行思考：①交代故事发生的时间地点；②暗示社会环境；③揭示人物心境，表现人物性格；④渲染气氛；⑤推动情节的发展。

（二）品味语言

阅读小说要充分注意它的语言特点和表现力量。要分析它怎样运用具体性的语言叙事描景，展开情节；更要分析它怎样在故事情节发展当中，运用性格化的语言刻画人物，通过典型人物的性格特征理解作品的主题。而且小说运用各种写作方法结构篇章，也都是通过语言来体现的，分析写作方法和篇章结构的表现力量，也都和分析语言的表现力量融合在一起，不能割裂。因而，把握小说中准确、鲜明、生动的语言，并且具体分析它的表现力量，是深刻理解小说思想内容的重要方法。小说中不同的表现手法、表达方式对语言的运用有不同的要求。一般地说，叙述要简明、流畅，描写要生动、形象，抒情要真切、感人，议论要精确、深刻。品味语言要做到：

① 仔细揣摩作者描绘环境、叙述故事、说明事物、刻画人物、发表议论、抒发感情等的叙述语言是如何构成一篇和谐完美的整体的；

② 充分体会作者叙述语言的客观性、含蓄性、形象性、生动性；

③ 认真品味作品中人物语言的个性化以及个性化语言是如何揭示人物性格特征的；

④ 学会正确审视作家的艺术语言，正确评价作家运用自己的艺术语言所形成的独特鲜明的语言风格。

（三）表达技巧

高考命题不会孤立地考查小说常用的表现手法，而是常常和小说"三要素"联系起来，考查表现手法对塑造人物、推动情节、烘托环境的作用。

"技巧"是指文章运用了哪些写作原理、规律和方法来表现文章内容的。它是作家驾驭文学语言、运用多种艺术表现方法及表达方式、修辞手段等等来构思文学作品，塑造文学形象时所表现出的熟练而又独具特色的艺术技能；对表达技巧的评价鉴赏，就是分析文章运用了哪些表达技巧，表达了什么内容，达到了什么艺术效果等。鉴赏的核心是审美，即挖掘作品中的美感因素，达到某种美感享受。对表达技巧的分析鉴赏，应从以下几方面去分析：

① 从表达方式角度。看各种表达方式是否运用自如，灵活多变；叙述人称的选择（第一人称第二人称的好处）；叙述顺序的安排（倒叙、插叙手法的运用及作用）；描写的特点（白描、细描、景物描写等的作用）；文中特有的表达方式（记叙、描写、说明、议论、抒情）是如何为作者表情达意、言事说理服务的。

② 从选材组材角度。看材料和中心的关系、主次详略是否得当，材料是否典型、真实、新颖、有力。

③ 从表现手法角度。看是否运用了象征法、对比法、衬托法、先抑后扬法、托物言志法、借景抒情法等手法，以及用它们塑造形象所起的作用。

④ 从结构安排角度。看是否开头结尾各有特色；是否结构严谨，完整匀称；烘托铺垫，前后照应；设置悬念，制造波澜；起承转合，曲折有致。

⑤ 从语言运用角度。看语言是否准确、简练、生动、形象；具有怎样独特的语言风格（幽默、辛辣、平实、自然、简洁明快、委婉含蓄、尖锐直露、冷峻深沉、热情澎湃等）；给读者哪些艺术审美情趣；文中所运用的各种修辞手法（比喻、比拟、反语、夸张、排比等）创造出什么样的意境，表达效果如何等。

## 二、散文阅读

散文，是作者运用生动形象的语言描摹社会生活中的人、事、景、物，深入挖掘其中的内涵、哲理，表达对自然、社会、人生感悟的一种文体。

散文的特点是"形散神聚"。形散包括三个方面。其一，取材自由：写人，记事，绘景，状物；其二，表现手法灵活多样：象征、衬托、对比；其三，表达方式不拘一格：往往以抒情为主，把叙述、描写、议论、抒情融为一炉。神聚是指散文的主题集中鲜明。

根据文章中心需要，散文的线索可以物为线，以事为线；可以人为线，以情为线；也可以时间为线，以地点为线。

散文鉴赏的重点除了和小说体裁一致的把握结构，理清思路外，更在于散文意境的体会。所谓意境，就是内情和外景水乳交融所达到的一种境界。深刻的思想和动人的情感要通过生动的画面和景物来表现。其表现形式有三种。

① 托物抒情。阅读这类散文要思考此物在全文中起了什么作用、作者为什么要写它、寄寓了什么样的思想感情。

② 融情于景。即把主观感情完全融合在写景的文字当中。在阅读中看到集中典型的景物描写，就要想一想这些景物有什么象征意义、寄托或渲染了作者什么样的情感。

③ 移物就情。作者铺写景物，一般是为议论抒情服务的。那么阅读时就要揣摩、体味其内情外景结合的妙处。

散文又称为"美文"。品味散文的语言美是鉴赏散文的一个重要方面。不同类型的散文其语言风格也不相同。有的蕴藉含蓄，有的热烈奔放，有的如话家常。鉴赏时要注意体会。

散文中的描写主要包括景物、人物描写等。景物描写，主要考意境描写的作用，答题时，重点是景物描写对表达作者或人物思想感情的作用，要严格区分小说景物描写与散文景物描写的不同（小说景物描写是渲染气氛或交代时令（季节），衬托人物；散文景物描写是直接表达作者的思想情感或主题的）；人物描写主要是考外貌、神态、动作、心理，有关细节描写的地方值得注意。人物描写主要是突出人物的思想性格。

# 第四节　五年高考文学类文本阅读精练

五年高考文学类文本阅读精练全面汇集了（2007～2011）十余年来全国各地的文学类文本阅读24道高考真题，题型广泛，内容丰富，充分学习与练习，不仅可以在高考中提高考生认知、审美能力，同时也可以培养考生的文学鉴赏能力。

## 吕丽高考语文讲堂·文学类文本·第1练　【2011高考6题】

**【第1套·新课标】**

阅读下面的文字，完成1～4题。（25分）

血的故事　林海音

南腔北调的夏夜乘凉会，一直聊到月上中天，还没有散去的意思。

大家被彭先生的故事迷住了。

彭先生是张医师的朋友。张医师最近常鼓励大家去验血型。大家都没有动过大手术，对于血的一切不够亲切。

今晚又谈到了血型。这位彭先生说，作为现代的国民，血型不可不验，而且它或许还有意想不到的妙用呢！

这时，钱太太开腔了："干脆说罢，我就怕验出是 AB 型的！"

钱太太所以这么说，实在也怪张医师，他曾说 AB 型是不祥之兆。

"我丈母娘就是 AB 型的。"这时，彭先生忽然冒出来这么一句话。钱太太"咯"地笑了："还管丈母娘的血型呢！"

张医师紧接着说："提到彭先生的丈母娘，你们别笑，这里还有段恋爱悲喜剧呢！倒是可以请彭先生讲给你们听。"

"谈起来，是五年前的事了，"彭先生躺在藤椅上，仰着头，喷着烟，微笑着，他倒真是在做甜蜜的回忆呢！"那时秀鸾在秘书室做打字员，天天从我办公桌的窗前经过。"

"你就拿眼盯着看！"有人插嘴。

"不错，我盯着她那会说话的眼睛，淘气的鼻子，甜蜜的小嘴儿……"

"结果认识了没有？"

"我们当然有机会认识啦！日子一久，我们就坠入情网了，互定终身。热带的小姐，实在另有她们可爱之处。"

"台湾小姐？"到这时大家才知道是位台湾小姐。

"糟糕的就在秀鸾是台湾小姐。"彭先生接着说。

"我知道，一定是聘金的问题。"有人说。

彭先生悠然地吸着烟，摇摇头："是我那位老丈人的问题！"

"我那老丈人真是铁打的心肠，任凭秀鸾怎么哀求，就是不许她嫁给我。"

"他认准了'外省郎'没好的。秀鸾跟她爸说，如果不答应，她宁可去死。老头子也说，你要嫁给那小子，我只当你死了。结果，秀鸾还是投进了我的怀抱。"

"但是关于你丈母娘的 AB 型呢？"这时钱太太又想起了这件事。

大家笑起来了，彭先生接着讲：

"我是很乐观的，我总以为我们结婚以后，一定会把我们翁婿之间的关系慢慢调整过来。可是一年下来，我的愿望始终就没实现，有时看着秀鸾挺着大肚子进去，就让我风里雨里站在门口，我真想冲进去。可是我心疼秀鸾，到底还是忍住了。"

"真惨！"林太太不胜唏嘘。

"倒是我那丈母娘会偷偷出来塞给我点心什么的。"

"有一天我独个儿上了老丈人家的门儿喽！"

"好大胆子！"有位先生插嘴。

"你以为我上门找打架哪，我是报告秀鸾入院待产的消息去了。大胖儿子生下了，算是又见了一代，可是我们的情形并未见好转，老丈人在他女儿面前连半个字都没问过我。"

"迭格①老泰山凶得来！"

"硬是要不得！"

"有一天，"这段回忆大概很有趣，彭先生自己也未语先笑了，"秀鸾匆匆忙忙回来了，慌慌张张地说：'爸爸病了！''什么病呀？''肠子！肠子要剪断！快走'！唉，我那铁石心肠的老丈人呀！也有一天柔肠寸断了！"

大家听到这里哄然大笑。林太太说："彭先生，你解恨了，是不是？"

"不敢！"彭先生虽然这么说，可是仍然可以看出他的轻松。"秀鸾说爸爸需要输血，但秀鸾是 A 型，小舅子是 B 型，丈母娘是 AB 型……"

"他们都不能给病人输血，买血要五百块钱 100CC，共需 300CC 一千五，秀鸾母女在着急。我对秀鸾说：'这样说来，你爸爸是 O 血型的喽？'秀鸾点点头。我说：'你何必着急呢！现成的大血人在这儿哪！我也是 O 型的呀！'"

"第二天，我那干巴巴的老丈人，一把拉住我的手，'你金家伙！你金家伙'……"

"你金家伙？是日本话，还是骂人的话？"

"'你金家伙'，台湾话'你真正好'也！我们爷儿俩的手紧紧地握着，两股热血交流，一切嫌隙都被血般的事实给溶化了！彭先生说到这里，向张医师挤了一下眼，微笑着，"所以，我要奉劝诸位，血型不可不验，它实在有意想不到的妙用！"

故事讲完了，大家觉得非常有趣，林先生首先说："血型不可不验，明天就去验。张医师，先给我挂个号。"

"对！对！血型不可不验。"大家同声地说。

（有删改）

【注】① 迭格：吴方言，意为"这个"。

(1) 下列对小说有关内容的分析和概括，最恰当的两项是（　　　）(5分)

A. 张医师紧接过彭先生的话，让彭先生讲述自己的恋爱悲喜剧，因为他事先知道彭先生的爱情故事很是生动曲折。

B. 台湾姑娘秀鸾与彭先生相爱，却遭到了她父亲的反对。为了捍卫爱情，她不惜牺牲亲情，以至于以死抗争。

C. "铁石心肠"的老丈人有一天"柔肠寸断"，这是他改变对女婿态度的起因，而这一情节设计是作者的匠心所在。21世纪教育网

D. 这篇小说借助人物之间的对话，讲述了一个与血型有些关系的婚恋故事；巧妙地传达了作品的内在意蕴。

E. 这篇小说的内容是关于南腔北调的外省人在台湾的爱情故事。小说带有浓郁的台湾风情，文笔诙谐而又细腻。

(2) 小说一开始就写乘凉会上"南腔北调"，这样写有什么作用？请简要分析。(6分)

(3) "外省郎"彭先生有哪些性格特点？请简要分析。(6分)

(4) 小说的题目是"血的故事"，但主要内容是围绕血型而展开的，如果以"血型的故事"为题，你认为是否合适？请谈谈你的观点和具体理由。(8分)

## 【第2套·广东】

阅读下面的文字，完成16～18题。(15分)

严 冬 海 猎   陈秉汉

① 风静了，天空像硕大无朋的冰块银晃晃闪着寒光。严寒的海面弥漫着乳白色的雾气。海肚天脚一片胭红。怕冷的夕阳像喝醉了酒，醉醺醺地没入暮霭中。这是霜冻的征兆。几十年未遇的寒流袭来，往日闹市般的海湾冷冷清清。

"海龙——"海滩那边传来渺远的呼唤声。

"哎——"礁石上赤条条地爬上一个十四五岁的少年。他迅速穿上一件赤褐色的渔民衣服。衣服又宽又长，过了膝盖，袖口也卷了几卷，分明是他爸爸穿过的。

一年四季，海龙喜欢在这里洗澡、潜水，即使这样的鬼天气也不例外。现在正是尖头鱼最肥最值钱的季节，海龙的爸爸有一种祖传捕鱼绝招，越是天寒地冻效果越好：深夜走到沙滩，仰头喝下一瓶酒，脱下衣服，跳进海里，尖头鱼便迎着热气游过来……可是爸爸出海，妈妈就心跳。所以爸爸不让海龙学这种原始的捕鱼法。但海龙觉得有趣，几次要跟着下海，被爸爸骂回来。最近爸爸连续几个晚上上下海捕鱼，风寒侵入肌体，生起病来，家里仅有的一点钱在药煲里化作一缕缕轻烟。欠下一屁股债。年关在即，爸爸躺在床上发愁。

听到妈妈的喊声，海龙跳下礁石，赤着脚板，沿着沙滩走回来。

一家人正围着低矮的桌子吃晚饭。爸爸舀了一碗粥汤，弓着腰，埋头就着番薯连皮带根艰难地咀嚼吞咽，不时停下来咳嗽。有时咳嗽得喘不过气来，妹妹便给他捶捶腰背。

海风穿过破屋石缝，像吹箫一样呜呜响。爸爸头也不抬地说："阿龙，天气这么冷，你别去耍海水了，弄出病来怎么办！"

"浸浸海水少生病，邻居老叔说的。"海龙抓了一个番薯端着碗到屋外吃，看看海边的天色变化。

天黑下来，爸爸咳嗽着躺下，妈妈和妹妹也上床睡觉了。海龙装作睡着的样子，等爸爸的咳嗽声和呻吟声渐渐静了，才蹑手蹑脚溜下床，溜到门外。

大海一片漆黑。墨蓝的苍穹缀满星星，洒下淡淡的星光。海滩像一片蒙蒙轻雾。海龙全副武装，用尖担挑着鱼篓、干柴捆，快步向海滩走去。他那稚嫩的脸蛋此刻十分凝重暗淡，和夜色融成一体。他不会喝酒，掏出两个还有些烫手的番薯，拍掉草木灰。连皮吞进肚里。他把尖担插在潮水线上，爬上礁屿，解开柴捆，划了几根火柴。柴枝熊熊燃烧起来，照得海面红光闪烁。他脱下衣服，迅速留下海里。深夜的海水不同白天，像冰一样。海龙感受到裂肌砭骨的寒冷。他没有反悔，没有退缩——爸爸忍受得了，自己为什么忍受不了！他咬咬牙，挥动双臂，捞水擦擦身体。敏感的尖头鱼已经感受到一团热气，它们笨拙地迎着热气游过来。海龙激动得心怦怦跳，忘记了寒冷，牙齿叼着鱼篓，双手左右开弓，左一条右一条，像捞漂浮在水里的萝卜，一一把它们丢进篓里。

海潮不断上涨。海龙随海水不断上浮，到插尖担的地方，鱼篓满了。要是爸爸便立即上岸小跑回家，钻进孩子们用体温焐热的被窝……不！此刻礁屿附近的尖头鱼还很多，他太舍不得离开了。可是鱼篓满

了，没地方放呀！他爬上礁石，添了柴火，拿过裤子，用石头把裤带砸成两段，一段把裤角扎牢，把篓里的鱼倒进去，再用另一段扎了口。海龙带着鱼篓又一次溜下海里，身子接触到密密麻麻的尖头鱼，他激动得热血沸腾，忘记了寒冷，忘记了饥饿，忘记了困乏，抓鱼的动作越来越快……他干狂了，干傻了，恨不得把海里的尖头鱼都抓进自己的鱼篓里。

后半夜，爸爸醒来发现海龙不见了，赶紧和妈妈向海滩寻来，一脚深一脚浅，跌跌撞撞呼唤着儿子的名字。妈妈一个趔趄，脚下好像绊着什么，软绵绵的，只见海龙光着屁股，倒在地上，旁边的担子一头是鱼篓一头是用裤子改装的袋子，都盛满银晃晃的尖头鱼。妈妈搀扶着海龙，爸爸挑起担子，一步一步走回家里。

海龙清醒过来，喝下一碗热水，钻进妈妈妹妹的暖被窝。冰冷的身子接触到妹妹，妹妹惊醒了，"哇"的一声大哭起来。妈妈说："哥哥捡回来好多好多的鱼哩。"妹妹揉揉惺忪睡眼，见地上许多尖头鱼，不禁破涕为笑。刺骨的寒风发出尖厉的哨音，穿过小屋的石缝溜走了，②黎明前的大海静了，静得像守着摇篮的母亲……

（选自《2004 年广东散文精选》，有删减）

16. 阅读文中两处画线部分的景物描写，请分别说明作者的描写意图。（4 分）

17. 文中海龙的父亲是一个什么样的人物形象？（4 分）

18. 海龙捕鱼时经受了考验，使他坚持下去的原因有哪些？（3 分）请结合全文分析其中的两个原因。（4 分）

## 【第 3 套·江苏】

阅读下面的文字，完成 11～14 题。（20 分）

### "这是你的战争！"　宗璞

① 昆明下着雪。红土地、灰校舍和那不落叶的树木，都蒙上了一层白色。几个学生从明仑大学校门走出，不顾雪花飘扬，停下来看着墙上的标语："这是你的战争！This is your war！"

② 前几天，学校举行了征调动员大会，盟军为中国抗战提供了大批新式武器和作战人员，由于言语不通，急需译员。教育部决定征调四年级男生入伍，其他年级的也可以志愿参加。

③ 历史系教授孟弗之从校门走出，他刚上完课。无论时局怎么紧张，教学必须坚持到最后一刻。一起走的几个学生问："做志愿者有条件吗？"弗之微笑答道："首先是爱国热情。英语也要有一定水平，我想一个大学生的英语水平足够对付了。"他看着周围的年轻人。谁将是志愿者？他不知道。可是他知道那些挺直的身躯里跳动着年轻的火热的心。

④ 弗之走了一段路，迎面走来几个学生，恭敬地鞠躬。弗之不认得。一个学生走近说："孟先生，我们是工学院三年级的，愿意参加翻译工作。"弗之想说几句嘉奖的话，却觉得话语都很一般，只亲切地看着那几张年轻而带几分稚气的脸庞，乱蓬蓬的黑发上撒着雪花，雪水沿着鬓角流下来，便递过一块叠得方整的手帕。一个学生接过，擦了雪水，又递给另一个，还给弗之时已是一块湿布了。

⑤ 雪越下越大了。弗之把那块湿布顶在头上，快步往回走。这时，一个年轻人快步跟上来，绕到前面，唤一声："孟先生。"弗之认得这人，是中文系学生，似乎姓蒋。他小有才名，文章写得不错，能诗能酒，也能书能画。"孟先生。"那学生嗫嚅着又唤了一声。弗之站住，温和地问："有什么事？"蒋姓学生口齿不清地说："现在四年级学生全部征调做翻译，我……我……"弗之猜道："你是四年级？""我的英文不好，不能胜任翻译。并且我还有很多创作计划……""无一例外。"弗之冷冷地说，并不看他，大步走了。蒋姓学生看着弗之的背影，忽然大声说："你们先生们自己不去，让别人的子弟去送死！"弗之站住了，一股怒气在胸中涨开，他回头看那学生。学生上前一步："只说孟先生是最识才的，叫人失望。"弗之转身，尽量平静地说："你，你无论怎样多才，做人是不能打折扣的，一切照规定办。"弗之走得很慢，自觉脚步沉重，回到住处时，只见院子里腊梅林一片雪白。

⑥ 此刻，弗之的外甥、生物系学生澹台玮正在萧子蔚老师的房间里。玮是三年级，但学分已够四年级。师生两人对坐在小木桌旁，讨论着生物学的问题。子蔚感到玮有些心不在焉，已有点猜到他的心思。待讨论告一段落，玮说："萧先生，我要做的事是和您说的。"子蔚微笑道："不是商量，是通知？"玮道："也是商量。"他停顿了一下，说："我只是觉得战场和敌人越来越近，科学变得远了，要安心念书似乎

很难。""可是你并不在征调之列。生物化学是新学科，需要人开拓，要知道得到一个好学生是多么不容易。我也很矛盾。"子蔚站起身，走到窗前。雪已停了，腊梅林上的雪已消了大半。玮也走到窗前，默默地望着窗外。过了一会儿，玮转身向着子蔚："我会回来的。""那是当然。"子蔚说。玮向子蔚鞠了一躬。子蔚向前一步，拉着他的手郑重地说："我尊重你的决定。"玮再鞠一躬，走出房间，回头说："萧先生，我去了。"子蔚默默地看着他下楼，又到窗前，看出了楼门，沿小路往腊梅林中去了。

（节选自长篇小说《西征记》，有删改，标题为选者所拟。）

11. 文中第3节师生问答的内容，与上下文的人、事叙写有何关联？（4分）

12. 文中的手帕细节描写表现了人物什么样的情感活动？请具体说明。（4分）

13. 孟弗之于蒋姓学生、萧子蔚于澹台玮的对话场景，对比鲜明，请从学生形象和对话情景两个方面加以分析。（6分）

14. 请探究文中自然景物叙写的深刻寓意，以及对表现人物的作用。（6分）

**【第4套·福建】**

阅读下面的文字，完成13～15题。（15分）

走进腾格里①（节选）　　学群

① 这是我第三次走进沙漠。每一次，沙漠总是让我变得跟一个小孩子似的。

② 先是骑在骆驼上往沙漠里走。就这样，沿着沙地的起伏一路走下去，把身后的那个世界远远地甩在沙漠以外，甩掉人身上一切多余的东西。

③ 晚餐就在沙地上进行。两只馒头，一瓶水，再加上一点取自沙漠的野菜，就这样几样东西。面包、水和盐，人的生活，最基本的无非就这几样东西。几千年几万年，真正支撑起人类历史的，也就是这几样。

④ 晚饭之后，夜色渐渐从沙地的低凹处爬上来，漫过沙丘，将天空也浸入其中。这不是一般涂抹在物体上的黑色，这是幽邃深远的晦暗，是亿万光年的未知领域。满天星光在闪烁。多少年不曾见过如此繁浩的星光，仿佛天空把这么多年的星光一齐拿到这里来闪耀。

⑤ 暗黑中，身子下面的沙丘仿佛在不断隆起，直到接近天空的高度。我仿佛是在地球的最高处，静静地、静静地面对浩瀚的星空。幽邃的夜空下，整张大地剩下来的就只有宁静，原来这宁静中有着永恒的东西。

⑥ 月亮升起来。这曾在千里之外照亮过童年的月亮，在李白的吟咏里传递千年的月光，有着嫦娥和桂花树的月亮。我们大老远地赶来，来到沙漠中间，就是为了这轮月亮！

⑦ 就像沙漠一样简单地面对，面对月亮，面对天空，很多年不曾这样静静地面对。天空是灵魂一样的蓝色，一轮明月就悬在灵魂中央。与身后无垠的宇宙相比，它是多么渺小。可是从那里传过来的光辉，却把大地照亮——对于我们来说，是这么辽阔的大地。月光就像浓情的乳汁，在地面上流淌。这喂养灵魂的乳汁！

⑧ 月光牵动人最深处最悠远的东西。早在生命出现之前，月光就已经牵动海潮；早在我们出现之前，月光就已经牵动母性的血液。现在，它是如此深刻地牵动我。我感到，我所要表达的，全都在那月亮上。你没法把你心里的东西说出来，月亮静静地把你要说的全部都铺在你面前。你一动，就有一道逶迤的线条跟着你。你每走一步，都把沙漠、把大地的起伏、把遍地月光牵动。

⑨ 在我驻足的沙丘上，月光显得特别明亮。明晃晃的沙地上，一只甲虫爬过的痕迹显得格外醒目，六条腿，每一条都拖着一道带痕。在我的眼里这就是一部沙之书，一部自然的圣经。在这里，一只虫子的吟咏，一缕风，一株草，还有这充塞天地间的宁静，都带着哲人的意味。

⑩ 月亮是地球的一个梦，是人冻结在天空的一个梦。

⑪ 沿着沙地的起伏往回走，人类的世界在地平线以下闪烁。城市就像大地上吵闹的星群。我知道，我还得回到那个世界里去，用自来水冲洗身上的汗渍和沙粒，然后把袜子和鞋穿上，用汉堡包、用啤酒填塞肠胃，用灯光和电视照耀空余的生命。我没有办法像那些虫一样一直生活在这里，不能像一根骆驼刺把根

扎在这里，甚至不能像一匹骆驼。我只能回到刚刚诅咒过的物质中去。不能留下，就把这里的天空，这里的沙漠，这里的夜装进胸间，带回去，让它照亮我的精神，让灵魂有一个呼吸的地方。

（摘自《生命的海拔》，有删节）

【注】① 腾格里：位于内蒙古西南部和甘肃中部边境交界处，面积 4.27 万平方公里，为我国第四大沙漠。

13. 下列对文章内容的概括和分析，不正确的两项是（　　）（5分）

A. 第②段"身后的那个世界"是指喧嚣的物质世界，不包括被扭曲的精神世界，因此，"一切多余的东西"指的是物质的东西。

B. 第④段连用"爬"、"漫"、"浸"三个动词来写沙漠夜色渐渐加深的过程和个人的感受，形象生动，让人有亲临其境的感觉。

C. 第⑦段写月亮与无限的宇宙相比虽然渺小，但它的光辉却可以照亮大地。作者借此暗示，人和大自然相比虽然渺小，但可以创造世界。

D. 作者用大量的笔墨写月光，突出了在宁静中，对大自然的永恒、人类历史文化的悠久以及生命意义的思考，内涵丰富。

E. 文章以时间为顺序，依次写了作者进入腾格里沙漠、沙地晚餐、月夜静观、从沙漠返回等片段，每个片段都写出了作者独特的感悟。

14. 文章第⑧段划线的句子"月光牵动人最深处最悠远的东西"这"最深处最悠远的东西"有哪些？请联系上下文谈谈你的理解。（4分）

15. 文章第⑪段表达了作者怎样的思想感情？请谈谈你的看法。（6分）

**【第5套·湖南】**

阅读下面的文字，完成15~18题。（20分）

想　飞　徐志摩

我们吃了中饭出来到海边去，云雀也吃过了饭，离开了它们卑微的地巢飞往高处做工去。瞧着，这儿一只，那边又起了两只！一起就冲着天顶飞，小翅膀动得多快活，圆圆的，不踌躇地飞，——它们就认识青天。一起就开口唱，小嗓子动得多快活，一颗颗小精圆珠子直往外唾，亮亮的唾，脆脆的唾——它们赞美的是青天。瞧着，这飞得多高，有豆子大，有芝麻大，黑刺刺的一屑，直顶着无底的天顶细细地摇，——这全看不完了，影子都没了！

飞。"其翼若垂天之云……背负苍天，而莫之夭阏者"，那不容易见着。我们镇上东关厢外有一座黄坭山，山顶上有一座七层的塔，塔尖顶着天。塔院里常常打钟，钟声响动时，绕着塔顶尖，摩着塔顶天，穿着塔顶云，有一只两只有时三只四只有时五只六只蜷着爪往地面瞧的"饿老鹰"，撑开了它们灰苍苍的大翅膀没挂恋似的在盘旋，在半空中浮着，在晚风中泅着，仿佛是按着塔院钟的波荡来练习圆舞似的。那是我做孩子时的"大鹏"。有时好天抬头不见一瓣云的时候听着猋忧忧的叫响，我们就知道那是宝塔上的饿老鹰寻食吃来了，这一想象半天里秃顶圆睛的英雄，我们背上的小翅膀骨上就仿佛豁出了一锉锉铁刷似的羽毛，摇起来呼呼响的，只一摆就冲出了书房门，钻了玳瑁镶边的白云里玩儿去，谁耐烦站在先生书桌前晃着身子背早上上的多难背的书！呵飞！不是那树枝上矮矮的跳着的麻雀儿的飞；不是那凑天黑从堂扁后背冲出来赶蚊子吃的蝙蝠的飞；也不是那软尾巴软嗓子做窠在堂檐上的燕子的飞；要飞就得满天飞，风拦不住云挡不住地飞，一翅膀就跳过一座山头，影子下来遮的阴二十亩稻田的飞，到天晚飞倦了来绕着那塔顶尖顺着风向打圆圈做梦……

飞。人们原来都是会飞的。天使们有翅膀，会飞，我们初来时也有翅膀，会飞。我们最初就是飞了来的，有的做完了事还是飞了去，他们是可羡慕的。但大多数人是忘了飞的，有的翅膀上掉了毛不长再也飞不起来，有的翅膀叫胶水给胶住了再也拉不开，有的羽毛叫人给修短了像鸽子似的只会在地上跳，有的拿背上一对翅膀上当铺去典钱使过了期再也赎不回……真的，我们一过了做孩子的日子就掉了飞的本领。但没了翅膀或是翅膀坏了不能用是一件可怕的事。因为你再也飞不回去，你蹲在地上呆望着飞不上去的天，看旁人有福气地一程一程地在青云里逍遥，那多可怜。而且翅膀又不比是你脚上的鞋，穿烂了可以再问妈要一双去，翅膀可不成，折了一根毛就是一根，没法给补的。还有，单顾着你翅膀也还不定规时候能飞，你这身子要是不谨慎养太肥了，翅膀力量小再也拖不起，也是一样难不是？一对小翅膀驮不起一个胖肚子，那情形多可笑！到时候你听人家高声地招呼说，朋友，回去吧，趁这天还有紫色的光，你听他们的翅膀在半空中沙沙地摇响，朵朵的春云跳过来拥着他们的肩背，望着最光明的来处翩翩地，冉冉的轻烟似地化出了你的视域，像云雀似的只留下一泻光明的骤雨——那你，独自在泥土里淹着，够多难受，够多懊恼，够多寒伧！

是人没有不想飞的。老是在这地面上爬着够多厌烦，不说别的。到云端里去，到云端里去！哪个心里不成天千百遍地这么想？飞上天空去浮着，看地球这弹丸在太空里滚着，从陆地到海，从海再看到陆地。凌空去看一个明白——这才是做人的趣味，做人的权威，做人的交代。

人类最初发明用石器的时候，已经想长翅膀，想飞。原人洞壁上画的四不像，他的背上掮着翅膀；拿着弓箭赶野兽的，他那肩背上也给安了翅膀。小爱神是有一对粉嫩的肉翅。挨开拉斯（Icarus）是人类飞行史里第一个英雄，第一次牺牲。安琪儿（那是理想化的人）第一个标记是帮助他们飞行的翅膀。人类初次实现了翅膀的观念，彻悟了飞行的意义，挨开拉斯闪不死的灵魂，回来投生又投生。人类最大的使命，是制造翅膀；最大的成功是飞！

（选自《中国现代散文选（1918～1949）》，人民文学出版社 1982 年版，有删节）

15. 简析文章第一自然段描写云雀的原因。（4 分）

16. 为什么只有"饿老鹰"成了"我做孩子时的大鹏"？（4 分）

17. 谈谈文中画下圆点句子运用第二人称的好处。（4 分）

18. 联系上下文，简析作者为什么说"是人没有不想飞的"，并结合现实，谈谈"想飞"的积极意义。（8 分）

## 【第 6 套·辽宁】

阅读下面的文字，完成下列问题。（25 分）

怪　　　人　　[乌拉圭] 比亚纳<sup>①</sup>

这是给牲口烙印的日子。早晨的阳光倾泻下来，照得人们头昏眼花。

在用横木和立柱造的宽大畜栏里，一群小牛犊踢打着蹄子，眼里冒着火光，在弥漫的尘烟中急得团团打转。从那激怒的神色看，这样被囚禁在里头，它们再也不能忍受了。

畜栏外面，准备套牲口前蹄的人排成两行，中间留一条通道。他们手握绳索，睁大眼睛，等待小牛出栏。

在畜栏的门旁，巨大的火堆熊熊燃烧，火焰冲天。

突然，套牲口的人拖出一头小牛来。当它走到场地上的时候，加乌乔<sup>②</sup>们发出一阵吼叫，吓得它发疯似的埋头奔跑起来。十几条套索在空中发着嗖嗖声，凶猛的小牛咆哮了一声，扑通倒在地上。勇士们一拥而上，把它捆缚起来，按在了地上。

"烙！"一个人叫道。

打烙印的人从火堆那儿跑了过来。

火红的烙铁烙得小牛毛皮发着吱吱的声响，冒出一股白烟，发出一股臭味。然后，小牛被解下绳索，身上流着血，疼痛而悲哀地跑开了。加乌乔们却又说又笑地走向火堆，去享受他们套捉牲口的奖赏——畅饮那杯美酒去了。

这种粗野而危险的活计，是加乌乔们最大的乐趣，他们从内心里感到高兴。但是在这一片欢乐的气氛中，只有马乌罗与众不同。他身体高大、粗壮，有点驼背，脑袋硕大，头发蓬乱，脸上最引人注目的特征是那个大鼻子：鼻梁高高地突起，在浓密的头发衬托下，就像是乱糟糟的黑色胡椒树丛中间的一座小石山。别人交谈的时候，他嘟哝；别人大笑的时候，他吼叫。

"烙！这回该你了！"伙伴们着急地冲着马乌罗喊道。

他气呼呼地回答："来了，哼！我又不是火车！"

转回来的时候，他嘟嘟囔囔，推搡着人群往前走，或给狗一脚，或给一个男童头上一掌，什么借口他都找得到。"这帮懒鬼！你们不知道给人让路吗？"

"你们给这个怪物让路！"有人这样应答。马乌罗头也不回，粗言恶语地骂他一句，全是难听的字眼儿。

老头儿马乌罗的为人一向如此：脾气暴躁，态度冷淡，出言不逊，像青槠梓一样苦酸。所以，人们都管他叫"怪人"。他那毛茸茸的狮子般的大头，他那被头发遮掩着的可憎的面孔，他那目光凶狠的小眼睛，他那嘶哑的嗓音和他那把总是插在腰间的长刀子，令人不禁感到几分敬畏。

他是从何处来的呢？没人知道。可能是从地狱里来的，也可能是从某个狮子洞里来的。谁也不知道他的身世，但是大家都猜想：他准是一个有着不幸经历的强盗。一个怪人，一个冷酷无情的人，一个心灵干枯、心似铁石的人。他经常冲着大家抱怨，而不对着某个人。

场地上忽然响起一阵可怕的叫喊。只见一头肢体伤残、秉性暴烈的四岁大公牛从地上爬起来，怒气冲冲地用蹄刨了刨地，接着痛苦而狂怒地向众人发起了攻击。加乌乔们大惊失色，恐惧地四处奔逃。那公牛三蹦两跳地蹿到火堆边。马乌罗还来得及躲开，他噌地一下爬到了畜栏的围墙上。

但是，当他回头看时，发现下面有一个男童，一个六岁的男童，一只手提着一只吐绶鸡，另一只手抱着一个南瓜，吓得脸色铁青，呆若木鸡。马乌罗毫不犹豫地跳下去，伸手把他抓住，高高地举过头顶，用自己的胸膛挡住了公牛的犄角。.

在场的二十个人异口同声地发出恐怖的叫喊，冒着红色火焰的木柴四处飞溅，烟雾弥漫，尘土飞扬，眼前的一切顿时变得模糊不清。

当公牛被两条绳索套着犄角从烟雾中拖出来的时候，大家才看清这幅惨景，都惊呆了。那男童站在被公牛冲毁的火堆旁，面色如土，但是安然无恙。有着不幸经历的怪人马乌罗却直挺挺地躺在地上，一动也不动；他的头枕着灰烬，结实的胸膛已经被公牛的凶恶犄角挑开。

（朱景冬译，有删改）

【注】① 比亚纳（1868~1925）：著名作家，其作品多取材于加乌乔的口头传说。

② 加乌乔：南美潘帕斯草原牧民的统称，意思是"孤儿"、"流浪者"，性格强悍而狂放。

(1) 下列对小说有关内容的分析和概括，最恰当的两项是（　　）(5分)

A. 由于即将被拖出去烙印，那群因禁在用横木和立柱建造的畜栏里的小牛神色愤怒，眼冒火光，无法忍受。

B. 加乌乔们打心眼儿里喜爱烙牛，是因为这项粗野危险的活计既紧张又刺激，事后他们还能畅饮美酒。

C. 马乌罗的强盗经历、丑陋容貌和暴戾性格，使他受到加乌乔们的歧视，他被看成一个冷酷无情、心灵干枯和心似铁石的人。

D. 作者一面同情被烙的小牛，一面也以欣赏的笔触描写了加乌乔们在烙牛中所表现出来的强悍、狂放品格。

E. 大公牛狂怒地向人群进攻，马乌罗为拯救男童而殉难。作者通过这段传奇，热情讴歌了主人公舍己救人的高尚品格。

(2) "怪人"马乌罗与众不同之处表现在哪些方面？请概括说明。(6分)

(3) 小说为什么对马乌罗"烙牛"的具体过程不着一字？请简要分析。(6分)

(4) 小说主要由加乌乔"烙牛"和马乌罗"救童"两个片段构成。你认为哪个片段更精彩？请谈谈你的观点，并从内容和形式两方面陈述理由。(8分)

## 吕丽高考语文讲堂·文学类文本·第2练　【2010高考6题】

**【第1套·新课标】**

阅读下面的文字，完成下列问题。(25分)

保　护　人　[法] 莫泊桑

玛兰做梦也没想到会有这么好的官运！

有天早上，他从报上看到从前一位同学新近当了议员。玛兰重新成了他那位同学呼之即来、挥之即去的朋友。

不久议员摇身一变当了部长，半年后玛兰就被任命为行政法院参事。

起初，他简直有点飘飘然了。为了炫耀，他在大街上走来走去，仿佛别人只要一看见他，就能猜到他的身份。后来出于一种有权势而又有宽宏大量者的责任感，他油然萌生一股压抑不住要去保护别人的欲望。无论在哪里遇到熟人，他都高兴地迎上去，不等人家问，就连忙说："您知道，我现在当参事了，很想为您出点力。如有用得着我的地方，请您甭客气，尽管吩咐好了。我在这个位置上，是有权力的。"

一有机会，他对任何人都主动给予无限慷慨的帮助。他每天都要给人写十封、二十封、五十封介绍信，他写给所有的官吏。他感到幸福，无比幸福。

一天早上，他准备去行政法院，屋外已经下雨了。

雨越下越大。他只好在一个房门口躲雨。那儿已有个老神父。在当参事前，他并不喜欢神父。自一位红衣主教在一件棘手的事情上客气地向他求教以后，他对他们也尊敬起来。他看看神父，关切地问："请问您到哪一区去？"

神父有点犹豫，过了一会儿才说："我朝王宫方向去。"

"如果您愿意，神父，我可以和您合用我这把伞。我到行政法院去。我是那里的参事。"

神父抬起头，望望他："多谢，我接受您这番好意。"

玛兰接着说："您来巴黎多半是为散心吧。"

神父回答："不，我有事。"

"哦！是件重要的事吗？如果您用得着我，尽管吩咐好了。"

神父好像挺为难。吞吞吐吐地说："啊！是一件无关紧要的私事……一点小误会。您不会感兴趣的。是……是一件内部的……教会方面的事。"

"哎呀，这正属行政法院管。您尽管吩咐我好了。"

"先生，我也正要到行政法院去。您心肠真是太好了。我要去见勒尔佩、萨翁两位先生。说不定还得见珀蒂帕先生。"

"哎呀，他们都是我最好的朋友，呱呱叫的同事。我都恳切地去替您托托关系。包在我身上好了。"

神父嘟囔着说了许多感恩的话。

玛兰高兴极了。"哼！您可碰到了一个千载难逢的机会，神父。瞧吧，瞧吧，有了我，您的事情解决起来一定非常顺利。"

他们到了行政法院。玛兰把神父领进办公室，请他坐在火炉前面，然后伏案写到："亲爱的同事：请允许我恳切地向您介绍德高望重的桑蒂尔神父，他有一件小事当面向您陈述，务请鼎力协助。"

他写了三封信，那受他保护的人接了信，千恩万谢地走了。

这一天平静地过去了。玛兰夜里睡得很好，第二天愉快地醒来，吩咐人送来报纸。他打开报纸念到：

有个桑蒂尔神父，被控告做过许多卑鄙龌龊的事……谁知他找到一位叫玛兰的行政法院参事做他的热心辩护人，该参事居然大胆地替这个披着宗教外衣的罪犯，给自己的同事们写了最恳切的介绍信……我们提请部长注意该参事令人不能容忍的行为……

他一下就蹦起来去找珀蒂帕。

珀蒂帕对他说："唉！您简直疯了，居然把那老阴谋家介绍给我。"

他张皇失措地说："别提了……您瞧……我上当了……他这人看上去那么老实……他要了我……卑鄙可耻地要了我。我求您，求您设法狠狠地惩办他一下，越狠越好。我要写信。请您告诉我要办他，得给谁写信？……对，找总主教！"

他突然坐下了，伏在珀蒂帕的桌子上写道："总主教大人：我荣幸地向阁下报告，最近有一个桑蒂尔神父欺我为人忠厚，用尽种种诡计和谎言陷害我。受他花言巧语哄骗，我竟至于……"他把信封好，扭转头对同事说："您看见了吧，亲爱的朋友，这对您也是个教训，千万别再替人写介绍信了。"

（据郝运译文删改）

（1）下列对小说有关内容的分析和概括，最恰当的两项是（　　）（5分）

A. 由于同学的帮助，玛兰才当上了行政法院参事。因此他无论在哪里遇到熟人，都主动向对方提供帮助，这是他回报的方式。

B. 在当参事前，玛兰并不喜欢神父，但是在一位红衣主教向他请教以后，"他对他们也尊敬起来"。这样描写达到了照应上文的目的。

C. 玛兰被珀蒂帕训斥后，急于为自己辩解，并马上归罪于桑蒂尔神父。这足以看出他似乎很想保护别人，但实际上更关心自己的利益。

D. 给总教主写信后，玛兰告诫同事要牢记自己的教训，"千万别再替人写介绍信了"。这表明他力图文过饰非，变被动为主动。

E. 桑蒂尔神父起初并不想用"一件无关紧要的小事"麻烦玛兰，因此他回应玛兰的请求时吞吞吐吐，这种神情表现了他内心的犹豫。

（2）小说中的玛兰是一个什么样的形象？请简要分析。（6分）

（3）小说后半部分引用了报纸上的一段报道，作者这样写对情节安排有哪些作用？（6分）

（4）这篇小说以"保护人"为题，有主题思想、人物塑造、情节结构等多方面的考虑，请选择一个方面，结合全文，陈述你的观点并作分析。（8分）

## 【第2套·江苏】

阅读下面的文字，完成11～14题。（23分）

### 溜 索 阿城

一个钟头之前就听到这隐隐闷雷，初不在意。雷总不停，才渐渐生疑，懒懒问了一句。领队也只懒懒说是怒江，要过溜索了。不由捏紧了心，准备一睹纵贯滇西的怒江，却不料转出山口，依然是闷闷的雷。见前边牛死也不肯再走，心下大惑，就下马向前。行到岸边，抽一口气，腿子抖起来，如牛一般，不敢再往前动半步。

万丈绝壁垂直而下，驮队原来就在这壁顶上。怒江自西北天际亮亮而来，深远似涓涓细流，隐隐喧声腾上来，一派森气。俯望怒江，蓦地心中一颤，再不敢向下看。

领队稳稳坐在马上，笑一笑。那马平时并不觉得雄壮，此时却静立如伟人，晃一晃头，鬃飘起来。牛铃如击在心上，一步一响，驮队向横在峡上的一根索子颤颤移去。那索似有千钧之力，扯住两岸石壁，谁也动弹不得。

领队下马，走到索前，举手敲一敲那索，索一动不动。领队瞟一眼汉子们，一个精瘦短小的汉子站起来，走到索前，从索头扯出一个竹子折的角框，只一跃，腿已入套。脚一用力，飞身离岸，嗖地一下跳过去，却发现他腰上还牵一根绳，一端在索头，另一端如带一缕黑烟，弯弯划过峡谷。一只大鹰在瘦小汉子身下十余丈处移来移去，翅膀尖上几根羽毛在风中抖。再看时，瘦小汉子已到索子向上弯的地方，悄没声地反着倒手拔索，横在索下的绳也一抖一抖地长出去。

大家正睁眼望，对岸一个黑点早停在壁上。不一刻，一个长音飘过来，绳子抖了几抖。三条汉子站起来，拍拍屁股，一个一个跳过去。领队哑声问道："可还歇？"余下的汉子漫声应道："不消。"纷纷走到牛队里卸驮子。

牛早卧在地上，两眼哀哀地慢慢眨。两个汉子拽起一条牛，骂着赶到索头。那牛软下去，淌出两滴泪，大眼失了神，皮肉开始抖。汉子们缚了它的四蹄，挂在角框上，又将绳扣住框，发一声喊，猛力一推。牛嘴咧开，叫不出声，皮肉抖得模糊一层，屎尿尽数撒泄。过了索子一多半，那边的汉子用力飞快地收绳，牛倒垂着，升到对岸。这边的牛哀哀地叫着，汉子们并不理会，仍一头一头推过去。之后是运驮子，就玩一般了。这边的汉子也一个接一个飞身跳过去。

我战战兢兢跨上角框，领队吼一声："往下看不得，命在天上！"猛一送，只觉耳边生风，僵着脖颈盯住天，倒像俯身看海。自觉慢了一下，急忙伸手在索上向身后拔去。这索由十几股竹皮扭绞而成，磨得赛刀。手划出血来，黏黏的反倒抓得紧。手一松开，撕得钻心一疼，不及多想，赶紧倒上去抓住。猛然耳边有人笑："莫抓住不撒手，看脚底板！"方才觉出已到索头。慎慎地下来，腿子抖得站不住，脚倒像生下来第一遭知道世界上还有土地，亲亲热热踩几下。

猛听得空中一声唿哨，尖得直入脑髓。回身却见领队早已飞到索头，抽身跃下，走到汉子们跟前。

牛终于又上了驮，铃铛朗朗响着，似是急急地要离开这里。上得马上，才觉出一身黏汗，风吹得身子抖起来。顺风出一口长气，又觉出闷雷原来一直响着。

（选自《阿城精选集》，有删改）

11. 文中画线部分描写了峡谷险峻气势，请分析其表现特色。（5分）

12. 本文用不少笔墨写牛，这对环境描写和人物刻画各有什么作用？（6分）

13. 文中写领队比较分散，请统观全文，简要分析领队形象。(6分)

14. 本文写了驮队飞渡峡谷的故事，请探究其中的深刻意蕴和作者的情感取向。(6分)

## 【第3套·辽宁】

阅读下面的文字，完成下列问题。(25分)

洗　　澡　　王安忆

　　行李房前的马路上没有一棵树，太阳就这样直晒下来。他已经将八大包书捆上了自行车，自行车再也动不了了。那小伙子早已注意他了，很有信心地骑在他的黄鱼车上，他徒劳地推了推车，车却要倒，扶也扶不住。小伙子朝前骑了半步，又朝后退了半步，然后说："师傅要去哪里?"他看了那人一眼停了一下，才说："静安寺。"小伙子就说："十五块钱。"他说："十块钱。"小伙子又说："十二块钱。"他要再争，这时候，知了忽然鸣了起来，马路对面原来有一株树，树影团团的。他泄了气似地，浑身没劲。小伙子越下黄鱼车，三五下解开了绳子，将书两包两包地搬上了黄鱼车。然后，他们就上路了。

　　路上，小伙子问他："你家住在静安寺?"他说："是。"小伙子又问："你家有浴缸吗?"他警觉起来，心想这人是不是要在他家洗澡?便含含糊糊地说："恩。"小伙子接着问："你是在哪里上班?""机关。""那你们单位里有浴缸吗?"小伙子再问，他说："有是有，不过……"他也想含糊过去，可是小伙子看着他，等待下文，他只得说下去："不过，那浴缸基本没人洗，太大了，需要很多热水。"

　　路两边的树很稀疏，太阳烤着他俩的背，他俩的汗衫都湿了，从货站到静安寺，几乎斜穿了整个上海。他很渴，可是心想：如果要喝汽水，要不要给他买呢? 想到这里，就打消了念头。

　　小伙子又问道："你每天在家还是在单位洗澡呢?"他先说"在家"，可一想这人也许是想在他家洗澡，就改口说"单位"，这时又想起自己刚说过单位浴缸没人用，就又补了句："看情况而定。"那人接着问："你家的浴缸是大还是小?"他不得已地说："很小。""怎样小?""像我这样的人坐在里面要蜷着腿。""那你就要把水放满，泡在里面；或者就站在里面，用脸盆盛水往身上泼，反倒比较省水。""是的。"他答应道，心里却动了一下，望了一眼那人汗淋淋的身子，想：其实让他洗个澡也没什么。可是想到女人说过"厨房可以合用，洗澡间却不能合用"的一些道理，就再没想下去。这时已到了市区，两边的梧桐树高大而茂密，知了懒洋洋地叫着。风吹在热汗淋淋的身上，很凉爽。他渴的非常厉害，他已经决定去买两瓶汽水，他一瓶，那人一瓶。可是路边却没有冷饮店。

　　"我兄弟厂里，天天有洗澡。"小伙子告诉他。他想问问小伙子有没有工作，有的话是在哪里。可他懒得说话，正午的太阳将他烤干了。望了望眼前明晃晃的一条马路，他不知到了哪里。他想，买两瓶汽水是刻不容缓的。那人也想是渴了，不再多话，只是埋头蹬车，车链条吱吱地响，他们默默骑了一段。他终于看见了一家冷饮店，冰箱轰隆隆的开着。他看到冷饮店，便认出了路，知道不远了，就想：忍一忍吧，很快到家了。为了鼓舞那人，他说："快到了，再过一条马路，就有条弄堂，穿过去就是。"小伙子振作了一下，然后说："这样的天气，你一般洗冷水澡还是热水澡?"他支支吾吾的，小伙子又说："冷水澡洗的时候舒服，热水澡洗过以后舒服。不过，我一般洗冷水澡就行了。"他心里一跳，心想这人真要在他家洗澡了，洗就洗吧，然而女人关于浴缸文明的教导又响起在耳边，就没搭话。

　　到家了，小伙子帮他把书搬上二楼。他付了钱，又从冰箱里倒了自制的橘子水给小伙子喝。小伙子很好奇地打量他的房间，这是两间一套的新公房，然后说："你洗澡好了，我喝了汽水就走。"这一会，他差一点要说"你洗个澡吧"，可最终还是把话咽了回去。那人坐了一会，喝完了橘子水，又问了些关于他家和单位的问题，就起身告辞了，出门后说："你可以洗澡了。"

(有删改)

(1) 下列对小说有关内容的分析和概括，最恰当的两项是 (　　　) (5分)

A. 骑黄鱼车的小伙子虽然早已发现了生意，但他骑车迎上前时，却又退后了半步，表明他较有礼貌，也有些害羞。

B. 文中使用的"黄鱼车"、"弄堂"等字眼所体现出来的地域色彩，有助于读者理解小说中的人物形象和主题思想。

C. 如果"女人"没说过浴缸文明的那些道理，小说的主人公"他"就不会为是否让那小伙子洗澡问题如此犹豫。

D. 通过大量的人物对话和细致的心理描写，呈现出主人公曲折微妙、复杂多变的内心活动，这是本文最突出的手法。

E. 本文以写实的笔法，在貌似琐碎的叙述中，塑造了两个人不同身份的人物形象，传达了作者褒贬分明的思想感情。

（2）小说主人公"他"是一个什么样的形象？请简要分析。（6分）

（3）小说多次写到"太阳"、"树"和"知了"等，这样写有哪些作用？请概括说明。（6分）

（4）"洗澡"作为这篇小说构思的关键，有主题思想、结构艺术、象征意蕴等多方面的考虑。请选择一个方面，结合全文，陈述你的观点并作分析。（8分）

## 【第4套·湖南】

阅读下面的文字，完成16～19题。（22分）

一朵午荷　洛夫

这是去年夏九月间的旧事，我们为了荷花与爱情的关系，曾发生过一次温和的争辩。

"爱荷的人不只爱它花的娇美，叶的芬芳，枝的挺秀，也爱它夏季的吵闹，爱它秋季的零落，乃至认为连喂养它的那池污泥也污得有些道理。"

"花凋了呢？"

"爱它的翠叶田田。"

"叶残了呢？"

"听打在上面的雨声呀！"

"这种结论岂不太过罗曼蒂克。"

"你以为……"

"欣赏别人的孤独是一种罪恶。"

记得那是一个落着小雨的下午，午睡醒来，忽然想到去博物馆参观一位挚友的画展。为了喜好那份凉意，手里的伞一直未曾撑开，冷雨溜进颈子里，竟会引起一阵小小的惊喜。沿着南海路走过去，一辆赤色计程车侧身驰过，溅了我一裤脚的泥水。抵达画廊时，正在口袋里乱掏，你忽然在我眼前出现，并递过来一块皎皎的手帕。总是喜好做一些平凡而又惊人的事，我心想。

这时，室外的雨势越来越大，群马奔跑，众鼓齐擂，整个寰宇笼罩在一阵阵激昂的杀伐声中，但过度的吵闹中又有着出奇的静。我们相偕跨进了面对植物园的阳台。

"快过来看！"你靠着玻璃窗失态地叫着。我挨过去向窗外一瞧，顿时为窗下一幅自然的奇景所感动，怔住。窗下是一大片池荷，荷花多已凋落，或者说多已雕塑成一个个结实的莲蓬。满池的青叶在雨中翻飞着，大者如鼓，小者如掌，雨粒劈头洒将下来，鼓声与掌声响成一片，节拍急切而多转变，阵容相当慑人。

我们印象中的荷一向是青叶如盖，俗气一点说是亭亭玉立，之所以亭亭，是由于它有那一把瘦长的腰身，风中款摆，韵致绝佳。但在雨中，荷是一群仰着脸的动物，专注而自持，显得格外英姿勃发，矫健中另有一种娇媚。雨落在它们的脸上，开始水珠沿着中心滴溜溜地转，逐渐凝集成一个水晶球，越向叶子的边沿扩展，水晶球也越旋越大，瘦弱的枝干好似已支持不住水球的重负，由旋转而左摇右晃，惊险万分。我们的眼睛越睁越大，心跳加快，牢牢抓住窗棂的手掌沁出了汗水。突然，要发生的终于发生了，荷身一侧，哗啦一声，整个叶面上的水球倾注而下，紧接着荷枝弹身而起，又收复了原有的蠢立和自持，我们也随之嘘了一口气。我点燃一支烟，深深吸了一口，然后徐徐吐出，一片浓烟恰好将脸上尚未褪尽的红晕掩住。可能由于太过紧张，可能由于天色阴晦，这天下午我除了在思索你那句"欣赏别人的孤独是一种罪恶"的话外，一直到画廊关门，我们再也没有说什么。

但我真正懂得荷，是在本年一个秋末的下午。这次我是诚心去植物园看荷的，内心有了准备，仍难免有些紧张。跨进园门，在石凳上坐憩一下，调解好呼吸后，再轻步向荷池走去。

噫！那些荷花呢？怎么又碰上花残季节，在等我的只剩下满池涌动的青叶，好大一拳的空虚向我袭来。花是没了，取代的只是几株枯干的莲蓬，黑黑瘦瘦，一副营养不良的身架，跟丰满的荷叶比较之下，显得越发孤绝。这时忽然想起我那首《众荷喧闹》中的诗句："众荷喧闹/而你是挨我最近/最静，最最温柔的一朵/……"

午后的园子很静，除了我别无游客。我找了一块石头坐了下来，呆呆地望着满池的青荷出神。众荷田田亭亭如故，但歌声已歇，盛况不再。两个月前，这里还是一片繁华与吵闹，处处拥挤不堪；而今静下来了，剩下我独自坐在这里，吸烟，扔石子，看池中自己的倒影碎了，又拼合起来，情势逆转，而今已轮到残荷来欣赏我的孤独了。想到这里，我竟有些赧然，甚至感到难堪起来。本来，孤独也并非是一种羞辱，当有人在欣赏我的孤独时，我绝不会以为他有任何罪过。挚友，这点你不要跟我辩，兴衰无非都是生命进程中的一部分。今年花事已残，来岁照样由根而茎而叶而花，仍然一大朵一大朵地呈现在我们眼前，接纳人的赞赏与攀折，它却毫无忌惮地一脚踩污泥，一掌擎蓝天，激红着脸高声唱着"我是一朵怒放的莲"，唱完后不到几天，它又安静地退回到叶残花凋的自然运转进程中去接受另一次安排，比及第二年再来接唱。

扑扑灰尘，站起身来，绕着荷池走了一圈，绕第二圈时，忽然发掘眼前目今红影一闪而没。我又来绕了半匝，然后蹲下身子搜寻，在重重叠叠的荷叶掩盖中，终于找到了一朵将谢而未谢，却已冷寂无声的红莲，我惊喜得手足无措起来，这不正是去夏那挨我最近，最静，最最温柔的一朵吗？

（选自普通高中课程标准实验教科书《语文读本·一朵午荷》，人民教育出版社 2007 年版，有删节）

16. 纵观全文，谈谈标题"一朵午荷"中"午"的含义。（4分）

17. 扼要概括画线段落的段意，并简析该段在全文结构上的作用。（4分）

18. 概述文章所展现的荷之美。（6分）

19. 结合两次观荷，谈谈"我"在思索"欣赏别人的孤独是一种罪恶"这句话的过程中，思绪发生了怎样的变化？（8分）

**【第5套·广东】**

阅读下面的文字，完成16～18题。（15分）

面　　包　　沃尔夫冈·波歇尔特[①]

她突然醒来。两点半。她寻思，为什么会突然醒了。哦，原来是这样！厨房里有人碰了一下椅子。她仔细地听着厨房里的声音，寂静无声。太安静了，她用手摸一下身边的床，发现是空的。这就是为什么如此特别安静的原因了——没有他的呼吸声。她起床，摸索着经过漆黑的房间来到了厨房。在厨房两人相遇了。表针指着两点半。她看到橱柜边上有个白的东西。她打开灯。两人各穿衬衣相对而立。深夜，两点半。在厨房里。

在厨房餐桌上是一个盛面包的盘子。她知道，他切过了面包。小刀还放在盘子旁边。桌布上留下了面包屑。每晚他们就寝时，他总是把桌布弄干净的。每天晚上如此。然而现在桌布上有面包屑，而且小刀还在那里。他感到地上的凉气慢慢传到她身上。她转过头来不再看盘子了。

① "我还以为这里出什么事了。"他说，并环视了一下厨房四周。

"我也听见了什么。"她回答，这时她发现，他夜晚穿着衬衣看起来真是老了。跟他年龄一样老了。六十三岁。白天他看起来还年轻些。她看起来已经老了，他在想，穿着衬衣的她看起来相当老了。不过也许是头发的原因，夜里女人显老是表现在头发上。头发使人一下变老了。

"你应该穿上鞋子的，这样光着脚在冷地上你会着凉的。"

她没有注视他，因为她不愿忍受他在撒谎，他们结婚三十九年之后他现在撒谎了。

② "我原以为这里有什么事。"他又说了一遍，又失去了自制，把视线从一个角落移到另一个角落。

"我也听到了什么。于是我想，这里出了什么事。"

"我也听见了。不过，大概什么事也没有。"

她从桌上拿起盘子，并用手指弹去桌布上的面包屑。

"没有，大概没什么事。"听到他不安地在说。

她赶紧帮他说："过来，大概是外面有什么事。"

"走，睡觉去。站在冷地上你会着凉的。"

他向窗户望去，"是的，一定是外面出了点什么事。我以为是在这里。"

她把手伸向电灯开关。我必须现在就关灯，否则我必定还要回去瞧盘子的，她想。我不能再去瞧那个盘子。"过来，"她说，同时把灯关灭。"这大概是外面有什么事，刮风时檐槽尝尝碰墙壁。这肯定是檐槽之故。刮风时它总是哗哗乱响。"

两人摸着走过黑黢黢的过道来到卧室。两双光脚在地板上拍击作响。

"是有风，"他说，"已经刮了一整夜了。"当她躺在床上时，他说："是的，刮了一夜的风。刚才大概就是檐槽在响。"

"是呀，我刚才还以为是在厨房。大概就是檐槽吧。"他说这话，仿佛已沉入半睡中。她注意到，当他撒谎时，声音多假。

"真冷。"她说，并轻声地打着哈欠。"我可钻被窝了，晚安。""晚安。"他回答，又说了一句，"是呀，可真冷呀。"

随后是寂静无声，许多分钟后她听到，他在小心、轻声地咀嚼。她故意深沉又均匀地呼吸，使他不致发觉，她尚未入睡，然而他的咀嚼节奏均匀，倒使他慢慢进入梦乡了。

当他第二天晚上回家时，她分给他四片面包；平时他只有三片。

"你可以慢慢吃，吃四片。"她说着离开了餐桌。"我吃这面包消化不了。你多吃一片吧吧。我消化不好。"

她注意到，③他把头深深埋在盘子上。他没有抬头。就在此刻她对他非常同情。

"你可不能只吃两片面包。"他对着盘子在说。

"够了。晚上我吃面包消化不好，你吃吧，吃吧！"

过了一会儿，她才又坐在桌旁的灯下。

（选自《外国短篇小说百年精华》，包智星译）

【注】① 沃尔夫冈·波歇尔特：德国废墟文学的先驱和重要代表作家。小说《面包》写的是二战后人们在饥荒处境中的生活。

16. 请概括小说的主要情节。（4分）

17. 文中的画线部分分别表现了丈夫怎样的心理？（5分）

18. 小说的主题是什么？请结合全文分析。（6分）

**【第6套·福建】**
阅读下面的文字，完成13~15题。（15分）

春　　风　林斤澜

北京人说："春脖子短。"南方来的人觉着这个"脖子"有名无实，冬天刚过去，夏天就来到眼前了。

最激烈的意见是："哪里会有什么春天，只见起风、起风，成天刮土、刮土，眼睛也睁不开，桌子一天擦一百遍……"

其实，意见里说的景象，不冬不夏，还得承认是春天。不过不像南方的春天，那也的确。褒贬起来着重于春风，也有道理。

起初，我也怀念江南的春天，"暮春三月，江南草长，杂花生树，群莺乱飞。"这样的名句是些老窖名酒，是色香味俱全的。这四句里没有提到风，风原是看不见的，又无所不在的。江南的春风抚摸大地，像柳丝的飘拂；体贴万物，像细雨的滋润。这才草长，花开，莺飞……

北京的春风真就是刮土吗？后来我有了别样的体会，那是下乡的好处。

我在京西的大山里、京东的山边上，曾数度"春脖子"。背阴的岩下，积雪不管立春、春分，只管冷森森的，没有开化的意思。是潭、是溪、是井台还是泉边，凡带水的地方，都坚持着冰块、冰砚、冰溜、冰碴……一夜之间，春风来了。忽然，从塞外的苍苍草原、莽莽沙漠、滚滚而来。从关外扑过山头，漫过山梁，插山沟，灌山口，呜呜吹号，哄哄呼啸，飞沙走石，扑在窗户上，撒拉撒拉，扑在人脸上，如无数的针扎。

轰的一声，是哪里的河冰开裂吧。嘎的一声，是碗口大的病枝刮折了。有天夜间，我住的石头房子的木头架子，格拉拉、格拉拉响起来，晃起来。仿佛冬眠惊醒，伸懒腰，动弹胳臂腿，浑身关节挨个儿格拉拉、格拉拉地松动。

麦苗在霜冻里返青了，山桃在积雪里鼓苞了。清早，着大毂鞋，穿老羊皮背心，使荆条背篓，背带冰碛的羊粪，绕山嘴，上山梁，爬高高的梯田，春风呼哧呼哧地帮助呼哧呼哧的人们，把粪肥抛撒匀净。好不痛快人也。

北国的山民，喜欢力大无穷的好汉。到喜欢得不行时，连捎带来的粗暴也只觉着解气。要不，请想想，柳丝飘拂般的抚摸，细雨滋润般的体贴，又怎么过草原、走沙漠、扑山梁？又怎么踢打得开千里冰封和遍地赖着不走的霜雪？

如果我回到江南，老是乍暖还寒，最难将息，老是牛角淡淡的阳光，牛尾蒙蒙的阴雨，整天好比穿着湿布衫，墙角落里发霉，长蘑菇，有死耗子味儿。

能不怀念北国的春风！

（选自 1980 年 4 月 8 日《北京晚报》）

13. 下列对作品有关内容的分析和概括，正确的两项是（　　　）（5 分）

A. 文章开头三段，写北京春天时间短、风沙大，点明了北国春天的特点。

B. 作者历经飞沙走石的北国春风，"有了别样的体会"，感到北国春风不如南国春风。

C. 作者"好不痛快人也"的感慨，源于对北国春风和人们在春风中劳作场景的感受。

D. 对比是本文的主要写法，如南国春风与北国春风的对比，麦苗返青与山桃鼓苞的对比。

E. 作者对北国春风欲抑先扬，把自己对北国春风的体会抒写得淋漓尽致。

14. 为什么作者起初在北方怀念江南的春风，后来却说"能不怀念北国的春风"？请简析。（4 分）

15. 文章倒数第二段，作者对江南春天中"看不见"的春风另有一番描述。请你结合文章内容，谈谈这样写好在哪里？（6 分）

## 吕丽高考语文讲堂·文学类文本·第 3 练　【2009 高考 6 题】

**【第 1 套·宁夏、海南等】**

阅读下面的文字，完成下列问题。（25 分）

孕 妇 和 牛　　铁凝

孕妇牵着牛从集上回来，在通向村子的土路上走着。

午后的太阳照耀着平坦的原野，干净又暖和。孕妇信手撒开缰绳，好让牛自在。当它拐进麦地歪起脖子肯麦苗时，孕妇唤一声："黑，出来。"黑是牛的名字。黑迟迟不肯离开麦地，孕妇就恼了："黑！"她喝道。

孕妇爱赶集，只为了什么都看看，婆婆总是牵出黑来让孕妇骑，怕孕妇累着身子。黑夜怀了孕啊，孕妇想。但她接过了缰绳，她愿意在空荡的路上有黑作伴。她和它好像有点同病相怜，又有点儿共同的自豪感，于是一块儿映着骄傲的肚子上了路。回来时，孕妇也没骑黑，走快走慢由着黑的性儿，当她走得实在沉闷，才冷不丁叫一声："黑——呀！"她夸张地拖长声，把黑弄得挺惊愕，拿无比温顺的大眼瞪着孕妇。孕妇乐了，平原顿时热闹起来。

远处，依稀出现了三三两两的黑点，是那些刚放学归来的孩子。孕妇累了，在路边一个巨大的石碑上坐下来，黑又信步去了麦地闲逛。

这石碑属于一个王爷，后来让一些城里来的粗暴的年轻人给推倒了。石碑躺在路边成了过路人歇脚的坐物。碑上刻着一些文字，个个如同海碗大小。孕妇不识字，他曾经问过丈夫那是些什么字。丈夫也不知道。丈夫说："知道了有什么用？一个老辈子的东西。"

孕妇坐在石碑上，又看见了这些字，她的屁股压住了其中一个。这次她挪开了，小心地坐在碑的边沿。她弄不明白为什么她要这样，从前她歇脚，总是一屁股就坐上去。那么，原因还是胸膛下面这个肚子吧。孕妇对这肚子充满着希冀，这希冀又因为远处那些越来越清楚的小黑点而变得更加具体。孕妇相信，她的孩子将来无疑要加入这上学、放学的队伍。若是孩子也问起这碑上的字，她不能够说不知道，她不愿意对不起孩子。

可她实在不认识这碑上的字啊。

放学的孩子们走近了，她叫住一个本家侄子，向他要了一张白纸和一杆铅笔。

孕妇一手握着铅笔，一手拿着白纸，等待着孩子们远去。她仿佛要背着众人去做一件鬼祟的事。

孕妇将白纸平铺在石碑上。当她打算落笔，才发现这劳作于她是多么不易，她的手很巧，却支配不了手中这杆笔。她努力端详着那陌生的大字，然后胆怯而又坚决地落下了第一笔。她描画着它们，心中揣测它们是什么意思，又不由得感叹：字是一种多么好的东西啊！

夕阳西下，孕妇伏在石碑上已经很久了。她的脸红彤彤的，苗壮的手腕不时地发着抖。可她不能停笔，她的心不叫她停笔。她长到这么大，还从来没干过这么累人、又这么不愿停手的活儿。

不知何时，黑已从麦地返回，卧在孕妇的身边。它静静地凝视着孕妇，脸上满是驯顺，像是守候，像是鼓励。

孕妇终于完成了她的劳作。在朦胧的暮色中她认真地数，那碑上的大字是十七个，她的白纸上那个也落着十七个。

忠敬诚直勤慎廉明和硕贤亲王神道碑

纸上的字歪扭而又奇特，像盘错的长虫，像混乱的麻绳。可它们毕竟是字。有了它们，她似乎才获得一种资格，似乎才敢与她未来的婴儿谋面。孩子终归要离开孕妇的肚子，而那块写字的碑却永远立在了孕妇的心中。每个人的心中，多少都立着点什么吧。

孕妇将她劳作的果实揣进袄兜，捶着酸麻的腰，呼唤身边的黑启程。

黑却执意不肯起身，它换了跪的姿势，要主人骑上去。

"黑——呀！"孕妇怜悯地叫着，强令黑站起来。

孕妇和黑走在平原上，像两个相依为命的女人。黑身上释放出的气息使孕妇觉得温暖而可靠，她不住地抚摸它，它拿脸蹭着她的手。一股热乎乎的东西涌现在孕妇的心房。她很想对人形容心中这突然的发热。她永远也形容不出，心中这种情绪就叫做感动。

"黑——呀！"孕妇在黑暗中小声嘟囔，声音有点颤，宛若幸福的呓语。

（有删节）

(1) 下列对小说有关内容的分析和概括，最恰当的两项是（　　　　）(5分)

A. 由于历史的原因，巨大的石碑被推到了，村民们拿它做歇脚的坐物，也算是发挥了它的作用。

B. 孕妇非要等放学的孩子走了以后，才上前去描画那些字，表明她是个内敛害羞的人，她本来是可以叫会写字的人帮她写的。

C. 孕妇努力描画石碑上的字，这些字给了孕妇无限的希望和寄托，她认为只有这样才有资格与将要出世的孩子见面。

D. 孕妇在黑暗中小声地嘟囔，是因为回家的路尽管漫长，走起来很累，但母牛一路的相伴与温情，让一切变得幸福而轻松。

E. 本文用诗意的笔调，在从容淡定的叙述中，传达一种温馨和谐的人生意味，表现了一个女人将为人母的幸福和喜悦。

(2) 小说中的孕妇具有什么样的性格？请简要概述。(6分)

(3) 牛在小说中有什么样的作用？请简要分析。(6分)

(4) 孕妇并不认识石碑上的字，也不会写字，却十分努力的描画着它们，后来还感叹："字是一种多么好的东西啊！"小说这样来写孕妇，有人认为让人感动，也有人认为有些做作。你的看法呢？请结合全文，谈谈你的观点和理由。(8分)

**【第 2 套·江苏】**

阅读下面的文字，完成 11～14 题。(23 分)

上 善 若 水　　　张笑天

去都江堰，一进入成灌高速公路，"上善若水"的巨型横幅扑面而来。这是指水吗？是褒扬都江堰吗？还是借水喻人，弘扬一种文化精神？岷江从雪山一路蹒跚走来，负荷着黎庶的厚望，伴随着历史的沧桑。人不可能在不同的时间趟一条河流，大概就是这种带有哲学意味的思维，令人频生感悟。

上善是最高的善。水滋润万物，使之生长，又从不与万物竞高下、论短长，所以老子认为"上善若水"。这种品格接近于他心中至高至圣的"道"了。

在喷吐着雪浪的离堆前，在散射着彩虹光芒的水雾屏幕上，我仿佛看到了重重叠叠的人影，杜甫、岑参、陆游……他们的诗篇传诵千古，历久弥新。譬如那玉垒山，本非雄峰峻岭，之所以名扬天下，还是仰赖诗圣的两句诗："锦江春色来天地，玉垒浮云变古今。"而2200多年前蜀郡守李冰"低作堰、深淘滩"，劈山引水修筑的都江堰，才真正是人类智慧的结晶。《史记·河渠书》记载，李冰凿离堆，"穿二江成都之中，此渠皆可行舟，有余则用灌溉，百姓飨其利"。

李冰靠火烧、靠水浇，切断玉垒山，开凿离堆，修飞沙堰，今天看来实在原始。然而，原始有原始的好处。它绝不污染环境，绝不危及生态；它不会像现代水库几百米的高坝那样既令人惊叹。又令人隐隐不安。都江堰不会切断鱼类洄游的线路，人们用不着把鱼捞起来，送到大坝上头的水库里去产卵，再把孵化的幼鱼捞起来送回下游。人很累，鱼也很累。

都江堰是历史的遗存，既能防洪，又能灌溉，是人类利用大自然的神话。与之同时的郑国渠早已成了需要史学家考证的遗迹，而都江堰仍旧生机盎然，滋养着天府之国的子民。难怪道教尊李冰为"妙源清君"，这也暗合了老子"上善若水"的精髓吧。在都江堰，流淌着两条河，明的是岷江，暗的是流水孕育的文化。

伫立水边，听着震耳欲聋的涛声，望着清幽的水跳跃奔流，我的心与波涛一同律动，我被那至清的水融化了，与晶莹和透明合而为一。

一想到黄河将成为泥河、长江将成为黄河、淮河将成为黑水河，众多我们赖以生息的湖泊和近海频频告急，我仿佛是那快要窒息的鱼，无处安身。何处有生命之泉？何处有可供自由呼吸、可供安枕的绿洲？

好在都江堰有。

原生态的都江堰干净、持久，李冰"分四六、平涝旱"的科学治水方法，使它青春永驻，从容运转，成为几千万人民的生命甘露。李冰的众多后任，总会追踪李冰的足迹，日复一日、年复一年地疏浚、修缮都江堰。诸葛亮、高俭、卢翔、阿尔泰、丁宝桢……这些确保天府之国旱涝保收的官员们，生前也许没有立过德政碑，但后人有情。如今，他们就矗立在伏龙观前堰功道两侧，供人瞻仰。都江堰成就了他们，他们与都江堰同辉。

临别的晚上。我们在郡府楼上吃着美味的河鲜，窗外是涛鸣的和弦，真是一种久违的幸福。

11. 开头一节的三个问句，对文章内容的表达有什么作用？（5分）

12. 文中说都江堰"才真正是人类智慧的结晶"，作者这样评价的理由是什么？（6分）

13. 本文写的是都江堰，但不以描写见长，请具体说明它在艺术表现上有哪些特色？（6分）

14. 请探究都江堰蕴含了"上善若水"的哪几层深意。（6分）

【第3套·福建】
阅读下面的文字，完成12～14题。（15分）

阿　庆　丰子恺①

我的故乡石门湾虽然是一个人口不满一万的小镇，但是附近村落甚多，每日上午，农民出街做买卖，非常热闹，两条大街上肩摩踵接，推一步走一步，真是一个商贾辐辏的市场。我家住在后河，是农民出入的大道之一。多数农民都是乘航船来的，只有卖柴的人，不便乘船，挑着一担柴步行入市。

卖柴，要称斤两，要找买主。农民自己不带秤，又不熟悉哪家要买柴。于是必须有一个"柴主人"。他肩上扛着一支大秤，给每担柴称好分量，然后介绍他去卖给哪一家。柴主人熟悉情况，知道哪家要硬柴，哪家要软柴，分配各得其所。卖得的钱，农民九五扣到手，其余百分之五是柴主人的佣钱。农民情愿九五扣到手，因为方便得多，他得了钱，就好扛着空扁担入市去买物或喝酒了。

我家一带的柴主人，名叫阿庆。此人姓什么，一向不传，人都叫他阿庆。阿庆是一个独身汉，住在大井头的一间小屋里，上午忙着称柴，所得佣钱，足够一人衣食，下午空下来，就拉胡琴。他不喝酒，不吸烟，唯一的嗜好是拉胡琴。他拉胡琴手法纯熟，各种京戏他都会拉。当时留声机还不普遍流行，就有一种人背一架有喇叭的留声机来卖唱，听一出戏，收几个钱。商店里的人下午空闲，出几个钱买些精神享乐，都不吝惜。这是不能独享的，许多人旁听，在出钱的人并无损失。阿庆便是旁听者之一。但他的旁听，不仅是享乐，竟是学习。他听了几遍之后，就会在胡琴上拉出来。足见他在音乐方面，天赋独厚。

夏天晚上，许多人坐在河沿上乘凉。皓月当空，万籁无声。阿庆就在此时大显身手。琴声宛转悠扬，引人入胜。浔阳江头的琵琶，恐怕不及阿庆的胡琴。因为琵琶是弹弦乐器，胡琴是摩擦弦乐器。摩擦弦乐器接近于肉声，容易动人。钢琴不及小提琴好听，就是为此。中国的胡琴，构造比小提琴简单得多。但阿庆演奏起来，效果不亚于小提琴，这完全是心灵手巧之故。有一个青年羡慕阿庆的演奏，请他教授。阿庆只能把内外两弦上的字眼——上尺工凡六五乙仩②——教给他。此人按字眼拉奏乐曲，生硬乖异，不成腔调。他怪怨胡琴不好，拿阿庆的胡琴来拉奏，依旧不成腔调，只得废然而罢。记得西洋音乐史上有一段插话：有一个非常高明的小提琴家，在一只皮鞋底上装四根弦线，照样会奏出美妙的音乐。阿庆的胡琴并非特制，他的心手是特制的。

　　笔者曰：阿庆孑然一身，无家庭之乐。他的生活乐趣完全寄托在胡琴上。可见音乐感人之深，又可见精神生活有时可以代替物质生活。

（原载 1983 年 2 月 9 日《文汇报》有删减）

　　【注】① 丰子恺（1898～1975），浙江桐乡人，漫画家、作家。
　　② 上尺工凡六五乙仩：中国传统记谱方法"工尺谱"的记音符号。

12. 下列对作品的分析和概括，不正确的两项是（　　　）（5分）
A. 阿庆对生活要求不高，做"柴主人"所得的百分之五的佣金，足够他一人衣食之用。他没有其他嗜好，把生活的乐趣完全寄托在胡琴上。
B. 阿庆有空闲（半天工作），有学习条件（可免费听留声机），有表演舞台（夏夜的河沿），有崇拜者（一青年拜师），这些造就了他非凡的音乐才能。
C. 作者先写琵琶不如胡琴动人，钢琴不如小提琴好听，再写阿庆用构造简单的胡琴演奏，效果不亚于小提琴，最后水到渠成，点明阿庆心灵手巧。
D. 文章有很多对浙西乡土风情的描写，这些描写，除了交代主人公阿庆的生活环境，更重要的是展示了江南水乡风光，给人留下深刻的印象。
E. 文章语言别有风味，有典雅的文言，如"商贾辐辏的市场"、"值得废然而罢"，也有通俗的口语，如"他得了钱"、"就好扛着空扁担入市"。

13. 作者用哪几件事来表现阿庆的音乐天赋？请简要分析。（4分）

14. 请结合阿庆这一形象，探究作者提出的"精神生活有时可以代替物质生活"的观点。（6分）

## 【第 4 套·广东】

阅读下面的文字，完成 16～18 题。（15分）

耕作的诗人　　张炜

　　俄国画家列宾给托尔斯泰画了一幅耕作图。它长久地吸引了我，让我想象那个杰出的老人，想象他与土地须臾不可分离的关系。也许这是一个伟大诗人与庸常写作者的最本质、最重要的区别。

　　在房间里专注于自己的所谓艺术和思想的人，可能不太理解一个耕作的诗人。对于他，稿纸和土地一样，笔和犁一样。于是他的稿纸就相当于一片田园，可以种植，可以催发鲜花、浇灌出果实。在这不息的劳作之中，他寻求着最大的真实，焕发出一个人的全部激情。离开了这些，一切都无从谈起。

　　在诗人的最重要的几部文学著作之间的长间隔里，我们都不难发现他怎样匍匐到土地上，与庄园里的农民，特别是孩子和农妇们打成一片、割草、缝鞋子、编识字课本、收割、种植……他做他们所做的一切，身心与土地紧密结合。这对于他，并非完全是刻意如此，而是一个自然而然的过程，他只能如此。他就是这样的一个生命。他在它们中间。①他可以融化在它们之中，融化在泥土之中。

　　我们现在可以看到诗人在亚斯纳亚·波利亚纳树林中那个简朴的坟墓。那是他最后的归宿。安静的树林、坟墓，都在默默昭示着什么，复述一个朴实而伟大的故事。这个故事不可能属于别人，因为这个世界上仅有一个角落，埋葬着一个耕作的诗人。

　　托尔斯泰的故事差不多等于大地的故事。他是一个贵族，后来却越来越离不开土地。于是，他的情感就更为朴实和扎实，精神与身体一样健康。这就启示我们：仅仅是为了保持这种健康，一个写作者也必须投身于平凡琐碎的日常劳动，这是不可偏废的重要工作。而当时另一些写作者所犯的一个致命错误，就是将这种日常的劳作与写作决然分开。偶有一点劳作，也像贵族对待乡下的粗粮一样，带出一份好奇和喜悦。今天，也恰是这种可恶的姿态阻止我们走向深刻，走向更深广和更辉煌的艺术世界。我们只能在一些纤弱和虚假的制作中越滑越远，最后不可救药。

　　一个人只有被淳朴的劳动完全遮盖，完全溶解的时候；只有在劳作的间隙，在喘息的时刻，仰望外部世界，那极大的陌生和惊讶阵阵袭来的时刻，才有可能捕捉到什么，才有深深的感悟，才有非凡的发现。这种状态能够支持和滋养他饱满的诗情，给予他真正的创造力和判断力。对此，便没有任何大激动，人的激动。

托尔斯泰的鼻孔嗅满了青草和泥土的气息，两耳惯于倾听鸟雀以及树木的喧哗，马的喷嚏，还有其他四蹄动物在草丛里奔走的声音。黎明的空气中隐隐传来了田野的声息，空中连夜赶路的鸟儿发出悄然的叹息，还有远方的歌手、农妇的呼唤、打鱼人令人费解的长叫……他眯着眼睛望向遥远的田野，苍茫中费力地辨识着农庄里走来的那黑黢黢的高大汉子，还有他身旁的人：那个孩子、那个妇人。晨雾中，淡淡的光影里闪出了一头牛、一只狗、一群欢跳的麻雀。有人担来了马奶，原来是头上包着白巾的老妇人用木勺敲响了酸奶桶，她小心的充满溺爱的咕哝声引起了他的注意。②他转身，脚下那双粗大的皮靴踩在地上，踩出深深的凹痕……

他的去世也令人难忘。那也是一个触目惊心的故事。

深夜，老人乘一辆马车，抛却了自己的庄园，要奔到更遥远更苍茫的那片土地上去，与贫穷的人生活在一起。他仅仅走到了一个乡间小站就躺倒了。寒冷的车站上，一个伟大的生命临近了最后一刻。

这一刻向我们诠释了诗人的一生。

（选自《张炜散文精选集》，有删节）

16. 文中画线部分①中的"它们"指什么？②中的"踩出深深的凹痕"有何寓意？（4分）

17. 简述作者从哪些方面写出了托尔斯泰的一生是"与土地须臾不可分离"的。（6分）

18. 从全文看，作者把托尔斯泰描绘成"耕作的诗人"的意图是什么？（5分）

**【第5套·湖南】**
阅读下面的文字，完成16～19题。（17分）

云南看云　　沈从文

云南是因云而得名的，可是外省人到了云南一年半载后，一定会和本地人差不多，对于云南的云，除了只能从它变化上得到一点晴雨知识，就再也不会单纯地来欣赏它的美丽了。<u>看过卢锡麟先生的摄影后，必有许多人方俨然重新觉醒，明白自己是生在云南，或住在云南。</u>

战争给了许多人一种有关生活的教育，走了许多路，过了许多桥，睡了许多床，此外还必然吃了许多想象不到的苦头。然而真正具有深刻教育意义的，说不定倒是明白许多地方各有各的天气，天气不同还多少影响到一点人事。云有云的地方性：中国北部的云厚重，人也同样那么厚重。南部的云活泼，人也同样那么活泼。海边的云幻异，渤海和南海云又各不相同，正如两处海边的人性情不同。河南河北的云一片黄，抓一把下来似乎就可以作窝窝头，云粗中有细，人亦粗中有细。湖湘的云一片灰，长年挂在天空一片灰，无性格可言，然而橘子辣子就在这种地方大量产生，在这种天气下成熟，却给湖南人增加了生命的发展性和进取精神。四川的云与湖南云虽相似而不尽相同，巫峡峨眉夹天耸立，高峰把云分割又加浓，云有了生命，人也有了生命。

云南的云给人的印象大不相同，它的特点是朴素，影响到人的性情，也应当是挚厚而单纯。它似乎是用西藏高山的冰雪，和南海长年的热浪，两种原料经过一种神奇的手续完成的。色调出奇地单纯。惟其单纯反而见出伟大。尤以天时晴时明的黄昏前后，光景异常动人。在这美丽天空下，人事方面，我们每天所能看到的，除了官方报纸虚虚实实的消息，物价的变化，空洞的论文，小巧的杂感，此外似乎到处就只碰到"法币"。大官小官商人和银行办事人直接为法币而忙，教授学生也间接为法币而忙。其余平常小职员、小市民的脑子，成天打算些什么，就可想而知了。云南的云即或再美丽一点，对于那个真正的多数人，还似乎毫无意义可言。

近两个月来本市连续的警报，城中二十万市民，无一不早早地就跑到郊外去，向天空把一个颈脖昂酸，无一人不看到过几片天空飘动的浮云，仰望结果，不过增加了许多人对于财富得失的忧心罢了。就在这么一个社会这么一种精神状态下，卢先生却来昆明展览他在云南的摄影，告诉我们云南法币以外还有些什么值得注意。即以天空的云彩言，色彩单纯的云有多健美，多飘逸，多温柔，多崇高！观众人数多，批评好，正说明只要有人会看云，就能从云影中取得一种诗的感兴和热情，还可望将这种可贵的感情，转给另外一种人。换言之，就是云南的云即或不能直接教育人，还可望由一个艺术家的心与手，间接来教育人。

可是我以为得到"赞美"还不是艺术家最终的目的，应当还有一点更深的意义。我意思是如果一种可怕的庸俗的实际主义正在这个社会各组织各阶层间普遍流行，腐蚀我们多数人做人的良心做人的理想，且在同时还像是正在把许多人有形无形市侩化，社会中优秀分子一部分所梦想所希望，也只是糊口混日子了事，毫无一种较高尚的情感，更缺少用这情感去追求一个美丽而伟大的道德原则的勇气时，我们这个民族应当怎么办？大学生读书目的，不是站在柜台边做行员，就是坐在公事房做办事员，脑子都不用，都不想，只要有一碗饭吃就算有了出路。甚至于做政论的，作讲演的，写不高明讽刺文的，习理工的，玩玩文学充文化人，办党的，信教的……特别是当权做官的，出路打算也都是只顾眼前。大家眼前固然都有了出路，这个国家的明天，是不是还有希望可言？我们如真能够像卢先生那么静观默会天空的云彩，云物的美丽景象，也许会慢慢地陶冶我们，启发我们，改造我们，使我们习惯于向远景凝眸，不敢堕落，不甘心堕落，我以为这才像一个艺术家最后的目的。正因为这个民族是在求发展，求生存，战争已经三年，战争虽败北，虽死亡万千人民，牺牲无数财富，可并不气馁，相信坚持抗战必然翻身。就为的是这战争背后还有个庄严伟大的理想，使我们对于忧患之来，在任何情形下都能忍受。我们之所以能忍受，不单是我们要发展，要生存，还要为后来者设想，使他们活在这片土地上更好一点，更像人一点！我们责任那么重，那么困难，所以不特多数知识分子必然要有一个较坚朴的人生观，拉之向上，推之向前，就是做生意的，也少不了需要那么一份知识，方能够把企业的发展与国家的发展放在同一目标上，分途并进，异途同归，抗战到底！

所以我觉得卢先生的摄影，不仅仅是给人看看，还应当给人深思。

1940 年

（选自《沈从文随笔生之记录》，北京大学出版社 2007 年版，有删改）

16．"看过卢锡麟先生的摄影后，必有许多人方俨然重新觉醒，明白自己是生在云南，或住在云南。"句中"俨然"的含义是：就文章机构而言，该句在全文中的作用是＿＿＿＿＿＿＿＿＿＿＿＿＿＿＿＿＿。（4 分）

17．作者希望"我们"也"静观默会天空的云彩"的目的是什么？（4 分）

18．在第 2 自然段中，作者写"云有云的地方性"的用意是什么？运用了哪些艺术手法？（4 分）

19．简析文中云南的"云"的主要特点及象征意义。（5 分）

【第 6 套·辽宁】
阅读下面的文字，完成下列问题。（25 分）

遗　璞　　贾平凹

离公路很远的地方，有条山沟。再往深里走，有座古庙，庙前的河滩里，有一块石头：四间房那么高，像一只实心碗儿放着。上边凿了四个大字：孕璜遗璞。

住在这孕璜遗璞周围的人家，就是遗璞村。

县志上说这石头，是当年女娲补天的时候多了一块，就遗弃在这里再没有用。人们都在传说，这石头孕了玉璜，是仙灵之物，于是时常有人前来观赏，遗璞村的人便祖祖辈辈自豪。

收罢秋，天气转凉了。沟脑上边要修一道水渠，把水引到山坡下的地里，男人们都去辛苦，叮叮当当在远处破石头。夜里回来，便坐在碾盘上吃饭，然后就熬了山上自采的野茶。这茶很苦，一天三顿都要喝，不喝脑壳就疼。一喝着，身上来了精神，他们就笑话山外来观赏遗璞的那些人：

"城里人没采，一喝这茶就吐了。"

"城里人胃嫩。"

"鸡鸭都克得过，这茶水儿却受不了?!"

他们说过，就乐了，接着就看起河滩里的那块遗璞来。

"这么个仙物儿，遗在这里真委屈了。"

"多亏就遗弃了它！"

"多亏？"

"它要不在这儿，谁会到咱这儿？省城在天尽头，咱能去吗？但咱坐在家门口，倒见着省城大人物了。"

说的是省城老贾的事，省城老贾是七年前在这里待过的。那时候，村里人发现从县里来了个胖胖的老头，白日里也上山劳动，夜里就在石头前闷头儿坐一阵。他们都不知道这是谁，后来才风闻是犯了错误，从省城来的人，姓贾。就叫起他省城老贾。

一年后，省城老贾就在县里当了书记，他们才知道那是个当官的人物，遗璞村老少都很骄傲。省城老贾也没忘了这遗璞和遗璞村的人，过一些日子，就来看看石头，又给这个村拨了好多救济粮、救济款。有一年每家得到十二元，一半买了粮食，一半给孩子们买了塑料凉鞋。到山外去的时候，孩子们就穿上塑料凉鞋，式样挺漂亮的，只是穿长了脚发烧，走一走得用凉水浇。去年秋初，省城老贾突然回省城去了，临走他照了好多遗璞的照片，还说回去后，要为这石头写写文章哩。不久，他就在省城当了一个很大的官。遗璞村的人愈是十分地骄傲了。

"那文章不知写了没有？"

男人们在碾盘上说话，婆娘家觉得热闹，也走了过来。女人在石头上坐了，一直不开口，这会儿说：

"蛮儿说，他在报上看到省城老贾的文章了。"

"写咱遗璞村了吗？"

"写了，说'四人帮'迫害他，把他'流放'，'流放'是什么意思？"

"就是下放吧。"

"流放到一个山区小县，而且还在一个山沟沟劳改了一年。"

"你胡说了，他住在咱这儿，没有背枪的看守他，苦是苦些，和咱们一样，咱又处处照顾了他，你说他劳改了一年，咱们不是长年的劳改吗？"

"蛮儿说报上就这么写的。"

"蛮儿一定是看错了。你们婆娘家这臭嘴！"

婆娘家便不再言语了，低声骂了一句怀里用牙咬奶的孩子。

男人们喝过一杯黑糊糊的茶水，又说开了：

"咱这块遗璞，真是好石头呢！想想，招来了多少人了？不算一般的，大人物就有十多个了吧？"

他们扳指头数数，果然十多个了。

"以后还能来吗？"

"只要有咱这块石头，就有人来吧，说不定以后还会来比省城老贾更大的人呢。"

"啊，那最好，娃们又要有凉鞋穿了！"

"但愿他们能来。"

"但愿不要是犯了什么错误。"

"但愿……"

茶已经喝完，就卷着喇叭纸烟抽起来，黑影里，火光一明一灭的。末了打着哈欠，还在说："真是好石头呢。"

但是，就在这一夜的黎明时分，河滩里响了一声爆炸声，人们都惊醒了。早晨起来，才发现是蛮儿一帮年轻人用炸药把遗璞炸开了，又用铁钎大锤在黑水汗流地砸着，破着，就把石头一块块抬着到水渠工地上去了。

（有删节）

(1) 下列对小说有关内容的分析和概括，最恰当的两项是（　　）(5分)

A. 虽然是一个偏僻的地方，但因为有一块传说是当年女娲补天时遗弃的大石头，遗璞村成了远近闻名的旅游胜地，吸引了很多人前来游玩观赏。

B. 男人们不相信女人说的有关老贾"劳改"一年的话，是因为他们并不认为当年老贾下放到遗璞村时，受到村里不公正的对待。

C. 遗璞村的人们常以省城老贾为骄傲，是因为老贾当了县委书记后没有忘记他们，给了遗璞村人很多的救济粮、救济款。

D. 婆娘家转述蛮儿的话后受到男人斥骂，便不再言语了，因为她意识到自己在男人说话时贸然插嘴是不妥的。

E. 这篇小说在艺术上以对话见长，通过人物之间的对话，不仅表现了遗璞村人对遗璞的热爱之情，也细致地揭示了他们的思想观念与性格特点。

(2) 小说两次提到小孩的凉鞋，各有什么作用？(6分)

（3）从小说看，遗璞村人有哪些性格特点？请作简要概括分析。（6分）。

（4）小说最后描写了蛮儿一帮年轻人炸掉了遗璞，并用它去修水渠。作者在结局上的这种处理是否合理？请结合小说具体内容，谈谈你的看法和理由。（8分）

## 吕丽高考语文讲堂·文学类文本·第4练　【2008高考3题】

### 【第1套·湖南】
阅读下面的文字，完成17～20题。（17分）

谈　静　朱光潜

（1）人生乐趣一半得之于活动，也还有一半得之于感受。所谓"感受"是被动的，是容许自然界事物感动我的感官和心灵。这两个字含义极广。眼见颜色，耳闻声音，是感受；见颜色而知其美，闻声音而知其和，也是感受。同一美颜，同一和声，而各个人所见到的美与和的程度又随天资境遇而不同。比方路边有一棵苍松，你看见它只觉得可以破来造船；我见到它可以让人纳凉；旁人也许说它很宜于入画，或者说它是高风亮节的象征。再比方街上有一个乞丐，我只能见到他的蓬头垢面，觉得他很讨厌，你见他便发慈悲心，给他一个铜子；旁人见到他也许立刻发下宏愿，要打翻社会制度。

（2）世间天才之所以为天才，固然由于具有伟大的创造力，而他的感受力也分外比一般人强烈。比方诗人和美术家，你见不到的东西他能见到，你闻不到的东西他能闻到。麻木不仁的人就不然，你就请伯牙向他弹琴，他也只联想到棉匠弹棉花。感受也可以说是"领略"，不过领略只是感受的一方面。世界上最快活的人不仅是最活动的人，也是最能领略的人。所谓领略，就是能在生活中寻出趣味。好比喝茶，渴汉只管满口吞咽，会喝茶的人却一口一口地细啜，能领略其中风味。

（3）能处处领略到趣味的人决不至于岑寂，也决不至于烦闷。朱子有一首诗说："半亩方塘一鉴开，天光云影共徘徊。问渠那得清如许？为有源头活水来。"这是一种绝美的境界。你姑且闭目一思索，把这幅图画印在脑里，然后假想这半亩方塘便是你自己的心，你看这首诗比拟人生苦乐多么恰当！一般人的生活干燥，只是因为他们的"半亩方塘"中没有天光云影，没有源头活水来，这源头活水便是领略的趣味。

（4）领略趣味的能力固然一半由于天资，一半也由于修养。大约静中比较容易见出趣味。物理上有一条定律说：两物不能同时并存于同一空间。这个定律在心理方面也可以说得通。一般人不能感受趣味，大半因为心地太忙，不空所以不灵。我所谓"静"，便是指心界的空灵，不是指物界的沉寂，物界永远不沉寂的。<u>你的心界愈空灵，你愈不觉得物界沉寂</u>，或者我还可以进一步说，<u>你的心界愈空灵，你也愈不觉得物界喧嘈</u>。所以习静并不必定要逃空谷，也不必定学佛家静坐参禅，静与闲也不同。许多闲人不必都能领略静中趣味，而能领略静中趣味的人，也不必定要闲。在百忙中，在尘市喧嚷中，你偶然丢开一切，悠然退想，你心中便蓦然似有一道灵光闪烁，无穷妙悟便源源而来。这就是忙中静趣。

（5）我这番话都是替两句人人知道的诗下注脚。这两句诗就是"万物静观皆自得，四时佳兴与人同"。大约诗人的领略力比一般人都要大。近来看周启孟的《雨天的书》引日本人小林一茶的一首俳句："不要打哪，苍蝇搓他的手，搓他的脚呢。"觉得这种情境真是幽美。你懂得这一句诗就懂得我所谓静趣。中国诗人到这种境界的也很多："鱼戏莲叶东，鱼戏莲叶西。鱼戏莲叶南，鱼戏莲叶北"；"采菊东篱下，悠然见南山。山气日夕佳，飞鸟相与还"；"倚杖柴门外，临风听暮蝉。渡头余落日，墟里上孤烟。"像这一类描写静趣的诗，唐人五言绝句中最多。你只要仔细玩味，你便可以见到这个宇宙又有一种景象，为你平时所未见到的。

（6）静的修养不仅是可以使你领略趣味，对于求学处事都有极大帮助。释迦牟尼在菩提树阴静坐而证道的故事，你是知道的。古今许多伟大人物常能在仓皇扰乱中雍容应付事变，<u>丝毫不觉张皇</u>，就因为能镇静。现代生活忙碌，而青年人又多浮躁。你站在这潮流里，自然也难免跟着旁人乱嚷。不过忙里偶然偷闲，闹中偶然觅静，于身于心，都有极大裨益。你多在静中领略些趣味，不特你自己受用，就是你的朋友们看着你也快慰些。我生平不怕呆人，也不怕聪明过度的人，只是对着没有趣味的人，要勉强同他说应酬话，真是觉得苦也。你对着有趣味的人，你并不必多谈话，只是默然相对，心领神会，便可觉得朋友中间的无上至乐。

（选自朱光潜《给青年的十二封信》，广西师范大学出版社 2004 年版，略有删改）

【注】本文系朱光潜《给青年的十二封信》的第三封信，写于上世纪二十年代作者旅欧期间。

17.第一段说"感受"的"含义极广"。请根据文意,说明"含义极广"表现在哪些方面。(4分)

18.下面是两个推论句,但作者省略了推论的中间环节。请根据上下文的意思,分别补写出句中所省略的内容。(4分)

你的心界愈空灵,＿＿＿＿＿＿＿＿＿＿,你愈不觉得物界沉寂。

你的心界愈空灵,＿＿＿＿＿＿＿＿＿＿,你愈不觉得物界喧嘈。

19.比较第五段中的小林一茶的俳句与中国诗人的诗句,指出它们在境界上有哪些相同点。(5分)

20.本文可分为三大部分,(1)～(3)为第一部分,(4)～(5)为第二部分,(6)为第三部分。请分别从每个部分中找出一个合适的词语(每处2个字),概括出这个部分的主要内容。(4分)

## 【第2套·广东】

阅读下面的文字,完成16～18题。(15分)

河的第三条岸　　〔巴西〕若昂·吉马朗埃斯·罗萨

父亲是一个尽职、本分、坦白的人。他并不比谁更愉快或更烦恼,只是更沉默寡言一些。是母亲,而不是父亲,在掌管着我们家,她天天都责备我们——姐姐、哥哥和我。

但有一天,发生了一件事:父亲竟自己去定购了一条船。

他只是看着我,为我祝福,然后做了一个手势,要我回去。我假装照他的意思做了,但当他转过身去,我伏在灌木丛后面,偷偷地观察他。父亲上了船,划远了。

父亲再没有回来。其实他哪儿也没去。他就在那条河里划来划去,漂来漂去。每个人都吓坏了。从未发生过,也不可能发生的事现在却发生了。

每个人都猜想父亲疯了。母亲觉得羞辱,但她几乎什么都不讲,尽力保持着镇静。

河边的行人和两岸附近的居民说,无论白天黑夜都没见父亲踏上陆地一步。他像一条被遗弃的船,孤独地、毫无目的地在河上漂流。人们一致认为,对于父亲而言,食物是一个大问题,他一定会离开大河,回到家中。

他们可是大错特错了。父亲有一个秘密的补给来源,那就是我。我每天偷了食物带给他。后来我惊异地发现,母亲知道我做的一切,而且总是把食物放在我轻易就能偷到的地方。她怀有很多不曾流露的情感。

日复一日,年复一年,父亲从不踏上泥土、草地或河岸一步。从没生过火,他没有一丝光亮。他的身体怎样?不停摇桨要消耗他多少精力?河水泛滥时,他又怎么能幸免于难?我常常这样问自己。

姐姐生了一个男孩。她坚持要让父亲看看外孙。那天天气好极了,我们全家来到河边。姐姐穿着白色的新婚纱裙,高高地举起婴儿,姐夫为他们撑着伞。我们呼喊,等待。但父亲始终没有出现。姐姐哭了,我们都哭了,大家彼此携扶着。

后来,姐姐搬走了,哥哥也到城里去了。母亲最后也走了,和女儿一起生活去了。只剩下我一个人留了下来。我从未考虑过结婚。我留下来独自面对一生中的困境。父亲,孤独地在河上漂流的父亲需要我。我知道他需要我,尽管他从未告诉我们为什么要这样做。不管怎么样,我都不会因这件事责怪父亲。

我的头发渐渐地灰白了。我到底有什么不对?我到底有什么罪过?渐渐地,我因年老而心瘁力竭,生命踌躇不前,同时爱讲到疾病和死亡。他呢?为什么?为什么要这样?终有一天,他会精疲力竭,只好让小船翻掉,或者听任河水把小船冲走,直到船内积水过多而沉入激流之中。哦,天哪!

我等待,等待着。终于,他在远方出现了,那儿,就在那儿。我庄重地指天发誓,尽可能大声地叫着:

"爸爸,你在河上浮游得太久了,你老了,回来吧。你不是非这样下去不可,回来吧。无论何时,我会踏上你的船,顶上你的位置。"

他听见了,站了起来,挥动船桨向我划过来。他接受了我的提议。我突然浑身战栗起来。因为他举起手臂向我挥舞,这么多年来这是第一次。我不能……我害怕极了,发疯似的逃掉了。因为他像是从另一个世界来的人。

极度恐惧给我带来一种冰冷的感觉,我病倒了。从此以后,没有人再看见过他,听说过他。

(选自余华《温暖的旅程——影响我的10部短篇小说》,有删改)

16. 小说中写道"父亲，孤独地在河上漂流的父亲需要我"。请联系全文，简述"父亲"为什么需要"我"。（4分）

17. 结合作品，请简要分析"母亲"这一人物形象。（5分）

18. 有人说，"河的第三条岸"在现实中并不存在，它象征着"父亲"超越世俗的人生追求。如果这样，那么"我"对"父亲"的这种追求持何种态度？请联系全文，谈谈你的看法。（6分）

**【第3套·宁夏、海南】**
阅读下面的文字，完成11～14题。（25分）

二十年以后    欧·亨利

纽约的一条大街上，一位值勤的警察正沿街走着。一阵冷飕飕的风向他迎面吹来。已近夜间10点，街上的人已寥寥无几了。

在一家小店铺的门口，昏暗的灯光下站着一个男子，他的嘴里叼着一支没有点燃的雪茄烟。警察放慢了脚步，认真地看了他一眼，然后，向那个男子走了过去。

"这儿没有出什么事，警官先生。"看见警察向自己走来，那个男子很快地说，"我只是在这儿等一位朋友罢了。"

男子划了根火柴，点燃了叼在嘴上的雪茄。借着火柴的亮光，警察发现这个男子脸色苍白，右眼角附近有一块小小的白色的伤疤。

"这是20年前定下的一个约会。如果有兴致听的话，我来给你讲讲。大约20年前，这儿，这个店铺现在所占的地方，原来是一家餐馆……"男子继续说，"我和吉米·维尔斯在这儿的餐馆共进晚餐。哦，吉米是我最要好的朋友。我俩都是在纽约这个城市里长大的。从小我们就亲密无间，情同手足。当时，我正准备第二天早上就动身到西部去谋生。那天夜晚临分手的时候，我俩约定：20年后的同一日期、同一时间，我俩将来到这里再次相会。"

"你在西部混得不错吧？"警察问道。

"当然啰！吉米的光景要是能赶上我的一半就好了。啊，实在不容易啊！这些年来，我一直不得不东奔西跑……"

又是一阵冷飕飕的风穿街而过，接着，一片沉寂。他俩谁也没有说话。过了一会儿，警察准备离开这里。

"我得走了，"他对那个男子说，"我希望你的朋友很快就会到来。假如他不准时赶来，你会离开这儿吗？"

"不会的。我起码要再等他半个小时。如果吉米他还活在人间，他到时候一定会来到这儿的。就说这些吧，再见，警察先生。"

"再见，先生。"警察一边说着，一边沿街走去，街上已经没有行人了，空荡荡的。

男子又在这店铺的门前等了大约二十分钟的光景，这时候，一个身材高大的人急匆匆地径直走来。他穿着一件黑色的大衣，衣领向上翻着，盖到耳朵。

"你是鲍勃吗？"来人问道。

"你是吉米·维尔斯？"站在门口的男子大声地说，显然，他很激动。

来人握住了男子的双手。"不错，你是鲍勃。我早就确信我会在这儿见到你的。啧，啧，啧！20年是个不短的时间啊！你看，鲍勃！原来的那个饭馆已经不在啦！要是它没有被拆除，我们再一块儿在这里面共进晚餐该多好啊！鲍勃，你在西部的情况怎么样？"

"哦，我已经设法获得了我所需要的一切东西。你的变化不小啊，吉米，你在纽约混得不错吧？"

"一般，一般。我在市政府的一个部门里上班，坐办公室。来，鲍勃，咱们去转转，找个地方好好叙叙往事。"

这条街的街角处有一家大商店。尽管时间已经不早了，商店里的灯还在亮着。来到亮处以后，这两个人都不约而同地转过身来看了看对方的脸。

突然间，那个从西部来的男子停住了脚步。

"你不是吉米·维尔斯。"他说，"20年的时间虽然不短，但它不足以使一个人变得容貌全非。"从他说话的声调中可以听出，他在怀疑对方。

"然而，20年的时间却有可能使一个好人变成坏人。"高个子说，"你被捕了，鲍勃。在我们还没有去警察局之前，先给你看一张条子，是你的朋友写给你的。"

鲍勃接过便条。读着读着，他微微地颤抖起来。便条上写着：

鲍勃：刚才我准时赶到了我们的约会地点。当你划着火柴点烟时，我发现你正是那个芝加哥警方所通缉的人。不知怎么的，我不忍自己亲自逮捕你，只得找了个便衣警察来做这件事。

11. 下列对小说的分析和概括，不正确的两项是（　　）（5分）

A. 鲍勃对警察说"这儿没有出什么事"，表现了他在和老友见面前的愉快心情。

B. 鲍勃说"这些年来，我一直不得不东奔西跑"，反映出他负罪在逃的窘迫之状。

C. 鲍勃给警察讲述他和朋友约会的缘起，是为了缓解他害怕被逮捕的紧张心理。

D. 高个子男子担心鲍勃很快认出他不是吉米，便把衣领向上翻着，盖到耳朵。

E. 鲍勃读便条时微微颤抖，表现了他当时惊愕、恐慌、尴尬等复杂的内心活动。

12. 小说两次写到"一阵冷飕飕的风"，有什么作用？（6分）

13. 小说中的鲍勃具有什么样的性格？请简要分析。（6分）

14. 小说描写了警察吉米和通缉犯鲍勃"二十年以后"赴约的故事，在"情与法"的冲突中，两个人都面临艰难的抉择。有人说鲍勃值得同情，有人说他罪有应得；有人说吉米忠于职守，有人说他背叛了友谊。你的看法呢？请就你认同的一种观点加以探究。（8分）

## 吕丽高考语文讲堂・文学类文本・第5练　【2007 高考 2 题】

**【第1套・广东】**

阅读下面的文字，完成 16～18 题。（15分）

泥　泞　迟子建

北方的初春是肮脏的，这肮脏当然源自于我们曾经热烈赞美过的纯洁无瑕的雪。在北方漫长的冬季里，寒冷催生了一场又一场的雪，它们自天庭伸开美丽的触角，纤柔地飘落到大地上，使整个北方沉沦于一个冰清玉洁的世界中。如果你在飞雪中行进在街头，看着枝条濡着雪绒的树，看着教堂屋顶的白雪，看着银色的无限延伸着的道路，你的内心便会洋溢着一股激情：为着那无与伦比的壮丽或者是苍凉。

然而春风来了。春风使积雪融化，它们在消融的过程中容颜苍老、憔悴，仿佛一个即将撒手人寰的老妇人：雪在这时候将它的两重性毫无保留地暴露出来：它的美丽依附于寒冷，因而它是一种静止的美、脆弱的美；当寒冷已经成为西天的落霞，和风丽日映照它们时，它的丑陋才无奈地呈现。

纯美之极的事物是没有的，因而我还是热爱雪。爱它的美丽、单纯，也爱它的脆弱和被迫的消失。当然，更热爱它们消融时给这大地制造的空前的泥泞。

小巷里泥水遍布；排水沟因为融雪后污水的加入而增大流量，哗哗地响；燕子在潮湿的空气里衔着湿泥在檐下筑巢；鸡、鸭、鹅、狗将它们游荡小巷的爪印带回主人家的小院，使院子里印满无数爪形的泥印章，宛如月下松树庞大的投影；老人在走路时不小心失了手杖，那手杖被拾起时就成了泥手杖；孩子在小巷奔跑嬉闹时不慎将嘴里含着的糖掉到泥水中了，他便失神地望着那泥水呜呜地哭，而窥视到这一幕的孩子的母亲却快意地笑起来……

这是我童年时常常经历的情景，它的背景是北方的一个小山村，时间当然是泥泞不堪的早春时光了。

我热爱这种浑然天成的泥泞。

泥泞常常使我联想到俄罗斯这个伟大的民族，罗蒙诺索夫、柴可夫斯基、陀思妥耶夫斯基、托尔斯泰、蒲宁、普希金就是踏着泥泞一步步朝我们走来的。俄罗斯的艺术洋溢着一股高贵、博大、阴郁、不屈不挠的精神气息，不能不说与这种春日的泥泞有关。泥泞诞生了跋涉者，它给忍辱负重者以光明和力量，给苦难者以和平和勇气？一个伟大的民族需要泥泞的磨砺和锻炼，它会使人的脊梁永远不弯，使人在艰难的跋涉中懂得土地的可爱、博大和不可丧失，懂得祖国之于人的真正含义：当我们爱脚下的泥泞时，说明我们已经拥抱了一种精神。

如今在北方的城市所感受到的泥泞已经不像童年时那么深重了；但是在融雪的时节，我走在农贸市场的土路上，仍然能遭遇那种久违的泥泞。泥泞中的废纸、草屑、烂菜叶、鱼的内脏等等杂物若隐若现着，一股腐烂的气味扑入鼻息。这感觉当然比不得在永远有绿地环绕的西子湖畔撑一把伞在烟雨淳淳中耽于幻想来得惬意，但它仍然能使我陷入另一种怀想，想起木轮车沉重地碾过它时所溅起的泥珠，想起北方的人民跋涉其中的艰难的背影，想起我们曾有过的苦难和屈辱，我为双脚仍然能触摸到它而感到欣慰。

我们不会永远回头重温历史，我们也不会刻意制造一种泥泞让它出现在未来的道路上，但是，当我们在被细雨洗刷过的青石板路上走倦了，当我们面对着无边的落叶茫然不知所措时，当我们的笔面对白纸不再有激情而苍白无力时，我们是否渴望着在泥泞中跋涉一回呢？为此，我们真应该感谢雪，它诞生了寂静、单纯、一览无余的美，也诞生了肮脏、使人警醒给人力量的泥泞。因此它是举世无双的。

16. 文章在开头花了不少笔墨描写雪，这样写有哪些作用？（4分）

17. 作者为什么说"我热爱这种浑然天成的泥泞"？请联系全文回答。（5分）

18. 最后一段，作者既说"我们也不会刻意制造一种泥泞让它出现在未来的道路上"，又提出"我们是否渴望着在泥泞中跋涉一回呢"，你是如何理解的？（6分）

## 【第2套·海南、宁夏】

阅读下面的文字，完成11～14题。

### 林冲见差拨

只说公人将林冲送到沧州牢城营内来，营内收管林冲，发在单身房里听候点视。却有一般的罪人，都来看觑他，对林冲说道："此间管营，差拨，都十分害人，只是要诈人钱物。若有人情钱物送与他时，便觑的你好；若是无钱，将你撇在土牢里，求生不生，求死不死。若得了人情，入门便不打你一百杀威棒，只说有病，把来寄下；若不得人情时，这一百棒打得个七死八活。"林冲道："众兄长如此指教，且如要使钱，把多少与他？"众人道："若要使得好时，管营把五两银子与他，差拨也得五两银子送他，十分好了。"

正说之间，只见差拨过来问道："那个是新来的配军？"林冲见问，向前答应道："小人便是。"那差拨不见他把钱出来，变了面皮，指着林冲便骂道！"你这个贼配军！见我如何不下拜，却来唱喏！你这厮可知在东京做出事来！见我还是大剌剌的！我看这贼配军满脸都是饿纹，一世也不发迹！打不死，拷不杀顽囚！你这把贼骨头，好歹落在我手里，教你粉骨碎身！少间叫你便见功效！"把林冲骂得一佛出世，哪里敢抬头应答。众人见骂，各自散了。

林冲等他发作过了，去取五两银子，陪着笑脸告道："差拨哥哥，些小薄礼，休言轻微。"差拨看了道："你教我送与管营和俺的，都在里面？"

林冲道："只是送与差拨哥哥的；另有十两银子，就烦差拨哥哥送与管营。"差拨见了，看着林冲笑道："林教头，我也闻你的好名字。端的是个好男子！想是高太尉陷害你了。虽然目下暂时受苦，久后必然发迹。据你的大名，这表人物，必不是等闲之人，久后必做大官！"林冲笑道："总赖顾。"差拨道："你只管放心。"又取出柴大官人的书礼，说道："相烦老哥将这两封书下一下。"差拨道："既有柴大官人的书，烦恼做甚？这一封书值一锭金子。我一面与你下书。少间管营来点你，要打一百杀威棒时，你便只说你'一路有病，未曾痊可'。我自来与你支吾，要瞒生人的眼目。"林冲道："多谢指教。"差拨拿了银子并书，离了单身房，自去了。林冲叹口气道：有钱可以通神，"此语不差！端的有这般的苦处！"

原来差拨落了五两银子，只将五两银子并书来见管营，备说林冲是个好汉，柴大官人有书相荐在此呈上，本是高太尉陷害配他到此，又无十分大事。管营道，"况是柴大官人有书，必须要看顾他。"便教唤林冲来见。

且说林冲正在单身房里闷坐，只见牌头叫道："管营在厅上叫唤新到罪人林冲来点名。"林冲听得唤，来到厅前。管营道："你是新到犯人，太祖武德皇帝留下旧制：新入配军须吃一百杀威棒。左右与我驮起来。"林冲道："小人于路感冒风寒，未曾痊可，告寄打。"牌头道："这人见今有病，乞赐怜恕。"管营道："果是这人症候在身，权且寄下，待病痊可却打。"差拨道："见天王堂看守的，多时满了，可教林冲去替换他。"就厅上押了帖文，差拨领了林冲，单身房里取了行李，来天王堂交替。差拨道："林教头，我十分周全你。"林冲道："谢得照顾。"

（选自《水浒传会评本》第八回，有删节）

11. 下列对小说的分析和概括，不正确的两项是（　　）（5分）

A. 小说写了林冲发配沧州、初入牢营的一段情节，作者将笔墨集中在林冲见差拨的细节描写上。

B. 由于被高太尉陷害，林冲一进牢营就得到了"一般的罪人"的同情和关照，却遭到差拨的辱骂和恐吓。

C. 差拨一见林冲就破口大骂，是因为林冲只是唱喏，没有及早把柴大官人给管营等的书礼拿出来。

D. 小说通过对管营、差拨、牌头等人相互勾结欺压犯人的具体描写，形象地反映了牢营的黑暗现实。

E. 小说借"有钱可以通神"这句话，揭示了当时社会的世态人情，也表达了林冲的感慨和无奈。

12. 小说第一段写林冲刚到牢营，就有犯人介绍牢营的情况，这样写有什么作用？请简要分析。（6分）

13. 差拨是一个什么样的人？作者采用了什么表现手法刻画这个人物？请简要分析。（6分）

14. 对第三段"林冲等他发作过了，去取五两银子，陪着笑脸告道"这句话，明末清初文学批评家金圣叹评点道："虽是播出奇文，然亦实是林冲身份。"依据小说内容，探究"亦实是林冲身份"指的是林冲的哪一种身份，表现的是林冲什么样的性格和心理。（8分）

# 专题七

# 实用类文本阅读

2007~2011新课改实验区高考命题已有5年，高中语文新课程标准提出了实用类文本的概念，强调培养和发展学生的应用能力，体现实用性和应用性的特点，使试题进一步贴近生活，引领学生在学习中关注生活，是新课标实验区试卷的显著特色。"实用类文本阅读"与"文学类文本阅读"的探究题考查的侧重点和考察目的不尽相同："文学类文本阅读"侧重于探讨作品中蕴涵的民族心理和人文精神和对作品进行个性化阅读和有创意的解读。"实用类文本阅读"侧重于探讨文本反映的人生价值和时代精神和探究文本中的疑点和难点，提出自己的见解。

## 第一节 高考实用类文本考纲定位

### 一、考纲规定

《2012年普通高等学校招生全国统一考试新课程标准语文科考试大纲》中对于实用类文本阅读考点的规定是：

阅读评价中外实用类文本。了解传记、新闻、报告、科普文章的文体基本特征和主要表现手法。准确解读文本，筛选、整合信息。分析思想内容、构成要素和语言特色，评价文本产生的社会功用，探讨文本反映的人生价值和时代精神。

1. 分析综合 C【指分解剖析和归纳整理，是在识记和理解的基础上进一步提高了的能力层级】

(1) 筛选并整合文中的信息。

(2) 分析语言特色，把握文章结构，概括中心意思。

(3) 分析文本的文体基本特征和主要表现手法。

2. 鉴赏评价 D【指对阅读材料的鉴别、赏析和评说，是以识记、理解和分析综合为基础，在阅读方面发展了的能力层级】

(1) 评价文本的主要观点和基本倾向。

(2) 评价文本产生的社会价值和影响。

(3) 对文本的某种特色作深度的思考和判断。

3. 探究 F【指对某些问题进行探讨，有见解、有发现、有创新，是在识记、理解、分析综合的基础上发展了的能力层级】

(1) 从不同的角度和层面发掘文本所反映的人生价值和时代精神。

(2) 探讨作者的写作背景和写作意图。

(3) 探究文本中的某些问题，提出自己的见解。

### 二、考点解读

(1) 从选材上看，传记是试题考查的热点体裁，但新闻、科普文章等也有试题考查，选文既体现时代特色，又注重文本所具有的实用价值。

（2）从选文上看，选文的文体特征和主要表现手法均十分典型，利于考生对高考新设文体文章的把握。

（3）从考查内容看，鉴赏评价、探究能力备受青睐，鉴赏评价侧重就文本特点进行考查并有所拓展，而探究题设题的点和面均进一步拓展；此外，均涉及对语句的理解、信息筛选、文意把握、分析概括作者观点态度等能力的考查，这种趋势为高考命题和备考提供了借鉴。

（4）从题型上看，题型相对灵活，既有客观题，又有主观题，形式多样。

（5）从考查能力上看，重视探讨疑点难点，有所发现和创新的探究能力，是在识记、理解和分析综合的基础上发展了能力层级。包括：从不同的角度和层面发掘文本的深层意蕴；探讨文本反映的人生价值和时代精神；探究文本中的疑点和难点，提出自己的见解。

# 第二节 高考实用类文本阅读答题技巧

## 一、实用类文本阅读"评价"题答题技巧

评价"文本的主要观点和基本倾向"应注意三点：传记作者的观点；传主的观点；文中其他人的观点。可从以下三方面入手：

（1）从传主的思想、品格入手，抓住成长因素，把握人生轨迹。

（2）从作者的褒贬爱憎入手，抓住议论抒情，把握褒贬爱憎。

（3）从自己的获益启示入手，感受传主人生得失，获得启示完善自我。

## 二、实用类文本阅读"探究"题答题技巧

1. 命题的设问方式与角度

（1）对文本的社会价值提出自己的见解。（选材角度）

如：《大学生怎样离校》："本文就大学生离校时出现的一系列不文明的举动的原因进行了深层次的调查，并提出了自己的见解。但有人认为，不管是谁，只要是做出不文明的事，就应该受到惩罚，大学毕业生破坏公物也不能不追究责任；也有人认为，大学毕业生离校时的不文明现象存在多年，这说明我国的高校在管理上还有许多不合理的地方。对这个问题你有什么看法，请作简要分析。"

（2）对文章的结构安排、艺术处理提出自己的看法。（结构角度）

如：《奥斯卡决胜之前采访张艺谋：得失平常心》"张艺谋说完最后一段话后，记者没有作任何评论就结束了访谈，你认为有没有必要评论一下？如果没必要，请说明理由。如果必要，请说明理由并说一说你准备如何评论。"

（3）对文本反映的人生价值和时代精神的探究。（社会影响角度）

如：《他打动了每个认识他的人——身边人眼中的洪战辉》："洪战辉一再强调自己'只是一个普通人'，'做的是一个普通人应该做的事'，并没有'什么奇怪的'。可是，社会却给予很高的评价，成为'感动中国人物'。请结合文本，联系现实，谈谈你的看法。"

（4）对标题成败的探究。

如：《昆山 31 万农民刷卡看病——每人每年缴纳 50 元，最多可得 1100 倍补偿》第 3 题："有人认为，这则新闻的标题是个亮点，你是否同意？"

（5）探究文本中的疑点、难点和空白点，提出自己的见解。

如：《知识与财富决定生活满意度与乐观度》："本文在文末得出了调查的结论：知识与

财富决定生活满意与乐观度。有人认为这一结论是在对事实的进行调查的基础上，并根据大量的数据分析而得出的，具有很强的说服力；但也有人认为，对生活的满意与乐观度是一个社会综合问题，它应受到诸如经济情况，社会地位，人的心理心态，甚至是社会保障机制等各种因素的影响，单从知识与财富入手不能说明问题。对此，你有什么看法？请简要分析。"

2. 实用类文本阅读"探究"题答题技巧

实用类文本阅读"探究"题要求做到"有观点＋有分析"。所谓观点，就是看法、意见、态度、立场、认识。答案要求观点要明确，态度要鲜明。一般采用这样的句式：多用判断语气的句子，比如"我认为……""我觉得……"。所谓分析，就是探究，是运用依据阐述观点的过程。分析可以有以下 3 种方式：

(1) 观点＋结合文本分析

设问形式：A. 联系文本，谈谈你的看法。

B. 你同意作者的观点吗？说说你的理由。

C. 你是否同意这一观点，请举例说明。

这种分析过程一方面是摘录或者化用文本的相关字词句，整合成话，扣紧观点；另一方面举文本中的事例进行分析的，要注意叙述简洁，材料与观点相互融合。

(2) 一方面的观点（或有利）＋原因分析＋另一方面的观点（或有弊）＋原因分析。

设问形式："对于某个观点，你如何评价""谈谈你对某个观点的看法"。

这种分析过程注意要一分为二，既要肯定其好的一面，又要提出自己中肯的看法，有利有弊，不能全盘否定或全盘肯定。

(3) 观点＋结合文本分析＋结合现实分析

设问形式：A. 结合文本和现实谈谈你的看法。

B. 结合文本和现实谈谈你对某个观点的认识。

C. 你是××，你是怎样做的。

事例一般有两种要求形式：生活实际事例和文本事例。这种分析过程要注意事例的叙述简洁，材料与观点相互融合。

3. 高考实用类文本阅读答题中的几个"忽视"

"实用类文本阅读"作为一种新的题型出现在大家的面前。从命题角度、考查方向来看很好地体现了新课改精神。随着新课改的不断深入，对于这一题型应该引起我们足够的重视。在此，结合部分考生在这类题目答题过程中常出现的几个"忽视"。

(1) 忽视文体特征

关于"实用类文本"阅读，新课程考试大纲中有这样一句话：了解访谈、调查报告、新闻、传记、社科论文、科学小品等实用类的文体基本特征和主要表现手法。但在同学们的学习过程中，往往过分注重命题对材料内容上的考察，而忽视形式上的东西。像对于"新闻""通讯"这样常见的文体特征往往弃而不理，造成了没有必要的失分。山东卷第 19 题"文章开头两段属于新闻文体基本构成中的哪个部分？请结合本文分析其作用。"需要考生能够掌握新闻的结构特点，明确各部分在新闻中的地位，才能够准确作答。广东卷第 19 题"统观这篇访谈，采访者所提的问题可以归纳为哪几个方面？"此题看似单纯地考查整合信息的能力，实际上需要考生掌握访谈文本的特征。访谈从形式上看由一问一答连环下去构成一篇文章，但其问答有互动的因素，并且依靠一问一答推动访谈的进行，每组问题一定是有计划有步骤地展开，把握住访谈的内在思路，是解决此类题的关键所在。

(2) 忽视答题角度

"实用类文本"阅读之所以有利于更准确地考查考生的语文素养、个性思维和探究能力，主要是因为它在答题的角度上给我们更多的思维空间。同学们在答题的过程中，往往局限于某一个角度，进而限制了思维。如宁夏、海南卷第 16 题："叶圣陶指导儿女们写作有什么特点？他对儿女们的作文又是从哪些方面评议的？请结合原文概括回答。"对于题目中的第二个问题，它就涉及作文的"表达形式""思想内容"两个方面。再如第 18 题，属评价性题目，整体评价叶圣陶这一人物形象，属于半开放性题，答题时，在忠实于原文的基础上，考生要注意从不同角度切入评价。

（3）忽视句子内涵

"新闻"、"访谈"、"调查报告"、"传记"等文本虽然在写法上可以综合多种表现手法，但它们的一大特点便是立足于事实，事情的叙写在文本中占有较大的比重。诸多事情的背后究竟隐含着哪些"深层意蕴"、"人生价值"、"时代精神"，这是命题者不会轻易放过的。这里面就有个要善于透过现象看本质的问题。同学们在答题过程中往往忽视句子的内涵，被其表面意思局限了自己的思维，进而答题只是涉及皮毛，得分亦可想而知。如广东卷第 21 题："根据傅聪的观点，演奏家如何才能使伟大作曲家的作品'不断地发展'，'不断复活、再生、演变'？"对于这道题目，我只要注意到句中"发展""复活""再生""演变"的所指内涵，就不免得出类似的答案：演奏家要经历一个"师今人、师古人、师造化"的过程，在音乐上有很高的造诣；演奏家要对音乐原作的内涵有真正的理解，领悟到作曲家的精神世界；演奏家把个人体验和追求融入作品，从而不断地对作品进行演绎、阐释与再创造。

（4）忽视分值设置

每道问题后面都标有它的分值，这一点最容易让人忽视。然而问题后的分值往往暗示着得分点。忽视这一点，往往造成要点不全或答题啰嗦。这就是我们常在答题技巧上提到的"看分值答题"。答题时要尽可能分成几点列出。此外，答案最好能用序号标出，让阅卷者对答案要点一目了然。

## 第三节　高考实用类文本阅读精讲精析

### 一、传记阅读

（一）传记的定义和分类

传记是遵循真实性原则，用形象化的方法记述人物的生活经历、精神风貌以及其历史背景的一种叙事性文体。

（1）从叙述人称看，传记可分自传和他传。前者是作者自己撰写的，如：鲁迅写的《鲁迅自传》，沈从文的《沈从文自传》。后者是他人撰写的，如：《华罗庚》、《"布衣总统"孙中山》、《我的父亲邓小平》等；

（2）从表达方式看，一般的传记以记叙为主，还有的传记，一面记述人物的经历，一面加以评论，记叙与评论各半，这种传记则被称为"评传"。如：卞毓方的《留取丹心照汗青》，朱志敏的《铁肩担道义》；

（3）从篇幅的长短来说，它可以分为大传和小传。

（二）传记的文体特点

传记的文体特点是真实性和文学性。其中，真实性是传记的第一特征，因为传记叙写的是历史或现实中存在的活生生的人，有真名实姓、居住地点、活动范围等，写作时不允许任意虚构。但传记不同于一般的枯燥的历史记录，它具有文学性。它是写人的，有人的生命、情感在内；它通过作者的选择、剪辑、组接，倾注了爱憎的情感；它需要用艺术的手法加以表现，以达到传神的目的。

（三）人物传记的整体阅读

从传记阅读的命题上来说，除了关注传统阅读材料所考查的重点语句的理解，文章主旨的把握，艺术手法的考查等内容外，我们还需要注意掌握关于传记的文体知识，特别关注如何评价传主的功过得失，如何从选文中汲取有益的人生启示这类内容。这就要求阅读者要善于从传记中了解传主的生活经历，体悟传主的情感世界，追寻传主思想演变的线索，剖析传主成败的缘由，感受其人生经历的沧桑。要做到这些就要掌握一些行之有效的传记阅读方法。

1. 阅读传记作品必须联系传主生活的时代背景和社会环境

一个人的成长不可能完全取决于内因，他的个性、思想的形成必定会受到所处的特定时代及其成长环境等外因的影响，了解这些重要事实可以使我们对传主成长的各种因素做出符合实际的分析，以便更立体地了解人物，对其思想、品格及功过做出客观公允的评价。

2. 阅读传记作品必须认识到传主的成长经历并感悟传主的心路历程

只有深刻地认识传主的成长经历并感悟其心路历程，注重分析传主的先天禀赋和后天环境、志向和命运、奋斗和机遇、挫折和成功、事业和爱情等诸多因素对其人生发展的重要意义，才能让读者在评价传主的思想、感情、品格、气质、成就等方面的同时，也能从中汲取精神养料，获得有益的启示，丰富自己的人生经验，形成主动规划人生的意识和能力。

3. 阅读传记作品必须懂得传记作品与其他文学作品的区别

传记属于纪实性作品，纪实性要求传记记述的事实是客观存在的、准确的、真实的，不允许有任何夸张与虚构。但历史的真实，只能是相对的真实，任何已经成为过去的历史是不可能全面复现的，任何对历史的叙述，也只能是相对真实的描述。因此，传记允许作者对个别细节、某些场景进行符合时代环境的合理的有限度的想象，以便丰富、生动地描绘人物，凸现人物特性。了解了传记作品的这些特点，同学们就可以在学习的过程中欣赏、品味传记作品真实性与文学性相结合、哲理性与形象性相结合、思辨性与审美性相结合所产生的魅力，赏析传记中的想象艺术，多角度地培养自己的鉴赏能力。

4. 阅读传记作品还要关注传主具有典型意义的事件和细节

典型事件往往是传主一生的关键所在，能反映他一生中的主要功过，而且可以显示有关的历史进程及特点，有利于读者把握文章的重点，理清其人生发展的脉络；富有特性的细节描写犹如人体之血肉，能使传主的形象更加丰满，能帮助读者更准确地了解传主的性格、理想。同时，关注这些还可以引发读者的思索，使之从中获得更多的人生教益。

另外，评传是传记中的跨类文体，处于人物传记和文学评论之间。一方面有对人物生平较完整的叙述，借以展示传主的人生道路；另一方面结合这些叙述，分析传主的思想行为，评价他对社会发展的作用。同时因为它的篇幅较简短，更适合于高考命题时选用，因此考生对这一类型应给予更多的关注。

（四）传记阅读方法

1. 如何把握传主的形象，概括传主的精神品质

通过阅读梳理出主要事件。从人物在事件中的表现来把握其形象。如果是评传，要区分传记中的叙与评，把握事件与观点的关系。同时又要注意细节描写。细节特别是典型细节往往最能传神，最能打动人，给人以深刻印象。阅读传记时要学会把握作品中具有典型意义的事件细节，并对这些细节加以仔细思考。例如，这一细节表现了什么，它与整个事件之间是什么关系，它在事件或传主的生活中起了什么作用，它表现了人物怎样的精神特质等。

注意从传主与时代，传主与他人的关系去把握传主形象。"传主与时代""传主与他人"是理解传记的经纬。首先要关注时代、社会、家庭背景下的传主。要理解传主其人其事，就要了解他所处的时代背景、社会背景、家庭生活背景等众多因素。其次，要理解关系网中的传主。传主的人际交往是影响他也是组成他人生经历的重要方面，通过传主与他人的关系去把握传主是阅读传记的一条通道。

这类题目通常是简答题，要注意筛选出文章的主要信息归纳出观点，并举出文中的具体例子加以分析论证。

2. 如何分析传记的语言特色、文本基本特征和表现手法

首先明确传记类别，了解不同类别传记具有的不同特点。在此基础上结合具体文本加以辨别分析。如，自传采用第一人称，语言或自然亲切或幽默调侃，通常以记叙为主，兼有描写抒情。他传采用第三人称，语言或朴实自然或文采斐然。

了解传记常用的表现手法，结合文本加以判断分析。传记采用的表现手法与一般记叙文相似，有首尾照应、巧用修辞、详略得当、叙议结合、正侧相映等。此外，引用是传记常用的表现手法，如引用传主在书信、日记中的表白，它可以印证作者的观点，也可以使传记具有更为真实感人的力量。

这类题目通常是简答题。

3. 如何对传记进行鉴赏与评价和探究

学会鉴别传记材料。传记是在搜集资料的基础上写成的。传记作者要通过对材料的深加工来透视人物的性格与命运，并有力地表现出来。在阅读时，要注意鉴别材料是否恰当，即作者选取的材料是否能充分表现传主的特点，从这些材料里面是否能得出令人认同的推理、判断或结论。

对传记传主作出评判。一部传记里面既包含传主的立场，包含传记作者的立场，读者在阅读的过程中也会有自己的立场。读者要学会站在一定的立场上对传主立场、传记作者立场做出适当评判。在阅读中，可以从作者对材料的选择和叙说的方式上来体会作者的观点，然后结合自己的阅读感受作出评论，通过对传记的阅读要认识传主对人类物质文明和精神文明发展所产生的正面作用或负面影响，评价其功过得失。

这类题目通常是论述题。答题应像写作一篇小的议论文，首先要在理解文本的基础上大胆而明确地提出自己的见解，然后要结合文中的事例、细节加以分析论证，最后再次表明观点。

## 二、新闻阅读

新闻是属于记叙文的一种类型，包含了记叙文的基本特点，解读时我们可以借鉴记叙文的阅读方法，但又不能照搬全套。因此，根据新闻特点我们在复习时可采用如下的六个步骤：

① 看标题信息，揣摩新闻类型；
② 抓记叙要素，了解大致内容；
③ 理行文线索，分清段落层次；
④ 辨叙述方式，领会布局特点；
⑤ 挖中心主旨，理解文本意义；
⑥ 析表现手法，以供鉴赏探究。

第一步是"看标题信息"，类似作文审题；而"揣摩记叙类型"，则是指阅读的审题目标要比作文单一。即通过对题意的揣摩，要能辨出该文的记叙对象，是人物新闻还是事件新闻，是消息还是通讯。

第二步是"抓记叙要素"，这是由文体特点决定的。因为新闻的内容，无论哪种类型，一般都离不开人物、时间、地点和事情的起因、发展、结果这六个要素。

第三步是"理行文线索"，即领悟文章的脉络、顺序，目的是理清作者的行文思路，借此可准确地划分全文的段落层次。

第四步是"辨叙述方式"，即辨析文本主要采用的叙述方式，消息一般都是采用"倒金字塔"式（即先说结果，再说重要事实，最后说次要内容），这跟一般的记叙文不同。而通

讯的叙述方式就比较灵活多变，有顺叙、倒叙，中间或许还会有插叙、补叙等叙述方法。

第五步是"挖中心主旨"，目的是鉴赏评价文本的主要观点和基本倾向、评价文本产生的社会价值和影响，探讨文本反映的人生价值和时代精神。

第六步是"析表现手法"，是从写作特点方面分析新闻的基本要求，目的是分析文本的文体基本特征和主要表现手法，对文本的某种特色作深度的思考和判断，对文本的某种特色作深度的思考和判断从不同的角度和层面发掘文本的深层意蕴。一般可以从叙述、描写、抒情、议论等表达方式，烘托、借景抒情等文学手段，锤词炼句及比喻、拟人等种种修辞方法几个角度去考虑。但由于新闻往往运用多种表现手法，而考试时的阅读时间十分有限，因此一般宜结合新闻对象，抓其中最主要、最突出的来分析。

## 三、访谈阅读

阅读访谈关键是迅速把握访谈的话题、理清访谈的线索、归纳访谈的主要内容、分析访谈的技巧、评价访谈的收效。

（一）如何快速准确地把握访谈的主要进程和内容

（1）迅速通读一遍全文，把握讨论话题、主要进程、关键内容。

（2）将访问者和访谈对象的文字分开，先读提问者（访问者）的问题，把握有哪些主要问题；再阅读访谈对象的文字，大致把握其阐述分析。

（3）重点精读一些提问者提出的一些关键问题和访谈对象的关键回答，深入研究其核心内容。

（4）整合文中的信息、把握文章结构、概括中心意思与其他类型的文章读解分析方法一样。

（二）如何分析访谈文本的文体基本特征和主要表现手法

访谈文本的文体基本特征从形式上看就是由一问一答一直连环下去组成一篇文章。但其问答有互动的因素，并且依靠一问一答推动访谈的进行。这其中，双方要充分配合。提问者要善于引导，随机应变；访谈对象要积极回应，言之有物。如果遇到不和谐、浅层次徘徊、进行不下去的情形，提问者必须运用恰当的调控手段。

### 1. 访谈的提问技巧

访谈文本的表现手法主要是针对提问者而言，必须掌握基本的问的技巧。而读者在阅读时着重就是要关注提问者问的艺术技巧。一般提问方法：要么直接问，要么旁敲侧击。可以细分为：

① 趣问：采用一些诙谐有趣、形象生动的话题或提问方式进行发问，以消除陌生感，拉近双方的距离。

② 直问：不转弯抹角，把想了解的问题直截了当地提出来。

③ 推问：运用逻辑推理，提出问题。

④ 旁问：有意岔开，先谈点别的事情，以此来制造轻松的气氛。

⑤ 追问：对访谈对象刚刚陈述的疑点或没有充分说明的地方进行追问，使访谈顺着自己的思路继续予以回答。

⑥ 延伸：对访谈对象没有涉及的领域进行引导，可以拓宽领域，避免片面性。

⑦ 对比：有时，访谈对象就某一问题在回答时的陈述不尽相同，如果发现这样的疑点可以进行对比提问。也可以引入一些其他人对同一问题的观点进行对比提问。

### 2. 访谈的鉴赏评价

评价文本的主要观点和基本倾向，包括访谈者的观点和访谈对象的观点，必须认真梳理，全面把握其要素和倾向，能找出他们支持自己相关观点的相应材料，分析其逻辑推理的科学性，然后作出自己的价值判断。

评价文本产生的社会价值和影响，可以是正面的也可以是负面的，高考考察一般会以正面的为主。访谈的题材通常都是名人、大事，与当前整个社会或某些阶层息息相关，因此会产生较大的社会价值和影响。阅读时要将视野扩大，将该访谈放到当时社会的大背景中，联系当时社会的政治经济状况、主流思想文化、各阶层的关注程度来进行对照，然后实事求是地进行评价阐释。

对文本的某种特色作深度的思考和判断，主要落实于文本的思想情感、文本风格、语言特色、设问技巧等方面。"作深度的思考和判断"首先要能指出这种特色，然后联系文章说一说文章为什么要营造这种特色，还要进一步指出这种特色的好处、效果或不足，如果能提出一些建设性的意见就更好。

## 四、调查报告阅读

调查报告是一种常用的应用文体，是根据特定目的，运用辩证唯物主义观点，对某一客观事物进行调查研究之后写成的书面报告。按调查报告的性质和内容，一般可以划分为综合调查报告、典型调查报告和专案调查报告三类。

**（一）调查报告的组成**

一般来讲，调查报告的结构，由开头、主体和结尾三部分组成。

开头：就调查的一些情况作简要的说明，比如说明调查的目的、对象、经过、时间、方式、方法和结果等。这样做，有利于作者展开和读者理解整个调查报告的内容。还可以在调查报告的开头部分写一个类似于消息的导语一样的文字，提示一下全篇的主要内容，使读者先形成一个总的印象，以便迅速把握全文的中心。

主体：调查报告中关于事的叙述和议论主要写在这部分里，是充分地表现主题的重要部分。内容安排上，主要是采取纵式、横式和对比三种结构形式。

（1）纵式结构。按照调查的顺序、时间的顺序或是根据事件发生的先后过程来写。这种纵式结构比较简单，适合表达线索单一、内容集中的报告内容。它的特点是内容连接贯通，结构条理清楚。

（2）横式结构。可以按调查的内容分为几个部分，加以叙述和说明。这种结构比较常见，它的特点是从几个不同的角度、侧面回答问题，论述比较全面、透彻，适合表述问题比较复杂，内容层次多的报告内容。写作时要注意安排好各部分之间的逻辑关系，分清并列、从属、主次关系。

（3）对比结构。即把两个不同对象加以对比写。从自始至终的对比中让人们认识到不同的思想、不同的做法，会产生不同的结果。结构安排上的对比是为了引起读者思想上的对比，使读者在对比中肯定所是，否定所非。

主体部分不管采取什么样的结构，都应该做到先后有序，主次分明，详略得当，联系紧密，层层深入，以更好地表现主题。

结尾：可以是总结全文，深化主题；也可以是展望未来，提出希望；可以是归纳主题，强调意义；也可以没有明显的结尾，全文由总到分，说完了事。结尾要简短有力，有话则长，无话则短，既不可草率从事，也不可画蛇添足。

**（二）调查报告的写作要求**

（1）材料真实。报告中所运用的材料必须是真实可靠的，确凿无误。时间、地点、人物、事件不能虚构，数字必须准确，既不能夸大，也不能缩小。这是调查报告最基本的特点。

（2）对象典型。调查报告反映的对象多种多样：正面的、反面的、现实的、历史的、个人的、单位的等事实都可以作为被调查对象，写进调查报告。但不管从哪方面取材，都必须注意典型性。只有被反映的对象具有典型意义，调查报告才真正具有现实意义和指导作用。

（3）叙议结合。调查报告以介绍事实材料为主，运用叙述的方法把事情的起因、发展和结果交代清楚，但它不是运用文学具体描绘和形象刻画，是让读者具体了解经验成功之处或错误失误之处，所以要运用材料叙述来说明问题。为了揭示事物的本质意义，表明作者的主观见解，在叙述的过程中，作者往往要进行一些议论。但这种议论只能是"画龙点睛"的，要恰到好处、点到即止。

（4）针对性强。调查报告反映典型，具有面上的指导作用，因此它具有强烈的针对性。它必须有针对性进行调查研究，对经验或教训作认真细致的分析总结，指导群众去弄清他们都关心的事情或解决他们迫切需要解决的问题。

（三）调查报告的阅读方法

1. 快速准确地把握调查报告的内容

（1）迅速准确阅读文章第一段（开头部分），把握调查的对象、内容。

（2）阅读全文，了解清楚事件的起因、发展和结果，注意事件的细节。

（3）重点精读一些调查者总结收集的数据，调查者发表议论的部分，深入研究其核心内容。

（4）整合文中的信息、把握文章结构、概括中心意思与其他类型的文章解读分析方法一样。

2. 注意调查报告中观点与材料的统一

调查报告是在叙述中把观点表达出来的，即在事实材料的基础上，得出观点。因此，我们要注意在阅读中把握好文章中的材料与观点的统一问题。

（1）运用一个或几个典型材料说明观点。我们要注意材料的典型性，同时也要注意材料内部的相互逻辑关系，从不同的角度和侧面说明观点。

（2）运用对比的材料来突出观点。这种对比，可以今昔、新旧、正反和成败等的对比。通过不同事物不同方面的对比，能够更好地突出事物特点，更好地划清是非界线，突出观点。对比还可以是具体的事实，也可以是统计数字、百分比。

（3）用精确的数字来直接说明观点。基本统计数字、百分比，都可以反映事物的面貌和实质，可以增强说服力。在运用统计数字说明观点时，要注意它的精确性，要实事求是，要有明确的目的性，运用时要根据内容的需要，力戒盲目堆砌数字，淹没观点。

调查报告可以先摆材料后提观点，也可以先提观点再用材料加以说明。有时虽不明显地提出观点，但可以从阐述中看出观点。不管用什么样的方法，一定要做到观点与材料的高度统一，以便更好地表现主题。

（四）调查报告的鉴赏评价

文本的主要观点和基本倾向主要是调查者的观点，必须认真梳理，全面把握其要素和倾向，能找出他们支持自己相关观点的相应材料，分析其逻辑推理的科学性，尤其是对调查报告中的数据进行分析，然后作出自己的价值判断。

文本产生的社会价值和影响可以是正面的也可以是负面的，高考考察一般会以正面的为主。调查报告的题材通常都是针对性极强的，与民生、社情、当前整个社会或某些阶层息息相关，因此会产生较大的社会价值和影响。阅读时要将视野扩大，将文章放到当时社会的大背景中，联系当时社会的政治经济状况、主流思想文化、各阶层的关注程度来进行对照，然后实事求是地进行评价阐释。

调查报告本身是一种极具科学性的文体，它是在事实的基础上得出观点，调查的结果本身就极具科学性，一般不能轻易否定。对调查报告进行探究，应更多地从社会价值的角度来思考问题，运用一些社会学的原理，关注民生、经济，有时可以从自身的角度来对问题进行实例分析。

## 五、通讯阅读

通讯是综合运用多种表达方式，详细深入而又生动形象地报道新近发生的事实的一种新闻体裁。

**（一）通讯的分类**

通讯可分为人物通讯、事件通讯、概貌通讯、工作通讯等。

（1）人物通讯。是以人物的思想、言行、事迹和命运为报道内容的通讯。人物通讯并非仅仅是"名人通讯"，报道对象的选择取决于其蕴含的新闻价值，一般来说人物必须具有先进性或典型性。在取材上可写"全人全貌"，也可截取片断着重写人物的某个侧面或阶段。此两类一般以人物的"行"为主，而"人物专访"则以写人物的"言"为主。通过记者的专访，记述人物的谈话，从而揭示其精神世界。

（2）事件通讯。是以具典型意义的事件为报道对象的通讯。事件通讯时效性较强，它围绕中心事件选材，虽不着力刻画人物，但往往通过典型事件表现一群人或一个集体。所以它通过较为详尽地展示事件的完整过程，挖掘其意义，揭示其本质，进而反映社会风尚，弘扬时代精神。

**（二）通讯与消息的区别**

（1）内容上，消息简略单纯，通讯详细丰富。从内容方面看，消息大多是一事一报，而且只报道新闻事件的大致情况，如果有细节也是非常少的。而通讯报道的可以是一人一事，也可以涉及众多的人物和事件。同时，通讯十分重视细节的刻画，在一篇通讯中往往有大量的细节，能以小见大，在细微处展示人物的精神风貌。

（2）形式上，消息程式性强，通讯创造性强。形式，一般是指文章的结构、语言、表达方式。从结构上看，消息是一种程式化的文体，它的外部结构由标题、导语、主体、结尾组成，标题、导语又都有一些常用的模式。消息的写作，在很大程度上是按着固定的模式进行操作，创造性只体现在一些局部性的地方。而通讯则不然，它的写作跟一般的记叙文相似，没有固定格式，每一篇都有自己独特的结构形式。另外，消息的表达方式和语言也都有一定的程式性。在表达方面，消息主要用叙述，别的表达方式用得很少。在语言上，消息运用词语的直接含义，显得简洁朴素，循规蹈矩。而通讯表达方式丰富多样，语言常有新颖独特的创造性运用，显得溢光流彩摇曳多姿。这在关于孔繁森事迹报道的消息和通讯的比较中能够明显见出。

（3）在写作技巧上，消息手法简单，通讯手法多样。这里所说的写作技巧，含义较广，包括虚实相衬、对比烘托、铺垫弄引、设置悬念、欲擒故纵、欲露先藏、欲扬先抑、曲径通幽、断续反跌等多种表现手法，也包括比喻、对偶、排比、夸张、比拟、起兴、象征等多种修辞手法。这些手法，消息也是要运用的。但是，由于消息简洁朴实的文体本性所限制，消息对这些手法是在合适的地方偶尔一用。通讯则不然，为了能够加强作品的感染力和生动性，它常常综合使用以上多种写作技巧。

（4）风格上，消息朴实，通讯富有文采。手法的不同自然会造成风格的不同。消息一般没有文学性，朴素实用。通讯则有较强的文学性，生动活泼而富于文采。在一期报纸上，只有消息的凝重则不够活泼多样，只有通讯的文采则不够朴素踏实。这两种不同的风格是各有所长的，二者之间的相互映衬和相互补充，使新闻媒体的面貌臻于完美。

此外，实用类文本还包括科普文阅读，科学小品阅读等多种形式，因其与自然科学类文章阅读有交叉，这里不再赘述。

## 第四节　五年高考实用类文本阅读精练

实用类文本阅读侧重于考查考生的五年高考实用类文本阅读精练全面汇集了（2007～2011）十余年来全国各地 30 篇实用类文本阅读高考真题，类型广泛，内容丰富，充分学习与练习应用能力、实践能力和探究能力。

### 吕丽高考语文讲堂·实用类文本·第1练　【2011高考4篇】

【第1篇·海南】

阅读下面的文字，完成1～4题。（25分）

下笔不觉师造化

黄宾虹一生绘画艺术的大进展，多发生在他隐居的时期。这并不是纯粹的巧合，无需应酬杂务的宁静生活可以让他深思内省，促使画作和自然风景、隐居生活进一步契合。池阳湖画风之变是一次突变，源自他对江湖水光天色的写生，也来自他蓄积已久的思考，还来自苦涩现实对他心灵的影响。其弟子王伯敏多年后还难忘他老师的教诲："读书的人，要甘于寂寞。寂寞能安定，定则心静，静则心清，清则心明，明则明白一切事理。作画，墨是黑的，只要眼明心清，便能悟出知白守黑的道理，画便猛进。"

1929 年的一件盛事是教育部在上海举办的第一届全国美术展览，南北国画家都参加。此时在上海美专任教的黄宾虹参加了展出工作，并发表了评价文章《美展国画谈》。文章提倡士大夫的逸品画格，以为不必求悦于人，人不知而不愠，才是真画者；还以为当时沪上流行的一种是细谨、工于涂泽的媚人习气，另一种是自矜才气、沦于放诞的欺人画风，以浮华为潇洒、以轻软为秀润，真画者反不合时宜。他希望画者能坚持避俗趋雅的操守，力求画滋浑厚的画风，不要因一时俗世弃取而改变。

黄宾虹一向以为书画同源，所以称作画为"写画"。他以为上古时代书画不分，如伏羲画八卦，仓颉造字的一种主要方式就是象形，中国最早的文字中已有横线、纵线、弧线等线条形式；汉以后虽分书画，但仍是道归于一，三代以上笔法可从甲骨、古玉、铜器中求之。他在 1929 年编辑的《滨虹草堂古印谱》里曾谈到古印上的籀篆文字：点画的肥瘦方圆奇正各不同，有助于绘画笔法；而结构的疏密、参差离合、抑扬顿挫、回环往复，更可见章法布置之妙。所以，他作画时要置备金石拓本在案头。他由古玺印这种上古金石实物、临近原始的艺术形式中悟出笔法要旨，认识到书法、文字、金石、绘画都是同一来源，即来源于自然山水，从而找到回归造化之路。

黄宾虹常提到古代书法家从观察自然中有所领悟，如在雨后看车行泥沼，车轮在泥中转动犹如笔被纸墨所滞却仍圆转，不疾不徐、不粘不脱，由此笔法大进。他也常以自然山水之理来诠释自己的笔法，如"平"就是如风吹水动、一波三折；"圆"如行云流水、宛转自如，而石有棱角、树有桠杈，则是圆中有方；"变"则如石有阴阳向背，树有交互参差，山有起伏显晦、水有缓急动静。1922 年他在给友人陈柱尊的信里说道，自己是以山水作字，而以字来作画。可见，他已将山水自然之理、《说文》六书之法、书法、画法相互打通。

现代画家以画为道抑或以画为艺，这种人生态度和价值取向上的对比，在黄宾虹和张大千身上表现得最为明显。张大千一生充满传奇色彩，黄宾虹一生平静淡泊。张大千 1925 年在上海举办第一次个人画展，26 岁就扬名南北，后又去北平办画展，被称为"南张北溥"，可谓名满天下；而黄宾虹虽较早就有"南黄北齐"之称，但他直至 1943 年才在上海举办第一次个人画展，这时他已经 80 岁了。

黄宾虹自来沪上就以鉴赏、鉴别真伪著称；而张大千仿作的石涛画，甚至瞒过了当时的大行家罗振玉、黄宾虹及其老师曾熙，可谓出神入化。还有对画与钱的关系，黄宾虹一生力避卖画，多以画赠友人知己。虽有润笔，与他的名气相比也很低，他一直严守传统士大夫不言阿堵的精神，过着清寂的学人生活；而张大千却有着对金钱的开通看法和潇洒追求，有过极高的润格，也卖商品画，出手阔绰。不同的人生态度最终体现在他们的画中，黄宾虹的画是典型的恪守传统的雅正的士大夫画，张大千的画则有趋向民间、时尚的意趣。两人都是一代宗师，只是在境界上和被认可的领域不同而已。

（摘编自吴晶《画之大者——黄宾虹传》）

1. 下列对传记有关内容的分析和概括，最恰当的两项是（　　　）（5分）

A. 针对当时沪上流行的细谨、涂泽的媚人习气和自矜才气、沦于放诞的欺人画风，黄宾虹推崇细腻、轻软的逸品画格，倡导做"真画者。"

B. 由于我国书法、文字、金石、绘画同源异流，道归于一，要研究中国书法、绘画的笔法意蕴，就只能从上古时期的甲骨、古玉、铜器人手。

C. 书画家常能从观察自然中领悟到艺术的真谛，如由雨后看车行泥沼悟得笔法的疾徐粘脱，由石的阴阳向背、树的交互参差悟出笔法的变化。

D. 张大千有着深厚的艺术修养，模仿的水平也极为高超，以至于他仿作的石涛画，甚至瞒过了当时的书画大行家罗振玉等人。

E. 本文通过记述黄宾虹博采众长、学习绘画的艰苦历程，描写了他在中国绘画艺术上的理论创见与突出成就，为我们展示了一位艺术家的感人形象。

2. 黄宾虹一生绘画艺术的大进展，多发生在他的隐居时期。这是什么原因？请简要分析。（6分）

3. 黄宾虹作画时为什么要把金石拓本摆在案头？请简要分析。（6分）

4. 尽管黄宾虹和张大千都是一代宗师，但二人的人生态度、对金钱的看法以及艺道旨趣却大相径庭。这给你什么样的启示？请结合全文，谈谈你的看法。（8分）

**【第 2 篇·福建】**

阅读下面的文字，完成 13～15 题。（15分）

朱启钤："被抹掉的奠基人"　　　林天宏

① 2006 年 6 月 13 日下午，一场大雨过后，正阳门箭楼被带着水雾的脚手架包裹得严严实实。北京旧城中轴线上的这座标志性建筑，正经历着新中国成立后规模最大的一次修缮。

② 由正阳门箭楼北望，长安街车水马龙，它与城楼左右两侧的南北长街、南北池街，一同构成了北京旧城东西，南北走向的交通要道。

③ 我问同行的一个记者："你知道改造北京旧城，使其具有现代城市雏形的第一人是谁？""梁思成？"，她答道。

④ 这个答案是错误的，却并不让人意外。随着北京旧城改造不断进入媒体视野，梁思成等一批建筑学家已被大众熟知。但少有人知晓的是，从 1915 年起，北京已开始有计划地进行市政工程建设，正阳门箭楼、东西长安街、南北长街与南北池街，都是在时任内务部总长朱启钤的主持之下改造与打通的。

⑤ 同样少有人知晓的是，1925 年，25 岁的美国宾夕法尼亚大学留学生梁思成，收到父亲梁启超从国内寄来北宋匠人李诫撰写的《营造法式》一书，兴趣大增，有次走上中国古代建筑研究之路。1930 年，梁思成加入中国营造学社，在那里撰写了《中国建筑史》，成为建筑学一代宗师。而《营造法式》一书的发现者与中国营造学社的创始人，正是朱启钤。

⑥ "朱启钤是中国建筑研究工作的开拓者与奠基人，没有他，就不可能在上个世纪 30 年代出现像梁思成这样的建筑学领军人物，我们读到《中国建筑史》的年份，还不知道推迟多少年。"中国文物研究所某研究人员曾这样评价。但是，"由于历史原因，他被研究者们有意无意地抹掉了"。

⑦ 朱启钤于 1930 年创办的中国营造学社，将他的筹划与组织才能发挥得"淋漓尽致"。他为学社请来当时最为优秀的学术精英：东北大学建筑系主任梁思成，中央大学建筑系教授刘敦桢，著名建筑师杨廷宝、赵深，史学家陈垣，地质学家李四光，考古学家李济……他还以其社会人脉，动员许多财界和政界人士加入学社，直接从经费上支持营造学社的研究工作。曾有建筑史家这样评价朱启钤："人力、物力、财力，这些都是研究工作所必不可少的条件，能把这方方面面的人事统筹起来，是需要非凡之才能的。朱启钤以一己之力，做了今天需要整个研究所行政部门做的事。"

⑧ 有数据显示，截至 1937 年，营造学社野外实地测绘重要古建筑达 206 组，因此探索出一整套研究中国古建筑的科学方法，为撰写中国建筑史构建了扎实的科学体系。

⑨ 假若没有朱启钤，中国的古建筑研究，又会是怎样的图景？如今，斯人已逝，营造学社停办也已整整 60 周年。

⑩ 6 月 13 日的那场大雨，将故宫端门外西朝房冲洗得干干净净。游人如织，屋宇间却依旧透着落寞，此处正是营造学社旧址。而位于城区赵堂子胡同 3 号的朱启钤故居，住着数十户人家，杂乱之中，依稀可辨当年气魄。

（摘自 2006 年 5 月 21 日《中国青年报》，有删改）

【注】朱启钤（1872～1962），曾任全国政协委员、中央文史馆馆员。

13. 下列关于文章内容的概括与分析，不正确的两项是（　　）（5分）

A. 文章叙述了朱启钤在古建筑研究方面几件鲜为人知的事，从正面肯定了他的历史地位。

B. 文章提到了朱启钤 1915 年就开始主持北京市政工程建设工作，意在说明他才是改造北京旧城的"第一人"。

C. 文章写朱启钤为营造学社请来当时最优秀的学术界精英，体现了他的"筹划与组织"才能。

D. 朱启钤完全以一己之力，直接从人力、物力、财力等方面支持了营造社会的筹划和创办。

E. 朱启钤带领中国营造学社实地测绘我国重要的古建筑，探索出修缮北京正阳门箭楼的科学方法。

14. 文章多处提到梁思成，这对写朱启钤有什么作用？请选一例作简要分析。（4分）

15. 作者为什么两次提到 6 月 13 日那场大雨？请谈谈你的看法。（6分）

## 【第 3 篇·广东】

阅读下面的文字，完成 19～21 题。（15分）

梁宗岱①先生　　温源宁

① 像宗岱那样禁不住高高兴兴的人，我从来没见过，他那种高兴劲儿有时候把我吓一大跳，即使他确实知道灾祸临头，我敢说，他还是过那种无忧无虑的快活日子，他会特别重视仅有的那一丁点儿阳光，因而完全忘掉美景背后的一大堆影子和黑暗。宗岱热爱人生，热爱得要命。对于他，活着就是上了天堂。他一息尚存，便心满意足。他笑着过生活。我们许多人，因为对生活有求而不得，也只好笑一笑，宗岱呢，因为对生活无所求，所以笑得最好。

② 这种高高兴兴的性情，在他的脸上不是表现为一团笑纹的微笑，就是表现为欢快地扬眉张口，似乎急于把人生献给他的一切狼吞虎咽地吃下去，再用咂得乱响的双唇像回声一样说着全能的上帝所说的话："看哪，这很好！"他那轮廓鲜明的相貌和锐利的眼睛，透露出来高超的智慧，它渴望对心灵作深入的探险。

③ 宗岱有运动员的体格。中等身材，稍有些瘦，哪一天他都可以当个马拉松健将。实际上，他是个出色的善于跑路的人。他洋洋得意说他走路比汽车或者比飞机还快。他也爱游泳，在这方面，他认为他的勇敢大大超过了实际的限度，我不大相信，不过，我敢说，必然可以超过一点儿。此外，为了保健，他操练孙唐②的锻炼功法等等下了苦工夫。

④ 宗岱喜好辩论。对于他，辩论简直是练武术，手、腿、头、眼、身一齐参加。若一面走路一面辩论，他这种姿势尤为显著：跟上他的脚步，和跟上他的谈话速度一样不容易，辩论得越激烈，他走得越快。他尖声喊叫，他打手势，他踢腿。若在室内，他完全照样。辩论的缘由呢，为字句，为文体，为象征主义……而最难对付的往往就是为某两位诗人的功过优劣，要是不跟宗岱谈话，你就再也猜不着一个话题的爆炸性有多大。多少简单的题目，也会把火车烧起来。因此，跟他谈话，能叫你真正筋疲力尽。说是谈话，时间长了就不是谈话了，老是打一场架才算完。

⑤ 对文学，宗岱最有兴趣。他崇拜的是陶渊明、法雷芮、蒙坦、莎士比亚、拉辛和巴斯加如。他们的著作，他读起来永远放不下。法雷芮的诗，他极喜欢，但我们若听他朗读，却往往无法注意诗句的美妙，而全被他朗读的架势吸引了——令人很容易幻想着自己正在听一个宗教狂的狂热宣传。

⑥ 旁人看来，宗岱的翻译简直是件苦差，纸上的文字仿佛都和他有仇，他一个一个地计较，死盯着不放，不独一字一字地译，连节奏和用韵都力求和原作一致。他这样难为自己几近傻气，但他译的蒙坦的随笔及莎士比亚十四行诗是公认的接近原著，只怕无人能与之媲美的。

⑦ 法雷芮的格言"要行动，不要信念"，是宗岱衷心信服的。但宗岱的人生哲学还不止于此。实际上，他并不相信上帝、天路历程和永生。无疑，他就是相信自己，相信人生可恋，文学可喜，女人可爱。如果有人长期埋头于硬性的研究之中，忘了活着是什么滋味，他应该看看宗岱，便可有所领会。如果有人因为某种原因灰心失望，他应该看看宗岱那双眼中的火焰和宗岱那湿润的双唇的颤动，便可唤醒自己对世界应有的兴趣。我整个一辈子也没见过宗岱那样的人，那么朝气蓬勃，生机勃勃，对这个荣华世界那么充满激情。他活了多少年，我一定相信多少年，相信激情、诗情和人生是美妙的东西——不，应该说是人回老家以前所能得到的最美妙的东西。

（选自《一知半解及其他》，南星译，有删改）

【注】①梁宗岱（1903～1983）：广东新会人，诗人、翻译家。②孙唐：德国体育家。

19. 请分别指出文中③④段画线部分所用的修辞手法，并具体说明这些修辞手法在文中的表述效果。（4分）

（1）他走路比汽车或者比飞机还快。（2分）

（2）对于他，辩论简直是练武术，手、腿、头、眼、身一齐参加。（2分）

20.④⑤⑥三段文字写出了梁宗岱在文学活动中的哪些性格特点？（5分）

21. 如何理解第⑦段中画线部分的内容？请结合全文回答。（6分）

## 【第4篇·辽宁】

阅读下面的文字，完成1～4题。（25分）

### 数学奇才华罗庚

无论研究数学中的哪一个分支，华罗庚总能抓住中心问题，并力求在方法上有所创新。他反对将数学割裂开来，永远只搞一个小分支或其中的一个小题目，而对别的东西不闻不问。他将这种做法形容为"画地为牢"。他曾多次告诫学生："我们不是玩弄整数，数论跟其他分支是有密切关系的。"在《数论导引》中，华罗庚首先强调的就是数学的整体性与各部分之间的联系。

1945年，尽管华罗庚已经是世界数论界的领袖学者之一，但他并不满足，决心中断他的数论研究，另起炉灶。关于他改变自己研究方向的主要原因，正如他以后多次说的，"假如我当时不改行，大概只写几篇数论文章，我的数学生命也就结束了，但改行了就不一样了。""在研究数学时，选准方向拼命进攻固然重要，但退却有时也很重要。善于退却，把握住退却的时机，这本身就是一种艺术。"他的改行，实际上是其治学之道"宽、专、漫"中的"漫"，即他在搞熟弄通的分支附近，扩大眼界，在这个过程中逐渐转移到另一个分支，使自己的专业知识"漫"到其他领域。这样，原来的知识在新的领域还有用，选择的范围就越来越大。他一直认为，从解析数论中"漫"出来是他一生研究数学的得意之笔。

对于我国数学教育中存在的问题，华罗庚认办，主要出在太注意方法而忽略了原则。一个数学问题往往要教十几种方法，其实只要一种就够了。学会一种方法，别的自然可以想到。在教学方法上，一种毛病是不少老师不愿意改作业，许多题目自己在黑板上演算一遍，让学生照抄了事；另一种毛病是不愿当堂答复学生的问题，这一种态度最坏。华罗庚上课时，对学生提的任何问题总要在课堂上答复，认为这样可以训练学生如何去"想"。有时实在解决不了，他也很坦白地告诉学生，他要回去继续想，而不是只顾面子，使问题解决得模模糊糊。他还讲到"由薄到厚"和"由厚到薄"的读书方法："譬如我们读一本书，厚厚的一本，加上自己的注解，就会愈读愈厚，我们知道的东西也就'由薄到厚'了。但这还只是接受和记忆的过程，读书并不是到此为止。'由厚到薄'是消化、提炼的过程，即把那些学到的东西，经过咀嚼、消化，融会贯通，提炼出关键性的问题来。"

1979年3月底，华罗庚应英国伯明翰大学邀请，去英国讲学，历时八个月，其间还应邀到荷兰、法国与联邦德国访问了一个多月。7月下旬，"解析数论会议"在英国达勒姆召开，华罗庚应邀参加，他的学生王元与潘承洞也参加了。王元代表华罗庚和他自己做了"数论在近似分析中的应用"的大会报告，潘承洞做了"新中值公式及其应用"的大会报告。一些白发苍苍的数学家用"突出的成就"、"很高的水平"等评语，赞扬中国数学家在研究解析数论方面所作的努力，并向华罗庚表示祝贺。

通过对欧洲的访问，华罗庚深刻领悟到"班门弄斧"这个成语是要人隐讳缺点，不要暴露，不如改成"弄斧必到班门"。他每到一个地方去演讲，必讲对方最拿手的东西，其目的就是希望得到帮助与指教。他形象地说："你要耍斧头就要敢于到鲁班那儿去耍，如果他说你有缺点，一指点，我下回就好一点了；他如果点点头，就说明我们的工作有相当成绩。"在《数论导引》的序言里，华罗庚曾把搞数学比作下棋，号召大家找高手下，即与大数学家去较量。1982年，在淮南煤矿的一次演讲中，华罗庚还将"观棋不语真君子，落子无悔大丈夫"改成"观棋不语非君子，落子有悔大丈夫"。意思是说，当你看到别人搞的东西有毛病时，一定要指出来，当你发现自己搞的东西有毛病时，一定要及时修正，这才是"真君子"与"大丈夫"。可见，华罗庚的这些想法是一脉相承的。

（摘编自王元《华罗庚》）

1. 下列对传记有关内容的分析和概括，最恰当的两项是（　　　）（5分）

A. 华罗庚认为，研究数学如果把它割裂开来，只研究某个分支或其中一个小题目，不考虑"左邻右舍"，就无异于"画地为牢"。

B. 在华罗庚看来，研究数学选定一个方向深入钻研很重要，但也要善于把握进退时机，该退却的时候就应该及时退却。

C. 王元与潘承洞在国际数论学术会议上，报告了他们各自在解析数论方面取得的最新研究成果，受到与会代表的好评。

D. 通过对欧洲的访问，华罗庚深刻认识到，只有得到国外数学界"鲁班"的指点与肯定，才能达到"耍斧头"的最高境界。

E. 本文撷取华罗庚的若干人生片断，描写了他刻苦自学成才、研究数学的传奇经历，表现了一位杰出数学家的重要成就和贡献。

2. 从解析数论中"漫"出来是华罗庚一生研究数学的得意之笔，这是什么原因？请简要分析（6分）

3. 华罗庚的数学教学具有什么样的特点？请简要说明（6分）

4. "班门弄斧"、"观棋不语真君子，落子无悔大丈夫"都是具有广泛影响并流传至今的熟语，华罗庚却从另一个角度翻出新意。对此，你认为华罗庚的改动有没有道理？请谈谈你的看法。（8分）

## 吕丽高考语文讲堂·实用类文本·第2练　【2010高考4篇】

### 【第1篇·海南】

阅读下面的文字，完成1～4题。（25分）

#### 杂交水稻之父

1982年的一个秋日，马尼拉洛斯巴洛斯镇国际水稻研究所的学术报告厅里，正在举行国际水稻科技界的盛会，座无虚席。会议开始，国际水稻研究所所长、印度农业部前部长斯瓦米纳森博士庄重地引领袁隆平走上主席台。这时，屏幕上赫然打出袁隆平的巨幅头像，下方是"杂交水稻之父袁隆平"一行特大黑体英文字。报告厅里顿时响起经久不息的掌声。

国际同行的推崇，确实使袁隆平感受到了心智与汗水的价值，以及来自光明正大的竞争对手的真诚友谊和温暖。想到国内学术界某些权威至今仍然把自己看作湘西泥巴地里滚出来的土老帽，把杂交水稻技术视为不值一提的雕虫小技，袁隆平内心不由得黯然掠过一丝淡淡的悲哀。

会后，袁隆平跟斯瓦米纳森博士开玩笑说："您今天这样'突然袭击'，大张旗鼓地'贩卖'我，可真叫我有点措手不及呀。""我就是特意要给您一个惊喜呀！""可我1980年第一次应邀来合作研究时，您竟然给我定了个每月800美元的实习研究生工资！"袁隆平笑着说。那一次他曾向斯瓦米纳森提出严正抗议，准备拂袖而去。经斯瓦米纳森反复道歉，极力挽留，并把他重新定为特别研究员，每月工资提到1750美元，他才留了下来。

"哈哈，您还记得那件事哪！说实话，那时候我们看您在国内地位也很低似的，这里给您待遇太高，反而使我们丢份。加上那时我们毕竟还没有亲眼见过成功的三系配套杂交水稻，所以给您定工资估计为您在国内的10倍，想来您该可以接受。没想到您还很有气派！而第二年我们就看到中国政府给您颁发了科技特等发明奖，而且您的伟大成果也让我们亲眼看到了。所以我们后来一直为那件事感到惭愧。今天，也算是我们正式为您正名吧！"

"哈哈，原来阁下您也曾亲自参与歧视我的'勾当'啊！坦率地说，我们在国内是从来不争经济利益的。可是，到了您这里，拿多少钱可就关系到中国科学家的尊严了，所以我一定要跟您'斗争'到底啊。不过，中国有句老话，叫做'不打不相识'。这就像我们国际科技界的朋友们，实际都是同一阵地上的竞争对手。但是也正因为在同一阵地上竞争，才有机会成为朋友啊！我和您一见面就'打了一仗'，所以我们的友谊也将更加长久。是不是？"袁隆平说。

袁隆平发明的杂交水稻技术，使水稻平均亩产比原先增加20％以上。这项世界领先的科技成果，不仅有助于中国已占世界7％的耕地养活占世界22％的人口，而且惠及全世界。为此，他被美国科学院选聘为外籍院士，院长西瑟罗纳先生介绍袁隆平当选的理由是："袁隆平先生发明杂交水稻技术，为全世界粮食安全做出了杰出贡献，增产的粮食每年为世界解决了 7000 万人的吃饭问题。"湖南郴州农民曹宏球说"邓小平送来了好政策，袁隆平送来了好种子"，他专门花钱雕了一尊汉白玉的袁隆平石像供在家里。

袁隆平把他的研究生介绍到美国、澳大利亚等国攻读博士学位，这些研究生学成后都选择留在外国工作。有人便跟袁隆平开玩笑说："您老人家送出的人才都飞了，您可是白费心血了！"袁隆平则认真地回答说："你们不要见识短浅。中国杂交水稻事业的未来，需要大量超过袁隆平的人才。优秀的人才的成长需要广阔的自由天地，让他们通通窝到我的手下来，受着我的思想束缚，而且我还无法给他们提供一流的研究条件。怎么能使他们成长为超过我的杰出学者呢？一旦祖国有条件充分发挥他们的作用，他们随时都会回来的。相反，如果他们回来而又无用武之地，那又叫人家回来干什么呢？"

（摘编自庄志霞《袁隆平传》）

1. 下列对传记有关内容的分析和概括，最恰当的两项是（　　）（5分）

A. 斯瓦米纳森博士在他主持召开的一次国际水稻科技界会议上的隆重推介，使袁隆平作为世界著名水稻专家而广为人知。

B. 袁隆平因为发明了具有国际领先水平的杂交水稻技术，为全世界粮食安全做出了杰出贡献，被美国科学院选聘为外籍院士。

C. 湖南郴州农民曹宏球为了感谢袁隆平给他送来了好种子，专门花钱请人雕了一尊汉白玉的袁隆平石像供在家里。

D. 袁隆平的研究生经他介绍到美国、澳大利亚等国攻读博士学位，为了成为超过老师的杰出学者，学成后都选择留在外国工作。

E. 本文通过对"杂交水稻之父"袁隆平相关事迹的描述，表现了一位伟大的科学家的博大胸怀以及勇于探索、不计名利、无私奉献的精神。

2. 尽管被国际同行称为"杂交水稻之父"，袁隆平内心却"不由得黯然掠过一丝淡淡的悲哀"。这是为什么？请简要分析。（6分）

3. 有人说袁隆平送出的人才"都飞了"，他是"白费心血"，袁隆平却认为这种看法是"见识短浅"。为什么？请简要分析。（6分）

4. 袁隆平和斯瓦米纳森是同行，可他们一见面就为尊严"打了一仗"，最终又成为朋友，而且认为彼此的友谊"将更加长久"。请你就对"同行""尊严""友谊"三个方面的理解，任选一个方面，结合全文，谈谈你的看法。（8分）

## 【第2篇·辽宁】

阅读下面的文字，完成1～4题。（25分）

### 黄遵宪的外交活动

作为清朝第一任驻日使馆参赞，黄遵宪表现出很强的历史责任感。除协助公使处理外交事务外，他"既居东二年，稍稍习其文，读其书，与其士大夫交游"。黄遵宪不愿埋首经籍，主张"识时贵至今，通情贵阅世"，走经世致用之路。为了澄清过去封建士大夫对日本的糊涂概念，"遂发凡起例，创为《日本国志》一书"。该书以"史家记述，务从实录"为主导思想，力求客观地向中国人民全面、准确地介绍日本的历史及现状，"详今略古，详近略远，凡牵涉西法，尤加详备，期适用也"。显然，黄遵宪想要通过叙述日本明治维新的改革历史，为中国的改革提供借鉴。书中以叙述日本历史为经，以评论古今得失为纬。用"外史氏曰"的形式，阐发它的见解，从而把自己的改革思想糅合进日本史的叙述之中。

1891 年 11 月 1 日，黄遵宪被任命为清政府驻新加坡总领事。到任后，他详察南洋各岛情形，体察侨民疾苦，并着手改善侨胞待遇。当地英国殖民者设立的华民政务司"名为护卫华人，实则事事与华人为难"，甚至敲诈勒索。黄遵宪一面与英国殖民主义者斗争，一面将《大清律例》中有关财产各条抄出，并译成英文，要求总督交给华侨聚居地承审官"一体遵办"，以保护华侨的财产。同时，黄遵宪还提倡发展华文教育，改会贤社为图南社。他亲任社长，拟定学规。每月设定课题，鼓励南洋诸生学习中国文化，研究地方礼俗，关心民事民疾。当他卸任归国时，门生潘百禄在《送黄观察公度夫子返国》一诗中，用"遂令蛮豹文明开""无异岭表韩公来"表达对老师的赞誉之情。

《马关条约》签订后，准开沙市、重庆、苏州、杭州为通商口岸。中日双方进行具体交涉时，黄遵宪受委派主持苏、杭两地谈判事宜。他谈判的对手是日本著名外交家珍田舍己。当时，珍田摆出一副盛气凌人的架势，要求在苏、杭开埠，专界专管，并且蛮横地说："奉本国政府接受专管租界之命，但求按约指地。"黄遵宪毫不示弱，不为其气势所慑。他援引《马关条约》条文，指出"新约所平，只许通商，遍查中文、日文、英文，并无许以苏州让给一地，听日本政府自行管理之语"，拒绝了珍田的无理要求，他又亲自草拟《商埠议案》，凡是《马关条约》文本语焉不详的地方，只要是有利于挽回中国自主权利的，"无孔不入"，"无微不至"，从而有理有利有节地挫败了珍田的嚣张气焰，在国家民族危亡的情势下为中国争了口气。

黄遵宪在《上某星使论外交家尽职书》中，把他十几年处理外交事务的经验总结为"挪展之法"、"渐展之法"和"抵制之法"，其中最重要的是"抵制之法"。因为在他看来，当时清朝处于列强环视之下，帝国主义瓜分中国的不平等条约已祸害多年，在对外交涉中只图能多挽回些利权，以保国民生计。又因为在弱肉强势的竞争原则下，弱国无外交，与帝国主义的斗争就不能不讲究策略。他阐述说："于固执己见，则诿以彼国未明我意；于争夺己权，则托于我国愿心协力；于要求己利，则谬谓两国均有利益。不斥彼之说为无理，而指为难行；不以我之说为必行，而请其酌度。"即在谈判中千万不能感情用事，把事情弄僵，贻误全局。一定要掌握好谈判的分寸，应想方设法达到自己的目的，同时又不至于使对方下不了台，交不了差。黄遵宪继续阐述说："不以彼不悦不怿而阻而不行。言语有时而互驳，而辞气终不愤激；辞色有时而受拒，而请诘终不惮烦；议论有时而改易，而主意终不游移。将之以诚恳，济之以坚贞，守之以含忍。"黄遵宪认为，凡此种种交涉手段和谈判策略，最终是要达到使"吾民受护商之益"，即保护并发展民族工商的目的。

（摘编自郑海麟《黄遵宪传》）

1. 下列对传记有关内容的分析和概括，最恰当的两项是（　　）（5分）

A. 为了纠正封建士大夫对日本的错误观念，实现他"识时贵知今，通情贵阅世"的主张，黄遵宪一到日本，就开始了《日本国志》的编撰。

B. 黄遵宪从新加坡卸任回国时，他的学生潘百禄在《送黄观察公渡夫子返国》一诗中，把他比作唐代曾在岭南荒蛮之地传播文明的韩愈。

C. 在中日两国关于苏州、杭州作为通商口岸的谈判中，珍田舍己要求专界专管、按约指地，以挽回自主的权利，而且态度蛮横，盛气凌人。

D. 黄遵宪根据他几十年间处理外交事务的心得，归纳出"挪展之法"、"渐展之法"、"抵制执法"，从而把他的实践经验上升为外交谈判策略。

E. 本文通过对黄遵宪外交活动及其思想的记述，反映了他外交思想中的爱国主义精神，也刻画了他阅历丰富、见识广博且勤于著述的外交官形象。

2. 黄遵宪所撰《日本国志》一书具有哪些特点？请简要概括。（6分）

3. 从文中看，作为清政府驻新加坡总领事，黄遵宪的主要功绩是什么？请简要论述。（6分）

4. 黄遵宪认为，在当时的形势下，外交谈判应该坚持"诚恳"、"坚贞"、"含忍"三项原则，请选择其中一项，并结合全文，谈谈你的看法。（8分）

**【第3篇·广东】**

阅读下面的文字，完成19～21题。（15分）

让法律来保护阳光

"中国高度重视开发利用可再生资源，把可再生能源开发利用作为推动经济社会发展的重大举措。2006年1月1日，中国将正式实施《可再生能源法》。"

——摘自国家主席胡锦涛2005年11月7日在国际可再生能源大会上的致辞

什么是可再生能源？太阳能、风能、水能、生物质能、地热能、海洋能等，相对于越用越少、不可再生的煤和石油，这些能源可谓循环往复、取之不竭。既然如此，为什么还要专门立法来保护它的开发呢？原来这阳光、这风、这些生物等并不自由。我们歌颂阳光的美丽，羡慕风的来去，欣赏生物的多姿，①其实它们受着许多的束缚，满肚子委屈。阳光不远万里来到地球，不只是为了红几朵花，绿几棵树，它还能发电、供热，能让汽车跑，能让电灯亮。科学家说，晴天太阳照着的每一平方米就蕴藏着1千瓦时左右的能量。风儿在地球上飘荡，也不只是为了送一点凉爽、送几片白帆，它还有更大的力量，却无用武之地，所以就恼怒、狂躁。你看那台风、飓风、龙卷风是怎样地拍胸怒吼。地球上除人类以外还有多种多样的生物，不过它们只是无奈地独处，兰在幽谷无人问，花自飘零水自流，②还有谁知道它们居然蕴藏着丰富的能源呢？

　　阳光、风、水、生物、地热、海洋有这么多的本事，为什么不使出来呢？有两个原因：一是人们的认识所限，有眼不识金镶玉，轻慢了它们，它们当然就不出力。这好办，随着科学的进步，观念的转变，会纠正的。二是人们的固执，明知可用就是不用，甚至不许别人用。原来能源一族也和人类社会一样，新旧之间会明争暗斗，抢位置、争高低，先来的见不得后到的，强势者挤兑着弱小的。新能源的开发当然要投资，旧能源说，何苦呢，照旧用我不更省事？新能源的开发要成本投入，旧能源说，你看，得不偿失！房顶上装一个太阳能光伏发电系统和供热系统，可以供全楼的照明、热水。③建筑商说还得改图纸，施工队说太麻烦，物业说不美观。山坡上竖一个风力发电塔就可送电到万家，但是先要征地，又要修路、进设备、培训技术人员。主持者一想，算了吧，还是到热电厂买电去。玉米的传统用途是食用或者当饲料，现在发现可以造酒精，这酒精还能开汽车，玉米秆可以发电。但是将这些理论变为现实有许多风险，谁第一个吃螃蟹？总之，新事头绪多，旧轨最好循。至于新事物的前景，一般人管不了那么多。一般人管不了，谁来管？国家来管。用什么办法来管？用法律。只有法律才能平等地规范所有人的行为，保护人类的长远利益。于是就有了《可再生能源法》。

　　1831年，当整个欧洲还在靠油灯、蜡烛照明，煤炭取暖时，法拉第把一块磁铁投入线圈，电流计上的指针轻轻摆动了一下。他给人表演时，有绅士问，"这有什么用？"法拉第说："先生，不用多久，它就会给您交税的。"现在全世界靠电力生产的财富和税收早已多得难以统计。为推广新能源，各国都制定了相关法律。现在阳光、风、生物等新能源才崭露头角，就像当年法拉第手中的磁铁和线圈，亟盼世人理解，盼社会支持，盼法律保护。打个比方，《可再生能源法》就像《未成年人保护法》一样，它是专门保护弱者、保护未来、保护人类的长远利益的。

　　千百年来我们都将阳光当作人类自由的象征，现在突然发现，我们并没有给阳光自由，发现我们亟须用一部专门的法律来保护阳光的自由。当年有人问恩格斯说，你和马克思为之奋斗的理想社会是什么样子？恩格斯回答："每个人的自由发展是一切人的自由发展的条件。"自有阶级社会以来，人类就在为自己争自由，为社会秩序立法，现在我们又懂得为自然争自由，为保护利用自然立法。人类的自由发展应该成为自然的自由发展的条件，反之，自然的自由发展也是人类自由发展的条件。当阳光、风、各种生物、还有地热、海洋都自由地迸发它们所有的能量时，人类自己也就获得了最大的自由。

（选自《梁衡新闻作品导读》，有删改）

　　19. 请在画线部分任选两处，指出其所用修辞方法，并分析所用修辞方法在文中的表达效果。（4分）

　　20. 作者引用法拉第发现电磁感应现象的历史事实，在上下文中的作用是什么？请简要分析。（5分）

　　21. 文章标题"让法律来保护阳光"的含义是什么？作者是从哪个方面来论述的？（6分）

## 【第4篇·福建】

阅读下面的文字，完成13～15题。（15分）

**"天人合一"的医学模式**　　王庆其

中国古代先人们无论探讨宇宙的生成或寻找生命的奥秘，都是围绕着"天人关系"这个核心展开的。天人之学是中国哲学的思维起点，也是中国人最基本的思维方式。

　　《内经》是从天研究到人，从人探讨到天，提出"人与天地相参"，"善言天者，必验于人"的观点。可以认为，《内经》是以"天人一体"为理论核心，探讨人体生命活动规律的医学经典。

　　所谓医学模式，是指人们认识和处理健康与疾病的基本观点和方法。《内经》确立了"天人合一"的医学模式，认为人是自然界的产物，人的生命现象是自然现象的一部分，人与自然是一个不可分割的整体，它们遵循着同一自然规律。于是，它将人体放在自然环境和社会环境这些大背景下来考察生命的活动规律。

　　《内经》要求每一个医生应该"上知天文，下知地理，中知人事"。"天文"、"地理"，概指自然环境种种影响因素；"人事"，泛指社会人际之事，大而至于社会政治、经济、文化、民风习俗等，小而至于病人的政治经济地位、家境际遇及个人经历等，这些内容均与人体身心健康有着密切的关系。"天人合一"医学模式贯穿于整个中医学理论体系之中，指导人们认识人体生理病理及诊治疾病和预防保健等医疗实践活动。

基于上述思路，《内经》关于健康的定义可以归纳为：①躯体无异常变化，所谓"平人者不病也"；②内部机能和谐，"形与神俱"；③对外界环境适应，"顺四时而适寒暑，和喜怒而安居处"。简单地说，健康的本质就是和谐，人与自然的和谐、形与神（生理和心理）的和谐。人们的医疗实践活动就是为了调整和维护这种和谐。《内经》的医学模式告诫医生不仅要注意患者的"病"，更要注意生病的"人"，知道谁生了病，有时比了解生了什么病更为重要。疾病不过是致病因素作用于机体的一种反应，不同个体对疾病的反应是不同的，个体总是按照自身的反应和体验呈现出种种临床症状。

令人惊奇的是，《内经》"天人合一"的医学模式与近年医学界提出的"社会—心理—生物医学模式"的基本观点是相通的。这表现在两者都不把"人"作为一个超然独立的实体，而是看作自然社会环境中的一员。因此，认识健康与疾病，不仅着眼于个体，更着眼于人与自然社会环境的相互联系。其次，两者都注意到精神心理因素在个体健康与疾病中所起的作用，强调社会心理因素的重要性，这就使得人们对于健康和疾病的认识及处理，不至于陷入单纯生物因素的死胡同。这对于推动中医学术发展和提高诊治疾病、预防疾病的效果，具有深远的指导意义。

（选自《〈黄帝内经〉的现代魅力》，2010年1月2日《文汇报》，有删改）

13. 下列对作品有关内容的分析和概括，正确的两项是（　　　　）(5分)

A.《内经》"天人合一"理论的基本观点是，只要人研究清楚了"天"，也就清楚了"人"。反之亦然。

B. 要求医生"上知天文，下知地理，中知人事"可视为《内经》"天人合一"理论在诊治疾病时的具体运用。

C.《内经》中"人事"，是指看病人的政治经济地位、家境际遇及个人经历等，即指人体身心健康状况。

D.《内经》认为诊断"人"的病，不仅要关注"人"的生理状况、心理因素，还要考察"人"生活的社会、自然环境。

E. 今年医学界提出"社会——心理——生物医学模式"，证明《内经》时代的医学比现代更发达。

14. 作者为什么说"人们的医疗实践活动就是为了调整和维护这种和谐"？请简析。（4分）

15. 文章最后说："《内经》天人合一医学模式的基本观点，与近年医学界提出的社会—心理—生物医学模式的基本观点是相通的"。这句话给你什么启示？请结合全文，谈谈你感受最深的一点。（6分）

## 吕丽高考语文讲堂·实用类文本·第3练　【2009高考6篇】

**【第1篇·新课标】**

阅读下面的文字，完成1～4题。（25分）

### 寻找教育的曙光

在陶行知的身体内，似乎涌动着一种永不满足、永远求索、永远前进的生命力。当陶行知全力推行的城市平民教育在全国二十多个省市形成轰轰烈烈的热潮的时候，他却突然冷静下来，陷入深沉的思索。农民张大哥一家的景象，倏然映现在他记忆的荧光屏上……

那是前年秋天游览栖霞山的事。在曲折的山径上，陶行知遇到了一位三十多岁的农民。陶行知一向注重社会调查，这时他像遇到一位老朋友，主动上前打招呼。原来这位农民姓张，家里有六个孩子。陶行知三句话不离本行，就问他家里有几个识字的，张大哥皱着眉连连摇头说："唉，饭都吃不上，哪有钱来读书识字啊！"陶行知告诉他，可以免费送他《平民千字课本》，只要学几个月就能写信、记账、读报。张大哥便请他到家里去坐。陶行知怎肯放过这个接触穷苦群众的大好机会呢？便欣然去了。那六个高高低低、衣不蔽体的孩子加深了他的认识：占总人口85%的农民如此贫困、如此没有文化，要提高中华民族的文化素质，培养新的国民，必须从提高农民的文化水平入手。于是，一个改造乡村教育的设想，开始在他的心田里播下壮实的种子。

经过陶行知呕心沥血的浇灌，这颗种子终于破土萌芽了。1926年12月，陶行知连续发表几篇文章。他主张："乡村学校做改进乡村生活的中心，乡村教师做改造乡村生活的灵魂。""乡村师范之主旨在于造就有农夫的身手、科学的头脑、改造社会的精神的教师。"他希望每一个从事乡村教育的人都有一颗"农民甘苦化"的心，"把我们的心献给三万万四千万农民"，"叫一个个乡村都有充分的新生命，合起来造成中国的伟大的新生命"。这是他设计的从改造乡村教育入手来改造中国的一幅理想蓝图。

陶行知不仅是一位富于想象的浪漫主义的理想家，而且是一位脚踏实地、一步一个脚印的实干家。为了实现这个理想，他草拟了详细具体的《试验乡村师范学校第一院简章草案》。在他的建议下，成立了乡村教育研究部，聘请了东南大学教授赵叔愚、金陵大学教授邵仲香为研究员，共同为筹备创办试验乡村师范学校而努力。万事俱备，只欠东风。不久，许多报刊上出现了南京试验乡村师范学校的招生广告。清华大学教育系二年级学生操震球，看到广告后写信给陶行知说："自信以我目前的状况，欲效劳于社会，事之最急最要者，一为提高农民知识，二为增进农民生产。两者须同时并进。此种责任，舍乡村师范学校莫能当。此晚生所以决意从事乡村教育，鞠躬尽瘁，死而后已者也。"陶行知接信后，立即回了一封热情洋溢的信：

接读您的来信，得知您愿意离开清华大学投考试验乡村师范，简直让我们五体投地地钦佩。国运盛衰决于一转念间。倘使全国青年都能转到各人应当走的道路上去，地狱都可化成天堂，还怕中国不能兴盛！

您既有这种宏愿，我就应当把个中甘苦明明白白地告诉您。田家生活还是要蛮干的，您愿意吗？您能打赤脚在烂污泥里奔走吗？您不怕雪白的脸晒黑、手上起硬茧吗？您不怕在风霜雨雪中挑粪吗？您愿意和马牛羊鸡狗猪做朋友吗？在城里人看来，这都是苦处；其实乡下人并不以此为苦。纵然这是苦处，乡下人也有城里人想不到的乐趣。乡间山清水秀，尽您游览。早上可以看旭日东升，引您兴奋。晚上可以待月西下，助您吟咏。丰收时节，您手里割着黄金似的稻子，那田家乐的山歌，不断地洋洋乎盈耳。您还能亲眼看见您所栽培的儿童个个似桃李长大成人，看见全村人人读书明理，安居乐业。也许要到令郎令孙的时代才能看见，您能忍耐吗？倘使经过这番考虑之后，您决意要来投考，我们万分欢迎。

就这样，在陶行知的多方奔走和不懈努力下，一批来自全国各地的热血青年和怀抱教育救国理想的知识分子，汇集到燕子矶旁的晓庄师范学校，形成了一股前所未有的乡村教育试验热潮，并且很快波及到其他许多地方，演绎出中国教育史上的一段佳话。

（摘编自周毅、向明《爱满天下》）

1. 下列对传记有关内容的分析和概括，最恰当的两项是（　　）（5分）

A. 陶行知全力推行城市平民教育运动，当这一运动在全国二十多个省市形成热潮的时候，他开始转向思考改造乡村教育的问题了。

B. 陶行知游栖霞山时遇到张大哥，发现他对学习《平民千字课本》，几个月就能写信、记账、读报感兴趣，更坚定了陶行知从事乡村教育的决心。

C. 陶行知希望从事乡村教育的人都要有一颗"农民甘苦化"的心，把心献给农民，把城里人本来认为是苦的地方变为意想不到的乐趣。

D. 操震球写信给陶行知，认为最急迫最重要的是提高农民的文化水平，促进农业生产，二者须同时并进，而不是急于创建乡村师范学校。

E. 本文运用平实自然的语言，娓娓道来的生动叙述，讲述陶行知从事乡村教育的感人事迹，为我们再现一个平民教育家的光辉形象。

2. 陶行知由推行城市平民教育转向改造乡村教育，原因是什么？请简要分析。（6分）

3. 在给操震球的回信中，陶行知是怎样描述乡村教育"个中甘苦"的？请简要概括。（6分）

4. 文中说："陶行知不仅是一位富于想象的浪漫主义理想家，而且是一位脚踏实地、一步一个脚印的实干家。"这句话给你什么样的启示？请结合全文，谈谈你感受最深的一点。（8分）

**【第 2 篇·辽宁】**

阅读下面的文字，1～4题。（25分）

达尔文的拖延　　斯蒂芬·杰·古尔德

① 没有什么事比一些名人长期而难以解释停滞行为更能引发人们猜测的了。罗西尼因《威廉·退儿》而达到他歌剧创作的辉煌巅峰，可是此后的30年他几乎什么也没写。多罗西·赛耶斯在名望达到顶点时却背弃了彼得·温姆西勋爵，转向笃信上帝。查尔斯·达尔文在1838年就得出了全新的进化理论，却直到21年后才发表他的观点。

② 通过历时五年乘坐格尔号与自然的接触，达尔文对物种固定不变的信念发生了动摇。1837年7月，他航海回来后不久，便开始记第一本关于"递变"的笔记。这时的达尔文已经确信进化的发生，他正在寻

找一种理论来解释进化的机制。经过最初的猜想和少数不成功的假说，他逐渐建立了他的中心观念。达尔文在自传中写道："1838 年 10 月，我为了消遣，偶尔翻阅马尔萨斯的《人口论》，当时我根据长期对动植物习性的观察，已经可以正确认识生存斗争。我马上联想到，在这种情况下，有利的变异会趋向于保存下来，而不利的变异将被淘汰，这一结果将导致新物种的形成。"

③ 达尔文早就认识到动物驯养者所做的人工选择的重要性。但是直到马尔萨斯的斗争与拥挤的观点凝练他的思想之后，他才确定自然选择是进化的动因。达尔文知道得出的是什么理论，我们不能将他的拖延归因于他没有认识到自己所取得的成就的重要性。到 1844 年，他写出了他的理论的基本纲要。他还向妻子作了认真的交代，假如他生前不能完成他的主要著作，希望她发表这些手稿。

④ 他为什么等了 21 年才发表自己的理论？我们可能会把过去正常的时期错误地看作漫长的阶段，然而 21 年仍然是一个人正常事业的一半时间，纵然按照生活优游哉哉的维多利亚时代的标准来看，那也是生命中的大部分时间。通常的科学传记是有关伟大思想家的明显错误信息的根源。这类传记往往将伟大的思想家描绘成简单、理性的机器，是凭着不懈的努力，不受任何其他事情的影响，严格按照客观材料寻觅真理的人。因此，对于达尔文等了 21 年的通常解释就是他的工作没有完成。他满意自己的理论，但觉得尚显单薄。他的理论只有等到汇集大量的支持材料才能发表，这需要时间。

⑤ 导致达尔文推迟发表的原因非常复杂，不能作简单的解释，但是有一件事是确定的：恐惧的负面作用于增加材料的正面需要至少同样重要。然而，达尔文恐惧什么呢？他得出进化论的观点时才 29 岁，那时他在专业上还没有地位，不可能通过发表宣扬他所不能证明的结论。

⑥ 然而他的异端学说是什么呢？信奉进化本身就是一个明确的答案，但这还不是问题的主要部分。达尔文早年有关"递变"的笔记中可能含有问题的答案，这些笔记中包含了他所赞同但却害怕发表的一些观点，即哲学上的唯物主义。这远比进化本身更要异端，没有哪种观点比认为心灵只不过是大脑的产物，更能动摇西方思想中最深刻的传统了。

⑦ 达尔文确实进行了一场温和的革命。不仅在于他这么久地拖延了自己的工作，还在于他理论中哲学含义的注意。他在 1880 年写道："我认为直接反对基督教和有神论，对公众不会有什么影响；而伴随科学的进步逐渐启迪人类的理解力，会更好地促进思想的自由。因此我一直不写有关宗教的文章，而且我本人的工作仅仅局限于科学之内。"

⑧ 然而他的工作内涵与传统的西方思想确是极大的断裂，我们很难将其纳入这种传统中。例如阿瑟·柯依斯勒之所以反对达尔文，也是基于不愿接受达尔文的唯物论，而且他还热衷于认为生命物质中含有特殊性。我承认对此我不太明白。疑惑和知识都应该坚持。我们难道因为自然中的和谐不是设计的就会降低对自然美的赞赏吗？难道因为有数百亿神经元在我们的颅骨里，我们心灵的潜力就激发不了敬畏吗？

（摘编自《自达尔文以来》）

1. 下列对传记有关内容的分析和概括，最恰当的两项是（　　　　）（5分）
A. 如同罗西尼和多罗西·赛耶斯等名人长期而难以解释的停滞行为一样，达尔文在得出进化理论 21 年后才发表他的观点，引发了很多猜测。
B. 在创立进化论之前，为了寻找一种理论来解释生物进化的机制，达尔文曾有过不少猜想，也有过一些假说，但是后来这些都被证明不能成立。
C. 由于受到马尔萨斯《人口论》中斗争与拥挤观点的启发，达尔文终于确信进化的发生，认识到人工选择的重要性，并确定自然选择是进化的动因。
D. 达尔文向他的妻子作了认真的交代，假如他生前不能完成他的主要著作，就请她帮助发表这些手稿，这说明他对自己的进化理论十分看重。
E. 在作者看来，达尔文并不是一台简单、理性的机器，而是一位凭着不懈的努力，不受其他任何事情影响，严格根据客观材料追求真理的人。

2. 在作者看来，达尔文 21 年后才发表他的进化理论，原因是什么？请简要分析。（6分）

3. 作者说："达尔文确实进行了一场温和的革命。"他的"温和"具体表现在哪些方面？请简要分析。（6分）

4. 文中说："疑惑和知识都应该坚持。"这里的"疑惑"和"知识"有哪些含义？为什么说"都应该坚持"？请联系全文，谈谈你的理解和看法。（8分）

【第 3 篇·福建】

阅读下面的文字，完成 12~14 题。（15 分）

寂静钱钟书　周劼人

12 月 19 日，寂寥的寒夜，清华园日暮旁，烛光隐隐。小提琴哀婉的曲调飘散在清冷的夜空，人们伫立无语，鞠躬，献上白菊。

偶有路人好奇："这是在祭奠谁？"

有人低声答语："今天是钱钟书先生辞世 10 周年。"

10 年前，钱钟书先生安详离世。遵钱先生遗嘱，"一切从简"，连在八宝山的告别仪式也只有短短的 20 分钟。"如此寂静。"钱先生的一位生前好友说。那日，清华的南北主干道上飘起了一千只纸鹤，学生们用这种方式，静静地送别他们的老学长。他的人生，本不寂静。

无论是人们熟稔的《围城》，还是近乎天书的《管锥编》，都惊叹了士人，折服了学界。《管锥编》单是书证就数万条，引述涉及四千位作家上万种著作。世人惊叹"大师风华绝代，天才卓尔不群"。

然而他却又静静地坐在书斋里，照例埋头读他的书，做他的学问。图书馆内很多冷僻线装书的借书单上，只有他一人的名字。即使是身处困境，他也只是默默地埋头书本。"文革"时他被送去干校劳动改造，能看的只有寥寥几本书，但只要抱起书本来，就能兴致盎然。第一批"大赦"回京的名单中，没有钱钟书，也没有杨绛。他们夫妻二人平静地走回窝棚，杨先生说："给咱们这样一个棚，咱们就住下，行吗？"钱先生歪着脑袋认真地想了一下，说："没有书。"

"文革"后，对钱钟书先生的称颂日渐声高，然而钱家的书斋内一如既往地平静。他谢绝了一切记者和学者的拜访，有人将此误读为"清高孤傲，自以为是"。他人的不解，钱先生并未在意过。杨绛先生说："他从不侧身大师之列……他只想安安心心做学问。"

钱先生做学问是'心在焉'，清华大学一位老师说："而我们今天这个社会上，今天这个校园里，有多少人则是'心不在焉'。"

清华大学一位博士生说，他多次读《围城》，读第三遍时忽然明白，"围城不是别人给的，正是人在日复一日的生活中为自己编织的。钱先生没有为自己修筑围城，所以，他一辈子都活得坦然，真挚。"

10 年后的清华，10 年后的 12 月 19 日，依旧是纸鹤飘飞，烛光摇曳，依旧只有师生们的心照不语。不时有人向钱先生的照片投来好奇的眼光："这是谁？"

他一生淡泊，未曾想过要轰轰烈烈。但也正是这种"寂静"中，他书写了后人无法想象也难以企及的波澜壮阔。我们往往只惊叹他"这个脑袋是怎么长的"，却总是忘了去关注他两耳不闻喧嚣事的用心苦读，以及恪守完整人格的刚毅坚卓。

寂静，这是钱先生的心底所愿。不要奇怪为什么他的离世和 10 周年纪念都如此寂寥，这正是他的一生的格调。

一位热爱他的读者说："这个世上唯一的钱钟书走了。"是的，这个时代再也没有了钱钟书，但，是不是也因为这个时代不再寂静？

（选自 2008 年 12 月 24 日《中国青年报》有删改）

12. 下列对作品的分析和概括，不正确的两项是（　　）（5 分）

A. 文章写路人对清华师生祭奠钱钟书先生的好奇，突出了他人对钱钟书的不了解。他人之所以不了解，是因为钱钟书清高孤傲，拒绝了一切媒体的采访。

B. 不能被"赦"回京、继续留在干校，钱钟书夫妇依然平静。对于希望能够埋头读书、潜心治学的钱钟书来说，干校生活的缺憾只是"没有书"。

C. 钱钟书先生作为世人公认的大师，他的人生本可轰轰烈烈而不"寂静"，但他从不想侧身大师之列，没有修筑名利的"围城"将自己"围"住。

D. 题目"寂静钱钟书"，意味着文章要围绕各种人的"静"来写。如，写清华师生 10 年后纪念钱钟书先生，虽没有出现"静"字，但也暗示了"静"。

E. 文章报道了清华师生的祭奠活动，写了钱钟书先生给给人们带来的好奇、惊叹和崇敬，展现了他的大师风范和完整人格，给人以启迪。

13. 文章倒数第二段加点词语"格调"的内涵丰富，请简要分析。（4 分）

14. 文章的结尾说："这个时代再也没有了钱钟书，但，是不是也因为这个时代不再寂静？"请结合全

文，探究时代的"寂静"与产生钱钟书这样的大师之间的关系。(6分)

**【第4篇·广东】**

阅读下面的文字，完成19～21题。(15分)

黄侃先生二三事

① 中国文人似有放诞的传统，然而在大多数情况下，放诞与其说是真性情的流露，不如说是专制制度下无奈的装疯卖傻。就群体而论，文人放诞怪癖的行为，既能见自由之态又能显率性之真，恐怕也只有晚清和民国间的读书人了。如章太炎将袁世凯所授大勋章贬做扇坠，辜鸿铭大辫长袍徜徉北大校园，逻辑学家金岳霖与鸡共餐……黄侃也堪列其中。

② 黄侃为章太炎门生，学术深得其师三昧，后人有"章黄之学"的美誉；其禀性一如其师，嬉笑怒骂，恃才傲物，任性而为，故时人有"章疯"、"黄疯"之说。

③ 1908年春，光绪帝与慈禧太后先后病逝，清廷下令各地举行"国丧"。当时，高等学堂学生，同盟会会员田桓在"哭临"(指追悼皇帝的仪式)时，流露不满情绪，堂长杨子绪高悬虎头牌警吓，并欲开除田桓学籍，黄侃获悉，大怒。闯入学堂，砸烂虎头牌，大骂一顿而去；又过几天，田桓带头剪辫以示反清，杨子绪恼怒异常，又悬挂虎头牌，黄侃闻讯，手持木棒冲进学堂，先砸烂虎头牌，又要痛打杨子绪。

④ 1911年7月，黄侃因宣传革命，被河南豫河中学解职，返乡途经汉口之际，同盟会同志及友人为他设宴洗尘。席间论及清廷腐败，革命浪潮的高涨，黄侃激愤不已，当晚，黄侃借酒性挥毫成文，题为《大乱者，救中国之妙药也》，文章刊出，舆论哗然，各地报刊或纷纷报道，或全文转载，清廷惊恐万分。

⑤ 黄侃不仅有革命之壮行，亦多名士之趣行，一次，他在课堂上兴起，谈及胡适和白话文说：白话与文言谁优谁劣，毋费过多笔墨，比如胡适的妻子死了，家人发电报通知胡适本人，若用文言文，"妻丧速归"即可；若用白话文，就要写成"你的太太死了，赶快回来呀"11个字，电报费要比用文言贵两倍，全场捧腹大笑。

⑥ 黄侃曾经在中央大学任教。学校规定师生进出校门需佩戴校徽，而黄侃偏偏不戴，门卫见此公不戴校徽，便索要名片，黄侃竟说："我本人就是名片，你把我拿去吧！"争执中，校长出来调节、道歉才算了事。在中央大学教课的名流颇多，大多西装革履，汽车进出，最起码也是包车。唯有黄侃进出学校，穿一件半新不旧的长衫或长袍，并用一块青布包裹几本常读之书。一个雨天，其他教授穿胶鞋赴校，而黄侃却穿一双土制皮木钉鞋以防滑践泥，课后晴天，他换上便鞋，将钉鞋用报纸包上夹着出校门，新来的门卫不认识黄侃，见他土里土气，又夹带一包东西，便上前盘问，还要检查纸包，黄侃放下纸包就走，从此不再去上课，系主任见黄教授连续几天未到校，以为生病，便登门探望。黄侃闭口不言，系主任不知所以然，急忙报告校长，校长亲自登门，再三询问，黄侃才说："学校贵在尊师，连教师的一双钉鞋也要检查，形同搜身，成何体统？"校长再三道歉，后来托名流相劝，均无效果。

⑦ 志士之狂、名士之狷，当然不是黄侃的全貌，他对学术的谨严与虔敬，恐怕才是其性情的根本。黄侃治学非常严谨，对待著述十分谨慎、认真。所治经、史、语言文字诸书皆反复数十遍，熟悉到能随口举出具体的篇、页、行数，几乎没有差误，即便如此，依然不轻易为文。他常说，学问之道有五："一曰不欺人，二曰不知者不道，三曰不背所本，四曰为后世负责，五曰不窃。"黄侃还经常教育学生，中国学问犹如仰山铸铜，煮海为盐，终无止境。作为一个学者，当日日有所知，也当日日有所不知，不可动辄曰我今天有所发明，沾沾自喜，其实那所谓发明，未必是发明。

⑧ 以学术"新"、"旧"论，黄侃与陈独秀、胡适、鲁迅等新文化学人可谓泾渭分明，但在内在精神方面，他们对学术独立、自由精神的追求、甚至革命行动的激烈等，恐怕也有许多相似之处吧。

(根据刘作忠《国学大师黄侃的妙文趣事》改写)

19. 文章是从哪几个方面叙写黄侃的？请各举一例。(4分)

20. 按照第⑦段中的黄侃的说法，中国学问有什么特点，应当采取怎样的治学态度，应当做出怎样的贡献？(用自己的话回答)(5分)

21. 作者这样叙写黄侃的写作意图是什么？(6分)

**【第5篇·江苏】**

阅读下面的文字，完成15～17题。(15分)

## 画家黄永厚

黄永厚生于1928年。小时候有一次发高烧，都被父母卷进芭蕉叶里了，但又活了过来，真是命大。命大，父母寄予厚望。有一回文庙祭孔，父亲分到一块从"牺牲"架上割下来的肉，拿回来先让永厚舔一下，再让大家享用。这成为永厚与传统文化的第一次亲密接触。

哥哥黄永玉在厦门读书，念念不忘自己的弟弟，把钟爱的画册寄给永厚。好一个黄永厚，无师自通，在院子的大照壁上画起画来了，个子太小，索性爬上梯子高空作业。黄永厚十四岁时被抓了壮丁，因画了一幅《诺曼底登陆》就当上中尉，后来考上黄埔军校。风云变幻，还没打仗，部队起义他又成了解放军。在部队里，他还是画画。1954年，考上中央美术学院，毕业后在广州画户外广告。命运多舛，1959年他又被迫离开广州，从此颠沛流离，过了二十多年的穷日子。直到1980年回到北京，做了自由画家，动荡的生活方告结束。

多难的人生反而增加了黄永厚对生活的热爱，养成了他独特的生活态度，培育了他卓异的绘画风格。他视读书为第一生命，涉猎广泛。上了年纪后，更加关注社会人生。他说："人不能在云里雾里活着，大事面前不敢表态，什么玩艺儿，冷血！"但他又十分低调，深居简出，淡泊明志，尽人皆知。

黄永厚几乎不办画展，不肯出书。一次范曾对他说："我介绍您去日本办画展吧，不过，你画李白就李白，画杜甫就杜甫，别扯远了。"黄永厚不肯削足适履，终于没去。他常把拿重金前来购画的人拒之门外，"不看画的人，给他画有什么用？"但又可以把画随便塞进一个信封，寄给熟悉的或是陌生的朋友。当前，靠市场确立自身价值的画家比比皆是，他对此不屑一顾。但他认为人各有志，不必非议。他的孤傲中，有一种顽固的自信。

黄永厚的人物画独具一格，他笔下的魏晋人物，长发纷飞，衣裾飘扬，袒胸露腹，粗粝怪诞，一副孤高傲世的架势。了解黄永厚的人都说他画的是自己，刘海粟给他的条幅是"大丈夫不从流俗"。

冰炭同炉，这就是黄永厚。

15. 下列对文章有关内容的表述，不正确的一项是（　　　）（3分）

A. 黄永厚幼时大病不死、舌舔文庙祭品，与他日后成为画家没有直接联系，但这些记叙增加了文章的可读性。

B. 黄永厚认为没必要给不看画的人看画，所以最终没有接受范曾让他前往日本办画展的建议。

C. 黄永厚坚信自己创作的价值，但他对现在越来越多的画家靠市场确立自身价值的做法，也不作批评。

D. 黄永厚画的历史人物，不论是魏晋还是唐代，均独具一格，不从流俗，不求形似，重在表达自己的情怀。

16. 根据文章内容，概括形成黄永厚独特画风的主要因素。（6分）

17. 从全文看，黄永厚的"冰炭同炉"具体体现在哪些地方？（6分）

## 【第6篇·山东】

阅读下面的访谈，完成19～22题。（18分）

① 杨澜（以下简称"杨"）：您看您去过这么多地方，台北、高雄、香港以及美国的许多地方，哪一块地方是您最心爱的？

余光中（以下简称"余"）：这很难说。有人说我是乡愁诗人。我写过好多乡愁诗，可是我觉得我的乡愁呢，不是同乡会式的，不是关乎某省、某县、某村的，因为乡愁可以升华或者普遍化为整个民族的感情寄托。这样说来呢，乡愁就不完全寄托在地理上的某一点，它不仅仅是地理的，也可能是历史的，可以说是历史的乡愁，文化的乡愁，而且在中文里面也可以有所寄托。那一年到东北访问，我在短短的致辞里就讲到，小时候在抗战时就会唱"我的家在东北松花江上"，还有"万里长城万里长"。那时，我没有去过长城，更没去过松花江，可是整个民族的一个大感情就可以融合在一起。我是说着说着眼泪就掉下来了。我有一篇散文，结尾两句我是这样写的："你以中国的名字为荣，有一天，中国亦将以你的名字……"

杨：为荣？

余：没有。

杨：没有这两个字，所以我不是诗人，<u>就要差这两个字才好。</u>

② 杨：我们看您的人生经历，觉得您其实并没有遇到过特别大的困难，家庭很美满，生活呢，教书、

写诗、写散文、写评论，也是人们想像的比较安定的生活。但您为什么却说"我写作是因为我失去平衡，心理失去保障，而心安理得的人是幸福的，缪斯不会去照顾他们"？

余：一个人不能光看他表面的职业和家庭。他内心有很多心魔，内心世界可能很复杂，比如他的愿望并没有完全达到，那就不是表面上看得出来的。我在 21 岁时就离开大陆，那对我是一个很大的打击，因为我的好朋友都忽然不见了。我投入到一个陌生的地方，要重新来过；而且一个人到了 21 岁，记忆已经很多了，所以这件事情让我念念不忘，也成为我的一个……心结，一个中国结。

③ 杨：今天仍然有很多人喜欢您的诗，但人们的欣赏对象好像发生了一些变化。年轻人喜欢卡通、流行歌曲等那种节奏更快、更有形象感的东西。那么用于看白纸黑字的时间呢，相对就要减少一些了。您觉得未来的诗歌，希望在哪里呢？

余：这个情况不仅仅存在于大陆、台湾、香港。因为媒体变了，价值观也随之改变了。我向来不认为文艺要大众化，而应该小众化。可如果你连小众都维持不了的话，那就有很大问题了，像三毛也好，或者余秋雨也好，到底还是不能跟一个流行歌星比，对不对？可是，听说、流行歌跟余秋雨的散文还是不一样，所以不能够拿来比较。目前的新诗有相当多的毛病，很多诗人如果得不到知音，也应该反省一下，检讨自己的诗是不是能吸引人，这是多方面的因果现象。

④ 杨：现在年轻一代接触更多的是一种网络上的语言，要想保持中文原来的那种纯粹和一脉相承，已经是越来越难了。您担不担心中文的纯洁度问题，或者认为这是历史发展的必然，所以也要听之任之？

余：我是相当担心的，也不能听之任之。有学者说，语言就像河流，你不能阻碍它。问题是有河流就有两岸，两岸如果太模糊了，这河流就不晓得流到哪儿去了。所以很多人认为语言就由它去，它有它的生命，其实不然。比如说我们目前的中文，如果过分西化的话，中文特色就会荡然无存了。

（有删改）

19. 这篇访谈涉及四个方面的内容，请简要概括。（4 分）

20. 阅读访谈第一部分，回答下面的问题。（4 分）
(1) 如何理解余光中所说的乡愁？（2 分）

(2) 为什么杨澜说"就要差这两个字才好"？（2 分）

21. 怎样理解第二部分划线句子的含意？（4 分）

22. 第四部分中提到"有学者说，语言就像河流，你不能阻碍它"而余中认为"有河流就有两岸，两岸如果太模糊了，这河流就不晓得流到哪儿去了"。请联系中文的纯洁度问题，谈谈你的看法。（6 分）

## 吕丽高考语文讲堂·实用类文本·第 4 练【2008 高考 4 篇】

### 【第 1 篇·海南】

阅读下面的文字，完成 15～18 题。（25 分）

#### 盛宣怀的教育思想和办学实践

"办大事，作高官"是李鸿章对盛宣怀一针见血的刻画，也可以说是对他一生发展道路的指引。盛宣怀是按照这条道路和程序走的，李鸿章也是照此方针培植他的。盛宣怀所经营的近代企业及与之相应的新式教育事业，在当时都是无先例可循的"大事"，但因为有李鸿章的大力支持而取得成功，并被李鸿章多次保举，直至官拜邮传部尚书。他因办"大事"卓有成效而至"高官"，反过来又利用"高官"的地位和权力来促进"大事"的发展。可以说，盛宣怀是处非常之世、走非常之路、做非常之事的非常之人。

经过近三十年的苦心经营，到 19 世纪 90 年代中后期，盛宣怀实际上已经全部或部分地控制了一批关系到国计民生的轮船、电报、铁厂、铁路、矿务、纺织、银行等大型企业。他在披荆斩棘、奋力开拓的过程中，深深体会到新式人才十分重要，没有与这些新兴企业相适应的新式人才，将一事无成。那些皓首穷经的学究们绝不可能去搞机器技术和企业管理，科举所取之士对此一窍不通。那么，新式人才从何而来？盛宣怀认为，必须立足于自己培养，聘用洋师只是暂时的、短期的。之所以如此，煤铁矿藏"实以开采为大利所在，未便使外人久与其事"。基于这种认识，盛宣怀在经营企业的过程中，往往创办附设于企业的带有训练班性质的学堂。比如办电报局时，他在天津、上海等地办有电报学堂；督办汉阳铁厂时，也办有附设的学堂。这些学堂在学制、课程等方面都只注重实用，理论和基础知识则不求系统，属于非正规的训练班。盛宣怀是一个有心人，"精细为群僚之冠"，他对这些训练班及时总结经验，作为以后办正规学堂的准备。

1895 年秋，盛宣怀得到直隶总督王文韶的批准和支持，在其权力和经济能力许可的情况下，创办了中国第一所大学——北洋大学堂。同他办实业一样，盛宣怀在办教育时也以"学以致用"为准则。他给北洋大学堂订了两条规则：其一是不许"躐等"。他说：中国过去学西学的学生成绩不显著的原因之一，就是"学无次序，浅尝辄止"，本大学堂的学员必须循序渐进，不许中途他骛，直至完成学业。其二是要学习专门科学技术，文字语言不过是工具。盛宣怀这一观点的形成，不仅源于他汲取了过去同文馆只学外语因而用途不广的教训，也是他自己在办实业的过程中不断提高认识的结果。也正因为这样，后来当他的天津海关道继任者李少东请求将 60 名学生分别改学法语、德语和日语时，他毫不留情地加以阻止了。

1896 年春，盛宣怀禀明两江总督刘坤一，请求"如津学之制而损益之，设立南洋公学"。他非常慷慨地提出"学堂基地由臣捐购"，常年经费也由他所经营的轮、电两局岁捐十万两。此时正是盛宣怀大展宏图之际，因而主张南洋公学"取国政之义，以行达成之实。于此次钦定专科，实居内政、外交、理财三事"。显然，南洋公学是全国性的以培养政法人才为主的、由盛宣怀直接控制的正规学校。盛宣怀办学思想的可贵之处，还在于他非常重视基础教育。他说："师范、小学，尤为学堂一事先务中之先务。"所以南洋公学陆续设立了师范院、外院（附属小学）、中院（中学）、上院（大学）和特班。郑观应赞誉说："此乃东半球未有之事，其非常不朽之功业也。"

（摘编自夏东元《盛宣怀传》）

15. 下列对传记的分析和概括，不正确的两项是（　　　）（5分）

A. 经过近三十年的苦心经营与奋力开拓，到 19 世纪 90 年代中后期，关系国计民生的许多大型企业，都已处于盛宣怀的全面或部分掌控之中。

B. 盛宣怀认为，开采矿藏能够带来巨大的经济利益，一旦让外国人插手其间，将使中国的矿藏资源大量外流，因而主张完全自主开采。

C. 盛宣怀在天津、上海等地办的电报学堂和在汉阳铁厂时办的学堂，学员的实际动手能力普遍较强，而理论和基础知识则相对薄弱。

D. 盛宣怀认识到培养新式人才的重要性，认为科学所取之士不可能去搞机器技术和企业管理，必须通过新式教育培养所需要的人才。

E. 传记通过对盛宣怀教育思想及办学实践的记述，表现了他作为实业教育家的远见卓识，也反映了我国近代学校创办前后的社会背景。

16. 盛宣怀在创办北洋大学堂时提出了哪些主张？反映了他什么样的教育思想？（6分）

17. 盛宣怀创办并直接控制的南洋公学有什么特色？反映了他什么样的办学目的？请简要分析。（6分）

18. 盛宣怀办学成功的主要原因，有人认为是他有丰富的办学经验，有人认为是他教育思想先进，有人认为是他经济实力强，有人认为是李鸿章的培植。你的看法呢？请就你认同的一种原因进行探究。（8分）

【第 2 篇·广东】

### 绝妙的错误　　［美］刘易斯·托马斯

大自然迄今取得的唯一最伟大的成就，当然要数 DNA 分子的发明。我们从一开始就有了它。它装在第一个细胞之中，那个细胞带着膜和其他东西，在大约 30 亿年前这个行星渐渐冷却时出现在某个地方的浓汤似的水中。今天贯穿地球上所有细胞的 DNA，只不过是那第一个 DNA 扩展和惨淡经营的结果。从某种本质意义上说，我们不能声称自己取得了什么进步，因为生长和繁衍的技术基本没有变。

可是，我们在其他方面却取得了进步。尽管今天再来谈论进化方面的进步已经不时髦了，因为如果你用那个词去指称任何类似改进的东西，会隐含某种让科学无能为力的价值判断，可我还是想不出一个更好的术语来描述已经发生的事情。毕竟，从一个仅仅拥有一种原始微生物细胞的生命系统中一路走来，从沼地藻丛的无色生涯中脱颖而出，演进到今天我们周围所见的一切——巴黎城，依阿华州，剑桥大学……我后院里的马栗树，还有脊椎动物大脑皮层模块中那一排排的神经元——从那一个古老的分子至今，我们真的已经走得很远了。

我们绝不可能通过人类智慧做到这一点。即使有分子生物学家从一开始就乘卫星飞来，带着实验室等等一切，从另外某个太阳系来到这里，也是白搭。没错！我们进化出了科学家，因此知道了许多关于DNA的事，但假如我们这种心智遇到挑战，要我们从零开始，设计一个类似的会繁殖的分子，我们是绝不会成功的。我们会犯一个致命的错误：我们设计的分子会过于完美。假以时日，我们终于会想出怎样做这事，核苷酸啦，酶啦等等一切，做成完美无瑕的一模一样的复本，可我们怎么想也不会想到，那玩意儿还必须能出差错。

能够稍微有些失误，乃是DNA的真正奇迹。没有这个特有的品性，我们将至今只是厌气菌，也绝不会有音乐。一个个地加以单独观察，把我们一路带过来的每一个突变，都是某种随机的全然自发的意外。然而，突变的发生又绝不是意外，因为DNA分子从一开始就命中注定要犯些小小的错误。

不管怎样，只要DNA分子有这种根本的不稳定性，事情的结果大概只能如此。说到底，假如你有个机制，按其设计是用来不断改变生活方式的；假如所有新的形式都必须像它们先前那样互相适配，结成一体；假如每一个即兴生成的、能对个体进行修饰润色的新基因，很有可能为这一物种所选择；假如你也有足够的时间，那么，这个系统注定要迟早发育出大脑，还有知觉。

生物学实在需要有一个比"错误"更好的词来指称这种进化的推动力。或者，"错误"一词也毕竟用得。只要你记住，它来自一个古老的词根，那词根意为四处游荡，寻寻觅觅。

（选自《水母与蜗牛——一个生物学观察者的手记（续）》，有删改）

19. 作者在第一段里说"从某种本质意义上说，我们不能声称自己取得了什么进步"，但在第二段里又说"我们在其他方面却取得了进步"，如何理解这两句话？（4分）

20. 科普文的语言准确严谨外，还具有不同于一般说明文的语言特色。请在文中加点词任选两个，结合文章简要分析这些不同的语言特色。（5分）

21. 作者为什么将标题取名为"绝妙的错误"，请结合全文分析。（6分）

## 【第3篇·山东】

阅读下面的文字，完成19～22题。（15分）

### 我所认识的梁漱溟　　牟宗三

我是在梁先生于重庆北培创办"勉仁学院"时（1948年）认识他的。"勉仁"是梁先生的斋名，取儒家"勉于行仁"的意义；先前他也以"勉仁"办了一所中学。我是在建校以后去的，在那里待了一年多，所以对梁先生的学问与人格也有一些了解。

他是个了不起人物，从性情、智慧、个人人格各方面来讲，在这种时代，要找这种人，已经不太容易了。他的议论不管是对是错，都有真知灼见。他和一般社会上的名人、名流不同，他对中国有极深的关怀，平生所志都在为中国未来的发展寻出一条恰当的途径，例如"乡村建设运动"，就是梁先生思想见之于行动的具体表现，不只是讲说学问而已。

"乡村建设"的实践，就他思想的渊源来看，可以《东西文化及其哲学》为代表。这本书是梁先生应王鸿一之邀，在山东以"东西文化及其哲学"为题的演讲稿合辑而成。那时他还很年轻，不到30岁。这是当时非常了不起的一本著作，思辨性非常强，自成一家之言，不是东拉西扯，左拼右凑出来的，而是一条主脉贯串而下，像螺丝钉钻缝入几的深造自得之作，可说是第一流的。

梁先生没出过洋，又不是什么翰林学士，但一样可以讲中西文化问题；黑格尔没出过中国，也不认识中国字，但到现在为止，讲中西文化问题的，没有一个超过黑格尔的，谁能够像黑格尔了解到那种程度的？这就是哲学家的本事了。梁先生讲中西文化，完全出自于他对时代的体认及民族的情感，而这又是承续自他家庭中关心国事的传统。梁先生的父亲梁济（字巨川），在民国七年时，为抗议象征固有文化的清朝之灭亡，而自杀身亡。这是一个时代的问题，也是梁先生格外关注的文化问题。

究竟，中国文化该何去何从？中国文化在满清统治了三百年之后，从辛亥革命到现在，一直难以步上正轨，而源始于十七、八、九世纪近代文明的西方文化，就摆在眼前，应该如何作个抉择？梁先生曾说过一句话：要读他的《中国文化要义》，保存中国传统。保存文化是对的，哪一个民族能否定自己的文化？但想了解中国文化并不容易，读《中国文化要义》恐怕不如读《东西文化其及哲学》。

《中国文化要义》是从他的《乡村建设理论》简约出来的，哲学味太重了，每一个项目都需要再加以申说，否则不易懂。而《乡村建设理论》虽是他最用心的著作，企图自农村风俗习惯的横剖面深刻剖析中，归结出中国文化的特征，但是纵贯性不够，在方法论上"从果说因"，是有问题的。这是梁先生一生吃亏的地方，也使他不可能真正了解到中国文化。

梁先生晚年观念已老，也有很多问题没有触及，尤其是文化上。

但是，在"文革"之时，他却表现了中国知识分子不屈不挠的风骨与气节，这是他最值得敬佩的地方。他被批斗时，家具和所有的藏书也都被摧残烧毁，他并没有反抗，只极力要求破坏者让他保留一部字典，因为那部字典是向朋友借来的，烧掉了会对不起他的朋友。虽然最后这部字典还是不能幸免，被烧掉了，但是从这件事上，也可以看到他那来自传统知识分子的忠厚的一面。

梁先生在近代中国是一个文化的复兴者，不但身体力行地宣扬了传统的儒家思想，更可以说是接续了清代断绝了300年的中国文化。这是他的一生最有意义的地方，也正是梁漱溟先生象征"文化中国"的意义所在。

（文章有删改）

19. 文章第二段说"他是个了不起的人物"，"他和社会上一般的名人、名流不同"。这样评说梁漱溟的具体理由是什么？（4分）

20. 文章第四段写到了梁漱溟父亲自杀身亡，这段文字在文中有何作用？（4分）

21. 作者在评述《中国文化要义》等著作特点的同时，也指出了梁漱溟的不足。他的不足之处具体表现在哪几个方面？（4分）

22. 作为一篇评传性文章，作者是从哪几个方面"认识"梁漱溟的？这样写对你的写作有何启示？（6分）

**【第4篇·江苏】**
阅读下面的文字，完成16～19题。

### 晚清学人杨守敬

杨守敬（1839～1915），湖北宜都人。少年时代聪明好学，刻苦用功。青年时代有两件事对他影响很大：19岁时，听谭大勋讲授汪中的《述学》，开始接触乾嘉考据之学；20岁那年，偶然得见清人六严缩摹的《舆地图》，便借来临摹，这成为他研究历史地理学的开端。

杨守敬曾经热衷科举，25岁起先后六次赴京参加会试。虽然名落孙山，但因此结识了许多名流学人，大大拓展了学术视野。42岁时，他作为清政府外交官的随员前往日本，这成为他学术生涯的转折点。在日本四年，他搜访阙佚，爬罗剔抉，收集到我国大量的古籍珍本，并将它们影印摹刻为《留真谱》。日本人森立之所撰的《清客笔话》，翔实记载了他在日本访书之事，杨守敬自己也写了《日本访书志》。清政府出使日本大臣黎庶昌也搜集了许多稀见珍本和国内久已绝迹的古籍残本，与杨守敬志趣相投。因此：当黎庶昌有了编纂《古逸丛书》的设想时，立即决定请他主持校勘。《古逸丛书》在日本刊印后，产生了很大的影响。他还擅长书法，对书法理论也很有研究，在日本影响巨大。被尊为"日本书道现代化之父"。

从日本回国的第二年，年已48岁的杨守敬第七次参加会试，仍以失败告终，从此绝意科举，专注学问。杨守敬博览群书，潜心研究，在舆地、版本、目录、金石、小学、经学、辑佚等学术领域都取得了很大的成绩，留下的著作就有83种。在杨守敬的学术研究中，舆地学的成就最为突出。他编撰了舆地学著作20多种，这些论著几乎涵盖了中国传统地理学的各个方面，充分展示了他的杰出才华。

杨守敬的学术代表作是完成于1904年的《水经注疏》。明清以来，《水经注》研究成果很多。杨守敬的这部著作具有全面总结的性质。他对《水经注》中所记载的1200多条水道进行了详尽的考证；对征引的故实都一一注明出处；对清代学者全祖望、戴震等人的校释也多有订正。杨守敬既有坚实的考据学基础，又运用了当时地理学的新知识，所以在《水经注》研究中有所突破，有所创新。杨守敬还编制了古今对照的《水经注图》，图文互证，相得益彰。

16. 下列关于杨守敬日本之行的解说，不正确的一项是（　　）（3分）
A. 杨守敬的书法艺术和书法理论研究影响很大，他被尊为"日本书道现代化之父"。

B. 杨守敬在日本访书之事被日本人森立之记载在《清客笔话》中。

C. 杨守敬校勘《古逸丛书》，体现了他在版本、目录等方面的学术造诣。

D. 杨守敬搜访阙佚，收集到我国的古籍珍本《留真谱》，并将它影印摹刻。

17. 下列有关杨守敬舆地学研究的表述，不正确的一项是（　　　）（3分）

A. 杨守敬的《水经注疏》，是在全面总结明清两代《水经注》研究成果的基础上完成的。

B. 运用当时地理学的新知识，是杨守敬《水经注》研究取得成功的基础。

C. 在杨守敬留下的83种著作中，有一部分是中国传统地理学方面的研究成果。

D. 杨守敬对《水经注》记载的1200多条水道进行了详尽考证，还编制了《水经注图》。

18. 从文中看，哪几件事对杨守敬的学术生涯产生了重要影响？（6分）

19. 根据文章内容，请概括杨守敬取得多方面学术成就的原因。（6分）

## 吕丽高考语文讲堂·实用类文本·第5练【2007高考3篇】

### 【第1篇·海南】

阅读下面的文字，完成16～19题。

#### 叶圣陶在四川

1940年初夏，叶圣陶来到成都，在四川省教育厅教育科学馆工作。他白天去办公，晚上教儿女们写写文章。常常在晚饭之后，把油灯移到桌子中央，至善、至美、至诚就凑着光亮，认真地听父亲讲解。有时候，儿女们也和父亲热烈讨论。他们每人每星期交一篇文章。叶圣陶一向主张作文要说自己的话，要写自己的真情实感，对儿女们的作文，他也从来不出题目，随他们写去。这也是他们一天中最感兴味的时刻。叶圣陶一边看他们的文章，一边问："这儿多了些什么？这儿少了些什么？能不能换一个比较恰当的词儿？把词儿调动一下，把句式改变一下，是不是好些？"遇到看不明白的地方，他就问孩子们："原来是怎么想的？到底想清楚了没有？为什么表达不出来？怎样才能把要说的意思说明白？"他问得十分仔细，简直就是严格的考试，同时也是生动活泼的考试。孩子们都乐意参加这样的考试。

但是，对于叶圣陶，到了成都以后，使他格外高兴的事，却要算和朱自清的朝夕相见了。几十年来，这两位作家亲似手足。朱自清曾写过《我所见的叶圣陶》《叶圣陶的短篇小说》等文章。1931年8月，朱自清由北平动身访问欧洲，就是在叶圣陶鼓动下，才写出了《欧游杂记》的。朱自清在这本书的"自序"里，曾提到叶圣陶帮助"设计"、"题字"、"校对"等。叶圣陶曾写过《与佩弦》的散文，讲述他们之间的友情。

促膝谈心，随兴趣之所至，时而上天，时而入地；时而论书，时而评画；时而纵谈时局，品鉴人伦；时而剖析玄理，密诉衷曲……可谓随意之极致了。这当儿，名誉之心是没有的，利益的心是没有的，顾忌欺诳等心也都没有，只为着看出内心而说话，说其不得不说。其味甘而永，无所不领会，真可说彼此"如见其肺肝然"的。

现在，很难得他们同处一地，又在一起工作，还先后合编了《精读指导举隅》和《略读指导举隅》，作为中学生学习国文的课外读物，列入"四川省教育科学馆丛书"出版。

为了浇灌《中学生》这块抗战时期青年的精神家园，叶圣陶1945年9月离开成都到重庆，住在螃蟹井开明书店那个局促的小楼上。看稿编稿，和作者、读者书信联系，甚至校对都由他自己动手。他热情、认真、宽容，一心一意为作者和读者服务。来稿只要有可用之处，他就诚恳地提出修改意见。赵景深在《文心剪影》里说："他的复信措词谦抑，字迹圆润丰满，正显出他那谦和而又诚实的心。"正如当年他主编《小说月报》曾精心培育了一大批后来成为新文学史上的著名作家时那样。他那公而忘私的精神和工作态度，给予年轻一代的教育、鼓舞的力量是无法估量的。当时《中学生》杂志一位年轻编辑后来回忆说："他是实际的教育家，但不是取教训态度的老师，而是取辅导态度的顾问……他是热忱的事业家，在编辑部不是做官当老爷，而是脚踏实地、以身作则，放手让青年编辑在实践中锻炼，有合理的建议欣然采纳，对可用的稿件热诚支持，有忽略的地方及时提醒，有弄错的地方予以纠正。"这就是真正的教育者的榜样。在他身上似乎更多的是儒家思想，从他为自己的儿女取名至善、至美、至诚可以看出，他追求的是一种多么崇高的境界。但是，他又能把握时代的潮流而有所取舍，不断前进。

（选自《叶圣陶和他的世界》第九章，有删节）

15. 下列对传记的分析和概括，不正确的两项是（　　　）（5分）

A. 正是在叶圣陶的鼓动与热心帮助下，1931年8月朱自清才由北平动身访问欧洲，并写出了散文集《欧游杂记》。

B. 入"四川省教育科学馆丛书"的《精读指导举隅》和《略读指导举隅》，是叶圣陶和朱自清合编的中学生课外读本。

C. 正如当年的《小说月报》那样，《中学生》这块抗战时期青年的精神家园，也曾培育了一大批新文学史上的著名作家。

D. 从叶圣陶为他的儿女取名为至善、至美、至诚，我们可以看出他追求真善美、憎恶假恶丑的人生理想和价值观。

E. 本文通过描写叶圣陶指导儿女们写作、编《中学生》杂志等事迹，勾勒了一位可亲可敬、踏实认真的教育家形象。

16. 叶圣陶指导儿女们写作有什么特点？他对儿女们的作文又是从哪些方面评议的？请结合原文概括回答。（6分）

17. 和朱自清见面，叶圣陶为什么会感到"格外高兴"？他们谈心时为什么能达到"随意之极致"？请简要分析。（6分）

18. 叶圣陶晚年曾用"得失塞翁马，襟怀孺子牛"来自勉。依据传记内容，探究文中哪一方面已经体现了叶圣陶的"孺子牛"襟怀。请简要论述。（8分）

## 【第2篇·广东】

阅读下面的文字，完成19～21题。（15分）

### 访钢琴演奏家傅聪

傅聪，钢琴演奏家，生于1934年，著名翻译家傅雷之子。1955年获得肖邦国际钢琴比赛的第三名和"玛祖卡"演奏最优奖。他以"钢琴诗人"的称号闻名于世。

"你很小就开始学习钢琴了吗？"

"我的父亲钟情于法国文学，还把巴尔扎克等人的作品翻译介绍到中国来，他是罗曼·罗兰和其他许多法国艺术家的密友。在我只有5岁的时候，他就影响乃至强迫我学习钢琴。不过，到我17岁去波兰学习钢琴的时候，我已经真正爱上弹奏钢琴了。"

"你最喜爱的作曲家是谁？"

"喔，太多了：像肖邦、贝多芬、舒伯特、瓦格纳……他们的每一部作品都是流传后世的杰作。我们永远不能用"完美"来形容音乐上的造诣，每种探索都是阶段性的，每个新的时期对杰作都有新的定义。我觉得，肖邦呢，就好像是我的命运，我的天生的气质，就好像肖邦就是我。我弹他的音乐，我就觉得好像我自己很自然地在说我自己的话。莫扎特是什么呢？那是我的理想，就是我的理想世界在说话，他是我追求的理想。舒伯特像陶渊明，舒伯特的境界里头有一些我觉得就像中国知识分子，尤其是文人传统上特有的那种对人生的感慨。"

"我听说现在数量惊人的中国家庭送孩子去学钢琴，你怎么看这件事？"

"假如他们觉得这是一个成名成家的捷径，那他们是不可能做到的！假如他所追求的就是这些的话，他所得到的价值就不是我认为的音乐艺术里面的价值，而是世俗观念里面的价值，那是一种很危险的价值。假如不具备对音乐那种'没有它就不能活'的爱，那还是不要学音乐，学电子、学医、学法律成功的机会都要大得多！学艺术一定要出于对精神境界的追求，有'大爱之心'，然后愿意一辈子不计成败地献身。假如有这样一个出发点，即使孩子不能够成为一个专业的音乐家，可是他有了一个精神世界让他可以在那儿神游，这也是一种很大的幸福！"

"你认为追求音乐更高境界最重要的因素是什么？"

"我在各国讲学时经常举个例子，那就是黄宾虹说的'师今人，师古人，师造化'。他拿庄生化蝶做一个比喻，说'师今人'就好像是做'虫'的那个阶段，'师古人'就是变成'蛹'那个阶段，'师造化'就是'飞了'，也就是'化'了……伟大的作曲家写的作品完成后还会不断地发展，它会越来越伟大越深刻越无穷越无尽，所以'造化'跟自然一样生生不息，不断复活、再生、演变：真正的'造化'是在作品本身。"

"对一个艺术家来说，最重要的东西是什么？天分？勤奋？一颗敏感而善良的心？还是思想？"

"可能这些都需要……但是现在我觉得，也许最重要的是勇气，能够坚持黑就是黑，白就是白，永远表里如一。这在音乐上也很难做到。"

"你经常提到'赤子之心'这四个字，这是不是你做人、弹琴的原则？"

"是呀，如果你的琴声很纯洁地发自内心，就会天然有一种感染力。我父亲经常说，真诚第一。感人的音乐一定是真诚的，有的人可以弹得很华丽很漂亮，你也会欣赏，但被感动是另外一件事。科尔托就是这样，他有很多毛病，但是他真实感人"。

"什么是你说的好的音乐？"

"对音乐内涵有真正的理解，而且真正有个性，有创造性。这种创造性并不是随心所欲，而是有道理的，是真正懂了音乐之后的创造。这不是一朝一夕的事情，而是一辈子的学问。"

（节选自［法］多米尼克·夏代尔《音乐与人生》）

19. 统观这篇访谈，采访者所提的问题可以归纳为哪几个方面？（4分）

20. 傅雷曾对傅聪说："做人，才做艺术家。"从全文看，傅聪认为艺术家应该怎样做人？（5分）

21. 根据傅聪的观点，演奏家如何才能使伟大作曲家的作品"不断地发展"，"不断复活、再生、演变"？（6分）

**【第3篇·山东】**

阅读下面的文字，完成19～22题。（18分）

梦碎雅典　　杨明、马小林

奥蒂又输了，这次依然输给了"坏运气"。

这位37岁的牙买加老将具备夺取世界女子百米冠军的实力已达17年之久，但好运却从未降临到她的头上。当奥蒂今晚闪着泪花走出第六届世界田径锦标赛赛场时，她追求了一生的梦想化作了一场噩梦。

奥蒂已经赢得过一次百米冠军。可以说，没有任何一个女子田径选手能在37岁"高龄"依然在世界赛场上奔跑；也没有任何一个世界名将比奥蒂遭遇更多的莫名其妙的不幸。

这次大赛前，她以10秒96的成绩排名今年世界第三。美国的奥运冠军德弗斯和世界冠军托伦斯因故不能参加本届的百米赛，这给了奥蒂一次绝好、也是最后一次竞争世界"短跑女皇"的机会。

经过三轮出色的表现，奥蒂最终站到了决赛起路线前，观众送给她的激励掌声超过了所有其他选手。她太珍惜这次机会了，这将是她人生最关键的一次搏击，就像剑手要毕其功力于一击。

奥蒂蹲下了，全场静默着。发令员举起手臂。反常的两声枪响表明有人抢跑。所有人跑出后都停下来，惟独奥蒂没有听出是犯规的枪声。这对于比赛经验最丰富的她来说，真是不可思议。

起跑通常不好的奥蒂这次"启动"完美之极。她像旋风般掠过跑道，人们惊呆了。夜色中，孤独的奥蒂如黑色的闪电射向终点，转瞬之间，她已经跑过80米！

在全场的惊呼声中奥蒂停下来，她意识到发生了"可怕"的事情。此时，全场再次静默得反常。在这片静默之中，奥蒂转身，面无表情地朝起点慢慢地一步一步走着……

奥蒂，为什么总是不幸的奥蒂！人们想起在1993年的世界锦标赛百米决赛中，奥蒂和美国的德弗斯几乎同时撞线，成绩均为10秒82。但是，国际田联通过录像将金牌判给了对手。站在银牌领奖台上，奥蒂的那双泪眼给世界留下了难忘的印象。

历史居然惊人地再一次重演！1996年奥运会百米决赛上，奥蒂又一次在同样的情形下输给了德弗斯，又一次成为无可奈何的"伴娘"，让世界唏嘘不已。

去年底，奥蒂曾经决定退役。捧着一大堆银牌和铜牌，心怀不甘的她宣布改当时装设计师。当时，世界上所有的体育爱好者都将深深的敬意，献给这位不是世界百米冠军的"女皇"。现在，奥蒂那两条修长的腿沉重地走着，分明是一步一个坎坷，一步一个艰辛，那条跑道浓缩了她20多年的运动生涯和一个未能如愿的梦。数万观众以静默表示着他们的深深的同情。

出乎所有人的意料，奥蒂没有沮丧，没有发脾气。她的脸上是坚毅的神情。

起点前，奥蒂再一次蹲下，再一次使出毕生的气力去拼搏，但结局是大家可以预料的（仅获第七名）。

奥蒂以永不向厄运低头的勇气证明了什么是奥林匹克精神。她的世界百米冠军梦虽然没有实现，但在世人的心中，奥蒂何尝不英雄！

（新华社雅典 1997 年 8 月 3 日电）

19. 文章开头两段属于新闻文体基本构成中的哪个部分？请结合本文分析其作用。（4分）

20. 文章用较长篇幅介绍了奥蒂参加比赛的背景材料，这样写有什么作用？（4分）

21. 怎样理解"在这片静默之中，奥蒂转身，面无表情地朝起点慢慢地一步一步走着……"这句话在文中的含意？（5分）

22. 作者在文章结尾说："她的世界百米冠军梦虽然没有实现，但在世人的心中，奥蒂何尝不英雄！"请结合奥林匹克精神，谈谈你的认识。（5分）

# 答案解析

## 专题一 成语答案

### 吕丽高考语文讲堂·成语·第1练【2011高考12题】

1.【答案 A】A. 高屋建瓴：比喻居高临下，势不可挡。B. 繁文缛节：过分繁琐的礼节或仪式，也比喻其他繁琐多于的事项。这里对象使用错误。C. 趋之若鹜：像鸭子一样成群跑过去，比喻很多人争着敢去。这是贬义词，这里情感色彩不对。D. 不绝如缕：声音或气息微弱，时断时续；也形容局面危急。这里与上文"热闹非凡"的情境不协调。【全国Ⅰ】

2.【答案 C】A. 耳濡目染：耳朵经常听到，眼睛经常看到，不知不觉地受到影响。（濡：沾湿；染：沾染。）形容见得多了听得多了之后，无形之中受到影响，指好也指坏。在用法上不能充当定语；B. 休戚与共：休：欢乐，吉庆；戚：悲哀，忧愁。忧喜、祸福彼此共同承担。形容关系密切，利害相同。同欢乐共悲哀。应为"息息相关"；D. 蔚然成风：蔚然：草木茂盛的样子。指一件事情逐渐发展盛行，形成一种良好风气。与热情搭配不当。【安徽】

3.【答案 A】B. 不期而遇：期：约定时间。没有约定而遇见。指意外碰见。不合语境。C. 江河日下：日：一天天；下：低处。江河的水一天天地向下流。比喻情况一天天地坏下去。望文生义。D. 兵不血刃：兵：武器；刃：刀剑等的锋利部分。兵器上没有沾上血。形容未经战斗就轻易取得了胜利。不合语境。【北京】

4.【答案 B】B. 自顾不暇：暇，空闲。自己照顾自己都没有工夫，指没有力量再照顾别人。可改为"目不暇接"。A. 蔚为大观：蔚，茂盛；大观，盛大的景象。发展成为盛大壮观的景象；形容事物丰富多彩，汇聚成一种盛大壮观的景象。C. 鱼目混珠：混，掺杂，冒充。拿鱼眼睛冒充珍珠；比喻用假的冒充真的。D. 诟病：指责；指出他人过失而加非议、辱骂。【广东】

5.【答案 C】根据语言环境，可以判断第一处是"坚信"即坚决相信，毫无疑问的意思，是指对一种理论、事情的状态等的相信，这个词语表达的意思比"相信""自信""确信"更符合人物的身份及心理。第二处只有"沉浸"符合语言环境。从前面提到的"盲人"和后面的"也"可以判断第三处只能选择"尽管"。【湖北】

6.【答案 D】A. 耳目一新：听到的、看到的跟以前完全不同，使人感到新鲜。B. 千篇一律：一千篇文章都一个样。指文章、题材、写法公式化。泛指事物形式陈旧呆板。C. 生机勃勃：形容自然界充满生命力，或社会生活活跃。D. 活灵活现：形容神情逼真，使人感到好像亲眼看到一般。与语境不符。【湖南】

7.【答案 B】B. 东山再起：指退隐后再度出任要职。也比喻失势后重新恢复地位。A. 相形见绌：形，比较；见，显示出；绌，不够，不足。和另一事物相比较，显出不足。C. 跌宕起伏：形容事物多变，不稳定。也比喻音乐忽高忽低，很好听。跌宕：富于变化，有顿挫波折。D. 白云苍狗：苍：灰白色。浮云像白衣裳，顷刻又变得像苍狗。比喻事物变化不定。【辽宁】

8.【答案 B】A. 漫无边际应为浩如烟海；B. 闲言碎语应为只言片语；D. 良莠不齐应为鱼龙混杂。【山东】

9.【答案 B】A. "征订"是指出版、发行机构向单位或个人征求订购或订阅出版物，主客关系错误，可改为"订阅"。"悲天悯人"意为哀叹时世的艰难，怜惜人们的痛苦，使用正确。C. "的"为结构助词，表领属关系，仅仅是"超过规定指标的百分之四十"，岂能受嘉奖？应删除"的"字。D. "巧夺天工"指人工的精巧胜过天然生成的，只用来形容人的技艺高超，使用对象不当。【四川】

10.【答案 D】D. 指日可待：可以指出日期，为期不远。待：期待，为期不远，不久就可以实现，含有褒义。不能用在表示灾难很快来临。A. 步履维艰：指行走困难行动不方便。B. 妙手偶得：技术高超的人，偶然间即可得到。也可用来形容文学素养很深的人，出于灵感，即可偶然间得到妙语佳作。【新课标】

11.【答案 D】D. 求全责备：对人对事物要求十全十美，毫无缺点，是指苛责别人，要求完美无缺。A. 纵令、放纵：纵令罪犯逃脱。连词。即使：纵令心里有气，也尽力克制，不表露出来。B. 浓重：（色彩、气味、烟雾等）很浓、很重：设色浓重｜浓重的香气｜江面上的雾越发浓重了。C. 投桃报李：意思是他送给我桃儿，我以李子回赠他。比喻友好往来或互相赠送东西。【浙江】

12.【答案 D】A. 弥漫，烟尘、雾气、水等充满布满。B. 即时，立即。C. 方兴未艾，事物正在发展，一时不会中止。D. 瘦死的骆驼比马大的意思是说一个大户人家再穷也起码剩个架子，好过一般穷人家。用错对象。而且，褒贬也失当。【重庆】

## 吕丽高考语文讲堂·成语·第 2 练【2010 高考 14 题】

1.【答案 B】A. "始作俑者"：贬义词。俑，古代殉葬用的木制或陶制的俑人。开始制作俑的人。比喻首先做某件坏事的人。B. "移樽就教"：樽，古代盛酒器；就，凑近。端着酒杯离座到对方面前共饮，以便请教。比喻主动去向人请教。C. "声情并茂"：并，都；茂，草木丰盛的样子，引申为美好。指演唱的音色、唱腔和表达的感情都很动人。使用对象错误。D. "附庸风雅"：贬义词。附庸，依傍，追随；风雅，泛指诗歌。指缺乏文化修养的人为了装点门面而结交文人，参加有关文化活动。【全国Ⅰ】

2.【答案 C】A. "别无二致"意思是指区分不出两者的差别。指两者完全一致，但语境中只有"一场"茶话会，和哪个一致？B. "等量齐观"等：同等；量：衡量，估量；齐：一齐，同样。指对有差别的事物同等看待。而语境中我省与沿海省份动漫原创产品的产值已经"等量"了，没有量的差别了。C. "独出心裁"原指诗文的构思有独到的地方。后泛指想出的办法与众不同。D. "首当其冲"当：承当，承受；冲：要冲，交通要道。比喻最先受到攻击或遭到灾难。在句中情感色彩不当。【安徽】

3.【答案 D】A. "满城风雨"：形容事情传遍各处，到处都在议论着（多指坏事）。此处为英雄事迹。褒贬不当。B. "防患未然"：在事故或灾害尚未发生之前采取预防措施，也说防患于未然。此处灾害已经发生。前后矛盾、不合语境。C. "信手拈来"：随手拿来。多形容写文章时词汇或材料丰富，不费思索，就能写出来。捡垃圾不能用"信手拈来"。对象不当、不合语境。D. "入木三分"：相传晋代书法家王羲之在木板上写字，刻字的人发现墨汁透入木板有三分深（见于唐张怀瓘《书断》）。后用来形容书法有力，也用来比喻议论、见解深刻。此处修饰"院士的一番话"正确。【江苏】

4.【答案 B】B. "小题大做"，比喻不恰当地把小事当作大事来处理，有故意夸张的意思。这里犯了望文生义的错误。A. "人浮于事"，原指人的才德高过所得俸禄的等级，后指工作中人员过多或人多事少。符合文意。C. "半瓶醋"，比喻稍有一点知识而知识并不丰富，略有一点本领而本领并不高强的人。符合文意。D. "期期艾艾"，形容口吃的人吐辞重复，说话不流利。符合文意。【浙江】

5.【答案 A】B. "故里"指故乡，老家，和"修复"不搭配，应该为"故居"；C. "其"指代不明；D. "纸上谈兵"指在纸面上谈论打仗，比喻空谈理论，不能解决实际问题；也比喻空谈不能成为现实。可改为"一纸空文"。A. "唱红脸"指在传统戏曲中勾画红色脸谱扮演正面角色，比喻在解决矛盾冲突的过程中充当友善或令人喜爱的角色（跟"唱白脸"相对），使用恰当。故选 A。【四川】

6.【答案 B】B. 姑妄言之：姑且随便说说，不一定有什么道理。多用作自谦，用来说别人不恰当。A. "弱不胜衣"形容人很瘦弱，连衣服也承受不起。C. "蜚短流长"指散播谣言中伤他人，D. "放虎归山"把老虎放回去，比喻把坏人放回老巢，留下祸根。【全国Ⅱ】

7.【答案 B】汗牛充栋：形容书籍多，使用对象有误。【海南、宁夏、陕西等】

8.【答案 B】无地自容：没有地方可以让自己容身。形容非常羞愧。此处应为"无处藏身"。【北京】

9.【答案 D】D. 举手投足：一抬手，一动脚，指人的一举一动，对象有误。A. 韵致：风度韵味，情致。B. 当面锣，对面鼓：比喻面对面地商量、对证或争论。C. 躬逢其盛：亲身经历那种盛况。【重庆】

10.【答案 C】C. "甚嚣尘上"：原意是楚王说敌方晋军喧哗纷乱得很厉害，而且尘土也飞扬起来了。形容忙乱喧哗的情况。后以"甚嚣尘上"比喻对某人某事议论纷纷。现多指反动或错误的言论十分嚣张。这里用错对象。而且，褒贬也失当。高科技手段是新事物，对旧事物之冲击本为正常。A. "殊途同归"：通过不同的道路，达到同一个目的地，比喻采取不同的方法，得到相同的结果。B. "斗转星移"：北斗转向，众星移位。表示时序变迁，岁月流逝。D. "销声匿迹"：指隐藏起来，不公开露面。现在也指事物消失。【广东】

11.【答案 C】本题 C 选项"津津乐道地谈论着"，很明显"津津乐道"已经包含了"说"这一动作，

后面再接"谈论"语意重复，改为"兴致勃勃"比较好。【湖南】

12.【答案A】曾几何时：指过去到现在比较短的一段时间。B和C都是近形混淆。举重若轻：能力强能胜任。举足轻重：处于重要地位。刮目相看：一个人过去和现在比；另眼相看：拿此人和一般人相比。拾人牙慧：是指拣别人说过的话，使用范围有误。【江西】

13.【答案A】A."待价而沽"：沽，卖。等有好价钱才卖，比喻谁给好的待遇就替谁工作。符合句意。B."豆蔻年华"：指女子十三四岁时，不能指儿子。C."耿耿于怀"：不能忘怀，牵萦于心，多用作贬义。D."高抬贵手"：旧时恳求人原谅或饶恕的话，意思是您一抬手我就过去了，与句意不符。【辽宁】

14.【答案D】A."释怀"：①抒发情怀。②放心，无牵挂。文中应用"忘怀（不放在心上，忘记）"。B."古稀"指人七十岁，源于杜甫《曲江》诗句"人生七十古来稀"。最小的82岁，应用"耄耋"，或者改为"已过古稀之年"。神气十足，形容摆出一副自以为高人一等而了不起的样子。C."始作俑者"：俑，古代殉葬用的木制或陶制的俑人。开始制作俑的人。比喻首先做某件坏事的人。褒贬不当。D."纷至沓来"：纷，众多，杂乱；沓，多，重复。形容接连不断的到来。【山东】

### 吕丽高考语文讲堂·成语·第3练【2009高考13题】

1.【答案B】A.寻根究底：寻找根源，追究底细，弄清来龙去脉。与语境义相符合。B.春秋鼎盛：春秋，指年龄；鼎盛，正当旺盛之时。比喻正当壮年。应用对象应该是人，不能用于修饰"时代"等，使用对象错误。（成语出处：汉·贾谊《新书·宗首》："天子春秋鼎盛，行义未过，德泽有加焉。"）C.崇论宏议：崇，高；宏，大。指高明宏大的议论或见解。与语境义相符合。（出处：西汉·司马迁《史记·司马相如传》："必将崇论宏议，创业垂统，为万世规。"用法示例鲁迅《彷徨·高老夫子》："但高老夫子却不很能发表什么～。"）D.明日黄花：明日，指重阳节后；黄花，菊花。原指重阳节过后逐渐萎谢的菊花。后多比喻已失去新闻价值的报道或已失去应时作用的事物。【全国Ⅰ】

2.【答案D】D.南腔北调：原指戏曲的南北腔调。现形容说话口音不纯，掺杂着方言。出自清赵翼《檐曝杂记》卷一："每数十步间一戏台，南腔北调，备四方之乐。"句中意思说电视剧加入太多现代元素，可用"洋腔怪调"。A.忧心忡忡：忡忡，忧虑不安的样子。形容心事重重，非常忧愁。B.急流勇退：在急流中勇敢地立即退却，比喻做官的人在得意时为了避祸而及时引退。C.排山倒海：推开高山，翻倒大海，形容力量强盛，声势浩大。出自《资治通鉴·齐纪高宗建武二年》："昔世祖以排山倒海之威，步骑数十万，南临瓜步，诸郡尽降。"【全国Ⅱ】

3.【答案D】"一夫当关，万夫莫开"：意思是一个人守在这里，就是一万个人也不易攻打开。形容这个地方地势险要，是个易守难攻的地方。此句中无此意。【北京】

4.【答案C】首当其冲，比喻最先受到攻击或遭到灾难。与语境"一马当先"之类的意思不符。【广东】

5.【答案B】B."特立独行"：特；独特：立：立身。形容人的志行高洁，不同流俗。也泛指特殊的，与众不同的。这里用来指历史，对象错误。A."弥漫"：①充满；到处都是：烟雾弥漫｜黄沙弥漫的山野。②漫远：路途弥漫。C."势如破竹"：势，气势，威力。形势就像劈竹子，头上几节破开以后，下面各节顺着刀势就分开了，比喻节节胜利，毫无阻碍。D."精致"：精巧细致：～的花纹｜展览会上的工艺品件件都很～。【湖北】

6.【答案B】挥：指挥笔。形容才思敏捷，写字、写文章、画画非常快。这里属于用错对象。【湖南】

7.【答案B】A.不假思索：假，假借，依靠。形容做事答话敏捷、熟练，用不着考虑。B.拍案叫绝：拍桌子叫好。形容非常赞赏。句中夸赞作品，合适。C.死得其所：所，处所；得其所，得到合适的地方。指死得有价值，有意义。感情色彩不对。D.居高临下：居，站在，处于；临，面对。占据高处，俯视下面。形容占据的地势非常有利。句子是指演讲者思想的高度，不是"占据的地势非常有利"。【江西】

8.【答案D】匪夷所思：指言谈行动离奇古怪，不是一般人根据常情所能想象的。【宁夏】

9.【答案B】A."左右为难"：左也难，右也难，两边为难。形容处于某种困境中，不易做出决定。"如何判断和预测疫情的规模和发展趋势"不符合处于某种困境中，不易做出决定。B."动人心弦"：激动人心，非常动人。C."前赴后继"：赴，向前冲前面的冲上去了，后面的紧跟上来。形容为了革命或某种事业连续不断投入战斗，奋勇冲杀向前。褒义词。D."一挥而就"应为"一蹴而就"。一挥而就：智绘画、书法和写文章，一动笔很快就完成了。形容才思敏捷，才智聪颖。就：成。应为一蹴而就：蹴：踏；就：成功。踏一步就成功。比喻事情轻而易举，一下子就成功。【山东】

10.【答案D】A."牛刀小试"：比喻有大本事的人先在小事情上略显身手。也说"小试牛刀"；B.①

侧目：偏着头看，形容听得入神；②不敢从正面看，形容畏惧。C. "失之交臂"：交臂：胳膊碰胳膊，指擦肩而过。形容当面错过。（不符合语境）【四川】

11.【答案B】A. "君子之交淡如水"：因君子有高尚的情操，所以他们的交情淡的像水一样。这里的"淡若水"不是说君子之间的感情淡的像水一样，而是指君子之间的交往不含任何功利之心，他们的交往纯属友谊，却长久而亲切。C. 无"对换"一词。应为"兑换"D. "偷工减料"：原指商人为了牟取暴利而暗中降低产品质量，削减工料。现也指做事图省事，马虎敷衍。应为"缺斤少两"。【重庆】

12.【答案C】敝帚自珍：敝：破的，坏的；珍：爱惜。把自己家里的破扫帚当成宝贝。比喻东西虽然不好，自己却很珍惜。首先语境中作品是作家的不是编辑的，不算"自珍"。【辽宁】

13.【答案A】A. "脱颖而出"，比喻人的才能全部显示出来。很恰当。B. "笔走龙蛇"，形容书法生动而有气势。C. "耳提面命"，不仅是当面告诉他，而且是提着他的耳朵向他讲。形容长辈教导热心恳切。D. "如履薄冰"，像走在薄冰上一样。比喻行事极为谨慎，存有戒心。【安徽】

## 吕丽高考语文讲堂·成语·第4练【2008高考14题】

1.【答案B】B. "量入为出"：根据收入的多少来定开支的限度。A. "探囊取物"：伸手到口袋里拿东西。比喻能够轻而易举地办成某件事情。C. "异曲同工"：不同的曲调演得同样好。比喻话的说法不一而用意相同，或一件事情的做法不同而都巧妙地达到目的。D. "出人意表"：出乎人们意料之外。【全国Ⅰ】

2.【答案C】C. "各尽所能"：尽，用尽；能，才能。各人尽自己的能力去做。文中应用"不尽相同"或者"多种多样"，适用对象错。A. "无伤大雅"：大雅，《诗经》的组成部分之一，这里指雅正、文雅大方。指虽有影响但对主要方面没有妨害。B. "络绎不绝"：形容行人车马来来往往，接连不断。D. "伯仲之间"：伯仲，兄弟排行的次第，伯是老大，仲是老二；间，中间。比喻差不多，难分优劣。【全国Ⅱ】

3.【答案A】①中应选"年轻"。"年轻"指人的岁数不大，有相比较而言之义：他很年轻｜我比他年轻｜领导班子年轻化；而"年青"则为处于青年时期，不合语境。②中应选"以至"。"以至"有"一直到"的意思，表示表示时间、数量、程度、范围等的延伸；而"以致"是"因而导致"的意思，后面接的往往是不好的结果。再说，"踌躇满志"是中性词，形容对自己取得的成就非常得意；而"自鸣得意"是贬义词，自以为了不起，所以选应选A【江西】

4.【答案C】C. 有了真正的学识、本领或业绩，相应的声誉自然就随之而来。也说实至名随。A. 是比喻自然不拘执（多指文章、歌唱等）。B. 是使人听了非常吃惊（多指社会上发生的坏事）。D. 是赞美看到的事物好到极点。【安徽】

5.【答案B】有始有终：指人做事能坚持到底。八字还没一撇：比喻事情还没有眉目。任凭：听凭；无论，不管；即使。风姿绰约：形容女子姿态柔美的样子。【重庆】

6.【答案C】C. "淋漓尽致"形容文章或谈话详尽透彻，也指暴露得很彻底。该句说的是书法风格各异，充分详尽地展现了汉字之美，用"淋漓尽致"非常准确。而A. "无所不为"意为没有什么不干的，指什么坏事都干，贬义词。用来形容年轻的父母费尽心思地送孩子学钢琴、围棋、英语，感情色彩不对。B. "安土重迁"意为留恋故土，不肯轻易地迁移。而该句说的是随着经济的发展，人们乐意告别家乡，词义与句义完全相反。D. "不耻下问"意为不以向地位比自己低、知识比自己少的人请教为可耻。而句中说的是老李向同事、亲朋好友甚至左邻右舍请教，不存在地位高低、知识多少的问题，使用不当。【江苏】

7.【答案C】A. 轻描淡写，原指用浅淡的颜色描画；今多指说话、作文时将某些事情轻轻带过。B. 喜闻乐见，喜欢听，乐意看。指很受欢迎。C. 涣然冰释，涣然：流散的样子，冰释：冰块消融。《老子·十五章》："涣兮若冰之将释。"后用"涣然冰释"比喻疑虑，误会等一下子完全消除。D. 另起炉灶，比喻重新做或独立另做。【四川】

8.【答案D】A. "药效"和"缓和"不搭配，应用"缓慢"。B. "整顿"和"家务"也不搭配，"家务"是"家庭事务"，自然不能整顿。只能"操持家务"。C. "神气十足"形容摆出一副自以为高人一等而了不起的样子。带有傲慢的神气，而语境是"神定气闲"。【山东】

9.【答案D】A. "扣人心弦"：形容诗文、表演等有感染力，使人心情激动。B. "怨声载道"：怨恨的声音充满道路。形容群众普遍不满。C. "义无反顾"：在道义上只有勇往直前，绝不退缩回顾；D. "怒形于色"：内心的愤怒在脸上显露出来。【广东】

10.【答案D】A. "泥沙俱下"：泥土和沙子一起随河水流下来，比喻人或事物不论好坏都一齐显现出来；"鱼龙混杂"：鱼和龙混合掺杂在一起。比喻坏人和好人或凡人与圣人混成一起，好坏难分。B. "清规戒律"：清规一佛教为僧尼规定的必须遵守的规则，戒律一教徒必须遵守的生活准则，泛指规章制度，多指束缚人的死板的规章制度。"金科玉律"：比喻不能变更的信条或法律条文，多含贬义。C. "额手称庆"：把手举到额头上，称说庆幸得很。形容人们在忧困中获得喜讯时高兴和喜悦的神态；"弹冠相庆"：弹冠，掸去帽子上的尘土，将要入仕做官。庆，贺喜，指即将做官而相互庆贺。多用于贬义。D. "顾此失彼"：顾了这个，顾不了那个，形容头绪太多，不能兼顾，与"捉襟见肘"意思颇为相近；"捉襟见肘"：拉一下衣襟就露出胳膊肘。①形容衣服破烂；②比喻困难重重，应付不过来。【浙江】

11. 【答案B】"全神贯注"形容注意力高度集中。与"拉家常"不搭配。【宁夏、海南】

12. 【答案B】"竭泽而渔"比喻只图眼前利益，不作长远打算。"竭泽而渔"是动词性短语，而这里要用一个形容词性短语，应改为"山穷水尽"。【北京】

13. 【答案B】"口耳相传"意为口说耳听地往下传授，指传播知识的原始方式。此处语境不合。【辽宁】

14. 【答案A】A. "情不自禁"指抑制不住自己的感情。其主语应是"老人"，而不能是"双手"。句中应用"不由自主"。B. "胸无城府"：城府，城市和官署。比喻难于揣测的深远用心。形容待人接物坦率真诚，心口如一。C. "宣称"：公开地用语言、文字表示。D. "耿耿于怀"：对所经历的事持有看法，不能忘却，牵挂心怀。【湖北】

## 吕丽高考语文讲堂·成语·第5练【2007高考14题】

1. 【答案B】"蠢蠢欲动"的意思是指"敌人准备进行攻击或坏人策划破坏活动"为贬义词，此处用来指报考学生显然不对，故选B。【全国Ⅰ】

2. 【答案D】A. "等量齐观"：是有差别的事物同等看待的意思。应为"异彩纷呈"望文生义。B. "间不容发"：是空隙中容不下一根头发。比喻与灾祸相距极近或情势危急到极点。应为"刻不容缓"，张冠李戴。C. "凤毛麟角"：是指凤凰的羽毛，麒麟的角。比喻珍贵而稀少的人或物，褒贬误用。D. "喜出望外"的意思是，由于没有想到的好事而非常高兴。【全国Ⅱ】

3. 【答案A】A. "粉墨登场"：现在多用为贬义，用其本义，演员装扮后进行表演，是个中性词。B. "洋洋洒洒"：指文章、说话连续不断；也指规模、气势盛大，一般修饰或补充动词。此处用来修饰"中华地方文化"不当，应改为"蔚为大观"。C. "完美无缺"：是完备美好，没有缺点。此处不合语境，讲化石的取出应该用"完好无损"。D. "酣畅淋漓"：可以用来形容睡觉、喝酒，也可以用来形容写文章。此处是说手机在生活中的作用，应改为"淋漓尽致"。【安徽】

4. 【答案B】B. "推波助澜"：比喻从旁鼓动、助长事物（多指坏的事物）的声势和发展，扩大影响。A. "改弦更张"：比喻改革制度或变更计划、方法。C. "一孔之见"：比喻狭隘片面的见解，这里是作者自谦，用法正确。D. "釜底抽薪"：比喻从根本上解决问题。【江苏】

5. 【答案D】A. "外来的和尚好念经"是说好像外面来的人都是人才，望文生义。B. "遇人不淑"指女子嫁了一个品质不好的丈夫，张冠李戴。C. "推波助澜"是指比喻从旁鼓动、助长事物（多指坏的事物）的声势和发展，扩大影响，褒贬误用。D. "马尾巴串豆腐"是歇后语指"别提了"或"串不起来"。【浙江】

6. 【答案A】A. "等闲视之"指把它看成平常的事，不预重视。B. "猝不及防"往往指不好的事，语境说的是好事。C. "慷慨解囊"形容极其大方的在经济上帮助别人，语境不存在帮助的意思。D. "自相矛盾"比喻自己说话做事前后抵触，语境矛盾的不是自己。【山东】

7. 【答案A】僧多粥少：比喻不够分配之意。此处应改为"供大于求"。【四川】

8. 【答案D】A. "休养生息"：休养，何处保养；生息，人口繁殖。指在战争或社会大动荡之后，减轻人民负担，安定生活，恢复元气。B. "不堪设想"：指未来情况不能想象。指预料事情会发展到很坏的地步。也比喻事情坏到极点。用于指消极方面的事。C. "情不自禁"：禁，抑制。感情激动得不能控制。强调完全被某种感情所支配。用于描写人的感情。此处应作"不由自主"：指由不得自己，控制不住自己。D. "按下葫芦又起瓢"：顾了这头丢那头；此起彼落。【江西】

9. 【答案D】A. "富甲一方"意为"拥有的钱财在地方上居第一位"，与"超脱于物质利益"构成"相反"的意思，使用恰当。B. "恪尽职守"意为"谨慎认真地做好本职工作"，与"生前卫士"、"矢志护灵"的语境相符。C. "心有余悸"意为"事情虽然过去，但回想起来，仍感到害怕"，符合语境，使用正确。D. "含英咀华"意为"嘴里含着花朵，品味花的芬芳，比喻品味、体会诗文中的精华"，不能用来形容"花蕾"，使用有误，为本题正确选项。【北京】

10. 【答案A】A. "薪尽火传"比喻师父传业于弟子，一代代地传下去。B. "无可置疑"指事实明显或理由充足，没有什么可以怀疑的，不能用"不可"修饰。C."大人不见小人怪"旧时指位高或有德者对位低或无德者的过错不见怪，语境中"小人"是自己，非"你"。【辽宁】

11.【答案D】鱼目混珠：拿鱼眼睛冒充珍珠。比喻用假的冒充真的。例子：可是这些卖国的老爷们不是也在～，也在自称为爱国忧民的志士吗？语境不存在假和真的问题，说明的是好和坏。【湖北】

12.【答案D】A."饶有兴味"：很有兴味。B."匪夷所思"：匪，不是；夷，平常。指言谈行动离奇古怪，不是一般人根据常情所能想象的。C."无可厚非"：厚非：过分责难、责备。不能过分责备。指说话做事虽有缺点，但还有可取之处，应予谅解。D."水乳交融"：交融：融合在一起。像水和乳汁融合在一起。比喻感情很融洽或结合十分紧密。【湖南】

13.【答案C】C."名噪一时"指名声传扬于一个时期，指当时名望很重，符合语境。A."间不容发"是个多义成语，有三个意思。①指距离极近，中间不能放进一根头发；②比喻情势危急到了极点；③比喻文字精练、严谨。不是指空间容不下的意思。B."妄自菲薄"指毫无根据看轻自己，指自轻自贱。原句是自诩的意思，不符合语境。D."南辕北辙"比喻背道而驰，行动与目的相反。原句是说我俩考虑问题不同，可改为"大相径庭"。【广东】

14.【答案B】B."独出心裁"原指诗文的构思有独到的地方，后来也指想出来的办法与众不同，使用合乎语境。A."耳提面命"是褒义词，形容恳切地教导，一般用于师长对学生或晚辈恳切地教导，故不合本句中语境。C."对号入座"比喻把有关的人或事物跟自己对比联系起来，也比喻把某人所做的事跟规章制度相比，联系起来，而本句中既不是给小王把有关的人或事物跟他自己对比联系起来，又不是大家把小王所做的事跟规章制度相比，所以成语用错了。D."虚怀若谷"形容十分谦虚，是褒义词，而不是宽宏大量、心胸宽广的意思。【宁夏】

## 吕丽高考语文讲堂·成语·第6练【2006高考12题】

1.【答案B】A."一念之差"：念：念头。差：差错。一个念头的差错。指因一时的疏忽或考虑不周而产生严重的后果。很明显用错。B."乐此不疲"：对某事特别爱好，精力为之贯注，不觉得疲倦。C."拍手称快"：鼓掌欢呼，表示非常高兴。多用于表示正义得到伸张时或事情的结局称人的心意，泼水节泼水，并不存在正义得到伸张的意思。D."功败垂成"：垂，将要，接近。事情就要成功的时候却遭到了失败。多含有惋惜之意，功败垂成怎能在此一举？【全国Ⅰ】

2.【答案A】A."不足为训"：不值得当做典范或法则，意思与语境不符。B."卓尔不群"：超出寻常，与众不同。C."彪炳千古"：形容伟大的业绩流传千秋万代。D."捉襟见肘"：现在一般用于顾此失彼，穷于应付。【全国Ⅱ】

3.【答案A】A."洛阳纸贵"：出自《晋书·文苑·左思传》。成语"洛阳纸贵"，称颂杰出的作品风行一时。B."不容分说"：分说指辩白，解说。不容人分辩解释，不容许分辩说明。出自元人武汉臣《生金阁》三折："怎么不由分说，便将我飞拳走踢只是打。"C."巧立名目"变法儿定些名目来达到某种不正当的目的。D."追本溯源"比喻追究事情发生的原因。【安徽】

4.【答案B】A."替古人担忧"是指没有必要的担忧。C."敲门砖"比喻借以求得名利的初步手段。D."珠圆玉润"形容歌声婉转优美或文字流畅明快。以上均不合语境，故选B。【辽宁】

5.【答案B】B."熟视无睹"的意思是经常看到却像不曾看见一样，形容对眼前的事物不关心或漫不经心。这里不是"经常看到"，而是假装没看见，应用"视而不见"。A."应运而生"旧指应天命而产生，现指适应时机而产生。C."扑朔迷离"的意思是形容事情错综复杂，难以辨别清楚。D."栩栩如生"的意思是形容生动逼真、像活的一样。【四川】

6.【答案B】B."刚柔相济"指刚强的和柔和的互相补充，使恰到好处，符合句意。A."潜移默化"指人的思想或性格受其他方面的感染而不知不觉的起了变化。这里用于"各类配套完善的高新园区的建成使用"属使用对象错误；C."筚路蓝缕"指驾着柴车，穿着破旧的衣服去开辟山林。形容创业的艰苦，误解词义；D."不期而遇"指没有约定而意外的相遇，主语应是人，使用对象错误。【山东】

7.【答案D】A."无所不至"：指凡能作的都做到了（用于坏事）。B."不堪设想"：事情的结果不能想象。指会发展到很坏或很危险的地步。C."众人拾柴火焰高"比喻人多力量大。D."冰山一角"比喻人们所了解到的事实或知识的真相，离实际情况还差得很远。【广东】

8.【答案B】B."买椟还珠"比喻没有眼光，取舍失当。这里与语境不符，B项前句的行为导致后句的结果，不存在取舍关系。可改为"得不偿失"。A."首当其冲"：指最先受到攻击或蒙受灾难。C."耳熟能详"：听得熟悉，乃至能够详细地复述出来。D."无所顾忌"：没有什么顾忌和畏惧。【北京】

9.【答案 A】绘声绘色是形容叙述描写得生动。属使用对象错误，应改为惟妙惟肖。【湖北】

10.【答案 A】A. "声明"，公开表示态度或说明真相，强调"公开"，这里是名词，指声明的文告；"申明"，郑重说明。B. 犯了褒贬误用的毛病。"凶猛"，指（气势、力量）凶恶强大，多含贬义。此句中两词的位置应对调。C. 评头论足，指无聊的人随便谈论妇女的容貌，也比喻在小节上多方挑剔。贬义词。不合语境中的"大加赞赏"。D. 感同身受，感激的心情如同亲身受到（恩惠），也泛指给人带来的麻烦，自己也能亲身感受到。多用来代替别人表示谢意。不合这里的语境。

11.【答案 C】A. "不胜其烦"，不是不怕麻烦，而是烦琐得使人受不了的意思；B. "宛然在目"，不是尽收眼底的意思，而是仿佛在眼前；D. "人中吕布，马中赤兔"，是指出类拔萃的人才或英雄人物。此处是贬义。C. "胼手胝足"，形容经常地辛勤劳动，运用正确。

12.【答案 C】A. "毛遂自荐"：比喻自己推荐自己，不必别人介绍。B. "猝不及防"：猝，突然，出其不意。事情来得突然，来不及防备。出自清·纪昀《阅微草堂笔记·姑妄听之一》："既不炳烛，又不扬声，猝不及防，突然相遇，是先生犯鬼，非鬼犯先生。"C. "睚眦必报"，睚眦：发怒时瞪眼睛，借指极小的仇恨。像瞪一下眼睛那样极小的怨仇也要报复。比喻心胸极狭窄。D. "投桃报李"：意思是他送给我桃儿，我以李子回赠他。比喻友好往来或互相赠送东西。【重庆】

## 吕丽高考语文讲堂·成语·第7练【2005高考12题】

1.【答案 A】A. "百里挑一"的意思是从一百个里挑出一个，形容十分出众。本项的意思是"我国企业遭遇的知识产权国际纠纷越来越多"而"能够应对这些诉讼的高级人才却极其缺乏"。B. "精彩纷呈"不是一个固定成语。"精彩"指优美、出色，"纷呈"的意思是纷纷呈现出来。"多元文化精彩纷呈"的意思是多元文化的优美之处被淋漓尽致地表达出来。可见"精彩纷呈"与"多元文化"非常协调。C. "旁征博引"：意思是为了表示论据充足而广泛地引用材料。《重要现象》是一篇报告，说它广泛地引用了材料当然是可以的。D. "新颖别致"：意思是新奇、不同寻常，"版面设计"确实可以是新奇而不同一般的。所以BCD都正确。【全国Ⅰ】

2.【答案 D】"琳琅满目"是"比喻各种美好的东西很多（多指书籍或工艺品）"，这里是"城市'夜景观'建设"，显然不是"书籍或工艺品"。【全国Ⅱ】

3.【答案 C】A. "独树一帜"：树，立；帜，旗帜。单独树起一面旗帜。比喻独特新奇，自成一家。B. "饮鸩止渴"：鸩，传说中的毒鸟，用它的羽毛浸的酒喝了能毒死人。喝毒酒解渴。比喻用错误的办法来解决眼前的困难而不顾严重后果。C. "当仁不让"：当，面对。仁，正义的事。指面对合乎道义的事就主动承担起来，绝不推让。D. "叹为观止"：叹，赞赏；观止，看到这里就够了。指赞美所见到的事物好到了极点。【全国Ⅲ】

4.【答案 D】A. "琳琅满目"多指书籍或工艺品。B. "养虎遗患"对象指敌人或坏人。D. "诚惶诚恐"形容极端小心以至恐惧不安。【湖北】

5.【答案 B】谈笑自若：说说笑笑，跟平常一样（多指在紧张或危急的情况下）。此句没有"紧急或危急的情况"，应用"谈天说地"较好。【湖南】

6.【答案 A】A. 莘莘学子：众多学子，与语境完全相符。B. "抛砖引玉"：谦辞，比喻用粗浅的、不成熟的意见引出别人高明的、成熟的意见，不能用于第三方，在本句中没注意使用对象的限制，所以错了。C. "毕其功于一役"：把本来要分期分批做的事一下子就做完。这个熟语常用在具有否定或批评、指责意味的语境对象中，如：学习是一个循序渐进的过程，别指望毕其功于一役。也用于有期盼、想望意味的语境对象中，如：深圳队如果打败辽宁队，会毕其功于一役，提前三轮夺冠。他不能用在既成事实或既定的条件的语境和对象中，像C项。D. "释怀"：某种情感在心中消除，多用于否定，句中"难以"改为"不能"就对了。【广东】

7.【答案 D】A. "咄咄逼人"：咄咄，感叹声。指使人惊怪的声音。一是形容出言尖刻伤人，令人难堪。后也用来形容气势汹汹，盛气凌人，使人难堪的言行。二是形容本领赶上或超过别人，使人惊诧。这里用的是第一个义项中的后来义，故使用正确。B. "偃旗息鼓"：偃，仰倒。放倒军旗，停击战鼓。一是形容军中肃静，以隐蔽目标，迷惑敌人。二指休军罢战。三是比喻停止某种带攻击性的行动。这里用的是本义，故使用正确。C. "惨淡经营"：惨淡，苦费心思；经营，筹划，规划。原指作画下笔之前，精心构思，计划布局。后多形容煞费苦心地谋划某项事业或事情。这里用的是后来义，故使用正确。D. "鲜为人知"的"鲜"，读"xiǎn"，"少"的意思。"鲜为人知"即很少被世人所知道。【北京】

8.【答案 C】C. "舍我其谁"说的是自视甚高，自认极重，与"傲气"搭配。A. "脱颖而出"比喻人的才能全部显现出来，不用于物。B. "摧枯拉朽"比喻腐朽势力很容易打垮。D. "走马观花"比喻粗略的观察事物，含有贬义。【山东】

9.【答案B】B.“擦边球”：比喻做在规定的界限边缘而不违反规定的事。A.“高山仰止”：比喻道德高尚，令人无法企及。C.“屈指可数”：形容寥寥无几。与“网络文学蓬勃发展”矛盾。D.“摩肩接踵”：形容人多拥挤。解答这道题可以从分析这些成语内部的词或语素开始，还要看在句中的具体语言环境。【浙江】

10.【答案D】A.“忍俊不禁”是“忍不住笑”的意思。在这里可以用“忍无可忍”。B.“不容置喙”是“不容许插嘴”的意思。在这里应该用“不容置疑”，不允许有什么怀疑。表示论证严密，无可怀疑。C.“不以为然”是“不认为是对的。表示不同意或否定”的意思。在这里应该用“不以为意”，不把它放在心上。表示对人、对事抱轻视态度。D.“恒河沙数”意思是“像恒河里的沙粒一样，无法计算。形容数量很多”。解答这道题可以从分析这个成语内部的词或语素开始，还要看在句中的具体语言环境。“恒河沙数”可以说在中学教学中很少涉及，但可以分析它的组成材料，再其他三个成语，在教学中都很关注的，采用排除的方法也是可以得到正确答案的。【江西】

11.【答案D】D.讳莫如深：紧紧隐瞒。A.屡试不爽：屡次试验都没有差错。B.巧舌如簧：形容花言巧语，能说会道。C.画地为牢：比喻只许在指定范围内活动。【江苏】

12.【答案D】A.“不分青红皂白”：是不分是非、情由等的意思。在这里即使“分清了是非、情由”也不能和后文的滥用搭配，所以这个熟语多余。B.“大水冲了龙王庙，一家人不认一家人啊”：是比喻本是自己人，因不相识而相互发生了冲突争端。在这里我和小刘本相识，所以此熟语使用不当。C.“白头如新”：“相交虽久而并不知己，像新知一样”，下一句是“倾盖如故”。意思是说，两个人可以认识了一辈子，却仍像陌生人，而有的人可以一见面就成知交。【辽宁】

## 吕丽高考语文讲堂·成语·第8练【2004高考14题】

1.【答案B】“九牛一毛”指的是许多条牛身上的一根毛，比喻极大的数量中的极少数，微不足道。用在这里不合语境。【吉林、黑龙江、四川、云南】

2.【答案A】“忍无可忍”的意思是忍得再也无可忍受。其语境往往是接着进行反抗，但下面是“承认”了，不但没有反抗，而且屈服了，不合语意。【山东、河南、河北、安徽、江西】

3.【答案B】“捕风捉影”这个成语比喻说话办事没有丝毫根据。用于一位被誉为“农民诗人”的老人观察、发现劳动之乐、生活之趣和人性之美当然是褒贬不分了。【青海】

4.【答案D】A.“从长计议”：慢慢地多加商量，指不急于做出决定；不符合语境。“寅吃卯粮”的意思是寅年就支用卯年散文粮，比喻经济困难，入不敷出。句子中并没有经济困难的意思，而是说“姐姐”没有长远的打算，用“寅吃卯粮”显然是错误的。B.“一文不名”：一个钱也没有，季度的贫穷。句子中误用为“一个钱也不值”了。C.“文不加点”：“文章不经修改，一气呵成，形容才思敏捷，下笔成章”。句子力因望文生义而使用错误。【北京】

5.【答案B】“每况愈下”形容情况越来越坏。句子中却用作了事故发生率越来越低，交通情况越来越好，恰好相反。【天津】

6.【答案C】“回马枪”的意思是“回过头来给追击者以突然袭击”。王刚再回中央电视台不是回来打仗，而是来工作的，中央电视台也没有追击王刚。【重庆】

7.【答案A】B.“慷慨解囊”：用在支援人家，为别人排忧解难上，语境错误。C.“弹冠相庆”：是贬义词，感情色彩用错了。D.“磨洋工”：指的是出工不出力，意思理解错误了。【广东】

8.【答案B】A.“纸醉金迷”：糜烂的生活，理解错误。C.“豆蔻年华”：十三四岁的年纪，与大学生不相称。D.“金玉其外、败絮其中”，判断不合逻辑。【福建】

9.【答案A】“无出其右”意思是才能“没有人超过他的”，不能用在屈辱与困境上。【湖南】

10.【答案B】“差强人意”上午意思是基本上能让人满意，问中却用作了不能是人满意，意思理解错了。【湖北】

11.【答案B】“别无长物”意思是“除此之外，空无所有”，指物质，非才能。【浙江】

12.【答案B】A.“在劫难逃”：某种灾祸不可避免，用早劣质食品上犯了望文生义的错误。C.“稍纵即逝”：形容机会和时间很容易失去，川剧的变脸是一种艺术，用得不妥。D.“弄巧成拙”：本想要弄技巧，结果反坏了事，对孩子提过高要求不是耍弄技巧。【江苏】

13.【答案D】A.“墙倒众人推”：比喻人一旦失势，就遭到众人的非难和攻击，不是团结一致的意思。B.“春意阑珊”：春意将尽的意思，与语境不合。C.“七手八脚”：人多而忙乱，不是指一个人。【辽宁】

14.【答案C】炙手可热不是“热门”，是指气焰盛，权势大，含贬义。【春招】

## 吕丽高考语文讲堂·成语·第 9 练【1992～2003 高考 13 题】

1.【答案 A】A. "巧夺天工"：人工的胜过了天然，而句中的"苍山""洱海"本来就是"天然"之物，"巧夺天工"在此犯了使用对象错误的毛病。B. "耳濡目染"：耳听眼见，不知不觉受到影响，在此使用正确。C. "灯红酒绿"往往作贬义用，但它还有一个不常用的本意就是"热闹非凡，人们尽情欢乐"，在此用它的本意，是对的。D. "凤毛麟角"：罕见而珍贵的人才或事物，在此使用也是对的。【1992 年】

2.【答案 D】A、B 两项中的"无所不为"、"半斤八两"多用于贬义，这里用来赞美年轻科学家的勇气和陕西、江南剪纸的风格，感情色彩不协调，C. "首当其冲"：首先受到攻击或遭受灾难，用在句中和句意不符，D. "想入非非"也可以当中性词用，可以理解为：一般人的认识力达不到的玄妙境界，在此是对的。【1995 年】

3.【答案 B】A. "莘莘学子"的"莘莘"有"众多"的意思，"学子"指学生，因此"莘莘学子"也就有众多学生的意思。现在，在"莘莘学子"前用"一位"来修饰，显然犯了逻辑上的错误。C. "趋之若鹜"的意思是像鸭子一样成群地跑过去，比喻很多人去追逐某些东西，它含有贬义。但 C 句是要表现艺术爱好者对齐白石画的热爱，并不是去追逐什么东西，所以无论是从语意表达上看还是从感情色彩上来循，用"趋之若鹜"都是不妥的。D. "万人空巷"的"空巷"是指街巷的居民都出来了，这一成语是用来形容盛大的集会或新奇的事物把居民吸引、轰动一时的情景。但 D 句是说人们都在家里看电视，"街上显得静悄悄的"，那就谈不上"万人空巷"了。可见这里是误解了这一个成语的意思，以为路上没有行人，才算是"万人空巷"。B. "不孚众望"的"孚"有"使人信服"的意思，"不孚众望"就是"不使人们信服"。【1997 年】

4.【答案 D】A. "望其项背"的意思是能够望得上别人的颈项和背脊，表示赶得上或比得上。而 A 句的意思显然是说"赶不上""比不上"，与"望其项背"的意思正好相反。B. "处心积虑"的意思是千方百计地盘算，多用于贬义。而 B 句显然对"新上任的厂领导"有所褒奖，用这个成语不恰当。C. "火中取栗"：冒险给别人出力，自己上当而一无所得。而 C 句的意思是消费者利用厂家商家竞相降价的机会得到实惠，显然与这个成语的意思风牛马不相及。D. "拭目以待"的意思是擦亮眼睛等待，形容殷切期望或等待某件事情的实现，与 D 句的意思相符。【1998 年】

5.【答案 A】A. "殚精竭虑"："殚思极虑"、"殚思极虑""殚心竭虑"、"殚精竭力"等，意思是"用尽精力，费尽心思"。它用在 A 项中来形容我国科技工作者为我国科技工作所作出的巨大贡献，是十分恰当的。B. "美轮美奂"：形容高大华美的，而且一般多用于赞美新屋。现在 B 项却用它来形容石刻作品上一些花鸟虫兽、人物形象的神态，显然犯了使用对象错误的毛病。C. "炙手可热"：手一接近便感到热，用来比喻权势气焰之盛，而现在 C 项中却将这一成语理解为热门，这就不恰当了。D. "一劳永逸"：辛苦一次将事情办好，以后可永远不再费力了。D 项中用这个成语来说"局势"，显然不妥，因为"局势"是说政治、军事等方面在一个时期内的发展情况，它决不可能"一劳永逸"的。【1999 年】

6.【答案 B】B. "淋漓尽致"：形容文章或谈话详尽透彻，也可指暴露得很彻底，用来形容"崇尚科学文明、反对迷信愚昧"图片展对伪科学的揭露恰到好处。A. "汗牛充栋"：形容书籍极多，用来形容古人刻苦学习显然使用不恰当。C. "洗心革面"：比喻彻底悔改，指人的改过自新，用来修饰刊物决心"继续提高稿件的编辑质量"显然不恰当。D. "左右逢源"有两种意思，一是比喻做事得心应手，顺利无阻，属褒义词；二是比喻处事圆滑，属贬义。现在以贬义用法较常见，说一个孩子对电脑、互联网非常熟悉，能说得"头头是道"，显然两种意思都不恰当。【2000 年】

7.【答案 A】A. "五花八门"：比喻花样繁多或变化多端，用以表示媒体对它的包装是正确的。B. "微言"往往和"大义"连用，表示精微的语言和深奥的道理，这里望文生义，把意思用反了。C. "蠢蠢欲动"：指敌人准备进行攻击或坏分子策划破坏活动，句中外商来投资是好事，不能用这个词来形容。D. "首当其冲"：首先受到攻击或遭受灾难，用在句中和句意不符。【2000 年春】

8.【答案 B】B. "颐指气使"：不说话而用面部表情来示意，指有权势的人傲慢的神气。这一句中的"她"从小就养成了自认为高人一等的优越感，下文又有"盛气凌人"，所以用"颐指气使"完全符合文意。A. "安步当车"：慢慢地步行，就当作是坐车，而句子描述的是抗洪抢险时的情景，这里用"安步当车"显然违背了文句的原意，不合语境。C. 是说摊前人很多，产品供不应求，说明人们均争着购买鲜花，而"车水马龙"是说车多得像流水，马多得像游龙，常用表示人车往来不绝或形容繁华的情景。这同购买物品没有任何联系。因此用"车水马龙"显然是不恰当的。D. "蓬荜生辉"：是谦辞，表示由于别人到自己家里来或张挂别人给自己题赠的字画等，而使自己非常光荣，只能出自自己的口，不能出自他人之口，否则，

就有贬低别人、抬高自己的意思。【2001年】

9.【答案D】D."指手画脚"是形容说话时兼用手势示意，也形容轻率地指点、批评。无论哪个意思都不能和"练动作"相符，犯了望文生义的错误。A."不三不四"：有两个基本意思，一是不正派，二是不像样子，这里取第二个意思是正确的。B."不遗余力"：说用尽全部力量，一点也不保留，用以表现"他"为新产品的问世而辛勤工作是可以的。C."斑驳陆离"：形容色彩繁杂，用以形容古钱是正确的。【2001年春】

10.【答案A】A."光怪陆离"：光彩奇异，色泽繁杂，形容奇形怪状，各式各样，用来修饰"现代观念"是可以的。B."雨后春笋（般地）"：春天下雨后竹笋长得很多很快，比喻新事物大量出现，主要用于褒义。而本句讲的是"造假者"非法大量建立"垃圾食品厂"的事情，显然不能用"雨后春笋"来修饰。C."有口皆碑"：从通常解释的意思看是"比喻人人称赞"，使用"有口皆碑"这个成语还需要两个条件：一是被称赞的好人好事必须是"特出（特别出众）"的，是需要建立"功德丰碑"来长久颂扬的；二是被称赞的好人好事一般是应该经过较长时间验证的，是被普遍肯定的。而"机关作风的变化"显然不具备这两个条件，一则这件事情本身远远达不到"建碑"来"歌功颂德"的程度，二则这件事情尚未实现，也不是已经被普遍肯定的事情。所以这里就不能用"有口皆碑"。D."偃旗息鼓"：放倒军旗，停止击鼓，指停止战斗或停止行动，而从本句表达的意思看，"几家汽车大厂"实际上还没有开始采取行动（即价格变化的"动作"），当然也就谈不到"停止行动"了；另外"偃旗息鼓"是一种短暂的甚至是瞬间的动作行为，也不可能"一直"。【2002年】

11.【答案B】B."鸿篇巨制"：大部头的作品，用在这句中是正确的。A."振聋发聩"：惊人的言论唤醒糊涂麻木的人，在此形容"雷声"是不当的。C."差强人意"：勉强符合人的心意，它的意思是基本肯定的，而C句明显是否定意思，所以"差强人意"的使用是错的。D."趋之若鹜"：像鸭子一样成群地跑过去，比喻很多人去追逐某些东西，它多含贬义。用在句中，明显和语境不符。【2002年春】

12.【答案D】D."如数家珍"的不恰当之处还不完全在成语本身。因为根据词典释义或者通常的理解，"如数家珍"的意思就是"形容对列举的事物或叙述的故事十分熟悉"。本句中说"他向慕名来访的参观者介绍这些宝贝"，当然"他"对这些东西一定"十分熟悉"。但是使用"如数家珍"这个成语有一种情况必须除外，即"熟悉"的对象不能就是"家珍"，这也就是词典中都说到的"如数家珍"的意思实际上说的是"'像'数（说）家中的珍宝一样"。本句中说的"老旧钟表"其实就是"（他）家中的珍宝"，而且句中特别用"老王家的橱柜里"、"多年收藏"和"宝贝"来强调这一点，当然这里用"如数家珍"就不合适了。【2003年】

13.【答案B】B."涣然冰释"：比喻疑虑、误会、隔阂一下子完全消除。用在此明显是望文生义。A."返璞归真"：去其外饰，恢复其本真。在句中修饰人们回归自然的愿望是可以的。C."蔚为大观"：指汇聚成盛大壮丽的景象。在句中形容参赛作品的题材广泛恰当。D."无可厚非"：不可以过分责难，从句中意思看电视剧虽遭到批评，但作者的创作动机不可以过分批评指责，中间有转折的语气，所以"无可厚非"正确。【2003年春】

# 专题二 病句答案

## 吕丽高考语文讲堂·病句·第1练【2011高考15题】

1.【答案A】B并列词语搭配不当，应为"提供快乐的人性化服务"；C介词错误，"经过"改为"通过"；主谓搭配不当，在"80％"后加"的患者"；D结构混乱，改为"以带给从全国各地回母校参加庆祝活动的校友宾至如归的感觉"或者"让从全国各地回母校参加庆祝活动的校友感到宾至如归"。【新课标全国】

2.【答案C】A成分残缺，遭受缺少宾语；B结构混乱，在"写实"前加"把"；D搭配不当，"发生"改"产生"。【湖北】

3.【答案D】A无论——还是固定搭配，必须通过考试取得会计从业资格证书才能上岗。改为"必须通过考试取得会计从业，资格证书这样才能上岗"；B"可以"与"得以"重复，保留一个；C"刻画"与"特征"不搭配，"很好地"修饰"发现"不妥。【辽宁】

4.【答案B】A介词残缺，"得到"前加"以"；C宾语残缺，"药品"后加"价格"；D"因"改为"受"，去掉"事件"。【浙江】

5.【答案D】A搭配不当，将"市场"改为"因素"；B、语义重复，去掉"愈发"；C主客颠倒，"对外国人"后加入"来说"。【天津】

6.【答案B】A项搭配不当，"歌剧……给予了很高的评价"不搭配，可改为"歌剧……得到了很高的评价"。C项由成分残缺引起的搭配不当，"……数据显示……"不恰当，可在"数据"后添加"公报"。D项搭配不当，"迎接大运会已成为……舞台"不搭配，可以去掉迎接。【山东】

7.【答案C】A句句式杂糅，删去"组成"；B句成分残缺，可在"起飞前"后边加上中心语"的状态"或将语序调整为"对起飞前的火箭"；D句"广泛推行……服务忌语"不合事理。【四川】

8.【答案C】A"包括……所组成"，句式杂糅。B"透过剧情的审美体验，让人们信服了……"，成分残缺。D"巨大的"，语序不当，多项定语位置不当致语意不明，可改为"一个由一块巨大的茶色玻璃构成的覆斗形上盖"或"一个由一块紫色玻璃构成的巨大的覆斗形上盖"。【广东】

9.【答案B】A改为：切实保障并不断改善民生，进一步提高国民的幸福指数，才能真正保持社会的和谐与稳定，实现长治久安的目标；C"主要靠的是……"和"靠……取得的"句式杂糅；D"其它学校领导"有歧义。【江苏】

10.【答案C】成分残缺，在"那些"前加上"对"。因为此句主语为新生代农民工，"那些环境……"缺少介词，导致主语不一致。【湖南】

11.【答案A】B二对一搭配不当；C"处于"缺乏宾语，应该在"超负荷运转"后加"状态"。D枪支就是武器。联合词组出现从属关系的词语。【江西】

12.【答案B】A项并列短语使用不当；C项"是指"与宾语搭配不当；D项句式杂糅。【全国Ⅱ】

13.【答案B】A句式杂糅，去掉"造成的"或"主要原因"；C不合逻辑，在"发现"前加"被"；D成分残缺，"改善"缺少宾语。【北京】

14.【答案①④⑤⑦】①④和"参加"后的"重庆马拉松赛"重复，⑤与"热身"重复，⑦与"比赛还没有开始"重复。【重庆】

15.【答案】①删除"超过"或"多"。③删除"在"。④显现改为显示。⑤值得期待改为尚难预料。【安徽】

## 吕丽高考语文讲堂·病句·第2练【2010高考16题】

1.【答案D】A赞不绝口的是谁，表意不明；B"实现了纪录"搭配不当，将"实现"改为"创下"。C项表意不明，在"引以为豪"前加上"美国人"。【北京】

2.【答案A】B项残缺与混乱，理念证明理念的正确，表述错误。应为"我国改革开放以来经济建设的成功和失败的实践，无可争辩地证实了'低碳生活'这一理念的正确"；C项歧义，"部分"福利院还是"部分"孤儿？D项搭配不当，"完成理想"。【广东】

3.【答案D】A少动词，在"而且"后加入"做到了"；B不合逻辑，"商家、企业"有交叉；C主客颠倒，"对我们"后加入"来说"。【湖北】

4.【答案D】A项是介词"随着"吃掉主语，导致谁"推动全球人力、资本、信息等生产要素的加速流动、优化"不清楚；B项是搭配不当，在"输送氧气"补上"的能力"；C项是句式杂糅，在"柠檬中含有"后面加"的"。【湖南】

5.【答案B】A"这里""青松翠柏"主谓搭配不当。应是"松青柏翠"C"来自""慕名而至"杂糅，可改为"全国各地的游客游客慕名而至"或"吸引了来自全国各地的游客"。D"受惠"的对象不正确。应"为了让这项住房政策真正使低收入家庭受惠"。【江西】

6.【答案B】有语病的一项B
修改：在"泄露"后加"的"【重庆】

7.【答案C】A项句式杂糅，最后一分句改为"关键在于知识"或者"知识起决定作用"。B介词"随着"吃掉主语。D成分残缺，在"学风建设"后加"等议题"。【辽宁】

8.【答案B】A"拟"与"为准"矛盾C"基地"与"机构"搭配不当D成分残缺，"采取"缺少宾语中心词"的办法"。【全国Ⅰ】

9.【答案A】B"凝聚"和"骨干"不搭配，"产量成为品牌"搭配不当，可改为"十几年来培养了批技术骨干，所生产的内衣在全国同行业销售额率先突破十亿大关，成为一个著名牌"。C项"这"指代不清，应将前半句改为"一些人指责这些学说缺乏理论支持、她不以实验而以先验方式作一般性推理"。D定状语序不当，应该为"潜移默化地产了影响"；爱国心、人生观、事业心、爱情观与"喜欢"不搭配。【全国Ⅱ】

10.【答案 A】B成分残缺，在"坐落"前加"的博物馆"或者"的建筑"；C成分残缺（搭配不当），应改为"截至 5 月 9 日 17 时 30 分为止"，或者"截止 5 月 9 日 17 时 30 分"；D搭配不当，将"经"改为"在"，或者将"下"去掉；歧义，"迅速赶到的"统辖"医护人员"还是"医护人员和商场保安"不清，两种理解都可以，可改为"商场保安以及迅速赶到的 120 急救中心医护人员"。【山东】

11.【答案 C】A项"他的雄才大略与奸诈凶狠"与"也是个难得的表演机会"搭配不当，可改为"演这个角色也是个难得的表演机会"；B成分赘余，删去"的实验"；D句式杂糅，掉"的原因"。【四川】

12.【答案 B】A搭配不当，在"是"前添加主语"天津"；C黄发：老年人头发由白转黄。垂髫：古时单童子未冠者头发下垂。去掉"黄发"；D句式杂糅，去掉"组成"或者将"分"改为"由"。【天津】

13.【答案 A】B宾语残缺：加快地方立法"的步伐"或"的进程"；C宾语残缺："出现了……的新型欺诈"后加"手法"；D语序：发掘后研究；"遗存或废墟"与价值不搭配，删去"遗存"。【浙江】

14.【答案 C】A句式杂糅，"原因是居民不合适的装修"或"是居民不合适的装修造成的"；B"提出精神损害抚慰金"搭配不当，将"提出"改为"支付"；D成分赘余，删去"的会"。【海南、宁夏】

15.【答案】①句缺少主语，故需调整介词"在"的位置，②③属于用词不当，⑤"时刻之际"意重复，⑦词序不当。【安徽】

16.【答案】②"薄酬"改为"稿酬"；④"敬启"改为"收"（另外①语序不妥，最好应为：观点鲜明，逻辑清楚，格式正确，不超过 8000 字。）【山东】

## 吕丽高考语文讲堂·病句·第 3 练【2009 高考 16 题】

1.【答案 C】A项"病情很容易迅速蔓延"搭配不当，"疫情蔓延"；B项缺谓语导致"学"与"活动"不搭配，应该为"开展学雷锋活动"；D项语序混乱或句式杂糅，将"为期两天"提至"这次"之前作定语，或将"为期两天发表意见并进行各种交流"改为"进行了为期两天的意见交流"。【全国Ⅰ】

2.【答案 B】A前后不一致。人才与岗位；C成分残缺，"开始选择城市作为实现人生的目标"缺宾语，在"目标"后加上"的地方"；D语序不当"命题、海选、决赛到颁奖"。【全国Ⅱ】

3.【答案 A】B项。然而表转折，应为"因而"；C"指向"歧义，应去掉；D项表意不明："这"指代的内容不明确，"见解"改为"行为"。【北京】

4.【答案 B】解析：A项中的"每个"和"均价""都"在表意上有赘余，因为"均价"就是每个价格，与"每个""都"重复，只保留"均价"；C后两个分句应调换，递进关系；D"能否"表示事物的两个方面，所以对应的结论也应该是两个方面，而"有效开展"表示了积极的方面，前后明显不对应。【天津】

5.【答案 A】B"海内外"与"国家、地区和国内"有重复且语意不清，删"40 多个国家、地区和国内 31 个省、直辖市"；C主被动杂糅。"通过"一词使用不当，改为"进行"；D属动宾搭配不当，"看见"与"幽香"不能搭配，后一句改为"环顾四周，我看见一枝露出高墙的腊梅，原来幽香是从那里释放出来的"。【重庆】

6.【答案 A】B项主被动杂糅，这头金色牦牛是世界上新发现的一种野生动物，并被命名为"金丝牦牛"；C项语序不当，应为"……一批多功能新型建筑物，构思奇特，巧夺天工，令人流连忘返"；D项句式杂糅，"所以食用水果应该洗净削皮较为安全"杂糅，糅合了"食用水果应该洗净削皮""洗净削皮较为安全"两种句式结构，改成"所以食用水果前的洗净削皮较为安全"或"所以食用水果前应该洗净削皮"。【广东】

7.【答案 D】A. "受……等因素的影响"和"是由……造成的"两种句式杂糅，可改为"很大程度上受市场需求、社会导向、父母意愿、个人喜好等因素的影响""很大程度上是由市场需求、社会导向、父母意愿、个人喜好等因素造成的"；B. "通过众多著名表演艺术家炉火纯青的朗诵艺术"搭配不当，改为"听到众多著名表演艺术家炉火纯青的艺术朗诵"；C. 地图不属于"工艺品"范畴。【湖北】

8.【答案 C】A. "获得了群众的好评如潮。"句子杂糅；B. "作为接受过高等教育的个体对于群体、社会、他人的责任和义务。"并列不当；D. "作者阐明了对尊重生命、敬畏自然、坚持信仰，爱憎分明等被现代性所遮蔽的人类理想精神的张扬。"谓语与宾语不搭配。【湖南】

9.【答案 C】A项"极端气象事件"后缺少成分"发生"致搭配不当；B项不合逻辑，"存在的最大问题就是要克服彼此间的同质化倾向"表意费解；D项为滥用介词"由于"致使主语缺少。【江苏】

10.【答案D】A.“学习”与“素养”搭配不当；B.“王夫人”、“宝玉”主客颠倒；C.“一批省市领导”歧义。【江西】

11.【答案A】B项成分残缺，去掉“由于”；C项句式杂糅；D“大约”与“多”重复。【山东】

12.【答案C】A就任与教授不搭配；B偷换主语，“参加研制神州神舟七号飞船的全体科技工作者”放到“经过”之后去，“神舟七号飞船终于成功发射”改为“终于成功发射了神舟七号飞船”；D搭配不当，“走访”与“三千千多公里路程”不能搭配。【四川】

13.【答案A】B.搭配不当，将“降低”改为“减少”或降低扩散的速度；C.成分残缺，介词淹没主语，去掉“在”和“中”。D.句式杂糅，“事迹感动了广大网友自发在网上留言”应为“事迹感动了广大网友，广大网友自发在网上留言”。【浙江】

14.【答案D】A项主要是词序不当和主语不一致。“因为不仅诚信……”，应该为“因为诚信不仅……”，让“诚信”作复句的主语，但这又与前一句的主语不一致了。建议修改为“诚信已经成为我国公民道德建设中重要的教育内容”；B项是搭配不当，“吸引”不能与“关注”搭配；C项是歧义，“全国几十个报社的编辑记者”可作两种理解：“全国/几十个报社/的编辑记者”，“全国/几十个/报社的编辑记者”。【安徽】

15.【答案B】A.主语“参赛选手”后没有谓语部分，主语偷换成“张碧江、邓丹捷”；C.语序不当，“奥运会中历届”应为“历届奥运会中”；D.“进行发现和研究”搭配不当，“进行”后不能跟“发现”做宾语。【辽宁】

16.【答案B】A项：“问题……改善”搭配不当，“比赛”前缺谓语，添加：“致使”；C项：语序不当，“珍贵的原材料、繁琐的生产工艺”改为“原材料珍贵、生产工艺繁琐”；D项：宾语中心语残缺，在“成绩”前加“的工作”。【海南、宁夏】

## 吕丽高考语文讲堂·病句·第4练【2008高考16题】

1.【答案A】A项搭配不当和赘余，要么“具有……功能”，要么“有……作用”，中风等疾病，去掉发作；C项成分残缺，“承担”缺少宾语中心语，可在“主持”后加“的工作”，“居然没有影响学习成绩”偷换主语；D项主被动杂糅，可以把“反映”改为“看出”或“发现”，也可以删除“我们可以从”。【全国Ⅰ】

2.【答案C】A项搭配不当，“具有”和“享受”不能搭配，可以将“享受”改为“特色”；B项成分残缺和语序不当，“实施”缺少宾语中心语，第一分句可以改为“该县认真开展这一全省规划的八件实事之一的‘村村通’安装工作”；D项表意不明和语序不当，“还没到时间”改为“还没到上课时间”，“村民来听课”改为“来听课的村民”。【全国Ⅱ】

3.【答案C】A动宾搭配不当，“推动”和“联系”不能搭配，可将“推动”改为“加强”。B语序不当，“案例”和“现实”互换位置。D句式杂糅，句式一“这是……原因之一”，句式二“这成为……原因之一”，择其一表达即可。【新课标全国】

4.【答案D】A主语残缺，没有“墨宝”的主语。B否定失当，“防止”的应是“再次发生”，所以应去掉“不要”。C成分残缺，“致使”后加上“救治不及而死亡”的主语。【北京】

5.【答案A】B语序不当，“我们的城市”和“不仅”互换位置。此题考查关联词与主语的位置关系：当两个分句的主语不一致时，关联词应放在主语的前面。C概念不清，“地理位置”和“房源条件”不能并列，“地理位置”属于“房源条件”。D“每人拍摄一部3分钟的纪念短片有歧义”。【天津】

6.【答案D】A修饰语与中心语搭配不当，“人们”是集体名词，不能用“无数”修饰，可将“人们”改为“人”。B宾语残缺，缺少“回答”的宾语，在“关系”后面加“的问题”。C句式杂糅，“由此发生窒息死亡事件每年都有发生”改为“由此发生的窒息死亡事件每年都有”。【辽宁】

7.【答案C】A中“再现”缺少了宾语“场景”等。B中后一分句有问题。表面上看是“做”和“行为”不搭配，实际上是句式的混乱杂糅，可以表述为：否则他的行为就可能有违公众利益。或：否则他就有可能做出有违公众利益的事。D中“许多学校老师和同学”歧义。【山东】

8.【答案D】A语序不当，“碰撞、融合、交流”应改为“碰撞、交流、融合”。B成分残缺，“培养”后面缺少宾语中心语，应改为“培养人们尽量减少使用塑料袋”的“习惯”。C搭配不当，“克服”的应该是什么“困难”，不应是“特殊气候条件”。【江苏】

9.【答案A】B句式杂糅，最后一句应改为“具备了防水、易清洗、容量大的优势，满足了消费者对环保袋的客观需求”；C表述不周，据语境意义应当删除“能否”；D重复累赘，删除“毫无例外地”。

【浙江】

10.【答案A】B"年老、疾病或者丧失劳动能力"并列不当，这三个概念的范围有交叉。C"当初"与"始料"中的"始"语义重复。D错，"具有"后缺宾语，应在"胃肠病"后加"功效"等词语【江西】

11.【答案D】A项主要是词序不当和主语不一致。"因为不仅诚信……"，应该为"因为诚信不仅……"，让"诚信"作复句的主语，但这又与前一句的主语不一致了。建议修改为"诚信已经成为我国公民道德建设中重要的教育内容"。B项是搭配不当，"吸引"不能与"关注"搭配。C项是歧义，"全国几十个报社的编辑记者"可作两种理解："全国/几十个报社/的编辑记者"，"全国/几十个/报社的编辑记者"。【安徽】

12.【答案C】A"低一倍多"错，使用"降低""减少""缩小"等词语时不能用倍数。B用词不当，改为"多不好"。D概念不清，"拼图、棋类、卡拉OK"不属于体育活动。【湖北】

13.【答案D】以及对祖先的缅怀和感恩。【湖南】

14.【答案A】B."国力的强弱"与"取决于劳动者素质的提高"不一致，搭配不当；C."加快现代化大都市建设的进程"语序不当，应为"加快建设现代化大都市的进程。"；D."勤奋、努力等良好的学习态度和合理的时间安排却是每个想取得成功的学生所必须具备的。"成分残缺，应在"具备的"后加"素质"。【四川】

15.【答案A】B语意重复，句式结构不一致，去掉"树上"；C主语与宾语搭配不当；D语序不当，"首次"移到"抵达"之前。【重庆】

16.【答案B】A"反而"使用不当；C"改善"缺宾语，在"缺乏"后缺增加"情况"；D句式杂糅，"都靠的是利用电磁力来实现的"改为"都是利用电磁力来实现的"或"都是靠电磁力来实现的"。【广东】

## 吕丽高考语文讲堂·病句·第5练【2007高考17题】

1.【答案D】A项中"邂逅和相逢"语意上重复；B项中缺少语句成分，应为"专利申请的数量持续快速增长"；C项中语序不当，应改为"也在以每年10％的速度缩减着"，"令人痛心"缺主语，应为"这种情况令人痛心"。【全国Ⅰ】

2.【答案C】A项语序不当，应把"详细的"改为"详细地"放在"介绍"之前；B项关联词语不搭配，把"也"改为"还"，"很好的"和"美妙"重复；D项句式杂糅，把"正是"划掉，或在"现象"后加"的环节"。【全国Ⅱ】

3.【答案A】B项以……为标准；C项"使大家恍然大悟"改为"大家才恍然大悟"；D项语序不当，应将"纪念"放在"翻阅"之后，改为"纪念……周年"。【北京】

4.【答案D】A项"提高"与"表现技巧"搭配不当；B项成分残缺。应在"提升"后加"它们对"，在"在香港"前加"它们"；C项"没有区别……的差异"不当，应把"差异"改为"能力"。【天津】

5.【答案B】A项语序不当，应将"两千多年前"放到"的文物"之前；C项后半句偷换主语"此文"；D项有歧义，"看了十天的报纸"可以理解为"一天内看了十天报纸的内容"，也可以理解为"看报纸的时间有十天"。【广东】

6.【答案D】A项"一代代艺术家"与"有了"搭配不当，第二句没有主语，应将"有了"改为"使"，并去掉"诞生"前的"的"；B项应是"国内专利申请的比例持续快速增长"；C项"具有十分重要的意义"缺少主语。【江苏】

7.【答案B】A项中"文人、书画家和收藏家"概念有交叉；C项语序不当，应先"填补"再"完善"，后"推动"；D项"水产品"包括鱼、虾、甲鱼等，并列不当。【湖北】

8.【答案D】D项"史学家"不能"显示出""学术含量"。【湖南】

9.【答案A】B项"江苏和浙江的部分地区"存在歧义；C项缺主语，去掉"导致了"；D项"发展"和"重视"语序不当，应调换；"重要组成部分"搭配不当，改为"重要措施"。【安徽】

10.【答案A】B项语序不当，应把"具有指纹识别功能"移至最后；C项成分残缺，"表达"后缺宾语"的愿望"；D项句式杂糅，应去掉"显示看"。【浙江】

11.【答案D】A句式杂糅，去掉"最好"或"比较合适"；B搭配不当，应为"推进文化体制创新和挖掘特色文化内涵"；C介词缺失，应是"提高对家庭问题的警觉性"。【四川】

12.【答案B】A项修饰语位置不当，应把"古色古香"放到"青铜器"前面；C项搭配不当，"遮挡"只能与"暑热"搭配，"抚慰"只能与"怒、哀"搭配；D项把"和"改为"或"。【重庆】

13.【答案C】A项发现的应该是动物牙齿的化石；B项成分残缺，"关注"缺少宾语"的问题"；D项

装载机和翻斗车正在挖土不合事实。【辽宁】

14.【答案D】A项"严禁"内容有歧义；B项"平均文化程度大专以上"不合逻辑；C项"低一倍多"不对，"降低""减少"等不能用倍数。【江西】

15.【答案】(1) 将"瞻仰"改为"敬仰"或删去。(2) 将"对于"为"至于"或"而"。解析：该语段中有两处明显语病，其一是"无一不让人顿生瞻仰、思念之情"这个分句存在着定语并列不当的语病，用"思念"可以，但用"瞻仰"则欠妥帖，应删去"瞻仰"一词，或将"瞻仰"改为"敬仰"。其二是"对于他的助手"这一分句存在介词误用现象，应该将它改为"至于"或"而"。【福建】

16.【答案A】正确选项是A项，这一句没有结构性语病，而B、C和D句都存在语句的结构性错误，只不过其中的病句小类有所不同。B句的毛病属"语序不当"，受"临场"的限制，"无数次"不能放在"竞技"的前面，这一句可说成"良好的心理素质却要通过无数次临场竞技才能练就出来"；C句的毛病属"结构混乱"，"他们围绕以提高产品质量为中心"实际上是"他们围绕提高产品质量这个中心"和"他们以提高产品质量为中心"两个说法纠缠在一起，修改这个句子可以任取一种说法；D句的毛病是"搭配不当"，汉语中有的动词已经形成相对固定的搭配习惯，比如"提高"不与"意识"搭配，动词"夷"一般应该与表示高于地面的建筑物或丘陵等类名词搭配，不与表示低于地面的"深坑"类名词搭配，这一句可换一个动词，说成"其中一个是将二十多米的深坑填成平地而建成的"。【宁夏、海南】

17.【答案D】对于A句，从全句意思看，应该是"对自己的稿子能被刊用，没抱太大的希望"，而原句却为"对自己的稿子能否被刊用，没抱太大的希望"，显然是不合适的. 应为病句。B项表义不明；C项前后矛盾，不合逻辑。【山东】

## 吕丽高考语文讲堂·病句·第6练【2006高考15题】

1.【答案C】A项应为"公益林管理者所发生的营造、抚育、管理和保护等支出的费用"。B项"完成"与"进步"不搭配，"完成"宜改为"实现"。D项"那些在各条战线上以积极进取、不折不挠的精神……"。【安徽】

2.【答案B】A. 偷换主语。"如同名角亮相，开场便一鸣惊人"，应该改为"扉页那七八幅跨页图片，如同名角亮相，开场便一鸣惊人"。C. "一树树的桃林"搭配不当。D"一车两人"错误。利用和"在考试作弊并不鲜见的情况下"搭配不当。【北京】

3.【答案D】A项搭配不当，题干的主干是"人物是作者自己"。B项搭配不当，"下了了九倍"不对，倍数不能下降。C项介词使用不当，"对农村基础设施建设经费的管理上"去掉"上"或改为"在对农村基础设施建设经费的管理上"。【广东】

4.【答案C】A语序不当，将"详细的规定"与"深刻的说明"互换顺序。B成分赘余"否则"是"如果不这样"的意思，可删去"不采取紧急行动"。D项不合逻辑，"雷达、通讯导航和众多空管中心"大小概念排列不当。【湖北】

5.【答案B】B项"而是"与前一分句不搭配，且第二个分句缺主语，与前一个分句不搭配。【湖南】

6.【答案C】A项搭配不当，"任意偷窃、哄抢电线电缆厂大量物资"后跟上"导致工厂损失在百万元以上"；B项不合逻辑，"暗箱操作"前的"不透明"应该删除；D项搭配不当或成分赘余，可将"掩护"改为"保护"或者删除"的安全"。【江苏】

7.【答案D】A"由于"使句子主语残缺。B"培养"与"水平"搭配不当。"大事"前的复杂定语语序。C"球衣、球鞋"不属乒乓器材。【江西】

8.【答案A】B项"解决困境"不搭配，改"摆脱困境"；C项将："历届"调至"是"之后；D项删"的进行"。【辽宁】

9.【答案A】B语序不当。选项中"生产的食品一直都是新老顾客备受信赖的"错误使用了被动句，是产品备受信赖，而不能说是顾客备受信赖。C选项中是典型的两面对一面错误，是否收门票不能被"否认"，D选项扩大提供教科书搭配不当。【全国Ⅰ】

10.【答案D】A. "建立"与后面不搭配，缺少宾语中心词。B"清晰思路、开朗的性格、乐观的情绪及坚定的信心"与"感染了"不搭配。C. "不容"与"令人"语意重复。【全国Ⅱ】

11.【答案C】A项"盛装迎接国庆节的到来"属动宾搭配不当；B项"传递"的宾语是"……的愿望"搭配不当；D项中"以南山精神为动力，在新农村建设中励精图治、辛勤耕作，描绘着家园未来美好的远景"的主语应为"龙口市各行政村村民"，属主谓搭配不当。【山东】

12.【答案 D】A 项的病因是搭配不当，"有没有"是两面，而"关键在于"是一面，应在"在于"后加上"是否"。B 项的病因是搭配不当和表意不明，主要问题在第二分句。其一，不是"早餐的营养""应提供"，而是"早餐""应提供营养"；其二，"每天所需总量三分之二的维生素和矿物质"由于语序不当造成歧义，应该为"每天所需的维生素和矿物质总量三分之二"。全分句改为"早餐应提供占人体每天所需的维生素和矿物质总量三分之二的营养"。C 项的病因是结构混乱，要么是"阴雨连绵""平房……漏雨"，要么是"连绵的阴雨""造成……平房……漏雨"。【四川】

13.【答案 A】B"衡量"与"标志"搭配不当。C 缺少主语。D"史诗的主旋律和最激昂的篇章"搭配不当。【天津】

14.【答案 B】A 项成分残缺，应在"和自己的学术观点不一样"中加一个介词"与"；C 项有歧义，到底是我十来岁，还是你十来岁；D 项缺少主语，应在"打造"后加个"的"，让"晚会"成为主语。【浙江】

15.【答案 A】B 项"缓解"与"问题"属动宾不搭配，改"问题"为"矛盾"。C.项语病较多。一是缺主语，删"由于"；二是语意不明，在"反应速度"之前加"加快、提高"等，或删"速度"，严格说来是什么物质的化学反应速度并不清楚。D 属句式杂糅，删去"引起"。【重庆】

## 吕丽高考语文讲堂·病句·第 7 练【2005 高考 15 题】

1.【答案 D】尽管 D 项看上去在表述上似乎有些啰嗦，但比较起其他选项来说，没有原则性错误。A 项在于"累计"和"超过"的矛盾，应该改成"已经累计 100 万人次"或者"已经超过 100 万人次"。B 项的错误在于概念的并列不当，"生活用品"应该包括"床上用品"在内。C 项的错误在于前后呼应不当。"能否"的两面表达与后面"具有重大意义"的不搭配。【全国Ⅰ】

2.【答案 C】C 项中"批评的人"歧义，既可以指"文章所批评的人"，也可以指"批评他这篇文章的人"。【全国Ⅰ】

3.【答案 A】B 项，"自己"是代指"我"还是"老师"，表意不明；C 项，"很高兴"的主语不明，是"祁爱群"还是"援藏干部"；D 项有两处表意不明，首先，83 岁高龄是修饰"黄昆"还是修饰"黄昆和姚明"？其次，"患病住院"的人是"黄昆"还是"黄昆和姚明"【全国Ⅱ】

4.【答案 A】A 项，"李明德同志被评为先进单位和模范单位"主宾搭配不当。C 项，句式杂糅，或改为"当我所管的'闲'事能给群众带来哪怕一点点的幸福和快乐时，我也会很幸福，很快乐。"，或去掉句中的"时"。D 项，"羞辱不满"动宾搭配不当。可以在"羞辱"的后面加上"商家"之类的词语。【全国Ⅲ】

5.【答案 C】A 项修饰、限制不当。"群山"是个集合名词，用"一个"修饰不当。B 项，原文说"这次会晤的主要意义""多于""措施的落实"，属于搭配不当。可把第一个分句改为"在于善意姿态的表达，长远战略和历史方向的把握"。D 项属于逻辑混乱。应把两个分句的顺序调换一下，改为"让人们不仅看到了中国戏曲在现代化问题上迈出的可喜一步，而且看到了中国戏曲的整体进步"。【北京】

6.【答案 B】A 项否定不当，应把"不足"和"不当"删去。C 项有歧义，"晚上来的人"是指"夜晚来的人"还是"后登上山的人"D 项，前后呼应不当。幸福应该是"对人生意义的正面理解和积极评价"。【天津】

7.【答案 C】A、B、D 三项都犯了搭配不当的语病。A 项主谓搭配不当，"歌声"不能"焕发着泥土的芳香"。B 项中受欢迎的不是"培养"而是"高校的学生"，应把原句中"学生"与"培养"对调位置。D 项中两面与一面不搭配，应在"后继有人"前面加上"是否（或能否）"。【山东】

8.【答案 C】A 项"此"指代不明，是指"雇主对她的歧视侮辱"，还是"她的要求"？B 项成分短缺，应在"一腔热血"的后面加上"的人"。D 项有两处错误，首先，第一个"她"指代不明，是指"三妹"还是"葛姐"？其次，"哭泣""遭遇"动宾搭配不当。"哭泣"的后面不能接宾语，这里用"哭诉"更好。【湖北】

9.【答案 D】D 项的错误比较明显，只要压缩句子主干就可以发现"生物入侵就是指……物种"，主宾不搭配，应把"生物入侵"改为"入侵生物"。【湖南】

10.【答案 C】A 项是语序不当，应该修改为"南昌八一起义纪念馆里陈列着周恩来当年使用过的好多种东西"。可以凭语感辨析。B 项是不合逻辑，或者说词语使用不当而将表达的意思搞反了，应该删除"伪"字。D 项是搭配不当，压缩一下就是"乒乓球馆是团体"，应该将"团体"修改为"场所"之类。【江西】

11.【答案 A】B 项有歧义。"说服老师和你一起去"有两种理解，既可理解为"让老师和你一起去"，也可理解为"说服老师让他答应我和你一起去"。C 项不合逻辑，"满堂灌"不是角色。D 不合逻辑，去掉"不"，或把"避免"改为"使"。【江苏】

12.【答案 D】A 项动宾搭配不当，应去掉"服用"，并把"含碘量"改为"碘"。B 项缺少主语，应把"在这部作品中"改为"这部作品"。C 项中两面对一面不搭配，应把"科学技术进步"后面的"与否"删去。【浙江】

13.【答案 C】A 项有歧义，"180 多家医院、照相馆、出版社等单位"是这些单位一共 180 多家，还是各有 180 多家？B 项成分残缺，"具有"的后面缺少宾语。D 项动宾搭配不当，"宰杀、解剖"与后面的"肉"不搭配，应删去"的肉"两字。【广东】

14.【答案】第一处是"精湛的舞台灯光与背景音乐"改为"绚丽的舞台灯光与美妙的背景音乐"第二处是"绘声绘色的表演"改为"精妙绝伦的表演"。【福建】

15.【答案】(1) aefg

(2) a 今天是大熊猫的生日 e 从懂事起，我就有两个最大的愿望 f 大熊猫轻声回答道 g 一个是把我的黑眼圈治好。【辽宁】

## 吕丽高考语文讲堂·病句·第 8 练【2004 高考 14 题】

1.【答案 C】A "有一种比实际厚度稍薄的错觉"是指"松下公司这个新产品"还是"索尼公司的产品"，所指不明确。B 也有歧义，"经济学家对此的看法是否定的"，"此"是指"只是嘴上说说"还是指"要采取果断措施"，句意不明。D 因停顿不同，同样可有两种理解——"要说小莉的妈妈不爱她，家里人谁也不相信"和"要说小莉的妈妈不爱她家里人，谁也不相信"。【全国，山东、河南、河北、安徽等】

2.【答案 A】B "……主持的两项重大考古发现"，句式杂糅。应改为"……主持的两项重大考古研究的发现"C 句式杂糅，有两种改法——"这要看北极地带和西伯亚的冷空气哪一部分气压最高，我国哪一部分气压最低"或"这要由北极地带和西伯亚的冷空气哪一部分气压最高，我国哪一部分气压最低决定的"。D 有歧义，"各种"修饰"民族"还是"体育比赛"，表意不明。【湖北】

3.【答案 C】成分残缺，"冲突双方在民族仇恨的驱使下"之后缺少谓语；另外，"虽然经过国际社会多次调解"应移到"冲突双方在民族仇恨的驱使下……"之前。【广东】

4.【答案 A】B 一是"听到……声音"，动宾搭配不当；二是成分残缺，应在"石头和茅草搭成的小屋"前补入介词"用"或"以"。C 句式杂糅，后一个分句可改为"是因为它具有一个突出的优点——把讲课和练习结合起来"。D 问题较多，最明显的是句末的"左右"应删去，全句可以这样修改"国产轿车价格低，容易被百姓接受，像'都市贝贝'市场统一售价才 6.08 万元，'英格尔'是 6.88 万元，新款'桑塔纳'也不过十几万元"。【重庆】

5.【答案 C】A 句中"然而"表示对前半句话的转折，而"事实是最好说明"却承认了前面的偏见，可改为"然而事实证明这是一种偏见"或"然而事实却是对这种偏见的最好反驳"。B 句式杂糅，可改成"其经费只能来自国家财政拨款"或"其经费只能来源于国家财政"。D 学生们的种种行为现在已被认可，不能说成是"已经得到纠正"。本题将"结构性错误"和"语义性错误"两种情况组合在同一道试题中，偏重于语言的实际运用，考查方向与往年相比有较大变化。【北京】

6.【答案 B】A "要防……的重任"搭配不当，可改为"曼城足球队要防守住曼联队的'恐怖左翼'，邓恩不行……"或"曼城足球队员要承担起防住曼联队'恐怖左翼'的重任，邓恩不行……"。C "不是"一词语序不当，应移到"质量"前面。D 重复累赘和语序不当，可改为"为了使辞典有较高的质量，《语文大辞典》编委会躬耕修典三个春秋"。【江苏】

7.【答案 A】B 句式杂糅，正确的说法应是"……这是由事物的内部矛盾以及自然和社会的种种外因影响决定的"。C 照应不周，或者说前后不一致，"文艺作品语言的好坏"有两面，"而在于它的词语用得是地方"等只涉及一面，应改为"不在于它是否用了一大堆华丽的词，用了某一行业的术语，而在于它的词语用得是不是地方"。D "主旨……描写出来"，主谓搭配不当；另外，还缺少两个"的"字，可改为"有的文章主旨比较隐晦，不是用明白晓畅的文字直接表现的，而是借助某种修辞手段或表现手法，含蓄地揭示出来的"。【福建】

8.【答案 B】A 有歧义，"数百位"是修饰"死难者"还是"亲属"，不明确。C "别"管到"送祝福"还是只管到"送礼品"，表意含混。D 也有歧义，究竟是指孙燕动手拍摄的照片，还是他人给她拍的照片，没有表达清楚。【全国老课程，内蒙古、海南、西藏、陕西等】

9.【答案 C】A "……小品演技及其效果"的"其"指代不明，应改为"赵本山、潘长江等辽宁喜剧演员的演技及其小品效果"，让"其"指代喜剧演员。B 重复累赘，应删去"的时间里"。D "塑造了巨大的人格力量"，动宾搭配不当。【辽宁】

10.【答案 B】A 主谓搭配不当，应改为"该基地每年生产的无公害蔬菜……"C 句式杂糅，可删去"，都离不开它"。D 语序不当，应改为"摄影家们没有把自己对山川、草木、城市、乡野的感受倾注于笔下"。【湖南】

11.【答案 B】A 主宾搭配不当，应改为"教育孩子是一个复杂的过程……"C 表意不明，应删去"中旬前后"中的"前后"。D "余震发生"不可能"防止"，另外"余震"与"再次"表意重复，可改为"以防地震再次发生"或"以防备发生余震"。【天津】

12.【答案 C】A 有歧义，是诉讼费三千余元，还是经济损失和诉讼费总共三千余元，表达不清；另外，"三千多余元"中"多"和"余"重复。B 句式杂糅，不能说"时间在……内进行"，可改为"规定申请留学签证要在所申请学校开学前的 3 个月到 2 个星期内进行"。D 成分残缺，"5 名具有 NBA 打球经验"陈述的是队员，而不是美国队，所以应在"的美国队"前加上"的队员"。【全国，吉林、四川、黑龙江、上海等】

13.【答案 C】A "优质""农户"，搭配不当，B 一是"关于"用得不当，可改为"对于手机质量的投诉……"或"手机质量方面的投诉……"。二是"不可缺少"与"必需"重复，赘余，D 句式杂糅，可改为"同时也不能不发挥民间力量在舆论动员、监督检查等方面的无可替代的作用"或"同时民间力量在舆论动员、监督检查等方面也能发挥无可替代的作用"。【浙江】

14.【答案 C】A 前后不一致，可改为"……都对地区经济能否健康发展有着重要影响"。B 成分残缺，缺少与"给予"想对应的宾语；另外，"停止参加今年余下所有甲级队比赛资格"搭配不当，简便的改法是把"决定给予该队员停止参加今年余下所有甲级队比赛资格"一句，改为"决定取消该队员参加今年余下所有甲级队比赛的资格"。D 缺少主语，应改为"我们这些'村官'法律水平有了很大的提高"。【全国，甘肃、青海等】

## 吕丽高考语文讲堂·病句·第 9 练【1992～2003 高考 17 题】

1.【答案 A】B 项缺少主语，这是由于滥用介词"对于"造成的，划去"对于"，使主语凸现出来就可以了；C 项关联词语错用，"无论"是无条件式关联词，在这里应和"还是"连用，"和"表示并列关系，不能用在这里；D 项缺少主语，主语应是"他"，但被介词"使"淹没了，划去"使"，把"才"放到"他"后面。

2.【答案 D】A 项搭配不当，"挽救"可以和"失足青年"搭配，但培养不能与之搭配；B 项前后不能呼应，"关键在于要加速训练并造就一批专门技术人才"只能与"能否"中的"能"呼应，不能与"否"呼应；C 项不合事理，蜜蜂酿蜜采集的不是"花"，而应是"花粉"。

3.【答案 D】A 项中"不再发生"否定不当，造成语义相反，应删去"不"字；B 项关联词语使用错误，"不管"是无条件式关联词，而从句义看这里应是转折关系，所以应将"不管"改为"尽管"；C 项不合逻辑，没有谁"仿造""伪劣产品"，只能是"制造伪劣产品"。

4.【答案 D】A 项有歧义，"本月 15 日前去"可以理解为"15 日这一天去"或"在 15 日之前去"；B 项否定不当，"忌"就表示是否定，后面再加"不可"成双重否定就表示肯定的意思了，与原意恰恰相反；C 项搭配不当，造成前后不能呼应，对"理论"不能"作详细的规定"，对"政策"不能作"深刻的说明"，应分开表述。

5.【答案 C】A 项搭配不当，谓语动词"安排"后面涉及四个支配对象，其中"内容"、"时间"、"人员"都可以搭配，但"问题"不能搭配；B 项搭配不当，"研制开发"前有四个定语，"新工艺"与之搭配不当；D 项不合逻辑，主要是"在古代"管到哪里，如果管到"……资料"，那后面就缺少"在今天"一类的必要的交代，如果管到句尾，那么"在古代""无法演奏""无法演唱"，显然不合逻辑。

6.【答案 A】B 项前后不相称，前面"能不能"包含了两个方面的意思，但后面只有"是……根本任务"一个方面；C 项有歧义，作者想表达的应是，大家对护林员揭发的林业局带头偷运木料的问题感到气愤，现在由于少了一个"的"，将应是偏正式的短语，变成了一个动宾式的短语，于是，意思变成了大家对"护林员揭发问题"感到气愤，造成了歧义；D 项搭配不当，对"事件"进行"严肃处理"可以，但不能对"事件"进行"批评教育"。

7.【答案 C】A 项成分残缺，"推广"是及物动词，而句中缺少与之呼应的宾语，可在"喂猪"后加

"的经验"；B项介词搭配不当，"在……中"这种格式常用来表示时间或空间，而不表示来源或由来，而句中"得到了力量"显然说前面部分是力量的由来，应改成"从……中"这种格式；D项成分赘余，"分外"作"活跃而健谈"的状语，"多了"作"活跃而健谈"的宾语，同时用造成句子不通顺，删去一个就可。

8.【答案 D】A项中"截止日期的最后一天"词义矛盾，"截止日期"只能是指"某一天"，不可能还有"最后一天"；B项错误地使用了反问句的句式，造成否定不当，反问句"谁……呢？"应该是肯定句表否定义，否定句表肯定义。句子中提到的"现在仍需要学习雷锋"显然应该肯定，而句中使用了"否认……不"的双重否定，等于肯定句，结果句子就表示否定的意思了。正确的表述应该删除"不"，改为"但谁又能否认现在我们仍然需要学习雷锋呢？"才较恰当。C句中"令人威慑"既可以看作词语误用，也可以看作句式误用。"威慑"一词在词义上指用武力使对方感到恐惧，在作动词用于主动句时应该带宾语。而"令人（怎么样）"在句式上是所谓"兼语式"，即"使得某个人（怎么样）"。显然，说"使得别人威慑"不但与原句意思不符，形式上也是错误的。

9.【答案 C】A项搭配不当，官兵们可以"放弃休假"，而要说"210辆消防车""放弃休假"就不妥了；B项句式杂糅，可以说"深受……的欢迎"，也可说成"深为……所欢迎"，现在B项说成"深受……所欢迎"，显然是将这两种格式掺杂糅合在一起使用，必然造成结构上的混乱；D项词语位置不当，"关于这起震惊国际体坛的事件"这一介词结构不能放在主语的后面，如果要保留"关于……"这一介词结构，那就应将它移到主语"世界各大报纸"的前面去；要不就将"关于"改成"对于"。

10.【答案 C】A项句式杂糅，我们可以说"学员除……外，还有……教师、学生和科技工作者"，也可以说成"短训班除……参加外，来自……也参加了学习"，但不能将这两种句式掺杂糅合在一起使用，现在A项说成"……学员除……外，还有……也参加了学习"，显然就是犯了这类毛病。B项词语搭配不当，"报刊、杂志、电视和一切出版物"不能并列在一起，"一切出版物"显然也包括了"报刊、杂志"，所以，"报刊、杂志"不能同"一切出版物"并列；D项偷换主语，这句的主语是"工厂"，"规模不大"是指"这家工厂"，"曾两次荣获省科学大会奖"可以指"这家工厂"，也可以指这家工厂所生产的某种"产品"。但是，"三次被授予省优质产品称号"的主语，只能是这家工厂生产的某一种或几种"产品"，而不可能再是"这家工厂"了。

11.【答案 B】A项语意重复，"以后"和"三百年来"保留一个就可。C项语序不当，应是"关于澳门历史的所有图片和宣传画……"。D项语序不当，"全年的生产指标终于超额完成了"中"生产指标"成了主语，是不当的，应是"终于超额完成了全年的生产指标"。

12.【答案 A】B项句式杂糅造成结构混乱，上文说"如何让大家都富起来呢"，下文就应该接着说"要让知识起决定性作用"，仍然是未然的语气，现在用了"是知识起决定性作用"变成已然的语气了，显然前后失去了照应。C项词语使用不合，"日前正在"不能连用。"日前"意思是"几天前"，表示时间已经过去，而"正在……之中"，则表示行为还在进行中，因而这两个词在时态上是互相矛盾的。"日前"改为"目前"就可以了。D项犯了动宾搭配不当的毛病，说"加快速度"可以，但不能说"加快规模"，而只能说"扩大规模"。

13.【答案 B】A项句式杂糅，划去"在作怪"就可。C项中"就过早地离开了了我们"缺少主语，应是他，而不是"巨著"。D项成分残缺，"有取材于《西游记》、《海的女儿》等神话和童话故事"的后面加上"的冰雕艺术品"。

14.【答案 D】A项成分残缺且语义不明确。首先是"人类已进入知识产权的归属和利益的分成"这一句不通，应该在"进入"后面加上"……的阶段"之类的词语，该句子才比较完整；其次"并已开始向科技工作者身上倾斜"这一句缺少主语，虽然汉语句子往往可以承前句的主宾成分省略主语，但本句上一句的主语是"人类"，而这里"已开始向科技工作者身上倾斜"的显然不是"人类"，而其实是"产权的归属和利益的分成"，可这个语句并非上一句的宾语，一般说不能使下一句承该成分而省略主语，这样最后一句的意思就不明确了。B项句式杂糅、结构混乱。全句如果保留"将各地电视台……，进行的再创作"，则全句缺少谓语词，应添加谓语动词"是"，改为"是将各地电视台……，进行的再创作"；如果不添加谓语，则应将"将各地电视台……，进行的再创作"中的"的"改为"了"，即把这一语段改成全句的谓语。C项成分缺漏造成结构混乱。主要问题是在"精简包括电力公司、铁路公司等大型国有企业等"这一语段中，"包括"后面应加上"在内"，改为"精简包括电力公司、铁路公司在内等大型国有企业等"。

15.【答案 A】A项中搭配不当，"造就""技术人员"是可以的，但"提高"不能和"技术人员"搭配。

16.【答案A】B项成分重复。"万一"和"若"广义地说都是"如果"的意思，只要用其中一个就可以了，连续用了两个意思差不多的连词就不免"叠床架屋"了。C项成分缺漏。"针对"是介词，必须带上名词性的宾语，正确的说法应在"国际原油价格步步攀升，美国、印度等国家纷纷增加或建立了石油储备"后面加上"的情况"一类词语。D项搭配不当。"平均年龄仅20岁的作品"不通，应改为"平均年龄仅20岁的年轻人的作品"。

17.【答案C】C项关联词语使用错误，"可是……并没有……，从而……"关系紊乱，可以把"从而"改为"也没有"。

## 专题三　语句衔接答案

### 吕丽高考语文讲堂·语句衔接·第1练【2011高考6题】

1.【答案C】⑤起引领作用，应位于开头；②⑥由"因此"连接；③①④是具体措施，先有机制，在执法，之后是淘汰、震慑，是后文"这样"指代的对象，应在最后。【新课标】

2.【答案C】题目中"流逝"后面应有句号。文段首句强调今天短暂，末句总结今天对于昨天和明天的意义，而全文内容正围绕今天和昨天、明天的关系来写。因此第一空只能选⑥，而不能选⑤，而⑥与④有关键词"接力"衔接，并自成一句，符合文段标点符号，③②是推论今天对昨天的意义，①⑤是讲今天和明天的关系，最后一句正好是对这四句的总结，因此选C。【全国】

3.【答案C】建立模式④——利用保护②——是手段措施；结果是最小的资源消耗、最少的废物排放和最小的环境代价③——换取最大的经济效益⑤；最后是评价突破①口——"也是"重要举措⑥，完全是逻辑顺序。【辽宁】

4.【答案D】从陈述对象保持一致的角度去分析。【北京】

5.【答案C】文段是讨论白话和文言的关系，可排除D项，D项缺少对文言作用的概括，也比较片面，抓住"也有文言的墨水""文言的功力可济白话的松散和浅露"即可排除A，B项，因为A项主张以写文言为主，背离了文段的主旨，B项文白主次不明，观点不鲜，且"见真求新"在上下文中缺乏依据。C项明确表明以白为主，以文为辅，"应变"紧扣上文的"紧要关头"。此题主要难在对语意的把握，语言表达的连贯、准确是建立在对全段语意的把握之上的。【浙江】

6.【答案A】根据语句逻辑关系，总分关系【广东】

### 吕丽高考语文讲堂·语句衔接·第2练【2010高考9题】

1.【答案D】连贯类题目做题时要注意把握基本内容，初步分层归类，先在小范围内排序，然后再考查层次间的衔接，这其中应先找出关联词、代词以及表时间、地点的词语，然后据此进行句间连缀排列。在上面排列的基础之上，再通读语段，检查确定。【全国Ⅰ】

2.【答案B】本题考查语言表达连贯。注意④中的"然而"表转折，③⑥和①⑤应该形成转折意，⑥在③后，⑤紧跟①，依据后文的"也"表明①⑤应该在④的后面，③⑥在④之前，②最适宜为语句首，故选B。【全国Ⅱ】

3.【答案A】提供了往年高考试卷中不曾有过的新鲜感，它作为将近义词辨析与语句衔接题相结合的一种尝试，当为今后语文基础题的命题提供一种新颖的角度，"滋养"与水有关，而"浸渍"是贬义词，答案不言自明。【北京】

4.【答案C】排序题要注意各小句组成的句群，根据句群排除筛选比较容易。本题6个小句讲了两个方面意思，③句说目前大好形势，①②④⑥说目前存在的问题及解决的办法。⑤句是两方面意思的过渡。根据开头已知句，我们可以判定③句排在开头，因此四个选项只能从A和C中选，根据⑤是过渡句，再观察出④⑥②①按总-分-总顺序做句群内部排列，很容易得出C项答案。【安徽】

5.【答案D】第一层，谈创作活动和作品的关系，确定3句为起始句。2句三个"自己的"，确定与个性特点呼应，放在第3空。检验余空，尚可。【广东】

6.【答案C】如果考生清楚陈述一个地区的情况应先指出这个地区所属的话，这个题目就可以轻而易举地得分了。【陕西】

7.【答案D】本题考查语言连贯。⑤是时间状语，应接在主语之后，④⑥应该连在一起，和①中的

"并"相连的只能是②，②在①前，应位于最后。③放在⑤之后，④之前最为妥当。【辽宁】

8.【答案 A】本题素材来自高中第六册《数学与文化》一文最后一个自然段。解题思路：从横线前的"探索精神"联系②选项中的"这种探索精神"来照应，选项中没有以②开头的选项，那么，可以退而求其次，从 A、C 中选择选项。在这两个选项中①⑤在一起，可以不用思考，只需思考③的位置。③中有"因此"和"这种……秩序"，显然放在句末更恰当。【江西】

9.【答案 A】④描写的应该是未成熟的向日葵，才有"高亢的欢叫"状，应在②后，排除 B；①句后面应接着描写，第四空后是句号，可排除 C；AD 都以③续前，①写晨风，后面⑤作描写，似乎可以，但②在其后不当，且第四空后为句号，故排除 D。【重庆】

## 吕丽高考语文讲堂·语句衔接·第 3 练【2009 高考 8 题】

1.【答案 B】首先确定③应该作为首句，可以衔接"狗勇敢而又聪明"，是作为"勇敢而又聪明"的例子。而⑤不能首句的原因是⑤句对全文来说，话题转换太唐突。因此排除 C 和 D，"这种天赋"明显是指狗的听觉与嗅觉，并且"人们充分利用狗的这种特殊天赋"应该还有下文，所以④不能做结语，进而排除 A。【全国Ⅰ】

2.【答案 D】③②⑥注意里面的关键词"当时""同时"，②⑥紧密相连，③因该放在②前，⑤谈到"衣着"承启后文，应放到最后，"此外"表明前面还有应用，只能是①，①谈论到美学，承启⑤，应放在⑤前，④只能放在开头，起总领作用。【全国Ⅱ】

3.【答案 D】从表意上说，⑤③是一组表意项，阐述人与书籍之间的关系；①④⑥在表意上都是阐述读书的益处的，在层次上①是最终结果，应放在最后，获得知识后才能进一步辨析美与丑，所以④属于基础层面，⑥属于高级层面，这样三者的顺序就确定了；②属于转换话题的句子，另起一个层次。从分析上看，前两个组合属于同一话题，应该相衔接，前一组合表原因，后一组合表结果，这样前后的顺序就确定了，正确的排序应为：⑤③④⑥①②。【辽宁】

4.【答案 D】材料出自高中第五册《孔孟》第一自然段。②句中有"也"字，应该放在①后才合适，故排除 A。③"今人冯友兰"的说法宜区别其他四项另述，故应该考虑在 B、D 中作选择。①④都含有"既有""则有"，排列在一起有整句效果，故选 D。【江西】

5.【答案⑤①②④③】⑤句"理学家为什么崇古抑律"提出核心问题，故排在首位，①句进一步阐述原因，又提出问题，②句回答，故②在①后，④句紧承②句"价值"，紧跟其后，③句进行小结，故在最后。【浙江】

6.【答案 C】这是一段说明性文字。四个选项首句就是④和⑤的区别。从逻辑上看，应该先⑤后④，排除 A、B 两项。再从内容的相关、衔接上看，⑤的"阳光少年"和④的"阳光运动"紧密相关，故⑤后面可以用④，排除 D【海南、宁夏】

7.【答案 C】综合来看，几个句子的中心议题是"修辞学中的示现"，抓住前后的衔接词、照应词排序，第③句中的"后来"，照应前文的"本是"，①是对③具体阐释，④⑤②是总分结构，⑤照应后文的"同追述的示现相反"，也可用排除法，根据"预言的示现，同追述的示现相反"判定前面一句是⑤，AD 两项排除，⑤句前是④；④句是总述句，后三句分别阐述"追述的"、"预言的"、"悬想的"，故②句应在⑤后。④⑤②排列的有 BC 选项，也可排除 AD 选项。例举杜甫诗句是为了说明"修辞手法"，根据语感，顺序应为③①，由此可选 C。【广东】

8.【答案 A】可能有同学选了 B，其实根据对联的最基本的平仄要求仄起平收就可以排除 B，不选 B 还因为内容上"芙蓉"与"荷花"重复；同时"芙蓉"与"荷花"在结构上不同，一为连绵，一为偏正；而且在传统上也是"秋月"对"春风"，更合意境。

当然题目也有值得商榷的地方。"芙蓉"对"杨柳"严格讲来不工整，因为"芙蓉"是联绵词，"杨柳"是联合式复合词。

附录：联绵词小知识

在汉语中，有一种词叫联绵词。联绵词指两个音节连缀成义而不能拆开来讲的词。包括在单纯词中，它包含了双声的，如："仿佛"、"伶俐"等，也有叠韵的。

连绵词有三种类型：

（1）双声词。双声词指两个音节的声母相同的连绵词。

（2）叠韵词。叠韵词指两个音节的韵母相同的连绵词。如"骆驼""徘徊"。

（3）非双声叠韵词。非双声叠韵词指既非双声又非叠韵的连绵词。如："芙蓉"

在对联中，联绵词必须对应联绵词，不能与其他词性的词相对。古代严式对更主张在联绵词中必须名词对名词，动词对动词，形容词对形容词。【湖南】

## 吕丽高考语文讲堂·语句衔接·第4练【2008高考9题】

1.【答案B】本题重点考查考生语言表达连贯和文章逻辑顺序安排的能力，需要通读全部文句，理清思路，把握文段内容。本段文字主要讲我国如何重视粮食安全问题，注意句子间的因果关系，便可解答。【全国Ⅰ】

2.【答案B】本题重点考查考生语言表达连贯和文章逻辑顺序安排的能力，解答时需要通读全部文句，理清思路，把握文段内容。文段先讲"动车组"的优越性，再讲"异常情况"时的特点，注意"同时""并""一旦"等语言标志。【全国Ⅱ】

3.【答案②①③⑤④】本题考查考生语言表达连贯能力，解题时要求学生掌握相关的连贯排序知识，并根据句子之间的逻辑关系作出推断。【浙江】

4.【答案D】按总分结构排序。整个语段按时间顺序介绍了"我国区域地理著作"，其中⑤与③①是总分顺序，④作为"第一部疆域地理著作"应放在①之后。【广东】

5.【答案D】基本上采取排除法。从题目的填空上，应该是两两对句，其中③⑤很明显应该连在一起，而中间不能插入其它，排除A、C项，从B项看②显然与文段接不上。【辽宁】

6.【答案D】先用排除法排除③，⑤是人格本质属性，③是人格的具体内容，根据逻辑顺序，先排除，答案在C与D中选。再根据文体是议论文，注意论点、论据的关系，这段文字是总-分-总的关系，再根据议论文的论证结构，提出-分析-解决可得出答案。【四川】

7.【答案B】考查语言的连贯。今年高考，许多省市将语言的连贯放在了第一卷中考查，以便在语言运用（主观题部分）腾出考查新增考点"语言的准确、鲜明、生动"的题目来。【四川灾区】

8.【答案③①⑤②④⑥】语段有两句话，第一句写明家具简约牢固，第二句写家具天然之美。【海南、宁夏】

9.【答案B】本语段的话题是"龙"，这一句应该是解说前一句舞龙的原因，后一句是解说龙的群众基础，所以答案为B【湖南】

## 吕丽高考语文讲堂·语句衔接·第5练【2007高考7题】

1.【答案A】考察对语境的体会。时而在水上遨游对应时而在岸上嬉戏，则排除B，C。然后根据语境得第五句和第二句搭配，故选A。【全国Ⅰ】

2.【答案b a e d c f】这道题首先弄清整个文段的内容和结构：先是两组并列的句子介绍小城的特点。要善于找突破口，"枕着清澈的多瑙河水"是说小城的美，由此可以确定④⑤⑥句。【全国Ⅱ】

3.【答案C】排序的关键是首句的确定，该题的首句较容易确定，应为②，倒是第二句的衔接较难，很多考生很容易受到迷惑选了①，导致答案错误。其实②与⑤应该是解说关系。【安徽】

4.【答案③①⑤②④】起句——诗文排遣——举例之一——举例之二：王维——结句【山东】

5.【答案④②⑥①⑤③】本题可局部破解。根据⑤中"可以看到"和③中"还可以看到"基本确定⑤③大致的并列顺序。⑥开头说"山"，承接②中"景山"而来，②⑥位置大致明确。④在句首，"城壕"、"墙垣"承接"紫禁城"之名。考生问题多出在①的位置制定上，④①②⑥⑤③是最常见的错误。关键在于①中"顶"承接谁而来？紫禁城可能有顶么？有顶的应是城中的宫殿，因此前后并不搭配，①只能用以解说⑥中"亭台"之顶。经调整，答案即为④②⑥①⑤③。【北京】

6.【答案④①⑤②③】解答这道题首先要通读所有句子，理清思路，把握基本内容：磁悬浮列车产生的背景、原理、优势。然后寻找突破口：④句讲传统列车提速的问题所在是磁悬浮列车产生的背景，应作为第一句。最后通读，检查。【辽宁】

7.【答案④①③②】抓呼应词语，④句中"却"表明该句与前句应该形成转折，转折前后内容有对比意味，该句写"思维"，横线前句说"身体"，前后连贯，④放在最开头。抓"三序"中的逻辑关系，①句中的"寻求"，③句中的"发现了"，②句中的"震动了"三个词，体现了认识事物的先后顺序的规律，"发现"是"寻求"的结果，"震动"又是"发现"的影响。所以这四句的顺序是：④①③②。【海南、宁夏】

## 吕丽高考语文讲堂·语句衔接·第6练【2006高考4题】

1.【答案C】这道题是一道传统排序题。看似有一定难度，其实这类题型最直接的方法就是排除法，同时要注意隐藏信息。考生应当首先注意②⑤⑥句，因为⑥句很明显是一个带有总结性的句子，而②⑤句又明显被镶嵌在⑥句之中，先说文化，后说历史，也就是⑤必在②前面，而只有 C 选项符合推测，所以答案很轻松就选出来了。【全国Ⅰ】

2.【答案 C】叙述的主体是张丹、张昊二人，所填陈述主语也应是张丹、张昊二人。【全国Ⅱ】

3.【答案 A】"情趣是感受来的""不可描绘的"，就"如自我容貌"，可以感受，但自己不借镜子是看不见的，由此可以排除 C、D 两项；"意象是观照得来的"，所谓"观照"，是指审视，应该是"起于对基层经验的反省"，由此可以排除 B 项。【浙江】

4.【答案③①②⑥⑤④】此题的正确顺序是③①②⑥⑤④。从一些具体环节来看，各句话之间的联系呈现出多种组合规律：③①由外而内，①②由此及彼，⑥⑤④由实到虚，考生难以凭借单一的理解途径解决问题。但倘若从总体上来分析，六句话之间有这样一个衔接链条：城→城内→蜜汁→买蜜→蜜→回忆。这样的组合体现出约定俗成的特征，符合人们认识事物的一般规律。【山东】

## 吕丽高考语文讲堂·语句衔接·第 7 练【2005 高考 9 题】

1.【答案③①②】本题考查语言连贯。三个句子中②③都可以放在第一句，但是①句只能和③句衔接，同时只有②句和"你仿佛把头伸进一座古钟里面"衔接最为恰当。【全国Ⅱ】

2.【答案②④①③】语段谈及的重点是"象形"字已包含符号意义。弄清了本段陈述主体为"象形"后，也就不难确定②为第一个句子，首先介绍"象形"字的来源；而从"模拟写实"这一信息点可判断④为第二个句子，且两者构成转折关系。紧接着①是对④的进一步阐述，而③则是对"而且也经常是一类事实或过程，也包括主观的意味、要求和期望"的提升总结。②④①③的排序就很好地保证了话题的一致性。【浙江】

3.【答案②⑤③①④】本题考查语言表达连贯。第②句是一个有领起作用的句子，第③句"窗子有时也可作为进出口用"明显是承接⑤句"门是造了让人出进的"，而后①句说"窗子和门的根本分别，决不仅仅是有没有人进来出去"，④句则跟随①句。【湖北】

4.【答案③①②④⑤⑥】本题考查语言连贯。解答这道题目，要看句子之间的关系，以及词语之间的呼应。②④写小城"中"，⑤⑥写小城"外"；③句中有"消失"，①句中有"出现"，内容关联，相互照应。②句和①句相连，④句呼应②句，⑤句从城"中"走向城"外"，连着④句。【全国Ⅲ】

5.【答案④③①②】通读题干，浏览研读选项中的句子后，明确了文段中说的是"语言和社会发展息息相关的问题"的话题，而选项中的句子是阐述这一话题的例证。经过分析就能排出恰当的顺序。【重庆】

6.【答案 D】本题考查学生的语言连贯衔接能力。这一段话说明鼎的铸造。③是讲青铜器的材料、配料比例及其原理。"器物"一词告诉我们，青铜器不只包括鼎。⑤是对③的补充解释，铸青铜器时为何要加锡铅。③应排最前面，⑤排在③后，②是对④中"各式各样的图像"的具体描述，④②排在⑤后。①概括鼎的图案的特点，只能排在④②后。【广东】

7.【答案②③①】解答本题，一是要注意写景的空间顺序，二是要注意前后文句中的暗（提）示性词语【北京】

8.【答案 A】该题考查语义连贯。注意侧重句子之间的内在逻辑关系。【辽宁】

9.【答案 A】"通体雪白"应与"莹润如羊脂玉"紧密相连，都指鱼的颜色，符合该要求的只有 A 项。【湖南】

## 吕丽高考语文讲堂·语句衔接·第 8 练【2004 高考 5 题】

1.【答案②④①③】填空："或""或""或"（填"或者""或者""或者"）"凡事过犹不及"是总说，接下来举例，分说真理和成熟。看一看所给句子，知道与"成熟"有关的句子有三个，且这三个句子排好后要与后面所说相关联。答案自然就出来了。【北京】

2.【答⑤②①④③】为什么②在①的前面呢？这是因为在③中，是先说读者，后说住在外地的朋友，这样，前面谈时也应该是先谈供读者阅读的书籍，再谈供朋友了解的房屋花园。【湖北】

3.【答案 C】本题考查语言表达的连贯，选择时要注意语句内部的逻辑关系。第一个语段的后面有一个时间上的语句，即先"古代"后"现代"，而选句中①句有"现代的气息"，②句有"岁月的沧桑"这样的语句，因此按②①排列，恰与后文的语序一致；第二个语段的两个选句在内容上有一个语意上的递进，因而按③④的语序排列。【福建】

4.【答案B】本题考查语言表达的连贯，要注意各个分句间的空间顺序。【广东】

5.【答案D】①与②相比，从递进关系上看，②比①有优势，先高后低，说明普通人的承受力十分有限；③与④相比，先"奋不顾身地跳进""激流"，后"经过搏斗"，才合乎事理，因此④比③衔接要恰当。【北京、安徽】

### 吕丽高考语文讲堂·语句衔接·第9练【2000～2003高考7题】

1.【答案B】本题考查考生对语言连贯性的分辨能力。【北京】

2.【答案C】本题重点考查语言运用表达的连贯。解答句子排序这类题，应该先通读各句，确定语段的中心或话题，选准第一句，然后用排除法筛选、排序。通关语段，"病痛"是一个话题，句④排在首位，引出下文。句②以"它"指代"病痛"紧接其后。然后依次续接③①⑤。【春招北京】

3.【答案B】原文中"把其他动物玩弄于手掌中并主宰它们命运的程度"，在语义上有提示作用，①③两句属动物被人类玩于掌中；②④两句则属于动物被人类主宰命运；另外先说④后说②还可以体现出语意上的递进。【北京】

4.【答案D】重点考查在一定的上下文中句子衔接方面的能力。本题中（1）句，"每逢"为六个字，若选①，"置身山顶"是四字句，"俯瞰槐榆丹枫"又是六字句，显得参差杂乱，极不平稳；若选②，两个六字句相对，接下来是四个四字句，不仅句式对称。而且"瞰"与"览"也押韵。所以第（1）句应该选②，这样A、B两项就可以排除了。(2) 句"远眺"与"近看"形成对称，后面各跟三个四字句。但从押韵上看，若选③，韵脚是"抱""翠""水""茂"，显然读起来不大和谐；若选④，韵脚字成了"抱""绕""水""茂"，韵脚和谐自然，表达流畅自如。选③显然没有选④更好。这样C项就可以排除了。只有D项最符合题干的要求。【全国】

5.【答案A】本题重点考查语言连贯排序能力。先看整体语段的基本内容和意境：独坐书斋，怡然自乐，唯书为友。在此好情趣之下，自己平时爱好的一些东西也视而不见、听而不闻了。再看所给的四句，它们相对独立构成一个语段，与前面已给定内容在语法上、结构上等方面没有直接联系；主要联系体现在意蕴上，这是一种内在的联系。这四句都是写室外的所见、所闻，那么"窗外"一词极有可能就是由所给定内容（室内以书为友）到要求排序内容（室外景象及感受）的过渡。可初步确定③句为首句，③句与①句皆为所见景象，应连在一起；②④句皆为感受，应在其后。④句开首有指代词"这"，而内容与"所见"直接相关，自应放在③①之后；②句写听觉，是对视觉所体现感受的进一步深入，可放在最后。【北京、安徽、内蒙古】

6.【答案D】连贯贵在主语、话题的一致。从题干看，"公安干警"是主语，那么，后一分句的主语也应该是公安干警，A项和C项都更换了主语，应该排除。B项的前一分句主语是"公安干警"，而后一分句却成了"全部赃物和赃款"，所以此项也不当。只有D项主语自始至终未变。【北京、安徽】

7.【答案A】考查句式的选用和句子间的衔接能力。语言的连贯，可从主语是否统一，句式是否匀称，语境是否和谐等方面进行思考。语段第一句是观点：读书在于受用，不在于读多读少。作者明显倾向于"少而受用"的读书观。因此下面衔接的句子应从这一点出发，根据语境前后照应，选用语句。第一个空格从后面的语句中"深思熟虑"一词来看，应填入作者想肯定的是读书少也能受用，所以应填入②；第二个空格后"虽珍奇满目，徒惹得眼花缭乱，空手而归"，意思就是读书过目虽多而无所得，填入内容应与之相对，所以要填入③；第三个空格也为了与后半句相对，要填入⑤而不填⑥，因为⑥所谈论的重点是"读书人"而不是"读书"，跑题了。【全国】

## 专题四 语用答案

### 吕丽高考语文讲堂·语用·第1练【2011高考15套】

【第1套·新课标全国】

16.【答案】巴黎之行让我对法国作家和诗人维克多·雨果有了更深的了解。他在著作权保护方面作出了杰出的贡献。他促成了法国文学创作者的著作权保护机构——法国文学家协会的建立，促成了保护文学艺术作品著作权的国际公约——伯尔尼公约的制定。

17.【答案】略。

**【第2套·全国】**

18.【答案】①凡、②必定、③其中、④有时、⑤则。（每答对一处给1分。如有其他答案，只要能正确表达逻辑语义关系，即可给分。）

【解析】主要考虑行文的逻辑关系和语义的连贯，同时还要考虑文段的语体色彩以及前后的对称和照应。

19.【答案】总结是一个组织或个人在工作、学习告一段落后写的书面材料，它常常对前一阶段的情况进行回顾、检查、分析和评价以利于找出成功的经验或失败的教训，悟出个中道理，并得出规律性的认识，并用以指导今后的工作。（写成4个或4个以上短句给2分，写成3个短句给1分；表达流畅给2分。如有其他答案，只要符合原意，可酌情给分，改变原句意思不给分）

【解析】长句改短句，抽取主干，释放枝叶，调整连贯即可。

20.【解析】自选话题，自由度大，但答题要注意句式和修辞，以及前后两句的语义关系。

**【第3套·辽宁】**

16.【答案】他的著作对境界这一中国传统的美学范畴进行了详细的阐释，阐释的依据是康德、叔本华的美学思想，阐释的内容既有境界的主客体及其对待关系，也有境界的辩证结构及其内在的矛盾运动还有境界美的分类与各自特点。

【解析】这是长句变短句。写成3个或3个以上短句给3分；写成2个短句给2分；表达流畅给2分，如有其它答案，只要符合原意，可酌情给分。改变原句意思不给分。

17.【解析】内容合理，给2分；比喻贴切，给2分；句式相同，给2分。

**【第4套·天津】**

22.【答案】⑤②④①

【解析】⑤和②句从两个方面提出发展中国家面临的能源问题，④句引出新能源话题，①和③分别介绍了新能源在生活生产中的使用，以及未来新能源的前景。

23.【解析】用上四个词语，语义要完整，句子通顺，意思表达清楚，有一定文采更好。

24.【答案】吉祥物取名为"快乐阳光——津津"，寓意阳光、快乐洒满津城。阳光既象征着光明与未来，也是青春和希望的象征，与开展全国亿万学生阳光体育运动相契合，寓意中国当代大学生团结、奋进、健康、快乐地成长。取材阳光同时象征人与自然和谐相处，共建美好社会的理想与心愿。"津津"张开双臂笑迎八方来客，反映天津人民热情好客的民风，其跳跃和欢庆胜利的姿态，预祝运动员取得优异成绩并祝运动会取得圆满成功。

**【第5套·湖南】**

19.【答案】①人口变化成绩方面的角度："我国人口过快增长的势头得以控制"，"人口素质不断提高"，"城镇化进程步伐加快"；

② 人口现状面临挑战方面的角度："人口老龄化的趋势在加快"，"流动人口规模不断扩大"，"出生人口性别比偏高"；

③ 上述两个方面的每一个点都可以作为一个角度；

④ 整体的角度：对人口普查主要数据作整体评价；

⑤ 其他角度：如"人口数量排在前五位的"省份的角度，"人口数量排在前五位的"省份与"流动人口规模不断扩大"相结合的角度，"流动人口规模不断扩大"与"城镇化进程步伐加快"相结合的角度等。

【解析】体裁是新闻短评，是基于所提供的新闻事实或新闻事实的某一方面所作的评论，要有自己对事实的看法即观点，言之成理，持之有据，结构基本完整。答题角度的选择不能脱离所提供的新闻事实。

20.【答案】①两段文字都体现了爱的思想，但儒家倡导的是有等级的仁爱，以及表明的是推己及人，先后有别；墨家主张的是无差别的兼爱，"若视"表明的是一视同仁，爱无等差。

② 可以从强调人的平等和社会的公平的角度，也可以强调将个人命运融于国家与社会利益之中，增强社会责任感的角度，还可以从儒、墨兼同，各取所长，有助于维护人的尊严与实现社会和谐的角度等，联系实际谈看法。

如答案不在以上角度内，但言之成理也可。

**【第6套·江西】**

20.【解析】今年恰逢鲁迅去世70周年。北大教授钱理群先生曾说过这样一段话："在西方国家，每一个民族都有一些原创性的，能够成为这个民族的思想源泉的大学者、大文学家。当这个民族在现实生活中遇到问题的时候，常常能够到这些凝结了民族精神源泉的大家那里汲取精神的养料，然后面对他们所要面对的现实。每个国家都有这几个人，可以说家喻户晓，渗透到一个民族每一个人的心灵深处。比如说英国的莎士比亚，俄国的托尔斯泰，法国的雨果，德国的歌德，美国的惠特曼等等。"虽然鲁迅去世距今已经70年了，但是对我们而言，无论过去、现在还是将来，鲁迅永远是我们的"民族魂"。他的思想与精神，应该渗透到我们每一个人的心灵深处，成为我们民族不竭的思想源泉与精神坐标。基于此，重视鲁迅的价值；以文化的自觉，引领学生走近鲁迅。在语文学习过程中，"把鲁迅精神扎根在孩子们心上"（钱理群语），应该是语文教学的责任所在。在这样的背景下，今年江西高考考查"刻画你心目中鲁迅的形象"，让学生们学着走进鲁迅这一文化名人，可谓用心良苦。

**【第7套·福建】**

16.【答案】（1）屏 （2）然而（但是） （3）第④处，改为，（逗号）

【解析】①为看拼音写汉字，联系前后的字进行推敲，错误率会大大降低。②为转折关系，填写"然而"或"但是"最合适。④其实是陈述句，使用问号是错误的。

17.【答案】（1）对别国国名的翻译，中文能表达美好的感情，而外文不能。

【解析】对本题的解答要把握住该段文字的核心内容，即中文翻译较外文翻译更能表达美好的感情。答题时要强调中文翻译的感情色彩优势。另外，压缩语段时要注意句子结构的完整，不要把句子写成短语。

（2）答案示例一：国名的中文翻译，体现了中华民族的美德。一、这表现了中国人的善良：中国人使用具有美好含义的译名，表达了对外国人民的祝福；二、这体现了中国人的兼容思想：中国人带着自信心去欣赏并接受他国的优秀文化；三、这体现了中国人的平等思想：在选用具有美好含义的字来翻译国名时，中国人民对大国和小国、强国和弱国，都一视同仁。

答案示例二：国名的中文翻译，体现了中华民族的智慧。在翻译他国国名时，中国人从同音字中选用具有褒义的字，而避免使用带有贬义的字。通过国名翻译这一独特方式，我们不仅传达了对他国的善意和尊重，也向世界宣示了表意的中国文字古老而常新的独特魅力，这说明，国名的中文译名既体现了中文的优势，也体现了翻译的巧妙。

【解析】此类题要求考生能够联系时代，透过现象看本质，展开丰富的想象和联想，能针对材料提出自己的观点并做简要阐述。为什么中文翻译外国名都选用具有美好含义的译名，这是问题的核心，它体现的究竟是一个民族怎样的品格与智慧。围绕这个核心问题进一步挖掘隐含在背后的民族文化，从中文翻译外国国名的内容与形式出发，考生不难写出内容充实，思想深刻的观点与看法。

**【第8套·安徽】**

17.【答案】B

18.【答案】（1）删除"超过"或"多" （3）删除"在" （4）显现改为显示 （5）值得期待改为尚难预料

【解析】（1）成分赘余 （3）滥用介词导致缺少主语 （4）词语误用 （5）不合逻辑或表意不明。

19.【答案】（1）我只想知道它是不是你与人沟通的桥梁 （2）我不想知道你的藏书多么丰富，（3）我只想知道它是不是你通向成功的阶梯。

【解析】本题重点考查的是句式仿写，做好本题的关键是要注意续写的句子与前面句子在内容上要连贯，又要注意形式一致，找到仿写点即可。

20.【答案】①李老师，你好，我是宛风。②老师，我和几个同学想去拜访你，你看行吗？③老师，你什么时候有时间，我们到哪儿见你呢？④好的，我们一定准时拜访你。老师再见！

【解析】本题主要考查简明得体，一定要做到"见什么人说什么话"（得体），还要注意不啰嗦（简），让听话人明白（明）。

**【第9套·重庆】**

18.【答案】有语病的一项是：（1）针对性修改：删掉"与"和"相关"（或者删掉"造成"）

【解析】"与"和"相关"的使用造成句式杂糅。

19.【答案】（1）④理由：这个比喻与后文半洋半土、半文半野的气味搭配比较恰当，突出女孩纯洁质朴的特点。

②理由：这个比喻与后文"闪烁着奇异的光亮"搭配比较恰当。突出姑娘眼睛亮。

【解析】此题考察比喻修辞手法，注意本体与喻体的相似性。

20. 【答案】(1) 写字机会少。提笔忘字多，书写能力堪忧

(2) 略

【解析】看图题要对图中的信息仔细分析，找出规律，用概括性的语言表述。

21. 【答案】①④⑤⑦

【解析】本题考察语言的简明连贯，①和后面的重复，④和前文重复⑤与③重复⑦⑥重复。

**【第10套·湖北】**

20. 【答案】①让校园永远明朗清净，让心灵不受烟雾缭绕②书香何需烟草香。

【解析】注意审题，内容要符合要求，句式简单，语言简洁，有警示作用。

21. 【答案】(1) 公路运量骤减，铁路大幅上升

(2) 铁路速度提高，且经济，安全，省时

【解析】图表题要仔细观察每一项数据，注意两个图表的相同和不同的数据，思考数据的变化反映出的现象。用准确的语言作答。注意每一个图表都要概括出规律，然后得出总体答案。

22. 【答案】蔺相如：身为门客，胆识超强，完璧归赵，智勇无双；位超廉颇，忍辱避让；国家为先，如海器量。伟哉相如，千秋名扬！

刘和珍：你是真的猛士，"敢于直面惨淡的人生，敢于正视淋漓的鲜血。"始终微笑的刘和珍君，你激励我们每一个热血青年，为了祖国更加强大，"奋然而前行"！

【解析】这两个人物中学教材中都有，要充分利用教材上的材料，巧妙化用原文。语言要富有激情。

**【第11套·四川】**

18. 【答案】全球化的视野，争创世界一流的意识，宽松的环境，平和的心态。

【解析】抓住"缺乏""不够""建议"等动词。

19. 【答案】康桥，你的温婉艳丽，你的灵动娇美，你的脉脉含情，不正好唤醒了我沉睡的柔情吗？蜀道，你的天梯石栈，你的畏途巉岩，你的峥嵘崔嵬，不正好激发起我凌云的壮志吗？

20. 【答案】您用捐肝拯救我的生命，您用作品鼓励无数读者，您用行动为世人立下精神高标，您用生命书写生命。您的生命就是一本书，您的故事写尽感动。您是轮椅上的哲人，永远的大师。谢谢您，史老师，祝您一路走好……

【解析】人物事迹与精神品质，感激之情，语言得体。

**【第12套·浙江】**

6. 【答案】椅子在，坐它的人去；笔在，用它的人去；书在，读它的人去；文章在，写它的人去。或人在，爱去；爱在，人去；人与爱都在时，青春去，岁月去，美好时光去……

7. 【答案】(1) ①爱护动物，尊重生命。

②购买就等于杀戮，对象牙产品说"不"！

(2) ①人格化的表现方式是整个公益广告打动人心的，小象的话以孩子的口吻说出，不仅能引起人们的同情，还能促使人类反思自己的行为。②构图简洁，图片与文字搭配巧妙，能激发人们的联想——他们的未来将通向何方？

【解析】①无牙的大象和小象的背影占据中心构图，对比鲜明，凸显主旨；②咆哮体文字结构醒目，反复的文字表现了小象的惊喜；③妈妈的无语沉重揭示了现实；④文字的省略让人们看到了背后的惨景。

**【第13套·江苏】**

3. 【答案】地形水深、地质构造、相关资料

【解析】指向性压缩，分清层次，概括要点。

4. 【提示】(1) 夏瑜、《药》

(2) 按语：回首辛亥，让我们恭敬地拿起坟前的白花，敬献于烈士的墓前。

**【第14套·山东】**

16. 【答案】⑥①②③⑤④

17. 【解析】超过一半人认为网络语言经过规范，会进入日常生活，更有超过四分之一的人认为部分网络语言会进入汉语词典，绝大多数人认为网络语言有很大的发展前景。

18. 【答案】一条小河哗哗地流着，水中的石子看上去清清楚楚，溪边坐着一位长胡子的老爷爷，瘦长的脸，眼睛像放光一样。

【第 15 套·广东】

22.（1）【答案】①尽管②既然③因而

（2）【答案】真的、善的、美的东西总是同假的、恶的、丑的东西相比较而存在的。（含标点符号 31 个字）

真善美的东西总是同假恶丑的东西相比较而存在的。（含标点符号 23 个字）

23.【答案】感谢李明同学给我们带来了"灯火阑珊"元宵佳节盛宴，一场元宵文化大餐。同学们，这样的灯火阑珊，这样的月圆之夜，你是否会想起另一个月圆的十五之夜？是啊，天上月圆，人间月半，那一轮皎月又挂在了中天，有请韩海同学给我们介绍八月十五的中秋佳节。大家欢迎！

## 吕丽高考语文讲堂·语用·第 2 练【2010 高考 14 套】

【第 1 套·全国Ⅰ】

19.【解析】分析的时候必须紧扣原文，在理清结构的基础上进行分析。首先我们发现那些例子中的解释是五花八门，没有一个统一的答案，既没有一个明确的概念。其次我们发现它们涉及到社会生活的方方面面，学科领域繁杂。将其总结出来，就是准确的答案。

【答案】①没有约定俗成的定义②广泛的产业领域和管理领域。

20.【答案】略

【第 2 套·全国Ⅱ】

20.【答案】略

【第 3 套·广东】

22.【答案】这个活动中心随着 17 世纪资产阶级革命转移到了英国，它的标志是牛顿对微积分的研究及牛顿学派的学术成就。其后，受 18 世纪大革命的影响，加上蒙日对微分几何的贡献和蒙日学派的研究成果，法国成为数学活动中心。

【第 4 套·山东】

16.【答案】菊花是栽培历史悠久的人工养殖观赏花卉，依据花序、花期、花瓣分为多种类型，可供食用药用，是高雅不屈的象征。

17.【答案】在失意时，书是良师，读书使颓废的生活日渐昂扬。在得意时，书是净友，读书使浮躁的心境平淡如水。

【第 5 套·湖北】

22.【答案】略

【第 6 套·重庆】

20.【答案】略

21.【答案】略

【第 7 套·陕西】

16.【答案】略

17.【答案】略

【第 8 套·江西】

20.【答案】激光造雨的定义、原理、优点及研究现状。

【解析】主要内容概括的方法有：1. 连接段意概括主要内容；2. 自问自答概括主要内容，3. 抓住重点概括主要美容。这里适合运用第二种方法。

21.【答案】内容：漫画由奥运五环标志和萨马兰奇的头像构成，五环成为萨马兰奇的眼镜。寓意：萨马兰奇和现代奥运已经融为一体或萨马兰奇透过奥运看世界。

【解析】解答漫画材料题，应从三方面入手：第一，要明确漫画的本意。通过观察漫画，包括标题和文字说明，找出漫画的关键点，将漫画所表现的信息进行综合，准确概括出漫画的寓意；第二，从多角度分析，推论出漫画的引申意；第三，面对漫画所反映的问题，亮出正确的观点，多角度、多层次进行思考和回答。

【第 9 套·辽宁】

16.【答案】①因为　②如果　③而　④却　⑤但是

每答对一处给1分。如有其它答案，只要正确表达逻辑语义关系，既可给分。

解析：本题考查正确使用虚词。①后面解释原因，②假设关系，③表示结果，④转折关系，⑤转折关系。

17.【答案】略

**【第10套·浙江】**

5.【答案】五四时期新、旧文学阵营对"新"、"旧"的理解有差异。

（或：新、旧文学阵营对"新"、"旧"的价值判断不同。）

【解析】概括文字主要内容的办法：要求考生将一段话中的主要信息筛选出来，概括为一句话。答题思路：时间——五四时期；陈述对象——新文学阵营和旧文学阵营；陈述内容——对"新"与"旧"的不同解释。

6.【答案】尘：轻飘飘飞着的小土粒。人类啊，我本不是灾害，应该好好思考出生我的原因了。

舒：舍我其谁？伟大作家的豪言壮语。

**【第11套·四川】**

18.【答案】某市是交通便利、景色优美、经济发展水平较高的国家级历史文化名城。

【解析】本题考查压缩语段。不仅要求高度概括以适应字数要求，还要注意单句，排列好定语的顺序。答案示例：某市是交通便利、景色优美、经济发展水平较高的国家历史文化名城。

19.【答案】抬眼望去，没有红叶谷的缤纷，没有盘龙山的造化，也没有巫山的迷幻，朴素简单。墨绿中交织着枯黄，黑灰里透露着淡彩。暮色渐临，南山只是隐隐地把轮廓显现，南山泰然叹出古朴，描摹出这脉悠然，毫无做作之态，违心之感。

【解析】本题考查扩展语句。注意几个要求：描写景物，生动，表达悠然之情，100字内。

20.【答案】水是生命的源泉，让他滋润世间万物。鸟是人类伙伴，让它自由飞翔蓝天。

【解析】本题考查仿用句式。注意要语意连贯，写两个句子构成排比，表现环保主题。

**【第12套·广东】**

23.【答案】感谢高一（2）班的精彩表演。是啊，我们知道，封建传统礼教的一统天下无疑是焦、刘悲剧的根本原因。下面我们就来欣赏民主思想和封建传统出现斗争的一出作品。有请高二（5）班为我们带来《雷雨》！

**【第13套·天津】**

22.【答案】戏剧社⑤　文学社③　摄影小组①

【解析】考查语言准确、鲜明、得体。①"现面目""留旧影"，表现了摄影的特点。②写学术研究。③"妙句""毫端"表明是创作。④是说书信。⑤"看我非我，我看我，我也非我，装谁像谁，谁装谁，谁就像谁"形象的卸除了演员的特点。

23【答案】融合中西文化元素的天津新地标津门塔将于2010年内建成使用。

【解析】本题考查"压缩语段"的知识，能力层级为D级。这个语段共三句话，第一句表明对象，第二句介绍其特征，第三句说明结果。拟写一句话新闻的要点是确定对象及其特征、事件的经过结果。所以第一、二句可以压缩在一起，加上第三句话就基本上是答案了。最后参照字数要求，进一步压缩。

24.【答案】略

【解析】本题考查"扩展语句和简明准确"的知识。图文转换的题目要注意图中突出、夸张的部分，也要注意图中变化的地方。

**【第14套·全国Ⅱ】**

18.【答案】①设立；②咨询；③核实；④停止；⑤存在；⑥损害；⑦保护；⑧免受。

19.【答案】①但是；②以致；③就；④其实；⑤因为。（如有其他答案，只要能正确表达逻辑语义关系，即可给分。）

20.【答案】②"薄酬"改为"稿酬"；④"敬启"改为"收"

## 吕丽高考语文讲堂·语用·第3练【2009高考17套】

**【第1套·全国Ⅰ】**

18.【答案】③处的"她"改为"小芹"，⑤处的"她"改为"三仙姑"，⑥处的"她"改为"小芹"，

⑦处的"小芹"改为"她"。

**【解析】**要使语言简明，就要注意人称代词在文中所指代的对象，做到既不重复啰嗦，又不能因为图简而产生歧义。

19.**【答案】**①展开的书点明读书月活动，②书页弧度和中间的圆点正好组一只眼睛暗示读书，③两本展开的书正好组成S代表"沈"，④中间的圆点也可象征"阳"字。

**【答案】**该标识以"书"和"沈阳"的首写拼音字母为设计元素，体现活动的主题与地域；翻开的书和两书交汇处的眼睛，对"开卷有益"作出微妙表达。

**【考点】**考查语言表达简明、连贯、得体和扩展语句。

**【解析】**可视图文转换的关键是认真读图，展开丰富的想象，尤其要注意将所给图中的图画元素和文字元素结合起来，要扣住主题"沈阳全民读书月"（特别注意"沈阳"和"读书"）和题干要求"从构形角度说明标识的创意"。语言要求流畅、富有文采。注意字数要求。

20.**【答案】**技艺是捡不来的，有无水平，看你怎么锻炼；成就是抢不来的，有无功业，看你怎么勤奋；荣耀是哭不来的，有无地位，看你怎么拼搏。

爱情是买不来的，有无真心，看你怎么灌溉；幸福是购不到的，可否如意，看你怎么呵护；永恒是唤不出的，能否长久，看你如何浇铸。

**【解析】**仿写的三个句子，要前后相联，共同表达一个完整的意思，内容积极健康。注意例句形式"…是…，有无…，看你…"，要形成排比；内容上有选择的表达意味，"工作""业绩""前途"有递进。

**【第2套·全国Ⅱ】**

18.**【答案】**①删除或改为"他"；③改为"合图"；④删除或改为"他"；⑤改为"苏泽广"或者"父亲"

**【解析】**指代词强调就近指代原则。①直接用"苏泽广"与上文重复，应该删去或改为"他"；③用"他"让人搞不懂是指哪个人，改为"合图"；④用"合图"，让人感觉跳下椅子和吹灭蜡烛不是一个人的行为，应删除或改为"他"；⑤用"他"让人搞不懂是指哪个人，改为"苏泽广"或者"父亲"

19.**【答案】**全民健身口号征集活动在一个月里受到应征口号千余条，稿件来源广，参与人数多，经过评审，最终入选口号为"我运动，我快乐"。

**【解析】**本题为扩展语句的新题型，涉及语言表达简明、连贯、得体。解答时要利用所给词语，语意完整，扣住主题"征集全民健身口号"。语言要求流畅、富有文采。注意字数要求。

20.**【答案】**略

**【考点】**考查考生仿用句式的能力。

**【解析】**仿用句式要注意例句形式"…不必…，…就好"，要形成排比；内容上注意相关性。

**【第3套·北京】**

21.**【答案】**①《红楼梦》是曹雪芹创作的以揭露封建制度的黑暗腐朽和没落为主题的我国古代最伟大的长篇小说。②曹雪芹是以揭露封建制度的黑暗腐朽和没落为主题的我国古代最伟大的长篇小说《红楼梦》的作者。

**【解析】**此题实际上考查短句变长句，看似简单，实则要注意三个短句除用作母版的那个，其余两个都得调正语序。

22.**【答案】**略

**【考点】**考查扩展语句和语言的简明、得体。

**【解析】**考生只需要任选一个即可，按照要求，可适当使用修辞手法，以使语言生动。

**【第4套·江苏】**

3.**【答案】**环境优势加速生产要素向该区域集聚从而促进发展的现象。

**【考点】**扩展语句，压缩语段，扩展语句主要考查扩充语言成分、丰富语言信息的能力；压缩语段主要考查提炼内容、概括语意的能力。

4.**【答案】**生命脆弱短暂，生命坚韧沉毅，生命绵延永续。

自然是生命的家园，自然是无情的力量，自然是人类反思的源泉。

逝去的是同胞的生命，传颂的是民族的精神，留下的是人类的警醒。

【考点】正确运用常见的修辞手法。常见修辞手法：比喻、比拟、借代、夸张、对偶、排比、反复。主要考查根据语境判断修辞手法使用是否得当，能否辨明优劣。

**【第5套·天津】**

22.【答案】士　先秦　演进

【考点】筛选信息、概括归纳

【解析】筛选语段信息，语段的主要信息是谈"这篇文章"的内容，主要信息应该在句子的谓语部分，可以抓住一个关键词"士"，有关"士"的信息，可以抓到"先秦"和"演进"。

【思路点拨】提取关键词是筛选信息的一类题目，而在所给材料中，所包含的信息包括了两项：文章的内容和文章的价值，那么就需要判断哪一个信息才是语段的主要信息，这是抓关键词的关键。在解答提取关键词的题目时要首先筛选语段信息，判断主要信息，在提取信息中的关键词，最后将关键词连缀一下，用是否能够概括主要信息来检验一下答案的正确性。

23.【答案】(1) 王维　(2) 兰亭集序　(3) 路边的小花，纤蕊若丝，带露绽开。

【考点】文学常识　仿写

【解析】文学常识是记忆性知识。仿写，要注意审题，判断被仿的句子的语言格式：话题，主旨、修辞、句式、语言色彩等内容。通过审题可知所选的话题应该在"旅途"这个范围之内，主旨是旅途中的兴味意趣，修辞运用比喻的手法，句式采用四字格短句，语言色彩应该是甜美喜悦的。在审题的基础上，可以选择话题来仿写。

【思路点拨】仿写是对学生语言感染力的考查，这要靠平时的训练和积累。

24.【答案】(1) 城乡熄灭一盏盏耗能的明灯，地球点亮一点点环保的希望（对偶）、熄灯一小时，让地球好好睡个觉（拟人）、明年继续熄灯一小时，地球就会多活一千年（拟人）。(2) 略

【考点】拟写广告语　新闻点评

【解析】拟写广告语要抓住广告的主题，语言要鲜明生动。材料主要讲述了"世界各地进行名为'地球一小时'的'熄灯接力'活动"的情况，这项活动的意义，拟写广告语可以运用修辞阐明这些主题。

【思路点拨】此类题具有开放性，只有解题的方向，没有标准的答案，所以考生的答题时要注意审题，把准方向盘，才不会造成重大失误。另外，平时多积累语言材料，多训练语言表达的基本功也是很重要的。

**【第6套·江西】**

20.【答案】王力先生认为，中国旧体诗的音乐美分为以音步、平仄相间构成的抑扬美和以同韵字来来回回的重复构成的回环美。

【考点】考查句式的变换

【解析】此题材料出自高中第六册《语言与文学》。它提醒我们不要忽视高中五、六册的教学。

【思路分析】短句变长句的方法是：先找到母板（中心句），再将其余的分句合并同类项，按照现代汉语的规范添加到"母板"中（即所谓的"添枝加叶"），添加时要注意语序。

21.【答案】略

【考点】考查扩展语句

【解析】这类题目是传统题型。考生需要根据提示语构思一个场景（或诗情画意，或充满人生智慧），将规定的词语适时地加入。

**【第7套·重庆】**

18.【答案】夏天似火炉，是"四大火炉"之一，重庆人爱吃火锅，脾气火爆，性格豪爽。

19.【答案】尊重别人所以不狂妄，不狂妄所以有修养；尊重自然所以不胡为，不胡为所以有理性。

20.【答案】①帕格尼尼是一位奇人，从上帝那里同时接受了天赋与苦难两项馈赠，但他却善于用苦难的琴弦把天赋演绎到极致，最终成为世界级小提琴家。

②帕格尼尼是世界级小提琴家，更是一位奇人，虽然从上帝那里同时接受了天赋与苦难两项馈赠，然而他却善于用苦难的琴弦把天赋演绎到极致。

21.【答案】(1)：④；⑩。(2)：(11)；⑨。

**【第8套·广东】**

22.【答案】A学历越低的群体通过电视科普节目获取的科技信息比例越高，B不同职业的群体通过电

视科普节目获取的科技信息比例也有差异，C多考虑性别、年龄、学历、职业的不同需要。

【考点】本题考查图文转换能力，要抓住图表中的主要信息，用精练准确的语言概括表述。

【解析】要把握住每个图表的主体特点和不同发展趋势，如图表一主体是不同学历的人，趋势是"学历越低的群体通过电视科普节目获取的科技信息比例越高"，图表二的主体是不同职业的人，特点是"不同职业的群体通过电视科普节目获取的科技信息比例也有差异"。

23.【答案】尊敬的华南大学的各位代表：

你们好！首先请允许我代表南粤中学向你们的到来表示热烈欢迎，感谢华南大学为我校无私捐赠了一批图书和电脑。

再次向华南大学表达诚挚的敬意和衷心的感谢。

【考点】本题考查致谢词的表达能力，要注意内容的前后连贯，语气诚恳，达到致谢的目的。

【解析】致谢词属于应用文体，目的是表达感谢，要符合这一特点。

【第9套·浙江】

5.【答案】⑤①②④③

【考点】本题考查语言表达的连贯能力。

【解析】⑤句"理学家为什么崇古抑律"提出核心问题，故排在首位，①句进一步阐述原因，又提出问题，②句回答，故②在①后，④句紧承②句"价值"，紧跟其后，③句进行小结，故在最后。

【思路分析】这是议论性的语段。议论性的语段可按照议论文提出问题→分析问题→得出结论的思路来分析（如本题⑤、①提出问题，③得出结论）；要注意句与句的排列组合，注意上下句的衔接、呼应，做到话题一致，句序合理，衔接、呼应自然。加强对语境的分析与体会。

6.【答案】这是一幅坐在轮椅上的残疾运动员奋力击球的感人画面。她挥动球拍，展开青春的翅膀；驰骋球场，追逐人生的梦想。

【考点】综合考查语言的简明、生动和修辞。

【解析】本题虽属图文转换，但形式新颖。以前图文转换是直接用文字表述图表中的信息，而本题则是要学生展开想象，表现画面的意蕴，揭示画面的内涵。

【思路分析】做这类题关键是认真阅读题干要求，然后阅读图表，明确题目内容，进而运用修辞展开表述。考生要注意题干的全部要求（①解说词②至少运用两种修辞方法③揭示画面的内涵④不少于50字），"解说词"就是描述画面（可用说明性语句），但同时要求揭示其内涵，则是要求回答画面的主旨（寓意）。

7.【答案】略

【考点】考查语言的鲜明、得体。

【第10套·四川】

18.【答案】说什么非亲非故？说什么生人熟人？你们肩上扛着垂危生命，垂危生命连着一颗颗滚烫的心。山高算个啥，翻过去！无路也要行，踩着乱石攀登！这就是大爱无疆，有什么义比这更长？这就是舍己为人，有什么情比这更深？

19.【答案】聚乳酸；合成；新进展；复合应用

20.【答案】悠悠白云中，隐约地横亘着一座座青山，有腼腆地躲进雾霭的，有大方地露出真容的；正如一把把直指苍穹的利剑，又如碧空中腾飞的巨龙，又如绵延不断的绿色屏障。

【第11套·湖北】

20.【答案】(1)（玛蒂尔德说：我的幸福就是）钻石项链，拥有了钻石项链，就拥有了我的幸福。

(2)（水生说：我的幸福就是）家乡白洋淀，保卫了白洋淀，就保卫了我的幸福。

21.【答案】王羲之变革了楷书，发展了草书，确立了行书的地位。

【解析】题目要求概括"王羲之的贡献"，运用排比句式。可以先概括文中介绍的王羲之的贡献——变革楷书、开创今草、让行书取得了与篆隶楷草并列的地位；然后采用排比句式表述；注意"不超过30字"的限制，意味着对"让行书取得了与篆隶楷草并列的地位"还要进行压缩。

22.【答案】我喜欢的书名：《献给母亲的歌》

理由：把祖国比喻为母亲，给母亲献歌，表达了对祖国母亲的深爱，直抒胸臆，情真意切。

我喜欢的书名：《山河岁月欢乐颂》

理由：山河是祖国的代表，岁月是祖国的历程，欢乐颂是我们赞美祖国的共同心声。

【解析】喜欢哪一种都可以，理由要扣准两个方面：一是书名本身的在语言上的优点（比喻、借代），一是书名所表现的情感。

**【第 12 套·湖南】**

5.【答案】A

【解析】（四个选项中，末字都是平声，与出句的仄声相反，符合平仄规律，但 C 项的末字"飞"为动词，与上句表颜色的形容词"青"不配对，先排除这一项；D 项中"高"虽为形容词，但与"碧"不属同一范畴，且"风平浪静"与"身正才卓"在意境上难以对接，亦排除；B 项基本上也可对上上句，但"阔"字与对字的"静"同属仄声，已犯对联忌讳，"情深海阔"中"情深"与"海阔"并无联系，而且"心平浪静"与"情深海阔"也不存在多大关系，比较起来"志远天高"与"心平浪静"就存在一定的逻辑联系，全句平仄相对，意境相合，属最工整的对句，当选 A。）

**【第 13 套·山东】**

16.【答案】亚洲区域外汇储备库年底前成立并运作

17.【答案】我是植物

我把花朵翻译成果实

我是果实

我被父母翻译成生命

我是生命

我被衰老翻译成死亡

我是死亡

我被冬季翻译成雪

18.【答案】画面内容：一位家庭主妇，正在全神贯注地调整水龙头的流量，使水像断线的珠子一样滴入水壶。

寓意：在"水情"如此严峻的情况下，有不少人却在用水上大做文章，利用水龙头"滴漏"时不走水表的办法取水，以此"揩油"，损公肥私，有损社会公德。

**【第 14 套·安徽】**

18.【答案】整体概括：我省多方面加强维护农民工权益工作。

分别概括：①清查农民工工资支付问题。②扩大农民工保险范围。③关心农民工子女教育。

【解析】图文转换几年没有考过了，尽管各地的模拟试题经常出现。但本题读图没有难度，只要对画面的三个板块上文字作概括，其实就是一个压缩题，只不过把文字放到一张图片上而已。

19.【答案】新春对联：翠柳迎春千里绿黄牛耕地万山金教师办公室对联：桃李满园春绣锦芝兰绕阶座凝香

【解析】该题属于老题新考，变化一下形式，也是为了降低难度。考生只要具备简单的对联知识就能做好。如上下联词句结构、意义相关，数量短语对数量短语，仄起平落等等。

20.【答案】学习者主观上有学习动机，并且愿意付之行动；学习者具备一定的学习方法，并且不断总结学习经验；学习者有较强的学习意志，并且能够持之以恒。

【解析】与其说本题为仿句，不如说本题就是词语解释。从例句看就是对给定词语解释，解释它能成立的条件。

**【第 15 套·福建】**

15.【答案】心理咨询是运用心理学的理论、知识和方法，通过言语、文字或其他信息传播媒介，给咨询对象以帮助、启发和教育的活动。（或，运用心理学的理论、知识和方法，通过言语、文字或其他信息传播媒介，给咨询对象以帮助、启发和教育的活动叫做心理咨询。）

【解析】本道题考查提取有效信息并进行整合和变换句式的能力，既要求考生能够从材料中选取必要的信息并进行整合，为"心理咨询"下定义；同时，又要求考生利用一个长句对主体对象"心理咨询"进行下定义。作答时，考生需要从三个短句中选择一个句子来作为主体句，然后再抽取出其它两句中的必要信息，将其作为主体句的句子成分，最终形成一个句子长、成分多的长句。

16.（1）【答案】清明节祭奠亲友的方式发生了变化。（或，清明节祭奠亲友的方式体现了不同的观念。）

（2）赞同网祭，摒弃陋习。通过网站祭奠已逝的亲友，既便于表达哀思，又省时省力，减少环境污染，值得提倡。对于烧冥钞、纸汽车、纸别墅等陋习，则要加以正面引导。

**【第 16 套·辽宁】**

15.【答案】D

【考点】考查语言表达连贯

【解析】从表意上说，⑤③是一组表意项，阐述人与书籍之间的关系；①④⑥在表意上都是阐述读书的益处的，在层次上①是最终结果，应放在最后，获得知识后才能进一步辨析美与丑，所以④属于基础层面，⑥属于高级层面，这样三者的顺序就确定了；②属于转换话题的句子，另起一个层次。从分析上看，前两个组合属于同一话题，应该相衔接，前一组合表原因，后一组合表结果，这样前后的顺序就确定了，正确的排序应为：⑤③④⑥②。

【思路点拨】衔接题是考查连贯表达的一种很重要的考查形式，在做题时要注意，句子组合的表意关系，还有语境和句子之间的逻辑关系，按照相同的表意组合句群，按照逻辑关系安排顺序，这是解答论说类衔接题的一些技巧。

16.【答案】①对于；②虽然；③但是；④还；⑤总之

【考点】考查连贯的语言表达

【解析】①处，对应后面的"……来说"应该填"对于"；②、③两处可以从语义上加以分析，承接前文，不是首都便缺少文化名城的要素，所以两个分句之间应构成转折关系，应填"虽然""但是"；④处，承接前文重在强调后者的重要性，和前文构成转折关系，应该填"但是"；⑤后面的句子"是不是历史文化名城，主要看它是不是有丰富的历史遗迹和深厚的文化底蕴"显然是对整个段落论述的总结，属于结论，所以应该填"总之"。

【思路点拨】这里重在分析句子之间的逻辑关系，添加合适的词语。逻辑关系判断不对，那么词语就添加不准确。分析句子间的逻辑关系，可以凭借对语境中语义的理解，也可以凭借自己的语感来判断，但是要在平时的学习和训练中注意培养自己良好的语感。

17.【答案】年轻的母亲和幼小的孩子，就像蓝天和白云一样；

白云是蓝天身边的柔弱，蓝天是白云的依靠的坚强；

蓝天展开广阔的襟怀，孩子就找到了幸福的天堂。

【解析】题干中提示"两个对象""三个句子""比喻和比拟"两种修辞，还有"两个对象之间的关系"这个主题，这是仿写时要注意的内容。

【思路点拨】仿写题解答的难度在于正确运用修辞和句式来表达预设的主题，着需要考生有很活跃的思维，还要有开阔的视野，能够在短时间内打开思路，发现灵感，写出优美的句子。

**【第 17 套·宁夏、海南】**

15.【答案】C

【考点】考查语言的衔接，语言的连贯。

【解析】这是一段说明性文字。四个选项首句就是④和⑤的区别。从逻辑上看，应该先⑤后④，排除A、B两项。再从内容的相关、衔接上看，⑤的"阳光少年"和④的"阳光运动"紧密相关，故⑤后面可以用④，排除D

【思路分析】考生可以采用化整为零的方法，先把内容相关的放在一起，把它看成一个整体；如有标志词（如"也"、"还"、"可见"），可据标志词排序。

16.【答案】略

【考点】考查语言的得体。

【解析】通告要求用口语（如"敝"改用"本"），对用户宜用敬辞（如"提出"改用"垂询"），称自己用谦辞。

17.【答案】略

【考点】考查仿写。

【解析】例句是"……的……，是……的……的，把……"的句式，修辞上采用了比喻、拟人和夸张。

【思路分析】仿写追求"形似"这只是其表，追求"神似"才是其根本。考生仿写时要注意首先要在句式上、语气上、修辞上、风格上与例句保持一致。

## 吕丽高考语文讲堂·语用·第 4 练【2008 高考 16 套】

**【第 1 套·全国Ⅰ】**

18.【答案】(1)"惠顾"改为"浏览"；

(2)"你"改为"贵";

(3)"可"改为"请";

(4)"洽谈"改为"联系"。

【解析】本题重点考查考生语言表达得体的能力，解答时注意尊称和谦称的区别。

19.【答案】要不要灾难 对待灾难的态度

【解析】本题重点考查考生选用句式和语言表达连贯的能力，解答时要认真分析材料内容，第一个空要结合分号前内容，第二个空要结合分号后内容。

20.【答案】奥运是体育的盛会，奥运是和平的盛会，奥运是人类文明的盛会。北京奥运会即将拉开帷幕，那么，此时此刻我们有何感想呢？

【解析】本题重点考查考生语言表达鲜明、生动、简明、连贯、得体的能力，解答时要扣住主题"畅想奥运"和开场白的开头、结尾。语言要求流畅、富有文采。

**【第2套·全国Ⅱ】**

18.【答案】

(1)"两位"删去，或改为"二人"、"两人"、"两个"。

(2)"他"改为"杨先生"。

(3)"拜读"改为"看"。

(4)"大作"改为"作品"。

【解析】本题重点考查考生语言表达得体的能力，解答时注意尊称和谦称的区别。

19.【答案】(1)①⑥⑧ (2)②⑤

【解析】本题重点考查考生语言表达准确、简明、连贯等能力，①与"广大"重复，⑥与后文矛盾，⑧多余了，应承前省；②⑤删掉后会改变短语结构，而改变文意。

20.【答案】一片树叶，是一颗生命的水滴；一棵树木，是一条生命的长河；一片森林，是一汪生命勃发的大海。

【解析】本题重点考查考生选用、仿用句式和语言表达连贯，以及正确运用常见的修辞方法的能力，解答时要严格按题目"语意逐步加强"的要求进行。

**【第3套·北京】**

21.【答案】时钟见证了5.12汶川大地震给国人带来的深重灾难，但是，灾难压不垮中华民族的脊梁。四川挺住！中国加油！

22.【答案】标题：中国首枚奥运金牌诞生

说明文字：第23届奥运会是中国奥运史上的里程碑。在这届奥运会中，射击运动员许海峰为中国夺得首枚奥运金牌。中国在这次奥运会上共获得15枚金牌，位居金牌榜第四位。

**【第4套·天津】**

22.【答案】""、——《》""。

【解析】此题考查的是正确使用标点符号的能力。比较容易。

23.【答案】(1)功亏一篑 (2)越俎代庖 (3)蔚然成风 (4)淋漓尽致

【解析】此题考查的是正确使用成语的能力。功亏一篑：比喻一件大事只差最后一点儿人力物力而不能成功（含惋惜义）。越俎代庖：比喻超过自己的业务范围，去处理别人所管的事情。蔚然成风：蔚然，草木茂盛的样子。指一件事情逐渐发展盛行，形成一种良好风气。淋漓尽致：淋漓，形容湿淋淋往下滴，比喻尽情，酣畅；尽致：达到极点。形容文章或说话表达得非常充分、透彻，或非常痛快。

24.【答案】人生不过是为了尽力展示生命独特的美丽，如同一条山间小溪，可以越过高山投身辽阔的大海，也可以随遇而安，化成一汪碧绿的清潭。

【解析】此题考查的是扩展语句的能力，尤其是运用常见修辞手法的能力。围绕"溪""海""潭"，可以运用比喻、拟人、排比等修辞手法，展开联想和想象，答案可多种多样。要注意，表意完整，恰当运用修辞手法，富有文采，表达出某种感悟。

**【第5套·山东】**

16.【答案】美德让你一生收益

17.【答案】你们看，上升一个台阶多么不易，生活是这样，作诗（学习、工作等）也如此。

18.【答案】略

**【第6套·广东】**

21.【答案】略

22.【答案】①对知识的获取满足于感性的把握。②阴柔之风过盛，阳刚之气不足。（或具有很强猎奇心理，对历史缺乏兴趣。）③满足于传统，忘记了开新。（或阅读过于功利，影响年轻一代。）

23.【答案】略

【解析】可从小孩的角度也可从妇女（或妈妈）的角度，只要围绕"情深"书写，运用两种以上的修辞方法，鲜明生动即可得满分。

**【第7套·辽宁】**

18.【答案】(1)"光临"改为"回到"；

(2)"至今健在"删去，或改为"精神矍铄"；

(3)"高足"改为"学生"；

(4)"欣慰"改为"高兴"。

19.【答案】知识是河沙里的金，只要你勤奋的淘漉，总会有收获；

知识是沙漏中的沙，只要你不予以补充，就会全漏光。

20.【答案】略

**【第8套·湖北】**

21.【答案】略

22.【答案】略

**【第9套·安徽】**

18.【答案】略

19.【答案】(1) ①你在创作上花的功夫太少。②时间应放在创作上，而不应该放在卖画上。

(2) ①您不注意听我演奏，这是对我的不尊重。②我为您演奏，您应该倾听。

【解析】这是一道很有创意的试题。讲究言外之意是语言表达中的一个重点，委婉，含蓄，又不失机智，很有情趣。

20.【答案】略

**【第10套·福建】**

14.【答案】(1) 地壳　失踪　考察（调查）

(2)"可能"：因为这还只是他的主观推测，有待于科学考察的验证。"最有意义"：因为通常的情况没有发生，说明一定存在另外某种原因；而这"原因"正是科学研究不可多得的切入口、关键处。

15.【答案】①"明人不做暗事"，赞扬心地光明的人不做偷偷摸摸的事。

②"明哲保身"，多指为了个人利益，回避原则斗争的处世态度。

16.【答案】国以粮为本，民以食为天

保护耕地，珍惜粮食

手中有粮，心里不慌

杜绝耕地抛荒，禁止滥占土地

粮食安全问题应当警钟长鸣

17.【答案】(尊敬的老师、亲爱的同学；晚上好！)两千多年来，飘香的端午和不朽的诗人屈原一路相伴走来，他那爱国情杯、浪漫诗篇，已经化为民族的文化与精魂。今晚，让我们用青春的旋律、美妙的舞姿、动人的歌声，欢度民族的传统节日。（下面请欣赏晚会的精彩节目。）

【解析】本题考查考生语言运用能力，重点考查的是简明、连贯、得体，同时要求生动，对考生的要求较多。要求以晚会主持人的身份，写一段开场白。这一道考题与新教材要求考查语文听说读写能力衔接得较好，在考查语言交际环境中，向新课标方向靠拢，高中新课改教材中有此类的训练，强调新课程对语文说的能力的重视。

**【第11套·重庆】**

18.【答案】母鸡高高在上，自以为劳苦功高；鸡蛋默默在下，说不出冷暖凄凉。

19.【答案】珠峰白云含情迎圣火吉祥；碧空彩虹有心祝奥运成功。

20.【答案】每个人难道不都是一根蜡烛？难道你不该被点燃？难道不应该去点燃更多的人？你自己并不会燃烧得更快，世界不因此变得更加光明美好吗？

21.【答案】尽管（虽然）但只（而）因为不管（即使）必然（就）

**【第12套·江西】**

20.【答案】人生有了理想，好比茫茫大海上的夜空出现了北斗，是绵绵秋雨的阴天突现的阳光。

21.【答案】气温升高、普遍缺水、臭氧增加将使世界作物减产。

**【第13套·宁夏、海南】**

19.【答案】B

【解析】B. 全部精神集中在一点上。形容注意力高度集中。

20.【答案】C

21.【答案】③①⑤②④⑥

22.【答案】①总要夹上　　②却是　白字　　③更　应该④但　某些人　⑤随着　中国

23.【答案】机遇对于天才是一双翅膀，对于强者是一把火种，对于弱者是一堆灰烬。

**【第14套·四川】**

18.【答案】北京奥运会将惠及亚洲的旅游业。

【解析】语段一共两个层次，第一句讲的是"北京奥运会为亚洲吸引更多的游客"；第二句讲的是"游客会顺便到亚洲其他地方旅游"。把两者合起来概括就是答案。

19.【答案】从老子学得无欲的品行，从巴金学得博爱的胸怀；马尔克斯《百年孤独》的魔幻荒诞，卡夫卡《变形记》的痛苦绝望。

【解析】这道题考查的是考生对课文和课外阅读知识积累，主要考查仿写句子的内容。还要注意句式的一致。四个例子分为前后两组，每组3分。每组中，写出一个内容和句式都符合要求的句子，给1分；写出两个，给3分。

20.【答案】小学是一泓清泉，中学是一弯小溪，大学是一条大河，社会是一片大海。

【解析】注意不要写成小学生、中学生，大学生是……，每写出一句比喻，给1分；四句比喻在语意上构成一个系列，给1分。

**【第15套·四川灾区】**

18.【答案】①（更）省事②（或许）到了

③（因为）即便④（就）会"伸出手"

【考点】考查语言的连贯和虚词的使用。

【解析】要注意据上下文文意和层次结构回答

19.【答案】略

【考点】考查仿用句式和修辞手法。

【解析】形式上一致并不难，关键是内容上高雅、有档次。

20.【答案】略

【考点】考查语言的连贯和扩展语句。

【采分点】紧扣主题3分，有文采3分

【解析】主题鲜明这一点很重要，也是今年新增加的考点；有文采，可使用修辞手法，选用句式，要注意上下文连贯。

**【第16套·浙江】**

22.【答案】②①③⑤④

23.【答案】流水：你永远处在黑暗中，瞧你丑陋的样子，只知道喝我的汁液，你一无是处。

树根：是啊，我匍匐地下，默默地汲取，是为了春天变得更加美丽。

24.【答案】论点：信心能创造奇迹。论据：四川大地震中，乐刘会被埋在废墟中72个小时。她坚信会有人来救援，并一直坚持到获救。

## 吕丽高考语文讲堂·语用·第5练【2007高考16套】

**【第1套·全国Ⅱ】**

19.【答案】(1) ①家父改成②您父亲或令尊

(2) ③小有名气改成④很有影响

(3) ⑤犬子改成⑥儿子

（4）⑦有幸改成⑧应邀

【解析】语言得体是交际的需要。无论说什么话都要讲究一个得体，也就是要符合自己的身份、地位、平时说话讲究敬称、谦称和避讳，一点不能马虎。

20.【答案】祥云是花，是奥运在东方大地盛开的文明之花；祥云是海，是奥运给华夏土地带来的欢乐之海。

【解析】这道题要审清题意，内容："祥云与奥运"。形式：展开想象，运用比喻或拟人的修辞手法。要求：不超过50字。祥云的文化概念在中国具有上千年的时间跨度，是具有代表性的中国文化符号。祥云是很祥和、很和谐的形象，跟中国的哲学及整个奥林匹克精神，都能够很好的吻合，而且又能够非常好地表现出中国人自信、向上的精神状态。"祥云"朵朵，象征着 2008 年北京奥运会火炬，踏"云"而来。

**【第 2 套・北京】**

22.【答案】④②⑥①⑤③

【解析】本题可局部破解。根据⑤中"可以看到"和③中"还可以看到"基本确定⑤③大致的并列顺序。⑥开头说"山"，承接②中"景山"而来，②⑥位置大致明确。④在句首，"城壕"、"墙垣"承接"紫禁城"之名。考生问题多出在①的位置制定上，④①②⑥⑤③是最常见的错误。关键在于①中"顶"承接谁而来？紫禁城可能有顶么？有顶的应是城中的宫殿，因此前后并不搭配，①只能用以解说⑥中"亭台"之顶。

23.【答案】略

【解析】本段第一句作为总领句，概括了此报道的核心话题，即"南水北调工程的进展"，这里的关键词不在于"南水北调"，而在于"进展"，也就是工程的"阶段"，统观全文，发现共两个阶段，一是中线工程 2010 年竣工，一是北京段今年年底完工，但概括信息题，除了要简述核心话题外，还要把握题干中隐含的要求，本题要概括出对北京市民而言重要的信息，两个阶段，重要在哪儿？也就转化为概括两段工程的作用，这在文中均有明确说明，中线工程要实现长江水入京，北京段则可作为应急调水通道。这几点答全，也就踩中了答案中的四个给分点。

24.【答案】略

【解析】文化景观看似简单，其实对学生的要求却不低。从我们目前评阅的部分试卷来看，该题的得分情况并不理想，其中大体存在如下几个问题：一是文体意识不明确。题旨要求的是景观介绍，自然当以说明为主，但许多同学却在景观评论上花费了大量的文字，因而将原本应突出的主体形象冲淡了。二是文化含义的狭义化。许多同学将文化片面地理解成思想含义的阐发。这既局限了他们的对象选择，又使得在具体表达上生硬机械。这些其实都根源于审题不清，我们还是重申那句老话，"磨刀不误砍柴工"，准确理解题意是成功答案的关键。

**【第 3 套・天津】**

22.【答案】①："②。"③（《④》⑤，⑥）

【解析】本题考查学生标点符号的运用能力，主要考查了逗号、句号、书名号、冒号、引号、括号等比较常见的标点符号；但是难点在于，学生可能不太留意在选文这种语境下的标点使用。

23.【答案】菊因秋而存在，而秋也因有了菊的冷艳，才多了些成熟，少了些青涩；梅因冬而存在，而冬也因有了梅的坚韧，才多了些静谧，少了些喧嚣。

【解析】本题考查的是学生的"仿写"能力。给出的两句，划线部分是考生在答题时需要替换的。这两句修辞上有对偶，语义上有（植物与对应季节的）因果关系，对植物特点的描绘（如兰的"幽美"）以及"多"与"少"后的词为形容词，而且"多"与"少"后的词是反义词，构成对比。

24.【答案】今年"五一"黄金周期间，我市接待游客总数达到 296.8 万人次，比去年 2006 年的 246.85 万人次同比增长了 20.23%。其中，本地游客 194.94，比去年的 153.49 万人次同比增长了 27.01%；外地游客 101.86 万人次，比去年的 93.36 万人次同比增长了 9.10%——本地游客的同比增长率比外地游客的同比增长率高 17.91 个百分点。

【解析】写出"五一"黄金周，概括总体情况，全市接待游客人次及同比增长率，本地游客人次及同比增长率，外地游客人次及同比增长率，符合语体要求。本题的难点：一是找准描述角度；二是把握短讯语言的简洁客观。

**【第 4 套・山东】**

16.【答案】③①⑤②④

17.【答案】（1）对同龄人：为展现中学生的文明形象，保护文化遗产，请不要乱刻乱画。

（2）对年长者：保护文化遗产，您老更应该带头给我们做出表率，您说是吗？

18.【答案】略

【第5套·广东】

22.【答案】略

23.【答案】所给材料按内容分为概念、起源与形成、唱腔（唱、调）与伴奏、行当四个部分。

（1）粤剧是吸收了梆子、南戏等元素而形成的最具广东特色的剧种。唱腔以梆子、二黄为主，唱、调还有细分，伴奏用二弦等乐器，行当分为生、旦、丑、末、净等十余种。

（2）粤剧是以梆子、二黄为基础，融合昆曲、南音等形成的最具广东特色的剧种。唱有大喉、平喉、子喉之分，调有正线、反线、乙反线之别，伴奏用二弦等乐器，行当有生、旦、丑、末、净等。

（3）粤剧起源于明代，受昆曲、南戏影响，最具广东特色的剧种。唱腔以梆子、二黄为主，唱分大喉、平喉、子喉之分，调有正线、反线等。伴奏用二弦等乐器。行当分为生、旦、丑、末、净等十余种。

【第6套·辽宁】

22.【答案】④①⑤②③（5句全正确给3分，连续4句正确给2分，连续3句正确给1分，其余不给分。）

【解析】解答这道题首先要通读所有句子，理清思路，把握基本内容：磁悬浮列车产生的背景、原理、优势。然后寻找突破口：④句讲传统列车提速的问题所在是磁悬浮列车产生的背景，应作为第一句。最后通读，检查。

23.【答案】共同点：都在增长。（1分）不同点：中国是稳定性增长，（1分）世界是起伏性增长。（1分）评述：我国国民经济持续发展，经济改革成效显著。（2分）

【解析】解答这类题注意横比和纵比，横比中可以看到2001年"中国"与"世界平均"的不同，从纵比中可以看到"中国"与"世界平均"都在增长。

24.【答案】假如我是一尾鲤鱼，悠悠地在清水里游荡，我一定要看准我的目标，冲刺，冲刺，冲刺……

【解析】仿写要注意形似和神似。暗喻、拟人、反复等修辞手法的运用是"形"；句子的内容、表达的思想是"神"，"神"自然要积极向上，有意蕴。

【第7套·湖北】

20.【答案】祥云朵朵，楚韵荆风迎宾客；编钟声声，高山流水觅知音。

【解析】此题要求考生拟一副对联，解答时要注意题干中的提示信息，要符合对联的特点。

21.【答案】（1）由委曲求全、逆来顺受到被迫反抗的英雄形象

（2）沦落风尘，但向往美好爱情、善良而刚烈的妇女

22.【答案】（这是一个欢乐的世界，）

高擎五环旗，我们激情满怀。

山连着山，水连着水，

大家走到一起来。

同在一个地球，

文明的种子撒遍五洲四海。

【第8套·安徽】

18.【答案】（1）搁置不用

（2）有意隐瞒

（3）隐没无闻

19.【答案】怎样制止一些产业部门的垄断或：为什么要制定反垄断法

20.【答案】人物简介：陶行知（1891～1946），安徽歙县人。人民教育家。毕生致力平民教育，主张"生活即教育"。创办晓庄学校等。著有《陶行知全集》等。

人物评价："捧着……"句，体现了教育者的无私奉献。

【第9套·福建】

15.【答案】第一处：顿生瞻仰、思念之情改为顿生敬仰、思念之情（或去掉"瞻仰"）

第二处：对于他的助手改为至于他的助手（或"对于"改为"而"，或去掉"对于"）

16.【答案】略

17.【答案】标题：卫生部撤销全国牙防组（或：全国牙防组被卫生部撤销）

**【第10套·重庆】**

19.【答案】花开花落几时有　草舒草卷遍地生

【解析】此题考查语言运用能力。答题时一要审准题干要求，二要理解所给文段的中心意思。

20.【答案】略

【解析】此题实际上考查写作能力，是一篇小议论文，文章的主旨已经明确：有时候拥有善良比拥有真理更重要。一定要分析透彻这句话中的每一个字。"有时候"强调是个别情况或特殊情况。"拥有善良"与"拥有真理"放在一起进行比较，也就表达了一个意思：在特殊场合下，善良的谎言比诚实的真理更重要！可从生活中举一两个例子。另外注意字数在70～90之间。

21.【答案】①而②虽然③但是④无论⑤无论⑥都

【解析】此题考查语言的连贯及关联词的使用。解题关键一要理解句意，二要注意语境。

**【第11套·江苏】**

18.【答案】第一阶段：注射"溶瘤病毒"使肿瘤溶解；第二阶段：加热肿瘤部位产生热休克蛋白；第三阶段：热休克蛋白训练免疫系统消除肿瘤残部。

19.【答案】(1) 不要让"○"字到处漂泊，让它有"籍"可入，有"家"可归。

(2)"○"字睁着圆圆的大眼睛，期盼着回到母亲的怀抱。

(3)"○"字睁着圆圆的大眼睛，盼望回到自己的家园。

(4) 无家可归的"○"字，盼望和自己的兄弟姐妹们一起生活。

20.【答案】①我们拥有不同的文化；②我们说着不同的语言；③同一个太阳温暖着你他；④我们一样追求繁荣和幸福；⑤我们珍惜爱和被爱。

**【第12套·江西】**

20.【答案】(1) 校长是5月3日在会上提议全校师生向灾区捐款。（或：校长在会上提议全校师生向灾区捐款是5月3日。）

(2) 是校长5月3日在会上提议全校师生向灾区捐款。

21.【答案】略

**【第13套·海南、宁夏】**

21.【答案】④①③②

【解析】这个排序题其实考查的是句子的衔接连贯。根据划线前一句"身体禁锢在轮椅中"找出紧跟在它后面的对应句式"④思维却邀游于广袤的太空"，然后根据事情发生发展的先后顺序"寻求→发现→震动"，依次排出后边三句的顺序为①③②。

22.【答案】没有蓝天的深邃博大，可以有白云的飘逸悠然；没有牡丹的富丽典雅，可以有小草的清秀刚毅。

【解析】要求所仿句形神兼备。仿写的两个句子，既要运用比拟的修辞方法与开头一句话句式一致，构成排比句式，又要使文段语意完整，也就是都能表现一种坦然积极的生活态度：如果我们无法伟大辉煌，也不惧怕平凡普通，热爱生活，实现自己的人生价值。

23.【答案】心系社区，保洁保安出成果；德被邻里，关怀帮助暖人心

**【第14套·四川】**

18.【答案】略

19.【答案】树叶：①你用火一般的热情给我以新绿，给人们以温暖，给大地以光明，世界因你而流光溢彩。②你无私的关爱，慷慨的施与，温暖的呵护，是你的生命充满活力。阳光：①你是大地的外衣，不单是我，和煦的春风、绵绵的细雨也为你增添了美丽。②你是绿色的宝石，没有你的质地，在你身上也不可能闪烁我的光辉。

20. (1)【答案】①是的，有痰不吐不卫生，但那只是你个人的卫生，你不能为了个人卫生而影响公共卫生！②痰，当然应该吐，但不要吐在影响公共卫生的地方！

(2)【答案】①人家雷锋挤的是时间，钻的是技术；而你挤的是车子，钻的是空子！②请你把挤劲、钻劲用在学习和工作上，不要用它来损人利己！

**【第15套·浙江】**

22.【答案】示例：埃及人赞美的金字塔，难道在中国人眼里就不美吗？

【解析】这道题首先要弄清正方的观点：美是客观存在。然后用反问形式作答。

23.【答案】质量是立刊之本，必须维护我刊的声誉。此稿质量一般，不能刊发。现在社会上存在投机取巧、恶意炒作的现象，此风不可长！

【解析】这道题在形式上有创新，"终审意见"观点要鲜明，"不予发表的理由"主要有两方面：其一，质量不高，其二，反对投机取巧。

24.【答案】没得到的总比已有的好，拥有了又怀念失去的。

【解析】这道题首先要抓住寓言中的主要信息：庄周感到自由自在，蝴蝶怀念庄周的日子。再组织语言作答。

**【第16套·全国Ⅰ】**

18.【答案】①将惊悉改为获悉；②将阁下改为您；

③将造访改为探望；④将馈赠改为敬献。

【解析】本题考察日常表达的技巧，语言要得体并要礼貌，语句通顺表达准确。

19.【答案】（1）必须删去的是：⑤⑪（2）不能删去的是：③④⑥⑦⑨⑩

【解析】本题考察表达能力以及综合判断语句不通顺等能力，需要在日常学习中加强练习，还要锻炼语境的感觉能力。

20.【答案】梦想轻盈，绮丽，就如一颗流星，划亮整个夜空；

现实真切，朴实，仿佛步步足迹，踏遍人生旅程。

【解析】本题是开放题，根据要求写句子，语言要通顺，比拟要恰当。

## 吕丽高考语文讲堂·语用·第6练【2006高考15套】

**【第1套·全国Ⅰ】**

18.【答案】①之所以；②因为；③所以；④也；⑤尽管；⑥但是

19.【答案】二胡是胡琴的一种，由琴杆、琴弦和蒙着蟒皮（蛇皮）的琴筒组成，用马尾琴弓演奏，声音低沉圆润，是深受中华民族喜爱的乐器。

20.【答案】略

**【第2套·全国Ⅱ】**

18.【答案】（魔术是）借助物理、化学原理或特殊装置，以不易察觉的敏捷手法，使物体出现、消失或产生奇妙变化的一种杂技。

（魔术是）以迅速敏捷的技巧或用特殊装置把实在的动作掩盖起来，使观众感觉到物体忽有忽无，奇幻莫测的一种杂技。

（以上只是举例。写出魔术的类属，给1分；写出特殊装置，给1分；写出手法或技巧，给1分；写出效果，给1分，语言通顺、条理清楚，给1分。超过字数，扣1分。）

19.【答案】中国科学技术馆新馆建在奥林匹克公园内，西傍奥运水系，南望奥运主体育场，北邻森林公园。

（以上只是举例。答出"中国科学技术馆新馆建在奥林匹克公园内"，给1分；中国科学技术馆新馆与图中三处标识物的位置关系表述准确（方位顺序不计），每答对一处给1分。用语富于变化，给1分。）

20.【答案】和谐是乐手演奏的动人旋律，和谐是画家创作的美丽画卷，和谐是设计师描绘的宏伟蓝图。

（以上只是举例。比喻恰当，每一句给1分；三个比喻句形成排比，给2分。）

**【第3套·北京】**

22.【答案】略

23.【答案】略

24.【答案】略

**【第4套·天津】**

22.【答案】自强不息苟且偷安流水不腐

23.【答案】①传统的现代派绘画是抽象艺术。

②它是由毕加索、康定斯基、马蒂斯以不同方式发展起来的。

③它是以高度发达的审视技能以及对其他绘画和艺术史的熟谙程度为先决条件的。

24.【答案】略

**【第5套·山东】**

20.【答案】③①②⑥⑤④

【解析】只要紧紧抓住以下语言标志词语，就容易排出顺序。总体是：城市→家庭；具体是：搅动蜜汁→交待来历→唤起联想。

【考点】该题考查语言连贯的能力。

【备考意见】解答语言连贯题要注意以下原则：①围绕中心：围绕中心说相应的话，这是组合语段或语篇的首要条件。离开了这一点，无连贯可言。②角度一致：这里的"角度"是指叙述的角度。不论是长是短的一段话，都有一个叙述的角度。只有保持叙述角度的一致，语句之间才能连贯。随意变化叙述角度，就会使文字不通顺。③结构协调：这里所说的结构协调一致，既包含句子之间的结构协调，又包含一个句子内部的结构协调一致。④句子之间连贯还需要其他条件，如寻求合理的组合顺序，关注前后照应即榫处密合无间等。

21.【答案】略

【解析】这类语言表达题需要从内容和形式两方面来设计。内容上要紧扣"第十一届全国运动会"这个话题，肯定运动员的拼搏成就，展现山东礼仪之邦、积极进取等方面的精神风采。形式上要做到琅琅上口，要富有文采，格式一致，尽量字数相等，合辙押韵。

【备考意见】这种题考查学生的联想想象能力。要求考生用尽可能少的字词，借助类似对偶句的形式来表达尽可能丰富的内容。在内容上呈开放性特征，同时又紧密结合学生学习和生活实际，为考生提供广阔的思维空间，有利于考生充分发挥个人特长，展现自己的能力。促使考生关注社会，关注生活，对培养和提高学生的创造思维能力大有益处。

22.【答案】这幅名为《砍》的漫画中，有许多树桩，一个人脚踏在树桩上，站立着。他一手拎着一把大斧，一手摁在抬起的腿上。他砍光了树，脑袋也不翼而飞。漫画告诉我们，破坏环境，必将殃及人类自身。

【解析】考生要细心观察画面中人的形态，思考与树桩的关系，进而归结出漫画的寓意。

【考点】该题考查语言表达中的图文转换，能力层级为D级。

**【第6套·广东】**

19.【答案】书法、意象、体味、神髓

20.【答案】在大量地观察经验事实的基础上归纳得出相关的科学定律，通过实践检验形成科学理论，凭借科学理论指导可以演绎、推断诸多现象，预见发展趋势。

21.【答案】略

【解析】（1）要注意抓住"放漂"一书最鲜明最突出的特点。如内容的、主题的、语言的、手法的等。

（2）为能有效吸引读者兴趣，语言上要注意简洁、生动，有感染力。可考虑适当运用一些修辞手法，如对偶、排比等。

（3）除了简要评介图书外，还应有提醒其他读者继续参与该活动的内容。

（4）注意按要求控制字数。

**【第7套·辽宁】**

22.【答案】流星雨是流星群在与地球相遇时，因受大气摩擦发出如同从一点迸发的焰火般的光亮而又状如下雨的一种自然现象。

23.【答案】可怜天下父母心。

24.【答案】以鸟为例：（1）呵护小鸟，放飞希望。（2）劝君莫打三春鸟，子在巢中待母归。

（合乎主题给1分，正确运用比拟修辞手法给2分。每超过一字扣1分。）

**【第8套·湖北】**

20.【答案】（端午节是）我国夏历五月初五以吃粽子、赛龙舟等形式纪念屈原的一个民间传统节日。

21.【答案】示例一：（1）旧中国的雷雨令我们震撼。让我们走出雷雨，穿越时空，去聆听一曲爱情与自由的赞歌。（2）罗密欧与朱丽叶已经离我们远去。遥望十里长亭，崔莺莺与张生正向我们走来。

示例二：（1）雷雨震荡，埋葬了旧中国一个错乱的时代；爱情悲壮，谱写出意大利文艺复兴的赞歌。

（2）千古悲剧，朱丽叶血溅断魂墓；十里长亭，崔莺莺泪洒黄花地。

【解析】考查写串词，注意要结合课文内容，衔接自然，讲究文采。

22.【答案】第二版：关注班级动态展示青春风采；第四版：诗情抒写赏千姿百态美文章

【解析】这首题从题型上来说归于仿写类，一是要注意句式特点，二要结合版面特征。此题引导学生关注现实，关注生活，注重实用，颇有新意。

**【第 9 套·安徽】**

18.【答案】车上不便通话，9 点后联系。（符合要求即可）

19.【答案】少一点大手大脚，多一点精打细算。

少一点取用无度，多一点细水长流。

少一点腹胀浪费，多一点勤俭节约。（符合要求即可）

20.【答案】唐代诗坛的两位泰斗——李白与杜甫，我更喜欢李白。喜欢他"黄河之水天上来"的才气，喜欢他"安能摧眉折腰事权贵"的骨气，喜欢它"天生我材必有用"的傲气。

**【第 10 套·福建】**

16.【答案】第一处错误是"拉开了短信文化的先河"，改为"拉开了短信文化的序幕"，或改为"开了短信文化的先河"。

第二处错误是"使用短信的手机用户层出不穷"，改为"使用短信的手机用户与日俱增"，或改为"使用短信的手机用户逐年增加"。

第三处错误是"随着手机短信由多媒体形式到纯文本形式的进化"，改为"随着手机短信由纯文本形式到多媒体形式的进化"。

17.【答案】示例一：许多时尚的创造，往往是那些不起眼的小人物或者干脆就是穷人的无奈之举。

示例二：许多时尚的发明，开始并非都是乐事，而往往源自普通人的苦涩经历。

意思答对即可。

18.【答案】尊敬的连战先生，我们福建学子热烈欢迎您回乡祭祖，愿您"寻根之旅"顺利、圆满和愉快，期盼您和家人常回家看看。

**【第 11 套·重庆】**

20.【答案】①，②：③·④《⑤》⑥"⑦"⑧? ⑨，⑩?

21.【答案】略

【解析】考查句式仿写，关键注意两个喻体的内容构成对比关系就行了，难度不大。

22.【答案】略

23.【答案】略

**【第 12 套·江苏】**

18.【答案】略。

【考点】这道题考查考生扩展语句的能力。

【易错点】答题时容易忽略"情景交融"的要求。

19.【答案】略。

【解析】这一题依旧是仿写题，要求另选传统节日（如春节、清明、端午、重阳等）作字数相同、句式相似的仿写。这道题仍然体现了命题者对民族传统文化的尊重和敬畏。

【易错点】"节日"与"节日的特征"不能对应。

【备考指导】看清列出题干几点要求，分析仿写句，琢磨句式特点及表现手法，注意材料中的思想内容，搜索仿写材料，展开联想和想象，按要求仿写，仿写句子与例句一一对应，尽可能使句子写得新颖，有深意。注意要求，抄录句式，寻找对象，遣词造句，连贯得体。注意仿写对象要同类，修辞手法要符合事理和情理。

20.【答案】①处改为"朋友们"或"同学们"。⑦处与⑥处对调，或⑥处与⑤处对调。⑩处删去"故地重游"，或将其改换为合适的词语。

【解析】本题是解说词的三处修改。可圈可点的是，语段开头就设置了"先生们，女士们"这一不合常情、不合常理的称呼，不知日常生活中不太注重礼貌用语的考生能否在高考考场上经受考验。小小语序蕴含大大礼仪，这是命题者的匠心所在。

【易错点】"先生们，女士们"这一称呼看不出位置倒置。

**【第13套·江西】**

20.【答案】空中的鹰、鹫，都只以善战称雄，以逼强行凶统治群众，而天鹅就不是这样，它在水中为王，是凭着一切足以缔造太平世界的所有美德，如高尚、尊严、仁厚等等。

21.【答案】"咖啡因"导致或降低心脏病发作的危险，取决于两种相反的遗传特点。

22.【答案】(1) 这篇文章是写得好，好得连作者自己都看不懂。

(2) 他指着举报自己的人说："你的举报信写得好，我们走着瞧！"

**【第14套·四川】**

18.【答案】略

【解析】这道题是对"磁浮列车的优点"的筛选和整合，真正的有用信息在"因此"之后。

19.【答案】生活是一杯酒，品出人生滋味的酸甜苦辣；事业是一面镜，照出生命价值的大小高低。友谊是一条瀑布，飞溅着真诚的水花；信任是一缕阳光，驱散了怀疑的迷雾。

【解析】仿写要注意形似和神似。这里要注意前一个暗喻句子和后分句的逻辑联系。

20.【答案】你们以高难度的动作挑战自我，以坚韧不拔的精神为国争光。今天的历练是为了明天的腾飞，未来的鲜花将为你们而绽放！

你们敢于挑战自我的勇气，受挫而决不放弃的执著，是奥运精神的完美诠释。你们，是冰面上翩翩起舞的蝴蝶，世界因你们而美丽！

【解析】写"一段赞美的话"应把握以下几个要点：①内容，要契合两位运动员的事迹和精神，②情感，要热情洋溢的赞美，③语言，要有文采，注意句式选用和修辞手法的运用，④人称，要注意用复指反对第二人称：你们，⑤字数，不超过60字。

**【第15套·浙江】**

22.【答案】感叹号像一支催人奋进的鼓槌，等待我们去擂响时代最强音。

问号，就像人躬身自问一辈子，因为人生最大的困惑来自我们自身。

【解析】这道题答题要点是：①用某一标点符号（省略号除外）做本体，②用生活中某一事物做喻体，③阐发某种生活道理。可以引发人们联想的标点符号很多，如：句号、感叹号、省略号、问号等。

23.【答案】(1) 史铁生先生，我读了《我与地坛》后深切地感受到，命运对您来说似乎不公，但您没有低下高贵的头，而是勇敢的写出自己辉煌的人生。我时时都在想一个人应永远不要放弃生存的权利，要让人生过得有意义。

(2) 略

24.【答案】(1) 答"年轮""纹路""纹理""树轮"等。

(2) 不能互换。理由：①"凝聚"与"压缩"、"承载"与"记录"相互对应；②"压缩"与树木年轮的特征相符合，"承载"与"书本"、"文字"的特征相符合。

【解析】这道题答题要点是：①注意与前一句"书本是用文字承载着人类的智慧"的对应关系；②树木的生理特点，一年年轮增加一圈；③注意与"压缩""承载"的特征相符合。

## 吕丽高考语文讲堂·语用·第7练【2005高考14套】

**【第1套·全国Ⅰ】**

18.【答案】古籍、修复、人才、不足。

【解析】第18题考查概括内容、提取信息的能力。文段主要有两层意思：有太多的古籍需要修复，从事古籍修复的人才不足。从中提取最重要的词语，

19.【答案】(1) 积极行动，堵死毒品来源；自觉斗争，远离毒品诱惑。(2) 抵制诱惑，远离各种毒品；珍爱生命，创造美好人生。

【解析】第19题考查在具体语境中按一定要求运用语言的能力。本题要求写两句话，字数相等，结构大致相同，也就是以"远离毒品"为内容写一副对联。既然有此要求，对题干中的"写两句话"，就不要理解为毫不相干的两句话。所写的这两句话应该在内容上相互关联。需要注意的是，题干对结构的要求较为宽泛，两个句子大致对偶就可以了。

20.【答案】

请　　柬

尊敬的伯父、伯母：

我们准备为家父过生日，请您二老6月16日中午12点光临阳光饭店一起用餐。

王孝椿恭请

六月七日

【解析】第20题考查对常见应用文体的运用。本题要求写一份请柬，而写请柬的要求是：称呼要得体，用词要准确，说明具体的时间、地点、邀请的原因。

**【第2套·全国Ⅱ】**

18.【解析】这类题目应该联系前后文作答。前文中有"眼前的景象"，后面应接具体的"景象"，所以先选③。第②句的"在这里看星星"和第③句中的"迎面注视着你"相呼应。

【答案】③②①（答对一处给1分）

19.【答案】①拜托②包涵③高寿

【解析】这里要注意语境和题目中的要求"礼貌用语""讲究措辞文雅""两个字的敬辞谦语"。

20.【答案】略

【解析】这道题难点在"推荐理由"，它可以是作者、写作的题材、文章的体裁、文章结构形式、情感的抒发、语言风格等等。

**【第3套·全国Ⅲ】**

18.【答案】③①②④⑤⑥

19.【答案】(1) 恭候光临 (2) 指正

20.【答案】略

**【第4套·北京】**

22.【答案】②③①

23.【答案】(又如，)(1)"妇女顶起半边天"，既表现出社会对妇女作用的赞许，又体现出女同志们的自信自强。(2)"军功章有我的一半也有你的一半"，意为成功往往不是孤立的，离不开配角和他人。(再如，)(1)"对孩子藏起一半爱"，表明家长真正懂得爱孩子。(2)"做事有决心等于成功了一半"，则道出了"意"和"行"的辩证法。

24.【答案】有人说，当好影星得了，何必去抢戴"教授"帽？

有人说，它既然能"以独特的'搞笑'风格塑造众多的小人物"，那它就是一位喜剧大师，做艺术系教授绝对够格！

有人说，学校当自强，别老想靠明星扩大影响。

有人说，艺术也要结合实践，这位著名影星就是实践专家。

有人说，乱送"教授"帽子，反而显得太廉价。

有人说，球队要有单项教练，大学也不妨请"明星老师"。

有人说，这是学风的堕落，以后可能会自取其辱。

（本题答案比较开放，能体现不同看法，言之成理即可）

**【第5套·天津】**

22.【答案】高兴　高高兴兴　高兴高兴

轻松　轻轻松松　轻松轻松

暖和　暖暖和和　暖和暖和

23.【答案】略

24.【答案】略

**【第6套·山东】**

22.【答案】事实证明，各级领导干部经常到基层调研是一种很好的制度，也是了解真实情况的好方法。它把领导经验和群众智慧结合起来，既能倾听群众的呼声，调动广大人民群众的积极性和创造性，又能使领导干部增长知识才干，还可以使领导决策严格地做到科学和从实际出发。

23.【答案】民以食为天，安全重泰山。

24.【答案】关爱是一句问候，给人春天的温暖。

关爱是一场春雨，给人心田的滋润。

【说明】本题考查的考点是："选用、仿用、变换句式"，能力层级为D级（应用）。学生首先要明确题干的要求：句式一致、字数相等，做到形似；然后使用比喻仿写两个句子突出关爱的作用，做到神似。

**【第 7 套·广东】**

21.【答案】我国 SARS 灭活疫苗的研制步入世界前列。

【解析】考查信息的提炼与概括能力。分析文段，中心意思是说我国自主研制 SARS 灭活疫苗取得了重大成果，在世界上属于前列。根据题目的要求，剔除试验过程的叙述，保留主体（"我国"）、事件（研制 SARS 灭活疫苗），再对意义精简概括，答案就出来了。

22.【答案】(1) 俄罗斯科学家最近设计出一种新型星际"指南针"。(2) 这种新型星际"指南针"的外形为不透光的黑色管状物。(3) 它具有重量轻、能耗小、精确度高和抗干扰能力强的特点。(4) 它还具有数字摄像、使航天器准确识别方向等功能。

【详解】本题考查句式变换能力。长句之所以长，是因为中心词（主干）的修饰成分叠加较多。这个长句的主干是"俄罗斯科学家设计出'指南针'"，状语部分就讲了"指南针"的具体特点，把它们抽出来分成三个方面，再分别加上主语"指南针"（或用"它"代替），答案就出来了。

23.【答案】逆耳的忠言好比配有黄连的中药，虽然难以下咽，却是对症下药；奉承的蜜语犹如含有毒药的琼浆，虽然香甜可口，却是慢性中毒。

【解析】本题考查句式仿写能力。解答此类题目一定要弄清题目的明示信息与隐含信息。题目要求仿照比喻形式，选择新的本题和喻体，这是明示信息；再审读所给句子，是由两个比喻句组成的一组关系相对或相反的句子，比喻句之间有转折关系，这就是隐含信息。仿写时不能脱离这些信息要求。

**【第 8 套·辽宁】**

23.【答案】(1) ①⑤⑥⑦　全答对给 1 分。

(2) ①今天大熊猫过生日（或：今天是大熊猫的生日）

⑤我从懂事时起就有两个最大的愿望（或：从懂事时起，我就有两个最大的愿望）

⑥大熊猫轻声回答道，

⑦一个是能把我的黑眼圈儿治好（或：一个是把我的黑眼圈儿治好）

24.【答案】身教胜于言教

**【第 9 套·湖北】**

22.【答案】②⑤③①④（先总起，然后分述，最后谈门和窗的根本分别）

23.【答案】略

24.【答案】游长江三峡，赏水天美景；上武当名山，入空灵仙境；登黄鹤高楼，事业更上一层楼。

**【第 10 套·福建】**

17.【答案】第一处是"精湛的舞台灯光与背景音乐"改为"绚丽的舞台灯光与美妙的背景音乐"

第二处是"绘声绘色的表演"改为"精妙绝伦的表演"

【解析】本题考查的是考生对病句的修改能力。文中出现的两处语病都属于搭配不当。难度不大。

18.【答案】(示例) 欧洲科学家最近表示，他们相信自己第一次拍到了另一个太阳系的行星照片。

【解析】本题考查的是考生对语段压缩的能力。导语，从某种意义上来讲，是一种对信息高度概括的开头。往往采用一个单句或复句将时间、地点、事件的发生者、起因、影响等交代清楚。

19.【答案】下联示例：炎黄子孙德才兼备展宏图

横批示例：振兴中华

20.【答案】(示例) 高明同学是我校 2004 届校友，现在是福建大学学生，他爱好广泛，曾荣省大学生演讲比赛一等奖。让我们用热烈的掌声欢迎他作《放飞青春》的演讲。

【解析】本题考查语言的简明、衔接、得体。对于高明的信息既要简明准确，又要符合主持人的口吻，语言简洁而又亲切大方。前后衔接恰当，给人以连贯感。

**【第 11 套·重庆】**

22.【答案】改正：(1) <u>重庆工艺美术的真正兴盛时期是明末清初。明末清初</u>，桃花刺绣迅速崛起，<u>重庆与成都一道成为蜀秀的重要产地</u>。

(2) "科技下乡"活动，受到了广大农民的热烈欢迎。县"科技下乡"小分队来到桃花乡，<u>半小时左右</u>，近千份科技资料就被老乡们索要一空。

23.【答案】略

24.【答案】略

25.【答案】略

**【第12套·江苏】**

20.【答案】(1) 研究途径：分析测试基因样本，研究人与人的遗传差异。

(2) 最终成果：绘制成人类迁徙地图。

21.【答案】关键地方写得生动就满篇生色；结尾点题处应委婉含蓄，意味深长。

22.【答案】略

【解析】①符合"没有……，也没有……，但……是……"的格式。

②要有比较。

③语句通顺

**【第13套·江西】**

22.【答案】是海，是山；海是碧湛湛的，山是青郁郁的。

23.【答案】金属"疲劳"的危害、成因、预防及利用。

24.【答案】爸爸：今天是您的生日，您在千里之外为事业、为家人的生计奔波，正因为有您，我才能坐在教室中参加高考，我一定会像您一样对得起社会，对得起家庭，对得起自己。祝您生日快乐！

【解析】本题考查考生写卡贺的能力。开放性高、鼓励创新。

**【第14套·浙江】**

23.【答案】接触毒品，结束人生。如果你想走完完美的一生，请别尝试毒品。

24.【答案】②④①③

25.【答案】(1) ②③

(2)【甲】处：要替换。"自作多情"为贬义词，与下文"霸道""强加"的感情色彩相吻合，而"深情厚谊"为褒义词。

【乙】处：不替换。"韵味最佳"不能照应上下文中的"婴儿"与"阳寿将尽"，比喻前后不协调。

## 吕丽高考语文讲堂·语用·第8练【2000～2004高考16套】

**【第1套·全国Ⅰ】**

22.【答案】例1. 古人类学研究人类起源和发展规律，例如化石猿猴和现代猿猴与人类的亲缘关系、劳动在从猿到人转变中的作用、人类发展过程中体质特征的变化和规律等。它是人类学的一个分支学科。

例2. 古人类学是人类学的一个分支学科，研究人类起源和发展规律。例如化石猿猴和现代猿猴与人类的亲缘关系、劳动在从猿到人转变中的作用、人类发展过程中体质特征的变化和规律等。

23.【答案】会说普通话，"知音"遍华夏。

"知音"才更知心—请讲普通话。

普通话—标准音，让华夏儿女更"知心"。

24.【答案】第一题例：①树一代新风②大地气象新或①树世纪新风②神州大地新。第二题例：民安国泰万里河山映日红    或冰消雪化万朵梅花扑鼻香

**【第2套·全国Ⅱ】**

22.【答案】由中国质量万里行促进会组织的"中国3·15论坛"将于3月9日在京拉开序幕。此次论坛将紧密结合当前市场经济热点和市场消费环境，围绕打击假冒、信用建设、质量兴国、名牌战略等社会热点、焦点问题，以"诚信·科技·质量·名牌"为主题，聚集经济、科技、学术、文化等各个领域的专家学者进行互动交流。

【解析】本题原句是一个表意严密、内容丰富、精确细致的长单句，要求变换为表意灵活、简洁明快、节奏感强的短句。必须先提取主干句："中国3·15论坛"将于3月9日在京拉开序幕。然后将修饰成分按逻辑顺序排列组合，分别陈述组织单位、时代风貌、论坛主题等方面的信息即可。

23.【答案】点点滴滴热血浓，人道博爱处处情。

一份血，万份情，无偿献血最光荣。

无偿献血，用爱心为生命加油！

【解析】本题既强调了语文知识和语言实践的重要性，又引导学生提高品德素养，关注社会人生，树立正确的人生观、价值观，恰当处理了学习与生活、书本与人生、自我与社会的关系，凸现出深刻的人文意义。

24.【答案】第一题例：①正气满乾坤②勤劳可兴家第二题例：老平安少平安老少平安

【说明】本题考查的考点是："选用、仿用、变换句式"。学习中有很多诗文名句就是对联，实际上我们的生活中对联很常见，春联、喜联、园林风光楹联等，稍微留心，不难领会。学习并制作一些对联对弘扬民族文化传统，培养学生积极健康的审美情趣具有重要的引导作用。

**【第3套·全国Ⅳ】**

22.【答案】例：①横挑鼻子竖挑眼例：②知无不言，言无不尽

（可以有其他答案，只要适合语境即可。）

【解析】本题考查熟语的应用，非常贴近生活的实际。

23.【答案】例：①今天去三亚旅游，如果能带上一些防晒物品，会使您更加惬意。比起三亚来，黑龙江的漠河却是另一派风光。飞舞的雪花会让南方的朋友欣喜不已。但请您一定多穿些衣服，以防感冒。具体天气情况是

②北方的漠河用洁白的雪花迎接来访的客人，西南的大理则以温柔的小雨期待着您的光临，加上舒适的温度，今天登临苍山，泛舟洱海，相信朋友们会流连忘返。提醒您带上雨伞。大理具体天气情况是

【解析】本题形式新颖独特，侧重语言思维与表达，但学生可能缺乏生活积累和实际训练。"知识性"包含很强的地方色彩，"趣味性"要求语言活泼灵动，"人文性"带有很深厚的文化底蕴。答案应该是丰富的。

【说明】本题考查的知识点为"连贯、得体"。

24.【答案】第一题例：①祖国日日新②神州面貌新

第二题例：春风习习新思想新气象伴新春到来

【解析】本题考查的考点是："选用、仿用、变换句式"。学习中有很多诗文名句就是对联，实际上我们的生活中对联很常见，春联、喜联、园林风光楹联等，稍微留心，不难领会。学习并制作一些对联对弘扬民族文化传统，培养学生积极健康的审美情趣具有重要的引导作用。

**【第4套·北京】**

23.【答案】顺序：②④①③

填空："或"、"或"、"或"（填"或者"、"或者"、"或者"也对）

【解析】本题考查的考点是语言运用的连贯。前文谈过犹不及，后文是成熟"过"的表现，这样句③应放在最后，与后文表现相接。句②与前文相接，句④句①为一小类，放在中间。

24.【答案】略

【解析】本题考查的考点是语言的运用。说无关紧要的闲话，说是"摆闲盘儿"，摆和"闲盘儿"结合，让说闲话多么有形象！又如，挨枪子，说是"吃黑枣"，枪子和"黑枣"有形似，真是很形象。

25.【答案】略

**【第5套·天津】**

22.【答案】①加大承载容量、提升前沿性②逐步扩大发行量、提高规模效益

23.【答案】钛合金被视为未来材料，但加工难度大，德国科学家采用专门热处理方法降低其加工难度及成本。

【解析】这段话共有6句，各句的中心意思：①钛合金是未来材料，②钛合金的加工难度极大，③科学家采用了一种专门热处理方法，④大大降低了加工成本，⑤⑥加工完后恢复状态和使用大量加工。主要内容应包括①②③④，⑤⑥可省略。

24.【答案】略

【解析】本题四个暗喻合理贴切，构成一个完整的意思。形式简单，但涵义丰富。仿写是近年考生熟悉的练习形式，但本题更具有智力和思辨的色彩。难度大些。

**【第6套·广东】**

22.【答案】（1）阅览室80％的图书受到不同程度的损坏。（或图书损坏情况比较严重）（1分）

（2）必须在学生中加强爱护图书的教育。（2分）

（写出图书损坏情况的结论，给1分；根据损坏情况作进一步的分析，得出深层次的结论，例如：图书室开放频率很高、图书更新速度太慢、学生比较热爱读书等，只要言之成理，可给2分。）

23.【答案】学习西方，更要保持和发扬本民族哲学思维传统。答出"学习西方""本民族/中华民族。""哲学思维传统"三处各1分，如果答"学习西方，更要保持和发扬本民族文化传统"，给2分。超过规定字数，每4字扣一分。

24.【答案】例如：月季牡丹金桂莫非海内奇葩

**【第7套·辽宁】**

22.【答案】从平常的事情中，发现不平常的奥秘，推动了科学的发展。

（意思答对，表意完整即可。语句不通顺，扣1分。超过规定字数，每4字扣1分。）

23.【答案】是以西辽河和大凌河流域为主并波及到京津唐地区的旨在探索燕山南北地区文明起源和发展的古文化的辽西区。

（内容每遗漏一处扣1分，不是长句的扣2分，句中使用标点的扣2分。扣分不能超过4分。）

24.【答案】每一片树林里，都有森林的奥秘；每一块绿地里，都有草原的辽阔。（仿写出的句式结构与前面所给句式一致，构成排比，给2分。每句的内容具有小中见大的逻辑性，给2分。仿写出的句式结构与前面所给句式不完全一致，扣1分。语句生硬，不通顺，扣1分。）

**【第8套·湖北】**

22.【答案】⑤②①④③

23.【答案】这次血腥事件，使越南战争变成了美国的一场战争。这场战争使数十万美国士兵横渡太平洋前来参战，并使其中数万士兵丧失性命。

或：这次血腥事件，使越南战争变成了美国的一场战争，一场使数十万美国士兵横渡太平洋前来参战，并使其中万人丧失性命的战争。

【解析】短句可以是单句，也可以是复句；可以添加必要的成分（复指，过渡等）和词语（指代语）。

24.【答案】略。

【说明】要注意第一句的比喻领起下面三句的比喻，构成递降关系。四个比喻构成一个完整的意思。比喻合理贴切。

**【第9套·湖南】**

22.【答案】音乐家的灵感常成为跳跃的音符，文学家的灵感常成为优美的辞章，画家的灵感常成为完满的构图，一般人的灵感常只是霎时的喜悦。

23.【答案】你高耸挺拔，稳重坚强，是值得我信赖的朋友

【解析】要考虑拟人辞格、比喻辞格，山，人化之后的特点，将其比喻为朋友、女神、兄长等均可，要与上文的老师和前文的山的特点吻合。

24.【答案】略

**【第10套·福建】**

22.【答案】①句在"并"字前加了逗号，"给予补偿"就有了不同理解：既可理解为"依照法律规定进行补偿"，也可以理解为"不依照法律规定"进行补偿。②句去掉"并"字前的逗号，明确了"给予补偿"是"依照法律规定"进行的。

【解析】这是综合考查标点符号的用法。标点符号在语言应用中具有消除歧义的作用。

23.【答案】求实谦虚为治学前提

24.【答案】略。

【说明】本题开放性较强，答案一定会异彩纷呈。

**【第11套·重庆】**

22.【答案】由于环境保护压力的增大，能源需求的增加，天然气作为"对环境友好"的能源，其地位不断提高。然而，由于体制的原因，重庆守着储量丰富的大气田，却始终"气不足""气不顺"。

23.【答案】切莫贪图方便贻害环境。

24.【答案】略

**【第12套·江苏】**

22.【答案】.关于"古代史分期"，范文澜、翦伯赞持"西周封建论"，郭沫若持"战国封建论"，尚钺持"魏晋封建论"。

23.【答案】转换的要点：①"徐凡"后应加称呼，不能介绍性别。②"系"、"后起之秀"必须转换，可以转换为"是"、"研究专家"等。③"作者身世"应转换为"曹雪芹的身世"或"《红楼梦》作者身世"，"尤以……见长"用"尤其在……方面有专长"一类句子来转换。④括号中的内容必须转换到句中表述。

评分：每小点1分，恰当得体即可。第①点，介绍时不能改变主语，否则，本题无分。错一处不给分。第②点，错一处不给分。第③点，错一处不给分。第④点，括号未取消，或转换后有歧义不给分，即须交

代获奖图书为《＜红楼梦＞导读》。

24.【答案】略。

**【第 13 套·浙江】**

22.【答案】二十四史是为封建统治阶级提供历史借鉴而编撰的，对中国四千多年历史作了较系统记录，被封建统治者称为"正史"的纪传体史书。

23.【答案】输血和使用血液制品要慎重；对供血者的检筛工作要加强和完善。

24.【答案】翻阅忘晨昏（把"学问"当作动词）数码接地天（把"学问"当作名词）

**【第 14 套·2003 全国】**

23.【答案】④②①③⑤

24.【答案】"生物按照亲代所经历的同一发育途径和方式，摄取环境中的物质建造自身产生与亲代相似的复本的一种自身繁殖过程叫遗传。"或"遗传是指生物按照亲代所经历的同一发育途径和方式，摄取环境中的物质建造自身产生与亲代相似的复本的一种自身繁殖过程。"

25.【答案】略

**【第 15 套·2002 全国】**

23.【答案】在"校园宽带网"前加"新增了"、"还有"一类动词性词语，或在"多媒体教室等先进的教学设备"后加"也应有尽有"、"也一应俱全"一类充当谓语的词语。

24.【答案】①成年累月的战事，②动荡不安的政局，③不断衰退的经济，④每况愈下的社会治安，⑤日益恶化的生存环境

25.【答案】略

【解析】第一句的比喻领有下面三个比喻，给 2 分。四个比喻构成一个完整的意思，给 2 分。四个比喻合理贴切，给 2 分；每答对两个给 1 分，答对一个不给分。

**【第 16 套·2001 全国】**

25.【答案】参考答案一：现在许多国家都能够生产这样的机器人：它们可以独立操作机床，可以在病房细心照料病人，可以在危险区域进行作业。

参考答案二：有的机器人可以独立操作机床，可以在病房细心照料病人，可以在危险区域进行作业。现在许多国家都已经能够生产这样的机器人。

26.【答案】①（希望是）启明星，即使摘不到，也能告诉人们曙光就在前头。

②（风是）浪的帮凶，能把你埋葬在大海深处。

（以上只是举例，答案可以多种多样。）

27.【答案】参考答案一：移开地宫口的巨石露出盖板，清理盖板并绘图，撬开盖板打开地宫。

参考答案二：先移开地宫口的巨石露出盖板，然后清理盖板并绘图，最后撬开盖板打开地宫。

## 专题五　　社会科学、自然科学类文章阅读答案

### 吕丽高考语文讲堂·科技文阅读·第 1 练【2011 高考 13 题】

**【第 1 篇·全国】**

1.【答案 B】"艺术作品都要情景交融，创造意象"和"并不是任何艺术作品都能够具有意境"没有因果关系。

2.【答案 A】文中相关内容是"所以他们，比如古希腊雕塑家追求'美'，就把人体刻画得非常完美"，非常完美不等于十分漂亮，而是与具体物象几乎完全吻合。

3.【答案 C】显然不能反过来推断"杜甫是'妙'王维是'工'"，因为按西方艺术家的观点，王维的诗并不"逼真"。

**【第 2 篇·浙江】**

1.【答案 B】这是表现。对真理开放并不容易，是指人类并不容易接受真理，多因认识的局限而言。A、C、D 项均直接写出了人类认识与实践的局限。B 项：写人类认识到自然不可改造，是对真理的认识。

2.【答案 C】统观全文，都是围绕为什么要与自然共济来写的，作者先提出人类不能改造自然（论

据），因而，人类应与自然共济，这才是本文的中心论点。

3.【解析】人类与自然天人合一、在哲学上对真理开放，以洞察到我们真实的存在，明了新技术对我们的存在究竟意味着什么。

**【第3篇·安徽】**

1.【答案B】解答概念题，要特别注意概念的内涵和外延。本题主要在概念的内涵上设置选项。

2.【答案C】A第一段用自幼目盲人的人创作优秀绘画作品受到限制的例子，不是说明艺术家开拓出的想象空间与现实空间是不同的，而是为了说明"若没有对现实空间的感受，就不可能产生艺术的想象，就不可能开拓出想象空间来"。B《红楼梦》中太虚幻境就是通过两种想象形式构筑的"错。D项"先分后总"错。

3.【答案D】A项无中生有，B项让人产生如梦幻的感觉的应为不同于现实空间的另一类空间。C"他们都与现实空间存在着不可分割的联系"错。

**【第4篇·山东】**

1.【答案D】"在中国绘画中更多地体现西画的艺术范式"错。

2.【答案C】A是"相通"而非"影响"；B不是"时代"，是"才气、学养、心态"；D强加因果。

3.【答案A】B没有弃形式；C只做表面文章，不管实质问题，是在借鉴西画时表现出来的"惰性"；D是以后，不是以前。

**【第5篇·天津】**

1.【答案A】原文是"这些现象中所渗透的中国的思想原则和精神原则，或者说，中国之道"。

2.【答案B】要理清文章结构，找出选项相对应的内容区域，依次筛选。原文内容与选项保持一致，选项与题干要能构成因果关系。略过无关紧要的信息，如举例、描写等，抓住本质特征。

3.【答案C】要依据文意。推断想象不能随意扩大或缩小，因果、前后关系不能颠倒。注意选项之间的比较，如果选项中有内容矛盾的选项必有一错。

**【第6篇·新课标】**

1.【答案A】文中说诗三百篇"一方面用于祭祀、宴会和各种典礼，当作仪式的一部分或娱乐宾主的节目。另一方面则用于政治、外交及其他社会生活，当作表情达意的工具，其作用和平常的语言差不多，当然它更加曲折动人"，选项中"并没有深刻含意"错。

2.【答案C】子展的意思是晋侯纵然有理由，但"人言可畏"，别人看来总是为了一个叛臣。

3.【答案B】文中说"庶人的作品则先是在社会上流传，给采访诗歌的人收集了，才配上乐曲，达到统治阶级的耳中"，这一些作品不一定被收入诗三百篇中，但都有曲调。

**【第7篇·江西】**

1.【答案A】B前一句信息源在第6段，正确；后一句信息源在第4段，文中说"犹太基督教传统把'线性'（不可逆）的时间，直截了当地建立在西方文化里"，选项中说"在循环模式基础上形成的"与"直截了当"矛盾；C信息源在第5段，应该是"不可逆时间深刻地影响了西方思想，从而把我们和原始生物在时间上连接起来。""不可逆时间"应该是"线性模式"，选项中说的"不同文化学派"与此矛盾。D信息源在第6段，选项中说"都可以找到对应"，"都"没有依据。"文化时间与生物时间这两个概念在性质上是相同的"的判断依据"日常用的钟表"这个例证可以判定为错误。

2.【答案B】信息源在第4段，"基督教出现以前，只有犹太人和信仰拜火教的波斯人认同这种前进式的时间"说明"是犹太基督教最早提出的观点"错了。

3.【答案D】"钟表的旋转"说明时间表现为12小时或24小时的周期，是循环模式，并不是告诉我们时间一去不回头。

**【第8篇·湖南】**

1.【答案B】B项不符合文意，原文是"明星不一定需要借助角色成名"。

2.【答案C】A项，原文是"明星必须扮演某个角色，借角色而成名"。B项强加因果，"主要原因在于上电视不一定要扮演某个角色。"D项原文是"就有成功的可能"，必定语气太绝对。

3.【答案】有了电视，明星生产的条件大大改变，明星的门槛大大降低，大众可直接参与明星的生产，自己当明星，并且影像电子文化与日常生活场景紧紧地交织在一起，深深地镶嵌在我们的情感和记忆中。

**【第9篇·辽宁】**

1.【答案A】A文中内容表明是"痕迹"而非是"已经形成"。此外把"痕迹"说成是"知识和观念"

也有不妥。了解远古时代天文历法更有助于正确理解本题

2.【答案 C】C 文中信息表明《新唐书·历志》记载在《新唐书·历志》中，按内容分为七篇，其结构被后世历法所效仿。而不是《新唐书·历志》的记载表明，大衍历的内容共分为七篇，注意"它"的指代性。A 值得商榷：文中的"但历元不同，岁首有异。"设置题为"但是不同历法的历元和岁首多有不同。"一个"多"表述就意义有不同了。许是命题人的疏忽。

3.【答案 C】C 强加因果"采用凹凸镜片的望远镜技术产生于欧洲"与中国天文学停滞不前无关。

## 【第 10 篇·湖北】

1.【答案 D】由原文中的句子"建筑物直接受光面同檐下阴影中彩绘斑斓的梁枋斗拱，更多了反衬的作用，加强了檐下的艺术效果"知 D 项错。

2.【答案 A】由原文中的句子"盖顶的瓦，每一种都有它的任务，有一些是结构上必需的部分，略加处理使同时成为优美的瓦饰，如瓦脊、脊吻、重脊、脊兽等"。可知"瓦脊、脊吻、重脊、脊兽"有一些是结构上必需的部分，言外之意还有一些不是结构上必需的部分，因此 A 错

3.【答案 D】由原文中的句子"无论是住宅、官署、寺院、宫廷、商店、作坊，都是由若干主要建筑物，如殿堂、厅舍，加以附属建筑物，如厢耳、廊庑、院门、围墙等围绕联络而成一院，或若干相遂的院落"知 A 错。由原文中的句子"事实上是将一部分户外空间组织到建筑范围以内，这样便适应了居住者对于阳光、空气、花木的自然要求，供给生活上更多方面的使用，增加了建筑的活泼和功能"。知 B 错。C 项说法绝对化。

4.【答案】梁架做法、瓦作做法、彩画作做法院落组织法。

## 【第 11 篇·北京】

1.【答案 C】要找出文章中相对应的语句。转述内容要与原文内容逐一相对。概念不能随意扩大或缩小，因果、前后关系不能颠倒。注意选项之间的比较，如果选项中有内容矛盾的选项必有一错。

2.【答案】汽爆分离技术、酶解过程技术、制造纤维素酶技术、提纯脱水技术。

【解析】筛选并整合文中的信息，要理清文章结构。

## 【第 12 篇·四川】

1.【答案 C】据第 4 段"联合国……计算机模型只考虑了对变暖效应的快速反馈……则被忽略了"，可确定 C 选项错误。

2.【答案 C】A 句以偏概全，是"一般"而非"必然"，可据第 1 段"过去 5 亿年里，地球高温期一般与大气中二氧化碳浓度较高的时期相吻合，反之亦然"排除。B 句指代对象理解错误，是"被反射回太空的太阳辐射"而非"来自太空的太阳辐射"，可据第 3 段"气候变暖还会减少积雪和缩小海洋的覆盖范围，这将导致被反射回太空的太阳辐射减少，从而导致气温进一步升高"排除。D 句逻辑关系理解错误，是和"现在"相比较而言的，可据第 5 段"当时大气中二氧化碳浓度约为 400ppm，仅比现在高一点，当时的地球平均气温却比现在高 3 摄氏度，海平面比现在高 25 米。而永久冰盖面积也比现在小"排除。C 句出处在第 2 段，"测量植物叶片化石的气孔密度，也可以了解过去大气中二氧化碳的浓度"。

3.【答案 B】B 句中的"数千年"推断错误，出处在第 2 段"测量南极冰盖中微气泡里的二氧化碳含量，能了解过去大气中二氧化碳的浓度，但可回溯的时间并不长"。

## 【第 13 篇·重庆】

1.【答案 C】由"这份报纸的内容可以在网上根据读者的个性化要求量身定做，并以最符合读者阅读习惯的纸张形式印刷出来。""连夜生成一份独一无二的 16 页彩版日报。"知 A、B、D 正确。

2.【答案 B】B 项"它让内容合作伙伴可以依据其被选择内容的数量而获取额外收入，也提高了其报纸的发行量"。错。原文为"niiu"的内容供应商依据其被选择的内容数量获取利润，从而增加了额外收入，提高了"隐形"发行量。

3.【答案 D】A 项"能改变读者阅读习惯，养成鲜明个性。"，原文为"这无疑就像素来只供应固定套餐的食堂开始提供菜式丰富的自助餐一样令人兴奋"。B 项"说明世界报业和出版业'革命'的成功。"原文为"niiu"就吸引了超过 1000 人上网订阅，远超预期。"C 项"这将使网络媒体提供的新闻缺乏公信力的现状得到改变。"原文为"网络媒体提供的新闻时常被人批评缺乏公信力，而"niiu"的合作伙伴多是具有广泛影响力的优秀报纸，使其内容得到保障。"

## 吕丽高考语文讲堂·科技文阅读·第2练【2010高考16题】

**【第1篇·全国Ⅱ】**

1.【答案D】本题考查理解文中重要词语的含义。文中说："正如唐宋时期的人不可能排除印度文化影响，复归为先秦两汉时代的中国一样"。文化是不断变化的，"寻求纯粹的本土文化就不可能也无益处"，先秦两汉文化也不属于纯粹的中国文化。故选D。

2.【答案C】本题考查筛选并整合文中的信息。文中第三段说："当然也还可以寻求其他"说明两种文化的交流中还可以选途径，例如可以在两种话语之间有意识地寻找一种中介，如文学中的"死亡意识""生态环境""乌托邦现象"等。故选C。

3.【答案A】本题考查根据文章内容进行推断和想象。"从文化交流和比较看，寻求纯粹的本土文化既是不可能也无益处的"正确，但不能推出"研究历史上外来文化对本土文化的影响也是没有必要的"，我们可以借助研究了解文化的流变，完成自由的文化对话，故选A。

**【第2篇·湖北】**

1.【答案D】"琮的方形是特意加上去的，起装饰作用"错，文中说"竹管和外包的大石块就变成琮"，方形象征大石块。

2.【答案B】A"转盘固定在长竹管上"错，盘子要随星转；C"二是固定长竹管的一些方形大石块"错，是用一些方形大石块把一根长竹管固定在地上；D石块起固定作用，不用于直接观察天象。

3.【答案C】A"璇玑"是玉器，不是天文仪器；B壁和琮没有保留观测天文现象的功能，只是礼器；D文中说："一部分变成璧，竹管和外包的大石块就变成琮。"

4.【答案】典籍和文物。

【解析】屈原的《天问》，璇玑、璧、琮的样式和对它们之间关系的推测。

**【第3篇·安徽】**

1.【答案A】解答概念题，要特别注意概念的内涵和外延。本题主要在概念的内涵上设置选项。A项是"原本"内涵的正确的表述。B项据原文"随着时间的推移和历史的进展，原本逐步地被认为是具有权威性的、天经地义的、带有信仰性质的东西而为群体所接受，成为凝聚群体的力量，这样，原本也就逐步地形成为传统"可知，B项表达的是原本形成的传统的内涵。C项把原本的属性搞错了。C项的表述简化为"原本是过程"，据原文"传统逐步形成的过程也是一个逐步远离原本的过程。这里所说的远离，是指原初行动者、受动者和当时的参照系已消失而成为过去"可知，"原初行动者、受动者和当时的参照系已消失而成为过去的过程"是传统的形成过程，而非原本是过程。D项原文是"原本是传统的始发言行"，传统是原本的丰富、更新和壮大。D项的表述曲解了原文的意思。

2.【答案D】对于"原因、根据、证据"这样字眼的题干，特别要注意选项与题干之间要能构成因果关系。D选项中，新参照系的作用有两种：一是摩擦，二是抗拒摩擦。摩擦作用使传统更新"，因而是"传统远离原本"的原因；但是传统"抗拒摩擦，力图使自身永恒化"使得传统力图保持原本的最初本质特征，尽可能的不远离原本。

3.【答案D】A项"唯一的"原文表述为"特定的"与原文不相符。B项原文是说"远离，是指原始行动者、受动者和当时的参照系已消失而成为过去。"所以消失指的是指原始行动者、受动者和当时的参照系的消失，而不是"原本的特征丧失"。C项"突变"概括错误。原文"传统形成的过程本身便是一个不断更新、不断开放、不断壮大的过程"，因而传统内涵在新参照系下发生的是"渐变"。

**【第4篇·福建】**

1.【答案D】本题考查了对重要概念在文中含义的理解能力。D项中"而歌产生时是先有音乐，后来才有语言的"是不准确的，文章第五段"歌的语言和音乐的融合是原生态的存在""歌产生时，音乐与语言是相伴相随的"可以充分地证明这一点。A、B、C三项在文中都各有体现。

2.【答案C】本题考查了对文章内容的把握和理解。C项把歌和音乐割裂开来，是不正确的，因为原文第二段"早期的歌的本质是音乐"这两者是一体的，另外借助音乐更便于传播，更广泛地发挥教化作用的是"诗"而不是"歌"。

3.【答案】诗是西周礼乐政治活动的产物，承担着政治言说的特殊功能。一方面可以补察时政，另一方面通过礼乐教化向臣民灌输礼乐伦理道德观念，是国家政治医师形态的工具。

【解析】本题考查了对文章的概括和分析综合能力。对本文的解答要把握住文章的内容要点，从全文入手，找出有关诗的作用的信息，整合作答。

**【第5篇·广东】**

1.【答案 AD】A 只是，太过绝对；D 绝对地服从，是丢失了我，而非建立我。扭曲原意。

2.【答案 C】正因为欣赏者的积极再创作，才有了一千个哈姆雷特。所以不是迷失我。

3.【答案】划线句为两句。第1句，强调表演要重视我化为非我，要把握具体形象的反映特点。第2句，强调在表演中，在非我中要有我，要有鲜明的个人的爱憎情感。

4.【答案】创作和欣赏都需要不可无我的体验过程。

（一）创作角度。艺术活动要表现创作者要有自己的思想情感，表现对客观现实的态度，要影响现实改造现实。（二）欣赏角度。发现艺术世界和现实世界的联系，找回自我，拥有个人的独立的态度，显示鲜明个性。

**【第6篇·海南】**

1.【答案 B】说"它们（指"金""石""画"）同样因为影响深远"无中生有，也不是对"书"的表述。

2.【答案 B】原文是"草书另一个来源是汉朝的章草，就是用真书的笔法写草书，与用汉隶的笔法写章草不同"。

3.【答案 C】文中说"其水平真有超过传世碑版的"并不是对其代表性的否定，而只是陈述一个事实，确实有超过传世碑版的书法，只不过不为人所知了。

**【第7篇·江西】**

1.【答案 B】信息在第四段：正如普拉斯所断言，"竞技庆典从本质上说是为生者举行的仪式，而不是为死者举行的献祭"。A 项相关信息在第五段，"西塞罗虽然在一封信中批评了庞培的竞技庆典，但他只是轻描淡写地表示，这样的表演对于一个有教养的人来说毫无乐趣可言"，可见，并不是"罗马人都从中得到乐趣"。C 项相关信息在第四段，"上至皇帝、元老院议员，下至身无分文的城市贫民，都热衷于观看人兽搏斗、集体处决和角斗士对决等节目"。并没有说"竞技庆典由人兽搏斗、集体处决和角斗士对决三项血腥表演构成"。D 项相关信息在第五段，"另外一些哲学家甚至称赞此类表演有助于培养罗马公民的勇气和斯多葛主义所追求的忍耐精神。注意只是一些哲学家认为。

2.【答案 C】A 项相关信息在第二段，注意文中说的"通常"。B 项相关信息在第四段，"屠杀行为竟会演变成娱乐节目，则与罗马人纵容和欣赏的态度有密切关系"。并不是"为了展示国家强力"。D 项相关信息在第五段，"他真正担心的是如此密集、强烈的暴力表演对观众道德的腐蚀作用"。只是西塞罗个人的担心，他不能代表知识分子。

3.【答案 C】A"具有敬畏生命的情怀"无中生有。B"可以说对人类的屠杀符合他们的道德准则"错了，文中说的是"被处死的人主要是战俘、罪犯和奴隶，他们被称为'有害之人'"。D"可见他们普遍缺乏社会良心"错了。文中说"双方都互相指责对方以活人献祭，以此确立自己在道德和文化方面的优越地位"，可见他们还是有社会良心的。

**【第8篇·辽宁】**

1.【答案 D】本题考查理解文中重要概念的含义。D 项是解释文化影响衰减现象出现的原因。

2.【答案 D】本题考查筛选并整合文中的信息。《论语》可靠的记载了孔子的言行，"不可能造成深远的影响"错。

3.【答案 B】本题考查筛选并整合文中的信息。鲁国孔丘原来的思想中有保守的思想。

**【第9篇·山东】**

1.【答案 A】B 项人生境界是按照人的自我发展历程、实现人生价值和精神自由的高低程度划分的，不是以年龄段划分的，"从幼年到成年，人的每一个时期都要经历这四个层次"错；C 文中说："在现实的人生中，这四种境界错综复杂地交织在一起。"因此，"是由四种境界错综复杂的交织在一起的"对。"由低到高"错，文中说"道德境界""和求知境界的出现几乎是同时发生，也许稍后。就此而言，把道德境界列在求知境界之后，只具有相对的意义"。D"不同层次的人生境界分别主导着人生的不同阶段"错，"不同层次的人生境界"和"人生的不同阶段"没有必然联系。

2.【答案 B】"道德境界""和求知境界的出现几乎是同时发生"，因此"求知境界"为"道德境界"的产生创造了条件是错误的，文中也没有相应的说法。

3.【答案 B】"这种境界是任何一个具有高级境界的人所极力排斥的"错，文中说"在现实的人生中，这四种境界错综复杂地交织在一起"。C"'道德境界'中的人不再关注自我"错，文中说这一境界"把自己看作是命运的主人，而不是听凭命运摆布的小卒"，这就是关注自我。D 到了这一境界就能自由地超越并摒弃其他三种境界。"在现实的人生中，这四种境界错综复杂地交织在一起"，"只不过现实的人，往往以某一种境界占主导地位，其他次之"。

**【第10篇·四川】**

1.【答案 A】本题考查理解文中重要词语的含义。文中没有提到书画装裱发展缓慢，书画装裱选材、样式及技法的不完善不是书画装裱发展迟缓的原因。

2.【答案 B】本题考查筛选并整合文中的信息。A. 用纸托裱画作的装裱方式对后世书画的保存产生了重要影响，与我国古代珍贵名画能够辛存至今无直接因果关系。C项"我国不同地区有不同的装裱流派和风格"错，地理气候的差异仅仅是有不同的装裱流派和风格原因之一。D."京裱"和"苏裱"两大流派仍然影响着中国的书画装裱，但不能说代表我国书画装裱工艺的最高水平。

3.【答案 B】本题考查根据文章内容进行推断和想象。A项五代时期大型绘画因为画绢幅面扩大，大型绘画的创作成为可能，还能装裱多幅作品。C 明代江南地区文人画有了很大的发展。在这种背景下，以苏州为发祥地的"苏裱"开始兴起并广受推崇。D."使书画装裱成本下降"的推断不合情理。

**【第11篇·浙江】**

1.【答案 B】强调心中之山水，从"所以中国画里的山水本质上都在强调心中之山水"可知。

2.【答案 C】说明生活与艺术的关系，强调艺术对生活的反作用。从末段的首句"艺术反过来必然要影响生活"，可知。

3.【答案】中国文人通过山水艺术达到身处卧室而畅游大千世界的境界。

【解析】根据第一段"王维有一句诗'枕上见千里'谋求的就是这种卧身在榻而尽观大千世界的境界，所以中国山水画理论就有一个"卧游"的术语"该词前面的句子可知其含义。

4.【答案】中国文人用什么方式亲近自然（或"中国艺术如何表现自然"）。

【解析】提问式标题，需要概括出话题的对象或重点。教材中有类似的例子，如《中国人失掉自信力了吗?》。

**【第12篇·湖南】**

1.【答案 B】本题在四个事例中选出一个与其他三个不一样的，只要结合文章的段落结构就能很快得出：一个是志愿精神对于社会层面的影响，一个是对于个人发展层面的影响，于是这样就很容易得出 B 选项。

2.【答案 D】本题是根据原文选出不正确的一项。这个就是我们通畅所谓的"细节＋推断题"。第一步就是要定位原文，第二步就是要分辨种类，第三步要看这个选项符不符合文章大意的延伸。这些细节题中无外乎就是因果颠倒、无中生有、以偏概全、逻辑混乱等等一些问题，我们一一来验证。A 选项说"志愿精神通常具有自愿性、公益性和亲身参与性的人文内涵"，我们马上定位到文章第三段的四个社会作用，这就明确表示志愿精神具有公益性；然后文章最后一段中"正是自愿参与公益事业"同样也是说明"自愿、公益、参与"三个特性；最后第一段有关人文精神的表述，都证明 A 项正确。而 B 选项说"志愿行动使人文精神的一种具体化和日常化的实际体现形式"，这一句话在文章的第一段第一句就说了"志愿精神可以表述为一种具体化或日常化的人文精神"，并且在后面也提到说"作为一种独特的社会文化形式"，所以 B选项的表述正确。在看 C 选项"社会成员追求工具合理性在很大程度上有助于物质成就感的获得"，我们可以定位到文章第五段前两句"志愿精神和志愿行动体现了社会成员对价值合理性的追求。现代化的物质成就在很大程度上得益于对工具合理性的追求"，于是"追求工具合理性"有助于"物质成就感的获得"，所以 C 选项也正确。最后看 D 选项，"社会成员在当前特定社会背景下对强竞争和高情感将更向往"，我们立马就可以定位到文章的倒数第二段的第二句"在现代化进程……社会竞争状态加剧……使得社会成员对于高情感的向往……表现得日益突出"，于是问题发现了：原文中"强竞争"是原因，"对高情感的向往"是结果，但是在 D 选项中，"强竞争"和"对高情感的向往"都成了结果，这就是"因果颠倒"的选项。

3.【答案】①从人对社会的融入（社会角度）看，少了一种扩大交往面、凝聚交往对象的重要场域，对价值合理性社会意义的关注以及人本化取向的生活目标都可能趋于淡化；②从个人发展角度看，少了一个提升个人素质的平台，一条让个人全面发展的重要途径，在人的发展进程中可能出现畸形走势。

【解析】本题是今年的新题型，要求考生谈谈如果缺乏志愿精神和志愿行动，在社会发展进程中，人的发展会有怎样的影响? 这道题其实就是一道开放的题目，考生可以畅所欲言。那么要问人的发展，考生可以就着原文最后一段的第二句中关于"人与社会"和"人与自我"这两层意思来答影响即可，无非就是把原文中"有了志愿精神好的方面"的反面写出来。所以这道题尽管是新题型，但是难度不是很大。

**【第13篇·北京】**

1.【答案D】A是对艺术而言；B为了表明几百年乃至一千年前的诗在今天人们的心中仍然能够引发强烈的感情共鸣。C原文是"定律的阐述越简单、应用越广泛，科学就越深刻"。

2【答案】①艺术追求的是人类情感的普遍性，优秀作品能够跨越时空引起人们深层的情感共鸣。

②科学追求的是原理的普遍性，应用的广泛也反映了科学原理的普遍性。

**【第14篇·重庆】**

1.【答案B】枝蔓状城市指以主城区为中心向四周蔓延而成的城市体系；据倒数第三段，应是"市区"即主城区

2.【答案D】据末段，应指美国的洛杉矶都市区和波士顿城市区进一步发展可能形成"全球化城市"，是今后的演变趋势，不属于"后现代演变"

3.【答案C】A有些方面差别缩小，有些方面差别不可能消失；B文中毫无依据；D劳动力低廉化文中无据。

**【第15篇·全国Ⅰ】**

1.【答案C】"从而解决了情绪异常的防治问题"不符合文意。"了"字未然当已然理解。

2.【答案D】"残存农药、食品添加剂和抗生素等杀死大量肠道细菌"，"高蛋白物质就会被分解出大量硫化氢和氨等有害物质"是两个不同的原因，二者不存在因果关系。

3.【答案A】多巴胺是神经元中传导神经兴奋的一种化学物质，当多巴胺传导顺畅的时候，大脑内部就会产生一系列化学变化，使我们产生快感。是多巴胺传导顺畅与否，不是多巴胺量的多少。

**【第16篇·天津】**

1.【答案D】本题考查理解文中关键词语。生态道德教育是要将生态伦理学的思想观念变成人们的自觉行为选择，引导人们以伦理道德理念去自觉维系生态环境的平衡与不可再生资源的可持续利用，不能将"伦理道德观念"范畴扩大为"道德观念"。

2.【答案A】本题考查筛选、整合文中信息。B生态伦理思想要求人们在处理现实生活中人与人之间的伦理关系时，保护环境，维持生态平衡和不可再生资源的可持续利用；"不搞繁琐而无必要的礼节"无中生有。C20世纪中叶，由于环境问题的产生和日益严重，西方有识之士开始从道德的角度关注生态环境现象。"知者乐水，仁者乐山"与生态伦理思想的基本概念不一致。D生态德育关注的是人与自然关系和人与自然关系背后的人与人之间的利益关系。

3.【答案C】本题考查根据文章内容进行推断和想象。生态道德教育是一种教育，重在受教育者的自觉行为选择，不具有政府的强制力。

## 吕丽高考语文讲堂·科技文阅读·第3练【2009高考15题】

**【第1篇·全国Ⅰ】**

1.【答案D】本题重点考查考生筛选和整合文中信息的能力，需要准确把握原文信息作答。

以偏概全或因果颠倒，题中"古代只有氏族社会的军事首领才拥有斧钺"错误，以偏概全或无中生有，"所以人们采用斧钺之形的'王'字来表示军事首领。"因果颠倒，原文说的是'王'字像斧钺之形是因为'王'这个称号是从氏族社会的军事首领演化来的，国家出现以后，才成为最高统治者的专名。而斧钺正是军事统率权的象征，"这就是'王'：要用一个正在执行斩杀的横置斧钺来表示的原因。"

2.【答案B】本题重点考查考生筛选和推断文中信息的能力，需要准确把握原文信息作答。

以偏概全，原文说的是"而斧钺正是军事统率权的象征，在原始社会晚期的军事首领墓葬中，曾掘出随葬的玉钺、石钺，其遗风一直延续到夏、商、周三代"。注意"原始社会晚期"，题中"始终"的说法不准确。

3.【答案D】本题重点考查考生根据文章内容进行推断和想象的能力，需要根据原文信息和科学知识推断。偷换概念，应该是"斧钺正是军事统率权的象征"这个时代距离许慎太遥远了。

**【第2篇·全国Ⅱ】**

1.【答案C】本题重点考查考生理解文中重要词语的能力，需要准确把握原文信息作答。

无中生有，原文说"在汉代被命名为'经'的应该是朝廷最重视的文献。不过，清代今文经学派认为只有孔子亲手所定之书才能称作'经'。"这样看来，清代今文经学派还是承认"经"，跟"经纬"这"经"

有关系。

2.【答案B】本题重点考查考生筛选和推断文中信息的能力,需要准确把握原文信息作答。

以偏概全,原文说的是"南北朝以前没有桌子,宽达二尺四寸的书只能放在案子上,需要把臀部放在小腿上,正襟危坐地看,很累。""正襟危坐地读,虽然很庄重,但是也很累"应该是指"南北朝以前"。

3.【答案C】本题重点考查考生根据文章内容进行推断和想象的能力,需要根据原文信息和科学知识推断。无中生有,原文说的是"《论语》的文字基本上是当时的口语,平易好懂",所以"《论语》的内容本来是很庄重严肃的"无从考据。

【第3篇·北京】

1.【答案B】A项信息源在第三段:"昆曲那些戏本子虽然也有幽期密约,盗劫篡夺,但是总要归结到教忠教孝,劝贞劝节。"原文没有"海淫海盗"的字样,无中生有。C项是对第四段开头几句的概括,原文是"舞的部分就是身体的各种动作跟姿势,唱到哪个字,眼睛应该看哪里,手应该怎样,脚应该怎样,都由老师傅传授下来,世代遵守着"。这里丝毫看不出有"为了准确地表现唱词"的目的,也是无中生有。D项:据末段"没有一刻不是两人互相对称的。这一点似乎比较平剧与汉调来得高明",不能推出"舞台布景讲究对称性"的原因,故为强化因果。

2.【答案D】D项的有效信息在文末一句:"昆曲虽然注重动作跟姿势,也要演员能够体会才好,如果不知道所以然,只是死守着祖传表演,也就跟木偶戏差不多。"此项张冠李戴,原文是说死守祖传表演而不知道所以然才跟木偶差不多。

3.【答案】长处:①文化内涵丰富,唱词文白兼有且重故实;②艺术表演精湛,歌舞并重局限:不适合在新式舞台演出,有的演员墨守成规。

【解析】"局限"难度不大,信息源在文末;"长处"的有效信息主要在第(3)、(4)两段;第二点也好概括,关键是第一点其唱词(脚本)的特点是否其优点,唱词的特点也需要概括。

【第4篇·安徽】

1.【答案A】本题是要求选出不能作为"通俗历史热"在当今出现的原因的一项,只要抓住题干的意思,答案A项所陈说的"历史相当久远"很显然不能作为当今流行的原因。

2.【答案B】文中第一段里说"在隔尘绝俗的精英式研究之外,衍生出一种以满足公众意愿为基本出发点的通俗化的历史叙述——口头的或文字的",并没有说"隔尘绝俗的精英式研究"是历史研究的误区。这是无中生有。

3.【答案C】A项的错误主要是"从而完成史学学科的全面建设",这是不合理的引申。原文只说到"(史学)传播范围愈广,对社会走向文明与进步、对推动人类社会发展所起的作用也愈大"。B项不说因果是否合理,就是选项中"通俗化的历史已经成为广大民众'探寻过去'的唯一途径"与原文"通俗化的历史几乎成为他们'探寻过去'的唯一选择"对比,它丢掉了"几乎"一词。D项中的"以改变低劣化、庸俗化或文化退化的现状"与原文"历史的通俗化不等于低劣化、庸俗化或文化的退化,这已经被历史所证明"明显不符。

【第5篇·辽宁】

1.【答案B】这段话中的"文"、"质",人们一般解释为:"质"是指"诚"一类内在的道德,"文"则是指文化知识一类外在的东西,"文"和"质"是形式和内容的关系。其实按孔子原意,这里的"文"、"质"是指文华和质朴,都是就一个人的文化修养、言谈举止、礼仪节操而言的。

这段文字中的表述可以看出"质"和"文"的意思应该是指内在的道德,而文应时是文化知识等外在的东西。B项中的"'文'是华丽有文采之意,'质'含有质朴、朴素之意,"这个意义不合原文的意思。

2.【答案A】A项中"一个人若是缺少文化修养,言辞拙朴,不讲礼仪,便如同'草野之人';相反,若是过分地文饰言辞,讲究繁文缛礼,就如同那些掌管文辞礼仪的史官了。这里不存在本末内外的关系",从这句话中可以看出,"质"和"文"的含义理解,"文"是重在文化修养,而"质"是人内在的道德品质,所以A项说"这里'文'和'质'是就一个人的文化修养等而言的",这里表意不准确了。

3.【答案C】C项中,"如果人们在文学创作中兼用华美和质朴的语言",片面的把"质"和"文"的含义理解为语言的风格,缩小了作者所表述的"质"和"文"的概念内涵;再有"那就会使文学作品呈现出一种文质彬彬的动人风貌",这与使用"华美和质朴的语言"之间不存在途径与结果式的关系,也就是使用"华美和质朴的语言"不一定产生"文质彬彬的动人风貌"的结果。在对文中信息的筛选和整合中,可以查出错误的信息。

**【第 6 篇·江西】**

1.【答案 C】A 依据“想象有再现的，有创造的。一般的想象大半是再现的”可判断“也就是”不正确。B“独立创造艺术”之“独立”缺乏依据。D“选择就是创造”错了，原文是“只是选择有时就已经是创造”。

2.【答案 A】依据文中“王昌龄的《长信怨》精彩全在后两句，这后两句就是用创造的想象做成的”可判断。

3.【答案 C】按本文信息，物变成人通常叫做“拟人”A“潜”B“厌言”D“愁”

**【第 7 篇·浙江】**

1.【答案 C】本题考查对文章的理解与分析能力，能力层级为 C 级。解答此题应先依据选项找到信息所在的地方，找出符合要求的选项。

2.【答案 D】本题考查对文种概念的理解能力，能力层级为 B 级。对概念的理解，要抓住其本质特征，善于分析概念的内涵和外延。

3.【答案 B】本题考查对文章整体的把握能力。解题时，应先进行整体感知，然后明确题干要求，根据选项对照原文相关信息，最后作出正确的判断分析。

4.【答案】大学应重视通识教育，培养“文化自觉”。

**【第 8 篇·海南、宁夏】**

1.【答案 D】D 项有效信息在第一段：“当时写诗的人太多了，即使是李白，也可能就是在盛唐被歌唱了一些年。在晚唐大概唱不过小李杜和温庭筠吧？”从这句话中不能得出李白的诗歌晚唐就不再流行了。本小题逆推错误。

2.【答案 C】A 项原文在第二段：“从这个意义上说，三十年来中国内地流行歌词的长盛不衰是值得欣喜的。”句中的“这”指代上一段末所说的即使是李杜的诗歌，流行也有时代性。“值得欣喜”的不是将唐诗为宋词元曲取代与流行歌词长盛不衰比较而言的。此题张冠李戴。B 项信息源在第二段：“人在这个世界上生活着经历着，悲欢冷暖，酸甜苦辣，都会感动在心，用心去歌唱。”据此，“感动在心”的是人的生活、经历而不是“流行歌词”。D 项信源在第二段末：“还有北京奥运会主题歌《我和你》和王勃的‘海内存知己，天涯若比邻’相比，也是不见逊色的。”此项言过其实。

3.【答案 B】B 项信息源在第一段末：“杜甫的诗，可能文本些，难以流行；杜甫的崇高地位，在他死去数十年后才建立，应该和唐诗本真的歌词性质有关。”此项张冠李戴和强化因果。

**【第 9 篇·山东】**

1.【答案 B】原文中说“而且依簖设桥，以方便捕捉鱼蟹和到孤山的交通”，主要功能应该有两种。

2.【答案 D】注意原文第四段中“但因放置鱼簖或蟹簖过多对河流及湖面的水流影响较大，古代官府就已有所限制。近代以来，这种捕鱼蟹的方法，随着人工养殖业的兴起而逐渐被淘汰。”和第五段“五代以后，特别是自吴越王钱穆筑捍海塘以来，钱塘江的鱼蟹经西湖而洄游的现象消失，渔人也就逐渐不再用簖捕捉鱼蟹了”几个句子。

3.【答案 B】注意原文第二段“因‘断桥’不断，当时也出现了用谐音‘段桥’解释为‘段家桥’的说法”，根本原因应该是“因‘断桥’不断”。

**【第 10 篇·福建】**

1.【答案 BC】本题考查考生分析综合能力，能力等级 C，涉及分析文章结构、把握文章思路、概括中心意思、分析概括作者在文中的观点态度等考点。B 项，错在“是为了证明‘尺度具有普遍性’的观点”，根据原文“尺度具有普遍性，但是也不时会有意外，仿佛当今赛事频爆冷门”，可知作者意在阐述尺度具有个性，而非普遍性。C 项，错在“由于现代可以运用基因工程等高科技克隆梦露的容貌、乔丹的体型”，属误将未然当已然，此项可从原文“据说随着基因工程等现代科技的发展，人除了看得享长寿外，甚至可以定制自己的器官形体，你大可选择梦露的容貌、乔丹的体型”得出。同时，本项因果上还出现倒置问题。

解答此题时，要能够从文本中找到原文，然后进行比对，最后才能选出答案。A 项的原句在第一段，D 句的原文在最后一段，E 句属于整体把握文章结构，原文为每一段的中心句。

2.【答案】尺度不同，人们对事物的评判就不同，因此造成了隔膜、误解甚至对抗，像墙一样，阻碍人们的交流。

【解析】本题考查理解文中重要句子含意的能力。作答时首先要注意需要理解的句子在文本中所在的位置，然后从以下几个方面分析：一是尺度为什么会出现不同，二是为什么说尺度的不同简直成为一道墙垣，具体表现在哪些方面。

3.【答案】决定"尺度"的关键因素是人的个性。个性不同，由此产生的标准（尺度）也不同。维特根斯坦和袁中郎等人的"尺度"异于常人，其根本原因就在于他们的个性独特，人生目标与众不同。

【解析】本题考查分析作者观点在文中的观点与材料之间的联系。作答时要注意题干中的提示语："结合本文"，是要求学生从文本整体角度出发考虑；"举例阐述"，是要求考生必须援引文本中的材料加以说明；"对……话的理解"，是要求考生必须先阐述这句话的内涵是什么。在组织答案时，需要考虑几个问题：为什么说个性决定了尺度的相貌，文本中哪些事例是证明这一观点的，为什么你这么认为。

**【第11篇·天津】**

1.【答案D】考生要通读全文，快速找到信息源。D项的信息源在第⑤段中的最后一句话中"这一战略以其充分的协调潜力而有助于改善居民的健康状况"，这一战略的作用是"有助于改善"而D项中的表述"解决"，明显夸大了这一战略的作用。

2.【答案C】A项中的信息源在第一段中"可以协调政府和社会各部门之间的责任与发展目标，还可以规范居民个人的生活行为"，"规范居民个人的生活行为"是整个战略计划将产生的结果，不是条件，逻辑关系倒置了；B项的信息源在第三段中，"这样不仅能够随时了解战略的实际进程，也能够不断纠正战略实施过程中所出现的偏差"，"这样"指代的是"它不仅建立了具体而明确的指标体系，而且具有比较准确可信的实证数据支持，并有与之配套的完整的评价与监督指标体系"，用"研究居民健康状况"解释"这样"不合文意；D项的信息源在第四段"同时，各国的"健康国家"战略计划均为分阶段，逐步提升的发展进程，一般以10年为一个阶段"D项的表述是"并以10年为一个发展阶段"将一般情况解说成了绝对情况。

3.【答案A】A项的信息源在文章的第二段，正和第二段信息便可知道，以居民健康为基础的社会发展战略，"而且立足于国家层面，为医疗卫生服务的发展明确了新的方向"而不是"要求从个人层面来考虑国家医疗卫生体系的发展方向"。

**【第12篇·湖北】**

1.【答案A】文中说"在科学家们看来，数字海洋是通过立体化、网络化、持续性的全面观测海洋，获取海量数据来构建一个虚拟的海洋世界"，可见数字海洋不仅仅是数据，而是一个数据构建的虚拟的海洋世界（我们可以理解为数据的集成）。

2.【答案D】A对海洋的立体观测包括空间观测、海面观测、海底观测，见第二段。B原文说"数字海洋通过……工作，从而完成传统方式无法完成的海洋活动中的各种复杂计算，建立功能强大的各种应用与决策模型"，计算在前，建立模型在后。C原文说"不同用户既可从中获取各自所需的专业信息，又可根据自身需要对相关信息进行二次开发"，可见二次开发的主体是"不同用户"。

3.【答案C】化未然为必然，文中说"数字海洋的应用可以实现海洋管理的信息化、网络化和智能化"，是一种预测，而不是"完成了"这样的结果。

4.【答案B】文中说"数字海洋……进行综合测评，为决策者提供最佳方案"，"既避免了海洋开发的盲目性，也为海洋的可持续发展提供了保障"。是说数字海洋提供的方案可以让海洋可持续发展，但这并不意味着这种方案是"科学的开发和保护海洋的最佳方案"。

**【第13篇·重庆】**

1.【答案D】ABC三项都在说明水存在于何处，但本题是要求解释"初生水"的含义，从字面理解是地球表面最初产生的水，结合语境看，应是地球内部存在的"水蒸气通过火山口喷发出来，冷却之后便渐渐形成"水，所以应是D项。

2.【答案A】通过分析题干可看出，本题是要求寻找不能支持弗兰克观点的论据。该题的答题区间在第四段，第1句是整个段落的中心句，是弗兰克理论的核心观点，从第2句至结尾是用事实论据作具体分析论证。A项恰恰是弗兰克提出的理论观点，而题干却要求回答：不能支持弗兰克理论观点的"论据"，A项显然属答非所问。

3.【答案C】AB两项，根据原文提供的信息来看，依据现代的科技发展速度，今后很有可能实现，判断客观。D项，人类目前类似的研究很多，自不必赘述。C项错误不在于"地球气候还将发生剧变"，而在于"对地球水源的研究"能帮助"预见"地球气候还将发生剧变，在文中没有暗示信息。事实上，从文中可知"地球气候剧变"，是由于"大量的小彗星倾泻而下"造成的。

**【第14篇·四川】**

1.【答案D】答非所问，与"付出代价"无关。

2.【答案A】B原文说的是"近500个链霉菌品系的每一个菌种"；C无中生有，且不合常识；D原文是"禁止将抗生素作为牲畜生长促进剂"，不是"全面禁止在牲畜饲养过程中使用。"

3.【答案A】B原文说的是"耐药基因在从土壤到重危病人的旅途中"推不出"耐药性会逐步下降"；C原文"人畜粪便中的细菌就更加容易繁殖和传播其耐药基因"，不能判定"饲料是否添加了抗生素"；D无中生有，强加因果。

【第15套·湖南】

1.【答案B】选项中"无条件禁止一切基因重组研究以避免可能导致的无法预知的后果"，比较原文"在全世界范围内无条件禁止一切有可能导致无法预知后果的基因重组研究"，可知B项中意思变为了禁止一切基因研究，而原文只是禁止可能导致无法预知后果的基因重组研究，属范围扩大。这真是似是而非，一切要仔细辨析。

2.【答案B】这种题目的难度较单纯的信息筛选要大。考生要在通读若干句子或者一个段落乃至全文后，才能进行判断。A项信息源是第①段"在一片胜利的欢呼声中，科学作为以一种新的'偶像'登上神坛"。尽管文章有批评的意思，但不是指科学的地位空前提高而言。该项张冠李戴。C项信息源在④、⑤段"基因重组技术引起的伦理问题日益引起政府和公众的关注"。原文说的是"伦理问题"而不是"健康问题"。原文第⑤段后面说其对健康的危害的是加州会议的参会者。此项张冠李戴。D项信息源在第⑤段"运用这项技术所产生的生物新类型，可能对人类健康造成直接和意想不到的危害，因此必须对此严加控制。"关键点是两个"这"的指代意义。这里张冠李戴和强加因果。

3.【答案D】"科学反对它自己"，并不是指"新科学"与"旧科学"。

## 吕丽高考语文讲堂·科技文阅读·第4练【2008高考17题】

【第1篇·全国I】

1.【答案B】本题重点考查考生筛选和整合文中信息的能力，需要准确把握原文信息作答。B项犯了张冠李戴的毛病，"备受推崇"的是"浑天仪和浑象"，"圭表"是"广为世人所知"。这一项也不属于原因。其余各项都是正确的，可以根据文章第一段的信息得知。

2.【答案A】本题重点考查考生筛选和推断文中信息的能力，需要准确把握原文信息作答。A项犯了故意曲解的毛病，《周髀算经》是"传说出自周人"，并非肯定。其余各项可以根据文章第二至四段信息得知，均为正确选项。

3.【答案C】本题重点考查考生根据文章内容进行推断和想象的能力，需要根据原文信息和科学知识推断。C项犯了无中生有的毛病，原文只是说浑象"不如盖天图直观形象"，并不能推断出"不符合实际天象"。其余各项可以根据文章第二、三、五段信息得知，均为正确选项。

【第2篇·全国II】

1.【答案C】本题重点考查考生理解文中重要词语的含义，以及筛选和整合文中信息的能力。解答时需要准确把握原文信息。A项顾此失彼，"朝廷禁用金银进行交易"，但民间已经开始了；B项断章取义，是学术界的观点与实际不符；D项因果倒置，"白银成为了合法货币"后才使"中国对白银有巨大需求"。C项根据文章第一段的信息可知为正确选项。

2.【答案A】本题重点考查考生筛选和推断文中信息的能力，需要准确把握原文信息作答。A项无中生有，在原文中并无"经济恶化，财政困难"等信息。B、C、D三项可以筛选和整合第二段和第三段信息看出均为正确选项。

3.【答案D】本题重点考查考生根据文章内容进行推断和想象的能力，需要根据原文信息和人文知识推断。D项夸大事实，"中国对于白银的巨大需求"应为"白银的货币化"，"开始形成"应为"开端"。A、B、C、三项可以根据原文第二段信息推断，均为正确选项。

【第3篇·福建】

1.【答案B】本题重点考查考生筛选和推断文中信息的能力，需要准确把握原文信息作答。B项曲解原意，由原文"其实不是人们疏离了传统，而是传统的情感无所依傍，缺少载体"可知。A、C、D三项可以筛选和整合第一段和第二段信息看出均为正确选项。

2.【答案C】本题重点考查考生根据文章内容进行推断的能力，需要准确理解原文信息来作答。C项强加因果。

【第4篇·山东】

1.【答案A】A中所述虽是原话，但不是"图腾制度是最早的社会组织制度"的依据。

2. 【答案 A】BCD 三项都不是最准确。B 中所言是图腾制度中的图腾标志，其他内涵没有涉及。C 是对图腾制度的补充，没有触及"图腾制度"的根本。D 的错误同 C。只有 A 很准确地抓住了"图腾制度"的本质性内容。

3. 【答案 B】A 中"图腾制度是图腾文化的一个方面"在文章第二节中出现过，显然正确。但是"整个图腾体系就是一种社会组织制度"就错了。"图腾体系"是社会组织制度的一个方面，但是还包括其他内容，所以 A 错。C 原文第四节中有"在氏族社会，尤其是母系氏族社会，普遍实行图腾制度"，而 C 句说"全都"，显然错误。而且，也没有因果关系。D 尾节说的是"随着图腾文化的衰亡而为其他社会组织制度所代替"，而 D 中说"但随即"，表述不一致。

### 【第 5 篇·广东】

1. 【答案 CD】C 项信息来源于第 2 段，"全靠读者的思考与联想来完成"与文中"在凝神注视梅花时，你可以将全部精神专注于它本身的形象，就像注视一幅梅花画似的，无暇思索它的意义或是它与其他事物的关系。这时你仍有所觉，这就是梅花本身形象在你心中所现的'意象'"。这种'觉'就与克罗齐所说的'直觉'不符；D 项"而非艰苦思索的结果"与原文第 4 段中的灵感是"都常须经过艰苦思索……"相悖。评分标准：多选、错选的不给分，只选一项且正确的给 2 分。

2. 【答案 C】判断此题主要来自第 3 段内容。A 项"注意到了韵脚变化和重章叠唱的特点"，B 项的"领悟到了诗人当时的志向与理想"，D 项的"体味到了西湖深厚的文化积淀"，都属于"名理的知"。

3. 【答案】正确。因为在欣赏诗歌的过程中，靠的是"直觉的知"，读者要将全副精神专注于诗本身的形象上，才能得到其"意象"，而如果加入"名理的知"就不能在直觉中形成独立自足的意象，那形成不了"诗的境界"。（主要信息来于第 4、5 两段。）

4. 【答案】从"见"升华为"诗的境界"需要用"直觉"见出来，经过思考之后，豁然贯通，"诗的境界就会像灵光一现似的突现在眼前。

### 【第 6 篇·海南、宁夏】

1. 【答案 B】所以人们并不把它称为"变形"。原文：这种"变形"虽然怪异，但不是艺术美学研究的对象。

2. 【答案 C】文中只是说艺术家常用这种方法。

3. 【答案 A】有时甚至"变形"就是"常形"，错。

### 【第 7 篇·湖南】

1. 【答案 D】"不对称性"是此阅读材料的中心话题。

2. 【答案 B】阅读第 2 自然段可知。

3. 【答案 C】A 文章第一段明确指出的是：要区分左右之不同，首先得有赖于某种不对称的基准。B 原文为"这一设想最初由奥地利物理学家马赫提出，如今已有实验证明，马赫的洞见是正确的。"C 原文为"自然，现实中的驴子决不会饿死，由于某种细微差别的影响，它会以不可预测的行动去打破这种逻辑上的对称．"

4. 【答案 A】B 原文已指出"人类能够区别左右，奥秘就在于人类的左右大脑是不对称的"跟教育没有关系。C 原文指出"就此而言，随着不对称性而来的，就是创造和活力。"推断明显不对。D 不一定，原文指出"未来和过去的不对称，才让我们的生活始终都充满希望"。

### 【第 8 篇·辽宁】

1. 【答案 C】"人才培养标准与官学大相径庭"错，从第一段结尾倒数第二句话可以看出。

2. 【答案 B】"并在山长的组织下开展自学和讨论"错，从文段第二段第三句话可以看出。

3. 【答案 C】文中第二段只是提及书院也接受了为官方说接受的思想，并没有说官方是通过什么途径接受民间思想的。

### 【第 9 篇·江西】

1. 【答案 D】A"都是"错，原文中是"往往"。B"只用于"错，太绝对了。C"是从不做'白日梦'的人"错，原文中无此意思，属无中生有。

2. 【答案 A】关键是确定"前者"和"后者"的指代意义。

3. 【答案 B】B 项"'梦幻世界'就是'艺术世界'"这句话不符合文意。原文是说"艺术世界比现实世界好，因为它更富于理想性，更接近人所追求和向往的境界"。

**【第 10 篇·浙江】**

1.【答案 A】答非所问，问的是"特征"，答的是"原因"，据第一段文意可知特征有"三"，文中分别用"首先""其次""再次"提领。

2.【答案 D】D 讲的是"工业文明的食物生产模式"造成的结果，而非"文化辐合趋同造成的结果"。

3.【答案 B】纵观全文可知：B 是本文说明的核心与重心。

4.【答案 C】文章只谈文化辐合趋同的"弊"而没有涉及"利"，故"它对人类弊大于利"一说在文中事出无据。

**【第 11 篇·安徽】**

1.【答案 C】C"普遍适用"，夸大其词。

2.【答案 D】A 项"走得更远"并不能说明是"发展了"。B 项说"里斯接受了多重宇宙观点"，从第五段中可以找到根据，但说他"通过试验和观测创建了新的理论体系"是引申不当。C 项"找到了"与文末"如果真是这样"不一致。

3.【答案 B】B 弦论主要理论根据是量子力学和广义相对论。

**【第 12 篇·四川灾区】**

1.【答案 A】A 项张冠李戴，据第一段，原文说"流""是一种在 6000 多年前仰韶文化时期就出现的工艺"，空足白陶鬶"有一个从颈部向上延伸的长而大的流"，并不等于"有这种流的陶鬶在 6000 多年前的仰韶文化时期已经可以见到"。

2.【答案 C】据原文第二、第三段。C 项属于无中生有。原文说"对饮水进行消毒不属于外科的范围，是预防内科疾病的行为，因此似乎可以认为它是中国古代医学的萌芽"，却不能说成"用火烧水则表明已经找到内科病因"。

3.【答案 B】信息源在首端。B 项属于张冠李戴。前半部分正确，据原文，"从横出的流到小小的管状流"的原因是"出于减少整体热量损失的考虑，人们又渐渐缩小陶器的口部，以至于形成明显的器身与颈部之分；同时为了方便倾倒，就延伸口部成流，最终成为这件陶器的长直筒形式。"而不是"扩大受热面积"。

**【第 13 篇·湖北】**

1.【答案 A】文中对"湿地"的定义是："湿地是指自然的或人工的，长久的或暂时的沼泽地、湿源、泥炭地或水域地，拥有静止或流动的水体，包括低潮时水深不超过 6 米的滨海水域。"A 项中"长期"与文中"长久的或暂时"的表述有误。其它项叙述与文中信息相符。

2.【答案 B】B 项中"为人类生存发展提供了所有物资"的表述有误。文中的相关意思是"湿地提供的动物产品，如鱼虾等，是人类重要的蛋白质来源"等。"所有"一词犯了以偏概全的错误。

3.【答案 A】B 项中"捕捞和采挖湿地动植物破坏了湿地的生态平衡"的表述不准确，文章中"过度捕捞、采挖湿地动植物"，扩大了判断范围。C 项"上游湿地生态的破坏必然带来下游湿地水质的污染"中的"必然"太过武断，原文的准确表述是"上游湿地的林木砍伐造成水土保持功能退化，使中下游泥沙淤积，湿地蓄洪功能下降"，主要是强调"湿地蓄洪功能下降"D 项"各类湿地生态功能完全不同"言过其实，原意是"由于湿地类型多样，其功能和价值不尽相同，因此湿地生态的恢复和重建要有具体目标，因'地'制宜。"

4.【答案 D】A 项"因此我国淡水资源的人均占有量也很高"错误，原文只说"我国湿地资源丰富，占世界湿地资源的十分之一"，而我国人口远远超过世界平均数，人均湿地会大大下降。B 项"不要再为自身利益去利用湿地资源"错，人类对湿地资源是可以利用的，只是不能"为了眼前或局部利益而透支湿地资源"。C 项中"就能充分保持湿地在自然状态下的'原型'状貌"言过其实，文中信息是"用于控制污染的人工湿地可大量种植芦苇、香蒲、莎草等植物，通过收割再利用或沉积的方式去除水体中大部分的营养盐，这是分散和净化工农业及生活污水的有效办法。"从加点的词语，可以比较出。

**【第 14 篇·重庆】**

1.【答案 C】其他三项都是生物钟调控的某些具体方面。

2.【答案 D】D 项是生物钟发挥作用控制的两个方面。

3.【答案 C】C 项自由改变这一说法太夸大。

**【第 15 篇·天津】**

1.【答案 C】此题考查筛选并整合文中信息的能力。A 项中的"关键是如何利用高科技手段开发自然资源"不对。B项"围绕以最小资源耗费换取最大经济效益这一中心"不对，D项"节约资源、减少污染、保护生态环境"不只是"绿色经济"独有。由原文第一段最后一句和第二段开头一句可知C项正确。

2.【答案D】此题考查筛选并整合文中信息的能力。D项后半句话错误，从文章第二段的首句和第三段的首句可以得知，绿色经济涵盖了循环经济，超越了"唯生态主义"。

3.【答案C】此题考查根据文章内容进行推断的能力。从文章第二段可知，绿色经济追求自然资源最大限度的"可待续"利用和保护，兼顾个人利益和社会利益。因此，选项C的推断不合理。

### 【第16篇·北京】

1.【答案C】A项由文中第二段一、二句可知，"呼吸运动计量法"是测试垃圾降解率的有效方法而不是唯一有效方法；B项由第二段第五句可知，微生物不能分解塑料袋；C项见第二段三、四句；D项由第三段第五句"纸袋比同样大小的塑料袋重4倍"可知，纸袋的运输成本比塑料袋的运输成本高很多。

2.【答案B】A项由第二段最后两句可知；B项由第三段，尤其是此段中第六句话可以看出，纸袋的使用在空气污染和水污染方面比使用塑料袋造成的污染要严重得多；C项由第二段末两句可知，聚乙烯不能生物降解，而其见光分解的过程又极其漫长。最后一段提到科学家目前在研制的是能够降解的塑料。因此，未来的可降解的塑料袋的成分不大可能是聚乙烯；D项推断可由第三段得出。

3.【答案】第一问。循环、重复利用塑料袋。第二问。(1) 用纸袋替代塑料袋不可取，因经济、环保成本过高。(2) 循环、重复利用塑料袋，可减少"白色污染"。(3) 塑料袋回收再生产成本较低。

【解析】通过文章主体部分可知，纸袋虽然容易降解，但相对于塑料袋来说，其生产和运输成本都很高，制造过程中产生的空气污染和水污染非常严重，同时，处理垃圾纸袋需要很大空间，目前处理垃圾的方式使得纸袋的生物降解过程极为缓慢，而塑料袋的回收和再生产需要消耗的能量相对要少得多。因此，在可降解的塑料袋发明之前，循环、重复利用塑料袋是解决塑料袋污染环境问题最有效的方式。

### 【第17篇·四川】

1.【答案B】B项讲的是煤的属性和储量，不属于原因，答非所问。

2.【答案C】C项中说的只是"煤变石油"的第二步，"煤变石油"还有第三步加工除去如十六烷值含量、硫含量、水分以及粘度、酸度等后，它才达到合格标准，满足市场需要。文中说"目前，我国的这种'煤变石油'技术达到了国际先进水平，大约每四吨煤可产出一吨油。"可见可以生产出25％的石油。曲解原文。

3.【答案C】A项"彻底改变石油进口的局面。"说法错误，文中说的是"间接液化技术就较为有效的方法之一"，观点绝对化。B项强加因果，两者不构成因果关系，文中说的是"由于我国对石油进口的依存度较大，所以国际油价上涨、中东政局变化等因素，都会对我国石油能源安全构成潜在危险。同时由于石油具有流动性好，便于开采、输送和使用的特点，近年来国内石油消费量的增幅大大超过了石油产量的增幅。"，曲解原文。D项"其自身的损耗实际上大约有四分之三。"说法错误，应是除去一些不必要的成分损耗大约四分之三，不是自身损耗。偷换概念。

## 吕丽高考语文讲堂·科技文阅读·第5练【2007高考17题】

### 【第1篇·全国Ⅰ】

1.【答案C】C与原文意思不符，是非物质文化遗产不是要求各个团体都应该具有认同感和历史感。

2.【答案B】原文第三段第一句话可知非物质文化遗产包括乐器本身、曲目及弹奏技术。

3.【答案B】A原文没提到这一点，C原文只说是更有价值并不代表更值得保护。D并不是所有社会传统都是非物质文化遗产。

### 【第2篇·浙江】

1.【答案B】这道题主要考查学生理解文中重要词语的含义能力。"乐音"属于听觉，"水灵灵"属于视觉，根据第二段"把一类事物的特性比附到另一类不同的事物上去，或者说把一种感官对象的性质移到另一种感官对象上去"的信息可以得出答案。

2.【答案C】这道题主要考查学生筛选和整合文中信息的能力。C项"味觉对象转移到琵琶声上"为无中生有，A、B两项在第二段有相关落脚点，D项信息在第三段。

3.【答案D】这道题主要考查学生整合文中信息的能力。根据第四段中"五条标准……过了头""把这五条标准结合'珠玉之美'这一条来综合考察……是有裨益的"等信息可以作答。

4.【答案C】这道题主要考查学生根据文章内容进行推断的能力。C项强加因果，"文曲讲究余韵，武曲注重声势"是"中国传统的琵琶音乐"的标准,文中是借以说明"五字标准""难以使人认可"。

**【第3篇·江西】**

1.【答案 D】原文中交代"往往白天是课堂,晚上就成了读书的地方"。

2.【答案 C】"永远存在"在原文找不到依据。

3.【答案 A】B 少了"常常";C 是有些人的观点,作者并不这么看;D"必然趋势"判断武断。

**【第4篇·湖北】**

1.【答案 C】原文说"所谓彩陶,是远古先民在制作好的陶胚内外壁上用矿物颜料绘制各种纹饰,然后入窑烧制定型的一种带彩陶器",并不止限于中国。

2.【答案 D】"记载历史"文中没有提到。

3.【答案 B】A 项原文说"世界各地绝大多数新石器时代",而不是"世界各地新石器时代"。C 项"例如让编织纹和几何形纹的彩纹与底色相互衬托,产生出虚实相应的双关效果"不是对前面的"造型"的举例。D 项"只有"一词绝对。

4.【答案 A】彩陶文化在中国辉煌,无法推及其他国家。

**【第5篇·安徽】**

1.【答案 D】A 项过于具体化,B 项主要因素是"心理定势",C 项理解不准。

2.【答案 B】"增加了二胡、月琴等民族乐器"是为了说明"老观众也并不保守","双方的'默契'事实上也是处在发展之中的"。

3.【答案 D】A 项看文中"不能欣赏,是受到不以人的意志为转移的"默契"运动规律的制约的,不能简单地视为因循守旧、看不惯新生事物",可知错误。B 项和 C 项的判断缺少逻辑,过于武断。

**【第6篇·重庆】**

1.【答案 B】B 项指的是对"民间艺术"的对待方式,而不是对"民间艺术"的阐释。

2.【答案 A】解答此题,一要审准题干,二要把注意力放在文章的主要内容上,弄清基本概念、关键语句等。

3.【答案 B】A、C、D 三项传递的信息过于片面,不能辩证地分析问题,有曲解或狭义理解原文的意思。B 项符合题意。

**【第7篇·山东】**

1.【答案 D】D 项是张际的观点,而《唐诗选》依据的是王安石和阎若璩的观点。

2.【答案 C】C 项是考证而没有象征意义。

3.【答案 D】A 项原文是"乃合用卫青、李广事",并非加到李广身上;B 项"无雷国,其国王治卢城",说明有一个城市叫龙城;C 项匈奴叫龙城的原因不是"因其地点并不固定",强加因果。

**【第8篇·江苏】**

1.【答案 C】文中并无将汉学历史分为四个阶段的信息,而且这四者本身在时间上也存在交叉。

2.【答案 B】与题干相关的信息区间在第二节。从全文来看,第一节讲的是"汉学的概念",第二节讲的是"汉学研究应当共同持守一个内在品质,即对话精神",第三节讲的是"汉学深远的文化意义"。根据第一节中"由于时代和文化观念等原因,各种形态的汉学研究当然各有不同"和第二节中"中国与西方的认识方式,思维逻辑乃至整体的文化观念,存在这样那样的差异和不同"可以看出。

3.【答案 A】"始终"有误。

4.【答案 D】D 以偏概全,从全文来看,汉学的意义在于,一方面能帮助外国人"洞悉中国文化的深层奥秘",一方面能帮助"中国学人向世界敞开自己","进一步激活古老的传统和思想的底蕴"。

**【第9篇·广东】**

1.【答案 AC】B"艺术表达就会有美感"错误;D"科技创新主要是形象思维的产物"应为"逻辑思维";E"职业痴呆"并非是"对自己从事的职业缺乏了解"。F 二者没有本质的区别,判断错误。

2.【答案 D】答非所问。

3.【答案】不重复。第二段是说艺术的表达技巧需要适中,符合客观规律,因而有科学性;第四段则说艺术作品表现的内容,能够揭示事物的本来面目,因而有科学性。(意对即可。)

4.【答案】从事科学研究的人,应该学习艺术,以不断提高现象思维能力,激发想像和创造能力。

从事艺术创作的人,应该学习科学,以不断提高理性思维能力,更有利于把握艺术的规律。一个人既懂得自然科学,又有艺术素养,二者相互补充、相得。

**【第10篇·海南、宁夏】**

1.【答案 D】根据原文第一段"当然，当代中国缺少伟大的作家，除了这些外在的方面，也有作家自身主体弱化的问题。比如市场需求之多与作家生活经验不足的矛盾、市场要求产出快与文学创作本身求慢求精的矛盾等等"这句话可知，D项应属于"当代中国缺少伟大的作家"内在原因的一项。

2.【答案 C】根据原文第二段可知，A项中"如何保持原貌并移植到创作中"表述有误，不是"保持原貌并移植到创作中"，应为"还需要作必要的整合和转化，才能化为作家内心深处的信仰，运用到创作中去"；B项中"作品只有批判和揭露，而没有充分利用社会生活的资源"表述有误，并不是他们"没有充分利用社会生活的资源"，而是"他们不知如何利用资源，索性不作任何整合与转化，以为只要敢于批判和暴露，就会写出最深刻的作品"；D项中"作品中有油盐酱醋和一地鸡毛这样的描写"表述有误，应该是"很多作品没完没了地写油盐酱醋和一地鸡毛，缺少一种人文关怀"。

3.【答案 B】原文第二段说"这种价值在文学作品中的体现，与作家对民族的精神资源的利用密切相关"，而B项中却说"是否善于利用我们民族丰富的精神资源，决定了作家作品中正面精神价值的能否体现"，夸大了它的作用。

**【第11篇·全国Ⅱ】**

1.【答案 C】这道题主要考查学生理解文中重要词语的含义能力。C项偷换概念，"生物物种及其遗传变异和生态系统的复杂性的总称"并非"生物群体的总称"。

2.【答案 A】这道题主要考查学生筛选和整合文中信息的能力。B项无中生有，第四段只是列举了"人类对生物环境的破坏、对自然资源的过度利用、保护不力"等原因，并未说是"主要原因"；C项语意绝对，"必然"绝对化了；D以偏概全，第三段中是"以其为生存条件的"生物。

3.【答案 C】这道题主要考查学生根据文章内容进行推断的能力。A项因果倒置，"创造出适宜的生存环境"是前提不是结果；B项超前肯定，"将使""都得到充分"不合实际；D项避重就轻，"当务之急"应该是保护环境，维持生态平衡。

**【第12篇·福建】**

1.【答案 B】A选项所表述的内容可在文中第2自然段段首处找到。C选项内容见于第三自然段段首句。D选项内容见于第三自然段第三句。而B选项讲的是降低能耗费的预期目标，显然与题干的中心词不符。

2.【答案 D】A选项表述的内容可从首段第2、3句得到确证，尤其是"如果说目前这一发展时期能源需求高增长带有客观必然性，那么，能源低效率是不能容忍的"这一句，它表明经济发展，离不开大量能源的支持；但高能耗，将势必影响经济的可持续发展，因而必须大力降低能耗。B选项所表述的内容见于第2自然段第2句"我们有巨大的经济增长潜力，但不改变资源依赖型发展环境、速度导向型增长方式，就不能建立可持续的经济增长机制"。C选项所表述的内容见于第3段第2句。D选项是对第四自然段两个句子的概括转述，但却悖逆了原意。原文说的是一种理论上的可能性，而D选项则将可能性变易为已然性——"带来了……促进了……"，这显然是错误的。

3.【答案 C】A选项表述见于第1自然段1、2两句。B选项表述见于第1自然段第3句。D选项见于第4自然段第4句。与C项表述相关的是第2自然段，原文是说"由于普通的白炽灯泡会产生红外线而发热，所以其能量转换和使用效率很差"，而提高能量转换和使用效率，其前提条件是要"有效地阻止灯丝上红外线的放出"（根据第2自然段第3句），C选项的表述显然是不严密的。

4.【答案 C】A选项的推断所依据的信息是第3自然段的"利用自我组织化现象，就有可能以较低价格，制造出光子结晶来"一句，原文说的是"可能"，而选项却变为"就能"，显然是将或然性的判断改易为必然性判断了。B选项是依据第4自然段的信息作出的判断，原文是说"首先采用硅珠开始研究"，而选项却改易为"只有"，将充分条件偷换成了必要条件。D选项是根据第5自然段的信息作出的判断，原文是说"现在虽然尚未实现利用自我组织化技术制造出钨丝上的光子结晶，其技术实用化仍然需要一些时间"，是一种未然性情况，而选项中却偷换成了必然性情况，显然也是不准确的。

**【第13篇·天津】**

1.【答案 C】A项，原文第二小节说："一些企业、科研机构现在知道着力培养帮助注册专利的人才，而对培养在市场竞争中游刃有余、懂技术又有法律资格的专利律师，尚未提到议事日程。"B项，原文第一小节说："对内以为只要有了专利就保护了自己的知识资产，对外将人家注册的专利视为神圣不可侵犯的。"C项，原文第三小节说："在当今中国，绝大多数企业和科研机构尚处在技术积累期，还必须鼓励多申请专利。……专利不一定以开发产品或服务为最终目的……"D项，原文第二小节说："市场经济告诉我们，虽然花很大代价保护专利，但在利益驱动下，竞争对手往往会千方百计地来破解对专利的保护。"

2.【答案D】A项，原文第三小节说："在当今中国，绝大多数企业和科研机构尚处在技术积累期，还必须鼓励多申请专利。"B项，原文最后一小节说："对十分容易被模仿而又难以赢得诉讼的，不申请专利而将这种技术作为商业秘密加以保护可能更加有利。与专利不同，商业秘密没有义务公开技术内容，保护时间可以没有期限。"C项，原文最后一小节说："放弃一部分专利也是一种竞争手段。IBM公司宣布建立一个专利共享平台，放弃价值千万美元的500多项专利，供社会免费使用。这些专利与开源软件开发有关，这样能够做大以开源软件为基础的大量下游企业，为公司自己的产品扩大了市场，其结果恰恰是对竞争对手微软公司的产品构成了重大的挑战。"D项，原文第二小节说："一些企业、科研机构现在知道着力培养帮助注册专利的人才，而对培养在市场竞争中游刃有余、懂技术又有法律资格的专利律师，尚未提到议事日程。"这隐含的语义可能是现在要培养培养懂技术又有法律资格的专利律师，而不是将其"列为远期目标"。

3.【答案A】A项，原文第三小节说"有些专利是出于企业的长期战略考虑暂时不会去产品化，有些仅仅是防止别人进入的篱笆，还有些专利注册行为是为了迷惑对方，或是准备与对方权利交换用的"。B项，原文第三小节说"在当今中国，绝大多数企业和科研机构尚处在技术积累期，还必须鼓励多申请专利。在目前已经注册的专利中属于发明类的较少，而属于实用新型的和外观设型的计较多"，强加因果。C项，"应主要采取专利以外的手段"中"主要"一词，不准确。D项，原文第一段说"知识产权是私权，本质上是保护排他性权益""对具体专利的保护与对自然遗产、文化传统的保护在性质上决不能同日而语"，选项对知识产权和自然文化遗产的定性正好相反。

4.【答案B】A项，需要电流刺激，才"可使高分子材料自动伸缩和弯曲"。B项，正确，见原文第二小节："通过控制电流强弱调整离子的数量，可以有效地改变它的伸缩性。"C项，它伸缩时要消耗电或人的生物能。D项，强加因果。

5.【答案C】A项，人造肌肉的伸缩和弯曲需要电的刺激；如果，人的运动带动人造肌肉，它可以产生发电，原文没说是"静电"。B项，"各个领域"，范围过大；"能在各个领域发挥作用，是因为人造肌肉具有灵活性"，强加因果。C项，符合原文，见原文第三小节："如果有了人造肌肉，机器人四肢就会更加发达，能将分子能量的70%转化为物理能量，其功率远远大于传统引擎机器人。"D项，"代替传统机器人完成了任务"，已然未然混淆。

6.【答案D】这是考察学生的理解能力。A项，第二小节有这样的信息："研究证明，通过电流刺激，高分子材料能自动伸缩和弯曲，从而可用来制造人造肌肉。这种人造肌肉用粘合性塑料制成，是把管状导电塑料集束成肌肉一样的复合体，在管内注入特殊液体，导电性高分子在溶液中释放出离子，这种复合体在电流的刺激下完成伸缩动作。"由此可推断此项正确。B项，原文第三小节提供了相关信息。"自行驱动和负重"可能不太好理解，但不是错误。C项，综合原文三、四小节可以推断出相关信息。D项，原文最后一段说机器鱼耐力可维持半年，并没有说它可以"持续不断地游动"。

【第14篇·湖南】

1.【答案A】文中无此义，研究人员分别观察过嗜盐菌在高盐浓度环境中和强辐射条件下的生存情况。

2.【答案C】文中原句为，"在强烈的紫外线光束的照射下，多数微生物会全部死亡，但80%的嗜盐菌活了下来，且能继续正常生存和繁殖"。混淆了环境特点。

3.【答案B】A科学家们通过观察嗜盐菌细胞DNA受损的拿过程，发现的是"嗜盐菌在受到强烈紫外线照射和被置于模拟太空的真空环境后，其整套分子修复工具'都被激活了'"。而不是"有好几套独特的DNA修复'工具'"。C应该是所有嗜盐菌的整套'分子修复工具'都被激活了，但80%的嗜盐菌活了下来。D"继续生存并正常繁殖"有误。

4.【答案D】A中相似的结果是指"使有机体的细胞，特别是细胞中的DNA受损，B文中的"嗜盐菌躲藏在这些像一个个小房子似的盐的晶体里，在很长一段时间内处于半休眠状态"，而这些晶体是"含有微量水分"，如果要恢复正常的生存活动，则要"盐的晶体有机会重新融入有水环境中"，所以推断错误。C过于主观。文中是说"也许能为增强人体修复DNA受损的自然能力开辟新的途径"。

【第15篇·北京】

1.【答案D】A项对应第1段第4句"一个公司凭借核心能力才能持续为客户提供独特的价值和利益，才能不断催生新产品、开辟新市场，"其意是"有关"，而选项中却说"无关"。此乃"猴吃麻花——满拧"。

B项对应第2句前面的两个"……不是……也不是……"。选项错在"而是指公司独有的技术"，其意又与文本大相径庭。C项对应第1段第3句后面"它难以被竞争对手所复制"，选项与文本之意又相反。D项前面"核心能力是一种综合能力"对应第1段第2句——"而是指公司整合不同的生产技能和技术后形成的一种综合能力"，是正确概括；D项后面——"它的形成不可能一蹴而就"，对应第4段的第3句和第5句的前面"在较长一段时间内获得强大竞争优势的'核心能力'"，是两处信息的正确整合。

2.【答案C】A项，可见第1段首句与第2段首句，与文意相符。B项，可见第3段第5句，其"难以逃脱这种被'诅咒'的命运"即转换为选项的"前途堪忧"，与文意相符。C项对应第2段的前3句。概括此3句话，其意应是"劳动力资源丰富、营销人员优秀不能使公司在竞争中保持永久优势"，而选项与此意正相反。D项，是对第3段4、5两句的概括，与文意相符。

3.【答案】"竞争的环境不公平"、"采取不正当的竞争手段"

【解析】检索区间在第2段。要注意题干中"以及其他外在因素"的提示作用，从而确定横线处要求填入的应是"外在因素"。其第5句话正是对题目划线句原因的解释。句首"特别是"三个字是表示强调的起指示答题思路的短语，考生应能按图索骥，答出"竞争的环境不公平""采取不正当的竞争手段"。如果两空分别答"竞争环境""竞争手段"，而不回答"不公平""不正当"，得1分。

4.【答案】核心能力给公司带来较长久的竞争优势，如果形成"路径依赖"，从而产生核心能力"僵化"的问题，公司最终将因失去应变能力而失败。

【解析】第4段说"能使公司在较长一段时间内获得强大竞争优势的核心能力，一旦让公司形成路径依赖，也会产生核心能力硬化的问题"。此句话有两个要点：前一半讲的是"福音"，后一半讲的就是"诅咒"。"公司因难以应对而猝然倒下"，讲的是应变能力。

**【第16篇·辽宁】**

1.【答案D】A项，第2段中有这样的表述："'能够'是对技术功能的判断，是事实判断；'应该'是价值判断、伦理判断。'能够'不等于'应该'，正如'应该'不等于'能'。"显然是"混淆了事实判断与价值判断、伦理判断"。B项，从第2段中"第一原则提出了一种技术逻辑""这当然是荒唐的逻辑"这样的表述，可以得知第一原则提出的逻辑是片面的。C项，第2段中有这样的表述："凡技术能够做到的事，我们都应当去做，那我们就放弃了对技术应用后果的评价和责任。"这里"凡技术能够做到的事"就是指"应用这一原则"。D项，犯了张冠李戴的错误，第2段中是"这两条原则结合起来"，而不是单指"第一原则"。故选D项。

2.【答案B】A项犯了顾此失彼的错误，题干要求"对'人是主体，技术是客体'的理解"，但这里只有对"人是主体"，而对"技术是客体"却避而不谈。B项分别从"人"和"技术"两个方面解说了对"人是主体，技术是客体"的理解，符合题意。C项犯了混淆关系的错误，在第3段中"人和技术"的关系是"创造与被创造、开发与被开发、应用与被应用、控制与被控制、管理与被管理的关系"，而不是"创造与应用、开发与控制的关系"。D项犯了无中生有的错误，第3段中有"技术应当为人谋利，而不应当损害人的利益"这样的表述，并没有说"应大力发展技术来满足人们的需要"。故选B项。

3.【答案A】A项文章开篇便点明了"技术应用有负面作用"，降低技术的负面作用，要遵守技术的社会逻辑。符合题意。B项犯了断章取义的错误。第1段中说"随着技术的发展，技术应用的负面作用会自然消除"，这"是没有根据的，也是有害的"。C项也犯了断章取义的错误。"凡技术能够做到的事，我们都应当去做"是第2段中假设的一种情况，但这种情况"放弃了对技术应用后果的评价和责任"。D项犯了以偏概全的错误。第3段中"要遵守技术的社会逻辑，而非自然逻辑"是在"这两种逻辑冲突"时，并非所有情况下。故选A项。

**【第17篇·四川】**

1.【答案B】A项中"并在一定程度上抑制能源价格上涨"错，可见第二段；C项中"可以避免"错，同时瓦斯的开发不是为了"获得国际上的财务支持"，见第五段；D项中"促进我国解决煤矿的气权、矿权分置问题"是为了更好的开发利用瓦斯，条件与结果关系颠倒，见第六、七段。

2.【答案D】A"煤矿企业可以采气却无法采煤的情形"说法错误，应为可采煤却无法采气。见第六段；B"人们所能观测到的90%以上的温度上升"与原文"观测到的大部分温度上升"不吻合，见第四段；C"对外合作权"错。见第六段。

3.【答案C】C"就能够"太绝对化。

## 吕丽高考语文讲堂·科技文阅读·第6练【2006高考17题】

**【第1篇·全国Ⅱ】**

1.【答案D】D项内容是为了补充说明，大运河沿岸文物古迹常被随意改拆的管理体制上的问题，这方面内容主体是先C项内容，所以D项不在正确答案的考虑之列。

2.【答案C】原文中"部分河段借用天然湖泊和河流"，其反映是"很多人认识不到大运河也是文化遗产或文物古迹"。并不等于说大运河的文化遗产地位受到影响。

3.【答案A】B项中的"南粮北运"是不可能得以恢复的；C项中的"从而加速……"未可知；D项中的"将会呈现出新的人文景观和民俗风韵"不当，应为保持原有景观。

**【第2篇·浙江】**

1.【答案C】这道题主要考查学生理解文中句子的含意能力。"不是不可能"，便是有可能。这句话是对前一句（"没有到世界遥远地方旅行的手段，对远远不同于人们自己的文化和民族的观察是艰难的"）的强调。要"观察""不同于人们自己的文化和民族"有可能"冒险"，可见其艰难性。

2.【答案C】这道题主要考查学生筛选和整合文中信息的能力。根据第2自然段"在大部分历史中，人们一直受限于他们的地理范围。没有到世界遥远地方旅行的手段"的信息，可以判断A、B两项正确；根据第4自然段"使人类学缓慢成长的另一个重要因素是，欧洲人只是逐渐认识到""直到18世纪中叶"等信息，可以判断D项正确。

3.【答案D】这道题主要考查学生归纳文章内容要点，概括中心意思的能力。这里涉及到对"人类学"概念的理解问题，"人类多样性"应该指人类有多种民族，由此排除B、C两项；A项理解太浅层化了，也应排除；从第4自然段中"不与欧洲人共享基本文化价值的社会被贴上'未开化的'或'野蛮的'标签"等信息可以看出欧洲人与其他民族的区别是"文化价值观念上的差异及其独特的行为方式"。

4.【答案A】这道题主要考查学生根据文章内容进行推断的能力。根据第1自然段"但作为独立研究领域的人类学是相对晚近的西方文明的产物"等信息可以选A项。

**【第3篇·安徽】**

1.【答案B】A项"中国古代思想家形成的共识"的说法过于武断；C项"已解决了"的说法没有依据；D项所关注不是广泛利用自然的问题，而是人类行为与自然协调发展的问题；B项的观点恰如其分地评价了具有中国特色的天人合一思想。

2.【答案D】第三段恩格斯的论述只能说明中国文化"天人合一"思想，有着深刻的合理性，而D项表述夸大曲解了恩格斯论断的作用。

3.【答案D】D项的说法过于绝对化和理想化，与事实有出入，在原文中无根据。

**【第4篇·山东】**

1.【答案A】B楼阁"的起源就是干栏居"的说法太绝对，C原文只说"与上部房屋的结构形制并无明确关系"，但也可能有隐性的关系。D偷换概念，原文说"干栏居并不能算作一种结构类型"，并没说"干栏居形制的建筑不是"。

2.【答案D】A应为"现知最早的干栏居遗址"。B长屋只是长江流域"史前"时期的一种特殊家族聚居形式。C原文只说"用得更为娴熟"，而不是"用得最为娴熟"。

3.【答案D】从文章第一段看，干栏居一类建筑的主要功能是躲避动物的侵扰，"防潮和防寒"只是其次要功能。该题难度太低，因为AD两项说法不一，必有一错。

**【第5篇·江苏】**

1.【答案C】文章第二段说"在物资缺乏的农业社会，它只是生活幸福的理想化的符号罢了。就其本质而言，年画是理想主义的图画"，第五段说"清末民初……木版年画……一反传统，十分写实"，故C项错误。

2.【答案D】文章说"在如此浩瀚的木版年画作品中，蕴藏着的是……还有过往不复的精神情感"，其中"过往不复的精神情感"仅仅指部分而已。

3.【答案A】文章第二段说"等到祈福的愿望成为年画的主题，并进入了风俗范畴"，说明木版年画的传统不是不变的。

**【第6篇·广东】**

1.【答案D】A项可参看第一段第三行"它假定人是利己的，在竞争中要追求直接的自我利益的最大化"；B项可参看第一段第五行："人们之所以不遗余力去追求财富，是因为个人行为的基本动机是追求自己的生存与发展"；C项可看看第二段第十行"所谓个人的经济理性是以自我目的为核心来推理、论证的。这种个人的经济理性，就个人的人生哲学来说可能是合理的，但对整个社会来说却未必合理"；D项看第一段最后一句可知。选项D的表述缺乏前提。

2.【答案D】A可参看第一段倒数三行"所以根本不需要国家或者法律来操心人们的经济事务"一句；B项可参看第一段内容；C项可参看第二段第五行"如果每一个人都按个人的经济理性从事市场经济活动，它的结果很可能是集体的或整个社会的经济行为的非理性或无理性。二十世纪二、三十年代发生的世界性经济危机就说明了这一点"D项参看第二段前三行的内容，可知"古典自由主义"所不考虑的生产以外的因素不包括个人追求和利益。故D错。

3.【答案A】答案解析 A项可参看第二段第八行"这并不是因为整个社会的经济繁荣导致了商品的绝对过剩，而是由于整个社会的经济无序导致了市场萧条的恶果。"B项可参看第二段后二句内容，导致现代生态危机和能源危机的原因是"对资源有限制事实"的忽略；C项可参看第二段第四行"此外，在许多情况下，个人行为的经济理性并不能自然导致整个社会行为的经济合理性"。事实可能恰恰相反；C项的推断过于武断；D项可参看第二段倒数第六行"可见，古典自由主义对效率的论证没有考虑生产以外的其他的因素，无法提供一个完备而有效的经济效率论证体系"D项的结论在文中没有依据。

**【第7篇·北京】**

1.【答案C】A项错误，以气势取胜的是"故宫"，不是"天坛"；B项错误，最高的建筑应是天坛的祈年殿；D项错误，不是所有的天坛的琉璃都采用蓝色；C项观点在文章第五段能找到依据，故选C。

2.【答案D】A项"对上天的挑战"一语错误，象征天，尊崇天，怎能挑战；B项"节省占地面积"有误；C项错误，没有表达"羽化登仙"的愿望；D项"敬慕上苍"的思想贯穿全文，也是天坛建筑追寻的原则，在第3段最后一句更是一语道破，故D项为正确答案。

3.【答案】雄伟（雄壮、雄浑……），威严（庄严、森严……），厚重（凝重……）

4.【提示】与"清"关系最大面积树木突出了天坛青色的整体色调，同时增加了空灵之类。

**【第8篇·重庆】**

1.【答案D】考查理解文中重要词语的含义。从文章最后一段看，本句说的是"文化转型过程"的性质，不是对"文化转型"本身的说明。A项和B项从第一段可以找出文，是正确的。C项是根据第三段中的句子"在总的文化冲突…而引起的质变"概括出来的，正是对"文化转型"的解释。

2.【答案A】本题考查理解文中重要句子的含意和筛选并整合文中的信息。A项从第一段"传统农业文明条件下…理性文化模式所取代"压缩而来。B项文中第一段已说明"不能算作文化转型"。C项第二段也说明了"但这种变化不是我们所说的文化模式在总体上所经历的裂变与危机"，换句话说，就是这种变化不属于"文化转型"。D项说的是"文化模式转换"，文章也说明了"这些也同样不是我们所说的文化转型"。应该说B、C、D三项文章交代得很清楚，不属于"文化转型"。

3.【答案D】考查根据文章内容进行推断和想像。D项错在从原文找不出依据，"一旦…就"判断有些绝对化。A项从第一段最后两句话概括可以得出。B项从第二段"两种不同的文化通过人的交往或交流发生接触和碰撞，也会引起…的一些具体改变"可知是正确的。C项是根据第三段"文化危机和文化转型共同构成了文化模式的剧变期或革命期"一句得出的变式句。

**【第9篇·天津】**

1.【答案B】B项错在文中并没有强调每个人都可以当教员前首先需要当学员，而是说"每一个人轮流当教员和学员"。

2.【答案C】文中第二段讲胡森是从教育变革社会的关系出发来认识和看待学习型社会，把终身学习看成是继续教育的一个主题，故C项表述与原文不符。

3.【答案D】A项错误是因为还透着他古典自由主义的文化精神，而不是以这种"古典自由主义的文化精神"来提出学习化社会的理想。B项错在"鉴于当时的教育未能与社会相结合"处，应是"教育应更加紧密地与社会现实结合在一起"。C项错是因为为应对"知识爆炸"等挑战，胡森提出了"终身学习"的理念而不是"终身教育"的理念。

**【第10篇·全国Ⅰ】**

1.【答案B】A选项中提到3000这个数字在文章的最后一段，在文中主要是指今天科学家在世界海域中所投放的漂流浮标数目，它并不属于"阿尔戈斯"方案。C选项中卫星是用来收集信息的，不能控制浮标的工作，这可以从文章倒数第二段了解到。D选项我们从文章最后一句话可知，绘制海洋气象图是科学家的一个愿景，也不属于这个方案。这道题就是典型的选项与文章比照出结果。

2.【答案B】A选项相关文句在第二段第一行可以找到，C选项可以在文章第三段中找到，D选项可以在文章第四段最后一行中找到。B选项主要看文章的第二段，根据常识我们也应当了解，海洋在与大气层的关系中怎么可能仅仅是被动呢？它们应当是相互影响相互作用的。这道题难度系数并不高，还是考查选项与文章相关文句比照。

3.【答案A】这道题难度太大，估计很多考生会做错。因为它属于推断题，需要对文章的科技知识有所了解，B选项调控热带海洋洋流本身就是一种不切实际的幻想。C选项人们也无法因为关注"锁孔"而达到预报全球气候变化。D选项"阿尔戈斯"方案只是科学家对未来气候推测提供一条依据，不可能就此消除"厄尔尼诺"现象。

**【第11篇·江西】**

1.【答案D】A"这种光对植物是否有着生物学上的意义目前还是个谜"，并不能断定它是"无意义的被动发光"。B只是生物发光的一类情况。C"同时出现的情况下才能产生"是无中生有。

2.【答案C】A因果关系不成立。B"后来，科学家们又得到了荧光素酶的基因。经过科学家们的研究才使得萤火虫的发光原理被完全弄清楚。"D"基态和激发态，前者能级低而后者能级很高"，可见，文中"基态"和"激发态"不是以多少来衡量，而是以"能级"的高低来衡量。

3.【答案D】通读全文，不难看出前三项都有误。

**【第12篇·湖北】**

1.【答案C】这道题主要考查信息筛选能力，对照原文及与D项作比较，即可得出答案。此题在设置上是不太科学的，C、D两项在表述上惊人相似，学生不需看A、B项，就可判定在C、D中选择。学会比较选择项应是一种考试技能。

2.【答案D】这道题主要考查信息筛选能力。参照第4段第一句即可推断D项错。

3.【答案D】这道题主要考查筛选并整合文中信息的能力，D项错在"特殊的肌红蛋白"。

4.【答案B】这道题主要考查整合信息能力和根据文章内容进行推断的能力。A项以偏概全，从原文来看，并无"深海潜水动物不能快速从水下上升"的信息。C项根据原文"我们人类却不具备潜水途中储存氧气的能力"可以推断错。D项根据第4段第二句"在下潜时，越来越大的压力会将他肺中的氮气压迫进他的血液或别的组织液中"可知，人在下潜时，肺部的氮浓度会发生变化。

**【第13篇·福建】**

1.【答案C】C项所说不是潜力，而是研究的过程

2.【答案C】A项中"欧洲老鼠"计划还在进行当中，至于它能不能"消除人类疾病，延长人类寿命"还不能推断出；B与"智力"无关，文章中未提到；D与"改善人类的生存环境"无关，是要通过研究老鼠的基因来研究人类的基因。

**【第14篇·天津】**

1.【答案D】A项以"生物残骸"为核心的说法不准确，"矿石"的定性也不妥当，所以A错。B项"火山爆发喷发形成"只是一种推测所以B错。C项观点也是一种假说，用来作解释不妥当。D项紧扣"锰结核"三字来进行解说，客观平实，不把未成定论的东西作为自己的观点，所以D项正确。

2.【答案C】根据作者的观点，C项所列各项都是假说，但除以上原因外，近年来海底多金属矿泉被大量发现，也被人认为可能是这些矿泉带来的矿物质是锰结核形成的基本物质基础。

3.【答案B】A项说法片面，且只是一种假说。C项原文说这些金属进入海水中后，沉淀出铁的含水氧化物，并没有说能将海中的锰、铁等金属析出，形成锰结核。

**【第15篇·湖南】**

1.【答案D】本题考查筛选辨别文中信息并进行整合的能力，能力层级为C级。根据文中第四段，"生物体的衰老和寿命"应是"由遗传和环境相互作用决定的"，而不是仅由基因组图谱决定的，故D项与文意不合。A、B、C三项均可从文中找到依据：A项为原文第二句，是首句的解说句；B项据文中"与延长寿命有关的基因要在这种逆境条件下才能表达"可知；C项可从文中第四段内容筛选出相关正确信息。

2.【答案D】本题考查筛选辨别文中信息的能力，能力层级为C级。A项犯了暗换主体的错误，原文是说果蝇寿命的延长是"在受到极大限制的环境条件下选择出来的"，如同物竞天择，而非"科学家们"选择的结果；B项犯了因果倒置的错误，根据原文，"有些基因改变后将导致代谢活动缓慢，活力降低"；C项犯了以偏概全的错误，应为"与线虫的衰老和寿命有关的基因"中的"一些基因突变后可使寿命延长6倍或更多倍"。

3. 【答案 A】本题考查对语句中重要概念的理解能力，能力层级为 B 级。文中第四段由这"一个很重要的事实"，得出了"如果人能活到 1200 岁，那么要到 400 岁、500 岁才会长大成人、结婚生子"的推论。由此可知，这"一个很重要的事实"当为"果蝇的发育长期停滞于幼虫阶段"。

4. 【答案 B】本题考查根据文章内容进行推断和想像的能力，能力层级为 C 级。A 项强加因果，文中说，对线虫的研究，"表明生物体存在着与寿命长短相关的单个基因"，同时，由对人类早衰综合症的研究说明"单基因突变可能也是人类衰老的机制之一"；C 项所说"人类也只需用基因突变的方式，就能消除寿限的限制因子"，于原文无据，系无中生有；D 项，原文说"让人类减少疾患，健康而长寿地生活，才是遗传学家在 21 世纪追求的目标"，而该项所说"在不远的将来，长生不老不再是神话而是现实"显然夸大其词。

**【第 16 篇·辽宁】**

1. 【答案 B】A 文中没有谈"花与美"的关系；C、D 范围太大。

2. 【答案 D】花满足了"动物"的欲望而非"动植物"。

3. 【答案 C】"花粉以极快的速度广泛传播"在文中无依据。

4. 【答案 A】B"导致无性繁殖逐渐消失"文中没有提，缺乏依据，C"不能……的植物将会逐渐被淘汰"无依据。D"花的色彩与气味是植物专门化的标志"不全面，文中第五段有"更大，更明亮、更甜……"等形状，味道等标志。

**【第 17 篇·四川】**

1. 【答案 A】这道题主要考查信息筛选能力，A 项犯了以偏概全的错误，原文中是"许多有害生物"，A 项却成了"各种有害生物"。

2. 【答案 B】这道题主要是考查句子含意的理解，"无色无味"是甲烷的一种特性，并非它的危害，所以不是"'不光彩'的一面"。

3. 【答案 C】这道题主要考查信息整合能力和根据文章内容进行推断的能力。A 项犯了张冠李戴的错误，"改善土壤结构"的不是"溴甲烷"，而是被溴甲烷杀灭的"有益的生物"；B 项中的"四年间用量的 80%"不合原文意思，原文是四年"平均用量的 80%"；D 项忽略了"如果这一承诺不能兑现"的前提。

## 吕丽高考语文讲堂·科技文阅读·第 7 练【2005 高考 15 题】

**【第 1 篇·全国 I】**

1. 【答案 A】画线句讲的是中条山与中国文明起源的关系，而 A 项只写了中条山的山势。山势之和缓与否和中条山成为中国文明起源的黄金地段没有直接关系。山势和缓的地方多了，不可能都成为文明起源的黄金地段。其他三项都出自第二自然段，而且都在画线句的后面，与它形成了论点与论证的关系，所以都是正确的。

2. 【答案 C】把本题选项与原文相关内容信息点进行对照、鉴别，会发现 A 项错在"至今一片空白"。原文第二段说"已有考古学家撰文，讨论中条山脉在资源上如何支持了夏族的兴旺"，只此一句就证明对中条山在中国文明中的作用的研究并非空白。原文第三自然段说"从地理空间关系的角度说，山脉的意义则多在于阻隔或护卫"。可知中条山在这方面所起的作用在于护卫，而非在于"联结"。"联结汾运盆地和黄河谷地"的作用，不是"从地理空间关系的角度"说的。所以 B 项错误。原文末段讲的是"垣曲商城可能是商朝势力翻越中条的一个进退据点"，并没有说它是"必经之地"，则 D 项也是错误的。C 项的"群山环绕""比较封闭""肥田沃土"等信息，都能从原文中找到。

3. 【答案 B】原文说"商朝势力曾向北扩张"，从"不算是了不起的社会巨变"看，这一扩张是成功了的。所以 A 项的"中条山成功地阻隔了商人的入侵"不正确。C 项犯了张冠李戴的毛病。原文提及改朝换代，提及社会巨变，讲的是商朝越中条山向北扩张，与晋国越中条山向南扩张不是一码事。两者虽然方向相反，但其意义并未形成对比关系。D 项犯了因果失当的毛病。"有夏之居"在中条山的南面偏东，而汾运盆地则在中条山北面，不是一地，所以"有夏之居"不能成为"夏族发祥于汾运盆地"的论据。ACD 都是错误的。从第二段末句可知，B 项推断正确。

**【第 2 篇·湖北】**

1. 【答案 A】抓住原文中"多数科技史家认为，和谐音律的认识，最可能源于弦乐。在同时期的中国出现的乐器有笛、陶钟和陶埙。商代出土的乐器种类开始增多了，但没有弦乐器的出现"。

2. 【答案 C】"同时期的中国已经出现的乐器有笛、陶钟和陶埙"并不表明七音十二律是从古巴比伦传入中国的。

3.【答案 A】"中国古代对音律的认识"其实是参考了商代就有的对闰月的认识。

4.【答案 C】说明中国对音律的认识可能是各自独立发展、自成体系的。

### 【第3篇·北京】

1.【答案 D】A 第二段告诉人们"没有剧本也可以有戏剧"。B"'戏曲'不属于严格意义上的戏剧"，错误。C 第四段告诉我们是"世界"而非"西方"。梅兰芳是"中国传统戏曲"的代表。

2.【答案 A】电视剧《红楼梦》模拟了现实场景。

3.【答案】故事歌曲（歌、诗歌）；乐舞、技艺（杂技）

4.【答案】不赞同。因为中国戏曲是"神形兼备"（即写意）的戏剧表演体系。东西方古典戏剧（或传统戏剧）可以进行比较，但不宜将西方现代戏剧与中国传统戏剧加以类比。

### 【第4篇·天津】

1.【答案 C】C 项在原文第二段可以找到正确的说法。

2.【答案 D】D 项在原文第三段可以找到正确的说法，"任何一个社会个体，都是文化的产物，都有自己接受和遵循的社会群体的价值观"。

3.【答案 D】D 项在原文第三段可以找到正确的说法："正是价值观的不同，'为什么做'的问题，最终决定了人们'做什么'和'怎么做'。"

4.【答案 A】A 项正确的说法在第四段中可以找到克拉通分裂"可造成类似于陨石撞击地球的标记"。

5.【答案 C】C 项的正确说法应是"凡尔纳爆炸的命名受了《从地球到月球》的影响"。

6.【答案 D】A 项在原文中只是一种假说；B 项"取代"二字太绝对，原文说的是这一理论具有"优势"；C 项原文最后一段说很难区分这两种遗迹；D 项在原文最后一段可找到依据。

### 【第5篇·全国Ⅱ】

1.【答案 B】A"植物"范围扩大，"为适应外界环境"也属无中生有。C"所有豆科植物"范围扩大，"闭合起来"表达不严密。D"捕绳草闭合起来""捕食苍蝇等昆虫"，这和"植物睡眠"是有区别的。

2.【答案 D】根据第 3 节第一行"使叶子开合的竟是两种不同的生理活性物质"，可以推知是上田实等人的研究成果。

3.【答案 C】A"叶下珠体内的生物钟控制"的是"配醣体的合成分解"，并非"安眠物质和兴奋物质"。B 第 3 节中说，"铁扫帚的兴奋物质是配醣体，在夜晚配醣体水解"，并非"合成"。D"目前""已经研制出来"有误，只是研究有成果。

### 【第6篇·浙江】

1.【答案 D】这是"我和我们实验室的博士后学者 Kouichi Itoh"的解释并得到了验证。

2.【答案 C】此句要搞清两个喻体："管弦乐队"指神经元，即"神经细胞"，"不合拍的演奏者"即"不能和其他的突触同步激发的一个突触"。

3.【答案 B】A"向四邻的每一个神经元发出信号"不当，原文为"向回路中相邻的一个神经元发出信号"。C"突触一起激发"与"建立起大脑神经元间的网络联系"在文中有一个条件，即"其强度足以使神经元发放动作电位"，且前后分句之间文中是承接关系，并非递进关系。D 前后顺序错，正确的顺序为"当突触快速、高频地激发，引起树突上的跨膜电位差轻微地升高，就会发生短时记忆形成过程中观察到的变化。"

4.【答案 B】A"总是"错，文中表述为"不是所有输入信号都能激发神经细胞产生自己的信号。"C"被淘汰"错。另外，只有"那些其强度足以使神经元发放动作电位同步激发的突触"会被强化，"另有一些神经元得到强化"表达过于宽泛。D"mRNA 的总量不变"文中无此信息。

### 【第7篇·江西】

1.【答案 C】这道题的答案依据，应该从该空后面的材料中查找，可以查找到这样一些信息：太阳的高温使日冕层向外膨胀，使日冕层中等离子中的带电粒子高速向行星空间运动。再比较这四个选项，应该可以得到正确选项。

2.【答案 D】这道题有一定的难度。应该说 A、B、都说到了其中的一部分意思，而 C 充分条件说成了必要条件。对画线句子的理解，关键是看其在文中起何作用。这就是说要比照该句和前后其他各句的关系。这样一看，划线部分的句子是对上面的句子"强劲的太阳风吹向地球的时候，最明显的是引起地球磁场的变化"的进一步的诠释，前后之间是顺承关系，即"太阳风引起地球磁场变化的"具体结果就是"强大的太阳风能够破坏原来条形磁铁式的磁场，将它压得扁而不对称，形成一个固定的区域—磁层"，可见，这个句子透露出的信息就是："太阳风"破坏"磁场"形成"磁层"。引号引住的三个概念则缺一不可。这样一比较，正确答案则只能是 D。

3.【答案B】B项所说"其温度极高，可达 15000 摄氏度"，这其中的"其"在这里是指代"太阳"，而在原文中是指日冕层。偷换了概念。解答这样的试题，要注意将选项与原文逐一对照。

4.【答案A】将可能说成了必然。

**【第 8 篇·全国Ⅲ】**

1.【答案B】画线句子中"我们自以为优越的那种重要品质"实际上就是指人能思维，所要捧出的"特权"则是指人类没有权利声称自己是物质世界唯一能思维的。可见 B 项是正确的。而 A 和 C 中说"人类无法控制机器的思维"和"机器将使人类丧失思维"的说法有失偏颇。D项中"机器享有人的特权"与"捧出"含义违背。因此选 B。

2.【答案A】A项中"人跟计算机进行国际象棋比赛尚属首次"的表述是错误的。文章最后一段有"深蓝曾于 1996 年跟卡斯帕罗夫交过一次手"的表述。

3.【答案D】D项中说"不能和人类相匹敌"的表述错误。文章最后一段承认"机器具有可形式化的逻辑、理性特征"这一点是可以和人类匹敌的，机器和人类不能匹敌的是"意志、灵感、性情和精神"方面。

**【第 9 篇·福建】**

1.【答案D】本题考查"理解文中重要词语的含义"。D项的解说将原文中的"有人估计"看作定论，与原文有出入。

2.【答案B】本题考查对文中重要语句的理解能力。A项没有混淆地球生态系统的上层与基础，只是因为科研能力的不足而导致认识不够。C项、D项都属于正确的认识，不是偏见。

3.【答案B】本题考查筛选并整合文中信息的能力。

A项中的原核生物只是"据推测与生命起源时的生物群相近"，而不是像题干中所说"作为生命起源时的生物群"。C项犯了偷换概念的错误，原文的主语表达应该是"生物圈的分布范围"。D项的表述有误，不是对"深部生物圈"进行探测，而是对"海水层"进行探测。

4.【答案C】本题重点考查考生根据文章内容进行推断和想象的能力。

A项中两者之间构不成因果关系。B项属于无中生有，根据原文推不出来。D项推断有误，原文说"深海大洋的研究，不仅是地球科学，也是生命科学的突破口"，而不是主要途径。

**【第 10 篇·重庆】**

1.【答案C】"这种理论"由近指代词可知，从上文找有效信息，第三段第二句的开头就表明"这种理论"正是"一种动物的某种行为可能由大脑的某个部分控制的理论"，A、B 两项本身不属于理论，可排除，而 D 项是在"这种理论"基础上进一步行动所可能得出的结论，而不是理论本身。

2.【答案B】由题干可知，侧重点在"相当简单"上，找到信息范围在第三段，由第二句句式"如果你……，你就可以……"可知，这种"简单"就体现在此。即"制造一个自动装置。设计它的电路来模仿这种大脑构造"。A项是"过去 10 年里"的做法，不符合。C项是在这种技术原理下的进一步行动。D项则是这种理论具体应用的好处。

3.【答案D】A、B 两项可以从第二段后两句中找到，属于机器动物优点。可排除。C项可从第四段最后一句中找到，也属于优点之一。D项强调对机器动物的外形并无特殊要求，还不属于其优点。

4.【答案A】A项说法太绝对，第一段中表述"在过去几年里，他们的研究重点开始改变了"，而不是完全转变、"不再从自然中寻找灵感"。B、C 两项可以从第四、五两段中找到依据，D项则可从最后一段的表述中得知。

**【第 11 篇·湖南】**

1.【答案D】本题答案可以第一自然段找出。从文中可以看出"时间和程序"是不断变化的，不是固定不变的，四个选项中能反映这一特征的只有 D 项。

2.【答案D】题干的要求是让人明确"新生儿生命的寿命还在出生之前若干星期，亦即还在母腹中就已开始了"这个意思。答题区域在第二、三、四自然段，而 D 项是从父亲的外在的角度来谈，所以不能证明。

3.【答案B】A项可参考第一自然段倒数第二句，C项可参看第四段第一句，D项可参看第五段最后一句话。而 B 项来自最后一段第一句话，从"只有母亲的声音才能够让腹中胎儿从母腹内的背景噪声中鲜明地听出来，而外界的声音则'消逝'，听不见"一句可以看出，B 项颠倒了条件关系。

4.【答案 C】A 项应是"新生儿的睡眠与清醒周期是不断变化的"。可参看第一段。B 项"因此我国现行对人寿命长短计算的方式是错误的"这句话属于无中生有，本文根本没有谈论这方面的内容。D 项"所以好的胎教模式对人脑自我构成功能的产生起到重要的作用"一句原文也没有此意。

**【第 12 篇·山东】**

1.【答案 B】该题重点考查学生辨析并筛选文中重要信息的能力。能力层级为 B 级。A 项从第 2 段"花卉能够激发我们积极的情感和其他深层心理变化……花卉可能利用了它对人类的这种独特影响来不断进化"推知是正确的，C 项从第 2 段和第 7 段推知正确，D 项在第 3 段中，这三个选项都是从花卉对人类的作用来考查的。B 项"花可用来"表达的是被动之意，是从人对花的利用角度解说的，因而应该排除。

2.【答案 D】该题仍然考查辨析并筛选文中重要信息的能力，能力层级为 B 级。ABC 三项都在第 4 段中，是通过具体事例来说明"这种非同寻常的心理效应"，而 D 项在第 5 段中，是从理论上解释"心理效应"。抓住"这种"这个指代词就找到了解题的关键。

3.【答案 D】该题考查对文意的理解。能力层级为 B 级。从第 1 段"在接受鲜花的心理效应方面还没有进行过多少科学研究"可知，D 项"心理学界已经做过大量的科学研究"的判断是错误的。

4.【答案 B】该题重点考查根据文章内容进行推断和想象的能力。能力层级为 C 级。A 项说法太绝对，从第 2 段中可以看出，进化心理学和进化生物学有认识一致的地方，"但是"一句则告诉我们进化生物学另有新认识。C 项"证实"说法武断，从第 5 段中可知 C 项说法只是"各种进化理论"中的一种解释，一种推断。D 项说法片面，可以从第 6 段"对人类基本没有食用活其他生存价值的开花植物"推知错误。B 项从第 4 段中可以推知正确。

**【第 13 篇·江苏】**

1.【答案 C】本题考查筛选并整合文中重要信息的能力，能力层级为 C 级。文章最后一段提到"它所生存的时期又非常特殊，相当于地球演化过程中严冬刚过去、早春悄然而至的瞬间"，这里"相当于"告诉我们并不是真正的季节，所以该选项错。

2.【答案 A】本题考查筛选并整合文中重要信息和理解文中重要句子的能力，能力层级为 C 级。文章第 1 段提到"大量的多细胞动物化石在寒武纪地层中的发现"，表明地球上的生命在这个时期发生过一次大规模的演化，古生物学家称之为"寒武纪大爆发"。而"小春虫"的出现只是"首次将两侧对称动物化石的可记录提前约 4000 万年而到了寒武纪之前"（原文第 2 段末尾），并没有否定"寒武纪大爆发"理论。所以 A 项错误。

3.【答案 D】本题考查在一定的语言环境之中对重要句子、重要词语的理解能力，能力层级为 C 级。原文第 3 段"它的组织构造的复杂性表明它已经处于成年期的发育阶段。这一化石是迄今为止已知的最古老的真体腔两侧对称动物化石的代表，而真体腔动物的起源至今仍是科学之谜"，这句话中"它"由下文语境可以判断出是"真体腔两侧对称动物"，而不是选项中"这种动物"，"它"的指代理解错了。

4.【答案 C】本题考查根据文章内容进行推断和想象的能力，能力层级为 C 级。A. 原文第 1 段提到"两侧对称发展正是从低级动物通向包括人类在内的高级动物的至关重要的一环"，而"小春虫"正是两侧对称动物化石的代表，所以本选项的推断是正确的。B. 原文第 3 段提到"小春虫"具有"一对体腔和成对排列的感觉窝"，所以本选项的推断是合理的。C. 原文只是提到"小春虫"有"口部"和"咽道"，但是并没有提到它的养料来自何处，所以本选项错误，没有依据。D. 由第 3 段"它的组织构造的复杂性表明它已经处于成年期的发育阶段。这一化石是迄今为止已知的最古老的真体腔两侧对称动物化石的代表，而真体腔动物的起源至今仍是科学之谜"可以看出本选项的推断是合理的。

**【第 14 篇·广东】**

1.【答案 D】涉及的信息区域就集中在第 3 自然段，仔细审读，"化学信号气味分子经过属于 GTP 蛋白（通称 G 蛋白）的嗅觉受体的复杂作用，转变为电信号"，"最后被传至大脑嗅觉皮层某些精细区域……。"D 项漏掉了"……转变为电信号"这个过程。

2.【答案 C】审读题目，"承接顺序"四个字提示我们要注意文中表述的不同时期，不同成果的对应关系。A. 信息点在 2 段"在嗅觉的早期研究中，气味的识别，一般被认为是……结果"，"嗅觉信号道路理论提出后"在时间上就表述错误了。B、C 相关句子为："其实，在上世纪 80 年代末期，科学家就发现……传导过程。"B 项"嗅觉信号道路理论提出后"又把时间弄错了。D. 相关句子为 4 段"当阿克塞尔……构建嗅觉信号通路理论时，……受体家族……"，错成了"得知……过程后"。

3.【答案A】A. 其推断与文章最后一段文意完全吻合。B. 王安石和阿克塞尔，一个是文学家代表，一个是科学代表，并不能得出"中国人关注的是审美，外国人关注的是科学"这种啼笑皆非的结论，根本没有因果关系。C. 第2段说"这种受体存在于嗅觉神经元伸入鼻腔黏膜的嗅纤毛"上，可见一个人只有一个嗅觉受体，不可能有"万种"，强加因果。D. 根本没有相关信息，属无中生有。

**【第15篇·辽宁】**

1.【答案C】A项可以从第三段"如果它们确是被挖掘到的世界的一个新的方面，那它们是美的。美不能先验地规定，就像毕达哥拉斯和开普勒那样"可以判断其错误；B项可以从"是不是一切新的探索最终都归结到美呢？不一定。在艺术上如此，在科学上也如此。"可以判断其错误。D项可以从"人类有理由为文明在这一百年里的突飞猛进感到自豪，但是也应当充分地认识到一个事实，就是我们解决的问题远没有我们发现的问题多，我们驰骋过的领域远没我们未曾涉足的领域大，这就是今后艺术和科学继续发现的根据，也是今后人们美学观要继续发展的道理。"中得出其判断错误。

2.【答案D】本题考查考生文意理解能力，本题正确选项为D项。

3.【答案C】本题考查考生依据文中提供信息进行合理推断的能力，从文章详略安排可以推知。

4.【答案B】本题考查考生依据文中提供信息进行合理推断的能力。

## 吕丽高考语文讲堂·科技文阅读·第8练【2004高考17题】

**【第1篇·吉林、黑龙江、四川、云南】**

1.【答案D】本题考查的是对文意的理解。能力层次为D级。根据原文"因此白鹤梁被誉为'世界第一古代水文站'。加上白鹤梁上的题刻大多出自历代名家之手，具有极高的艺术欣赏和保留价值，白鹤梁因此成为三峡库区惟——处国家级文物保护单位。"D项明显不是原因。

2.【答案D】此题考查的是对文意的理解能力。能力层次为C级。题干是"白鹤梁急需保护的理由"，关键是一个"急需"，在A、B、C、D四个选项中，显而易见D项最"急需"。

3.【答案C】A说"白鹤梁平时都隐没在水中"而原文却是"白鹤梁多数时候隐没在江水中"把"多数时候"改成"都"把特称判断说成了全称判断，A项错误。B项说"石鱼和题刻不但出自历代名家之手"而原文确是"题刻大多出自历代名家之手，具有极高的艺术欣赏和保留价值"也扩大了范围。D项的"就地淤埋"是保护白鹤梁的一种行之有效的方案而"岸边复制"不是保护白鹤梁的一种行之有效的方案这是非常明显的。C项叙述和原文一致。

4.【答案D】此题考查的是对文章内容的推断能力。能力层次为D级。根据原文"葛院士为白鹤梁专门度身定做的'水下宫殿'正式动工，白鹤梁也可以'永见天日'了"中的"也"字可以推出其他各单位所提出的方案也可以使之重见天日。因而D项错误。

**【第2篇·青海】**

1.【答案B】原句的表述是这样的："在这种情况下，'茶马互市'除了为朝廷提供一笔巨额茶利收入补充军费之需外，……"该句是说茶马互市是军费的"补充"，显然不是宋朝全国军费的主要来源。

2.【答案D】本题要求选出表述错误的一项，藏族喜欢饮茶，以马易茶是对他们茶叶需求的满足，这一表述在原文中找不到依据，从道理上看，宋代统治者怎么会关心藏族人的生活呢？

3.【答案C】C项的载体是"他们并不需要外界供给很多东西，但茶叶却是绝对不可缺少的"。它的意思是，茶叶对于藏族人民来说必不可少，但并不是说不需要外界供给其他物品，而是不需要"很多"东西。且后文又说"藏族对茶叶的需求有增无减，对其他产品如丝绸、布料、铁器等的需求也开始增加"。C错无疑。

4.【答案A】B项说"元代的推行的'土官治土民'的土司制度，扩大了藏族地区的民族自治权"，所犯错误同8题D项。C项说"由于'边茶贸易'的兴起"而使得"茶马古道""在历史地平线上消失"，这一表述犯了一个时间错误，原句的表述是这样的"到了清代，'茶马互市'作为一种重要制度逐渐从历史地平线上消失，取而代之的是'边茶贸易'制度"。D项的载体是这样的，"内地对藏区马匹的需求虽然减少，却对藏区皮革、黄金，以及虫草、贝母等珍贵药材的需求大幅增加"，这两句话前后是转折关系，并不像D项所表述的是因果关系。A项在原文中的表述在第一段，其表述的意思是说"茶马古道"一词的来历，在唐代已有记载的是"茶马互市"，"古道"的说法是后来才有的，自然"茶马古道"这一说法的形成不应该早于唐代。出题者将"茶马古道"这一现象与该词的演变历史联系在一起，似乎有意与答题者周旋，考生只有明确该段主旨才可正确作答。

**【第3篇·湖南】**

1.【答案B】题干所问中国传统医药学显得神秘的原因，四个选项中，"与古老的神话和传说紧密结合在一起"，"有难以解释的地方"，"还不了解"三点都是中国传统医药学"神秘"的地方，B中的"以隐秘的方式在寺庙中代代相传"也可看作"神秘"，但其主语"它"只是藏医学，而不是"中国传统医药学"，不能以偏概全，故不妥。此题干扰项是D。

2.【答案C】这是一种局部比较式的阅读，比较有时要求同存异，有时则要求相反。这里将中医学与西医学进行比较，其实是对筛选信息能力的考查。对选项信息的判断，很重要的一点就是将选项内容与原文相关信息小区的语句进行比较，看两者表述是否同质，也就是说，从量上和质上看选项内容添加或减少了没有。四个选项中，A说"中医学解决了……问题"，而原文中用词是"缓解""明显的改善作用"，可见不能说已"解决"；B中说中医学能治疗"所有疑难杂症"，文中无此义，而事实上也没有这样，还说"西医学对这些病则感到束手无策"也是不符合事实的；D中说的"全部"与"部分"，文中也没有依据。此题难度不大。

3.【答案D】A错在将中国医药学与东方医药学混同，前者应是后者的一个重要组成部分，这从第一段第二个分句也可看出；B中将中医学（汉医学）与藏医学等同，与A是同一个错误的另一种表现；C中说"免疫、神经、内分泌系统各自独立，没有联系"不符合客观事实。

4.【答案A】A中说"埃及、罗马、印度的传统医药学因特点相近，已被现代医药体系所取代"不妥，被取代的原因可能不是特点相近，另外，它们既然与中国传统医药学一样自成体系，就难以相近，故A错。

**【第4篇·广东】**

1.【答案D】D项中"我国的茶叶可分为六大类"的依据是"依据制作过程中多酚类物质氧化程度的不同"而不是"茶叶发酵的程度"。

2.【答案C】文中称咖啡为"黑色金子"，是说它的颜色和经济价值；称茶为"绿色保健饮料"，是说它的功用。A项"价格十分昂贵"不确切，B项说法答非所问，D项"这意味着咖啡比茶具有更高的经济价值"欠妥。

3.【答案A】"咖啡和茶都能消除疲劳，振奋精神，加速脉搏跳动，降低胆固醇，对龋齿、癌症、肠炎等疾病均有较好的预防作用"中说咖啡能降低胆固醇，那么，为什么后文又说对心血管患者最好不要喝？依据文章第一段可以看到"能消除疲劳，振奋精神"是两者的功用，而"加速脉搏跳动，降低胆固醇，对龋齿、癌症、肠炎等疾病均有较好的预防作用"只是茶的作用。可以参见文章第三段结尾处的表述。

4.【答案A】B项"茶被称为绿色保健饮料，而绿茶在制作过程中又保留了鲜叶的原色，因而绿茶是茶叶中的精品。"中无因果关系绿茶之所以是茶叶中的精品，是因为它富含维生素而不是保留了鲜叶的原色。C项中"茶叶发酵的程度和维生素含量成正比，发酵程度越低，维生素含量越少。"无依据。D项"可以在我国广泛地种植"说法有些绝对，文章中是说有些地方可以种植。

**【第5篇·山东、山西、河南、河北、安徽、江西】**

1.【答案A】成年干细胞分布在什么地方并无科研价值。

2.【答案B】在体外培养时，因为改变条件，其分化方向改变，并非"不确定"。

3.【答案A】并未做人类实验，更未"证实"。

4.【答案B】A人类胚胎干细胞在"囊胚中"而非"囊胚外表"。C人类胚胎干细胞是细胞群，而非细胞。D成人身上有干细胞，但不是胚胎干细胞。

**【第6篇·广西】**

1.【答案D】本题考查词语的理解，能力层次为B级。解答此类问题要抓住词语的本质属性，ABC项都大而空，因而不对，正确答案是D。

2.【答案A】此题重在考查理论的推断能力。能力层次为C级。A项陈述的对象是"生物"而不是"人类"，不符合体干要求，因而是错误。B、C、D明显正确。

3.【答案C】此题考查的是对文章内容的判断能力。能力层次为C级。A、B、D符合原文的表述。C项和原文对比去掉了"这些"二字，这些根据原文又是"有毒甚至是致命的物质"这样毫无疑问就扩大了词语的使用范围，因而是错误的。

4.【答案A】此题考查的是对文章内容推断能力。能力层次为D级。根据原文"很大程度上是由环境造成的，而反向作用，即生物对其所在环境的实际影响则相对较小。只有到了 20 世纪，作为物种之一的人类才获得了足够的力量，有效地改变他所在的世界——大自然。"可以推断"A. 动植物的形体和习性在很大程度上是由环境造成的，人类也就可以通过自己的努力提高动植物的质量。"是正确的。"B项，化学药品和辐射线能够改变生物的根本性质，所以治理环境污染的首要任务就是控制化学药品和辐射线。"句子本身不存在因果关系，因此错误。C项"可见人类研制化学药品是得不偿失。"缺少根据，纯属是"无中生有"。D项的"药物喷洒的发展过程卷入了一个永无终点的螺旋"和原文"药物喷洒的发展过程似乎卷入了一个永无终点的螺旋。"对比，就会发现少了"似乎"二字，这样看来 D 项就犯了"绝对化"的错误。

**【第 7 篇·北京】**

1.【答案 B】根据第四段，可以看出"朊毒体"指是一种能突然改变形状或发生错误交叠的蛋白质。A 是一个特例，C 只说明位置，D 只是一种可能性。

2.【答案 C】"这种蛋白质"是指 CPEB，这样排除 AB 两项，D 项是说 CPEB 合成的蛋白质作用，也可排除。

3.【答案 C】ACPEB 在朊毒体状态下仍能发挥正常功能的事实，只能证明此前人们对朊毒体不正常发挥作用的认识是错误的；B 文中没有这样的信息；D 只是"可能""进一步研究"，把可能说成已然。

4.【答案】CPEB 在朊毒体状态下仍发挥它的正常功能——蛋白质合成，所合成的蛋白质会随着记忆的形成加强突触，使突触和神经细胞长期保存这些记忆。

**【第 8 篇·天津】**

1.【答案 C】C 项直接应用、开发新技术和新产品，形成优势产业，在技术和经济方面实现迅速追赶先进国家，是技术跨越发展的目的。

2.【答案 D】由文章最后一段最后三行，可以得出从 1992 年的 16％提高到 30％的依据是从现在到 2020 年，发展中国家的经济增长率可达 5～6％。ABC 三项是个别地区和国家实行技术跨越取得的成绩，不能作为发展中国家占世界国内生产总值的份额，将从 1992 年的 16％提高到 30％的依据。

3.【答案 B】B 项说只是日本的情况，犯了以偏概全的毛病。

4.【答案 A】原文中只是说"在电信领域，吉布提、马尔代夫、毛里求欺和卡塔尔等发展中国家直接采用新技术，它们跨越了金属导线和信号模拟阶段，实现了电信网络数字化。而先进工业化国家仍有半数电话网络使用高成本的落后技术。"A 项犯了以偏概全的毛病。

**【第 9 篇·重庆】**

1.【答案 C】本题考查学生对文中重要词语的理解能力。做这道题的关键是抓住事物的本质属性，本题只有 C 项揭示了该词语的本质属性。ABD 三项都是在说"报复现象"，而非解释"报复效应"。

2.【答案 D】做这道题的关键在于要理解本文的观点的实质，这样可以利用第 7 题去分析，也就是要谈"报复效应"，D 项没有涉及这一点，因而错误。另外 D 项不是泰讷列举的事实，而是作者根据他的事实作出的推断。

3.【答案 A】B 项中"表现出对技术绝望的悲观倾向"错误，"与其……，不如"是假设，而答案却将假设变成了肯定。C 项"一旦把泰讷的说法当成一种绝望的声音，也就起到了它的警告作用"这句话中假设关系不符合原文意思。D 项中的"滥用"属于无中生有。根据原文"无论如何，科学要向前发展"可知。

4.【答案 B】A 项 C 项的表述太武断、太绝对。D 项"如果……，将……"是充分条件，不符合原文的表述。

**【第 10 篇·福建】**

1.【答案 C】只要细读原文第一段，就可以明确无线电射频脉冲的作用主要有以下几点：（1）激发人体内氢原子核，引起氢原子核共振，并吸收能量；（2）停止射频脉冲，氢原子核按特定频率发出射电信号，并释放所吸收的能量。A、B 两个选项中"能引起氢原子核在磁场中旋转"的说法是错误的，根据第二段的一、二、三句"原子核的运动类似'自旋体'，不停地以一定的频率自转……磁场的强度和方向，决定原子核旋转的频率和方向"的叙述，可知引起"氢原子核在磁场中旋转"及"原子核旋转频率的改变"等与无线电射频脉冲无关。D 选项"引起氢原子核共振和能量变化"这样表述是错误的，根据原文第一段的说明，能量的变化与"无线电射频脉冲"的运行与停止有关。发出射电信号和释放能量的是"氢原子核"，因此该选项中的"射频脉冲会按特定频率把射电信号和能量释放出来"的说法显然是张冠李戴的。

2.【答案 D】此题围绕"磁共振成像原理内容"，列出四种表述，要求考生选出不属于原理内容的一项。要答好这道题，就要把筛选区间定位在原文的二、三两个自然段，A、C 选项的表述可在第二自然段的第四句中找到相同说法。D选项的表述与第二自然段第四句第二个分号后的语句所述是一致的。B选项的表达与第三自然的第二句的表述完全一样。但它的陈述对象是"病理过程"而非磁共振原理，显然是错的，这是偷梁换柱以干扰考生。因此考生在阅读时一定要始终抓住说明的对象以及说明对象的特征，注意各自然段中的主题词（突出本文主要内容的那些关键词）。

3.【答案B】此题提出的"氢原子核能够起到类似显微指南针的作用"这个句子，是一个运用比喻修辞手法的形象化语句。对具体的形象化的语句的内涵的理解，必须联系上下文来仔细揣摩，才能正确领会。只要注意认真研读原文第三段中画线句后面的句子，就很容易确定B选项是正确的。A选项"体内氢原子核能够导致水分的变化"的说法是错误的，原文是说"疾病的病理过程导致水分的变化"。C选项与D选项中的"前后"一词表意不严密，根据原文所述，共振波是在脉冲后，原子核返回先前的状态时，才发射出来的；另外，磁共振图象的生成必须通过先进的计算机编程来处理，而非"体内原子核能够通过磁共振图象反映出人体疾病的水分变化"。

4.【答案D】A项推断缺乏必然的因果关联。B项推断失实，原文只说磁共振成像对某些疾病的检测效果更优于CT，而非"一出现就替代了X射线照射、CT成像等疾病检测手段"。C项"人们生病后，只要注意饮水，调节人体的水分，就可以通过磁共振成像技术更好地诊断疾病"的说法缺乏依据。

**【第11篇·湖北】**

1.【答案D】本题考查对概念的理解，依据原文第四自然段的第一句话可以确定D项，ABC三项都不全面。本题考查对文章中重要词语的含义的理解，能力层级B

2.【答案B】依据原文中"如果将舱外活动航天服的压力提高到380毫米汞柱以上，穿上它出舱行走，也不会产生减压病"的"也"可以确定"吸纯氧排氮"和"将舱外活动航天服的压力提高到380毫米汞柱以上"是防止减压病的两种不同的方法，而B项中的表述变成必须同时使用的一种方法，显然不符合原意。ACD三项符合原文意思。

3.【答案C】原文中并没有把"没有空气阻力，行走起来轻飘飘的"作为"航天员走出密封座舱"的困难，而从原文第二段"太空是高真空、强辐射和极端温度环境，还有微流星体伤害，必须身着舱外活动航天服以保证生命安全，但也不能立即走出密封座舱，因为还要吸纯氧排氮"、第三段"另外，太空真空环境中没有空气传播声音，因此，在太空行走时，必须靠航天服背部的无线电通信背包与同事联系。困难还不止这些，比如，太空里没有任何参照物，人容易迷失方向，失去远近感"这两段话可以确定ABD三项符合原文意思。

4.【答案A】从原文第一段"行走范围是立体的"可以确定答案。这里重在对"倒走横行"的理解，它跟立体行走的意思是一致的。B项应是指座舱中。C项中"所以与地面行走一样，而且是'健步如飞'"跟原文最后一段"如果像在地球上那样双脚轮流迈步，走起来会轻飘飘的，一蹬地身体就会弹得老高，一步能跨出老远，感觉很别扭，还不如像袋鼠一样双脚并齐、向前蹦跳感到舒适"这句话的意思不符。D项中只提到"厚密的大气"这个因素，而原文中还有"比地球大300多倍的质量所产生的重力"这个因素，所以D项推断不正确。

**【第12篇·浙江】**

1.【答案D】过敏反应是由异种动物血清、各种微生物、寄生虫、青霉素等过敏原诱发的超敏反应。.C本题要求选择"最准确"的一项。命题者的命题思路是这样的：要考生抓住两句话，一是"过敏反应是临床最常见的一种超敏反应"，二是"超敏反应指机体受同一抗原物质再次刺激后产生的一种异常免疫反应"。命题者用第二句话中对"超敏反应"的解释部分代替第一句话中的"超敏反应"。ACD三项的陈述，都是不准确的

2.【答案B】本题的答案可以采用直选法得到，依据在第三段。"自身免疫反应如果达到一定强度以致能破坏正常组织结构并引起相应临床症状时，就称为自身免疫病。如包括全身性红斑狼疮、甲状腺功能亢进、类风湿病在内的自身免疫病有数十种之多。"这两句话说明了两个问题——自身免疫病及其种类。命题者在命题的时候没有直接问"根据原文，下列明显属于自身免疫病的一项是什么？"又是用了"等量代换"的方法。

3.【答案B】判断依据是"在健康人中，自身抗体出现的频率随年龄增长而增高"。命题者设计本题，没有给考生设计任何有效的障碍，只需在文中直接找出判断的依据即可。而正确选项的设计几乎都是原文的摘抄。

4.【答案D】判断依据是"不少自身免疫病目前尚无很有效的治疗方法，其中有些还严重地威胁着病

人的生命"。命题者设计的此选项对不仔细阅读文章的考生具有迷惑性。因为命题者在提供的前提中同原文相比删除了关键字——"很"。"尚无有效"与"尚无很有效"的意思差别极大。提供的前提错误，依据前提推断的结论必然错误。

**【第 13 篇·江苏】**

1.【答案 C】本题中 C 项理解正确。A 项中"与介质混合产生"错误，应为"在介质的空隙中和水生成"。B 项是介绍"气冰"的形成，并非介绍"气冰"是什么物质，且"在介质中生成"的表述也不正确。D 项"在地壳深处生成"有错误，应为"在地球深处产生并不断进入地壳"。

2.【答案 B】文章的结尾说"气冰"的开发利用就像一柄"双刃剑"，而本题的 B 选项说"气冰"有利有弊，本身就像一柄"双刃剑"。由此可见 B 项错误。"气冰"本身不能说"有利有弊"，只有在开采时才会出现各种问题，甚至"危害大于功用"。因此只能说"开发利用气冰"是"有利有弊"，是"双刃剑"，开采时出现的危害可能"远大于功用"。

3.【答案 A】本题中 A 项的解说完全正确。B 项中"导致当前全球气候变暖"属"无中生有"，且"气冰"中存在两种温室气体——甲烷和二氧化碳。C 项中"如果不进行人工开采，'气冰'矿藏就不会遭到破坏"与原文意思不符，因为文中还提到了"还有自然的破坏"，也会"导致甲烷气体泄漏"。D 项中说开采"气冰"困难，是由陆缘海边的特殊地质条件决定的，这一说法与原文意思不符。因为"气冰"并非只存在于陆缘海边，海底岩石中还有大量储量。开采的困难是"没有成熟的勘探和开发技术"，担心开采后造成甲烷泄漏到大气中。

4.【答案 D】本题中 D 项之所以是不正确的推断，是因为太武断、太绝对。文章说"至今尚没有非常成熟的勘探和开发的技术"，并不等于说"短期内"就难以找到，文章的内容中推导不出这一论断。

**【第 14 篇·辽宁】**

1.【答案 D】A 项见第二段最后一句；B 项见每一段最后一句；C 项见第二段第四行；D 项从文中看，强调网格计算机运算速度最快，可见与计算机本身的计算能力有关。

2.【答案 B】从第二段文意看，它强调网格协议"能够保证异构系统工作起来像单一的系统那样协调"，可见是"不在乎对方的计算机位于何处"。

3.【答案 A】A 从全文看，文章讲了两部分内容，前半部分讲网格计算技术，后半部分讲应用。

4.【答案 B】A 项原文是"网格计算类似于电网，需要有一个协议来支持"；B 项可参考文中第三段"要在今天的因特网上找到这些问题的答案，是一件十分麻烦的事，因为登录步骤的繁琐和软件的不兼容随时可以使你陷入困境"一句；C 项"一定能够成功处理"太绝对；D 项的"还不能应用于遗传学、粒子物理学和地震工程学等领域。"错误，文中是说网格计算机"可广泛应用于遗传学、粒子物理学和地震工程学等领域。"

**【第 15 篇·2003 年全国】**

1.【答案 A】答案就在第二段第二行，明确提出"温室效应，在物理……。"B、C 两项强调二氧化碳，而从第二段第三行中，可以看出，二氧化碳只是主要的温室气体，而不是温室效应中的唯一因素。D 项中"通过减少地表热量向空间散失"与文意不符。

2.【答案 C】此题很简单，从第一段倒数第二行可以明确选出答案。

3.【答案 D】A 选项可以以工业革命后为例推断出此后果；B 项可以从文章第三段第一行推断出答案；C 项则从第三段第二行推断出；只有 D 项中的"人类对此束手无策"无法从文中考证，从文章第三段最后两行可以看出，以核燃料代替化石燃料就是人类对付温室效应的一种手段。

4.【答案 B】A 选项可以从第一段第二行中"森林消失和沙漠扩大，将使非洲成为受影响最广的地区"看出，温室效应的有效遏制，将使非洲获益最大。B 项中"台风将远离日本"无从推断。C 项第三段倒数第一行"从根本上"可以推断出核燃料不会产生二氧化碳。D 项是从文章所表达意思的反面说明问题，所以也是正确的。

**【第 16 篇·2002 年全国】**

1.【答案 A】这四种选项都来自原文，B 项说沙尘暴是雕塑大地外貌的自然力之一，是大自然保持全球生态平衡的一项工程，只是一种描述性的说法，不能作真正意义上的解释。可以排除。C 项与原文的意思不符，因为风对草原带的风化物质进行筛选分类，只是有一部分"颗粒微小的粉沙细土和微尘"，被强上升气流扬上天空，作中长距离的输送形成了沙尘暴，并没有解释到沙尘暴的含义，因而也可以排除。D 项说"颗粒适中的粗砂和细砂"被风吹移到附近"就地聚集成沙漠"也是说沙尘暴的形成原因，也不能算是对沙尘暴的解释，因而也不是正确选项。A 项说沙尘暴是"天气现象"，这种天气现象形成的原因是"风将大量沙尘卷起"，造成了"空气混浊，能见度小于千米"。这些都是沙尘暴作为一种天气现象所必不可少的因素，所以应该选 A。

2.【答案 B】A 项说沙尘这种天气现象古已有之，它在地球生态平衡中起着一定的作用，基本上是用原文中的句子，符合文中的原意，是正确的，可以排除。B 项说"沙尘逐渐积聚形成沙尘暴，在全球范围内起了保持生态平衡的作用"，不符合原文的意思。因为沙尘暴并不是由沙尘逐渐积聚形成的，更没有起到保持生态平衡的作用，所以应该是理解错误的选项。C 项除"能使大气中的酸性物质得到平衡"对原文略有改动外，其余基本上是用原文中的句子，符合原文的意思。也可以排除。D 项说沙尘不仅在土壤的分布与补充上，而且在全球水循环上也扮演着重要角色，只是对原文作了一些简化，并没有实质性的改变，因此也可以排除。

3.【答案 A】要答好这道题，首先就要弄清楚原文中哪些因素导致了沙尘暴灾害的加剧。文中多次提到"在人为活动的干预下……结果造成生态巨变"，"在受到人为因素的干扰后……一连串的灾害也就由此产生"，"大自然是不会犯错误的，错误永远是人犯下的"等等，这些信息，足以提示考生："加剧沙尘暴灾害的原因"肯定与人有关，与人的活动有关。表述不正确的，显然应该是纯自然状态下造成的内容。B 项森林大量砍伐，土地过度开垦，工厂盲目建设，排放不加控制，造成生态巨变。这些变化显然是人的活动造成的，应该是原因之一。C 项说沙尘暴中混入了工矿企业排放的有害成分和来自牲畜粪便中的病菌病毒。显然也与人的活动有关，也可以排除。D 项"在受到人为因素的干扰后，自然界的风蚀速度已经远远大于土壤的生成速度"，也是人的活动造成的，也可以排除。这样，B、C、D 三项都与人的活动有关，应该说都是正确的，都可以排除。只有 A 项"强上升气流把颗粒微小的粉沙细土和微尘扬上天空，作中长距离的输送"，只是地质史上的一种现象，是风力对草原带的风化物质进行筛选分类后的一种结果，因而不是加剧沙尘暴灾害的原因，所以应该选 A。

4.【答案 C】A 项推断的依据是原文中"澳大利亚的沙尘乘着南半球的西风掠过塔斯曼海……也将撒哈拉大沙漠的沙尘带到意大利、西班牙和法国"，但这段原文只是说"沙尘暴曾给新西兰、意大利、法国等国家带来好处"，并不能从中推断出"因而必将被人类所利用"这一结论。B 项推断的依据是原文中"风将大陆的沙尘吹向海洋，又将海洋的水汽吹向大陆"，从这两句话也不能推断出"这将会使海平面逐渐升高"的结论。D 项推断的依据是歌德说的"大自然是不会犯错误的"，但不能由此推出"因此人类应当顺应大自然，不要企图去改变大自然"的结论。按照 D 项的说法，人类在自然面前是无能为力的，显然是不正确的。C 项"人的活动加剧了沙尘暴的危害，人类也就完全有能力减少这种灾害的发生"是基于全文立论的，符合作者的本意，因此这个结论是正确的。

## 【第 17 篇·2001 年全国】

1.【答案 B】本题要求选出不属于作者为铜奔马正名的原因的一项，应该选 B。首先，作者提出东汉铜奔马是中国旅游标志，这就是说铜奔马应该有一个正确的、为大家所接受的名称，铜奔马的正名不是一个小问题。然而自铜奔马出土以后，关于其名称，不但在开始时众说纷纭，即"最近"，也还有人在《光明日报》上提出新说，由此可见，A 项确实是作者为铜奔马正名的原因之一。其次，作者提出现行的"铜奔马"一名中有马无燕，未惬人意，显然 C 项也是作者为铜奔马正名的原因之一。至于有人新提出的"飞廉铜马"一名，作者说："愚意此说更属不妥。"可见作者认为此名比起"铜奔马"、"马踏飞燕"等名称更差一些，因此 D 项也是作者为铜奔马正名的原因之一。而 B 项，所谓"马踏飞燕"、"马超龙雀"只是作者用来说明"众说纷纭"的根据，以后作者再也没有提起这两个名称的合理性，也没有因为这两个名称未被采用而感到可惜，因此 B 项不是作者为铜奔马正名的原因，B 项应该是选项。

2.【答案 C】本题要求选出不属于作者否定"飞廉铜马"一名时所用的证据，应该选 C 项。因为原文第三段中，作者指出在汉代画像石中，"神兽归神兽，马归马，在这些图案中各有其形"，也就是说，在汉代人们的心目中，写实风格的马不同于神话风格的兽。作者用这样的根据来证明写实风格的武威铜马不是神话中的兽，与武威铜马连成一体的同样也是写实风格的飞鸟而不是神话中的禽，即飞鸟不可能是神话中的飞廉，从而否定"飞廉铜马"一名。而所谓"两汉之间神话颇多，汉代画像石中常有人骑神兽、驾神龙升天的景象"云云，只是作者提出"神兽归神兽，马归马"的一段过渡性文字，这一段过渡性文字并不能用来否定"飞廉铜马"一名，因此 C 项应该是选项。至于 A 项，《三才图会》一书是"飞廉铜马"一名的根据之一，作者在第三段中指出《三才图会》一书为明朝人所著，言下之意其时代太晚，不能用来证明东汉之物。同时，作者又引《四库提要》，指出《三才图会》有冗杂虚构之病，因而也不宜作"飞廉铜马"一名的根据。由此可见，A项确实是作者否定"飞廉铜马"一名的证据。B项的说法见于原文第三段。说飞廉是鸟，这是"飞廉铜马"一名所用的根据。作者引用古文古注，指出飞廉是人还是神，是兽还是禽，时代较早的古人说法也不一致，由此证明所谓飞廉是鸟的说法不可靠。由此可见，B项也是作者否定"飞廉铜马"一名的证据。而D项，《后汉书·董卓传》的"飞廉铜马之属"一句本是"飞廉铜马"一名所用的根据。作者抓住"之属"（这一类东西）一语，指出飞廉和铜马应是两个器物，并不是一个器物，而铜奔马则是一个器物，由此认定"飞廉铜马"一名之不妥。由此可见，D项也是作者否定"飞廉铜马"一名的证据，A、B、D三项都不是选项。

3.【答案D】重点考查理解并解释文中重要句子的能力。能力层级为B级。本题要求选出对原文最后一段有关内容理解正确的一项，选项应该是D。首先A项，说"从古到今的诗文中，有许多用燕子比喻良马奔腾如飞的例子"，但原文是说"历朝多有以燕喻良马之诗文"，显然A项对于原文的理解和解释有误，不是选项。其次B项，说"'二句中赤兔指良马'的'二句指'紫燕光陆离'、'紫燕跃武'二句"，但是原文"二句中赤兔指良马"是紧跟着"紫燕跃武，赤兔越空"来说的，因而"二句"应该指"紫燕跃武，赤兔越空"这两句。同时，当作者在说"二句中赤兔指良马"时，是包括"赤兔越空"这一句，显然B项对于原文的理解和解释也是不正确的，也不是选项。再次C项，说"铜奔马足下有一鸟，文中透露出这种造型的用意表明奔马速度快于飞燕"从原文看，虽然第一段中有"马踏飞燕"、"马超龙雀"的名称，但是文中并未明确提出"铜奔马速度快于飞燕"的问题，原文的最后一段只是提到"飞燕无疑是用来比喻良马之神速"，根本没有将"奔马"速度与"飞燕"比较的内容。可见，C项也是不正确的，不能作为选项。否定了A、B、C三项，只有D项可作为选项。原文说"'紫燕骝'或'飞燕骝'，此名恰合古意，最为雅致贴切"，正符合古人原创意识，又切合铜奔马造型的意思，因此D项才是正确的。

4.【答案C】本题要求根据原文所给出的信息，选出推断不正确的一项，答案应该选C项。首先，原文第三段第一句话中，作者已经认为《三才图会》一书撰作时代太晚，不能用作证据，但是作者恰恰在这里又用比《三才图会》还要晚出的《四库提要》来否定《三才图会》，而且不用别的书，就用《四库提要》，那么对这一现象的一个正确解释，只能是《四库提要》是一部公认的权威性的著作。因此A项是正确的推断，不是选项。其次，原文已经批评《三才图会》撰作时代太晚，同时有冗杂虚构之病，认为不能用作证据，那么作者在第三段中所引的高诱、王逸和洪兴祖三人当然应该是早于《三才图会》所处时代的古人，同时这三人当然也应该是学问渊博的注家，而且是越渊博，作者的论证就越有力。可见B项也是正确推断，不是选项。再次，从原文可以看出，"飞廉铜马"虽然是一个不好的名称，但在它的命名过程中还是参考了古代《后汉书》和《三才图会》二书，而"紫燕骝"这个名称的确立，更是建立在作者大量征引古书古注的基础上的，显然，在命名过程中"飞廉铜马"和"紫燕骝"在尊重、体会古人原创意识这一点上还是相似的，只是尊重、体会的程度和准确与否有一定的差距。因此，D项的推断也是正确的，不是选项。最后说到C项，作者在原文第三段中说，在汉代画像石的图案中有人骑神兽的形象，也有人骑马的形象，虽然神兽归神兽，马归马，两者各有其形，不相混淆，但是作者并没有说神兽和马分别出现在两种不同的图案中，更没有说凡是有人骑马形象的图案中，就没有神兽、神龙的形象，就不属于神话故事。由此可见，C项的推断超出了原文所给信息的范围，所得出的全称判断是不正确的，因此C项才是应该选择的一项。

## 专题六　文学类文本阅读答案

### 吕丽高考语文讲堂·文学类文本·第1练【2011高考6题】

**【第1套·新课标】**

(1)【答案】CD。答C给3分，答D给2分，答B给1分；答A、E不给分。

【解析】B项"为了捍卫爱情，她不惜牺牲亲情，以至于以死抗争"有失偏颇，她没有牺牲亲情。A项错在"张医师紧接过彭先生的话"，文中是紧接过钱太太的话。E项错在"文笔细腻"。

(2)【答案】①表明乘凉会上的人们的外省人身份；

②提示小说主题的解读路径；

③照应下文出现的各种方言。

(3)【答案】①有担当，明大义：在老丈人危难时，以亲情、和睦为重，不计前嫌，施以援手，最终赢得信任；

②执著隐忍；面对老丈人的排斥：不轻言放弃，不莽撞行事，捍卫了自己的爱情；

③幽默乐观：说话风趣，与人为善，遇事能有良好的心态。

(4)【答案】观点一：以"血型的故事"为题不合适。

①"血"这个词可让人联想到"血脉"、"血缘"、"血性"等多种含义，如果以"血型的故事"为题，题意就显得单一了；

②外省人和台湾人血脉同源，这是"血般的故事"

③彭先生的恋爱故事，实质上折射了外省人与台湾人之间的冲突与融合问题，小说表达了中华民族血浓于水，应该"一家亲"的主题。

观点二：以"血型的故事"为题合适。

①"血"有类型之别，而语言有"南腔北调"之分，以"血型的故事"为题，可彰显作者的巧思；

②小说的主要内容是围绕血型而展开的，以"血型的故事"为题，可与内容更吻合；

③可显示"验血型"在文中的重要性，也与中华民族血浓于水，应该与"一家亲"的主题不相冲突。

**【第2套·广东】**

16.【答案】开头部分：(1) 交代故事发生的地点和时间。海面、海肚天，交代了故事的地点——海边。夕阳、暮霭，交代了时间。

(2) 渲染冷寒的气氛，为故事的开展做好铺垫。"硕大无朋的冰块""严寒的海面""怕冷的夕阳""几十年未遇的寒流""冷冷清清"渲染了一种冷寂的气氛，为人物的出场做好铺垫。暗示少年正是因为生活所逼不得不下海，烘托出少年坚强的性格。

结尾：深化小说的主题。结尾用"大海静了""静得像守着摇篮的母亲"，来衬托少年完成海猎之后家庭的宁静快乐，揭示出这一家庭备受生活苦难折磨的生存现状，同时也衬托出少年坚强、懂事、富有责任感的性格，深化了作品的主题。

17.【答案】勤劳坚强：连续几个晚上下海捕鱼，导致生病，为一家人的生计发愁。(2分) 爱护子女：不让海龙学习原始的捕鱼法，把海龙骂回来，教导海龙天气冷别去耍海水，半夜不见海龙，赶紧和妈妈向海滩寻找。(2分)

18.【答案】原因有：(1) 敢于承担因为爸爸生病带来的家庭困难责任；(2) 艺高胆大，不惧寒冷的海水，水性好；(3) 尖头鱼最肥最值钱的季节，可以捉很多鱼；(4) 觉得捉尖头鱼很有趣，一直想尝试。

【分析原因】(1) 海龙的爸爸生病了，一家人的生活产生困难，海龙决定承担起这个责任，何况家里只有他能有这样的能力，说明海龙是一个懂事而有责任感的男孩。(2) 海龙喜欢一年四季在海水里洗澡、潜水，无论是怎样的天气，海龙一点都不会害怕，这说明，常在海水里浸泡的海龙，熟悉水性更熟悉这里的鱼性，艺高胆大，所以海龙有完成捕捉尖头鱼的本事。

**【第3套·江苏】**

11.【答案】(1) 补充上文征调动员大会的内容。

(2) 为下文具体描写学生的形象做铺垫。(不同学生形象指充满爱国热情的工学院学生、逃避征调的蒋姓学生、主动要求入伍的澹台玮)

12.【答案】(1) 面对洋溢着爱国热情要做这愿者的学生，递手帕的行动表现了孟弗之作为老师的嘉许和关爱。

(2) 学生间的递、接，表现了志同道合的同学间的忘形和契合。

(3) 师生间的递、接、还，表现了彬彬有礼的师生在民族大爱的召唤下情感的水乳交融。

13.【答案】(1) 学生形象：同是高材生，四年级的蒋姓学生处心积虑逃避责任，灵魂丑陋；三年级的澹台玮毅然要求入伍，人格高尚。

(2) 对话情境：前者先平和交流而后尖锐冲突，一波三折，富于戏剧性。后者对话含蓄内敛，互通衷曲，蕴含诗意。

14.【答案】提示：(1) 深刻寓意：

①雪：昆明很少下雪，用下雪天寒渲染气氛，暗示战事紧急，形式严峻。

②腊梅林：用傲雪的腊梅，象征爱国知识分子的高洁品格。

(2) 表现人物的作用：

①孟弗之见到雪白的腊梅林，暗喻他路遇蒋姓学生后的沉重心情。

②萧子蔚、澹台玮面对雪已经消了大半的腊梅林，暗示他们消解了内心的淡淡纠结，彼此之间理解更深了。

③澹台玮走入腊梅林，人与梅相映，隐喻坚贞人格。

**【第 4 套·福建】**

13.【命题立意】本题考查考生对文学类作品的分析综合能力，重点是对文章的理解。

【解析】从最后一段"用灯光和电视照耀空余的生命"，"让它照亮我的精神，让灵魂有一个呼吸的地方。"等句子可以看出第②段"身后的那个世界"既指喧嚣的物质世界，也包括被扭曲的精神世界。"一切多余的东西"指的不仅仅物质的东西，也指对人的精神无益的东西。故 A 选项是错误的。C 选项显然曲解文意。作者写"月亮与无限的宇宙相比虽然渺小，它的光辉却可以照亮大地。"暗示的是月亮能积淀民族的历史文化，给人们带来精神寄托。

【答案】AC

14.【命题立意】本题考查筛选并整合信息的能力。

【解析】解答本题，首先要找准题目的关键点。划线句子"月光牵动人最深处最悠远的东西"，关键点无疑是"深处"与"悠远"。什么才是"深处"与"悠远"的东西？那就是童年、历史等。顺着这个思路在文中寻找有关信息，然后结合文章用自己的话归纳概括即可。

【答案】①我的童年记忆（"曾在千里之外照亮过童年的月亮"）；②民族的历史文化积淀（"在李白的吟咏里传递千年的月亮，有着嫦娥与桂花树的月亮"）；③宇宙意识（"早在生命出现之前，月光已经牵动海潮"）；④生命感受（"早在我们出现之前，月光就已经牵动母性的血液"）

15.【命题立意】本题考查对作品进行个性化阅读和有创意的解读的能力。

【解析】这是一个探究性的，很开放的题目，理解可以是多元性的。答题时要立足表现作者行为的句子，如"用自来水冲洗身上的汗渍和沙粒"，"用汉堡包、用啤酒填塞肠胃"，"用灯光和电视照耀空余的生活"等，透过文学性的语言，发掘作者隐含在句里行间的深层含义，进行合理的想象与联想，结合文本，说出自己的观点。

【答案】①对城市"物资"生活的不满和批判（"用自来水冲洗身上的汗渍和沙粒"，"用汉堡包、用啤酒填塞肠胃"，"用灯光和电视照耀空余的生活"，"诅咒过的物资"）；②对沙漠的不舍和不得不离开的无奈（"像一根骆驼刺把根扎在这里"，"像一匹骆驼"，"把这里的天空，这里的沙漠，这里的夜装进胸口，带回去"，"我还得回到那个世界里去"，"我没有办法……一匹骆驼"，"我只能回到刚刚诅咒过的物质中去"）；③对未来生活的希望（"让他照亮我的精神"，"让灵魂有个呼吸的地方"）

**【第 5 套·湖南】**

15.【答案】①描写出云雀飞向青天的高远与快乐；②引出"我"对"飞"的渴望。

16.【答案】①庄子笔下"大鹏"的飞令"我"神往，但"大鹏"在现实中"不容易见着"；②现实中的麻雀蝙蝠燕子的飞是"我"不屑的；③撑开大翅在天空中盘旋的"饿老鹰"暗合了"我"心中的"大鹏"形象。

17.【答案】①运用第二人称，如对朋友，殷殷相告，有一种亲切感；②有利于作者对不想飞的"你"倾注同情与关怀，与"你"共同感受不能飞的痛苦。

18.【答案】①在作者看来，人原来都是会飞的，但因各种缘故，多数人"过了做孩子的日子就掉了飞的本领"，而不能飞是件可怕的事。飞上天空，就能将世界"看一个明白"，彻悟做人的意义和价值。②可以从做人要志存高远，不懈追求等角度谈积极意义。

**【第 6 套·辽宁】**

(1)【答案】答 D 给 3 分，答 B 给 2 分，答 E 给 1 分，答 A、C 不给分。

【解析】A 项，小牛的神色愤怒不是因为要打烙印，小牛的无法忍受源自于被囚禁，在文本中没有介绍小牛的烙印的痛恨。C 项，马乌罗"受到了乌乔们们的歧视"属于无中生有，原文表达的是大家和这样的人物的距离感。E 项，准确度不足，作者并没有在文中讴歌主人公舍己救人的高尚品质，只在结尾描述了这段传奇。

(2)【答案】①形象上，他高大粗壮，有点驼背，发乱面丑，脑袋、鼻子硕大，目光凶狠，嗓音嘶哑；②性情上，他暴躁，冷淡，粗鲁，不太合群；③品行上，危急关头，别人四处奔逃，他挺身而出，舍己救人。

每答出一点给 2 分。意思对即可。

(3)【答案】①前文已对如何"烙牛"作了详尽细致的描写，此处不必重复；②塑造马乌罗形象的重心是后文"救童"一段，其"烙牛"仅是铺垫，应该略写；③可腾出笔墨来写平日的马乌罗，与前后文的紧张叙述形成对比，舒缓了节奏，使行文张弛有致。

每答出一点给2分。意思答对即可。

(4)【答案】观点一：加乌乔"烙牛"的片段更精彩。

①展示了加乌乔们的生活风情，凸显了其强悍、乐天的性格，强化了作品的地域文化内涵；②构成了理解主人公马乌罗的性情和英雄壮举的氛围和基础；③艺术表现上，运用细节描写、烘托手法等，逼真呈现了烙牛过程，感染力极强。

观点二：马乌罗"救童"的片段更精彩。

①展示了马乌罗勇于牺牲的英雄壮举，完成了主人公的形象塑造；②作为小说的点睛之笔，表达了作品讴歌人性之美的主题；③艺术表现上，运用细节描写、对比手法等，一步步推向高潮后戛然而止，有震撼人心的力量。

观点三：两个片段同样精彩。

①都是小说的华彩段落，前者是铺垫，后者是高潮，共同完成了主人公的塑造；②二者相辅相成，通过"烙牛"的加乌乔们和"救童"的马乌罗形象的相互衬托，丰富并深化了主题；③艺术表现上，运用细节描写、对比和烘托等多种手法，精细传神，画面感极强，一头一尾，交相辉映。

不要求面面俱到，只要能就以上任何一种观点或其他观点进行探究，即可根据观点是否明确、论述是否合理、理由是否充分酌情给分。观点明确，给2分；论述合理、理由充分，给6分。

## 吕丽高考语文讲堂·文学类文本·第2练【2010高考6题】

**【第1套·新课标】**

(1)【答案】答C给3分，答D给2分，答E给1分；答A、B不给分。

【解析】A不是"回报的方式"，而是炫耀的方式。B不是"照应上文"，而是引起下文。E除了"犹豫"外，应该还有不安和恐惧，或说受宠若惊。

(2)【答案】①自私，趋炎附势，见风使舵；②伪善，爱慕虚荣，自高自大；③天真，热心，却没有原则。

(3)【答案】①补充叙事，集中揭示人物之间的矛盾关系，使情节的内在逻辑上更加合理；②加速情节发展，为下文玛兰的言行提供依据，使小说进入高潮；③给读者留下更多的想象空间，强化情节平中见奇的效果。

(4)【答案】观点一：使主题思想更加集中、深刻。

①以小见大，揭露当时法国上层社会的不良风气和多种黑暗现实；②讽刺官场中趋炎附势、官官相护、相互推诿的丑恶现象；③揭示出一个道理：如果社会需要保护人，如果大家都寻求保护人，社会就会失去"保护"，体现了作者对社会公正的思考与追求。

观点二：使人物形象更加鲜明、突出。

①抓住"保护人"时刻想要保护他人的这一突出心理特征，采用夸张的语言和动作描写，惟妙惟肖地刻画人物性格；②以"保护人"为线索，使对比手法更加突出，有利于揭示人物性格的前后反差；③通过"保护人"含义的变化，淋漓尽致地集中呈现小说的讽刺特色。

观点三：使情节结构更加紧凑、有序。

①以"保护人"的故事构成情节发展的主体，使结构主干突出，不枝不蔓；②以"保护"与"被保护"为纽带，聚拢各种人物矛盾，使结构层次分明，井然有序；③围绕"保护人"安排相辅相成的明暗两条叙事线索，使结构收放自如，平中见奇。

【解析】谈观点，要先说出自己的观点，再概括选文中的事实进行佐证。

**【第2套·江苏】**

11.【答案】以壁顶为观察点，变换视角，从视觉、听觉、内心感受多方面描写，使人如临其境。

【解析】考查描写类表达技巧，可转换题目，即"文中画线部分用了什么手法表现峡谷的险峻气势"？"视觉、听觉"比较容易，由所见之景方位不同推出"视角变化"，"俯望怒江，蓦地心中一颤，再不敢向下看"为内心感受。

12.【答案】牛不肯挪动半步的恐惧和溜索时流泪发抖：

(1) 侧面表现怒江峡谷的高峻险恶；

(2) 与"我""战战兢兢"互相映衬；又与领队及汉子的勇敢无畏形成反衬。

【解析】作用题，但角度单一，难度较小。文章中的牛之所以充满恐惧感，就是因为怒江峡谷的高峻险恶，此属侧面表现。而人物刻画方面的作用则包含两方面，一是"战战兢兢"的"我"，这是映衬；二是勇敢无畏的领队和汉子们，这是反衬。在答题注意不要遗漏其中任何一方面。

13.【答案】(1)"懒懒"地说话、"稳稳"地坐在马上：表现他在怒江天险前的从容不迫，胸有成竹；

(2) 敲一敲溜索、"吼"我过江：表现他认真负责，关爱部下；

(3) 瞟一眼，问一声：表现他受人尊敬，与手下配合默契；

(4) 一声唿哨、最后一个过溜索：表现他的英雄气概，粗犷豪迈。

【解析】鉴赏人物形象题。这一题型也是平时训练重点，只需找出和人物相关的内容，再根据内容概括形象的特点即可。

14.【答案】深刻意蕴：

(1) 飞渡峡谷的情景：表现人在自然面前接受挑战，战胜艰险；

(2) 驮队的人际关系：体现团结协作，相互信任，关心爱护；

(3) 动物形象：隐喻人应该像雄鹰飞翔、像骏马奔驰，而不是像牛那样软弱畏缩；

(4)"我"与领队的对照：表示人会在艰苦磨练中成长。

情感取向：

(1) 骏马、雄鹰、高山峡谷：对雄奇险峻崇高的赞美；

(2) 领队、精瘦汉子：对乐观向上人生态度的赞美；

(3) 牛的恐惧、发抖：对平庸、畏难的厌弃；

(4) 本文所写生存画面：张扬了原始、野性的阳刚之美。

【解析】探究题。无论是探究深刻意蕴还是分析作者的情感取向，都要从不同角度出发，不能只局限于一点。深刻意蕴：①角度一：整体把握。驮队飞渡峡谷代表战胜自然和艰险；②角度二：领队和汉子们。表现团结协作，相互信任，关心爱护以及无畏勇敢；③角度三像想牛那样软弱畏缩。④角度四："我"和领队。表现艰苦环境能磨练人。情感取向：分析文章蕴含的思想感情，需结合全文，从不同角度去发掘。

## 【第3套·辽宁】

(1)【答案】D给3分　答B给2分　答C给1分　答A、E不给分

【解析】本题考查筛选文中的信息，分析作品结构，概括作品主题。A项骑黄鱼车的小伙子骑车迎上前，是希望主人公"他"主动招呼用车；后退半步是因为"他"没有主动招呼，只好自己揽生意。E项作者对两个人物没作明显的褒贬，意在揭示一种市民习性和地域文化。C项这样说有一定道理，但是从上海的小市民文化角度考虑，即便"女人"没说过浴缸文明的那些道理，小说的主人公"他"也有极大可能会为是否让那小伙子洗澡问题如此犹豫，这是由其性格决定的。

(2)【答案】①精明，节俭，有些小气甚至吝啬；②敏感，细腻，谨慎，多虑；③心地较为善良，通情达理。

每答对一点给2分。意思答对即可。

【解析】本题考查欣赏作品的形象。不招呼车、讨价还价、不买冷饮、自制橘子水，体现了主人公精明，节俭，有些小气甚至吝啬的特点；对小伙子的问话的想法及应答，体现了主人公敏感，细腻，谨慎，多虑的性格特征；因天热不忍心再还价、想买两瓶冷饮、给小伙子橘子水喝，体现了主人公心地较为善良，通情达理的特点。

(3)【答案】①交待故事发生的时间，突出季节特征；②渲染气氛，烘托人物心理；③使情节的发生和发展更加合理。每答对一点给2分。意思答对即可。

【解析】本题考查分析作品体裁的基本特征和主要表现手法。环境描写是小说的重要要素，其作用有：①交代人物活动背景；②点明事件发生的时间（节令）、地点；③推动故事情节发展，为刻画人物作铺垫；④渲染气氛，衬托人物性格、心境；⑤自然环境可以暗示社会环境，揭示社会本质特征；⑥深化作品主题。分析环境，要分析环境对主题思想的暗示，对人物形象的烘托，对小说氛围的创造，对小说情节的推动。

(4)【答案】

观点一：使小说的主题思想深刻、丰厚。①取材于"洗澡"这样的日常小事，表现当代市民的凡俗人生；②透过"洗澡"引发的故事，体现作者对社会和人际关系变化的敏感和思考；③"洗澡"触发的人物

深层的心理波澜，深入揭示人性的微妙和复杂，表现作者对某种地域的、典型的人物形象的理解和审视。

观点二：使小说的结构艺术精巧、高明。①以"洗澡"作为全文的结构线索，似拙实巧，俗中见雅，以小见大；②用"洗澡"穿针引线，使小说的两个人物不同的言路和思路联系自然，转换自如；③以"洗澡"作结，画龙点睛，一语双关，平中见奇，含蓄而有余味。

观点三：使小说的象征意蕴含蓄、多元。①以"洗澡"为纽带，通过对人物言行与心理错位冷静而有控制的叙述，使象征手法深藏不露，结尾一语双关，画龙点睛；②小说人物都没有姓名，有助于启发读者体悟"洗澡"的象征性；③象征意蕴立体多元，"洗澡"内含的反思层次丰富，针对面广。不求面面俱到，只要能够就以上任何一种观点或其他观点进行探究，即可根据观点是否明确、论述是否合理酌情给分。

【解析】本题考查从不同的角度和层面发掘作品的意蕴、民族心理和人文精神，对作品进行个性化阅读和有创意的解读。本题为探究题，答案开放程度较高，注意从主题思想，结构艺术，象征意蕴三个方面选择一个方面考虑。主题涉及小市民习性、人际关系、上海文化等，结构关注线索、故事的展开和结尾，象征要挖掘"洗澡"的多重意蕴。注意结合第（1）小题的选择考虑。

**【第4套·湖南】**

16.【答案】明指"我"欣赏池荷的时间；暗喻荷的生命状态，虽已由"吵闹"走向"零落"，"将谢而未谢"，但它平静地等候来年再唱，在"我"心中永久是"怒放的"。

17.【答案】始末"忠心"、"紧急"等描述"我"的心绪，证明第二次看荷前"我"的心绪准备和心绪盼望。该段是全文的症结地方，构造上起着"承先启后"的作用："但我真正知道荷，是在本年一个秋末的下战书"紧承上文，而"再轻步向荷池走去"则引领下文。

18.【答案】①形象美：由花的娇美、叶的芬芳、枝的挺秀所显现出来的自然美；亭亭玉立中的韵致美；在雨中英姿勃发的灵活美。②精神美：风雨中伟岸、矗立的气质美；将谢未谢而平静温柔的孤独美；接纳运气布置，等候生命第二次接唱的安宁美。

19.【答案】第一次观荷，面临雨中之荷灵活矗立自持的形象，听到"欣赏别人的孤独是一种罪恶"，"我"有些不解，这引起了"我"的思索，也引发了"我"第二次忠心观荷。第二次观荷在花残季候，面临"空虚向我袭来"，"残荷来欣赏我的孤独"，"我"由此悟出"兴衰无非都是生命进程中的一部分"，从而清楚到"孤独也并非是一种羞辱"，欣赏孤独也不是"一种罪恶"，生命在澄澈的自我观照中得到升华。两次观荷，围绕"欣赏别人的孤独是一种罪恶"，展示出"我""不解——思索——感悟——升华"的心路进程。

**【第5套·广东】**

16.【答案】①妻子发现了丈夫的面包。②丈夫撒谎掩饰。③妻子替丈夫圆谎。④第二天晚上，妻子多分了面包给丈夫。

【解析】答题时，可按照文章的顺序，理清文章的行文思路。分析文章写了哪些人的哪些事情，他们之间什么关系。这篇小说的主要人物就是老夫妻俩，故事围绕半夜厨房发出的声音展开。

【考点】考查概括小说的情节，归纳文章的内容要点。

17.【答案】①撒谎想掩饰自己偷拿面包的行为。②感觉妻子可能发现了，继续撒谎时的慌乱不安。③面对妻子的宽容，感到愧疚。

【解析】这三句话，有丈夫的语言、动作，分析其表现的心理，需要结合故事发生的大背景（二战后人们在饥荒处境中的生活）和具体的情景。①处切完面包，他发现了妻子，近乎本能地找理由掩盖，环视四周的动作表现了他内心的慌张；②处看到妻子注意到他没穿鞋子，估计妻子可能已经发现他的行为了，"又说了一遍"表现了他心虚，还是想尽量掩盖；③处面对妻子的宽容、关怀，他认识到自己错了，"把头埋在盘子上"的动作表现了他的难过、歉意。具体赋分如下：5分。第1句，语言和动作的描写。表现了丈夫寻找借口意欲掩盖真相的心理。2分；第2句，与第1句内容上重复，体现了丈夫内心的慌张与不安。第3句，动作描写。"头深深埋下去"说明丈夫不敢面对妻子。体现了丈夫矛盾心理。一方面，知道妻子确实会吃不饱。另一方面，如果不接受妻子的面包，自己又饥饿难忍。3分

【考点】本题考查体会重要语句的丰富含意，品味精彩的语言表达艺术的能力。

18.【答案】（1）主题：在物资极端匮乏的条件下，人与人之间应该互相理解、宽容、尊重，并无私奉献，才能度过困境。

（2）分析：①在深夜的厨房，结婚三十九年的夫妻突然都发现对方"老了"，表现出相互之间的怜惜之情。②丈夫偷吃面包后撒谎，是不想增加妻子的精神负担。③妻子发现丈夫偷拿面包，本可当场"揭露"，但为了维护丈夫的尊严而替丈夫圆谎。④第二天晚餐，妻子善意撒谎，多分丈夫一片面包，进一步传达了

对丈夫的爱。丈夫深感愧疚。

【解析】分析小说的主题，需要结合作者的身世、时代背景。如果作者我们不太熟悉，就要结合注释、题目及文章内容猜度作品的时代背景。二战后，人们在饥饿中，人性被扭曲。老实可靠，三十九年没有撒谎的丈夫半夜偷窃面包，并撒谎掩盖。但妻子的宽容、关爱，让丈夫认识到了错误，夫妻俩最终坦诚相待。这个变化的原因就是作品的主题。

【考点】考查对文学作品主题的把握。

**【第 6 套·福建】**

13.【解析】本题考查考生对文学类作品的分析综合能力，重点是对文章的理解。A项、C项在文章的第一、二段和第八段都有体现，并且分析准确。B项所说作者"感到北国春风不如南国春风"是错误的，和作者的观点正好相反；B项麦苗返青与山桃鼓苞不形成对比；E项对表现手法的说法是错误的，对北国春风不是欲抑先扬，而是使用了欲扬先抑。

【误区警示】考生误答本题的原因，一是对文章内容不把握，而是对写作手法"对比""欲扬先抑"等不理解。

【答案】A、C

14.【解析】本题考查了考生对文章内容的把握。答题时要从全文着手，把握住江南春风和北国春风的特点，抓住作者的观点态度，特别是结合原文第一二段和倒数第三段作答。

【误区警示】本题误区在于考生对作者在文中的观点态度的把握不到位，再就是表述不规范。

【答案】北国的春天时间短，风沙大，使作者怀念江南的春风。后来作者看到北国的春风吹开冰冻，催生万物，产生了痛快淋漓的深切感受，因此怀念北国的春风。（意思对即可）

15.【解析】本题考查了考生对作品表现手法的鉴赏能力。解答时要审准题目，把握题目中的有效信息"另有一番描述"，这样就可以得到启发，和开始第三段结合起来分析前后对比表现手法的使用效果。

【误区警示】本题误区在于考生审题审不出答题角度，没有注意到"这样写好在哪里"是对手法或语言的鉴赏。另外，规范合理的表述也不容忽视。

【答案】用另一种角度写南国看不见的春风，与开篇对南国春风的描述形成对比，表明感情的变化。用轻柔的南国春风，与强劲的北国春风对比，凸显北国春风的作用。从怀念南国的春风，突出文章主旨。（意思对即可）

## 吕丽高考语文讲堂·文学类文本·第 3 练【2009 高考 6 题】

**【第 1 套·宁夏、海南等】**

(1)【答案】BC (1)（5分）

【解析】本题考查考生分析概括作品内容的能力。解答本题应从作品的实际出发，注意情节、人物、环境三要素的分析，做到总体把握与局部分析相结合。A项中"也算是发挥了它的作用"错，应是反映村民对文化的漠视。D项整体都错，"嘟囔"等都体现孕妇因为临摹下碑文，对人生抱有美好的向往和期待。E项"表现了一个女人将为人母的幸福和喜悦"不准确，全文旨在反映其责任心，突出孕妇对文化知识的朦胧追求。

(2)【答案】(2)（6分）①具有善良、温婉等传统的女性美；②有责任心，做事认真；③对人生抱有美好的向往和期待。

【考点】考查分析小说的人物形象。

【解析】小说中的人物的分析要根据故事情节、事件，从人物描写的方法（如动作、语言、心理活动、肖像）角度入手分析。

【思路分析】人物形象的答题格式是：性格＋身份

(3)【答案】(3)（6分）①通过怀孕的牛与孕妇形象的并置，凸显孕育新生命的幸福与喜悦；②通过牛与孕妇之间的亲昵行为，表现人与动物之间的温馨和谐；③通过牛的形象描述，反衬孕妇作为人具有的能动性和理性的追求。

【考点】考查小说的构思

【解析】文中写了和牛有关的三个场面：怀孕的牛，牛与孕妇的亲昵，牛的形象描绘。这三个场景都有孕妇在场。考生可从二者的关系中发现牛对表现孕妇性格的作用。

【思路分析】考生可以从作者笔下的牛的形象的角度入手分析，它与主人公的关系的角度入手分析。

（4）【答案】（4）（8分）

观点一：这样写让人感动。

①突出了孕妇对文化知识的朦胧追求，虽然她不识字，但这不影响她对文化的尊重；②揭示了一个没有文化的农村女人在将为人母时的责任感，在她看来，学会认这几个字，将来就不担心孩子的提问了；③表现了孕妇认识到文化知识对孩子未来成长的重要性，也表明她在尽可能地弥补自己没有文化知识的不足。

观点二：这样写有些做作。

①触动她描画字的原因主要应该是日常生活的需要，而不只是路边一块废旧的石碑；②孕妇自己不会写字，想临摹石碑上的字，可以请放学的孩子帮忙，不必那么费劲，非要自己描画；③作为未来的母亲，孕妇识不识字，其实都不影响她对孩子的责任与爱。

【考点】考查对作者在文中的观点和态度的评价。

【解析】考生根据文章和题目的提示，可以任选一种情况。答题时一定要紧扣原文。

【第2套·江苏】

11.（5分）【答案】领起全文内容，表明文章由实到虚的思路，激发读者的思考。

12.（6分）【答案】因为都江堰的建造①理念正确：顺应自然，符合生态，造福百姓；②方法科学："低作堰、深淘滩""分四六、平涝旱"；③功效长久：至今仍在发挥灌溉、防洪的作用；④体现了"上善若水"的哲学思想。

13.（6分）【答案】采用议论和抒情相结合的手法。托物言志：借都江堰表达对传统文化精髓的追怀；借古喻今：借都江堰表达对现实环境问题的忧思；虚实结合：借都江堰表达对人生的思考。

14.（6分）【答案】以水比喻"上善"，即都江堰是上善之作；修筑和维护都江堰的李冰及其后任可谓上善之人；由此引申出做人要做上善之人，做事要做上善之事。

【解析】《上善若水》，作者是"宠辱不惊的传奇作家张笑天"，新浪网称"张笑天的作品着重反映当前社会生活，探索人们的思想、情操、道德、信仰、法制、人性等问题"。原文刊 2008 年 9 月《吉林日报》，长约 3700 字，命题者将其精简为 1000 余字。但文章主旨切合江苏卷一直秉持的对现代文明的忧思。从高度发达的媒体文化可以把我们"娱乐死"（2005 年《波兹曼的诅咒》）到对关中农民勤劳朴素积极乐观生活的无限憧憬和赞美（2006《麦天》）；从无限美好的农耕文明的礼赞和依恋以及对其即将消失的无限惋惜（2007《一幅烟雨牛鹭图》）到对中国农村洋溢着的朴素的人情美、亲情美的讴歌（2008《侯银匠》）……江苏高考语文卷命题者一路走向 2009 年，对"原始""原生态"的呐喊，对"生命之泉""绿洲"的企盼，依旧是文本喷张的血脉。

可以看出，命题延续了全国卷散文阅读（如《总想为你唱支歌》）的思路，考生还是可以作出基本的思考。汶川地震，让"都江堰"理所当然成为热门话题，关注生活，着眼现实，无疑是高中语文教学的正轨和坦途。阅读面广的考生在考场上会收获左右逢源的喜悦。

【第3套·福建】

12.【答案】BD

【解析】B项"一青年拜师""造就了他非凡的音乐才能"错，作者此处写一青年拜师，目的在于对比突出阿庆的心灵手巧。D项，"更重要的是展示了江南水乡风光"错，本文重要的目的并不在于展示江南水乡风光，何况文本中"风光"也少有提及。

13.【答案】

①阿庆旁听留声机，听几遍就会在胡琴上拉出来，表明他的音乐悟性高于其他听众。

②夏天晚上，阿庆在河沿为众人演奏，大显身手，很受欢迎，体现他的演奏技艺高。

③用一青年学胡琴与阿庆拉胡琴对比，突出阿庆心灵手巧，独具音乐天赋。

（如有其他分析，言之成理亦可）

【解析】本题考查分析作品结构，概括作品主题，要求学生能够对文本进行分析，根据文章的写作脉络和材料，弄清作者是如何驾驭材料来塑造人物的性格特征的。作答时，学生可参照 B 项的内容进行作答，但要注意题目中所提示的"简要分析"。

14.【答案】

①精神生活需要一定的物质条件。

②在物质生活的基本要求之外，人们还有精神生活方面的需求。

③精神生活给人们带来的乐趣，是物质生活所不能代替的。

（需结合阿庆形象探究。如有其他观点，言之成理亦可。）

【解析】本题考查考生的探究能力，要求学生能够根据人物形象，探究作者的观点及其写作意图。作答时，要结合阿庆这一人物形象进行分析，需采用分点作答。

**【第 4 套·广东】**

16.【答案】（1）"它们"指割草、缝鞋子、编识字课本、收割、种植等平凡琐碎的日常劳动。

（2）"踩出深深的凹痕"寓意是托尔斯泰深深地扎根于土地，踏踏实实、身体力行地从事日常的劳作，在文学创作上取得的辉煌成就，创作了大量反映土地和农人生活的作品。

【考点】本题重点考查考生理解文中重要词语含义的能力。解答需要联系前后文，分析文句的字面含意和深层含意。

【解析】①根据语句："他怎样匍匐到土地上，与庄园里的农民，特别是孩子和农妇们打成一片，割草、缝鞋子、编识字课本、收割、种植……他做他们所做的一切，身心与土地紧密结合。"②根据第五自然段，结合内容作答。

17.【答案】① 从其作品内容：诗人一生最重要的几部文学著作都揭示出他对农人的深厚感情和与土地的紧密结合。

② 从其人生经历：他是一个贵族，后来却越来越离不开土地，最终抛却了自己的庄园，将更遥远更苍茫的土地作为最后的归宿。

③ 从其创作观：托尔斯泰将日常的劳作与写作结合起来，在劳作中捕捉、感悟、发现生活的真谛，土地滋养了他饱满的诗情，给予了他创造的灵感。

【考点】本题考查学生筛选信息和把握文意的能力。解答此题，应先依据题干要求，通读全文，筛选出信息在原文中合理相关句子，再加以提炼。

【解析】本题答案需要通读全文，在充分理解全文的基础上，围绕"托尔斯泰的一生是与土地须臾不可分离"这一题干要求，归纳出几个角度作答。

18.【答案】

（1）俄国画家列宾给托尔斯泰画的耕作图长久地吸引了作者，他认为托尔斯泰与土地须臾不可分离的关系是一个伟大诗人与平常写作者的最本质、最重要的区别。

（2）揭示文学创作与体验生活的关系，批判当下纤弱、虚假、远离生活的创作风气。

（3）耕作能给予我们真正的创造力和判断力。

（4）高度礼赞了托尔斯泰生命不止、追求不息的创造精神。对他的写作态度和方式表示赞美。

【考点】本题考查评价文章内容和作者观点态度的能力。评价的前提是读懂文章内容。

【解析】本文始终围绕"耕作"二字描写托尔斯泰的，这两个字既表现了托尔斯泰的精神，也体现了作者对托尔斯泰的高度评价，应结合原文内容，从这两个方面作答。

**【第 5 套·湖南】**

16.【解析】含义："许多人"看"云"后觉悟到对国家、民族的责任以及人生价值的庄重或庄肃的样子。

特点：总括并领起下文。

17.【解析】让云物的美丽景象陶冶我们、启发我们、改造我们；使我们习惯于向远景凝眸，不敢堕落，不甘堕落。

18.【解析】用意：将"云"与"人事"勾连起来，为写云南的云给人的深刻的教育意义铺垫张本。

手法：运用了对举、铺陈、比拟、夸张等艺术手法。

19.【解析】主要特点：素朴、单纯。

象征意义：始终坚守一个庄严伟大的理想——把个人的发展统一到与国家、民族发展的同一目标上，抗战必胜（抗战到底）。

**【第 6 套·辽宁】**

（1）【答案】答 E 给 3 分 答 B 给 2 分 答 A 给 1 分 答 C 或 D 不给分

【考点】对文学作品内容要点、中心思想、结构思路和表达技巧的综合鉴赏

【解析】E 这篇小说以对话，构建故事情节并推动情节的发展，展现人物个性，表现现实生活，从此可以判断出，在艺术手法上对话是最为突出的手法，所以 E 项的分值应该是最高的。

B 项是对小说情节中的一个细节的分析，分析出了这个细节的人物心理。所以在选项答案中选以上两项是最为合理的。

A 项中"地方偏远"、"弃石传说"和"吸引很多人前来观赏"在文中都有相应的内容，概括的也相对准确，但是"成为旅游胜地"这一项信息在文中却是明显的错误。

C 项从文中的信息看，村民们是因为老贾当官了才表现出来的骄傲，这一项分析完全错误，违背文意。

D 项婆娘们不是因为意识到自己插嘴不妥，而是因为意识到自己所提到的信息被男人否定，意识自己的观点站不住脚。这里表现的是村民封闭保守落后的思想观念。

【思路点拨】这是对文意、主题及表现手法的综合分析，要在全文的理解的基础上加以理解。

(2)【答案】①第一次出现，表达了遗璜村人对省城老贾的感激，省城老贾在县里当了书记之后并没有忘记他们；②第二次出现，说明遗璜村人的生活仍然没有发生根本改变，和几年前一样，孩子有凉鞋穿仍然是他们的一种期待。

【考点】作者的思想态度和写作思路

【解析】抓到语境，理解两次提到小孩凉鞋在情节发展过程中细节在表达主题上的作用，再根据作者的写作思路理解这两个细节在结构上的作用。我觉得两次点到这个细节不仅在小说的主题表达上起作用，对于情节的推进也是有作用的，有了鞋，还在期待鞋，这和后文蛮儿们炸开"遗璜"是一个情节上的过渡。

【思路点拨】解答作用类的题目是要注意从主题思想和结构思路两个方面，联系全文来解答。

(3)【答案】①淳朴善良，省城老贾"犯了错误"，村人还是处处照顾他；②有自豪感，但有时有些盲目，因为有一块孕璜遗璜便祖祖辈辈引以为傲，山外人不能喝当地的野茶就笑话他们胃嫩；③自主意识薄弱，常常希望老贾这样的大人物给他们拨救济。（每答对一点给 2 分。意思答对即可。）

【考点】鉴赏文学作品中的形象

【解析】遗璜村人的特征要注意结合情节发展过程中的细节加以概括。他们对待省城老贾，对待"遗璜"，对待救济（粮食和凉鞋）以及对待蛮儿的几个细节可以概括出来。

【思路点拨】鉴赏小说中的形象，是小说阅读的主要任务之一。要注意在把握全文内容要点的基础上，加以概括，并归纳主旨。

(4)①从情节上说，遗璜村人为之自豪的石头被一群年轻人突然炸掉，这样的处理可以产生出人意料的艺术效果；②从主题上说，"没有用"的遗璜是一种守旧思想与生活方式的象征，这样的处理有助于小说思想内蕴的表达；③从时代上说，这样的处理符合 20 世纪 80 年代初期改革开放的精神，有现实意义。

观点二：作者在结局上的处理是不合理的。

①从情理上说，遗璜村人世世代代视为宝物的东西，被一群年轻人轻易地炸掉，不合情理，违背了生活的逻辑；②从叙事上看，炸掉遗璜修水渠的必要性并没有在小说中明确的饿交代出来，缺乏艺术上的逻辑性；③从现实上讲，这种结局也不符合保护文物、合理开发的现代观念。

要求面面俱到，只要能就以上任何一种观点或其他观点进行研究，即可根据观点是否明确、论述是否合理、理由是否充分酌情给分。

【考点】考查对小说的情节思路和主旨的理解

【解析】这是一道开放性题目，本着一千个读者就有一千个哈姆雷特的鉴赏原则，这道题设计了一个开放的思维环境。但是任何事物都有它特有的内涵和外延，所以考生在答题时不能脱离文意——对文章主旨的正确理解。

【思路点拨】这道题的答题角度注意有两个，一个是情节的结构思路，一个是文章主旨。所以在解答这类题目时要注意考虑到思想主题和结构思路两个方面。

## 吕丽高考语文讲堂·文学类文本·第 4 练【2008 高考 3 题】

**【第 1 套·湖南】**

17.【答案】①感知到对象②对象引起的人的心灵的反应。③不同个体的反应有差异。

18.【答案】你的心界愈空灵，对物界的感受愈敏锐，你愈不觉得物界沉寂你的心界愈空灵，物界对心界的影响愈小，心灵愈能领略趣味，你也愈不觉得物界喧嘈。

19.【答案】(1)都表现为一种幽美的情境。(2)都是在静观寻常事物中妙悟到的另一种景象

(3)都能从中看出诗人悠然自得的、空灵的心境

20.【答案】感受　静趣　裨益

**【第2套·广东】**

16.【答案】首先父亲需要我替他送食物，我是父亲的精神理解者和支持者，我还是父亲理想的继承者，所以孤独的父亲需要我。

17.【答案】母亲是一个善良勤劳想过幸福生活但又守旧的家庭妇女。她对父亲的理想不理解，不支持，知道父亲的行动后，她只有一句"如果你出去了，就呆在外面，永远别回来。"对于父亲的举动，她觉得羞辱。但对父亲，她虽不理解，在物质方面是支持的，把食物放在"我"很容易偷到的地方。可见她是一个善良勤劳想过幸福生活但又守旧的家庭妇女。

18.【答案】如果说"河的第三条岸"是"父亲"超越世俗的人生追求，"我"对"父"的这种追求既支持，但又害怕、不理解。首先是支持，表现在乐意跟随父亲一起上船；在父亲需要的时候帮助他"偷"食物；当全家人都走了我还在默默地守护着父亲，说"无论何时，我会踏上你的船，顶上你的位置。"其次是不甚理解，少年的不理解，只为了追求而去，当父亲接受你的提议后，我浑身战栗，害怕极了，甚至"发疯似的逃掉"，把父亲看作是"另一个世界来的人"。

**【第3套·宁夏、海南】**

11.【答案】【AC，A. 应是紧张心情 C. 重情守信】

12.【答案】【1 第一次，烘托环境，展开情节；2 第二次，渲染气氛，转换情节。每答对一点给3分。意思答对即可。】

13.【答案】【1 重视友情，信守诺言；2 乐观开朗，心直口快；3 企图逃避法律。】【每答对一点给2分。意思答对即可。】

14.【答案】【1 鲍勃值得同情，因为他重情守信；2 鲍勃罪有应得，因为他是通缉犯；3 吉米忠于职守，因为他不徇私情；4 吉米背叛了友谊，因为他抓捕了朋友。不要求面面俱到，只要能就以上四点中的任何一点或其他观点进行探究，即可根据观点是否明确、论述是否合理酌情给分。观点明确给2分，论述合理给6分。】

## 吕丽高考语文讲堂·文学类文本·第5练【2007高考2题】

**【第1套·广东】**

16.（4分）本题考查考生梳理文章脉络、分析作品结构和概括作品内容的能力。

【答案】突出了雪的美丽与丑陋的两重性，从而为下文写泥泞作铺垫（从写热爱雪写到热爱泥泞）。

17.（5分）本题考查考生品味重要句子和赏析作品内容的能力。

【答案】因为泥泞带来了乡村质朴自然的生活气息；泥泞诞生了"跋涉者"；"泥泞"使人自然回忆起民族艰辛的历史；"泥泞"使人自然想起土地的广博与祖国的含义。

18.（6分）本题考查考生从文章不同层面层层深入发掘作品意蕴的能力，并要求考生探讨作品中蕴涵的人文精神。

【答案】因为泥泞是浑然天成的，无法人为制造；而且泥泞象征着苦难与屈辱，没必要在未来的路上人为地设置逆境和挫折，但是泥泞可以使人警醒，给人力量，可以促使人们重温历史，所以当我们在顺境中茫然和麻木时，我们会渴望在"泥泞"中再跋涉一回。

**【第2套·海南、宁夏】**

11.【答案】BC

解析：B项根据原文可知，强加因果关系，说林冲一进牢营就得到了一般的罪人的同情和关照是由于他被高太尉陷害，原文中并没有这层意思；差拨对林冲辱骂和恐吓是因为"不见他把钱出来"。C项根据原文"那差拨不见他把钱出来，变了面皮，指着林冲便骂道"可知差拨一见林冲就破口大骂是因为"不见他把钱出来"。

12.【答案】①概括介绍牢营情况，交代人物活动的环境。

②为后面的情节发展作铺垫，制造悬念，使故事产生波澜。

13.【答案】第一问：差拨是个利用职权诈取钱财的势利小人。

第二问：①对比法。②主要表现在对林冲先骂后夸的语言描写上；如先是骂林冲为"贼配军"、"贼骨头"，后来夸林冲为"好男子"、"久后必然发迹"。

【解析】此题第一问很好答，第二问既要指出所用的表现手法，还要结合原文举例简析。

14.【答案】第一问：两种身份：①教头身份。②配军身份。第二问：四种性格和心理：①谨慎小心。

②沉着冷静。③隐忍顺从。④顾及颜面。

【解析】这两个问题不难，但回答要全面，不遗漏要点。

# 专题七  实用类文本阅读答案

## 吕丽高考语文讲堂·实用类文本·第1练【2011高考4篇】

**【第1篇·海南】**

(1)【答案】C给3分，答D给2分，答B给1分；答A、E不给分。

【解析】A黄宾虹提倡士大夫的逸品画格，以为不必求悦于人，人不知而不愠，才是真画者，力求华滋浑厚的画风；以浮滑为潇洒、以轻软为秀润是沪上流行的画风。B三代以上笔法可从甲骨、古玉、铜器中求之，不是"只能从上古时期的甲骨、古玉、铜器人手"。D应是鉴赏、鉴别真伪的大行家罗振玉。E本文没有记述黄宾虹博采众长、学习绘画的艰苦历程，没有描写黄宾虹的突出成就。

(2)【答案】①减少应酬杂务，生活清净，便于深思内省和作画；②对江湖水光天色的写生使他的画风发生了突变；③安定生活使他眼明心清，能够悟出知白守黑的道理，画艺猛进。

【解析】从第一段中分层归纳，即可得到答案。

(3)【答案】①从金石文字的点画结构中，他受到绘画笔法与章法布置方面的启发；②从金石拓本认识到书画同源，悟出画艺回归造化的路径。

【解析】抓住上下文中的关键语句"更可见章法布置之妙、悟出笔法要旨、认识到书法、文字、金石、绘画都是同一来源"即可总结出答案。

(4)【答案】观点一：恪守传统，力求雅正，甘于清寂淡泊，追寻艺术真谛。①与平静淡泊中求真务实的人生态度；②淡泊名利，不言阿堵，保持传统学人本色；③避俗趋雅，不为流俗所动，寻求华滋浑厚的画风。

观点二：创新与模仿并重，理想与时尚兼顾。①创造与仿作兼顾；②对金钱的开通看法和潇洒态度；③注重民间时尚意趣。

观点三：既恪守传统，又踊跃创新，在追求自己理想的过程中享受人生。①守正出新，继承与创新兼顾；②怀抱艺术理想，追求名山事业；③脚踏实地，享受人生。

**【第2篇·福建】**

13.【答案】DE

【解析】D选项"完全"两字太绝对。朱启钤只是直接从经费上支持营造学社的研究工作，并无人力、物力之说。E选项文中并无此信息。

14.【答案】文章通过对梁思成有关事迹的叙述，或直接或间接地写出了朱启钤对我国古建筑研究的重要贡献。

【解析】文章写梁思成显然是用来直接或间接表现主人公朱启钤的。文中有关事例并不少，考生不仅要找出来，还要作简要分析，分析时要从文章的结构方面作探究。

所选事例及分析：

第③段，文章写记者认为改造北京旧城第一人是梁思成，间接说明朱启钤不为人所熟知，点明题意，引出下文。

第⑤段，梁思成因《营造法式》一书而走上中国古代建筑研究之路，加入中国营造学社，在中国建筑学界有很高的地位；而《营造法式》一书的发现者与中国营造学社的创始人就是朱启钤，这间接反映出朱启钤鲜为人知的贡献，照应题目。

第⑥段，点明如果没有朱启钤，就不可能在上个世纪30年代出现像梁思成这样的建筑学领军人物，直接突出朱启钤的贡献。

15.【答案】①文章开头写雨中正阳门箭楼的修缮，引出朱启钤1915年就开始有计划地进行北京市政工程建设（或现代北京的旧城仍保留了朱启钤当年规划的格局）；②结尾的雨引出营造学社旧址的落寞和朱启钤故居成为大杂院的情况，照应文题，引发读者的联想和感慨；③首尾呼应，结构完整。开头写正阳门箭楼的修缮，结尾写营造学社旧址故宫端门外西朝房的落寞、朱启钤故居的杂乱，二者透过"雨"联系在一起，抚今追昔，深化了"不要忘记这位奠基人"的主题。

【解析】文中两次提到 6 月 13 日那场大雨，分别出现在开头和结尾，那么首尾呼应，结构完整的作用不难概括。一般来说，人物传记中的景物描写都是为人和事服务的，考生首先应该明白景物描写有哪些作用。顺此思路答题，就不难得出自己的观点。

【命题立意】本题考查探究实用类文本中的某些问题，提出自己见解的能力。

**【第 3 篇·广东】**

19.【答案】(1) 夸张手法。突出了梁宗岱善于跑路，有强健的体格。

(2) 比喻。形象生动地写出了梁宗岱擅长且喜欢辩论，辩论的技巧出众，辩论时激情洋溢的性格特点。

20.【答案】为人富有激情，尤其在辩论时更能显示雄辩的才华。随性洒脱，朗读起来气势磅礴，任由性情勃发。治学严谨，才华横溢。一个字一个字计较，力求和原作一致，翻译作品达到接近原著。

21.【答案】划线部分高度赞扬了梁宗岱先生仁爱生活、激情似火、热爱生命、乐观豁达的性格和人格魅力，号召人们像梁宗岱先生学习，用激情点燃生命之火，用乐观豁达面对生活，热爱生命和生活，使自己的人生更有意义。

**【第 4 篇·辽宁】**

(1)【答案】答 A 给 3 分，答 B 给 2 分，答 C 给 1 分，答 D、E 不给分。

【解析】C 项，原文是受到"一些"数学家的好评，用"受到与会代表的好评"严密度不足。D 项"只有得到国外数学界鲁班的指点与肯定"理解片面，应为全世界数学界的鲁班。E 项中"刻苦自学"和"表现数学家的成就和贡献"有误。本文并没有讲华罗庚刻苦自学，而主要表现的是华罗庚的治学精神。

(2)【答案】①他的数论研究已经达到真正的高水平；②原有的研究领域已无发展空间，改行使他选择的范围越来越大；③由此及彼，自然"漫"出，使他的数学生命焕发光彩。每答出一点给 2 分，意思对即可。

(3)【答案】①不仅注重方法，更注重原则；②重视改作业和回答学生问题，启发深入思考；③教给学生"从薄到厚""从厚到薄"的读书方法。

(4)【答案】观点一：有道理。华罗庚的改动很有创造性。

①"弄斧必到班门"，敢于与高手过招，才能得到帮助与指教，提高自己；②"观棋不语非君子"，发现别人的研究有不足，应主动指出来；③"落子有悔大丈夫"，发现自己的研究有缺点，一定要及时改正。

观点二：没有道理。华罗庚的改动会造成对这些熟语的误解。

①"班门弄斧"只是告诫人们不要在行家面前卖弄本领，善于藏拙，才能扬长避短；②比赛场上，必须尊重棋手，"观棋不语真君子"；③遵守比赛规则，"落子无悔大丈夫"。

观点三：两种说法都有道理，但又都有特定的适用范围。

①为人做事，切忌"班门弄斧"；求知问学，"弄斧必到班门"。②赛场观战，"观棋不语真君子"；乐于助人，"观棋不语非君子"。③弈棋对决，"落子无悔大丈夫"；知错即改，"落子有悔大丈夫"。

不要求面面俱到，只要能就以上任何一种观点或其他观点进行探究，即可根据观点是否明确、论述是否合理、理由是否充分酌情给分。观点明确，给 2 分；论述合理、理由充分，给 6 分。

## 吕丽高考语文讲堂·实用类文本·第 2 练【2010 高考 4 篇】

**【第 1 篇·海南】**

(1)【答案】答 B 给 3 分，答 E 给 2 分，答 C 给 1 分；答 A、D 不给分。

【解析】A "使袁隆平作为世界著名水稻专家而广为人知"不只是斯瓦米纳森博士的隆重推介，更重要的是袁隆平为全世界粮食安全做出的杰出贡献。C 注意对"送来"的理解。D 袁隆平认为他目前难以为他的学生提供成为超过自己的杰出学者的条件。

(2)【答案】①斯瓦米纳森的推崇使他产生了对比联想；②他尚未得到国内学术界某些权威的承认；③杂交水稻技术被视为不值一提的雕虫小技。

(3)【答案】①中国杂交水稻事业的未来，需要大量超过袁隆平的人才；②优秀人才的成长需要广阔的自由天地，国外一流的科研条件更有利于杰出学者的成长；③一旦祖国有条件让他们充分发挥作用，他们也会随时回来。

(4)【答案】观点一：同行有可能成为朋友。

①彼此为同行，就有机会认识并可能成为朋友；②同行的认可，又能给人带来温暖，感受到自己的价值。

观点二：维护尊严，既要斗争又要有一定的让步。

①斯瓦米纳森曾因为担心"丢份"而"歧视"袁隆平，当看到他"准备拂袖而去"时就马上让步；②斯瓦米纳森亲眼看到袁隆平的伟大成果后主动为他正名；③袁隆平为维护中国科学家的尊严而严正抗议，斗争到底。

观点三：经过"斗争"的朋友，友谊才会更加长久。

①不打不相识，通过斗争可以加深了解，从而建立友谊；②竞争对手间要保护友谊，必须真诚，让对方感到温暖。

**【涉外交往中的礼仪语言】**

这篇文章涉及到外交礼仪语言的运用。

在礼仪上，涉外语言与一般人际间交际语言不同。日常生活中的人际对话，虽然也要注意文明礼貌，但它属于个人之间的交际，常常缺乏自觉性和约束力，因而会出现说话粗俗、随意，甚至粗野无礼等很不文明的情况。而涉外语言则不然，它受到国家的约束，没有随意性，不能把礼仪当成虚假套路和例行公事，而需要把礼仪的根本精神、原则，以及礼仪的丰富内容，融进自己的言行之中。只有这样，才能显示出"动于心、发于情、止于礼仪"的良好礼仪风范。

涉外语言的礼仪主要有两方面的表现：

一是真诚。即，以真实诚恳相见。"真诚"是与人相处的基本态度，语言缺乏真诚实意就谈不上"有礼"，自然不会带来真正的信任和合作。

二是尊重。"敬人者，人恒敬之。"只有尊重他人，才能赢得他人的尊重，只有彼此尊重，交际关系才能融洽和发展。

与友邦人士接触，固然要注意使用礼貌语言，与一些有轻微敌意的人交流，也要注意用文明礼貌的语言去摆事实讲道理，耐心说服对方，决不能用生硬的态度，以牙还牙激化矛盾，使敌意升级；与那些有严重敌意的人交谈，也要巧于应付，适当礼让。对待那些恶意的中伤诽谤，我们当然不能有丝毫忍辱退让，在坚持原则，坚持针锋相对斗争的同时，也要注意自己的形象，不能怒不可遏进行辱骂。1992 年，我国有关部门对涉嫌窃取我机密的《华盛顿邮报》的驻京记者孙晓凡的住处进行搜查。1992 年 5 月 21 日，在我外交部举行的新闻发布会上，《美国新闻与世界报道》记者不怀好意地问："请问孙晓凡到底违反了中国哪些法律？以便使其他记者引以为戒。"发言人吴健民答："作为外国驻京记者，了解中国的法律法规是他们的责任，外交部发言人没有为他们开法制课的义务。"面对这样一位不怀好意的记者，吴健民没有大动肝火地怒斥，而是用委婉的语言暗示："如果不知道中国的法律就没有资格做驻京记者。"令那位记者搬起石头砸自己的脚，显得十分难堪。这种文雅礼貌绵里藏针的反击，远比那针锋相对的斥责有力。

**【第 2 篇·辽宁】**

（1）**【答案】** B

**【解析】** 本题考查筛选并整合文中的信息。黄遵宪在日本居住两年后，学习了日本的文字，才开始与日本人交往，开始了《日本国志》的编撰，不是一到日本就开始编辑，故 A 错。C 项"以挽回自主的权利"错。E 项"阅历丰富、见识广博"在文中没有体现。

（2）**【答案】** ①务从实录、全面准确的写作宗旨；②详今略古、详近略远的编写原则；③史论结合的编纂方法。每答出一点给 2 分。意思答对即可。

**【解析】** 本题考查把握文章结构，概括中心意思。从第一段的叙述中进行分层概括即可得出，概括要简明，不要照抄原文。

（3）**【答案】** ①详察南洋各岛情形，查访侨民疾苦，改善侨胞待遇；②与当地英国华民政务司斗争，以《大清律例》保护华侨财产；③改会贤社为图南社，积极发展华文教育。每答出一点给 2 分。意思答对即可。

**【解析】** 本题考查评价文本产生的社会价值和影响。将第二段中对黄遵宪活动的叙述进行概括即可得出答案。

（4）**【答案】** 观点一：谈判态度要诚恳。①不说对方所提的方案无理，只说难以实现；②不说自己所提的方案一定可行，只请对方考虑；③不能感情用事，贻误全局。

观点二：要坚持自己的原则立场。①坚持自己的意见就说对方没有明白我方的意思，争取自己的权利就说愿与对方同心协力，要求自己的利益就说双方都有好处；②不因为对方不高兴就放弃自己的原则立场；③表述的方式可能有所不同，但坚持自己的观点却要毫不含糊。

观点三：要学会克制忍让。无论辩论如何激烈，都要做到始终不说过头话；当对方拒绝我方的要求时，要始终请求谒告，不厌其烦；掌握好谈判的分寸，不至于使对方交不了差。

不求面面俱到，只要能够就以上任何一种观点或其他观点进行探究，即可根据观点是否明确、论述是否合理酌情给分。

【解析】本题考查探讨文本反映的人生价值和时代精神，探究文本中的重点和难点，提出自己的见解。本题为探究题，注意选择一项，结合文中黄遵宪对外交经验的总结进行分析，观点要鲜明，不要脱离文章泛泛而谈。

**【第3篇·广东】**

19.【答案】（4分）第1句，拟人1分。赋予阳光、水等人的委屈情态，生动鲜明的表现了人们对新能源认识的局限。1分

第2句，反问1分。增强语气，再次强调应该正确认识并充分利用好新能源。1分

第3句，排比1分，增强气势，突出新能源发展受限制的现实原因。1分

20.【答案】（5分）作用为承上启下1分。承上指法拉第刚发现电磁感应时不被人理解，和现在新能源现状接近。2分

启下则为，电力现在对人类的贡献预示着新能源会带给人类美好的未来。2分

21.【答案】（6分）标题含义为，人类通过立法来保护新能源的开发和利用。2分

文章主要从新能源即为新能源立法的原因和立法的意义两大角度论述。其中，现状包括人们对新能源认识有限和新能源开发利用上受限制。2分

**【第4篇·福建】**

13.【答案】BD

【解析】本题考查了考生对文本内容的理解和把握。A项理解过于绝对与僵化，这一点在文章第二段可以印证。C项对"人事"的解释和原文第四段相对照可以看出太狭隘，不全面。E项的内容纯属无中生有，原文没有这个意思。

误区警示：本题误区在于考生对重点词语理解存在差距，并且不能忠实于原文，加上自己的理解造成误选。

14.【答案】依据《内经》"天人合一"的理论，健康就是人体与自然、社会环境的和谐，人体自身的和谐。失去这种和谐，人体就产生疾病。因此，人们的医疗实践活动就是为了调整与维护这种和谐。（意思对即可）

【解析】本题考查了对重要句子含义的理解能力。对本题的解答紧扣文中对应点倒数第二段进行分析概括即可。

误区警示：对对应点内容理解不到位易使答案流于肤浅，表述不准确。

15.【答案】示例一：

《内经》蕴含着中华民族的智慧，是我们宝贵的精神财富。现代科学的发展，可以从这样的经典文献中得到启迪。我们要认真的整理、学习传统经典，使其焕发出新的生命力。

示例二：

《内经》这样的文献是中华民族对人类做出的巨大贡献。我们要大力宣传，让后代了解自己的传统文化，增强民族自豪感。要积极向全世界人民传播中华民族的传统文化。

（如有其他观点，言之成理即可）

【解析】本题考查了分析综合评价能力。具有很强的开放性，作答时要把握住"启示"并且结合全文，从题目中的这句话出发。只要是启示，言之有理，言之有据即可。

误区警示：本题误区考生拿到题可能无从下手，要进行充分审题，才能找准作答角度。此外还要注意启示与文本的结合，并且表述要完整规范。

## 吕丽高考语文讲堂·实用类文本·第3练【2009高考6篇】

**【第1篇·新课标】**

（1）【答案】12（5分）

（2）【答案】①冷静思考的结果：要培养新的国民，必须从提高农民的文化水平入手；②贫苦农民的刺激：张大哥一家的贫苦状况，加深了他对乡村教育的认识。（6分）

（3）【答案】①乡村教育的"甘"：游览青山绿水，饱览美好风景，领略诗情画意，享受丰收喜悦；笑看学生茁壮成长，桃李芬芳，喜见村民读书明理，幸福美满，②乡村教育的"苦"：环境艰苦、远离城市文明；又脏又累、生活条件很差；需要吃苦耐劳、坚韧不拔；奋斗终生也不一定能够看到结果。（6分）

（4）【答案】观点一：陶行知献身乡村教育的实干精神值得学习。

①激情满怀，永不满足，不断追求新的目标；②乐于接触贫苦群众，善于动员志同道合者加盟；③为实现理想而自我牺牲、呕心沥血。

观点二：陶行知从改造乡村教育入手改造中国的理想在当时是行不通的。

①人民群众与三座大山的矛盾是当时社会的主要矛盾，②他认为"国运盛衰决于一转念间"，显得过于简单化；③他的教育救国的构想过于理想化，脱离社会实际。

观点三：陶行知既有远大理想有较踏实地，值得学习。

①要提高中华民族的文化素质，必须提高人民群众的文化水平；②要注意调查研究，善于在社会实践中发现问题，解决问题；③应有求真务实的精神，努力实现人生价值。（8分）

【第2篇·辽宁】

（1）【答案】答D给3分，答A给2分，答B给1分；答C和E不给分

【考点】归纳文章要点和作者的思想观点和态度

【解析】A从文中的第一段中可以看出，这些信息，两个人相同的特征是有"长期而难以解释的停滞行为"，而结论是相同的"引发了很多猜测"。但是我觉得作者写着两个人物的目的不仅在于用一个引出另一个，还在于他们停滞性质的不同。所以这项理解虽然正确但是还有欠缺。

B项中的信息"也有过一些假说，但是后来这些都被证明不能成立"是不合原文文意的："少数不成功的假说"，不是都被证明不能成立。其余信息应该是正确的。

C项达尔文观点的确立是长期的"对动植物习性的观察"而不是受到马尔萨斯《人口论》中斗争与拥挤观点的启发。

D项"他还向妻子作了认真的交代，假如他生前不能完成他的主要著作，希望她发表这些手稿。"这项信息应该是正确的，对这一细节的分析也是正确的。

E项这项理解是错误的，作者公正的评价了达尔文拖延出版的原因，是进行了一场"温和的革命"。

【思路点拨】解答这类题目要建立在筛选信息的基础上，在筛选信息的基础上加以整合，比对。

（2）【答案】①达尔文虽然满意自己的理论，但他的理论还需要汇集大量的支持材料加以证明；②他发现进化论时才29岁，那时他还没有专业地位，担心发表他的理论会危及自己的前途和事业；③他的进化理论实际上就是哲学上的唯物主义，而这一点会动摇西方思想中最深刻的传统。

【考点】归纳概括文章的内容要点和作者的观点

【解析】文章在解说达尔文进化理论的推迟发表的原因在文章的第④⑤⑥三个段落，在这三个段落中可以抓到作者的主要观点，从中抓住关键的词语和语句，加以整合，就可以找到答案。

【思路点拨】接到这类题目在于对文章的整体理解，这样可以很快地找到和题目相关的语境，再通过整合信息，加以归纳概括，准确作答。

（3）【答案】①达尔文故意拖延发表自己的观点，是因为他认为当时发表的时机还不成熟；②达尔文有意避开公众对他理论中唯物观点的注意，而在当时这是比进化论本身更加异端的思想；③达尔文从来不写有关宗教的文章，只把自己的工作严格限局在科学研究的框架内。

【考点】理解文中的关键词语和文章的内容要点

【解析】联系语境，文章的第⑦段和相关的语境④⑤⑥段加以理解。这场革命温和的具体表现，首先就是"不仅在于他这么久地拖延了自己的工作，还在于他理论中哲学含义的注意"，从这两方面看，可以联系到拖延的目的和原因来理解。

【思路点拨】解答此题要明确考查的考点，这样才能明确答题的角度，迅速找到相关的语境筛选并整合。

（4）【答案】观点一："疑惑"指怀疑和批判精神，"知识"指科学知识。作者认为，既要运用科学知识，又要坚持批判精神，勇于创新。

观点二："疑惑"指阿瑟·柯依斯勒对达尔文的反对态度，"知识"指体现传统西方思想的知识。作者认为，又进化论，并不妨碍人类在探索世界客观规律、感受自然美的同时，保持对神应由的敬畏。

观点三："疑惑"指达尔文对神的怀疑，"知识"指他已发现的进化论。

作者认为，虽然有神论在当时仍占统治地位，仍然可以怀疑它；尽管进化论在当时还不为人们普遍赞同，仍然需要坚持。（不要求面面俱到，只要能就以上任何一种观点或其他观点进行探究，即可根据观点是否明确、论述是否合理、理由是否充分酌情给分。）

【考点】解释词语的深刻含义

【解析】这是一道开放性的题目，可以联系文中相关的观点，结合自己的理解答题。

【思路点拨】题目开放为考生提供了发展和创新的空间，但是也容易走入误区，就是答题过于主观化，要避免答题主观化，要注意依据文意解答。

**【第3篇·福建】**

12.【答案】AD

【解析】A项，"是因为钱钟书清高孤傲"错，原文是"有人将此误读为'清高孤傲，自以为是'"，这说明清高孤傲是有人误读，而不是钱钟书的本性。D项，"意味着文章要围绕各种人的'静'"错，"寂静钱钟书"围绕的应该是钱钟书而非各种人。

13.【答案】钱钟书的"格调"是"静"。在品格修养上，他始终静静的恪守着完整的人格，这样才能一生宠辱不惊；在治学风范上，他始终墨守"寂静"，这是用心苦读，潜心治学的重要条件。

（如有其他分析，言之成理亦可。）

【解析】本题考查筛选并整合文中的信息，要求学生能够从文本中筛选出能够表现"格调"内涵的事例，并加以适当的分析。

14.【答案】探究要点：

①人才的成长与时代有着紧密的关联。②辩证地看待现代社会不再"寂静"对人才的影响。

③成为大师的关键在于自身能墨守寂静，恪守完整人格。

（如有其他观点，言之成理亦可。）

【解析】本题考查考生的探究能力，要求考生能够从不同角度和层面发掘文本反映的人生价值和时代精神。

**【第4篇·广东】**

19.【答案】①文章是从志士之狂、名士之狷、学人之严谨三个方面叙写黄侃的。

②举例：a. 志士之狂：写题为《大乱者，救中国之妙药也》的文章抨击清廷腐败，拥护革命浪潮。

20.【答案】

①中国学问的特点：博大精深、包罗万象、学无止境。

②治学态度：严谨认真求实、不欺世盗名、有敬畏之心。

③贡献：治学要实事求是，要对后世负责。

【考点】本题考查学生把握局部文意的能力。

【解析】在第⑦段中找出相关的句子，再根据自己的理解，用自己的话回答。找出相关的句子：中国学问的特点：中国学问犹如仰山铸铜，煮海为盐，终无止境；治学态度：一曰不欺人，二曰不知者不道，三曰不背所本，五曰不窃；贡献：四曰为后世负责。

21.【答案】

① 从多个侧面刻画人物丰富的个性，让读者更全面地了解传主。

② 体现了传记文学真实性的特点。

③ 为了表达文章主旨的需要，文章的主旨是刻画黄侃的狂、狷、严谨的个性，自然会选择一些妙文趣事来写。

【考点】本题考查评价作者的选材和表达技巧的能力。

【解析】作者的选材和表达特点都是为了表现黄侃的狂、狷、严谨的个性，更好地丰富人物形象。

**【第5篇·江苏】**

15.【答案】B

16.【答案】（6分）①对绘画艺术的毕生追求和热爱②丰富、传奇、坎坷的人生经历③涉猎广泛的阅读④对社会人生的关注与思考，⑤独特的生活态度。

17.【答案】（6分）①既关注现实、褒贬是非，又淡泊宁静、低调处世；

② 对懂画的朋友慷慨相赠而把重金购者拒于门外；

③ 将自己对现实人生的态度借历史人物的孤高傲世表达出来。

**【第6篇·山东】**

19.【答案】民族感情、写作动机、诗歌前景、中文现状

20.【答案】（1）余光中所说的乡愁超出了地理的某一点，融入了历史的、文化的内容，升华或者普遍

化为了整个民族的感情寄托。

(2) 诗歌贵在含蓄，"就要差这两个字"，省略号所包含的内涵就更丰富，更耐人寻味，余味无穷，更有诗意。

21.【答案】(1) 人的内心世界可能很复杂，不能只从表面上看，离开大陆是他心中永远挥之不去的痛。

(2) 诗言志，心中有复杂的情感才有创作的强烈动机，才能写出好的诗歌作品。

22.【答案】可以谈要保持中文的纯粹性，为汉语的纯粹性而奋斗，规范网络语言，保持中文特色；也可以谈网络语言是历史发展的必然，要包容。言之有理即可。

## 吕丽高考语文讲堂·实用类文本·第4练【2008 高考 4 篇】

**【第1篇·海南】**

15.【答案】BC

【解析】B 煤铁矿藏"实以开采为大利所在，未便使外人久与其事"。不是不给外国人插手，而是认为不便与外人久其事。C 重视动手能力而已。

16.【答案】他给北洋大学堂订了两条规则：其一是不许"躐等"。即是"学无次序，浅尝辄止"，本大学堂的学员必须循序渐进，不许中途他骛，直至完成学业。其二是要学习专门科学技术，文字语言不过是工具。反映了他"学以致用"教育思想。

17.【答案】(1) 南洋公学是全国性的以培养政法人才为主；(2) 南洋公学设立了师范院、外院（附属小学）、中院（中学）、上学（大学）和特班。办学目的：培养与新兴企业相适应的新式人才，培养能搞机器技术和企业管理的人才。

18.【答案】表明梁漱溟关心国事是有家庭传统的；是梁漱溟格外关注文化问题的原因；使读者对人物了解更全面

【开放性答题，言之成理就行。】

**【第2篇·广东】**

19.【答案】"从某种本质意义上说，我们不能声称自己取得了什么进步"指的是生长和繁衍的技术基本没有变。"我们在其他方面却取得了进步"指的是我们从那一个古老的分子至今，我们真的已经走得很远了。（抓住语句在段中的前后文去理解句子的含义。）

20.【答案】"惨淡经营"移用手法，把用于人的词语用到细胞的演变上，生动形象。"让进"一词把分子演进过程用拟人化的手法表达出来，形象生动。"白搭"是口语化的语言，明白自然地把某些科学家的不出错误的研究加以讽刺。"玩意儿"也是口语化的语言，同样清楚明白地说明了"完美无瑕的一模一样的复本"的分子。（抓住科普小品的语言特点进行说明，可分为生动形象、口语化。）

21.【答案】渐形成不同的生物。之所以称为"错误"是指演变过程中"每一个突变都是某种随机的全然自发的意外"，比如"在进化路上的某处，核苷酸旁移，让进了新成员；也可能还有病毒迁移进来，随身带来一些小小的异己的基因组；还有来自太阳或外层空间的辐射在分子中引起了小小的裂缝，于是就孕育出人类"这些错误。说错误是"绝妙"的主要是说这一个个的意外错误，才成就了今天的生物。所以标题取名为"绝妙的错误"。

**【第3篇·山东】**

21.【答案】《中国文化要义》哲学味太浓；《乡村建设理论》在方法论上"从果说因"；晚年观念已老；在文化上有很多问题没有触及。答"哲学味太浓、方法论上从果说因、观念陈旧、文化上有很多问题没有触及"也可。

22.【答案】主要是从学问和人格两个方面去认识梁漱溟的。

启示有四点。(1) 从文体来说，要评传结合。(2) 选取自己熟悉的材料。(3) 中心内容要体现人物的身份特征 (4) 通过细节表现人物

**【第4篇·江苏】**

16.【答案】D【解析】这道题目关注的是杨守敬日本之行，文章在第二段对此进行了详尽的解说，而ABC 三项的表述在这段中都可以找到，只有 D 项属于表述错误，原文说的是"他搜访阙佚，爬罗剔抉．收集到我国大量的古籍珍本，并将它们影印摹刻为《留真谱》。"而不是"收集到我国的古籍珍本《留真谱》，并将它影印摹刻。"

【错因】文章思路未能理清，信息不能有效找寻。

17.【答案】B【解析】这道题目关注的是杨守敬舆地学研究，文章主要的有效信息在第三四段，而ACD项的说法都可以找到，只有B项表述和原文不一样，原文说的是："他编撰了舆地学著作20多种，这些论著几乎涵盖了中国传统地理学的各个方面。"而选项改为了"在杨守敬留下的83种著作中，有一部分是中国传统地理学方面的研究成果。"

【错因】文章思路未能理清，信息不能有效找寻。

18.【答案】(1) 青年时代接触考据学，临摹《舆地图》。

(2) 赴京参加会试，结识了许多名流学人。

(3) 在日本搜访典籍，校勘珍本。

(4) 第七次会试失败后，绝意科举，专注学问。

【解析】从文中看，概括对杨守敬的学术生涯产生了重要影响的事情，第一段是青年时代接触考据学，临摹《舆地图》。第二段中有两点，分别是赴京参加会试，结识了许多名流学人；在日本搜访典籍，校勘珍本。第三段开头是第七次会试失败后，绝意科举，专注学问。

【错因】过于急躁，不能在原文中细细找寻有效信息。

19.【答案】(1) 好学精神：聪明好学，刻苦用功，博览群书。

(2) 治学方法得当：既有考据学的基础，又能吸收新知识；既能吸收前人研究成果盲从。

(3) 广泛交游，视野开阔：结识名流学人，游学日本，多方涉猎。

【解析】分析成功的原因，主要通读全文，从作者的行文中可以找寻到三方面，分别是良好的精神品质，正确的学习方法，还有交友这一方面。

【错因】过于急躁，不能在原文中细细找寻有效信息。

## 吕丽高考语文讲堂·实用类文本·第5练【2007高考3篇】

**【第1篇·海南】**

15.【答案】AC

【解析】A项"正是在叶圣陶的鼓动与热心帮助下，1931年8月朱自清才由北平动身访问欧洲"表述有误，根据原文中"1931年8月，朱自清由北平动身访问欧洲，就是在叶圣陶鼓动下，才写出了《欧游杂记》的"一句可知；C项"《中学生》这块抗战时期青年的精神家园，也曾培育了一大批新文学史上的著名作家"表述有误，原文说"为了浇灌《中学生》这块抗战时期青年的精神家园"，"他热情、认真、宽容、一心一意为作者和读者服务，正如当年他主编《小说月报》曾精心培育了一大批后来成为新文学史上的著名作家时那样"，重点是称赞他"那公而忘私的精神和工作态度，给予年轻一代的教育、鼓舞的力量是无法估量的"，而没有《中学生》"培育了一大批新文学史上的著名作家"这层意思。

16.【答案】第一问：

① 认真讲解，时或热烈讨论。② 不加约束，任其自由发挥。

③ 重视评议，培养写作习惯。④ 善于启发，诱导深入思考。

【解析】结合原文第一段相关内容儿女们"认真地听父亲讲解""有时候，也和父亲热烈讨论"和"主张作文要说自己的话，要写自己的真情实感，对儿女们的作文，他也从来不出题目，随他们写去"分别概括出①②点，根据叶圣陶的问话内容及儿女们的表现可以分别概括出③④两点。

【答案】第二问：

① 仔细考查作文的表达形式。② 详细询问作文的思想内容。

【解析】应该根据第一段叶圣陶的问话来分析、提炼、概括，如"这儿多了些什么？这儿少了些什么？能不能换一个比较恰当的词儿？把词儿调动一下，把句式改变一下，是不是好些？"问话主要涉及了作文的用词、句式等方面，考查的是关于作文的表达形式的；"原来是怎么想的？到底想清楚了没有？为什么表达不出来？怎样才能把要说的意思说明白？"问话主要涉及的是作文的思想内容方面。

17.【答案】第一问：

① 有着几十年亲似手足的友情。

② 有着共同的兴趣和爱好。

③ 互相鼓励和帮助。

【解析】根据原文第二、三段内容，结合"亲似手足、鼓动、帮助"等关键词语概括出来。

第二问：

① 随兴之所至，无话不说。

② 没有功利目的，无所顾忌。

③ 心领神会，肝胆相照。

【解析】根据文中叶圣陶的散文《与佩弦》中的内容，抓住"兴趣之所至、随意之极致、名誉之心是没有的、利益的心是没有的、顾忌欺诳等心也都没有、无所不领会，如见其肺肝然"等关键词句，就可以概括出来了。

18.【答案提示】可以从以下三个方面来进行探究分析：

① 对子女循循善诱，呵护备至。

② 对作者、读者精心扶植，热情宽容。

③ 对年轻编辑辅导提携，关心爱护。

**【第2篇·广东】**

19.【答案】所提问题可以归纳为：（1）被访者的基本情况；（2）对音乐的认识和追求；（3）怎样成为一个艺术家。

20.【答案】傅聪认为艺术家应该做到能摒弃世俗观念，有"大爱之心"，有献身艺术的精神；有坚持原则的勇气；有"赤子之心"（真诚）。才可以称为艺术家。

21.【答案】演奏家要经历一个"师今人，师古人，师造化"的过程，在音乐上有很高的造诣；演奏家要对音乐原作的内容有真正的理解，领悟到作曲家的精神世界；演奏家把个人体验和追求融入作品，从而使作品具有个性和创造性，不断地对作品进行演绎、阐释与再创造。

**【第3篇·山东】**

19.【答案】主要作用有：概括本篇新闻的要点，为整篇文章定下感情基调，激发读者的阅读兴趣。

20.【答案】可以让读者全方位了解这位体坛老将的"坏运气"，更深刻理解奥蒂渴望圆梦雅典的迫切心情，突出奥蒂不屈服于命运的性格特征，增强文章的感染力。

21.【答案】观众以静默的方式表示他们深深的同情。奥蒂一步一个坎坷，一步一个艰辛，她回到的不只是决赛跑道的起点，也是梦想的起点。

22.【答案】"重要的是参与，不是胜利"是奥林匹克精神的核心之一。奥蒂的"悲剧命运"令人叹息，但她屡败屡战、不向厄运低头的坚毅与执着，完美地诠释了奥林匹克精神。失败者未必不是英雄，奥蒂虽败犹荣。（意思对即可）

# 参 考 文 献

[1]　边和军. 高考成语复习方略. 快乐阅读，2011，(7).
[2]　倪文锦. 阅读经典：提高学生语文素养的必由之路 [J]. 课程·教材·教法，2004，(12).
[3]　王小舒. 新编中华传统文学精要. 北京：高等教育出版社，2006.
[4]　朱东润. 中国历代文学作品选. 上海：上海古籍出版社，1998.
[5]　袁行霈. 中国文学史. 高等教育出版社，1999.
[6]　马跃. 吕丽. 新编大学语文. 沈阳：辽宁大学出版社，2007.
[7]　温儒敏. 高等语文. 南京：江苏教育出版社，2003.
[8]　钱理群. 中国现代文学三十年. 北京：北京大学出版社，1998.
[9]　朱栋霖. 中国现代文学史（上、下册）. 北京：高等教育出版社，1999.
[10]　刘祥安. 中国现代文学作品导引. 第一卷. 北京：高等教育出版社，1999.
[11]　龙泉明. 中国现代文学作品导引. 第二卷. 北京：高等教育出版社，1999.
[12]　陈桂芝. 马跃. 吕丽. 国学与人文素养. 哈尔滨：东北林业大学出版社，2009.
[13]　汪文顶. 中国现代文学作品导引. 第四卷. 北京：高等教育出版社，1999.
[14]　王庆生. 中国当代文学史. 北京：高等教育出版社，2003.
[15]　郑克鲁. 外国文学史（上、下册）. 北京：高等教育出版社，2006.
[16]　顾瑾. 古典诗学原则在语文教学中的点化作用 [D]. 辽宁师范大学学报，2005.
[17]　陈丽云. 中学语文延伸阅读教学的理论与实践 [D]. 福建师范大学学报，2005.
[18]　张金兰. 新课程下的"语文素养"探析 [D]. 山东师范大学学报，2006.
[19]　王凤银. 语文阅读教学文化价值研究 [D]. 山东师范大学学报，2006.
[20]　尹继东. 中学生阅读素养的培养 [D]. 华东师范大学学报，2006.
[21]　后晓东. 感悟式学习是生成和建构语文素养的重要途径 [D]. 首都师范大学学报，2007.
[22]　严永青. "语文素养"论 [D]. 江西师范大学学报，2007.
[23]　陶德臻. 世界文学名著选读（1～5）. 高等教育出版社，1999.
[24]　吕丽. 解读茨威格的〈一个陌生女人的来信〉. 黑龙江省教育学院学报，2008，(5).
[25]　童庆炳. 文艺理论教程. 北京：高等教育出版社，1999.
[26]　冯天瑜. 中国文化史. 北京：高等教育出版社，2005.
[27]　郭齐勇. 中国哲学史. 北京：高等教育出版社，2006.
[28]　吕丽. 美学视角下培养成人创造性学习能力的思考. 成人教育，2007，(8).
[29]　薛吉辰. 病句修改题的六种考查形式 [J]. 考试（高考文科版），2008，(Z1).
[30]　李哲峰，马晓颖. 病句修改例解 [J]. 高中生之友，2004，(12).
[31]　谢英. 关于语句评判与病句修改的语用准则 [J]. 语言文字应用，2005，(1).
[32]　焦亮东. 浅谈高考复习中的病句修改 [J]. 语文教学与研究，1997，(12).
[33]　王国民. 病句修改指要 [J]. 语文教学与研究，1985，(6).
[34]　俞凯，张亲民. 病句修改指要 [J]. 江苏教育，1981，(5).
[35]　彭少峰. 治标必先治本——病句修改的答卷分析有感 [J]. 江苏大学学报（高教研究版），1980，(4).
[36]　张征. 中学语文教学中实施文学教育的策略初探 [J]. 湖北广播电视大学学报，2010，(1).
[37]　李惠英. 新课程背景下文学教育的思考 [J]. 中学语文，2010，(4).
[38]　郑克辉. 略论语文教学中的文学教育 [J]. 中学教学参考，2010，(7).
[39]　魏巍. 主体性的缺失与文学创作经典性的沦丧 [J]. 长江师范学院学报，2010，(1).
[40]　杨欣. 文学教育的天地境界 [J]. 西南民族大学学报（人文社科版），2010，(3).
[41]　陈国恩. 经典的阐释与中学鲁迅作品教学 [A]. 中国现代文学研究会第十届年会论文摘要汇编 [C]，2010.
[42]　张治中. 浅谈新课标、新教材、新高考背景下的语文教学 [A]. 国家教师科研基金"十一五"成果集（中国名校卷）（五）[C]，2009.
[43]　郭英德. 古代文学教育与当代社会文化 [A]. 和谐·创新·发展——首届北京中青年社科理论人才"百人工程"学者论坛文集 [C]，2007.
[44]　吕丽，吴凤颖. 广告的文化内涵探究. 东北农业大学学报（社科版）. 2012，(1).
[45]　胡根林. 语文科文学课程内容研究 [D]. 上海师范大学学报，2008.
[46]　周燕. 语文科文学课程研究 [D]. 华东师范大学学报，2007.
[47]　曾毅. 20世纪中国语文教育批评研究 [D]. 华东师范大学学报，2006.
[48]　汉魏六朝诗鉴赏辞典. 上海：上海辞书出版社，2000.
[49]　马跃. 吕丽. 满族民间文学与民俗文化研究. 哈尔滨：东北林业大学出版社，2007.
[50]　罗常培. 语言与文化. 北京：语言出版社，1989.
[51]　吕丽. 高考高分作文解密——十年高考语文作文研究. 北京：化学工业出版社，2011.
[52]　李瑞山. 语文素养高级教程. 北京：高等教育出版社，2003.
[53]　欧阳芬. 叶圣陶：在文学与教育之间 [D]. 苏州大学学报，2010.
[54]　文娟. 高中语文文学教育研究 [D]. 广西师范大学学报，2010.
[55]　吕丽. 〈黄帝内经〉多元文化特质研究. 时代文学，2008，(4).
[56]　张伟忠. 现代中国文学话语变迁与中学语文教育 [D]. 山东师范大学学报，2005.
[57]　孙春琦. 新课程背景下中学文学教育方法探析 [D]. 曲阜师范大学学报，2010.
[58]　吕丽，吴凤颖. 网络文化的后现代特征. 学术交流，2010，(12).
[59]　周军. 后现代语境影响下，高中文学作品阅读教学 [D]. 首都师范大学学报，2009.
[60]　周琰. 现行高中语文教材中的外国作品及其教学研究 [D]. 湖南师范大学学报，2009.